劳　模

第一部　事业与爱情

陈玉福　著

中国言实出版社

图书在版编目（CIP）数据

劳模 / 陈玉福著 . -- 北京 : 中国言实出版社，
2021.10
ISBN 978-7-5171-3902-7

Ⅰ . ①劳… Ⅱ . ①陈… Ⅲ . ①长篇小说—中国—当代
Ⅳ . ① I247.5

中国版本图书馆 CIP 数据核字（2021）第 193686 号

劳 模

出 版 人：王昕朋
责任编辑：宫媛媛
责任校对：张国旗

出版发行：中国言实出版社
　　　　地　　址：北京市朝阳区北苑路 180 号加利大厦 5 号楼 105 室
　　　　邮　　编：100101
　　　　编辑部：北京市海淀区花园路 6 号院 B 座 6 层
　　　　邮　　编：100088
　　　　电　　话：64924853（总编室） 64924716（发行部）
　　　　网　　址：www.zgyscbs.cn　E-mail：zgyscbs@263.net

经　　销：新华书店
印　　刷：北京盛通印刷股份有限公司
版　　次：2022 年 1 月第 1 版　2022 年 1 月第 1 次印刷
规　　格：710 毫米 ×1000 毫米　1/16　87.5 印张
字　　数：1438 千字

定　　价：298.00 元（全四部）
书　　号：ISBN 978-7-5171-3902-7

向共和国的劳动模范致敬

——长篇小说《劳模》自序

习近平总书记指出："文艺创作方法有一百条、一千条，但最根本、最关键、最牢靠的办法是扎根人民、扎根生活。"为了创作交警在地震灾区突出表现的纪实文学《坍塌的日子里交警为爱铺路》，我决定深入灾区去采访，体验生活，创作精品。可这一次的采访出现了意外，这个意外足以让我铭记一生。在那之后，我用了十四年的时间，创作出了这部一百多万字的长篇小说《劳模》。

2008年5月12日，汶川发生大地震。大地震后的第十天，我驾车带着我的学生们到甘肃省最严重的灾区文县碧口镇采访。甘肃的采访任务完成后，我通过甘肃省交警总队的介绍到邻县四川省青川县采访。那一次，我们亲历了险些让垮塌的山石把车砸进白水江的惊险；那一次我们从死神的魔窟里逃生；那一次，我们被媒体誉为抗震救灾的英雄；那一次，我的家人因为我"突然失踪"而提心吊胆……

青川之行后的半年时间，我隐姓埋名来到了东北，来到了辽宁省沈阳市，半年里我没有与任何人联系，在沈阳市皇姑区扎下根来创作电视剧剧本。在采访中，我结识了辽宁省一个劳模世家，和他们渐渐熟悉后，劳模世家的故事深深感动了我。对这个家庭了解得越深，我想把他们的故事写出来的欲望就越发强烈。这次采访所得的资料，足足有两百多万字。之后，我利用那段难得没有交际应酬的时间，完成了四十集电视剧剧本《共和国长子》的初稿。

事隔十四年之后的今天，这部关于"劳模"的作品终于问世了，我的心又安放在了充满希望的胸腔里。请读者朋友们原谅我没有在这篇自序里把当时的情况完整地写出来，因为当您读到这篇文字的时候，我相信您的案头一定有了《劳模》。所以，请您移步，带着这份好奇走进这本书，就能知道那件事的真相。

《劳模》出版在即，很多事情也已经时过境迁，所幸当年的那两百多个日夜没有白白荒废，也庆幸我还有机会回顾那段坎坷，把我个人的经历和这部书成书背后的故事讲给大家听。关于这部书和"劳模"的话题，我想谈几点感想，也算是给大家一个汇报吧。

首先，劳动模范是时代的楷模。"劳模"，在新中国的词典中是个拥有无上荣誉的名词，是忠诚和荣耀的代表。劳模们在各行各业埋头苦干、默默奉献，为社会主义建设作出巨大贡献，被尊为英雄，受到全社会的景仰与爱戴。2021 年 4 月 30 日，在"五一"国际劳动节到来之际，习近平总书记向全国广大劳动群众致以节日的祝贺和诚挚的慰问。他高度肯定广大劳动人民为党和国家事业发展作出的重要贡献，并强调"希望广大劳动群众大力弘扬劳模精神、劳动精神、工匠精神，勤于创造、勇于奋斗，更好发挥主力军作用，满怀信心投身全面建设社会主义现代化国家、实现中华民族伟大复兴中国梦的伟大事业"。

总书记的一席话，把劳动模范的地位提到了国家振兴的高度。劳模存在于各行各业，垂范于我们生活的方方面面。在我的家乡武威就有一位令人肃然起敬的劳动模范，他叫郭万刚，提起这个人名就不得不说八步沙。郭万刚是我的长篇小说《绿色誓言——传奇八步沙》《八步沙》里的主人公原型和长篇纪实文学《治沙愚公》里的主人公。

为了创作上述作品，我深入八步沙长达五年之久。那时候，我刚刚从北京回到了甘肃。我的老家甘肃武威，是中国西部抗击风沙的最前沿，腾格里沙漠与巴丹吉林沙漠虎视眈眈，时刻威胁着城市和农村。二十世纪，这里都是诗句中描写"行人习斗风沙暗"的恶劣环境，黄沙蔽日、尘土漫卷，一直以来都是广为人知的西北"土特产"。

荒漠化威胁着祖国的大片国土，由此为主要因素形成的沙尘暴对城市构成了严重威胁，也牵动着党和国家领导人与亿万人民的心。我发现了大西北腾格里沙漠深处"八步沙六老汉三代人"治理荒漠感天动地的英雄传奇。他们是"绿水青山就是金山银山"的践行者。凭借着对这片土地上各色人等和风土人情的熟稔，经过细致的采访，我将"八步沙六老汉三代人"这个真实感人的当代传奇集中于笔端，让读者有机会看到了"当代愚公精神"的形成过程。该作品中引人入胜的情节和描述，凝聚着我对沙漠的理解、对沙漠治理者的崇敬、对人性的展露，内容真挚，感人至深，得到了广大读者的肯定和共鸣。这样的发现，让我进一步感受到了生活、现实对于一个作家和作品的重要性。

一方水土养一方人。每一片土地、每一个行业都有无数的劳动者倾注心血，他们中便会涌现出佼佼者，成为劳动者的模范代表。马志祥和李玲就是我到张掖工作后认识的全国劳模。前者把自己的财产全部交给集体，带领全村村民把一张白纸的前进村发展成了以牧业、乳制品等产业为龙头的大型村办企业，在巩固脱贫攻坚成果、推动乡村振兴的战略中做出了突出的贡献；后者任劳任怨几十年，以最初自己的小卖部为基础，带领全体员工克服困难、由小到大发展成了今天拥有百家超市、资产数亿元的大型流通企业。

其次，劳动模范是民族的英雄。从新中国建设时期的"铁人"王进喜、"两弹元勋"邓稼先，到改革开放历史新时期的"知识工人"邓建军、"白衣圣人"吴登云，再到新时代的"走钢丝的高空医生"陈国信、"大国工匠"管延安……不同的时代，不同的岗位，却是同样的精神。新中国成立以来，一大批劳动模范以创造、创新、创业的激情，谱写着"换了人间"的动人篇章。

在困难面前，王进喜带领全队靠人拉肩扛，把钻井设备运到工地，以"宁可少活二十年，拼命也要拿下大油田"的顽强意志和冲天干劲，苦干五天五夜，打出了玉门第一口喷油井。在随后的十个月里，王进喜率领1205钻井队和1202钻井队，在极端困苦的情况下，克服重重困难，双双达到了年进尺十万米的奇迹。在那些日子里，王进喜身患重病也顾不得到医院去看；钻井砸伤了脚，他挂着双拐坚守在第一线……长年累月高强度的工作，严重透支着王进喜的健康。1970年4月，铁人在解放军301医院被确诊为胃癌。同年11月15日，王进喜逝世，享年四十七岁。新中国成立四十周年之际，王进喜与雷锋、焦裕禄、钱学森等同志被中共中央组织部评选为新中国成立以来"在群众中享有崇高威望的共产党员优秀代表"。

"劳动模范是民族的精英、人民的楷模，是共和国的功臣。"2020年11月，习近平总书记在全国劳动模范和先进工作者表彰大会上指出，全社会要崇尚劳动、见贤思齐，加大对劳动模范和先进工作者的宣传力度，讲好劳模故事、讲好劳动故事、讲好工匠故事，弘扬劳动最光荣、劳动最崇高、劳动最伟大、劳动最美丽的社会风尚。

第三，劳动模范是共和国的功臣。《劳模》中的男主人公原型之一：

孟泰，男，原鞍钢工人，新中国第一代全国著名的劳动模范，多次受到毛泽东等党和国家领导人的亲切接见。新中国成立初期，孟泰带领工友们搜寻挖掘器材，并加以整理、分类、修复，然后储存在"孟泰仓库"中，以备急需；不向国家伸手要钱，先后恢复了一、二、四号三座高炉的生产，形成了艰苦奋斗、为国分忧、无私奉献的"孟泰精神"。

《劳模》男主人公原型之二：王崇伦，男，鞍钢工人。1956年和1959年两次被授予全国先进生产者。新中国成立初期，他研制出"万能工具胎"，一年完成四年任务，成为全国最先完成第一个五年计划的工人。二十世纪六十年代初，实现一百多项革新，突破十几项重要技术难题，填补了我国冶金史空白。

《劳模》男主人公原型之三：张成哲，男，原沈阳劳模物业公司经理，二十世纪五十年代的技术革新大王、职工技协骨干，多次被评为省、市劳模，特等劳模，全国劳模，全国劳模标兵。他共完成技术革新八百余项，填补国内、省内空白十八项，为国家创造和节约价值一千多万元。二十世纪九十年代张成哲发起成立了"沈阳成哲群英实业总公司"，带领劳模在市场经济建设中发挥先锋模范作用。

《劳模》女主人公章小凤原型：尉凤英，女，沈阳航天新星机电有限责任公司退休干部，被誉为"毛主席的好工人"，十三次受到毛主席的接见，1959年被评为全国劳模。二十世纪五六十年代，尉凤英完成较大技术革新项目五十八项。她所领导的"厂红专大队"实现技术革新七百零七项，成为当时沈阳市职工技协的带头人。

《劳模》二号女主人公吴凤兰原型：田桂英，女，沈阳铁路局工程处退休干部，新中国第一位女火车司机。1950年荣获全国劳动模范称号。田桂英严谨认真，严把安全行驶关，使"胜利号"保持三年安全行车二十多万公里，没有发生一起事故，出色地完成了任务，并光荣地出席了第一届全国工农兵劳动模范表彰大会。

《劳模》第二代全国劳模郝设华原型：杨建华，男，沈阳鼓风机（集团）有限公司三车间铆工、高级工人技师。2000年被评为全国劳动模范。在中国率先提出"1.4拼装法"焊接方法，解决了拼装焊接中的一大难题，被誉为"中国焊壳拼装第一人"。他二十多年来共解决了企业制造难点一百一十四项，进行技术创新三十余项，很多项目达到国家级水平。

就是这些全国劳模，成了我长篇小说《劳模》这座大楼的四梁八柱，他们的故事构成了《劳模》这座大厦的主体框架和整体结构。

世间万物皆有因果，正如这本书的成型，看似偶然，实则必然。如果没有抗震救灾时的特殊经历，没有去东北，我就不会有那一次零距离接触劳模的机会，便没有深入生活、扎根人民的实践，更不会有这部洋洋一百多万字的长篇小说。说一千道一万，文学创作离开了生活，就像鱼儿离了水，瓜儿脱了秧，那是不能存活的。

劳模，社会主义事业中成绩卓著的劳动者，承载着国家和人民对有突出贡献的劳动者最高礼赞的荣誉。他们是民族的精英、国家的栋梁、社会的中坚和人民的楷模。一个国家的非凡成就，正是由点点滴滴的劳动成果汇集而成，一个个劳模则用忘我的劳动热情和无私奉献精神，以及良好的职业道德引领着时代精神，影响着一代代中国人民的价值观与道德观。我很荣幸用我手中的笔写出了他们的故事，通过这种方式来致敬劳模，让更多人了解劳模精神，在获取正能量的同时，自己也在文字里得到淬炼升华。

不经历风雨怎么见彩虹？回顾来路一嗟三叹，流逝的是岁月，沉淀下来的却是内涵。随着《劳模》的面世，我由衷感谢曾经历过的那些坎坷与磨难，感谢在我的人生中，那个给予了我创作动力和光明希望的劳模世家，是他们不畏艰险、努力拼搏、面对困难永不言败的精神激励了我。更该感谢的还是这个伟大的时代，赋予了劳动者创造创新热情和崇高的荣誉，也给了我们无穷的劳动热情和奋斗的积极性。

劳动最光荣，劳模更光荣！无论身在什么行业、什么职位，让我们用自己的劳动，为共和国的建设添砖加瓦，谱写一曲动人的劳动之歌。向劳模致敬，向伟大的祖国致敬！

陈玉福

2021 年 10 月 17 日下午

于甘肃省张掖市甘州府城工作室

目　录

东北工业是从这里开始的

　　1931 年 9 月 18 日傍晚，日本关东军在中国东北炸毁沈阳柳条湖附近一段铁路，反诬中国军队破坏，以此为借口，炮轰中国东北军北大营，发动了"九一八"事变。自此，日本开始了对中国的全面军事侵略行动。翌日，日军几乎未受到抵抗便将沈阳全城占领。中国东北军撤向锦州。全国最大的沈阳兵工厂和制炮厂连同 9.5 万余支步枪、2500 余挺机关枪、650 余门大炮、2300 余门迫击炮、260 余架飞机，以及大批弹药、器械、物资等，全部落入日军之手。据统计，仅 9 月 18 日一夜之间，沈阳损失即达 18 亿元之多。

　　而后的十余年间，日本在中国东北大力发展军事工业以及和军事工业相关的重工业，目的就是要把东北变为其经济附庸，变为其进一步扩大侵略战争的军事工业基地……

土匪黄夜潜入日本少女闺房，欲行不轨

这是 1943 年冬天的一个夜晚。

没有星光的天幕，呈现出一种黯淡的铁灰色，与遥远的山影相连，沉沉地压在广阔的大地上。苍茫的大地在黑暗里散发出一片迷蒙的微光，借着这稀薄的光亮，隐约可以看见远处闪烁的灯影。

在辽海南城区的白河边，日本关东军辽海守备队黑黝黝的营房，就像荒地里一排排铺开的坟丘一样，阴森地矗立着……就算是这样伸手不见五指的黑夜，也掩藏不了空气里弥漫着的战争的冷酷。营地中靠近白河岸边的一间屋子还亮着灯，从挂着浅蓝色窗帘的里面，柔柔地透出了朦胧的光。

一个黑影乘着巡逻兵走过的间隙，在黑暗中飞快掠过，悄悄靠近了那间有灯光的屋子。

这是日本关东军辽海守备队队长敦村的家，敦村不在，他的女儿惠子正盘腿坐在窗边的炕上，在灯下看书。惠子身着浅藕色底百合花图案的和服，标准的日本女学生发型，黑缎子般的头发被修剪得整整齐齐。曲线优美的颈项从齐耳短发下延伸出来，一直落进和服宽大的领口中。因为她低头凝眸的样子，使得后颈的一大片肌肤都从衣领中暴露了出来……上面铺上一层橘色的灯光后，那片雪白越发显得柔美、诱人。

美丽的惠子背对着门，将脸侧向窗口那边，滑落在腮边的发梢微微弯起，恰到好处的弧度勾勒出她年轻而姣好的面容，齐额的刘海儿下是一双孜孜以求的漆黑眼眸。她的注意力几乎全部都倾注在了手中的书上，丝毫不觉有人已经潜入了她的家中。

屋里的挂钟在这个时候敲响了，当，当，当……黄铜的钟摆一直响了十二声，最后停止在"咔嗒"的那一声指针重合之时。惠子这才似乎被惊醒，她抬起头，向摆钟瞄了一眼，然后习惯性地用手指捋了一下发梢，将落下的发梢别在耳后。她轻轻地打了个哈欠，略微移动了一下身子，换了个姿势，用手肘托着下巴，继续阅读手中的书。

这时，突然从外屋发出一声奇怪的响动。很明显，是有人来了。惠子一个激灵过后，顿时紧张起来。因为她知道这个人既不是她的父亲，也不是她所熟悉的任何一个人。她微蹙起细长的眉梢，壮起胆子问道："谁？"

"是我。"一个男人的声音。

惠子吓得一哆嗦，手中的书滑落："你……你是谁？"

"我是鬼难拿。"惠子的心头一惊，她怕得连头也不敢回。因为她知道，那个人已经来到了她的身后。而这个人就是大名鼎鼎的土匪。

"鬼……鬼难拿？你、你要干什么？"惠子紧缩着肩膀，惊恐地问道。

"我要睡你！"

"啊……来……"

惠子来不及叫出声，嘴就被男人粗大的手掌捂住了。

"不准叫！不然老子杀了你！"

灯影下，敦村惠子年轻秀丽的脸上布满了恐惧的神色，她眼含泪水，努力挣扎。赫然，一把匕首逼在了她的脖子上。

"真的想死吗？那好，你告诉我，我成全你！"

惠子不敢挣扎，泪水从漆黑的眸子里流出，顺着白皙的脸庞徐徐滑落，掉在了床边的书上。书的封面用黑体印着大大的两个中国字——《论语》。泪水很快浸湿了《论语》的"论"字。

"你，你不是鬼难拿……"惠子惊恐而又艰难地说道。

"何以见得？"男人将匕首轻轻地拿开了，他定定地看着惠子。

"我心目中的鬼难拿是抑强扶弱的英雄，是劫富济贫的好汉，他才不会做这种下三烂的勾当！"惠子鼓起勇气大声说道，尽管她的声音颤抖得很厉害，但她那口标准的中国话却说得非常流利、清晰、明白。

"那我告诉你，几个小时以前，你那个浑蛋爸爸，就是辽海日本守备队队长敦村，把一个14岁的中国女孩给糟蹋了！"男人几乎用全身的力量冲着惠子低声咆哮。

强取豪夺

这两天，银基加工厂的东家黑银基非常郁闷。因为，他已经知道，他家的工厂被日本人给盯上了。那些日本人霸道得很，自己要是跟他们硬拼的话，根本就是以卵击石，自取灭亡。但作为一个中国人，他更不齿于去给日本人做走狗、当汉奸。在无助的时候，他就给在日本留学的二儿子黑一海写了封信，叫他赶快回来。回来和他一起反抗日本人。想到在日本读书的小儿子，黑银基又忍不住想起了那个在"九一八"事变中失踪的大儿子，虽然他心怀侥幸地希望他还活着，但这些年完全没有音信，这儿到处都是兵荒马乱的，估计恐已不在人世了。白发人等着黑发人，至亲生死两茫茫。人生最大的悲凉莫过于此。老伴走得早，身边只留下这两个娃，一个在日本读书，一个生死未卜。这一切，都是那些杀千刀的日本人给害的，要我把厂子交给他们，除非我死了！

黑银基愤懑地想着时，管家路一辛急忙忙地进来了。

"东家，日本关东军辽海特务机关长池田一郎来了。"

黑银基低头看了看怀表，已经是晚上九点了，这些日本人还让人活不活了？于是，他不高兴地问："这么晚了，他来干什么？"

路一辛走到东家身边，轻声说："他肯定是为扩建咱银基加工厂而来。"

黑银基一听就火了，"凭什么？这是我的工厂！我不需要扩建！"

路一辛连忙给东家揉背，"请东家暂息雷霆之怒。你听我说，对这件事，你一定要三思而后行啊！否则……"

"否则怎么样？"

"东家，咱们胳膊拗不过大腿。咱辽海早就是日本占领区了，在这里是人家说了算啊！"

"放屁！这是在中国，他们敢！"

"东家，你……"

"啧啧……"

日本关东军辽海特务机关长池田一郎发出像是老鼠偷油时的低哑笑

声，推门进来了。这是一个身材矮小，有一双小眼睛，但目光锐利的日本男人。他并没有穿军服，身上套的是满清人的夹袄，腰间挎着日本刀，手里握着一根马鞭，头发梳得溜光锃亮。他大摇大摆地从黑银基身边走过，径直坐到了书桌后的太师椅上，摇着小脑袋说："看看吧，你这个管家就比你聪明多了。黑先生，大日本皇军的忍耐是有限的，要么我们合作，要么我们没收你的工厂，何去何从，你考虑一下吧。"

黑银基坐在沙发上愤怒地瞪着这个小日本，使劲用木拐戳着地板，"那你打死我吧！现在就开枪！"

池田一郎并不生气，哈哈大笑了两声说道："打死你？死个把中国人太容易了。可是，我无论如何不愿意你死。如果你死了，我们大日本皇军'辽海兵工厂'的铸造技术让谁负责啊？哈哈哈哈……"

黑银基警惕地看着池田一郎："我听不懂你在说什么！"

池田一郎站了起来："哈哈，没有了你的祖传铸造绝技，我们大日本皇军的'辽海兵工厂'还需要建在你这个小小的加工厂里吗？"

黑银基惊讶地问："什么？什么'辽海兵工厂'？"

池田一郎敲着桌子说："那好，让我告诉你，大日本皇军马上要在你的'辽海银基加工厂'进行大规模的投资和扩建，从今天起，这里就是'辽海兵工厂'的地盘了，这里由大日本皇军经营！你，只负责铸造技术，我们给你10%的股份。"

黑银基怒火冲天："你休想！我不会把祖传铸造绝技给你们日本人的！"

池田一郎那副沙哑的嗓子又发出了好像鸭子被捏住脖子一样的笑声："哈哈哈哈……好！你听着，你面前有两条路可走：第一，你要乖乖地听话，在我大日本皇军的'辽海兵工厂'里出任技术总监，钞票大大的有；第二，一分股权都没有，我用鞭子抽着你给大日本皇军干活！"

黑银基呼地站了起来，用拐杖指着池田一郎的鼻子，浑身颤抖着："你……你，你这不是强盗行径吗？听好了，除非我黑银基死了！不然的话，'银基加工厂'是不会给你们这些狗日的强盗的！"

池田一郎脸色一沉，右手握住了军刀的刀柄……

站在黑银基身旁，一直注意着池田一郎神色的路一辛急忙跨前一步，给黑银基搓胸脯，压低声音说："少安毋躁，东家你忍一忍。"然后又故意放大声音："东家，我建议你走第一条路，互惠互利，共同发展……"

书桌后，池田一郎抽出的军刀，又轻轻地放进了刀鞘：哟西……

黑银基对着路一辛大吼："你给我住口！"

这时，池田一郎的副官慌慌张张跑了进来，用日本话在池田一郎耳朵边嘀咕了一阵，池田一郎猛地站了起来，骂了一声："八嘎……"黑银基吃惊地望着池田一郎。

"黑先生，我等你的消息。你，要好好地考虑一下我们的合作！你的管家先生说得不错！我们的，互惠互利，共同发展！"池田一郎说完，头也没有回，带着他的人急忙忙地走了。

黑银基对着池田一郎远去的背影吐了一口唾液，然后转身问路一辛："路管家，你真的让我把工厂交出去？"

"东家，这叫作'好汉不吃眼前亏'。"路一辛一字一顿地说，"如果我们不和他们合作，东家啊，你可要吃苦头的啊！"

黑银基怔了怔，无可奈何地骂道："这帮日本强盗！"

父债女还

池田一郎把车直接开到守备队驻地敦村的家门口时，胖得几乎连军服都要撑破的敦村一直在门外张望。他看见车停下后，连忙跑过去把车门拉开，然后卑躬屈膝地将池田一郎迎进了门。池田一郎一把将敦村推开，径直走进了惠子房间。屋里，惠子侧身坐在炕边，低着头默默地系着衣服带子。池田一郎一下子折断了手中的鞭子，"八嘎呀路！"

池田一郎见惠子无动于衷，便回头对跟在后面的敦村大吼："给我封锁所有路口！马上把那个浑蛋给我抓回来！"

敦村点头哈腰连说"是"，屁滚尿流地跑到外屋打电话去了。

池田一郎看着惠子，发现她似乎对已经发生的事情满不在乎，只是很平静地坐在床边。此时此刻，她的衣服已经整理好了。他假咳了一声，惠子表情淡然地看了他一眼。

"惠子小姐，究竟是怎么回事？"

惠子瞥了一眼屋外，有些轻蔑地苦笑，"这都是他干的好事！"

池田一郎一愣，"他？他是谁？你父亲？"

惠子越发笑得冷漠，语气里满是讥讽和愤恨："今天下午，他强暴了一个14岁的中国女孩！"

池田一郎吃了一惊，但小眼睛一直盯着惠子，"你是说……是你父亲——敦村君干的？"

惠子点点头："是，就是他干的。真是令人发指，我都替他感到羞耻！"

池田一郎眨了眨小眼睛："你为什么告诉我这些？"

惠子摇摇头，淡淡地说："我告诉您这些，不是为了让您惩罚他，而是想让您明白，用武力和野蛮是不可能征服这些中国人的。"

说完，惠子从地上捡起了那本《论语》，轻轻地抚平了上面被泪水打湿后留下的褶皱。

池田一郎的视线也落在了那本《论语》上，"你是说……"

惠子转开脸，神色有些忧伤地看向窗外："他是个正人君子，他并没有碰我。"

池田一郎:"什么……"

惠子知道,她恐怕永远也不会忘了今天晚上发生的事,更忘不了那个自称是"鬼难拿"的男人。当她听到他说自己的父亲对一个年仅14岁的中国小女孩实施了禽兽不如的暴行后,她的心里难受极了……当她明白"鬼难拿"深夜造访,是为了给同胞复仇时,她不准备反抗了。她这样做并不是怕死,她觉得父亲欠下的债应该由她这个女儿来还,不是有句话叫父债子还吗?她非常了解那种仇恨,尤其站在一个女人的立场上,她也绝不能容忍如此禽兽不如的恶行,哪怕这种恶行的制造者是自己的父亲。

惠子明白,身为侵略者一方的自己,不管是否参与了这场战争,都会理所当然地被中国人当作复仇对象。对于自己要无辜承受这样的遭遇,她无话可说。所以,她不再反抗,开始在那个男人面前脱衣服。

在解衣带的窸窣声中,男人突然发问:"你会说中国话?"

"是。"惠子点头回答,手指在取下腰带时犹豫了一下,便很快地脱下了外衣。

男人沉默了一会儿,突然抓住了惠子的肩膀,撼动着她,愤怒地大声问:"那你说,你们这些小日本不好好地待在你们自己的国家,跑到我们中国来干什么?"

惠子被他吓了一跳,恐慌地缩起被抓痛的肩膀,泪水不由自主地流了出来,她死命地摇头,"对不起,对不起……我也不想到中国来,可是,我说了能算吗?我爸爸……"

"别提那个浑蛋!"

惠子浑身一颤,恐惧地望着男人,双手紧抓着和服的衣襟,"好……我、我不提他了……"

男人看着她不断滚落的泪珠,松开手,叹了口气,"你……不要害怕,我……我和你那个浑蛋爸爸不一样。"

惠子看到男人近在眼前那张充满阳刚之气的英俊脸庞,突然间没有了愤怒和仇恨……她停下了脱衣服的动作。她看着他已经变得柔和了的表情,有了一种对异性的向往。她红着脸低下了头,"我知道……"

"你磨蹭什么,快给我脱!"男人忽地站起身,语气又突然变得有些烦躁了。

惠子虽然低着头,但她能感觉到男人投放在她身上火辣辣的视线,那目光灼得她的脸也一起发起烧来。她背对着他，将最后一件衣服脱下，露出了光洁、雪白的背。在这个时候，惠子已经完全没有了少女的矜持和害怕，她准备将自己献给身后的这个男人。首先是为父亲赎罪，也为日本人赎罪。其次是为了面前的这个潇洒的、孔武有力的男人。她早就听说过关于这个男人的种种事迹，他是中国人心目中的英雄，是日本人眼里的煞星，他的英名传播四方，日本人恨他，也怕他，中国人却崇拜他，爱他。而她，撇开国籍和立场，作为一名女子，也同样钦慕他，暗恋他。这样的英雄，这样的男人，谁能不爱？

惠子突然觉得自己何其幸运，能够遇到这样的真汉子、大英雄。她深知自己面临的命运与归宿，爱情和浪漫与她无缘，不要说那名被她父亲糟蹋了的女孩，就算是她自己，也同样免不了成为战争的牺牲品。与其让那些被军国主义思想洗脑的战争狂人玷污她的清白，她宁愿选择将自己给予这个仇恨着她们日本人的男人。她将把这次经历当作一场美梦，无论将来是去慰军，还是嫁给池田一郎的儿子，成为池田家的儿媳妇，她都可以把这场美梦当作永久的回忆，以此熬过以后那些难以忍受的岁月。

这个男人，将成为她的第一个男人，也将成为她这辈子唯一思念的男人。惠子几乎怀着无比美好的憧憬和向往，来迎接她的第一个男人。虽然下定了决心，但惠子还是显得有些紧张，不过这像是在洞房花烛夜，新娘面对新郎的那种羞涩和紧张。她将双手环抱在胸前，不敢转过身去。她就像一个在洞房中心慌意乱的新娘，在等待着幸福的那一刻……

她闭着眼睛等着他来拥抱她，或者是强暴她……

"把衣服穿上！"就在她幸福地期盼着男人"强暴"她的时候，她听到了这样一句话……

惠子愣住了："什么？"

"把衣服穿上！"男人又重复了一遍。

惠子回头，看见男人背对着自己："你……"

"咋的？又听不懂中国话了？"男人的话低沉有力。

惠子大着胆子问："你不要我了？"

男人闷声说："是。"

惠子感到了一阵失落，她顾不上害羞，鼓起勇气说道："先生，我……我愿意……"

男人从炕上一把抓起惠子的衣服，甩到她身上，"不行！快点穿上！

我还有话要说。"

惠子又羞又窘，只得穿上了衣服。她一边慢慢地系着腰带，一边偷偷观察着男人的神色，似乎男人并没有要改变主意的意思，她失望至极，神色也变得哀伤起来。她整理好衣服后，轻轻地对他说道："鬼难拿先生，你说吧，你让我干什么都行。"

"对你那个浑蛋爸爸说，我睡了你！"

惠子再次吃惊，怔怔地看着他，"你……不行！这对你不公平！"

男人晃了晃手中的匕首，但说出的话却并不是真的那么凶狠："听话！要是不按我说的去做，我要了你的命！"

惠子看着匕首，也不再害怕，只是轻叹了一声，她想她又一次感受到了一个中国男人的魅力，他是真正的君子："先生，放心，我一定按你说的去做。"

……

池田一郎听完惠子的讲述后，小眼珠子骨碌骨碌转了几下："那你刚才为什么衣衫不整？"

惠子笑道："我是要让我爸爸和那些把中国人不当人的同胞知道一个道理。"

池田一郎："什么道理？"

惠子的声音一下变得冷漠又生硬："我刚才不是已经说了吗？用武力和野蛮是不可能征服中国人的。"

池田一郎的视线再次落在惠子手中的那本书上，"惠子小姐，看来你中……中国文化的毒很深啊！"

惠子冷冷一笑，用手指轻轻摩挲着书本封面上的那两个字，说出了意味深长的话："中国文化怎么会有毒呢？相反，是我们日本人身上有毒啊！"

邂 逅

这一天，黑银基送完货在回家的路上，看到几个地痞在一家布料铺子门口殴打一个十三四岁的孩子，那个被打的孩子蹲在地上，死命地抱着头护住要害，既不还手，也不告饶。

黑银基看这个少年很硬气，就出手把他救了下来。一问才知道这孩子是看到几个地痞在干坏事，就不由自主地喊了出来，结果就被抓住毒打了一顿。

"这就是你管闲事惹的祸啊。"黑银基带少年到旁边的一家饭馆，让他洗了脸，还买了一碗面给他吃："以后管住自己就可以了，别人的事你最好别管。"

"是他们做了坏事啊……"少年说着，埋头扒拉面，委屈的泪水在眼眶里打转。黑银基顿生恻隐之心，这孩子刚才被人打都没见哭，现在却这么难过，到底还是个孩子啊。看他身上的衣服破破烂烂的，露在外面的胳膊上有好几处已经破皮了，脸也被打肿了，小身体瘦骨嶙峋的，应该是受了不少苦。但这孩子的模样倒生得还算周正，眼睛又黑又亮，一看就知道是那种没啥心机的孩子。黑银基不由得又想起了自己那个下落不明的儿子，忍不住在少年的身上来来回回看。看着看着，就看出了心事：这个孩子的年纪正好是儿子当初丢失时的年纪，到如今，儿子要是命大还活着，应该是二十好几的一条汉子了。只怕是父子见了面也谁都不认识谁了。黑银基想着想着，心下一阵酸楚。

希望自己的儿子在外面也能有好心人给他一碗面吃。黑银基感怀不已时，就有了收留这个孩子的意思。他摸摸少年的头，笑道："对，是他们不对，你是个好孩子。"

"谢谢大爷……"少年不再说话，低头吃着面。看他吃饭的样子，黑银基就知道他已经饿了几天肚子了。黑银基二话不说，又给他要了两碗面。

看少年三碗面下肚，面色红润起来，一双黑黑的大眼睛也越发的明亮了。黑银基问他："你叫什么名字？你的家人呢？"

"我叫郝馒头……从乡下来。我的家人……爹和娘，还有妹妹全让日本鬼子打死了。我……"少年说着，开始用手背抹眼泪。

"哦……"黑银基一时也找不到话来安慰少年，又摸摸他的头，"郝馒头……你为啥起了这么个名字？"

"我爹为了能让我吃上馒头，不饿肚子，就给我起了个馒头的名字。"少年抹了一把泪，低着头，慢慢地说。

"噢……好了，你与我也算是有缘，我也看你这孩子老实。从现在起，你就到我的银基加工厂当学徒，以后就再也不用饿肚子了！"

郝馒头瞪大了眼睛，看着黑银基，嘴巴嗫嚅了几下，就"扑通"一声跪在了黑银基面前，连着磕了三个头，"谢谢大爷，从现在开始，你就是我的恩人……"

黑银基接受了这个磕头，"不过啊，你的名字得改。"

郝馒头连忙说："改，改，你老人家收了我，我就是你儿子，你改吧。"

黑银基看这孩子还蛮机灵的，心下更是喜欢了，就笑道："好，我会收你为义子的。名字嘛，你大哥黑一江不在了，你二哥黑一海又在日本念书。江、海、湖、河，好了，你就叫黑一湖吧。"

郝馒头使劲点头："黑、一、湖，爹，黑一湖这个名字好，我喜欢。"说着，又磕了三个头。

黑银基这才拉起少年，"起来吧……你还是叫我东家好，等你出徒了，出息了，我再正式收你做我的义子。"

"知道了，东家。"

黑银基领着黑一湖回到了家中。刚进门，管家路一辛就喜滋滋地迎上来，"东家，好消息啊。"

黑银基今天平白收了个干儿子，心情总算是难得地好了起来，他不慌不忙地走进厅房，坐到太师椅上，端起刚送上来的茶抿了一口，这才抬头不紧不慢地问："路管家，看你这么高兴，到底是什么好消息啊？"

"这个好消息不要说让我高兴，要是东家您听了还会更高兴。"路一辛早就注意到了东家今天的心情与往日不同，还看见他带了个后生小子一起回家，就猜测这个孩子和东家的关系。

"哦，那快告诉我，让我也高兴高兴。"

"少东家回来了！"

听到路一辛的话，黑银基的手一抖，茶水溅落在了衣襟上。他连忙把茶杯放下，"什么？你是说一海从日本回来了？"

"是啊！少东家他学成归来了！"

"那我们赶快去接他呀。现在就走。"黑银基摸到旁边的拐杖，从太师椅上站了起来。

"东家，少东家已经回到辽海了。"

黑银基喜出望外，连忙向屋外张望："人呢？快让他进来吧。"

路一辛有些踌躇地犹豫了一下："那个，少东家他……他让辽海东洋制造厂的日本人接走了。"

"日本人？他们为什么接他？"

"好像要让少东家出任辽海东洋制造厂的大管事。"

"什么？"黑银基一下瘫软在了太师椅上，"这个忤逆……不行，得把他叫回来！"

路一辛连忙上前按住黑银基："东家莫急，我想少东家会马上回来的。您放心在家等他回来吧。"

黑银基望着路一辛："他会回来吗？"

路一辛点点头："东家，会的，少东家一定会回家来的。"

黑银基这才松了口气，叹息一声："好吧。他回来后，马上让他来见我！"

"是，东家。"

"一湖，你进来吧，这是路管家，他是我们厂里的大管事。"

黑银基招呼一直站在门外的黑一湖进屋，指着他对路一辛说："路管家，这是新来的学徒，没有父母，孤身一人，你给他立个字据吧。"

三人去了书房，路一辛拿出纸砚笔墨，铺在书桌上，"东家，你说我写。"

"三年学徒，工钱为零；跌打损伤，没有医金；走失拐带，责任两清；出徒满师，另行立据。双方情愿，依据为凭。"念完这些内容，黑银基又补充一句："这孩子现在跟我姓，名字叫黑一湖。"

路一辛写完后，让黑一湖在字据上摁了手印。

黑银基收起字据看了一眼，对路一辛说："路管家，这孩子就交给你了。我累了，你们下去吧。"

"行。小兄弟，我先带你去住的地方吧。"

在去宿舍的路上，路一辛打量了黑一湖好几次，黑一湖便忍不住问他："路管家，我怎么了吗？"

路一辛一笑，"哦，没怎么。你原来不姓黑的吧？"

"嗯，我原来姓郝，叫郝馒头。"

"那你知道东家为什么要改你的姓名吗？"

黑一湖摇摇头："只要能吃上饭，姓什么都行。"

路一辛站住，看着黑一湖："话是这么说，可是，你自己要有主意啊！"

"能吃上饭，就是主意。"

路一辛摇摇头，有些无可奈何，"好，你说得也对。你，知道压迫吗？"

黑一湖不知所云："压迫？不就是手艺吗，我一定好好学。"

路一辛再次摇摇头，"你有空常到我的住处来，我给你讲讲，你听得多了，看得多了，自然会明白不少事理。"

为复仇，章小凤女扮男装

"大妈、彩凤、小凤，我来了。"随着一个朗朗的声音，一个年轻伟岸的男子掀开门帘进了屋，他正是鸡冠山的土匪头子"鬼难拿"黑一江。黑一江扛着一袋粮食，原本微笑着的脸，在看到章大妈哀哀恸哭的样子时，一下子呆住了，目光也马上黯淡了下去："大妈……"

章大妈看见是黑一江，连忙抹了两把眼泪，从炕上爬了起来，"啊，恩人你来啦，你快到炕上坐。"

黑一江并没有动，只是轻声问："大妈，彩凤怎么样了？"

黑一江这一问，又勾起了章大妈的无比悲痛。她马上又扑过去抱着女儿的身体哭得呼天抢地，"彩凤啊，彩凤，你走了，我和你妹妹可怎么过啊……"

黑一江将粮食放下后，回头看坐在门边小凳子上的章小凤："小凤，这是怎么回事？你姐姐……"

章大妈又是一声凄厉地哭喊彩凤的名字。章小凤看着她妈妈和姐姐，泪水强忍在眼里，牙齿咬得咯咯响："小日本，我一定要为姐姐报仇！"

黑一江怔了一下，马上意识到了什么。他快步走到了彩凤的跟前。只见平躺在炕上的彩凤脸色铁青，眼球暴突，直直地瞪着屋顶……黑一江拉开了章大妈时，又发现了彩凤嘴里吐出的长长的舌头，还有脖子上一条深红的勒痕。黑一江马上明白了，这个倔强的小姑娘一定是上吊自尽而死的！这个花儿一样的女娃，才在这个世界上活了 14 年，就被日本鬼子无情地摧残死了。

黑一江一拳砸在炕桌上，"浑蛋敦村，我一定要杀了他！"

这时，章小凤突然冲过来，抱住了黑一江，"大哥，一定要为我姐姐报仇啊……姐姐死得好冤啊……"

章小凤的哭声犹如破空的惊雷，久久在屋子里回响。

这天晚上，黑一江没有走。他留下来帮章家母女处理完彩凤的后事。翌日早晨，他站在彩凤的坟前，看着晨曦里被蒙上了一层灰色的辽海，就像是倒塌的山峰一样，失去了往日的威严。黑一江深深叹了一口气，回头看着还跪在坟前不肯走的母女，想到她们今后的生活，不由得皱起了眉头。

临别时，黑一江对章小凤说："小凤，辽海东洋制造厂正在招工，你去当工人吧。"

章小凤瞪起她那双溜圆的大眼睛："大哥，那不是小日本的工厂吗，我不去！"

黑一江盯着章小凤的眼睛，"是日本人的又怎么了？傻丫头。"

章小凤听了鼓起腮帮子，转头不理黑一江。

"辽海东洋制造厂是小日本的不假，可是，你知道吗？小日本是兔子尾巴——长不了。他们迟早有一天会滚回他们的老家去，他们就是不走，我们也会赶他们走的！"

章大妈也拉起女儿的手，哀愁地说："小凤，你大哥说得对，你个儿高，力气又大，你去当工人吧。要不然，我们吃什么啊？"

章小凤瞪起眼睛："就是去人家也不要啊，我是个女的呀。"

黑一江笑道："没关系，你可以女扮男装去。"

章小凤一听，惊得张大了嘴，"女扮男装？"

"是啊。"黑一江耐心地说："你不是要给姐姐报仇吗？你用小日本工厂的工资先把养家糊口的担子担起来，把身子骨养结实了！然后，才能报仇雪恨啊！"

章小凤听了黑一江的话，真的把自己装扮成男人，准备去辽海东洋制造厂的招工场。她虽然是个女孩子，但生得比较男孩子气，嗓门又很大，加上本身就风风火火的，没什么女孩子样，穿上男人的衣服虽然瘦了一点，但还真看不出来她是女扮男装。临走时她还特骄傲地对黑一江说："我就是当今的花木兰！"

虽然章小凤胆子不小，但见到招工场排成长龙一样的人群时，还是有那么点胆怯，她生怕被别人认出自己是女的。可是，当她想起已经死了的可怜的双胞胎姐姐时，就什么也不害怕了。她牙齿咬得嘎嘎响，暗暗地下定了决心：我一定要当上这个工人，像大哥说的那样，先把养家糊口的担子挑起来，然后找机会为死去的姐姐报仇。

该死的日本鬼子！盯着不远处的几个日本人，章小凤在心里已经将他们千刀万剐了一回。她的注意力全在那些日本人身上，没防备被前面的人撞了一下，还踩了她的脚。

章小凤使劲捅了一把撞了自己的那个胖男人，"哎呀，你踩我脚了！"

胖男人回过头来，嘴一鼓一鼓的，正在嚼着什么东西，他瞪了章小凤一眼，"大惊小怪什么？我正求观音菩萨保佑呢，我要是考不上，我找你算账！"

章小凤火气噌地就上来了，一手叉腰，一手指着胖男人的鼻子，"你这不是耍无赖吗？你踩了我的脚，还找我算账？要算账的应该是我而不是你！"

胖男人愣了一下，惊愕地瞪着章小凤，把嘴里的东西努力咽了下去，又从怀里掏出来一个小酒壶，灌了一口酒，这才抹了一把下巴，嬉皮笑脸地说道："哈哈，对不起了。"

章小凤放下手，瞥了胖男人一眼，从鼻子里哼了一声："哼！这还差不多。"

胖男人瞄了一眼章小凤空空荡荡的衣服，问："哎，你叫什么名字呀？"

"你管我叫啥！"章小凤没好气地回答，说完扭开头去，不想再理这个讨厌的胖男人了。

"别价啊，说不定咱们以后就是工友了，先认识认识，进厂后也好有个照应嘛！"

章小凤这才回过头来，斜瞪着眼把面前这个胖男人上上下下打量了一番，说道："我叫章小凤，你呢？"

胖男人从兜里摸了一把炒大豆，扔进嘴里，"我叫孙大峰。看你瘦瘠麻秆的，还真像个麻秆，我看你叫章麻秆更合适。"

"说什么哪？我要是麻秆，那你就是一头胖猪！"章小凤怒目圆睁，腮帮子也气得鼓了起来。

"你算是说对了，我家里人都叫我胖猪。"孙大峰不怒反而咧嘴笑了起来，并从衣兜里掏了一小把炒大豆要给章小凤，但被章小凤挡回去了。

章小凤上下左右瞅了孙大峰几个来回，说："胖猪，你一定能考上。"

孙大峰好奇地问："你咋知道的？"

"猪人有猪福呗！"

……

终于轮到章小凤了，看见那个一脸如丧考妣的考工主管，虽然也是中国人，但章小凤还是紧张得攥紧了拳头，背上也开始冒冷汗。

"喂，该你了。"

"啊？哦……"慢慢走到考工主管的桌前，章小凤小心翼翼地看着他："大哥……"

"你多大了？"考工主管瞥了章小凤一眼，面无表情地问。

"我十八了。"章小凤见考工主管没有想象的那么可怕，就恢复了她快人快语的天性。

"营养不良，瘦猾麻秆，你能干活吗？"考工主管上下打量了章小凤一遍，问道。

"能！我什么样的活都能干！"

"那好，去！把那两桶水提起来，给我走两圈。"

章小凤转身时，吐了吐舌头。她晃了晃拳头，一把将袖子直接撸到胳膊肘上，将主管指的那两桶水一手一只很轻松就提了起来，还在地上转了两圈，然后拎着桶面不改色心不跳地走到考工主管面前，"我在家里经常干重活，我能把两桶水从这里提到家里去呢！"

"是吗？你能耐不小嘛。"考工主管有些吃惊，口气也变了许多。

"我说的是真的。"

"好，放下吧。你通过了，明天上午八点钟准时到学徒班受训。"

章小凤高兴地给那个主管鞠躬："谢谢大管事！"

考工主管翻了翻眼皮，"我不是大管事，大管事是日本人。"

章小凤这就算是顺利过关了，第二天就成了辽海东洋制造厂的学徒工了。在分宿舍时，她见到了孙大峰。章小凤笑嘻嘻地说，这只肥猪还真的考上了。孙大峰也不生气，还忙前忙后地给章小凤帮忙。两人虽然是第二次见面，但被分到了同一个宿舍，关系也就由此变得热络了起来。同宿舍的还有一个叫骆子的，是先进厂的。此人话不多，但很是和气。

章小凤进厂后，心里就踏实了，也不怕被人发现自己是女扮男装了。很快，她就和周围的人混熟了。她整天风风火火地进来出去，毫无顾忌地和孙大峰开玩笑、说浑话，但面对骆子时，她就不敢造次了。在他面前，她不敢太随便。因为从一开始她就觉得他有些与众不同，到底哪里不同了，她又说不上来。他除了上下班，几乎不说什么话。有空时，他总能用笛子吹出非常好听的曲儿。章小凤不懂什么乐理，也不会唱什么歌。她听过村里人吹唢呐，也听过大姑娘唱山歌。逛庙会时，她还看过二人转。她觉得，那些都没有骆子吹出来的曲儿好听。有时候，他吹得那个好听啊，揪着人心似的。她就跟着笛子声绕啊绕的，人都像是要飞起来了。每当这个时候，她就莫名其妙地想起了姐姐，想起了娘。

起先，章小凤并不知道骆子吹的那根竹棍子叫笛子，也不知道骆子吹的是什么曲子。但是，不知怎的，她却常常为他吹的其中一首奇怪的曲子落泪。

每天晚上，当骆子吹其他曲子时，她都会坐在骆子身旁，安静、认真地听。可是，一旦骆子吹那首奇怪的曲子时，她就忍不住地要哭。永远停不了嘴的孙大峰根本不管不顾章小凤的感受，他自顾自地吃着油腻腻的烧饼，有时候他还用烧酒来下烧饼，吃一口烧饼喝一口酒。

孙大峰一边吃着烧饼一边看着章小凤，不解地问骆子："骆子，她哭什么啊？"骆子没好气地说："说明人家有艺术细胞啊！"见章小凤不流泪了，骆子就看着章小凤用口技打起了快板："细细高高往上长，一见风儿晃呀晃——"

章小凤一听急了，抓住骆子的胳膊，不让他再说，"哎，骆子哥，你说什么哪？我是那种见风转舵的人吗？"

骆子笑道："听我说完嘛。"

孙大峰也在一边起哄，"小凤，你急什么？骆子说得好，让他把快板说完呀。"

章小凤放开骆子，嘟起嘴，"骆子哥，那你说吧，我不打断你了。但是，要是说不好，我罚你扫地。"

骆子笑道："好好好，你听好了！（口技快板）细细高高往上长，一见风儿晃呀晃；抱成团儿方没事，要是离群难生长。"

孙大峰一嘴的饼渣，还冲章小凤挤眉弄眼，"小凤，怎么样？骆了厉害吧？把你这个'麻秆'说得很形象吧？"

章小凤瞪了他一眼，"要你多嘴，不说话会憋死你呀？……'抱成团儿方没事，要是离群难生长'，嗯，说得好，意思是我们一定要'抱成团儿'，不然的话，就'难生长'了，对吗？骆子哥。"

孙大峰有些悻悻，灌下一口酒后，擦了一把嘴，"好，小凤，你最有学问了，你把骆子快板的意思全说出来了！"

"骆子哥，真是这样吗？"

"小凤，是这样！"

"骆子哥，你吹的那个奇怪的曲子叫什么名啊？为什么我听了就想哭啊？"

骆子认真地说："这说明你听进去了啊！"

黑一湖

黑一湖在银基加工厂当学徒，非常勤奋，人也老实，从来不生是非。连管家路一辛也很中意他，经常在出去办事时把他带上。

这天，路一辛带着黑一湖去采购物资，回厂的路上碰见一伙日本人在大街上生事。带头的日本人像一个商人，周围的十几个日本人像是他的保镖，或者是家人。日本商人说自己的钱包丢了，小偷就在面前五六个中国人中间。于是，十几个日本人就将这些中国人围在中间，要强行搜身。结果，他们在一个乞丐身上搜出了丢失的钱包。

日本人抓住那个乞丐就打，几个巴掌下去，乞丐的嘴角流出了血，人像一堆破布似的摊倒在了地上。日本人还不罢休，又叫保镖上去打。在一旁看着的黑一湖一个箭步冲上去，挡在了乞丐前面："钱包不是他偷的，我看见了，是有人把钱包偷偷地塞进了他的口袋。"

日本商人打量着黑一湖，看他不过是个衣衫简朴的少年郎，便露出很不屑的神情，用不太熟练的中国话说："我凭什么相信你的话？"

黑一湖指着日本商人手里的钱包说："你看看，钱包上是……是什么？"

日本商人看了看，"油？上面是油。"

黑一湖又举起乞丐的手，"你看看他的手上……有没有油？"

日本商人见乞丐的手上果然没有一点儿油，就问黑一湖，"他不是小偷，你的，看见了吧，真正的小偷是谁？能告诉我吗？"

黑一湖掉头，指着远处没命飞奔的一个胖男人，"是他！"那个奔跑的胖男人不是别人，就是和章小凤、骆子一个宿舍的孙大峰。

日本商人带着人要去追孙大峰时，被路一辛拦住了："你们不能走！"

日本商人吃了一惊，看着路一辛，"我？不能走？"

"对，你们冤枉了他，还打了他，不能就这样算了。"

"对，你们不能走！"不少围观的人也跟着喊了起来。

日本商人的保镖见状，冲上来挡在了主子面前，威胁路一辛："八嘎！你的，想干什么？"

日本商人喝止了家人，"你们去几个人追小偷。"转向路一辛，"你说，我该怎么办？"

"你应该给他一点钱，让他去看医生。"

日本商人从钱包里抽出了一张纸币，"可以吗？"

路一辛把纸币接过去交给了那个乞丐，然后对日本商人说，"可以。钱不在多少，知道自己错了，才是最主要的。"

路一辛和黑一湖刚走，日本商人沉着脸问那几个没有追上小偷的保镖，"怎么样？没有追上？"

几个保镖全都低下了头，"没有。"

日本商人恶狠狠地踹了面前一个家人一脚，"八嘎，一点用都没有！"

"他跑得太快了！"

日本商人狠狠地盯着路一辛和黑一湖走远的身影，低下声音："去，跟上他们，看他们是干什么的！"

路一辛知道后面的日本人追上来了，他加紧脚步拐进了一个巷道口，悄悄地对黑一湖说，"快！快点！"

黑一湖推着车子跟在路一辛身后，也拐进了巷子，两人飞快地跑起来，七拐八拐的，终于把日本人给甩掉了。

确定日本人不会再追来了，路一辛一屁股坐在了地上，从口袋里掏出一包烟来，"黑一湖，抽烟吗？"

黑一湖连忙摇摇头，"不抽。"

路一辛看着他笑道："真看不出来，你很勇敢嘛！"

黑一湖脸一红，嘟囔道："我就是看不惯……他日本人凭啥随便欺负咱中国人？"

路一辛吸了一口烟，慢慢吐出烟雾，意味深长地看了黑一湖一眼，说："凭啥？你说凭啥呀？"

对　策

　　不管你同意还是不同意，也不管你的感受如何，日本人就在一天早上进驻到"银基加工厂"来了。紧接着，一支浩浩荡荡的建筑施工队开来了。乱糟糟的工地上，摆满了建筑用的钢材和大型机器设备。

　　也就是从这一天起，"银基加工厂"开始大规模扩建了。这里到处都是日本军人和伪满洲国的警察，还有几队巡逻兵交叉着在工地四处巡逻。面对这突如其来的变故，黑银基好像一夜间苍老了许多，精神头儿也一下子没有过去好了，两鬓也已然花白了，明显消瘦下去的身体佝偻着……他拄着那根乌木拐杖站在窗边，忧伤地看着外面，自己的工厂在那些搭建起来的钢筋水泥中，显得那么渺小，就像是一个孤零零的罐头盒，可怜兮兮地蜷曲在一角。黑银基望着这些，痛苦地闭上了眼睛。也就在这个时候，路一辛悄悄走到了他身后，也看向窗外的施工场地，目光深沉。

　　"路管家，你说这叫什么事啊？小日本，太歹毒了！"

　　"是啊！用咱们中国人的血汗钱建他们的工厂，还有您的祖传铸造技术，生产打咱们中国人的炮弹，真的没有比这个更歹毒的了！"路一辛将眼光收回，看着黑银基。

　　"路管家，得想个万全之策，不能让日本人得逞。"黑银基看着路一辛，明显苍老了许多的脸上，写着万般的无奈和悲愤。

　　"东家，有什么万全之策啊？别说是咱辽海了，连整个大东北都是日本的了。"路一辛无奈地摇摇头，又将视线转向了窗外即将起来的建筑上。

　　"路管家，必须得想个办法。"黑银基突然低声说，好像下了很大的决心似的，用拐杖狠狠地跺了地板一下："实在不行，就毁了它！"

　　路一辛警觉地看向窗外，见两个监工的日本人正向这边走来，忙扯了扯黑银基的衣袖，示意他不要再说了，"东家，我们回去说吧。"

　　说完，路一辛又故意大声说道："东家，回吧，用不了多久，您的军工厂就建好了！到时候，您老人家就只管数钱好了！"

　　黑银基没领会到路一辛的暗示，气愤地跺脚，"说什么呢？我可不赚这种黑心钱！"

路一辛又在东家的胳膊上捏了一下："东家，您老人家说得不对！目下，最能赚钱的就是军火武器，您老人家可千万要想开啊！"

回到家中，黑银基依然气愤不平，使劲用拐杖跺地，"他妈的小日本，欺人太甚！我这个绝技就是不给他，看他能把我怎么样？"

路一辛在一边沏了茶，端过来给黑银基："东家，您先消消气，跟日本人怄气，咱犯不着。日本要在'银基加工厂'建军工厂，就是看中东家你的这门绝技了。您不同意不行啊，你要是不愿意就范，他们是不会善罢甘休的。不过，这确实是一个非同小可的大问题，小日本生产的炮弹爆炸后，只有27块弹片，最多也就是30片，可用您老人家的技术生产出来的炮弹，爆炸后有60多片弹片，用这样巨大杀伤力的炮弹，让日本人打我们中国人，这还了得？"

黑银基在太师椅的扶手上拍了一掌："让我把铸造绝技拿出来，打我们中国人，他这是痴心妄想！"

"东家，不能硬来，硬来的结果就是无谓的牺牲。我们想一个妥善的法子出来，既要让日本人无话可说，还要让他们生产出来的炮弹派不上用场。"

黑银基目光锐利地盯住路一辛，"路管家，能有这样两全其美的法子？"

路一辛笑了笑："如果东家相信我，就把这个任务交给我。我一有办法，就第一时间告诉您。"

"好！路管家，这件事就拜托你了。不过，这事儿一定要严密，千万不能走漏半点风声！"

明月几时有

　　章小凤对孙大峰的行径越来越看不惯了，当宿舍里就剩她和骆子两人时，她就忍不住向骆子发牢骚，"骆子哥，这都半夜了，孙大峰神神秘秘的，又干什么去了呀？"

　　骆子摆弄着他那支心爱的笛子，淡淡地说："又闻到腥味了呗，他不仅是一头猪，还是一条喜欢荤腥的狗啊！"

　　章小凤几乎是带着仰慕的神色看着骆子："是啊，他可真能吃，还是个酒桶……不说他了，你吹你的笛子吧，我爱听。"

　　"你爱听什么，告诉我。"

　　"还是那个，什么'明月'来着。"

　　骆子笑了："《明月几时有》，你真有欣赏水准，这是苏东坡的名作啊！曲子是我谱的。"

　　"曲子？你谱的是什么意思啊？"

　　"就是这首词是苏东坡写的，曲子是我作的。"

　　"噢……那苏东坡是谁啊？"

　　"苏东坡是古代北宋的大文学家，《明月几时有》是他写的一首词，叫《水调歌头》。要我背给你听吗？"

　　"嗯，要听。骆子哥，你快背吧。"

　　"好。明月几时有，把酒问青天。不知天上宫阙，今夕是何年。

　　"我欲乘风归去，又恐琼楼玉宇，高处不胜寒。起舞弄清影，何似在人间。转朱阁，低绮户，照无眠。不应有恨，何事长向别时圆？人有悲欢离合，月有阴晴圆缺，此事古难全。但愿人长久，千里共婵娟。"

　　骆子慢悠悠地背诵这首古词的时候，声音清亮，感情充沛，尽管章小凤听不懂，但还是被骆子声情并茂的样子深深吸引住了。

　　"骆子哥，你背得真好听。可是我一句都没听懂哎。"

　　骆子笑了，看着章小凤，"哎，小凤，你要是觉得好的话，要不要我教你念啊，对了，你这么有求知欲，人又聪明，不如从现在起，我教你识字、学文化怎么样？"

"那可就太好了，我长这么大也没进过学堂，斗大的字不认得一箩筐，骆子哥，你真的要教我吗？那我现在就拜你为师！"说着，章小凤真的扑通一声就给骆子跪下了，"骆子老师，请受弟子一拜！"

骆子连忙拉起了章小凤，"快起来，这都是啥时的规矩啊。而且，你叫我老师可不行！"

"为什么呀？你这么有学问……"

骆子忙用手封住了小凤的嘴："小凤，听我的没有错，叫我啥都行，唯独不能叫我老师。"

章小凤鼓起腮帮子，装出生气的样子，瞪着骆子："你不告诉我原因，我就叫你老师！"

骆子无奈地摇摇头，小声说："好吧，等有机会我一定告诉你，但你要向我保证，可千万不能说出去！否则，我就不能在这里干下去了。"

"真的？"

"是真的。"

章小凤伸出手指头与骆子拉钩，"骆子哥，来！拉钩上吊，一百年不许变！谁变了，谁小狗！"

骆子的思想情绪被调动起来了，他打算把《明月几时有》详细地讲解给这个求知若渴的小兄弟听："小凤，我们说干就干，我现在就给你讲《明月几时有》，好不好？"

"骆子哥，你得把每一句的意思告诉我，好不好？"

"这样吧，我先把这首词用白话文给你读出来，好吧？"

"好！"章小凤做出了洗耳恭听的样子。

"明月从何时才有？手持酒杯来询问青天。不知道天上宫殿，今天晚上是哪年。我想要乘御清风归返，又恐怕返回月宫的美玉做成的楼宇受不住高耸九天的冷落、风寒。起舞翩翩玩赏着月下清影，归返月宫怎比得上在人间。明月转过朱红色的楼阁，低低地挂在雕花的窗户上，照着没有睡意的人。明月不该对人们有什么怨恨吧，却为何总在亲人离别时候才圆？人有悲欢离合的变迁，月有阴晴圆缺的转换，这种事自古难以周全。但愿离人能平安健康，虽然相隔千里，也能共享这月色的明媚皎然。"

章小凤这下基本上听懂了这首词的意思，她感觉歌词的意思并没有特别地打动她。可是，经骆子哥这么一读，那种牵肠挂肚的思念之情就出来了："骆子哥，我知道了。"

"说说看，你知道了什么？"

"这是一首思念亲人的词。"

"为什么？"

"因为你一读，我就情不自禁地想起了我那死去的姐姐……"章小凤说到这里，突然就哭起来了……

男工宿舍里女扮男装的女子喜欢上了骆子

　　章小凤虽然说进了厂，却也只是个清洁工，干的都是些最脏、最苦、最累的活。骆子经过厕所时，看到她瘦削的身体罩在宽大的清洁工制服里，戴着大口罩正在打扫厕所，累得满头大汗，便二话没说提着一把铁锹过来，帮着她铲垃圾。

　　章小凤过来拖垃圾桶，看见了骆子，连忙把他推出了厕所："骆子哥，这样的活你不能干！你是……"

　　骆子用戴着手套的手对章小凤做了个封口的动作："小凤，什么也别说了，大管事出去了，我这个'杂役'暂时自由了，闲着也是闲着，你这么小，我这个当哥哥的就替你干一点吧。"

　　章小凤夺过骆子手中的铁锹，气鼓鼓地说："骆子哥，你要来帮我，我就不在这干了！"说着，把手中的扫把狠狠地扔在了地上。

　　骆子有些尴尬，摇摇头，"小孩子家还挺倔强的，好好好，我走。"

　　看着骆子走远了，章小凤继续挥汗如雨地扫地、铲运垃圾，但偶尔她会停下手中的扫帚发一会儿呆，并傻笑着喃喃地说："骆子哥……真是个好人啊！"

东洋制造厂

　　火辣辣的太阳下面，辽海这座古老的城市像被烤出了一层油似的，散发着淡淡的金色光芒。随处可见的大烟筒就像是指向太阳的高射炮炮筒，滚滚白烟喷涌而出，气势汹汹、杀气腾腾地冲上蓝天，但很快就被宽广博大的苍穹包容、吸纳，一点点变得稀薄而透明，最后停留在了湛蓝的天幕里。剩下的那一点点微不足道的青烟，随着轻盈飘过的白云，被风带走了。

　　位于老城区西侧大西门外的辽海东洋制造厂，是日本人最早建立起来的大型工厂，呈鞋底状的厂区盘踞在鳞次栉比的各种特色西洋大楼与沧桑的古老城墙之间，被它分割开的两边的世界迥然不同，也显得格格不入。一边是声色犬马，光怪陆离，到处行走的都是穿着西装和服的东洋人及西洋人；另一边则安静闲散，透出一种无奈的忧伤，街上的人不是行色匆忙就是神色冷漠。偶而也会有孩子突然像麻雀一样扑腾着跳到路上来追逐开过去的洋汽车，但马上就会被父母呵斥着，赶回他们那矮小而又破旧的门洞里去了。

　　显然，夹在中间的辽海东洋制造厂并不被两边的情景所影响，它一如既往地在轰鸣声中进行着每天的作业。被工人们偷偷称为烂草鞋的厂区，被宽阔的林荫道分成了住宅与生产两大区，住宅区位于"鞋底"部位，柳绿花红中，红色建筑隐约可见。生产区则占据了整个"鞋掌"，又被白色大道分为车间区、库房区、车辆库和供电所。其中，最大的是车间区，大大小小有二十余栋大楼，贯穿了整个厂区的自修铁道，将这些区域串联在了一起。在厂区最北端，是连着南满铁道支线的站台，上百节漆着"东洋制造"英文及日本字样的车皮停放在七八条横贯东西的铁道上，车辆库与库房就坐落在站台旁边。

　　东洋制造厂的厂房大都是用红砖砌成的，屋顶采用起脊闷顶的建筑，职工住宅也是一样的风格。阳光下，黑色屋脊与红色墙面形成了强烈对比，在一片混沌的杂乱色彩中整齐划一，十分耀眼。

　　午休时间到了，从一栋栋三层大楼里涌出的穿着灰色工作服的工人，争先恐后地汇入厂房之间的大道上，上万名工人，在这里形成了一条可谓气势磅礴的洪流，浩浩荡荡向食堂、锅炉房方向涌去。

锅炉房里，烟筒穿透屋顶的巨大锅炉四周，层层叠叠地摞着成千上万各种颜色的铁制饭盒。每一个饭盒上都写着名字和编号。铃声一响，穿着白色工作服的工作人员，在"咔嚓咔嚓"的声音中，利用梯子，从上到下按照顺序把饭盒传下来，下面的人把饭盒分班分组用车拉到了锅炉房门外。然后，一个个饭盒在人群中传递开来。紧接着，锅炉房外的空地上，灰色的工作服连成了一片海洋，工人们或席地而坐，或半蹲半跪，端着饭盒低头快节奏地吃饭、喝水。

而锅炉房的另一边，是日本人吃饭的职工食堂，日本职员和技术人员都在那里集体用餐。明亮宽敞的餐厅里，十几张长长的条桌旁坐满了人，看上去也是黑压压的一片，他们也低头匆匆地吃着饭，有的还偷偷地从怀里掏出酒来喝两口。

骆子手中端着两个饭盒站在西边的树荫下张望，在人群中终于找到了章小凤，便冲她招手，"小凤，在这里！"

章小凤已经换去了清洁工的衣服，看见骆子，飞快地跑过来，大叫："骆子哥！"

骆子把饭盒递到了章小凤的手中，关切地问："累坏了吧？"

章小凤嘿嘿一笑，在骆子眼前晃了晃胳膊，"没有！哪能呢？我娘说了，在这个世界上，有生老病死的哩，哪有累死的呢！嘿嘿！"

章小凤说着打开饭盒，饭盒里盛着半盒黄黄的米饭，上面铺了一层白菜炖粉条，在一片白色热气中，散发出一股诱人的味道。章小凤惬意地将鼻子放在饭盒边，深深地吸了一口热气，"好香啊！"

骆子带着些难过的神色怜惜地看着她。不过是一些水煮菜而已，一点油水都没有，在她眼里却成了世界上最好吃的美味佳肴。看她捧着饭盒几乎是狼吞虎咽地扒拉那些饭菜，甚至有些不太雅观的吃相，嘴角上不小心挂了几粒米粒，还不知情地冲着他傻笑。但她露出一脸满足又幸福的样子时，骆子的心头就开始颤动，在最深处的地方有着被什么撕扯的痛楚。

"吃慢点，别噎着。"骆子柔声说道，将手中的洋瓷大茶缸递过去。章小凤接过去喝了一大口，用衣袖擦擦嘴，"肚子都饿扁了，饭又给得这么少。"

章小凤和骆子都住在厂里，吃的是职工餐，当然与日本职员和那些工程技术人员的待遇是不能同日而语的。她正在长身体，那点配给肯定是不够吃的。骆子从自己的饭盒里给章小凤拨过去一半，章小凤看着他，又看着自己手中重新沉甸甸的饭盒，"骆子哥，你每次都给我，你自己吃啥呀？"

"我饭量本来就少，而你，年纪还小，需要长身体，就要多吃点。况且，我有机会跟大管事去外面吃，可以带东西回来，你不用担心我了。"

"骆子哥，你真好！"章小凤冲骆子甜甜一笑，又连忙低头扒饭。骆子微微摇摇头，露出宠溺的笑容，"你尽管吃，不够这里还有。"

旁边，已经有不少工人吃完了饭，乘这个空当儿卷着烟卷，悠闲地抽上几口，有人放下饭盒后干脆头枕胳膊，躺在草地上打起了呼噜。

很快，午休时间结束了，在四下里炸开的铃声中，工人们把洗干净的饭盒按照顺序，重新码放在了锅炉房外的一个大平台上……然后，大家一群群或打闹或闲聊着往车间方向走去。人流逐渐分散开去，就像是被机器吸走了一样，上万名工人眨眼工夫就都消失在了厂房之间。不一会儿，机器的轰鸣声重新响起。

撕心裂肺的痛

辽海东洋制造厂大东门外的景象，与大西门外的景象迥然不同。这里曾经也是一片繁华，现在却显得萧瑟零落，由于大多数工厂在日本人侵占辽海后，都已经停产或迁走，留下来的厂房大多破烂不堪，到处堆放着垃圾废料。院子里长满了比人还高的荒草。有些废弃的工厂大门只用铁网拦住，厂牌或倒或斜，凄惨地经受着风雨侵蚀。

在这中间，也有几家半停工半生产的工厂，半死不活地在苟延残喘，厂区里几乎听不见机器的轰鸣声，只偶尔从瓦砾深处传来几声狗吠。

在这片苍凉与凌乱中，唯有刚建起来的辽海兵工厂像巨人一样矗立在沉寂的土地上，高高的深灰色围墙将之圈起，赫然立于断壁残垣中，看上去孤傲，阴森。

在兵工厂大院一个幽静的院落里，黑银基正在书房看账本时，路一辛从门外走了进来："东家，日本关东军辽海特务机关长池田一郎来了。"

黑银基头也不抬地说："让他进来吧。"

池田一郎进门后向黑银基鞠了一躬，看黑银基连头也没抬一下，嘴角抽了抽，强作微笑地问："黑先生，机器设备已经调试完备，您看，我们什么时候才能开工？"

黑银基这才抬起头，面无表情地看了池田一郎一眼，冷冷地说："茨田先生，你坐吧。"

池田一郎坐在了一边的沙发里："谢谢！"

黑银基回头："上茶！"

黑一湖端来了三杯茶，然后又无声无息地下去了。

池田一郎抿了一口茶，轻咳一声，然后说："黑先生，我们共同合作的'辽海兵工厂'已经完成了厂房建设、设备安装调试、职员招收等开工前的全部工作。今天我是代表关东军司令官本庄繁将军来的。将军让我告诉黑先生，他对黑先生与我们大日本帝国的合作表示钦佩！同时，让我代表关东军司令部和他本人与黑先生把这份合同书签了。"

黑银基接过合同，淡淡地瞟了一眼，"好，我看看吧，看完后给你回话。"

池田一郎注视着黑银基，小眼睛里闪动着寒光："很好。但是，请黑先生要快一点。今天是 12 月 2 号，千万别耽误了 12 月 24 号开工的日子。"

等池田一郎走后，黑银基让黑一湖准备人力车，拉他去一个地方。

"东家，咱要去哪？"

"西门外，东洋制造厂。"

黑一湖拉着黑银基，走了大约半个钟头，来到了东洋制造厂的东门外，黑银基招呼放慢了速度、准备停车的黑一湖："直接进去左拐，那边是日本人的公寓，你仔细找一个叫什么'东亚寮'的房子。"

"东家，知道了。"黑一湖一边拉着车跑，一边说。

"一湖，知道'东亚寮'是啥玩意儿吗？"

黑一湖摇摇头："不知道。"

"这日本人的'寮'，就跟我们中国人的家差不多，'寮'就是家的意思。明白了吗？"

"明白了。"

"东亚寮"是一栋三层小洋楼，欧式建筑，红砖黑瓦，方基尖顶，木门木窗，一切都是崭新的。楼下有人看门，挡住了黑银基他们的人力车。黑银基要找黑一海，人家竟然说没有这样一个人。

"就是你们的大管事！"黑银基强调说。

"哦，你要找的是黑海一郎先生啊。"门卫打量了一番黑银基，"请问你找大管事有什么事？"

"老子找儿子还要问什么理由吗？"黑银基愤愤地用拐杖跺了跺地，"你让我进去，我有话要和你们大管事说。"

"请问你是……"

"啊，让他们进来吧，这位是大管事的朋友。"骆子匆忙过来，打断了门卫的询问，把黑银基和黑一湖带到了黑一海的办公室。

进门时，黑银基问骆子，"你们大管事真的叫黑海一郎？"

"是。"骆子点头。

"这个逆子！竟然连祖宗给的大名都改了……真是气死我了！"

看黑银基气得浑身颤抖，几乎都站立不住了，黑一湖连忙上去扶住，"东家，你就不要生气了。"

"老先生，大管事来了。"

听到骆子的话，黑银基抬起头，就看见自己的儿子穿着一身黑色的和服，脚踏木屐，梆梆梆地出来请黑银基进屋。进屋后，他不先给自己这个老父亲打招呼，却和那个听差的骆子在那里叽里咕噜。黑银基默默地看着自己的儿子，自从进门以后，就听到他一直讲的是日本话。黑一湖虽然生气，但还是极力地克制着自己的情绪……

等屋里就剩父子两个的时候，黑银基努力地压住怒气，心平气和地对这个他现在唯一的儿子说："儿子呀，到我们家的工厂里来吧，做一个真正的少东家，你爹我也该休息了。"

黑一海低着头，不看父亲，口气淡淡地说："爹，以前的银基加工厂现在是辽海兵工厂，那已经不是我们家的工厂了。"

黑银基一怔，几乎当场老泪纵横，哽咽着说："是啊，可恶的小日本，这可怎么办啊？"

黑一海看了父亲一眼，端起茶杯放在了黑银基旁边的茶几上："爹，你就睁一只眼闭一只眼吧。"

黑银基痛心疾首地看着自己的儿子，不相信他竟然会说出这样的话来，"这叫什么话？你难道换了个日本名字，就变成日本人了吗？那些炮弹出了厂是去打我们中国人的！你难道不知道吗？"

黑一海依然淡淡地说道："我知道。可是，我们现在还没有能力和他们抗衡。现在唯一的办法就是沉默。"

黑银基大怒，拍着桌子大骂："沉默？真是混账话，你难道不是中国人吗？"

黑一海笑了笑："爹，我怎么不是中国人呢？我心中有数啊！可是……"

黑银基上前一把扯起儿子的衣领："那好，你脱了这身狗皮，跟爹回去！"

黑一海用力拿开父亲的手："爹，我不能回去！"

"为什么？"

"我回家那天晚上不是已经告诉你了吗？"

刻骨铭心的耻辱

黑银基当然记得那天和儿子的谈话。自从黑一海去日本留学后，父子俩已经有整整三年没见面了，当听到儿子回来的消息时，黑银基还没来得及高兴呢，就听说他的宝贝儿子竟然去了日本人的厂里做事了。当天晚上父子俩见面时，黑银基还是不相信自己的儿子能够做出那种认贼作父、令祖宗蒙羞的事情来。一番嘘寒问暖后，黑银基对黑一海说："儿子，你回来就好，我们的工厂就等着你回来呢！"

黑一海却说："爹，我已经是辽海东洋制造厂的大管事了，我不能回来！"

黑银基强压怒火，说："花钱送你留学东洋是为了什么？就是巴望着让你回来继承父业，这也是你爷爷的愿望啊！"

黑一海却是吃了秤砣铁了心一般，对父亲的苦口婆心毫不为之所动："爹，我主意已定，您就成全了儿子吧。"

黑银基不能理解："你怎么了呀？儿子，你放着中国工厂的少东家不干，偏偏跑到小日本的工厂里给人家当什么大管事，你昏头了吧？"

黑一海看着父亲，浓黑的眉毛微微皱起，但表情依然很平静的样子，只是，他的眼睛里，隐约透着一丝痛楚和愤怒。他望着父亲说："爹，你听我说，我在日本学的是现代企业管理，现在在日本工厂里当这个高级职员，就是为了更好地学习日本的企业管理啊！"

黑银基不接受这样的理由："你这不是舍近求远吗？日本人的工厂是工厂，难道我们家的工厂就不是工厂？"

"爹，咱家的工厂的确不是工厂啊！"

黑银基一下子站了起来，指着儿子的鼻子大声问："什么？我们家的工厂不是工厂？那是什么！啊？"

"是作坊。"

"你放屁！日本人的工厂是工厂，我们家的工厂就成作坊了？"

"是的，是作坊。爹，你知道什么叫有限责任公司吗？什么叫现代企业管理制度吗？我们家的工厂里没有这些，人家日本人的工厂里就有！"

黑银基大发雷霆，抓起面前的茶杯就砸在了黑一海面前，"你放屁！你给我滚！滚远点！再也不要回来！"

然而，当儿子真的离他而去时，黑银基为自己的冲动后悔不已。所以，今天他才决定，再找儿子谈一次。

"这么说，我们家工厂的事你真的就不管了？"黑一江耐心地问。

"我主意已定，我不会跟你回去的。再说了，现在这种情况，爹你还以为那是自家的工厂吗？"

一句话戳在了黑银基的伤心处，他颤抖着手指着儿子，"你……你这个败家子，你是想把老子气死啊！好好好，你这个忤逆之子，你改名换姓，丢人现眼，就去当你的日本鬼子好了，从今往后，你我父子恩断义绝，各走各的路，我黑银基再也没有你这个认贼作父的儿子了！"黑银基说完，生气地起身就要往外走。

黑一海一把拉住了黑银基的衣袖，但却没有看着父亲，而是将头深深低下，"爹，您千万不要气坏了身子。我这样做，也是为了我们民族工业的自强自立，为了我们国家未来不再被人欺凌，爹，我们面临的并不是我们家工厂的那点事，而是整个中国，整个中华民族的未来啊！请您理解我，您放心，到时候，我一定会回去的！"

黑银基这个时候根本听不进去儿子这些话，他管不了什么国家民族的未来，在他看来，那些都不是他一个平头老百姓该关心的事。他只知道，他家的工厂就要成为日本人的了，就要生产打自己人的炮弹了，他就要被迫当一个汉奸了。从此以后，他就成了一个愧对祖先愧对世人的卖国贼了！想到这里，他的心头痛得流血，他也害怕得每晚都做噩梦，梦见那些死在炮弹下的人来找他索命。可是，最该理解他也最该帮他一把的儿子，却在这个时候背弃了他。他说什么也不能理解儿子的所作所为，今生今世，他恐怕再也不会原谅这个忤逆之子了……

黑银基狠狠地瞪着面前这个穿着日本人衣服，还改了个日本名字的儿子，眼里写满了愤恨和悲痛："日本人盯着我的铸造绝技呢，你看着办吧，我回去就把技术传给日本人！"

黑一海的身体震了一下，缓缓松手，放开父亲，沉沉地说道："中国工业要想赶超日本，就必须彻底学习日本，研究日本。爹，您走好。"

黑银基眼前一黑，幸亏黑一湖上前扶住了他，他用拐杖指着儿子，气得浑身乱抖："你欺祖叛宗，你不是个东西！我上辈子到底造了什么孽啊，生下你这么个混账东西！为什么当初丢掉的不是你，而是一江呢，我的儿啊……"

黑银基哀恸着，想到他失去了的那个儿子，泪水纵横在他苍老的面颊上。黑一海只是低着头，不吭声。

"走，一湖，从今以后你就是我的儿子，我黑银基只有你这么一个儿子！"黑银基收起泪，毅然拉着黑一湖离开。黑一湖有些张皇地跟着出门，偷偷地回头去张望黑一海，黑一海猛地抬起了头，目光有些呆滞地望着父亲离去的佝偻而苍老的背影……

黑一海站在门外，眼望着父亲很快地消失在了暮色里，回想着父亲刚才生气的样子……他深深地叹了口气。他眼中含着泪花冲着远处的黑暗说："爹，对不起……"

黑一海永远也不会忘记，在日本留学时的那个晚上他所经历的事。就算是挖了他的心，掏了他的肺，他也要将那天发生的事刻在自己的脑子里。不会忘，也不能忘，那是抽打他的鞭子，驱赶他的狼牙棒，让他时刻谨记着自己的使命。

那是黑一海在日本留学的第二年。一天晚上，他应邀参加了一个"未来中国"的同学聚会。几十个学生凑在一间茶屋里，讨论着中国以及中国的未来，还有世界的局势。突然，一个叫山田的日本学生站了起来，他把墙上的一块布幕猛地拉开，布幕后的墙上出现了一个黏结的中国地图。下边喝茶的同学，其中有不少是中国学生，包括黑一海在内，大家都愣住了。

山田大声问："同学们，请大家看一看，这是什么？"

大家几乎是异口同声："中国地图啊！"

山田从旁边拿起了一把日本刀，把中国地图上的东三省一刀劈了下来："嘿！"

黑一海和中国学生忽的一下全站了起来。黑一海感觉这一刀让他的身体分开了一样，好像山田的那一刀不是劈在地图上，而是劈在了自己的身上，自己的心脏卜！那种撕心裂肺的锐痛，那种血肉模糊的惨烈，那种轰然倒塌的崩溃，让他的大脑一片空白。顷刻间，他手脚冰凉，全身僵硬……此时此刻，他虽然愤恨，但他还没有反应过来该如何应对这突如其来的耻辱。

山田把砍下的东三省在中国地图上分开了一点，又贴了上去，然后用粉笔把中国的东三省和日本的版图圈到了一起，"大家看到了吧？满洲国已经是我们大日本帝国的领土了！"

黑一海这下才回过神来，他勃然大怒，踏着椅子就冲了过去。他一下子扑倒了山田，然后捏住了这个日本浑蛋的脖子："你胡说！你这个王八蛋！你欺人太甚！同学们，打死这个王八蛋！"

其他的中国学生也都扑了上来，把山田团团围住了……

"大管事先生，您怎么啦？"骆子的声音突然间响起，把黑一海从回忆中唤醒。看见骆子用奇怪的眼光盯着自己，黑一海这才觉察到了自己脸上的冰冷。他摸了一把脸，才发现，自己已经泪流满面了……

"先生，你怎么了？"骆子关切地问。

"啊……没什么，骆子，没事了吧，走，陪我去喝一杯吧。"

……

聪明的学生

晚上，在东洋制造厂的工人宿舍里，骆子教章小凤识字，他先在纸上写下一个"人"字："这是'人'，一撇一捺，就是一个人字。"

章小凤笨拙地握着毛笔，手有些颤抖地在皱巴巴的草纸上画了两笔，组成了一个歪歪扭扭的"人"字。她一边写，一边还学骆子念着，"人，一撇，一捺，就是一个'人'字，嘻嘻，我知道啦，这一笔是我，这一笔是骆子哥，我和骆子哥就是人哪！"

听到章小凤天真的表述，骆子不觉莞尔，摸摸她的头，"小凤，你真聪明。"

章小凤对骆子摸自己的头有些不乐意了，她拿开骆子的手，鼓起腮帮子说："骆子哥，你别总把人家当小孩子，我只比你小五岁！"

"哦，对不起，那我就把你当我的弟弟吧。"

"哼，这还差不多！"小凤得意地笑道，"骆子哥，该教下一个字了。"

"好，我就教你再写一个'民'字，和'人'一起，就组成了'人民'这个词。"骆子说着在纸上又写了一个"民"字。由于这个字比"人"字要复杂，章小凤看着愣了愣，但还是认真地趴在桌上，照着骆子写的字样，描出了一个大大的"民"字，她写完后擦了一把汗，问骆子，"骆子哥，是这样写吗？"

骆子笑着摇了摇头："不对，你把笔画顺序弄错了。"

骆子移到章小凤身后，捉起她的手，手把手地教章小凤正确地写出了"民"字："这样，对了。哎，小凤，你这手又细又长，根本就不是干粗活的手。"

章小凤一下子把手从骆子手中抽了出来，"骆子哥，你说，我是念书的料吗？"

骆子没注意到章小凤已经红到脖子根的脸，笑道："当然了，你很有灵性，只要坚持下去，你一定能学好文化的。"

章小凤回头看看现在只有他们两个人的宿舍："哎？骆子哥，都这个时候了，孙胖胖怎么还不来啊？"

"可能又去找吃的了吧，不管他，我们先睡。"

章小凤大眼珠子一转，"骆子哥，正好，你给我说说你的事吧。"

骆子一怔："说什么啊？"

"骆子哥，你难道忘了，你上次答应过我的，你说一定要告诉我你的事情的。"

骆子看着章小凤，眼中掠过一丝痛苦，"好吧。"

黑一江的领地

在辽海老城区的南面，约十公里处有座鸡冠山，因为山的形状很像鸡冠而得名。鸡冠山的峰头呈中间高两边低的态势，在辽阔的山岗上突然耸立而起，虽海拔不高，但也显得气势雄伟，就像是一座专门守望辽海的堡垒。鸡冠山绵延数十公里，呈环形状，坐拥一怀青翠。

相传，某个帝王家的陵墓就在这里。由于只有一个路口可以进山，所以也算得上是个天然的关隘。日本人在周围村寨烧杀掳掠、无恶不作时，但独独攻不下这个不大不小的鸡冠山。那个专与日本人作对的传奇人物"鬼难拿"，就和其部众屯聚在此。

这一天，黑一江正在练习手枪打靶，让手下五人一队顶着茶碗给他做靶子，手下们都相信他的枪法，没有人露怯，个个顶着碗在几丈开外站得溜儿直。就见黑一江把手中的盒子枪一甩，啪啪啪几声响，五个茶碗一齐碎了。五个弟兄哈哈一笑，一边夸赞着黑爷好枪法，一边拍掉身上的碎渣。

"下一队！"黑一江头也不抬地往枪里装子弹，然后用掌心一推，子弹上膛。

有一对兵卒上来了。他们一边把茶碗顶到头上，一边还嘻嘻哈哈地开着玩笑。

"都给老子站好了！"黑一江一声大吼，然后举起枪。兵卒几个很快站直，一动不动地等着枪响。就在黑一江准备扣动扳机时，有人来了："报告！"

黑一江收起了手枪，问："什么事？"

"黑爷，山下有人来了！"

"哦？走，看看去！"

黑一江站在山寨门口，看到山下有人在向上面招手，就问半山腰的岗哨："是什么人？"

"好像是上次来的那个路先生。"

黑一江笑了，挥挥手："哈哈，是朋友啊！快让他上来！"

这边给下面打了一下旗子，意思是放行，于是守山门的兵卒打开了山门，并给了路一辛一匹快马。路一辛翻身上马，直接冲进了山口。

看路一辛在自己面前落马，黑一江笑道："哟，路先生，这是什么风把您给吹来了？"

"我啊，是无事不登三宝殿，我今天来，有事相求黑爷！"

路一辛和黑一江的认识，还要从那次黑一江进城帮助料理章小凤姐姐的丧事说起。黑一江平常都在东陵和西郊区活动，很少进辽海城区，但为了章彩凤的事，他去了一回。那一次虽说是替被日本人糟蹋了的彩凤报仇去了，却终究还是没有碰惠子那个日本女子。第二天他忙完正事后，就去酒馆喝闷酒，听到旁边桌上有人提到了"黑银基"三个字。

这个人不是别人，就是路一辛。当时路一辛正和上面派来的同志接头，商量银基加工厂的事，冷不防被人在后面拍了一下肩，回头就看到了这个英俊且霸气的男子。通过寒暄，路一辛才知道这位男子就是传说中的"鬼难拿"，而这位专打日本鬼子的土匪头子竟然就是东家黑银基失散了多年的大儿子。这让他万分惊讶的同时，又感到高兴。路一辛问他要不要回家去看看他爹，他拒绝了："我现在的身份不合适。总有一天，我会回去看他老人家的。"

"等把日本鬼子打跑了之后？"路一辛问。

"对，等把日本鬼子赶回他们老家以后。"黑一江说着，攥紧了拳头。

后来，路一辛按照上级指示，利用他黑银基管家这层关系，到黑一江的地盘探了一下风，和黑一江交上了真正的朋友。路一辛这次来见黑一江，就是带着辽海地下党特殊的使命而来的，主要是和他商量解决辽海兵工厂那些炮弹的事情。他相信，眼前这位疾恶如仇、极富正义感的男人，一定不会拒绝这件事情的。

我就是共产党

路一辛简单地向黑一江说明了来意后，站起身冲黑一江抱拳："黑先生，就这么一档子事，你武艺高强。我们同心协力，共同把这件大事办好。"

黑一江不管不顾路一辛的来意，他看着路一辛提出了一个问题："路先生，你告诉我，你是不是共产党？"

路一辛摇摇手："我已经告诉过你了，我不是共产党。"

黑一江笑了："既然你不是共产党，你为什么要管共产党的事？"

路一辛摊开手掌，坦然说道："这不仅仅是共产党的事，这是我们每一个东北人的事，是每一个中国人的事！你早就看清楚了，目前，国共已经结成了抗日同盟，我们不能眼睁睁地看着日本鬼子把如此杀伤力强大的炮弹运出去，打我们的自己人啊！"

黑一江不耐烦地摆摆手，"这个我当然明白。但是，你必须告诉我，你究竟是不是共产党？你要是不说实话，就马上给我离开这里！"

路一辛没有动窝，只笑问："为什么一定要问我是不是共产党呢？"

黑一江的脸沉了下去，表情变得很凶狠："你不是共产党就好，如果是，我马上杀了你！"

"怎么，黑先生跟共产党有仇？"

"是有仇！我的师傅'鬼见愁'就是被共产党杀害的。"

路一辛一怔："是吗？怎么回事？"

黑一江尖锐的视线一直停在路一辛脸上，他在搜寻这个看上去像个白面书生，但却很有胆识的男人脸上的表情变化。他顿了一下，说道："'九一八'事变后不久，辽海市委副书记李至伦来找我师傅，让我师傅带人去救被日本人抓去的共产党。我师傅是个爽快人，带了十几个弟兄下山去救人，结果呢，全中了日本人的埋伏，一个都没有活着回来！我找了李至伦很多年了，这个可恶的日本人的走狗躲起来了，至今都没有找到。我在师傅坟上发过誓：第一，一定要抓住这个狗汉奸，挖出他的心肝来祭奠我的师傅；第二，决不与共产党打任何交道！"

听了黑一江的话，路一辛并没有露出惊讶的神情，而是微微点了一下头。最后，他叹了口气说："这件事我也知道一点，但我听说在那次行动中，李至伦也死了。"

"如果是这样的结果，我无话可说。可是，我知道的情况是，这个李至伦已经被日本人送到日本去了。"

"黑先生，我所知道的情况是，李至伦和辽海的地下党在那次行动中，和你师傅派出的弟兄们一样，也是全军覆没了。"

黑一江突然从腰间抽出盒子枪，把枪口对准了路一辛："告诉我，你是不是共产党？"

路一辛不慌不忙地回到了座位上，在黑一江的枪口下，神态自若地点燃了一支烟，抽了一口，然后说："黑先生，李至伦同志并没有背叛革命，也没有出卖你的师傅，更没有去日本当汉奸，我想是你误会了。"

黑一江猛地把手枪顶住了路一辛的太阳穴，恶狠狠地说："姓路的，我说过，我要挖出李至伦的心肝来祭奠我的师傅。李至伦我是找不到了，今天，我就拿你这个共产党的脑袋来祭奠我的师傅！"

路一辛将烟掐灭，轻轻地推开了黑一江的手枪："黑先生，鸟之将死其鸣也哀，人之将死其言也善。临死之前，我告诉你我的一切！"

黑一江收起了手枪："说！"

路一辛笑道："能不能讨碗酒喝？"

黑一江恶狠狠地看了路一辛一会儿，才命人端来了两大碗酒，然后两人各端了一碗。

"来，黑先生，干！"

黑一江二话没说，一饮而尽。

路一辛同时也将一碗酒喝光了。他看着黑一江狠狠地把碗摔碎在了地上，然后朝着黑一江拍了拍胸部，"来吧，朝这里打！我就是共产党，你给你的师傅报仇吧！"

本庄繁来了

　　就在路一辛与黑一江周旋、性命攸关的时候，新落成的辽海兵工厂里来了一个日本军方的大人物，据说是要观看炮弹试验效果，为兵工厂开业增加彩头。这让黑银基更加焦急，眼看开工在即，却无计可施，不由在心里埋怨起了路一辛。这个路管家哪，怎么到这种关键时刻了，还不见他的影子！

　　所谓日本军方的大人物，此言不虚。这个人不是别人，他就是日本关东军司令官本庄繁。在池田一郎的陪同下，本庄繁参观了已经建成、准备开工的兵工厂。

　　本庄繁看到这里的一切都井然有序，崭新的厂房雄伟地矗立在他的眼前。厂房高大整齐，周围的其他建筑在对比之下越发显得渺小和破旧。厂房门口站立着两个全副武装的日本兵，他们见本庄繁一行过来了，就立正敬礼。本庄繁还礼后大踏步走进了厂房，这里的机器设备已经安放完毕，调试设备的技术人员来来往往，一派繁忙景象……在明亮的灯光照射下，那些带着崭新油漆的机器都散发着幽蓝的光芒，空气里还弥漫着浓郁的油漆和橡胶的味道……

　　本庄繁等人从厂房的后门出来，就看到了两米多高的砖砌围墙。本庄繁的目光从围墙上面的电网延伸到了拐角处的高耸入云的炮楼。辽海兵工厂的每一个角落里，都有这样的炮楼。它们与厂区里冒烟的烟筒一样，直指深暗的夜空。和烟筒不同的是炮楼上有自由旋转的探照灯，它们与那些地面打向围墙的地照灯一起，把整个工厂照得如同白昼。

　　显然，这里的一切都令本庄繁很满意，他停在了一个车间门口，对站在自己身后的池田一郎说道："好极了！茨田君，关东军司令部不但要奖励你们这些帝国的精英，而且，我还要在天皇陛下那里为你们请功。"

　　池田一郎赶紧走上一步，行了个军礼，"谢谢将军！我们一定会不遗余力地效忠帝国，效忠天皇陛下！"

　　本庄繁得意地摸了摸肚子，问："什么时候开工？"

　　"一切准备工作就绪，就等将军命令开工了。"

本庄繁点了点头，"那个黑银基怎么样？"

"刚开始很不友好，现在已经很配合我们的工作了！"

本庄繁点点头又继续问："兵工厂的保安工作做得怎么样？"

"我已经让敦村从守备队里派出了一个中队，执行兵工厂的安保工作。"

本庄繁摇摇手，"这还不够，在此基础上，要马上从警察局、治安大队各调一个中队的人马，主要承担兵工厂的安保工作。必要的时候，重新成立一个守备队，绝不能在安全问题上出现任何纰漏！"

池田一郎连忙躬身："哈依！"

"茨田君，兵工厂马上开工！马上把黑银基的高技术应用到大日本帝国的事业中去，把这种极具杀伤力的炮弹马上运送到前线，让大日本皇军建立功勋！"

"哈依！"

暗度陈仓

在这座大型兵工厂里，原银基加工厂缩在厂区东北的一个角落里，仅占了不到十分之一的地方。过去的加工厂，现在成了兵工厂一个小小的铸造车间。而就在这个小小的车间外面，也同样有日本兵把守。同时，还有一队四处走动的巡逻兵，他们时刻注视着这里的动静。

路一辛从鸡冠山死里逃生回来，便回到了兵工厂。而这个时候，本庄繁的视察已经结束了……

虽然是在自己家中，黑银基也不得不提防隔墙有耳，再怎么心里焦急也得小心地把声音放轻了："路管家，我们让日本人看管得这么死，你那个朋友要是进不来，可怎么办？"

"东家，不要着急。"路一辛给自己倒了一杯茶，一口气喝了下去。

"兵工厂明天就要开工生产了，万一这炮弹运出去了，怎么办？"

路一辛告诉黑银基，他已经找到了朋友，朋友也答应帮忙。

"只要把生产出来的炮弹破坏掉，就不怕那些东西被日本人用来杀害我们自己的同胞了。"

"东家，您老人家就放心吧。"

听到路一辛这样肯定的话后，黑一江总算放下了一颗心。但是，联想到白天见到的情形，黑银基还是有些担忧。

"东家，你别担心。"路一辛连忙拍拍老人的背，"我想应该是没有问题的。"

"想到我可能要用自己这双手杀害我自己的同胞，就连觉都睡不安稳。老做梦有人骂我是汉奸，还有人来向我索命……我这次可是真的把这条老命交给你了，路管家。"

路一辛笑了笑，将声音又压低了些，"东家，你放心，我那个朋友已经把地道挖到了兵工厂的材料库里了。材料库和弹药库只有一墙之隔，你生产多少，他保证给你解决多少。"

黑银基惊喜地抓住路一辛的手，激动地问："路管家，你说的是真的？"

"是真的。"

"可是能不能来得及啊？就怕……"

"他们的地道已经挖到材料库的地下了，现在，就差和库房的连接了。"路一辛笑道。

黑银基诧异地看着路一辛，突然，他紧张地往窗口那边看了看。其实，窗户早已经关严了，外面的人什么动静也听不到。他这才小心翼翼地伸出手来，在路一辛眼皮下比画了一个八字，"你是这个？"

路一辛摇头笑道，"不是。"

黑银基不信，仍然充满怀疑地盯着路一辛，"那你为什么要做这件事呢？"

路一辛笑道："自从我劝你不要得罪日本人的那个时候起，我们就开始行动了。因为，我和老东家一样都是中国人，也不愿看着自己生产的炮弹去打自己人。"

黑银基怔了怔，他听懂了路一辛的话，心里顿时豁然明朗，他含着泪水紧紧握住了路一辛的手，"谢谢路管家，你做了一件天大的善事啊！"

"其实，东家你更应该感谢的是另一个人。"

"咦？谁？"

"就是我的那位朋友。"

"哦，是吗？的确是应该感谢，这样有胆识有良心的中国人已经不多了，我也很想见见你的这位朋友。"

"东家，你说错了，每一个中国人都是不会屈服于侵略者的，只不过他们大多在暗处战斗罢了。"

"路管家你说得对。"

"对于那些在明处与日本人战斗的人，我也非常敬佩。就比如我的这位朋友。他的名号就连鬼子听了都要怯三分呢。"

"哦？他是谁啊？"

"现在我还不能告诉你，总有一天你会知道这一切的，你也会见到他的。"路一辛微笑着拍拍东家的手说。

要不是黑一江交代，在他没有加入共产党的队伍以前，一定不能把他的事告诉黑银基，路一辛真的很想说出来，"那个人就是你的儿子啊！"

他很想让黑银基高兴一回，但他已经答应黑一江了。所以，他忍了忍就没有把这句话说出来。虽然，黑一江是一个土匪头子。可是，他这个土匪头子不但没有做过对不起老百姓的事儿，而且也没有和共产党起过什么冲突。看着眼前的黑银基，路一辛心生感慨，真是老子英雄儿好汉啊！看看这一对父子，直脾气，真性情，铁骨铮铮的东北血性男儿。在抗日战争最困难的时候，我们需要更多像黑银基和黑一江父子这样的有识之士。

好汉惜好汉

那天在鸡冠山上，黑一江把手枪顶着路一辛的太阳穴就要扣动扳机的时候，他确实有点担心。因为不管怎么说，黑一江还是一个土匪。如果真的死在黑一江的枪下，那就太有点得不偿失了。不过，他对黑一江更多的是信心。在老百姓的眼里，黑一江实际上就是一个劫富济贫的英雄。既然他不完全是一个蛮汉，那他就不会向自己开枪的。同时，他相信黑一江知道一个道理：不管是共产党，还是路一辛，他们都和他一样，是打日本鬼子的。

想到这里，路一辛不卑不亢地大声说："我确实是共产党！不过，遗憾的是，我没有死在打小日本的战场上，而是死在了我们中国人的手里！我路一辛不甘心啊！"

果不其然，他等来的不是枪声，而是一阵响亮的笑声："哈哈哈哈……来啊！大摆宴席，给路先生压惊！"

路一辛睁开眼，看着黑一江，"怎么？你不杀我了？"

黑一江二话不说，拉起路一辛一起坐到了八仙桌旁，"路先生啊，我不这样，你能告诉我你的真实身份吗？"

看到黑一江冲自己调皮地眨了一下眼睛，路一辛有些无奈，苦笑道："这么说，你早就怀疑我的身份了？"

黑一江笑道："不是怀疑，而是肯定。"

"那你为什么不对我下手？"

黑一江一瞪眼："下什么手啊？我师傅虽然死在了共产党的手里，可是，我对共产党还是有好感的。"

路一辛有些吃惊，便问："好感？能不能说具体点？"

黑一江端起酒碗和路一辛碰了一下："路先生，来，先干了这碗！"

"干！"

黑一江摸了一把嘴边的酒渍，朗声说道："就为共产党坚持抗日！同时，我还明白一个道理，想要打跑日本人，看眼前这种情形，只有国民党和共产党联起手来，我们就一定能够把小鬼子赶回他们的老家去！"

两大碗烧酒下肚，路一辛情绪开始激动，一把握住了黑一江的手："谢谢！谢谢你这么理解我们。"

黑一江用力地拍了一下自己的胸脯，"没说的，兵工厂的事儿就交给我了。不过……"

"不过什么？"

"小鬼子的兵工厂规模非常大，出的炮弹也特别多，我们不可能天天钻到小鬼子的兵工厂里去啊！"

"有个情况我得告诉你。"路一辛拍拍黑一江的手背说，"早在小鬼子扩建兵工厂的时候，我们辽海地下党已经按照图纸把地道挖到兵工厂的库房下边了。"

"啊？"黑一江双手握住了路一辛的手，"你们共产党真的很厉害！我黑一江佩服极了。"

"谢谢！"

"路先生，你放心吧。你们共产党能把地道挖到小鬼子的库房底下，我就能把小鬼子所有的炮弹给报销了！"

路一辛抱起酒坛斟了两碗酒，举起一碗来对黑一江说："来，这碗酒我代表共产党辽海市委敬你！"

黑一江接过酒一饮而尽。

路一辛坐下来，"黑爷，有件事我能不能问一下你？"

"问吧。"

"你为什么那么肯定地说李至伦是汉奸？"路一辛想知道这里面究竟发生了什么。

"我有证据。"黑一江说着，给身边的一个弟兄打了个响指，那个弟兄就出去了。

路一辛摇着头笑道，"证据？你有证据也是假的，因为，李至伦书记确实在那次行动中牺牲了。"

那位弟兄很快回来，把一张照片交到了黑一江手上，黑一江又转手把照片交给了路一辛，"你看看这张照片，就知道是怎么回事了。"

路一辛接过照片一看，上面西装革履的李至伦正在和日本人碰杯："噢，这张照片我知道，这是李至伦书记没有暴露之前的照片。那时候，他的身份是辽海剧院的总经理。"

"是吗？这么说我还真的搞错了？"黑一江愣住了。

"是的。你绝对搞错了！告诉我，这张照片是谁给你的？"路一辛把照片放在了桌子上。

"是辽海警察局局长李大同给我的。"

"他到山上来过？"路一辛吃惊地问。

"是啊。"

"他是不是想收编你？"

"好像有这么一档子事。"

"那你上当了！"路一辛望着黑一江认真地说。

听完路一辛的话，黑一江总算明白了事情原委，他生气地一把将酒碗砸在了地上，"妈的，想收编老子！谁抗日老子就跟谁，什么他妈的警察局还是正统军，不打日本鬼子，他就是狗屎！"

"说得好！黑爷。再敬你！"路一辛重新拿起一个碗，替黑一江斟满了酒。

这一天，两个人都喝醉了。但是，醉归醉，他们的心里还是清楚的。黑一江千叮咛万嘱咐，就一件事：他让路一辛一定不要在父亲黑银基那里提他在山上当土匪的事：儿子当土匪，这种事情总归不光彩啊。等到有一天，我黑一江干出一两件轰轰烈烈的大事情的时候，再告诉老人家不迟。

"我们可从来没把你当过土匪。"路一辛又斟满了酒。

"那你们当我是什么？"

"我们当你是朋友。"

"好，交你这个朋友，值！"

两个钢铁般的汉子将两只钢铁般坚硬的手掌合在了一起，紧紧地握住了。

天籁之音

章小凤正在打扫厕所外面的小院，扫完后，她把垃圾收拢，装到了架子车上……就在这个时候，一阵笛声传来了。章小凤想，这是谁啊？怎么吹的是骆子哥常吹的那支《明月几时有》啊？章小凤听了一阵，她确定，吹笛子的不是别人，就是骆子。她有点奇怪，"骆子哥在干吗呢……他怎么现在吹起笛子来了？"

在黑海一郎的房间里，骆子的笛声刚落，黑海一郎就立刻鼓掌叫好："好极了！骆子，你的笛子吹得真好！"

骆子欠了欠身，"谢谢大管事夸奖！"

黑海一郎摇摇手，不满地说："骆子，就我们两个人的时候你就不要叫我什么大管事了。"

骆子微笑着点点头，"好的，黑先生。"

"我比你大，你可以叫我大哥。"

"那怎么行？"骆子觉着这样不合适。

"怎么不行？"黑一海有点不高兴了。

"……好吧，我叫你大哥。"骆子见黑一海是真心的，就答应了。

"这就对了嘛！骆子，我今天真高兴啊，你知道我为什么会这么高兴吗？"

骆子摇头，"不知道。"

黑海一郎从桌上拿起一本日文刊物，在骆子面前晃了晃，"我的一篇现代企业管理的论文发表了，这是我老师给我寄来的。所以，我今天特别高兴！"

骆子接过那本刊物，翻了翻，也点点头，"这是很有权威的刊物呢，你这么高兴我能理解。祝贺你，黑先生！"

"哎？你叫我什么？"黑海一郎故意装出不高兴的样子，指着骆子。

骆子连忙改口，"哦，对，恭喜你，大哥。"

黑海一郎高兴地一把搂过骆子的肩膀，"骆子，我今天不但要请你吃饭！还给你放假半天。"

"谢谢大哥，吃饭就免了，给我放假半天，我要谢谢你！"

"那可不行！我今天高兴，你必须陪我！这是工作！"

骆子吃了一惊："这是工作？"

黑海一郎严肃地点点头："是的，是工作。"

骆子叹了口气："那好，我去。"

"哦，原来是工作就去，不是工作就不去啊！"

"这……"

"你一点也不把我当作你的大哥啊！"

"是大哥你先耍赖的吧？"

"哈哈，好了，就陪大哥去吃饭吧！我老是一个人吃饭，很寂寞的啊。"

骆子看着这个不惜改名换姓，与父亲断绝关系也要下定决心实现自己理想的男子，在心里深深地叹息了一声。虽然他总是以玩笑为自己做掩饰，在他的内心深处，一定是非常非常寂寞的。

于是，他就开起了玩笑："好吧，我陪你，整个下午都陪你。不过说好哦，你得发奖金给我哟。"

"没问题，反正是日本人的钱！"

"你啊……"

两人相视一看，都哈哈大笑了起来。

发现了秘密

笛声停下后，章小凤着急起来了。怎么回事，骆子哥怎么不吹了？她连自己也搞不清，为啥会从厕所那边扫着扫着，就扫到了大管事办公的地方，好像冥冥之中有一块磁石在使劲地吸引着她。她一边心不在焉地挥动着扫帚，一边四下张望着……

她终于发现那个叫黑海一郎的大管事出来了，紧接着，骆子也从里边出来了。章小凤赶忙躲在了一边……她支楞着耳朵，很留心地听他们说些什么。结果她发现了新大陆，骆子居然会说日本话。她诧异极了，也震惊极了。她轻轻地自言自语："骆子哥……怎么会说日本话呢？难道说……他也是日本人？"

想到这个让自己无法接受的结果，章小凤一把扔掉了扫帚。然后，她跑出了厂门。她悄悄地跟踪着骆子和黑海一郎，一直到了车水马龙的繁华街区"春日町"。她见他们进了一家挂着"富士山"字样的日本餐馆，就躲在一边等……等了一阵，仍不见他们出来，她才怏怏地返回了厂里。

回到厂里后，章小凤继续低着头扫没有扫完的地……

"骆子哥……如果他不是日本人，他怎么会说日本话呢？他怎么会和日本大管事一起去吃饭呢？他怎么还和日本大管事勾肩搭背的，那么好呢？"章小凤百思不得其解……

晚上，好不容易等骆子回来了……章小凤急忙上前拉住了骆子，本来她要质问他，为什么和日本人大管事去了"春日町"？可是，她又马上改变了主意。一来，她相信骆子绝对不是什么日本人；二来，平时的骆子哥对她真是太好了。所以，准备好的一顿暴风骤雨变成了细声细语，"骆子哥，你去哪儿了？正好，孙胖胖不在，你得给我说说你的事！"

骆子觉得章小凤的样子有些怪，有些惊讶地问她，"说什么啊？"

"骆子哥，你每次都忽悠我，到最后还是没告诉我你的事，不行，今天你一定要说。"

骆子怔住了，"小凤……"

这时，孙大峰从外面回来了，一进门，就醉醺醺地东倒西歪。他冲着骆子和章小凤嚷嚷，"麻秆，骡子（骆子），我……"

章小凤一下子扑到孙大峰面前，抓住了孙大峰的衣服领子，"你个死胖子，死肥猪！你再叫我一声麻秆……叫啊！你再叫一下试试！"

孙大峰吓坏了，酒也醒了一半，"放、放开，我、我不叫了！"

章小凤松开了孙大峰，狠狠地指着他的鼻尖说："你记住！你要是再满嘴喷粪，我撕烂你这张臭嘴！"

骆子在一边像凑热闹似的，用他的拿手绝活——口技，来了一段数来宝：

> 孙大峰，不安分，
> 车间材料员不好混，
> 一天到晚外面疯；
> 一张嘴，嚼是非，
> 早上嚼到晚上睡，
> 时时刻刻在催肥；
> 章小凤，真英雄，
> 怒目圆睁叫上阵，
> 肥肥不敢再吱声。

章小凤听完，捂着嘴笑了，"哎呀，天不早哩，去撒个尿，睡觉！"

孙大峰看着章小凤一阵风似的出去了，神秘兮兮地凑到了骆子跟前，"骆子，告诉你个天大的秘密。"

骆子不屑地瞥了他一眼，开始整理床铺，"又要嚼是非了吧？"

孙大峰看骆子反应平淡，也有些没趣，就坐下来，从兜里掏出些花生米往嘴里一扔，"啧……我感觉章小凤是个冒牌货。"

骆子一愣，警觉地瞪着孙大峰，"你说什么？冒牌货？"

孙大峰嚼着花生米，嘴角溢出了白沫，看着他的骆子忍不住又皱起了眉，露出了讨厌的神情。他不想和这个家伙说话了，他一下子躺在了床上。

"我发现好几次，他都蹲着尿尿，他是个女人。"孙大峰摇头晃脑地说道。

已经睡下的骆子一个激灵从床上蹦了起来，"什么？你说小凤……小凤是女人？"

　　孙大峰点着头，口沫横飞地说，"我敢拿这颗人头保证，千真万确！"

　　骆子看了孙大峰一眼，又躺下了，"别再胡说八道了，小心让小凤撕烂你的嘴。"

哑弹，哑弹，救命之弹

这里是辽海北门外的打靶场。

已经是深夜时分了，但深秋的莽莽原野还笼罩在潮湿的浓雾之中。本该宁静的夜晚，却不时地被一阵阵强烈的爆炸声所惊扰。空旷里，日本人正在这里进行辽海兵工厂的炮弹试验。首批用黑银基独门铸造技术制造出来的炮弹，被一颗颗射向黑暗，然后，一颗颗炸响了……霎时，炮声阵阵、弹片飞扬。一个阶段的试验结束后，技术人员从前面传来了检测数据。这些数据经过日本特务机关长池田一郎的手后，变成了检测报告。池田一郎签完字后，恭恭敬敬地把检测报告交到了亲临现场监督试验的关东军司令官本庄繁的手里。

本庄繁已经在望远镜中看到了炮弹爆炸的效果，现在又看到了池田一郎报上的数据，他异常兴奋，"好极了！我们的新型炮弹的杀伤力果然不同凡响，这样的杀伤力会让阵地上的敌人倒下一大片的！"

池田一郎面露得意之色，"将军阁下，我们成功了！"

"明天一早，马上把生产出的第一批炮弹送往前线！"

"哈依！"

但是，这批炮弹被火速运到前线后，却没有起到日本人期望的应有的效果。从前线反馈回来的消息说，运去的炮弹全是哑弹。日本人使用这批炮弹的结果是，白白地损失了近一个联队的主力。本庄繁本人也因此丧尽了颜面。本庄繁震怒之余，令池田一郎严查此事。池田一郎挖地三尺，折腾了一个星期，也没有抓到任何线索……

黑银基见到那些看守库房的日本人、还有中国工人，全都被捕了，心情十分沉重。想到他们中的中国人，肯定会惨遭日本人的严刑拷打。这样一想，总觉得有些于心不忍。

"路管家，你们虽然干得漂亮。不过……"黑银基心事重重地说。

看着黑银基脸上难过的表情，路一辛知道他要说什么。这么长时间以来，他已经很了解这位善良忠厚的老人了。他知道那些无辜的工人们将被拷打折磨，自己的心里也很不好受……但是，有奋斗就会有牺牲。为了抗击日本鬼子，总是要付出代价的……

"东家，你想说什么？"路一辛明知故问。

"那些被抓走的人是无辜的，已经三天了，还没有放回来。"

"是啊，他们确实是无辜的。但是，在抗日战场上打击日本鬼子的将士们，却因此而少流了不少血、少死了不少人啊！所以，东家，你的所作所为功莫大焉！"

"路管家，我怎么看你都像是八路军。"黑银基肯定地说。

"很可惜我不是。如果是，我这辈子就没有什么遗憾了，那样一来我就可以畅畅快快地和日本鬼子在战场上拼个你死我活了。"

"如果你不是，那些请来帮忙的朋友们肯定是！"

"也不是。但他们绝对都是英雄好汉。现在我告诉你也无妨，我那些朋友的头和你一个姓，也姓黑。"

"哦？他是谁？"黑银基惊讶地问。

"他是'鬼见愁'的一号徒弟，人称'鬼难拿'。"

"噢！我知道他。他的确是个好汉，听说他一直都在和日本人作对呢。"

"是的，只要日本人侵占我们的土地一天，我们就要和他们战斗到底！"

"那我们下一步怎么办？时间长了，总会让人家发现的。"

"是啊！我也在想办法。"

看着路一辛沉思，黑银基突然目露狠色，说："路管家，我想炸了它，让这个工厂彻底完蛋！"

"你是说……把工厂炸了？你打算怎么炸？"路一辛连忙问。

"只要点着炸药库，厂房就会被彻底炸毁。"

"这样一来，银基加工厂也会一起被炸掉，东家，你不心疼吗？"路一辛看着黑银基，那可是你一生的心血，是你最宝贝的工厂，是你家从祖上就传下来的产业，你真舍得吗？"

"路管家，看你说的什么话，这还是我的工厂吗？再说，就算还是我的工厂，只要是能叫日本人不痛快，就是炸他十个、八个银基加工厂，我也不会心疼。"黑银基说完，用手杖狠狠地戳了一下地板，"炸吧，全都给我炸光了！"

"东家，你真是好样的。"路一辛看到这样的老东家，笑了。

"这就叫兔子逼急了也会咬人的啊。"黑银基恶狠狠地说。

"东家，这样吧，我和我的朋友们商量一下，看下一步怎么办，可以吗？"

"好的。你最好快一点！"

"东家，你就放心吧。"

男寝室里睡一个女扮男装的女子

"骆子，你来一下。"黑海一郎从屋里向骆子招手，神色颇为凝重。

"什么事？大管事？"

"你先进来。"

黑海一郎见骆子进来了，急忙抓住了骆子的手，神色严肃地问："骆子，你给我说实话，和你住一个宿舍的章小凤他是不是女的？"

"啊？"骆子一惊，"谁告诉你的？"

"这个你就不要问了。你先告诉我，他是不是女的。"

"当然不是女的。"

"你确定？"

"我和他住一个宿舍，怎么会不知道？"

黑海一郎看着骆子，注意到他虽然回答得很干脆，但是他脸上还是有些不自然的表情。今天早上，黑海一郎派孙大峰去采购车间的零配件。他见孙大峰支支吾吾的，似有话要说。就问他有什么事。

"大管事先生，我有一个重要的事情要告诉你。"

"哦？什么事？"

"我要告诉你了，有奖励吗？"孙大峰眨着他那双已经被满脸肥肉挤得快没影儿的小眼睛，贼溜溜地盯着黑海一郎。黑海一郎当即就觉得很反感，但还是忍住了火。他淡淡地说："当然。不过，这要看你这个消息的价值了。你说吧，我会按质论价的。"

孙大峰故作神秘地凑到黑海一郎的耳边正准备说时，被黑海一郎拦住了，"你不用这么鬼鬼祟祟，是什么事情直截了当说！"

孙大峰有些尴尬地用手扯了扯衣襟，给黑海一郎弓了一下腰，"大管事，我们厂里有人女扮男装。"

黑海一郎听了一愣，"什么？女扮男装？是谁？"

孙大峰用手指在衣服下面搓动了几下，"大管事先生，这个消息能值……"

黑海一郎皱紧眉头，厌恶地看着他，"这个事确实有价值。不过，你的奖励要等到我查清楚事情的真相后再兑现。"

孙大峰走时，黑海一郎让他暂时不准声张，因为这件事性质严重，需要调查后再做处理。黑海一郎还威胁说："你要是敢把这件事给我捅出去，就是在我的脸上抹黑，我会让你好看的！"

看着孙大峰唯唯诺诺地走了，黑海一郎就连忙找来了骆子。他相信骆子不会对自己撒谎，但看骆子的神色，似乎也是别有隐情。

"骆子，我是你大哥吧？你在我面前还有什么话不能说？"

"那个……我说的是真的，没骗你，大哥。"

"骆子，既然你这么肯定，我就去证实一下，如果是别人诬告的，那最好不过了，可以顺便辟谣。但若是真的……"

"大哥，你放心，我可以保证这件事绝对是有人别有用心的诬告。"骆子赶紧说道。

"那就好。"黑海一郎微微一笑，拍了拍骆子的肩，"我相信你。"

当天晚上，黑海一郎突然把住在宿舍里的全体工人召集到一起。他对大家训话说："为了庆祝我们在生产上取得的成绩，我们今天晚上安排一个特别的节目来娱乐一下。我们大家的，全部，都表演这个节目。你们的，排好队一个一个地上到房顶上去，然后，朝着院子里的花坛撒尿，谁撒得最高最远，谁就是优胜者，将获得特别的奖励！"

工人们一听，全都哄笑了起来。

黑海一郎脸一沉，"你们的，笑什么！这才是男子汉的游戏！要证明你们的，都是真正的男人，就把尿给我撒得高高的！"

夹在人群里的章小凤听到这些话，无疑是晴天霹雳，轰得她当即就乱了方寸。她看看黑海一郎坚定的声色，第一时间想到的就是逃走。但瞄了瞄后门，发现那里已经被人堵上了。这让她更加紧张，一时间惊慌失措、六神无主，手心里都捏出了一大把汗。她的一举一动都被孙大峰看在眼里，喜在心里：好家伙，这一下大管事给我的奖赏跑不掉啦！孙大峰自得地就着刚进口的花生米，喝下了一大口酒。然后，就得意扬扬地哼起了小曲儿。

工人们大多是青年后生，都觉得这个游戏很好玩。他们一个个嘻嘻哈哈地上房，撒尿，然后下来。不一会儿，已经有一半多的工人从房顶上下来了。

黑海一郎也在观察着章小凤的反应。由于是在晚上，再加上距离较远，所以他看不太清楚她的神色。

节目主持人在一边大声地念名单，"下面由骆子上房表演，章小凤准备！"

刚开始时，章小凤惊恐万状地想要寻求骆子的帮助，可是，骆子却不知跑哪儿去了。现在，骆子不但突然地出现了，而且还给了她一个"放心上去"的手势。她眼睁睁地看着骆子走向了梯子，却不能近前。因为，她发现孙大峰正在盯着她呢。

绝望中的章小凤，只能巴巴地望着房顶上的骆子。要是平时，她一定会想方设法看看骆子，他是怎么把尿撒出去的。可是现在，她满脑子都是恐惧，以至于自己是怎么爬到梯子上的，又是怎么上到了房顶上，她几乎是稀里糊涂……

表演的结果出人意料，章小凤的尿撒得最高也最远。她不但获得了这次表演的第一名，而且还把尿撒到了黑海一郎等人的头上。黑海一郎不但没有怪她，而且还给她奖励了一个日本产的相当昂贵的热水瓶。

事后，黑海一郎把孙大峰大骂了一顿，"孙大峰，你随意造谣生事，还恶意诬告同事，险些造成严重后果，我要对你严惩不贷！"

孙大峰一听，吓坏了，扑通一声跪在了黑海一郎面前，"大管事饶命，我没有造谣，我说的都是真的！"

黑海一郎眼睛一瞪，"你还敢说是真的！事实都摆在面前了！"

孙大峰被黑海一郎冷酷的眼光吓了一个激灵，连忙磕头求饶，"大管事先生，我下次一定注意，请你饶了我吧。"

"还有下一次？"

"没，没下一次，我再也不敢了！"

黑海一郎转身叫过骆子，用日语对他说："带这家伙去执行处罚！"

骆子看了匍匐在地上不敢起来的孙大峰　眼，忍住笑意，也用日语问黑海一郎，"大管事先生，执行什么处罚？"

"罚他在门外的雪地上站两小时！"

"哈依！"

骆子对孙大峰说："孙胖胖，起来吧。"

孙大峰爬起来，低声问骆子，"大管事要怎么罚我？"

骆子微笑不语。黑海一郎说："要不是骆子给你求情，我就把你送宪兵队！"

孙大峰以为黑海一郎真是日本人，他也知道如果进了日本人的宪兵队，就是能活着出来，也一定是残疾人了。于是，他跪下给黑海一郎“哪哪哪”磕了三个响头，“谢谢太君！谢谢太君……”

孙大峰哭丧着脸，跟着骆子走出了大管事室，来到了门外的雪地上。孙大峰见没有了日本人，就又神气起来了，他从怀里掏出小酒壶，喝下了两口酒……

骆子摇了摇头，问他，“孙胖胖，你说！是不是你造谣说小凤是女的，还到大管事那里告了密？”

孙大峰扭开脸，嘀咕道：“没有，我怎么会做那种下三烂的事呢！”

“是吗？那大管事为什么要罚你？”

孙大峰连忙拍胸脯，“我对天发誓，我要是那样做了，我不得好死！大管事罚我，是因为我把材料买错了。”

骆子笑了笑，“那好，我相信你。你好好站着吧。我还有事呢！”

孙大峰哆嗦了一下，抱住胳膊发牢骚，“唉，倒霉死了，这么冷的天，我冻死了怎么办啊？”

“没事儿，你的皮厚，根本就冻不进去。”

用心良苦

这个冬天的辽海发生了不少事情，大多都与把东北当成家的日本人有关。

先是冬至前，接连两次，十几架美军轰炸机突然飞至辽海上空，投下了数十颗炸弹，日本人在辽海的工业区很快就被硝烟和烈火吞没了。这次轰炸的结果是，辽海市一家最大的重型兵工厂被炸毁，周围好几家军备厂也被波及。这次轰炸，不但辽海市的市民惊慌失措，就连关东军司令部也惶恐不安，害得日本人也神经质了，一有风吹草动，动不动就拉响了城市警报。

显然，前线的战火已经绵延至后方，就算是日本人使尽浑身解数，面对美国人、苏联人的反击，他们也只能是被动挨打，无可奈何……

除了美国、苏联方面的威胁，中国抗日联军也在频繁活动，这让关东军的屁股坐不稳板凳。抗联，还有他们在城市里的地下抗日力量，也太厉害了，时不时地就把关东军搞得人仰马翻，活该小鬼子倒霉。这不，美军空袭的飞机刚过，刚刚落成投产不久的辽海兵工厂，突然在一个晚上，被莫名其妙地炸了个底朝天。

这一天晚上，辽海兵工厂的动静是太大了，就像连绵不断的大地震一样……那异乎寻常的爆炸声持续了将近三个钟头，才渐渐地安静了下来。人们远远地就能看见，随着爆炸声响起，辽海兵工厂顿时成了一片火海。那火光照亮了半个辽海城……几天后，火终于熄灭了，可崭新的厂房已经变成一片焦黑。

这个事件的发生，除了关东军驻辽海的正规军外，其余的守备队、宪兵队，包括警察局，都被搞得手忙脚乱，其间接管理和直接管理辽海市军警宪特的日本住辽海特务机关长池田一郎，也是相当的狼狈不堪。他不但被本庄繁骂了个狗血淋头，而且还险些丢了性命。一时间，辽海市的军警宪特上蹿下跳，到处搜查共产党，弄得整个辽海市鸡飞狗跳，人人自危。

虽然空袭与爆炸都没有波及辽海东洋制造厂，但这个事件的后果还是影响到了这里。一天，警察局调查科科长亲自带人上门来，追查厂里厕所窗户上贴着的那条写着"日本鬼子滚出中国去"的标语事件。他们要黑海一郎交出潜伏在厂里的共产党人。黑海一郎不但不买他们的账，而且还二话不说左右开弓，把警察局的调查科科长打了个人仰马翻。警察撤走后，黑海一郎就迅速地追查，这样的标语是怎么贴到厕所窗户上去的。

追查来追查去，章小凤就被黑海一郎叫到了厂里的违纪职员处置室。章小凤起先还以为自己"女扮男装"的事又被抓包了，紧张得不得了。结果去了才知道，大管事只是让她读一张报纸。章小凤没有进过一天的学门子，怎么可能读得出来。最近，她虽然跟着骆子识了不少字，可那都是很简单的一些单字。现在，让她看报纸，她立马傻眼了。她看到的不是字，分明是爬着的一大群密密麻麻的"黑蚂蚁"嘛！她使劲瞪着报纸看了半天，恨不得把报纸瞪出个窟窿来。结果，她也没能找出几个自己认识的字来。她不得不羞愧地向黑一海低头承认："我……我不识字。"

黑海一郎饶有兴趣地看着章小凤，从那双又黑又亮的眼睛里看不出丝毫遮掩，"你真的不识字吗？"

章小凤点头，"是真的。"说完，她又不无遗憾地小声补了一句，"我倒是想认识来着，可惜人家不认识咱……"

黑海一郎听到了章小凤的嘀咕，想笑却又忍住了。不过，这总算让他松了口气，"真是这样的话，我们就不用送你去警察局了。"

章小凤咦了一声，"警察局？你的意思是，要是我识字，你就送我去警察局？"

黑海一郎看着一脸茫然的章小凤，神色肃然地点点头，"的确如此。"

这时，骆子急急忙忙进来了，瞥了一下瞪大眼睛看着他的章小凤，低声给黑海一郎说："大管事先生，日本宪兵队的人来了。"

黑海一郎脸色一凝，"知道了。"然后他转过头来看着章小凤，"你虽然不识字，但是，这件事给工厂带来了极大的麻烦，为了严肃厂纪厂规，我要处罚你！你马上伸出你的左手来！"

章小凤还没弄明白黑海一郎这句话的意思，但紧接着有几个人就突然来到了她的身后。他们扭住了她的双手，不知道要干什么。这个突如其来的变故，把她吓了一大跳，"你，你们要干什么？"

黑海一郎瞥见门外不远处正向这边走来的日本宪兵，有些焦急地冲章小凤低吼："快点伸出你的左手来！要不然就来不及了！"

章小凤极不情愿地伸出左手的时候，立刻就有人用布蒙上了她的眼睛。章小凤奋力挣扎，但还是被按在了地上。黑暗里她什么也看不见，心里充满了恐慌，想要喊骆子救她……突然，她感到了一阵钻心的疼痛。这疼痛，是从左手沿着手臂一直传到心脏……她不知道发生了什么，只觉得左手气血翻涌，她本能地惨叫了一声，就失去了知觉……

章小凤惨叫之声刚落，日本宪兵的脚步就"咔咔咔咔"地踏了进来。

日本人看到了躺在地上半个身子血淋淋的章小凤后，愣了一下。一个日本宪兵军曹厉声问："这是怎么回事？"

黑海一郎用一口纯正的北海道日语说："我正在处理违反了厂纪厂规的工人。"

日军军曹诧异地望着黑海一郎，猜测着黑海一郎的出身。眼前这个相貌堂堂、一身正气的黑海一郎，让他这个傲慢的日本宪兵队军曹也不敢特别放肆。尤其是黑海一郎刚才那一口纯正的日语，让他知道，这个人不但是日本经济界的优秀分子，而且其出身也一定是高贵的。因此，他不但对黑海一郎没有了敌意，而且还恭恭敬敬地给黑海一郎鞠了一躬，"请多多关照！"

黑海一郎用不卑不亢的日语问："你到我这里是来督察标语事件的吧？"

日军宪兵队军曹还是站得毕恭毕敬，"是的。我能不能请您说说追查的经过？"

黑海一郎继续用日语说："他是一个不识字的保洁员。他见厕所的窗户开了一个洞，就把街上捡来的一张标语给贴上去了。他认为，这样既补好了窗户，又为厂里省了钱。"

日军军曹看到了桌上的报纸，又一次看了看躺在血泊中的章小凤，对黑海一郎说："您是我们大日本帝国的精英，您处理的案子我一百个信任。您放心，这个案子，我同意结案。"

黑海一郎伸出了手并用日语说："谢谢！"

日军宪兵队军曹有点受宠若惊，急忙地握住了黑海一郎的手："不用客气……"

骆子在外面听到了章小凤的惨叫声，几次想冲进去，都被门口的日本宪兵挡住了。但是，黑海一郎和日军军曹的对话他是一字不落地听到了。他知道，黑海一郎——不，他从心里开始叫黑海一郎黑一海了。是黑一海救了章小凤。他知道，日军宪兵队是日军在辽海的特务机构，要是查出章小凤女扮男装的问题来，不但章小凤死罪难逃，而且黑一海说什么也是脱离不了干系的。当然了，如果日军宪兵队这个军曹执意要带走章小凤的话，黑一海也是无法阻拦的。所以，黑一海想了这个丢卒保车的办法，用章小凤的一根手指头，终于使一场大祸化险为夷……

"小凤……你可千万别出什么事啊……"骆子暗暗地在心里为章小凤祷告……

大约半盏茶的时间，黑一海和日本宪兵军曹一起从处置室出来了。这个先前态度极其傲慢、不可一世的宪兵队军曹这会儿却一个劲地给黑一海点头哈腰，非常恭敬的样子。看到日本人前倨后恭的样子，骆子心里不由得更加佩服黑一海了……

日本宪兵在又一阵"咔咔咔咔"声中走了，黑一海用眼神示意骆子，骆子三步并作两步跑进了处置室。看见昏倒在血泊中的小凤，扑上去焦急地大喊："小凤，小凤，你醒醒！你醒醒啊！"

黑一海过来拉住章小凤的左手，急忙用胶带扎住了她的手腕，止住了血，"骆子，你还磨蹭什么，快送章小凤去医院啊！"

骆子这才回过神来，连忙背起了章小凤。黑一海往他兜里塞了一沓纸币，"骆子，你好好看护他，等他醒过来后再送他回宿舍。记住了，我放你们两人两天假。"

骆子冲黑一海感激地点点头，"谢谢大哥！"

晚上，黑一海去医院看章小凤，得知章小凤的伤口已经处理过了，大概是受了惊吓的缘故，所以她还在昏迷中。大夫告诉他说，已经没有什么大碍了。

"骆子，对不起……"黑一海看着章小凤放在床边那只被包扎起来的手，心里十分内疚。

"大哥，这又不是你的错，我知道，你其实是在保护小凤。"

"唉，什么也别说了……不管怎么说，也是我伤害了他。"黑一海伤感地看着章小凤。骆子一时间也找不出话来安慰他。

"对了，这件事我问过小凤了，她确实是在稀里糊涂的情况下做出的，她又不识字，我也认为肯定是她误贴的。这件事情虽然有不少人看到了，但没有人声张过。可是，为什么警察局会知道这件事呢？"骆子说出了自己的疑虑。

"我也正想跟你说这件事呢。那天你也看到了，警察局的人一来就直接奔厕所那儿的标语去了，这一定是厂里有人告密了。"

骆子也回忆着当时的情景，那个警察局的调查科科长一进门就说要抓共产党。骆子矢口否认，结果那个科长就带骆子去看厕所里一个窗户上贴的标语，标语上清清楚楚地写着"日本鬼子滚出中国去"，警察以此为证据要在厂里进行搜查。骆子说，这是日本人的工厂，你要搜查，必须得经过大管事同意，否则的话，你负不起这个责任的。调查科科长这才找到了黑海一郎。没想到黑海一郎先发制人，左右开弓就是几个耳光。调查科科长一气之下就把这件事捅到了日本人那里。之后，那个宪兵队的军曹就带着宪兵队来了……

"查出标语是章小凤贴的，我就知道麻烦了。"黑一海看着章小凤说。骆子心头一动，没有接话，等黑一海继续说下去："如果让她被警察局带走，后果就严重了，一用刑，她的麻烦就来了。如果宪兵队介入了，她更是死路一条。"

骆子听到这话，也惊出了一身冷汗。他吃惊地看着黑一海。

"结果你也看到了，宪兵队果然就来了。"

"是你救了小凤……"

"骆子……唉，你要小心孙大峰这个人。"黑一海看着骆子，叹了口气。

"你是说……"

黑一海摇摇头，"一些事情已经很清楚了，你就不要问了。总之，你们要提防这个人。"

"知道了……谢谢大哥。"

"哎，那我就回去了。"

"大哥，我送你。"

"不用了，你好好看着他吧。如果他醒了，替我向他道歉。"

"大哥……"

骆子目送黑一海走远，他的背影在清冷的夜色里，显得既孤单又悲伤……

章小凤终于醒过来了，她睁开眼睛说的第一句话就是："骆子哥，我做梦了。"

骆子轻轻地问："小凤，梦到什么了？"

章小凤笑着说："你在给我吹《明月几时有》。"

"是吗？"骆子把一个饭盒端了过来，"这说明你肚子饿了，也该吃点东西了。"

章小凤一骨碌坐了起来："骆子哥，你让我吃什么啊？"

"哎……你小心点！"

章小凤动动胳膊说："骆子哥，你看，我已经好了啊。"

"什么呀？"骆子把她安顿好才说："清汤鸡肉，怎么样？"

"太好了！"

骆子给她喂了一口鸡汤："你不要给我逞能了！你好好地在这里休息，我陪着你。"说着，他又给她喂了一块鸡肉。

"给我。"章小凤用右手把骆子手中的勺子抢了过来，"骆子哥，你把饭盒放我腿上，我自己吃。"

"你行吗？"骆子按章小凤说的做好了一切："哎，还真行。"

"骆子哥，你能陪我多长时间啊？"

"大管事说了，让我陪你到你出院为止……小凤，你怎么啦？"

"骆子哥，你能不能不提那个小日本？"

"小凤，其实他……"

章小凤气愤地打断了骆子的话："骆子哥！你要再提他，我不住这个院了！"

见章小凤发这么大的脾气，骆子只好依了她："好好好，小凤，我们不提他！那么，我们提别的，好不好？"

"好……"章小凤这才破涕为笑："骆子哥，你给我讲……"

"讲什么？"

"讲……讲《明月几时有》！"

"好的。反正我们明天不上班，今天晚上，我就给你上一课。"

"骆子哥，你讲，我边听边吃。"

《明月几时有》是一首词。是宋代大词人苏东坡写的，分两段。第一段一开始就提出了一个问题：明月是从什么时候开始有的——'明月几时有？把酒问青天。'其问之痴迷、想之逸尘，确实是有一种类似的精气神贯注在里面。接下来两句：'不知天上宫阙，今夕是何年。'把对于明月的赞美与向往之情更推进了一层。从明月诞生的时候起到现在已经过去许多年了，不知道在月宫里今晚是一个什么日子。词人想象那一定是一个好日子，所以月才这样圆、这样亮。他很想去看一看，所以接着说：'我欲乘风归去，又恐琼楼玉宇，高处不胜寒。'苏东坡自己也设想前生是月中人，因而起'乘风归去'之想。他想乘风飞向月宫，又怕那里的琼楼玉宇太高了，受不住那儿的寒冷。词人故意找出天上的美中不足，来坚定自己留在人间的决心。"

"骆子哥，我明明感觉到这是一首思念亲人的词。怎么你说了半天，我又觉得不是了呢？"

"小凤，你的感觉没有错。你听我接着讲：第二段由中秋的圆月联想到人间的离别，同时感念人生的离合无常。'转朱阁，低绮户，照无眠。'转和低都是指月亮的移动，暗示夜已深沉。月光转过朱红的楼阁，低低地穿过雕花的门窗，照到了房中迟迟未能入睡之人。这里既指自己怀念弟弟的深情，又可以泛指那些中秋佳节因不能与亲人团圆，以至于难以入眠的一切离人。'无眠'是泛指那些因为不能和亲人团圆而感到忧伤，以至于不能入睡的人。月圆而人不能圆，这是多么遗憾的事啊！于是苏东坡便无理地埋怨明月说：'不应有恨，何事长向别时圆？'明月您总不该有什么怨恨吧，为什么老是在人们离别的时候才圆呢？相形之下，更加重了离人的愁苦了。这是埋怨明月故意与人为难，给人增添忧愁，无理的语气进一步衬托出词人思念胞弟的手足深情，却又含蓄地表示了对于不幸的离人的同情。接着，词人把笔锋一转，说出了一番宽慰的话来为明月开脱：'人有悲欢离合，月有阴晴圆缺，此事古难全。'人固然有悲欢离合，月也有阴晴圆缺。她也有被乌云遮住的时候，也有亏损残缺的时候，她也有她的遗憾，自古以来世上就难有十全十美的事。既然如此，又何必为暂时的离别而感到忧伤呢？词人毕竟是旷达的，他随即想到月亮也是无辜的。既然如此，又何必为暂时的离别而忧伤呢？词的最后说：'但愿人长久，千里共婵娟。''婵娟'是美好的样子，这里指嫦娥，就是代指明月。'共婵娟'就是共明月的意思。'但愿人长久'，是要突破时间的局限；'千里共婵娟'，是要打通空间的阻隔。让对于明月的共同的爱把彼此分离的人结合在一起。古人有'神交'的说法，要好的朋友天各一方，不能见面，却能以精神相通。'千里共婵娟'也可以说是一种神交了！这两句并非一般的共勉，而是表现了作者处理时间、空间以及人生这样一些重大问题所持的态度，充分显示出了词人精神境界的丰富博大……"

无条件投降后的垂死挣扎

这是一个令中国抗日军民激动不已的日子。

因为在这一天，日本天皇向全世界宣布无条件投降了……

在一片废墟上刚刚重建完毕的辽海兵工厂，屹立在夕阳瑰丽的斜照中，越发显得宏伟雄壮。建筑工人们匆忙地拆卸着建筑物外围的脚手架，各种工程用车还在厂房间轰鸣，大量废料被铲起，装载，并运出。庞大的吊车也开始缓缓向外移动。工地上依然一片忙碌的景象，有不少荷枪实弹的日本巡逻兵穿插其中，紧张地来回巡视。厂里厂外都有为数不少的日本军人在站岗。

池田一郎在敦村的陪同下，视察完工地，就来到了建在厂里的守备队办公室。敦村一边点头哈腰地给池田一郎让座，一边讨好地说："请大佐阁下放心，在此次重建厂房的过程中，我们大日本帝国的军人自始至终都在现场监督。我向大佐阁下保证！再不会出现任何问题了！如果再有差错，我愿以死谢罪！"

池田一郎坐到沙发上，小眼睛死死盯住了敦村，让这个胖子有如被蛇盯住的感觉，开始从额头上渗汗："敦村君，这个兵工厂的守备队队长是我破格给你争取的。记住了，你要与兵工厂共存亡！"

敦村连忙立正行了个军礼："是！请大佐阁下放心，我誓死与兵工厂共存亡，以实际行动为天皇陛下效命！"

这时，敦村的助手从外面急急忙忙进来了，在敦村的耳朵边说了句什么。

池田一郎见状，小眼睛一瞪，对助手吼道："浑蛋，大声说，什么事？"

助手先是看了一眼桌上的收音机，然后看池田一郎，又看敦村，还是不敢说话。敦村连忙跑去打开了收音机，紧接着，就听到了日本天皇的声音，他在下达向中国政府投降的命令。

池田一郎怔住了，吃力地走到收音机旁，低下头，双手撑在桌上，"怎么会这样？"

敦村看着池田一郎的背影，嗫嚅着说不出话来。过了一会儿，就听到了池田一郎的呜咽声，敦村眨眨眼，两行泪水也顺着堆满肥肉的脸颊流下。

接着，他们听到了守备队队长在办公室外边歇斯底里的哭号声……

抗日游击大队成立了

与此同时，在鸡冠山的山寨里，却是一片欢笑声。

路一辛代表中共辽海市委向黑一江传达了组织上改编这支队伍的决定。黑一江召集了所有弟兄，把这个振奋人心的消息告诉了他们。

"弟兄们！我们都是中国人！可是，我们和路先生不一样的是，我们是土匪。弟兄们，土匪这个名字不好听啊！这就是我有家不能回的原因！到今天为止，我爹、我的亲戚朋友们都以为我早就死了。为什么？就因为土匪这个名字丢人啊，我们无颜见江东父老！好了，我们今天终于熬出头了，从今天起，我们不再是土匪了！我们是一支正儿八经的抗日队伍了！我们请共产党派来的代表——路先生给我们宣布决定！"

路一辛上前宣读："经中国共产党辽海市委员会研究决定，同意从即日起把我们这支队伍改编为辽海市抗日游击大队。"

黑一江在一边忍不住插话："辽海市抗日游击大队？好，这个名字响亮！弟兄们——不，同志们，从今天起，我们就是辽海市抗日游击大队了！"

被黑一江情绪所感染，下面的人也激动不已。

路一辛继续宣读决定："经中国共产党辽海市委研究决定：任命黑一江同志为辽海市抗日游击大队大队长！任命我，路一辛为辽海市抗日游击大队政治委员。同志们，下面我们有请辽海市抗日游击大队黑一江大队长讲话！"

顿时，掌声雷动，一片欢呼声。

黑一江手一挥，下面的掌声马上停息，现场一片安静。

"我没啥好讲的。刚才已经把要说的话说完了。现在，我要说的是，弟兄们，日本的那个鬼皇帝虽然已经宣布投降了，但是本庄繁和他的关东军还想赖在咱中国人的地盘上不走，他们不但想做最后的挣扎，有些日本鬼子还企图搞破坏，想炸了辽海市的工厂，你们说，我们答应不答应啊？"

"坚决不答应——"

"保卫辽海，保卫辽海市的工厂，把日本鬼子彻底赶出中国去！"

"保卫辽海，保卫工厂！把日本鬼子彻底赶出中国去！"

"弟兄们，漂亮地打好这一仗，就算是我们送给共产党的一份大礼！"

"哎？黑爷，你这口气一定记得改掉，首先，不是弟兄们，而是同志们，再者，你们已经是革命队伍里的一分子，请讲组织！"

"哈，路同志，你不也叫我黑爷吗？你说是该谁先改口啊？"

"啊，对不起，黑一江同志！"

"哈哈……"

夜幕很快就吞没了辽海美丽的剪影。辽海兵工厂厂区里寂静一片，黑黝黝的巨大厂房矗立在暗沉的夜色中，上下左右交叉的探照灯灯光，也给人一种阴森恐怖的感觉。

敦村蜷缩在兵工厂守备队队长办公室的椅子上假寐……突然，一阵清脆的电话铃声在办公室的死寂里炸响。黑暗中，敦村手忙脚乱地接起了电话。

是池田一郎的声音，"敦村君，我们不能把刚刚建好的、一个漂亮的兵工厂留给共产党，留给中国人。你听着，在投降交出武器之前，也就是今天凌晨，你马上把兵工厂给我炸掉！"

敦村向窗外望了望，肥胖的脸上挤出了一抹狞笑，"请大佐阁下放心，我这里已经做好了一切准备，就等您发布命令了！"

"好！现在是凌晨四点，我命令你五点钟准时炸毁兵工厂！"

"是！请大佐阁下放心，我马上执行！"

"快点！没有时间了！"池田一郎声嘶力竭地在电话那头喊着。

敦村放下电话，拿起桌边的军刀，跑出了办公室。他大声喊叫："紧急集合！"

很快，日本守备队的部分队员们站成了一队……

敦村开始发布炸毁兵工厂的命令……

报仇雪恨

1945 年 8 月 15 日，天空十分晴朗，夏末秋初的微风吹过，已经让人感觉到了一丝丝的清凉。这个让人们盼望已久的清凉季节，说来就来了。就在中国抗日军民下大决心和小日本一决雌雄的时候，日本鬼子就宣布投降啦……

日本人投降前夕，辽海东洋制造厂似乎和往昔有了明显的变化……车间里的轰鸣声虽然和平时一样震耳欲聋，但突然间少了监工的日本人，别说是各个岗位上的工人了，就连机器也变得慢慢悠悠的了……在火星四溅的大高炉旁边，竟然有工人开始打牌了……还有的人，蹲在工作台上唠起了嗑……

开小火车来往运输的司机见状，也停下车来抽烟，感受着这明显的来之不易的时刻……大家预感到要发生什么大事情了，而且应该是好事情。可是，究竟是什么样的好事情，大家却说不上来。

直至傍晚时分，辽阔的厂区里的机器声才逐渐地停歇了下来……紧接着，已经有人提早下班了……留在厂里的是那些值班的工人，或者是根本就走不开的工段长和班组长……这留下来的人就议论开了，平素总会有那么十几二十个日本人监工在厂区里来往巡视，监督他们干活。可今天是怎么了，是小日本集体去"春日町"喝花酒去了吗？或者有别的什么原因……反正，无论是在车间里，还是在厂区里，都突然看不见他们的踪影了。

天色渐渐转暗时，起风了。夕阳将落的天空中，火烧云如火如荼地滚动，在那遥远的天边，像是正在进行着一场如伊利亚特战争般的残酷厮杀。

隐约，有如潮汐汹涌而至的呐喊声传来了……

"小凤！小凤！"

章小凤正在宿舍里学习写字，骆子突然间从门外冲进来抓住了她的肩膀，将她一阵猛烈晃动，晃得她不知所措，手中的笔都险些掉在了地上。

"骆子哥，怎么啦……"

骆子一把抢过了章小凤手里的笔，"走，小凤，咱不写了！"

"哎？"章小凤看到骆子把笔摔在了一边，吃惊地瞪着他，"骆子哥，你今天怎么变了个人似的？你从来都不会这样激动啊！今天你是怎么了？"

"小凤，你听我说，天大的好消息！"

骆子重新抓住了小凤的手，激动得身体都在发抖，"战争结束了，日本天皇宣布投降了，我们解放了！"

"啊？"章小凤有一时的愣神，"骆子哥，你……你说的是真的？"

"是真的，千真万确！不信，你听！"

或远或近地，能听到从街上传来的爆竹声和人们的欢呼声。然后又有礼炮打向天空，震耳欲聋的炮声引得车间里的工人都跑了出来，还以为又有空袭了，慌乱地抬头四处张望。

"真……真的？"

"嗯，真的！"

章小凤一下子激动起来了，她看看自己的左手，使劲握住拳头，狠狠地跺了一下脚，"小日本！你等着……"

说完，章小凤就呼的一下跑了出去，快得连骆子都来不及拉住她，"小凤，你……"

章小凤冲进车间，抓起工作台上的一把管钳就走，被一个工人挡住了："你干什么！"

"你管我干什么！"

"这是厂里的东西，你不能随便拿走。"工人要从章小凤手里夺回管钳，被章小凤一肩头撞开了："你们这些汉奸走狗，小日本都投降了，你们还帮他们欺负中国人啊！"

"你说啥？小日本投降了？"

"你去外面听听就知道啦！"章小凤举着管钳头也没回地往外就走。

那位工人追了出来，果然听到了从外面传来的欢呼声。当即惊喜地跳了起来，"小日本投降啦！喂，你们快出来，小日本投降啦！"

章小凤一路朝着大管事办公室冲去，沿途只要见到人，她就会冲人家喊："小日本投降啦！"有时候她也会见到对面跑过来的人冲她喊："日本人投降啦！"

黑一海正在屋里认真地听着广播，章小凤冲进来，举起管钳就向他砸过去，他连忙闪身，收音机当即粉碎在了管钳之下。

"你干什么？"黑一海一边躲着章小凤接连而来的攻击，一边大声喊。

"打死你！打死你这个日本鬼子！我叫你剁我的手指头，我叫你欺负我姐姐，我叫你在我们中国人的地盘上作威作福，打死你，打死你这个狗东西！"

黑一海被章小凤逼到窗边，他无路可逃，只得狼狈地跳上窗台，不等他跳出去，章小凤抢起管钳就往他的大腿上砸下去，黑一海惨叫了一声，从窗台上摔了下来。

章小凤抢起管钳还要继续砸时，被冲进来的骆子从后面抱住了："小凤，你快住手！大管事不是日本人！他是中国人，你打错人了！"

章小凤根本不听，愤怒地挣开了骆子的手，骆子无奈，只得用自己的身体挡住黑一海："小凤，你快把管钳放下。"

"你让开！我要打死这个小日本，为姐姐报仇！"

"小凤，你听我说，他真的不是日本人。你不能找他报仇！"

"你放屁！他不是日本人，难道你是？"

"我……"

"骆子……你让开，如果他真的这么恨我，就让他打吧……"黑一海挣扎着爬起来，腿上的伤已经痛得他大汗淋漓、脸色苍白。但是，他还是努力地冲小凤笑了笑，"你打吧，我知道，我砍了你的手指头，你一定恨死我了。"

"大哥！你那是为了救小凤才……"

"骆子哥！你……为什么叫他大哥？你为什么要帮他？你和他到底……你们……你！"章小凤既愤怒又难过地看着骆子，那一管钳终究没有砸下去。她到最后气得连话也说不出来了，她紧紧咬住下唇，突然将管钳往地上一扔，泪水唰的一下流了出来。

"小凤……"

"哇啊……"小凤大哭着跑走了。骆子伸着手，愣在了那里。

"不去追他吗？"黑一海问。

"不，大哥，你的腿……"

"呜啊……"黑一海挪了一下身子想站起来，却马上就被剧烈的疼痛拽了回去，忍不住惨叫了一声。这才看到自己的左腿已经整个肿起来了。

"天啦，赶快去医院！"骆子也被这样的惨状吓了一大跳。

"啧……"黑一海深吸了一口冷气，喃喃说，"妈呀，她还真能下狠手，我这条腿肯定断了……"

骆子把黑一海送去了医院，医生在黑一海的大腿上上了夹板，还打了石膏。骆子办完住院手续回到病房，黑一海躺在床上看着缠着绷带被吊起来的左腿，还在苦笑。他看见骆子，就问："怎么样？结果还好吧？"

"大腿骨骨折，需要住院治疗。"

"真要命！他怎么下手这么狠呢？看他瘦瘦弱弱的，没想到力气会这么大。"

骆子歉然地笑了笑，"小凤她是真的恨日本人，因为她的姐姐就是被日本人害死的。所以，她不光是为手指头恨你。"

"哦？原来是这样啊……"

"我会告诉小凤，你那样做其实是为了救她。"

"真是的，她也不想想，要是她真的被日本宪兵队带走，有她的好果子吃吗？"

"所以，我在这里要代小凤谢谢你，也向你道歉。"

"谢谢倒是不用了，大家都是中国人嘛，只是……你干吗替他向我道歉呀？"

"这个……"

"你们的关系还真好呢。"

"那是……"

"怎么？有什么特殊的理由吗？"

"你是真的救了小凤的命，这样，也算是救了我一命……小凤她，她其实是个女孩子。"

"骆子！先前有人向我告密，说章小凤是女扮男装，我也问过你，可是你当时向我扣了保证说他是男的。"

"我……我那时候，只能那样说……"骆子的脸有些红，尴尬地替自己辩白。

"你这家伙……好了，我总算是明白了，为什么你那么帮他，原来这其中还是有故事的呀！"

"其实……我也是从那次撒尿比赛才知道的。"

"哦？怎么回事？我记得那次比赛他不是还得了第一名吗？把尿都撒到我头上来了，我怀疑她当时就是故意的。"

"大哥你别冤枉她了，她当时都吓坏了，怎么会有那种心机。"

"这么说是你帮了她？"

"是，那天你一宣布要撒尿比赛，我就看见她开始慌张，就感觉有问题了。起先孙大峰跟我说起过这事，我也只是有点怀疑。那天看她那个样子，我才明白原来是真的，于是，我就找了个笔帽给了她。"

"哈哈哈哈！这也算是英雄救美的一段佳话啦！怎么，从那以后你就爱上她了吗？"

骆子不回答，红着脸低下头。

"在我面前你还有什么不好意思的？你们每天都在一个屋檐下生活，就算没有英雄救美，也会日久生情嘛。"

"那也只是我……小凤她并不知道。"

"她还以为她已经瞒天过海了吗？哈哈哈哈，有意思，那你好好加油吧！"

"大哥，你千万别恨她，她就那脾气。她并不是真的恨你。"

"我知道。我也不会恨他。就是觉得替日本人挨了这么一下，有些不值。"

"对不起。我一定要她来向你道歉。"

"道歉就算了。哦，对了，你不要管我了，赶快回厂里去。"

"不行，我得看着你，医生说你要住院三个月哩。"

"反正都要住三个月，也不差今天。我让你回去是有更重要的事。"

"什么事？现在日本人投降了，到处一团混乱，工厂肯定是开不下去了，还能有什么事？"

"就是因为现在形势很混乱，才会有事。"

骆子怔了一下，"大哥，你是说……他们会搞破坏？"

黑一海点点头，"对！你说得没错，日本人不会那么好心，把厂子完好无损地留给我们。所以说，你赶快回去。你回去以后要办两件事：一是把我柜子里所有的技术资料藏起来，记住，一定要藏好！千万别让日本人拿走了！"

"你放心！我一定把这件事办好！"

"还有，日本人很可能就在今天晚上行动。如果是这样的话，他们肯定是先破坏工厂的机器设备。你通知所有的工人们，并把大家组织起来，在力所能及的情况下，保护好我们的工厂。"

"好，大哥，我马上就去办！"

"记住，千万要小心，不要硬碰硬。机器再重要，也没有人的命重要！"

"我知道了！"

回厂途中，骆子看到人们云集在大街上，每个人脸上都带着欣喜若狂的表情，有的人还相拥大哭，所有临街的窗户都大开着，从窗口里不断撒落出彩色的传单，上面印着日本天皇裕仁宣布无条件投降的新闻。日本人一度想上来做一些阻拦，但被群众高涨的情绪吓退了回去。之后，他们全都缩进了警察局或日军驻地，在里边架起了机关枪，准备做垂死的挣扎。

回到厂里后，骆子找到了章小凤，把关于黑一海的事都告诉了她，她一听就蒙了，"骆子哥，他……真的是中国人？我真的……真的打错人了？"

"是啊，你是真的打错人了，人家可以说是你的救命恩人哩！"

"那……那我去给他赔罪，我……我也赔给他一条腿！"

"人家要你的腿干什么？"

"那你说该怎么办啊！我……我又不知道是这样的！"

"没关系，黑大哥也没怪你。不知者无罪，你也不是有意的。再说，我已经向他解释过了，你是因为姐姐的事才恨日本人的。他起先还为你的手指头觉得对不起你呢。"

"呜……他还真是个好人……我……"

"好了，别哭了，小凤，现在我们还有更重要的事要做呢。"骆子从兜里摸出手绢给章小凤擦眼泪。章小凤一把抓过手绢，使劲擦了一下鼻子，带着哭腔问骆子，"骆子哥，还有什么重要的事？"

"我们要保卫工厂，不能让日本人搞破坏。"

"对了！"章小凤立刻忘记了哭泣，拍了一下大腿，"这可真是最重要的事啊！"

"我们去找孙大峰吧。大家一起想办法。"

"为什么要找他？"章小凤不满地瞪起了眼睛，大声说道，"那个吃货，找他来干什么？"

"现在不是计较那些的时候，人多力量大。不管怎么说，他也是工人里的一分子嘛。"

章小凤从鼻子里哼了一声，再没说话。两人赶去生产车间，看见一大群工人围在外面，黑压压的一片。问了一下边上的人，才知道里面起了冲突，有人要砸工厂，有人出来阻止，正闹得不可开交呢。

骆子连忙带章小凤挤进了人群，却看见孙大峰站在车间门口，口沫横飞地不知道在说什么。骆子一把拉过了孙大峰，"孙大峰，你在这里干什么？"

"我正在跟他们说日本人投降的事。"

"那你们这是打算干什么？"骆子瞄了一眼孙大峰手里的铁棒。

"这……这是我们打日本鬼子用的，我……"

骆子向四周看了一下，人群最前面形成了两股势力，一伙工人守在车间门口，严阵以待地不让一些人进去，而被拦着的那伙人手持各种器具，吵闹着要砸工厂。

"我看你是要趁火打劫吧？"骆子冷笑着看着孙大峰不自然的神色。

"你，你胡说什么！我是那、那种人吗？"孙大峰急赤白脸的样子，惹得骆子身后的章小凤咯咯地笑了起来。

"小凤……"

骆子不再管孙大峰，上前去问了一名守卫车间的工人几句话，了解了情况，便转身对这些要砸厂的工人大声说："你们干吗要砸工厂，工厂是日本人建的没错，但是现在日本人投降了，厂子就是咱们自己的了，你们砸坏了厂子，我们以后怎么生活？再说了，现在的厂子已经是我们自己的了。大家想想看，谁会砸自家的东西呢？"

大家听了骆子的话，一愣，但他们很快理解了骆子的意思。大家都议论纷纷……大家见骆子说得有道理，一时间钢钎铁棒被扔了一地，刚才还剑拔弩张、一触即发的紧张场面，马上变得群情激昂，热闹沸腾了。

孙大峰一直盯着骆子，眼见状况发生转变，他转了转眼珠，过去试探性地问骆子，"骆子，你说的是什么意思啊？"

"我说啊，日本人走了，工厂就是咱自己的了。"

孙大峰怔了怔，马上露出笑脸来，拍着骆子的肩膀，"骆子，有文化就是不一样啊，果然有见识啊！"

"这下不砸啦？"骆子笑着故意问他。

"砸什么？我是要去打日本人的！那些狗日的平日耀武扬威，在咱面前作威作福，往死里欺负咱中国人，现在是该讨回这笔债的时候了。"

孙大峰一番"义愤"不但博得了大家的好感，而且也淡化了骆子和章小凤对他的厌恶。在孙大峰忙里偷闲吃下一块什么东西时，骆子说道：

"我们当务之急是要告诉大家，提防日本人搞破坏、炸厂子。"

"你说、说什么？日本人要、要炸工厂？"孙大峰一听，大肥脸立刻吓得惨白，连嘴里嚼着的东西都漏了出来。章小凤在他的背上使劲拍了一巴掌，"脏死了！孙大峰，你的这身肥肉现在总算有用武之地了。"

"你们，哦，不，我们，要怎么做？"孙大峰似乎被章小凤打醒了，神色一凝，盯着骆子看。

骆子也看了孙大峰一眼，"大家一起商量吧。可不能让日本人炸毁咱厂子的阴谋得逞。"

"那是当然。"

孙大峰腆着大肚子，连连点头，似乎是放下了心，又重新开始往嘴里塞东西。

挨得近的工人已经听到了他们的对话，交头接耳地议论着……这时候，骆子站在了一个台阶上，他向大家招了招手，"工友们，请大家听我说。大家都知道了，日本人投降了，这里的日本人是铁定待不下去了。虽然日本人带走了咱们不少财宝，但这些大的工厂他们是无法带走的。因此，他们绝不会好心把厂子给我们留下来的，所以，我们一定要保护好我们的工厂。"

孙大峰也过来了，他站到了骆子的前面，接过骆子的话说："工友们，骆子提供的情况非常重要！大家想想，小日本虽然投降了，可我们还得穿衣吃饭啊！大家说，是不是？再说了，日本人走了，我们同样需要工厂，需要机器设备啊！"

章小凤又拍了孙大峰一巴掌，"孙大峰，没想到你除了整天吃喝，也蛮会说人话嘛！你说得太对了！我们要吃饭，要养家糊口，我们不能没有工厂。（转向大家）师傅们，我们要和日本人斗争，要保护我们的工厂！"

一位工人站了出来："大家要是没有意见的话，我们马上组织工人护厂队，分头保护变电站、材料库、车间等要害部门。"

骆子点头赞许："这位师傅说得对，日本人今天晚上铁定会下手，我们的行动要快。"

章小凤望着骆子，激动地晃动拳头，"骆子哥，你说怎么办我们就怎么办！"

孙大峰突然走上去握住了章小凤的手，章小凤吓了一跳，急忙把手抽出来，"孙大峰，你要干吗！"

"听说你把日本人的大管事给打得住进了医院，小凤，你真勇敢啊！"孙大峰凑到小凤面前，露出了献媚的笑容。下面的工人听孙大峰一说，也纷纷说起了这件事……

"是啊！他好了不起啊！他痛打日本人的故事已经传遍了全厂……"

"真看不出来啊，小小年纪，还蛮厉害的……"

"是那个日本人活该啊，他的手指头不是被……"

"你说什么啊……那是……"章小凤的脸憋得通红，张嘴想要争辩，却又说不出话来。

骆子连忙过来替她解围，"好了，大家赶快商量分班组如何保卫工厂的事情吧！"

那位工人就说："骆子，还是由你来做我们的头吧，给，我这里有大家的名单。"

骆子接过名单，对大家说道："工友们，我们的护厂工作要有礼有节，要讲究方法，千万不能蛮干！因为，日本人已经宣布投降了，一般情况下，他们是不敢明着搞破坏的。"

孙大峰吧唧着嘴，说："这个你放心，我们自有分寸。"

骆子点点头，"那好，大峰，我们把名单排出来吧。"

孙大峰从骆子手中接过了工人名单，"没问题，交给我来办吧！"

护厂大行动

到二更天的时候，东洋制造厂里的气氛仍然紧张。到处都有工友们组织起来的巡逻队，在关键地域进行巡逻。他们把厂区里的路灯全都打开，把工厂的各个角落都照得雪亮。章小凤手持木棍和骆子走在一起，她睁着大眼睛紧张地四处张望……突然，大家看见一辆大卡车从厂门外开了过来。

章小凤大声说："骆子哥，鬼子来了！"

骆子、章小凤及几个一起巡逻的工友立刻上前，拦住了那辆大卡车，"停车！停车！你们是干什么的？"

驾驶室里果然是日本人，他把头从车窗里伸出来，用生硬的中国话对骆子他们厉声吼道："我们的，有紧急公务要进入变电站，你们的，统统地马上让开！"

章小凤冲上去抓住车门把手，站到脚台上，用木棍对着日本人，声音比他更高更凶狠，"不行！没有工人护厂队的同意，就是天王老子来了也不行！"

日本人停下车跳了下来，从腰里掏出手枪对准了章小凤，"八嘎……让开！不然的话，我开枪了！"

"你们都投降了，还敢在中国的土地上继续横行霸道吗？"骆子拿着棍子，冷眼看着这个日本人。

"你们……统统的死了死了的！"

章小凤用胸口堵住了日本人的枪口，"来吧，狗日的，你敢开枪你就开啊！除非把姑奶奶我打死了，车从我的身上开过去！"

日本人被章小凤的气势所迫，往后退了一下。而这时，还坐在司机台里的另一个日本人悄悄地举起了手枪。

"小凤，小心！"

骆子一把推开章小凤，枪响了，骆子应声倒地。

章小凤被枪声震得打了一个哆嗦，回过神来时，就看见骆子已经倒在了血泊中，"骆子哥！"

骆子冲她摇摇手，然后用血淋淋的手指着日本人的大卡车。已经有工友上去把那个开黑枪的日本人从驾驶室里扯了出来。

章小凤大叫一声，疯了一样地冲过去，举起手中的木棍朝那个日本人劈头盖脸一顿乱打，"浑蛋！浑蛋！叫你开枪，叫你开枪！我要给骆子哥报仇！给姐姐报仇！打死你，打死你！"

这个日本人被打得在地上乱滚，嗷嗷直叫，手枪也掉在了地上。章小凤的眼睛瞬间变得血红，她一把抓起手枪，双手握住，对准日本人的脑袋就是一枪。

章小凤又把手枪对准了另一个日本人，"你滚不滚？啊？"

那个日本人早吓得屁滚尿流，车也不要了，连爬带滚地逃走了。

"骆子哥！"章小凤扔掉手中的枪，扑到骆子身边，"骆子哥，你没事吧？骆子哥，你可不能死啊！骆子哥……"

"你别喊了，骆子已经昏过去了，快送他去医院吧！"旁边的工友过来拉章小凤，被她推开。

"快上车！不赶快送医院，他真的会死！"一个工友把日本人留下的车发动起来，对章小凤喊。章小凤这才回过神来，一把将骆子抱起，在其他工友惊讶的眼神中，跑向了汽车。

而这时，从辽海兵工厂的方向，也传来了激烈的枪声。章小凤看着怀中的骆子，"骆子哥，你可不能死啊！骆子哥……"

开车的工友望了望辽海兵工厂的方向，"哎？那边也打起来了啊。狗日的，这些日本鬼子太可恶，都投降了，还敢干坏事！"

"我恨不得亲手把这些挨千刀的日本人全部都杀了！呜……"章小凤抱着骆子，大声地呜咽道。

骆子哥残废了

等医生从抢救室里出来后，章小凤冲上去就抓住了医生的手，大声问："大夫，我骆子哥，他怎么样？"

大夫说："送来得及时，已经脱离了危险。就是……"

"就是什么？"

"他的伤……"医生似乎有些不忍，没有说下去。

"究竟是咋了啊！"

章小凤急得开始跳脚。医生看了她一眼，慢慢地说，"很不幸的……那颗子弹虽然没有要了他的命，但却跟要了他的命也差不多，他恐怕……他已经失去了生育能力。"

章小凤怔了怔，"啊？什么？大夫，你说什么？"

"我说啊，他已经不是一个完整的男人了。"

章小凤一把揪起了医生的前襟，"你什么意思？你说骆子哥不是男人了，是什么意思？"

大夫挣脱章小凤，同情地看着她，"这么给你说吧，他的下身——就是男人生育的通道——输精管，被打断了，没有办法接上。所以，他作为男性的功能就失去了。他以后恐怕没办法生育后代了！"

章小凤的脸一阵红一阵白，呆呆地站在原地，连医生什么时候走的，都不知道了。

第二天清晨，当第一缕阳光照在窗台上时，骆子醒了过来。骆子醒来后，第一眼就看到了章小凤，看到她坐在旁边握着自己的手望着自己，一把眼泪一把鼻涕地哭泣着……他感动地说："小凤……"

"啊！骆子哥，你醒啦！太好了……呜……"章小凤连忙抹掉腮边的泪水，想要笑一下，刚扯开嘴角，马上忍不住又哭出来。

"我都醒了，你还哭啥啊？"

"呜……骆子哥……"

"好了，别哭了，会吵到别人的。"

章小凤好不容易才忍住哭泣，哽咽着看着骆子。

"我这是在医院吧？"

"嗯。你受伤了……"说着，章小凤又要哭，但她努力地忍住了不发出声音，眼泪还是止不住地往下流。骆子从被单里伸出手，为她擦泪，她又一次一把抓住了骆子的手。

"骆子哥……骆子哥，你怎么那么傻啊？你为什么要救我？"

骆子看着她，苦笑："傻丫头……"

章小凤愣了愣，连忙用手堵住了骆子的嘴，左右一看，并没有人，"骆、骆子哥，你、你真的早就知道了？"

骆子点点头，"就从给你钢笔帽的那一刻起，我就知道了。"

章小凤抓起骆子的手，"那你要为我保密啊！"

"小凤，放心吧，我会替你保密的。"

两人沉默地看着对方，过了一会儿，章小凤问："骆子哥，你为什么要为我挡子弹？"

骆子笑了笑："我不为你挡子弹，你现在还活着吗？"

章小凤扑到骆子的身上，将脸埋在了被单里，十分伤心地哭着，"骆子哥……你真傻！啊……"

骆子摸摸她的头："我这不是还好好的吗，你哭什么啊？"

章小凤越哭越伤心，摇着头，"你……你好傻啊……"

"小凤，我是心甘情愿的……"

有人敲门，章小凤连忙起来了，是孙大峰和几个工友一起来了。

孙大峰一边嚼着东西，一边在章小凤脸上乱瞄，"哟，章小凤，你怎么哭了？骆子已经没事了吧？"

章小凤没有理睬孙大峰，冲其他几个工友说："谢谢你们来看骆子哥。"

一个工友把一筐水果放到病床旁的桌子上，说道："谢啥呀，骆子不仅仅是为了救你而受伤的，他也是为了保护我们的工厂光荣受伤的。大伙儿让我们几个来看看……这些鸡蛋是老张师傅的，这些水果是徐师傅的。还有……"

"这只鸡，是我们大家的一点心意。"另一个工友将手中的大公鸡拎起来甩了甩，也放在了桌子上。

"顺便告诉你们一个好消息，工厂在咱工人护厂队的保护下，完好无损，日本人连工厂的一根汗毛都没动得了。"

"谢谢你们……"骆子说着，眼里泛起了泪影。

受　降

　　辽海市城南老城门前的操场上，正在进行着日本人的受降仪式。一边站的是路一辛和黑一江领导的抗日游击大队全体队员，一边站的是敦村和几百名日本士兵。日本士兵排着队，从路一辛他们面前走过，每个人经过时，都把身上的枪弹及军帽卸下，扔在路一辛及游击队员们的脚下，不一会儿，地上就堆起了如小山一样高的各种武器。

　　同样卸去了武器的敦村上前向路一辛行礼，报告说："日本关东军驻辽海兵工厂守备队、皇协军全体官兵的武器缴纳完毕，请阁下同意我们投降，并且保证我们的安全。"

　　路一辛点点头，"中国共产党辽海市抗日游击大队接受你们的投降。你们放心，我们会保证你们的安全的！"

　　敦村又说："茨田大佐让我们向苏军投降，但是，我们敬重你们，敬重'鬼难拿'黑先生，所以，我们向你们投降。"

　　路一辛对敦村说："我们辽海抗日游击大队发给你们路条，从现在起，你们自由了。"

　　路一辛让身边的一位战士把路条交给敦村，然后向城门跟前走去。

　　土色斑驳的老城墙下，几名游击队员暗暗地架好了机枪，正准备扫射这边已经缴了枪的日本士兵……也就在这个时候，路一辛突然出现在了他们面前。

　　"你们要干什么？"路一辛严厉地问。

　　"不用你管，快给老了闪开！"一名黑一江的手下冲路一辛喊道。

　　"同志们，黑一江同志是为保卫辽海兵工厂牺牲的，我和你们一样难过。但是，我们是共产党领导的人民武装，我们要严格执行俘虏政策。现在，敦村他们已经投降了，我们不能把枪口对准这些手无寸铁的俘虏们！"另一位游击队员端着机枪冲了过来："不行，我们不能听你的！我们的黑爷让日本鬼子打死了，我们要为黑爷报仇！"

　　路一辛用身体挡住了枪口："你们必须听我的！"

　　一名战士见状跑过来挡在了路一辛前面："路政委，你让开！"

游击队员举起机枪，喊道："快给老子让开！你不让，老子就连你一起打！"

他身后的另几名游击队员也上前来，"路先生，你还是让开吧，我们都是中国人，中国人不打中国人，我们不会对你开枪的。可是，我们也不能就这样便宜了日本鬼子！路先生，你可以不为黑爷报仇，但我们和黑爷曾经是一起出生入死的好兄弟，我们不能不为他报仇！"

"你们的心情我能理解，可是，这是原则问题，我不能让你们开枪的！"

"少在这里说漂亮话！仗打赢了，你好升官发财！可我们的黑爷就只能当个垫背的！做兄弟的不能让他死得这么冤！"

这时候，抗日游击大队的游击队员们分成了两派：一派站在路一辛这边护住了已经投降的日本人，另一派站在另一边拿着枪要打日本人。那些已经缴械投降的日本士兵中，已有少部分人吓得抱头蹲在了地上……

"放下枪！"路一辛对两边虎视眈眈的战士们吼道，"我们怎么能把枪对着自己人！"

路一辛身边的战士们犹豫着将枪放下了。可是，另一边主张打日本人的游击队员们仍然端着枪。路一辛耐心地说："也请你们把枪放下。"

大部分游击队员都放下了枪，只有那位端着机枪的游击队员还是不放，"不放！我要为黑爷报仇！"

其他游击队员也跟着说："为黑爷报仇！为黑爷报仇！"

路一辛抓起旁边一位战士的步枪，朝天开了一枪，"执行命令！如果你不执行我的命令，就先打死我吧！"

所有人都被镇住了，大家惊讶地看着路一辛，那位端着机关枪的游击队员也愣了愣，然后将机关枪猛地掼到地上。他抱着头蹲到一边，号啕大哭，"黑爷！黑爷……"

其他游击队员也都抹起了眼泪，"黑爷！黑爷……"

路一辛听着这一片哀哀的哭声，皱起了眉头……

凌晨时分，保卫辽海兵工厂的战斗打响了。路一辛和黑一江他们带领的抗日游击大队及时地赶到了辽海兵工厂，制止了企图炸毁工厂的敦村等人。双方在激战中，黑一江为了掩护一名队友，被日本人的机关枪扫到了，他身中数弹，当场壮烈牺牲。而那名被掩护的队友，就是刚才这位端着机枪要杀日本战俘的队员。他的心情路一辛当然能理解，自己又何尝不为痛失了一位肝胆相照的战友而难过，何尝不想杀了日本鬼子为黑一江报仇。但是，作为一名军人，他不能这样做。"不虐待俘虏"作为《三大纪律八项注意》中重要的一条，他没有权力不认真遵守。作为一支党领导下的队伍，必须遵守党的纪律，否则的话，他又怎么能够领导他们继续革命、继续战斗？尤其是这支靠打砸抢起家的土匪队伍，要驯服他们，就更应该严格地执行战场纪律。

路一辛走过去，扶起了那名游击队员。

"好同志，好兄弟，我们是绝对不会忘记黑一江同志的。他不仅保护了你的生命，也保卫了我们的工厂。同时，他为保卫我们辽海、保卫东北，献出了宝贵的生命。他的名字将永远铭刻在历史的丰碑上，也将永远铭刻在我们的心中。"

游击队员们眼泪哗哗地望着这位带着他们获得新生的政委，坚定地点了点头。

"如果黑爷他还活着，他也一定会像我一样，阻止你们这种鲁莽的行为的。不错，日本鬼子是杀害了我们不少的同胞，他们对我们中国人犯下不可饶恕的罪行，也欠下了我们不少的血债。但是，他们已经投降了。如果我们现在向这些手无寸铁、毫无反抗能力的人开枪的话，就是我们的不是了。"

"路政委……呜……我错了……"那位游击队员哭泣着说。

"知错必改，就是好同志嘛！"路一辛拍着游击队员的肩头如是说。

敦村惠子

几天后，路一辛和抗日游击大队的队员们集体到黑一江的坟前拜祭。奇怪的是，黑一江的坟前已经有人在烧纸了。他们慢慢地走近看，竟然是一个年轻的日本女人。她穿着白色的和服，头裹白布，泪流满面地抚摩着墓碑上"抗日英雄黑一江"的字样，嘴里不知道在哭诉着什么。

路一辛默默地走过去，女子看见他，有些惊慌，连忙起身，低着头退到了一边。路一辛将花篮和祭品摆放在了墓碑前时，有个游击队员想把已经放在黑一江墓前的果盘和鲜花拿开，被路一辛制止住了。拜祭过后，路一辛起身朝着那个日本女子走去。

女子一直在低声哭泣，压抑了的哭声显得特别悲切。

路一辛看着她，问："你是谁？"

女子深深地向路一辛施了一礼，低着头说："我是敦村惠子。"

路一辛有些惊讶，不仅是因为她会讲流利的中国话，而且还因为她是敦村家的人："你是敦村的什么人……"

"我是敦村的女儿。"

"敦村已经作为战俘被遣送回国了，大部分日本人都已经离开了辽海，你为什么还在这里？"

惠子低头不回答，只是默默地流着泪水……

"我可以问一下吗，你跟黑一江同志是什么关系？"

"什么关系……"惠子抬起头，望了一眼路一辛，又看向了黑一江的坟墓，轻轻地说，"很可惜，我和黑先生并没有什么关系。"

"那你为什么会为他伤心流泪？"

"因为黑先生是我最尊敬的中国好汉，他是真正的英雄！"

"这么说，你认识黑一江同志？"

惠子摇摇头又点点头。

"怎么回事？"

"我和黑先生只见过一面。"

路一辛没有出声，等她继续说下去。

"因为我爸爸敦村是一个恶棍，黑先生为了给被我爸爸糟蹋的中国同胞报仇，找到了我。作为女儿，也作为一个日本人，我有责任为此付出代价，所以，我对黑先生想在我身上报仇的行为既不反感也没反抗。可是……"

"什么？他……"

惠子又是一声低低的抽泣，"他什么都没有做，我虽然已经把衣服脱掉了，可他连碰都没有碰我一下，就让我把衣服穿上，却让我告诉我爸爸，他已经以牙还牙了。"

路一辛认真地听着……

"我之前对黑先生的所作所为就有所耳闻，虽然听爸爸说他是个专门与日本人作对的土匪头子，但是他和其他的土匪有着天壤之别。他不但不烧杀抢夺，胡作非为，而且还专门锄强扶弱、劫富济贫。……他为了给自己的同胞报仇，找到了我却没有向我下手。他走后，我就对他着了迷，不可救药地爱上了他。他和我想象中的英雄一模一样。很英俊，也很狂野，有粗暴也有温柔，这正是我心目中真正的男人、理想的男人。我感觉他就像是天神，他那好似烈火般的眼神灼烧了我的心、我的灵魂。"

"所以，你就心甘情愿地以身相许？"

"是的，我是心甘情愿的……可是，面对我的表白，他却没有碰我……"

"黑一江同志是革命军人，是铁骨铮铮的汉子，他不可能做这样令人不齿的事情的。"路一辛欣慰地说道。

"是啊……他是一个真正的大英雄，是一个顶天立地的男子汉。"

"可惜，他却死在了你们日本人的枪下。"

"是的。可恶的日本人杀了我最爱的男人。"

"你不也是日本人吗？"

"所以，我才会这么恨，恨自己是日本人，恨自己身上流着的这种冷酷无情、凶残野蛮的血！我恨我的同胞，也恨我的爸爸，恨他们的肮脏和龌龊！"惠子激动地摇着头，开始撕扯自己的头发。路一辛连忙上去拉住了她的手，"惠子小姐，请你冷静点。"

"你叫我怎么冷静！我心爱的人死了，我活着还有什么意义，你干脆把我杀了吧！这样我就可以去找他了。"

"你……"

"黑先生活着时没能成为我的爱人，我死了，希望能追随他，嫁给他！"

"请你冷静点……"

"求你冲我开枪吧！打死我吧！也算是你为黑先生报了仇。"说着，惠子就向路一辛扑去，要夺他别在腰间的枪。

"你别闹了！"路一辛拦不住惠子，一生气，将她猛地推开。惠子跌倒在了地上，她冷冷地看了路一辛一眼，爬起来，迅速地向黑一江的坟墓走去。路一辛紧紧盯着她，不知道她又要干什么。

当路一辛看到惠子掀开放在墓碑旁的篮子上的白绫时，大吃了一惊。他清清楚楚地看到，篮子里放着一把尺余长的尖刀……

路一辛冲上去抓住了她将要拿刀的手："你……你不能这样！"

惠子慢慢地站起来，摇摇头，一串清澈的泪水从白皙的脸庞上滑落，"能答应我一个请求吗？"

路一辛警惕地盯着她："什么请求？"

"把我和黑先生葬在一起。"

"不行！我不能答应你！"

惠子突然像疯了一样，她急速地弯腰拿起刀，眼睛一闭，就往自己胸口猛戳……说时迟那时快，一只粗壮的手突然伸到了惠子面前，牢牢地抓住了那把尖刀。

惠子吃了一惊，睁开眼，怔怔地看着眼前被死死抓住的刀刃，鲜红的血，从那双粗壮的手指缝中流出。有好几滴滴在了她的衣襟上，在那片雪白中染出了鲜艳的红色。

路一辛轻松地从惠子手中取下了这把带了血的刀。

惠子愣愣地看着眼前这个铁塔一般的汉子，什么话也没说就跪倒在了黑一江的坟前……

"你给我起来！"路一辛对惠子严厉地呵斥道："你，不要弄脏了黑一江同志的墓碑。"

惠子一愣，泪水唰地就流了下来，她默默地站了起来……

路一辛对惠子说："你等着！你的事我待会儿再处理！现在你不能乱走，在这种时候，你以为一个日本女人跑出去能有什么好结果？并不是每一个人都像黑一江同志那样会保护你！我可以告诉你，只要你出现，随时随地都会有人要你的命。好了，你们两个，给我看住她！"

惠子幽怨地瞪着路一辛。路一辛没理她，向另一边走去，那边，颤巍巍地走来了一位老人。他正是黑一江的父亲黑银基。一夜之间，老人的头发全白了……

黑银基怎么也没想到，自己的大儿子黑一江不但还活着，而且还当上了辽海市抗日游击大队的大队长。在这之前，他是土匪头子，就是那位声名远扬的抗日好汉"鬼难拿"。可是，当他得知这样的好消息后，却再也没机会见上这个英雄的儿子一面。

"这个孩子，他为什么这么多年不来见我啊？"老人的泪水流了出来。

"黑爷说了，等打完这一仗，就来见您。"

"傻孩子啊……"黑银基老泪纵横，说什么当了土匪没脸见父母，说什么赶不走日本鬼子不回家，说什么这一仗打完就回来拜见父亲，结果，你却比我这个老父亲先走了一步。

黑银基在黑一湖的搀扶下，来到黑一江坟前。他二话不说，扑通一声就跪了下去。路一辛连忙上来拉他，"东家，你不能给儿子下跪啊。"

黑银基不让路一辛拉他，仍跪在墓前，"路管家，我跪的不是我的儿子，我跪的是我们中国的抗日英雄啊！"

路一辛听了这话一怔，默默地收回了手。用敬重的眼神看着面前这位似乎一夜间就白了头发的老人。

"儿啊……这么多年你不回来见爹，爹不怪你，爹知道你去打日本鬼子了，爹高兴，爹为有你这么个儿子自豪。儿啊……你是我们黑家的英雄，你为我们黑家争了光，爹我……就算是剩下孤身一人，也高兴……"

黑银基哀哀地再也说不出话来，黑一湖在一边点上草纸，在黑一江的坟头绕了三圈。黑银基向黑一湖点点头，"来，一湖，给你大哥磕个头。"

黑一湖扎扎实实朝着黑一江的墓磕了六个响头。他大声说："大哥，这三个是我代爹磕的。大哥，你放心，爹还有我这个儿子，我会代你好好孝顺咱爹。"

黑银基在悲愤中，默默地点了点头。

路一辛帮黑一湖扶起黑银基，正准备走开，惠子冲了过来，她跪在了黑银基面前："爹，请你成全我吧！"

"哎？你是……"黑银基被吓了一跳，看向路一辛。

路一辛看着趴在前面的惠子，对黑银基说，"她……她是您未过门的儿媳妇。"

"什么？她……是我儿的媳妇？还是个……日本女人？"

惠子仰起头，"是的，爹，儿媳妇虽然是日本人，可是我已经抛弃了自己的姓名和国家，我不再是日本人，我从今以后就是您的儿媳妇，生是黑家的人，死是黑家的鬼。"

黑银基怔怔地看着她："这女娃子，你真是日本人吗？你的中国话咋说得比我们还利索？"

路一辛拉起惠子，"你过来，这件事由我跟老爷子说。"

路一辛向黑银基说明了前因后果，然后对黑银基说："东家，这女子看来是铁了心要跟你们家黑一江，我怕她再寻短见，所以，你就成全了她的心愿吧，让她过门做您的儿媳妇，这样您身边也能多一个人做伴。"

"唉，真是难得的烈性女子。"黑银基听了路一辛的解释后，十分的感叹。她打量了一下惠子，只见她泪光闪闪，十分可怜，便动了恻隐之心："好吧，那你就跟我回去吧。不过，你千万不要再说你是日本人了，也不能说你是一江的媳妇，你没有嫁他，他也没有娶你……这样好了，我就收你为干女儿吧。"

惠子听了这话低下头，沉默不语。

路一辛便说："你要是真的想做黑一江的媳妇，就该留下来帮他照顾老人，尽他未尽的孝道。"

惠子这才点头，重新跪在了黑银基面前，"爹爹在上，请受女儿一拜。"

黑银基突然多了个女儿，原本失去儿子的悲痛心情得到少许慰藉，"孩子，你这又唱的是哪出戏文，我看你是古戏看得太多了吧，好了，别拜了，快起来吧。孩子啊，你叫什么名字？"

"我叫惠子。"

"哦，这名字好，你既然做了我的女儿，就该姓黑，那你以后就叫黑子惠吧。"

"谢谢爹。"惠子秀丽的脸上总算露出了一丝笑容。

路一辛也在一边点头说道："嗯，这个名字不错！"

工业基础

日本投降后，在东北留下了不少重型工业。有些工厂设备之多，规模之大，令人惊叹。如辽海兵工厂，各种机床多达 7000 多台……而苏联红军接管这些企业后，拆除、运走了一半以上最好的机床，等于把半个辽海兵工厂搬到了苏联。

在日本投降后不到 50 天，鞍钢的机器设备让苏联红军拆走了三分之二以上，连同其他物资共运走了七万多吨，整整 1200 个车皮（火车）。

1946 年 5 月，美国总统杜鲁门派来考察团在中国东北进行了两个月的调查。调查统计，苏军拆除、运走的中国东北工业设备达 8.5 亿元，而弥补转移、损坏和一般损失的全部重建费用，在 20 亿元以上。

1947 年 1 月 29 日，迫于舆论压力，苏联《消息报》公布，苏联在东北拆除、运走的工业设备"总价值定为 9700 万美元"。

1948 年 11 月，辽沈战役胜利结束。辽海市解放了，辽海兵工厂等一大批千疮百孔的工业企业回到了人民的手中……

辽海解放后的第一个春天，这座古老的城市，在人民政府的领导下，也像春天一样披上了崭新的节日盛装。

从前线不断传来捷报，几乎每天都有秧歌队在大街上表演，鞭炮阵阵，锣鼓声声，高音喇叭时刻不停地向人民播报着解放军向南推进、打胜仗的好消息。整个辽海市，群众情绪激动，参与革命的热情非常高涨。他们以各种娱乐形式，庆祝这来之不易的胜利。

这天黑银基也是格外高兴，不但是因为他成了辽海兵工厂真正的主人，成了为人民服务的一员。同时，还因为他的二儿子黑一海就要和黑子惠办喜事了。所以，老人家难得地去理发馆理了一回发，还穿上了崭新的酱紫团绣大绸缎褂，配上了一件金线描绣姜黄马褂，俨然一位福寿齐天的老太爷，坐在高堂之中的太师椅上，笑呵呵地接受一对新人的叩拜。

喝完新娘献上的茶后，黑银基从怀里掏出了一个大大的红包，要交给新娘子。这时候，旁边就有人起哄："先改口啊！这不改口怎么给红包啊！"

"用不着改口，人家早就叫爹了啦。"

"对哦，哈哈……"

新娘子还是上前羞答答地喊了一声，"爹。"

"哎！"黑银基响亮地答应了一声，把红包放到新娘子手上，"好，我的好闺女。从今天起，你们两个就好好过日子，要相亲相爱，白头到老。"

"还叫闺女啊，应该是儿媳妇了吧？"旁边又有人笑道。

"还不都是一样，你们少在那边瞎起哄。"看着面前金童玉女般的一对新人，黑银基笑得十分满足，"还有啊，别忘了，早点让我抱上孙子。"

又是一阵哄笑，新娘子的头埋得更低了。

"一海，领你的媳妇去给客人敬酒，你可得照顾着子惠一点，她怕生，还不习惯这种场合。"黑银基叮嘱黑一海说。

"知道了，爹！"黑一海答应得很干脆。

"没关系，爹。"黑子惠贤惠的样子人人喜欢。

"真是两口子啊！说话都一个声气。"

这边正热闹着，那边黑一湖跑上跑下，忙得满头大汗，一会儿去厨房关照上菜，一会儿帮忙打酒，跑出去迎客。这时候，他又从门外迎进来了一位解放军同志。

黑银基连忙上前招呼："同志，快里边请啊，我们家一海和子惠结婚，进来喝一杯喜酒吧。"

那位解放军战士看了黑银基一眼，很客气地说："不了，我是来通知黑一湖同志的，我们路一辛厂长要他马上到国营辽海制造厂去报到。"

黑银基吃了一惊："哎，同志啊，路先生不是咱辽海市的副市长吗。啥时候又当上厂长了？"

解放军战士笑了笑："大爷，他是市政府副市长不假，他还兼任国营辽海制造厂的厂长啊。"

黑银基又问："同志，这个国营辽海制造厂是哪一家厂子啊，我怎么不知道啊？"

黑一海从旁边插话："爹，就是原来的辽海东洋制造厂。"

"对，这位同志说得对，是原来的辽海东洋制造厂。"

黑银基目送那位解放军战士走后，颇为感慨地说道："辽海东洋制造厂，那可是大厂啊，比我们辽海兵工厂，噢，对了，现在改名了，比我们国营 7232 工厂还要大得多啊！"

黑一湖摸了摸后脑勺，跟在黑银基后面，往院子里走，"乖乖，比我们厂还要大？"

"你不是陪我去过一海当时在那边的办公室吗？你应该看到了吧，那真是比我们的厂要大好几倍呢！哎，一湖啊，你知道人家路先生为什么要调你去吗？"黑银基站下来，看着黑一湖。这个自己在街上捡回来的孩子，如今已经长得比自己还要高了，已经不再是当年那个瘦骨嶙峋的少年，经过几年风雨，他完全是个大人的模样了，不但个子长高了，身板也厚实了许多。自从他继承了黑家独门的铸造技术后，他就成了厂里的得力干将……想到自己培养的接班人就这样被人家要走了，黑银基心里多少还是有些不畅快。

黑一湖摸着后脑勺对黑银基摇头，"爹，我，我不知道。"

黑银基很不满意黑一湖的回答，"你这孩子，你忘了？人家这是报恩啊！"

"报什么恩呀？"

"你这孩子，你真的忘了？就是辽沈战役之前，有一天晚上，国民党的特务来抓他，不是你掩护他逃出去的吗？想起来了没有？"

黑一湖拍了一下额头，憨憨地笑起来，"嘿嘿，我想起来了。"

"人家肯定记着你这个恩呢，所以才调你去大厂子上班。"

"爹，其实我不想去……"

"说什么傻话呢，那是由得着你的吗？再怎么说，这也是好事啊，一湖，你去了大厂子里，可要给人家好好干啊，一来不要丢了你爹我的脸，二来也不要丢了人家路市长的脸面。"

"我知道了。爹。"

路一辛忘了黑银基是自己人

黑一湖按字条上的地址找到了路一辛的家门，一抬头，才发现这里他的确来过，应该就是过去日本人叫"东亚寮"的那个地方。小日本还在的时候，这里是东洋制造厂大管事黑海一郎的宿舍。现在，这里是辽海市副市长、国营辽海制造厂厂长路一辛的家。

敲开门，路一辛热情地把他迎了进去。

"小黑同志，来，喝水。"路一辛高兴地把一杯茶放在了黑一湖面前，然后他也坐在了黑一湖的旁边。

黑一湖有些犹豫，面对这个既熟悉又觉得陌生的人，他不知道该怎么称呼："路管家，哦……"

"什么管家啊？叫我路同志，路副市长、路厂长都行。"

黑一湖摸摸后脑勺，改口，"路，路厂长……"

"哈哈，你还是一点都没变啊！"路一辛看着一脸憨厚笑容，又显得有些拘谨的黑一湖，大笑了起来。

"嘿嘿……"黑一湖也跟着笑。

"一湖啊，你这个名字得改。"

"改？怎么改？"

"你以前并不姓黑吧？我记得你说过你以前的名字是郝馒头。"

"嗯。"

"名字就算了，你把姓改过来吧，从现在起，你叫郝一湖，而不叫黑一湖，知道了吗？"

黑一湖摸摸后脑勺，"这……使得吗？我……回去怎么跟爹说呀？"

"不要紧，这件事就由我来跟他说。记住，我们是国营工厂的工人，要和封建的旧思想作斗争。从现在起，你是一名真正的新中国工厂的工人了，所以，你只能姓郝，不能姓黑。知道了吗？"

郝一湖似懂非懂地点点头，"哦。"

"另外，你从现在起，你要有阶级觉悟。你过去是给资本家干活，是受剥削、受压迫的阶级。现在，你是共产党领导的新工厂的工人，是真正的工人阶级，要逐步地和过去划清界限。"

"划清界限？"

"确切地说，就是再不能和资本家来往，少到黑家去。明白了吗？"

"这……"

路一辛乱点鸳鸯谱

　　春去秋来。转眼到了 1949 年 9 月底，全国上下正在准备迎接新中国的成立。辽海也不例外。到处挂着气球、飘着彩旗的国营辽海制造厂就像是一个盛装的新娘，在暮色里摇曳着鲜红的裙摆，充满了娇羞和喜悦。宽敞的厂区里，身着崭新蓝色制服的工人到处都是，他们或三五成群地推着自行车边聊天边走，或匆匆忙忙地奔走在宽阔的柏油路上。

　　大门里的道路两边，一排排绿色万年青被修剪得整整齐齐，像是一排排站岗的哨兵，静静地守卫着工厂的安宁。挂着国营辽海制造厂及辽海制造厂党委牌匾的厂门，还保持着原来的模样，哥特式建筑的高大门厅精雕细琢，虽然隐约可见上面有弹痕，但仍然不减其威武庄严的气势，两旁的四方立柱上挂着一串串五色彩灯，和垂在大门中间的大红灯笼相映成辉，在西洋风上增添了几笔中国民俗色彩。

　　顺着道路往前走，是工人广场，石板铺成的广场正中除了被花坛围住的直插云霄的旗杆外，后面还有一尊巨大的石雕。这尊高达一丈的雕像摆放在这里的时间不长，还能看得出刀刻的新痕。雕像上有迎风招展的五星红旗，还有 5 名矗立在上面的代表着新时代工人的男女工人，他们的脸上充满了自信和自豪。

　　一个干部模样的女人踩着自行车来了，车后还带着一个人。她摇着清脆的车铃从雕像下经过，向大门外的道路驶去。到工厂大门口时，她们从车上下来了，等出了大门后，她们又先后跳上了车，然后摇摆了一下，在一串比车铃更响亮更清脆的笑声中，骑上了厂外的柏油马路，沿着柳绿花红的人行道往北而去。

　　自行车后座上坐着的，是已经恢复了女儿装扮的章小凤。她现在是一个漂亮的大姑娘了。齐耳的短发利索地别在耳后，在头的一边还别着一个粉红色的发卡，齐刷刷的刘海儿下一双又黑又大的眼睛闪动着青春的光芒。在奔跑着的自行车后座上，轻风撩起了她脑后的发丝，像蝴蝶一样在身后飞扬着。她坐车的样子不像个大姑娘，倒更像个小伙子，她甩着两条长腿骑在自行车的后边，而且她那特有的大嗓门还不断地在风里飘来飘去。

"大姐，你倒是说呀，你要带我到哪里去啊？"

"去我家呀。"骑自行车的女干部哈哈地笑了两声，"小凤，难道你以为大姐我会把你卖掉吗？"

"怎么会啊，你可是堂堂的副市长夫人呢。"章小凤咯咯地笑道，"大姐，我姐夫，也就是我们的厂长大人，他在家吗？"

"在啊。"

"啊哟，那我就不去了。"

"为啥，我可是专门带你去见他的呢。"

"我一个小工人，他见我干吗？"

"到时候你就知道了。"

"大姐啊，到底什么事啊？你到底在打什么算盘呀？"

"哈哈，小凤你可真是个机灵鬼。不过，我现在还不能告诉你。"

"大姐，我的亲姐姐已经没了，我就把你当我的亲姐姐，你可不能骗我哦。"

"大姐我什么时候骗过你啊。"

"对了，大姐，我姐夫他凶不凶啊？"

"他为什么会凶呢？"

"因为，因为他是副市长呀。"

"副市长就该凶吗？"

"哈哈哈，一市之长嘛，我觉得他该凶。"

自行车拐进了一个院子，路一辛家到了。

路一辛正在厨房里切菜，他对蹲在一边拔鸡毛的郝一湖说："小郝，等一下人家小章同志就来了，你可要给我大方一些，知道了吗？"

郝一湖点点头，"嗯。"

正说着，随着一串清脆的自行车铃声，就听到有人推门进来了，一个女孩子的声音也传来了："大姐，这院子可真大啊！"

路一辛透过玻璃窗向外望了一下，提醒郝一湖："小郝，她来了。"

路一辛的妻子吴凤兰，现在是国营辽海制造厂的工会主席。她领着章小凤走进了现在属于她和路一辛的这个小院，她先向厨房窗口探望的路一辛点了一下头，然后把自行车停放在了门边。这时候，她才回答章小凤："大吗？那你也搬过来和我们一起住吧。"

章小凤四下转了转，背着手说道："那可不行！我搬过来了，我娘怎么办呀？"

吴凤兰点了点她的额头后，去抓她的手，"死丫头，你以为我不知道啊，你前几年不都在厂子里住吗？"

"嘻嘻，现在可不一样了啊。"章小凤躲开吴凤兰的手，又发出了一串清脆的笑声。

路一辛站在厨房门里向这边招手："凤兰同志，请你快进来，我有一道难题需要你们帮忙。"

章小凤冲了过去，滴溜着大眼睛上下打量着路一辛，"姐夫……你是我姐夫吧？"

路一辛双手在围裙上抹了两把，向章小凤伸出手："是啊，不像吗？"

章小凤使劲地摇了摇路一辛的手，对后面进来的吴凤兰说："大姐，像，和你说的一模一样！哈哈哈……"

吴凤兰看到了路一辛身后蹲着拔鸡毛的郝一湖，故意大声问道："这位就是小郝同志吧？"

郝一湖不好意思地站立起来，手里还提着拔光了毛的鸡，"是，我、我是黑……不，我、我是郝一湖。"

章小凤翻了翻大眼睛，盯着郝一湖，"我说这位郝一湖同志啊，你怎么话都说不利索啊？"

路一辛从郝一湖手中接过了那只拔光了毛的鸡，"小章同志啊，这样可不好，你怎么刚见人家就批评上了呢？看来这也是一种缘分啊！"

"我是开玩笑呢，怎么，你怎么不说话呢？是生我气了啊？"章小凤说着，又是一串响铃一样的笑声。

"没，没，没……"郝一湖连抬头看章小凤一眼的勇气都没有，低着头只是一个劲地说"没"。

吴凤兰连忙岔开了话："老路同志，你刚才说有难题要帮忙，快说说，什么难题？"

路一辛举起手中的鸡，"就是这个难题。小郝同志，小章同志，还有凤兰同志，你们说说，这鸡怎么做？是清炖好呢，还是爆炒好？"

吴凤兰马上说："清炖吧。"

章小凤摇头，"清炖不好，还是爆炒好，爆炒香哪！"

吴凤兰看了一样偷看章小凤的郝一湖，"小郝，你说呢！"

章小凤不等郝一湖开口，就对他说："小郝，肯定是爆炒好，对吗？"

郝一湖急忙点头，"对，对，爆炒……爆炒好。"

吴凤兰忍不住笑出了声："哈，小凤你真是霸道，好，我们少数服从多数，那就爆炒吧！"

路一辛也笑道："凤兰同志啊，你还说小章霸道，我看哪，你也霸道啊！你怎么不征求我的意见呢？"

章小凤抱住了路一辛的胳膊，"姐夫，快说，爆炒，怎么样？"

路一辛扬了扬眉，"我看嘛，清炖……"

章小凤撒娇，"姐夫！"

路一辛哈哈一声笑了，"我是说清炖不如爆炒好嘛！"

章小凤放开路一辛，啪啪地鼓起了掌，"好好好，爆炒！来，姐夫，我来！爆炒可是我的拿手好戏哟！"

晚饭过后，章小凤被吴凤兰叫进了里屋，问她对郝一湖的印象怎么样。

"什么怎么样啊？不就是一个一棒子打不出个屁来的闷胡芦吗。一副老实巴交的样儿。"

对章小凤粗鲁的形容，吴凤兰皱了皱眉，"小凤啊，可别这样说人家，我看小郝挺不错的，挺实在的。"

"是吗，那你觉得是他好，还是姐夫好呢？"

"你这丫头，跟你说正经话呢。"

"我也是说正经的啊。"章小凤收起笑容，"大姐，我知道你的意思。你和姐夫这是给我介绍对象呢。"

"对啊，所以我才问你中不中意小郝。"

"没啥中不中意的。我……"章小凤欲言又止。

"有啥话你尽管说，小凤。"

章小凤垂下头，双手绞在了一起，"如果这是组织上的安排，我没意见，可是，骆子哥怎么办啊……"

"骆子哥是谁？"

"他……也是我们厂里的……他……救过我的命，我……"

吴凤兰到门口把路一辛叫了进来。

"老路，我看这事不好办呢。"

路一辛看着一改先前嘻嘻哈哈开朗模样现在却低头不语的章小凤，也觉出了气氛不对，便走到了章小凤身边，问她，"怎么回事？小章同志，说出来我们给你参谋参谋。"

听章小凤讲完了骆子的事，路一辛也把整整一支烟抽完了。他躲开章小凤充满期望、看着他的眼光，和吴凤兰对视了一下，然后他假咳了两声，对章小凤说："小章同志，你看，我的意见是这样的。骆子同志虽然是为了保护你、保护工厂受了伤，但他毕竟已经……失去了生育能力，不论是从科学上还是从道德上讲，他都是不适合结婚的，我想，他自己也应该很清楚。他要是真的爱你，真为你着想，他是不会和你结婚的……我知道你觉得欠他，但我可以站在一个男人的立场上告诉你，你要是只为了报恩想和他结婚的话，那对他就是一种侮辱。并且，这是一个思想觉悟的问题，我在这里郑重提醒你，小章同志，作为一个新中国的新工人，你那套以身相许的封建观念可要不得。"

吴凤兰也在旁边说道："是啊！再说了，你们好像从来都没有提起过谈婚论嫁的事呀，对吗？"

章小凤点点头，"是的。可是我……"

路一辛打断了章小凤的话，"我看哪，小章同志啊，你和小郝同志谈没有任何问题。"

吴凤兰搂住了章小凤的肩，柔声劝说："小凤，就听你姐夫的吧，你和小郝同志先接触一段时间，看看怎么样？你看好不好？"

章小凤低头默默地听着，有些机械地点了点头。

"这就好嘛！来，小章同志，凤兰同志，你们都出来，不要把小郝一个人晾在外面，现在都一家人了，我们就把话说开吧。不要搞得跟地下活动似的，这又不是什么坏事，这可是好事，是喜事啊！"

章小凤跟着吴凤兰从后面出来，郝一湖连忙站起身，给章小凤让座。章小凤看了他一眼，扭开了头。

吴凤兰把章小凤拉到座位上，也让郝一湖挨着她坐下，然后对郝一湖说："小郝同志啊，我们把小凤同志交给你了，你可不能欺负她哦。"

"吴凤兰同志，是小章同志不要欺负我们小郝同志才对。"

路一辛夫妻都哈哈大笑起来，郝一湖也摸着头笑了，当他见章小凤脸上一点笑意都没有，就连忙收起了笑容。

路一辛认真地说："小郝同志，小凤的妈妈年岁大了，你可要帮助小凤好好照顾啊！"

郝一湖连忙点头："小凤同志，厂里给了我一间房子，忒大了，我们把她老人家接过来吧。"

路一辛点头，"小郝同志，这就对了！你想得很周到嘛！"

章小凤抬头看了郝一湖一眼，没有说话。

吴凤兰端了一盘切好的西瓜过来，"小凤啊，我看一湖同志是个很有思想的青年，你们就互相关心、互相帮助吧。"

骆子的快板

在忙碌又充实的工作与生活中，时间过得总是很快。不知不觉，又一个秋天到来了。

一年来，章小凤看着郝一湖频繁地出入自己家，每次都带着丰厚的礼物来，每次都勤快地帮忙做这做那。母亲一直在她耳边说："小郝这孩子真不错。"

看到郝一湖在厂里总是不声不响地埋头干活，章小凤也觉得他这个人还挺踏实的。但章小凤总觉得心里缺了点啥。她知道那是啥，可她不能去想。

她去骆子工作的车间找他，总是看见他利用休息时间给工人们说快板。工人们喜欢听骆子说快板，章小凤知道，因为她也喜欢骆子说的快板。以前，她也会跟别人一样听骆子的快板听得乐不可支，笑翻了天，可现在，她却越听越辛酸，怎么也笑不起来。

> 肉头号称醉八仙，
> 阿谀奉承最行当。
> 那一年，他是厂里的材料员，
> 向日本人告密只为钱；
> 为了一块白银圆，
> 害得工友心底寒；
> 为了嘴上能尝鲜，
> 工友的手指头飞了个远。
> 今天为了往上钻，
> 猪头脑袋削了个尖；
> 阳奉阴违说破天，
> 就是为了当个芝麻绿豆官。
> ……

骆子会说快板的事在辽海制造厂里不胫而走，每天都有人来央他说上两句，甚至在下了班后，早晚吃饭时间，都能听到他在用他的口技绝活说快板给工人们逗乐。他说的快板都是他自己现编的，有时候还指名道姓地讥讽有些人，虽然大家听了就一乐，说的人痛快了，听的人舒畅了，可被说的这些人就恨得牙痒痒了。

曾经和骆子、章小凤他们住一个宿舍，现在已经是辽海制造厂第四车间主任的孙大峰，就常出现在骆子的快板中，这个整天只知喂饱自己肚皮、不顾别人的人，在听了手下姚少军的小报告后，气红了那张挤满肥肉的脸。

"这个太监，他妈的欺人太甚！"他狠狠地骂着，撕下了一块放在桌上的卤牛肉，狠劲地咬了一口，就像是在咬骆子的肉似的。

姚少军连忙上前往桌上的大碗里倒满了酒，"主任，这个人太可恶了，应该治治他！"

孙大峰一边嚼着牛肉，一边沉思，他转着眼珠，突然看到桌子上一份关于镇压反革命活动的指示文件。肥胖的脸上立刻挤出了笑容，"哈哈哈哈……"

姚少军急忙问："主任，是不是想到什么好主意了？"

孙大峰压低声音，"这事儿对任何人都不能说，知道了吧？"

"那个骆子……你不准备杀杀他的嚣张气焰？"

孙大峰抓起那份文件，对姚少军摇摇手，"你去吧，这件事情我自有分寸。下面有什么事情，你要随时报告！"

章小凤的婚礼

　　吴凤兰已经问过章小凤好几次她和郝一湖的事了。一开始，她没有觉着这是个事情。可吴凤兰问的次数多了，就是个大事情了。于是，章小凤鼓起勇气去找骆子，告诉了他和郝一湖的事，骆子听完她的话后，依然用温柔但却带着伤痛的目光看着她，用微笑但却带着苦涩的笑脸对着她，"小凤，郝一湖是个好同志，他一定会让你幸福的。"骆子知道自己无法再给章小凤幸福，所以只好忍痛割爱了。

　　听了骆子的话，章小凤当时就掉下了泪。不过，她没让骆子看见。偷偷擦掉泪后，她要求骆子再给她吹吹那支她特别爱听的曲子。

　　"《明月几时有》，对吗？"骆子问她。

　　"嗯。"

　　骆子为章小凤吹了那首《明月几时有》，如泣如诉的笛声落下时，骆子轻声念道："但愿人长久，千里共婵娟。"

　　回家后，章小凤趴在床上狠狠地哭了一个晚上。章大妈问她怎么了，她什么也不说，只是一个劲地哭。

　　过了几天，吴凤兰来问章小凤打算什么时候和郝一湖结婚，章小凤笑了笑，说："什么时候都行，我听组织的。"

　　得到章小凤的答复后，吴凤兰高兴地去为他们准备婚礼了。这还是辽海市解放以来，辽海制造厂的第一场职工婚礼。在工会的全力操办下，章小凤和郝一湖的婚礼于国庆节这天，在工人礼堂隆重地举行。有一半的本厂职工参加了这场婚礼，厂长路一辛也到场祝贺。

　　在主持人请新郎新娘发言时，身穿朴素的蓝色制服、胸戴大红花的章小凤走上前大声说："现在，我们的好机器设备都让苏联人拉走了，但我们的厂子还在，我们的人还在，我们一定会克服困难，生产出合格产品来的，我们要以实际行动支援抗美援朝战争！支援社会主义建设！"

　　"我们的新娘子说得太好了！新郎官，你也说两句！"

　　郝一湖腼腆地看了章小凤一眼，在她鼓励的眼神下，说道："我们，还有技术……"

新郎新娘的讲话赢得了热烈的掌声。

"下面请证婚人路厂长为我们讲话！"

路一辛在掌声中走到主席台前，拿起话筒，他那浑厚的声音便在宽阔的会场里响起，"刚才，我们的新郎新娘说得好，我在这里补充几句！我们的厂房虽然破旧不堪了，甚至好的机器也没有了！剩下的是一些破烂不堪的机器设备。但是，正像新郎新娘说的一样，我们还有人，还有技术！同志们，对于一个工厂来说，有了人，有了技术，就有了一切！在这两个问题上，技术尤为重要！我们刚刚打败了日本鬼子，日本鬼子投降了，滚回他们的老家去了。同志们，知道小日本为什么敢侵略我们吗？他们究竟靠什么敢侵略别的国家呢？"

究竟靠的什么呢？章小凤也好，郝一湖也好，今天参加婚礼的不少人都回答不了这个问题。

"这是因为，他们的科学技术发达。"路一辛说出了答案，"同志们，在日本人科学技术没有发达以前，他们也是一个弱国。是美国一个叫佩里的将军，用尖船利炮敲开日本国门的！佩里将军不但用武力踏上了日本的土地，而且还用最尖端的科学技术、工业产品征服了日本。由此日本才开始重视工业，崇尚科学技术。很快，日本用科学技术促进了经济发展，我们要向人家学习，要崇尚科学、重视技术！当然了，我们这样做，决不是为了侵略别国，欺负他人！我们的目的只有一个！那就是让国家繁荣昌盛，让人民过上幸福的生活！"

章小凤听明白了，婚礼后郝一湖告诉章小凤，他没有听懂，尤其是那个什么"科学技术"，他不明白是个什么东西。这是后话。

路一辛的讲话，引来了满堂掌声。一直躲在暗处偷看章小凤的骆子情不自禁地走出来了。章小凤一眼就看到了从人群中走出来的骆子。她惊喜万分："骆了哥！"

骆子手捧一束鲜花上台，把花送到了章小凤的手里，然后对章小凤和郝一湖说："祝你们新婚快乐！蜜月幸福！"说完，他面向大家，有些激动地说道："也祝工友们像厂长说的那样，崇尚科学，重视技术，把我们的工厂越建越好！"

骆子说完这些后，很快地走了下去……

"骆子哥……"看着骆子的背影，章小凤把脸埋进了面前的鲜花中，郝一湖看着她，悄悄把手伸过去，握住了她的手。

路一辛接着说:"同志们,除此之外,我们还有中国共产党的正确领导,还有全中国人民的支持,我相信,我们的工厂,我们的辽海,我们的东北,我们的中国,一定会越来越好!"

掌声,热烈的掌声响了起来……

"最后,让我们祝愿新郎新娘相亲相爱、白头到老!"

"日本特务"

　　这一年的冬天，骆子突然被打成了反革命分子，日本特务。理由是骆子在解放前是日本人黑海一郎的狗腿子，而且还会说日本话。因此，厂里对他进行了严格的、全面的审查。经过审查，骆子是"日本特务"的"事实"清楚，"证据"确凿……所以，骆子被打成了"反革命分子"。从此，再也没人敢提骆子的名字了，再也没有人敢去听他的快板了。

　　章小凤见不到骆子，就去找他。听说骆子被车间隔离起来了，同时，他还听说这件事情跟孙大峰有直接关系。于是，她找到了孙大峰。

　　"孙肉头，你给我出来！"站在车间主任办公室门外，章小凤大声喊了起来。孙大峰连忙出来，"哎哎哎，姑奶奶，你小点声，你嘴上积点德好不好？"

　　章小凤瞪着他越发肥胖的身躯，鄙夷地笑了笑，"留点情可以，但是，你得给姑奶奶说实话，你要敢骗我，我让你吃不了兜着走！"

　　"姑奶奶啊，你小声点，好不好？"孙大峰看到有人从房间里探出头来张望，便拉章小凤进了办公室，低声下气地对她说："你找我什么事？你，就不能好好给我说话吗？"

　　章小凤一把甩开了孙大峰的手，她指着孙大峰的酒糟鼻，问："我问你，你为什么说骆子哥是反革命？"

　　孙大峰略一沉吟，马上举手，"小凤，我对天发誓，这件事跟我没有一点儿关系！"

　　"真的没有关系？"

　　"真的没有！我要是骗了你，我不得好死！"

　　"谅你也不敢！"

　　"真的不是我干的！"

　　章小凤见孙大峰不承认是他干的，就想这是谁干的呢？一想骆了遭遇的这些不公正的事儿，她就开始烦躁了。她狠狠地瞪了孙大峰一眼，"骆子和你我可是同一个宿舍出来的，你要是敢害他，看我不挖了你的心肝肺去喂狗！"

"小凤啊，你还不了解我吗，我孙大峰虽然贪吃贪喝，可从来不会害朋友，我怎么可能去干那种伤天害理的事情呢？"

"要我信你，你就去帮骆子一把！你现在也算是有权有势的人了，应该会有办法的吧。"

"那个……我也只是个小小芝麻官……"孙大峰见章小凤大眼睛一瞪，又连忙改口，"好、好好，我去，我去还不行吗？谁让我们是好朋友呢！"

"你真的会帮忙？那好，你现在就去！"章小凤望着孙大峰，不怎么相信他。

"小凤，你放心吧！"孙大峰使劲点头，虽然心里想的是，不整死他就算是我孙大峰对得起他了，还指望我帮他，门都没有。但表面上他还是一个劲地冲着章小凤笑。

"好，我等着！"

章小凤走后，孙大峰把自己的狗腿子姚少军叫来了。

两人到厂外小酒馆要了个避静的座位，然后，点了一桌子菜。

孙大峰一边大口吃着菜，一边对姚少军说："少军，骆子的事你办得怎么样了？"

姚少军倒着酒，得意地说："主任，你就放心吧，我想方设法整死他！"

孙大峰接过姚少军递上的酒，一口喝掉，嘴角流下了和着油的酒渍，"不！"

姚少军一愣，"主任，为什么？"

孙大峰自己抓起酒瓶，往杯里倒满酒，然后一口干了，"不能让他这么快就死！要软刀刀、细绳绳，慢慢地收拾他！"

姚少军点点头高兴地说："主任，我明白了……"

工业革命

年关越来越近了。

入冬以来，辽海基本上是在大雪纷飞中度过的。冬至过后，这雪尤其下得多，下得大。漫天飞舞的鹅毛大雪总是将辽海包裹在一片苍茫之中。现在，已经快到春节了，雪还是不见要停的样子。

路面上由于积雪太多，造成了交通不便，很多工厂也因为运输问题被迫停产。尽管在天寒地冻的严冬，但人们建设社会主义的热情不但丝毫不减，相反地，却空前高涨……连大烟筒里冒出来的烟，都扶摇直上，很有气势……

这种时候，路上的行人一般都很少。

但是，黑一海却踏着厚厚的积雪，在路上走着，他慢慢向家中走去。他听着自己的脚踩在雪地上发出的咯吱声，看着道路两旁的树在积雪的覆盖下，像一座座小山峰……他还看到了那些比较脆弱的树干，因为不堪重负，被压得弯了腰，甚至，断掉了……

形状各异的雪花集结成团，一直在飘打着黑一海的面颊……他的头顶上、黑色长大衣上已经挂了不少雪……他感觉到自己的耳朵已经冻僵了，于是就想起了出门前妻子叫他戴上帽子的话题……

临出门时，子惠还问他："你着急什么啊？现在还早呢。"他告诉子惠："去见副市长，就得早一点。"子惠问："是那个路副市长吗？"

"是那个路副市长。"黑一海点头，你也认识他的，当然了，那已经是解放前的事了。那时候，我们能走到·起，还有这位副市长的功劳呢！那时候他是军人，是中共辽海市地下党的领导人之一。

黑一海和子惠结婚时，路一辛没有来，父亲黑银基还有些不高兴。黑银基想，不管怎么说，你路一辛在我们黑家的银基加工厂里，还做了不短时间的管家呢，而且我黑银基也是一直的、非常的信任你。可是，我的儿子结婚，你居然连一个照面都不打，这太有点不近人情了吧？

由此，黑一海还劝过父亲，毕竟现在身份不同了，人家已经是人民政府的领导，再提人家当资本家的管家这码子事已经不合时宜了。再说了，领导总是会很忙的，哪顾得上来参加一个普通老百姓的婚礼呢……

听儿子这么一说，黑银基也就没有什么可说了。但是，后来的一件事儿又让黑银基不高兴了。郝一湖的婚礼，路一辛不仅作为证婚人参加了，而且还在婚礼上发表了一席慷慨激昂的讲话。黑一海、郝一湖都是我黑银基的儿子，亲儿子的婚礼你路一辛不来参加，而干儿子的婚礼你路一辛不但参加了，还弄出了那么大的阵势……

好在郝一湖和章小凤还没有忘记他。婚礼一结束，新郎新娘就提着礼品来看老爷子来了。不仅如此，他们还行了跪拜礼。在郝一湖和章小凤的心里，黑银基就是他们的亲爹。黑银基表面上笑呵呵地接受了，其实啊，黑一海知道，父亲的心里还是非常不痛快。送郝一湖、章小凤走时，老爷子不酸不甜地说了一句："一湖啊，以后你们还是少来我家吧，免得被人看见了说闲话。"

郝一湖是个老实人，尽管已经成家了，但他的胸无城府并没有因为年岁增长而改变，他听不懂老爷子的话中话，只一味地憨笑，"爹，看你说的，儿子来看爹，有谁会说闲话呢……"

"你这个孩子啊，我这不是担心影响你进步吗？"

郝一湖还没张口，在他旁边的章小凤就快人快语地插进话来，"老爷子是在讽刺你啊，郝一湖同志！做人要讲知恩图报，你为了进步，把自己的救命恩人都忘了，你不请爹参加我们的婚礼，爹在生气呢。"

"那，那是组织安排的，我，我也是没有办法……"

章小凤咯咯地一阵笑，然后对黑银基说："爹您放心，郝一湖同志虽然嘴笨，说不出来但他心里把您老人家都记着呢，他也不会是那种势利眼、忘恩负义的人，不然我章小凤怎么会嫁给他呢？"

黑银基倒是蛮喜欢章小凤的，现在又是她的几句话，把他给逗乐了，他笑着说："我也没有怪你们，你们这不来了嘛，今天还是你们的新婚呢，赶快回去吧，不然洞房里找不到新郎新娘，那就真出大事了。"

黑一海因为和章小凤之间有过那么一个误会，那么一段渊源，虽然大家都不说出来，但彼此心照不宣。对于日本人的子惠，章小凤反倒没有半点嫌隙，妯娌之间反而有一种姐妹一样的亲近。因此，两家人后来走得很近，隔三岔五地，郝一湖两口子就会往这边跑，章小凤是个直性子，她压根儿就没去管过别人的飞短流长……

黑一海不知道，为什么这一系列的事情，现在会一股脑儿地从他的脑海里冒出来……他苦笑着抖落掉肩上的一些雪花后，长长地叹了一口气。

今天一大早，黑一海到国营辽海制造厂敲开了路一辛厂长的办公室。黑一海看到路一辛戴着眼镜低着头正全神贯注地看文件，便又一次轻轻地在门上敲了两下。

路一辛从办公桌后抬起了头，黑一海发现，这位厂长有些疲惫，大概又是为厂里的事情忙了一个通宵吧。路一辛见是黑一海，就推开了正在翻看的案卷，站了起来："噢，是一海啊，来，坐下说。"

"路书记，听说你要离开我们厂了？"黑一海在办公桌对面的一把椅子上坐了下来。

路一辛去倒了两杯水，一杯给了黑一海，自己端了一杯坐在了旁边的椅子上，"是的，上级让我主持市政府的全盘工作，我是一个军人，只能无条件服从了。"

"路副市长，你真幸运，到了副市长的位置上，你就英雄有用武之地了。辽海市要发展，工业革命是必经之路。"

"你说得对，不仅是辽海市，就是全中国的发展，工业革命也是最根本的出路。"路一辛说着，取下眼镜揉了揉眉心。

"西方诸多经济强国的崛起，包括小日本的崛起，都无一例外地走的是工业强国、技术强国的路子。"

"是啊，一海同志，你说得对，技术革命非常重要啊！可现在，7232工厂的技术革命就出了问题啊！"路一辛说完，起身去办公桌旁，翻出一个信封拿了过来。

"7232工厂？路书记，7232工厂怎么了？"

路一辛把一封信交给了黑一海，"你看看这个吧。"

黑一海取出信，翻开，看着看着就读出了声音，"……黑银基到现在了还没有把他家祖传的铸造绝技教给我们，我们认为，这是资本家配合国民党反攻大陆的具体表现。由此可见，他就是一个暗藏的反革命分子……反革命分子？"

看着黑一海惊怒的样子，路一辛又揉了揉眉心，"就是这个原因啊，让我这两天寝食难安。"

"尽管拥有黑银基所掌握的独特铸造技术，我们7232工厂生产出来的不同型号的炮弹，在抗美援朝战争中发挥了巨大的作用。但是，我们不能因为他的贡献就忘记他是资本家的历史。资本家的实质就是剥削工人、压迫人民。他这样做的目的只有一个，那就是反革命……"黑一海读不下去了……

路一辛接着说："所以，我也是非常困惑。"

"这样就要把一个人定为反革命？这也太牵强了点吧？"黑一海再次愤怒地抬起头，对路一辛说，"那路书记你自己的意思呢？你也认为我爹他是反革命分子吗？难道连你也不了解他……"

"黑一海同志，你先不要激动。"路一辛端起黑一海面前的茶，"来，先喝口水，冷静一下，我这不是找你来商量吗？"

"我爹他也就是固执了一些，思想有那么一点保守、僵化。我也不知道他还没有把他的祖传绝技教给徒弟们，但也不能仅凭这一点就定他为反革命吧？反革命是什么性质，你又不是不知道。"黑一海端起茶杯，但他没有喝。紧接着，他又放下了……他继续激动地说道，"老人家都会有些思想转不过弯的地方，这一点我们也要站在他们的立场上来理解，毕竟，所谓祖传绝技是祖祖辈辈继承下来的，况且我爹受那种家族观念的影响颇深。不错，我们是要从阶级压迫中解放出来，我们要救中国，要振兴中华民族，要国民自强，要发展经济，但也不能就这样一下子把祖宗都忘记了吧？"

"黑一海同志，你言过了。你，要注意一下你的措辞。"路一辛连忙制止黑一海，并起身去把办公室的门关上。

黑一海抿住唇，低头盯着那封举报信。

"我今天叫你来，只是想要你去做你父亲的工作，让他赶快把手艺传给徒弟。"

"……我知道。"黑一海沉沉地回答。

"我首先告诉你，不管反革命这个定义是否正确，他这样做的后果非常严重，大家都在加快步伐大干快上，以实际行动赶超帝国主义。可是，你父亲做了些什么呢？封锁技术，故步自封，这样下去可怎么得了啊？"

黑一海重新抬起头来，把举报信还给路一辛，"路书记，我爹的工作我会去做的，你就放心吧。"

"因为是祖传绝技，他不愿意拿出来也在情理之中。所以，我打算把你调到 7232 工厂去……"

"路书记，你放心，我一定负责做通我爹的工作。至于我的工作，还是请路书记让我继续留在辽海制造厂，因为，我研究的几项成果马上就要见成效了。"

"也好。一海啊，我知道你的事业在辽海制造厂，你研究的管理成果又确实为辽海制造厂的发展做出了一定的贡献。但是，这不是没有办法了吗？我相信你，你一定会做通你父亲的工作的。"

"谢谢路书记，我今晚上就去说服我爹，明天就让他给徒弟们传授技术。"

"这算是军令状吗？"

"你要说是，那就是。"

"好，我等着你的好消息！"路一辛拍了一下黑一海的肩膀，"一海同志啊，你这算是帮我解决了一桩大难题啊。"

黑一海笑了笑，不置可否。因为他知道路一辛的难题在哪里，论公他必须得处理黑银基的事，但论私他又不能对自己的东家做得太过。毕竟，人都是感情动物嘛，哪怕你是一名共产党员，也得讲人之常情，"那好，路书记，我就不打搅你了。我还得回厂里去，有很多事等着呢。"

"老东家也上年纪了，该到了休息的年龄了，可能有点糊涂了。你去好好地劝劝他，等他把铸造绝技传给徒弟们后，我就让他光荣退休。到时候，我亲自去给他发军功章！"路一辛回到办公桌后面，若有所思地对黑一海说。

黑一海点点头，"我知道了，路书记，您的话，我一定带给我父亲。"

路一辛希望这件事情能够尽快地、圆满地解决。只有这样，他才能在别人那里替黑银基说好话，化解那封举报信带来的严重后果。

黑一海是了解路一辛的良苦用心的，所以他才领下了军令状。对于自己的父亲，他心里多少还是有一点底的。但是，他还没想好怎么去劝说自己那位越老越顽固的父亲，让他把自己的祖传绝技贡献出来，为社会主义建设做出他的贡献……

想到这里，黑一海烦恼地踢了一脚路边的雪堆，却不料大片雪花飞撒出去后，露出了一丛绿油油的牛舌草来。黑一海十分惊讶，蹲下身去看，他在为这样顽强的生命力赞叹不已的同时，似乎看到了某种希望："牛舌草啊牛舌草，你真顽强，如果人类也有你这么顽强的生命力与意志，那么这个世界上就没有什么是不能战胜的了。可惜，我们人类总是最脆弱，最容易受伤害……而这种伤害又恰恰是自己给自己带来的……"

除了父亲这件事情外，在他心里堵得慌的，还有骆子的事。

在去路一辛那里之前，他在厂区里意外地碰见了已经被放出来的骆子。只见他疯疯癫癫地在厂区里游荡，蓬头垢面，衣冠不整……

当年儒雅、文秀的模样荡然无存，剩下的只是痴呆的神情和惊恐不安的视线，他不时地蹲在路边捡些垃圾往怀里揣……要是捡到烟头，就叼在嘴边，摇头晃脑地念他的顺口溜：

> 说你有能耐，没有能耐也行，
> 说你没有能耐你就没有能耐，你有能耐也不行。
> 不服我孙大胖子不行！
> 首先是你自己要行，
> 再是要有人说你行，
> 说你行的人还要行！
> 问题是，他孙大胖子就是不行！
> 他吃行，喝行，
> 他脑袋削尖了往上爬行，
> 再就是，他两面三刀、拨弄是非行！
> 除此之外，他什么也不行！
> ……

在一边经过的工人看到他，都露出同情和怜悯的神色。

"多好的人哪，怎么说疯就疯啦？"

"怎么疯了？你不知道啊？不就是孙大峰给整疯了吗？"

"这孙大峰忒不是个东西了，生生地就把人给整疯了。"

"哎，说起来也怪他自己。"

"为什么啊？"

"怪他管不住自己的嘴啊！这叫祸从口出。"

"哎，你说什么呢？难道人家说得不对吗？听听，'他吃行，喝行，他脑袋削尖了往上爬行，再就是，他两面三刀、拨弄是非行！除此之外，他什么也不行！'这话说得多好啊！"

黑一海只是远远看着，并没有走过去。骆子从路边捡到了一根枝条，便一边抽着路面，一边念念有词地，晃晃悠悠，晃晃悠悠走远了。黑一海这才收回目光，收拾起被骆子打乱的心情，朝着路一辛的办公室走去……

骆子刚被隔离审查的时候，黑一海正好被厂里派去鞍钢参加一个学习班，等他回来知道这件事去找骆子时，他已经完全不认得黑一海了。

后来，黑一海得知，骆子在审查时就已经疯掉了，结果什么都没有审查出来，只得把他放了出来。就算真有什么反革命性质的问题，对一个连个人行为都没有了的疯子，还能做什么？但是扣在骆子头上的那顶反革命分子的帽子并没有因此摘掉，他依然是被专政的对象，没有人敢接近他，即使全天下的人都知道他是被冤枉的。

黑一海问过章小凤关于骆子的事，但这个平素嘻嘻哈哈说话像打机关枪一样的女子，除了满脸的愤怒以外，气得什么话也说不出来……

"你也认为骆子是反革命分子吗？"黑一海故意问她。

"骆子哥才不是呢！你……你不要胡说！他是被冤枉的！"章小凤冲着黑一海大喊时，泪水已经从她的眼中冲出，止不住地往下流。看她这样子，黑一海也有些难受，他不知道该如何安慰自己的这位兄弟媳妇。

"大哥，你就不要管他了。"章小凤哭了一会儿，突然一把擦掉眼泪，对黑一海说，"被牵连进去不好，毕竟子惠嫂子的身份特殊。你也有你自己要做的大事……这样吧，骆子哥的事就交给我吧。"

黑一海看着她，心情特别复杂："小凤，你……"

往事不堪回首

　　五年前，日本鬼子投降的那一天晚上，黑一海和骆子先后住进了同一家医院。黑一海的腿被章小凤一管钳打得骨折了，提前住进了医院。而骆子是接受了黑一海交代的任务，在保卫工厂的时候，为章小凤挡住了日本人罪恶的子弹而受了伤。

　　第二天，黑一海从医生那里得知骆子的情况后，他立刻拖着打着石膏的腿，在护士的帮助下，坐着轮椅去找骆子。在病房外，黑一海看见里边病床上的骆子，正在垂泪。

　　黑一海打发走护士后，进到了病房里。他不知道说什么能够安慰骆子，就陪着骆子一起流泪。

　　"这就是报应啊……"骆子说着，激烈地砸着自己的身体。

　　"胡说，报应在谁的身上都应该，就是不应该报应在你身上。"黑一海拉住骆子的手，"不要想那么多，能活着就不错。"

　　"你说，我这还能叫活着吗？"骆子的视线落在了被单盖着的身体下方，"那颗子弹怎么不直接把我送到地狱去呢？"

　　"骆子，好兄弟，就算失去了生育能力，你还是个堂堂的男子汉。"

　　"大哥……"

　　"给我好好地活着，活出个男人样来。"

　　"如果是以前，我真的无所谓，可是……"骆子长叹一声，泪水又从眼角滑落。

　　"兄弟，今后，大哥如果有孩子的话，那大哥的孩子也是你的孩子，你不用担心没有儿女为你养老。"

　　"我没有担心那个啊。"骆子听了黑一海的话，非常感动……他用毛巾擦掉泪，又轻轻叹了口气，"我这样，恐怕没有办法让我心爱的女人幸福了。"

　　黑一海愣了一下，轻轻地问："你果然爱上了章小凤吗？"

　　"所以，还要拜托大哥，帮我好好照顾小凤。"

　　"你拜托我什么都行，这件事，我恐怕办不到。"

"为什么？"

"先不管我怎么想，你得问问人家章小凤的意见吧？"

"我……"骆子出了一会儿神，叹息，"我现在什么都不想，只希望小凤能够好好地活着，也替我把我的那一份活够，只要看到她幸福，永远那么快乐，笑声不断，我就……没什么遗憾了……"

怎么会没有遗憾呢，最希望给她幸福的那个人就是你啊。黑一海把这句话在心里转了几遍，终究没有说出来。

章小凤和郝一湖结婚的当天晚上，骆子约了黑一海去喝酒，然后整个人喝得烂醉。他怎么能不痛苦，眼睁睁看着心爱的女人嫁给了别的男人，自己却只能在一边说祝福的话，连表白感情的资格都没有。多少相思都只能伴着泪水往肚里吞，每夜的思念只能用笛声来倾诉。这天晚上，黑一海费了九牛二虎之力才将骆子搬到了宿舍……

一会儿工夫，醉得都快不省人事的骆子突然爬了起来，他泪流满面地取出了他心爱的笛子，吹起了那支《明月几时有》。笛声吹出了人海茫茫中受苦受难的骆子，撕心裂肺的骆子……哀怨悲戚，惨不忍听……吹者泪流满面，听者肝肠寸断……

黑一海没法安慰自己的朋友，他几乎是逃一样地，悄悄离开了……

尔后，再没见骆子像那晚那样流露他的感情。他依然是温文尔雅、亲切平和。同时，他又与每个人都保持着一定的距离，甚至也疏远了和黑一海这些朋友们的关系。黑一海想，大概是因为章小凤的丈夫郝一湖是他义弟的原因吧……想来想去，黑一海也没有想出个所以然来。反正，一直以来自己都搞不太懂骆子的想法，而手边又有太多的事情要做。因为新中国成立了，工厂成了人民的工厂，他正要利用自己的所学在此大展宏图，也就顾不得那么多儿女情长了。等他闲下来再次回过头来看骆子时，骆子在他眼里已经是一个完全陌生的人了。

黑一海觉得自己对骆子有很多亏欠。他想尽可能地帮助骆子，如果有可能，先把他的疯病给治了……可是，他被章小凤说出的一席话镇动了。是啊，如果自己和一个"反革命分子""日本特务"搅到一起了，他还能十成自己的事业吗？

"我说的是真的，大哥，我这人没什么文化，也就认得骆子哥当年教我的那几个字……现在，我是工厂的一名工人，我只要干好自己的工作，没有人能把我怎么样。可是，大哥，你不一样啊，你和骆子哥都是有文化的人，你们都是能干大事的人。所以，你不能陷进去啊……只是，只是骆子哥的命不好，连老天都不帮他。但是，不管怎么样，我会照顾他的。大哥，我说的意思你能明白吗？"

"小凤你说得太好了，这哪像没文化的人说的话呀。"黑一海有些惊讶地看着面前这个女子，他不得不重新审视她。或者说，他就像是刚刚才认识她一样……他本来想替骆子问的那些话，他都统统地、一股脑儿地收了回去，"没想到，小凤你不但人好，我突然觉得你还很伟大、很了不起……"

"我怎么了？"章小凤抬头望着黑一海，眼睛一眨不眨，黑漆漆的瞳孔就像是冬夜的天幕，深沉地笼罩着一切，也掩盖着一切。

黑一海笑了，"没什么，只是有些感触。"

章小凤也跟着笑了笑，"你们这些文化人呢，真是叫人看不懂。"

"哈哈，那还真是抱歉啊。对了，小凤，你要是帮骆子，一湖不会说什么吗？"

"你还不了解你的兄弟？他不是那种人。"

"也对，一湖不是那种心胸狭隘的人，不然你也不会嫁给他了，对不对？"

"哈哈哈哈……大哥，你还记得我说的话啊。"

……

"好好地活着，挺过这个冬天，春天马上就到了。"黑一海喃喃地对面前的草说道。

……黑一海突然明白了什么，他捧了些积雪将那蓬顽强的绿色盖住，然后他站起身，跺跺脚，转了个方向，往自己家相反的方向走去了。

世界上最大的苦是心苦

辽海制造厂焊接车间里，章小凤戴着防护面罩，手中一直不停地焊接着各种零件。就在这个时候，她的师傅凌云山走了过来，"小凤啊，休息一下吧，你今天已经干了两天的活了！"

章小凤没有抬头，继续手中的动作，只是大声回复师傅的话，"师傅，我干完这个就休息！"

凌云山看着徒弟手下那些漂亮的、规范的焊件，摇摇头，"这个孩子呀，干活不要命啊！"

一位穿着绿色军装的军代表也走了过来，对凌云山说："凌师傅，你这个徒弟可不得了，她现在一个人干几个人的活呢！"

"是啊，我真怕她累坏了啊！"

"她是我们辽海制造厂真正的劳动模范！"

世界上最大的苦莫过于心苦。章小凤一直在为自己与黑一湖结婚而难过。因为，她结婚了，享受上了婚姻的幸福、家庭的美满。可是，她心中的骆子哥却疯了……而他的疯，在某种意义上，她认为，是自己一手造成的。为了排解心中的烦恼，她只能忘我地工作、拼命地工作……

晚上将近10点时，章小凤才从工厂里出来，骑上自行车回家。深冬时节，天早早就黑了下来，空气里冷凝着那种能够刺骨的酷寒，风吹在脸上生疼生疼的。虽然住得离厂区不远，但也要骑十几分钟的路程，章小凤在经过一个拐弯处靠着道沿停了下来。她活动了一下快要被冻僵了的手，而就在她准备重新骑上自行车的时候，不远处的一个黑影闯入了她的视线。似乎有一股强劲的寒风突然吹进了她的胸口，她整个人都颤了颤。她推着车子轻轻地走了过去，站在那个黑影后面，原来是个人。他刚好笼罩在路灯的阴影里，匍匐在基本没什么植物的路边花坛旁，在风中瑟缩着，还发出了细微的咝咝声……

她很是奇怪，这个人鬼鬼祟祟地在这里寻找着什么呢。

她悄悄地尾随在了这个家伙的身后，在昏暗的夜色里，她眼中闪动着警惕的波光，视线一直停留在那个人的身上。

一会儿，这个人动了一下。她感觉这个人轻飘飘的，仿佛随时可能被风吹走似的……这个人缓缓站起身来，站立的姿势也是佝偻着的，只有三分之二的身体是直的。他的头低低地勾着，眼光始终停在脚下的路面上……很快，这个人也感受到了来自身后的那道目光，他有些迟疑地，用极度缓慢的动作，慢慢地转过了身……一次艰难的、刻骨铭心的回眸，似乎用尽了他半生的时光。

"骆子哥……"章小凤终于认出了这个人是骆子，于是惊呼道。

骆子在听到章小凤的那一声惊呼时，身体猛地一震，险些摔倒，"小凤……"

此时此刻，他的眼光清亮无比，就像这暗夜里天空中闪烁的寒星。

章小凤在月光下看到，骆子那身几乎无法蔽体的破旧衣服上，已经溅满了泥污……他那单薄瘦削的身体在寒夜中打战，连牙巴骨打架的声音她都能听到……章小凤看着面前她一直崇拜着爱恋着并时刻牵挂着的骆子时，心中老大不忍。她鼻子一酸，泪水就哗哗哗地流了下来……她强忍住了哽咽声，坚定地把眼泪生生地收了回去。她支上车子，艰难地走上前去，把自己的围巾围到了骆子的脖子上，"骆子哥，你在这里干什么？"

骆子感受到了来自脖子里的温暖，也听懂了章小凤的问话。他马上感觉到不那么冷了……他嗫嚅着不敢回答，且有些不知所措地将手藏到了身后。

章小凤当然看见了这一切，同时她也知道他手里是什么东西。她紧皱起眉头想发火，但最终还是没有发作起来。她用很轻柔但却十分严厉的语气对骆子说："骆子哥，把手里的东西扔掉！"

骆子非常听话地扔掉了手中的烟屁股，像个在老师面前承认错误的小学生一样，还乖巧地将双手摊到了章小凤面前，"扔掉了……"

章小凤看着那双黑漆漆的手，心里不是个滋味。她转身推起了自行车，"走，骆子哥，我们回家吧。"

骆子顺从地跟在了章小凤的后边，一边还喃喃地说着："我们回家……"

看到章小凤把骆子带回了家，郝一湖并没有任何吃惊的样子，他像平常一样，默默地过来帮章小凤把自行车放好，然后把骆子领进了屋子。

章大妈对骆子也很友好，她笑着打了一声招呼后就端着自己的饭碗到她的屋里去了。章小凤倒了盆热水，拿出干净的毛巾要给骆子洗脸，骆子抱着胳膊往墙角里躲，不愿意洗。章小凤像哄小孩子一样拉住他，柔声哄他，"听话，骆子哥，看你弄得这么脏，快把脸洗干净，洗干净了才能吃饭。"

骆子指着章小凤手中雪白的毛巾，"脏……"章小凤一愣，"哪里脏了？这不是新拿的毛巾吗？"

骆子又指着自己的脸，"脏……"

章小凤明白了他的意思，眼圈一红，"听话，快过来，洗了就不脏了。"

骆子听话地让章小凤给他洗了脸，然后又理顺了一头乱蓬蓬的长发，看骆子的头发已经长到了脖子领上，章小凤又找来了剪刀，利索地给骆子把头发修剪整齐，然后对他说，"骆子哥，从今往后，你就别到处乱跑了。乖乖在家里待着，好不好？"

骆子摇摇头，"不好。"说着，还看了一眼在一边往桌子上端菜摆碗的郝一湖。

章小凤望了郝一湖一眼，走过去，从他手中接过碗，"去把你的衣服拿来，让骆子哥换上。"

郝一湖转身进里屋，一会儿拿了身干净的衣服，给骆子换上。

骆子换上衣服后，总算恢复了一点以前的模样，除了他那怯懦的神情外，一身清爽整洁的他，看上去就跟个正常人一样。章小凤这才松开了皱紧的眉头，拉着骆子，"骆子哥，来吧，赶快吃饭。"

骆子坐到饭桌旁，嘴里不停念叨，"吃饭，吃饭……"

郝一湖帮他把筷子抓在手中，并夹了一筷子菜放在了他面前的碗里："快趁热吃吧。"

章小凤感激地看了郝一湖一眼，又继续看着抓起碗一个劲猛往嘴里扒拉米饭的骆子，任凭你怎么说，都不去夹碟子里的菜。没办法，章小凤就一直给他夹菜，看他几乎嚼都不嚼就往下囫囵吞咽……还时不时地被噎住，她就帮他拍背，像哄小孩子一样。郝一湖见章小凤几乎没有吃菜，一直在照顾着小孩子一样的骆子，就帮她把菜夹到碗里，低声说："你也吃点吧。"

章小凤低头吃了两口，问郝一湖，"妈怎么不和我们一块吃呀？"郝一湖告诉她，"妈这几天肚子有点不舒服，我给她煮了点山楂稀饭。"

章小凤又感激地看着郝一湖，点了点头，"噢，知道了。"说着，她放下筷子去倒了杯水放到了骆子手中："骆子哥，赶紧吃吧。"然后，她拿起手电筒来到了门外，因为骆子把他的衣服放在了门外。她提起骆子的衣裤在手电筒光下一看，上面是密密麻麻的虱子和虮子。她心里难过极了，本想着要给骆子洗洗衣服的。现在她改变了主意，她三下两下把骆子的衣服、裤子挂到了晾衣绳上。她想，等到明天早上，上面的虱子就全冻死了。然后她再给他洗……

章小凤坐在饭桌前说："骆子哥，你不准动你的衣服！我明天下班后给你洗了再穿。知道了吧？"骆子停下动作，静静地看着章小凤，然后点点头，"知道……了……"

郝一湖帮章小凤和骆子夹了菜后说："你们别管了，快吃饭，待会儿我去弄。"

章小凤愣了一下，看了郝一湖一眼，回头正迎上了从里屋出来的母亲的视线，"妈，你再吃点吧。"章大妈什么也没说，也坐下来给骆子夹了一筷子菜。

"娘，你们以后不用等我吃饭了。"章小凤重新转过视线去看着低头默默吃饭的骆子，"我下班迟，有时候还要加班，你们照我的时间会吃不消的，小郝他也要上班。"

"你知道就好。你光说我们，你自己呢，照这样下去你身体能吃得消吗？"章大妈用责备又心疼的眼光看着自己的女儿，然后又把视线转到了骆子身上，"啧，你看这给整的，好好一个人儿……"

"娘，您就别说了。"章小凤轻声说，"以后就让骆子哥住咱们家吧，娘，麻烦您帮我看着他。"

"我是没有问题，不过小郝……"章大妈的目光又转向郝一湖。

"我也没问题。娘，就是麻烦您老人家了。"

"唉，真是造孽啊……"章大妈叹了口气，夹了一筷子菜到章小凤碗里，"你放心，我会帮你看着他，你自己也赶紧吃饭，完了马上睡觉。都累一天了。"

"谢谢娘。"

章小凤三两下吃完了饭，推开碗，"小郝，我太累了，我去睡了。你收拾完以后和骆子哥一起睡外屋吧。"

"嗯，你早点睡吧，骆子哥你就甭管了。"

"别忘了帮骆子哥把身子擦一下……今天晚了，明天弄也行。"章小凤站着顿了一下，说完再次看向骆子，骆子一直低着头，只是现在他吃饭的动作变得很慢很慢，像在思考着什么。

　　吃完饭，郝一湖要收拾碗筷，被章大妈推出了厨房，并冲站在院子里发呆的骆子努努嘴。郝一湖过去对骆子说："骆子哥，我们去睡觉吧。"骆子突然间就像正常人一样："好，我上个厕所就来。"

　　郝一湖把骆子领到了厕所，"骆子哥，你小心点。你上完厕所告诉我，我过来关灯。"

　　郝一湖收拾完屋里的一切后，来厕所找骆子。可是，厕所的灯已经关了，骆子也不见了。

　　"骆子哥！"郝一湖连忙进厨房，只看见是章大妈一个人，他又跑到院门外去找。

　　在院门外不远处一个黑暗的角落里，骆子整个身体缩在暗影里，他一直注视着郝一湖四处奔跑的身影，低声说："小凤……他是个好人……小凤……"

父子同心土变金

在 7232 厂东大门外的黑银基家，父子俩正在进行着一场激烈的争论。身穿一身灰蓝中山装的黑银基手握乌木拐杖，目光犀利地盯着自己的儿子，慢慢地说，"儿子，你到我们厂里来吧。你来了，我就把技术传给你。"

黑一海生气地扭开头，"爹，我不可能去你们厂的，我的事业在辽海制造厂。再说，现在的 7232 厂已经是国家的工厂，不再是您的私有财产了！"黑银基缓缓地闭上眼睛，往沙发靠背上一躺，"你不来，我这技术就不传。"黑一海呼的一下站了起来，"爹！您要是成了反革命分子，您留着那个绝技还有用吗？"

黑子惠连忙拉住丈夫，把他按到沙发上重新坐下。听了黑一海的话，黑银基冷笑一声，"反革命分子？笑话，我是保护过 7232 工厂的功臣，你去问问路副市长，当年我们是怎么保护工厂的？没有我，能有今天的 7232 工厂吗？"

黑一海望着父亲，一字一顿地说："要把您打成反革命分子的举报信已经在路副市长手里！大家都在大干快上，您却在封锁你的所谓祖传技术，导致铸造车间，乃至制造厂的生产任务不能很好地完成！您说说，您不是反革命，谁是反革命？"黑银基这才有些震惊，坐起身，"你是说，我真的……是反革命？"

"今天路书记叫我去，就是谈您的这个问题。"

"那他怎么说？"

"先不管路书记会怎么处理这件事。爹，您要是真成了反革命，我们就没有办法工作了，您知不知道？"

黑银基神色复杂地看着黑一海。

"爹，我可以这么给您说吧，您那门祖传绝技迟早会被别人研究出来的，甚至可以说现在也许别的国家已经掌握了这门技术，您留着它只能眼睁睁看着它烂在您的肚子里，但您这样做却会影响到工厂的生产，而且还会影响到抗美援朝战争的胜利。爹，请您把心胸放宽广点，把眼光放长远点。时代已经不同了，再不是靠一门祖传绝活就能发家的时候了。"黑一海苦口婆心地劝解着父亲。

"我知道怎么支援抗美援朝战争，你去打听打听，我们哪次的生产任务不是按时完成的啊！我还是那句话，你不来我就是不传！"黑银基还是不答应儿子的请求。

"爹，无论您怎么说，从一开始我就告诉过您了，我的志向不在这里。我要搞企业管理的研究，您还是把技术传给您的徒弟们吧，现在正是支援抗美援朝战争的关键时刻！这样，不但您的技术发扬光大了，而且您的功劳也会记在共和国的功劳簿上的。"

黑银基沉默了，微眯着眼睛盯了自己的儿子一会儿，又看着眼前的桌子，过了好一会儿，他才深深叹了口气："真是家门不幸啊……我对不起黑家的列祖列宗啊。"

"爹，您那是封建思想，再说，我可不觉得自己在哪里辱没了祖宗。"

话不投机半句多，父子两个都不再说话了。

子惠挺着大肚子起身去给黑银基添了些新茶，乘机说道："爹，当初您送一海留学的目的是什么呢？还不是希望他能够做一个有用之人，以此光耀门楣。虽然后来他没有继承家业，让您老失望了，但一海并没有往坏里学，成为那种不学无术的浪荡子。一海在日本学的是企业管理，我也认为他在这方面能够有更大的作为，如果硬要把他拉回来学习您的技术，就真的是有些难为他了。"

"我难为他了？"黑银基望着媳妇，"你也这么看？"

"是啊，爹。"黑子惠温和地对公公说，"您的儿子您还不了解吗？他心里自有他的主张，您就成全了他吧。"

"要我成全他，为什么不让他成全我这个做老子的呢？"黑银基有些委屈，看了儿子一眼，在黑一海充满希冀的眼神注视下，又故意赌气地扭开脸，"从古到今就没有这个规矩！"

子惠温柔地笑了，"爹，从古到今啊，就是这个规矩，不是有歌在唱吗？世上痴心父母多，孝顺儿孙谁见了。一海他不孝，他不懂爹您的一片苦心，是他的错。您就看在他也是个快做爹的人的分上，原谅他吧。"

"哼，等他做了爹以后，就知道这个滋味了。"

"是啊，我也是现在才真正懂得了父母的养育之恩啊。"子惠用眼神示意丈夫，"一海，你还不快给爹道歉。"

"爹……"黑一海无可奈何地望着父亲："儿子向你道歉。"

"算了，道歉就勉强了。反正我这个老顽固快是个反革命分子了，说不定会影响他的进步呢。"黑银基还是不松口。

"爹！"

"好了，你们都不要赌气了。"黑子惠急了，"爹，一海他并没有那个意思，您千万别误会。一海只是怕您受苦。"

"爹，你以为反革命分子是那么好当的吗？你又不是没看见，骆子他……"黑一海有些生气了。

子惠赶紧拉住丈夫的手，"一海，你这样，你耐心地把其中的道理讲给爹听。爹一定会支持你的。"

黑一海看了一眼贤惠的妻子，果然就改变了口气。他耐心地说："爹，我承认我是有些自私了，没有顾及您的心情，请您原谅。但是我这心里真的是着急啊，我看到厂里到处都是些破破烂烂的机器、设备，再加上管理层的一些人心思根本就没放在生产上。他们这是在任意挥霍国家的财产啊！你想想，我能不心疼吗？国家好不容易解放了，政治上终于独立自主了，为什么我们的工商业还不能大发展呢？我现在做的几项课题就是要把这种局面彻底扭转、改变，用科学的方法管理工厂、促进生产，这就是现代企业管理。爹呀，我敢说，如果我的课题能够成功的话，就一定能在全国推广。到了那个时候，我相信我们中国的工业就不会是现在的这种局面了。爹呀，一个国家的强盛，首先是工业的强盛，在我们这个一直以来都以农业为重的国家，想要发展工业，发展经济，光靠提高工人的干劲远远不够。我们必须学习人家的先进技术和管理经验，再结合我们的实际情况，通过一次次全面的改革、一次次彻底的工业革命，才能真正地提高我们的生产力，提高我们的综合国力！"

黑银基看着儿子激动的样子，破天荒地没有再说一句话……

黑一海越说越激动，"爹呀，无论西方列强，还是日本帝国主义，他们都是经过了工业革命才有了后来的飞速发展的，有了工业革命，他们的国家才日益强大起来了。当然，他们还靠发动战争进行掠夺，增加他们的财富。中华民族是一个热爱和平的民族，我们不会向他们一样去侵略别人。历史上，我们也曾经是世界经济强国，只要我们认清世界局势，就一定能够追赶上时代的步伐，再次屹立在世界强国之林。爹，富国强民的重大责任就担负在我们的肩上，你说，我能在这个时候故步自封，只看着自己那点小利益吗？历史已经告诉了我们，软弱就要挨打，贫穷就会受欺负。只有国家强盛了，我们才能真正站起来说话，人们才能过上真正幸福的生活。

黑银基和子惠都认真地听着黑一海有些激动的陈词。听着听着，黑银基脸上终于露出了一些欣慰与赞赏。等黑一海说完，他点了点头，"那你就按你的想法去干吧。"

"爹？您答应了？"黑一海惊喜地问。

"谁……谁说我答应了！"黑银基还是不愿意承认自己已经认输了，子惠看出了老人的意思，笑道："爹，您看您年纪也大了，您老就把技术赶紧教给徒弟们吧，然后，您老人家就退休，在家里安享晚年吧。"

黑银基看着子惠出了一会儿神，"好吧，连子惠你都这么说了，我就照你们说的办，明天就把技术教给他们！"

听到父亲终于松了口，黑一海高兴地站了起来，"爹，你终于想通了！子惠，端酒来，今天我们要好好地庆祝一下！"

"要喝酒你自己不会去拿啊，子惠行动不方便，让她坐着。"黑银基命令儿子，"快去，你去拿。"

"哦，好，好。我再去整点下酒菜来。"

子惠看着丈夫高高兴兴地出去了，就轻轻地摸了摸肚子，对黑银基说："爹，谢谢您。"

"谢我干啥，我是真的想通了啊。"黑银基慈爱地看着儿媳妇说，"要说谢，我得谢谢你。"

"爹，您说什么哪？"黑子惠嗔怪道，"只要您开心了，您想通了，比啥都好。"

"子惠啊，自从你来到我们家后，这个家才真正有了家的样子，我们父子也才能像现在这么和睦。一海能娶到你，是他前世修来的福分啊。"

"爹，我能嫁给一海也是我前世修来的福分哩。"

"唉，等你肚里的孩子出生了，这个家才真正圆满了，我还有什么不满足的？其实啊，我也就是有那么一点不甘心，拼了大半辈子，结果是给他人做了嫁衣。"

"爹，我能理解您的心情。"

黑一海端了一盘花生米进来后，又从酒柜里拿出了一瓶酒和几个酒杯，子惠帮忙给父子俩都斟上了酒，黑一海柔声问："子惠，你能喝吗？"

子惠低头看看隆起的肚子，"看你们这么高兴，我就陪着少喝一点。"

"好！"黑一海帮妻子倒了小半杯酒，然后三人举起了杯。

"来，为我们了不起的爹干杯。"儿子兴致勃勃地说。

"爹，谢谢您支持一海！"儿媳妇也是非常高兴。

黑银基看着面前的儿子儿媳，不免感叹，他端起酒杯，"唉，我都是半截子入土的人了，只要你们把小日子过好就行，好，我听你们的！等我把这门手艺传给别人后，就退出历史舞台，在家专心带孙子！"

"爹，祝贺您的技术后继有人了！"黑一海又给父亲倒上了一杯酒。

"别祝贺了，我这心里一点儿也不好受。"黑银基嗔怪地瞪了儿子一眼。

"爹，您就当那些徒弟们都是您的儿子，这样一想，您就什么都想通了。"儿子不失时机地说。

"其实我早就想通了。那年小日本强迫我把技术拿出来时，我就想把技术教给一湖的。可是……"

"不管迟早，都是爹的觉悟高。"黑一海继续奉承父亲。

父亲并不傻，"你少给我戴高帽子！"

儿子呵呵一笑，"不是给您戴高帽，儿子是真心的，爹，谢谢您！"

黑一海和子惠都将酒杯端到黑银基面前，诚恳地向他道谢。黑银基将酒一饮而尽。

坐下后，黑一海说："爹，路书记就要当市政府的一把手了，他说，等您老人家退休时，他要亲自来给您发军功章呢！"

黑银基怔了怔，痛苦地攥紧手中的拐杖，"他是看我有点碍手碍脚了，想马上赶我走啊！"

"爹，您怎么能这样想啊？"

"不过，这个军功章我要！"

"爹，路书记说，军功章他要亲自给您戴呢！"

心酸了，心碎了

　　清晨，天空依然灰暗，还看不出来一天的天气变化。但白茫茫的雪地上，已经被人踩出了深深浅浅的一排排脚印……城市被汽车的发动机声音从沉睡中吵醒，抖擞着身上落满的积雪，慢慢从大地母亲怀中爬起来，准备迎接忙碌又充实的新的一天。

　　城北章小凤家的简陋小院里，现在还很安静。院子一角的铁丝晾衣绳上，搭着几件肮脏得几乎看不出颜色的衣服和一条破烂到几乎看不出形状的裤子……这是骆子身上的全部家当。这时候，骆子悄悄地走近这些破烂的衣服。他从晾衣绳上把衣服轻轻地取了下来，由于衣服已经被冻硬了，所以发出了十分清脆的"咔啦"声……

　　地上，已经有许多像黑芝麻一样的黑色小点点，看上去完全没有疯样的骆子将手中的衣服抖了抖，一阵小雨似的，密密麻麻的"黑芝麻"竟然落下了一大片。他蹲下身去看着那些已经冻僵、冻死了的小东西，喃喃说："这么多啊……"

　　听到屋里有动静，骆子连忙把裤子也取了下来，团成一团抱起来跑出了院子。然后躲在大门对面的墙角边，偷偷地望着这边的动静。

　　章小凤穿着一身灰色衣服从屋里出来，她看见了院子里的脚印，就大喊着"骆子哥"追出了大门，可惜，她在外面看到的是白茫茫的一片……因为外面有不少的脚印，所以，她无法找到骆子的脚印了……

　　郝一湖注意到晾在绳子上的衣服不见了，他看着地上的那片"黑芝麻"，低声说道："他好像一点儿也没有疯啊！"

　　章小凤进门来冲郝一湖大声喊："他是没疯啊！谁说他疯了？"

　　郝一湖对章小凤憨憨一笑，然后默默地将自行车从屋檐下推出来，用抹布把上面的雪和灰尘弄干净，推到章小凤面前，"快走吧，再不走，你要迟到了。"

　　面对这样的一个人，火暴脾气的章小凤也厉害不起来了。她把那团火生生地憋回去后，顺势从郝一湖手中夺过了自行车……到院门口时她停了一下，回头说道："你下班后，再去找找骆子哥，一定要把他带回家来。"

"知道了。"

骆子看着章小凤的背影渐渐远去了，才从墙角边走了过来。他身上又穿上了那套破烂不堪的脏衣服，又恢复了一个疯子的模样。只见他神情木然，目光呆滞，全身坚硬……他摇摇摆摆地沿着大路往前走，看到行人时，他就冲人家比手画脚，又是笑又是叫的，引得人们纷纷闪开，唯恐躲避不及。一群上学的孩子看见他时，几个调皮的就跟在了他的身后乱喊乱叫，"疯子！疯子！"，还搓出雪球来砸他。在孩子们的嘲笑声中，他在路边摔倒了，弄了一身的雪……

年轻人里有那些胆大好事的，就冲骆子喊："疯子，给我们说段快板吧！"骆子就停下来问："好，好，好，说快板……说什么呀？"

"就说孙肉头吧！"

"孙肉头？好，孙肉头……"

骆子吹响了口技，紧接着，他说起了快板……

孙肉头，不安分，
车间主任不好混，
一天到晚闹哄哄，
整天喝得醉醺醺。
一张嘴，嚼是非，
早上嚼到晚上睡，
时时刻刻把肥催；
工作上，像狗熊，
除了吃，就是睡；
酒场上，逞英雄，
千杯万盏喝不醉，
反正是公款来消费；
做人上，忒差劲，
拨弄是非整别人；
……

姚少军从路边经过，正好看到了这一幕，他使劲盯着骆子，"这个疯子，还真跟我们主任干上了啊，你有种，哼，到时候看主任怎么收拾你！"

志愿军总部的嘉奖令

这天下午，路一辛接到了一个电话，是 7232 工厂新上任的厂长王学仲打来的。

"什么？王厂长，你能不能再说清楚点？"

"老爷子终于把真东西教给徒弟们了……路市长，没问题了，我们已经做过实验了，效果是一模一样啊！"

"好极了！你马上按厂级领导的标准分一套最好的房子给他，让全体同志知道，在我们国营的工厂里，在我们辽海市，技术人才的待遇是最好的，也是最高的。"

"路市长，这有点过了吧？"

"一点儿也不为过！你知道吗？用他的技术生产出来的炮弹在抗美援朝战场上也是最受欢迎的！市政府刚刚收到了中国人民志愿军总部给你们 7232 工厂发来的嘉奖令。我们要通过这个契机，在全厂、全市上下形成一个尊重技术、尊重人才的氛围！"

"路市长，我明白您的意思了。我们要给老爷子举行一个隆重的乔迁新居仪式，还要选出一批技术骨干来给予表彰奖励。到时候，您可一定要来参加啊！"

"我不但要去，而且还要代表市委、市政府宣读中国人民志愿军总部的嘉奖令，还有市委、市政府对黑银基同志进行奖励的决定。"

放下电话，王学仲皱紧了眉头："我的天哪，怎么一下子把一个资本家抬到天上去了呢？这样做，合适吗？"

"马上召开会议！我们得研究一下这个问题！"

与此同时，白发苍苍的黑银基穿着工人工作服，面色苍白地躺在车间办公室的一把椅子上，声音微弱地问铸造车间副主任刘青山，"刘主任，怎么样？记清楚了吧？"

刘青山把一缸茶端到黑银基面前，"老爷子，您休息一会儿吧。您说的我都记清楚了！"

黑银基推开缸子，疲惫地闭上眼，"那你过来陪我说一阵话吧。"

刘青山拉了一把椅子坐在了黑银基旁边，"老爷子，您说吧。"

"青山啊，我对不起工厂，对不起共产党啊！"

刘青山吃惊地看着黑银基，"老爷子，你干吗这样说啊？"

黑银基想要支起身，但稍微一动就失去了力气，声音显得更加微弱，"青山，你要向厂里、市里请战，带着我们厂里的技术小分队……"

刘青山从椅子上站了起来，过去扶住几乎要从椅子上掉下去的黑银基，"老爷子，您不要紧吧？"

黑银基有气无力地摆了摆手，"不要紧。我是累了，躺一阵子就……就好了。"

"那好，您老人家说，说完了我送您回家去。"

"前一阵子我没有给大家教技术，我……我对不起大家……"

"老爷子，这也没什么啊，厂里的生产不是一点儿也没有耽误吗？不说这个了，师傅，您说，让我们请什么战？"

"请战，去……去抗美援朝战场的后方，去直接生产……"

"师傅，是不是让我们组织技术小分队去抗美援朝战场的后方军工厂，生产我们厂里的产品啊？"

黑银基点点头，动了动嘴唇，却没有说出话来。

刘青山转身从桌上把杯子重新拿过来，端给黑银基，"师傅，您别急，慢慢说，您先喝点水……"

黑银基紧闭着双眼，一动也不动地躺在椅子上，双手无力地垂落在了两边，对刘青山的话毫无反应。

水杯从刘青山手中掉到了地上，发出了刺耳的响声。

"师傅！师傅……"

他立下了不可磨灭的功绩

7232工厂会议室里，正在对黑银基受表彰的事进行讨论。

厂长王学仲说："请大家来，主要就是这件事情。我个人认为，中国人民志愿军的嘉奖令是发给我们厂里的，跟他黑银基没有一点关系。至于市里的表彰奖励决定，我们得想方设法制止！"

副厂长接上说："是啊，他可是正儿八经的资本家啊！市里这样做，显然存在问题啊！我们是军工企业，不完全归市里管，市里的决定我们可以变通嘛。"

另外一位副厂长摇摇头说："那可不行，市里有我们厂里的人事管理权。再说了，路市长德高望重，而且还分管工业，他要是给我们在上面奏上一本，我们可得吃不了兜上。"

政工科长说："再说了，要不是我们压他，这个资本家是不会把他那个狗屁技术传给徒弟们的……"

技术科长不同意政工科长的意见，"这种话就别说了，怎么说是狗屁技术呢，那是我们厂里的无价宝啊！大家还是想想吧，我们如何面对市里？"

正在这时，一阵急促的脚步声在会议室外响起。

"怎么回事？"王学仲正要起身，就见一个工人一把推开会议室的门，冲了进来。

"王……王厂长！"

工人上气不接下气地看着满屋的人，他使劲咽下一口气，"不好了！老爷子……老爷子他……"

"你说黑银基他怎么了？他在搞破坏吗？"

"不……不是！"

"那是怎么了？"

"他给我们教完了所有的技术后……提了一个建议，就、就死了！"

"你说什么？黑银基……死了？怎么死的？"

"他在车间里，和刘主任说着……说着话，就……死了！"

"啊？"

……

黑银基的追悼会非常隆重，除了7232工厂的全体职工，黑银基的家人，市里领导也来了，路一辛亲自主持追悼会。

"同志们，今天，我们怀着无比沉痛的心情，参加我们国营7232工厂技术指导黑银基同志的追悼会。这是一位真正的战士！他在临死之前，还坚守在抗美援朝的工作岗位上！他为抗美援朝战争立下了不可磨灭的功绩……"

大家显现出激动的神色……

"……不仅如此，黑银基同志还培养教育出了一位杰出的抗日英雄，他就是辽海市原抗日游击大队大队长黑一江同志……"

路一辛的声音有些哽咽，他忘不了那位铁血男儿，忘不了他们在一起战斗的日子。人群最前面，身穿黑衣的子惠在黑一海的怀中哀哀哭泣。大多数工人的眼中都噙满了泪水。

"……在抗日战争最困难的日子里，黑一江同志在他父亲黑银基的支持下，在中国共产党辽海市委的领导下，成功炸毁了辽海兵工厂，使日本人想要继续残害我们中国人的企图没有得逞。后来，在保卫辽海兵工厂的战斗中，我们这位抗日英雄献出了宝贵的生命……"

寂静的礼堂里，人们鸦雀无声，只能听到子惠、黑一海等人轻轻的抽泣声……

"……我们永远也不会忘记，在抗日战争中，黑银基同志做出的卓越贡献！他是一位真正的共产主义战士，他有伟大的爱国主义精神和高尚的情操，他永远是我们学习的榜样！

"……在抗美援朝战争中，黑银基同志用祖传铸造绝技生产的炮弹发挥了巨大的作用。为此，中国人民志愿军总部发来了嘉奖令；市委市政府也做出了表彰黑银基同志的决定！同时，黑银基同志还提出了让铸造车间副主任刘青山同志带领技术小分队，赶赴抗美援朝前线生产我们7232工厂产品的建议。对此，市领导会很快做出决定的。我们满足黑银基同志的要求，就是为了更好地支援抗美援朝战争！"

路一辛的话赢得了一片掌声……

在人群中的郝一湖和章小凤等，早已经哭成了泪人……

"……黑银基同志不但是一位优秀的工程技术人员，而且也是一位值得我们敬仰的英雄。让我们永远铭记这位我们辽海市的英雄，黑银基同志的英灵将永垂不朽！"

……

毛泽东给女工打来长途电话

1951 年春。

辽海制造厂的厂长办公室里，辽海市市长路一辛、辽海制造厂副厂长蔺周全、辽海制造厂军代表等人不知道在等待着什么，他们一个个都显得有些焦虑不安，屋子里弥漫着紧张的气氛。

路一辛看了看表："蔺副厂长，再有 40 分钟，毛主席他老人家的电话就来了，这个章小凤同志怎么还没有来啊？"

蔺周全自豪地说："我刚刚给车间打电话了，小凤她还在干活呢！"

军代表提议："路市长，我们到车间去一趟吧。"

路一辛说："也好，我们看看去！"

在辽海制造厂焊接车间里，身穿加厚焊工服的章小凤手握焊枪正在聚精会神地干活，银色火花在她身前飞溅，她每用焊枪点一个地方，她面前就会开出一串串银白色的花朵……

路一辛和蔺周全走进了车间，车间主任急忙迎了上去。

由于车间里噪声很大，大家说话都要扯着嗓门喊。

蔺周全指着章小凤的背影问车间主任，"怎么回事啊？她怎么还在干活呢？你没有通知她呀？"

"通知了。她说……"

路一辛问："她说什么了？"

"她说，她已经测试过了，这里到办公室这点儿路五分钟就到了。她会提前十分钟到厂长室。"

军代表摊摊手，对路一辛说："你看看，她就这么个人，心思全在工作上。"

路一辛点点头，"是啊，要不然，她怎么一个人干两个人的活呢？"

"路市长，一个人干两个人的活已经是老皇历了！"

"你说什么？"

蔺周全竖起三个指头，"她现在一天一个人能干三个人的活！"

路一辛也竖起三个指头，惊讶地问："什么？三个人的活？"

大家全都点头，"是！"

路一辛听了直咂舌。

一行人都齐刷刷地盯着正在全神贯注工作的章小凤，赞赏之情溢于言表。

车间外面，锣鼓阵阵，辽海制造厂办公区楼门上挂着一条大大的横幅，上面写着："热烈庆祝人民领袖毛主席和我厂劳动模范章小凤通电话！"

楼门外的院子里人们敲锣打鼓，里三层外三层地围了好几百号人，都伸长脖子，焦急地等着章小凤的到来。

"来了来了！"

章小凤和路一辛等人从车间那边过来了。人们马上让开了一条通道，让他们进到了厂长办公室。

厂长办公桌上的电话机被十几双眼睛紧张地盯着，人们几乎都屏住了呼吸，一动不动，等待着电话铃响。

钟表上的时间恰好跳到四点整时，电话丁零零地响了。

路一辛催促就站在电话机旁的章小凤："小凤啊，快接啊！"

蔺周全和军代表也接连催促，"接啊！""小凤……"

章小凤搓了一下手，紧张地拿起话筒："是，是毛主席吗？"

话筒里传来一个亲切的声音，"是章小凤同志吧？"

章小凤赶紧点头："毛主席，我是章小凤。"

"章小凤同志，别紧张，我是毛主席的秘书……好了，毛主席来了……"

"章小凤同志，我是毛泽东。"

"哦，毛主席……"

"章小凤同志，我本来要给你写封信的。但是，我改变主意了，我和你还是直接通电话的好。"

在路一辛等人鼓励的眼光下，章小凤的胆子大了起来，声音也随着变得十分响亮，"亲爱的毛主席，我们国营辽海制造厂的干部、工人们想念您啊！"

"章小凤同志，我热烈地祝贺你，你一天完成了三天的工作量。"

"亲爱的毛主席，不就是多干了一点活吗？"

"哎，你可是不简单啊！如果全国的工人都像你一样，一天干三天的活，那我们国家就能提前进入社会主义社会了啊！所以，我应该祝贺你！"

"给自己干活，难道还要偷懒吗？"

"章小凤同志，你这话问得好啊！你把工厂当成了自家的工厂，这充分体现出了工人阶级是国家的主人啊！"

"谢谢毛主席！"

"我应该谢谢你啊，章小凤同志！你有时间的话，请你到北京来做客。"

"亲爱的毛主席，我一定会去北京看您老人家的。毛主席啊，我也请您到我们国营辽海制造厂来，您来了，我给您做手擀面。"

"好啊，我会去的，我去了就吃你的手擀面……"

日本女人给中国男人生下了孩子

章小凤正在干活时，黑一海急急忙忙地跑进了焊接车间……他正要上前叫她，车间主任拦住了他，"你是谁？你找章小凤同志干什么？"

"我是小凤的大伯子哥，找她有急事。"

车间主任看看表，"下班时间还差十分，你等等行吗？不然的话，章小凤同志会不高兴的。"

黑一海看看挂在车间办公室上面的时钟，还差10分钟才到六点，于是擦了把汗，点点头，"好吧。"

"你到办公室里坐着，我去跟小凤说。不然她一般都会拖延下班时间的。"

"那拜托你了。"黑一海感动地说，"麻烦你告诉她，就说家里有特别要紧的事情呢！"

六点钟，下班铃声响起，车间主任走上前去给章小凤说了她家里出大事了。章小凤这才脱掉手套，急忙忙地冲进了车间办公室，"大哥，是我嫂子要生了吗？"

"是啊，你快跟我回家。"

"哦，好，你等等我。"

换了衣服，章小凤和黑一海骑着自行车赶回家，刚进院门就听到了黑子惠痛苦的呻吟声……

章小凤急急忙忙洗了手，跟着接生婆进到了里屋。她见黑子惠靠着被子半躺在床上，嘴里咬着毛巾，头上的汗珠子扑簌簌直往下滚。

章小凤有点被这阵势吓住了，"嫂子，嫂子，你可要坚持住啊！"接生婆向她招手，"来，你过来帮忙按住她。"

章小凤过去时，黑子惠一把就抓住了章小凤的手，痛苦地叫："一海啊……"

接生婆也是满头大汗，紧张地看着产妇的两腿之间，"用力，再用力……"

章小凤紧张地给黑子惠擦着汗，问接生婆，"怎么样了啊？她怎么能痛成这样？你看这人都快不行了啊！"

"你让她再使使劲，孩子就要出来了。"

章小凤好奇地凑上去看了一眼，马上吓得闭紧眼睛，"哎哟我的妈呀，怎么流了那么多血？"

"再这样下去，还会流更多的血。"接生婆的脸有些发白，"我还没接过这么难产的……要不，还是送医院？"

章小凤着急地摇着黑子惠的胳膊，"嫂子，嫂子，你就不能再用点劲吗？"

黑一海在门外急得团团转，听到黑子惠大叫，他也急得在外面大喊："小凤！小凤！"

章小凤跑出来，已经是一头一脸的汗，"大哥，怎么啦？"

黑一海抓住章小凤的手，"小凤，这样下去容易出事，我们还是去医院吧！"

章小凤有些犹豫，"去医院当然好了，但是……嫂子可是日本人啊，要是让军代表他们知道了，可不得了！猛整不怕跌打岔，我看还是……"

黑一海猛地一跺脚："小凤，对不起！我一着急就忘了这个茬了。可是子惠她……"

又一声凄厉的喊叫传了出来，章小凤回头看看屋里，脸色有些发白，"要不然……就去医院吧，我也怕出事儿啊！"

"到底该怎么办啊！子惠……"黑一海一时间没了主意，抱着头蹲在了门口。

就在这时，孩子出世的啼哭声传了出来。

章小凤一个转身冲了进去，"生了……"

黑一海也想进去，被章小凤拦住了，"大哥，你不能进去！"

黑一海着急地抓住了门帘，"为什么不让我们男人进产房呢？真是的！"

"嫂子……嫂子……"里面突然传出了章小凤的哭喊声。

黑一海不顾一切地冲了进去，"你嫂子她怎么了？"

"她，嫂子她……她已经……走了……哇啊……"章小凤捂住脸蹲在地上，号啕大哭……

"叛逃日本"

初春的早晨，已经冒出新绿的树枝骄傲地张开了它柔软的枝条，与习习轻风热情拥抱。晨曦在一点点露出它美丽的脸庞，街上行色匆匆的人们踏碎了一夜的宁静……路口有人在吆喝，路上有人在互相打招呼，自行车铃一串接着一串响起，连成了这个早晨最动听的乐章。这是一个新的早晨，一切都显得新颖而又欢快，就如这春天的脚步，伴着鸟儿的鸣唱舞蹈。可在黑一海的家里，主人却在悲切地哭泣。

章小凤抱着婴儿默默看着坐在黑子惠床边抹眼泪的黑一海，接过了章大妈递来的奶瓶，"大哥，你就别难过了，人都已经走了，还是想想怎么办后事吧。"

黑一海不说话，郝一湖站在一边，看看他，又看看章小凤，嘴巴嗫嚅了一下，"大哥……"

"大哥，嫂子走了，我们大家都难过，可你还有儿子啊！"章小凤将奶嘴塞进婴儿的嘴里，看他咕唧咕唧地吃了起来，心里一酸，眼泪也忍不住滑落，"可怜的儿……"

章大妈过来从章小凤手中接过孩子，示意她去劝说黑一海。

"小郝，你去找几个人来，咱们先把嫂子送走。"

郝一湖点点头，匆忙出去了。

"大哥，孩子让我娘先带着。你好好地送嫂子上路，嫂子她……"

章小凤捂住嘴，忍住哽咽，过一会儿，又对黑一海说："大哥，你不能总这样啊，这样就不像你了。"

黑一海总算抬起头来，看着章小凤，"小凤，我没事。"

"没事就好。这边……孩子留在这里不好，我和娘先带他带到我们家去，你放心，我们不会让他饿着。"

"我有什么不放心的，而且，我还有事要拜托你。"

"什么事，大哥你说。"

"我……我想把这个孩子……送给你和一湖。从今往后，这个孩子就是你和一湖的孩子，他不姓黑，他姓郝，可以吗？"

章小凤一愣，和章大妈对视了一下，点点头，"大哥，你舍得吗？"

"我有什么舍不得的。我一个大老爷们，也不会带孩子啊。"

"这个……也对。就是……孩子还是姓黑吧，我们帮你带着就是了。"

"不，他一定要姓郝。"黑一海决绝地说。

"哎？为啥呀？"

"因为我想……把子惠的骨灰送回她的家乡。"

"咦？你是说，你要去日……日本！"

"是的。我要去日本。而且，短时间内是不会回来的。"

"大哥？你可给我想好了呀！"

"我想了一个晚上，已经决定了。"

"既然你都决定了，我……我也不会拦你，就是……你要怎么走？"

"小凤，请你暂时替我保密，我会想办法先去青岛，那边有我的同学，他们会帮我出去的。"

"唉……其实这样也好，嫂子的事迟早有一天会被他们知道，我怕你也会受到牵连……走了也好，不过你可千万要回来啊，这里有你的家，还有你的儿子。"

"小凤，我去日本并不完全为了送你嫂子回去，其实我还另有目的。"

"什么目的？"

"我想去日本继续学习。"

"继续学习？"

"是的。"黑一海站起身，几乎把失去爱妻的悲痛化作了某种力量，"我一直都在想，一个小小的日本为什么敢欺负我们中国？仅仅是因为我们中国太落后了吗？我认为不是……所以，我一定要再次去日本看个究竟，更深层次地研究他们是怎么从一个落后的民族发展成了后来的军事帝国……为了我们国家的强盛、民族的振兴，我个人受一点委屈又算什么！将来，我一定会回来的，我要成为中国最大的企业家！"

"大哥……咳，我虽然不懂你说的那些大道理，但我相信大哥的选择是正确的，小妹我支持你。"

"谢谢小凤。"

"大哥你也要小心啊，日本鬼子可坏着呢。"

"没关系。"

"大哥，你可一定要回来，我们都等着你。"

"嗯。"

黑一海突然走到章大妈和章小凤面前，扑通一声跪下了。

章小凤吓了一跳，连忙拉住黑一海，"大哥，你这是干什么？"

"我代表子惠，也代表我自己，谢谢你们收养我们的孩子。"

"大哥……我才要谢谢你呢，把你的孩子给我们。你能够这么信任我们，我们真的……都不知道该说什么了。"

"你这孩子，赶快起来，一家人就不要再说两家话了。"章大妈把孩子抱到了黑一海面前，"再抱抱孩子吧，可怜见儿的……"

黑一海抱起自己的儿子，在他额头上深深地亲了一下，然后又把儿子还给了章大妈。

"大哥，你给孩子取个名吧。"章小凤抱过孩子说。

"就叫……郝建华吧。建设中华的意思。"

"郝建华，建设中华……好，这是个好名字！"

郝一湖从外面进来了，"人我找到了，过一会儿他们就来了。"

章小凤抱着孩子走到他跟前，"小郝，你看看我们的儿子小建华吧。"

郝一湖看看黑一海，似乎明白了是怎么回事，低头用手逗了逗孩子，孩子抓住他的手指开始吮吸。

"哎呀，你看这孩子……"

郝一湖咧开嘴，笑了，"真好，我们有儿子了！"

大打出手为哪般

深夜，骆子躺在章小凤家墙角边的床上，紧闭着眼睛。他头上，脸上，全都是血痕。章小凤抹了一把眼泪后，拿起了床边一份1953年1月1日的《人民日报》，头版头条是一篇《迎接1953年的伟大任务》的社论……

"骆子哥，我给你念一段报纸吧。"章小凤见骆子睡得很沉，没有要醒过来的迹象，就轻轻地对郝一湖说："你去看看，热了的话，给骆子哥擦擦伤口。"郝一湖出去后，她低声地磕磕巴巴地念了起来："1953年将是我国进入大规模建设的第一年……开始执行国家建设的第一个五年计划……"

章小凤见母亲提着刚烧开的水壶进来了，便扔下报纸，蹲在地上，将椅子上一堆衣服放了盆子里，章大妈一边将开水倒进了盆中一边在唠叨着，"这是谁干的啊？"

章小凤没有吭声，拿了一根木棍搅动着盆里的衣服，白茫茫的热气一点点消散。最后，盆里的水变成了血红色……

"小凤，你先去睡吧。"章大妈看看女儿，又看看盆子里的血水……

"没关系，娘……"章小凤始终低着头。

章大妈见女儿没有起来的意思，就在章小凤旁边蹲下了，她还看到了被血染红了的水面上漂着不少虱子，"哎哟，这虱子还真多啊！"

"娘……"

"唉……那我先去了，你轻一点，不要把建华吵醒了，这半夜三更的……你也早点睡觉。"

"知道，娘，你先去睡吧。"

"唉……这是谁整的啊？这么狠啊……"章大妈叹着气出去了……

章小凤端起洗衣盆也跟着出去了……

章小凤走后，郝一湖端着一盆热水进来给骆子擦洗身体上的伤口，擦了没有几下，盆子里的水就被血染红了……郝一湖擦完骆子的伤后，把满是血水的盆子端出来，倒在了院子里的下水池中。

章小凤已经洗完了骆子的衣服，现在坐在小凳子上想着心事……见郝一湖倒完了血水，就关切地问："你是不是把骆子哥……弄醒来了？"

　　郝一湖点点头没有说话，他走过来拉起了章小凤，"赶紧去睡觉吧，明天早上还要去上班呢。"

　　章小凤推开郝一湖又坐下轻声说："也好，我今天咋就觉得特别累呢，眼睛都快睁不开了。再不睡觉，明天就完不成生产任务了。"

　　郝一湖见章小凤嘴里说着却不动窝，就走过去看着晾衣绳上骆子的衣服，喃喃地说："这是谁干的呀？对一个有病的人下手，还这么狠，真不是个东西！"

　　章小凤猛地站起身，恨恨地说："我知道是谁干的，这个王八蛋，我非把他揍扁了不可！"

　　郝一湖有些吃惊地看着章小凤，"是谁呀？"

　　"还有谁啊？肯定是孙大峰呗！"

　　"孙大峰？我看不好使……"郝一湖摇头。

　　"为什么啊？"章小凤的声音一下提高了，"骆子哥差点就让他们打死了！"

　　"人家现在可是厂办主任了！"郝一湖闷声闷气地说。

　　"厂办主任怎么的？厂办主任就该欺负人啊？"章小凤眉毛高高地竖起，眼睛瞪得溜圆，怒火使得她的胸膛一起一伏。郝一湖见状，连忙给她揉背，"你别生气。"

　　"我怎么能不生气！我……哼！我说小郝同志，你怎么变得这么窝囊啊！"

　　"有什么事，我们明天再说吧。"郝一湖从不与章小凤争辩，推着她进了屋，"你那么大声，会让骆子哥听到的。"

　　章小凤一听这话，整个人就变得柔软了，"骆子哥呀，你可得坚强一些啊……"

　　"你快去睡觉吧，都 12 点了……"

　　章小凤打了个哈欠，揉揉眼睛，冲郝一湖说："行，我去睡了。你睡觉前千万别忘了让骆子哥吃点东西，嗯？"

　　"知道了。"

　　章小凤轻轻地推开了母亲的房门，看到章大妈正在拍着小建华，哄小家伙睡觉，"小宝宝，不要闹，闭上眼睛睡觉觉……"

章小凤轻轻走到章大妈床边，放低声音问："娘，建华睡着了吗？"

章大妈对章小凤摇了摇手，又指指小建华："刚哄着。"

章大妈的话音刚落，小建华突然睁开了眼睛，小眼睛黑亮黑亮的，他目不转睛地看着章小凤，章小凤忍不住凑过去，用手指逗他的小脸，"噢，你不睡觉在看啥啊？在等妈妈吗？"

小建华伸出手，要抓章小凤的手指，章小凤俯下身在他脸上狠狠地亲了一口，"这个小家伙越来越招人疼了！"

"再别逗他了，你们娘俩都是，这都什么时间了，还不睡觉。"章大妈埋怨女儿，"明天不上班啦？"

"好好好，娘，我这就睡。小建华，要乖乖听奶奶的话，好好睡觉，快快长大哦，妈妈明天再来陪你喽！"

章小凤又到前屋去转了一圈，看骆子躺在床上一动也不动，像是又一次睡着了。当她再次看到骆子头上和脸上那些虽然已经让郝一湖清洗干净了的红肿的或烂了的伤口时，还是忍不住让泪水模糊了双眼，她走到床边，轻轻摸了摸骆子的脸，"骆子哥，你受苦了……"

等章小凤走后，假装睡着的骆子睁开了双眼。他掀开被子想起床，但伤口拉扯出了钻心的疼痛，便不敢再动了。他只好定定地躺在床上，望着糊满报纸的屋顶，泪水从眼角滑落到了枕头上……

兴师问罪

辽海市到处都在搞工业基本建设，到处都是车水马龙、人声鼎沸的热闹场面……比烟筒还高的大吊车左右开弓，有条不紊地把一捆捆钢材、楼板等建筑材料升起来，再落下去……

辽海制造厂的厂区里，也是轰轰烈烈建设的场面……不少崭新的设备放置在空地上，等待着吊装；建筑工人在紧张有序地工作着，不停运转的机器也在轰轰隆隆地唱着社会主义建设的交响曲……

在辽海制造厂办公楼二楼最里面，有一间挂着厂办主任牌子的办公室。这里的主人孙大峰正在兴致勃勃地大吃大喝呢。他左手端着酒杯，"吱儿"一声一口酒便喝进了肚里；右手在一张油纸包着的烧鸡上撕下了一个鸡腿，一大块肉送进了他那张油腻的大嘴里，顿时油水四溅……

孙大峰打着满足的饱嗝，用漂亮的手帕擦净了嘴上的肥油，然后将两只肥腿搁在了办公桌上，闭起眼睛开始哼不着边际的小曲儿……

突然，有人"嗵"的一声踢开了门，孙大峰吓了一跳，动作非常迅速地从桌子上取下了双脚。他担心是领导来了，因为除了领导外，没有人敢这样踢他的门。所以，他想马上站起来。结果，他由于用劲太大，身体失去了平衡，肥大的屁股与地板来了个结实的热吻……

他定睛一看是章小凤，就故意呵斥："谁呀？这么没礼貌？"孙大峰恼怒地坐在了办公桌后的椅子上。

"是我！"章小凤用脚一钩，门在她身后重重地摔上了。

看到章小凤这个天不怕地不怕的动作，孙大峰浑身的肥肉哆嗦了一下，"是，是小凤？你，你要干什么……"

章小凤反手锁上了办公室的门，惊得孙大峰又是一个激灵，"嘎……小，小凤，你，你有什么事？"

章小凤一步跨到孙大峰面前，指着孙大峰的红鼻头大声问："骆子哥是被谁打成那样的？"

孙大峰小眼珠子骨碌一转，"不，不知道呀，骆，骆子他怎么了？"

章小凤冲着孙大峰的脸唾了一口，"我呸！孙肉头，不敢承认咋的？

你一个老爷们儿，怎么尽干这种下三烂的事呢？干了还不敢承认，你到底是不是爷们儿啊！"

孙大峰躲开章小凤，慢慢往一边移动："没有，真的不是我！"

"你还不承认？好！今天你姑奶奶我就不走了，看你要耍赖到什么时候！"章小凤拉过孙大峰刚坐的那把椅子，一屁股坐上去，双手抱在胸前，狠狠瞪着孙大峰。

孙大峰已经蹭到了门边，他连连点头，"好，姑奶奶你坐着，你不走我走！"

章小凤冲过来一把抓住了孙大峰的衣袖，把他从门边拽了回来，"想溜？"

这时候有人敲门，"孙主任，军代表请你过去呢！"

孙大峰连忙低声下气地给章小凤求饶，"姑奶奶，你饶了我吧，你看，军代表在找我呢……"

章小凤故意大声地说："谁找你，管他呢！孙肉头，今天你不给我说清楚，哪都别想去！"

孙大峰吓得一个劲地给章小凤哈腰作揖，同时又伸手想去捂章小凤的嘴，"我的姑奶奶啊！你小点声！"

章小凤看着孙大峰狼狈的样子，冷笑了一声："孙大峰，饶了你可以，除非你给我当面承认，骆子是你打的，而且把骆子的全部医药费都掏出来！还有，你要保证再也不干坏事了！"

孙大峰只求息事宁人，连连点头，"好好好，我的姑奶奶，就照你说的办。"

"这么说你承认打骆子哥了？"

孙大峰又把头摇得像个拨浪鼓，"不，人确实不是我打的。"

"那是谁？"

"是姚少军。"

"谁指使的？"

孙大峰没了声气，拿小眼睛偷看章小凤。

"说！是谁？"

外面又有人敲门，"孙主任，军代表让你马上过去！"

孙大峰又想去开门，"我先走一步……"

章小凤一把打掉他放在门把上的手，"不行！你给我说清楚！"

孙大峰咬咬牙，狠狠一跺脚，"是我。你说怎么办吧！"

章小凤看着孙大峰，眼里突然涌满了泪水，"你……好你个孙大峰……"

"要杀要剐就随你了。"孙大峰豁出一切地把头伸到章小凤面前。

"你……为什么要这样对待一个疯了的人？"

"谁叫他编那些破快板到处散播我的谣言，这给我造成了极其恶劣的影响，我只是给他一个教训。"

"他……他只是一个病人！"章小凤抓起办公桌上的东西就往孙大峰身上砸去，"王八蛋！打死你！你比日本鬼子还要坏！孙肉头！你他妈良心都让狗吃了！你不是个东西！"

"哇……啊……姑奶奶你别再打了！我知道错了！我再也不敢了！"

章小凤还不解气，抓起桌上的酒瓶，啪一声摔碎在地上，"孙肉头，这话可是你亲口说的。"

"我保证！"

"那好，你给我写保证书！"

孙大峰面露难色，但在章小凤凌厉的眼神之下，连忙跑过去，在桌上找纸找笔，"我写，我写。"

"快写！"

"写什么？"

"写什么你还不知道？"

"我知道，我知道。"

孙大峰在纸上写下，"我孙大峰向章小凤同志保证，从今以后再也不动骆子一根毫毛。"

"再加上一句，如有违背不得好死。"

孙大峰依章小凤的话加上了这八个字，然后写下了年月日。

章小凤拿起保证书看了一遍，抓起孙大峰的手，在桌上的印泥里按了一下，又在纸上按了一下。

这时候，孙大峰脸上的汗水已经流下来了……他看着章小凤把保证书收起来，这才问："我，我可以走了吧？"

"慢着！"章小凤厉声一喊，孙大峰猛地一颤，又差点摔倒，"又怎么了？姑奶奶？"

"拿来！"章小凤把手伸到了孙大峰的面前。

孙大峰怔住了，"什么？"

"把骆子哥的医药费拿来！"

孙大峰连忙从怀里掏出钱包，取出了二十元钱，准备给章小凤……结果，还没有等章小凤拿钱，他又缩了回去，"保证书我写了，钱也给了，你也要保证不把这件事说出去。"

"我哪有闲工夫去拨弄是非？你快把钱给我，我还要去给骆子哥买营养品呢，看他被你整的，都没个人形了！"

孙大峰眨了眨小眼睛，把钱给了章小凤，"你保证……"

"行，行，我保证！我章小凤行得正，坐得端，说出去的话就是打出去的子弹，你放一百个心！但是，你给我记着，要是你再敢动骆子哥一根毫毛，我就叫你吃不了兜着走！"

章小凤见孙大峰一个劲儿地点头，表示再也不敢了时，才一阵风似的走了，孙大峰擦了一把汗，看着章小凤的背影，无奈地摇了摇头……

朝鲜弃婴

这一年的年初，章小凤怀孕了。在新中国成立五周年的日子里，她顺利地生下了一个男孩，起名字叫郝设华。老大叫"建华"，老二叫"设华"。章小凤想把建设社会主义新中国的希望，寄托在儿子们的身上。

第二年，章小凤又生了一个儿子，起名叫郝祖国。这样一来，"建设祖国"就全了。本来章小凤希望第二胎生个女儿，这儿女就双全了，她也就决定再也不生了。可是，老天不作美，又让她生了个儿子。虽然美中不足，但考虑到生两个孩子已经耽误了她给自己定的生产任务。所以，她决定去医院做绝育手术。郝一湖对章小凤做出的决定，从来都是言听计从。可这一次，他极力反对，他哀求章小凤无论如何也要给他生下一个女儿。但是，章小凤主意已定。为了不影响提前上班，她毅然决然地去医院做了绝育手术。可能是郝一湖盼女儿心切，也可能是命中注定。就在章小凤做完绝育手术第三天，郝家就真的来了一个女儿。

这是一个风雪交加的深夜，郝家的家门被人急切地敲开了。门是郝一湖去开的，外面除了漫天的风雪，呼啸的狂风外，什么也没有。就在郝一湖要关门的时候，他发现街门外有一个用小棉被包着的东西。他没有看里面是什么，而是极力地找着敲门的人……

睡在里屋的章小凤等不来郝一湖，也没有在意，就沉沉地睡去了……不一会儿，郝一湖进来了。他怀里抱着一个孩子，往章小凤身旁的被子里一塞，"不知道是什么人，把一个孩子扔我们家门口了。"

章小凤被惊醒了，但她发现是一个女婴时，就让郝一湖马上去叫章大妈。其实章大妈早被吵醒了，她听到章小凤的声音就马上过来了，"我看看，你躺着别动。刚生过孩子，又做了手术，小心落下病……对了，在这时候，你千万大意不得啊。"

章小凤不再执拗，就在郝一湖的帮助下斜躺在了床头上。郝一湖说了声"我再出去看一下"，就走了出去……

章大妈见是一个女婴，高兴地说："正好，一湖不是想要个女孩子吗，你就养上吧。"章小凤定定地盯着那张可爱的小脸，"是谁这么狠心啊……"

小家伙突然哭了起来，章大妈忙把这个可怜的小家伙抱进了怀中。

郝一湖进来了，"这是个没人要的主啊！我又在房前屋后看了两圈，连个鬼影子都找不见。"

孩子还在哭，章大妈就轻轻地让章小凤给孩子喂奶……小家伙幸福地用小手抓着"妈妈"的乳房……章小凤呵呵笑着说："没有好啊，这个孩子就归我了。"

章大妈见孩子吃饱了，就从章小凤怀里接了过来："凤啊，你快睡吧，把孩子交给我看。"

章大妈抱着孩子走了，郝一湖坐到床边说："这下……可不好使了……"郝一湖叹气，"她……好像……"

"咋回事？赶快说。"章小凤最见不得的就是郝一湖长吁短叹的样子。

"你先看看这个吧。"郝一湖把捏在手中的一块手帕递给了章小凤。章小凤接过一看，竟然是一份血书，上面歪歪斜斜地写着两行字："孩子叫崔银姬，父母是朝鲜全罗北道晚州郡九耳面平村人。请好心人收留银姬，不胜感激涕零。"

"哎哟！"章小凤轻呼了一声，"咋的，还是个外国崽子？"

"你说这咋办哩？"

"你说这咋办……刚才来的是谁哩？"

"不知道是谁。但是……"

"但是什么啊？"章小凤火急脾气上来了，"有话就说，有屁快放！"

"村上的老路说，他家兄弟在边防当兵，抓了一对从那边跑过来的夫妻，我估摸这个孩子就是他们的。"

"他们还跑个啥呀？"

"说的就是啊！说是美国鬼子投降了，也停战了，好像那边还是不太平，闹得厉害，又搞什么三八线打内战，没个消停日子。那两口子好像还是背着家里人私奔的，就像戏台上唱的，有钱人家的少爷和下人的闺女，逼得没办法才一起跑来这边躲着，结果娃都生了，娃的爹又被边防当间谍抓了起来……"郝一湖慢慢地说着，手不断地拢着章小凤身边的被子，显得有些不自在，说完了，他又长长叹了口气。

"我不是说了吗？这个孩子我们收下了。"

"这不……还得你拿主意……好像不好使……"

"说啥呢！"章小凤又不高兴了，"你也知道我家情况，不生吧，两年没动静，一生吗，接连就生了俩，现在呢，我还下不了地呢。哎，你自己是啥意思吗。好歹你也是个男人，都当仨孩子的爸了，就不能拿出点硬气来？"

"我是怕……因为，他们可是那边的人。"

"那边啊？不就是朝鲜人吗？"

"不是。"

"是哪里人啊？"

"不是我们中国志愿军打过仗的这边的朝鲜人，是美国人那边的朝鲜人。"

"哦，你是怕……"

"对呀。"

"没事的，我们就说是双胞胎得了。"

"也好……就怕你累着……"

"我有那么金贵吗我！你那点心思我还不知道，娃你都留下了，难不成还要送回去？"

"只要你同意……"

"你都自作主张了，小郝同志。"

"嘿嘿……"郝一湖摸着头憨笑。

"你这个人啊，真是……叫人没话说。"章小凤嗔怪地瞪了他一眼，"好了，我困得很，明天再说吧。"

"好，你睡，我出去了。"郝一湖起身，又帮章小凤掖了掖被角。他刚走到门边，又被章小凤叫住，"给妈说说我们的意思，就说和设华是双胞胎，是我生的，我也想要个闺女哩。"

"……都听你的。"

"以后咱们就多受点累吧，再苦也别苦着孩子，就当是我们自己生的，一个两个是带，三个四个也是带，只是这事儿千万别传出去。"

"知道了。"

翌日，章小凤和章大妈就"双胞胎"的事情达成了一致意见。之后，他们不但把那个手帕藏了起来，而且还给这个女娃起了个中国名字叫亭花，对谁都说是祖国的双胞胎姐姐，因为刚生下来时设华身体不好，才把龙凤胎中的另一个送去了乡下亲戚家。

这样说是有道理的，因为在当地是有这样的习俗的。所以，也就没多少人怀疑。由此，亭花就名正言顺地成了郝家的女儿，受到所有人的疼爱。事后，章小凤叮嘱郝一湖和章大妈，"关于那块手帕，等亭花长大了，再找适合的时间交给她。"

　　郝一湖慢悠悠地说："行，都听你的。"

女工受到毛主席接见后荣归

这日子像风车打转一样，很快又转过了两个年轮。

1957 年，中央拟订的第一个五年计划圆满完成，这无疑给新中国打了一剂强心针，全国上下一片蓬勃景象，庆祝这来之不易的伟大胜利。

在这五年里，国家大力投资东北重工业，辽海制造厂得到了进一步的扩建，已经与新中国成立初期的规模不能同日而语。同时，辽海汽车制造厂、辽海机床厂等第一批国有大型重点企业也相继建成。在国家建设初期的 156 个苏联援建项目中，有 6 个建在了辽海。

这一年，也是章小凤最风光的一年。她获得了全国劳动模范的荣誉称号，在首都北京得到了共和国最高领导人毛主席的接见后，辽海市以堪称壮观的隆重仪式欢迎她的归来。

章小凤回辽海的这一天，辽海火车站被打扮一新，到处挂着红色条幅和彩旗，站台上还破天荒地容许停放了两台辽海制造厂自制的彩车，车上各悬挂着"热烈欢迎全国劳动模范章小凤同志载誉归来！""章小凤同志是我们国营辽海制造厂的光荣！"的横幅，车上的青年工人们敲锣打鼓，摇旗呐喊，欢呼声一浪高过一浪，使得原本就喧闹的站台更加人声鼎沸、热闹异常。路一辛等市领导在辽海制造厂军代表、厂领导等人的陪同下，并排站在站台上，等待着章小凤乘坐的列车归来。

在人们的期待中，一列绿色的客车拉着长长的汽笛缓缓地驶进了站台。在欢呼声和锣鼓声中，章小凤胸戴大红花，从车上走了下来。路一辛等领导快步迎上去，"章小凤同志，你辛苦了！"

章小凤高兴地和路一辛及厂领导们一一握手，重复着"谢谢领导"的话。与周围簇拥上来的人们的激奋表情相比，章小凤却显得比较平静、从容，这是由于她经历这样的场面太多了的缘故。几年前，就是她与毛泽东主席通话不久，周恩来总理代表毛主席来辽海看望章小凤和辽海制造厂的同志们时，章小凤那紧张得手足失措的样子早已经荡然无存。如今的她，除了是四个孩子的母亲外，还是一位充满自信与骄傲的女英雄。她一边与人们微笑示意，一边用她惯常的响亮嗓门回答着路一辛的问话。

"章小凤同志，毛主席他老人家好吗？"

"请路市长和同志们放心，毛主席他老人家身体特别好！毛主席他老人家让我代表他向大家问好呢！"

"谢谢毛主席！"

周围的人们也跟着路一辛大喊："谢谢毛主席！"

"章小凤同志，听说毛主席他老人家还给你送了一件珍贵的礼物？"

"是啊，路市长，不过，毛主席他老人家的礼物不是送给我一个人的。"

"哦？"

"那件礼物是送给我们厂全体工人的。他说，工人阶级是领导阶级！"

"是一件什么样的礼物呢？"

……

毛主席送给女工的礼物

当天下午，毛主席赠送给章小凤同志的"礼物"在辽海制造厂大礼堂里掀开了它神秘的面纱。主席台上悬挂着"全市100万产业工人热烈欢迎全国劳动模范章小凤同志载誉归来大会"的巨型横幅，台下座无虚席，每个人的脸上都带着激动不已的神情。他们都用无比崇拜的眼光，注视着那份摆放在主席台正中央、还包裹着红色绸缎的礼物。

路一辛在话筒前情绪激昂地把章小凤同志进北京受到毛主席接见的情景，给与会者做了简单的介绍。在雷鸣般的掌声中，路一辛继续说："同志们，伟大领袖毛主席还给我们厂以章小凤同志为首的产业工人赠送了一件珍贵的礼物。下面，有请国营辽海制造厂焊接车间的技术标兵，我们市劳动模范、北方省劳动模范、全国劳动模范章小凤同志给大家展示伟大领袖毛主席送给我们的珍贵礼物！"

在热烈的掌声中，章小凤用她那双灵巧的手将一层一层的红绫打开，然后，出现了一顶焊帽和一把焊枪。

路一辛双手压下热烈的掌声后，继续说："同志们，我们伟大领袖毛主席为什么要送我们一把焊枪、一顶焊帽呢？这说明了一个很重要的问题，那就是，毛主席他老人家重视我们产业工人，重视我们工人阶级。"

就在路一辛的讲话赢得满堂掌声的时候，有人给坐在主席台最边上的章小凤传来了一个小字条："骆子被解放军挡在了礼堂外。"她抬起头时，看到台下第一排坐着的孙大峰正在看着她。她灵机一动，忙招手让孙大峰上来。孙大峰受宠若惊，急忙从侧面上来，来到了章小凤的身边，"小凤，有事情让我办吗？"章小凤把手中的条子交到了孙大峰的手里，"让他进来吧。"孙大峰屁颠屁颠地从主席台侧面跑下去了。

就在章小凤等骆子的时候，坐在章小凤旁边的厂长捅了她一下，"路市长点名了，该你讲话了！"

章小凤愣了一下后，马上明白是怎么回事儿了。在台下一片热烈的掌声中，章小凤拿出了厂里早就为她准备好的稿子读了起来。

……

孙大峰一走出大礼堂，就看见了骆子。他果然被门口的解放军战士拦住了……孙大峰大摇大摆地走过来问："什么事？"

解放军战士向孙大峰行了个军礼，然后指着骆子说："这个疯子要进去捣乱会场。"

"不能叫他疯子！他是我们厂里的职工，名字叫骆子。"孙大峰说着，看向骆子，"骆子，告诉我，你要进去干什么？"

骆子往后缩了缩，"小凤……在里面。"

"你是想看小凤吗？"

骆子死盯着孙大峰，却不回答。

"如果你听话，我就让你进去。"

"我才不要听你的话，你是坏人。"

孙大峰沉下脸，"是小凤让我带你进去的，你到底要不要进去？"

"我要进去！"

"那你就要听我的话。"

"……好，我听。"

"哼……"

解放军战士不放心，"不能让他进去，他会乱跑。"

"没关系，我会看着他。他不会乱跑。"孙大峰摇摇手。

骆子跟着孙大峰进到礼堂，一眼就看见了主席台上的章小凤。章小凤正在作报告，她清亮的声音透过话筒响彻了整个礼堂，就算是作报告，她也保持着平素说话的风格，语速快，而且笑声不断，台下的工人们受她的感染，也不时地发出欢快的哄笑声。

"……下午四点钟，伟大领袖毛主席准时来了。我见到毛主席时，我激动得心都快要跳出来了。我没有想到的是，伟大领袖毛主席他老人家非常平易近人，他没有一点儿领导的架子。他一一地和我们握手……当毛主席走到我面前时，我用双手握住了他老人家的手。我说，毛主席，我们通过电话呢……毛主席说，你是？我说，毛主席啊，我是国营辽海制造厂的电焊工章小凤啊。毛主席这下想起来了，他说，噢，你就是那个一天完成了三天工作量的青年女工？我说，是啊，毛主席，您终于想起来了！毛主席笑着说，我当时在电话里说谢谢你啊！你说，谢什么哩？难道给自己干活还要偷懒吗？章小凤笑着说，毛主席，我说得不对吗？毛主席说，小凤同志，你这句话说得好啊！就是这句话，让我记住了你！"

台下又是一阵雷鸣般的掌声，骆子痴迷地望着台上意气风发的章小凤，也跟着大家使劲鼓掌，眼中含着泪水……

孙大峰看着他，"人你已经看到了，该走了吧。"

骆子没有回头，依然望着台上，"等一下……"

孙大峰有些不耐烦地推他，"小凤说了，让你看一眼就走，你难道连她的话也不听了？"

"……好吧，我走。"

骆子这才极不情愿地一步三回头，跟着孙大峰离开了会场。

女工夺冠，为厂争光

第二年的春天，"大跃进"运动在全国范围内，轰轰烈烈地展开了。

时年冬，临近春节期间，由国家机械工业部举办的全国技工技术大比武，在全国范围内拉开了序幕。"焊接技术"分赛区设在了居全国首位的重工业城市——辽海市。来自全国各地的近30位焊接技术尖子汇聚一堂，准备在此次大比武中一决雌雄。章小凤作为辽海市的代表，也满怀信心地参加了这次大比武。

在比试开始前，也就是章小凤正准备进场的时候，骆子突然出现在了入场口，叫住她。

"骆子哥，你怎么来了？不是让你在家里好好待着吗？"

骆子并不答话，往章小凤手里塞了一样东西，"小凤，这个你拿着。"

"是什么啊？"

"望远镜，你用它来看操作台那边，会更清楚。"现在的骆子，因为章小凤夫妇的照顾，穿戴干净多了。别看他平时疯疯癫癫的，可见到章小凤时，就跟正常人一模一样了。

章小凤拿起望远镜试着看了看四周，"真的，很清楚，这真是个好东西！"

"你可以看看其他代表是怎么操作的，学习才能进步嘛。"

章小凤拿着望远镜，仔细地看着骆子。她发现今天的骆子跟往常又不一样了。他穿着她亲手缝补的一身深灰色中山装，样子还蛮好看的。他依旧瘦削，甚至有些弱不禁风，但由于他刚刚理了头发，完全恢复了他以前的清雅模样……还有那微笑着的平静的神情，谁还会说这样的一个人是疯子呢？

"骆子哥……"

"小凤，比试要开始了，你快进去吧。我会在下面看着你，加油干，你不会输给他们的。"

"嗯，骆子哥。"章小凤看着骆子，马上想起了多年前自己还是那个女扮男装的小清洁工时，他们在一起的情景。她轻轻抚摩着手中的望远镜，连声音也突然间轻柔了许多，"骆子哥，你放心，我一定不会让你失望的。"

比试开始了。每一个选手出场时，主持人都要介绍选手的基本情况。之后，选手在规定的时间内进行操作。这时候，章小凤就拿起骆子送她的望远镜，认真地观察着选手的操作，生怕漏掉哪怕只是一个微不足道的小细节。

第一位是来自"辽海飞机制造厂"的工人工程师吴小安，他的直线焊接记录每分钟达到了 10.63 米。章小凤默默念着他的成绩，继续观看，当吴小安的堆焊表演操作开始时，章小凤紧盯着他的双手与焊枪，终于从中看到了一个特点，"啊，就是这个，高点三下，低点一下，三高一低，三高一低……"

骆子在台下看到章小凤始终拿着望远镜在观看，露出了欣慰的笑容。

吴小安的堆焊焊接每分钟达到了 6.69 米，打破了上一届每分钟 6.07 米的全国纪录。主持人报完上一个选手的成绩后，又介绍现在上场选手章小凤的情况，"现在上台表演的是来自国营辽海制造厂的工人工程师章小凤，她是这次比试选手中唯一的女性！"

在热烈的掌声中，章小凤上场了。章小凤走向操作台的时候，她朝着台下的观众扫了一遍，没有见到骆子的影子。但她知道，骆子一定在某个地方看着她。她轻轻地用唇角勾了个自信的笑容，"骆子哥，我来了，你看着吧……"

章小凤有条不紊地表演了直线焊接与堆焊，然后她自信地踩着一浪高过一浪的掌声，回到了她的位子上……

当主持人报出章小凤的成绩时，她的直线焊接速度每分钟达到了 10.67 米，堆焊焊接每分钟达到了 6.73 米，全部都超过了其他的选手。骆子从座位上站了起来，情不自禁地大喊："好样的！小凤……"虽然，他的喊叫声已被掌声淹没。但是，章小凤还是看到了手舞足蹈的骆子……

章小凤自然而然赢得了这次比赛的冠军，机械工业部副部长亲自为她颁奖。

大比武结束后，为表彰她再次为辽海赢得了荣誉，路一辛等市里领导和辽海制造厂的领导特意在辽海大酒店为章小凤举办了一场庆功宴。

章小凤的孩子们长大了

与此同时，章小凤的家人也在为她准备着丰盛的晚餐。

依然是城北区的那个简陋的小院子，远远地就听到了从章小凤家的厨房里传出来的剁肉馅的声音……正在忙活的章大妈听到门扇在响，从窗口探出头来，问："谁呀？"

"是我，奶奶。"刚上小学一年级的建华领着上幼儿园的亭花一起回来了，建华一边取下书包一边往屋里走，亭花早已经飞快地跑到了厨房门口，"奶奶，我和哥哥放学回来了，咦？要包饺子吗？今天是什么好日子啊！"

章大妈放下菜刀，从厨房走出来，"小声点，别把祖国、设华吵醒了。今天你妈妈参加全国的大比武，她一定是第一名。奶奶哪，就包饺子了，我们要庆祝你妈妈得冠军！"

"耶！吃饺子了！"亭花高兴得跳了起来，转身又跑到郝建华身边，"哥哥，今天吃饺子哩！"

"知道。"郝建华没理郝亭花，举起手中用八号铁丝制作的小手枪，向章大妈炫耀，"奶奶，你看，我制造的手枪成功了！"

"给我看看！"郝亭花一把抢过来，拿枪瞄准哥哥就扣动了扳机。口里还模拟着开枪的声音："叭！"

"千万别！真的有子弹！别开枪！"建华大惊失色……

就听"噗"的一声枪响了，火药爆炸后飞出的子弹打在了建华的手臂上，擦出一道口子，鲜红的血立刻冒了出来。建华大叫一声，捂住了胳膊。

郝亭花当即吓傻了，"奶奶……"

郝设华和郝祖国一齐从里屋出来，郝祖国还一副睡眼惺忪的样子，揉着眼睛："奶奶，我也要放炮……"

当他们两个看到哥哥郝建华胳膊上流出的血时，也吓坏了，呆呆地站在那里，不敢吭声了。

郝亭花哇的一声大哭起来，章大妈赶紧从里屋拿了止血包来给建华包上，"我说你们几个咋就这么叫人不省心哩……建华，疼吗？"

郝建华满不在乎地摇摇头，"奶奶，不疼！"然后对着哭泣的亭花不耐烦地吼了一声："不要哭了，疼的是我，你号啥呀。"

郝亭花赶紧止住了眼泪，紧张地望着哥哥。

"就破了点皮，又不是真枪，看把你吓的。"郝建华从郝亭花手中拿过那把自制手枪，得意地冲两个弟弟晃了晃，"厉害吧，这可是我自己做的哦。真的能打出子弹哩！"

郝设华和郝祖国看哥哥没事人的样儿，就不再害怕了，围过来，争着要看郝建华自制的手枪。

"好了，快把那东西收拾起来，多危险啊，不要给弟弟玩了。建华，听话。"

章大妈从郝建华手中夺过那把自制手枪，拿在手中，横竖看不明白，"建华，我说你是咋弄出这东西的？还把自己给打出血了。"

"奶奶，简单得很哩，在里边装上子弹和火药就行了。"

"这个奶奶要没收了，可不敢再玩了，要是再打伤了别的人怎么办？小孩子家的，玩什么不好，偏要玩这么危险的东西。"

郝设华瞪着大眼睛认真地看着奶奶手中的小手枪，小声说："哥哥，我也要你做的小手枪。"

"行，赶明儿，我给你做一把。"

"不，哥哥，你教我，我自己做。"

"没问题，哥哥一定教你。"

章大妈三两下用布把手枪包了起来，"建华，可不敢教弟弟，也再不准你玩火药了！不听话我就跟你妈讲。"

郝建华扮了个鬼脸，"奶奶，知道了！"

郝亭花对哥哥露出了崇拜的神情，"哥哥你真厉害！能不能给我也做一把呀。"

"好了，亭花你就别再跟你哥哥闹了，你把哥哥打成这样，看你妈回来怎么收拾你！"

郝亭花不服气地撇撇小嘴，"哼，妈妈才不会打我呢。我和哥哥从来都没挨过打，只有弟弟不听话，才会挨打。"

章大妈没好气地瞪了一眼亭花，"就你人小鬼大，人精儿似的。没事给我摆碗筷去，肚子都饿了吧，奶奶先给你们下饺子吃。"

几个孩子一听要吃饺子，立刻忘了手枪的事，欢呼着扑向了餐桌，"哦，吃饺子了！吃饺子了……"

郝一湖下班回来说，章小凤去参加市里的庆功宴了，不回来吃饭。章大妈听了有些失望，可孩子们仍然兴高采烈地争抢着热气腾腾的饺子……一家人正吃得开心时，有人敲响了门。

章大妈端了新下好的饺子上桌，连忙叫郝建华，"快去开门，你妈妈回来了。"

郝一湖起身，"她现在能回来吗？去参加市上的庆功会，这时候还在讲话哩。"

"那会是谁啊？"

郝祖国高高地举起手，"奶奶，我知道是谁来了！"

"是谁呀？"

"是骆子叔！"

"哎呀，就是，怎么把他给忘了呢？"章大妈拍拍脑袋，"你看我这糊涂的。"

郝一湖已经走出去开门，随着门声响动，进来的果然就是骆子。

郝祖国一骨碌爬下桌子，跑过去抱住骆子的胳膊，"骆子叔，上次那个故事你才讲了一半，今天你得给我讲完了！"

骆子蹲下身，搂住郝祖国，摸摸他剃得光溜溜的大脑袋，"噢，行啊……"

郝设华也离开座位，过来拉住骆子的手，"骆子叔，我要听你说快板！"

章大妈拿了一副碗筷从厨房出来，"看看，这些不懂事的孩子，快，让你们骆子叔吃饺子！来来来，他骆子叔，你先坐，我这就给你下饺子！"

骆子将手中提的一瓶酒交到了郝一湖手中，"这是给小凤庆贺的。"

郝一湖接过酒，"骆子兄弟，你坐，我去拿酒杯来。"

郝设华和郝祖国兄弟围着骆子坐了，郝一湖给两人斟上酒，"来，骆子兄弟，喝。"

"爸爸，应该说干杯，为了妈妈的胜利，苦哇（俄语干杯的意思）！"建华端起自己的水杯，像个小大人似的，站起来，"设华，祖国，你们也来。"

"干杯，干杯！奶奶快点来，要干杯了！"郝祖国双手抱着自己的杯子，努力与大家举齐。

"好，为了妈妈获得冠军，大家一齐来干杯！"

"哦！"

一阵欢呼声后，孩子们继续干杯。郝亭花过于猛烈地碰杯，结果把郝建华的杯子碰碎了，水洒了一桌子。

苦命的老情人

孩子们在骆子的故事里刚睡下，章小凤回来了。她看上去有些疲惫，紧抿着唇，一改平素大大咧咧、哈哈大笑的作风，低垂着眼帘，透着几许黯然的神情，脸色看起来红润，很显然那只是酒精的作用。她看到骆子后略有些迟疑："骆子哥……"

"你怎么了，喝多了吗？"郝一湖问。

"是啊……喝得有点多了，那么多人都来敬酒，都分不清谁是谁了，这个时候才发现咱们厂的领导人真多，啧……真够呛的。"章小凤脱掉外衣，坐到桌旁，接过郝一湖递来的水杯，灌下一大口，然后问骆子，"骆子哥，你吃过饭了吗？"

"吃过了。今天在家里吃的饺子，大妈包的饺子很好吃。"

"哦……今天包饺子了啊？"

"小凤，祝贺你获得冠军。"

"啊，多亏了骆子哥你给我的望远镜，我才能看出别人的技术要点在哪里，不然这个冠军还不知道是谁的呢。谢谢你，骆子哥，这个冠军有你的一半哩。"

"我……也没做什么。"骆子有些腼腆地低下头。

章小凤看着他，长长地叹了口气。

"今天这个日子你应该高兴啊！要不，我给你下点饺子去？"郝一湖有些诧异地看着章小凤。

"行，下点吧。"

骆子连忙问："小凤，你还没吃饭吗？"

章小凤拉下脸，"吃了，生气，没吃饱。"

骆子和郝一湖几乎是异口同声地问："生什么气啊？"

章小凤气鼓鼓地扭开脸，"生气，我不想说。"

骆子怔了怔，也叹了口气，"小凤，我知道你为什么生气了。"

章小凤转回脸来，瞪着骆子，"你知道？知道什么？"

"你一定是又为我这个反革命分子说话了，对吗？"骆子轻声问。

章小凤点了点头，神色黯然。

在庆功宴上，领导问章小凤有什么要求，还说什么不管是什么要求都会答应。章小凤听了，提了一个让所有人大吃一惊的问题。她说："希望组织上能重新考虑骆子的生活费问题，骆子并不是反革命，我可以用人格担保。"

路一辛听了她的话，先是顿了顿，问坐在他另一边的辽海制造厂副厂长蔺周全，"周全同志，章小凤提出的这个问题，你看你们厂里能不能考虑解决一下？"

蔺周全正襟危坐着，有些为难地说："路市长，骆子的生活费问题，根本就不能考虑，因为，他要不是有病的话，按规定是要蹲大狱的。"

路一辛若有所思地看了一眼章小凤，依然问蔺周全，"就是说，他反革命的事实是存在的？"

章小凤啪的一声放下了手中的筷子，"厂长，我敢肯定，那绝对是有人对骆子的栽赃陷害！"

蔺周全的脸色有些发沉，"章小凤同志，这个问题你早就提出过，我们也复查过。但是，复查的结果你是知道的啊。"

路一辛也收起了微笑，神情严肃地说："章小凤同志，要是这样的话，我希望你再也不要提这个问题了！因为，你不但是全国的劳动模范，而且还是一名优秀的共产党员啊！你要注意你的影响啊。"

章小凤一下子脾气就上来了，加上又喝了不少酒，她的脸腾地憋得通红，两眼圆睁，"路市长，你们这是什么话！我本来也不想提的，可是，是领导一再问我有没有要求的！并且还说，就是提错了也不要紧！所以，我才提的！更何况，我也不是在胡说，骆子确实是被冤枉的！"

路一辛怔了怔，其他人也都没了声，齐齐把眼光投向了章小凤。就在场面有些尴尬时，路一辛干笑了一声，又换上了笑脸，"那个，章小凤同志，对，你说得都对。我的意思是，如果你没有骆子无罪的证据的话，以后，这样的话你最好别说了。可以吗？"

另一边的军代表也开口了，"小凤同志，路市长说得对，作为你，没有事实依据的话是不能说的。"

"我怎么了，我章小凤行得正，走得直，我说实话难道还犯错误了不成？"

"哎呀，章小凤同志，你先别急嘛，这件事我们再慢慢商量好不好，周全同志啊，你是不是可以再复查一下骆子的问题？虽然对反革命分子我们绝不能姑息，但也不能冤枉了一个好同志，你说是不是？"

蔺周全会意了路一辛的话，端起酒杯站起来，"章小凤同志，对不起，我一定会慎重对待这个问题的。来，今天就别说其他事了，章小凤同志不仅为我们辽海制造厂带来了荣誉，同时也为辽海市做出了巨大的贡献啊。我要好好地敬你一杯。"

路一辛也举杯站起来，"章小凤同志，我刚才的态度不好，来，我自罚一杯！"

章小凤站起来和路一辛碰杯，"路市长，不好意思，是我的脾气不好。什么自罚不自罚的，就当我们是为下一次更大的胜利干杯吧！"

"好！来，干杯。"

事情的争议虽然止于一阵祝贺、敬酒、碰杯声中，但章小凤心里的气并没有因此消除。回到家看见骆子时，又勾起了她的心思。这两年骆子的病显然是大有好转，她生下设华之后，骆子就经常来家里帮忙，又是干家务又是带孩子的，就像是这个家的保姆一样。实话实说，这个家也确实多亏了他呀，章小凤整天忙得天昏地暗的，几个孩子怎么健康地长大了，她都不知道。章大妈在她面前经常唠叨，"要不是他骆子叔，我早就累趴下了。"

所以，章大妈死活要求骆子在家里住下。大家也一致赞同章大妈的提议。但是，骆子就是不听。他就像上班一样，每天都是早上按时过来，晚上按时回到自己的住处去睡。这个家，其实早就把骆子当成其中一员了，孩子们都很黏他，他也很疼爱孩子们……

章小凤知道，今天她的脾气发得不应该。其实蔺厂长那个人还是挺不错的，尽管没有给骆子落实生活费的问题，但还是把骆子当厂里的职工对待。现在，厂里仍然让骆子住在厂里的单身宿舍里，这样好歹也算是有了个栖身之地嘛……其实，章小凤心里是不愿意让骆子在她家里干活的。可你要是不让他干活，他就会疯疯癫癫地到处乱跑。奇怪的是，他只要到了章小凤家，他的疯病也就好多了……最后，章小凤实在是没有什么更好的办法，就只好随骆子的意了。骆子也真是，自从来到章小凤家里后，就真的再没有惹出过什么事情来。由此，章小凤悬着的一颗心总算是落了下来。

骆子在没到章小凤家之前，他基本上没有什么生活来源，只靠着章小凤夫妇暗暗接济。说真的，骆子那日子过得实在是太苦了。尤其是到了冬天，那更是让章小凤操不尽的心。怕他冻伤手脚了，怕他感冒发烧了……

在每个人眼里骆子是一个疯子，可在章小凤眼里、心里，骆子始终是她当初认识的骆子哥，她永远都不会承认骆子是疯子。

有时候，郝一湖叫骆子来家里吃饭，骆子一般不会跟着郝一湖回家。郝一湖见状就说是章小凤让他来叫他的，听到这样的话，骆子马上就会喜形于色，有些动摇，但他还是有可能不去。但如果是章小凤亲自出马，那他几乎就是随叫随到了。章小凤就想，要是能让骆子住到她家里，岂不是把什么问题都解决了？但是，骆子的"反革命分子"身份让她又有所顾忌。尽管，她明明知道这是别人对骆子的诬陷。

章大妈也一直想让骆子住到家里来。她认为这样可以减轻章小凤的负担。于是，她就和郝一湖商量。郝一湖说，妈呀，没问题啊！我也怕小凤又是厂里又是骆子的，迟早会受不了的，会累垮的。我同意让骆子哥到我们家来……

章大妈和郝一湖统一意见后就和章小凤说。章小凤见母亲和男人主动提出了这个问题，就故意反问："他可是反革命分子啊，住到我们家里合适吗？"章大妈说："不就一个疯子吗，他会怎么样在我们家里反革命啊？"郝一湖也说不介意骆子"反革命分子"的身份。章小凤就高兴地说："好吧，既然你们都这么说，就让他过来吧。不过，要一步一步地来，先让他来家里帮助干活，然后再让他住进来。"

章小凤和郝一湖来到骆子的"狗窝"里，骆子见章小凤来是请他去干活的，就兴奋了。骆子到章小凤家后，帮助章大妈干杂活，带孩子，确实为这个家里出了不少的力。最让章小凤感到欣慰的是，骆子到她家来，不光让她省了不少心，他的穿戴扮扮也比以前干净多了。于是，她就提出让骆子住到家里来。可是，骆子在这个问题上很是固执，说什么也不答应。章小凤就想，骆子哥心里可明白着哩！他不来她家里住，是他怕连累她，是在为她着想啊！所以，章小凤就没有再坚持。

这之后，当有人在章小凤面前说骆子这样那样的时候，她的心就如针刺如刀绞；如果有人说骆子是疯子，她就会大发雷霆，冲人家吼："骆子他不是疯子！你才是疯子呢！"

骆子到她家帮助干活后，骆子的所有问题都基本上迎刃而解了。现在见骆子整天在她家里乐呵呵的，本就不打算再说这些陈芝麻烂谷子的事了。可是，今天庆功宴上，领导们再三提出，不管是什么样的问题，只要她章小凤提出来，市上、厂里一定会解决的。所以，章小凤就自然而然地想起了骆子的问题。她的想法很简单，就是希望厂里给骆子一个普通工人的基本待遇。那样的话，也算是对骆子的一个肯定。然而，当她提出骆子的问题后，领导们的态度对她来说无疑是一击重锤，重重地敲在了她的心上，让她几乎喘不过气来……

"小凤，你不要再管我的闲事了，要是对你造成影响就不好了。"骆子轻轻说。

"骆子哥，我只是为你说了句公道话而已！"章小凤扭开脸，抓起桌上还剩下的酒，给自己倒了一杯，一口灌下。

"吃点饺子吧。"郝一湖已经下好了饺子，端过来让章小凤吃。他顺便拿掉了桌上的酒，"你也累了，吃过饭就休息吧。"

骆子起身，"也对，小凤你早点休息，我就不打搅了。"

章小凤没有抬头，"骆子哥你慢走。"

"我去送骆子哥。"郝一湖说着去了厨房，提了一袋东西，"骆子哥，走吧。"

骆子看看章小凤，又看看郝一湖，欲言又止……最后什么也没说，就和郝一湖出门了。

"骆子哥……"

章小凤趴在桌上，无声地哭了起来……

双喜临门

　　年末，章小凤因为她的全国劳模身份，在辽海市城西区最新落成的工人新村分到了一套新住房。这对于一个普通的工人家庭来说，可说是莫大的荣耀。这个建在辽海市城西区的工人新村别说是让辽海人交口称赞、艳羡不已，就是全中国的工人阶级，如果知道了的话，也会对之无限向往的。

　　章小凤分配到的这套新居，是政府给予一个工人的最高待遇。这对章小凤来说，也算是当之无愧了。抛去她个人在工作岗位上的贡献不说，仅说她从勤杂工做起，直至成为一名工程师，所起到的模范带头作用，享受这样的待遇也是理所当然的。在辽海制造厂，以她为首的劳动模范群体所带动的那股积极向上的社会主义建设新高潮，在辽海市的工人中间起到了何等巨大的作用啊！所以，在领导和群众的眼中，她受到的表彰和奖励是完全应该的，绝不会有任何人对此产生异议。

　　春节前夕，一家人搬离了那个简陋的小院，住进了崭新的楼房。隔年，那座章小凤住了小半辈子的小院就被整平，经过规划，这里即将修建新的大楼。

　　住进新居后不久，郝一湖也被评为了省级劳动模范，于是他们家理所当然地被称为"劳模之家"了。为此，路一辛和妻子吴凤兰专程到章小凤家道贺。路一辛市长的胸怀可谓博大，真是一位杰出的军人和政治家。他似乎早就忘记了那天市政府为庆贺章小凤在焊接大赛获得冠军举行的晚宴上，章小凤冲撞他的事情。事后，章小凤感觉可能会因此得罪路　辛。但让她没有想到的是，路一辛还和过去一样，支持她、鼓励她。今天，郝一湖获得了省级劳动模范，作为市长的路一辛还亲自登门祝贺。所以，章小凤感觉和路一辛打交道特别简单和轻松。大家在一起，还和以前一样谈笑风生，说起开心的事情来，还同过去一样开怀大笑。

　　离开章小凤家后，吴凤兰问丈夫："老路，你有没有发现小凤变了？"

　　"哦？哪里变了？"

　　"以前小凤就是一个疯丫头，说话没遮拦，心里不装事，走哪里都乐呵呵的，让人看了也觉得乐。可是不知道从什么时候开始，她的话就变少了，上班时间只知道工作，从来不和人说闲话。休息时间比谁都短，而且还总是加班加点，有时候甚至到了废寝忘食的地步，虽然这种精神是值得表扬的，但她的表现怎么看都有些邪乎呢，哪有人这么不要命工作的？我啊，总觉得她心里装着天大的事呢。"

路一辛没有说话，吴凤兰好奇地看着他，"难道老路你知道她心里的事？"

"当然知道一点啊……"

"知道一点？哎，老路，快给我说说。"

"大概还是那个骆子的事吧。"

"啊……"吴凤兰怔了怔，"你说这孩子，她也太死心眼了……"

"你们工会也要对工人的生活多加关心才行，我看她工作也有些过量了，想办法劝劝她吧。"

"哪能那么容易，这个孩子不光死心眼，还倔得跟头牛似的，谁也劝不动，就连她师傅的话都不听，哪能听我们的。"

"尽量调整她的工作量吧。"

"我们工会会考虑她的情况的，如果把这么优秀的全国劳动模范累坏了，可怎么得了啊？"

"是啊，你私下里多和她聊聊。要是我们的全国劳模真的累垮了，可不好向党和群众交代啊。"

"这个不用你多说啊，我是她老姐，也心疼她哩。我说老路啊，那个骆子的问题……真的不能解决吗？"

"这可是原则问题啊！他要不是反革命分子，什么都好说。"

"唉……"

饥荒之年，劳模的口粮

　　1960 年，是新中国充满危机和灾难深重的一年。就在这一年，三年自然灾害开始了。同时，在中印边境纠纷频繁、西藏发生叛乱的情况下，苏联撤走了全部援华专家……

　　苏联专家撤走的同时，把全部的技术资料和图纸也带走了。这给发展中的辽海工业带来了严重的危机。正在建设的项目和已经开工的企业，被迫下马了。一些运转正常的工厂因为技术力量跟不上，也暂时停工待产了，不少大型机器虽然安装了却因为看不懂俄文而不会使用，大量的设备被闲置在了车间里……要想从根本上解决这样的被动局面，就必须会俄语。只要掌握了俄语，不少问题就会迎刃而解。

　　为了渡过这个难关，不少学校开设了俄语课程。同时，许多工人们也参加了俄语培训班，他们和孩子们一起，开始练习弹舌头、学俄语。那时候，有首歌叫《我们工人有力量》，说明工人的力量是战无不胜的。同时，毛泽东主席还说过"工人阶级是领导阶级"的话，均说明工人的力量在共和国工业建设中的巨大作用。中国工人的积极性一旦被调动起来，就会变成一股排山倒海的力量……辽海的不少工人们，白天在车间，晚上在夜校，走上了学习俄语、掌握俄语技术资料的万里长征路……

　　章小凤也加入了这股势不可当的洪流中。因此，她下班后就直奔夜校参加学习。这样一来，晚上回家的时间就越发迟了，到家后孩子们早已进入了梦乡。郝一湖二话不说，马上给她热饭、端菜，她也不管饭菜的好赖，来者不拒，大口大口扒拉着，填饱了肚了，到床上倒头就睡。等郝一湖把一切收拾停当，章小凤早就睡得不知道颠倒了……

　　孩子们除了在星期天能见到章小凤，平常他们几乎都照不上面。所以，他们很少有和她说话的机会。久而久之，孩子们就和她显得生疏了，甚至还有些怕她。不过，在孩子们的心目中，她还是个值得他们为之骄傲的母亲。有时候，难得和孩子们待在一起吃顿饭，就听他们嘴里总是骆子叔长骆子叔短地说个不停，在这样的时候，章小凤疲惫的身体就会获得片刻松懈，不再被那份无由的空虚感压迫，心底里总算有了些充实。

这一天，章小凤和往常一样天不见亮就起床了，出门前她感到有些冷。正在她犹豫的时候，郝一湖把一件马甲拿来了。她三下两下就穿上了，见郝一湖还站在那里不动，就问："还有事儿吗？"

郝一湖絮絮叨叨说："天开始凉了，早晚都得加衣服了。"

"噢……"章小凤对郝一湖说："是啊，天气凉了，你给骆子哥把咱们家多余的那床被子送去。还有你穿过的棉衣、棉裤，让妈找出来，也给他送过去。还有，骆子哥这些天为什么不来我们家了？"

郝一湖把一个馒头、两个鸡蛋，还有一点腌白菜装到了饭盒里，递给章小凤，"还不是怕我们的口粮不够吃嘛……"

章小凤接过饭盒，从里边取出了一个鸡蛋，"这个给你，我一个就够了。"

郝一湖又强行把鸡蛋装进饭盒，"你一个人干三个人的活，不吃好点不行！"

章小凤看着怀中的饭盒愣了愣，"……这可怎么办啊？不管怎么说，骆子哥的吃饭问题，还有穿衣问题，你都想办法给我解决了。"

"解决？"郝一湖本想说"怎么解决"，可想到这样一说章小凤又该吃不好饭了，就马上改了口："好的，我，我一定想办法解决。"

之后，章小凤直接去了厂里的职工宿舍那边。她在一个窗口停下了……她从饭盒里取出了一个鸡蛋，包在了报纸里，然后顺着开着的窗户缝扔了进去。然后拨了一下车铃，在清脆的铃声中，她跨上了自行车。

骆子从屋里追出来，看见了晨雾里章小凤远去的背影。

特殊照顾，骆子有救了

章小凤在上班时间被工会主席吴凤兰叫去了。

"大姐，你找我？啥事这么急，我手边还有好多活没干呢。"进门后，章小凤一屁股就坐到了门边的沙发上。吴凤兰怜爱地看着疲惫不堪的章小凤，心里一阵酸楚，"不差那点时间。"

吴凤兰起身倒了杯水给章小凤，她担忧地看着她，"小凤啊，我今天是代表厂工会跟你谈个话。"

章小凤双手端着杯子，喝了一大口水，然后抹掉嘴边的水滴，喘了口气说："吴主席，你说吧。"

"先说你的工作，劳动模范也是人，现在又是生活困难时期，你能不能把工作量减一减？"

章小凤放下杯子，瞪大眼睛，"吴主席，你这是啥意思？"

"你能不能把三个人的工作量减少到两个人的？"

"不能！"

"为什么不能？劳动模范是人，不是铁！"

"我跟毛主席他老人家说过了，给自己家干活不需要偷懒！我一定要说到做到！"

"我不是不让你干，而是让你尽你的能力干！"

"我的能力就是一天干三个人的活！"

"你怎么这么犟呢？连男同志都干不完的活，你一个女同志怎么能干得了？"

"我呐，干得了。如果再没有什么事的话，吴主席，我干活去了！"

吴凤兰摇摇头，苦笑，"小凤你呀，让我怎么说你啊？大姐说句私心话，我这是心疼你啊，你这样干下去，身体会累垮的。"

"啥都别说了，我就是天生的劳碌命，没活干反而慌，大姐，你就别管我了。"

"你说的什么话呀，论公论私，我都得管你啊。"

"嘿嘿，现在工厂生产这么紧张，你还让我减少工作量，要是完不成指标，我们的社会主义建设就会受到影响。吴主席，你的责任可不小哦。"

"你这个小章……我，我真是说不过你！"

"哈哈，我回去了！"

章小凤旋风一样离开了，只在楼道里留下了一串串疾步走路的声音。吴凤兰无奈地长叹了一口气……

几天后的一个晚上，吴凤兰又一次造访章小凤家。

"啊，是吴主席啊！快请进，是什么风把你给刮来了？不会又是让我减少工作量吧？那件事啊，我的回答还是那句话，不行。要是大姐今天还和我说那事儿，我可就不客气地要下逐客令了，要是大姐只是来看小妹，那我可是非常热烈地欢迎啊！"

"好你个无情无义的章小凤！"吴凤兰用手指着章小凤的鼻子故意生气地说，"连大姐都不认了吗？"

章小凤呵呵笑着说："来吧，吴主席请坐。我请您喝茶。不过，家里没啥好茶叶，你可别嫌弃啊。"

吴凤兰坐下后，本想着马上进入正题。可是，章小凤一阵又一阵地快言快语，堵得吴凤兰不知道该怎么开口了。好不容易才轮到她插上了话，"我说章小凤同志，你还让我说不说话了？"

"你说吧。不过，只谈私事，不谈公事，行不行？"

"我说小凤啊，你能不能嘴巴下留点情啊？你这么厉害，谁还敢跟你说话啊？不过，我告诉你，我今天就是带着任务来的。"

"什么任务啊？难道是你们家的市长给你下达了什么任务？"

"还真让你给说中了。"

"真的吗？哈哈，这还真是巧得很了！"章小凤哈哈大笑后不忘玩笑着问，"是公家的任务还是私下的任务？莫不是市长大人想我这个小姨子了？"

"是啊。你姐夫想着你，连政府也惦记着你！"吴凤兰拿章小凤没办法，摇摇头，"所以啊，我给你送口粮来了。"

"吴主席，什么口粮啊？"章小凤没怎么在意，仍然笑着问。

"市上召开了粮食定量供应紧急会议，会议规定，全国劳动模范从即日起按工作量补发口粮。从现在起，你每月的口粮增加为三个人的口粮。"

"哎？吴大姐，有这样的规定吗？这明显是市里在照顾我嘛，这不合适，我不要！"章小凤不再玩笑了，认真地说。

"你不要也可以，从明天起，你只能完成一个人的工作量。"

"吴大姐，这……"

"这不但是厂里的规定，而且也是市里的规定。都已经下发了相关文件，你可以直接去问厂长。"

"吴大姐，你看这样好不好，现在大家都知道国家有困难，我也不能搞特殊呀，还有很多职工家里人多粮缺……要不这样吧，我只收下两个人的行吗？"

"不行！除非你干两个人的活。其他人的情况，厂里也会考虑，你就不要管那么多了，你家里不是也有实际困难吗？"

章小凤马上想到了骆子的吃饭问题，就顺水推舟地答应了，"好吧，我就接受政府对我的照顾了。嘿嘿，说实话这可真是救了我的命了，小家伙们一个比一个能吃哩，哈哈，我就不客气了，我代表我们全家感谢政府，感谢厂里，也谢谢大姐您！"

"别谢我，这是你应该得的，你的贡献远不止这些。"

"呵呵，我只是做我能做的罢了。还谈不上啥贡献哩。"

"给，这是特供证，收好。"吴凤兰从口袋里掏出一个蓝色塑料封皮的小本子，放到了章小凤的手中。

"特供证是干什么的啊？"

"有了这个特供证，你就可以到特供商店去买到特供商品，比如糖啊、肉啊、鸡蛋啊什么的。"

章小凤又想到了骆子那瘦骨嶙峋的身体，就高兴地说："这个蓝本本可真是个好东西，谢谢吴主席，我收下了！"

章小凤有了三个人的口粮，她和郝一湖商量后，决定把其中一份送给骆子。

骆子看着郝　湖扛进门的米和面，有些不知所措，"小凤，这怎么行？那一点口粮连你们自己也不够啊……给我这么多，孩子们怎么办？"

"放心吧，骆子哥，我现在一个人吃三个人的粮食呢！"章小凤笑道，顺便帮着整理骆子的床铺，摸摸铺垫得还算厚实，被子也是之前从家里拿过来的，多少算是放了心，"你的口粮以后就从我这里解决了。"

"三个人？那是……怎么回事？"

"是市上特别照顾小凤的。"郝一湖也笑着说，"小凤可是特殊人物哩。"

"真的吗？小凤……"

"呵呵，管他哩，反正现在粮食够吃了。骆子哥，以后每个月的这个日子，你都到我们家里来拿粮食，不然我就叫老郝给你送过来。"

"不用麻烦老郝了，我自己去拿。"

"嗯，就这么说好了，骆子哥，我们要回去了，你自己要照顾好自己啊。"

"是……"

目送章小凤和郝一湖离去，直到看不见他们的身影为止，骆子才神色黯然地回身，准备进屋。突然，姚少军从黑暗里跳了出来，指着骆子咬牙切齿地说："好啊，怪不得你这个反革命分子有吃有喝的，原来有人在给你送粮食啊！"

骆子低头捡起一根棍子就照姚少军打去，"你这个无耻走狗！打烂你的狗头！"

姚少军吓得抱住头，连滚带爬跑了，一边跑，还一边回头骂："骆疯子，你等着瞧！看我不整死你！"

骆子扔了棍子，双手一拍，笑着大声念起了快板：

姚少军走狗，
项上安狗头；
跟上胖肉头，
吃肉又喝酒；
正路你不走，
偏要当二球；
歪门邪道小九九，
迟早打烂你狗头。

姚少军的声音从远处传来："骆疯子，你给老子等着……"

兄弟姐妹之间的战争

时光如梭，转眼间到了 1968 年的初夏了。

一个星期天的晚上，章小凤一家吃过晚饭后，就把几个孩子叫到了一起，她想和他们说说关于骆子的事情。现在，章小凤的孩子们都已经长大了。17 岁的郝建华已经长成一个比他爸郝一湖还要高大的少年了，郝亭花、郝设华和郝祖国也都要上中学了。

章小凤为什么在这个时候和家里人说骆子的事情呢？这些年，骆子哥在章小凤一家的照顾下，总算活下来了。可是，她最近总觉得自己的身体不怎么得劲，上完一个班就觉得累得不行了。果真是岁月不饶人呢，昨天还和老郝说起过呢，发现他的耳边已经有白头发了。当她看着四个朝气蓬勃的孩子时，她是既高兴又忧愁啊！高兴的是，眼看着孩子们都长大成人了。忧愁的是，人怕老来难，这骆子哥也一天天的岁数大了，他可怎么办啊？

"建华啊，还有亭花、设华、祖国，你们坐好，我今天有话要和你们说。"

"妈，你明天还要上班，就早点歇着吧。家里的活，有亭花他们帮着干，你就不用操心了。"郝建华挨着章小凤坐下，章小凤看着他酷似黑一海的面容，有些酸楚，摸了摸郝建华的头，"没事儿，妈还能干得很哩。"

"可是我看妈最近好像很累的样子，是不是生病了？"郝亭花在她大哥旁边紧挨着坐下，刚要偎过身去，郝建华就站了起来，走到另一边的沙发上坐下了。

"我这不是好好的吗？"章小凤搂过郝亭花的肩，"唉，妈妈我大概是老了，亭花都长成大姑娘了呀。"

"妈，看你说的，你一点都不老。"郝亭花咔咔地笑道，"妈还和以前一样漂亮。"

"这丫头嘴可真甜，你妈我就是不老，也没漂亮过啊。"

"谁说的，妈你要是不漂亮，我爸怎么会对你那么死心塌地呢，还有骆子叔也是……"郝亭花的话被郝建华狠狠地一瞪，连忙收了回去。她一边偷看着章小凤，一边给她大哥吐舌头。

"妈，你是要跟我们说啥事？是不是你同意让我到大哥他们学校去了啊？妈，你放心，你只要让我进了红旗中学，我一定好好学习，和大哥一样，考到全校第一名。"郝祖国有一张酷似章小凤的脸，脾气也很像，说话快，嗓门大，有啥就说啥，从来不在心里装事。已经读完小学的他一直闹着要到大哥毕业的中学去念书，他当时提出这个要求的时候还对章小凤说了一句足以气死章小凤的话："妈，你不是全国劳模吗，要是连这点事都办不了，当那个劳模有啥用啊？"

结果他的屁股上，被章小凤狠狠地抽了几鞋底子，疼得他哇哇直叫。哥哥姐姐都没有同情他，还支持妈妈高高地举起鞋底，狠狠地落下，好好地把这个不知道天高地厚的弟弟教训一下呢！尽管他后来口头上承认了错误，却依然不改初衷，坚持要转学。

"和你二哥一起上职工子弟学校有什么不好？"章小凤打过孩子后，就后悔了。所以，她现在很有耐心。

"大哥能上市里的中学，为啥我就不能上啊？"郝祖国鼓着腮帮子嚷嚷。

"你有本事自己考上呀。"郝亭花在一旁揶揄道。

"你……你自己上了市里的女中，还不是靠关系进去的？"郝祖国不服气地冲郝亭花扮了个鬼脸，郝亭花不以为然地撇撇嘴，"我可是当上三好学生被保送上的，和你不一样，笨蛋！"

"你才是笨蛋！"

"好了，你们两个就不要吵了。"

"妈，你偏心哦，你对大哥就是比对我和二哥好！"

"你自己不好好学习，考不上红旗中学，这能怪哪个？我就是偏心了你能把我怎的？你要是像你哥哥姐姐那么听话，学习好，我也偏心你，你倒是说说看，都长这么大了，你给我省过心没有？"

郝祖国听到这话，就不再吭声了，但看他的表情还是不服，肚子里有话没讲完。章小凤看着他那双滴溜溜打转的眼睛，心里就嘀咕，这孩子的脾气真像我吗？如果不像我，那他像谁哩？肯定是不像他老子的脾气，要说这些孩子里，设华可真真正正地像透了他爸，无论相貌还是性情，就连有时候说话走路的样子都惟妙惟肖，简直就是一个模子倒出来的。其他几个兄弟姐妹坐一起总是吵吵闹闹不得消停，只有他一个人安安静静地坐着，不说话，偶尔跟着傻笑两声，问他也只是简单回答几句，然后就不知道神游到哪里去了，老半天地发着呆。章小凤并不是不喜欢这个儿子的脾气，只是对他那种比他爸有过之而无不及的闷葫芦样子感到担心，也不知道他在学校里都是怎么和同学相处的。

"祖国，你二哥上的也是职工子弟学校，可学习照样好，你得向他学习学习。"

"要学习我也要向大哥学习！妈，你等着瞧，总有一天，我会和大哥一样，让你也能跟别人夸耀你的小儿子最有出息！"郝祖国拍着胸脯一副自信满满的样子。

听了郝祖国的话，郝亭花夸张地大笑两声，尖刻地说道："就凭你，能和大哥比吗？"

"我怎么不能和大哥比了？"郝祖国不服气地扯起大嗓门喊。

郝亭花啧啧地咂舌，表示她不屑于回答，这更加挑起了郝祖国的火气，他狠狠瞪了姐姐一眼，转向章小凤，"妈，我姐偏心，她老是向着大哥，就知道欺负我，还有二哥。"

"我哪里偏心了，我是实话实说，想和大哥一样，你以为第一名是那么容易考的吗？你有大哥聪明吗？你的那个脑袋瓜，拿去灌水泥还差不多……呵呵，不是我向着大哥，你要是能抵上大哥的一个脚指头，我也向着你。可惜啊，你一天到晚就知道咋咋呼呼，除此之外，什么也不懂。"

郝亭花的得理不饶人和铁齿铜牙，让章小凤非常头疼。这丫头不但真的像了自己，而且还青出于蓝胜于蓝。实话实说，自己的嘴皮子肯定没她那么厉害。有时候，章小凤总觉得她泼辣得有些过头了。

"亭花，不许你那样说你弟弟。"章小凤喝住郝亭花，又对郝祖国说，"你也别老是动不动就大呼小叫的，整天就说这个偏心那个偏心，只知道抱怨，你还是不是个男了汉啊。你姐姐说得也没错，你就是做事不踏实，没你大哥稳重。"

"哼……"郝祖国嘟了嘟嘴，再没说什么，他虽然是这家里的老小，最会撒娇卖宠，但在章小凤面前，还是非常老实。

见章小凤护着自己，郝亭花又得意起来，"你看，我没说错吧。这家里就数大哥最厉害，你想赶上大哥，下辈子吧。"

郝建华听到这些话，有些不高兴了，拉下脸来，"我说亭花，祖国怎么对你了？你怎么老是和他过不去呢？"

"我没怎么他呀，是他自己在那里胡说八道，还跟妈告状，说我欺负他和设华。设华，你说，姐姐欺负过你没有？"

郝设华赶紧摇头，抿着嘴笑了笑。

章小凤看到设华这个样子，也来了气，"设华，你怎么比你爸还闷葫芦啊？你就不能利利索索说上几句话呀？"

郝设华摸了摸后脑勺，低下头轻声说："我也觉得……姐姐就是偏心大哥，对祖国……特别厉害，但姐姐并没有欺负过我。"

"你看你看，连二哥都这么说了！"郝祖国抓住一个支持者，马上又理直气壮地喊了起来。

郝亭花的脸有些红，偷偷看着她大哥，郝建华的脸越发阴沉了下去，"妈，你说事儿吧，我不想跟他们在这里瞎搅和了。"

章小凤揉了揉眉头，虽说看着孩子们吵吵闹闹的也开心，但他们如果这样吵下去也着实心烦，尤其是郝祖国的大嗓门，一生气就扯起来喊，能把人的耳朵震聋了，只怕还会传到邻居家去，让别人以为这家人真的在干架呢。

"好了，好了，祖国你给我安静点。妈要和你们说事儿呢。"

"妈，啥事儿呀，这么重大，要和我们说？我爸呢？不和他说吗？"郝祖国兴奋地闪动着那双牛眼睛，问章小凤。

"祖国，都说你别吵了，听妈说。爸今天不是在厂里值班吗？"郝亭花拍了一巴掌郝祖国，姐弟俩又要开始的口角在郝建华的怒视下忍住了，然后都乖乖地坐好了，等着章小凤开口。

章小凤叹了口气，拉着郝亭花的手，轻轻抚摩，"你们看啊，奶奶已经不在两年了，这两年里咱们家的大活小活都是你们骆子叔干的。我和你们的爸爸每天都要上班，顾不上家里，要不是你们骆子叔，真不知道这个家会变成什么样。我和你们爸爸能够完成工作指标都是亏得他的帮忙啊，他为咱们这个家可是操了不少的心哩，你们几个也都是他带大的。最近我感觉这身子骨啊，没有以前那么硬朗了，你们骆子叔应该也一样，他总是一个人生活，孤苦伶仃的，没个人在身边照顾也不是回事，所以我想啊，就让他干脆住在我们家里，反正咱们家房子也宽着哩，多住一个人也不碍事，你们看行不行？"

章小凤的话刚落，郝祖国就大声反对，"不行！"

"为什么啊？你不是挺喜欢你骆子叔吗？"章小凤有些吃惊地看着郝

祖国，看着他那张酷似自己的脸，探寻着这个孩子怎么突然间变得如此的冷酷，如此无情了呢？

"我喜欢他不假，可是，让一个反革命……"

"说什么呢！反革命也是你叫的？"章小凤厉声呵斥住他，"你一个小孩子，啥也不懂，就不要乱说！"

"妈，祖国说得对，如果让我骆子叔住进我们家里，恐怕不合适。"郝建华沉沉的声音在章小凤心头重重地撞了一下，她皱起眉头，怔怔地看着这个自己从来不曾出重言苛责过的孩子。

"我们对骆子叔的感情是一回事，但让骆子叔住进家里来就是另一回事了。毕竟，他和我们又不沾亲带故，这没名没分地住在一起肯定会叫人说闲话，再说了，他的反革……特殊身份，会影响到咱们家的。我可不想被人牵连，背个不清不楚的家庭成分让人看不起。"

"建华……你真是这么想的吗？"章小凤更惊讶地问。

"妈，我觉得哥说得对。"郝亭花是郝建华的应声虫，大哥说出来的话，在她这里，就是圣旨。

郝祖国瞪了一眼郝亭花，"姐，你就少做大哥的应声虫了。"

"我又说什么了？臭小子！"

"妈，我倒不怕别人说什么闲话，只是骆子叔是现行反革命分子，让他住进咱们家一定会惹麻烦的！"郝祖国说道。

"妈，我也是……"郝亭花试探地看了她大哥一眼，轻轻说。

章小凤松开郝亭花的手，扫了几个孩子一眼，"看来你们的骆子叔真是白疼你们了。"

郝祖国咧嘴一笑，"妈，你别生气，我们当然都记得骆子叔对我们的恩情，你放心，等骆子叔老了，我们会为他养老送终的。"

"妈，他不是天天都到咱们家来吗，那和住在一起也没啥差别了，以后我们好好地孝敬他不就可以了吗？再说了，你也要考虑一下我爸的感受呀。"郝建华淡淡地说道。

"对呀，大哥说得对极了！"郝亭花附和着说。

郝建华突然发火，猛地站起身来，冲郝亭花大声咆哮："对什么对！你为什么总是跟着我说话？你自己就没脑子吗？"

章小凤也被郝建华的突然爆发吓了一跳，轻声呵斥他，"建华，你喊什么啊？"

郝建华指着郝亭花，烦躁地吼道："郝亭花，我最讨厌你了！以后你不准对我好！"

郝亭花怔了一下，捂住脸跑回卧室去了。

"建华，你怎么能对你妹妹这样？她哪里惹到你了？"

"妈，我还有事，我要出去一下。"郝建华说完，转身出了门。

"建华，这么晚了，你还要到哪里去？"

"妈，你就别管了！"

"这是咋回事啊。"章小凤看着被郝建华重重摔上的门，又听到从郝亭花屋里传来的压抑的哭声，感到一阵无力，靠在沙发上闭上眼睛，懒得再去管他们了。

郝祖国有些幸灾乐祸地偷着在一边儿乐，"姐姐活该，整天就知道巴着大哥说好话，嘿，这下拍马屁拍到马蹄子上了吧？"

"祖国，你少在那里给我扇阴风点鬼火了，还不快去看看你姐姐！"

"哦哦，知道了，妈就是偏心大哥和姐姐！"郝祖国嘟嘟囔囔地走开，章小凤这才问坐在旁边一直没有说话的郝设华，"设华，你说说，你骆子叔的事该怎么办？"

郝设华有些为难地摸摸后脑勺，"妈，这个……我还没想好……"

荷包蛋里有秘密

隆冬的清晨，天气格外冷。在窗外不远处广场上的广播里，播音员正用激动高亢的声音传播着中央最新的指示："……积极响应伟大领袖毛主席的号召，知识青年到农村去，接受贫下中农的再教育……"

章小凤一家大小围坐在餐桌前吃早餐。今天的早餐是大饼和水煮荷包蛋，郝一湖在盛饭时多给老大碗里加了一个荷包蛋，放到了郝建华面前，郝亭花把自己碗里的一个荷包蛋也夹到了哥哥的碗里。郝建华看得很清楚，现在其他人的碗里都是一个荷包蛋，只有他的碗里有三个荷包蛋。

"爸，我发现了一个问题。"郝建华坐在桌旁，并不动筷子，神色严肃地开口说道。

郝一湖低头喝了口汤，并不在意地问："什么问题？哎，建华，你快吃啊。"

郝建华生气地将面前的碗推出去，"这样子我还能吃得下去吗？你和妈，尤其是亭花，你们为什么总是对我和对设华、祖国他们不一样，不管吃什么东西，我碗里的总是比别人多。就连荷包蛋也要对我一个人搞特殊，你们这明摆着就是偏心！你们为什么要这样做？"

章小凤愣了愣，"傻孩子，这还不好吗，大家都关心你呀！"

郝亭花也甜甜地笑道："哥哥，你是家里的老大，你吃好一点是应该的。因为，你马上要承担起养家糊口的重任了啊！"

"亭花你闭嘴！爸，妈，你们这样让我很不舒服，让我觉得自己在这个家里是特殊的……请你们以后不要再对我这么关心，行不行啊？"郝建华把关心两个字说得很重。

"好，好，知道了，赶紧吃饭，不然就凉了。"郝一湖把碗推回到了建华面前。

郝建华端起碗把两个鸡蛋分别夹给了郝祖国和郝设华，"祖国，设华，你们两个正是长身体的时候，多吃点。"

"谢谢哥。"郝祖国不客气地捞起蛋，放进嘴里，但郝设华却乘郝建华不注意，又把蛋夹回到了他碗里，郝建华一低头，看到碗里的两颗荷包蛋，又看看低头吃饭的郝设华，呼的一下从座位上站了起来，"我不吃了！"

郝设华有些吃惊，"哥……"

郝亭花也连忙起身，拉住郝建华，"哥……"

"你别碰我！"郝建华甩开郝亭花的手，"再这样下去，我真的受不了了！"

"哥，不就一个荷包蛋吗，又不是多大的事，你就吃了吧。反正姐姐她是自愿的。"郝祖国已经把自己的饭吃完了，站起来搂住郝建华的肩，虽然他年纪最小，但身材却长得高大，几乎要与郝建华并肩齐了。

"你们能不能安安静静地吃一顿饭啊，怎么越大越不懂事了啊？建华，快坐下，我要上班去了，你们都别吵了。"章小凤严厉的声音让郝建华不敢再说什么了，只有郝祖国悄悄地吐了个舌头，快速溜回到自己房里去了。郝一湖准备收拾桌上的东西，郝亭花过去帮忙，"爸，你放下，让我来，你和妈去上班吧。"

"好……"

出门时，郝一湖对章小凤说："你别生气，这样对身体不好。"

"都是你把他们一个个惯坏了！"

"是，是，是我不对。"

"投敌叛国分子"的儿子

星期天早上，章小凤在厂里加班，突然接到郝建华的班主任王老师打来的电话，告诉她郝建华今天没有去学校，"什么？我儿子到现在还没有到学校……王老师，今天不是星期天吗？"

"章师傅，今天是星期天，但是，我们今天勤工俭学，要到工厂去参加劳动，郝建华是班长，他没有来，我们就到你家里去找，可是，你家里只有他弟弟郝祖国和骆子师傅，你女儿郝亭花也不在家。"

"王老师，你问祖国了没有？他们两个人去哪里了？"

"章师傅，我问了。骆子师傅说，他到家的时候，郝建华已经上学走了，郝亭花还帮着他干活呢。后来，骆子师傅就发现郝亭花不见了……现在，骆子师傅已经去找了，他说亭花应该知道她哥哥去哪里了。"

"王老师，我再有 20 分钟就下班了，下了班我马上就去找建华。你那里如果有消息了，麻烦告诉我一声。"

"章师傅，你放心，我已经派学生到处找了，一有消息，我第一时间告诉你！"

放下电话后，章小凤的心头掠过一丝不安，最近几天建华总是怪怪的，不是和亭花吵，就是赌气不吃饭，不知道为什么闹脾气。这个孩子的学习成绩一直很好，从小就聪明伶俐、乖巧听话，没怎么让家人操心过。初中毕业后，他不仅以全校第一名的成绩考上了高中，进了高中后还当了学生会干部。一句话，这个孩子非常争气，无论到哪里都表现得非常优秀。年初他虽然说过要响应毛主席的号召去农村插队的话，但班主任王老师跟他做了很多工作，劝他继续留下来学习，然后上大学，等获得了更多的知识后，才能为国家做出更大的贡献。章小凤也同意老师的意见，大家都劝郝建华至少读到高中后再做其他的打算。这之后，也就没再听他提这件事了。

章小凤突然想，该不会是他从哪里知道了自己的真正身世吧？当初为了瞒过这件事，他们还特意搬了家。黑一海突然出国后，他的身份就被定成了"投敌叛国分子"。所以，章小凤处处小心不让别人知道郝建华是黑一海的儿子，如果现在这个时候这些事情被翻了出来，那么，郝建华的前途就彻底完了。

章小凤忧心忡忡，第一次在工作岗位上忘了手里的活，看到她愣愣怔怔地坐在那里，凌云山也觉得蹊跷，走过去问："小凤，你怎么了？愁眉苦脸地坐在这里，生病了吗？我早就说了，你要注意身体，革命工作不是一天两天就能干完的，你就是不听。现在出问题了吧？走，师傅带你去医院！"

章小凤好像没听到凌云山在说话，仍然坐在那里一动也不动。

"小凤！"凌云山凑过去大叫一声，把出神的章小凤一下子惊醒了："哦，师傅……"

凌云山担忧地看着自己这个徒弟，她的身体状况很让人担心："小凤啊，你怎么了？"

章小凤喃喃地说："刚才建华的老师打电话来，说建华不见了……"

凌云山也吃了一惊："建华出什么事了？那你还愣在这里干什么，还不赶紧去找啊！"

章小凤勉强笑了笑，"师傅，我还没下班，再等等，说不定我闺女马上就来了。"

"都什么时候了，还惦记下班的事，你已经加了一个晚上的班了，再说，你现在这个样子能干活吗？快给我起来！"凌云山没好气地把章小凤从操作台上拉起来，"你赶快回家……哎，这件事情你们家老郝知道不？"

"我还没跟他说。"

"你啊你……好了，你快去找人，我去通知老郝。"

见章小凤还站着不动，凌云山摇了摇她的肩，"你也别慌，建华都那么大了，他也是个懂事的孩子，不会做什么傻事，应该是跑哪里去玩了，你再打电话去问问老师，看找到人没有。"

凌云山进办公室去打电话，章小凤依然站在原地不动，凌云山打完电话出来看见她还在那里："小凤，你怎么还没走，我已经通知你们家老郝了，你还不回家，在这里愣着干啥？"

"我突然感觉有点不舒服，我……"

"那你先进来坐一会儿，休息休息……看你这个样子……小凤！"

章小凤突然一头栽倒在了地上。正从外面进来的军代表看见了，一个箭步冲了过来："章小凤同志！"

凌云山和军代表把章小凤从地上扶了起来，就见她额头已经磕破，血汩汩地往外流，一张脸惨白惨白的，人已经晕死了过去。

"凌师傅，快叫救护车！"

一阵忙乱，章小凤被送去了医院。

为躲"爱情"，坐上了"知识青年到
农村去"的车

郝一湖那边得到通知，一听说建华不见了，工作服都顾不得换，就急急忙忙地往家里赶，刚到家，又听说章小凤晕倒进医院了，他的第一反应就是马上去医院。可是，妻子就是因为建华不见了才摔倒住院的。如果没有建华的消息，去了医院又怎么跟妻子说呢？这样一想，他就让在家的郝祖国马上去医院，他去找郝建华。

郝祖国临出门时问爸爸："爸，你知道我大哥他到哪里去了吗？"

"有人看到他了。你快去看你妈，让她别着急，我就去把建华找回来。"

"哦，好！"

郝亭花呆呆地坐在医院急救室外面的长凳上，手中捏着一张已经被她揉得皱巴巴的信纸，那是她在大哥房里发现的。

"亲爱的爸爸、妈妈，弟弟妹妹，我走了。你们不要着急，也不要找我，我到大有作为的宽阔天地——农村去安家落户去了。我之所以要这样做，原因有两个：一是伟大领袖毛主席号召我们，知识青年到农村去，接受贫下中农的再教育。我是一个有朝气、有志向的知识青年，我一定要到农村去，去农村做一个新型的社会主义建设新农民……"

"大哥……"看到信的内容，郝亭花不能相信，大哥竟然一声不吭地就想离开这个家！我们大家，尤其是我郝亭花都那么爱他，他为什么毫不留恋地想逃离呢？

"第二个原因是你们对我太好了，就是因为你们对我太好了，尤其是妹妹亭花那双火辣辣的大眼睛，我实在是有点受不了了！

我妹妹对我的关心，已经超过了亲兄妹之间的关心。由此我断定，我妹妹绝不是我的亲妹妹。否则，她不会那样对我的。我一定是爸妈领养的，这件事连妹妹都知道了，就瞒着我一个人。我说这样的话是有根据的，爸爸妈妈对两个弟弟，还有妹妹，都没有对我那样好……"

大哥离家出走，是因为她的原因吗？是为了躲避她吗？郝亭花把信反反复复看了十几遍，上面的内容她都几乎能够背下来了。但她依然不能相信，大哥是为了避开她才和爸爸妈妈不告而别的，才离开这个家的，"这是为什么？为什么？难道你就那么讨厌我吗？"

在内心里疯狂呐喊的郝亭花，紧紧攥着大哥的信，怔怔地盯着自己的双手，就连郝祖国走到她身边叫了她好几声她都没听见。

"姐！你怎么了？妈的情况怎么样了？"郝祖国弓下身，捉住郝亭花的肩膀，使劲摇她，这才把她从那股强烈的悲愤情绪中拉了出来。

"啊，祖国……"

"你先别哭啊，妈是不是在里面？"郝祖国指着急救室亮着的红灯，"妈到底是出什么事了？这突然的……"

"哇啊……"郝亭花扑到郝祖国身上，号啕大哭，郝祖国一时间手足失措，不知道要怎么安慰她，"姐，姐，你别哭……你这么哭我也难受……"

结果，郝祖国也跟着郝亭花一起哭了起来。姐弟俩正在那边抱头痛哭时，凌云山从外面进来了，看见他们姐弟两个哭成泪人儿似的，心里也不好受，"你们别急，你们妈妈肯定没事……"

正说话间，急救室的绿灯亮了。不一会儿，章小凤就被护士推了出来。

"妈！""妈！"郝亭花和郝祖国连忙扑上去。主持抢救的医生对凌云山说："没事了，已经脱离了生命危险，应该很快就会醒来。"

"噢，那她是怎么了啊？"

"病人有严重的心力衰竭症状，虽然人是抢救过来了，但还需要住院观察，做进一步的检查。"

"没事就好，没事就好。"凌云山握住医生的手使劲摇，"太谢谢你了，小凤她可不能有事啊，她是我们辽海制造厂的劳动模范啊……"

章小凤被推进病房后，路一辛、吴凤兰夫妇以及厂长蔺周全得到军代表的通知也都赶来了，一群人围在章小凤的病床边，听医生说明情况。

　　辽海制造厂职工医院院长唐颖中听说厂里的劳模住进了医院，就亲自过来为章小凤做了诊断和检查。现在见厂领导、市领导来了，就马上汇报说："章小凤的身体情况已经非常糟糕了，十几年来，由于她的身体经常超负荷运转，全身所有的零部件几乎都出现了问题，现在又遇到了强烈的刺激，这就造成了她身体机能的紊乱，导致了昏迷现象。更糟糕的是，她有可能会这样一直昏睡下去，长眠不醒。"

　　"有这么严重？"路一辛吃惊地问。

　　"就算她能够醒过来，也有可能会因此完全丧失劳动能力。由于只是初步诊断，我们还不能最后下结论。她的身体会怎么样，只能等再次复诊后看最后的结果。不过以我的经验判断，她的情况不容乐观。"

　　蔺周全着急地抓住唐颖中的手，"唐院长，不管怎么说，医院都要用最好的药，尽最大努力治好章小凤同志！"

　　路一辛沉吟了一下，也说："如果有可能，就送她去北京的大医院治疗。"

　　唐颖中摇摇头，"市长，没有这个必要。因为，她并不是得了什么大病，而是身体机能衰退，到哪里去都一个样。"

　　"那你说怎么办？"路一辛皱紧眉头，"你是专家，我们听你的。"

　　"我想，等复查结果出来后，再做决定吧。还有，如果要转院，我建议转去工人疗养院，那里的条件对病人的治疗和恢复会更好一些。"

　　路一辛点点头："好，就这么办。"

　　军代表也说："路市长，我看应该把唐颖中院长也调到工人疗养院去，因为他对小凤同志的病情比较熟悉。"

　　"也好……不过，我们还是先去院长办公室谈谈这件事吧，在这里会影响病人休息的。"

　　路一辛等人离开后，病房里就剩下了郝亭花、郝祖国和吴凤兰。

　　郝亭花趴在病床边，泪眼婆娑地望着罩着氧气罩的章小凤，她害怕地抱住吴凤兰的胳膊："吴阿姨，我妈她，她……"

　　"你妈没事，别担心。"吴凤兰怜惜地摸着郝亭花的头，"你也乖，再别哭了啊，不然你妈听到了会难过。"

　　"呜……我哥他……"郝亭花将头埋进吴凤兰怀中呜咽，郝祖国站在另一边怔怔地看着躺在病床上的母亲，听到郝亭花的哭泣，他抬起头："姐，你别担心，爸已经去找大哥了。"

"祖国你说爸他……知道哥在哪里吗？"

"爸好像听人说，看到哥去哪儿了，一会儿爸肯定会打电话过来，你就别着急了。"

正说着，有护士进来，"请问，谁是病人家属，有个叫骆子的人……"

护士的话还没有说完，骆子就披头散发地冲了进来，扑到床边，"小凤！"

"哎？你干什么！这可是特护病房，不准人随便进来——"

"没关系，他也是病人家属。"吴凤兰挡住了护士，"亭花，祖国，我们先出去吧。让你骆子叔在这陪陪你妈。"

在门外的走廊里，郝亭花轻轻地抽泣着，她拉住郝祖国的手，"祖国，你告诉我，大哥他去哪儿了？"

"我也不知道，爸没跟我说。"

"不行，我要去找大哥。"

"姐，你别冲动好不好，现在妈都这样了，你就别再添乱了。"

"呜……要是大哥他不回来了……我……"

"你放心，大哥一定会回来的，再怎么说，妈都为了他急病了，他不会那么没良心，他知道了，一定会回来。"

郝亭花这才渐渐地停止了哭泣，她擦干了眼泪，"祖国，你在这边看着妈，我先回家一趟。"

郝祖国看着她，没有吭声。

"家里只有设华一个人在吧？我去看看他吃饭了没有？"突然间，郝亭花眼里的脆弱无助消失不见了，换上的是一种下定决心的毅然。

"好吧。"郝祖国顿了一下，回答："姐，你小心点。"

"嗯，你放心。"郝亭花摸了摸弟弟的头，勉强笑了一下，"看好咱妈。"

郝亭花走后，吴凤兰安排的两个护工过来了，"你是章师傅的儿子郝祖国吧？吴主席说你们都要上学呢，就早点回家去吧，这里就交给我们了。"

进到病房，那两个护工一看见骆子，都站在门边不动了。

郝祖国走到骆子身边，"骆子叔，我妈她还没醒吗？"

骆子握着章小凤的手，摇摇头，没有说话。

"骆子叔，你别担心，我妈她只是太累了，现在在睡觉而已。"

"我知道……你妈她太累了……一直都……"骆子流下了泪。他身上的衣服很脏，看来是刚才还在什么地方拾垃圾，得到消息就急忙赶来了。他头发乱糟糟的，满脸的灰尘和污渍，流出的眼泪湿了灰尘，把一张脸弄得更脏了。郝祖国默默地起身去拿了门边的毛巾，蘸了水，过去帮骆子擦脸。骆子也不躲闪，任由郝祖国为他擦掉了脸上的污渍。现在，骆子的脸总算变得干净一点了，郝祖国手中的毛巾却变得黑黑的了。他拿着毛巾走出病房时，那两个女护工还在门边低声地嘀咕……

"骆疯子怎么在这里啊？"

"怎么让疯子进医院啊，这里又不是精神病院。"

"真是的，万一发起疯来怎么办啊。"

"去叫人来把他赶走吧。"

郝祖国听了生气地将毛巾摔进了盆中，发出很响的声音，惊动了那两个护工，她们惊讶地看着他，"祖国……"

"喂，你们来这里是干啥的！"

"是吴主席叫我们来看护章师傅的。"一个护工赔笑着说，"祖国啊，你能不能让那个疯子出去呀，他在这里，我们不敢进去。"

另一个护工也说："是呀，赶紧叫疯子走吧。"

"说谁是疯子呢！他是我骆子叔！"

一个护工轻蔑地冷笑道："谁不知道，他就是那个反革命……"

"说什么呢！你给我出去！"

"出去就出去！病房里放一个疯子，我们可受不了！"两个护工嘴里说着，人却没有走开。

"都给我滚，滚远点！"祖国一把拉开门，冲着她们大吼，吓得两个护工捂着耳朵飞快地跑掉了。

郝祖国回头看时，两个女工的无礼丝毫没有影响到骆子的情绪。他还在痴痴地望着昏睡中的章小凤……郝祖国见状，掉头出门后将门轻轻掩上。然后，回家去了。

听到郝祖国离开了，骆子这才拉起了章小凤的手，放在了他的脸上："小凤……"

骆子泪流满面，向昏睡中的章小凤诉说衷肠……

小凤啊，你的祖国很像当年刚进厂时的你啊……只不过，那时的你要瘦削纤弱许多。你快醒来看看你的儿子祖国，多像你啊……谁想到我骆子命途多舛，苦难深重啊……有多少次，我已经记不清楚了……在梦里，我经常梦到我们又回到了当年的时光，我们两个人坐在宿舍的窗边，一个人吹笛子，一个人静静倾听……月光如水，飘洒在了我们的身上……我看着你，你看着我……你的眼睛又黑又亮，盛着快乐也装着幸福……每当我们两个人在一起的时候，你总是一脸的满足……我说的是真的，是真的。我是从什么时候发现这一点的呢？你又是从什么时候起，占据了我这颗寂寞的心呢？

骆子小心翼翼地、柔情似水地用手轻抚着章小凤的脸颊……岁月真是无情啊，当年女扮男装的小小勤杂工，现在已经成为四个孩子的母亲了……岁月残酷的痕迹已经在你美丽的脸庞上留下了永恒的印记……但是，在我心中你依然美丽动人……小凤啊小凤，你还记得你刚刚换上女装时的模样吗？你一定不记得了，可我是记得清清楚楚、明明白白啊！你穿一件素白色的棉布上衣，着一条青色的裤子……那个时候的你，美极了！从头到脚，就像一根新剥的水葱儿一般……从你身边走过去的后生，都会忍不住地回头张望……你知道吗？你用美丽震撼了的人，又何止我一个啊……

小凤啊，我骆子的命就是苦啊！虽然你近在咫尺，我却感觉我们相隔千里、万里……每次我们在一起时，我想但却不敢、不能伸手触摸你；每次看着你，我的心就会痛苦万分。因为我知道我没有资格爱你，我没有能力给予你幸福……我心里一千次一万次想过放下你，但谈何容易啊？

就在这种艰难的无可奈何之中，我眼睁睁看着你成了别人的新娘……那时的我，欲哭无泪，只能以苦为乐……

小凤啊，你知道吗？当我看到你和一湖戴着大红花站在一起的时候，我彻底地绝望了。那时候，我有点恨你，也有点恨一湖夺走了你，当然更恨我自己残废了的身体……就在那一刻，我甚至都想离开这个残酷的世界。

可是，死也是需要勇气的，我没有死，并不是因为懦弱，而是还有依恋，舍不得你，哪怕只能远远地看着你。当真正失去你的时候，我才发现对你的爱，已经深到无法自拔。上天无情地剥夺了我爱你的权利，我只好用无尽的回忆来慰藉自己这颗孤独的心了。

小凤，其实我一点也不恨你……天天看着你，对你的情反而一天比一天深，对你的爱反而一天比一天浓。

哪怕受到迫害，被关进冰冷的牢狱里，被逼着交代自己根本就没做过的事，遭侮辱，挨打骂，身心伤痕累累，以致陷入疯狂之中，我也没有想过结束自己可悲的一生，让一切一了百了，那是因为我实在是舍不得你呀。在那么难以忍受的日子里、在那么黑暗的世界里，也只记得你的笑容，你的身影……能每时每刻看到你，就是我最奢侈、最美丽的期盼了……只要你幸福，我就已经心满意足了……

小凤啊，我一直都想问你，你真的幸福吗？为什么，没人的时候，你总是露出寂寞又哀伤的样子，我都看到了啊，可是我又不敢问你。有时候，我就想，难道是因为你心里一直都放不下我吗？我这样想是不是在自作多情呢？

看到你掩饰着真实的内心在苦苦挣扎，看到你的那双美丽的大眼睛里再也没有流露出过发自内心的快乐，看到你拼了命一样地工作、工作，似乎除了工作，你就什么都没有了，我真的好心疼好心疼。你的世界里，真的是除了工作以外，就什么都没有了吗？

小凤啊，你真是太傻了，你是一个女人，那么重的工作量，就连男人都干不了，为什么你却要拼命地去干？还一个人干三个人的？而且没有人阻止得了你疯狂地工作？这是为什么？你为什么要拼命啊？你就真的那么想出人头地吗？你呀，实在是太傻了，你看，现在不是累倒了吗？

如果你真的就这样睡着了，我也会追随你而去。绝对不会再让你一个人寂寞。所以，我的小凤啊，你快醒来吧！我的爱人啊，我怎么才能将你从这深深的黑暗里唤醒……

小凤，你不是最喜欢听我吹笛子吗？我今天也把笛子带来了，你想听什么？还是那曲《明月几时有》，对吗？我知道你最喜欢的就是这支曲子了，虽然你说只要是我吹的你都喜欢。我今天就吹这一首，我要吹到让你厌烦，让你生气，让你跳起来骂我……小凤，你快醒过来吧，这样，你就又能听到我吹笛子了。

……

已经临近深夜了，辽海制造厂职工医院里的病人和医护人员，包括医院附近的住户，都听到了不知从哪里传来的犹如天籁般的笛声。那笛声很美，也很伤感……奇怪的是，在这夜深人静的时刻居然没有人出来阻止吹笛的人的"瞎胡闹"，连抱怨一声的人都没有……因为这若有若无的、缠缠绵绵的、幽怨的笛声，似乎带着某种力量，能够让人想起很多往事，然后悄悄地进入追忆的梦境里……

爱情跟着伟人的号召追到了元房子公社

经过半夜的长途跋涉，郝一湖和徒弟王东升终于站在元房子公社李家村大队党支部书记李延年的办公室外。郝一湖恳求李延年书记，他要见他的儿子郝建华。

李延年是个五十几岁的农村大队干部。他不但非常固执，而且态度也是非常傲慢、强硬。他一边往烟斗里塞着烟丝，一边瞥着郝一湖说："郝师傅，你的儿子确实在我这里，他很安全，你就放心地回去吧。"

郝一湖摸摸后脑勺："那……"

王东升抢过师傅的话大声说："那可不行！郝建华还在上高中呢，等上完高中以后再来你们这里安家落户吧。"

李延年摇摇头，慢条斯理地划着火柴，点着烟丝，狠狠地吸了一口，才缓缓吐着烟雾说："这话下午我们都对他说了，但他已经下定了决心。你们来之前，公社的知识青年点负责人也来过了。他们同意给你儿子补办手续，你们要是不愿意的话，就去找公社谈吧。"

郝一湖低声下气地恳求，"李书记，让我，先，先见他一面吧。"

"那可不行！公社已经给我们大队党支部下了死命令，没有他们的批准，郝建华不能跟你们走！"

王东升年轻气盛，在一边早就看不惯李延年那副打官腔的做派了，他冲着这个不讲理的"土老冒"晃了晃拳头，"喂，我说你们还讲不讲理啊？郝建华是我们班长的儿子！哪有不让老子看儿子的！难道你们想滥用私权，随便绑架人吗？"

李延年上下打量着王东升，然后翻了个白眼，"你这年轻人，说话最好小心点，这里也没你说话的份。那啥，这个当爹的，我就实话告诉你吧，是你儿子他自己说不想见你。我也已经答应他了，尤其不让家里的人来捣乱。再说了，知识青年上山下乡，这是伟大领袖毛主席的号召，你们难道要反对毛主席、反对无产阶级'文化大革命'不成？呵呵，你们胆子不小啊！我看在郝建华的面子上，就不和你们计较了，你们快走吧。"

"李书记，你等等，我，我们也不是反对……是他妈……"

"你们不要再说了，回去吧。说什么我也不会放人的。多好的年轻人啊，你应该为你的儿子感到骄傲。"

"你说这咋整哩……"看李延年甩手进了办公室，还把门给扣上了，郝一湖急得在原地直打转。王东升气得过去使劲拍门："喂，开门啊！"

"别，别这样，会吵到别人的。"郝一湖连忙阻拦徒弟。

"我就是要吵得让你儿子也听见，他爹来找他了，他竟然敢躲着不出来！"

"那个……不好使，再想想别的办法。"

"师傅你啊，就是太老实了！"

"唉，就别说那些了。"

两人正说着，一辆拖拉机突突突地开到了院门口，郝亭花风风火火地从车上跳下来，冲到了郝一湖面前，"爸！找到大哥了吗？"

"哎？亭花……"

"大哥是不是跑到这里插队了？我都听人说了，大哥就在这里！"

"亭花你别急，你大哥他……"

"大哥他怎么了？大哥是不是出什么事了？"郝亭花一把抓住郝一湖的胳膊，"爸，你快说啊！"

"你哥他躲起来不见我们。"王东升在一旁说，还指了指办公室的门。郝亭花以为郝建华就在那屋里，扑上去疯狂拍门，"大哥！你快出来，你就算不想见我，难道你连妈都不见了吗？妈已经因为你的事气死了，现在住在医院里，人都还没有醒过来，你怎么能这么狠心啊！大哥……"

李延年打开了门，"丫头，你说的是真的？你妈……"

"我大哥呢？"郝亭花拉开门就往里面冲，但屋子里除了桌椅板凳，并没有郝建华。郝亭花回身就揪住了李延年，"说，你把我大哥藏哪了？"

"哎，丫头，你放开我，我这就去给你把你大哥带来。"

郝亭花松了手，郝一湖过来拉住她，"亭花，你妈情况咋样？"

"妈在职工医院里，路市长和吴阿姨都去了，医生说要住院。我妈她现在不知道醒了没有，我走的时候还没有醒来呢……"

"别着急，你妈她一定没事的。"郝一湖笨拙地给郝亭花擦眼泪，郝亭花倔强地拧开身去，"爸，我没事。"

"亭花，这大半夜的，你一个小姑娘家是咋来的啊？"王东升吃惊地瞪着郝亭花，他奇怪的是，现在都凌晨差不多三四点钟了吧，怎么会有路过的拖拉机呢……

"我拦了一辆拖拉机，那个好心的大爷就带我过来了。"

"那你是怎么知道你大哥和我们在这里呀？"

"我打电话到我爸的车间，是一位大叔告诉我你们到这里来的。"

"没想到你年纪小小的，还真有胆量呢。"王东升听了直咂舌头，"你一个女娃娃家的，到处乱跑，就不怕啊？"

"有啥好怕的，这世界上又没有妖魔鬼怪。"

"还有比妖魔鬼怪更可怕的东西哩，傻丫头！"

"哼！你少吓唬我了。"

王东升笑了起来，"班长，你家闺女也不是一般人啊。"

郝一湖摸着后脑勺，看着郝亭花嘿嘿地笑。

不一会儿，李延年带着郝建华匆匆忙忙过来了，"爸，亭花，我妈她……"

郝亭花一见郝建华，就扑了上去，"哥！"

"亭花……"郝建华推开郝亭花，焦急地问，"妈她真的住院啦？"

"我骗你干什么？妈听到你不见了，在厂里就昏死了过去，到现在还没有醒来呢……我来的时候，她还在医院急救室抢救呢！"

"是吗？"郝建华吓了一跳，"……亭花，你也别哭了，咱们赶紧回去吧。"

李延年专门为他们叫了一辆拖拉机，把他们送回城去。在路上，郝亭花一直紧抓住郝建华不放，郝建华看到她泪流满面的模样，也不忍心推开她，就默默地牵着她的手，听她在耳边轻声抽噎。

"哥，妈不会……丢下我们吧？"

"傻丫头，别胡思乱想了，妈她不会有事的。"

"哥，你真的要上山下乡，扎根农村啊？"

"是的，我的主意已定！"

"为什么啊？"

"我是新一代的知识青年，我要以实际行动向邢燕子学习。邢燕子也是一个知识青年，她能做到的我为什么就不能做到呢？"

"哥，那我要向你学习，我也要上山下乡，我也要到农村去，去接受贫下中农的再教育！"

"你不要胡说八道了！我不允许！"

"哥，我是认真的。首先，我们家是四个小孩，按规定能留城招工的只有两个人。我们中间必须有两个得去农村插队，哥哥你一个，加上我正好是两个。"

"……那也不行！"郝建华生气地将郝亭花一把推开，"爸，你也说说亭花吧！她这个样子怎么行啊！"

"唉……回去再说吧。"郝一湖叹了口气。

忧伤的笛声，尴尬的位置

郝一湖和郝建华、郝亭花赶到医院时，天色已经大亮了。医院大门还没有开，门房说什么也不让他们进去。说了不少好话，费了半天劲，医院的大门终于打开了。他们走进大门的同时，也听到了哀怨、悠扬的笛声。郝建华停住了脚步，望着住院部楼上那扇还亮着灯的窗户，笛声就是从那里传出来的，熟悉的乐曲，哀伤的旋律，声声催人泪下。郝一湖没有管儿子和女儿，他轻轻地走上了楼梯……

郝建华侧耳倾听，这正是他和弟弟们从小听到大的曲子《明月几时有》。过去，这首曲子总是在骆子叔的小屋里，或者偶尔也在他们的家里才能听到。前者肆无忌惮、无所顾忌，后者却是战战兢兢、提心吊胆。而现在，骆子叔奏出的却是安静、平和和意味深长。郝建华见亭花也破天荒地、认真地倾听时，他自言自语：这个骆子叔，为什么在这个时候吹这样的曲子呢？

他抬头看看天空，星星们已经下班回家了；再看看楼上那间亮着灯光的窗户，那韵味悠长的笛声越也来越悲切了……

笛声幽幽，爱意绵绵……

笛声打通了时空隧道：很久很久以前，那位写出《明月几时有》的古人，创作这首千古绝唱时的淡淡哀怨，和今天这奇特的笛声融合在了一起……

郝建华怔怔地望着那扇窗户，半天没有挪动半步……直到郝亭花轻轻扯动他的衣袖叫"哥……"时，他才回过味来，"你走的时候，骆子叔就来了吗？"

"没有。"郝亭花也抬头望向了那扇窗户，她的眼中有泪影在闪动，"我听出骆子叔的心声了……"

"走，上去吧。"郝建华一把拉起郝亭花的手，快步走进了楼门。

打开病房的门后，骆子有些惊讶地回头，看到是郝建华他们，连忙站起来，手中握着的短笛不知道该放在哪里，慌乱中，他藏在了身后，"建华，亭花，你们来啦……"

"骆子叔，我妈她怎么样了？"郝亭花轻声问。

骆子黯然地垂下头，"你妈她……她还没醒来。"

郝建华快步走到床边，拉起母亲放在被子外面的手，"妈，我回来了……妈妈，对不起，都怪我……"

"哥……"郝亭花跟过去，扶住了床沿，"医生说其实妈是太累了……"

"我知道，可是我……"郝建华抚摩着母亲的手，泪眼婆娑，"是因为我的原因，妈妈才倒下的。"

"哥，妈不会怪你……"郝亭花拉过一把椅子，放在了郝建华的屁股下，"哥，你坐下……"

郝建华在昏迷不醒的母亲面前自责了半天后，看了旁边的骆子一眼，"骆子叔，你一直都在这儿守着我妈？"

"嗯……"

"这样啊……骆子叔，你去休息吧，我妈就由我们照顾好了。"

"哦……"

骆子垂着头，无可奈何地走出了病房，坐到了走廊的长凳上。郝一湖跟着过去坐在了他旁边，"骆子哥，你别担心，小凤没事。另外，我给孩子们说了，你不用走，你在医院陪着小凤。"

骆子看着手中的短笛，没有出声。

"要不，骆子哥，我送你先回去？"

"不，我要留下来陪小凤。"骆子使劲摇头，将手中的笛子抓得更紧，"小凤不醒过来，我是不会走的。"

郝一湖看着他，叹了口气，"你还没吃饭吧？"

骆子摇摇头。郝一湖坐了一会儿，站起身，到病房里把郝建华和郝亭花叫了出来，"祖国和设华都在家里等着，你们先回去，去做饭吃。然后给你骆子叔把饭送回来。"

"爸，你也回去吧。"郝亭花擦去了眼泪，幽幽地说。

"哦……"郝一湖习惯性地摸摸后脑勺，"我赶早得去供销社看看，看有没有鸡卖，你妈的身体这么差，该给她炖点鸡汤补一补。"

"爸，我妈还没醒呢。"郝亭花无奈地提醒自己这个有些笨拙的父亲。

"没关系，先炖着，等她醒了就可以喝了。"郝一湖温和地笑道。

"好吧，那哥咱们一起回去吧，别让祖国和设华他们等太久了，他们一定都很担心你。"郝亭花挽住郝建华的胳膊，郝建华犹豫地看了骆子一眼，准备跟着郝亭花回家。

"骆子叔，我们走了。"郝亭花给骆子打招呼，骆子向他们点了点头，见他们走远了，又默默地进了病房。

在回家的路上，郝建华终于沉不住气，问身后的父亲，"爸，你看这样……合适吗？"

"什么……合适？"

"让骆子叔……这样……"

郝一湖答非所问："建华，你和亭花来的时候，给你骆子叔带些好吃的，他昨天晚上一定没有吃东西。"郝建华见父亲这样说，惭愧地低下了头，"爸……我知道了。"

痛楚的人心，老化的"机器"

早上刚到上班时间，郝建华和郝亭花就提着饭盒来到了职工医院。进了病房，见骆子依然坐在病床边。因为他一夜没睡，所以面容显得越发憔悴。郝亭花把父亲让带来的一件干净外衣披在了骆子身上，"骆子叔，我们带了些稀饭来，你先吃点。"

骆子摇摇头，"你妈她还没吃饭……我也不吃。"

郝亭花怔了怔，"我妈……"

骆子又摇了摇头，继续望着章小凤的脸，突然，章小凤的眼睛动了一下，"小凤！你醒了？"

骆子惊喜地站起来："快叫医生来，亭花，快，你妈醒了！"

"我去叫！"郝建华飞快转身跑出去，郝亭花凑到母亲跟前，但没看到章小凤有醒来的迹象，"骆子叔，我妈她……是不是您看花眼了？"

"我刚看到了，你妈她真的动了一下！小凤！你听到了吗？是我啊，你的骆子哥！你快醒醒啊！"

郝亭花连忙拉住激动的骆子，"骆子叔，你这样会吓着我妈的。"

骆子颓然地坐在了床边的凳子上，"小凤……"

郝建华领着职工医院院长唐颖中推门进来，"亭花？怎么样，妈她……"

郝亭花摇摇头，"妈只是动了一下，还没醒。"

唐颖中过来检查了一遍章小凤的情况，"还很稳定，有什么情况随时通知我。"

郝建华和郝亭花都跟着唐颖中出了门，"大夫，我妈的病……"

唐颖中看了兄妹俩一眼，神色凝重地对他们说："你们跟我到办公室来吧。"

唐颖中告诉郝建华兄妹，他们的母亲即使醒过来了，大概也不可能回到工作岗位去了，并且……

郝建华听了后相当震惊，"你是说，我妈她……她丧失了劳动能力？"

"是这样，章师傅的情况非常严重，我们医院建议她住进疗养院，由专业护理人员来照顾她的生活。"

"这样……一辈子？"郝建华吃力地说出了这句话，郝亭花也被这个结果吓到了，半晌出不了声，紧张地瞪着郝建华。

"是的。如果治疗能起作用，恢复一般的行动能力应该没有问题。"

"那是什么意思？"郝亭花大声问，"我妈她……她那么喜欢工作，要她从此离开工作岗位，她怎么能受得了？"

"所以说，这个才是最大的问题。要让病人从心理上接受这个结果，恐怕会非常困难，你们做儿女的就要尽量安慰她，多给她做思想工作，多陪陪她，让她不要觉得孤独。"

"哥……"郝亭花没了主意，看着郝建华。郝建华咬着唇，没有吭声。

"我没办法跟妈说……这对她来说，太残酷了！"

"等病人醒了，我们自然会给她解释，只是要你们预先做好心理准备，预防病人会出现意外状况，你们明白我的意思吗？"

"嗯，我明白。"郝亭花点点头，"哥，没问题，妈很坚强的。"

"哦。"郝建华似懂非懂地看着郝亭花。

回到病房，看见骆子正在给章小凤喂水，郝建华惊喜过望，"骆子叔，我妈醒了？"

"没有，我看她嘴在动，就给她喂点水。"

郝建华又像被戳破了的气球一样蔫了下去，快快地走到床边，怔怔地看着昏睡的母亲。

"骆子叔，我来。"郝亭花从骆子手中接过水杯，"骆子叔，你照看我妈一整夜了，你休息一会儿吧。"

"我没事。"骆子轻轻摇头，低头看着章小凤，"你妈她马上就要醒了……"

为泄私愤，到病房抓人

章小凤生病住院的消息，已经传遍了辽海制造厂的每一个角落，当然，也传到了办公大楼二楼最里面的那间办公室。

越发肥胖的孙大峰整个身躯都陷在了沙发椅里，他吃着花生米，就着白酒，一嘴碎屑。他的走狗姚少军也挺着个大肚子站在旁边，扯着公鸭嗓大声念："司令，骆疯子仗着章小凤的庇护，越来越嚣张了！"

孙大峰大声说："扫帚不扫，灰尘照例不会自己跑掉！姚副司令！"

姚少军将肚子又使劲挺了一下，"到！"

"马上把反革命分子骆子给我抓起来！召开大会，斗争他！"

"请司令放心，保证完成任务！"

"慢！"孙大峰突然从椅子上站起来，由于身躯过于肥大，椅子的扶手卡在了他的屁股上，他使劲一扯，才把身体脱离出来，他若有所思地仰起头，一边咀嚼着花生米，一边在地上踱步。

"司令，还有什么指示？"走到门边的姚少军哈着腰问。

"让我再想一想。"孙大峰对姚少军挥了挥手，"那你先去办吧。"

"是！"姚少军得到命令后，走出了门，他冷笑了一声，"骆疯子，这回不把你整死我就不姓姚！"

姚少军立刻带了几个造反派来到了职工医院，他们不顾医生护士的阻拦，横冲直撞到了章小凤的病房前，一把将门搡开。屋里的郝建华、郝亭花和骆子都吃了一惊。

姚少军晃动着手中的本子，"骆疯子，跟我们走一趟吧。"

郝建华站起身，冷冷地问："我骆子叔犯什么错了？"

姚少军瞥了一眼郝建华，"这跟你没关系。"

郝亭花也站起身，怒视着姚少军，"你们不能带走我骆子叔！"

姚少军盯着郝亭花，上下打量，眼中露出了贪婪之色，郝亭花不由得向后退了一步，靠在了郝建华身边。郝建华护住了妹妹，气愤地怒斥姚少军，"你是什么东西！竟敢在这里抓人，我要到蔺厂长那里去告你！"

"对，我还要给路市长叔叔打电话呢！"郝亭花也底气十足地说。

姚少军哈哈大笑了两声，"蔺厂长？路市长？你们去告吧，请便。"

"你……"

骆子挡在了郝建华前面，问姚少军："请问，你们又给我安了个什么罪名？"

"现行反革命啊！怎么？1950年10月镇压反革命的时候，你就是反革命分子了。你难道忘记了吗？"

骆子冷冷一笑，"我没有忘记，那本来就是孙肉头给我安的莫须有的罪名。"

"哈哈，莫须有？还有呢，你还是日本人的特务，如今可是二罪合一、二罪俱罚啊！来人！把这个现行反革命分子、日本狗特务给我抓起来！"

站在姚少军身后的几个造反派成员一拥而上，把骆子的胳膊扭到了身后，强迫他低下了头。

郝亭花扑上去想从那些人手中救出骆子，却被姚少军一把拧住了胳膊，"你是章小凤的女儿吧？要不是看你妈劳动模范的面子，把你也抓起来！"

郝亭花几时受过这样的委屈，当下就不管不顾地撒起了泼，对姚少军又是踢又是抓，"抓吧！你们把我也抓起来吧！我就是不让你们把骆子叔带走……快给我放开……"

"亭花，欲加之罪，何患无辞，你就别管我这个'罪人'了。"骆子悲痛地对郝亭花喊道，"替我好好照顾你妈，别让她担心……"

郝建华上去拉住了发狂的郝亭花，"亭花，别闹了，这些人我们惹不起。"

"哟，不愧为劳动模范的儿子，觉悟就是高。"姚少军松开郝亭花，将她一把揉到了郝建华怀中，让手下把骆子带走，临出门时，还回头色色地盯了郝亭花一眼，吓得郝亭花打一个冷战，泪水不由自主地流了下来，"哥……"

"亭花，别怕。我这就去给路叔叔打电话。"

郝建华正要出门，郝一湖气喘吁吁地冲了进来，"建华，亭花，你们没事吧？"

"爸！骆子叔让人给抓走了。"

"我刚才看见了，是姚少军那帮人。"

"爸，我去给路叔叔打电话吧，他一定可以救骆子叔的。"

"没用了。"郝一湖颓丧地垂下头，"你们路叔叔他也……"

"你说……路叔叔他……"郝建华的脸色顿时变得苍白，身体晃了晃，"怎么会这样……"

荒唐年代，不分青红皂白

下课后，郝祖国与郝设华一起去医院看母亲，经过人民广场时，那里围满了人。

"在干什么啊？"郝祖国喜欢凑热闹，见人群就想往里面钻。郝设华拉住他，"别去看了，还不是又在批斗谁了？"

"哎？哥！你看——"

哥俩从主席台那一溜儿脖子上挂着牌子的人当中，竟然看到了一个他们熟悉的身影。

"不会吧……那不是路叔叔吗？"郝祖国惊讶地瞪大了眼睛，郝设华也难以置信地盯着台上，那一溜挨批斗的人中，果然有一个是他们家的常客——辽海市市长路一辛，他胸前挂着"走资本主义道路的当权派路一辛"字样的牌子。

"是路叔叔……"

郝祖国开始拼命往人群里挤，郝设华也跟在他身后，他们很快就挤到了主席台前。这下已看得清清楚楚了，站在台上挨斗的人，的的确确是他们非常熟悉、非常亲切的路叔叔。他的脸被蓬乱的头发遮着，只露出流着血的青肿的鼻子……牌子上的铁丝已经勒进了脖子上的肉里，那里血乎乎一片，染红了衣服的领子。

在这对哥俩的印象里，路叔叔是一位干净利索、精明能干的人。可现在，他被人按着头，满身泥污、狼狈不堪……这样子，简直比疯了时候的骆子叔还要糟糕……这究竟是怎么回事啊？这样的情景让两个年仅十四五岁的少年根本一时难以接受，他们怎么也想不通，为什么和蔼可亲的路叔叔突然就变成"坏人"了呢……

"哥……"郝祖国攥紧了哥哥的衣袖，郝设华回握住了弟弟的手。郝设华不但感觉到自己在发抖，而且还清晰地感觉到身边这个向来胆大的弟弟也在瑟瑟颤抖。

"走吧，祖国。"郝设华这样说着，可怎么也挪不动脚窝……因为，主席台上两个并不比郝设华兄弟年长多少的红卫兵，竟然把路一辛推倒了，这还不算，他们还把一只肮脏的臭脚踩在了路一辛的头上……他们在高喊着口号："打倒走资本主义道路的当权派路一辛！"台下群众也跟着高喊："打倒走资本主义道路的当权派路一辛！"

……

郝设华惊愕地看着身边的弟弟，令他没有想到的是，双目圆睁的郝祖国竟然也举起了手，跟着周围的人一起喊起了口号……

从手心里传来的热度和战栗看，郝设华相信郝祖国是愤怒的，只不过，他不明白，郝祖国是在为什么而愤怒……

"祖国，不要喊了。"

郝祖国甩开郝设华的手，继续跟着人群用尽全身力气地大喊。

郝设华看见了，倒在地上的路一辛几次想站起来，都没有成功，因为他不但受了重伤，而且双手还被牢牢地捆住了，所以他根本就没有办法站起来……

"跟你说不要喊了！我们要去医院看妈！"

郝设华拉起郝祖国就走，虽然郝祖国的身体已经长得比他高比他壮，但还是被他拖出了人群。

"祖国！"

郝祖国将脸扭到了一边，不看郝设华。

郝设华叹了口气，他并不想责怪弟弟，只是，郝祖国突然跟着别人喊口号，他不能理解，更不能接受。但不善言辞的他却不知道该怎么跟弟弟说，那样做，是不对的。

沉默了一会儿，郝设华见郝祖国不再那么气鼓鼓的了，才牵起郝祖国的手，"走吧，妈还在医院昏迷不醒呢。"

姚少军走后，孙大峰就直接奔到厂长办公室，晃悠着肥胖的身体，在蔺周全宽敞的办公室里到处转着看，一边还发出赞叹之声，"啊呀，这厂长办公室就是不一样啊。啊？蔺厂长啊，这个地方好啊！"

蔺周全没有抬头，只是一个劲儿地整理着办公桌上的东西，"你有什么事快点说，说完了我还要去医院呢！"

孙大峰挑了挑眉，"好。蔺厂长，我们要斗争骆子。"

蔺周全手中的动作略一停顿，"一个疯子，还值得你去斗？"

"疯子？你看你，官僚了吧？这一阵子他已经彻底好了！"

"对于骆子的问题，路市长早就指示过了，只要他……"

孙大峰走到蔺周全身边，凑近前去，"蔺厂长，还不知道吧？路一辛作为走资本主义的当权派，现在已经被辽海市造反派司令部抓起来了！"

蔺周全一下站了起来，"什么！你怎么知道？"

孙大峰晃了晃脑袋，"你真是孤陋寡闻啊！好，那我告诉你。我从现在起，已经是辽海制造厂革命委员会的副主任了。你说，市里的重大行动我能不知道吗？"

蔺周全大惊失色，"你说的是真的？路市长被你们抓起来了？"

"是啊。"孙大峰指着办公桌上的电话，"不信，你可以问问。"

蔺周全抓起电话，拨通了路一辛办公室的电话号码，"喂，路市长吗？"

电话里果然传来的是一个陌生的声音，"这里是辽海市造反派司令部，路一辛是走资本主义道路的当权派，我们已经把他抓起来了。"

"蔺厂长，我没有骗你吧？"孙大峰拍了拍蔺周全的肩膀，把他按回到了座位上，"蔺厂长，现在你该明白了吧？不过，你不明白也没关系，我们不会赶尽杀绝的，如果你还想继续当这个厂长，你面前还有一条路是可以走的。"

"什么路？"蔺周全脸色苍白地问。

"揭发章小凤和郝一湖。"

"揭发她什么？"

"揭发她是日本人的特务啊！"

"日本人的特务？"

"是啊！"

"你应该知道吧，章小凤的姐姐让日本人害死了，她的一根手指头让日本人残忍地砍去了！"蔺周全呼地又一次从座位上站起来，指着孙大峰的鼻子，"你竟然污蔑她是日本人的特务！真是岂有此理！孙大峰，你曾经和她是共过患难的战友，对吧？现在，你竟然能做出这种令人不齿的卑鄙的事情来！孙大峰，我告诉你！你不要做得太绝了！"

"蔺周全，你可别给脸不要脸！"孙大峰肥胖的脸上挤出了几分狰狞来，他慢慢地走到了蔺周全的跟前。

蔺周全厌恶地扭开了脸，轻蔑地说："这样的脸，我宁可不要！"

"蔺厂长，你可要想清楚了！"

"我想清楚了！"

"那好，路一辛的下场就是你的下场。"

"孙大峰，要抓要批随便你。但我要告诉你，别的人，包括我在内，你也许能为所欲为。可是，唯独她章小凤，你们不敢动！"

"蔺厂长，这么说，这个章小凤是太岁头上的土，是老虎的屁股，动不得摸不得了？"

"是的，你很聪明。"

孙大峰马上意识到自己真的是不能动章小凤的，于是，他马上改变了态度，"哪里哪里，蔺厂长，你才是聪明人啦，既有文化又有能力，也非常懂得把握时机和关键，我其实真的很欣赏你。你还是可以继续当你的辽海制造厂厂长，这个办公室呢，也还是你的。只不过，这就需要你好好配合我们的工作。蔺厂长，俗话说，良禽择木而栖，你是聪明人，应该明白这个道理吧？好好想想吧，想好了，就给我个答复。"

"不用想了，我现在就可以明确地告诉你。"

"很好很好，蔺厂长，这才叫识时务者为俊杰啊。"

章小凤醒来了，"机器"零部件都坏了

　　章小凤在昏迷后的第 23 天，醒了过来。在她醒过来之前，医院早就按照市委市政府的指示，把她转到了辽海市工人疗养院。当然了，作为她的主治大夫辽海制造厂职工医院院长唐颖中，也一起被调到了疗养院任院长，继续负责对章小凤的治疗。

　　章小凤从郝一湖那里知道了自己昏迷后发生的一切，包括骆子再次被造反派带走的事。当她得知路一辛及辽海制造厂厂长蔺周全等领导也被赶下台，并被打成了走资派时，她相当地吃惊，"难道路市长、蔺厂长他们都是坏人吗？"

　　"你觉得路市长是坏人吗？"郝一湖不回答，反问她。

　　"他怎么可能是坏人？"章小凤瞪大了眼睛，且有些激动，"他虽然有时候是严肃了点，甚至有时候还有点霸道，可他是一个好领导啊！作为一个市长，能像他这样处处为咱老百姓考虑的，能有几个哩，他咋可能是坏人？他要是坏人，那全天下就没一个好人了！"

　　"你小声点。"郝一湖连忙捂住了章小凤的嘴，本来她的嗓门就够大够响亮，一激动起来就更加了不得……郝一湖低声警告她，"小心隔墙有耳。"

　　"听见又怎么了，我又没说什么反革命言论。"

　　"唉，你这人真是……算了，你再这样我就啥都不跟你说了。"

　　"好啦，我小心就是了。"章小凤说完，沉默了一会儿，深深地叹了口气，"这世道是咋的了？就连好人坏人都不分了吗？"

　　郝一湖打开了从家里刚带来的保温饭盒，默默地盛上了一碗熬得浓浓的香气诱人的鸡汤，端到了章小凤身前，"这是鸡汤，趁热喝吧。"

　　章小凤想要伸手去接过碗来，手却怎么也抬不起来，她看着自己的双手，皱起了眉头，"老郝，你老实告诉我，我到底是得了啥病？"

　　"你好好休息，其他事就别管了。"郝一湖舀起一勺汤，递到了章小凤嘴边，章小凤把脸扭开，"你不说，我就不吃。"

　　郝一湖顿了一下，放下碗，慢慢地从怀里掏出了一张纸来，展开，凑到眼前，"这是医生开的诊断书，写的是啥，我也看不太懂。"

"给我，我自己看。"章小凤好不容易抬起了右手，从郝一湖手中拿过了那张纸，虽然捏得不太稳，但总算把它抓住了，她上下看了好几遍，最后还是放弃了。她把纸甩给了郝一湖，"整啥玩意儿啊，这些当医生的，写字就是不想让人家认得是不？鬼画符似的，谁看得懂啊！算了，你也别在这里跟我忽悠了，快告诉我，我这身体咋这么不得劲呢？"

郝一湖把那张纸拿起来，看了一会儿，说："我听医生说了，你主要是劳累过度，身体的什么机器零部件全都坏了。"

"啥玩意儿？说我身体的零部件都坏了？有那么严重吗？还把我转到了这高干病房？"

"是很严重。这上面写着哩，你身上的毛病有一大堆，你看，这里写的是低血压，肝大，收缩期心脏杂音，浅表性萎缩性胃炎……还有这里，肾小球肾炎，植物神经紊乱，腱鞘炎，腰椎劳损，风湿性关节炎……"

"这么多毛病啊？"

"还有哪，附件炎，盆腔炎，腰椎间盘突出，坐骨神经……"

"别念了！也许真的全都坏了，不然我这身体咋老是不得劲呢，可能赶着要给我提前退休啊，哎哟哟……正说着呢，这腰就痛起来了，哎哟……"

"要不要叫医生来啊？"

"不用，你帮我揉揉就好了。"

郝一湖马上就给章小凤揉起腰来了……

章小凤还在絮絮叨叨："你说这病啥时能好呀，厂里的活还紧张着呢，眼看今年的指标就完不成了。"

郝一湖一边帮她揉腰，一边说："我看呀……不好使哩……都这么严重了，一时半会儿恐怕好不了，你就好生养病吧，再别惦记其他事了。"

"你说得也对……啧啧……算了，反正这'机器'都已经坏掉了，这手别说是拿焊枪，连个水杯子都端不起来……就是成天价都待在床上，可真把人能活活地憋死呢。你说这人嘛，干活干得累得要死，就想早早儿上床睡觉，可真不干了吧，反而睡不着了，唉，我就这劳碌命啊……"

"嘿嘿，你知道就好。"郝一湖重新端起鸡汤，"来，喝鸡汤吧。"

"我端不稳，你喂我喝。"

"好，那你就多喝点。"

"我喝，有多少都能喝下去。鸡汤多补啊，我这得赶紧多吸收点营养，把身体补上去，不然怎么能够把病治好，再回厂里上班呢。就像住这个高干病房，本来我是不能住在这里的，毕竟我只是一个普通的工人，哪能享受这种待遇。可我的祖国说得好哇，他说不住高干病房，就没有好医生，就得不到最好的治疗。他还说，妈，你不是想马上把病治好了，重返工作岗位吗？那你就住高干病房，反正人家都安排你住了，肯定你住这里就合适！普通工人又咋了？工人阶级是领导阶级，这是伟大领袖毛主席说的。现在，你的身价不比省长市长低，工人阶级最光荣，也最伟大！啧啧……这个祖国，你说说，说起话来真是一套一套的，怎么跟我年轻时候一个样子呢？"

"一模一样，说话做事活脱脱又一个章小凤啊！"

"那设华说话做事不也和你一模一样吗？三根大梁压不出个屁来！"

"对，你说得对。祖国像你，设华像我。"

夫妻俩说着话，章小凤很快将一碗鸡汤喝完了。郝一湖转身去添第二碗时，章小凤轻声问："老郝，骆子哥他怎么样了？你见到他了吗？"

章小凤刚刚醒来的时候，一睁眼就叫骆子哥，没看到骆子就抓住身边的郝一湖问骆子在哪里，郝一湖不敢说太多，就说骆子出远门了。后来，被章小凤逼得实在是没办法了，他才如实相告，骆子哥让姚少军他们给带走了。听到这样的消息时，章小凤愣了许久，没再继续追问，只喃喃地说了一句，"我听到骆子哥在叫我呢……"

"自打你进了医院，骆子哥他就一直都陪在你身边，可惜没等到你醒来啊……"

"我知道……"

因为骆子的事，章小凤一着急，这病情就有点反弹，只得又送去做检查、治疗。这样反复折腾了几天，精神状况看上去才好点了。为此，郝一湖还被院长叫去再三叮嘱，千万不要再让章小凤受刺激了，否则后果不堪设想。现在章小凤突然问到骆子，他盛汤的手不由得抖了一下，滚烫的鸡汤溢到了他的手上……他倒吸了一口气，被章小凤察觉到了，"老郝？你咋了？"

"烫手了，没事的。"郝一湖舔了舔被烫到的地方，憨憨一笑，坐回到了床边的位置，继续给章小凤喂鸡汤。

"你小心点啊，真没事儿？给我看看？"

"你看，真没事。"郝一湖把手摊给章小凤看，左手虎口处被鸡汤烫红了，但并不严重。章小凤这才放心了，才继续让郝一湖给她喂鸡汤。她喝了一口后，就摇摇头表示不想喝了。郝一湖问："怎么了吗？"她叹了口气，"老郝，是不是骆子哥被他们抓去批斗了？你老实告诉我，我还挺得住。"

"也没出啥大事，被带去几天就又放出来了。我也见过他了，看样子又被整疯了，病得比以前更厉害了！身上脏得就像是在泥里滚出来的一样，没人敢往他跟前走……他连我都不认得了，整天在大街上乱跑乱叫的，不懂事的娃儿们都跟在他屁股后面跑……"

"那你就不管他啦？"章小凤的声音一下提高了许多。

"我能不管吗？我不敢光明正大地去管，就偷偷摸摸的，等天黑了，背着人给他送一些吃的，帮他换一身衣服。然后带他回宿舍去睡……这天眼看就越来越凉了，我也担心冻坏他的身体哩。"

"老郝，谢谢你……"

"你不用跟我这么客气，都多少年了，谁不知道谁啊。"

"我知道，你是个大好人，我嫁给你是我前生修来的福分……"

"咳，看你说的……快喝汤吧。"

"骆子哥就拜托你了，老郝，你的恩情这辈子我还不了，下辈子也会还你的。"

"越说越远了，说得好像我跟外人似的，什么恩情，什么还不还的，我们是一家人，别说那种见外的话。"郝一湖叹了口气，帮章小凤擦掉了落在腮边的泪水，"骆子哥也是我们的家人，照顾他是应该的，你就放心吧。"

"嗯……你看我这没出息的，都一把年纪了，还这么……"章小凤想用手背去擦掉泪水，可试了几次都没有成功，郝一湖就替她轻轻地擦去了。她笑道："我们这一家人让别人看了肯定想不通。老郝哪，你真的不怕被人说闲话？"

"咱过咱的日子，管不了别人的嘴。"

"对，咱过咱的，别人爱咋咋的！老郝，我发现啊，你这人话虽然不多，可是心里明白得很哩！"

"才知道啊。"

"哟，才夸你几句，就不知道天高地厚了？你可别忘了，当初是你追我都追到我家里去了，我才同意和你结婚的。"

"是，是，再说汤都凉了。"

……

老两口就这么说着话，很快就喝完了第二碗鸡汤。章小凤在郝一湖的搀扶下躺好后，才想起了郝建华插队落户的事儿，"建华还是去了那什么村插队啦？"

"是啊，他的手续早就办好了，你转院后，大夫说没什么大碍了，他就马上走了。"

"你说这孩子，这么大的事情都不跟我商量，这么大的事……他根本不把我这个当妈的当回事儿哩！"

"孩子大了都一个样，你就别多想了。"

"那亭花呢？她不是也吵着要跟她哥去吗？还在我这里哭天抹泪的哩。"

这正说着呢，郝亭花推门进来了。郝一湖说："亭花来了，正好，你陪你妈妈一会儿，我去药房一趟。"郝一湖走后，郝亭花也不说话，跟个泪人儿似的坐在一边一直哭个不停。章小凤说，你这个孩子，我都好了，你哭什么啊？郝亭花这才"哇"的一声就扑了上来，说什么他哥不要她了。

"你哥他咋不要你了？有你这么乖巧的妹妹他有什么不满意的啊？"章小凤一边安慰她，一边心里直打鼓。你说这虽然是一个锅里吃饭长大的，毕竟亭花和建华之间没有血缘关系，这事儿当然不能让他们知道，可日久天长就显出端倪来了，亭花打小就对她大哥言听计从、百依百顺，连两个弟弟都说她偏心大哥，随着年龄的增长，亭花对建华保持的那份感情越来越明显，就连章小凤也看出苗头来了，亭花肯定是爱上她哥哥了。

"哥是不想看见我才离家出走的，哥他讨厌我……呜……"郝亭花哭得伤心，章小凤听了也为她揪心，虽说两个孩子没有血缘关系，就算结成夫妻也说得过去，但关于他们两个的身世，现在是绝对不能挑开让他们知道的。如果让他们知道了，依着亭花的脾气，她肯定会大闹一场，万一让她闹到外面去被人知道了，他们两个的前途就彻底完了。

"傻孩子，你哥他是响应毛主席的号召到农村去插队，又不是说要在那里安家落户，他怎么会讨厌你，是你自己想多了。"

"那我也要去！"

"你要去哪里啊？"

"我也要跟哥一起去插队！"

"那可不行！"

"为什么不行？为什么哥可以，我就不可以，妈，你偏心！"

"哎哟，你这孩子……妈怎么会偏心呢，要说偏心，妈也只会偏到我闺女这边呀。"

"那妈你就让我去插队！"

"这事我可不敢做主，得和你爸商量商量。"

"不用商量，只要妈你同意，爸那里我去说。"

章小凤知道，郝一湖绝对是拗不过亭花的。虽然明知道，但还是希望郝一湖能够起点作用，帮她把亭花拦下来。

这时候，郝一湖进来了，"亭花，好好的，怎么哭上了？"他把一张处方单给了郝亭花，"去，给你妈拿药去。"

"你听到我们的话了？"郝亭花走后，章小凤问，"这可怎么办啊？"

"是啊，她是跳着蹦子，非要去建华那里插队呢。"

"你可要拦住她呀，建华已经跑去插队了，要是亭花也去了，这走的两个孩子都不是我们亲生的，这事今后要是让人知道了，不知道会怎么说我们哩！"

"没人知道他们不是咱亲生的。"

"话是那么说……可总得留一个在身边吧？祖国和设华呢？他们没闹着要去上山下乡吗？"

"真是怪了，设华和祖国他们两个都不愿意上山下乡，说什么要学习我和你，要进工厂，要当劳动模范。"

"美的你，是向我学习呢！"

"那我也是劳动模范，只不过……"

"只不过什么？"

"低一个大大的档次嘛，我是省级，你是国级。"

"什么国级啊，是国家级！"

"对，你是国家级。"郝一湖嘿嘿一笑，习惯性地摸着后脑勺。

章小凤叹了口气，"亭花这孩子啊，她非要去插队的原因我多少也是知道的，她这是爱上她哥哥了哇。"

"啥？不会吧？"郝一湖愣了愣，又嘿嘿一笑，"他们是兄妹哩。"

"可他们不是没血缘关系吗……"

"……也是呢。"郝一湖摸摸后脑勺，摇了摇头，"这可……不好使哩。他们又不知道这回事。你没告诉他们那个……吧？"

"我当然没说，可你没看出来亭花对建华的感情不一般啊？"

"怎么个不一般哩？"

"你真的是个榆木脑袋啊！你想想看，平时亭花对她哥的态度，就拿吃饭来说吧，每次盛饭她总是给建华多盛一个鸡蛋或是一个肉丸子，说什么话都偏着建华。"

"妹妹关心哥哥，这不很正常吗？"

"算了，算了，我不想给你说了。对牛弹琴，说了也白说！"

章小凤气鼓鼓地扭开脸，郝一湖干坐了一会儿，起身收拾饭盒，"那啥……你好好歇着，我先回去了。"

"话还没说完哩，你就想跑？"章小凤转过头来，"你还没说亭花的事到底怎么办哩？"

"上头下了硬指标，咱们家必须有两个孩子去农村插队落户。"郝一湖低着头闷声说。

"就让设华去吧，他中学马上毕业了。"

"你忘啦，设华上技校了，他整天就在家里折腾这个摆弄那个，他的老师都说他是天生的工程师坯子。"

"那敢情好啊！应该鼓励！我就是希望他们哥儿几个里面能出来一个工程师哩！"

"就算出了工程师也白搭。现在工厂的机器都停下来了，大家都忙着搞阶级斗争呢。"

"别胡说了，毛主席不是号召'抓革命促生产'吗？机器停下来难道就没有再转起来的一天？你这个话可不能在孩子面前说，会打击他们的积极性的，知道了吗？我们是工人，只要把技术学到手，就是走遍天下都不怕！"

"你说得对。"

"我哪天说得不对？"

"对对对，你一切都对。"

"那当然。祖国呢，他什么意思？"

"他呀，把报纸上写你的文章，写他哥哥的文章全贴在了床头上，说一定要进厂当工人，一定要当劳动模范。"

"你看看你看看，我说咱们家祖国就是有出息吧？"

"是！祖国有出息！因为祖国像你！"

"那当然。"章小凤哈哈大笑，但笑了几声，就戛然而止，"哎？这说来说去，最后还是得建华和亭花去上山下乡，老郝，你这是故意把我往里边绕呀？"

"亭花她是铁了心要跟她哥一起去呀，这不是没办法嘛。"

"什么没办法，你老实说，亭花是不是已经把你收买了？"

"这个嘛……嘿嘿……"

"少跟我打哈哈，实话实说。我说老郝，你什么时候学会跟我来这一套了？"

"嘿嘿……你咋啥都知道哩。"

"我跟你过了 18 年，还不知道你是啥样的人？你就是不会跟人玩心眼子，心里没底就知道嘿嘿嘿嘿地笑，你还能瞒得过谁呀，就你那点花花肠子，还想跟我绕！"

"这不，你都知道了嘛。"

"你是不是已经答应亭花了？"

"我不答应不行啊！她不吃饭，我……"

"咋的，这个傻丫头还学会绝食了？"

"可不是嘛！"

"嗯，她的脾气还真是有点儿像我。"

"就是，亭花的脾气都跟了你。"

英雄真的难过美人关吗

其实啊，郝亭花上山下乡已经是既定的事实了。她只是不想让妈妈伤心，所以才特意从乡下赶来医院的。实际上，这也是郝一湖的主意……章小凤知道这一切后，虽然有点恼火，但因为生米已煮成了熟饭，最终也不得不勉勉强强同意了。

郝亭花的脾气的确是跟了章小凤，说啥就干啥，绝不含糊。

前些天，她跟郝一湖在家闹了两天绝食，终于取得了胜利，一拿到户口本，她就立刻去辽海市知识青年上山下乡运动办公室办手续。见到负责人，她开门见山地道出自己是章小凤的女儿，然后就问："主任，我们家四个孩子，按规定必须得有两个孩子上山下乡，对吗？"

"对。"

"那好，我要以实际行动向邢燕子、侯隽学习，我也要像我哥哥一样上山下乡，到农村安家落户，做一个真正的社会主义建设新农民。"

"你说得没有错，这样一来，你的两个弟弟就不用下乡了。好，不愧是劳动模范的女儿啊，你们兄妹俩都是好样的！"

"主任，你同意啦？"

"没问题，我破格批准你啦！"

"主任，我还有个请求，我也要到元房子人民公社李家村生产队去。"

"那个……兄妹俩都在一个村不太好吧？"

"有什么不好的，兄妹俩在一起才好有个照应啊。"

"章师傅她同意你上山下乡到农村去插队落户吗？"

"当然了。"郝亭花把户口本放在主任面前，"我爸和我妈举双手同意我去农村接受锻炼呢。"

"那……把你们兄妹放一个生产队也是你妈的意思？"

"是啊。"郝亭花甜甜地冲主任一笑，"所以就请主任你照顾一下喽！"

"那没问题，章师傅是全国劳动模范，她的子女就是不上山下乡也没关系哩。更何况你们兄妹都是主动提出要去农村插队的，这样的先进事例我们还要当作榜样来宣传呢。"

主任说着递给了郝亭花一张报纸，"看看吧，头版头条，你哥哥扎根农村的报道。消息一登出，主动到农村去的知识青年一下子就增加了不少！还有好多女孩子，她们都提出要到你哥哥所在的大队去呢。"

"她们去干什么啊？"

"傻丫头，这你还不明白啊？她们当然是去追你哥哥呗！"

"什么！"郝亭花呼的一下站了起来，好看的眉毛拧成了一团。主任奇怪地看着她，"这是好事啊，你要替你哥哥高兴才对啊！"

"噢，对……"郝亭花自知有些失态，白皙的脸唰地红了，她坐回座位后，就低头看报纸上的那篇报道。她虽然眼睛盯着报纸，但是心早就飞走了。她只想早一点赶到大哥身边去，她不想看到其他的女孩子围绕在大哥身边。大哥的身边，一直以来都有她的身影，现在虽然下乡了，也不能例外……

转户手续办好之后，郝亭花并没有和其他上山下乡的青年一起出发。那样的话，得等到第二天。此时此刻的郝亭花一秒钟都不想再耽搁，早已是"去心似箭"，她恨不得能长上翅膀马上飞到大哥的身边去。于是，她打起行李，当天就徒步走到了李家村。

在路上，她的心跟在炉子上烤着了一样，火烧火燎的，她很害怕，害怕自己要是晚去了一步，大哥也许就不再是她一个人的大哥了。

傍晚时分，郝亭花已经坐在了元房子人民公社李家村大队党支部的办公室里。这时的李延年，竟然没有认出她来。他很热情地向她问好，还为她倒水，态度与上一次所见迥然不同。他看郝亭花不住地往窗外望，就说："你别急，你们知识青年组的组长马上就来了。"

郝亭花也故意装作不知情，问："李书记，知识青年组的组长叫什么名字啊？"

"哦，巧了，他也姓郝，叫郝建华……哎？郝建华，郝亭花，哈哈，蛮像兄妹的名字呢。"

郝亭花偷偷地笑了笑，又继续装作若无其事的样子，说："哦，是吗？那我们真是有缘呢。"

"对啊，哈哈，不瞒你说，自从郝建华来我们大队，这女娃子就跟着他赶趟儿往这里跑。现在，我们大队下乡知青明显是女知青比男知青要多。哈哈，现在我们大队都成了明星大队了……"

李延年正说得眉飞色舞，大队革命委员会民兵连连长卜学亮进来了，

"李书记，郝建华来了。"

郝亭花一听，欢喜地站了起来。

"李书记……"郝建华大步跨进门，看见了郝亭花，他大吃一惊，"亭花，你……你怎么来了？"

郝亭花背着手，扬起下巴，一本正经地说道："哥，我是辽海市知识青年上山下乡运动办公室分配来的。"不等郝建华说什么，郝亭花"啪"的一声行了一个漂亮的军礼，"郝组长，组员郝亭花向你报到！"

卜学亮在一边听出了端倪，附在郝建华耳边小声问："建华，她真是你妹妹？"

"没错，她是我妹妹。"郝建华说着沉下脸，对郝亭花低声呵斥，"亭花，你这是胡闹！"

李延年突然转过身来凑到了郝亭花面前，眯起眼睛瞅了一会儿，"哎呀——我说呢，我说我咋看你这么眼熟！你不就是那天晚上跑来跟我要人的那个——野丫头吗？"他已经认出了郝亭花，她还真是郝建华的妹妹。他感觉这一家子人真是有意思。

现在，他听到郝建华责备妹妹，便站起来打官腔，"哎，建华，这就是你不对了，你是积极响应伟大领袖毛主席的号召到我们生产队来安家落户的，你妹妹和你一样也是积极响应伟大领袖毛主席的号召主动到我们这里插队的，她同样是个好青年嘛！你怎么能这么说话呢？"

李延年见哥哥郝建华明显地对这个妹妹有意见，就冲郝建华摆摆手，"郝组长，现在，我把你妹妹就交给你了。你要给我管好了！可别让她在我们队里捅下什么娄子！"

"是，李书记。"

郝建华皱着眉头看了郝亭花一眼，欲言又止。在郝亭花得意扬扬的眼神中，他无可奈何地长长地叹了口气，这个亭花也真是的，我走到哪里她就跟到哪里，跟口香糖似的甩都甩不掉。

在哥哥的叹息声中，郝亭花知道自己已经彻底胜利了。她雀跃地奔上前，挽住郝建华的胳膊，"哥，你放心，我绝对不会拖累你的。你根本不需要当我是你的妹妹，你就把我当作你旗下一个普通的组员，你随便怎么使唤我都没问题。"

郝建华看着郝亭花笑得跟花儿似的脸，又因为有大队书记在场，他不好再发脾气。于是，他甩开她的手说："我当然不会照顾你，既然是你自己主动要求来的，就得积极参加革命劳动，趁早改掉你那一身娇小姐的脾气，记住，千万别给我惹什么麻烦！"

"是！一切都听郝组长你的命令！"郝亭花清脆的声音吓坏了廊檐下的小鸟，它们扑棱棱地飞走了……

郝亭花和其他女知青们一起，被安排在了青年点最安全的地方。郝建华则和其他男知青一起，住在了青年点的外边，这样就可以起到保护女知青的作用。

知识青年点是大队专门给他们腾出来的一个小院子。郝建华来后，就成了男女知青们的头。大家在郝建华的带领下，在这个小天地里刷上了标语、栽种上了花草树木……现在，这里的整个环境干净、优雅，给人一种既有文化知识又有品位的感觉。

他们每天在郝建华的带领下，到生产队的土地上劳作。因为在生产队劳动是大锅饭，干多干少基本上都一个样。所以，大家几乎不费什么劲就完成了生产队分配的劳动任务，然后由小队长给他们记上工分。这样，一天的工作就算是结束了。

美女如云，争风吃醋

郝建华每天晚上都会给知青们开会，通报大家当天完成的工作量以及评工分的情况。开始在李家村生产队上山下乡的知识青年，加上郝建华只有4个人，且清一色的男人。可是，自从郝建华的事迹见报以后，这女知青就呼啦啦地来了10个人，比男知青多出了一倍多。所以，知青点每次开会都很热闹。郝建华当然知道这些女知青都是冲谁而来的，所以，在她们面前他显得既随和又客气。可面对女知青们争先恐后向他展开的攻势时，他是既头痛又烦恼。但是，他又不好发脾气，只有想方设法疏远躲避她们。

这天晚上，郝建华主持的知青点会议，很快就进入了尾声。他说："所以，我希望大家克服我们自身的弱点，在磨砺中成长。好了，今天的会就开到这里吧。"

散会后，有几个女知青留下了。其中一个就是对郝建华"咬定青山不放松"的魏轶力。只见她变戏法一样，从口袋里掏出了一个又大又红的苹果，"组长，这里的水一点儿也不好喝，给，这是我从城里带回来的苹果。"

郝建华接过了苹果，板着脸说道："魏轶力，水不好喝也得喝，这关系到我们是不是真正地接受贫下中农再教育的大问题……你知道吗？"

魏轶力甜甜一笑，"组长，我知道了。伟大领袖毛主席教导我们：'知识青年到农村去，接受贫下中农的再教育。'我今后一定注意！"

郝亭花在一边看见魏轶力向郝建华人献殷勤，气就不打一处来。她狠狠地剜了魏轶力一眼，本想对她出言不逊，但考虑到她说出了毛主席语录，也就不敢造次了。于是，她灵机一动改变了战术。她强压心中的妒火笑嘻嘻地假装对魏轶力开玩笑，"哟，魏轶力同志，什么叫社会主义？社会主义就是人人有饭吃，人人有衣服穿。既然你这里有苹果，就给我们大家也分一点吧？"

魏轶力只拿了一个苹果，被郝亭花这么一说，有些尴尬地红了脸，不过她也很能应对，马上就换上了笑脸，大方地说："不好意思啊，我也只带了一点回来，我自己都没有吃呢。这个是慰劳郝组长的，他每天带着我们劳动，要喊那么多话，比我们要辛苦得多。你说是不是啊？"

有人插话说："是啊，郝组长是我们的顶梁柱呢，当然要好好地慰劳慰劳了。"

郝亭花笑着说："嘻嘻，改明儿我也带点水果给郝组长。郝组长你可不能只吃魏轶力一个人的苹果哦。"

有位女知青平时和郝建华根本就说不上话，现在见这么多的人巴结郝建华，拍郝建华的马屁，就直截了当地说："看你们说的，大家不都是冲着郝大组长才到这里来的吗？干吗还酸来醋去的？不过，大家可想好了呀，郝组长只有一个，生杀大权完全掌握在他手中，你们可得有心理准备哦！呵呵……"

郝建华看了一眼说风凉话的酸溜溜的女知青，忍了忍没有发作。郝亭花见状，急忙岔开了话题，"哥哥，你要的那本书我给你放枕头下了。"郝建华感激地看了郝亭花一眼，就从枕头下面拿起书看了起来。那个女知青见郝建华对她的话没反应，其他女孩也不附和，反而不好意思了，她连招呼也没有打，就灰溜溜地走了。

郝亭花没能让魏轶力出上丑，心头更是堵得紧。她看魏轶力时，发现对方也在看她。看着魏轶力那充满自信而又得意的笑容，郝亭花真想冲上去撕她的脸。郝建华在这种乱哄哄的气氛中，没心思看书。当他发现妹妹还在和魏轶力赌气时，就半开玩笑，"亭花，是不是小魏没有给你苹果吃你就生气了？来，哥分一半给你。"

郝亭花一把推开了郝建华的手，"我才不稀罕呢！我怕中毒！"

"亭花，你在说什么哪！"郝建华有些生气了，责备写在了脸上……

"亭花，这苹果很干净的，我已经洗过好几遍了，怎么会有毒呢？你如果不放心，我帮你把皮削掉好吗？"魏轶力眨着水灵灵的大眼睛，似乎对郝亭花的故意找碴一点都不生气，依然微笑着看着郝亭花，非常温柔非常体贴地对她说。郝亭花见大家都觉得自己是在无理取闹，就变本加厉地瞪着魏轶力，很想上去撕掉她那张伪装的漂亮的面具，看她还有什么资本敢这样明目张胆地勾引她大哥！

郝建华见郝亭花越来越不像话了，就生气地转过身去看自己的书了。魏轶力像什么事都没发生过一样，继续和另外两个女知青说笑着……

此时此刻的郝亭花似乎忘记了她和郝建华的兄妹关系。过去在家里，哥哥郝建华总是有意识地与她保持着一定的距离。现在，哥哥仍然在有意无意地继续保持着这种距离。可郝亭花没有把原因归结到她们的兄妹关系上，而是把账全都算到了魏轶力的头上。她本是满怀信心来李家村的。可是，她发现，她每次满心欢喜地去找郝建华时，他不但从不给她好脸色，而且还故意地当着她的面对这个魏轶力好。

其实，魏轶力和郝亭花一样，当然也是赶着趟儿到这里来追郝建华的。在李家村的女知青当中，她是最自信的一个。因为她不但长得漂亮，而且家庭条件也特别好。所以，她就有恃无恐，大胆到常常当着大家的面向郝建华示好。而郝建华呢，似乎已经抵挡不住她猛烈的进攻了。看情况，郝建华很有可能会成为魏轶力的俘虏。这一点，郝亭花是看在眼里、急在心里。然而，面对郝亭花的无理取闹和故意找碴，魏轶力根本就没有当一回事儿。她把这一切都看成是妹妹在哥哥面前、她这个"未来嫂子"面前的一种"撒娇"。

郝亭花在一般情况下，也是见好就收。她不敢把事儿做得太过，她怕真的惹火了郝建华，她的日子就更不好过了。所以，她只得把恨往肚子里吞。

郝亭花其实也知道自己的处境，她对郝建华的占有只能停留在妹妹对哥哥的感情基础上。而这种占有只能是表面上的东西，她根本无法控制哥哥的意念和行动，她非常明白她和魏轶力竞争的结果肯定是她输得一败涂地。可笑的是，她根本没有资格参与竞争，因为她是郝建华的妹妹，实际上根本也没人跟她竞争，是她自己在跟自己较劲而已。也正是因为这一点，郝亭花才感到苦恼。有时候，她想，如果她和郝建华不是兄妹的话，那么她就可以正大光明地与魏轶力竞争了。可是，事实总归是事实，她和哥哥郝建华之间，根本就没有这样的如果！

郝亭花心里的苦，只有她自己知道。生性好强的她，不愿意让别人看到她的脆弱和真正的内心，这一点她真的非常像章小凤。所以，她只能眼睁睁地看着大哥对别的女人好，只能任血和泪在自己的身体里哗哗啦啦地流；她不能在哥哥面前像魏轶力一样大胆地表达爱慕之情，就只好把这一切默默地埋藏在心里了。因此，她在表面上，也只能在表面上依然保持着那种寸土不让的倔强与辛辣。更为难受的是，她还不敢让郝建华察觉到她这种难为情的心思。因为，她害怕郝建华再像上次离家出走一样，为了躲开她而再次逃走。

很显然，她面前只有一条路，那就是认输，除此之外，没有任何选择。现在，她就连多看郝建华一眼都要小心谨慎，既不能让他发现她对他的爱慕之情，也不能让别人有什么想法。所以，她不但要忍受别人对哥哥或哥哥对别人的温柔，而且还要忍受哥哥对她的冷漠……

她连当情敌的资格都没有

郝亭花尽管不敢在郝建华面前做得太过分，但还是无法掩饰因忌妒对魏轶力产生的厌恶和憎恨。一天晚饭后，她们又一次在知青点的院子里唇枪舌战起来。面对魏轶力的忍让，她还回去的仍然是冰冷和刻薄，"你讨好我有什么用呢？我哥就是一辈子单身，他也一定不会娶你的！"

"亭花，你说什么呢？"魏轶力的微笑已经有点勉强了。

"听不懂中国话呀？那你就赶紧回去多读点书吧，你父母不都是大学老师吗？正好让他们好好地教教你，等你把中文学会了，再来追我哥吧！"

"亭花，你……"

"我什么呀？还是说你自己吧，是因为急着想嫁人，才连好好的大学都不读了，对吗？你是专门跑到这种地方来找男人的，对不对？那我告诉你吧，我哥他的眼界儿高着呢，不要以为送两个苹果就能当我的嫂子，我们家的门槛也不是那么好进的！"郝亭花辛辣的话语过于直接，魏轶力的脸也终于挂不住了，大眼睛里一下子溢满了泪水，"郝亭花，你太欺负人了……"

"哟，我说错了吗？你心里不就是这么想的嘛！"看到魏轶力的狼狈样，郝亭花心里觉得很解气很舒爽，"我只不过帮你把心里话说了出来，且只是一部分而已，还有更阴暗的我就不说了。"

"我怎么你了？你这样恨我……居然还有什么更阴暗的啊？"魏轶力回头用泪眼看着走过来的郝建华："建华，你看亭花她……"

"亭花！"郝建华终于发火了，他生气地瞪着郝亭花，"你在这里胡说八道什么啊？"

"哥，我说什么了啊？"

"你……亭花，我说人家魏轶力又没有惹你，你这是干什么啊？"

"我干什么了啊我？"郝亭花倔强地、幽怨地回瞪着郝建华。郝建华非常了解妹妹眼神中的含意，他飞快地转开脸，对魏轶力说："魏轶力，你别在意，我妹就这个糟脾气，那都是被我们家给惯的。"

"哥……"见郝建华不但护着魏轶力还数落她，郝亭花一时间难过得说不出话来，眼泪在眼眶里打着转。当看到郝建华居然体贴地给魏轶力擦眼泪时，她又强忍着难过对郝建华冷嘲热讽道："哥，小心糖衣炮弹的攻击啊！你身为国家级劳模的子弟，要好好想清楚自己的立场，可别让资产阶级的小恩小惠给收买了哦。"

说完，郝亭花忍住了快溢出眼眶的眼泪，大踏步地走向正朝这边走过来的其他女知青们，而且故意大声而兴奋地说："姐妹们，走，我带着你们采野果子去！"

郝亭花和女知青们回到宿舍后，像什么事都没发生过一样，真的开始忙碌起来，"各位，赶快，准备几只小手电，搓一根 10 米长的线绳子，找一根大头针，再找一小块肉，一小团面，口袋嘛，多多益善。"

"亭花，要这些东西干什么啊？"

"当然是去——摘果子啊！"

"可是干吗还要肉啊？"

"嘿嘿，到时候你们就知道了！"

"亭花，我们跟你这样胡闹，让你哥知道了可不得了哦。"

"所以我们要秘密行动，千万不能走漏半点风声，如果谁敢去告密，我们就剥光了她的衣服批斗她！"

"哈哈，亭花，你好坏哦！"

"亭花姐，你放一万个心，我们绝对不会出卖你。因为啊，跟着你绝对有好事儿！"

"哈哈，那就好！姐妹们，咱们出发吧！"

用巧计夜袭，满载而归

郝亭花带着一群女知青，趁天黑小心翼翼地摸到了生产队的果园外。

"亭花，原来你带我们来摘这里的果子呀？"

"怎么？难道这里的果子不好吃吗？"

"不是啦，是这个园子里有条大黄狗，像老虎似的好可怕，我们可不敢进去。"

"别怕，山人自有妙计。呵呵……"郝亭花自信地拍拍胸脯，"跟着我，就是了。"

女知青们战战兢兢地跟着郝亭花，顺果园的墙根溜了半圈，发现东面墙角有一个直径一尺多宽的排水口，郝亭花用手电筒照亮了排水口，然后拾起一块石头顺着排水口的洞扔了进去。响动过后，猛地从黑暗里冲出一条大狗来，猩红的舌头吊出来足有半尺长，两只眼睛闪着令人毛骨悚然的凶光……就在它往排水口扑了过来的时候，躲在郝亭花身后的女知青们早已吓得挤成了一堆儿，瑟瑟发抖……郝亭花却只轻轻笑了一声，她满不在乎的样子给了大家一个定心丸。只见她不慌不忙地把准备好的绳子从墙头轻轻地抛了进去，原来她是用绳头上的肉和面团，去引诱大狗。狗毕竟是狗，马上就贪婪地扑上来，张口就把面团和肉吞进了肚子里……郝亭花瞅准时机，使劲一拉绳子，绳上的铁钩就钩住了大狗的喉咙，痛得它咝咝呜咽，却再也发不出狂吠声了。

郝亭花把绳子交给了身后的一个女知青："抓好了，千万别松开。否则，我们就麻烦了。"

"亭花姐，你放心吧。我不会松开的。"

郝亭花命令大家，"姐妹们，走，跟我钻洞进去！"

郝亭花第一个从排水口钻了进去，紧接着，其他女知青也鱼贯而入。进到园子里，见那只平素凶狠可怕的大黄狗直挺挺地立在墙上，一动不动，跟假的似的。姑娘们捂着嘴笑了，"亭花姐，可真有你的！"

她们走到菜园子里时，郝亭花扯出了一个麻布口袋，像个指挥战斗的将军一样，挥手指向面前的果园，"姐妹们，这里什么都有，赶快开工干活啦，两个人去摘果子，两个人去摘菜，两个人刨土豆，剩下的跟我去转转，看还有什么好东西。"

大家不能亮着手电筒明目张胆的行动，只能借助朦胧的星光弓着腰慢慢地摸索起来……

忙碌了半个晚上，她们一个个终于满载而归。到了知青点，她们又悄悄地进到了宿舍里。顷刻间，地上摆满了新鲜的水果和蔬菜……

"这下好了，我们有菜吃了。"

"谢谢亭花，我都十几天没有吃过菜了。"

"姐妹们，大家赶快把这些东西藏到床底下，别让人发现了。我现在去侦察一下我哥在干什么，大家记住了，我们偷菜的事可千万别让我哥知道！还有那个魏轶力，她想方设法地讨好我哥，也不能让她知道！"

"遵命！"女知青们此刻已经把郝亭花当成了她们的救世主，只要她说的话没有一个不听的。她们一个个嘻嘻哈哈，一边吃一边藏，很快就把水果和蔬菜藏好了……

追到知青点的独生女，终于赢得了爱情

郝亭花悄悄地出门，蹑手蹑脚地来到了离女知青宿舍不远的男知青领地。

郝亭花不知道，就在她带着女知青们去偷果子的时候，魏轶力已经向郝建华表白了她对他的爱慕之意。而郝建华也欣然接受了这份热烈的感情。他们这么快就确定了恋爱关系，可以说和郝亭花有一定的关系，经她那么一闹，反而加快了魏轶力和郝建华在一起的步伐……郝建华对魏轶力说："既然亭花口不择言揭开了我们之间那层神秘的面纱，彼此欣赏的我们又何必再遮遮掩掩呢？"

求之不得的魏轶力含情脉脉地迎着郝建华期待的目光，马上就投进了他的怀抱……

"建华，亭花她说得没错，我就是追着你来的。我是家里的独生女，按国家的政策我完全可以不必插队，但我在看了关于你的报道后，被你的壮举深深地打动了。于是，我毅然决然离开了那个虽然温暖舒适但只会助长我娇宠习性的家，来到农村和你一起接受锻炼。建华，我没见到你之前对你只有仰慕和崇拜之情，但见到你之后我又被你英俊帅气的外表所吸引……现在，除了对你的仰慕和崇拜之外，我还深深地爱上了你。你不仅是我们这一代青年的楷模，还是我心目中的英雄、白马王子。我爱你，建华。我不奢望你能马上回应娶我，但我希望有一天能成为你美丽的新娘。建华，我有可能成为你美丽的新娘吗？"

"轶力，其实我并没有新闻报道的那么好，更没有你说的那么好……"

"建华，请你别否定自己的完美，无论你怎样，我现在的这颗心，都只为你而跳动。"

"轶力……如果有一天，我真正成了你说的英雄的话，我一定会牵起你的手一起步入婚姻的殿堂。但是，现在不行，现在我没有娶你的条件。"

"建华，你已经非常非常了不起了。我爷爷曾经说过，不管做任何事情，只要下定了决心就成功了一半。而你不但下定了决心，且付诸了行动，你已经成功了。"魏轶力用火辣辣的视线紧盯着郝建华，就是瞎子都能感觉到她对郝建华强烈的感情，更何况双目炯炯的郝建华自己。被这么漂亮的女孩子喜欢并倾慕着，郝建华的虚荣心算是得到了极大的满足。

"我这哪算是成功呀，这只不过是一个开始而已，离我的期望还差得远呢！轶力，我答应你，等我真正成功的时候，我一定捧着鲜艳的玫瑰花向你求婚。"

"建华，你说的成功要什么时候啊？"魏轶力忽闪着大眼睛，眼中流露出惊喜和期盼。

"很快，你就等着做我的新娘吧。"郝建华颇为自满地说。

"很快究竟是多久呢？"

"一年，一年差不多吧。"

"真的？这么快呀，我还以为你所谓的很快最少也要三年五载呢！"魏轶力毫不掩饰她的欢快心情，娇媚地冲郝建华一笑，"我等你。建华，就算是十年二十年，哪怕一辈子我都等着你。"

发现了新大陆，亭花败下阵来

夜已经很深了，坐落在原野上的村庄安静而祥和，虽然没有月亮，但洒满星辉的天幕也给大地笼上了一层淡淡的光芒。郝亭花看看四周，一片寂静。虽然男知青人数少，但也占了半个院子，由于房间很宽裕，所以郝建华有他单独的宿舍。郝亭花走进男知青的领地时，看到了院子里散放的农具，院中央的水井，当她走到水井跟前时，发现井里也落满了星光。与此同时她还注意到其他人的房间灯都已经黑了，只有郝建华的房间里的灯还亮着。她想，这个时间别人早已经睡了，可我哥他还在干什么呢？好奇的她再没闲心停留下来欣赏夜色的美丽，旋即迅速地轻轻地走到了那扇亮着灯光的窗下。她再次谨慎地看了看四周，确定真的没有一点动静，才将眼睛凑到窗缝前，往里看去——

屋里只有魏轶力和郝建华两个人，他们坐得很近。郝建华就坐在窗下的三屉桌前，而魏轶力则紧挨着坐在他旁边，她用手肘支着下巴，仰起喜形于色的脸看着郝建华，热情的目光洒了郝建华一脸。从屋顶垂下来的电灯灯光正好把两个人的身影笼在了一起。他们好像在说着什么悄悄话，时不时地发出欢快的笑声，郝建华的神情看上去也有些激动，看着魏轶力的眼光也很热情、火辣，这是郝亭花从来没有看到过也不曾感受过的目光。

看到这样的情景，好像有什么东西狠狠地敲中了郝亭花的胸口，钝钝地痛了起来。她使劲地摇了摇头，强忍住就要夺眶而出的泪水，走到门边，用巴掌把门拍得地动山响，"哥，快开门！"

"亭花！什么事？门是开的。"郝建华有点生气，尤其又在这个时候被打扰。

郝亭花推门进去的一刹那，又一次强忍住了决定准备闹他个天翻地覆的冲动，把本打算一股脑砸到魏轶力的头上的苹果、梨、萝卜等。小心翼翼地堆放在桌子上，"哥，这是给你们的。"温柔又体贴的语音，一下子平息了即将爆发的战火……

郝建华没有察觉到妹妹心中的怒火，吃惊地望着郝亭花，"亭花，这些都是哪里来的？"

"吴丽的哥哥开车来看她，这些都是从他们大队带来的，送了我们好多呢。"郝亭花面不改色心不跳地说着谎话。

郝建华急忙站起来："那我要去好好谢谢人家。"

郝亭花在一边的凳子上坐下，强忍着愤怒说："人家已经走了。"

"那你为什么不叫我？"

郝亭花狠狠瞪了旁边的魏轶力一眼，"我怕影响你们的好事儿，所以就没敢打扰。"

郝建华的脸一下子红了，"亭花，说什么呢？我们只是随便说说话……"

郝亭花冷笑，"哥是你自己想歪了，我又没有别的意思。"

……

疯子的举动，感动了情人的老公

　　郝一湖每天下班后，都带着精心熬制的鸡汤去工人疗养院看章小凤。章小凤跟他说了好几次，叫他不要再送鸡汤来了，疗养院的伙食本来就不错，她吃的饭菜不仅是疗养院精心准备的，而且还是营养价值最好的。郝一湖却固执己见，"疗养院的饭菜再好，都没法跟家里的相比。"

　　"老郝，我好歹也是住在高干病房里的劳模，这里的条件不比家里差，你就别操心我了。你上班也很累，下了班又要回家给祖国他们做饭，完了你还要来这里给我送鸡汤，你这样让我心里很过意不去啊。"

　　"你是我老婆嘛。"郝一湖看着章小凤一边抱怨一边美滋滋地喝着鸡汤，便摸着后脑勺憨憨地笑着。

　　"真是说不通你这个榆木脑袋了。算了，你爱送就送吧。"章小凤见怎么也说不动他，就只好听之任之了，"对了，祖国和设华在家有没有好好吃饭啊？设华的学习我倒是不担心，就是怕祖国不好好学习跟着别人去瞎闹。"

　　"设华每天回家就钻房子里鼓捣他那些小发明、小玩意儿，祖国你也放心吧，他不是那种好坏不分的孩子。"

　　"我知道呀，可是好久没见到他们两个了，这心里怪不是滋味的。"

　　"知道了，这个星期天我让他们来看你。"

　　"呵呵，至少让他们一个星期来看我一次，陪我说说话嘛。"

　　"小孩子大概都不喜欢来医院吧。"

　　"唉……也不知道骆子哥怎么样了，要是有他在，家里的事情我也就不这么发愁啦。"

　　"恐怕骆子哥现在也做不了这些了。"

　　"骆子哥他怎么了？"章小凤紧张地坐了起来，郝一湖连忙按住了她，"你别急呀。"

　　"我能不急吗？我已经有些日子没见过骆子哥了，他……他到底怎么了呀？"

　　"唉……"郝一湖叹了口气，"他的病越来越厉害了，这几天也不知道跑到哪里去了，我找了好几次都没找到他。"

"怎么这样……他有没有吃饭啊？他不会是在大街上睡的吧？那不会生病吗？"

"也不知道他睡在什么地方，宿舍那边的人说，他已经有段时间没回去过了。"

"不行，我得去找他！"章小凤说着掀开被子就要下床，被郝一湖一把拉住了，"你现在到哪里去找啊？还是我去找找看吧。"

"老郝，算我求求你，我想见骆子哥……我一定要见他……我……"

"我知道了，我这就去找他。"郝一湖在章小凤的肩膀上轻轻按了按，提起已经收拾好的饭盒，"我一找到他，就带他来见你。"

"老郝，谢谢你……"

郝一湖下了楼，正要出大门时，就见门口有几个民兵正在与什么人纠缠，走过去一看，竟然是失踪有一阵子的骆子。

"快快快，把大门锁上，不要让骆疯子进去！"民兵看样子被缠得有些烦了，索性把大门锁了起来。

"让我……进去……我要找小凤……"骆子衣衫褴褛，蓬头垢面，已经看不清他的本来面目了，他低着头三番五次地摇着已经锁上的大门，摇得大门山响，民兵在里面吓唬着，不让骆子靠近大门。

"骆疯子，快走开，这里没有你要找的人。"一个民兵出去把骆子使劲搡了一把，骆子瘦弱的身体向后一仰，摔倒在地上……但是，他很快就从地上爬了起来，仍然顽固地要往大门上冲……见他这么固执，另一个民兵也出来围了他，坚持不让他到大门口……

"我……不走……让我见小凤……"

"骆疯子，你再不走，我们就报警了！把你抓到专政队去！"

听到这样的话，骆子的身体一个哆嗦，他抱住胳膊，向后退了几步："不……不要抓我……"

"那就快滚开，再不走，抓你的人就来了！"

"哦，我滚……我滚……"

骆子跌跌撞撞地跑开了，但他并没有跑远，就躲在了围墙外的树荫下。围墙里是医院的大楼，这时候已经都亮起了灯，骆子仰着脸，痴痴地望着从病房窗户里透出的灯光。他此刻的眼神干净而明亮，仿佛章小凤就站在透着灯光的窗前。

郝一湖刚才不好当着民兵的面叫骆子，就一直跟着他到这里，刚想走上前去，就见骆子突然嘻嘻一笑，摇摇晃晃地走开了，嘴里开始说起了快板，"孙大峰，不是人，阳奉阴违斗好人；姚少军，狗腿子……"

郝一湖连忙上去捂住了骆子的嘴，"骆子哥，你就别惹事了。"

骆子呆呆地看着郝一湖，两眼混沌而迷茫，还带着一丝惊恐，"你是谁？"

"我是郝一湖，小凤让我来找你。"

"小凤？你怎么认识小凤？小凤她在哪里？"骆子刚才还混沌着的眼睛，突然就亮了起来。他一把抓住了郝一湖的胳膊，肮脏的脸上写满了急切。郝一湖二话不说拉起他就走，可骆子死活不走。郝一湖说："你不是要找小凤吗？我知道她在哪儿啊。"

骆子这才安静下来了，乖乖跟在郝一湖的身后。他们通过疗养院后门旁边的一个排水洞，钻了进去。

"小凤……"骆子的视线转到了那栋亮着灯光的大楼上，"小凤在这里……我知道……"

"小凤想见你，你在这里等着，我去把她带来。"郝一湖把骆子拉到了一边的林荫道上，让他站在了一棵柳树下。

"小凤……要来见我？"骆子听话地站得直直的，像个孩子一样充满期盼地望着郝一湖。

"是，小凤马上就来了。你不准走开！"郝一湖再三叮嘱骆子后，匆忙走进了住院部。

特殊的会面，可怜的骆子

郝一湖一进病房就拿起章小凤的外衣让她披上，"快，小凤，我找到骆子了，他就在外面，我现在就带你去见他。"

"啊……"章小凤非常兴奋，"你真的找到骆子哥了？"

"是，我让他在外面等你，他只记得你了，我他都不认识了。"

"好，你快带我去。"

郝一湖把章小凤抱到了轮椅上，推着出了门。但两人来到后院的那棵柳树下时，骆子却不见了。

"哎，人呢？"郝一湖四处寻找……

章小凤着急地问："老郝，你真的看到骆子哥了吗？"

"是啊，我就是让他在这里等着呀。"

"那骆子哥又跑到哪里去了？他是不想见我吗？"

"怎么会，他就是为了见你才到这里来的。"郝一湖安慰章小凤，"我都不知道他是怎么知道你在这里的。"

"那他……是不是躲起来了？"

"不急，我找找看。"

骆子其实就躲在不远处的另外一棵大树底下，他把自己藏在树影里，偷偷地看着章小凤。他看到她在轮椅上着急地四处张望，有好几次都差点从轮椅上跌下来了。

"小凤……"骆子喃喃地叫着。

听到郝一湖焦急地呼唤："骆子哥，你在哪里？骆子哥，小凤在等你呀，你快出来吧。"骆子才从树影里走出来，"一湖……"郝一湖连忙上前拉住他，将他带到了章小凤面前。见到章小凤时，骆子有些慌张地躲在了郝一湖的身后。

在明亮的月光下，章小凤仔细地看着骆子。他身上本来就破烂不堪、无法蔽体的衣服，刚才被民兵们撕扯得更不像样子了。裸露在外的身体又脏又黑……身体瘦得似乎一阵风就能把他吹走。在他肮脏的额头上，有明显的伤口，杂乱的头发有一部分被血凝固了，粘在了一起……

"骆子哥，你……你受苦了！"章小凤伸手要去拉骆子，骆子却把身体躲开了。章小凤眼泪一下子就流出来了，"骆子哥，你连我也不认识了吗？我是小凤啊，你把小凤给忘了吗？"

"小凤……我没忘……永远不会忘……"骆子轻声地说着。

"那你为什么不想见我呢？"

"我……我这个样子……我不能……"骆子低着头，就像一个为自己的模样感到难堪的大男孩。

"没关系，骆子哥，不管你变成什么样子，都还是我的骆子哥。快过来，让我好好看看你。"

骆子走到章小凤面前，蹲下去，将手放在了轮椅的扶手上，章小凤一把抓住他的手，有些激动地大声问："骆子哥，是谁……谁把你整成这个样子的？你头上的伤是他们打的吗？为什么他们要这样对你？"

"小凤，别生气，都是我，不好……"骆子怯懦地说。

"骆子哥你没错，是他们……一定是那个孙肉头，我非找他算账不可！"

"小凤，你别激动。"郝一湖按住章小凤的肩膀，"找到骆子哥就好了，外面凉……要不，我先送你回去休息吧，然后我再带骆子哥回家去。"

章小凤摸着骆子乱蓬蓬的头发，泪如雨下，"骆子哥……我啥也帮不了你，就只能看着你被人欺负……对不起，骆子哥。"

郝一湖也有些哽咽，将骆子扶了起来，"好了，骆子哥，咱们回家吧。"

一针一线寄深情

不知是什么时候，窗外的天阴下来了。紧接着，就下起了蒙蒙细雨……细雨打在窗户上，湿漉漉的，看上去好像流泪的脸。在疗养院住院部病房的窗边，章小凤坐在轮椅上，正在吃力地缝补一件衣服。这件破破烂烂的衣服虽然已经洗干净了，但上面仍然留着顽固的污渍。章小凤因为浑身上下没劲儿，所以捏着针的手很是吃力，那只少了拇指的左手，还不停地颤抖。她不时地要停歇下来，然后再继续……

门被轻轻地推开了，郝一湖走了进来。章小凤咬断线，将缝补好的衣服放在膝盖上，细细地叠起来，然后交给了郝一湖，"老郝，我把骆子哥的衣服都补好了，你拿回去给他穿吧。"

"你不要紧吧？"郝一湖盯着她的手，她揉了揉手腕，"没事，就是好久不拿针了，有些不习惯。"

"我把汤放在床头柜上，你记得喝了。"

"嗯，你快回去吧，不然骆子哥又偷偷跑掉了。"

"他很听你的话，一直都待在宿舍里，哪也没去。"

"那就好。为啥不带骆子哥到家里去住呢？"

"我也想带他回去，可是他死活都不进咱家的门呀。"

"这骆子哥……他什么都明白着哩，他是不想牵连了咱们。"章小凤叹了口气，眼睛又有些湿润，"只要他别再到处乱跑就好了，你说这世道……啥时才是个头呢。"

"我也叫他别再说那些惹祸的快板了，可他就是不听我的话。"

"真是难为你了。"

"看你，又说这种话。"郝一湖也叹了口气，"他的命也太苦了……"

郝一湖见章小凤黯然神伤，就帮她把轮椅推到了写字台前边，让她慢慢地喝完了鸡汤，才放心地离开了医院。他带着章小凤为骆子缝补好的衣服，去厂里的旧宿舍看骆子，顺便把准备好的第二天的饭也送过去。旧宿舍还是以前日本人修的工人宿舍，一直没有拆建，还保持着原来的和式风格。只是经过了十几年风吹雨打，变得有些残破不堪了。

骆子住的宿舍旁边，是一个堆放杂物的大仓库，一般人是不会到这里来的。郝一湖轻轻地敲骆子的门时，里边没有一点动静，他以为骆子不在，就直接推门进去，没想到骆子却躺在铺着席子的床上睡得正香。于是，郝一湖轻轻地走过去，想要叫醒他，不料沉睡中的骆子突然一个翻身，伸出右手就是一记重拳，不偏不倚地打在了郝一湖的右眼上。郝一湖一声惨叫，跌坐在了地上。骆子一骨碌爬起来，揉揉眼睛，看清了是郝一湖时，吓了一大跳，"啊？一湖……怎么是……你？"

郝一湖捂着眼睛，表情痛苦地问骆子："你干什么打我呀？"

"我……我把你当成大花……了……"

"什么？大花？大花是谁？"

"大花……是……李家的……狗……"

"这是怎么回事？"郝一湖把手挪开，右眼眶已经发青，并肿了起来，骆子手忙脚乱地要去找东西，"啊……万金油……得消肿……在哪里……"

"骆子哥你别找了，我没事，你先坐下。"郝一湖知道，在这间家徒四壁的房子里，骆子不可能找到什么可以治伤的药品。前天送骆子回到这里时，这里到处都是灰尘和垃圾，好在因为东西少，倒也不难收拾，经郝一湖收拾的屋子，干净整洁多了。现在，屋子还保持着他整理过的样子，再加上骆子也不再出去乱跑了，他感到了些许安慰。他帮助骆子换上干净的衣服，然后又拿出推子给骆子理发。一会儿工夫，骆子从里到外就焕然一新了，看上去跟正常人没什么两样。虽然，他的眼神时不时地还会露出一些怯懦和慌张，但已经完全没有了那种迷乱……

郝一湖将带来的饭盒放在了床边的小矮桌上，"骆子哥，饿了吧？先吃点东西，我把明天的饭都给你准备好了，你留着慢慢吃。我要上班了，白天没办法过来，以后就晚上给你把饭送过来。"

骆子感激地看着郝一湖，"一湖……谢谢你……你真好……"

郝一湖摸摸后脑勺，有些不好意思地笑了，"骆子哥，你快吃饭吧。"

骆子没有吃饭，只是直愣愣地看着自己身上缝洗一新的衣服。看着看着，他的眼里就溢出了泪水，"小凤……"

"好了，骆子哥，你快吃饭吧，不吃饭小凤又该不高兴了。"

"哦，好，吃饭。"骆子破涕为笑，"吃饭。"

见骆子把饭吃完了，郝一湖就问："骆子哥，你刚才说的大花是怎么回事？这里有狗来吗？"

"不……大花是以前……邻居家的狗，那是我小时候的事。"骆子慢慢地说着，似乎陷入深深的回忆之中，郝一湖静静地听着，没有出声打搅他有些混乱的叙述，"我只记得我和大花一起生活，那时候父母都不在了，剩我和大花相依为命。大花很听我的话，对别人却很凶，它就像我的保镖一样保护着我。我的父亲被抓起来了，好多人到家里来……我和大花逃啊，逃啊，不知道逃到了什么地方，好像是个山洞……又好像是个瓦窑，我们躲在里面，不敢出去，不知道过了多久……我的肚子好饿，就出去找东西，偷了村里的苞谷回来，烧着和大花一起吃，那时候，有一只很大很凶的大黑狗追着我们……大黑狗抢大花的东西吃，大花都快要死了……那不是大黑狗，是大黑熊啊……大花就要死了，我抓起棍子就使劲打黑熊。黑熊终于被我赶跑了……可是我的大花……大花啊……"

骆子抱着章小凤给他缝补好的另外一件衣服呜呜地哭了起来，郝一湖没有安慰骆子，他想，让他把心中的痛苦释放出来，对他的病也许有好处。他的病时好时坏的，现实与梦境对他来说可能是一片模糊。好好地把一个人整成这样，真是造孽啊。

郝一湖不断地叹息着，听完了骆子断断续续的讲述。

这时，他对骆子充满坎坷且艰辛的童年知道了大概，和自己不幸的童年相比，骆子的童年更悲惨。郝一湖就想，自己小时候虽然也和骆子一样，遭了不少罪，可是，自从跟了老东家黑银基后，就渐渐地好起来了，而现在，是越来越好了。可骆子哥的命，怎么一直就这么苦啊？好像是老天存心跟他过不去一样，将所有的磨难都降临在了他一个人的身上。如果可以的话，我愿意为骆子哥承受有些苦难。

"你是把我当作那只大狗熊了，所以才打了我吧？"郝一湖嘿嘿一笑安慰骆子，"别担心，骆子哥，这里没有大黑熊。以后要是有谁再来欺负你和大花，你就告诉我，我帮你把他们赶跑。"

骆子看着郝一湖憨厚的笑脸，也轻轻地笑了一下，"谢谢你，一湖……"

骆子又遭遇噩梦

第二天一早，骆子又被噩梦惊醒了。他的梦话恰好被闯进宿舍里来的民兵听到了，他们都哈哈地嘲笑着他，"你在睡梦里叫什么？大花是谁？哈哈哈哈，一个疯子也敢想女人？"

骆子仿佛又被重新打入那个无尽的梦魇里，他惊恐地瞪着面前的人……此时，那些人已经不是人了，而是向他和大花扑过来的恐怖的黑熊……于是他尖声大叫起来，"黑熊啊！黑熊来了……大花快跑……"

"黑熊？黑熊又是谁？你这个疯子还真是疯得彻底呢。"另一个民兵揪起骆子的衣襟，像是拎小鸡一样把他从地上拎了起来，"没想到你竟然还有饭吃，说！是谁给你送的饭？你这个反革命……"

骆子突然像泥鳅一样，从那个民兵手中挣脱，抓起墙边的一根棍子，狠狠地就朝那个民兵头上打去，"黑熊，打死你！打死你……"

那个民兵没有丝毫的防备，当即被砸中了脑袋，倒在了地上。骆子并不罢手，口中仍然凄厉地尖叫着，继续挥舞着棍子，追着人就是一通乱打。其他民兵们吓得抱头鼠窜，靠门边的几个连忙转身往外跑，一边跑还一边大喊："不得了了，阶级敌人杀人了……"

最后骆子终究敌不过十几个民兵的围攻，很快就被他们按倒在了地上，给五花大绑了起来，受伤的民兵也被抬在了担架上。在往医院去的途中，骆子被他们又是踢又是打的，终于体力不支，倒在了路上。

骆子就这样在大路边，枕着血泊，躺了整整一天，直到郝一湖闻讯赶来……

平田整地，专挑难啃的骨头

到农村来插队的知青们，通过锻炼已经渐渐地适应了农村的生活。他们中的大多数，并不愿意上山下乡，完全是在形势的逼迫下被动到农村来的。他们每天日出而作，日落而息，艰难地过着他们不愿意过的日子。因为没有办法改变这种状况，所以只能在"广阔的天地里""作为"了。

可是，也有一部分人是不安于现状的。他们"上山下乡"是有想法、有目的的，比如郝建华，他就打算在农村干出一番轰轰烈烈的事业来。当然还有一部分人是追着心中那神圣而美好的爱情来这里的，而来了之后才发现希望渺茫，因为郝建华只有一个，而追郝建华的女知青有十几个，她们无法改变这种状况，也无法改变自己争取来的命运，就索性当一天和尚撞一天钟，先混着再说吧。比如郝亭花，她就是那种为了爱情不计后果、充满幻想、喜欢热闹、喜欢刺激的女孩。她本是追着大哥郝建华来的，但她的这位大哥不仅不看重她，居然还和别人好上了。所以，她后悔，早知今日何必当初呢？令她更失望的是，自己的哥哥现在已经完全蜕变成一个勤劳的庄稼汉了，不分昼夜地耗在庄稼地里，除了管理知青点外，还参与生产队与生产有关的一些工作，整天忙出忙进的，根本就没时间搭理她。

既不甘心，又不甘寂寞的郝亭花，总想找点事来做做，一来想解除心里的忧闷，二来是想引起郝建华的注意。于是，她就在生产队里的工作上动脑筋。这个时候，知青点的知青们正在和李家村的村民们平田整地，大搞农田基本建设。

郝亭花他们每天的工作量是每人完成十四方的土方。就是事先给你量好方量，把高处的土填到低处，谁完成了谁就可以提前收工回家。郝亭花就想，如果有啥办法把土坡上的土，一下子弄到低处就好了。她正这样寻思着，公社的电影放映队来了，给大家放了一场《地雷战》。在看电影的时候，郝亭花突然高兴得手舞足蹈起来。姐妹们问她怎么啦？她神秘地说："天机不可泄露。"

晚上回到知青点后，她才把自己看电影时受到的启发告诉了大家，"我们要把十天的工作量在一天内完成，然后剩下的时间，我们想怎么玩就怎么玩。想参加的人就报名，不过我话说在前头，魏轶力除外。我们的活动里永远不能有她，大家听到了吗？"

自从上次到生产队果园里"偷"来水果蔬菜后，郝亭花在女知青们的心目中已经成了英雄，成了她们的领袖。大家见郝亭花这样说，都举双手赞成。

"那好。"郝亭花俨然一个合格的指挥员，"我现在需要几种材料，大家想想看，能不能弄到？"

大家就异口同声地问："什么材料啊？"

郝亭花说："木炭，硝铵，还有锯末。"

女知青玲玲说："我爸爸在化工厂工作，我能弄来木炭。"

女知青莎莎说："我妈妈是农资公司的，我能弄来硝铵。"

"好极了！现在就差锯末了。大家再想想看，我们怎么能搞到锯末？"

"队里不是有个木匠吗，他们家里应该有锯末。"一个女知青举手说道。

"那好，这个任务就交给你了。"

第二天，郝亭花、玲玲、莎莎等几个以"肚子疼"为由进城弄来了全部材料。

第三天早上，郝亭花带着女知青们选择了一个距离平田整地现场较远的一处连男人们都刨不动的干土坡。这是一个山丘一样的土坡，土坡下是一条深沟。郝亭花告诉大家，这里也是今年平田整地的地段之一。大家虽然都按照郝亭花的要求弄来材料，至于郝亭花想干什么，大家却两眼一抹黑，谁也猜不到她葫芦里卖的什么药。

郝亭花对女知青们说："姐妹们，这里就是我们未来十天、二十天，也许一个月的工作地点。你们不要担心，不要奇怪，更不要有疑问。现在，我去找队长和记工员，让他们来给我们量方量。"

"亭花姐。"莎莎用铁锹在土坡上铲了一下，才出现了一个白影影，"这里硬得像石头，我们可没有办法弄啊！"

大家忍不住都七嘴八舌地提出了和莎莎同样的问题，她们对"领袖"今天的举动不得不产生怀疑了。

"大家放心。"郝亭花胸有成竹地说："今天我们不出一点儿力气，就能在这里完成最少十天的方量。"

"十天的方量？亭花姐……"

"亭花，说梦话吧？别说不干活了，就是天天干能按时完成工作，我们就阿弥陀佛了！"

"大家放心，只要我郝亭花出马就不会让你们失望！我郝亭花什么时候吹过牛啊？"

郝亭花在大家的疑惑中，请来生产队长和记工员，提出要平整这块荒坡地。队长和记工员都瞪大了眼睛，"郝亭花，没有搞错吧？就凭你们，要拿下这里？"

"队长放心，我们要是拿不下的话，你不要给我们记工分。"

"亭花，这可是你说的，你们可不要反悔哟！"

郝亭花向队长伸出了手，"君子一言，驷马难追！"

"好。"队长拍了一下郝亭花的手后，对记工员说，"给她们量吧，把尺子拉松点，别让她们吃亏。"

记工员和队长用皮尺把这个大土坡量了一下，算出了结果，"这是2490方土，你们六个人，每人一天平地十四方，合计就是八十四方，这样计算下来，你们就得在三十天内把这里的地平完。"

"队长，如果我们在三十天内干不完呢？"郝亭花问。

"三十天干不完，就继续干，但工分只有那么多。"

郝亭花来劲儿了，"如果我们提前完成了，是不是这三十天就由我们自由支配？"

"是这个道理。亭花，你又在打什么歪主意呀？这知青里面就数你鬼点子多。"

"呵呵，队长，多谢夸奖。你呢，把这块地分给我们，把我们的工分计算好就行了，其他的事你就别管了！"

"亭花，你们挑了这么个硬地方，没有镐头可怎么挖啊？"

"这你就不用操心了，到时候你尽管来验收成果就可以了。"郝亭花在女知青们的一脸狐疑中，嘻嘻哈哈地把队长和记工员打发走了。

队长和记工员走后，郝亭花就带着大家在这片坡地上紧锣密鼓地干了起来。她们辛苦了一天，终于按照亭花的要求挖开了好几个洞子。第二天，她们又在亭花的指挥下，在洞里埋装配好的炸药。这个时候，姐妹们已经知道郝亭花要干什么了。于是，大家的热情十分的高涨。

做梦娶媳妇，异想天开

正在郝亭花带着姐妹们忙得热火朝天的时候，郝建华急急忙忙地跑来了。他见到郝亭花，劈头盖脸就质问她，"亭花，你们又在搞什么名堂啊？"

"哥，我们在平田整地呢！"

"亭花，你就别再胡闹了行不行呀？要不是魏轶力说你们在这里，我还以为你们没来上工呢。"

"哥，你别在我面前提那个魏轶力好不好？"郝亭花看见郝建华本来特别开心，一听他提魏轶力就马上拉下脸来。

"魏轶力怎么啦？人家也是好意，你们在这里瞎折腾，要是挣不上工分，到年底就分不上粮食。没有粮食，你们吃什么呀？"

"哥，你就放心吧，我们的工分绝对是知青点最高的！"

"对！领导，你啊，就别操心了！"一旁的女知青玲玲笑嘻嘻地对郝建华说。

"线都布好了吗？"郝亭花不再理会郝建华了，她径直走到坡头上在挖出的一个洞口边检查大家的工作。见大家都按照要求做好了一切时，她向她们打了个手势，"大家快撤到安全的地方去！点导火线的工作我来做。"

女知青们对郝亭花唯命是从，纷纷跑到了安全地带。然后，她们紧张地注视着郝亭花和另外一个女知青吴丽。这时候，郝建华才看明白了郝亭花的意图，"亭花，你们这样干，行吗？"

郝亭花笑嘻嘻地对知青点的最高领导郝建华说："郝组长同志，请你也撤到安全的地方去。我们要引爆炸药了。"

郝建华担心地问："你们想炸掉这个山头？"

"是啊！郝组长同志，有问题吗？"

郝建华这下也来了兴致，"郝亭花同志，没有问题，我马上撤离！"说完后他朝着女知青们隐藏的相反的方向跑去……

郝亭花点着导火线后，拉起吴丽飞快地跑到了事先指定的安全的地方。但是，等了半天，却不见有任何动静。

"不对啊，吴丽，为什么没有爆炸啊？"

"亭花姐，再等等。"

郝亭花探出头观望时，发现一只小羊在导火线处蹦蹦跳跳，"啊！坏了……"

其他人也看见了那只小羊，不知道该怎么办，齐齐看向了郝亭花。

"啧，那是生产队里的小羊羔哩。"亭花皱起眉头看着那只不知危险的小羊羔，还担心地咬起了手指头，"要是被炸死了，就得扣我们的工分啊！"

"是啊！"

"亭花姐，这可不仅仅是扣工分的问题啊！"

"还有别的问题？"亭花转过头来问。

"这可是阶级斗争的新动向啊！弄不好，我们是要被批判的。"莎莎严肃地说道。

郝亭花看了莎莎一眼，站起来一跺脚，从大石头后面冲了出去。

吴丽连忙大叫："亭花姐，太危险了，你不能去！"

"危险也得去，得把小羊羔救下来啊！"

"亭花，太危险了！"看到郝亭花跑向了坡道，莎莎也着急地大喊。

"喊什么喊啊，不是你自己说的，这是阶级斗争的新动向吗？弄不好，我们是要被批判的……"

"那……"莎莎被抢白，回不上话来，只得紧紧盯着郝亭花的背影，默默祈祷，"亭花姐啊，你可千万别出事啊……"

没等郝亭花跑上坡去，那边的郝建华却先她一步冲到了小羊羔旁边，他抱起小羊羔后冲郝亭花喊："亭花，快回去！这里危险！"

郝亭花三下两下扑到了郝建华的面前，从他怀里接过了小羊羔，两人一起转身往回跑，等他们跑到安全的地方时，炸药还是没有爆炸。

女知青们迎了上去，将郝亭花和郝建华团团围住了。她们七嘴八舌地感叹："天啦，你们真是……太危险了……"

"组长，亭花，你们真勇敢！"

"是啊，组长、亭花姐，你们是这个！"知青里年龄最小的吴丽冲着郝亭花和郝建华竖起了大拇指。

郝建华喘息未定，瞪了郝亭花一眼，"你埋的是什么炸药啊？"

"一般炸药啊，这怎么搞了半天还不炸？姐妹们，我们看看去吧！"郝亭花说着，又要往山坡上跑。

"亭花，你给我站住！"郝建华一声厉喝，叫住了郝亭花："你不知道这很危险啊！"

"哥……"

"你在这里待着，我去！"

"哥，这件事本身和你没关系，怎么能让你去？我自己的事，我自己去。"

"你在胡说什么，要是你出了什么事，我怎么向爸妈交代！"

"你用不着给爸妈交代，这是我自愿的！与你无关！"

"亭花！"

"你只管去关心你的魏轶力就好了，少来管我！"

"你是我的妹妹，我怎么能不管你！"

"哼！少在这个时候给我拿出你哥哥的样子来，我不稀罕！"

郝亭花甩开郝建华的手，跑向了安置导火线的地方，郝建华无奈地追了上去，一把按倒了郝亭花。郝亭花见哥哥为了她的安危真的这么奋不顾身，心里暗暗地高兴……其他女知青们见状，也一起跟了过去，等他们走近导火线才发现导火索的总引线让小羊羔的一泡尿给浇灭了。

"呵呵呵……"

郝亭花一屁股坐在了地上，"我的妈呀！原来虚惊一场。"

"哈哈，这还真是戏剧性的转变呢。"吴丽乘机幽默了一把，大家松了口气后，郝亭花起身去全面地检查了一遍导火线，"还好，其他地方都没有被那只调皮的小家伙破坏掉，我们可以继续了。"

"亭花姐，我们重新点火吧。"吴丽也跃跃欲试地兴奋起来了，刚才的虚惊显然又给年轻的姑娘们增添了意外的乐趣，让她们的玩兴大发。

"你们还要干啊？"建华装作不高兴地问。

"当然要干，做事可不能半途而废，况且，在我郝亭花的字典里就没有失败两个字！"郝亭花说着划着一根火柴在郝建华面前晃了晃，"哥，你只管看着就是了，这回保证没事！"

"你啊……算了，为保险起见，还是再搜索一下，看附近是不是还有生产队的马牛羊……"

大家于是又分头在沟沟洼洼里搜寻了一遍，确保真的没问题时，才撤走了。然后，郝亭花点着了导火线……

三十秒后，就听"轰隆隆"一声巨响，上千方的土坡被炸飞到了沟里……烟尘中，女知青们一拥而上，跑到山坡上去看她们的劳动"成果"。

到现场后，大家惊叹不已。整个小山头被炸成了一块平地……那新鲜的泥土还在烟尘中冒着芬芳，不过，很快就被硝烟的气味取代了……

看到眼前的奇迹，郝建华也不由得赞叹连声。

"姐妹们，我们成功了！我们胜利了！"郝亭花第一个发出了欢呼，紧接着其他女知青也高兴地叫嚷了起来："哇啊！我们成功了！"

"我们胜利了！"

"亭花姐……"吴丽向玲玲等人使了一个眼色，大家一拥而上，把郝亭花举了起来，"亭花姐……花木兰……亭花姐……花木兰……"

轰隆一声震天响，"黄金"万两

"小山头"上的一声巨响，惊动了生产队所有平田整地的人们。他们不知道发生了什么事，都纷纷停下手中的活把探寻的目光投向了那个发出惊天动地的轰隆声的干土坡的方向。队长在女知青们的欢呼声中最先跑了过来，他对郝建华喊："喂，郝建华，怎么啦？出什么状况啦？"

"没事儿，是亭花她们在干活呢！"郝建华一边给队长解释，一边假装狠狠瞪了郝亭花一眼，"你看你给我惹的这个事，回去再跟你算账。"郝亭花装着不服气地给哥哥嘟噜了一下嘴唇，"哼……"

其实，这时候的郝亭花得意得很。她的所作所为，终于引起了郝建华的注意。这比休息一个月本身，要有意义得多。所以，她转身朝着其他几个女知青做鬼脸偷着乐，"瞧见没，这就是异想天开！"

听了郝建华的解释，又看到眼前这片最硬的山坡一下子被夷为平地，队长就大为感叹："我算是大开眼界了，原来你郝亭花就是这么平田整地的。建华啊，你这个妹妹了不起啊！郝亭花，我说话算话，你们把这里弄平顺后，就可以回家了。呵呵呵……"

"队长，这么说你说过的话还算数？"郝亭花见哥哥吃惊地看着队长，就进一步将队长的军。

"当然算数了！我会让记工员给你们记一个月的工分。而这个月剩下的时间，随便你们怎么玩都可以。"

"亭花太伟大啦！"女知青们高兴地又一次将郝亭花抛了起来。大伙儿正闹着，李延年气急败坏地过来了。他不问青红皂白，冲着郝亭花就吼："郝亭花，你又在给我搞什么鬼名堂？"

队长见状，不由得为郝亭花她们担心起来……

1970年的春天，骆子又被打伤了

时间过得真快啊！转眼间章小凤已经在疗养院里待到了 1970 年三月。在疗养院住院的这段日子，她无时无刻不在期盼着身体康复后，出院重返工作岗位。然而，又一个年头过去了，她的身体仍然没有一点儿起色。到今天为止，她的手还是端不起一个饭碗来。

虽然已经是春天了，辽海依然寒气逼人。长白山上的积雪一直延伸到了茂密的森林里，丝毫没有消融的迹象……大街上，到处都是脏不拉叽的积雪，城外的白河上也还结着一层厚厚的冰。

病房里的暖气烧得很热，所以才感觉不到外面的寒意。尽管窗外天上被寒冷笼罩着的白刮刮的日头爷已经使出了浑身解数，也没能驱走大地上的寒冷。路边的树枝光秃秃的，它们的枝叶早就被冻掉了，只有些许没有掉干净的枯叶，蜷曲着身体在寒风里摇摇欲坠。

章小凤人虽然在温暖如春的病房里，可心中和外面一样寒冷。现在，她满脑子都是她的骆子哥；满耳朵里都是骆子哥吹奏的幽怨的《明月几时有》……

想过了，难受过了，她就把视线转移到了窗外的马路上。马路上偶尔轰轰隆隆地过来一辆汽车，到了十字路口时也不减速，依然打着响亮的喇叭呼啸而过……路边行走的人也不是很多，他们一个个裹紧身上的棉衣……

章小凤眼睛虽然望着窗外，心中却仍然想着骆子，他现在在那个好心的老大夫那里怎么样了？身体恢复得怎么样？哎……

她把不怎么得劲的右手放在了轮椅扶手上。突然，她有了一个天真的想法，自己可不可以站起来呢？如果能够的话，她想骆子哥的时候不就可以去看他了吗？这样一想，她就觉得身上有劲儿了。于是，她努力地用胳膊在轮椅上支撑着身体，想要抓住窗台站起来……

这时，病房的门打开了。郝一湖一个箭步冲了过来，扶住了章小凤倒向窗台的身体。

"哎——你怎么来了？"章小凤很奇怪，这个时候的郝一湖应该在厂里上班才对啊，他怎么会扔下工作到疗养院来呢？章小凤吃惊地看着郝一湖，"怎么啦，出什么事情了？"

"你先坐好再说。"郝一湖扶着章小凤在轮椅上坐好后，这才过去把病房门关好，"你呀，你想站起来，也得找个人在旁边看着嘛。"

"我这不是闲得无聊嘛。"章小凤撇了撇嘴，"我觉得最近腿上有点劲了，才想试一下能不能站起来。你还说我，都是因为你什么事都拦着我，把我当三岁小孩子一样，让我彻底地变成一个废人了。"

"我哪有……我可是按医生说的在做嘛。"

"你就是听医生的话，不听我的话。"

"这你可冤枉我了。"

"我哪里冤枉你了。你说，你怎么这个时间来医院，厂里出什么事了？"

"也没什么事，就是又要搞什么批斗大会，放假了。"

"唉，你说这都叫什么事儿啊？工厂不抓生产，成天家搞这运动那批斗的，国家不知道又要损失多少钱财哩。"

"你小声点儿吧，谁让你不是厂里的最高领导啊。"

"你就在那里寒碜我吧。我现在不要说当领导，连普通工人都当不了了。在这里白吃白住国家的，跟废物一样，心里别提多难过了。"

"你难过啥呀，谁不知道你在二十七年里把五十年的活都干完了，再说又没有人说你的闲话。"

"别人说什么我才不管，我是自个儿觉着难受。憋屈得慌，整天闷在房子里……要不，你也来试试？看看，是啥滋味。"

"就是怕你闷，我这不是来陪你唠嗑来了吗？"

"老郝啊，我不得不说你几句了。你这个人啊，就是缺乏上进心。别人没事干，你可不能闲着。不管他搞什么这运动那运动的，运动过去了不还得生产吗？你要趁这个时间多看看技术方面的书，多学点东西没坏处。俗话说，技多不压身，你那个工人工程师到现在可都还是个助理的，你千万别忘了！"

"知道了。"郝一湖扫了一眼章小凤放在床头的那一摞书本，微笑道："我可赶不上你，住院也不忘记学习。"

"我用不着你陪，快回厂里去吧。"

"我今天已经请半天假了，下午设华和祖国他们学校要开家长会，我得去一趟。"

"哎？有这回事吗？设华和祖国是在一个学校呀，都是辽海职工子弟学校吧？设华今年是不是该毕业了？"

"是啊，祖国今年也上初二了。"

"时间过得真快呀，连设华和祖国也要长大成人了。以前我工作忙，从来没有去参加过他们的家长会，现在我想忙也忙不起来了，不如我也跟你去看看，我也想看看设华和祖国他们在学校怎么样？"

"能怎么样啊？学校也一样，不是开批判会就是学工。"

"哎，你这个话可不对呀，学工有什么不好了？孩子们毕业后不就是进工厂吗？早点学工是好事。"

"行。我陪你去。"

"还有啊，骆子哥他怎么样了？消炎药够不够用？不够的话，我再想办法让院长给我开一点。"

"够了，不过，你还是再开上一点吧。"

"多亏了你呀……老郝，要不是你，骆子哥大概就没有了……骆子哥的命可真苦……"

"是啊……"郝一湖不由得想起去年骆子遭受毒打后的情形。那天，他听人说骆子被人打了，就放下手中的工作，急急忙忙地到了骆子住的地方。看到骆子被人打得浑身是血，躺在大路边，他就叫了几个人把骆子送到医院。没想到医院拒绝接收，说什么医院是革命的医院，怎么可能给一个反革命分子看病呢？实在没有办法了，郝一湖只好悄悄找到一位退休的老医生。这位老医生二话不说，就给骆子身上的伤口清洗、消毒，然后缝合……老医生处理完这一切后，说骆子还有内伤，必须住院治疗，否则会有生命危险。

这下郝一湖急了，这可怎么办啊？医院进不去，我总不能眼睁睁地看着他死去啊！这位老大夫也是被翻出老皇历挨过批斗的"坏人"，听郝一湖讲述了骆子被人毒打的情况后，就答应让骆子住在他家里治疗。在缺少药品的情况下，郝一湖按照老大夫的方子在外面买药，老大夫负责在家里治疗。十几天时间很快就过去了，骆子竟然在老大夫的精心治疗和郝一湖无微不至的照顾下，度过了危险期，身体也有所好转……

在给骆子治疗期间，为了弄到好一点的消炎药，章小凤还故意把自己的手弄破，从疗养院里开出不少消炎药让郝一湖给骆子送去。就这样，骆子的一条命总算是给救回来了。

"骆子哥……哎，你说，他为什么就这么多灾多难呢？你说他那么要强的一个人，要人才有人才，要文化有文化，老天爷为什么就不能让他过上一天的太平日子呢？老天爷，你对骆子哥为什么就这么不公平呢？"

"可不是吗。"

"这些年来，他也没少给我们家帮忙。老郝，有一件事，我想求你去做。"

"你说吧。"

"如果这个运动能有过去的一天，我想把骆子哥接到家里来。我想让他以后能过上跟正常人一样的舒服日子……他一个人孤苦伶仃的，我实在是看不下去了。"

"行啊。你说咋整就咋整。"

章小凤第一次参加儿子的家长会

下午，章小凤坐着轮椅，由郝一湖推着，去了郝设华和郝祖国就读的职工子弟学校。她没有征求郝一湖的意见，就先去了郝祖国的教室。在教室一角的郝祖国万没想到，他的妈妈会来参加他的家长会。当他看见突然出现在教室门口的章小凤时，就呼的一下就从座位上站了起来，"妈！你怎么来了？"

"你这孩子，我是你妈，难道不能来参加你的家长会吗？"

令章小凤没有想到的是，在这里，她受到了师生们的热烈欢迎。她在这里感觉似乎又回到了过去忙忙碌碌、受人尊敬的日子……

"请问，您是郝祖国同学的妈妈……章小凤同志吗？"郝祖国的班主任王老师是一位年轻漂亮的女老师，她从讲台上快步走下来，有些激动地握住了章小凤的手，"章师傅您好啊，祖国同学的爸爸我认识……没有想到，祖国同学的妈妈也来了，实在是……太荣幸了！"

这位年轻的班主任满脸惊喜，白皙的脸庞上因为过于激动而泛起红晕，她握着章小凤的手使劲地摇，"章师傅，您可是我们中国机械行业的一面旗帜啊！过去我们是想过要请您来我们班上参加我们的活动的。可是，您那时太忙，没有时间到我们学校来啊！今天，您能来参加我们的家长会，我们真是太高兴了。"

王老师快步走上了讲台，"各位家长、同学们，我们班郝祖国同学的母亲不是别人，她就是我们辽海制造厂著名的全国劳动模范章小凤同志。章小凤同志不仅被国家授予全国劳动模范的光荣称号，而且曾经还受到过伟大领袖毛主席的亲自接见！今天章师傅来参加我们的家长会，让我们以热烈的掌声，欢迎她的到来！"

热烈的掌声……

"哎哟，王老师啊！"仿佛，章小凤那与生俱来的自信又回到了她的身上，"我也就是来参加个家长会嘛，干啥搞这么正式啊？我今天来，就是来关心关心儿子的学习情况。老师，你别管我了，请你继续开会，我和其他家长一起在下面听。老郝，你也找个位子坐下来。"

"那怎么行，章师傅你难得来一次，今天一定要让你给同学们讲个话。"王老师快步走下了讲台，她从郝一湖手中接过了轮椅，将章小凤推到了讲台上。

章小凤既兴奋又意外，她确实没想到来学校参加孩子的家长会，会受到这样的欢迎。于是，她显得有些为难，"老师啊，我现在哪还有什么资格跟同学们讲话啊，你看我这个样子……我已经脱离了生产岗位，住在疗养院里，也就是病秧子一个，早就是无用之人了。"

"章师傅，您可千万别这么说，您参加工作二十七年，干完了五十多年的活。您不但是受人尊敬的全国劳模，而且还是新中国的首批工人工程师。同时，您当年还在机械工业部的全国大比武上赢得了冠军。您，永远都是我们学习的榜样啊！"

哗哗啦啦的掌声又一次响起来……

"王老师，你这么说，我就更不好意思了。我干得还远远不够啊！"

"章师傅，您就随便说两句吧，同学们，快鼓掌！"

在全场雷鸣般的掌声中，章小凤有些不好意思地轻咳了两声："唉，看你们的王老师把我都夸到天上去了，其实我非常惭愧，我一点儿也不光荣，我是一个白住国家疗养院、白拿国家工资、白吃国家粮食的人……"

"章师傅您太谦虚了。"

"同学们，我也没啥好给你们讲的，你们是祖国的花朵，也是祖国的希望，祖国的未来就在你们的手上，你们要听老师的话，好好学习，天天向上，做一个对社会对国家有用的人。还有啊，你们一定要记住，劳动最光荣，劳动的人最美。"

"章师傅您讲得太好了，同学们再鼓掌！"

……

离开郝祖国他们的教室，章小凤吸取了教训，没再去郝设华所在的班上，而是直接去办公室找郝设华的班主任，向他了解郝设华的学习情况。

郝设华的班主任李老师是个老教师，看到章小凤后，虽然没有郝祖国他们班主任那么激动，但也非常热情。他让章小凤和郝一湖在会议室稍等，然后派了一个学生去叫郝设华。回来后他对章小凤说："章师傅，您培养了一个优秀的好儿子呀。郝设华同学的学习成绩在班上不但名列前茅，而且学工成绩也是全班第一。别看他性格有些内向，话很少，也不善于表达自己，但他的萨克斯吹得特别棒！班上的活动、学校的活动都少不了他！他和那些喜欢出风头的学生不一样，他很内敛，或者说是内秀，我相信他将来一定会做出一番成就来的。"

"呵呵，老师你过奖了吧。"章小凤和所有母亲一样，听到别人夸奖自己的孩子，自然是乐得合不拢嘴。

"我一点都没有言过其实，郝设华同学的优点还不仅于此，他在学习上非常刻苦，也喜欢钻研，老师们都喜欢他。"

"那孩子就是闷不吱声的，我怕他会和同学处不来。"

"章师傅你过虑了，郝设华同学可是我们班的副班长哩。他在班里很有人缘，因为他乐于助人，经常帮助其他同学学习。"

"哎呀，设华还是副班长呀？"

"是呀，章师傅，你的儿子真是德才兼备，你就放心吧。"

"那也是老师教得好，我非常感谢你们，我这个人呀，以前总是忙着工作，没时间照看孩子，总担心他们会走歪路，现在总算放心了。我得好好地感谢你们啊。"

"章师傅，你太客气了，这应该是将门无犬子，是你的模范带头作用的结果啊。"

"哈哈，老师你可真会说话。"章小凤爽朗的笑声穿过窗户，和外面学生们整齐稚嫩的歌声融在了一起，"革命军人各个要牢记，三大纪律八项要注意；第一一切行动听指挥，步调一致才能得胜利……"

老娘英雄，儿子好汉

晚饭后，来帮章小凤量血压的护士问章小凤，"章师傅，你的大儿子是不是叫郝建华呀？"

"是啊。"章小凤还沉浸在去学校开家长会给她带来的喜悦上，"小王，你认识建华吗？"

"那一定是你儿子，没错了。"护士高兴地说，"章师傅，你有一个好儿子呀！"

"他怎么了……"章小凤知道一定是儿子又做出了什么大事情，"小王，你告诉我，我们家建华怎么了？"

"你的儿子郝建华上报了啊。"

"咦？之前不是报道过他了吗？那是啥时候的事了。"

"这一次又上报了，而且是《北方日报》的头版哩！"

"哎哟，这可是大事了，快把报纸给我看看。"

"章师傅，我没带报纸来。这样吧，我们去食堂那边看吧，大家都在议论呢。"

章小凤让护士把她推到了医院食堂，果然看到一帮在这里疗养的劳动模范们聚在一起，纷纷议论呢。大家一看到她，就向她招手，"小章，快来看，你的大小子上报纸了。"

"小章你真是教子有方啊，这就叫老子英雄儿好汉！"

章小凤呵呵笑着，推了轮椅过去，"老车师傅，报纸给我，我也看看。"

拿着报纸的那位车师傅把报纸摊到了章小凤面前，大声地把那篇报道的题目读了出来，"社会主义新农民赞歌——记上山下乡优秀知识青年郝建华。"

"哟，这小子还真不赖，好！干得好啊！"

"看，还有照片呢。"

"啧，这小子，还长结实了呢。"章小凤端详着报纸上的那张黑白照片，心想，这小子活脱脱是黑一海大哥的翻版！章小凤非常高兴，"大哥呀，你们可不能这么夸他！建华是刚刚有点出息了，可不能让他骄傲啊……"

　　车师傅向章小凤竖起了大拇指，"小章啊，你们一家人个个好样的。你们老两口是劳动模范，你儿子又是上山下乡的模范。跟前这两个小儿子呢，马上就要上班了，想必将来也一定是劳动模范。"

　　"谁知道哩，就看他们有没有志气了。"

多事之秋，儿子在台上批判老子

　　秋天，是收获的季节。而这一年的秋天，对于善良的人来说，又是一个多事之秋。人与人之间的关系微妙而又复杂，一不小心就站到了无产阶级"文化大革命"的对立面，成了阶级敌人。而那些造反派起家的"革命者"们，其面目也变得越来越狰狞了。那一张张狰狞的面孔，犹如苍白的冬日一样，坚硬而寒冷。

　　一向以老实巴交著称的郝一湖，一不小心也站错了队，成了破坏无产阶级"文化大革命"的阶级敌人。其罪名是"资本家的孝子贤孙"，外加一个"黑劳模"。郝一湖所在的工厂过去还干干停停，现在更利索了，彻底停工了。那些从旧社会就在辽海制造厂的前身"东洋制造厂"工作的工人，有相当一部分被揪了出来，被扣上了各种各样的"帽子"。不管是"现行反革命分子""投敌叛国分子"，还是"黑工人""黑技师""走资本主义道路的死硬分子……"都一股脑儿归类到"地富反坏右分子"的阵营……

　　这些人每天都要被拉出来接受革命群众的批斗。白天，他们被挂上牌子游街，晚上参加批斗会、写交代材料。总之，这些"阶级敌人"每天都要交代不同的罪行。为此，有的人就连爷爷的爷爷小时候在村头井里撒了泡尿的"罪行"都交代了出来。

　　"资本家孝子贤孙"的郝一湖在被红卫兵揪上台批斗时，红卫兵要求他反复说一句话，"我是资本家的走狗，我有罪"。郝一湖没有办法，只好一遍又一遍重复这句话。除此之外，他一句话都不说。批斗会后，红卫兵们又要求他写交代材料，他说他是睁眼瞎不会写。红卫兵就让他说，他们写。他一遍又一遍地说，当年黑银基是怎么把他从流氓手里救出来的，后来又收他在工厂里当学徒，然后又怎么教他铸造技术，等等。造反派认为这些根本就不能算是交代材料，就强迫他重说。郝一湖只好又换一个说法：黑银基是他的救命恩人，也是他的再生父母，云云。

　　"郝一湖，你要老老实实交代问题！"

　　"郝一湖已经被资本家收买了！郝一湖是资本家的孝子贤孙……"

这一天，郝一湖又和一批"阶级敌人"一起被拉到广场上接受批斗。当他低着头接受红卫兵代表"批判"的时候，一个非常熟悉的声音在耳边响起："……谁反对伟大领袖毛主席，我们就砸烂谁的狗头！谁反对无产阶级'文化大革命'，我们就和谁斗争到底……"

郝一湖努力地把头抬起了一点点，偷偷地看主席台上讲话的红卫兵代表，这个人不是别人，正是自己的儿子郝祖国。郝一湖于是就感到了一种自豪，一种骄傲。他想，他和这些一块儿接受批斗的人是不一样的。我的儿子能上台批判"阶级敌人"，他们哪个儿子能上台念"批判稿"？

郝祖国念完批判稿后，又情绪激昂地喊批判口号。他在台上喊一遍，台下的群众就重复一遍。

批斗结束了，人群逐渐散去了。郝一湖依然戴着胸前的牌子，弓着身子，慢慢往家走去。进胡同口时，郝祖国突然跑了出来，一声不吭地把父亲脖子上的牌子摘下来，正要往地上扔时，被郝一湖拦住了，"别扔，明天还要戴。"

郝祖国张了张嘴，没说话，搀着郝一湖，父子俩一起回了家。

傍晚，郝一湖依然去给章小凤送饭。

"你呀，其实也是头犟牛哩。"章小凤看到郝一湖头上、身上的伤，没好气地说他，"是不是你也惹到什么人啦？"

"我还能惹谁呀。没事，斗一斗就过了。"

"你说得还真轻松。"

"我想我以后还是不要过来了，免得牵连了你。"

"他谁敢来斗我？"章小凤眉头一挑，怒气上来了，"我章小凤堂堂正正做人，谁敢说出我一个不字来？"

"唉……你没事就最好不过了。"郝一湖苦笑了一下，自己和章小凤不也一样老实干活，本分做人，现在不也挨造反派们批斗吗？现如今的事，是越来越说不清楚了……他担心有一天，这些造反派们会冲章小凤而来。

郝一湖的担心很快就变成了现实。

第二天晚上，一群造反派冲进工人疗养院不由分说就把章小凤带走了。而此时此刻，郝一湖还在辽海制造厂的一间办公室里"交代"问题呢。

疗养院的医生闻讯后，马上赶来阻拦。他们发现，造反派已经强行在章小凤的脖子上挂上了"日本特务的保护伞章小凤"的牌子。

"她是我们疗养院的病人，你们不能把她带走！"负责给章小凤治疗的疗养院院长唐颖中，推开了几个造反派头头时，发现章小凤已经倒在了地上。

"你是什么人？"

"我是辽海疗养院院长唐颖中，章小凤同志的主治大夫。"唐颖中不亢不卑地回答。

"这里没你的事！我们是让章小凤交代她的问题！你要是敢包庇她，你就是她的同伙，要一起批斗！"

唐颖中马上扶起了章小凤，"我是章小凤同志的主治医生，我有权利保护我的病人。"

"唐大夫，你就让他们来批斗我吧，我倒要看看，他们能批斗我什么！"章小凤冷笑着说道。

"她现在的身体根本没办法站立，你们至少让她坐在轮椅上吧？"唐颖中抱起了章小凤，让她坐上了轮椅，"我可要告诉你们，章小凤同志是伟大领袖毛主席接见过的全国劳模，是我们工业战线的一面旗帜。你们谁能负起这个责任，你们就斗她！"

造反派们被唐颖中的话吓住了，章小凤也不甘示弱，"唐院长，你把我推到工人疗养院的大院里，我等着他们来斗我。"

唐颖中刚把章小凤推到疗养院的院子里，一群戴红袖章的造反派们就围了上来。

唐颖中和几个医护人员护住了义愤填膺的章小凤，不让造反派们靠近章小凤。

"章小凤，你老实交代，日本特务骆子和你是什么关系？"一个造反派的小头头不甘心就这样僵下去，便向章小凤开了第一炮。

"你们当年同居一室，发生过男女关系没有？"另一个造反派指着章小凤问。

章小凤一听这话，立马火了，"放你娘的狗臭屁！你胡说八道什么啊？"

"章小凤必须老老实实交代罪行！"第一个向章小凤发难的造反派头头呼口号。

围着章小凤的群众跟着呼喊："章小凤必须老老实实交代罪行！"

"章小凤是日本特务的保护伞！"

……

一时间，群众的呼声震天响，章小凤被围得更紧了，压抑的空气让她有些喘不过气来。那个被章小凤骂了个狗血淋头的造反派冲上来按住了章小凤的脑袋。

"章小凤，你马上老实交代，日本特务骆子和你究竟是什么关系？"

章小凤横眉冷对，一句话不说。

"你们当年同居一室，究竟发生过男女关系没有？"

章小凤气急了，她反手一把抓住了那个按她脑袋的造反派，"你这个王八蛋，你侮辱人！骆子哥他们那个时候根本就不知道我是女的！你再敢胡说，我撕烂你的狗嘴！"

那个造反派甩手打了章小凤一个耳光，"你横什么！"

章小凤的嘴角立刻流下了鲜红的血，她冲那个造反派的脸上吐了一口血，"你再打一下试试？"

"你以为老子不敢！"那个造反派举起手又要向章小凤打去，人群中突然有人暴喝了一声："住手！"

来的人不是别人，正是孙大峰。大家都知道孙大峰是辽海制造厂造反派的大头头，人群就自动地分出了一条道来……孙大峰走到章小凤身后，扶着她的轮椅靠背大声说："伟大领袖毛主席教导我们说，要文斗不要武斗！同志们，章小凤同志不是日本特务的保护伞！当年，她确实和日本特务骆子，还有我同居一室。但是，章小凤同志是女扮男装，我们谁也不知道她是女的！"

一个戴着红袖章的人不解地问："孙主任，这么说，我们难道斗错了？"

孙大峰慢悠悠地点了点头，"你们确实斗错了！"

章小凤冷冷地看着孙大峰时，郝祖国疯了一样地从人群外冲了进来，"妈！妈……你们，想对我妈干什么？"

郝祖国张开双臂紧张地护在了章小凤面前，"你们谁也不准动我妈！我妈是毛主席接见过的劳动模范，你们没有资格斗她！"

"祖国……"章小凤的声音有些颤抖。

孙大峰眯起小眼睛看了郝祖国一眼，肥胖的脸上露出了亲切的笑容，"你是郝祖国吧？你妈没事了，快把你妈送回病房吧。"

"你是……"郝祖国疑惑地看着孙大峰。

"啊，你不认识我呀，我是你妈以前的工友，也是你妈的朋友孙大峰，现在是辽海制造厂革命委员会主任。我刚才已经跟同志们解释过了，章小凤同志和日本特务骆子之间是清白的，他们之间没有任何关系。"孙大峰故意将后面的那句话说得很重，视线还往章小凤身上扫了一下。

"你说的是真的？"

"当然，他们斗错人了，你妈可是伟大领袖毛主席亲自接见过的全国劳动模范呀，我可以替她做保证，她的历史肯定没有任何问题。"

郝祖国推着章小凤回到了病房，唐颖中来为章小凤检查了一下身体，"还好，没啥问题，就是太激动了，吃点药就好了。"

"不用了，唐大夫，谢谢你。"

"不用谢我了，我什么都没为你做。要谢你就谢这位孙主任吧，要不是他及时赶来阻止，还不知道那些人会干出什么来。"

章小凤看了一眼站在旁边的孙大峰，勉强笑了一下，"是啊，我真得好好谢谢孙主任啊。"

太阳为什么从西边出来了

几天后，孙大峰又到疗养院来看章小凤。他把一包水果放在了床头柜上，"小凤啊，这几天身体怎么样啊？"

"哎哟，是孙大主任啊，你来看我，我可是不敢当啊！"章小凤故意大声地说着，扫了一眼站在孙大峰后面的姚少军。姚少军不敢正眼看章小凤，忙把视线转向了别处。

"小凤啊，我是担心你的身体呀。你可是我们厂里的功臣，你可不能有什么事啊。"

"看孙主任说的，我能有什么事啊，不就是被人拉出去批斗了一下，还被人甩了几个耳光嘛。不要紧的，我死不了，你放心。"

"小凤，我并不知道他们连你也敢批斗啊，好在我来得及时，不然就又要造成冤假错案了。"

"真的吗？难道他们要批斗我的事，你会不知道？"

"我当然不知道啊，如果我知道了，怎么会让他们来批斗你呢？"

"孙大主任，你说的可是真话？"

"我句句都是真话。伟大领袖毛主席教导我们说，要全心全意为人民服务。小凤啊，我今天来，其实是为了你的二儿子郝设华的事。"

"哦？设华他在学校读书好好的，他怎么了啊？"

"伟大领袖毛主席教导我们说，他们就像早晨八九点钟的太阳，希望都寄托在他们身上。大姐，我们孙主任考虑到你是伟大领袖毛主席接见过的劳动模范，同时，你也是我们厂的大功臣。所以，厂里的招工指标刚下来，我们主任就首先想到了你。"姚少军从孙大峰身后走出来说。

"这究竟是怎么回事啊，你们说清楚点啊。"

"是这么回事，厂里刚好有几个招工指标，你的二儿子郝设华不是今年正好要从技校毕业吗，听说他成绩很优秀，是个很有前途的青年，让他到咱们厂来上班，也是名正言顺的，大家不会有什么意见。"

"原来是这么一回事啊，如果能让设华进咱们厂上班，那当然最好不过了。"

"这是孙主任对你的特别照顾。"

"那我就谢谢孙大主任了。"

"小凤啊，一直以来，我们可是最要好的朋友啊！你说对不对啊？"

"是啊，我也知道，要不是孙大主任关照，我早就是日本特务的保护伞了，也就不可能还住在这里了。说不定啊，我也和老郝一样，被你们关到牛棚里去了呢。"关于郝一湖被关进五七干校的事，是昨天郝设华来告诉章小凤的，章小凤正为这事儿着急上火呢。

"小凤，你是听谁说老郝被关进五七干校了？"

"自然会有人来告诉我，我是他老婆，知道这件事不算犯法吧？"

"小凤你误会了，我听说这件事情了，不过老郝他只是被暂时下放了，到农场去进行劳动改造，接受贫下中农的再教育，工资待遇还保留着，等改造好了，还可以回厂来上班嘛。"

"大姐，孙主任特别关照了你们家老郝，把他放在了干校农场，是因为那里的生活条件好，你尽管放心。"

"哎哟，这也是孙大主任你的功劳吗？那你可真是我们家的恩人啦！"

"小凤，咱们是什么关系呀，这是应该的，应该的。这样吧，明天你就让郝设华到厂里找姚主任报到。至于郝祖国嘛，刚才我也见到了，是个不错的孩子，他还在上学吧？如果他想上班也可以，我可以安排他到别的工厂里去，你说呢？"

"孙主任，别的工厂咱可不好进吧？"

"大姐，这个你就尽管放心吧，我们孙主任认识不少工厂的头头脑脑，你先让老二来上班。郝祖国的事呢，就包在我们孙主任的身上。"

孙大峰瞥了姚少军一眼，"少军，你先下去吧，在车里等我。"

姚少军连忙点头退出去，"好的。"

等姚少军走后，章小凤紧盯着孙大峰，"你为什么要帮我？"

孙大峰拉了凳子坐到床边，"小凤，啊，我不是说了吗，我们是朋友啊。"

章小凤冷冷一笑，"你还真把我当朋友啊？"

"当然，我一直都把你当朋友啊。"

"那骆子哥呢？"

"我正要和你说这件事，刚才当着外人的面不好说。"

"他不是你的狗腿子吗？"

"小凤啊，在这个世界上，不能轻易相信任何人啊。"

"这才像你孙大峰说的话。你要跟我说什么，关于骆子哥的事？"

"正是他的事。我劝你还是不要太明显地去关心他了，让人看见肯定会出问题。这一次我救了你，但不能保证下一次我还能救你。"

"多谢你的提醒啊。"章小凤冷冷地说道，"骆子哥已经被你们快整死了！你说说，我能不管吗？我可不像有些人那么狼心狗肺，骆子哥曾经救过我的命，还因为我毁了一生的幸福，我怎么可能不去管他？"

"我知道，他是你的救命恩人。你照顾他可以，可是你也不能做得太明显了。"

"我还想问你呢，你答应过我什么你应该还记得吧？你写的保证书还在我这里放着哩！"

"我怎么会忘了呢，所以我才要告诉你，骆子的问题已经不是问题了，我已经替他在辽海市革命委员会那里说话了，上头也觉得他一个疯子，再斗也斗不出个啥，斗得狠了，反而会造成不良的后果。"

"这么说，你真的放过骆子哥了？"

"小凤同志，话可不能这么说呀。骆子的情况你不是不知道，他毕竟是反革命分子。"

"你们为什么打人呀？不就一个疯子吗，你们也下得了手。"

"革命总是会有流血会有牺牲的。骆子上次打伤民兵的事，要不是我出面干涉，他早就被枪毙了。"

"哟，这么说，你还算有那么一点点良心！"

"小凤，你这是什么话，什么一点点良心啊？在这种特殊的情况下，我能做到这么多，已经很不容易了。"

"我知道，反正你得先保住你自己头上那顶乌纱帽，对吗？俗话说人不为己天诛地灭，你是什么人我能不知道？你什么样的事情做不出来？"

"小凤，话可不能这么讲，我对你这个朋友可算是仁至义尽了。"

"你实话实说，你来找我究竟想干什么？"

老子进五七干校了，儿子进厂上班了

自从郝一湖被关进五七干校后，郝祖国就代替郝一湖每天来看章小凤。他的话远比父亲的要多得多，所以有时候还真的能给章小凤带来一定的慰藉呢。

夏天快来了，天气也一天天地热了起来。郝祖国就把母亲推到疗养院的花园里乘凉，章小凤看着这个无论长相性格都与自己非常相似的儿子，心里就像灌了蜜一样甜。最近几天，章小凤老是想着郝祖国上班的事情。让他上班吧，他才15岁。不让他上班吧，万一以后没有机会了，可怎么办？自己当年也是不满15岁就进了日本人的工厂吗？可那时候上班是为了养家糊口，是迫于无奈。现在生活好了，还让祖国这么小就参加工作，步自己的后尘，她确实有些不忍。

郝设华从技校毕业通过招工进工厂上班工作了，算是有了自己的饭碗了，这本是一件好事情。可是，这样的好事却让章小凤心中十分不爽。因为，给她帮忙的是她这辈子最恨的人——孙大峰。在她的心目中，这个王八蛋孙大峰，就是一个十足的小人。她的骆子哥让这个可恶的家伙害得人不像人鬼不像鬼的，她的丈夫又被他送进了牛棚。当然了，丈夫进牛棚也不能完全怪孙大峰，正如孙大峰说的那是上面的意思，这阶级斗争少了"阶级敌人"也是不行的。谁让他郝一湖当年给大资本家当那个干儿子了呢？所以，这是没有办法的事情。可是，骆子哥就不一样了。虽然孙大峰死都不承认骆子现行反革命分子的帽子是他给扣上的，但是，章小凤心里非常清楚，以孙大峰的为人，他怎么咽得下骆子哥编快板骂他的这口气而放过骆子哥呢？所以，骆子哥被诬陷成反革命分子，他应该是罪魁祸首。

按道理说，老子成了地富反坏右分子，儿子就永远也进不了工厂当工人。因为，"领导阶级"的子女都没有指标进入工厂，你一个坏分子的子女凭什么进工厂当工人？可这个孙大峰却说什么，这里边有两个因素，所以郝设华和郝祖国哥俩才可以招工。一是章小凤同志是全国的劳动模范，是受过毛主席接见的全国工人阶级的代表；二是郝设华和郝祖国都属于"可教子女"。因此，郝设华和郝祖国进工厂当工人是天经地义的。

要不是郝设华哭着喊着要进工厂当这个工人，章小凤说什么也是不会领孙大峰这个所谓的人情的。她知道，黄鼠狼给鸡拜年，谁知道孙大峰又安的是什么心。再说了，我章小凤的儿子为什么就得靠你孙大峰当这个工人？我章小凤现在不能为国家做贡献了，还不能让我的儿子进工厂接我的班继续为国家做贡献吗？再说，设华天生的就是当工人的料，他从小就喜欢机器呀，设备呀什么的。他进厂当工人，将来一定会成为一名对工厂对国家对社会都有用的工程师呢！

　　就这样，郝设华顺利地进工厂当上了一名工人。郝设华进厂后，章小凤就想通了，这个孙大峰干了那么多的坏事，这次主动地来向我章小凤献殷情，先不管他是什么目的，但有一点值得肯定的，那就是我章小凤的儿子当上了工人。我章小凤的儿子当工人，就一定是好工人，一定能够为国家做出贡献的。如果让别人去当这个工人，能不能干得好，就难说了。还有，我章小凤四个孩子，已经有两个响应毛主席的号召去上山下乡了。身边就剩下现在两个小的，如果不让他们当工人，让他们去干什么啊？

　　章小凤这样一想，就决定了，他决定让祖国也去上班。祖国上了班，说不定就成才了呢！如果有机会当上个一官半职的，也好取代像孙大峰这样的人，去为人民服务啊！好了，就这样定了，就让祖国也当工人吧。不过，祖国现在中学还没有毕业，也没看出他对什么有兴趣或有什么特长，除了性格开朗活泼以外，他的学习成绩并不如两个哥哥那么优秀。同时，这个孩子也很贪玩。虽然他也说过想当工人，志向是成为和父母一样的劳动模范。但是，他毕竟是一个十五岁的孩子啊，让他进厂吃那份苦，她于心不忍啊！可要是不去当这个工人的话，以后如果没有这样的机会了，岂不是又耽误了孩子吗……章小凤考虑再三，最后还是下定决心，让郝祖国当工人。

　　"祖国啊，妈想和你商量一件事。"

　　"什么事，妈？"郝祖国温顺地半蹲在章小凤面前，用充满期待的眼神看着母亲。

　　"现在学校里也闹哄哄的，课都不上了，你在那里也学不了个啥，我看啊，你这书就干脆别念了，行吗？"

　　"妈，我不念书，你让我干啥呀？"郝祖国眨了眨眼睛，有些意外地嘟起了嘴。

　　"咱不念书了，咱进厂当工人。"

"妈，你开什么玩笑？招工的名额有多紧张难道您不知道？我二哥刚刚进厂，我怎么还可能进得去？况且我听我们同学说，一个职工指标都长成这个数了！"郝祖国说着，举起了两个手指头。

"两百块，还是二十块啊？"

"当然是两百块了！我们家现在能拿出二十块钱就不错了。"

"我们一分钱不用花。你告诉妈，你到底想不想上班？"

"我当然想上班！但是，妈，想了不也是白想呀！"

"你痛快一句话，你究竟想不想上班？"

"想啊！妈，难道说……你真有办法让我去上班？是去你们厂吗？那我就和二哥一样了！"

"我是有办法让你去上班，且机会难得，只不过……"

"只不过什么呀？妈，你就快告诉我吧！说真的，其实我想上班都想疯了！看到二哥进厂了，我羡慕得眼都绿了。妈，我要是上了班，我也要像你一样，当劳动模范！当劳动模范多牛啊！前几年挨饿的时候，别人家吃不上饭，可我们家不但能吃上饭而且能吃饱啊！现在也一样，别人家都吃不饱肚子，可妈妈你呢，在这里顿顿三菜一汤……"

"够了！"章小凤厉声打断了郝祖国的话……

郝祖国吓了一跳，小心翼翼地问："妈，你怎么啦？我说错什么了？"

"你都这么大的小伙子了，也该懂点事情了！你哥哥姐姐们都找到自己的事做了，就你整天还吊儿郎当的，现在你爸是死是活也不知道，你就只知道想这些没用的！"

"我……"郝祖国撇撇嘴，"对不起啦，妈，我错了，还不行吗？"

"你知道自己错在哪里了吗？"

郝祖国眨了眨眼睛，"老实说，不知道。"

"你呀……妈想让你进厂上班，是考虑咱家的情况，难得有这么个机会，反正迟早你也要去上班，早这么一年两年，也没关系。可是妈担心你吃不了那个苦，你口口声声要当劳动模范，你以为劳模是那么好当的吗？是靠喊口号喊出来的吗？所谓劳动模范，顾名思义就是要处处起到劳动带头作用的人，可不是你成天价想的那些美事儿。"

"妈，你这么一说我就懂了。"

"懂了就好，这个工作是别人给你介绍的。我不说他是谁了，你也不要问！你明儿就拿着介绍信去报到，上了班后一定要踏踏实实地干活，把你的那些坏毛病收敛收敛，别让人家瞧不起。你可是我章小凤的儿子，别给我丢脸啊。"

"遵命！我伟大的妈！我保证不会让你丢脸，而且我还会给你老人家脸上增光呢！"

"你可别光耍嘴皮子，拿点真格的来给我看。"

"妈，你就等着瞧吧！"说着，郝祖国一个手握钢钎向前进的姿势，逗得章小凤哈哈大笑起来……

太阳从西边出来的理由

第二天，郝祖国拿着介绍信到辽海汽车制造厂报到，接待他的是厂教育科的干事孙小明。

孙小明何许人也，她不是别人，正是孙大峰的女儿。说到这里，有一个秘密需要交代一下，那就是孙大峰为什么突然热心肠地帮助起章小凤来了？孙大峰热心肠的结果就是，接二连三地把章小凤的两个儿子都招了工。

郝祖国虽然只有十五岁，可一米八零的个头看上去一点点都不像是十五岁的样子。这都和章小凤家的生活水平有关，就是在生活困难的二十世纪六十年代初期，别人家缺粮，可章小凤家因为章小凤一个人干三个人活儿的原因，她家从来都没有缺过粮。而郝祖国又是家里最小的儿子，在一家人的关照下，他基本上过的是锦衣玉食的生活，所以，他的身体一直都非常结实。就因为郝祖国个子高，再加上英俊潇洒，所以才改变了他和二哥郝设华的命运……

故事还得从今年夏天的一天说起。那一天中午，郝祖国和几个伙伴们到辽海郊区的鱼花湖里洗澡时，孙小明让孙大峰的司机拉着从乡下亲戚家回来，路过鱼花湖旁边的树林时，她尿急到树林里方便。这样她就理所当然地听到了湖边的喝彩声。她循声看去，一下子羞了个大红脸。因为，郝祖国他们浑身上下一丝不挂，正在玩着跳高的游戏呢！

因为郝祖国个子高，再加上浑身上下特别白。而其他几个伙伴瘦得像麻秆，由于缺乏营养的缘故，全身都是黑的，没有一点点看相……一开始，孙小明脸红心跳不敢看，过了一会儿，她见林子里只有自己一个人，便大胆地偷看了起来。这一看不要紧，郝祖国英俊潇洒的模样，就深深地印入孙小明的心中……

孙大峰的司机左等右等，等不来孙小明，就进入林子里寻找，于是就发现了孙小明偷看郝祖国的秘密……他不敢让孙小明知道他已经知道了孙小明在干什么，只好轻轻地退出了林子……

孙小明回家后就病了，吃了感冒药也不见好，就住进了医院。医生告诉孙大峰，你孩子得的是心病。因为，护士有好几次都听到孙小明在梦中叫"郝祖国"的名字。孙大峰就问女儿，你看上谁了就告诉爸爸，凭爸爸的地位，就是什么样的人，都会让他乖乖地娶我的女儿为妻。孙小明虽然脸红心跳，但拒不承认有这回事。孙小明虽然是孙大峰的女儿，可浑身上下没有一点点孙大峰的影子和毛病。不仅如此，她还是一个品学兼优的好孩子。初中毕业后，孙大峰就把她招进国营辽海汽车制造厂当上了机关的一名干部。可这上班还不到一年，就得上了心病，这对于孙大峰来说，并不是一件坏事情。孙大峰见问不出个所以然来，就叫来了司机，他让司机去打听一下，找一个叫"郝祖国"的人，看看这个人是一个什么样的人。司机高兴地对孙大峰说："孙主任，不需要去找，我知道郝祖国是谁。"

"是谁？"孙大峰迫不及待地问，"是谁家的孩子？"

"是章小凤家的小儿子。"

"啊？"孙大峰大吃一惊，这个傻孩子，怎么就喜欢上章小凤的儿子了呢？

晚上，知道了原委的孙大峰把孙小明从医院接到了家里。他直截了当的问女儿，"除了郝祖国，你就是找一个什么样的人，我都认了。"

"爸爸……"孙小明羞羞答答，但语气决绝，"女儿非郝祖国不嫁！"

孙大峰知道女儿的性格，但他还是不甘心失败。这样僵持了三天，孙小明也就不吃不喝睡了三天。孙大峰没有办法，最后只好答应孙小明的要求，"我一定把郝祖国招工到你们厂里，至于人家愿不愿意和你好，就不是我的事情了。"孙小明见父亲这样说，一骨碌翻起身来："谢谢爸爸！"

孙大峰苦笑着摇了摇头，"宝贝女儿哟……你可是苦了你老爸了啊！"

这件事情到现在为止，都是一个谜。郝祖国不知道，章小凤也不知道，所有的人都不知道，孙大峰为什么会突然地关照起章小凤来了。

命运居然掌握在父母仇人的女儿手里

本来还有些紧张的郝祖国，见站在自己面前的孙小明竟然是一个和自己年纪差不多的女孩子，而且还长得非常漂亮，当即就心花怒放了。他不但完全丢开了作为一名新工人的忐忑和不安，而且还在心里一个劲地感谢起章小凤来了，妈呀，你让我来上班，真是太明智了⋯⋯

孙小明做完自我介绍后，板着脸一本正经地对郝祖国说："郝祖国同志，你要在这里参加为期一周的进厂教育，然后，才能分配你的工作。"

郝祖国饶有趣味地看着她，也做出一本正经的样子，"孙小明同志，为期一周的进厂教育学什么啊？"

"就是我们辽海汽车制造厂的历史以及现状。"

对这个问题郝祖国马上来了兴趣，他有些激动地问孙小明，"孙小明同志，我们厂的历史是什么呢？"

"我们厂是机械工业部的直属工厂，以生产'中国龙'牌大卡车为主。"

"噢，孙小明同志，这个我知道，我们的中国龙牌汽车在马路上到处跑呢！"

"不错。我们厂生产的中国龙汽车不但上过抗美援朝战场，而且还出口支援过外国一些社会主义国家呢！"

"孙小明同志，你真伟大。"郝祖国趁机抓住了孙小明的手，孙小明的脸马上红成了秋天里的柿子，赶紧把手抽回去，藏在背后，努力保持着平静的表情，问："郝祖国同志，我怎么就伟大了呢？"

"因为你知道得太多了啊！所以，你就伟大啊！孙小明同志，我们厂的现状是个什么样子啊？"郝祖国见孙小明并没有对他的鲁莽行为产生反感，就更加开心了，也不再去逗孙小明，开始认真接受"进厂教育"。

"我们厂多次受到国务院、机械工业部的表彰奖励，我们厂有十二个车间，共有三万多名工人⋯⋯"

"三万多名工人？"

"是啊。"

"我们厂真是太大了！"

"在我们辽海市，像我们厂这么大的工厂有100多家呢！"

"我的妈呀！100多家这样的大工厂呀？"

"所以说，辽海市是我们国家重点建设起来的以装备制造业为主的全国最重要的重工业基地之一。新中国成立后，国家拿出大量的资金在辽海投资建厂，所以才有了我们现在这样的新工厂。我们辽海汽车制造厂的前身是日本伪满政府所建的汽车装配厂，在解放战争时期被破坏得差不多了。现在你看到的，都是新中国成立后重新修建起来的。作为一名新中国新工厂的新工人，郝祖国同志，你要学习的地方还有很多呢。"

"我知道了，请孙小明同志严格教导并督促我的学习。"

"那你该叫我一声老师。"

"这是应该的，孙小明老师。"

"算你还识相！"孙小明说完，扑哧一声笑了，她的笑容娇媚而明艳，郝祖国看她看得都不知道自己是谁了……

"郝祖国同志，你在看什么？"

"我在看你呀，孙小明老师。"

"看我做什么，我又不是书。"

"孙小明老师比书好看多了。"

孙小明的脸又红了，她用那双秋水般的眸子瞪了郝祖国一眼，什么也没说就转身出去了。郝祖国吓了一跳，心想她该不会去找人告状吧，郝祖国忐忑不安地等了一会儿，见孙小明又像没事人似的回来了，才松了口气。

"郝祖国同志，你不要在这里要贫嘴了，也不准你再看我了，你要看的是这些资料。"重新进门来的孙小明一脸严肃，不过脸上还带着一点残余的微红。她佯装板起脸，把怀中的一大堆资料放在了郝祖国面前，"看完要考试。"

"啊，还要考试啊？"

"怎么，你害怕考试吗？"

"不，不怕。"郝祖国连忙笑道，"孙小明老师，我保证向你交一份满意的答卷！"

"你不用给我交答卷，到时候要考你的是我们负责职工教育的副厂长。"

"请问一下，孙小明老师，我会被分配到哪个部门？"

"这个我可不知道。"

"那再请问一下，孙小明老师，我会不会和你分到一个部门？"

孙小明很用力地看了郝祖国一眼，肯定地说："暂时不会。"

"啊，真可惜。"

孙小明又看了郝祖国一眼，垂下眼帘，轻声说："有什么可惜的，反正都在一个厂里。"

"对啊！"郝祖国拍了一下头，"在一个厂里我们还是可以低头不见抬头见的嘛。"

"我在教育科还管着图书室哩。"孙小明说着，飞快地瞟了郝祖国一眼，"欢迎你常来我们图书室看书。"

郝祖国愣了愣，然后咧嘴笑了，"小明老师，我以后一定加强学习，常来借书看，并向你请教，你可一定要帮助我哦。"

"哼，我才不管你哩……"孙小明虽然嘴里这么说着，但嘴角明显地勾起了甜甜的微笑。

歪打正着，郝设华白捡了个跌果

　　日子过得真快啊！转眼之间郝设华进辽海制造厂上班已经三个月了。他一进厂就直接被分配到了焊接车间的铆工班。虽然刚去时常被师兄们取笑，看他瘦瘦弱弱的，还给他起了个"豆芽菜"的外号。但一个月后，他就让所有人刮目相看了。三个月下来，他就能够熟练地操作焊枪，并干出漂亮的直线焊接的活来。他的表现，就连师父赵云传也另眼相待了。

　　下班前，赵云传一一看过了郝设华的焊接，他边看边连连点头，赞许之意溢于言表。看完焊件后，他又打量着面前这个话不多但却踏实、勤奋，还相当聪明的少年仔，心想像这样的好苗子实在是太少见了，真是越看越喜欢，"怪不得那么大的领导看上了你……"

　　郝设华愣了一下："师父，什么大领导……"

　　这时候，赵云传的话被小跑过来的厂革委会秘书打断了。厂革委会秘书悄悄地告诉他，领导搞错了，他们看上的不是郝设华，而是别人。这牵扯到领导同志的形象问题，所以，希望赵云传不要把这件事情说出去。赵云传频频点头，"请你转告领导，在我赵云传这里，什么样的事情都没有发生过！"厂革委会秘书这才放心地走了……

　　孙大峰之所以给郝设华安排了工作，有一箭双雕之意。第一雕是讨好章小凤，为说服章小凤让小儿子郝祖国放弃学业招工创造条件。如果直接招郝祖国招工，似乎有点说不过去，因为郝设华今年技校毕业，面临安排工作的问题，你厂里落实照顾劳模的政策，说什么也该安排技校毕业的郝设华，而不是安排正在上学的还不到招工年龄的郝祖国……

　　第二雕是他感觉郝祖国年龄比孙小明小两岁，当自己的姑爷，是不是有点不合适。于是，他打算把郝设华安排了，然后让赵云传把孙小明介绍给郝设华，让郝设华和孙小明接触接触，如果孙小明能够改变主意，那是最好的结果。如果孙小明不愿意，再继续打郝祖国的主意不迟。

　　于是乎，郝设华就白练了一个跌果……

　　赵云传见厂革委会秘书走了，而郝设华还等着自己的话呢，便眉头一皱计上心来，"设华啊，你的表现不错哦。你知道师父今天要怎么奖励你吗？"

郝设华老实地回答："不知道。"

"你找对象了吗？"

"师父，我还小……"

"小什么小？我像你这么大的时候，都是孩子的爹了！"

赵云传的另一个徒弟张连伟闻声过来，"师父就是偏心，我们跟你老人家这么长时间了，就从来没有给我们介绍过对象。这郝设华才来三天半，师父就张罗给他找对象了！师父啊，你真不够意思哦！"

大徒弟吴敦义也呵呵笑道："师父，你就先给小张介绍个对象吧，这家伙已经等不及了。"

赵云传瞥了张连伟一眼："他呀，休想！"

张连伟夸张地大叫："师父，为什么啊？"

"也不撒泡尿照照，你有人家设华踏实吗？整天干活磨洋工不说，连学技术也敢投机取巧。你这样的人，哪个女孩子愿意嫁给你？"

张连伟摸着额头，装作要晕倒的样子，慢慢地靠在了机床旁边，"师父啊，你对我的打击太大了！我……"

"你什么你！只要你给我好好干，到哪天过了师父这一关，我就给你找对象。"

张连伟马上换上笑脸，扑过来抱住赵云传，"啊，真是我的好师父……"

郝设华看着师兄们和师父在那边调侃，轻轻地笑了，他是打心眼里喜欢这份工作的，不论是在紧张的工作时，还是在闲暇嬉闹的工作之余，都让他感受到了一种全身心的喜悦和满足。

面对阴谋爱情，是祸还是福

这时候的郝祖国，也迎来了他人生的第一个挑战。

郝祖国进厂后，参加了为期两个月的新工人军训。现在，马上就要开始安排工作了。在等待安排岗位的前夕，郝祖国既紧张又兴奋，他和郝设华不同，他并没有对自己的人生做什么规划，也没有确实的目标，他只是走一步看一步，对不确定的未来充满了憧憬和向往。

这天，他在厂里的宣传板上看到了一个刚贴出的通知。其他的新工人看看这个通知后，摇摇头就离开了。可是，小小年纪的郝祖国却揣摩着这个通知对他来说可能是一个挑战，也可能是一个机遇。

通知的内容是这样的，说为了搞好厂里的环境卫生，厂里动员刚入厂的新工人自愿报名做一名光荣的清洁工。新工人们看了都纷纷议论，什么是清洁工？所谓清洁工就是给厂区打扫卫生……干这样的工作丢人啊……是啊，在好多人眼里，这不是一份体面的工作啊……清洁工既辛苦又平凡，也没有什么技术含量，对个人能力的提高也起不到丝毫的作用……

甚至还有人说，谁要是干了清洁工，也许就永远没有出头之日了……同时，郝祖国还在大家的窃窃私语中，听来了一个让他激动不已的消息，说厂里的党组织要从新工人里发展几名新党员，而这个清洁工的岗位很可能就是一个考验。

这时候，郝祖国想起了刚进厂时和妈妈章小凤讨论过的一个问题。他问："妈，你刚参加工作时，干的是什么工？"

"妈刚参加工作时是勤杂工，也就是清洁工，打扫厕所啊，扫院子啊……可那是在日本人统治时期。辽海解放后，我就成了一名光荣的电焊工……"

对于即将分配的岗位充满期待，这是每一个新工人的普遍心理。同时，大家对新工作的期望值高，也是情理之中的。没有一个人不希望获得一份体面的工作。当然，最初郝祖国也希望自己能拥有一份满意的工作，希望能够一进厂就有所作为……可是，妈妈告诉他，一些不切合实际的希望，一般是不会轻易实现的。不劳而获的便宜，也不是随处可捡的。不论做什么事情，只有付出同等的代价才能获得相同的回报。对于妈妈的这些唠叨，郝祖国当时不以为然，妈妈还跟他说过很多很多类似的话，他几乎也都忘记了。但唯有一句话让他还记忆犹新。那就是："脏活累活要抢着干，遇到危险的事要冲锋在前，遇到荣誉时要让别人优先。群众的眼睛是雪亮的，你干得怎么样，大家心里有数。"所以郝祖国暗暗下定决心：如果做某一件事情，有利于自己今后的发展，他一定会不惜一切代价抓住这个机会的，哪怕这件事情不是很体面。

现在，摆在他面前的就是他人生的第一个选择，前面的道路是曲折、艰难的，还是光明、平坦的……他不知道。这个险是否值得一冒，他也不知道。但他知道，入党对于他来说，就像追孙小明一样，绝对是一件大事儿！妈一开始不也干的是清洁工吗？当时她绝没想到她会成为全国劳动模范吧？所以不管以后怎么发展，我也应该像妈一样，先干这个清洁工，以优异的表现入了党再说！郝祖国这么想着，就下定了决心。说干就干，他立刻去了人事科，将自己的意愿说了出来："我是新进厂的工人郝祖国，我自愿去做一名清洁工。"

人事科的科长非常高兴，热情地拉住郝祖国的手，"小伙子，好极了！你是第一个来报名的，只要你好好表现，我会记住你的，你叫郝祖国，对吗？"

"对！科长，我是郝祖国。"

从科长的态度上看，郝祖国觉得自己走出的这一步是正确的。但他办好手续去清洁组报到时，却受到了极大的打击，清洁组的老组长竟然问他，"小伙子，你犯什么错误了？"

郝祖国很吃惊，"哎？大妈，你是什么意思啊？我犯什么错误了？"

老组长上下打量了郝祖国一遍，"那是谁让你来这里的？"

"人妈，我自愿申请的啊？"郝祖国更加纳闷了……

老组长用奇怪的眼神盯着郝祖国，然后去取了一大堆清洁工具交给了郝祖国。郝祖国走时她还喃喃自语："不对啊，这清洁工作一般都是牛鬼蛇神干的活呀，如果没有犯错误，谁会自愿来当清洁工呢？"

郝祖国更是丈二和尚摸不着头脑，"你说什么？谁是牛鬼蛇神啊……"

母子连心，清洁工也是工人

　　下班后的郝祖国非常沮丧，去看章小凤时，蔫儿吧唧的，回答章小凤的话时也有一搭没一搭的……

　　章小凤没注意到他的情绪，还跟他一直在那里念叨："祖国啊，你现在总算有工作了，我也放心了，你爸不在，家里就交给你和设华了……也不知道你爸被下放到什么地方了，能不能吃上饭，有没有生病……"

　　"妈，不是跟你说过了吗？我爸在五七干校里'上班'。"

　　"哦，你看妈是老糊涂了，跟我说过的事记不住了。"

　　"前天我去看过我爸了，好着哩。"

　　"什么？你去见过你爸了？"

　　"见过了。"

　　"你为什么不早告诉我呀？是不是你爸……"

　　"我爸在五七干校'上班'呢，他好好的，你就不要担心了。"

　　"五七干校'上班'？那好，既然是上班，为什么不让我们去看啊？我可听人家说，那里关的尽是些牛鬼蛇神哩……什么上班啊？是'劳动改造'，换汤不换药，把整人的花样变了个名头罢了，反正都不是什么好地方。"

　　"妈，你可说错了，这五七干校比牛棚好待多了，性质也不同。我爸说在里面和当农民一样，就是要早请示晚汇报，搞点思想教育、政治学习什么的，妈，你猜，我爸现在和谁在一起？"

　　"谁啊？在牛棚里还能碰到熟人？"

　　"对啊，爸说牛棚里关的都是熟人。"

　　"听他在那里胡说，又不是什么好地方，难道人还赶趟儿往牛棚里钻啊？"

　　"嘿嘿，妈，这你就不知道了，爸待的那个牛棚里啊——就说不是牛棚，是五七干校了，听名字你就知道啦，是干部学习的地方，里面可有不少大人物哩。"

　　"什么大人物？"

"路叔叔啊！"

"哎哟，路市长也在那里啊？"章小凤果真是吃了一惊，连忙问，"那你见到你路叔叔了没有？"

"我哪能见到啊，去一趟就像是探监一样，非直系亲属都是不能见的。我是听我爸说的，他说啊，里面好多都是以前在省上市里当官的人，根本见不上面的，现在可好了，都成了难兄难弟了。我爸还说啊，他和路市长正好住一间房，他们两个还真是有缘分哩！"

"这话还真不假。"章小凤说着笑了笑。

"我爸说，和他们住一间宿舍的还有一个叫孟金川的。"

"他谁啊？"

"我爸说好像他的官比路叔叔还要大，不过现在他是右派分子。而且，他好像以前和路叔叔是战友，都当过地下党。"

"唉，你说这……"章小凤啧啧叹息。

"不说这些了，妈，我爸知道我和二哥都参加了工作，高兴得很哩，他就担心他走了我们不知道要怎么生活，不过我没跟他说是孙叔叔介绍我们进厂的。"

章小凤看了郝祖国一眼，"你没说是对的，不然依你爸的脾气肯定会生闷气的。"

"算了吧，妈，我爸哪有什么脾气啊，我不说是不想让他担心。"

章小凤有些不懂，迷惑地问："担心啥呀？"

"没啥，妈，我爸让我们好好照顾你，也让你放心，他在里面有吃有喝的，每天还参加劳动锻炼，劳逸结合，过得舒坦得很。"

"你爸还真是想得开。"

"想不开能咋办？我觉得我爸的脾气就是好，对啥都不生气，心胸宽广，宰相肚里能撑船，是个响当当的爷们。"

"也是啊，你爸是吃过苦的人儿，以前也遭了不少罪，多少艰难日子都熬过来了，这一回他和你路叔叔他们在一起，也算是不幸中的大幸，只要他没事就好，唉，这也叫憨人有憨福啊。"

"我爸福气大着呢，我爸说他最大的福气就是娶了妈当老婆。他说就凭这一点，他就死而无憾了。"

"听他胡说！一张嘴没遮没拦的……算了，我不跟你爸计较了……这样的话，我可真就不担心了，以后你常去看看他，还有啊，你骆子叔……"

"妈，我知道了，不就是要照顾好骆子叔嘛！"

"哎？你这孩子怎么说话呢，让你照顾骆子叔就这么不情愿？你这个小兔崽子，竟然这么没良心！"

"妈，我可没说我不情愿啊，这种事不用你说我都会去做啦，爸走后都是我在照顾骆子叔，你就放心吧。最近那些人好像真的不再欺负我骆子叔了，骆子叔的疯病也渐渐地好多了，每天不仅知道按时吃饭睡觉，还能自己洗衣服哩。"

章小凤有些愣怔地点点头："好……这就好。"

"妈，你什么都别担心，安心养病吧。"

"祖国啊，你说得没错，我还指望这病赶快好了，可以重返工作岗位哩，你看看，这都治了这么久了，怎么一点儿起色都没有……我的腿哪，还是没力，站不起来，手还是没劲，拿不稳东西。"

"妈，好不了就继续疗养呗！"

"你这是什么话啊？疗养？你不知道那要花多少国家的钱啊？每天用的药，吃的饭，哪一样不是钱哪！"

"妈，你怎么又不高兴了，好好好，我不说了，行不？"

"祖国，我看你今天有些不对头哦。"章小凤盯着小儿子的脸，"你是在跟妈闹情绪吗？"

"妈，我今天心情的确很不好。"

"有什么事情惹我们祖国心情不好了？说出来，妈给你参谋参谋。"

郝祖国把自己的迷惑告诉了母亲，"妈，你说我是不是选择错了啊？"

"孩子，你选择得没错。你已经进厂当工人了，不管干什么样的活，都是革命工作，知道了吗？而且你选择了最苦最累的活，证明你是一个踏实肯干的人，你想入党，也是有上进心的表现，有了这股子冲劲，你一定能成功。祖国，没想到你刚进厂没几天，就进步得这么快，真是让妈刮目相看哦。"

"妈，你真的这么认为？"

"当然啦，妈骗你干什么啊？你既然选择了这个工作，就什么也别想了，踏踏实实把自己的本职工作干好，劳动不分贵贱，当一名清洁工也是光荣的！你不知道吧，和我一起被评为全国劳动模范的人里面，就有清洁工。"

"真的吗？谢谢你，妈，你让我再次看到了光明。"郝祖国的脸上又重新焕发了光彩，章小凤慈爱地摸着他的头，"祖国啊，你也长成大人了，不再让妈操心了，妈真高兴呀。"

"我也很高兴，有你这样的妈，我感到真光荣！"

翌日早晨刚上班，孙小明就找来了。这时候的郝祖国正在扫院子，见孙小明来了，他想躲起来，但已经来不及了。孙小明来到郝祖国面前就问："你报名当清洁工为什么不告诉我一声呀？"郝祖国红着脸说："这样的工作，又不是什么体面的工作，我怎么好意思去给你说呢？"孙小明嗔怪道："有什么不好意思的？清洁工也是工人。我的意思是你告诉我一声，我好让厂报和厂广播站的姐妹报道一下你的事迹啊！"郝祖国一听有门，孙小明不但没有看不起自己，还要找朋友宣传报道他的事迹，就一下子恢复了自信："小明，我还以为你也会看不起这个清洁工呢。"孙小明告诉他，等一会儿我那个叫刘小燕的姐妹就来了，她要采访你，你好好地把当好一个清洁工的想法给她聊一聊。

郝祖国高兴地说："小明，谢谢你。"孙小明说了声"不用谢"就转身走了，"祖国，我先走了。等我忙完了，我再来看你。"郝祖国望着孙小明感激地说："小明，晚上我请你看电影，你去吗？"孙小明边走边说："去呀。怎么不去呢？"

孙小明走后不久，厂报的记者刘小燕就来了。刘小燕采访完郝祖国后，告诉他，她已经把郝祖国的事情分别告诉了市报和《工人日报》的记者，他们也要过来采访你。郝祖国非常高兴，晚上陪着孙小明看电影时，他把这些都告诉了孙小明。后者在他耳边说："好好地接受人家的采访。他们一宣传，你就成名人了。这样，你入党、招干就有希望了。"郝祖国高兴地轻轻地握住了孙小明的手，孙小明虽然一下子红了脸，但她并没有把手抽出去。郝祖国感觉心跳马上加快了。整个晚上，他都是在激动中过去的。电影里说了些什么，他一个字都没有记住……

初涉爱河就被河水淹了

赵云传不知道厂革委会那位领导为什么又改变主意了，但有一点可以肯定，这个郝设华确实是一个有发展潜力的好小伙子。于是，他就把自己的外孙女丁盈盈介绍给了郝设华，两个年轻人见面后，彼此都很有好感。虽然郝设华很不善于言谈，尤其是在女孩子面前他的话显得更少，但丁盈盈是个热情奔放的女孩子，她主动约会郝设华，两人很快就建立了恋爱关系。初涉爱河的郝设华虽然心里非常喜欢丁盈盈，但笨拙又不善言辞的他却无法把真实的想法向丁盈盈表达出来，他只要看到丁盈盈，就会激动得两手颤抖，根本没办法也没胆量去牵丁盈盈的手或是搂搂她的腰什么的，脑子里、心里也是一片空白，我想你，我爱你之类的话永远别想从他嘴里说出来。可是如此热烈的情感如果不经过语言和行动，是传达不到对方心里的。

丁盈盈是郝设华的初恋，她的音容笑貌、举手投足都让郝设华深深地为之陶醉。工作之余，郝设华都会情不自禁地想她，第一次在电影院里和丁盈盈手拉手时，他那颗猛烈跳动的心几乎要破胸而出。丁盈盈撒着娇要他多说几句话，她无非是像所有恋爱中的女孩一样想听一些甜言蜜语罢了，但郝设华说了半天也没说出一句顺溜的整话来，所以，丁盈盈根本不可能在郝设华这里听到那些可以哄女孩子开心的甜言蜜语……

"设华，你老是这样像个闷葫芦似的，让我将来怎么跟你生活啊？"一天，丁盈盈终于无法忍受郝设华的沉闷，失落又失望地望着郝设华，"每一次约会都是我主动提出来的，而每一次约会的时候也都是我在那里说个不停……设华，你知道吗？这样一次两次我还觉得无所谓，可每次都这样我会觉得很无聊。设华，我需要的是一个能让我感知喜悦与快乐的人……但是，你……你给我的除了枯燥无味，还是枯燥无味，我真的是太失望，太失望了。失望，你懂吗？"说到最后丁盈盈略有些激动。

"盈盈，对……对不起……"郝设华赶紧道歉，心里也越发紧张了起来，他害怕丁盈盈生气，却又不知道该怎么哄她高兴。

"光说对不起有什么用，你就不会跟我说点其他的话吗？"丁盈盈心情稍微平静了下来。

"我……我不太会说话，你……你是知道的，尤……尤其是那些……"

"我知道，我明白，我懂，我也理解，不过没关系，你跟我说一些工作上的事，或者你最近看的书呀什么的，也可以呀，只要是你说的话，我都爱听。"丁盈盈看到郝设华紧张害怕得都有些结巴了，她又于心不忍，就尽量地鼓励、安慰郝设华。

郝设华愣愣地看着丁盈盈，她的眼睛又黑又深，眼睫毛又长又翘，被她这样直直地望着时，郝设华感觉他的魂早已被勾进了那双深深的眸子里了，让他晕头转向；当那长长的睫毛像蝴蝶的翅膀在他眼前轻轻扇动时，不要说工作上的事和书上的内容了，恐怕他就连自己姓什么都想不起来了。

"盈盈，我……"

"设华，我喜欢你，第一眼就喜欢上你了，你呢，你喜欢我吗？"

"我，我也……"

"你也什么？"

"喜欢……"

……

小伙子，你为什么失约

今天的约会，让丁盈盈十分恼火。她再也不愿相信这个可恶的郝设华了。因为，电影都已经演了一半了，她还没看到郝设华的人影。丁盈盈看着身边空空的座位，又看着前面亲亲密密的一对对情侣，泪水悄然滑落："郝设华，你根本就没把我放在心上，你心里只有你的焊枪……"

郝设华非常兴奋地来到了疗养院，他准备把与丁盈盈约会的事告诉章小凤，好让母亲也一起分享他的快乐。可是，到了疗养院，因为章小凤拿出来了一样让他欣喜若狂的东西。所以，他一高兴，就把和丁盈盈的约会忘了个一干二净。

是什么样的东西能让郝设华忘了这么重要的约会呢？

郝设华在告诉章小凤他和丁盈盈谈恋爱的事之前，拿出了一个焊件给章小凤看，章小凤看完后非常惊喜，问儿子，"设华，这真是你干的活？"

郝设华有些腼腆地点点头，"嗯。"

章小凤把儿子今天异常兴奋的原因，完全归结到了焊件上。她兴喜之余，忙把轮椅推到了床边的书柜前。她打开了柜门，"设华，你过来看看，这是什么东西？"

郝设华见柜子里摆满了大大小小的焊件，如获至宝，"妈，这是……"

"这是我十几年来积累的一些电焊样品，这都是我的杰作。"

"妈，能把这些东西给我吗？"

"傻孩子，我留着这些东西往坟墓里带吗？今天，我把这些东西作为礼物全部送给你。"

郝设华激动地抱住了章小凤，"妈，谢谢你。我明天就把它拉走！"

章小凤呵呵直笑，"看看，我的设子一点儿也不内向嘛！孩子，你再看下面的抽屉里是什么？"

郝设华拉开抽屉，里面是几个笔记本，上面写着《电焊技巧》四个字，字写得歪歪扭扭，像是小学生写的，"妈，这是你写的吗？你是什么时候写的？"

章小凤看看自己的手，"傻孩子，你以为你妈这些年在老老实实地住疗养院吗？你妈我怕自己的技术被闲得荒掉了，就把自己知道的东西都记了下来。虽然现在没人想要这些东西，可我想啊，总有一天会派上用场的。我知道我永远不能拿焊枪了，可是，我还可以讲啊！我如果能等到那一天，我这辈子就没有什么遗憾了。"

郝设华飞快地翻着笔记本，"妈，这些东西现在就能派上用场了。"

"我本来想等时机成熟了，就把这些东西交给厂里，没想到我的儿子出息了。好，在妈妈没有把这些东西交给厂里之前，它们就全归我设子了！"

"妈，谢谢你，我马上把这些宝贝拉走。"

"那可不行！"

郝设华疑惑地看着母亲，"妈，为啥啊？你不是给我了吗？"

"设子，现在不是在批判什么白专道路吗？你把这些东西拿出去不合适。"

郝设华点点头，"妈，我明白了。那就在你这里放着，这里安全！"

"对了，我的设子越来越聪明了。以后啊，你就到我这里来看吧！"

"谢谢妈！妈，你真了不起。"

从疗养院出来，郝设华就直奔厂里，开始试验章小凤笔记上记着的那些小窍门。赵云传从外面回来，看到他后很奇怪，"设华啊，你今天下午不是休息吗，怎么还没有回家？"

郝设华全神贯注地摆弄着几个焊好的焊件，没有听到师父的问话。赵云传凑过去一看，欣喜若狂地抓起一个焊件仔细打量，"设子啊，这是哪来的？"

郝设华回过神来兴奋地望着师父，两眼闪闪发光，"师父，这些都是我妈焊接的焊件，我正在研究琢磨呢，我也要把自己的技术磨炼到这个程度，焊出这么漂亮的活来。"

赵云传在郝设华头上拍了一下，"真有你的，臭小子，师父没看错你。你妈是咱们厂的焊工工程师，在全国大比武上得过冠军，我看哪，你小子肯定是得到了她的遗传啊！你的堆焊技术已经非常好了啊！"

师徒俩讨论这些焊件的时候，正是丁盈盈在电影院里焦急等待的时刻。郝设华完全忘记了和丁盈盈的约会，直到丁盈盈的电话打到厂里，师兄张连伟来叫他接电话，他才如梦初醒，"呀！"他低呼一声，慌忙失措地摸着头，不知道如何是好。

"设子，你是不是忘了和盈盈的约会啊？"赵云传连忙问郝设华。

郝设华摸着头，有些不好意思地点点头，"嗯，师父……"

张连伟在一旁听了哈哈大笑，"设华呀设华，这么大的事情都让你给忘了，真有你的！要是我，就绝对不会犯这么低级的错误！设华啊，你再这样下去，小心被盈盈甩掉哦！"

赵云传没好气地瞪了张连伟一眼，"你还说！你要是不跟设子学着点，你连跟女孩子约会的机会都没有……设子，你还愣着干啥，赶紧去呀，我去接盈盈的电话！"

郝设华慌张地放下焊枪，匆忙跑出了车间。

"设子，你别着急，盈盈那边的工作我来做。"赵云传在郝设华后面大声喊道。

赵云传在电话里给孙女丁盈盈解释了半天，才彻底消解了丁盈盈的满腔怒火。丁盈盈在电话里让爷爷赵云传告诉郝设华，她要和郝设华看下一场电影，让郝设华马上过来。

郝设华知道丁盈盈原谅自己了，特别高兴。他骑着自行车在路上狂奔，经过一个三岔路口时，刚好看见骆子被十几个孩子围着追打，他连忙下车跑过去，"住手！"

孩子们见有人来了，吓得一哄而散。郝设华过去拉起骆子的手，把他手中拿的木棍和驴粪蛋夺过来扔掉，"骆子叔，不是告诉你别再出来乱跑的吗？"

骆子怯怯地看着郝设华，像个做了错事的孩子一样，"我找不到家了……"

郝设华叹了口气，"那我带你回去吧。"

骆子顺从地坐在了郝设华的自行车后座上。

"骆子叔，坐稳了！"

……

结果，直到又一场电影散场了，丁盈盈还是没有见到郝设华的影子。她生气地直接找到厂里，见爷爷还在琢磨着郝设华的焊件，就气不打一处来，"爷爷，郝设华他人呢？"

赵云传一脸奇怪地看着怒气冲天的丁盈盈，"设子不是找你去了吗？"

"爷爷，你不要再帮他说话了，这个郝设华实在是太过分了。我一而再，再而三地等了他一个下午，他却把我当傻瓜一样晾在电影院里不闻不问，到现在还不见踪影。我怎么可以再和这样一个人在一起呢？

爷爷……"

丁盈盈趴在办公桌上嘤嘤地哭了起来。

赵云传慌忙安慰她，"盈盈，你别着急，搞清楚情况再说吧，好不好？"

不专心恋爱，是要付出代价的

下班的时候，郝设华用最快的速度来到了辽海机床厂的大门口，他要在这里堵一个人。这个时候，大门口是最热闹、最拥挤的地方，工人们熙熙攘攘地涌出，就像是决堤的洪流一样，奔流不息……接着，就是成千上万的自行车组成的大军，浩浩荡荡从厂大门出来，向四面八方扩散……这股庞大的洪流一直持续了个把小时，还没有要停息下来的迹象……

在这样拥挤的人潮中要寻找一个人本来是比较困难的，但把脖子伸得长长的郝设华还是一眼就看见了夹在一群女工当中的丁盈盈。她推着自行车，一边走一边和身边的女工说笑着。她旁边的女工，还不时地发出清脆的笑声……郝设华急忙挤了过去，"盈盈……"

丁盈盈一看见郝设华，原本笑着的脸马上沉了下去，她没有理会郝设华，仍然和那个女工往前走着……就在她准备骑上自行车的时候，郝设华鼓足勇气上前抓住了她的自行车车把。

"你干什么？"丁盈盈冷若冰霜地斜视着郝设华。

"盈盈……我……我想……"

"你想干什么？快点说！我还有事儿哩！"丁盈盈一百二十个不耐烦。

"我想……请你看电影。"

"哼，你是我的啥呀？请我去看电影？无聊，去请你的焊枪看电影吧！"丁盈盈面无表情地一声冷哼。

郝设华愣住了……最后只好眼睁睁地看着丁盈盈跨上自行车，随着人流消失在了大门口的马路上。

"设华，你好好跟盈盈道个歉，赔个不是，女孩子嘛，哄一哄，马上就回心转意了。"最近这段时间，师父总是这样劝郝设华。可是郝设华已经找过丁盈盈好几次了，每次找到她，她都冷若冰霜，根本就不理郝设华，每次郝设华的话还没说完，她就扭头走开了，看样子她是吃了秤砣铁了心要和他分手了。今天又是这样，他想，她真的不可能回心转意了。

"师父……盈盈，她，她根本不听我解释……"

"你老是去人家工厂门口堵着也不是回事，这样吧，师父给你们约个时间，你们再好好谈谈。"

"谢谢师父。"

"这一次你可要把握好机会呀。"

"是。"

这一天，赵云传帮郝设华把丁盈盈约到公园见面。一大早，郝设华就到公园门口去等着了，约会时间是九点，他足足等了一个半小时，总算看见了丁盈盈的身影。当她走到郝设华面前时，郝设华的心跳就像擂鼓一样，他面红耳赤地说不出话来，"盈，盈盈……"

"郝设华，我爷爷让我来跟你谈谈，也好，我想我早该跟你把话说清楚了，免得你还心存幻想。你以后不用再来找我，也不用跟我解释道歉了，我们没有任何关系了。我今天来见你，就是要你清楚地知道，我们已经不可能了。"

丁盈盈说话间，一个梳着背头的年轻男子走了过来，"盈盈，对不起，我来晚了。"

"你没来晚，是我来早了。"丁盈盈说着，挽住了那个男子的胳膊对郝设华说，"郝设华，我来跟你介绍一下，这位是我的男朋友王军。"

"男朋友……"郝设华的嘴巴越发不灵光了，愣愣地看着丁盈盈。

丁盈盈又说："小王，这位是我爷爷的徒弟，他叫郝设华。"

男子上下打量了郝设华一遍，似乎明白了一二，笑嘻嘻地伸出手来，"你好。"

"你……好……"郝设华也机械地把手伸了出去。

"你是盈盈爷爷的徒弟，那你就是工人喽？是焊工还是铆工？我在市政府工作，算是机关干部，我们……"

丁盈盈打断了男朋友的话，向郝设华摆摆手，"郝设华，你就这样告诉我爷爷吧，再见！"

"再……"郝设华费了九牛二虎之力，也没有说出再见的"见"字来。

看着丁盈盈和她的男朋友渐渐走远了，郝设华慢慢地蹲到了地上。刚才还欢跳不已的心脏此刻似乎已经停止了搏动……他感觉全身冰凉冰凉的，就像掉进了冰窟窿里……

从那以后，郝设华更加沉默寡言了，干起活来比章小凤当年还要拼命。赵云传知道其中原因，不好劝，只能在旁边替他叹气，"这个盈盈也是，设华这么好的小伙子不要，非要找那样一个二杆子……唉……"

趁着师傅不在，张连伟几个凑在一起抽烟扯淡，看到郝设华埋头在那边干活，叫他几声都没反应，张连伟摇摇头，"这女人真是祸水啊！你看看，一个多优秀的小伙子啊，被爱情伤害成这个样子了！"

吴敦义也啧啧叹息，"你说得对，设子啊，现在眼里除了工作再没有其他的了！"

"就是，他一天到晚除了干活还是干活。他一个人几乎把我们所有人的活儿全给干了！我都有点过意不去了！"

"其实师父也是好意，想把自己的外孙女嫁给设子，可是这个设子愣是不懂……不懂那个什么情来着？"

"不懂风情！"

"对对对，不懂风情。这个丁盈盈真是个白骨精啊，你看看，把设子整成什么样子了！"

"就是，就是个白骨精……"

赵云传悄悄地走过来了，他在张连伟后脖颈上狠狠拍了一巴掌，"兔崽子，不干活，就知道偷奸耍滑，还胡说八道！"

张连伟捂着脖子委屈地撇着嘴，"师父，不是我们不干，是设华不让我们干啊！"

"设华怎么不让你们干活了？"

吴敦义指着郝设华的背影说："师父啊，我们的活都让设华一个人干完了呀。"

赵云传望着埋头干活的郝设华，无可奈何地摇了摇头，"唉……"

"设子让爱情鸟给伤了啊！哎，我们可怜的设子啊！"

"设子啊，你休息一下吧！"

张连伟开始对着郝设华唱了起来，"回来吧，回来吧，设子不能没有你；回来吧，回来吧，我们也要努力……"

偷偷摸摸的事业，竟然有成了

"文化大革命"结束后的 1978 年，当城市还笼罩在"文化大革命"留下的阴影中时，农村却正在悄无声息地发生着变化。之后，这变化犹如春雷般突然而迅猛，在广阔的大地中回响，经久不息……

元房子公社李家村生产队自办的电气焊服务部外面，拖拉机来来往往，忙得不亦乐乎，一片热闹景象，那情形，就跟忙忙碌碌的集市一样。服务部的院子里还停着几辆来自不同大队的拖拉机，司机们趁着等候的空当，凑在一起抽烟唠嗑。一个司机走到正在忙着焊东西的修理工跟前，掏出纸烟递上去，"师傅你抽根烟，歇会儿吧。看你们这么忙，真是辛苦了。"

那位修理工紧张地操作着焊枪，"师傅，我不能抽烟，你抽吧！"

另一位司机就问："你们这里管得这么严啊，烟都不能抽？"

戴着电焊帽的修理工转过头来，认真地说："我们师父可严着呢。要求我们在工作期间不能抽烟。"

"小师傅，你的年纪好像还不大吧？活倒干得很漂亮哩，听说你们师父就是你们大队的主任吧？"

"是啊，他现在已经是我们大队的党支部副书记了。"

"那现在你们这个服务部谁管啊？"

"归大队管，我们郝副书记还兼着服务部的主任呢！"

"你们这个郝副书记可不得了呀！……哎，前几年你们就偷偷摸摸地搞机械加工，不是也很红火吗？"

"是红火啊，可是被当作资本主义尾巴给割掉了！"

"听说你们这个郝副书记还为这事儿挨过斗？"

"是啊，他是厂长嘛！"

"看来你们现在也只是走走过场，做给上面看，其实你们这个电气焊服务部，干的不还是原来的机械加工吗？就是换了个名字而已，换汤不换药，结果还是在搞资本主义，小师傅，你说我说得对吗？"

那位年轻的修理工马上警惕了起来，"你们……是干什么的呀？打听这些干什么？"

"你别怕，我们不是来割你们书记尾巴的，我们就是有点好奇，在全公社，你们村上的劳动日值最高，你说这是为啥哩？"

"是啊，我们张园子生产队一个劳动日值才一毛钱，可你们李家村就值一块多钱呢！"

"你们大队富啊！我们都眼热啊！"

年轻的修理工这才松了口气，有些自豪地说："眼红的人多着哩，先前我们的农机修理厂就是被别的生产队告到上头去才被停办的。嘿嘿，说啥玩意儿都没用，谁让我们有个好领导啊！自从郝副书记插队到我们这里，我们就没差过好日子，郝副书记可是我们的福星哩！"

"哎，小师傅，我再打听一件事，听说你们的郝副书记虽然是个副书记，可实际上就是大队的一把手。"

"你倒是消息灵通啊！的确如此，老书记就挂个名而已！队上的事都是郝副书记在管着哩。"

"唉，你说同样都是插队的知青，我们那里的几个咋就只知道惦记着回城呢？"

"嘿，那可不一样，我们郝副书记当初可是主动要求到农村来的哩，他一来，其他的知青也都跟着来了，你们还不知道吧，郝副书记的妹妹也在我们这儿插队哩！"

"还有这回事啊？"

"这事儿我也知道，听说郝副书记的妹妹也厉害着呢，一个人敢天南地北地跑，你们服务部加工的东西都是她在销，可以说她就是服务部的二把手，我说得没错吧，小师傅？"

"没错，郝副书记的妹妹是我们服务部的副主任，她可是我们大队的大红人儿，成天价屁股后面跟着一大帮小伙子，想要追求她哩。"

"嘿，你们书记的这个妹妹她长得漂亮不？"

"可漂亮了，比我们书记的对象还要漂亮！"

"小师傅你是不是也想去追呀？"

"我哪有那本事啊，郝副主任的眼界儿高着呢，比不上我们郝书记的，她才看不上哩！"

"啧啧，真是羡慕你们啊，如果我们队里也摊上这么个能干的人该多好！"

前边说得热闹，这后边也忙得正紧。电气焊服务部的办公室就设在后院，主任办公室里，郝建华坐在办公桌后，一边翻开手边的一堆报表，一边把一个文件夹递给郝亭花，"郝副主任，这是下一周的生产计划，你马上安排一下！"

　　郝亭花接过文件夹，有些哀怨地瞪了郝建华一眼，"哥，你就不能叫我的名字啊。"

　　"啊？这里是工作场所，就该叫你的职务，你也改一下口吧。"

　　"哼，假正经吧你！"

　　郝建华抬头看了郝亭花一眼，摇摇头，又继续看报表。

　　"哥，没事吧？咱就这么大张旗鼓地干资本主义，不怕再被割尾巴啦？"

　　"是啊，就这么大张旗鼓地干，这有啥问题吗？"郝建华不以为然地问。

　　"我是怕上面又……两年前的事儿你应该没忘记吧？"

　　"没事，现在已经不是两年前的情况了，你多少也看看报纸了解一下中央的动向吧，形势正在改变，时代也在改变，我们这么干绝对没问题了。"

　　"我就是担心你嘛！万一你出什么问题，我……"

　　"能有什么问题？你也看见了，我们的生意这么火，说明了什么问题？有需求啊！你手头拿的那个计划，比上一周又提高了百分之十的生产量。这又说明什么？我们的收入又增加了！"

　　"这些我都知道，正因为如此，我们大队现在都成了整个公社的眼中钉了！"

　　"郝副主任，你还没有看清形势。就算我们成了别人的眼中钉，被那些嫉妒或羡慕的眼光包围，他们也找不到把柄来整我们了。我们一没耽误农业生产，二没违法乱纪，我们这是创办副业提高了农民的收入，发展了农村的经济，我们是在实现四个现代化呢，这是在积极地响应国家的政策和方针啊。你说，哪里有问题？我看有问题的是那些看不清形势的糊涂人。"

　　"哥，你老说变化变化的，究竟哪里变了？"

　　"你慢慢看吧，很快就要变了。"

　　"哥……啊，算了，反正不管怎么变，我都跟着你，就算一起蹲大狱吃牢饭我也跟着你。"

"你又在胡说八道啥？好了，赶快去落实你那份生产计划吧。"

"知道了！"郝亭花深深地看了郝建华一眼，那里面藏着无尽的爱恋与痴迷，只可惜，郝建华始终低着头，好像在刻意地躲避着她的眼光。

郝亭花走出主任办公室时，和正要进门的魏轶力撞了个满怀，"哎哟……"

"亭花，你……"

郝亭花仰着脖子，冷冷地斜了魏轶力一眼，"我怎么了？"

魏轶力揉着被撞痛的肩膀，轻皱眉头，见郝建华正看着她们，就勉强笑了笑，"啊，没什么……"

郝亭花轻哼了一声，扭身走了，魏轶力来到郝建华的办公桌前，"建华，又有人打电话来订货，可是我们这个月的计划都已经安排满了，你看这……"

"你给挤一挤吧，人家都找上门来了，就尽量满足他们的需求，让服务部加班干吧，不行我们就再增加几个人，扩大加工量。你看怎么样？如果没有能人，我们就面向全大队公开招人。"

"好，我这就去安排。"魏轶力说着正要离开，郝建华叫住了她，"轶力你等等，还有件事要你去办。"

"是材料采购的事吗？"魏轶力重新回到办公桌前。

"对，就是这事。你马上到市里去，到国营辽海制造厂去一趟，找一个叫姚少军的副主任，买一车钢材回来！"

"好，我这就去。"魏轶力点点头，走到门边又回身看着郝建华，郝建华有些诧异地看着她，"还有事吗？"

"建华……这事你为啥不让亭花去办？服务部的采购和销售不是都由她负责的吗？"

"这事儿让她去不行，她那牛脾气你是知道的，再说这个姚少军……唉，其他事你就别管了，快去快回，尽量争取能多买些钢材，要扩大生产量，没有原材料说啥都是闲的。"

"这么说，比起亭花，你更信任我喽？"魏轶力抿着唇笑道。

"我是相信你能办好这件事，不然就得由我亲自出面了。"

"你放心，我保证不会让你失望。"魏轶力说着给郝建华来了一个飞吻，"因为啊，我太爱你了！"

魏轶力的身影一闪，消失在门外，郝建华愣了愣，有些无奈地叹了口气。虽说这些年凭着他的努力，不仅办火了这个电气焊服务部，而且也提高了大家的收入。但是，他还是强烈地感觉到自己的小辫子是捏在别人手里的。现在不一样了，政策好了，人心也变了。他要抓住这人生的关键时刻，努力大干一番，也不枉来到这个世界走一遭。

前面的道路他已经看清楚了，到处是一片灿烂。因此他信心百倍，也干劲十足。在事业上，他是一路凯歌，然而在感情上，内心却矛盾重重，怎么也把握不好。现在，不要说来自外面的那些倾慕的眼光了，光是身边的魏轶力和郝亭花，就已经叫他喘不过气来。她们的感情都是那么的强烈而直接，让他难以应付，面对魏轶力看似平静实则紧迫的强势追求，他有点招架不住的感觉。尽管，他在好多情况下因为魏轶力对他的欣赏和爱慕而感到骄傲，但他觉得作为女孩子还是应该矜持一点好。

他给予魏轶力的承诺至今未曾兑现，除了自己离成功还差那么一小步的原因外，还有来自亲妹妹有意无意的搅和。面对魏轶力，他有时候会不由自主地发一通脾气。可面对郝亭花火辣辣的视线、咄咄逼人的气势、隔三岔五的捣乱，除了无所适从外，让他又有了想再次逃离的感觉……有时候，他甚至想把郝亭花赶回城里去。郝亭花呀郝亭花，你是我郝建华的妹妹啊，你整天搅和在我和魏轶力中间，这是干什么啊？可是，当静下心来的时候，他也是理解妹妹的。所以，在一般情况下，面对妹妹的无理取闹，他总是听之任之，甚至对妹妹的故意找碴，也从来没有往心里去……

当天下午，魏轶力就从市里打电话回来了。她兴冲冲地对郝建华说："事情不但已经办妥了，而且在原计划五吨的基础上，又增加了五吨。"

"真的吗？五吨可就是两车啊……轶力，太好了！"郝建华高兴地问，"怎么回事啊？他这次怎么给了我们这么多啊？"

"嘿，他说国营企业有支持我们社队企业的义务。所以一下子就安排了十吨，连车都给咱装好了。"

"好！不错！"

"这个姚主任还真是不错，他对你是特别尊重。不过，关于付款问题他要亲自跟你谈，我看啊，这次得你亲自出马了，等一会儿那位姚主任应该会给你打电话的。"

"我知道了。"刚挂上电话，铃声就又响了起来，郝亭花这时走进办公室，看着郝建华，似乎有话要说。

"亭花，你等等，我接个电话。"

郝亭花走到一边的沙发上坐下，随便翻看着茶几上的报纸。

电话正是姚少军打来的，郝建华说："姚主任谢谢你啊，你对我们社队企业这么支持，我们感激不尽啊。"

"哪里哪里，支持社队企业，是我们国营企业的责任嘛！我也就是尽了点绵薄之力……呵呵，关于这批钢材的价钱问题……你稍等一下。"

郝建华听到电话里有锁门的声音，心领神会地笑了笑，然后电话里又传来姚少军压低的声音："郝主任，你看，这十吨钢材我按半价给你，但你必须付现金。你也知道，我们是国营企业，提一点业务费用非常困难。所以……你也是聪明人，应该懂我的意思，这件事最好由你亲自来办。一来我们见见面，还有些事情要谈，二来……"

"姚主任，我们不需要发票，付现金没问题。你能给我们解决这么大的问题，我们非常高兴啊。你放心，我一定亲自过去！"郝建华飞快地说着，然后瞟了郝亭花一眼。郝亭花正专注地看着报纸。

"我就知道郝主任是爽快人，行，你进市了给我打电话。"电话那头的姚少军高兴地说，"好！我等着你！"

放下电话，郝建华才发现郝亭花正瞪着那双黑幽幽的眼睛看着他，"怎么了？亭花？"

"哥，你又从谁那里买钢材了吧？这采购的事你不让我去办，却交给魏轶力，是嫌我能力不如她吗？"

"亭花，你误会了，我没这个意思，只是……"

"我知道，你走的不是正规采购渠道，怕我把这事儿抖搂出去，哥，你摆明了是不相信我嘛！"

"亭花，我们是一家人，我不相信你还能相信谁？"

"你只相信魏轶力！"

"亭花，你就不要再这样胡搅蛮缠了，好不好？"

"我哪里胡搅蛮缠了？我这也是为你好！哥，你是从辽海制造厂买钢材，对不对？刚才给你打电话的就是那个叫姚少军的副主任，对不对？他是辽海制造厂革委会副主任，对不对？我可没忘了当初就是他把骆子叔给迫害成那样了，咱爸进牛棚这事儿他肯定也脱不了干系，反正他就不是个什么好东西！你就看嘛，给你打这么一个电话，几千块钱就装他腰包里了。什么狗屁的解决业务费用，说白了就是贪污！哥，这可是在挖社会主义墙角啊！"

"亭花，你就别管这事儿了。再说了，我也是没有办法啊，我们要生产就必须得有材料，可我们只是一个小小的电气焊服务部，走正规渠道根本就买不来钢材，你说我们不找姓姚的怎么办？"

"哥，这些人就指着那点权力在国营企业捞黑心钱，你却助长他们的这种歪风邪气，你的良心到哪里去了？"

"良心能买来钢材吗？而且，我是在给队里办好事，又没把钱装进自己腰包里！"郝建华有些生气，不让郝亭花插手这件事就是怕她会这样说，她那疾恶如仇的脾气总是让他难堪。

"哥，我是怕你犯错误。"

"我的事不用你管。"

"好！我不管！你就和魏轶力狼狈为奸，干你们的好事吧！"郝亭花把手中的报纸啪地扔到茶几上，气冲冲地跑了出去。

于无声处

章小凤在工人疗养院已经住了将近十年，按她自己的话说，这里已经是她的第二个家了。经过长期的治疗，她已经能够脱离轮椅下地扶着墙慢慢地走路了。为此，她先后几次提出过要出院，但都被疗养院否决了。她的主治医生唐颖中尤其坚持要她继续住院，"章师傅，照你身体恢复的情况看，只要我们继续共同努力，就一定还会有更明显的成效。如果你现在出院，就等于半途而废，我们大家的努力、工作就等于白费了，都将前功尽弃了。我想这也是你不想看到的结果吧。"

"你们大夫就知道吓人，我觉着我已经好得差不多了。"

"还差得远呢，你想上班啊，没门。"

"我也知道我不可能再回厂里上班了，我就是觉得自己老这么住着，太浪费国家的钱了。"

"如果你就这样放弃治疗，那才叫浪费呢。"

"好好好，我听你们的还不行？反正都住这么些年了，索性住到老死算了。"章小凤赌气地说。

"章师傅你也别灰心，对你身体的彻底康复，我可是信心十足哟。"

"那敢情好，我要是能跑起来，就去参加市里的马拉松比赛。"

"好啊，再给我们拿个冠军回来。"

"哈哈……"

两人最后都说乐了，这事也就没再提了。

这些年来，郝祖国和郝设华在下班时间都交替来探望母亲，向章小凤汇报他们在工作上取得的进步。章小凤看着自己的两个儿子在一天天成长，心里感到十分欣慰。对于自己再也不能返回工作岗位的这件事，也就逐渐看淡了。只是她有些为郝设华担心，虽然这个儿子一直以来就话少，和他爸一样是个闷葫芦，但他的个性并不沉闷，内向归内向，却不孤僻。

过去，当郝设华与她谈论工作方面的事时，她总能在儿子脸上看到夺目的光彩，而且，他的话也会变得多起来，甚至有时候滔滔不绝地表述他的见解。可是现在的郝设华变了，变得越来越沉默寡言。章小凤问起他最感兴趣的工作情况时，他也只是问一句答一句，根本就不想多说一个字。

今天的郝设华又是老样子，不同的是，他背上了心爱的萨克斯。章小凤以为郝设华是来给她吹萨克斯的，就高兴地说："设子，这就对了，把你的萨克斯也吹给妈听听，让妈也饱饱耳福。"可是，郝设华居然呆呆地看着窗户外面发起了愣。章小凤也就跟着儿子的样子愁苦起来，"设子啊，你给妈说说，你到底怎么啦？"

郝设华似乎一下子被惊醒了，他猛地抬头，看着章小凤，连忙摇摇头，"妈，我没有什么呀。"

"设子，过来，坐妈旁边。"章小凤让郝设华坐到床边，拉起他的手，"设子啊，你真的没事吗？你有什么心事就跟妈说，可不能老是憋屈着，这样会憋坏身体啊。"

郝设华苦笑了一下，"妈，我真的没事。"

看着强颜欢笑的儿子，章小凤握紧了他的手，"我不信！你一定有心事……"

郝设华忙抽手站起来，放下身上的萨克斯，拿过自己的帆布小包。他取出里面的焊件，"妈，你看看我今天干的活怎么样？"

章小凤接过郝设华的焊件，认真地看着，"设子，你的进步太快了！"

"妈，我这样的技术，能获得你当年那样的冠军吗？"

章小凤笑了，"设子，以你现在这水平，再努力一下，一定能拿全国冠军！"

郝设华这下才发出了会心的微笑，"妈，你说的是真的？"

"那当然，妈可不是偏心才这么说的，妈是照实说话，设子，你总有一天会超过妈的！"

"啊，妈就是偏心，这句话怎么从来不对我说呀！"郝祖国的人还没有进门，响亮的声音就传了进来……

儿子居然爱上了仇人的女儿

今天的郝祖国，不但自己突然来了，而且还带来了有好几天都没有来过的骆子。章小凤看着骆子，惊喜地坐直了身，"骆子哥……你这些天都到哪里去了？"

骆子看到章小凤时，像个害羞的小孩子一样，双手搓着衣服的角，站在门边不动，"小凤……我……"

郝设华站起来，把自己的位置腾给骆子，"骆子叔，你过来坐这里。"

郝祖国把骆子推到章小凤床边的椅子上坐下，又从门外拉一个姑娘进来，"妈，你看看这是谁？"

章小凤惊讶地看着这个漂亮的女孩子，真的不知道她是谁……当看到郝祖国那大放光彩的双眼时，立刻明白是怎么回事了。她笑吟吟地说："祖国你先别说，让我猜猜，这位姑娘一定是你常说起的那位……你们厂团委的同事，对不对？"

郝祖国点点头，得意地说："妈，你只猜对了一半，你再猜！"

郝设华看着郝祖国和那个女孩子，脸上掠过一丝痛苦，"祖国，是你的女朋友吧。"

章小凤故意装出惊讶表情，"噢？设子，你也看出来了？祖国，设子猜得没错吧？"

"妈，你们都猜对了，她是我们厂团委的宣传干事，也是我的女朋友，她叫孙小明。"

"多俊的姑娘啊！祖国你可真有本事。"

孙小明礼貌地给章小凤鞠了一躬，"伯母，您好。"

"好，好，快到这边来。让我好好看看。哟，真是俊啊！跟画里人似的。"章小凤拉着孙小明的手，左看看右看看，乐得合不拢嘴，看得孙小明娇羞地低下了头。

"骆子哥，你看看，我都快当婆婆了！"

骆子点点头，也看着孙小明微笑。

"祖国，去搬几个凳子来，你们都坐下，那边柜子里有水果糖，拿出来给大家吃。今儿个我是真高兴呀。"

"妈你高兴就好。"郝祖国出去借来凳子，大家围坐在章小凤的床边，一边吃着糖一边聊天。

"二哥，刚才从门外就听到妈对你的赞美之声了，你的进步很大啊！"

郝设华淡淡地笑了一下，"祖国，你的进步才大哩，你不但经常上广播上报纸，而且还当上了厂团委的副书记。现在，又是省级、国家级的劳动模范了。"

"二哥，我那个都是虚的，那样你这个工人工程师牛啊？"郝祖国虽然这样说着，眼神里表现出的却是得意、自满。

"祖国，去给你骆子叔沏杯茶。骆子哥，吃过饭了吗？"

"刚才和祖国一起吃过了。"骆子像个听话的孩子一样，认真地回答章小凤的问题。

"都吃了些啥？"

"妈，我带骆子叔在我们厂门口的服务部吃的打卤面，骆子叔一口气吃了两碗呢。"倒着水的郝祖国在一边插话道。

"骆子哥，打卤面好吃吗？"章小凤没理郝祖国，依然问骆子。

"好吃。"

"唉，说起打卤面，我也馋起来了。"章小凤说着咂了咂嘴。

"那明天我给你带一份过来。"郝祖国沏好茶过来，给骆子和章小凤一人端了一杯，"我们厂的服务部办得火热着呢，靠的就是大师傅的手艺，打卤面就是招牌。"

"你想吃打卤面，我给你做。我做的比他们的好吃。"骆子微笑着，轻声说道。

"哎，这倒是实话。骆子叔做饭真是一绝，要不是骆子叔的病……啊……不说这个，妈，骆子叔现在的快板可是说得越来越好了！"郝祖国一边说，一边还做出打快板的样子，冲着骆子点头。

"骆子哥，可不能再说那些得罪人的快板了！前些年，你吃的那些苦都是你嘴上惹的祸啊！"章小凤有些担忧地皱起眉头。

"妈，你现在根本不用担心，有我在呢，骆子叔现在只说革命快板！"

"那就好。骆子哥啊，你的身体怎么样啊？"

"我很好。"

"那就好……"章小凤说着，有些感伤地叹了口气。

"妈，我今天还给你带来了一个天大的好消息！"郝祖国的情绪看上去很激昂，一时半刻也不能安静，马上又用他洪亮的嗓音夺得了发言权，吸引了大家的注意力。

"什么好消息？莫非是你爸……"

"妈，又让你猜对了，就是我爸的事！我爸的帽子已经摘掉了，不用再劳动改造了。"

"这么说，你爸他就要回来了？"

"是啊，我打算和小明明天就去接他回来。"

章小凤激动地抓起骆子的手，"骆子哥……老郝他可算是熬出来了……"

"小凤，这真是一件大喜事呀！"骆子也显得很高兴，眼中噙着泪水。

章小凤也忍不住流下了泪，孙小明连忙起身去取来毛巾，塞到章小凤手中，"伯母，这是件大喜事，您该高兴才对呀。"

"对，对，我该高兴。"章小凤擦着泪，笑着说，"我高兴……"

孙小明给郝祖国使了个眼色，郝祖国会意，就拉郝设华一起站起来，"妈，我们几个到外面说一会儿话，你先和骆子叔聊聊。"

章小凤点点头，很感激孩子们的懂事和体贴。

一往情深，不能自拔

自那年骆子被民兵打成重伤，好不容易捡回了一条命之后，郝祖国和郝设华就经常去照顾骆子，尤其郝一湖被"下放"后，哥俩就轮班地去看护骆子，防止他跑出去再受到什么伤害。为了更好地看着骆子，郝祖国还在上班时间把骆子带在身边，让他和自己一起打扫卫生，一起吃饭睡觉。郝设华也是一样，那次为了送骆子回家，还耽误了和丁盈盈的约会呢。这些事虽然郝设华没有跟章小凤说，但章小凤后来还是知道了。

后来，郝祖国和郝设华索性就强行把骆子接到家里住了。开始，郝设华和郝祖国照顾骆子，后来，骆子的病一天天地好转了，受过重伤的身体也慢慢地康复了，他就主动地担负起了郝家的全部家务，从做饭洗衣到打扫屋子……再后来，情形又在不知不觉间发生了转变，骆子不但像父亲一样照顾郝设华和郝祖国，而且两个孩子跟骆子的感情也越来越深厚了。不仅如此，他也像郝一湖一样经常做上好吃的到疗养院来看章小凤呢！郝祖国每次来疗养院都会说到他的骆子叔，郝设华虽然话不多，但说起骆子给他洗衣服时，那种欣慰的样子就让章小凤特别感动……

等郝祖国他们出去了，章小凤这才放下毛巾。她呆呆地看着骆子，欲言又止。

"小凤，你怎么了？"

"骆子哥……你多少天没有来这里了？"

"三天。"

"我真想听你给我吹笛子啊。"

"那好啊，哪天我带笛子过来，给你吹。你还是想听那支《明月几时有》，对吧？"

"对。"章小凤笑了笑，目光落在了郝设华放在窗台边的萨克斯上，"骆子哥，设华会吹那坑意儿，也是你给他教的吗？"

"他有基础呢。我只是给他教了些乐理知识，吹萨克斯他完全是自学成才。设华的萨克斯吹得比我的笛子要好多了，你也可以叫他吹给你听听啊。"

"唉，说起设华这孩子，真是我的一桩心病啊，你看他那个样子，心里不痛快，又不跟我们说。这都几年了，还为那个吹了的对象在伤心！这孩子，太死心眼了……"

　　"设华这孩子太痴情。"骆子也摇摇头，"就是当年那个丁盈盈，伤了他的心了。"

　　"听他师父说，给他介绍对象的也不少，可他就是不见，他还忘不了当初那个丁盈盈。他师父为这件事老后悔了。每次来都跟我道歉，让我都不好意思再说啥了。"

　　"其实设华的心病跟当初那个对象已经没有多少关系了，他只是还没有从失恋的痛苦里走出来而已。而这种痛苦也只能让时间慢慢地消磨，只有他自己想通了才行，别人是帮不上忙的。"

　　"骆子哥你说得对啊，一个人的感情哪是那么容易就忘掉的。"

　　"设华一定会遇到真心相爱的对象，到那时候，他心中的阴影就会烟消云散了。"

　　章小凤很用心地看着骆子，稍微有那么一点惊讶，"骆子哥，你现在和我说的话，就和我刚认识你的时候说的话一样，每句话里不但都是个理儿，而且说出来的话就跟动听的歌儿一样，让人听了心里特别舒坦。"

　　"是吗？"骆子微笑，清俊的脸上虽然刻下了岁月的刀痕，但他那透着无限温柔的双眼依然清澈、明亮。就连温文尔雅的外表，也没有丝毫改变。

爱情种下了野心勃勃的种子

郝祖国把孙小明送回去后，又折回疗养院。他的情绪一直处于激昂状态，看来不把话和母亲说完肯定会睡不着觉。

"妈，我和孙小明的事你没意见吧？"郝祖国反坐在椅子上，把下巴支在椅子的靠背上，两眼闪闪地看着章小凤。

"按说呢，小明这个孩子还是挺不错的。只是……"

"只是她是孙大峰的女儿，对吗？"

"不错！可惜她是孙大峰的女儿，我实在是对孙大峰这个人没好感，想到要和他成亲家，就一身的鸡皮疙瘩。我说祖国呀，你哪家的闺女不好找，为啥偏偏找上孙大峰的女儿呢？"

"妈，我知道你对小明的爸爸有意见，我也知道你为什么反感他。可是，这都和小明没关系吧？我是要和小明结婚，又不是和她爸。再说了，这几年来，孙大峰对咱们家还是不错的。我和二哥的工作不是他给解决的吗？还有，造反派的那些人不再来找骆子叔的麻烦，不也是因为他帮骆子叔说话了吗？更重要的是，我之所以这些年进步这么快，这跟小明的帮助是分不开的。"

"这些我知道！可是，他功不抵过，他干的坏事太多了，最可恨的是他连你老实巴交的爸都不放过。"

"妈，爸马上就回家了，孙大峰的问题我们不提了，行不行啊？另外，那时候厂里的群众来斗争你，还是孙大峰替你解的围呢。"

"就是因为他阴一阵阳一阵的，尤其是这几午他变得太快了，让人搞不清楚他在想啥，所以我才不想和这种人有太深的瓜葛！"

"妈，你老人家说得都对，可是这关系到你儿子一生的幸福，你看怎么办吧。"

"我儿子的幸福当然最重要了。"

"妈你这是答应啦！"

"说实话，我挺喜欢小明这孩子的，人长得漂亮不说，还很乖巧，很懂事，没话说，是个百里挑一的好女孩。"

"那当然，你儿子的眼光肯定没问题！"

"瞧把你乐的，我可没说答应了哦。"

"妈……话都说到这份上了，我就当你答应了！"

"你这是借杆子上树。"

"嘿嘿，我这是软硬兼施。"

"臭小子，就算你妈我这里过关了，还有你爸那一关呢。"

"我爸那儿肯定没问题！"

"祖国啊，恋爱问题解决了，工作也不能放松啊。"

"妈，你放心。今天呢，还有一个好消息，告诉你吧，今天下午厂党委副书记通知我要找我谈话呢。我听党委办公室的人说啊，好像要提我当厂里的团委书记呢……"

"哦？真的呀？怪不得你今天的劲头使得那么足，原来都在这给我憋着呢。臭小子，干得好啊，都赶上你大哥了！"

"嘿，我跟你说过，我总有一天会和大哥一样有出息的！"

"是，是，我的儿子个个都有出息。"

"妈，这才是我的第一步，我的理想远不止当一个团委书记。"

"那你还想当啥？"

"我要更上一层楼！"

"野心真不小哩，妈就等着这一天吧，好好加油，祖国，你有这能耐，妈相信你。"

怎么好像有两个爸啊

下午，郝祖国踌躇满志地来到厂党委。在等党委罗副书记的时候，他的兴奋之情久久难以平息。他自从主动请缨去做一名清洁工之后，不到一年时间就被批准为预备党员了，接着第二年就正式入党了。之后，他在小小清洁工的岗位上进入厂团委做宣传干事。在他的积极努力下，几年间，厂团委的宣传工作做得有声有色。他也由此获得不少荣誉，先是被评为部级活学活用毛泽东思想积极分子，后来又被评为厂级、国家级的劳模。因此，《人民日报》的头版头条还报道过他的先进事迹。那标题很大："劳动模范的儿子还是劳动模范"……由于他的事迹典型，由一个小小的清洁工成长为一名优秀的团干部。所以，他一夜之间成为家喻户晓的人物。紧接着，辽海制造厂也受到了机械工业部的表彰，被授予活学活用毛泽东思想先进集体的荣誉。为此，厂里又把他提拔为厂团委副书记。随后，各种荣誉、待遇也接踵而至，真正是要风得风，要雨得雨啊！

郝祖国怀着激动的心情，跟着党委副书记罗汉松走进党委副书记办公室。

罗汉松显然也是非常看好眼前这个年轻人的，他让郝祖国坐下后，一边观察郝祖国的神色，一边说："祖国同志啊，我今天代表厂党委跟你谈个话。"

"谢谢罗书记，谢谢厂党委对我一直以来的支持！"郝祖国当然早已经将自己在进门前的那些志得意满掩藏了起来，表现出谦虚恭谨的样子，从座位上站起来回答罗汉松。

罗汉松很满意郝祖国的态度，点点头让郝祖国坐下，"祖国同志，你进厂以后，主动请缨到最艰苦、最让人看不起的清洁工岗位上工作，不但以实际行动活学活用了毛泽东思想，成了部里活学活用毛泽东思想的青年积极分子，还成了全国的劳动模范。而且，我厂也通过舆论、媒体的大力宣传，被树立为全国的先进集体。所以，我代表厂党委要谢谢你。"

"罗书记，这是我应该做的，而且我做得还不够，今后我会更加积极、努力地工作，以实际行动感谢党组织、感谢罗书记对我的关怀和帮助。"

郝祖国站起来，铿锵有力地大声说道。

罗汉松摆摆手，示意郝祖国坐下，"祖国同志，你之后又在厂团委副书记的岗位上做出不俗的表现，使全厂青工在社会主义劳动竞赛中做出优异的成绩。所以，经厂党委研究，报部里批准，决定任命你为厂团委书记。任职决定在后天举行的厂第七次团代会上宣布！"

郝祖国再次站起来，声音因为激动有些颤抖，"罗书记，谢谢你！没有你的支持和帮助，我是不会有今天的。"

罗汉松伸出手来，"郝祖国同志，祝贺你！"

"谢谢罗书记！"郝祖国双手握住罗汉松的手，"谢谢党组织对我的信任，我一定努力干好今后的工作，不辜负罗书记和组织上对我的信任与期望！"

郝建华从辽海制造厂的招待所出来时，已是明月当空了。看到一直等在外面的魏轶力，郝建华有些吃惊，"这么晚了，你还在这里干什么？"

"等你啊。"

"我不是让你先回队里吗？"

"我不放心你嘛。"魏轶力说着挎上了郝建华的胳膊，"而且难得有这样的机会，想和你一起走走。"

"都这么晚了，到哪里去走啊。"郝建华无奈地说。

"随便，哪里走都行，只要是跟你在一起。"魏轶力冲郝建华甜甜一笑，"事情都办妥了？"

"是啊，我又多要了两车铁皮。"

"你们两个都挺贪心的嘛。"魏轶力轻笑一声，"看来要长期合作了？"

"走一步算一步吧。我们这也算是资本的积累阶段，马克思说过，资本的积累都是血淋淋的。从这个角度讲，我们走点后门也情有可原。虽然亭花批评了我，说我是在挖社会主义墙脚，我个人却不这么认为，我们也是集体事业，也在为国家做贡献，我可以拍胸脯说，我郝建华做人堂堂正正，没有半点私心杂念。"

"建华，我知道，我理解你。亭花她不理解你，你也别生气，毕竟她那么说也是为你好，因为她是你妹妹。"

"真难得你会为她说好话，她可不见得会买你这个人情哦。"

"我也一直把亭花当亲妹妹看待，我不会凡事都和她计较的。除了一件事……"

"什么事？"

"你。"

"我？"

"建华，你好不容易进趟市里，要不要回家去看看？"魏轶力故意把话撇开，郝建华自然也不想在这个话题上继续下去，也就顺着她的话回答："对。我得回去看看我妈。"

"你妈还住在工人疗养院里吗？"

"是。我妈在那里都住十年了。"

"那我陪你去可以吗？"

"呃……"郝建华有些犹豫，看了看魏轶力，只见她含情脉脉地望着他，眼中又带着些许期待和请求，让他不忍心拒绝，"今天太晚了，明天吧。"

"那今晚……"

"我送你回家，然后我也回家去住。"

魏轶力有些失望，"好吧……"

郝建华回家后得知父亲郝一湖得到了"平反"，于是他决定再多待一天，迎接父亲回来之后再回李家村去。自从他把户口落到李家村之后，他就没有回家住过。他每次进城来办事，只去疗养院探望一下母亲，就匆匆地走了。再次回到久违的"家"，不要说这个家中的成员，就连他自己都感觉有些别扭，有些陌生。尤其是在看到骆子之后，这种感觉更强烈。

"祖国，你们怎么让骆子叔住到咱家来了？"晚上，郝建华被安排临时睡在郝祖国的房里，因为郝设华和骆子住一间，父母的房间一直都保留着原样，为了迎接郝一湖回家，还特别换上了新的床单被褥。而这些安排全都是由骆子一手操办的。郝建华对此很不理解，特别是郝祖国和郝设华兄弟两个对骆子住在家里那种习以为常和理所当然的态度，令他非常不满。

"怎么了？骆子叔住咱家又不是一天两天了。自从咱爸下放后，骆子叔就一直住在咱家。"郝祖国满不在乎地说道。

"是你们自作主张，还是妈让你们这么做的？"郝建华想知道骆子进家门的真实原因。

"怎么样都无所谓吧，骆子叔被人打成重伤，差点要了老命，再放他在乱哄哄的厂宿舍里，肯定还会出事，而且他得了那种病，不看着他不行，二哥就把他带回家来了。妈那里肯定是没意见，她以前不就想让骆子叔住咱家吗？"

"那咱爸呢？他同意不？"

"咱爸能不同意吗？在下放前，不都是爸在照顾骆子叔吗？"

"咱爸马上就要回来了，你们还想让骆子叔住下去吗？"

"那没啥吧？咱爸又不介意。"

"怎么可能不介意！这种事情说出去多难听啊，对妈的声誉也不好。我听说在前几年，妈就为这事还被人揪出来批斗过，你们还想惹事啊。"

"哥，你想太多啦，批斗那事早就过去了。骆子叔现在跟咱自家人一样，住一起很正常呀，再说了，咱妈咱爸都没意见，你老对骆子叔意见这么大干吗啊，反正一年里你都不会回来住一次，你要是在意别人的闲话，就捂住耳朵别听。"

"我也不是有意见，就是怕影响不好，你以前不也反对吗？"

"一码归一码，以前我反对是因为骆子叔的反革命身份，现在时代不同了，反革命什么帽子都要摘掉了，有啥影响不好的？我成天带着骆子叔在厂里干活，骆子叔还帮了我不少的忙哩，有谁说啥了？咱站得正、走得直，谁能说啥闲话？"

郝建华沉默了。虽然郝祖国说得句句都在理，但在他心里这件事总是个疙瘩解不开。他就是觉得这样不好，"你们这样……搞得好像有两个爸似的……"

郝建华的嘟囔郝祖国当然听见了，不过郝祖国只是轻笑了一声："哥，早些睡吧，明天一早还要去接爸呢。"

狐狸的道行

　　为了接郝一湖回家，孙大峰特别派出厂里的小车。不仅如此，他又在厂里的招待所食堂办了一桌酒席，为郝一湖"接风洗尘"。本来骆子已经买好了鸡鸭鱼肉，准备在家里办这个"接风宴"，没想到半路上杀出孙大峰这个热情得过分的程咬金来。对此，别说是骆子了，就是章小凤也觉得如鲠在喉，特别不舒服。她赌气不去参加那个所谓的"接风宴"，但是，郝祖国觉着不合适，就软磨硬泡了半天，希望母亲顾全大局。郝祖国见还是没有什么结果，就搬出骆子来劝她。谁知道骆子这次不但不支持郝祖国，还反过来劝他，"祖国呀，你就别勉强你妈了，你妈不去也好，免得她的脾气一上来，闹得大家都不高兴。"

　　郝祖国一想也是这个理，就放弃了坚持，只是难免有些失望，"妈，这可是我爸的接风宴啊，你难道不想快点见到我爸？"

　　"横竖都要见到了，也不差那几个点。"章小凤板着脸，不给郝祖国好脸色。

　　"那我怎么跟人家说啊？"

　　"祖国，你就说你妈感冒了，你妈她身体这样，相信不管谁都能体谅。"

　　"也好。"郝祖国虽然应着骆子，但还是想让母亲去参加这个"接风宴"。

　　"我知道你还想说啥。"知子莫若母，看见儿子这样望着自己，章小凤就爽快地说，"不就是你和孙小明的事儿嘛！我同意了，你爸要是有意见，我也帮你劝劝他，这下总行了吧？"

　　"妈，你真是世界上最最伟大的亲妈！"郝祖国一听，兴高采烈地扑过来，抱住了章小凤。

　　"好啦，你快去吧，我要是不答应就成你后妈啦？你这熊孩子，真是……"

　　"妈，吃完饭我保证把我爸完好无损地带到你这里来！"

　　郝祖国快速地跑出去，话音儿还留在屋里，章小凤摇摇头，"这孩子，一点没变，还是那么毛躁，亏他都当团委书记了，也不知道稳重些。"

"你放心，祖国在厂里工作的时候，就像变了个人儿似的，既稳重又沉着，他这是在你这儿撒娇呢。"骆子微笑着说。

"原来他只在我这儿才这样？"

"谁叫你是他妈呀。"

"嘿，说得也是。"章小凤也笑了。

"孙大峰虽然那样，他闺女倒是个好闺女，祖国的这事儿，你答应得对。"

"骆子哥你这么说，我也就放心了，不然我这心里还是别扭。"

"父母做了什么，不应该让孩子受到牵连，这种事对孩子来说不公平。"骆子说着，似乎想到了什么，眼神中浮现出淡淡的悲伤。章小凤有所觉察，看着他，"骆子哥……"

抬头看到章小凤担忧的神情，骆子展颜一笑，将那抹忧伤迅速藏了起来，"祖国现在有对象了，不知道建华有没有？几年不见，建华越发像黑一海大哥了。我想，像他那么一表人才的小伙子，肯定有不少姑娘会主动追求他。"

"唉，谁知道呢，他也没往我这里带过姑娘来。算起来他今年也该有二十七了，老大不小的，该娶媳妇了。"

"他肯定找到女朋友了，时机到了，一定会带回来给你看的。"

章小凤心里还有另一桩事，一直放不下，就是跟着郝建华一起去插队的郝亭花。每次郝亭花来疗养院，一问起她大哥的事，她就沉下脸，一副要哭的样子，章小凤就不敢再问了。

"每家都有叫人不省心的孩子呀，你看设华也那样……"

"儿孙自有儿孙福，你别太操心了。"

鸿门宴

晚上十点多钟，郝一湖总算来到了疗养院章小凤的病房，医院里的医生护士闻讯也都来祝贺，一时间闹哄哄的，快折腾到十二点了，人们才逐渐散去。最后剩下章小凤和郝一湖他们两个人时，章小凤才啧啧叹道，"总算是清净了，我的妈呀，这一个闹啊，到现在耳朵里还嗡嗡直叫。尤其是你那个祖国，扯着大嗓门乱吼，就怕别人听不见他说话似的。真是的，是当领导讲话讲惯了吗？"

郝一湖嘿嘿笑着，也不说话，只拿眼睛盯着章小凤看。

"你看啥呀？没见过啊？"章小凤也含笑看着他。

"是好久没见过了，都有七八年了。"郝一湖坐到床边，握起章小凤的手，"这些年辛苦你了。"

"你也受了苦，都瘦成这样了。"

"瘦了好啊，人不都说有钱难买老来瘦嘛。"

"你现在可会耍嘴皮子了，是在牛棚里锻炼出来的吗？什么老来瘦啊，你才几岁，就说自己老了！"

"还不老啊，儿子都要娶媳妇了。"

"哎哟，你知道祖国的事儿了？"

"能不知道吗？今儿晚上我吃的就是鸿门宴啊！"郝一湖说着脸阴沉下来。

"鸿门宴？"章小凤愣住了……

"是孙大峰精心安排的订婚宴，你说不是鸿门宴是啥？"

"哎？没听说订婚这事儿呀？祖国这孩子，他走之前咋啥也没跟我说呢？"

"我看这事跟祖国没啥关系，都是那个孙大峰搞的。"

"咋回事儿，你快跟我说说？"

"我还想问你咋回事儿呢？祖国说你已经同意他们两个的事儿了？"

"哦，你说这个呀，我是同意了，咋啦？"

"我不同意！"

"哟，这牛棚里还把脾气给蹲出来了，行，老郝，你的变化着实大啊，你为啥不同意？没看上人家姑娘？"

"你知道我说的不是那回事。"

"我知道你说的啥，可是能咋样哩？祖国喜欢上了，我也没办法不是。先前我也不同意，可看祖国态度那么坚决，也不忍心拆散一对有情人呀。再说，小明那孩子确实不错，我也喜欢。"

"那也不能同意。和孙大峰这种人做亲家，我宁愿祖国一辈子不娶媳妇。"

"你态度还蛮坚决的嘛，又不是你娶媳妇，你较那么大的劲干吗？"

"这一回说啥我也要做这个主，祖国他是我儿子，他得听我的。"

"哟哟，你真是跟过去不一样了！我要对你刮目相看啦。"

"那能一样吗？我在干校里也不是白待的，我可有两个老师哩！"

"老师？敢情你真是上学去了？"

"是啊，别人也许是劳动改造去了，我可真正是接受教育去了，这一趟，等于是上了大学了，把以前没学到的文化都给补上了。"

"嘿，这么说起来，你不还得感谢人家孙大峰吗？他送你去上免费大学，让你长这么多见识，他是给你办了好事儿呀，你咋还这么不待见他？"

"这一码是一码，你别给我搅浑水行不？"

"行，可你咋跟你的宝贝儿子说？"

"祖国他孝顺着呢，会听我的。"

"我看难。"

"他不听也得听。"

"算了吧，老郝，孙大峰这人虽然恶心，可他闺女跟他不一样，你见了就知道了。还有，祖国这些年进步这么大，可都是人家孙小明在后面给支持的呀！我们可不能做那过河拆桥的事情呀！"

"我见过了。"郝一湖说完沉默了一会儿，"女娃是个好娃，就是……"

"听我的，你就成全他们吧。祖国还说你是宰相肚里能撑船，凡事到你这里都能忍过呢。我说，你那个宽广的心胸跑哪儿去啦？"章小凤败下阵来，压低了声音说。

"你的意思是这个主我做不了啦？"郝一湖的声音又高了。

"对。这一次还是得听我的。"章小凤虽然声音压低了，但还是寸土不让。

"为啥？"郝一湖继续斗嘴。

"我说得对呗！"章小凤的声音越来越低了。

"不行，这一回必须听我的。"郝一湖犟起来了……章小凤看着他气鼓鼓的样子，这人真是越活越倒回去了，一把年纪了，怎么反而像个孩子似的。这样一想，她就忍不住笑出了声，"好，好，就听你的，呵呵……"

妹妹爱哥泪花流

郝建华第二天就带着魏轶力来看章小凤，然后两人一起回了李家村。刚一回到村里，李延年就呼哧呼哧地跑来找他，"建华，你看这事儿咋办哩？"

"老支书你别着急，慢慢说，出啥事儿了？"郝建华扶住了李延年，让他在沙发上坐好，魏轶力倒了杯水给老支书，然后和郝建华分别坐在李延年的两边。

"还不是你那妹妹郝亭花呀，你回家待了两天，她就在这里闹腾起来了，还把队上的知青召集在一起，说什么要全体回城，还说这是中央的政策。知青们吵着要办回城手续，你说这可咋整哩？"

"想回去的就回去吧。"郝建华淡淡地说，"去留自便，你就让大队给他们办回城手续。不想留的人我们也不想留。"

"这……好使吗？"李延年疑惑地看着郝建华。

"老支书，没问题。你就给他们办手续吧，出了问题我担着。"

"那建华你……也要回城吗？知青们都这么吵吵呢。"李延年的眼睛盯着郝建华，闪烁着狡黠的光芒，显然，他最在意的其实是郝建华的去留问题。

"我已经扎根在农村了，要一辈子当一个农民。对于他们，我也说了，去留自便。我们不搞强制政策，我们这里是自由的，想来的我们欢迎，想走的我们欢送。"

"听你这么说，我就放心了，建华。下次我一定推荐你当公社主任。"

"老支书，我现在的心思都在服务部里，你就别给我再加任务了。"

"建华，别跟你叔还客气，你的本领远不止于一个服务部。只一个李家村对你来说，池子太小了。"李延年拍拍郝建华的肩，"小伙子，好好干，前途无量啊。"

"谢谢老支书。"

送走李延年，魏轶力挨着郝建华坐下，"建华，让亭花也回城吗？"

"我早就想把她送回去了。"

"建华，我都跟你家里的人见过面了，那我们俩的事儿……"

门突然被撞开，郝亭花泪流满面地站在门口，气愤地瞪着郝建华和魏轶力，"你们想赶我走……门儿都没有！我偏不走！"

"亭花……"

郝亭花哭着跑了，郝建华有些茫然地站在门口，魏轶力在他身后，偷偷地笑了一下，故意问道："建华……你不去追吗？"

"用不着管她！"郝建华赌气地回身坐在沙发上，扯开衣服领口，"她的脾气也不是一两天了，真让人受不了……"

晚上，郝建华找郝亭花谈话，苦口婆心地劝她趁机回城。不仅如此，郝建华还告诉她，现在回去还有机会招工，如果回去晚了，恐怕就没这样的机会了。"那你呢？你回去吗？"郝亭花红着眼睛问郝建华，看她那样子恐怕是哭了一整夜，两只眼睛都肿了起来。郝建华有些心疼地看着郝亭花，觉得她真是可爱又可恨。

"我不回去。"郝建华表明了自己的态度。

"那我也不回去。"郝亭花针锋相对。

"亭花，我可以给你安排一个上大学的机会，你回去吧，我不忍心让你留在农村跟哥受苦。"哥哥苦口婆心地劝解妹妹。

"我一点都不觉得苦，哥在哪我就在哪，我要陪哥一辈子。"郝亭花咬着牙坚定地说。

"哪有妹妹一辈子都陪着哥哥的！你别说那种幼稚的话了，你这样爸妈都很担心，他们也希望你回去。"

"你少拿爸妈来压我，你就是嫌我碍着你了。哥，为啥我是你的妹妹，如果我们不是兄妹该有多好？哥，如果我不是你的亲妹妹，你会爱上我吗？"郝亭花越来越直白了。

"亭花……没有如果，事实如此，所以，你还是回去吧。"郝建华无法给郝亭花答案，他也说不清对郝亭花是一种什么样的感情。

"哥……"郝亭花掩住脸，痛哭失声。郝建华怔怔地看着她，心里也如刀绞般难受：如果，如果真的有如果，他们不是这种兄妹关系的话……还用说吗？

"老支书，你说，我该咋办呀！"郝建华为了排解心中的忧闷，找李延年陪他喝酒，所谓借酒浇愁愁更愁，三两烧酒下肚，他就醉了，趴在桌子上，痛苦地拍着自己的头，"我为什么偏偏摊上了这么个妹妹啊！"

"建华，你别再喝了。"李延年想阻止郝建华再猛灌酒，被郝建华闪开了。李延年没办法只好夺走他的杯子，没想到郝建华抓起酒瓶就灌，咕咚咕咚一大截子老烧酒就灌进肚子里，眼看着人就发了软，直往桌子底下钻……李延年费了老力才把他架住，放倒在旁边的炕上，"我说建华呀，这事儿有啥难办的，你用得着犯愁吗？你把这件事情交给我，我保准给你办好。"

"叔……你……你要咋办……"

"建华，我可是看好你的哟，这事儿我保证给你处理妥当了，你就安心地在咱元房子大展宏图吧。"

"嗯……拜托了……亭花……哥也喜欢你……可谁叫我们是兄妹啊……呜……"郝建华趴在炕上哭起来。李延年看着他，也直叹气。

郝建华本来就不胜酒力，这一次醉得相当厉害，哭过之后又吐了个天翻地覆，然后就睡得不省人事了。等他一觉醒来，他为之伤神、烦恼的事儿，真让李延年给办妥了。

相同的爱，不同的感受

郝建华借酒浇愁的当儿，章小凤也在郝一湖面前哭了。

这真是一个充满忧伤的夜晚。秋天本来就是个多愁善感的季节，在这样一个充满愁绪的夜晚，就连天上的明月，也躲进云里，不愿露出脸来，大概，也是怕人们看见它的忧伤吧。

骆子扶着白河岸的青石栏杆，看着默默流淌的河水。他刚刚将两只热腾腾的卤猪蹄扔进了河里，那是他下午专门去唐一刀卤猪蹄店排了一个小时队买来的。当他兴冲冲赶到章小凤的病房时，却看见在病床前的小桌上，已经放着一包切好的卤猪蹄，只需要闻一下，就知道那也是正宗的唐一刀卤猪蹄。霎时，骆子就明白了。他和郝一湖都买了唐一刀的卤猪蹄，没有别的原因，只为着章小凤早上说她做了一个梦，梦见自己在吃唐一刀的卤猪蹄。

骆子悄悄地把手中的卤猪蹄藏了起来，"老郝，你不是说今天要亲自给小凤做饭的吗？"

"哎？有这回事吗？"章小凤用凝问的眼神看着郝一湖。

"是啊，早上起来，老郝就说要亲自下厨，让你尝尝他在干校学的手艺呢。"骆子强调。

"那咋变猪蹄啦？"章小凤呵呵笑道，"难道你想借花献佛？"

郝一湖摸了摸头，憨笑道："你不是想吃唐一刀的卤猪蹄吗，就先给你买了这个，我的手艺不急，反正已经回来了，以后天天都给你做，你还怕吃不上啊。"

"骆子哥，你看看，我说老郝他去了一趟干校，回来就变了，现在能说会道的，我都不认识了似的。"

"小凤，老郝能说了不是更好吗？这样一来，你就不用发愁没人陪你唠嗑了。"骆子微笑着说。

郝一湖拿起筷子夹了一块猪蹄肉，喂到了章小凤嘴里，章小凤一边嚼一边连连称赞，"果然是唐一刀的正宗卤猪蹄，真香啊，你说这真是怪呢，这么油腻的东西怎么咋吃都不腻呢。"

"香就多吃些，还想吃我再去买。"郝一湖又夹了一块给章小凤。章小凤吃完抬起头，"香，真香，骆子哥你也来尝尝……哎？骆子哥呢？"

骆子已经不在屋里了，郝一湖站起来，去拉开门看了看外面，"是不是上厕所去了？"

骆子悄然离开病房，一直走到白河边，将藏在衣袖里的卤猪蹄扔进了白河。

然后，他捂着脸，泪水顺着指缝潜潜而下。

章小凤等了许久，也不见骆子回来，就喃喃地对郝一湖说："骆子哥走了……他咋一声不吭地走了呢？他从来不这样……不……他怎么了这是……"

郝一湖默默地打来热水，给章小凤擦手，擦脸，洗脚。章小凤木然地任由郝一湖为他做这些事，当她被郝一湖扶着躺下时，泪水终于从眼角滑落，"为什么，你们都对我这么好……我……"

郝一湖始终没有说话，把只吃了一点的卤猪蹄重新包好，装进饭盒，然后坐在床边。

"老郝……我欠你的……也欠骆子哥的……"章小凤捂着脸，突然号啕大哭起来，郝一湖惊得站起来，有些不知所措地看着她。

"我的心里好难受啊……"

莫名其妙的结婚证打碎了她的梦想

　　那一晚，很多人都没有回到应该回去的地方。初秋的天气已经有些微凉，郝建华酒醉后又突然发烧，昏昏沉沉地睡了整整三天。郝亭花被李延年假传圣旨派去外省出了几天差，所以并不知道郝建华病了。回到村里，就被李延年叫进郝建华的办公室。

　　"李书记，我哥呢？"看到郝建华并不在办公室里，郝亭花有些奇怪。

　　李延年并不回答，而是把手中的一张红纸喜帖递给郝亭花。李延年相信，郝亭花看了里面的内容后，郝建华所烦恼的事儿就会马上烟消云散。至于他为什么那么笃定，那当然是他已经确认了郝建华苦恼的原因。年轻人不就是为了什么情啊爱的那点烦恼吗，他们自己解决不了，他这个当长辈的就帮他们解决了。

　　郝建华宿醉不起的那天晚上，魏轶力找到李延年这里。看到魏轶力熟练地照顾郝建华，帮他擦脸换衣服，李延年心里就有了谱。等魏轶力把郝建华安顿好，他就把她叫到屋外，故意问她，"小魏啊，这上面给了几个回城的指标，你想不想要啊？"

　　"我要那玩意儿干吗？"魏轶力笑道，"老书记你又不是不知道，我当初到李家村来插队，就打定主意要一辈子留在这里的。我生是李家村的人，死是李家村的鬼。"

　　"真的？要是我说建华他也要回城去，你也会留下来吗？"

　　魏轶力略有些吃惊，但马上回过神来用坚定的口气说："就算建华走了，我也要留下来。"

　　"有你这句话，我就有底了。"

　　"老书记，你到底要说啥事儿呀？"

　　"这事可不能告诉你。"李延年故意卖关子。

　　"老书记，自打我到这里，你就像父亲一样照顾我，我也把你当亲爹一样信任，难道你到现在还把我当外人，什么事都瞒着我吗？"

　　"小魏啊，你这孩子乖巧听话，我早把你当自己闺女了，可惜我儿子早结婚了，不然一定让你当我们家媳妇。"

"老书记，您不又在开我的玩笑吗？您把我当你闺女不就得了？"

"好，我就把你当我的闺女，那我问你，你是不是喜欢建华呀？"

"这个您还用问，我当然喜欢建华啦。"

"那建华呢？他对你的意思咋样？"

"建华答应过我，如果他事业成功了，就和我结婚。"魏轶力含羞说道。

"建华真的这么说过？"

"那还有假呀？"魏轶力甜甜一笑，"我也没必要骗你呀。"

"那好。你们这事我就做主了，用不着再等，建华现在已经很成功了，你们赶快办手续。你们结婚了，我心里的石头也就落地了。"

"老书记，可我担心亭花她……"魏轶力有些犹豫地说着，一边观察着李延年的反应。

"亭花她怎么啦？"李延年皱起眉头。

"如果亭花还留在这里，建华就不可能答应和我结婚。"

"没那事儿！哪有妹妹不让哥哥结婚的理！"李延年本来对郝亭花就没好感。郝亭花又总是给他找麻烦，捅娄子，还故意整过他几次呢。

魏轶力也正是知道这一点才故意对李延年提出，"老书记，我看这一次回城指标就给亭花吧。"

"那没问题，关键是那丫头要是不回去咋整？"

"如果我真的和建华结婚了，她一定不愿意留在这里。"魏轶力为了达到自己的目的给李延年出谋献策。

"真的？那是为啥呀？"

"因为亭花喜欢她哥，所以她老是挑我的刺，横竖看不惯我，我们俩的矛盾在服务部也有影响。建华一直不和我结婚，也是因为亭花。"

"这不是胡闹吗！哪有妹妹不让哥哥找对象的……胡闹！这简直是太胡闹了！"

魏轶力看李延年的态度已经够火候了，便撒着娇拉起李延年的胳膊摇晃，"老书记，你可得帮帮我们，我不想建华再受苦了，亭花对他来说就是个折磨。"

"闺女，你放心，我李延年没别的本事，这点事还是能办成的。"

"那我就先谢谢老书记你了。"

而后，李延年就去为郝建华和魏轶力开出了结婚证，这样一来，郝亭花就不得不面对现实了。至此，她再也无法阻挠郝建华和魏轶力在一起了。因为，她反对郝建华和魏轶力走在一起的结果，就是这一张结婚证。

"这啥啊？李书记，我哥咋不在办公室，他到哪里去了？我要找他汇报工作呢。"郝亭花什么都不知道，仍然十分不耐烦地冲着李延年喊。

"你先别急，看看这个。"李延年指了指郝亭花手中的红帖。郝亭花这才迷惑地打开，她看到了结婚证三个字。

"这……这是什么？"

"是你哥和魏轶力的结婚证啊。"

"不可能！"郝亭花将那张红纸抓到眼前，瞪大眼睛看了一遍，确认红印下面的两个名字正是郝建华和魏轶力时，只觉天旋地转，眼前一片黑暗……

为了报复，破罐子破摔嫁给了不爱的男人

在全国知青"大返城"的惊涛骇浪中，郝亭花跟随着这股洪流，离开让她伤心的李家村，回到久别的家。

郝亭花回城后一直闷闷不乐，郝祖国以前虽然最爱和这个姐姐斗嘴，但实际上他们俩的感情还是很好，很合得来。他问郝亭花去不去他们汽车制造厂，现在他虽然只是个厂团委书记，但帮自己的家人解决一个招工名额还是能办到的。没想到郝亭花拒绝了他的好意，"祖国，姐不想走你的后门。"

"姐，以你的能力在哪里都会大放光彩，你能进我们厂是我们厂的荣幸，怎么算是走后门？进我们厂后你用实力说话，到时候谁敢说闲话。再说，我在厂里也需要有自己的人啊。"

"臭小子，原来是为你自己打算啊。祖国，你的如意算盘恐怕要落空了，姐已经有打算了，你就别在那里瞎操心了。"

"姐，你有啥打算啊？你回来后就整天闷在家里，要不就是跑这里来喝酒，过的这是啥日子。你看看别的知青，回城以后就跟鱼跳进了水里一样活蹦乱跳，好像这辈子没玩过没乐过似的，而且还有很多人都在忙着找工作或者考大学，你咋啥动静都没有呢？是不是在插队的地方出什么事了？姐，是不是有人欺负你了？"

"祖国，是有人欺负我了……"

"什么人敢欺负我的亭花姐，我去把他给宰了。"

郝亭花苦笑，"祖国，都是姐自找的，怪不了别人，只是，我这心里……难受……"

看到郝亭花哭了，郝祖国想起那年妈突然晕倒被送进医院的时候，郝亭花在急救室门外也这样泪水哗哗地流，原本坚强好胜的她显得那么脆弱无助。

"姐……你到底是咋了？"郝祖国拍着郝亭花的肩，一时间不知道怎么安慰她，"姐，是不是我大哥他……"

"祖国！"郝亭花突然一声大喊，吓了郝祖国一跳，"啊？怎么

了？姐。"

"不要再跟我提大哥！大哥他已经和别人结婚了，他再也不是我们的大哥了！他不要我们了……呜……"

"那个……姐……"郝祖国有些糊涂，也不知道说错什么了，只能任由郝亭花趴在桌上抽泣。

哭了一会儿，郝亭花抬起头来，擦干眼泪，好像下定了什么决心似的对郝祖国说："祖国，姐要嫁人了。"

"咦？那，那我姐夫是谁啊？"

"戴云山。"

"戴云山？他？机床厂的厂长？他可要比姐大二十几岁吧？而且，他还有老婆吧……"

"他老婆已经死了！这些都无所谓，反正姐又不喜欢他。"

"姐，我真的搞不懂你了，你不喜欢他干吗还要嫁给他？"

"姐是有目的的。"

"啥目的？"

"姐要让戴云山安排我进机床厂分厂当厂长。"

"啊？机床厂的分厂厂长？姐，野心不小啊，怪不得你不到我们厂里来，原来是嫌我们这池子太小了啊。但你这样付出的代价也太大了吧？我不知道该劝阻你，还是该恭喜你？"

"你当然应该恭喜我了，我无论如何都要干出点名堂来，这样，我才有机会大展拳脚，我要让大哥对我刮目相看，我要让他知道他不选择我有多么愚蠢……我要……"说着，泪水又从郝亭花的眼中流出。郝祖国看着她，一愣一愣的，满头雾水，完全不明白郝亭花到底在说什么。但有一点郝祖国敢肯定，就是郝亭花一定遇上特别特别难心的事。

郝祖国看郝亭花一杯接一杯把酒灌下肚，"姐，你别再喝了……"

"祖国，你别管我，让我喝，我不喝醉心里就难过……让我就这样醉下去吧，祖国……你要帮姐啊，这个世界上，没人能帮姐了，姐该怎么办啊……姐是不是不应该这样……就算和戴云山结婚，当了厂长又能怎么样？大哥他……他还会再爱我吗……我……我为什么会爱上一个不应该爱的人啊……这么苦……我真的不想活了……"

"姐，你在胡说些啥呀，什么大哥爱你？你爱谁的？什么死呀活的？"

"祖国，你不懂……你还年轻……你啥都不知道，姐的苦……"

"姐，你真的醉了，我送你回家吧？"

"祖国，你别拦我，让我喝，我没醉。我的酒量可不是一般的好，在李家村的那个电气焊服务部当副主任，整天都陪客人吃饭喝酒，早把酒量练到了炉火纯青的地步，就连大哥都不是我对手，更不要说别人了。我，嗝……我可是当代的女英雄花木兰呢。哈哈，妈昨天还说，我是女强人，谁也打不倒我！祖国，来，喝，今天你要好好地陪姐！"

"姐……好，我喝，今天我就陪你喝个痛快。不过，姐，我劝你还是好好考虑一下你的个人问题，那个戴云山他配不上你，你和他结婚不会幸福的。"

"幸福？哈，祖国，你小子知道什么是幸福？姐的幸福早已离我远去了。姐一定要找个有权有势的人，不管他是谁，只要能帮我当上厂长，我谁都可以嫁。"

"姐，你真受刺激啦？怎么能拿自己的终身大事开玩笑？我就当你是在说胡话，听过就算了。"

"姐没糊涂，姐清醒得很呢，姐啊，除了一个人，跟其他的谁结婚都一样。祖国，姐不想输，姐要让他们看看，姐比那个魏轶力要强一百倍一千倍，他们合起伙来整我，我要让他们为此付出代价！"

"魏轶力？姐，你说的这个魏轶力不就是大哥的女朋友吗？你和她咋啦？闹矛盾了？"

"她才不是……她是狐狸精，哥根本就不喜欢她……她耍手段骗哥和她结婚……她就是个狐狸精！"

"哎？我也见过她，长得蛮漂亮的。姐，她马上就是咱们家的人了，你就别跟她计较了，一家人和和美美多好。"

"祖国！你也是个叛徒！"郝亭花一下子站起来，指着郝祖国的鼻子，"你们都是一丘之貉！你们合起伙来整我！你们全都欺负我一个人！我……我不要活了！"不承认酒醉的郝亭花已经语无伦次了。

"啊！姐！姐！你别生气啊，我还没闹懂你啥意思啊？我怎么你了？我没说啥错话吧？"

"算了。"郝亭花擦了一把泪，冷冷地看了郝祖国一眼，"我不跟你了，说了你也不懂。"

"唉……"郝祖国的头上已经开始冒汗，说实话他觉得郝亭花还真是难以捉摸。心里不免嘀咕，虽然都是女人，孙小明就好懂得多，啥心思都放在了脸上，和她说话一点都不用费力气，相反，自己的这个姐从小就让他很难应付，经常被她贬损得一无是处，在她面前他永远都是个不懂事的小弟，哪怕他现在已经是大厂团委书记的人了，她还是没把他放在眼里。想想还真是丧气，难免对这个姐姐有些意见，想说姐啊，就你这样的，谁敢娶你？人家那个魏轶力就是比你温柔，比你讨人喜欢。

埋怨归埋怨，郝祖国还是真心希望郝亭花能够找到幸福，希望有一个能够真正懂她的人爱她，疼她，包容她，让她不再这样痛苦。

"姐，你是不是失恋了啊？那个人是谁？你告诉我，我去揍扁了他……姐，失恋其实并不可怕，可怕的是失去重新恋爱的勇气。姐，你一向都很勇敢、坚强，我不想看你再这样难过。"

郝亭花看着郝祖国冷笑，"傻瓜，在姐心里没人会比他更好。你现在不懂，总有一天你就会知道，一个人一辈子，只会爱一次。一次就足以刻骨铭心，永生难忘。"

"姐……"

"为什么呢？"郝亭花迷惘地看向窗外，喃喃地说，"往往自己最爱的人，自己却没有办法和他在一起……"

郝祖国无言。以他的经历，他或许真的不懂，但隐约地他又觉得自己懂得那种感受。恍惚间，他似乎在郝亭花的眼中看到母亲的影子。他被自己的想象震了一下，连忙回过神来，端起酒杯，"姐，不管你做什么事，做出什么选择，我都支持你。"

"那好，我马上就要当上机床厂分厂的厂长了，你就给我好好看着，看我怎么干出一番轰轰烈烈的大事业，怎么把那个狐狸精给打倒！还有，让大哥后悔他把我赶走！"

郝祖国无奈地笑了笑，"嗯，姐，祝你心想事成，马到成功！"

"谢谢你！祖国！"

姐弟俩的酒杯很响亮地碰在了一起，酒洒了出来，郝亭花哈哈哈大笑起来……

几天后，郝亭花真的如愿以偿，她就要到辽海机床厂的第二分厂走马上任了。同时，她也从家里搬出去，和戴云山住在一起。这件事她没有通知家里，只是跟郝祖国说了一下。

"你们真的结婚了？"

"不然的话，你以为他会让我当这个厂长？那个老狐狸，死肥猪，空头支票哪能哄得了他！"

"姐……你既然跟他结婚了，就好好过日子吧，其实戴云山那人也不错，也是条汉子，除了长得丑一点，年龄大一点，别的都还过得去。还有，姐，结婚这么大的事儿，你为啥不让爸妈知道？而且，你们酒席也没办，就住在了一起？"

"这是我们彼此谈好的条件，他要让我当这个厂长，就不能让别人知道我是他老婆，这个你应该懂吧？"

"我懂，举贤避亲嘛。他要是让自己的老婆当厂长，就是摆明了以权谋私。"

"对了。所以我们是秘密结婚，只去民政局登记了。更何况我一个黄花闺女嫁给一个这么老的丧偶男人，又不是很风光的事，用不着大操大办、大张旗鼓，这种事放在过去，还只准新娘从后门进去呢。"

"姐，这样你就不觉得委屈吗？"

"有啥委屈的？这样做正合我意。祖国，你可别给我捅出去啊，尤其不能让咱爸妈知道，我就信你一个人，你可得帮着点我。"

"我知道。姐，那你就好好干吧，我也会努力奔向我的目标的。"

"好，咱俩共同勉励，共同奋斗，看谁能先达到自己的目标！"

原市长的儿子当上了副市长

1980 年春天，中共北方省辽海市召开了一次市委扩大会议。新一届市委、市政府领导班子都参加了此次会议。路一辛的儿子路鸣，这位新当选的辽海市人民政府副市长在会议上做了重要讲话。

会议在市委的一号会议厅里召开，在"认真贯彻落实中共中央十一届三中全会精神报告会"的巨大横幅下，中共北方省委副书记、中共辽海市委书记孟金川坐在主席台中央，身后是原辽海市市长路一辛，现在他被安排在中共北方省委办公厅工作，而坐在主席台后排最边上的是孙大峰，他已经被解除了辽海制造厂革委会主任职务，降职为辽海市人民政府副市长。

身着深灰色西装的路鸣站在发言席上，用平稳又充满激情的声音说："各位领导、同志们，党的十一届三中全会精神已经彻底冲破旧的思想束缚，把党和国家的工作重点放在了改革开放上来！首先，我们要尊重科学，因为科学技术是第一生产力！我们中国之所以让人欺负，就是因为我们的科学技术不发达！科技的落后，导致了我们国家的经济落后！一句话，落后就要挨打，落后就要受人欺负！"

路鸣精练而有力的讲话赢来了一片热烈的掌声，他微作停顿，扫视了一遍台下的各级领导及代表，"同志们，实践是检验真理的唯一标准。我们要不断开展真理问题大讨论，要把拨乱反正和思想解放结合起来。没有彻底拨乱反正，就不可能调动广大群众的积极性、创造性；我们的思想如果不来一次大的解放，我们就不可能适应改革开放的新形势、新要求！总而言之一句话，那就是解放思想，开动脑筋，实事求是，健康发展！"

可以看出，在主席台上，路鸣是最年轻的，目光也是最坚定和明亮的，他浑身上下都充满即将爆发的热情和干劲，充满了朝气和自信。他的讲话虽然短暂，却在参加会议的每个人心中烙下很深的印记，也让他们真实地感受到一个全新的时代来临了。

党的十一届三中全会精神不仅仅影响到了一个国家的命运，同时也影响了很多人的命运。会议之后，许多在"四人帮"垮台后遗留下来的问题都得到解决。首先是对人的解放，也就是将那些被扣上各种"莫须有"罪名的"牛鬼蛇神"从长期的迫害中解脱出来，使他们那些"不清白历史"得到平反，这些终于从冤假错案中得以沉冤昭雪的人里就包括骆子。

被摘掉"反革命分子"和"日本特务"的帽子后，骆子整个人也焕然一新，他被重新安排进辽海制造厂的保卫科，成为一名保卫人员。白天闲暇时，一些年轻的工人就聚到门卫室，听骆子说快板。骆子又编了新的快板词，正是这些全新的内容针砭时弊，吸引了不少热心听众……他先用他那独特的口技模仿快板打了一串节奏，然后就清脆而响亮地说开了——

> 我们厂里有股风，
> 它的名字叫吃喝风。
> 上边让人请，
> 下边请人吃；
> 上下对"口"，
> 互相联"席"。
> 早上吃，晚上吃，
> 领导来了陪着吃，
> 没有领导自己吃，
> 账上有钱大大地吃，
> 账上没钱赊账吃。
> ……

上位的代价

郝祖国怎么也没想到，"连升三级"这种奇迹般的事也会在自己身上发生。从一名普通工人、最底层的清洁工，被破格提拔到团委做委员、副书记已经是一个质的飞跃了，接着就当上了正职，先后不过两年时间，现在他马上又有可能成为辽海汽车制造厂的副厂长了。这样快速的提升，不是奇迹还能是什么？当然，他也思考过了，就当下的局势，发生这种奇迹也不奇怪。那些通过造反整人爬上来的干部，经过整顿后全都被撤的撤、免的免，目前能够留任的已经没有几个，现在的党组织基本上都是"新鲜血液"。所以，在辽海汽车制造厂里，郝祖国的党员干部身份可以说是凤毛麟角，稀有珍贵，并且，以他之前在辽海制造厂所建立的那些业绩和全国劳动模范的身份，坐上副厂长这个位置也当之无愧。

首先，在郝祖国的周围，并不存在条件相当的竞争者。其次是他上任以来，干的确实都是些上合政策、下合民心的事情，而且从没有过失误，为厂子的发展做出了突出的贡献。三是他有父母劳模背景、年龄优势。四是孙小明利用在宣传部门工作的优势，发动中央、省市的新闻媒体，在背后无私地宣传他、帮助他。所有这一切，都让他拥有天时地利人和的优势。

当然，"没有付出就没有收获"，不过在现实世界里，所谓付出应该具有更广泛的意义，它不仅仅是劳动、汗水和心血的付出这么简单。现实生活中的付出，往往指的是代价的付出，而所谓的代价往往跟幸福、鲜血，甚至生命有关。因此，"所有获得都必须付出相应的代价，没有第二条路可走"这一说，郝祖国现在深有体会，他终于明白了郝亭花之前说过的关于"代价"的话题。

一直对郝祖国很器重，全力栽培并提拔了郝祖国的罗汉松，可以说是一位很会相千里马的伯乐。这位如今是辽海汽车制造厂党委书记兼厂长的伯乐，又一次找郝祖国谈话，他说要和郝祖国谈两件事：一件是公事，一件是私事。

郝祖国不太在意他所说的私事，因为他并没觉得自己和这位伯乐之间存在什么私人的感情，尽管对他很感激，但也仅限于工作，有的也只是革命感情。

"罗书记，有什么事你就说吧。"年仅25岁，就已经过将近十年磨练的郝祖国，显得练达与沉着，他可以让自己的情绪收放自如，让自己的态度在罗汉松面前始终保持一种谦恭、谨慎的状态。其实，关于自己将被任命为副厂长的这个传言他已经有所耳闻，所以，像之前每一次将被提拔的预先谈话一样，他对这一次的单独谈话也做好了相应的准备。

罗汉松注视着郝祖国，眼里充满了不加掩饰的欣赏，"祖国，虽然你当上厂团委书记的时间不长，但却做出了显著的成绩，你的才干和能力在上头和在下面都是人所共知的，你在职工中已经建立起了非常好的威信。根据中央和部里的要求，要提拔一批年轻干部充实到主要领导岗位上来，我们厂也要选拔两位年轻干部报到部里去。祖国啊，你应该知道我今天为什么找你来谈话吧？"

"罗书记，你的意思是……"郝祖国让自己的情绪略微显得有些激动，他知道，这是应该表现给想要栽培自己的人看的态度。尽管，他知道接下来会听到的内容是什么。

罗汉松点点头，"是的，我打算把你报上去。"

"罗书记，你如果把这个机会给我，我一定会更加努力工作的！"

"努力工作是一个方面，但你还需要注意另一个方面，你一定要搞好和领导的关系，只要领导对你没有看法，那这件事就水到渠成了。"

郝祖国有些吃惊，他没想到罗汉松会跟他说这样的话，他也不知道罗汉松话里的搞好领导关系就是指他们两个人的关系，他还以为是罗汉松想提醒他要和所有的领导搞好关系，"罗书记，我懂了……"

罗汉松看了郝祖国一眼，"祖国，先别打断我。你听好我要说的话，必要的时候，厂里可以只上报一个人选，这样的话，部里就没有选择的余地了。比方说，厂里只上报了你一个人，那么，这个副厂长就非你莫属了……"

说完，罗汉松又意味深长地看了郝祖国一眼。

郝祖国明白罗汉松的意思了，所谓公事与私事原来是有关联的，那么这一次的公事里含有的这个私事一定是存在的，如果想公事成功的话，不管是什么私事都必定得接受。尽管郝祖国还不知道私事的具体内容，是大私事还是小私事？他也还没做好这方面的心理准备，但他想，如果答案揭晓后他郝祖国应该也不会太过惊讶，因为他心里非常清楚，官场不是那么好混的。于是，他轻轻一笑，问自己的伯乐，"罗书记，请问我应该怎么做，才能保证这个副厂长的职位非我莫属呢？"

罗汉松点了点头，"祖国，现在我要说的正是与你能否心想事成有关的第二件事，也就是我说的私事。"

果然如此，郝祖国在心里嘀咕了一下，面不改色地问："罗书记，您说吧，只要是我能做得到的，我一定竭尽全力地去做好！"

罗汉松似乎有些犹豫，看了郝祖国一会儿，最终还是开了口，"祖国啊，你应该知道，我有一个独生女儿，她叫罗绮，是我的掌上明珠。她妈妈早年因病去世了，为了她，我没有再娶，我们父女俩相依为命，我唯一的希望就是她能够过得无忧无虑。我已经老了，不可能陪她一辈子，所以要为她找个可靠的丈夫。绮绮很喜欢你，经常跟我提起关于你的事，最近她跟我说想进一步认识了解你，哈哈，我这个当爸的只好厚着这张老脸为女儿保媒拉线啰，别说，心情还真有点复杂。不过，说心里话，我也希望她能够嫁给像你这样的年轻人，祖国，你不会让我失望吧？"

听了罗汉松的话，以为自己不会再因任何事而大惊小怪的郝祖国还是愣住了，这私事也太出乎他的意料了，私得也太离谱了，完全没有这方面心理准备的郝祖国，如果在这个时候不失态的话就不正常了。

但罗汉松并不在意郝祖国的态度，他让郝祖国不要马上表态，今天晚上先到他家里去，和他女儿罗绮见一面再说。

郝祖国不得不重新审视眼前这个他一直认为是伯乐的罗汉松了。此时此刻，他不能驳这位汽车制造厂一把手的面子，因为他掌握着生杀大权，掌握着郝祖国的命运。所以，他没法拒绝。他愣住了一会儿，还是认为先保住那个即将到来的"副厂长"位置，才是最重要的。于是，他在肚子里打着小九九去了罗汉松家。

罗绮开门后，一眼就看到了郝祖国，又惊又喜的她马上很客气地将他让进了客厅。

"祖国，过来，这就是我的女儿罗绮，你我就不用介绍了，对你的事，绮绮比我知道得还要多。"

"爸，我们是一个厂的，财务室里的女同事都在议论郝祖国同志的事，我听多了，当然就知道了。"

"原来小罗你也在我们厂里啊？"郝祖国更加惊讶，他怎么从来没见过她。

"你不知道吗？"罗绮看了郝祖国一眼，然后淡淡一笑，"其实不知道也不奇怪，我这个人不起眼，你见了也不会有印象的，你如果知道我，对我有印象，那才奇怪呢。"

"哪里，我只是和财务科打交道比较少。"郝祖国连忙为自己的失言解释。然后，他顺便打量了一番眼前的罗绮，如果要和孙小明比，罗绮肯定是逊色得太多，罗绮脸蛋不漂亮，身材也非常普通，是那种扎人堆里挑不出来的类型，看来她自己也很有自知之明……郝祖国想，她刚才说"你如果知道我，对我有印象，那才奇怪呢"这句话，应该就没有生气和讽刺的味道在里面。她看上去不是那种活泼好玩的女孩子，她的性格应该是那种内向型的，要不，为什么他会不认识她呢？听她爸爸的言下之意，她应该早对自己有所了解。但是，难道他们真不知道他和孙小明谈恋爱的事情吗？如果罗绮不知道倒还说得过去，可是罗书记应该知道他的一切啊！

记得有一次，罗书记还开过他和孙小明的玩笑呢！怎么他老人家说忘就忘记了？如果没有忘记，罗书记为什么要这样做？说实话，就罗绮和孙小明而言，只要是男人，都会毫无疑问地选择漂亮、活泼、讨人喜欢的孙小明。但是，现在郝祖国面临的却是权力和孙小明的选择，尽管自己是那么爱孙小明，可谓一见钟情。但郝祖国也不得不权衡起"副厂长"和孙小明两者之间的轻重来。两利相衡取其重，两敝相权取其轻。这个道理郝祖国是明白的。现在的孙大峰，虽然是个副市长，充其量就是兔子的尾巴，是长不了的。因为孙大峰的那个时代已经过去了，现在能给他个"副市长"已经是很不错了，郝祖国在他身上看不到任何希望。而罗书记就不同了，现在"副厂长"的人选不就是他一句话的事吗？如果自己不答应罗书记，能和孙小明结婚生子牵手一生那是再完美、再幸福不过的事了。可是，他这个年轻的"副厂长"还能当上吗？很显然，自己要是不选择罗绮的话，这个"副厂长"百分之一百就和他失之交臂了……

郝祖国想到，如果自己当上了这个副厂长，那么，离他的理想、抱负就接近了一大步，是他在仕途、前途上向上爬的一块很好的垫脚石。说不定"副厂长"之后，接踵而来的就会是"厂长"……

"祖国，今天是绮绮亲自下厨哦，你一定要尝尝她的手艺，她的手艺比厂里食堂的那些大师傅的手艺，可是绰绰有余哟！"

郝祖国马上把注意力集中到了罗汉松的脸上，看得出罗绮这个女儿在罗汉松这个父亲的眼里是最优秀且最完美的。他看着女儿的眼神充满了无限的怜爱与骄傲。其实天底下的儿女在自己父母的眼里和心里，都是最优秀、最完美的。

"罗书记，那我真是荣幸极了。"郝祖国又把目光投向了罗绮，"小罗，我突然来叨扰，实在是不好意思。有没有什么需要帮忙的？我在家也常常下厨，不过只会给人打下手。你要是不嫌弃，就让我给你打下手，你看怎么样？"

罗绮看了郝祖国一眼，微微一笑，"也就是家常便饭，都做好了，你要是真的想帮忙，就帮我端菜上桌吧。"

看着罗绮转身进了厨房，郝祖国心想，她还蛮大方的，第一次跟他见面竟然一点都不害羞和紧张。

饭菜摆好后，三人移坐到了餐桌旁，罗汉松因为高兴，还特意拿出了他珍藏的茅台酒，和郝祖国两人对酌，一边喝着酒，一边感叹，"这多了一个人，就热闹多了，平时只有我和绮绮两个人在一起吃饭，这房子里安静得连嚼菜的声音都听得到。唉，你们要是早点结婚的话，我下台以前就可以抱上孙子了。到了那个时候，我们家就更热闹了。"

"爸，你在说啥呀。"罗绮的脸微微有些发红，瞄了郝祖国一眼。郝祖国的心里更是一紧，为了掩藏他即将和心爱的人断交的痛苦心理，他赶紧低头扒饭。

郝祖国见罗书记直截了当地"强迫"他和他其貌不扬的女儿谈婚论嫁，别提心里有多难受了。可是，为了自己的仕途，他必须在今天就有所表现，否则的话，这位罗书记就会给部里上报两个"副厂长"的人选，而排名第一的副厂长人选一定不是他郝祖国。那么，这个"副厂长"的头衔就不会落到他郝祖国的头上了。天哪，我郝祖国应该怎么办啊？不管以后将怎么选择，此时此刻，我唯一能做的就是昧着良心在这位掌握自己生杀大权的罗书记面前，表演令他一睹为快的节目。

想到这里，郝祖国马上言不由衷地称赞起他连看都不想多看一眼的罗绮来，"小罗，你的手艺真不错，炒的菜真地道，跟饭馆里的一样。尤其是这道猪肉炖粉条，真是太正宗了！"

罗汉松见状，偷偷地在心里笑了，孺子可教也……

为了掩饰自己的违心，郝祖国故意大口大口地往嘴里塞着菜、扒着饭，装出吃得很香、很有味道的样子，还嘟囔着强调，"真的，真的很好吃。"

听了郝祖国的恭维，罗绮又是淡淡一笑，"郝祖国同志，让你见笑了，平常都是我爸做饭，今天的菜也是在我爸的指导下完成的，能吃就很不错了，哪能跟饭馆里的比，你过奖了。"

"我绝对是实话实说，没有半点恭维和夸张。"郝祖国觉得自己的后背已经开始发凉了，大概是出了不少汗的缘故吧。

"祖国，绮绮说的倒是实话，家里的活我很少让她碰过，她也是刚从财校毕业，分配到了咱们厂财务科。"

"啊呀，还是中专生呢！我可是望尘莫及啊！"郝祖国又是一阵冷汗。

罗绮听了郝祖国的话，微红着脸低下头说："你也不赖啊，一米八零的个头，英俊潇洒，年纪轻轻的，就要当我们厂的副厂长了！"

罗汉松在一旁哈哈大笑，"是啊，我们绮绮真有眼光，祖国的前程无量啊！"

吃过晚饭，趁罗绮在厨房洗碗的当儿，罗汉松问郝祖国，"祖国啊，你觉得我们家绮绮怎么样？"

"很好啊，稳重又大方，很有涵养，还是知识分子，我怕是配不上她啊。"

"哎，祖国你可千万别这么说，你是我培养的好苗子呀，只要你好好干，将来辽海汽车制造厂的厂长位置也非你莫属，我可是很看好你的。从现在起，我就把我们家绮绮交给你了，你们彼此多了解了解，其他的事就交给我，包在我身上。"

"谢谢罗书记……"郝祖国在心里苦笑，虽然他很体谅做父母的那份心，可是罗汉松的一番话怎么听都让他觉得别扭。他郝祖国难道真的要出卖自己的爱情，才能当上这个副厂长吗？可是，除此之外，还有第二条捷径可走吗？想来想去，他决定为了这个副厂长的位置，出卖自己一回……

拿定主意后，郝祖国心目中这个伯乐的分量也减轻了许多，当年伯乐相中他这匹"千里马"，难道不是因为他的能力，而是因为罗汉松一直在为自己的女儿选择乘龙快婿吗？

郝祖国第一次开始怀疑自己的人生了……

与不爱的人同床共枕，人生第一苦

阳春三月，长白山下的冰雪开始融化，贯通辽海的白河河位也跟着上涨……从山里奔腾而来的夹带着冰块的急流冲击着两岸的河堤，将人们随意倾倒在上面的垃圾卷走了不少，使白河岸河堤干净、清亮了许多。

郝建华带着魏轶力回了一趟家，正式宣布了他们的婚约。然后，双方家长坐在一起确定了婚礼的日期。十八号这一天正好是一个星期天，他们的婚礼在李家村新落成的办公楼大礼堂里举行。章小凤、郝一湖都被戴云山派的车接走了。郝亭花没有去，说是有人会代表她去的。郝祖国没有坐戴云山的车，他让戴云山的司机带话给父母，他有重要的事情要忙，等忙完了他会赶去参加大哥的婚礼的。

章小凤知道祖国正在进步，也就没有说什么。快到李家村的时候，戴云山让司机下车走着过去，他要和大叔大妈说事情。司机走后，戴云山告诉章小凤和郝一湖他已经和郝亭花结婚了。

"什么？"章小凤大吃一惊，"你不是答应我要和她分开的吗？怎么又和她结婚呢？"郝一湖也说："这怎么可能呢？"

戴云山认认真真地说："请爸爸妈妈不要生气，我们之所以骗你们，就是怕你们不同意啊！"

章小凤二话不说就要打开车门下车，结果车被戴云山锁死了，打不开。章小凤生气地拍打着车门，"谁是你的爸爸妈妈，我们不敢当！你给我把车门打开，我们不坐你的车了！"

戴云山转过身跪在了第一排的副驾驶座上，"妈，你千万不要生气，今天是大哥的好日子，你不该生气啊！"郝一湖吃惊过后已经平静下来了，就劝章小凤，"亭花已经是大人了，她这样做自有她的道理。你气坏了身子，怎么办啊？"

章小凤想到今天是建华大喜的日子，再加上郝一湖说得也有道理，就强忍着自己的情绪，慢慢地使自己平静下来……

另觅新"欢"，只为副厂长的位置

与此同时，郝祖国正和郝亭花两个在茶楼里借酒浇愁呢。他们各怀心事，无限惆怅……但是，他们都把对方当成了倾诉衷肠的对象。

"祖国，你为什么不去参加大哥的婚礼？"

"姐，你不是也没有去吗？"

"我是事出有因。"

"我也事出有因。"

"祖国，你怎么了？你能有什么事？"

"姐，谁说我没事？我遇上天大的难事了！"

"咳！世上无难事，只要肯登攀！"

"姐在难事面前，登攀上去了吗？"

"祖国，你……"郝亭花气恼地在郝祖国头上狠狠地指了一下，"不懂女人心的笨蛋，小心被明明给甩了！"

"姐……我已经被她给甩了……"郝祖国嘟囔着，把头埋进了胳膊里。

"祖国，你又跟姐开玩笑吧？这怎么可能呢？"

郝祖国说，孙小明是个特别不寻常的女人。就在郝祖国犹豫着、挣扎着怎么跟她开口提和她分手这件事呢。结果，还没有等他开口说出来，她倒是先他把他难以启齿说分手的话给说出来了。当时，郝祖国吓了一大跳，"为什么？"他抓住孙小明的胳膊，使劲地摇着，要她说出分手的原因。

"祖国，我不想成为你前进道路上的绊脚石，更不想你因为我而失去光明的前途。"孙小明泪如雨下，"虽然命中注定我们有缘无分，但是，我会一个人……到死……"

郝祖国的心被狠狠地重击了一下，原来她已经知道了他和罗绮的事！否则她不会说出这样的话。

"你……你在说什么啊？我……我是那种人吗？"郝祖国做贼心虚，觉得自己在孙小明面前已经抬不起头来了，已经被她看扁了，他只是个不择手段往上爬的浑蛋，是个卑鄙无耻的小人。

"祖国，你是不是那种人，你我心里都明白。你很聪明，也很笨，我就是喜欢你这样，你心里在想啥，我能不知道吗？我们在一起多长时间了？你还记得吗？从你进厂到现在，已经整整十年了。"

是啊！十年的时间。

郝祖国在心里拷问着自己。从一见钟情到日久生情，这份感情原本应该是坚不可摧的，可是为什么在权力、仕途、前途面前却又如此脆弱，如此不堪一击呢？难道在男人的潜意识里，事业永远真的是摆在第一位吗？跟孙小明说的那些山盟海誓一直都是在自欺欺人吗？

"你曾经跟我说过，你要当上咱们厂的厂长，你要制造我们中国人自己的汽车。这是多么伟大的理想啊，每当我听你这么说的时候，就觉得你好有上进心、好伟大。祖国，现在你终于有机会当辽海汽车制造厂的副厂长了，你说，我能不成全你梦想成真吗？就算……你为此要飞走，飞到别人的身边，投进别人的怀抱，我也不怨你，我也一样打心眼里替你高兴，谁叫我那么爱你呢？"

"明明，我不要和你分手！"郝祖国一把抱住了眼前这个流着泪还强颜欢笑的"傻"女孩。他怎能舍得离开她？从第一眼看到她时，就认定了陪她白头到老……通过十年的相处，了解了她美丽的不光是外表，还有她的心灵。如果真的失去了她，别说只是实现小小的梦想，就是当上了万人之上的皇帝，他的人生又有何快乐可言呢？

"傻瓜。"孙小明推开了郝祖国，"是我要和你分手，我爸已经给我另找了对象，是个比你更配得上我的干部子弟，我是良禽，当然是择良木而栖啰。"

这是一个什么样的女人啊？她明明是在牺牲自己，成全他人。可是，她还要假装成一切罪过都好像是因她而起。郝祖国心里更加痛苦和不舍，要不是因为"副厂长"这个让人欢喜让人忧的位置，谁愿意把就要和自己步入婚姻殿堂的爱人拱手相让呢？要不是因为太爱，谁愿意把见异思迁和背叛的罪名往自己身上揽呢？

"祖国别再多说什么，咱们缘尽于此。再见了，祖国。希望有一天我能坐上你制造的汽车。"

"我们真的就这样分手了？你一点也不后悔？"郝祖国心中痛苦又矛盾……

"也许……将来有一天会后悔，可是，现在我一点也不后悔。"

"我和别的女人结婚生孩子，你不嫉妒？"

"我也会和别的男人结婚生孩子，你不嫉妒吗？"

郝祖国无言。他怎么可能不嫉妒？他会嫉妒得要死。可是，身为一个想成就点事业的男人，在很多时候，都不希望自己被儿女私情所左右。现在，既然孙小明已经下定决心要成全他，那他是否应该顺水推舟，心安理得地接受这个令彼此都无奈又痛苦的结果吧……

"其实，从一开始，我就有种预感我和你有可能会是今天这样的结局。"孙小明抹去泪水后，轻轻地叹了口气。

"为什么？"郝祖国还是不明白，除了自己的原因，还会有什么原因能阻隔他们在一起？

"我爸和你们家的关系……当时我绝没预感到原因会来自我们自身，没想到结果是……算了，这样也好，我的心里反而觉得轻松多了。不是有人说过吗，最爱的人不一定是自己婚姻的另一半。"

"你是不是……认为我是一个特卑鄙的人呢？"郝祖国这时候已经泪眼模糊了……

"祖国，我真的不怨你也不恨你！正所谓人在江湖身不由己啊。我是个浪漫主义者，不适合做你的妻子，罗绮她才更适合当你的贤内助……"

郝祖国接过孙小明递过来的手巾，擦去脸上的泪痕，又把手巾还到她的手里，"你，你果然什么都知道了……"

"关于你的事，我怎么可能不知道，我的脑子里成天想的就只有你啊……"孙小明眼里又一次噙满了泪水，喃喃地说，"再说了，人家现在有权，我就是想不知道也办不到啊……"

郝祖国明白是怎么回事了，"罗汉松这个浑蛋……"

孙小明马上制止住了郝祖国，"祖国！你忘了自己的誓言了吗？你说过，我们现在的汽车制造厂，除了铁皮是咱们中国的，小部件是咱们中国的，发动机等核心技术都是外国的。你不是说，你要制造出我们中国人自己的汽车吗？"

郝祖国被孙小明感动了，他一下子把她搂在怀里……孙小明轻轻地推开了郝祖国……

此时此刻，郝祖国看到孙小明梨花带雨的样子，真的觉得自己是天底下最混的浑蛋。

"明明……"郝祖国哽咽道。

"没什么。"孙小明深呼吸了一口,仰起头,"祖国,祝你成功!祝你幸福!还有,也请你祝我幸福。"

孙小明就这样大大方方地扔下欲言又止,想拦她又没有拦她的郝祖国,很优雅地从他的视线里消失了。

他没有勇气去追她,因为在他面前横挡着的是罗汉松这座大山,是"副厂长"这条大河……罗汉松的话还清晰地在他耳边回响,"祖国啊,你能不能当上这个副厂长,全看你要怎么做了。"

副厂长屁股下的那把交椅也在他眼里、心里不停地旋转,转得他既兴奋又晕乎,以至于最终还是做出了娶罗绮的选择……

娶一个不爱的女人，只为做官

"我他妈真是个浑蛋！"郝祖国骂着自己，仰头喝下了一杯烧酒，顿时，火辣辣的液体从咽喉处流下，烧着了他的每一根神经，让他感到窒息和烦躁……

郝亭花看着他痛苦的神情，担忧地抚摩着他的头，"对不起，祖国，姐刚才一个巴掌打疼你啦？不要紧吧？"

"没事，姐……我，我很快就要当上辽海汽车制造厂的副厂长了。"

"祖国啊，这可真是个天大的好消息啊！"

"我如果能当上这个副厂长，我就一定能够当上厂长。"

郝亭花一下子被郝祖国感动了，她端起酒杯和郝祖国碰了一下，"祖国，这是好事啊，既能讨到老婆又能当上厂长，一举两得呢。"

"姐，你是喝糊涂啦？这算哪门子好事啊？"郝祖国不可置信地看着郝亭花，本来还以为会被她骂个狗血淋头呢，其实郝祖国真希望有个人痛骂他一顿，那样他会好受点。结果郝亭花却说出了令郝祖国意外的话来。

"你姐我很清醒。祖国，那你说吧，你自己是怎么考虑的。"

"让我娶一个不喜欢的女人，我做不到……"

"祖国，我早就说过，天下没有白吃的午餐。有所失就有所得，你也说过，两利相衡取其大。如果你娶了你们厂一把手的女儿，你得到的将是整个辽海汽车制造厂。这笔交易很划算嘛。"

"姐，你以为这是在做生意啊！"郝祖国不满地嘟囔。

"司马迁说过，天下熙熙皆为利来，天下攘攘皆为利往。人世间的一切事物不过是利益交换而已，你自己不是也在心里权衡着利弊吗？孙小明和'副厂长'孰重孰轻，你心里其实比我更清楚，是吧？"

"姐，你得到了机床厂二分厂，那你觉得快乐吗？觉得所付出的代价值得吗？"郝祖国小心翼翼地问郝亭花。

"我……我付出的根本就没有收回来，我那不算做交易，我那只是在赌，我下了最大的赌注，结果，这场赌博我输得很彻底……就连我的人生也完全输掉了……"

"姐，你既然知道这样的赌博很危险，为什么还要去赌？你还叫我也去赌？"

"祖国，你面临的不是一场赌博，你面临的是笔很划算的交易，姐和你不同，因为姐从一开始就下错了注，明明知道不可为我却执迷不悟而为之……自始至终，我一直都在犯错，最后把自己给输掉了，我活该，我无话可说，这就是命……虽然谋事在人，但成事在天……我其实是个大笨蛋……"

"姐，你在说啥呀？啥叫一个错误啊？"郝祖国再次被郝亭花的话给搞糊涂了。

"祖国，事到如今，我不妨告诉你，我喜欢大哥，我一直都爱着他，可是……他是我哥，我们是不可能的！这就是我犯的最低级的错误。现在，我把自己嫁给了一个我不喜欢的男人……我以为，靠这个机床厂分厂厂长的位置，可以唤醒大哥对我的爱呢，结果呢……（喝下了一杯酒）哈哈……怎么可能，我纯属白日做梦、异想天开。我就算做了市委书记，做了省委书记，也无法改变我跟大哥兄妹关系的事实啊……"此时的郝亭花，已经泪如雨下……

说实在的，其实郝祖国早就有这种感觉，可他不愿意相信。现在听郝亭花说出来，他仍然被吓得不轻呢！他连忙捂住了郝亭花的嘴，"我的姑奶奶，我的好姐姐，你小声点啊，你怎么会……喜欢大哥，你真是疯啦？"

"是的，我疯了。祖国，我现在就已经疯了，哥和那个魏轶力今天终于结婚了，多么光明正大理直气壮啊，我不想看到那个女人得意的嘴脸！我不敢去参加哥的婚礼，我怕自己失控会冲上去撕烂魏轶力的脸……祖国，姐这辈子算完了，所以你要好好把握机会，不要像姐一样做出让自己后悔的选择。"

"姐，你到底是要我娶那个丑女人，还是要我娶孙小明啊？"

"祖国，你自己掂量吧。"

"再掂量也没用了，明明已经和我分手了。"

"哈！祖国你还真是冷酷无情啊，这么快就把明明甩啦？你们这么多年的感情果然抵不住权势的诱惑啊，你行！就冲你这股狠劲，你将来一定能成大事！大丈夫能屈能伸，何患无妻！祖国，你够有气魄，姐现在要重新审视你了。"

"姐，你真的认为我这样做是对的？"

"对！儿女情长并不适合你，你是干大事的人。祖国，相信姐，没错的。"

"可是……我舍不得明明……"郝祖国黯然地垂下了眼帘，十年的感情并不是那么容易说放就放下的，更何况，他们还是在彼此深爱着对方的情况下分的手。现在，自己眼睁睁地看着心爱的女人转身投向别人的怀抱，这叫他如何忍受，情何以堪？

"我能理解你，明明确实是个好女孩，就连我都喜欢她，更何况是你。不过我想明明最后一定能够理解你的选择的。"

"姐，是明明主动提出要分手的。不是我！"郝祖国努力为自己争辩，尽管知道这样的争辩何其苍白无力，但他怎么也不愿意承认，自己是一个忘恩负义的人。

"啊？真的吗？"郝亭花气愤地看着郝祖国，"郝祖国，你这一点不像个男人，才真正地会让孙小明瞧不起！你们分手的原因分明完全是因为你，你却敢做不敢当，推卸责任……你怎么是这样一个人啊？啊……"

"是……姐，你说得对，我的确是一个伪君子……不然，我为啥要陪你在这里喝酒啊，因为我心里好矛盾好难受啊……"

"哦。"郝亭花这才恢复了正常，她坐下后若有所思地沉吟了片刻，然后耸了耸肩，轻轻说道，"祖国啊，你这下可得欠人家明明一辈子啊。"

"分手是她提出来的，不存在谁欠谁的！"郝亭花触到了郝祖国的痛处，郝祖国有些气急败坏地吼道。

"你喊什么喊？"郝亭花也不示弱，又一次大发脾气，"人家是为了让你心安理得才先提出来的！你这个懦夫！"

"是……姐姐，你骂得对……"郝祖国心里痛苦而混乱……

"明明真是个好姑娘……只可惜……"郝亭花在郝祖国面前就像是一个疯子，一会儿哭一会儿笑，一会儿大发雷霆一会儿又和风细雨。现在，她又笑了，而且越笑越开心了。她拿起酒瓶给两人把酒满上了，"来吧，我们喝酒……"

"姐，你啥意思啊？"

"因为姐找到一个同病相怜的家伙了，祖国，从今以后，你和姐就是一个战壕里的战友了。"

"怎么，我们……成了一个战壕里的战友了？"

"对！没错！来，干杯！"

她爱上亲哥哥没有错，因为他们都是抱养的

就在郝亭花、郝祖国姐弟俩"同病相怜"、相互哭诉的时候，郝建华的婚礼已经结束了。按理说，郝建华现在要进洞房去陪新娘子应付前来闹洞房的朋友们。可由于郝亭花、郝祖国都没有来参加他的婚礼，他有点儿纳闷，亭花对他有意见他能理解，难道说自己这个小弟弟也对他有意见吗？于是，他径直来到了爸爸妈妈住的房间里。

"妈，设子不来参加我的婚礼他给我说了，我也同意了。亭花和祖国为什么没跟我说，也不来参加我的婚礼啊？"郝建华一屁股坐在椅子上抱怨地说。

"亭花有工作要忙，再说了，你那个妹夫不是来了嘛，他可以代表亭花。祖国说他一定会来的呀。"章小凤坐在轮椅上，由郝一湖推着，到了郝建华的旁边。

"你说的是那个戴云山？辽海机床厂厂长？他是什么时候和亭花结婚的啊？"郝建华心里十分不舒服，她怎么就找了个年龄这么大的人啊？

章小凤无可奈何地说："他说他是亭花的丈夫，他们已经结婚了。我说什么也不相信啊！可是，他把他和亭花的结婚证都给我看了啊……"

郝建华有些生气地说："妈，她找谁，我都没有意见。可是，她居然跟我们都不商量一下，太过分了吧？"

见郝建华这么说，章小凤也生气了，"是啊，真是太过分了，把我们蒙在鼓里不说，简直就没把我们放在眼里嘛。"章小凤没好气地说着，自己推着轮椅的轮了往外走，郝一湖赶紧跟上，"你慢点。"

"我能慢吗？我要去找亭花这丫头，她到底在跟我整啥玩意儿！结婚了也不知道吭一声，她以为她是谁啊！到头来还给我找了那么一个人……她是疯了，还是傻了？不行，我今天非要找她问个明白不可！"

"你要问个明白，可是你要到哪儿去找她哩？"郝一湖好言好语地说道。

"她难道打算一辈子不来见我了吗？我可是她的妈！养了她那么多年，难道我养了头白眼狼？"

"你小声点。"郝一湖有些着慌地捂住了章小凤的嘴,章小凤也觉察出自己一急就口不择言了,就压低了声音说:"老郝……"

章小凤的话被敲门进来的李家村村支书李延年打断了,"郝主任,你快去陪客人吧,我陪着你爸妈。"

章小凤笑着说:"李书记,你也去忙吧。我们两人要出去走走呢。"

"也好。亲家,你推着亲家母出去走一走,转一转。不过,外面的天已经黑透了,你们不要走远了。郝主任,走吧。"

见郝建华他们进屋去了,章小凤对郝一湖说:"老郝,我们去走走吧。"

郝一湖推着章小凤,走出了院子,来到了黑乎乎的外边。

"小凤,我一直在想,要不要把建华他爸的事告诉他。"

"你啥意思?"章小凤扭头看着郝一湖。

"就是那个啥,我义父他们家不是也平反了吗?建华也结婚了,我就想,把大哥的事告诉他,你看咋样?"

"是啊……都这么多年了,我都差点忘了。建华不是咱们的亲生儿子呀,他应该知道自己的亲生父母是谁,以后逢年过节也好让他给他的娘上个香敬点孝道,他娘可是为了生他才把命丢掉的啊……老郝,你看找啥时间跟建华说说这件事?"

"过两天吧,等建华他们来城里看我们的时候跟他说。"

"也行,一定要让他跟他爷爷和惠子姐磕头,要不要改姓就看他自己了。"

"好,都听你的。"说完,郝一湖就推着章小凤往院门口走。

"还有,不行我们走吧。"章小凤抬起头对郝一湖说,"我们走了,建华就不分心了。"

"我们怎么走啊?"

"就让那个戴云山让司机送我们吧。"

"也好……"

章小凤和郝一湖说什么也没有想到,刚才,新娘魏轶力就站在他们的后面,他们所说的话被她听了个一清二楚。

婚宴上，骆子叔没有来

郝建华从人群里挣脱出来，来到了章小凤跟前，"妈，爸，你们怎么说走就走啊？不是说好了住几天吗？"

"我突然感到身体不舒服，我给你爸爸商量了一下，我们还是回去吧。建华，你也少喝点酒……"

"妈，你是不是生气啦？"郝建华知道章小凤还在为郝亭花的婚姻不痛快，有些担心地问。

"傻孩子，妈怎么能生气呢？你结婚爸爸妈妈高兴还来不及呢！"

"可是亭花和祖国都没来。"郝建华有些醉了，现在的情绪有些不好。

"不是跟你说了，他们工作忙呀。"

"今天是星期天，能有多少工作？他们明摆着就是不想来……还有，连骆子叔也没来。"

听到郝建华这样的抱怨，章小凤沉下了脸，"你请了你骆子叔了吗？"

"我……"郝建华语塞，他的确没有给骆子送请帖，不管怎么说，骆子也是他的长辈，他这样做的确很不近人情。想到自己错了，他就蹲下抱住了章小凤的膝盖，"妈，我忘了……对不起。"

"你跟我道歉有啥用啊，真有心就亲自带上你媳妇，去给你骆子叔道歉去。"

魏轶力过来了，"妈，我们一定去，你放心。"

章小凤淡淡地看了魏轶力一眼，她不怎么满意这个媳妇，因为听亭花说，这个魏轶力是个心机非常重的人。所以，她就对这个媳妇多少有了一些成见，"好吧，你们好自为之……"

"……我知道。爸爸妈妈，你们放心吧，我们一定去。"

"最好是这样，你们兄妹几个，可要团团结结啊。"

回到疗养院后，章小凤又犹豫了，"老郝，这事儿要是让亭花知道了，可咋办？"

"都这个时候了，也没办法了吧？"郝一湖叹了口气，"这也是亭花的命。"

"亭花的命咋这么苦呢……我们真是对不住她。"

"那也没办法呀，早些年，这样的事哪敢说出来呀？万一走漏了风声，他们两个就完了。"

"你说得没错，建华不光有个日本人的妈，还是资本家的后代，他爸还被定成了叛徒，这些罪名可不是闹着玩儿的。"

"就算现在跟他说，也最好不要张扬出去。"郝一湖说着又叹了口气，"亭花的事，就稍等等再看吧。"

"能瞒着她就瞒着吧。看她那样儿，我这个做妈的心疼啊。"

洞房花烛夜

在元房子公社李家村大队郝建华的新房中，新郎官已经喝得酩酊大醉了。他四仰八叉地躺在床上，魏轶力帮他脱去了衣服鞋袜，摇了摇他，"建华，你醒醒。"

郝建华翻了个身，继续睡。魏轶力自己也脱掉衣服躺到郝建华身边，搂住了郝建华的腰，"建华……"

"你让我睡……"郝建华推开了魏轶力的胳膊。魏轶力觉着不爽，就慢慢地坐了起来，"建华，这可是我们俩的新婚之夜啊。"

"啊？哦……"郝建华睁了一下眼，又疲惫地闭上，"我累了，酒喝得太多了……"

"建华……"魏轶力欲言又止。

昨天晚上，她无意中在公公婆婆那里听到了关于郝建华不是他们亲生的那番对话，让她非常震惊。她真庆幸她在郝亭花知道这件事之前得到了郝建华。不然的话郝建华还能是她的吗？她和郝建华的婚事之所以一直拖到了现在，郝亭花也是原因之一。这时候，她真的感觉自己太伟大了。要不是她略施小计，说不定现在睡在郝建华身边的不是她而是郝亭花了。

魏轶力又想，要是郝亭花知道她自己和郝建华不是亲兄妹，她会怎么样？会有什么反应呢？依她的脾气，肯定不会就此罢休。但是，她郝亭花再怎么样，也改变不了她和郝建华已经是合法夫妻的事实了，所以她一点也不担心。可是，郝建华要是知道了真相，又会是什么样的反应呢？又会怎么做呢？

想到这里，魏轶力再次把郝建华死死地抱住了……她心里狠狠地说，郝亭花，我就是要让你知道一切，我就是要让你难受，让你痛不欲生……谁让你过去一直和我过不去呢……

寻找出路

一大早，辽海机床厂二分厂的会议室里人声嘈杂，吵闹不休。

厂长郝亭花主持了这个很重要的会议，议题是怎么面对减产亏损的现状。她不屑一顾地看着下面的有些干部为一些鸡毛蒜皮的小事争执不下……这些人，根本就没看清现在的形势，到现在还抱着计划经济的救命稻草不放，真的是不可救药了。目前，不只是他们这个二分厂，就连整个机床厂都面临着同样的窘况：过去由政府包办的生产计划，现在连一半都没有了。也就是说，如果没有别的办法的话，全厂的收入就减少了一半。可是，除原材料外，厂里其他方面的支出并没有减少。长此以往，如何得了？然而，你看看这些干部们，只知道抱怨，只知道牢骚满腹，只知道小题大做，却找不出问题的根源，也想不到解决的办法……所以，所有的争论都毫无意义。

"好了，请大家安静，下面由我来说两句。"郝亭花叫停了这场没有结果的争论，"同志们，今天我们的会议非常重要。但不是让你们来吵架的。大家已经看到了，今天的会议除了分厂的所有领导外，还扩大到二十三个车间的车间主任和职工代表。阵容之大，人数众多，是我当这个厂长上任以来的第一次。"

郝亭花略作停顿，目光在会议室云集的人群中扫了一遍。现在，所有人也都静静地望着郝亭花，看这个风风火火的女人能有什么办法保住分厂的生产计划。

"我们分厂现有干部职工九千多人，加上干部职工家属就是好几万人。九千人的数字说大不大，说小不小。说大吧，在我们辽海机床厂几十个分厂里并不大。因为，干部职工达到几万人的分厂在我们机床厂，就有三个。说小吧，九千人的工厂已经不小了。不说别的地方，就我们辽海市而言，职工过万的厂就数不胜数，这是一个什么样的现状，不知道大家考虑到了没有？在上万人的工厂里，光是吃饭问题就是个大问题。现如今的形式已经和过去有所不同了。过去，我们完完全全是按照计划生产，可现在呢，光靠计划、等计划显然已经不能适应新的形势了！再照这样发展下去，我们很可能就要饿肚子了！"

台下有人发出了嘘气声，郝亭花没有理睬，继续说道："我说这些，绝不是什么危言耸听！那么，我们应该怎么办呢？我们如何才能做到在上面给我们下达的生产计划不能满足我们生产需要的情况下，我们仍然有活干、仍然有饭吃呢？这就是我们今天召开这个会议的中心议题！下面，请同志们继续踊跃发言！但我希望能够听到更有建设性的发言，而不是什么抱怨和提意见。"

一位副厂长站了起来，"厂长，照你的意思是说，让我们自己找活干？"

郝亭花点点头，"不错，有这个意思在里面。"

又有一名干部站起来说："厂长，这可不行！这是资本主义道路，如果我们这样干，非常危险！"

还是那位副厂长接着说："是啊，厂长，这样就不是工厂了，而是自由市场了。自由市场是什么？自由市场就是资本主义尾巴，这是肯定要被割掉的！"

在他旁边的一位干部很不以为然地说道："郝厂长，你刚才的话我不同意，现在是什么形势？应该还是共产党领导的社会主义社会吧？你倒是说说，我们机床厂这么多的分厂，别人都没有这么干，他们能吃上饭，我们为什么就吃不上饭呢？我认为我们除了等待再没有什么好出路！因为，社会主义是什么？就是人人有饭吃，人人有衣穿嘛！"

"对啊，社会主义怎么能让人吃不上饭呢……"

在一片反对声中，也有人站出来支持郝亭花，"我认为厂长说得对，我们现在已经面临着即将没饭吃的问题，上面的人可能不知道，在车间里我们可是很清楚的，工人根本就没活干，每天只能打扑克消磨时间，照这样下去，肯定要出问题。"

"能出什么问题啊？国家还能不给我们饭吃？那还叫社会主义吗？"

"我也同意厂长的话！我们家那口子工作的编织厂已经有两个月没发工资了！"

"你说的是哪家编织厂？真的有这回事吗？工资都不发了？"

"我知道，还有几个厂也出问题了……"

一时间，又是杂乱无章的吵闹，看来真正进入议题的核心还需要一定的时间呢！郝亭花专注地听着那些反对和赞同的声音，还时不时地在本子上记着什么。

这时候，还是那位副厂长突然大声说："厂长，我看这事儿还是不要再议论！这是资本主义，这是倒退！我们不能听信谣言，这个非常危险！"

响应他的那位干部连忙跟着说："厂长，我看也的确没有再讨论下去的必要了！"

郝亭花把笔往桌上一扔，生气地问："什么？没有讨论的必要？那我问你，我们分厂的生产能力大，上面给我们的生产计划又少，我们等米下锅，我们吃不饱肚子，我们怎么办？难道就这样等死吗？"

"厂长，等死也总比让人家割资本主义的尾巴好吧！到时候，上台挨斗的人不是别人，那可就是你啊！"

郝亭花冷笑一声，"没事儿，大家尽管给我想办法出来，如果有了问题，我负责！如果要斗争，我就第一个上台子接受批判！"

"说得倒轻巧！"那位副厂长冷笑了一声。

郝亭花盯着他，"你光带了嘴巴没带耳朵来开会吗？你难道没听到我刚才说的，还有下面工人代表说的那些话吗？你要是这么害怕被割尾巴，那就请你把你的尾巴夹起来，这样就不会被割掉了。"

大家一阵哄笑，副厂长的脸是红了又白，白了又红，最后坐回到座位上不再吭声了。

要命的真相，让她错过了真爱

继续讨论的结果是，有关"找米下锅"的话题多了起来。嗯，这是个好兆头。郝亭花难得地露出了笑容。就在这时，秘书走到她身边，告诉她有人找她。郝亭花抬起头，看到郝祖国站在会议室外直向她招手，她就站起来，对旁边的党委书记说："李书记，你继续主持讨论，把发言都记下来，我去去就来。"

见到郝祖国时，郝亭花有些抱怨，"祖国，什么天大的事，非要我这时候出来，你没看见我正在主持开会吗？"

"姐，这事儿肯定比你开会还要重要！"郝祖国神色不安地看着郝亭花。

进了厂长办公室，郝亭花问："什么事儿？说吧！"

"姐，你先坐下来，听我慢慢跟你说。"

"祖国，我说你啥时候变得这么婆婆妈妈的了，有事儿你就快说！不会是你当厂长的事儿吧？要是那事儿就别说了，我知道你肯定会做出正确选择的。"

"姐，不是我的事，是你的事。"

"我的事？我能有什么事？"

"姐，你先坐下。"郝祖国把郝亭花按在沙发上后，他按在郝亭花肩上的手仍没拿开，还继续按着她，好像怕郝亭花听了他说出的话后因接受不了会毫不犹豫地冲出去或做出什么傻事来似的，"姐，我跟你说的事很严重，你听了可别激动啊！"

"你当我是小孩子啊？我激动什么啊？"郝亭花笑了笑，"你快说吧，我现在的免疫力可比过去强多了。"

"真的吗？"郝祖国怀疑地看着郝亭花。郝亭花点点头，"真的，除非你告诉我，大哥他不是我们的亲大哥。"

郝祖国张大了嘴巴，"姐，真被你说中了。"

"说中什么了？"郝亭花疑惑地问。

"大哥他不是我们的亲大哥呀！大哥不是咱爸咱妈亲生的，他是爸妈抱养的。"

"你听谁说的？"郝亭花一下子站了起来，"是真的，还是假的？"

"我接到了来自元房子公社的一个电话，是一个男人告诉我的。我说什么也不相信，就去问妈。妈开始不说，后来才把真相告诉我了。妈说，要我无论如何也不能把这事儿告诉你。可是，姐姐，我们是一个战壕里的战友啊！所以，我一定要告诉你。我大哥的亲生母亲是日本人，亲生父亲是咱爸的义兄，大哥的亲生母亲在生他的时候难产死了，他爸就把他送给了咱爸咱妈……姐？你干什么啊？你可是答应我不激动的！"

"祖国，你放开我！我要去找妈！"郝亭花挣脱了郝祖国的手，就往外跑。

"哎哟喂！姐，你等等，别跑啊，要去我陪你去！"郝祖国追上郝亭花，郝亭花站住了，慢慢蹲下身去。郝祖国四下看了看，还在厂区里，来来往往地走动着不少的工人，他二话没说，拉起郝亭花后就向司机招手。司机马上发车，朝这边开了过来。

"祖国，你别拉我……"郝亭花泪流满面，说话间就要瘫软在地上。

"姐，你冷静点，在这里这样可不好看，好歹你是一厂之长。"

"你叫我怎么冷静……我……"

郝祖国和小车司机两人一起把郝亭花架上了车，"郝书记，去哪？"

"先到我家去吧。"

郝祖国把郝亭花安顿在了家里，就出去打电话。回来后，他发现郝亭花不见了，到处找都没人，最后听到卫生间里传出了很重的呼吸声，而且门还从里面被扣上了。郝祖国用身体把门撞开，看到郝亭花倒在血泊中，手中还拿着医用的刀片，左手和左腿的动脉都被她割断了。郝祖国冲回房间扯下床单，扎住了郝亭花胳膊腿上的血管，然后把她抱下了楼。幸好厂里的小车还没有走，司机又连忙帮郝祖国把郝亭花抬上车，然后直奔附近的医院。

"姐，你怎么这么傻……你要是死了，我这辈子都不会原谅自己的！"郝亭花身上不断流出的血染红了雪白的床单，也染红了郝祖国全身。郝祖国浑身发抖，紧紧把郝亭花抱在怀里，"你可千万不能死啊，我的好姐姐，你一定要挺住啊！"

"祖国……你让我去死吧……我活着……已经没意思了。"

"姐！不准你说傻话！你不是还有我们吗？还有爸妈，你忍心丢下他们不管吗？你要让他们白发人送黑发人吗？"

"祖国……"郝亭花的泪水像她前面手腕处的血一样汩汩地流，"祖国，我……你让我去死吧……"

"姐，骆子叔说过，好死不如赖活着，你这是干什么啊？"

"可是……我怎么活呀……"

"姐，你再别说话了，医院马上就到了，你要坚持住！"

"祖国……难得……看见你哭呢……"

"别说了……姐……"

到医院后，郝亭花虽然失血较多，但经过及时输血、抢救后，便脱离了危险。见郝亭花静静地睡着了，没事儿了，郝祖国才松了口气，他真后悔把这事告诉郝亭花。在医院抢救郝亭花的时候，医院血库的血不够了，郝祖国马上脱下外套伸出胳膊叫医生抽他的血，当时他想，只要姐没事，就是把他的血抽干他也愿意，谁让他一时多嘴把姐害成这样了呢？没想到的是，化验结果他们姐弟俩的血型不符，上天没有满足郝祖国想要赎罪的愿望。

在郝亭花昏睡时，郝祖国给家里打了个电话。随后，郝设华和骆子先赶了来，然后章小凤和郝一湖也赶来了。知道郝亭花已经没事后，大家悬着的心才放下来。郝祖国认为这件事都是因为自己多嘴引起的，便向父母请罪，章小凤听他讲了事情的经过后，重重地叹了口气，说："祖国，这也不能全怪你，我们都有错。建华的事亭花迟早会知道的，她知道了，也会闹出事情来。因为这孩子太死心眼了。"

"姐的事要不要告诉大哥？"

"我看还是先不要说了，你大哥知道了，心里肯定也不好受。现在，你大哥都结婚了，就不要再让他们两口子为这件事再闹了。"

真相大白后，才知道了父母的难言之隐

令人难以置信的是，郝建华知道了自己的身世后，不但没有表现出大家预想的那种激动情绪来，而且连一句疑问都没有就异常平静地接受了这个现实。不知道是该说他看得开呢，还是说他比较冷血。对此，郝祖国的反应比较强烈，"怪不得他与我们格格不入呢，原来他……"

"祖国，你可不能这么说。尤其当着你哥的面。"章小凤打断了郝祖国的话，沉下脸训斥道："不管怎样，他都是你哥哥！"

郝祖国鼓了鼓嘴，没再说什么。一位护士来通知他们，郝亭花已经醒了，可以进去探视了。一行人进了急救病房，看到郝亭花脸色苍白地躺在病床上，鼻子里插着氧气管，旁边的吊瓶架子上一大瓶血液正在一点一滴地往郝亭花的血管里输着……

章小凤拉起郝亭花的手，未语泪先流，"傻孩子……"

"妈……"郝亭花的声音很微弱，泪水也不住地往外流着，"妈呀……我，我不想活了……"章小凤连忙用手帮她擦泪，"别哭，我的乖女儿，妈在这里，你有天大的委屈，只管跟妈说，妈替你做主……孩子啊，你为啥要做这样的傻事呢？一点也不爱惜爹妈给你的身体，你，真是不孝啊……"

"妈，对不起……我，我已经没啥活头了。"

"别说傻话了，这个世界上没有什么坎是过不去的，活着就有希望。你们这些孩子都没经过战争年月，在那个时候我们活得多么艰难、多么不容易啊，现在想来还心有余悸，我们不也活下来了……你看看你们骆子叔，他受了多大的磨难，还不是好好地活着吗？有啥事想不开呀？"

"妈……你告诉我，哥真的不是我亲哥吗？"

"是，你哥不是我亲生的，就连你，也不是我亲生的。"

章小凤的一句话，就像平地里扔下了一颗炸弹，屋里的人全都惊呆了，就连原本知情的郝一湖也呆住了，他是为章小凤突然这样说而感到惊讶。

"妈？你不会是糊涂了吧？"郝祖国忍不住了，"先是大哥不是我大哥，现在咋整得就连姐也不是我姐了？妈，你在说胡话吗？"

"祖国你别吵，我说的是真的！"

郝亭花流着泪，哭笑道："真是天大的笑话呀……敢情我们都是从垃圾堆里捡来的……还是……从石头缝里蹦出来的……"

"妈！你别开玩笑了！那我和二哥呢？难道也是你们抱养的吗？"看到郝亭花泪流满面的样子，郝祖国也难过得要命，他无法相信这是事实，在一起生活了二十多年的兄弟姐妹，一个个突然之间都变成了毫无血缘关系的人，这可能吗？郝祖国急切地想让母亲确认这件事。所以，发出了一连串的问题。

站在郝祖国身边一直沉默着的郝设华，一把拉住了情绪有些激动的郝祖国。郝祖国想要挣脱郝设华时，突然发现他的手在二哥的手里竟然丝毫不能动弹。他望着比自己瘦弱的二哥，心下暗暗地吃惊，二哥怎么会有如此巨大的腕力？此时此刻，郝设华眼中也满是痛苦，"祖国，好好听妈说。"

骆子也在郝祖国的背上轻轻拍了一下，向他摇了摇头。郝祖国攥紧拳头，将激动的情绪强压了下去。

"亭花，这事儿瞒着你是妈不对。"章小凤的口气很平静，郝亭花心绪也缓和了许多，她望着章小凤，等着她继续说下去，"今天索性就把话全都说开，免得你以后再想不开又给我在身上划几道口子，那我可受不了。弄得不好，妈这条老命也得赔上。"

大家都把目光集中到了章小凤的脸上……

"就算你们不是我的亲生骨肉，我可从来没把你们不当亲生的来养，你们都是我的心头肉哇。"章小凤颤抖着双手抚摩着郝亭花被包扎起来的左手腕，泪水一滴滴地掉在了洁白的被子上，将那里浸湿了一大片。

郝一湖扶住章小凤的肩，轻声问："小凤，这是干什么啊？你……"

"老郝，你不要阻拦我！你把那个东西给我吧。"章小凤用衣袖沾了沾泪，从极不情愿的郝一湖手中接过了那块曾经放在郝亭花怀中的手帕，轻轻地打开，展放在了郝亭花面前，"亭花，你好好听娘说。祖国出生那年，有人把你抱到了我们家的门口……那天又是刮风又是下雪的，特别冷。你爸爸把你抱进家里……那时你才一岁多点，又瘦又小，我们见你可爱又可怜，就收养了你。从那时起，我们就把你当亲生闺女一样地养着，对外面说你和设华是双胞胎，你是姐姐，设华是弟弟。这么多年了，谁也没怀疑过你不是我们亲生的。娃啊，看好了，这手帕上的血就是你亲生父母的……"

郝亭花没有动,只是定定地看着那块手帕和上面用紫黑色血迹写下的两行字……

章小凤轻轻叹了口气,又继续说道:"你的亲生父母是南朝鲜人,在战乱的时候逃到了长白山里,在那里生下了你……你的父母不是要抛弃你,是他们知道自己活不成了,才把你交给我们的,他们想让你能好好地活下来。孩子啊,无论是你的亲生父母,还是养父母的我们,都希望你能好好地活着,你要好好地珍惜你的生命啊……在那样的大雪天里,你都没被冻死,难道活了二十几年后,你却要自己把自己给结果了吗?"

章小凤越说越激动,郝一湖连忙扯她的衣袖,阻止她再说下去:"小凤,别再说了。"

"我为什么不能说?我把她从一个快冻死的小东西养到现在这么大,我容易吗我?她给我说死就要去死,根本不顾惜我们这些当父母的心,与其这样,当初还不如把她扔到大山里让狼给叼了去呢!都说这儿女的心在石头上,我也看出来了,我的心都扔在冰冷的石头上了,我算是白养活你们了……"

"妈,你快别说了,你这样说,姐会更难过。"

郝祖国已经完全相信了母亲说的是事实,现在他实在不忍心看着母亲和姐姐彼此赌气了,为什么非要搞得这么紧张啊?其实,他如果不控制自己的情绪,他也很想大哭一场……可现在不是哭的时候,应该让这件事永远成为过去,不管谁是怎么来到这个家的,不管他们之间有没有血缘关系,大家在一起生活了这么多年,即使不是一家人也胜似一家人了呀……

"对,小凤,你就别再气亭花了,孩子嘛,总有做错事的时候,如果父母都不体谅他们还有谁来体谅?亭花的心情你不是最了解吗?既然事情已经这样了,说什么都无可挽回了,只要一家人还在一起就没有什么过不去的火焰山。"骆子在一边拍拍章小凤的后背,又来到了郝亭花的床边,从郝亭花手中取开那块手帕,"亭花,你这孩子也真是的,你不知道你妈听到你出事有多着急吗?她从轮椅上摔了下来,就拖着这个身子也要往前爬,她的膝盖都摔破了,你看她的裤腿上面都是血啊,这样的妈难道你不应该好好珍惜吗?你舍得离她而去吗?"

"妈……"郝亭花这才注意到了章小凤裤子上的斑斑血迹,她哀哀地叫了一声:"妈,对不起……"

"亭花，我的好闺女……你可不能抛下妈就这样走了呀……你要是走了妈可咋办啊……"

"妈……我再也不会了……"

"这样就好了，这样就好了。"郝一湖用手背抹着眼泪，连声说着，"这样就好了啊！"

"爸，妈，我说你们还真能瞒天过海呢！"郝祖国想缓和一下悲伤的气氛，就苦笑着对郝设华说，"二哥啊，我们大家都被爸妈蒙在鼓里呀！二哥，你说是不是？"

郝设华淡淡一笑，却说："祖国，你不是也怀疑过吗？说爸妈对大哥大姐那么好，从来不打不骂，对你就不一样，三天两头不是抽板子、打屁股，就是罚跪不准吃饭，你说你肯定不是父母亲生的。"

"真的吗？"骆子见气氛有了很大的变化，就故意问郝祖国。

"哎呀，那都是多久的老皇历了，还提那些干啥，小孩说的气话罢了，哈哈！"郝祖国当然没忘了自己的那些光荣史和屈辱史，只是孩子的赌气话没想到今天竟然给二哥掀了出来，让他着实尴尬……

"那你怎么不说你二哥也从来没挨过打呀？明明就是你自己太调皮捣蛋了。"

"骆子叔，我们不说这个了……啊，妈，你的伤没事吧？要不要叫护士来帮你上点药？"郝祖国连忙将话题岔开。

"没事，回去洗一洗自己上点药就可以了。"章小凤为郝亭花擦干了脸上的泪痕，喃喃地说道："傻丫头，有啥天大的事想不开啊，你妈不也这么活过来了吗？"

郝一湖这才向郝祖国兄弟两个示意，郝祖国和郝设华悄悄地跟在父亲的身后走出了病房……见郝家父子几个悄悄地走开了，骆子也跟在后面走了出去……

"妈……你为啥不早告诉我……你知道，大哥他对我意味着什么吗？我……"

"妈都知道，妈一直看着呢，可是妈不敢说啊，这世道谁都说不准明天要发生啥，我怕说了会连累你们……"

"妈，你要是在大哥结婚前说出来，大哥他就不会……"

"亭花啊，你跟妈一样，也走了这条路……这就叫命中注定呀，你和你大哥有缘无分，你就忘了他吧，以后你会碰上比你大哥更好的人……"

"妈，不可能了，我的心已经给大哥了。"

"唉，也只能怪你大哥他没这福分，他要是不那么急着结婚，你们的事也就……现在说这话也没啥用了，亭花啊，要是你大哥对你没那份心的话，你伤心也没用啊，这么多年，你跟着他跑来跑去的，应该看得很清楚了吧？"

"大哥太在意我们之间的兄妹关系了，所以才……"

"傻孩子，你大哥早就怀疑他不是你的亲大哥了，我们跟他说他的身世时，他非常平静，这就说明他早就知道这些了……只是，他不想说出来罢了，他连谁是他的亲生父母都知道啊！傻孩子。"

"不……大哥他不知道……"

"傻孩子，感情有时候是不能勉强的，你们之间存在的根本问题并非完全是你们的兄妹关系，唉，该叫我怎么说呢，建华这孩子在感情上是有些优柔寡断，不管对你还是对那个魏轶力都一样，你输就输在性子太直，不会要心机，我也不是在背后里批评人，妈其实从心里是希望你和建华结婚的。好几次都想跟你说，可话又憋回去了。都是妈不好，妈也太软弱了。总是怕这怕那的，到头来还是把你的事给耽误了，你要恨妈也是应该的……"

"妈，我真的想恨你，可是……你是我妈，我哪里能恨得起来，何况你还养育了我这么多年，我都没有报过恩，还敢说什么恨不恨的话，我的良心还没有让狗吃掉哩……"

"傻孩子，说什么报不报恩啊，妈养你可不是指望让你报恩的。"

"我知道，妈，这是我们娘俩的命运啊，对吗？"

"对，你说得对，这都是命啊……"

在郝亭花的心目中，自己的命运已经和这个家庭紧紧地联系到一起了。章小凤就是自己的亲妈，郝一湖就是她的亲爹。可摆在眼前的事实是，她在外国还有爹妈……人海茫茫，她的亲生父母……现在还活在这个世上吗？想到这里，她又一次哭了起来……

"孩子，别再哭了，我们把身体养好了再说好吗？"

"嗯……妈，我要向你学习，坚强起来，再也不会被任何事情打倒了。"

"真是个傻孩子，你妈我有啥坚强的？"

"妈，你忘啦？我是花木兰，妈是穆桂英，妈永远都是我的偶像啊。"

"你说的是那事儿啊，没忘，当然没忘。"章小凤呵呵笑道。

那一年，因为郝建华离家出走，她连气带急就突然发病了，晕倒在了厂里……然后就一直在医院里昏迷了好几天，才醒来了。看到她醒来了，一直守候在一旁的郝亭花眼睛红得像桃子，哇的一声就扑了过来："妈！妈你真的醒了！骆子叔！我妈真的醒了！"郝亭花一时间不知道是高兴还是难过，泪水哗哗地流……在一边的骆子反而显得非常的平静。他抓起了章小凤的手，"小凤……你可算是醒了。"

"嗯……骆子哥……我这是……怎么了？"

"你在厂里昏倒了，这都睡了几天几夜了。"

"我昏倒了啊，我说这头怎么昏沉沉的，浑身都不得劲儿呢……对了，我的建华呢？……亭花吗？亭花，你大哥呢？"章小凤挣扎着要起来，被郝亭花按住了，"妈，你别担心，哥去叫医生了，他没事。"

"哦，那就好。"章小凤举起左手，却看见手背上扎着针，"这是什么？"

"小凤，你别动。你还在输液呢。"骆子轻柔地将章小凤的手放下，"你现在在医院啊，你没日没夜地工作，把身体都熬垮了。"

"哎呀，还有这回事啊。"

"妈，你把我们都吓坏了！"郝亭花抱着母亲的胳膊说，"祖国还哭鼻子了呢。"

"你自己也没少哭吧？"章小凤爱怜地看着女儿，"看你的眼睛都哭肿了呢……"

"嗯……妈，你可千万别出事啊，你要是……我们可怎么办啊……"郝亭花将脸埋进章小凤的怀中，"我们不能没有你啊，你是我们的好妈妈……"

"傻孩子，我哪能那么容易就死掉呢，日本鬼子欺负咱的时候，我在日本人眼皮子底下都好好活过来了，保卫工厂那会儿，枪林弹雨的也都闯过来了，没事儿，大难不死必有后福，妈我肯定会长命百岁的！你放心。"

"妈，你可真逗，都这个时候了，还开玩笑……不过，我就是喜欢这样的妈，妈，我真的特崇拜你！你是我心目中的穆桂英。"

"这孩子，嘴还真甜。行啊，你也不比妈差，我是穆桂英，那你就是花木兰喽！"

"你们都是了不起的巾帼英雄。"骆子在一边笑道。

好像冥冥之中有谁在故意捉弄她们母女一样，曾经是自己躺在病床上安慰哭泣的女儿，今天却换成了亭花躺在病床安慰她……看着刚从奈何桥上折回来的女儿，脸色苍白又憔悴，被泪水浸泡得又红又肿的眼睛就和当年的自己一模一样。这样的情景再现，恍若隔世的噩梦一样，让章小凤心里有说不出的恐慌与悲凉。说什么巾帼英雄啊，这样活过来的自己根本就没资格做别人的榜样，尤其作为一个女人来说，她这一生一直都是在欠着别人的债，欠丈夫的，欠骆子的，也欠儿女的。郝亭花变成这个样子，是章小凤最不愿意看到的……但造化弄人，终究还是没有逃过这一劫。

可身为母亲，章小凤并不希望是这样的结果，她没有顾及女儿的痛苦而隐瞒真相，她和天下所有的母亲一样只希望儿女们都能够获得幸福，她不想他们中的任何一个受到伤害。然而，这世间的事往往都是事与愿违。就如骆子哥在《明月几时有》中唱的一样："此事古难全！"

就在听到郝亭花自杀的消息之前，她还在和骆子感叹："这人咋就活得那么辛苦呢？就像专门到这世间遭罪来了一样，没一样事儿让人感到是顺心的。"

骆子说："大概这就是所谓的前生后世的报应吧。"

章小凤相信了骆子说的话，人来到这世间就是为了还前世的债……

"妈，你在想啥呢？"郝亭花轻轻问，把章小凤的神思从追忆中拉了回来，"妈，你别难过了，以后我再也不干傻事了，再也不让您为我担惊受怕了，真的，我已经想明白了，这一切的一切都是命。"

章小凤轻轻地摇了摇头，"亭花啊，妈和你同样身为女人，所以才要跟你说这句话，不管命好命歹，生没生错，我们都不是活给别人看的，我们要为自己活，别轻易就认输了。咱不认命，咱还有很长的日子要过呢，明天是啥样，谁都说不来，但我们必须得往好的方面想。亭花，这世道里女人活得比男人更艰难啊，所以我们一定要比男人更坚强、更硬气，才能活得舒坦，活得自在。"

章小凤摩挲着郝亭花的面颊，看着她年轻而娇美的模样，心头有很多复杂的滋味翻涌，既难过又欣慰，她感谢上天赐给了自己这么好的女儿，又责怪命运太不公平，让亭花受这样的苦。

"听妈的话，好好活下去。"

"妈，我会记着你的话，好好地活下去。"

"这就好，你真是妈的乖女儿。"

（第一部完）

2013 年 9 月 30 日改于北京东

劳　模

第二部　火红的年代

陈玉福　著

中国言实出版社

目　录

柳暗花明又一村

时间过得好快呀，转眼之间就到了中国实行改革开放的又一个春天。这天，厚重的乌云模糊了黑夜与白天的界限，尽管已经接近中午，但窗外依然是灰蒙蒙的。黑魆魆、沉甸甸的乌云压得很低，好像就悬在人们的头顶上，随时会掉下来，把整个世界都压得粉碎了一样。然而，午后，突然刮来了一阵强劲的西北风，摧枯拉朽一般，一下子就把乌云吹了个干干净净……失去了乌云的遮挡，炫目的太阳再次普照大地，这一切变得实在太快，人们的眼睛一时适应不了这么强劲的光线。建筑物、树木、行人……到处都泛着耀眼的光，一切看起来都鲜亮无比，简直有点如梦似幻，好像一切都是不真实的。

冥冥之中，似乎真有一双命运之手在有意安排。二十几年后的这一天，当年那位把郝亭花抱来郝家的老乡，又突然登门来访。这位善良的山里人，自从把小女婴送给郝家后，就再没有来过辽海。二十几年后他的再访，依然是为了当年的那个小女婴。这一次他的肩头没有了积雪，只是落上了一层厚厚的灰尘。这一次，他的怀中没有抱着裹严的襁褓，而是一封薄薄的寻亲信。

当年迫于无奈把亲生骨肉留在中国的那对南朝鲜夫妇，在被遣返回去后经历了种种磨难，度过了那些纷乱的岁月，不但活了下来，而且还依靠勤劳和智慧，开了一家颇具规模的工厂。手中有钱了，局势稳定了，思念孩子的心思也渐渐地重了。于是，才动念寻找当年那个被扔在中国的孩子了。他们凭着依稀的记忆，给曾经逗留过的地方政府写信，希望当地政府能够帮助他们寻找失散多年的孩子。结果都是石沉大海，杳无音讯。他们的希望在等待中渐渐淡薄，直到孩子的母亲郁郁而终，孩子的父亲怀着绝望的悲恸寄出了最后一封信。而这最后一封信，在三个国家的邮车上辗转来回了几个月后，很幸运地被辗转送到了曾经收留过他们孩子的人手上，接着，又被那位纯朴的老乡急急忙忙地送到了辽海。

"人海茫茫，冲破重重封锁，跨越三个国家，这封信竟然能送到我们的手上，这大概就是奇迹吧。"骆子感慨万千地说道。

章小凤把那封来自南朝鲜的信拿到了郝亭花的病床前，信中详细地诉说了当年抛下婴儿的种种苦衷，回国安定到最后发家致富后，一直都没有放弃寻找，但是，母亲却带着遗憾离开了人世……

　　实话实说，这一切来得都太突然，郝亭花一时难以接受。一扭头的工夫，自己不但不是大哥的妹妹，不是妈的女儿，而且竟然也不是中国人了！这是上天在跟自己开玩笑吗？这个玩笑开得未免有点大了吧！为什么这封信不能早一点出现呢？如果早点出现，郝建华就不会拿自己当亲妹妹，自己或许就不会输给魏轶力，自己的爱情之路或许就会是一片坦途。然而，她忽然一转念，又觉得上天还是疼爱自己的，自己正不知道该如何面对大哥郝建华的时候，有了亲生父亲的消息，这都是天意啊！天意让自己离开这里，去一个陌生的地方重新开始。然而，看着病床前已经白发丛生的养母章小凤，她又觉得自己的念头有点残忍，她虽然不是自己的亲生母亲，可她给自己的爱又何曾少过一分，更确切地说，这位养母对待自己比对待她的亲生儿子都要好，记得小的时候，弟弟郝祖国就曾经多次说过母亲偏心。他一直都在有意无意地提出疑问，为什么父母亲会对姐姐那么好。

　　是啊！自己的养父、养母是多么厚道的人啊，他们把自己的爱更多地给了收养的孩子。可是，以自己现在的这种精神状态，陪在母亲身边，只能让她更加揪心，也许还是离得远一点好吧。

　　郝亭花看一回信哭一场，哭完了再看。心结，也在一点点地被打开。寻亲的念头，也在她的心中一点点坚定了起来。

　　用了差不多三个月的时间，郝亭花的身心总算是完全康复了。经过深思熟虑后，她已经做好了踏上寻亲之路的准备。突然一天，郝亭花把自己的决定告诉了家人。出乎她意料的是，面对她的"无理要求"，居然没有一个人站出来反对。

　　这也难怪，早在郝亭花提出这个决定之前，章小凤就打发郝一湖默默地带着那封信，去找了和他一起在牛棚里关过的一位领导。这位位高权重的领导给予了他大力的帮助，他一个电话就帮郝亭花办好了出境证明和护照。回家后，章小凤又让郝一湖取出了所有存折里的全部积蓄，交给郝亭花做旅费。由于此时中国政府和南朝鲜政府之间都是敌对的，所以基本上没有官方外交往来，也未直接通航。所以，郝亭花不能直接去南朝鲜，而是要先到日本，然后再从日本去南朝鲜。章小凤担心郝亭花带的钱不够，就让郝建华、郝设华和郝祖国也帮忙凑了一些，给得最多的是郝建华夫妻。当魏轶力把一沓子人民币交到郝亭花手上时，她虽然刻意控制着自己的情绪，但嘴角还是露出了如释重负的笑容，在某种意义上说，她胜利了。

万事俱备，只欠东风。郝亭花决定在国庆节后出发。先乘火车去北京，因为北京有直达日本东京的国际航班，然后再转机到南朝鲜的首都汉城。

郝亭花起程的那天，天居然毫无征兆地突然下起了绵绵细雨，飘飘洒洒，如烟似雾，世界好像被一个湿漉漉的罩子笼罩着，吹也吹不散，扯也扯不断，捶也捶不烂，就如同萦绕在人们心头的伤感，它就那么萦绕着你，但你打不到它，也驱不散它，只能顺应它，任由它肆意蔓延。

章小凤、郝一湖及骆子、郝祖国、郝设华都来为郝亭花送行。郝祖国和郝设华还把包了很多特产的行李放到了车上。

人世间最伤感的莫过于亲人之间的别离，亲人去了远方，心中便有了深深的牵挂。平时或许感觉不到，但当夜深人静，没有任何外界干扰的时候，那种浓浓的思念之情便会悄然而至，折磨你的神经，使你无法安然入眠。中国人向来是注重亲情的，每逢年节，一家人都要团聚在一起。中秋佳节如此，春节也是如此，一个家庭，要是在年节的时候凑不齐，在家的人就会感觉特别落寞，就会感觉在邻居面前抬不起头来。今年的中秋节，这个大家庭中就会少一个亲人了。因此，章小凤心事重重，不觉泪水溢满了眼眶……

郝亭花紧紧地拥抱着章小凤，泪水如雨滴般纷纷落下，她的眼泪一是为了马上到来的分别，二是为了自己残酷的初恋，三是为了自己悲苦的身世，四是为了渺茫的前方之路。她不知道前面等待她的究竟是什么，但不管是什么，既然有这么一个绝佳的机会，让她去逃避这冰冷的、残酷的现实，她就必须赶紧借机离开，不然她的精神或许就会崩溃，她是会疯掉的。

"妈，我走了……"

"去吧，孩子，到那边后记得一定要打电话回来报个平安啊！"

"妈，我知道，我一到就打电话给你们。"郝亭花看了郝祖国一眼，"祖国、设华、爸妈，还有骆子叔，以后就全靠你们照顾了。爸妈、骆子叔，请原谅我的不孝，不能陪在你们身边……"

"傻孩子，快别说了，你要早点找到你的家人，能多陪陪他们就多陪陪他们，我们这边你不用担心，反正我们一时半会儿也死不了。无论你什么时候回来，我们都欢迎你，等着你。记住，不管啥时候，我们始终是一家人，我们永远爱你……"章小凤说着这些，眼眶又一次湿了起来，"只要你过得好好的……我们就放心了。"

"妈，你放心，我已经想开了，不会再干傻事了。"

"好了，别难过了。"郝一湖拍了拍郝亭花的背，"闺女啊，又不是去了多远，就隔着一个片海，南朝鲜离咱这儿近着呢，只要想家了就回来吧。"

"是呀，亭花，你爸说得对，想家了就回来，这里永远都是你的家。"骆子也微笑着，轻柔地说道。

"姐，到哪儿都别委屈自己，不管到哪儿你都是我们最漂亮最坚强的大姐。别让人欺负你，要是有人不待见你，告诉我们，我们雄赳赳气昂昂地跨过鸭绿江、杀过三八线去灭了他们！对吧，二哥？"说完，郝祖国捅了捅身边的郝设华。

"嗯，姐，不管啥时候，你都是我们的好姐姐。"郝设华喃喃地说道。

火车就要开了，汽笛声声催人行，郝亭花挨个儿和大家拥抱了一下，最后再次抱住章小凤："妈，女儿走了，你一定要保重……"

"快上车吧……"章小凤抚摩了一下郝亭花沾满了泪水的脸，笑着说，"出门在外要注意身体，别让妈操心。"

"知道了。那……我走了。"

郝亭花刚跨上火车，车门随即就关上了，然后，火车开始缓缓滑行，郝亭花趴到车窗口，拼命地挥手，泪水不住地冲刷着她潮湿的脸庞，就如那天空中连绵不绝的雨线一样，把大地浸润在了潮湿的哀伤之中。

"姐，不光要打电话，还要记得写信呀！"郝祖国依依不舍地追着火车向前跑，对着车窗里的郝亭花大喊，"你可别把我这个战友忘了呀，不管到什么地方，我永远都会和你站在一条战线上，无条件支持你！"

"祖国……"

一直追到站台的尽头，再也没法向前了，郝祖国才依依不舍地停住了奔跑的脚步，他定定地站在那里，目送着火车渐行渐远，越来越小，直到消失在了自己的视线中。

大家都沉默着在站台上又待了好一会儿，这才慢慢转身离开。回去的路上，大家都还沉浸在与亲人离别的伤感情绪中，一直保持着沉默，直到章小凤发出一声奇怪的低呼，才打破了有些沉闷的气氛，她"哎呀"了一声后，问儿子郝祖国："祖国，你那个姐夫……叫什么山的，他怎么没来送亭花呢？有这么做丈夫的吗？这也太不像话了吧！"

"你是说戴云山啊。妈，我姐已经和他离婚了。"

"哎呀，这个亭花，做事咋这么绝呀……"以郝亭花风风火火的脾气，做出这样的事情，章小凤本不应该感到意外，但她还是有些吃惊。郝亭花如此果断决绝的态度，不免让章小凤心生感慨："那个人应该是真心喜欢你姐的吧？"

"我想应该是的，不然他为啥要不惜一切代价千方百计和姐结婚呢？只可惜，他不适合我姐。"郝祖国说完，若有所思地望向车窗外。其实窗外的景色已经被雨水模糊了，什么也看不清楚，他看到的，只是像流泪的脸一样的玻璃窗，上面若有若无地映出自己的样子。透过被水痕打湿的玻璃窗，他似乎看见了另一张哭泣的脸。

"祖国啊，不管怎样，你姐的事也就算是过去了。她去了那么远的地方，我们也只能替她担心，想操心是鞭长莫及了，可是你啊，还有设子啊，怎么一个个地都不让我和你爸省心呢？"

风雨情凄凄

身为辽海汽车制造厂副厂长的郝祖国已经有了自己的专车，今天就是他的车，载了章小凤一家人到火车站来的，小车除了司机外只能再坐四人。郝设华之前是和骆子一起坐公交车来的，现在他就说让骆子坐郝祖国的车，他还有事要回厂里，于是自己就一个人又搭公交车走了。郝祖国本来也准备单独走的，但被章小凤强行叫住了，母亲让他陪她一起回疗养院。因为，郝祖国满腹心事的样子是瞒不过章小凤的。虽然郝亭花的离开让他有些难过，但以他的性格来讲，还不至于难过成这样一副没精打采、消沉安静的模样。自从当上汽车制造厂的副厂长以来，他似乎变了个样子，过去总是听到他那大嗓门满世界地嚷嚷，可现在他安静下来了。但在送郝亭花的时候突然又爆发了。他大喊着追着火车跑了好长一段路停下来时，看他的背影谁都会以为他在哭泣，可等他转回来时，脸上不但没有哭过的痕迹，居然还带着笑，一派平静的样子。越是这样，章小凤就觉得越有问题。知子莫如母，更何况郝祖国从里到外都像透了她，他那刻意隐藏着什么的表情，别人也许看不出来，但一定瞒不过她这个当妈的眼睛。

"妈，我能有啥事啊？"郝祖国回头笑了笑，"不过，二哥还在为失恋的事消沉呢。二哥也真是的，对一个不值得他爱的女人还这么痴情，都多少年了还忘不了。唉，真不知道该说他啥好哩。"

"祖国，你别跟我在这里绕弯子了，我没问你二哥的事。我在问你呢，你和明明的事又是咋回事？你们两个不是都订婚了吗？咋突然说变就变了呢？是你的问题，还是她的问题？我怎么看明明都不像那种见异思迁的女孩子呀，是不是你动了什么花花肠子了？"

"妈，我的事你就别管了。"郝祖国有些烦躁地说着，把头扭到一边，继续看着窗外。

"我也不想管你的事，可你要是对不起人家明明，我就不能不管了，我们郝家不能出一个负心汉啊！我可不记得教过自己的儿子做陈世美，你要是真当了陈世美，我就要做一回包公，把你用狗头铡给铡了！"

"妈，人家明天都要结婚了，我到哪里去当陈世美啊！妈，你要真有那狗头铡，能亲手铡了你儿子的话，我倒想让你现在就把我这颗颈上人头给铡了！"

"怎么说话呢，你这浑孩子！嗯？你说什么……明明要结婚了？和谁？"

"不认识！"

"这么说，是明明变心了？你们不都谈了这么多年了，怎么会……"

"妈，我求你，别再说了行不行！"郝祖国抱住了头。章小凤看着他，无声地叹息："祖国，这是咋的了，我还以为你和明明会……"

"这样也好，反正孙家的人都不是什么好东西。"郝一湖突然在一旁低沉地说道。

"爸！你什么都不知道，瞎说什么啊，不准你那样侮辱明明！"郝祖国猛然地暴吼，把章小凤和郝一湖都吓了一跳，就连坐在副驾驶座上的骆子都惊讶得回过头来："祖国，你怎么能这样跟你爸说话？"

"就是啊，你这个不孝的浑小子，怎么跟你爸说话呢！"

骆子轻声的责备和章小凤恼怒的斥责，就像是一枚引信，引爆了郝祖国脑子里积蓄已久的情绪"炸弹"，使他的整个人一下子到了崩溃的边缘。

郝祖国突然毫无征兆地拉开车门，司机大吃一惊，慌忙拉下手刹，一串刺耳的刹车声后，车斜着停在了路边，还没等车完全停稳，郝祖国就立即跳下车去，跑进了青纱般的雨雾中。

"祖国！"

"你这个浑小子——"

"郝书记……"

郝祖国丝毫没有理会大家的呼喊，头也不回地狂奔而去，很快便隐没在了雨雾中。

"这小子受什么刺激啦？"章小凤讶然地回头，看向郝一湖，她本不放心，想让郝一湖去追，但一看郝一湖少见的脸色低沉，话到嘴边又憋了回去，只是回身对司机说，"师傅，麻烦你把我们先送回去吧。"

跑出一大段路后，郝祖国气喘吁吁地停了下来，他能真切地听到自己剧烈的心跳声和粗重的喘息声。雨水打湿了他的头发，有些不安分的雨滴从头发中穿过，淌过前额，在眼角混合上一些又咸又涩的液体，然后又滑过两腮，在下巴上汇集在一起，在地球引力的作用下，一滴一滴，慢慢地滴落。他慢慢把手伸进衣兜里，当指尖触摸到衣兜里那一团潮湿的纸屑时，郝祖国的手不由自主地痉挛了一下，心也跟着猛然瑟缩了一下，好像那纸屑是个什么尖锐的东西，刺中了他的指尖，锥心的疼痛传到了心脏。郝祖国抓了些纸屑在手中，狠狠地、咬牙切齿地揉搓了几把，然后愤怒地将它们撒向了灰蒙蒙的天空，任由它们飘飘洒洒……

原来，那是一张被撕碎了的婚宴请柬，大红烫金字的豪华请柬，是孙小明和一个叫吴美珩的男人的结婚请柬。

另一边的衣服口袋里，还装着一封被揉成皱巴巴一团的信，那是夹在请柬里一起送到郝祖国手上的。靠在一棵路边的老槐树下，郝祖国颤抖着双手，将那封皱巴巴的信再次掏了出来，空白的信封上什么也没有写，打开信封，取出里面的信纸，薄薄的一张，娟秀的字体和孙小明的倩影一样，熟悉得让郝祖国的视线发痛，信上简单地写着一行字："我在老地方等你。"

在老地方等我，可等我又有何用，相见又有何用，只能是徒增伤悲。现在木已成舟，已经再也不能回头了，为何还要再纠缠呢？再次的纠缠只能加重内心撕裂的疼痛。明明，我们两个人只能沿着现在的路这么走下去，不管是对是错，不管前面是阳光大道还是荆棘满地，我们都得咬着牙走下去，我们已经别无选择了。明明，相濡以沫，不如相忘于江湖，就让我们相忘于江湖吧。

郝祖国木然地走到白河边，将口袋里剩下的鲜红的碎纸片连同那封揉烂的信，一起抛进了河中。看着自己沾了许多金粉的手，也染上了一些红色，被雨水吻湿的地方，几片碎屑还缠绵着不愿离去，在手心里留着血一样的斑斑印渍。请柬看上去虽然很精致很高档，颜色也很鲜艳很喜庆，但显然是染上去的，只不过是浅浅地附着在表面，没有根基，一点雨水就让它变得面目全非了。那些飞花般飘落的纸屑在空中翻腾了一会儿，就在雨水的潮湿里变得沉重，匆匆地坠落到了水面上。大概是由于下雨的缘故，大部分水面上的纸屑没有像春天过后的落花那样自由自在地在水面上飘零，而是很快地隐没在了浪花中，沉入了水底，消失得无影无踪。有那么零星的几片，想努力地与命运抗争，挣扎着想多留在水面上几秒钟，好与这个繁华的世界作最后的道别，然而，它们的挣扎是那么的无力，短暂的一瞬后，它们就被一双无形的手拽进了无边的黑暗里。

这或许就是人生，就是人与自然，人与社会，抑或是人与现实的斗争。现实就如无情的浪涛，终究会将漂浮于上面的渺小个体吞噬得一干二净。

郝祖国闭上眼睛，缓缓地仰起头，让雨水把自己的泪痕冲刷干净；同时摊开双手，让雨水把沾在上面的金粉和红色也一起彻底带走。郝祖国脸上的表情很严肃，就像在进行一场庄重的宗教仪式一般。让雨水把过去统统冲刷掉吧，要想更决绝地前行，就得彻底告别过去，郝祖国这样想着。

"抱歉，明明，我不能去找你。"

郝祖国用湿漉漉的手擦了一把脸，他的脚不知是因为站得太久僵硬了，还是被雨水浸泡得太久麻木了，所以他跺了跺脚稍加活动了一下。离开白河边时，郝祖国再次望了一眼有些混浊的河水，喃喃地说道："别了，我的爱。"

什么时候也学得这么肉麻了，自己果然不小心中了资产阶级的毒。郝祖国微微苦笑了一下，很无奈地摇了摇头，大概是潜移默化中受了孙小明的影响吧，不过没有关系，从今以后再也不会说这样的话了，一生就说这么一次，也不算太丢脸，何况也没有人听见，就算这样说非常可耻，因为是对自己说的，所以还是情有可原。赶紧重新开始，重新振作，重新踏上奔向理想的快速路，这才是当务之急，也是最重要的。

离开时，郝祖国心里突然产生了这样一个念头，这样算不算是获得新生呢？也就是所谓的凤凰涅槃，置之死地而后生，内心与情感都经过了一番生与死的折磨和考验，是不是也可以算是浴火重生了？那么，刚才那句话也可以换成这样的意思来理解吧——再见了，我心中的爱人；再见了，过去的郝祖国……

美人泪

　　回到家之后，章小凤的大脑中，总是一遍遍地闪过郝祖国跑进雨雾中时那张痛苦扭曲的脸。她越想越放心不下自己的儿子，越想越提心吊胆。于是，就一个劲儿地打郝祖国办公室的电话，但始终没人接。直到晚上九点多，电话才终于打通了，郝祖国瓮声瓮气地说："妈，我没事了，你放心吧。"

　　章小凤听出儿子虽然是感冒了，但精神状态却已经恢复了正常，这才算放了心。

　　就在郝祖国因为泡了两三个小时冷雨而感冒发烧得一塌糊涂时，孙小明结婚了。盛大的婚礼在辽海市最大的白天鹅大酒店里举行，越发肥胖的孙大峰腆着他那足以与大水缸媲美的肚子，周旋于大都是省市干部的宾客之中，得意地介绍着自己的乘龙快婿。身为市委书记秘书的新郎吴美珩，无疑是婚礼上最引人注目的男主角，只见他一脸的春风得意，还在所有宾客面前刻意装出一副谦恭有礼的模样来，而身为女主角的新娘孙小明身穿红色洋装，她的美艳本可光彩照人，但由于她像个拉线木偶一样一声不吭地跟在新郎的身后，笑容僵硬在脸上，被动地接受着众人的恭维和祝福……

　　稍微用心的人不难发现，就算孙小明涂了很厚的粉底，擦了很红的胭脂，但苍白的脸色还是隐约可见，尤其是她那布满了血丝的双眼，怎么都无法掩饰她的疲惫与憔悴，看她那样，好像是一夜没睡，又好像是哭过一整晚。遗憾的是，过于兴奋的新郎吴美珩和父亲孙大峰都没有发现她的异样，他们脸上带着欢喜的微笑，忙碌于各自的应酬，趁着觥筹交错的绝佳时机，缔结着他们今后的某些利益盟约。

　　看着自己的父亲和丈夫在这样的场合里如鱼得水的样子，孙小明却仿佛置身事外。被拉着敬了一圈酒之后，她不想再强颜欢笑了，独自退到了婚宴的一角，默默地喝着自己的喜酒。孙小明并不后悔自己的决定，但在她的内心深处却又很不甘心，为什么郝祖国那么绝情，连她最后一点小小的要求都得不到满足呢？此时此刻，疲惫排山倒海般袭来，酒精很快就麻醉了她纷乱的神经，她所看到的，所听到的，全是一片混沌，脑子里唯一清晰的是对郝祖国深深的怨恨。

在焦急的希冀中，她苦等了他一夜。最终，他却没有来。难道他是怕她会反悔吗？是怕她最后不愿意放手，成为他前进的绊脚石吗？难道在他眼里，女人都真的和小人一样不值得信任吗？我孙小明为了他，忍痛割爱做出的让自己撕心裂肺的选择，他竟然是如此不屑一顾吗？对于他来说，放弃她和他们近十年的感情原来是这么轻而易举的事吗？到最后关头了，他居然对她没有了一点点的留恋和顾惜。她为了等他，在他们彼此感情萌芽的地方——辽海汽车制造厂图书室里等了整整一夜。他不应该忘了这个"老地方"呀，这是他们感情的根据地，爱情的见证地。当然了，他们的爱情最后虽然没有结果，但他们爱情的花儿确确实实在那里幸福地绽放过呀……所有这一切，难道在他心里，一点也不值得留恋吗？她本想让这份没有结果的感情能够在它开始的地方结束，让彼此再无牵挂，也让他能够在他的梦想之路上走得更坦荡、更坚定。然而，他竟然如此决绝，始终没有露面。这让她一个人在这间又黑又冷的图书室里，伴着几十万册图书，在冰冷绝望中熬到了天亮。

最终，晨曦宣告了她最后幻想的破灭，当她从图书室走出来时，太阳的光芒刺得她睁不开双眼，一夜的苦等煎熬使得她心力交瘁，一时间她感觉自己没有力气呼吸，一阵天旋地转之后，整个人就如同被抽去了筋骨般倒在了大楼门口。

不知为什么，倒在地上的孙小明居然没有哭，一滴泪都没有流。原来她还心存幻想，说不定下一刻郝祖国就出现在她面前了，她不能让自己在他面前露出软弱的样子。离开他是自己做出的决定，她不应该为之哭泣，尤其不能让他看见。但是，郝祖国自始至终都没出现，没有给她展现坚强的机会。从一开始，他就选择了放弃她，那么，这样的结果，还有必要为之哭泣吗？孙小明自嘲地笑了，坐在工厂办公大楼的门口，几乎要把眼泪都笑出来了，上早班的工人从大门前经过，被她痴痴傻傻的样子吓到了，都不敢过去询问，最后还是打扫卫生的一位老阿姨把她扶起来，把她送到了厂卫生所。

在厂卫生所输了一瓶葡萄糖后，孙小明回到了家。她强打精神，穿上红装，自己为自己化好了妆，然后，坐在了吴家接新人的红旗轿车里。

其实，这场婚礼是孙小明自己一手促成的。她这么急着结婚，不仅让她的父亲孙大峰不能理解，就连快成为她丈夫的吴美珩也觉得事有蹊跷，难道天上真的会掉馅饼吗？以前她可是对自己不屑一顾，看都懒得多看一眼呢。

那一天，和郝祖国谈过分手之后，孙小明失魂落魄般地回到了家中，就像是刚刚行过二万五千里长征一样身心疲惫，她把自己扔进绵软的沙发里，瞪着空洞的眼睛，望着客厅顶棚发呆……

孙大峰膝下就这么一个宝贝女儿，对她自是百般疼爱。这一年中，每天下班后，一回到家中，他就凑过来嘘寒问暖，不知不觉地就会说起她和郝祖国的婚事。这一天晚上，就是她与郝祖国分手的第一天晚上，孙大峰又叨叨上了。

"明明啊，你也老大不小了，和祖国的婚事不要再拖了，定个日子赶紧结婚吧。"

"哦……"孙小明一边心不在焉地回答着孙大峰的话，一边咬着手指头，愣愣地出神。

"那好，我明天就去找章小凤，和她商量一下你和祖国的婚事究竟咋办，如果他们家太挤了，我就在厂里给你们找一套房子当新房。明明你放心，你和祖国的婚事我一手操办了，爸一定给你把婚礼办得热闹气派，嫁妆也不会少了你们的，爸一定让你风风光光地嫁到郝家去。明明你说，你都想要啥嫁妆？首饰咱要金的、银的，还是钻石的？家具要中式的，还是欧式的，要橡木的，还是红木的？明明，你尽管说，只要你说了，爸一定满足你。"

"哦……"孙小明答非所问地继续咬着手指头出神。孙大峰越说越兴奋，竟然没有觉察出女儿的异样。突然，孙小明坐起身来，瞪着黝黑的眼睛看着父亲，说："爸，我决定了，我要结婚。"

"啥？你这孩子，爸不正在跟你说结婚的事嘛，问你想要什么嫁妆呢，不管你想要什么，爸都给你办。"

"哦，爸，我啥都不要。"

"傻孩子，这是当父母的一片心意，再说了，你和祖国都还年轻，没什么积蓄，爸不能让你跟着他去过穷日子，虽然祖国这小子挺有本事，将来也一定很有前途，可现在他只是个厂里的团委书记，恐怕连结婚的房子都没有吧。爸不能让你光身子嫁到郝家去，让他们说我的闲话。"

"爸，你错了，我没说要和祖国结婚。"孙小明轻轻一笑，像个没有感情的木偶一样，呆板地笑着，眼里没有丝毫相应的情绪。

"你说啥？"孙大峰吃了一惊，这才警觉起来，"到底是怎么回事？明明啊，你快跟我说清楚！"

"我和祖国的事吹了，我要马上结婚，爸，这件事就拜托你了。"

"我怎么都不明白呢？你啥时候和祖国吹的，我怎么一点也不知道？"

"就在今天。"

"是祖国那小子甩了你吗？"孙大峰的表情变得狰狞了起来，眼中闪露出了凶狠的光芒。

"不是，是我提出和他分手的。"

"到底为什么啊？好好的，干吗要分手啊？"孙大峰更加吃惊，不能理解地看着自己的女儿，"明明，你是不是发烧啦？让爸看看。"

孙小明闪开孙大峰要摸她额头的手："爸，我没病，我清醒得很，你啥都别问了，就照我说的去办吧。"

"看来，你是不打算告诉我原因喽？"孙大峰比谁都了解自己的女儿，相当固执，她不打算说的事，你就算撬她的嘴也没用，搁战争时期，她肯定就是那宁死不屈的江姐、刘胡兰、赵一曼。孙大峰有时候就奇怪，自己的女儿咋一点都不像自己呢？

"是不是祖国对你做了啥？你不说没关系，我亲自找那小子问去！"

"爸，我实话跟你说了吧，我和祖国成不了，我受不了他们家人对我的态度，要让我这样嫁过去，还不如死了算了呢。"

"……哦，真的是这么一回事吗？"孙大峰张大了嘴，看着女儿眼中滑下来的一串泪珠儿，愣了半晌，然后还是不甘心地问，"他们家人欺负你了？"

"没人欺负我，我就是觉得别扭。爸，你自己也清楚吧，当初你干的那些事儿，把他们家的人都伤透了，他的家人能待见我吗？"孙小明察觉到了自己的失态，连忙擦掉泪水，白了孙大峰一眼，语气重新变得冷淡而漠然。

"我干什么事了啊？我对她章小凤，还有他们一家哪里不好了？郝祖国和他哥郝设华的工作都是我解决的，还有那个骆子，要不是找罩着，他早被人打死在野地里了。"孙大峰露出一副很无辜的表情说道。

"爸，你别说了，骆子叔当初还不是你给打成反革命的？"

"那是他自找的，他不给我说那些快板找事，我整他干啥！就算我不整他，也有别人整，他迟早都要倒大霉，他就那倒霉德行！不说他了，我对郝家可算是仁至义尽了吧，如果不是我在上面罩着，章小凤她能那么舒服地在疗养院里待这么些年？还有黑一海的事，我都没给他捅出去，通敌叛国的罪名啊，他们承担得起吗？真是忘恩负义，不识好歹！看我不好好收拾他们……"

"是啊，那种忘恩负义不识好歹的人，也不适合做你的亲家，不是吗？"孙小明懒得和父亲争辩，她有些厌恶地皱了皱眉，打断了孙大峰的话，"你就赶紧给女儿找个门当户对的女婿吧，这样不就两全其美了吗？"

"闺女啊，话虽这么说，祖国这小子你我可是没看走眼啊，他将来一定能成大事，所以爸才愿意把你嫁到郝家去，一心帮你促成这桩婚事，没想到，到头来还是白忙活了，真是晦气！"

"那只能怪你的女儿配不上人家。"孙小明说着，眼光黯淡了下来。

"这么说来还是祖国那小子嫌弃你了？他妈的，这不是欺负人嘛！他郝祖国要不是我的女儿明里暗里帮助他，要不是我在后面撑着他，他能有今天吗？他竟然敢甩我的女儿！臭小子，看我不好好收拾他一顿！"

"爸，这事跟祖国没有一点关系。你不准对他进行打击报复。"孙小明冷冷地瞪着孙大峰，"如果你敢对他做什么，就别怪女儿跟你翻脸！"

"我说你这丫头是不是今天在哪儿吃错药了，你敢威胁你老子？真是翅膀硬了啊你！不管怎么样，你爸可都是为了你好啊，你这没良心的兔崽子！"孙大峰气得直跺脚。

"爸，算我求你了，好不好？反正事情已经这样了，再纠缠已经没有任何意义了，你就别再节外生枝了。我现在只求赶紧找个人结婚。"孙小明扭开脸，沉沉地说道，虽然眼中闪烁着泪光，但她最终还是忍住了，没有让泪水再流出来。

孙大峰怎么能看不出其中的端倪呀？他观察着女儿的神色变化，心里已经有些明白了，问题肯定出在郝祖国身上，只是自己的女儿还没有放下那份爱，有心偏袒那个郝祖国，威胁老子的狠话都撂了出来，他也就不好再说什么了。他长长地叹了口气，问："明明，既然事已至此了，你的主意打定了的话，爸就帮你张罗，你看之前跟着我到家里来过的那个吴美珩怎么样？他今年大概也是二十七八岁吧，好像还没有找对象，他以前就对你有那个意思，是不是还追求过你？"

"嗯，想不大起来了，你的部下追求我的有好几个呢，不知道你说的是哪个。"

"那我明天叫他到家里来你再看看。这个吴美珩长得还算一表人才，和你年龄也相当，办事能力也不错，就是……美中不足的是他造反派出身，这一点……"

"爸，你自己不也是造反派呀，怎么，你还会在意这个？"

"不……我也就是这么一说，反正，你们先处一处再说吧。"

"用不着那么麻烦，爸，你就直接做主得了，我只有一个要求，我要在这个月底前结婚。"

"用得着这么急吗？"

"迟早都要结婚，早一点不是更好？"孙小明说完起身，准备回自己的房间去。

"怎么也得谈一谈嘛！"

"那种过场对我来说，已经没有必要了。爸，我和祖国都谈快十年了，最后还不是没结果吗，谈什么啊？有意思吗？"孙小明冷笑一声，扔下一脸惊讶的孙大峰，进了自己房间。

第二天，孙大峰真带那个吴美珩到家里来了，孙小明认出他就是当年追过自己的人之一，和他简单说了几句话，就进厨房做饭去了。孙大峰看女儿并没有表现出反感的意思，就故意给吴美珩暗示："美珩呀，今天叫你到家里来，没别的意思，就是希望你能陪陪我这个女儿，你们年轻人在一起应该比我这个老头子有话说。我只有这么一个女儿，平时把她惯坏了，脾气大得不得了，刚才你也看见了，那不是针对你，她对谁都一样，冷冰冰的，你可千万别介意。还有啊，她刚和男朋友分手，所以这两天心情不太好，总是一个人闷在家里，我怕她给憋出个啥毛病来，你就算帮我，约她出去看看电影，逛逛公园，让她散散心，把不愉快的事给忘了。"

"我明白，孙副市长。"

"你别这么叫我，太生分了，你就叫我孙叔吧。"

"行，孙叔。"

"关于你的工作问题，我已经安排他们考察你了，你可要好好干呀！接下来的事情我就不管了，所谓师傅领进门，修行靠个人……"

"没问题。"吴美珩瞄到孙小明端着一盘菜从厨房出来，连忙殷勤地迎上去，接过了她手中的盘子。孙小明面无表情地看了他一眼："谢谢。"

"你别跟我客气，小明。"

而后，吴美珩请孙小明看了两场电影，去了一次公园，不到两个星期的时间，就直接决定了婚期。速度之快，令吴美珩都措手不及。虽然他为自己能够娶到一直心仪的女子感到庆幸，但也对这种就像是天上掉馅饼的美事感到疑惑。一直以来，孙小明对他的态度都是不咸不淡，在当初追她的时候就是这样了，尽管孙大峰说这就是她一贯的作风，但他还是觉得这场婚礼来得实在是太突然，这个漂亮老婆娶得也实在是太容易了。

　　直到登记注册，婚礼如期举行，然后看到一身鲜红新装的孙小明像一朵暗夜的玫瑰一样，绽放在同样鲜红的新房中时，吴美珩这才相信了这个既定的事实。吴美珩激动地把孙小明拥入怀中，信誓旦旦对孙小明承诺，无非是"一辈子都要把她捧在手心上，让她过得幸福美满"之类的话，孙小明始终无声地听着，不发一言，脸上也没有任何的表情。

　　透过淡淡月光的暗影，只看见她的眼睛特别亮，也特别黑。一直折腾到夜半，心满意足的吴美珩终于翻过身去踏实地睡着了，他并不知道，背对着他的孙小明一直望着窗外那弯橘黄色的新月流泪，不断滑下的泪水已经打湿了半个枕头。

英雄所见略同

孙小明婚后也就差不多半个月吧，郝祖国和罗绮也举行了婚礼。比起孙小明和吴美珩的那场豪华铺张的婚宴，他们的婚礼相对要朴素低调得多，他们只是在辽海汽车制造厂的招待所举办了一个简单的仪式，然后就在大食堂里招待了双方亲属及单位领导。没参加婚宴的同事朋友，郝祖国和罗绮都给他们送了喜糖和点心。这场低调婚姻的新郎和新娘之间，没有山盟海誓，更没有甜言蜜语。洞房花烛夜，郝祖国只对罗绮说了一句："你放心，我会做一个称职的丈夫。"而罗绮的回答竟然也和他如出一辙："你也放心，我会做一个称职的妻子的。"

婚后，两个人的生活没有什么太大的变化。自从当上辽海汽车制造厂的副厂长后，郝祖国就更加努力地为未来建功立业了。从此以后，他不仅注意自己的外部形象建设，也在不断地提高着自己的知识水平和管理能力。在学习的过程中，他瞄准了改革开放这条新跑道，为自己的起航时刻做着准备。这时候，他开始学习现代企业管理方面的理论知识，并时刻关注国家关于国营企业体制改革的动向和政策，就如当初能够让他当上这个副厂长的契机一样，他敏锐地嗅到了国家重视国营企业的信息。因为他的野心远不止于一个副厂长之位，掌握一些实用权力也仅是他抵达目标的一个手段而已，所以说，目前的副厂长只是他向上攀登的一个台阶而已。他相信，用不了太长的时间，自己就能够成为辽海汽车制造厂的厂长，完全将辽海汽车制造厂掌握在自己的手中。当然，当厂长，是他的目的，但还不是最终的目的。在他心中早就有了一个宏伟的志向，虽然还没有完全成形，但已经是一个可以实现的梦想。为了追求这个梦想，他付出了相应的代价。所以，他绝对不能半途而废，他必须让自己成功，哪怕是要付出更多的代价。

郝祖国为自己铺垫的道路是完全有必要的，他的行动方向也是完全正确的。这一点，由他和路鸣的首次交谈可以得到证实。

改革开放后，中央工作会议做出了扩大企业自主权的决定，身为辽海市副市长的路鸣抓住这个时机，紧锣密鼓地对辽海市近千家资产过亿的大中型国营企业展开了调查，他要在这些企业中寻找根基与方向，将辽海的改革开放从这些企业中打开一条通道。北方省政府也对中央的此次决定相应地做出了一些举措，将一部分企业划拨由辽海市政府管理，这些面临整改的企业中，就包括辽海汽车制造厂。这个带着实验性质的举措，无论对路鸣还是郝祖国来说，都是一个绝佳的契机。

路鸣亲自进到这些企业中了解情况，也由此和郝祖国得以经常见面，尽管他们的父辈之间有着很深的渊源，但他们的交往，没有受父辈们的任何影响。

辽海汽车制造厂只是路鸣要调查的企业之一，而且相比于辽海机床厂及辽海制造厂这些国家重型企业，辽海汽车制造厂的规模远比这些企业小得多。严格意义上讲，辽海汽车制造厂其实只是一个加工及组装大型汽车的制造工厂。对于这样一家没有独立自主知识产权的制造厂，一个缺乏市场活力的企业，这对路鸣来说，基本上没有多大的吸引力。但在与郝祖国进行了一番促膝长谈之后，他的这个观念得以改变了。

"路市长，我希望市上能给我们厂提供资金和地方，我们不想再靠进口外国的发动机组装汽车，我们想自己研制发动机，制造完全国产化的小汽车。"

就因为郝祖国的这样一句话，路鸣决定参加汽车制造厂的一次关于工厂未来前景的讨论会。在这次决定工厂前途命运的讨论会上，路鸣"大家如果有建设性的建议可以提出来"的话音刚落，副厂长郝祖国就提出了"研究开发具有独立知识产权的小轿车，是汽车制造厂未来的生命"的令在场所有人愕然的建议。对于郝祖国来说，这个想法在他心里早已成形了，只不过表达的机会才刚刚出现。如果说第一次见面，路鸣就对这个果敢坚毅的年轻人留下了深刻印象的话，那么，今天这个切准汽车制造厂要害的建议，就更加让路鸣刮目相看了。就从这个时候起，路鸣隐隐约约地在心中有了一个直觉，在今后的几十年中，将有很多故事发生在自己和这个年轻人之间，这个年轻人将成为自己最为可靠的"战友"。

接下来，郝祖国就"研发具有独立知识产权小轿车的关键问题"这个中心，阐述了自己的看法。最后，郝祖国果断地说："只有市委能够支持我们汽车制造厂，我们一定能够在短时间内拿出与进口发动机相媲美的我们自己的发动机。"

路鸣为眼前这个年轻的企业领导人的大胆而独特的宣言而震撼，也看到了他充满自信的神情。于是，他故意以怀疑的口气问他："你能确定，你们未来可以生产出与进口发动机媲美的国产发动机？"

"路市长，我郝祖国并不是在这里夸海口说大话，信口开河，能不能制造出可以替代进口的发动机，也不是我在这里可以随口断言的。我之所以以这样的态度向市里提建议，是因为一个国家汽车工业企业的责任与义务，或者说是一种使命更确切。我认为生产我们自己的发动机是必行的道路，我们不可能永远都使用别人的技术，永远都屈居人下。要知道，每年我们为了进口发动机要花大量外汇，而且我们能够拿到的发动机都是别人已经淘汰了的机型。这样的屈辱，难道还要让它继续下去吗？"

"说得好！郝副厂长，关于你提出的这个想法，我们可以下来继续探讨。不过，就因为你这个建议，我想我们已经找到了汽车制造厂未来的发展道路。"路鸣已经为郝祖国的话，对汽车制造厂的未来充满了信心。会议一结束，他就让郝祖国和他一起去吃饭，吃完饭后，两人又继续来到招待所，他们的促膝长谈一直进行到了深夜，直到被路鸣的秘书几次催促，路鸣才有些不舍地放郝祖国走了。

离开招待所，在回家的路上，郝祖国的耳边一直回响着路鸣和自己说过的那些话，不由得热血沸腾、心潮澎湃。

"祖国啊，一直以来，我们的国营企业都是由政府垄断着，使得企业没有了创造和开发新产品的积极性。因此，国营企业长期处于低效率运行状态。针对之前国营企业政企不分、经营者缺乏自主权和低效率运行的弊端，中央印发了一系列扩大企业自主权的文件，推动了国营企业在经营权层面的改革，但是由于很多人的思想还不开放，畏首畏尾，放不开手脚，所以改革的进程并不明显。而这一次中央工作会议又做出了扩大企业自主权的决定，国务院也颁布了《关于扩大国营工业企业经营管理自主权的若干规定》等5个管理体制改革文件，并在四川省进行扩大企业自主权的试点。根据中央政策，政府向企业让渡了生产自主权、原料选购权、劳动用工权和产品销售权等14项权力。由此不难看出，让渡国营企业的经营权，必然会对经营者的积极性产生激励，使企业逐步成为'自负盈亏，自主经营，自我约束，自我发展'的经济实体。"

郝祖国认真地听着路鸣这位年轻的市长的宏论。

"祖国，国营企业的改革之路势在必行，你也要时刻做好准备。我非常希望由像你这样有胆识的新一代管理者来接手企业，可以给长期处于被动僵化状态的国营企业注入强劲的新生力量，毫不夸张地说，不但企业的未来，就连国家的未来，也都要靠你们啊！祖国，你知道你让我最欣赏的是什么地方吗？那就是你的敢想敢说。我希望你能够把你的这种闯劲和魄力一直坚持下去，不仅要敢想还要敢干。思想要再开放一点，视野要更宽阔一些。当然，作为一个企业的领导者，你还需要补充更多的理论知识和实践经验，你要好好地完善自己，我相信你的才干和能力，但更希望你能够成为一个具有新思想新理念的现代企业管理者。如果你能够做到这一点，我就把辽海汽车制造厂交给你。"

深深地吸了一口子夜的微凉空气，郝祖国感觉整个人都焕然一新了，全身充满了力量和干劲……他没有叫司机开车来接他回家，而是一个人慢慢地步行往家走。此时的辽海市一片静谧，街上没有了轰鸣的汽车，没有了来往的行人，没有了吵吵嚷嚷的摊贩。至此，白日的喧嚣完全被夜晚隐匿了起来。眼前，是一片灰色的住宅楼，与漆黑的夜空交融在了一起，看不清彼此的边界。这一片住宅楼里，只有零星的几处灯光，辉映着漫天的星斗……

经历了过去不安的日子，人们变得特别容易满足，普遍觉得这种平淡的生活很幸福，但郝祖国却觉得这不是什么幸福。一路上，除了咀嚼路鸣的那些话外，郝祖国也反思了一下自己之前走过的道路。他觉得自己没有做错，一个人一生总得做几件轰轰烈烈的事，而要想出人头地，不舍弃一些东西又怎么能实现自己的梦想呢？所以，他要努力向前，把种种过去都远远地甩到身后去。在经过厂办大楼时，郝祖国不经意抬头，看向了三楼西边图书室的那排窗户，还不到三个月，现在望着那排窗户的心情与那时在雨中的心情已经是大不相同了。

路鸣在辽海汽车制造厂的调查结束了，临行前他把郝祖国叫去，告诉他一个好消息，辽海汽车制造厂厂长罗汉松同志即将退任，厂党政班子已经向市委市政府推荐了新的厂长人选："祖国，这是我给你许诺的第一步，接下来就看你怎么走了，你可不要辜负我对你的期望哦。"

"路市长，我保证不会让你失望的！"

"祖国，这样一来，是不是离你的梦想更近一步了？"

"是的，非常感谢路市长对我的信任和支持。看来我这个靠山是找对了。"郝祖国笑道，"我的梦想就是中国汽车工业的梦想，而可以促成这个梦想实现的人，就是路市长您！"

"原来你是胸有成竹了吗？"路鸣半开玩笑地对郝祖国说，"把我当靠山啊，我可不是那么容易靠的哟。"

"我可不这么认为，我找的靠山不是可以为自己谋私利的那种，如果是为了我们辽海汽车制造厂的发展，我一定要把你这座大山靠得死死的，缠着你不放。"

"你还真是不怕死呀，这种话也就是你才敢这么明目张胆地讲出来。"

"在你面前，我才敢这样放开胆子讲话。"

"哈哈，好，我就喜欢你这脾气。看来啊，我们的缘分相当深，你父亲和我父亲当年一起关牛棚，现在又是你和我被拴在一条绳上了，好好干，祖国，说实话，只有靠你们这样年轻有魄力的新一代企业管理者帮我推波助澜，才能完成我的计划啊！"

"路市长，你有什么计划，能透露一二吗？"

"现在还不能说，不过你不用担心，到时候一定跑不了你，我还得仰仗你呢！"

"好啊，我等着，你记住，我就是你帐下的一员将官，只要你抛下一支令箭，我就会义无反顾地冲杀出去，不取敌首绝不回还！"

伤心的情歌

郝祖国为了接任厂长一职，整日奔波在各车间及分厂之间，下了班后还要学习写材料，虽然疲累，但这样重负荷的工作量，对于他来说正是必需的。至少，可以让他在回到那个只有两个人的家后，再没有精力去想东想西。尽管他努力地让自己克制住情绪，但是在看到罗绮那张缺乏活力、表情木然的脸时，心中还是难免感到一丝落寞。很多时候，在恍惚的灯光下，他都不自觉地把眼前看到的人，幻化成心中思恋着放不下的那个人的样子，那分明是灵动的、俏皮的、娇媚的、哀怨的孙小明……

然而，在办公室坚持到再晚，终究还是要回去，毕竟，那里已经是自己的家了。何况，还有人在那个家里等着自己，回家，应该算是为了尽丈夫的职责和义务。

这个时间，罗绮已经在家里做好了晚饭。他们虽然是在一个厂里上下班，但各自有各自的工作圈子，没有多少机会可以"夫妻双双把家还"，况且他们也不在那种如胶似漆、恩恩爱爱的状态里，在厂里碰到面时，彼此都还会显得客客气气的，不明就里的人，根本不可能猜到他们是夫妻。

"你回来啦。赶紧洗一下手过来吃饭吧。"看到郝祖国进门，罗绮放下手中的毛线织品，去厨房里端饭，郝祖国换完衣服洗了手出来，饭菜已经在桌上摆好了。

坐在桌边，郝祖国看着眼前的四菜一汤，心想两个人能吃得了那么多吗？剩下的大概罗绮会装上饭盒当第二天的午饭吧。虽然很想跟她说用不着做这么多菜，但话到嘴边还是咽了下去。

罗绮给郝祖国盛了满满一碗米饭，放到他面前："多吃一点，这几天你太辛苦了。"

郝祖国看了她一眼："谢谢。"

自己怎么说出了"谢谢"呢？但这一声"谢谢"已经渐渐成了习惯，也许是自己心底的距离感在作祟吧。

两人再没有对话，只默默地相对着吃饭。屋子里安静得掉根针在地上的声音都能听见。这是夫妻间应该有的气氛吗？尤其是新婚夫妻？郝祖国不由得长叹了一口气。

罗绮听到他的叹息，抬起头来，有些疑惑地问："你怎么了，身体不舒服吗？还是工作上遇到什么愁事了？能跟我说说吗？"

郝祖国摇摇头，没有正面回答她的问题，只是放下了饭碗，淡淡地说道："罗绮，你吃着，我得去赶写明天的发言稿子了。"

罗绮担心地看着郝祖国："你只吃一碗就饱了？是不是身体不舒服？要是不舒服，那个发言稿就不用写了。我爸说你的口才非常好，你随便说几句不就行了吗？"

"那可不行，口才再好，发言稿还是必须要有的，就算做做样子，这个形式还是要走。再说了，爸明天离职，我这个新厂长怎么着也得把爸在辽海汽车制造厂的丰功伟绩给大家说一说吧，爸的功绩数不胜数，不写出来怎么行呢？"

罗绮淡淡一笑，也放下了碗筷，站起来一边收拾桌子一边说道："我爸一定很高兴，看来他真是没有看错你这个女婿。"

郝祖国虽然觉得罗绮话中有话，而且还有些讥讽的味道，但看她低头慢条斯理地收拾着碗筷，除了木然并没有其他什么表情，也就不再深究，进了书房。

发言稿写完时，已经十一点多了，郝祖国收拾起桌上的稿纸放进抽屉，就像已经形成了某种条件反射的动作一样，拿起了抽屉一角放着的一本笔记本。那是孙小明送给他的，她还把自己的照片当作插图放了扉页上，做得跟原本就是笔记本中的插页一样，当然，她那张青春靓丽的脸用来做扉页插画也非常合适。她还在照片下用仿宋体抄了一首古人的经典情歌，和笔记本一起送给他，作为他们正式恋爱的纪念。

上邪！
我欲与君相知，长命无绝衰。
山无陵，江水为竭，
冬雷震震，夏雨雪，
天地合，乃敢与君绝！

一个宁静的午后，两人紧紧依偎在公园里的长椅上。孙小明给他一字一句地解释这首古代情歌的意思，她说，歌中所表达的意思也就是她的意思，就算整个世界都颠倒了，都崩塌了，一切都不复存在了，她的心也会和他的心紧紧贴在一起。

虽然斯人已经不在身边，当初的誓言依然萦绕在耳边，原本以为两人会生死不渝、白头偕老，结果却轻易地在现实面前土崩瓦解了。他成了别人的新郎，她成了别人的新娘，如今两人已经形同陌路……

指尖轻轻抚过照片上那双会说话的大眼睛，郝祖国似乎看到了孙小明欲说还休的凄楚，弥漫在自己的面前，挥之不去，好似在不断地追问着他："祖国，你后悔吗？你现在幸福吗？你觉得这样做值吗？祖国……"

书房的门被轻轻地叩响，郝祖国这才回过神来，连忙把笔记本合上，放进抽屉，起身去开门。

门外，罗绮端着一杯热茶，有些歉然地问："打搅到你了吗？"

"没事，就快写完了。"郝祖国拉开门，罗绮却不进来，把茶杯递给他："那你忙吧。早点休息，别熬坏了身体。"

郝祖国接过茶杯："谢谢。"

罗绮又是淡淡一笑："谢什么啊，别忘了，我们是夫妻，怎么如此见外呢？"

看着罗绮转身走了，郝祖国关上门，又重重地叹了一口气，有些自嘲地喃喃自语道："这大概就叫作举案齐眉、相敬如宾吧，别人眼中的模范夫妻，切身体会中的索然无味……"

回到卧室的罗绮也是思绪万千，从一开始，她就知道郝祖国不喜欢自己，这从他看自己的眼神中就能看出。他从来都是平静如水地看着自己，眼神中没有半点激情，有的只是陌生人一般的客气。但是，这又何妨呢？自己对郝祖国还是很满意的，世界就是如此，大多数的婚姻并不是相互喜欢，更多的只是一方喜欢另一方就足够了。结了婚，有了孩子，即便没有爱情，也会慢慢地有亲情的。到了那个时候，爱情就会降临到她的头上的。

可是，郝祖国究竟是怎样想的呢？郝祖国现在满脑子的都是企业。企业之后，又是他念念不忘的孙小明……一对夫妻，一个房间，一张床，两个不眠的人，两种不同的思绪……

快板情缘

辽海制造厂门卫室一如往常地热闹，一群不当班的工人挤在这里，正在聚精会神地听着骆子说快板。突然，一个工人急忙忙地跑进来，分开人群，对骆子说道："老骆，我看到姚少军鬼鬼祟祟地过来了。"

骆子停下快板，微微一笑："没关系，他来了我就说他喜欢听的。"

"好使，好汉不吃眼前亏嘛。"大家听了哈哈大笑，骆子继续说快板：

> 领导喝酒常有理，天天喝酒小意思。
>
> 只要喝酒为集体，左喝右喝都有理。
>
> 陪领导喝酒我不醉，大马路上谁来睡？
>
> 领导醉酒我喝醉，医院病房来相会；
>
> 医院病房来相会，感情又会加一层，以后办事不用请。
>
> 喝得吐血不后悔，都是为了本单位，反正医疗是公费。
>
> ……

已经当上辽海汽车制造厂副厂长的姚少军，看上去态度比以前是收敛了许多，他摇摆着肥胖的身体走到门卫室门口，探头探脑地往里面张望了一下，保卫科科长看到后，连忙起身上前问："姚厂长啊，您大驾光临，有啥事吗？"

"也……也没啥事，随便转转。"姚少军的视线往屋里瞟了瞟，"这个骆子说的快板还不错嘛，听的人这么多，不会影响工作吗？"

"厂长，你放心，厂里的保卫工作我们一直都做得很好，骆子的岗位也有人在坚守。"保卫科科长最近也成了骆子快板的忠实听众，他出面替骆子做保证，让姚少军没话可说。姚少军假笑了一下："这个嘛……其实也没啥，已经改革开放了嘛，人家在业余时间想干啥就干啥，我也不会过多干涉群众的娱乐活动，就是这个快板的内容嘛……"

"厂长，这内容有什么问题吗？"

姚少军眼珠子转了转："'反正医疗是公费'这一句话不合适。要修改，知道了吗？"

"厂长，知道了。"保卫科科长看姚少军踱进了门，就故意大声喊开了，"老骆，你可真厉害，连姚厂长也要听你说快板哩！"

姚少军进了保卫室，看到满满一屋子的人，有些悻悻地说："骆子，你这里很热闹嘛。"

骆子站起来，不失礼貌地点了点头："噢，原来是姚副厂长来了，快请坐。"

旁边有人让出了一个位置，姚少军毫不客气地一屁股坐下："骆子，别停下，你说你的，我也听听。"

骆子看了姚少军一眼，淡淡地问："不知道你要听什么？"

姚少军咂咂嘴，又翻了翻眼皮："我这个人哪，好酒，就听喝酒的快板吧。"

骆子一笑："好吧。那我就说一段喝酒的。"

快板声在骆子的口中响起：

> 喝的孬，经济效益肯定糟；
> 喝的档次高，经济效益肯定好。
> 两菜一汤，生意跑光，
> 四菜一汤，平平常常，
> 六菜一汤，买卖兴旺，
> 八菜一汤，独霸一方。
> 十菜一汤，合同一张；
> 八菜一汤，办事有方；
> 六菜一汤，商量商量；
> 四菜一汤，客户跑光。
> 你蒙眬我蒙眬，我们大家都蒙眬，
> 你一杯我一杯，我们正好签合同。
> 喝上一场酒，省下九千九；
> 吃上一顿饭，省下了一两百万。
> 花高价买好酒，
> 好酒送礼赶火候；
> 喝了我的酒，

不想点头也点头；

喝了我的酒，

不愿举手也举手……

其实，大家心里都跟明镜似的，骆子的快板就是说给姚少军听的，讽刺的就是姚少军这样的只知道吃吃喝喝、挥霍公家财产的腐败分子。因为有姚少军这个"主人公"在场，大家好像商量好了一样，都故意笑得特别开心，巴掌也拍得特别响亮。姚少军坐在那里，也随着大家鼓掌，但他越听越感觉浑身不自在，脸青一阵白一阵的，简直如坐针毡，额头上渗出的汗珠也清晰可见。

骆子故意提高了嗓门问姚少军："怎么样，我说得好不好，我说得对不对，我说得妙不妙，尊敬的姚大厂长？"

姚少军尴尬得热汗直流，恨不得赶快找个地缝钻进去。同时，心里又恨不得把骆子撕成碎片，然而，当着这么多工人的面，又不能发作。只好极其无奈地点了点头，言不由衷地道："对对对，这样的酒桌上的不正之风一定要制止，一定要杜绝，一定要坚决纠正。骆子你的快板太棒了，很有现实意义。对了，我还有事要办，你说你的，我先走了。"

姚少军再也不坐了，赶紧往外溜。骆子还不依不饶，在身后高声喊道："再听几段吧，姚大厂长，我这才刚开始，精彩的还在后头呢！"

姚少军哪里还敢停留半刻，头也不回，加快脚步，一路小跑着远去了，身后传来了工人们畅快的笑声。姚少军一边小跑，一边在心里恶狠狠地想着，好你个骆子，你就得意吧，你就嚣张吧，你给老子等着，迟早有一天，我让你再也说不了快板！

别有洞天

下了班，骆子在回宿舍的路上一边走一边吹着口哨。口哨声悠扬婉转，正是那曲《明月几时有》。

一个工人气喘吁吁地追了上来："骆子师傅，请等一等。"

骆子站住，回头问："你有什么事吗？"

那名工人上前来拉住骆子的胳膊："骆子师傅，麻烦你跟我到一个地方去，我们有几个工友想请你去坐一坐。"

骆子没有推辞，跟着去了一家离厂不远的小茶馆。进门后就看到平常老来听快板的几个年轻人和几位老工人，他们一见他来，都站了起来，纷纷让座："骆子师傅，快请坐。"

骆子落座后，问："各位师傅们，找我有什么事，请尽管说。只要我能办到的，我一定尽力而为。不过能不能请快一点，我还要去疗养院。"

一位老工人站起来："骆子师傅，我们不会耽误你多长时间。是这样的，我们几个都是辽海汽车制造厂的退休工人，平时没事就聚在这里闲扯。我们今天请你来也没别的意思，就是想和你商量一下，希望请你每天到这里来，给我们说一段你的快板。"

另一位老工人也站起来说道："骆子师傅，我们知道你很忙，但是，我们就想听你说的快板。不过，你放心，我们不会白听，我们会给你报酬的。"

骆子明白了他们的意思，站起来给他们欠了欠身："各位师傅，如果你们喜欢我的快板，我可以每天下班后抽出一个小时到这里来说给你们听。但是如果你们要付钱，我就不能来了，我骆子说快板，就图个心里痛快，绝不是为了钱财。"

这时茶馆老板提溜着铜壶过来，给骆子添上茶，说道："骆子师傅，其实是这样的。我从他们这帮人那里听了你的事，也想请你到我们茶馆来，这报酬呢，不是师傅们给你，而是我们茶馆出。就当是我们茶馆请你在这里演出，你看如何？"

骆子有些犹豫："这个……说快板只是我的一个爱好罢了，收费不大好吧？”

"骆子师傅，只要我们大家愿意，就没有什么不好的。用现在流行的说法，这叫作按劳分配、多劳多得。大家都爱听您说的快板，您每天在厂里说，时间长了总是会造成不好的影响。如果在我这里说，这就名正言顺了。而且像这些退了休的老哥们也能听到你的快板，岂不是一举两得？"

众人也连忙给茶馆老板帮腔："对对对，骆子师傅，是这么个理。在这里听的人多，你说得也尽兴不是嘛。"

骆子点点头："这倒是个好主意，但是……"

茶馆老板见骆子松了口，连忙趁热打铁地问："骆子师傅，你还担心什么？"

骆子微微一笑："老板，你就不怕人家割你的'资本主义尾巴'？"

茶馆老板一听，乐了："骆子师傅，你说笑了吧，现在都啥年月了，改革开放了哩，我还怕什么？"

骆子便微笑着坐了下来，轻轻呷了一口茶，慢慢说道："那好吧，既然你们都这么热情，我就答应你，每天在这里说快板，不仅说快板，我还可以增加说书的节目。但是，我有一个条件。"

"什么条件，骆子师傅，你快说出来吧！"

"你这个茶馆要改一下名字。"

茶馆老板张望了一下自己挂在中堂的牌匾："改名字？改成什么？"

"骆子茶馆。"骆子用手指捻了水，在桌上写下这四个字，"比你这个同福茶馆的名字要响亮吧？"

众人无不拍手叫好："骆子茶馆好啊！骆子的名号这么响，有骆子这个活招牌，保证高朋满座、生意兴隆，老板啊，你就等着数钱吧！"

"没问题！从今日起，我这个茶馆就叫骆子茶馆了！"茶馆老板很爽快地就答应了。

农历八月十五中秋节这一天，晴空万里，高远而湛蓝的天空，只要你看一下都会赏心悦目。就在这一天，"骆子茶馆"正式挂牌营业。茶馆里每天晚上七点到九点的这段时间，是骆子的说书专场，骆子在这里说的第一出剧目是《薛刚反唐》，当然，必不可少的是说书前的即兴快板，骆子用口技打的快板已经成了人们口口相传的神技，很多人都是慕名而来，就为听前面那段口技快板。一时间，茶馆的客人比之前增加了好几倍，生意红火得不得了。茶馆老板乐得合不拢嘴，逢人就说：骆子是我的财神爷啊！

有时候，章小凤在疗养院里待闷了，就让郝一湖推着她到这里来听骆子说书，看到骆子在茶馆中间专门为他搭建的台上声情并茂地表演，章小凤倍感欣慰。

一天晚上，章小凤到茶馆看骆子表演，天虽然已经有些凉了，但茶馆里的气氛却异常热烈，人们你一言我一语地说笑着骆子快板中的经典段落，预测着骆子上次说书中留下的悬念。看着眼前的一切，章小凤忍不住感慨道："老郝，能熬到这一天不容易啊。你看，骆子哥现在比过去精神多了。"

郝一湖点点头："是啊，这就叫人逢喜事精神爽啊！"

"是啊，骆子哥终于从一个疯疯癫癫的让人瞧不起的废人，成了一个受人尊敬、受人欢迎的人，我打心眼里高兴啊！"

"你说的是啊。"

骆子看了看台下的章小凤，微微一笑，章小凤也冲着骆子微微一笑，两人的微微一笑中包含着多少血泪沧桑啊！

只听台上的骆子说道："今天在说《薛刚反唐》之前，照例先来段快板，活跃一下气氛。"

"好！"

台下一片欢呼声与掌声。

酒杯那个一端哪，政策就放宽，
筷子那个一提呀，可以可以。
酒杯那个一端哪，政策就放宽，
酒足那个饭停啊，不行也能行，
饭饱那个酒醉呀，不对也是对。
嘴上那个抹油呀，原则全丢，
嗞溜那个一响哪，有话好讲，
嘴巴那个一抹呀，事情办妥。
……

惊世骇俗的梦想

正在辽海机床厂调查的路鸣接到了市委书记孟金川的电话，从电话里的声音可以听出，孟金川对路鸣有些埋怨："路鸣同志，你怎么待在下面不回来了呀？"

"孟书记，是这样，中央不是把一部分国营企业交给我们市上管理了吗？我现在做了一些调查，准备过几天给您汇报呢。"

"噢，你现在是常务副市长嘛，既然是直接抓工业的，在企业里多待一待是应该的。嗯，不错。怎么样，忙完了没有啊？"

"孟书记，忙完了。您要有事儿，我马上过来。"

"前些天，我和你父亲，还有一些老同志，探讨了不少关于科研、工业发展方面的问题，我想和你研究一下下一步我市振兴工业企业的具体办法。"

"孟书记，那我马上过来！"

"好，你要是没有要紧的事儿，就马上到我的办公室来一趟吧。"

"孟书记，好的，我马上就出发！"

一个小时后，路鸣风尘仆仆地赶到了孟金川的办公室。由于在秘书长室看到了一个让他很在意的人，路鸣忍不住就问了孟金川："孟书记，我听说辽海制造厂那个吴美珩来给你当秘书了？"

孟金川点点头："路鸣同志，你的消息很灵通嘛！有这事儿，怎么了？"

路鸣有些担忧地压低声音说："孟书记，这事我可得提醒您 下，这个人可是造反派出身，我还听说这个人的品质有一定问题。"

孟金川不以为意地摇摇头："关于他的问题，秘书长已经到辽海制造厂去调查过了，他是造反派出身不假，可他不是主要人物。人都是会犯错误的，何况那些都是时代的错误造成的，有些时候是身不由己的，关键还是看以后的表现，我们就给他一次机会吧。你说呢，路鸣同志？"

"孟书记，您可千万不要介意，我只是随便说说。"

孟金川从办公桌后站起来："马上就下班了，我们去政府招待所吧，那里安静一些，我希望你今天能对我畅所欲言，路市长，我可是很期待你的想法啊。"

"好，我正好把所有交到市上的国营企业调查情况全带上了。"

"很好，那我们走吧。"

到了政府招待所后，孟金川让秘书在外面等待，屋里只有他和路鸣两人，孟金川问："路市长，怎么样？那天我们谈的事你考虑得怎么样了？关于如何在辽海实施改革开放的新探索，迈出关键性的一步，这个问题可是市委，乃至省委、省政府都非常重视的头号大问题，你可是给我立了军令状的，你今天一定得给我交上一份满意的答卷啊！"

"孟书记，我今天来就是给您汇报我的想法的。"

"快说说，我都等不及了。"

"孟书记，我们想在您和我父亲当年待过的'五七干校'里，搞一块试验田。"

"试验田？"孟金川盯着路鸣，有些诧异地问道，"路市长，我想你可能把我的意思弄错了。"

路鸣笑了笑，笃定地说道："孟书记，我没有弄错。因为，这是块工业试验田，不是农业试验田。"

孟金川愣了一下，马上来了兴致，将身体向前倾斜出一个角度，催促着让路鸣赶快将这个新颖的思路和盘托出："噢？快说说你的想法！"

但路鸣却有些犹豫，试探着孟金川在这件事上的态度："我这个想法可有点惊世骇俗。孟书记，您能支持我吗？"

孟金川手一挥，毫不犹豫地说道："路市长，先放开我和你父亲的关系不说，现在是我们如何带领辽海向前走的关键时刻，你的想法只要对我们辽海市的改革开放、经济发展有益，只要对辽海市的老百姓有益，我头滚地也支持你！"

路鸣得到了孟金川这句话，万分欣喜，他二话不说，张口就向孟金川要两样东西，这两样东西就是：上面的政策和下面的地皮。

孟金川听了哈哈大笑："你的口气还真不小呢！政策咱先不说，你一个市长要地皮来干什么？"

"孟书记，说实话，这政策和地皮都不是我这个市长要，而是郝祖国他要。"

"郝祖国？老郝家的老幺郝祖国？"孟金川微眯起眼睛，回忆着关于这个名字的那些往事："听说，这个郝祖国是你一手提拔起来的得力干将？怎么，他想搞房地产开发？"

"孟书记，这个说法您是从哪里听来的？不错，郝祖国的确是我看好的一员大将，但他目前的这个位置却并不是我提拔的，而是他自己凭实力赢得的。这个年轻人，不可小觑呀！有胆识，有魄力，现阶段我们急切地需要像他这样的企业领导人才，来推动我市改革开放的进程。"

孟金川点点头，表示赞许。

"辽海汽车制造厂交到我们市上后，他才当上厂长。上任三天后，他来到了我的办公室。他问我，能不能给他两样东西？"

"哦，他有什么想法？如果是房地产开发，我看就算了。"

"他说，他要在国营汽车制造厂的大旗下，搞一个机动灵活的小汽车制造厂。"

"搞厂外厂？他要地是搞这个？嗯，小伙子有点思想。那么，资金问题怎么解决？没有资金，一切可都是空谈啊！"孟金川若有所思地拧起了眉头。

"他说，只要给他政策、地皮这两样，资金方面他将以银行贷款为主，而且，他还向我提出了一个非常大胆的思路。"

"什么思路？"孟金川有些被路鸣激昂的情绪感染，语气也变得急促起来，"难得还有比你路鸣更大胆的人在，我一定要听听这个郝祖国到底有啥稀奇古怪的想法！"

"他认为我们的手可以伸得更长一点，更远一点。"

孟金川的眼神在那一瞬间凝滞住了，他的整个身体乃至思想都被路鸣的这句话震撼了，但他也只用了几秒钟时间，就让自己恢复了平常。然后，他用一种感慨的语气将路鸣的话在口中重复了一遍："我们的手可以伸得更长一点，更远一点啊……"

路鸣大声说："我认为这个郝祖国有魄力！我认为郝祖国的这个想法，完全符合我市改革开放的思路！"

"给！给他政策和地皮！"孟金川忽地从沙发上站起来，万分激动地在房间中来回踱步，"我给你这个权力，把他要的这两样东西都给他！而且，不光是这两样，如果他还需要什么，只要政府力所能及的，一定要全力支持，改革开放就是需要像郝祖国这样有魄力的年轻人啊！噢，对了，你说的那个试验田——这个郝祖国不就是我们很好的一块试验田嘛！何不让他先行——改革开放就是既要迈开大步，又要勇于探索嘛！"

"由此，我就有了一个大胆的设想。"路鸣早就预料到孟金川会有这样的反应，所以他还是很笃定地继续汇报自己的想法。

"哦？很好啊，把你这个大胆的设想说出来听听。"孟金川停下踱步，一脸欣喜之色，看着路鸣。

"孟书记，你和我父亲当年待过的'五七干校'，在'四人帮'垮台以后，那里就派不上用场了。我的想法是，在那里建一个工业园区。把像郝祖国这样的企业家都动员到这里来。这个工业园区就好比是我们辽海栽下的一棵梧桐树，只要有了这棵梧桐树，还怕引不来金凤凰吗？"

"好极了！虽然说那里曾经是我们这班'右派分子'劳动改造的地方，但那里地域辽阔，交通便利，又正好与城区衔接。'五七干校'撤掉以后就完全被荒废了，实在是一个浪费。你这么一说，还真是提醒了我。"

"孟书记，我所设想的这个工业园区可不仅是为了圈进辽海的企业，我的更大目标是要让那里成为一个像深圳特区一样的面向世界的窗口，大量引进外来企业，必要的时候，我们还可以把外国的客商也请进来。"

孟金川越听越兴奋，简直可以说是热血沸腾，他似乎已经看到了一座拔地而起的崭新的工业园，早就握紧的手禁不住都开始颤抖了："路市长，你这个想法好极了！我和市委将全力支持你！"

"谢谢孟书记！有您的支持我就更加有信心了。"

"路鸣啊，你虽然年轻，但是，你的魄力不年轻，真是将门有虎子啊！"

路鸣微微一笑，不动声色地说道："孟书记，我不是郝祖国，我不但要向市委要政策、要地皮，而且我还要钱。因为，栽梧桐树没有钱是不行的！"

"哈哈，我就知道你会给我来这招。"孟金川大笑，"你向我要钱，我就算肯给那也得有钱啊！路市长，我也给你一个大胆的建议，辽海市是一个大型国营企业密集的地区，拥有这么多宝贵的资源，你还愁什么？你的手不妨拐个弯，不从上面要，而是从下面取。"

路鸣听到孟金川的这句话，马上就明白了他的意思："孟书记，我们的手不拐弯，而是多长了几只手。对于建设工业园区的资金，我们本来就打算采取三条腿走路的方针。自己解决一部分，上面争取一部分，国营企业投资一部分。有了这三个一部分，我坚信，不久的将来，过去的'五七干校'将成为我们北方省的第一个高科技企业密集区！"

好事多磨

关于建设工业园区的报告打上去后，路鸣急切地等待着孟金川给他带来省里的批复。从省委开完会的孟金川打电话让他直接去省委招待所找他，然后两人在孟金川的车上见面，在回答路鸣的问题前，孟金川先问了路鸣这样一个问题："路市长，关于建工业园区的思路我个人认为非常好。但是我很想问问，你的这些大胆设想，是什么时候形成的？"

"我当年在德国留学的时候，就有了这样的构想。"

"那应该是七八年前的事情了吧？"

"是的。那时候的想法没有现在这么具体，但我知道一点，中国要想发展经济，就必须走两条路！"

"哪两条路？"

"一条是科学技术，一条是开放国门！"

"我记得你跟我说过，日本之所以发展很快，就是因为他们重视了这两点。"

"对。日本的经济发展有两个突出的阶段。"

"哪两个阶段？"

"第一个阶段是美国人佩里将军用坚船利炮强行打开日本国门之后，日本认识到了自己的落后，痛定思痛，开始了彻底而有效的明治维新。这一时期，上自天皇，下至庶民，开始了全盘西化，在很短的时间内实现了工业化，经过这段时间的飞速发展，日本从一个原本贫穷落后的小农国家变成了世界经济强国。雄厚的资本迅速转换为强大的军事力量，然后，日本通过侵略周边国家，将别国的财富据为己有，迅速积累了更加雄厚的资本，进而野心进一步膨胀，试图称霸世界。"

"是啊，虽然日本在太平洋战争中战败了，但一向崇拜强者的日本人没有被仇恨蒙蔽双眼，对这种被占领的状况一点不以为意，反而放下身段，敞开国门，完全依附于美国这个世界第一经济大国，全面向美国学习，在战后迅速建立起了以制造业为主的新的工业经济体系，然后再一次超越了我们，在很短的时间内爬上了世界第二经济强国的位置。日本人这种敢于承认自己落后、甘于向强者学习的大胸怀确实值得我们学习啊！"孟金川紧皱着眉头，语气沉重地说道。

"没错，封闭导致落后，开放才能换得发展。所以，我认为，党中央关于改革开放的政策实在是太及时了！"

孟金川的眉头依然紧皱着，神色凝重，他沉默着，并没有立即回应路鸣的话。他将目光投向车窗外那一栋栋灰暗、陈旧、没有生气的楼房，路面卷起的尘土似乎飞进了他的眼里，他下意识地闭上了眼睛。孟金川知道，中国需要改革开放，辽海更需要改革开放，只有改革开放，才能让中国经济重新焕发活力，这样的道理他们说起来可以夸夸其谈，但做起来就是另一回事了。看来还是观念问题，要想打破传统思路，又岂是一朝一夕的事情呢……

路鸣在一边万分焦急地等着这位老前辈开口，根本无心去欣赏窗外风景，但他为了探寻孟金川的态度，也不由自主地跟随着他的视线将目光转向了窗外。

"孟书记……"

"路市长，你的步子还是稍微放慢一点吧。你有没有听过这么一句话：大步多跌，猛口多噎。"

"孟书记……这是什么意思？"路鸣心一沉，他知道这句话的背后蕴含了什么，孟书记肯定是在省里得到了不利的消息，而这也正是他最为担心的。

"省里对我们关于在'五七干校'建工业区这件事可是模棱两可啊！你要有个思想准备！"

路鸣听完，略一沉吟，马上说道："孟书记，您也是省委副书记，这省里……"

"路市长，我是省委副书记没有错。可是，你知道吗？我说省里模棱两可，这不完全就是省委领导模棱两可。"

"我知道了，您是说，省委领导周围的环境，有时会影响省委领导的决策，对不对？"

"对极了，聪明人就是不一样啊！"

"孟书记，您这样夸我，我一点都不高兴，也不值得高兴。"路鸣淡淡地说道，"不过您放心，思想准备我早就有了。面对目前的形势，我也有预感，这件事不是那么容易通过的，所以，我早就做好了打持久战的准备。"

"好极了！真是将门虎子啊！"孟金川总算将脸上的阴霾扫掉了一些，他带着欣慰的感慨看着路鸣，虽然目光停留在路鸣身上，但路鸣却感觉他的视线其实是在透过他看向远方。路鸣知道那个远方在哪里。因为，他自己也同样看向了那里。

"孟书记，你说错了，这应该叫强将手下无弱兵。"路鸣半开玩笑地说道。

"哈哈，你小子，比你父亲还能说会道，相信你的本领也会比你父亲更强。"

"孟书记，如果省里对这件事持模棱两可的态度，我是不是可以把这种态度看作是默许呢？再说，辽海市作为北方省的省会城市，在城市建设方面应该拥有一定的自主权，关于辽海工业园的项目，我们市里批了，应该就可以执行了吧？"

"我当然希望省里的态度是一种默许，但是，这种态度也可能是另一种意思，你一定要有所准备。正如你说的，在城市建设方面辽海市有自主权，但你若真的这样大张旗鼓地搞开了，这方方面面的话可就来了，要知道流言蜚语猛于虎啊！比方吧，如果在省委领导周围，有一些人不断说三道四，说你路鸣在辽海市搞独立王国，说我孟金川支持你这个胆大妄为的路鸣在你主持工作的市政府里，搞独断专行，搞一言堂，你怎么办？因为……"

"因为树越大越招风嘛。一封匿名信就可以搞得一个领导手忙脚乱，对不对？"

"路市长，你的消息很灵通啊！匿名信的事你怎么知道的？"

"孟书记，这不就是您告诉我的吗？"路鸣苦笑。

"我？我什么时候告诉过你这件事啊？"

"您刚才不是说，在领导周围有人说三道四，说您支持我这个胆大妄为的路鸣在我主持工作的市里，搞独断专行，搞一言堂吗？这么明显了，我还能不知道发生了什么事情……"

不等路鸣把话说完，孟金川就大笑起来："路市长啊路市长，在这方面，你比你父亲更敏锐，鼻子灵得很啊！但你父亲的敏锐是在艰难的革命过程中锻炼出来的，而你的这个才能却是与生俱来的，所以说，你路鸣天生就是一个政治家啊，哈哈哈……"

路鸣有些无奈地打断了孟金川的大笑："孟书记，我们这边还在等米下锅呢，到底行不行，您就给我一个准话吧。"

孟金川又是哈哈一笑："路鸣啊路鸣，你就是沉不住气，这一点你还欠火候，需要磨炼啊。我说你能不能别催我这么紧，再等一等呢？我相信，中央既然已经给出了改革开放的方向，而且也在一些经济特区实施了类似的政策，我们搞工业园区的路子就不会错。但也正因为如此，在深圳那边都还只是试验阶段，要说服某些人并不容易，所以请你给我一点时间好不好？改变思想是一个缓慢而复杂的过程，不争朝夕，还是先等等吧，路市长。"

"孟书记，我明白了，现在就是所谓的时机未到。"

"对了！你明白得很快嘛。"

"我更希望有些领导同志能够更快地明白，时机有时候错过就不会再来。"路鸣有些失望地说道。

车轮下的正义

1984 年 10 月，党中央召开了十二届三中全会，把改革的方向从农村转移到了城市。而在北方的大型重工业城市里，正在发生着翻天覆地的变化。就在这一年，辽海市被列为"全国经济体制改革试点城市"，实行以承包制为主体的多种经营方式的国营企业改革。可以说，到了这个时候，辽海也终于看清了呈现在面前的重大危机，国营企业普遍亏损，国企改革势在必行。如果再不施行大刀阔斧的改革，国企中普遍存在的弊端必将像毒瘤一样蔓延，最终导致这个重型工业城市的瘫痪。

改革是需要毅力和勇气的，破旧立新也是要付出牺牲和代价的。改革带来的阵痛不可避免，辽海将面临的是一个怎样的局面，这个时期的人们全然不知。

这一年的冬天，辽海市的雪特别多，也特别大，纷纷扬扬一下就是好几天，鹅毛般的雪片越积越厚，好似要把整个辽海市掩埋起来。积雪把城市和广阔的原野连接在了一起，放眼望去，全是白茫茫的一片，无边无际。预感到了危机，而又无能为力的人们，期盼着积雪之下孕育着的是辽海市的新生。

几年时间内，随着骆子在辽海的名气越来越大，忠实听众越来越多，骆子茶馆的生意也越做越红火。茶馆老板已经把旁边的店盘了过来，地方也比过去宽敞了不少，门面也重新装修了一番，古色古香的风格在周围一排西洋建筑里显得尤为突出，复古的雕花朱红门外立着一幅一米多高的广告牌，上面写着几个遒劲的毛笔字："山东快书:《水浒传》。表演者：骆子。"广告牌的旁边排着长长的队伍，看上去竟也蔚为大观。听众大多以老头老太太和中年人为主，当然，其中也有不少喜欢曲艺的年轻人，他们都正等着买票进茶馆去听骆子说书呢。

茶馆里，虽然已经到了开场时间，但骆子还没出现在台上，主持人于拿话筒，向听众们解释着骆子迟到的原因："各位听众朋友，大家好！我们的骆子师傅偶感风寒，刚刚从他们厂的职工医院出来，正在往这里赶呢，大家少安毋躁，慢慢喝着茶，一会儿我们的骆子师傅就到了！"

此时，章小凤也在台下的观众之中，听到主持人的话，不禁有些担忧起来，她推着身边的郝一湖："老郝，你快去看看。他怎么有病了，连声招呼也不打！要不，我们一块去。"

郝一湖连忙站起来："你在这里等着就好，我先去看看！"

郝一湖出了茶馆，骑上自行车就往职工医院那边赶，他走得太匆忙，没注意到路口那里围着一群人，当他的自行车从人群边擦身而过时，应该是在医院的骆子，却正站在这里的人群里。他伸着双臂堵在一辆小车前："你们撞了人还想跑？岂有此理，赶快下车送伤员去医院抢救！"

小车旁边的地上，躺着一个人，一动不动，浑身血淋淋的，不知道是死是活。那辆小车的保险杠一侧沾满了血迹，显然人是这辆车撞倒的。

俗话说无巧不成书，小车里坐的正是姚少军，他从紧闭的车窗里看到了骆子，狠狠地唾了一口："怎么这么倒霉，又是这个可恶的骆疯子！"

为了表现自己，讨好领导，司机回头问姚少军："厂长，让我来教训一下这个家伙！"

司机松开手刹，让车子缓缓进行，渐渐逼近了骆子。围观的群众见车里的人如此嚣张，马上发出了震耳欲聋的叫骂声："没王法了吗？滚下车，滚下来！"姚少军见势不妙，连忙喝止司机道："笨蛋，快停车！也不看看情况！我先走，这里交给你处理，记住，千万别说出我来，不然的话……"

"厂长，你放心，我绝不会让你成为他快板里的主角。"司机说完，拉开车门下了车，走到骆子面前，蛮横无理地嚷道，"怎么了、怎么了？你挡着我的车是想找死啊！"

趁着司机吸引了群众注意力的空当，姚少军快速打开后车门溜出去，钻进人群想要逃走。有人看见了他，大喊："喂！别让那个王八蛋跑了！"

群众里就有人追了上去："妈的！你别跑，撞了人还想溜，你给老子站住！"

姚少军见有人来追，吓得撒丫子跑得更快了。

"妈的，让他给跑了。"没多久，追的人无功而返，"别看那么胖，他娘的跑得可真快，跟兔子似的。"

"看见他的样子了吗？"有人就问。

"没看清，他把衣服领子都竖了起来，做贼心虚，不敢让人见他的脸。"

"那种人，就是没脸没皮，你说现在咋还有这种狗东西呢？撞了人还跑，像这样的人，逮住就该枪毙了，什么东西！"

群众情绪激昂，嘈杂一片，骆子没有去管这些，毕竟救人要紧。他把被撞伤的人从地上扶起来，让那位司机跟他一起把人抬到了车上。司机见主子已经顺利脱逃，自己的任务也已完成，又看到群众的激烈反应，也不敢再要横了，乖乖地把伤员送去了医院。

这边总算有了个结果，骆子茶馆那边却因为久久没有等到骆子的到来，台上台下都乱成了一锅粥。章小凤心急万分，自己推了轮椅到茶馆门口张望，等了好半天，终于看到了郝一湖的身影。

"老郝，骆子哥呢？他病得很严重吗？"

郝一湖有些喘："不知道是咋……咋回事，医院的大夫说……说他根本就没有去过医院。"

"那他怎么没有来呢？是不是出什么事了啊？"

"你别急，再等等。"郝一湖安慰章小凤。

辽海制造厂职工医院里，一名警察正在向骆子调查事故原因，那名肇事司机一个劲儿地替自己开脱："警察同志，我真不是故意的，我没看见撞到人了，我没有想逃跑。都是一场误会，我是真的没看见呀！"

骆子冷冷地瞥了司机一眼，对警察说："警察同志，他在说谎，我们在场的很多人全都看到了。他就是想撞人后逃跑，我拦住他的车让他停下时，他还故意往前开，想吓唬我，真是太嚣张了！"跟来的几名目击者也七嘴八舌地为骆子说的话做证明："对，他说得对，这司机在撒谎！""车上还有个人，好像是他的领导，撞了人后就逃跑了。"

司机眼看再忽悠不过去了，低声对骆子说："骆子，我们可是一个厂的。你这样把领导抖搂出去，对大家都没好处。"

骆子无动于衷，淡淡地说道："正因为我们是一个厂的，所以我才帮你的。"

司机冷哼一声："你在帮我？"

骆子微微一笑，朗声说道："车是谁的，你是谁的司机，随便一调查不就清楚了吧？你想为虎作伥的话，我就不多说了，我当着警察同志的面告诉你，你要是说实话，给人家赔医药费，这事儿就算完了，不再追究是谁的责任。要不然的话，我就调查清楚，把今天的事儿编成快板，天天在茶馆里唱，让你和你的领导以后都抬不起头来做人。"

警察听了骆子的话，笑了："这位师傅，你说吧，这事儿怎么办？"

司机极不情愿地点点头："我……承认是我撞了人，所有医药费用我来赔。"

"不向你们领导报销吗？"骆子挖苦道。

"是我开的车，这个钱我自己出……"司机低下头，但在骆子转身和警察说话时，却狠狠地瞪了骆子一眼。

骆子茶馆里的听众在等候了将近一个半小时之后，终于等来了他们的骆子。当骆子由警车送到茶馆门前时，章小凤看到骆子完好无损地从车上下来，她的一颗心才算重新放回了肚里，刚才有人来传话，结果传走了样，说是骆子遇上了交通事故，吓得她几乎连心跳都停止了，要不是郝一湖及时塞给她两片救心丸，她恐怕就得去见阎王小鬼了……

骆子在听众们的夹道欢迎中走到了台上，就好像一位凯旋的英雄。骆子向大家深深鞠了一躬："各位朋友，对不起大家了！非常抱歉，我今天迟到了，我要在这里请大家原谅。但是，我今天不是故意要耍大牌，而是事出有因。我在来这儿的路上遇到了一点事，管了一点闲事，耽误了大家的时间，实在是罪过，罪过。所以，今天我就给大家再额外讲个故事，就是我刚刚遇到的事儿，算是给大家赔罪，不知道大家意下如何啊？"

听众鼓掌："说吧、说吧，这回你管的又是啥闲事啊！"

骆子颔首而笑："今天这桩事，我若不管，我就枉为一个人，也枉受了大家一直以来对我的厚爱。好了，时间不多，就闲话少说，话说今天……"

经过一番紧急抢救，伤者终于脱离了生命危险。辽海制造厂职工医院里，伤者家属握着警察的手，不住地鞠躬道谢："谢谢你们！警察同志，多亏了你们，我爸这才捡回了一条命啊！"

警察连忙扶起伤者家属："你们千万别谢我，要谢就去谢骆子师傅吧。"

伤者家属有些吃惊："骆子师傅？就是说快板的那个骆子师傅吗？"

"对啊，就是那个骆子师傅，是他抓住了肇事司机，并把你们的父亲送到了医院，帮你们的父亲争取到了医药费。"

"这个骆子师傅，真是热心肠，是个大好人啊……"

骆子说完迟到的原因后，再次向鼓掌的听众致礼："谢谢各位听众对我骆子的理解！我本来想，要是那个司机继续要无赖，我就把他编进快板里，天天说，让大家也帮着到处传，让他像个过街老鼠一样人人喊打。不过他后来主动承认了错误，还付了受害者的全部医药费，所以我就不再为难他了。所谓得饶人处且饶人，因为，每个人都有自己的苦衷啊！"

台下听众中有人说："骆子师傅，是你这个人太好啦！"

骆子听了，淡淡一笑："今天闲话已经说得太多了，好！在我们书归正传以前，我给大家先来一段儿喝酒的题外话。"

"好！"……

感情那个深哪，那就一口闷；
感情那个浅啊，你就舔一舔；
感情那个薄啊，你就喝不着；
感情那个厚啊，三斤两斤都不够；
感情那个铁啊，你就喝出血。

酒逢知己千杯少，
能喝多少是多少；
多多少少要喝好，
你要不好大家都不好。

一口半斤全喝光，
这样的干部要到中央；
一口三两见了底，
这样的干部要抓紧提；
一口喝一半，
这样的干部要再锻炼。

午夜情

屋外寒风呼啸，滴水成冰，屋檐上的冰溜子足有一尺多长，好似连空气都快凝固住了。草木都把自己的能量封存着，默默等待着春天的来临，野物们都瑟缩在自己的洞中，有的正在冬眠，不冬眠的也只能是蜷缩着一动不动，眼巴巴等着好天气的到来。然而，此时，原"五七干校"简陋的办公室里，有一个人的胸中却燃烧着一团火——希望之火，这把火要把冰雪世界融化，要让沉睡的大地提前复苏，这个人就是路鸣。

几张办公桌拼在了一起，上面放着一张工业园区规划图。披着军大衣的路鸣凝视着图纸，沉思了一会儿后，对旁边的总工程师说："王工，你这个规划图给我按十个'五七干校'的规模重新设计。"

王工有些吃惊："十个'五七干校'？路市长，你疯了？你知道十个'五七干校'是什么概念吗？"

路鸣微微一笑："知道啊。"

"那可是相当于两个辽海城区的面积，你搞这么大的工业园干什么啊？"

"王工，这个我以后告诉你，现在你马上就去安排，按我的设想重新设计规划图。"

"知道了，路市长。"

晚上，在路鸣的家中，女儿芊芊看着父母在收拾东西，觉得很新鲜，也跟着跑上跑下："爸爸，妈妈，你们要出差吗？干吗连我的书包也要带上？"

路鸣坐下来，拉过女儿："芊芊，因为你妈妈要到外地去工作，不能再照顾你，所以你从明天开始就要到姥姥那里去住，知道了吗？"

刚上小学二年级的路芊芊听话地点点头："爸爸，我妈妈要到哪里去呀？"

路鸣看了一眼忙碌的妻子柳兰亭，对女儿说："你妈妈让市上借调到了辽海工业园工作，她得搬到那里去住。"

路芊芊歪着头问："爸爸，辽海工业园在哪里呀？"

"在'五七干校'。"

路芊芊吃了一惊，把眼睛瞪得大大的："爸爸，我听老师说过，'五七干校'是牛棚，是惩罚人的地方，我妈妈是不是犯错误了啊？"

柳兰亭正在一边收拾行李，听到女儿的话，忍俊不禁道："芊芊，那里过去是牛棚，你爷爷就在那里待过。可现在不是牛棚了，'文化大革命'早就结束了，现在那里是你爸爸的辽海工业园，是一片孕育希望的土地！"

"妈妈，什么是工业园呀？"

路鸣让女儿在自己身边坐下，然后抓着她的手在空中比画了一个大圈："芊芊，工业园就是很多很多大工业、大企业集中的地方。"

路芊芊似懂非懂地点点头："爸爸，妈妈，我明白了，等我长大了，我也去爸爸的工业园工作。"

路鸣冲女儿竖起大拇指，夸赞道："好样的，芊芊，你现在要好好学习，将来大学毕业了，爸爸欢迎你到工业园工作。"

收拾完行李，柳兰亭带女儿去睡觉，路鸣则继续伏案工作。不觉中已经是深夜了，女儿睡熟之后，柳兰亭翻身起床，她最了解丈夫，知道他一工作起来就什么都忘了，哪还记得睡觉啊。柳兰亭悄悄走进书房，看着一只手正捏着额头皱眉沉思的丈夫，不觉有些心疼，她故意轻咳了一声，引起丈夫的注意，然后说："老路，今天晚上就别再熬夜了，我们也早点休息吧，明天还要早起送芊芊去她姥姥家，然后还得赶去工业园呢，那边不是很着急吗？我想能早点就早点过去。"

"好的。兰亭，真是谢谢你这么支持我的工作。以后，可就要辛苦你了。"路鸣站起身，搂着妻子，朝卧室走去。

"你跟我在这里客气什么啊，我不支持你谁支持你呀。"柳兰亭靠在丈夫肩上，轻轻笑道。

突然，有人在敲门，路鸣和柳兰亭都吃了一惊，同时看向挂在墙上的时钟，指针已经过了十二点了。这个时候还会有谁来？柳兰亭推了路鸣一把："你去开门吧，如果我没有猜错，一定是王副市长来了。"

路鸣把妻子推进了卧室："我想也只能是他了，时间不早了，你就先睡吧。"

路鸣打开门，还没见到人，就说："王市长，快进来。"

辽海市副市长王立"哎"了一声，进屋后顺手关上门："我说路市长，你怎么知道是我？"

路鸣一边去倒茶，一边不客气地说："这个时候还来打搅我的人，不是你，还会有谁？"

"路市长，你也别生气，我知道你最近忙得连睡觉的时间都快没了。这么晚还来打搅你实在是情非得已，你放心，我今天来把话说完就走。"

路鸣把茶杯放在茶几上："王市长，你先坐下喝口茶吧，既然已经来了，有什么话就慢慢说，我会耐心地听你的意见的。"

"路市长，你以为我来就是提意见啊。我告诉你，我今天来可是为了兰亭的事。"

"兰亭的什么事？"

"路市长，兰亭她能坐到省财政厅预算处副处长的位置上，是她自己努力的结果，这其中的艰辛你应该知道。你倒好，为了一个辽海工业园，自己陷进去了不算，还要把兰亭也搭上，你这代价也太大了吧？"

路鸣听话听音，当即敏感地皱起了眉头："王市长，怎么？你听到什么了吗？"

王立有些愤然地说道："有人说，你为了要当上辽海市的市长，不择手段地要上这个狗屁工业园，还有人说，你把老婆借去工业园工作，是为了让你的老婆当未来工业园的财政局局长，好把财政大权牢牢地掌握在自己的手中。"

路鸣听完王立的抱怨，淡淡一笑："别人怎么说我不管，你是什么想法？"

"你现在是辽海市政府主持工作的副市长，上面迟迟不给你这个'代市长'的帽子，就是因为告你刁状的人太多了。"

"这个我知道，我就是不搞这个工业园也肯定会有人告状的。"

"路市长，我觉得你犯不着付出这么大的代价。我建议，兰亭不要到工业园去！"

"说到底，你还是向我提意见来了嘛。老王啊，我也不想让兰亭去呀，一来因为老人需要人照顾，二来孩子还小，没人看着也不行。可是，如果不让兰亭去，这工业园的资金、项目等，没有一个懂专业的干部去管不行啊！"

"路市长，你让兰亭留下，我给你推荐一个合适的人选，如何？"

"他是谁？"

"他曾经当过财政局局长，专业和人品也没说的。"

"原来……你要推荐的那个人是你啊！"

"不是我是谁？别人能到你那个牛棚里去吗？"

"老王，不行。那里的工作条件非常艰苦，再说了，你去了，正如你所说的，你就陷进去了。你要管资金、管项目，还要到省里、中央跑资金，辛苦不说，还得看人家的脸色行事，有时你甚至连家都不能回。王市长，你说，我能答应你吗？"

王立忽的一下站了起来，气呼呼地冲路鸣吼道："那你就忍心让一个女同志为你到那个鬼地方去受罪？"

"老王，你先别激动……"

一语破天机

深夜，劳累了一天的人们大都已经进入了甜蜜的梦乡，窗外，除了偶尔传来的几声狗吠外，再也没有其他的响动。然而，此时的郝祖国却正端坐在办公室里，聚精会神地看着材料，因为太过投入，手上的一支烟都快烫到手了，还丝毫没觉察。突然，桌上的电话急促地响了起来，郝祖国接起来一听，原来是辽海机床厂厂长戴云山。接完电话后，郝祖国匆匆赶到戴云山所在的宾馆，一踏进客房，就闻到了浓郁的酒味，他知道这位前姐夫又在借酒浇愁了："姐夫，你怎么把我叫到宾馆里来了？"

戴云山坐在沙发旁，用血红的眼睛盯着郝祖国："你看看表，现在几点了？"

郝祖国看了一下手表，这才惊觉："哟，这都十二点了呀？"

"忙糊涂了吧？"

郝祖国一下子就像松了劲儿的皮筋，躺倒在沙发上，长长地伸了一个懒腰："是啊，最近真是太忙了！"

戴云山斟了杯酒递给了郝祖国："在忙什么哪？"

"在忙新厂房的事儿呢！"郝祖国推开酒杯，"姐夫，我不喝。"

戴云山也没再勉强，把酒杯放下："怎么样，有进展吗？"

"有。地皮的事基本上定下来了。"

"你们汽车厂有钱啊！像我们这个机床厂，设备陈旧、工艺落后，再加上退休人员多，包袱重，想施展，也力不从心哪！"

"姐夫，可不能这么说，俗话说，瘦死的骆驼比马大，你们那个机床厂可是国家重点企业……"

"祖国，我们不谈这个了，烦！"

"姐夫，你就为这个才在这里喝酒解闷啊？"

戴云山摇摇头，苦笑着说："祖国，我说你啊，我和你姐早都已经离婚了，你就别再叫我姐夫了。"

"那有啥关系，我觉得叫你姐夫更亲切。"

"唉！祖国呀，我就不明白，你姐姐出国就出国吧，她为啥非要跟我离婚呢？"

"姐夫，我姐这事儿吧，做得确实不好。但是，据我所知，她是有难言之隐啊！"

"什么难言之隐？难道她……"

"姐夫，我可什么都没说啊，都这么些年了，你还惦记着我姐啊？"

"唉，你姐可是个好女人呀。算了，啥也不说了，祖国，今天我找你来可是有要紧事跟你说。"

"啥要紧事？"

"祖国，虽然我和你姐离婚了，可我还是当你是我小舅子，我们也还是铁哥们儿，对不？"

"对。姐夫，你说得一点没错，我们做不成亲戚，还可以做朋友。这不是你当初说的话吗？我可没忘，一直把你当铁哥们儿哩。"

"那好，我就不……不瞒你了，但是……"

"但是什么？"

"你不准出卖你姐夫我，你……你知道了吗？"

"姐夫，你放心，我别的什么人都可以出卖，唯独您——我的姐夫，我绝对不能出卖！"

戴云山在郝祖国的肩膀上重重地拍了一下，显然，他喝得有些多了，说话时连舌头都已经打不直了："好兄弟，我……我……告诉你，这可是一个关系重大的消息。你……你要给我保密，对任何人都不能说，包括你的家人在内。你给我打保证……我就告诉你！"

"姐夫，我保证不透露出去，到底是什么重大消息，你就赶紧说吧。"

"你知道吗？我们机床厂不但要在工业园区落户，而且贷……贷款的事情也有着落了。"

虽然是醉汉讲的话，郝祖国也没有等闲视之，他立刻抓住了戴云山这句话里透露出来的重要信息，就像是被注射了兴奋剂，一下子从床上弹了起来："姐夫，这果然是一个重大的消息，建新厂是好事，但是，建厂的资金光靠贷款不现实吧？"

"这就是我们厂的最高级……最高级机密……机密了……"

"是找银行贷款吗？"郝祖国有些急切地问道。

戴云山摇摇头："不……银行才答应给我们……我们贷款6000万，祖国……祖国啊，你想想，我这么大的项目，没有一个亿，根本就下不来!"

　　郝祖国当即就敏感地觉察到了戴云山要告诉他的这个"机密"是何等重要,他有些兴奋难掩地问道:"那剩下的那部分资金,你们要怎么解决?"

紧急会议

凌晨四点多一点儿，辽海汽车制造厂财务处处长家的电话突然炸响。财务处长很不情愿地爬出了被窝，抓起了电话。她正准备冲着对方怒吼时，对方却抢先开了口："王处长，现在请你马上到厂里来一趟，我等你。"财务处长听出来了，那是年轻的厂长郝祖国的声音。

"厂长，麻烦你看看时间吧，这才凌晨四点钟，你有什么火烧眉毛的事儿，不能等到八点上班啊？"

"不能等，你快给我到厂办大楼来，我们在会议室等你。"

"我们？"

"是啊，其他人我都通知了，他们现在都在路上，你可是这次会议的主要人物，缺席是不可以的。"

"好吧，我马上赶过来。"

虽然极不情愿，但厂长如此兴师动众，一定是有极其重要的事情，财务处处长不敢怠慢，一边打着哈欠，一边赶紧穿好衣服，匆匆向工厂赶去。

凌晨四点二十五分，东方刚刚有点泛白的时候，辽海汽车制造厂办公大楼的会议室里，已经坐满了人。

"厂长，你这大半夜找我们来有什么紧急的事啊？"

"副厂长，现在已经是早上了。"郝祖国看看表，"好了，人都到齐了，我们开会。"

郝祖国扫视了一下被自己从热被窝里叫来的厂干部们，他们脸上大都是一副不明所以的表情。郝祖国的心情由之前的焦虑变得沉重起来，同时又有些雀跃与不安。从戴云山那里听来的消息不仅震撼了他，也警醒了他。

"祖国，你就是嫩啊！你知道吗？国营企业的全面技改项目，国家会支持的啊！"

"什么？争取国家支持？"

“是啊……我们已经把报告打上去了。”

“现在不是利改税了吗？国家已经停止对国营企业拨款了！”

“你说得没错……但是……你只知道‘利改税’，你……还不知道‘拨改贷’吧？”

郝祖国并不是不知道还有“拨改贷”这么回事，那是国家在实施扩大国营工业企业经营管理自主权的政策之后，出台的关于调整并规范企业与政府间的利益分配关系制定的相应政策。不仅在去年开始实行了“利改税”，将国营企业上缴利润改为缴纳流转税和所得税，同时国企的资金来源由国家拨款改为企业向银行贷款，也就是“拨改贷”，以求改变国营企业固定资产投融资机制。

正因为知道这个“拨改贷”是国家将给国营企业基本建设的拨款改为向银行贷款，郝祖国才会对戴云山告诉自己的这个“机密”感到惊讶。他万万没有想到在这样的政策出台以后，国营企业还可以向国家伸手。而要钱的名目就是立项！

自从今年年初，市委市政府将辽海汽车制造厂划入国营企业改革试点单位，实行了企业承包经营责任制，并相当大胆地破除陈规，由郝祖国来了个第一人“吃螃蟹”，率先搞了厂长负责制。在成为这个职工人数过万的企业真正的“当家人”后，郝祖国肩上的压力就日益沉重了。把企业带向什么样的道路，是他的责任，在领导决策中就算出现一点点失误，也会使企业造成重大的损失。就在他签下厂长责任书时，路鸣曾这样对他说：“祖国啊，现在我可是把辽海汽车制造厂交到你的手上了，我完成了我的承诺，你也应该完成你的承诺哟。”路鸣还给他打了个比方，俗话说得好：“兵熊熊一个，将熊熊一窝。”企业的领头人如果是一匹狼，那么他带的一群羊也会变成狼，而领头的如果只是一头羊，那么他带的一群狼也会像羊一样软弱无能。

“现在就看你的了，祖国！”路鸣对他寄予了很高的期望，辽海工业园区的建设计划终于定案，路鸣正在加足马力上马他这个宏伟计划，而自己也为了实现对路鸣的承诺，也筹集资金准备进驻工业园。这样一来，辽海汽车制造厂将成为第一批辅助路鸣构建辽海改革蓝图的功臣。这是一个至关重要的时刻，路鸣鼓励他放开手脚大踏步向前走，但是，理想是需要有资金来垫脚的，没有完全的准备，一切都只会成为空想。工业园里的厂房建设乃至机器设备全都要钱，如此大量的资金要从何处来？他郝祖国不是路鸣，也不是一市之长，没有名目是要不来钱的，虽然已经想办法从银行贷款，但是银行贷款只能解决技术改造及流动资金部分，关于固定资产建设部分并没有放开贷款项目，这笔资金如何解决？目前让他感到最为头痛的就是这个问题。如果这个问题解决不了，那么他当初向路鸣信誓旦旦许下的承诺，到头来就只会变成一纸空谈！

不眠之夜

"任何时候都要做好两手准备，不打无准备之仗，不打无把握之仗"，这是路鸣给郝祖国反复说过的一句话。前一段时间，郝祖国参加企业管理培训课程，学到了"看不到不打，打不倒不打，瞄不准不打"这一理念，仔细一分析，与路鸣的话不谋而合。一直以来对自己的政治判断能力都相当有自信的郝祖国，第一次对自己的洞察力产生了怀疑，道理明明都知道，可为什么就是运用不上呢？听到戴云山的那些话后，他为自己在这样紧要关头出现这样的纰漏感到羞愧和自责，尽管还没有造成重大失误，但可以预计出的后果已经让他害怕。内心的焦虑感让他一时半刻也不能等了。从戴云山那里出来，他就直接回到了厂里，调出了十一届三中全会后这些年来国家在企业改革方面的所有政策文件，在其中找到了关于"拨改贷"的蛛丝马迹。1979 年，国家为了在基本建设部门和建设项目中进一步贯彻经济责任制，增强价值观念，提高投资效果，开始试行了"拨改贷"。

看着文件，郝祖国懊悔地猛敲自己的头，机会转瞬即逝啊！自己怎么能如此马虎呢？他决定马上行动，尽量争取时间。于是，他挨个儿拨通了厂里大大小小的头儿及各部门负责人的电话，甚至包括几个得力的车间主任，在凌晨时分，将他们全部召集到了自己的身边。

"同志们，今天我把大伙儿从热炕上扯起来，紧急来这里开会，我先向你们的家人道个歉。但是，我不会向你们道歉。因为，你们和我一样犯了错，少睡几个小时，挨一点冻，对你们和我来说是应该的。这是惩罚，惩罚我们大家的失职。"

听到年轻厂长所说的话，又看到他难得严肃沉重的表情，起先还有些吊儿郎当，或神思昏昏、满腹牢骚的人都开始正襟危坐、洗耳恭听起来。

"我这个厂长当得很失职啊。竟然会对国家的政策这么不了解！但是，你们大家也都有连带责任。不管是办公室主任还是财务处处长，你们没有提醒我就是你们的错误。所以，想起这些我真是难过啊。"

财务处处长有些沉不住气了，问郝祖国："厂长，究竟发生什么事了？您快告诉我们吧，也就是说我们犯了什么错，有多严重，您得给我们讲清楚呀，讲清楚了我们才知道怎么改啊。"

郝祖国伸手在空中压了压，然后，扫了一眼财务处处长："您先别急着给自己找罪名。我不是说这是我们大家的错吗？首先，我这个当厂长的每天熟读政策规定，竟然没有看出这其中的玄机，差点就造成了严重的决策失误，贻误了重大的战机，这是我的错；可是你们搞项目搞了这么多年，为什么不把可以向国家直接申请基建贷款的事告诉我呢？"

办公室主任终于听明白了，他长呼一口气，觉得厂长有些过于大惊小怪，把这件事看得太严重了："厂长，我明白您为什么半夜三更把我们召集来开会了。可是厂长，不是我们不想争取国家的'拨改贷'资金，而是我们争取资金没有个由头啊！"

财务处处长也开口说道："是啊，我们这些年的效益一直不错，也没有搞大的基建项目，所以我们根本没有必要争取国家的贷款。"

技术处处长也跟在财务处处长后面发了言："就是这些原因，我们才没有向您汇报。"

郝祖国听着他们的发言，眉头皱得更紧了，声音也猛然提高了分贝，变得十分严厉："你们说完了吗？你们以为我半夜召集你们来开会，是多此一举？我们得往前看，我并不想追究已经过去了的事，我今天要大家来，是希望能够得到一点建议。看来，我不能依靠你们了，我要在这里搞一次一言堂了，我得独断专行一次了！下面，我开始布置任务：第一，马上组织材料向国家申请'拨改贷'资金；第二，银行贷款同步进行；第三，成立由厂长、副厂长、会计师、秘书、技术处处长、财务处处长参加的项目领导小组，我任组长，戚厂长任副组长，把我们要申请国家'拨改贷'的基建项目以最快的速度明确下来。"

财务处处长不解地发出疑问："厂长，我们争取这么多资金干什么用啊？"

郝祖国又扫了一遍众人，从他们眼中看到了和财务处处长一样的疑惑，便深深地叹了口气："同志们，我们厂目前的效益是不错。可是，大家知道防患于未然吗？我们现在无动于衷没关系，等到我们吃不上饭了，就一切都晚了！大家想想看，我们这样下去会怎么样？到现在为止，我们还基本按上面的计划生产大型货车，说穿了我们还在吃计划经济的大锅饭。不仅如此，我们的发动机还完完全全依赖于进口。如果有一天，上面的计划像其他行业一样取消了，我们怎么办？到那时候可就叫天天不应，叫地地不灵了。我们要在今天能吃上饭的时候，想想明天吃不上饭的日子。你们大家要记住，以后再也没有'大锅饭'可吃了，自起炉灶、自力更生是企业唯一的出路。大家也都看到了，我们周围的不少国营企业已经在自谋生路了，也有不少企业资不抵债，危机重重，连职工的基本工资都不能按时发放了。这意味着什么？这意味着国家已经把我们国营企业推到市场上了！我们不能等到无米下锅的那一天才开始着急，到那时候一切都晚了。所谓'高筑墙，广积粮，缓称王'，我们要时刻做好打硬仗的准备，资金不怕多，有钱还怕没用处吗？"

副厂长戚红军点头赞许："厂长，您说得对。俗话说，人无远虑，必有近忧。我们厂虽然目前还能拿到一点国家的生产计划，但不能不考虑，没有了生产计划的那一天，我们怎么办，我们不能因为目前效益还不错就过于乐观，这样的轻松日子还能过多久，谁也说不准。但是，厂长，关于立项之事我们也不能这么着急吧？哪能说立就能立的呢？而且还要拿去向国家申请资金，恐怕不是一时半刻就能整出来的。"

郝祖国明白戚红军说的意思，但是他这么着急也不是没有原因的，他语重心长地说道："同志们，不是我着急，而是这件事真的已经火烧眉毛了。我得到了一个确切的消息，我们北方省向国家有关部委申请'拨改贷'资金的企业有五家，如果加上我们辽海汽车制造厂，就是六家。但是，中央只能在这六家企业中选择一家！"

"才一家呀！也就是说，我们只有六分之一的机会。"财政处处长咂起了舌头，"这有点太难了吧？"

办公室主任也摊开了手，露出了一副很遗憾的表情："问题是我们还没有报上去，这能来得及吗？"

郝祖国非常肯定地说："来得及。"

听到郝祖国的话，戚红军已经有些坐不住了："要是来得及，厂长，你就下命令吧。不过，这件事我们得在极其严密的情况下进行。先不管厂长您是从什么渠道得来的这个消息，对于其他五家申请企业来说，肯定也是最高机密，毕竟最后只能有一家企业得到款项，竞争太激烈了，大家都会铆足了劲儿在各方面下功夫。"

"对，戚厂长说得对！同志们，无论如何我们都要争取到这笔国家贷款，否则我们在工业园建一个小汽车制造厂的计划只能是空谈。所以，今天凌晨我们的会议内容属于我们厂的绝对机密！请大家一定要保密！谁要是泄露了出去，我一定不会客气的！"

戚红军笑了："厂长，你就放心吧。这可是关系着大家自己的饭碗呢。锅里有碗里才有，这个道理谁都懂，谁会砸自己的饭碗啊，又有谁不想过好日子呢？"

其他人也纷纷做出保证："厂长，放心吧！我们的嘴比地下党的嘴还严实哩！"

"那么，首先让财务处处长给我们说明一下申请拨改贷款需要的条件。"郝祖国看向坐得离自己最近的财务处处长。

财务处处长清了清嗓子，坐正了身体，说道："我们都知道，以前企业的基本建设及大型设备投资费用都是由国家直接拨款到企业或其上级部门，但在1979年后，国家对企业投资的这部分，由国家预算无偿拨款改为中国建设银行贷款有偿供应，也就是厂长所说的'拨改贷'。这项工作目前还是在试行阶段，所以大部分企业并没有真正使用起这种申请基建款项的方式。下面我来说一下'拨改贷'到底是怎么回事，首先，由国家财政部门将属于'拨改贷'部分的预算资金，按照财政级别，由中央和地方预算拨给同级建设银行作为贷款资金来源，再由建设银行会同主管部门，对实行'拨改贷'的建设项目，根据批准的年度基本建设计划和'拨改贷'投资计划，向建设单位下达年度贷款指标，作为年度内借款的限额，建设单位则可直接向当地建设银行办理借款手续。银行要对建设项目进行评估，然后与建设单位签订借款合同，并按不同行业实行差别利率，按实际支用贷款数收取利息，每年计算一次复利。"

"好了，财务处处长的解释已经够详细了，相信大家已经对'拨改贷'有了一定了解，现在我们要做的就是怎么立项，如何才能申请到这笔建设资金。"郝祖国看向大家，他笃定的神情无形中给他们注射了一剂强心针。众人的情绪开始高涨，发言也逐渐踊跃了起来。

接下来，会议进入议题阶段，并分组讨论，报上各自的方案。这个会议一直开到当天中午，所有人都处于兴奋状态，早饭都是在会议室里吃的，开完会一起在食堂里吃了一顿会餐后，就各自去奔忙分到各组名下的任务去了。

理解万岁

郝祖国这一夜没有回家，当然也没有睡觉，而路鸣同样也度过了一个不眠之夜。

听到王立毛遂自荐要代替妻子柳兰亭去工业园负责财务管理，路鸣当即摇头："老王，可你是副市长啊！你怎么可以到那个地方去呢？那里的条件可是非常艰苦的，生活设施都还不健全，吃只能吃大锅饭，睡只有硬板床。"

王立态度非常坚决："路市长别忘了，我王立除了是副市长，同时还是一名优秀的中国共产党党员。吃苦耐劳可是我们共产党员的优良作风啊！"

路鸣的眼里涌出了泪花，他紧紧握住了王立的手："老王啊，你能如此地理解和支持我，我真的很高兴，谢谢你！"

"路鸣，别人不理解你，我理解你。别人不支持你，我支持你。你知道这是为什么吗？"

"愿闻其详。"

"我认为，你振兴辽海的这个设想——不！是宏伟蓝图！它不但能成功，而且它绝对能够给我们辽海市带来翻天覆地的变化。就为这个，我王立绝对支持你！所以，我宁可不要这个副市长，我也要到你那个'牛棚'里去！"

路鸣热泪盈眶，站起身与王立紧紧拥抱："老王，我的好搭档——不，好兄弟，我……我们就一起干，不干出点名堂，誓不罢休！"

柳兰亭悄悄起身，穿着睡衣来到了门边，透过玻璃看到了两个男人这感人至深的一幕。她拉开了灯，穿上了衣服，轻轻地走出卧室，进到厨房，把一瓶好酒放在了餐桌上，又从冰箱里取出了各种熟食，准备好了下酒菜。

俗话说，知夫莫若妻，柳兰亭最了解自己的丈夫了。她知道路鸣是一个把事业看得比一切都重的人，柳兰亭尊重丈夫，支持丈夫为辽海所做的一切。但是，长期以来，她一直觉得丈夫是在孤军奋战，身边缺少一个得力的帮手，正因为如此，她才心甘情愿地去最艰苦的地方去，目的就是多帮一帮丈夫，好让他减轻一点劳累。看着路鸣每天回到家中后累得快散架的样子，她实在是心疼啊！现在好了，王立挺身而出，她能看得出，王立也是属于那种踏踏实实干事业的人。柳兰亭很高兴，但她不是因为自己终于可以解脱了，所以才高兴，她是因为丈夫终于有了一位左膀右臂而高兴啊！

听到从厨房传来的细微声音，王立探头一看，看到那里亮起了灯，还有在灯影下映照出来的柳兰亭的身影："坏了，真不好意思，我们把兰亭吵醒了。"

路鸣也回头望了一下："哎呀，真的……"

两个男人来到厨房，看到柳兰亭正在切牛肉。

"兰亭，你在干什么呢？"路鸣问。

柳兰亭抬头微微一笑："我在为两个流泪谢知音的伟大男人准备早餐呢！"

路鸣有些尴尬，挠了挠头："咳，你都看到了啊？"

柳兰亭看到丈夫有些发窘的样子，笑得更是温柔："嗯。看到了，果然是男儿有泪不轻弹啊。这样的情景实在是值得纪念呢。作为你的妻子，我非常感动。"

路鸣越发难为情了，不知道该说什么。王立插话说道："兰亭，应该是夜宵吧，你怎么说是早餐？"

柳兰亭放下菜刀，将牛肉装盘："我们的两位大市长，你们看看表吧！现在是凌晨三点过一刻，你们说说，这是不是早餐？"

路鸣和王立都吃了一惊："啊？"

"怎么整这么晚了？我们不是才说了几句话吗？"王立有点不相信地问路鸣。

"那是因为你来的时候已经很晚了。"路鸣笑道。

"是吗？我怎么不觉得？"

"好啦，就不要为这种鸡毛蒜皮的小事争了。我说，能不能请两位市长大人移驾餐厅啊，两个大男人挤在厨房里又不帮忙干活，要在这里当电线杆吗？"

"哦、哦，对不起，对不起，来，我来端菜……"

路鸣和王立分别端了一盘菜到餐厅，看到桌上的酒，王立冲柳兰亭笑道："兰亭，路鸣能娶到你真是太有福气了，嘿，这时候就是要喝点酒嘛！来，兰亭你也坐，我给大家满上。"

碰杯之后，路鸣问王立："老王，关于我要在'五七干校'那边建这个工业园区的计划，你究竟是怎么想的？我想听听你真实的想法，已经说过的那些表面文章的话我可不想听。"

"好，我试着说说看，说得不对，你尽管批评。"

"你就别客气了，说吧。"

"路市长，请问'五七干校'东边 50 公里外是什么？"

"是大海啊！"

"我敢说，你路鸣的眼光绝对已经伸到了那边，对吧？"

"在那边干什么？"

"你别给我装蒜，你的最终目标在那里，你要用一个庞大的工业园区把辽海和大海连接在一起。"

路鸣和柳兰亭对视了一下，彼此会心一笑。路鸣端起酒杯，站起来："老王，真让兰亭给说中了，我们可是真正意义上的知音啊！我这篇未来大文章的题目就叫……"

"《面向大海求发展》！对吗？"王立说完，哈哈大笑，笑过了，也端起了酒杯。

"来！我的好兄弟，让咱们为《面向大海求发展》干杯！"

双管齐下

1984 年的最后一天，郝祖国坐上了飞往北京的航班，同时，副厂长戚红军代表他去参加了市委、市政府关于辽海工业园的讨论会。会议在市委 1 号会议室举行，与会代表除了市委、市政府的领导和各部门的负责同志外，也有一部分是准备进驻工业园区的国营企业领导人，还有市里四大银行的行长。会议由副市长王立主持。

"今天请大家来，就是对'辽海工业园'项目进行一次可行性论证。我希望同志们在今天这个论证会上畅所欲言，要克服开会不说、会后乱说的无政府主义倾向，路市长，开始吧？"

路鸣坐在王立的旁边，他对王立点了点头："好的，开始吧。"

"同志们，现在已经改革开放了，大家对这个项目有什么想法尽管说，我们不抓辫子，不打棍子，就是说错了也不要紧。好，大家积极发言吧！"

来自水电系统的一位干部发言："既然王市长说了，不抓辫子，不打棍子，那好，我就说上几句。现在，有一种说法，直接地影响了工业园项目的推进。我个人认为，这些说法还是有道理的。"

"什么说法？"

这位干部扫视了一眼会场后，顿了顿说："'辛辛苦苦三十年，一夜退到以前！'我想，这句话的意思已经很清楚了！"

在他旁边坐的是城建部门的一位负责人，接下这句话说道："就是，历史的经验值得注意。大家也知道，这些年的政策经常在变，说不定哪天又开始割资本主义尾巴了。我个人认为，工业园项目应该慎重，要是出了什么问题，吃不了也得兜着走。"

"照你们这种说法，这个工业园就不搞了？"

那位水电系统干部连忙解释道："王市长，大家只是在担心，担心这改革开放的政策说不定哪天就会变！"

路鸣有些生气地把手中的本子往桌上一摔，说道："坚持以经济建设为中心，坚持四项基本原则，坚持改革开放……这是中央早已确定了的我们党的基本路线。对此，市里也进行了深入的学习和实践。让我不明白的是，我们怎么到今天了还纠缠在这些本不是问题的问题上呢？这种千载难逢的机遇，一旦错过了，我们就得永远跟在人家的屁股后面追，到那时，我们可就成了辽海市的罪人了。"

戚红军忍不住站了起来，朗声说道："我来自辽海汽车制造厂，我们郝厂长出差了，我是代表他来参加会议的。我感觉路市长说得对！现在，我们已经没有必要对工业园项目姓'社'姓'资'进行讨论了。一场'文化大革命'，我们已经失去太多太多了！现在我们要论证的是工业园项目的可行性，是探讨工业园的未来能给我们辽海带来什么好处？我认为，这才是我们今天要研究的，我们不能跑题。"

那位水电系统干部听到戚红军的发言是在针对自己，尤其他在说话时还特别看着自己，就急赤白脸地争辩："戚红军同志，你看看，你怎么跟我较上劲儿了？市长都说了，不抓辫子，不打棍子，你怎么三句不是好话就抓起辫子来了呢？"

戚红军坐下来淡淡地说道："等着，靠着，观望着，怎么可能抓住机会呢？我只是看不惯你们这些经验主义者的嘴脸！"

城建部门的那位负责人也上了火，指着戚红军问："戚红军！你把话说清楚，谁是经验主义者？"

戚红军并不露怯，迎着他的手指说道："你不是吗？张口闭口经验、教训，你应该看看报纸、听听广播，外面的世界已经很精彩了。深圳的工业园，小岗村的包产到户，等等！我敢说，我们辽海市已经落后了，再不奋起直追，我们会被时代抛弃的！"

那位负责人见争不过戚红军，便转向路鸣求援道："路市长，您看看，这还让不让我们说话了？"

路鸣向戚红军微微点头，缓缓说道："戚厂长，让人说话天不会塌下来，你得允许人家说话嘛！"

"我也没说不让他们说话呀！我只是发表了我的见解！而我的发言就代表着我们郝厂长的态度，也代表了我们辽海汽车制造厂的态度，我们厂会第一个进驻工业园，为研发生产我们中国具有独立知识产权的小轿车而设立分厂，这只是我们的第一步。"

其他的与会代表也开始纷纷发言，最后大部分代表都认同了工业园，之前的怀疑之声渐渐弱了下去，替代的是探讨如何才能避免在工业园的建设项目中出现方向走歪的问题。总的来说，这个年末的最后一次讨论会取得了一定的成效，也算是在最后一天为这一年的重大变革画上了圆满的句号。

晚上的餐会上，路鸣对此次会议做了总结，也明确了自己的意见："同志们，今天我们这个论证会开得很好。我们由争论、意见不一致，甚至两方意见非常激烈，到现在达成了共识。这也是一个很有必要的过程！如果没有争论，没有分歧，甚至没有一点点不同的声音，这就是一种不正常了！我希望同志们下去后，就按今天我们论证的结果，全力以赴把今天的会议精神落实在行动上！尤其是银行、大单位、各部门，都要旗帜鲜明地以实际行动支持我们的工业园！"

北京之行

首都北京，是中国的心脏，虽然同样经历了动乱，还没有完全恢复元气，可是这座城市依然充溢着王者之气；虽然少有摩天大楼，但朴素的建筑物却散发着一种庄重、尊贵、典雅的气息；大街上的行人摩肩接踵，虽然衣着简朴，可是却透露着一种皇城根人的自信与精气神。

北京是明清两代的都城，遗留下了大量的文化古迹。北京有金碧辉煌的紫禁城，有融汇了南北特色的皇家园林颐和园，有众多佛教建筑汇集的八大处，有记载着中国屈辱史、如今只剩下了断壁残垣的万园之园——圆明园，有一夫当关万夫莫开的长城，当然，北京还有秋露过后层林尽染、满山火红的香山。但这些令无数人神往的景致，统统没有装在郝祖国的心里。

抵达北京，安排好住处之后，郝祖国没有给自己留出一点的喘息时间，他马不停蹄地直奔国家某部委计划发展司，找到了路鸣为他介绍的专门负责国营企业"拨改贷"项目的王司长。

王司长五十岁左右的年纪，额头上的皱纹密而深，跟斧劈刀刻似的；两鬓有些斑白，但并没有显出苍老，只透出了成熟与稳重。他的面容慈祥之中透着庄重，有长者之相，但又不失威严，带着一种高层领导所特有的强大气场。

王司长一听说郝祖国是从工业重镇辽海市来的，态度立刻变得非常热情："来来来，快请坐。你是郝厂长吧？路鸣已经跟我打过招呼了，哈哈，他让我一定要按原则办事，但是呢，却又希望我适当地例外一下。哈哈，这个路鸣啊，你不知道吧，我们两个不但一起上的大学，而且还一起到日本留过学，算是铁杆老同学了，他的朋友就是我的朋友，何况还是他特别关照过的小兄弟呢！"

不愧是老同学、老朋友，郝祖国从这位王司长的身上看到了路鸣的影子，原本还紧张忐忑的心情，现在放松了下来。他知道，王司长这块敲门砖是找对了。于是他抓住时机见机行事："王司长，你看这已经十二点了，我们找个地方去喝茶吧，我请客，怎么样？"

"喝茶没问题，但是中午不行！一点钟我还要给领导汇报关于'拨改贷'的事情呢。"王司长连连摇手。

"'拨改贷'？王司长，不知道路书记有没有跟您提过，我这一趟来北京正是为了申请国家'拨改贷'的事情的。虽然我们的申请条件完全符合要求，但是因为一些原因，使得我们的申请提交迟了，怕因此受到影响。所以，路市长让我直接把报告带给您，您看是不是能够将我们也列进这次辽海市的申报单位中一起考虑呢？"

王司长含笑注视着郝祖国，并没有当即表态，而是略微思虑了一下："这样吧，郝厂长，你把申请书先交给我。"

在来北京前，路鸣交代让郝祖国直接把申请交给王司长，如果王司长很痛快地接了，而没有推搪，那这事就等于是成功了一半。郝祖国听到王司长这样发话了，完全应了路鸣的话，不由得心下狂喜，连忙将申请从包中取出，交到了王司长手上。王司长大概翻阅了一下，就将那一沓厚厚的报告书放在了写字台的案头。紧接着，他又把郝祖国的材料放在了一摞文件的上边。郝祖国当然也注意到了这些细节，可以说心头那块石头已经落下了大半。之后和王司长约定晚上会面时，王司长也答应得相当爽快。

下午下班后，王司长带着他的两位部下如约而来："郝厂长，来来来，我给你介绍一下，这位是我们司的梁处长，也是国家经委派到你们北方省考察'拨改贷'项目的工作组组长。这位是唐副处长，是工作组成员。"

郝祖国明白自己的贷款与这两个人是息息相关的，也更加明白这顿饭的重要性，尽管已经见惯了大场面，这时他也难免有些紧张，手心里开始渗汗。他不时地观察王司长的表情，这位可以毫不夸张地说掌握着他郝祖国生杀大权的人物，却一直是一派平和的微笑，而且相当不见外地帮着郝祖国招呼大家坐下。

一干人落座后，王司长开门见山地说道："郝厂长，我们在吃饭前，让梁组长说说你们的项目情况吧。"

梁处长向郝祖国点点头："郝厂长，关于国家的这批专项贷款我们有明确规定，先是选择项目，其次是下去考察项目。这些项目在国家经委没有上会之前，任何消息都不能往外透露。但是，你是我们司长的朋友，我就违反一次原则了。我可以告诉你，郝厂长，对于北方省报上来的五家'拨改贷'企业，我们决定先考虑辽海市的一家企业，如果算上你们辽海汽车制造厂，辽海市一共有两家企业向国家经委提出了'拨改贷'的申请。我们过两天就下去考察，在你们两家企业中选择一家。"

"这可是一个非常重要的信息啊，谢谢您！梁处长，我们辽海汽车制造厂随时欢迎您来考察。"

"郝厂长，你可要在项目上下好功夫啊。"王司长慢条斯理地说道，并神色凝重地看了郝祖国一眼。

郝祖国心领神会，当即举杯站了起来："谢谢王司长！也谢谢两位处长！为了我们辽海汽车制造厂能够赢得这次机会，感谢各位大力帮忙，我郝祖国在这里先干为敬。"

看着郝祖国将满满一杯酒一仰脖子喝了下去，王司长哈哈大笑，并拍着手称赞："好啊，郝厂长一看就是爽快人！"

酒过三巡，郝祖国有些不胜酒力，陪他一起来的骆子站了起来："各位领导，各位朋友，我骆子不才，没别的什么本事，就喜欢自己编个快板，逗一逗口舌之能，如果大家不嫌弃，我为大家说上一段，以祝酒兴如何？"

在座的人其实都已经喝得差不多了，情绪正高昂，一听有节目就来了兴致。王司长对骆子说道："骆子先生，虽然你是郝厂长的叔叔，但他却毫不忌讳地向我们大力推荐你的口技，说你的口技表演是呱呱叫，到底怎么样我们没听过可不知道。俗话说，是骡子是马拉出来遛遛！骆子先生，你就先给我们来上一段逗乐的，要是我们觉得不乐，那就要罚酒一杯！"

骆子爽快地答应了："行，没问题！但是骆子在这里有个不情之请，能不能别叫我什么先生，就直接叫我老骆吧，反正我的年纪在这里也算够老，这样叫起来不也显得亲切吗？一来，既然一起吃了饭，那就是百年修得的缘分，一回生二回熟，再见大家是朋友。二来，不管什么年代，先生都是不说快板的啊！"

大家听了这话都乐了，王司长笑得最大声："好、好，我们都叫你老骆！"

骆子在开说前看了郝祖国一眼，见他点了头，便用筷子充当惊堂木，用口技打响了快板：

快板那个一响啊，
我的嘴唇动。
生命在运动哪，

提拔靠活动……

王司长首先为骆子用口技打出的快板节奏感到惊讶,不由得大声鼓掌喝彩:"厉害!老骆,这传说中的口技简直绝了,跟真的快板声一模一样!"

骆子微微一笑,欠了欠身,继续说道:"谢谢司长夸奖啊,酒杯要动动!"

大家在骆子的"快板声"中笑着都喝下了一杯酒。

> 不跑那个不送,
> 只能听天由命;
> 光跑那个不送,
> 原地踏步不动;
> 又跑那个又送,
> 一定提拔重用!
> 要想有进步,
> 跑熟组织部;
> 要想被提拔,
> 常去领导家。

梁处长被骆子惟妙惟肖的表情逗得哈哈大笑,向郝祖国跷起大拇指:"郝厂长,你的这位叔叔可真是个人才啊!"

大家也一致赞同,鼓掌叫好。

> 一千块钱你想都不能想,
> 三千四千还是难商量;
> 五千六千你只能挂个号,
> 七千八千才能给你一顶虚职帽,
> 上万元才能戴上一顶实职帽。
> 年龄是个宝,文凭不能少,
> 德才作参考,后台最重要!
> 表扬了溜须拍马的,

提拔了指鹿为马的，

冷落了当牛做马的，

整治了单枪匹马的……

骆子的快板声刚落，王司长就说道："你这个老骆，说快板讽刺官场陋习，当官的一定不会提拔你。"

唐副处长却不同意："司长，你说错了！"

"怎么错了？"

"毕竟像骆子说的那种官只是个别人，真正的好官是不会怕人说的，不然您看，人家郝厂长就被上级照提拔不误。这么年轻就是一厂之长，难得啊难得！"

"哈哈，这个不假，郝厂长可是路鸣在辽海重点培养的企业家呀！"

郝祖国连忙道谢："过奖了、过奖了，我只是和路市长有一个共同的梦想罢了。这个梦想，就是造出我们中国具有独立知识产权的小汽车。为了实现这个梦想，我会不惜一切代价。"

"哦？什么梦想？"王司长问。

"我们要生产我们中国具有完全自主知识产权的小汽车。我们这个梦想的难点是汽车的心脏——发动机。也就是说，我们厂接下来的目标就是实现汽车发动机国产化！"郝祖国虽然已经有些醉了，但他说的绝对不是梦话，他的表情严肃而果决，目光坚定而光亮，让在座的人都为之一振。

王司长当即端起酒杯站了起来："野心不小啊！你这个小伙子果然有魄力，好，为了这个中国人共同的梦想，我们支持你！梁处长，唐副处长，这一杯酒可一定要干了啊！"

"好，为了我们中国的汽车国产化，我们干！"

前赴后继

在王立打好行包奔赴工业园区建设工地之前，路鸣亲自为他饯行。酒桌上，路鸣把一罐饮料递给喝得有些微醉的王立："王市长，给，这是我们辽海产的饮料，解酒效果很好。"

王立接过饮料猛灌了一口："路市长，你下命令吧！我现在就像一名已经摆好了姿势的田径运动员，只要你的发令枪一响，我就会像离弦的箭一样射出去。我已经打好了行装，做好了一切准备。我今天晚上就出发，到我的岗位上去，你看如何？"

路鸣摇摇头："王市长，不着急，明天再走吧。"

"不！我必须今天就走！因为，明天早上我要代表辽海工业园筹建处与几家建筑公司签订合同呢！如果我这个筹建处常务副主任说话不算话，那人家就要笑话你这个主任了！"

"那好，这里的工作就交给我了。你就放心大胆地干起来吧！我这个主任不是甩手掌柜，而是你的坚强后盾！"

"谢谢路市长！你是我的坚强后盾，那么，我就是你的开路先锋！逢山我就开道，遇水我就架桥。"

路鸣又对在座的财政局局长说："蔡局长，财政局是工业园真正意义上的后勤部。那么，你这个财政局局长就是工业园的后勤部部长。你肩上的担子可不轻啊！"

"路市长，你就放心吧，我这个财政局局长一定会当好这个后勤部部长，尽全力解决工业园的资金需要，如果不能筹集到足够的建设资金，你可以唯我是问！"

路鸣的目光又转向经委的几位领导："金主任，你们经委……"

"路市长放心，我们在立项、资金问题上，尤其是在上面资金的争取上，我们会积极努力的！"

"光积极努力还不行，还要竭尽全力！"路鸣用拳头在桌子上轻轻地砸了一下，虽然力度不大，但其代表的力量却深深地敲进了在座的每个人心头。

"市长，知道了，我们一定做到积极主动，竭尽全力！"

送走王立后，孟金川专程到路鸣办公室来听他关于工业园建设进度的报告。得知路鸣派了王立去工业园后，孟金川对路鸣说道："路市长，我给你提一个建议，既然王立同志能胜任工业园主任的工作，你为什么不把主任的职务也给他呢？"

"孟书记，你的意思是……"

"我的意思你应该清清楚楚，我希望你的告状信少一点，也希望你……"

"希望我早一天当上市长，对吧？"

"是的，这也是省上领导的意思。"

"谢谢孟书记，也谢谢省上领导。可是，我还是不能这样做。"

"为什么？"

"孟书记，我父亲给我讲过一个故事，我能把这个故事讲给孟书记听吗？"

"你讲嘛，我洗耳恭听。"

"这是一老一少两只羚羊的故事……"

这时，路鸣办公室的电话响了，是郝祖国从北京打来的："路市长，真是太感谢了！一切都很顺利！我想我们辽海汽车制造厂一定能拿到这笔贷款。"

郝祖国的声音有些激动。而路鸣其实已经接到了老同学王司长打给他的电话，告诉了他事情的进展。路鸣也为郝祖国的胜利而感到高兴："祖国啊，你已经旗开得胜了！我祝贺你！"

"谢谢！但是，我心里……"

"祖国，你心里怎么了？"

"我觉着有点对不起戴云山。"

"祖国啊，你是我们市最年轻、最有远见、最有前途的一个企业家，你怎么不会算账呀？"

"路市长，此话怎讲？"

"戴云山的机床厂需要动大手术，区区一个亿对他来说，那是杯水车薪！而对你们汽车制造厂来说，这一个亿才是最有价值的，是好钢用到了刀刃上！"

"他们机床厂也需要再投入啊！"

"我们一步一步来，你们汽车制造厂有了这一个亿，就马上能派上用场，是如虎添翼。我这么给你说吧，你们辽海汽车制造厂的未来前景广阔，就像一匹朝气蓬勃的小马，而机床厂则是一个上了年纪的老马。你说，我们是先让一匹年轻的小马吃饱肚子后马上前进好呢？还是让一个老马吃饱肚子后休息一阵再走好呢？"

"小马需要填饱肚子，但是老马也不能饿着啊！"

"但是，前提是前边的战场上需要一匹能战斗的健康马，否则，这场战争就打不赢！"

"我明白了，路市长，只是我个人感情上还是觉得对不起戴云山，毕竟他曾经是我的姐夫。"

"我理解你的心情，对戴云山你如果觉得不好交代，你就把事情全都推到我的身上，也别告诉他你去北京的事。这样一来，他就算明白，在心理上也能够接受。"

"这样怎么行？让你替我背这个黑锅……"

"本来也是我让你去北京的，你这样说并没有什么不合适。戴云山要是有什么情绪就让他冲着我来好了，他如果真的来找我抱怨，我会给他一个合理的解释，你就放一万个心吧。"

"那我就再次谢谢您了！路市长。"

"要谢我的话，就给我干出点成绩来，把我们中国第一辆具有独立知识产权的小轿车造出来，这才是对我信任的最好回报啊！"

"好！路市长，您也放一万个心，我一定不会辜负您的期望！"郝祖国信心满满地说道。

放下电话，路鸣摇了摇头："这个郝祖国，也真是的。有时候还是缺乏一股子狠劲，毕竟还是年轻啊！"

孟金川用手指敲了敲桌子："路市长，我们先不管这个郝祖国了，你快给我讲讲你的故事吧。"

路鸣坐下，继续刚才被中断的话题："孟书记，这个故事是这样的，动物界有一种特别受动物们尊敬的羚羊，当它们被猎人或者豺狼虎豹追至山涧边上走投无路时，而这个山涧一只羚羊是无论如何都跳不过去的。这时候，它们会迅速分成一老一少的小组若干个。"

"让老的照顾少的！"

"孟书记，这时候老羚羊的任务就不仅仅是照顾小羚羊的问题了。"

"那是怎样？"

"一老一少两只羚羊在跳山涧的时候，他们的协调配合特别重要。先是老羚羊跳，紧接着是小羚羊马上跟着跳，当小羚羊的力量用完就要坠下万丈深渊的时候，老羚羊正好到了小羚羊的蹄子底下，小羚羊踏着老羚羊的脊背这个垫脚石重新跃起，才能跳上对面的山崖，从而得以生存下来。"

"老羚羊粉身碎骨了，小羚羊得救了！"

"是的。老羚羊不惜牺牲自己的生命，保住了小羚羊的生命，从而也保证了羚羊种群的延续。"

"路市长，你的意思我明白了。看来这个头你是非出不可了？"

"一来我不能让王立同志对我失望；二来如果我出现什么不测的话，王立同志非常熟悉工业园的情况，也能把我们的事业驾轻就熟地继续下去，不至于因为我一个人而影响全局。当然，如果工业园项目发展顺利那是最好的，万一要是出了什么状况，如果有必要，我宁愿成为一只'老羚羊'。"

孟金川被路鸣这种宁肯舍弃自身也要成就辽海市经济建设大业的大无畏精神深深地打动了，他站起来，紧紧握住路鸣的手说："路市长，你放心吧，如果出了什么问题，你后面还有我这个老大哥呢，就算豁出这把老骨头，我也要替你顶着，如果有必要，就让我做你蹄下的'老羚羊'吧。"

路鸣紧紧地握住了孟金川的手："谢谢孟书记对我的支持，谢谢……"

背　叛

　　郝祖国离开北京后又马不停蹄地去了一趟上海，是路鸣授意他这么做的，正好上海有一个全国汽车行业的研讨会，他顺便也参加了，然后再从上海坐飞机返回辽海。

　　上海又是另外一番景象，黄浦江边，十里洋场，各色的建筑充溢着海派气息。这里的高楼大厦鳞次栉比，这里的灯红酒绿令人迷醉，但这里的一切依然没有被外面的世界甩开，或许是因为以前走得太快了，太超前了吧，即便停下脚步一段时间，别人还是无法超越。在世界上的很多国家，上海就是中国的另一个称谓，在中国的所有地方，上海就是繁华的代名词。然而，如同北京的文化一样，上海的繁华郝祖国也没有切身地去体会，他只是在出租车上走马观花、蜻蜓点水一样地一掠而过。有太多的大事等着他去做，有太多的梦想等着他去实现，他不能让自己停下，一刻也不能让自己停下。

　　这一趟出差历时半个月之久，在这15天中，他会了一些不同凡响的人，见了一些让他眼界大开的世面。当飞机到达辽海市上空的时候，郝祖国有太多的感慨，与端庄秀丽的北京和海派气息浓郁的上海相比，辽海市实在太小了，看上去就像一个大乡村，而且也缺少自己的特色，辽海要怎么体现自己的特色呢？工业基地，对，将来，辽海一定要发展成中国最大的装备工业基地。然而，郝祖国这种激情澎湃的心情没能持续太长的时间，当他从机场出口出来时，一眼就看见了凶神恶煞般的戴云山。郝祖国心里先是一惊，然后心里默默告诉自己要沉住气。他装作什么事也没发生过一样，上前去与戴云山握手："姐夫，我没告诉你啊，你咋知道我今天回来？还专门来接机呀？"

　　戴云山沉着一张脸，并没有和郝祖国握手，而是冷冷地看了他一眼，转身就走："跟我走吧。"

　　郝祖国心里忐忑不安："姐夫，你这是……"

　　戴云山突然回过头来大声吼道："别叫我姐夫！"

　　郝祖国被吓了一跳，有些委屈地跟上去，喃喃地说道："姐夫，你别这么凶啊……"

戴云山又是狠狠地瞪了郝祖国一眼。郝祖国无奈之下，只好让随行人员带骆子先坐厂里派来的车回去，他坐上了戴云山的车。上车后，郝祖国故意装出受了很大的委屈的样子说："姐夫，你今天这是怎么了？我到上海出差刚下飞机，你也不问问我的事情办得如何，就对我发这一通邪火，你……"

戴云山从驾驶副座掉过头来，用指头指着郝祖国："姓郝的，你要是敢再多说一句废话，我把你推下车去，你信不信？"

郝祖国机械地点点头："我信。"

"那好，你给我乖乖地坐着，什么屁也别放！"

郝祖国知道戴云山必定要为"拨改贷"这件事找自己。但他一点也不后悔自己的所作所为，尽管对戴云山心怀愧疚，但在之前听了路鸣的那番话后，他决定把这件事隐瞒到底。他并不想因此而失去一个朋友。况且，他也不觉得自己做了错事。

那一天，当他将紧急立项的材料拿去跟路鸣汇报时，路鸣对他提出的这个申请非常感兴趣，还特别问了他是怎么知道这个消息的："祖国啊，你之前一直没有动静，怎么突然这么着急要申请国家的拨改贷？是不是从哪里得到了什么消息啊？"

郝祖国就将从戴云山那里听到这个消息的经过一五一十地给路鸣说了，还对自己的失误做了检讨："我应该早就考虑到这件事，但最后却是通过这样的途径知道，这是我的严重失误，是我作为一个厂长绝对不该犯的错误。路市长，我在这里向你道歉，郝祖国让你失望了。"

"哈哈，瞧你说的，也没那么严重嘛，这企业的'利改税'不是去年才开始推行的嘛，还在试验阶段。而'拨改贷'只是跟进'利改税'的相关政策，同样只是在试行阶段。大家都知道以后改拨款为贷款，就不好再向国家伸手拿钱了，更不会想到还可以向国家申请贷款。这不怪你，如果要怪，也得先怪在我头上。我也并没有重视你们厂的问题，向上头伸手要钱的时候，脑筋也没有动到国家对企业投资的'拨改贷'项目上来。今天，是你提醒了我啊！我反而要感谢你。祖国，真有你的，就算后知后觉，也比别人跑得快，你来找我可算是找对人了。"

"路市长这么说的意思，就是我们的申请有门？"

"你很聪明，不用我多说。市里省里的经委，我给他们打招呼。北京方面，我可以给你介绍一个人，他是我大学的同学，现在是国家经委计划发展司的司长，姓王。你立刻给我收拾一下去北京一趟，关于'拨改贷'的事情，你找这个人帮忙，他可以帮你拿到这笔款项。不过丑话可说在前头，我只能给你铺路，具体怎么做就要看你的能力了！"

"你放心，路市长，我会竭尽全力地去办这件事，争取不到款我就不回辽海！"

"好！你这次先把申请给王司长亲自送过去，其他的资料随后补齐，不要着急，上面肯定会派人下来考察，到时候我让省市经委尽力帮助你们，说服考察人员。"

"嗯，路市长，我会照你说的去办。"

"祖国，这是一个千载难逢的好机会，你让好钢用在刀刃上。你们的辽海汽车制造厂要第一批进入工业园，给我带好这个头，把第一炮打响！"

"就是拿不到这笔款，我也会尽全力的。路市长你放心，我们如果能拿到这笔款，我敢保证绝对把这一炮打得震天响。"

"祖国，我相信你。关于'拨改贷'的问题，就如我之前所说，这是个千载难逢的机会。就在今年 6 月份，中央财经领导小组刚刚在北戴河召开会议，提出我国汽车工业要有大发展。而你申请的正是汽车工业的研发项目，这一次报上去的几家企业中，只有你们一家是汽车行业的，上头一定会优先考虑你们的！"

"路市长，这真是一个振奋人心的大好消息啊！我此刻的心情无比激动，不知道该说什么好了。"

"你先别激动，总之我跟你说了这么多，就是要你一定把握好这次机会，争取到款项，只许成功，不许失败！"

"路市长，让我给你立下军令状吧！"

"你敢给我立军令状吗？"

"我拿头上这顶乌纱帽保证！如果我打不响工业园的第一炮，你摘下我的乌纱帽！"

"好，哈哈！有种！不愧是全国劳动模范章小凤的儿子！你有她的风范！"

在路鸣那里立下军令状后，郝祖国也给了自己一个决心，不干则已，要干就给他干个天翻地覆、轰轰烈烈，当初能够抛下的东西，而今一样也能够抛开。虽然，代价无时无刻不在付出，但只要问心无愧，就可堂堂正正做人。而对姐夫戴云山，只能在心里默默对他说一声"对不起"了！

靠　山

　　郝祖国默默地跟着戴云山到了他们厂的宾馆，还是之前在一起喝酒聊天的那间客房，两人刚进门，戴云山突然回身一记老拳，结结实实地打在了郝祖国的脸上："王八蛋，你还有脸叫我姐夫？"

　　祖郝国早有挨打的准备，挨了这一拳后，身体虽然斜了一下，但没有倒下，他轻轻抹去了嘴角上的血迹，淡淡地说道："你就是打死我，你也是我的姐夫！"

　　戴云山血红着眼睛大吼："你再叫一声！"

　　郝祖国见他过于激动，就赶紧放软了态度，举起手告饶："好好好，戴厂长，我不叫了，还不成吗？"

　　戴云山指着郝祖国的鼻子大声责问："你说！你为什么要出卖我？"

　　郝祖国神色泰然地反问："为什么？我还不知道我为什么要挨打呢！"

　　戴云山被郝祖国一脸无辜的态度噎了一下，他的手在空中抖了抖："那么我问你，'拨改贷'的事情，为什么我报的项目泡汤了，而你报的项目成功了？"

　　"哎，戴厂长，你说话可要讲道理，你们厂的项目成功与否，跟我有什么关系呀？"

　　戴云山脸涨成了紫红色，激动得几乎说不出话来，他用手指指着郝祖国，使劲地抖了几下，然后他暂时放弃了回答郝祖国的反问，又着腰在房间里快速踱步，肥胖的身体由于过度的气愤而战栗着，粗重的呼吸声响得像是灶前的风箱。这么来回了几趟后，戴云山终于将那口憋在喉咙眼里的气缓了过来，他猛地停住脚步，歪着头，狠狠地瞪着郝祖国："跟你没关系啊？好，那我问你，你的'拨改贷'申请是什么时候提交上去的？你又是怎么到北京活动的？你别给我装糊涂！"

　　郝祖国淡淡一笑，在窗边的沙发上坐下来，慢悠悠地说道："噢，我当是什么呢，原来你是说这件事啊。"

　　面对郝祖国慢条斯理的态度，戴云山真是气急败坏，他站到郝祖国面前，大声地吼道："你别给我打马虎眼了，直接回答我的话！"

"姐夫，你可是真的错怪我了！"

"错怪你了？这件事我只告诉过你一个人！"戴云山指着郝祖国的鼻子，手指尖已经快要戳到郝祖国的鼻尖上了，他整个人都在发抖，手指也簌簌地抖个不停。

"那你说，你是怎么得到这个消息的？"郝祖国捉住戴云山的手，反问他。

"你少跟我来这一套！在我告诉你之前，你根本就不知道这件事！"戴云山一甩手，蛮横地将郝祖国的手打开。

"你说得没错，之前我的确不知道这件事。"

"那我今天打你就是对的！"

"你打错了！"

"我一点也没有打错你！"

"我要告诉你的是，你千真万确错怪我了！"

"那好，你说，我怎么错怪你了！"

"在你跟我说了这件事之后，路书记就把我找去了，他还为此狠狠地批了我一顿呢，说我一点也不关心国家政策，没有身为厂长的责任感。戴厂长，你完全误会我了，就跟你直说了吧，这件事从上报项目到申报成功，全是路市长一手操办的！"

"是路市长让你做的？"戴云山有些狐疑地瞥着郝祖国，不太相信他的话。

"不是路市长让我做的，而是路市长一人全程操作的。"郝祖国一脸的无辜。

"他为什么要这样做？"戴云山沉默半晌，用手托着下巴，紧皱眉头，闷声问道，"这不明摆着是挤对我们机床厂吗？"

"戴厂长，你误会我没关系，但你别误会了路市长的深谋远虑。他这么做也是经过深思熟虑的。他告诉我说，市上就只有你们一家企业申报了项目，如果国家经委认为你们机床厂不符合'拨改贷'的条件，那么，这个机会就会和我们辽海擦肩而过。所以，他让我们厂也报上，好让国家经委有个选择，到时候不至于让这笔款项落空。"

"如果真像你说的，这件事是由路市长一手操办，那我问你，为什么你还要跑到北京去活动？"

"戴厂长，你又错怪我了！"郝祖国苦笑道，"我什么时候去北京活动了？你别冤枉好人啊！"

"你别叫，你跟我说清楚，上次国家经委的工作组来辽海之前，你到北京干什么去了？"戴云山被郝祖国笃定的神态迷惑了，他有些犹豫地问道，"你别说你没去过北京。"

"那次我是去北京了，但我是去见德国的汽车制造商去了，他们来北京访问，我得到消息后，找上门去和他们见了一面。虽然没有谈成什么项目，但是，他们答应以后有机会就和我们合作，也算是接上头了。"

"这么说，我真的错怪你了？"戴云山其实还是半信半疑。

"那当然，不管怎么说，你毕竟是我姐夫，我怎么会做对不起你的事呢？"

郝祖国言之凿凿，说得跟真的一样，底气十足，这下戴云山真的有点信了。

"如果你说的都是真的，没有骗我，那我向你道歉！"

"用不着，姐夫，我们是自家人。而且我也能理解你的心情，你也是为了机床厂，为了那几万名职工。你打我这一拳一点都不为过，如果能让你消消气，你再打几拳我也无所谓。"

"是这样吗……"戴云山就像是一只被戳破了的皮球，先前的气势一下子就放光了，他沮丧地瘫坐在了沙发上，喃喃地说道，"祖国……对不起，我的心情不好，把气往你身上出，我也知道我们这一次没拿到贷款并不只是因为你们厂的原因，我们企业的漏洞太大了，包袱太沉了。别说是一个亿了，就是三个亿也不足以弥补，路市长的眼光看得比我们远，他肯定知道这一点，才会力挺你们厂……唉，现在说啥也晚了，祖国，我不应该迁怒于你，对你乱发脾气……兄弟，你能拿到这笔款也是好事，我该向你表示祝贺。"

"谢谢你，姐夫，以后我的事就是你的事，你的事也就是我的事，再说了，今年申请不行还有明年嘛。"

"祖国，你说得对，你拿到这笔资金一定是要在工业园建分厂，你要是有什么困难，有我能够帮助的地方就只管告诉我，我一定会全力支持你。"

"那好，姐夫，我就不客气了，你的项目既然暂时搁浅了，就把你那里的钢材先借给我，怎么样？"

"你还真是不跟我客气啊！"戴云山豪爽地拍着祖国的肩，"兄弟，没问题，你派人过来办个手续就可以了。"

离开宾馆，拐过墙角，郝祖国这才长长地出了一口气，总算混过去了。戴云山有理由恨自己，因为从某种意义上说，是自己抢了他的资金。抢了他的资金，还要编造各种理由欺骗他，面对忠厚老实的戴云山，郝祖国感觉心里很愧疚，但这种愧疚没有持续太长的时间。郝祖国心想：我有什么办法呢？资金是一切的基础，如果没有充足的资金，汽车厂就没法入驻工业园，自己的远大抱负就只能停留在空想阶段，根本没有施展的可能。人生短暂，在有生之年，如果不能轰轰烈烈地大干一场，活出个样来，生命又有何意义呢？我的姐夫啊，这次算我欠你的，日后有机会一定好好报答你。

崭新的气象

厚及膝盖的积雪开始慢慢融化了，屋顶逐渐显露出了它本来的颜色，屋檐上滴下的水滴不知疲倦地滴答着。大地开始复苏了，小草开始蓄积力量，准备破土而出……刚到初春时节，辽海大地就早早地被挖掘机的轰鸣声从冬眠中吵醒了，长白山下尚未完全解冻的土地被尖钢硬铁一次又一次地挖掘，凝结了一个冬天的寒冰已然破裂，大片野草丛生的荒原被翻出黑色的内脏，然后在滚滚的车轮下被碾成了坚实的平地。

原"五七干校"遗址、现辽海工业园施工工地，在春节过后不久就开始破土动工了。沉寂了几年的这片广阔原野，突然之间变得繁忙起来，数十台搅拌机在原本宁静的大地上轰轰隆隆地响着，连着其他机械的声音一起，震耳欲聋；上百台挖掘机来来往往，就像是赶集的马车一样聚在一起喘息奔忙；运送建筑材料的车辆进进出出，蚂蚁搬家似的连成了一条长长的流水线；建筑工人们挥汗如雨，投入在各自的岗位上，都开足了马力大干着。

路鸣带着一行人进入了这片繁忙之中，王立戴着安全帽迎了上来。

路鸣远远地就向王立伸出手去："王市长，您辛苦了！"

王立让随行工人给路鸣他们发放安全帽，然后大声地对路鸣说："路市长，我们之间最好别说客气话了。"

路鸣笑了："那好，我再也不说什么客气话了。我就直截了当，今天我代表市委、市政府来慰问你和你的部下们！"

王立一只手搭在额头上，望着辽阔的工地现场，有些感慨地说："市长啊，您不能光慰问我们呀，你应该把建筑单位也慰问一下。最辛苦的是他们，他们可是战斗在第一线的功臣啊！"

路鸣指了指身后："你问秘书长，我们是怎么准备的？"

"王市长，你就放心吧，今天上午这一车东西是慰问你们驻扎在工业园指挥战斗的同志们的。今天下午，还要来10车猪肉，全是慰问建筑单位的。至于怎么分配，那就是你王市长的事情了！"

王立使劲地晃着手："秘书长，这可不行！还是让路市长留下来，东西请他来分发，而且要举行一个简单的慰问仪式。"

"王市长，你也是市领导，你就代表吧，我呢，看看工地，和你聊一聊，下午上班之前我必须赶回市里去开会呢！"路鸣含笑看着一脸尘土的王立，显然这些尘土是因为他一直待在施工现场的缘故。

"如果路市长没有时间，那我就代表了。"

"王市长，走，我们到各建筑工地上去看看。"路鸣上前拍了拍王立的肩膀，"还得麻烦你来带路，这里的情况你最熟悉了。"

路鸣一行在王立的带领下，参观了整个工业园工地的建设。路鸣为目前取得的进度感到异常兴奋，心情十分激动，在离开之前，他再次紧紧握住王立的手："王市长，你可真是个拼命三郎，照这样的速度，我们的工业园到年底就初具规模了。"

"路市长，照这样的速度，郝祖国的汽车制造厂恐怕年底就能投入生产了。"

"郝祖国这个年轻人有魄力，他骨子里流着劳动模范的血啊！"

"是啊，如果我们辽海再出来 10 个郝祖国，您的宏伟设想用不了多久就能实现了！"

"王市长，为了这一天的早日到来，我们就加足马力干吧！"

王立压低声音在路鸣耳边说道："哥儿们，我们是一个整体，一荣俱荣，一损俱损啊！"

路鸣哈哈大笑，抓住王立的手大力地晃了晃，然后也压低声音，对王立说道："老伙计，说得好，我喜欢'哥儿们'这个词！"

辽海工业园正在轰轰烈烈地建设着，一些项目的地基已经初见规模，路鸣与王立组成的同盟，正在为工程进展神速而充满喜悦。然而，他们不知道，在辽海市一家酒店的包厢里，一个要破坏这项计划的阴谋却在秘密酝酿……

头发已经花白的孙大峰，明显地暴露出他常年暴饮暴食的丑态，身体臃肿不堪，两眼浮肿得像两个大鱼泡；脸上的皮肤呈现绛紫色，且上面长满了疥疮；鼻头通红，下巴上的赘肉已经埋住了他的脖子，嘴一动那牵引着全身的肥肉都在颤动。尽管这样，他在吃东西的时候还是毫不含糊。此刻，他正满嘴油腻地咀嚼着刚进口的大卤肉片，紧接着"吱儿"一声喝下了一杯酒。他对围坐在他身边的姚少军和吴美珩说："关于这一次的行动，你们千万给我小心点，别再做出偷鸡不成蚀把米的蠢事来！"

姚少军起身给孙大峰倒上了酒，讪笑着说："孙市长你放心，让吴秘书有意无意地假传一回圣旨，事情就妥当了，保管万无一失。"

吴美珩也很笃定地说道："爸爸，你放心吧，老家伙对我非常信任！"

孙大峰又"吱儿"喝下了一杯酒，哑着舌头说道："美珩呀，你要做得滴水不漏，千万别让人家看出什么破绽来。"

"爸爸，你就放一百个心吧，我会小心的！"

"孙市长，我们什么也不用说啦。这事儿你就交给我和美珩吧。来，我们喝酒！"姚少军弓着也有些虚胖的身体，吃力地为孙大峰和吴美珩斟满了酒。

"对，喝酒就喝酒，不可谈荆州。喝！"孙大峰一仰脖子，一杯酒下肚，在他嘴角不知是酒渍还是油渍，有一滴亮晃晃的液体，沿着肥硕的下颌慢慢地滑下去，然后完全渗入了脖子上那道深深的褶皱里。

孙大峰现在觉得把女儿嫁给吴美珩是无比正确的，如果嫁给郝祖国他肯定会后悔的。吴美珩对自己很忠心，而且他的办事能力也很强，自己提出的要求，他总是能不打任何折扣地完成。而且，吴美珩还很会掩饰自己，往往是嘴上慷慨陈词，心里却打着自己的小算盘，很像当年的自己，甚至说比当年的自己还要诡计多端。看着眼前的吴美珩和姚少军，孙大峰感觉很安心，以前自己只有一个姚少军，现在自己则凑齐了左右护法。现在，有很多事，已经不需要自己出面了，很多时候甚至都不需要自己发出指示，他们两个总是能心领神会地替自己把事儿办妥。

关于工业园项目，孙大峰是一千个一万个不希望建成的。因为那是路鸣想建设的项目，还因为郝祖国的小汽车生产厂也在工业园里轰轰烈烈地建设着。如果路鸣借此机会被弄走了，那么他孙大峰就有当上市政府一把手的可能性。如果路鸣的工业园项目建成了，别说是市长的位子了，就是未来的市委书记也极有可能是这个路鸣的，官大一级压死人啊，这不等于在自己的头顶悬一把鬼头刀吗？这还得了。同时，如果有路鸣这个刚正不阿的领导在他的上面，孙大峰必须处处小心。就连贪污点公款、收受点贿赂的时候，也是胆战心惊的，生怕被路鸣抓住了小辫子。同时，孙大峰能感觉到路鸣对自己这个在过去发迹起来的市领导班子成员的厌恶。尽管如此，在路鸣的面前，孙大峰还得收起獠牙，他还得极力地掩藏自己对路鸣的厌恶感，装作很温顺的样子，还得一个劲地夸路鸣年轻有为，还得一个劲地夸路鸣好有魄力……孙大峰觉得，有路鸣在，就好像有一座无形的大山压迫着自己，又好像有一套无形的枷锁牢牢地禁锢着自己，每时每刻都感觉浑身不自在。孙大峰心想：工业园项目既是你路鸣的机会，也是我孙大峰扳倒你的绝佳机会，你不是跃跃欲试吗？你不是踌躇满志吗？好像偌大个辽海市装不下你了似的，好，我就借着这个机会把你这块可恶的绊脚石一脚踢开，踢得远远的，让你永远不得翻身。

　　至于不希望郝祖国成功，就更是孙大峰的心事了。郝祖国与孙小明分手，虽然在某种情况下是女儿先提出来的。但是，他还是很不舒服。试想一下，当年如果不是我孙大峰把你招了工，还在暗暗地支持你，你郝祖国能有今天吗？所以，只要有我孙大峰在，你郝祖国就不能上得太快了！只有把你正在热火朝天干的项目整黄了，我孙大峰才能睡一个安稳觉。这不能怪我孙大峰，要怪就怪你自己，谁让你当初不珍惜我孙大峰的女儿呢？俗话说打狗还要看主人哩，你抛弃了我的女儿，就是对我孙大峰的大不敬……

　　上班时间，孟金川出外开会，市委书记办公室里没有人，吴美珩四下张望，发现没人后，偷偷摸摸地进到了办公室里，从一摞告状信中抽出了几封，拿到文印室复印了一份。下班后，吴美珩悄然来到邮政局，把一摞子举报信投进了大街上的信箱里……

阴谋总是在暗夜中进行

5 月的一个清晨，天边刚泛起一抹鱼肚白，正是黑暗与光明较劲的时刻，黑暗虽极不情愿，但终究会被光芒万丈的朝阳驱散。这时候，辽海市市委办公厅秘书处处长被一个紧急电话叫起了床，他接上电话后，神情逐渐变得严肃起来，他压低了声音问电话那一边的人："这是真的吗？"

"千真万确。"对方说道。

"那你能不能帮忙先给我弄出一张来？"

"没问题。"

"这些报纸什么时间能送到省委、市委？"

"按惯例，早上九点多钟就能到省委省政府、市委市政府。"

"天哪……一切都晚了。"

"对不起，我昨晚上喝高了，上班后就没有到车间去，刚起床才发现的。"

"如果昨天晚上就发现的话，我们还有回旋、操作的余地，现在可真的是年三十晚上买门神——晚了半年了。"

"对不起。"

"这不能怪你！这样，现在是早晨六点过一点儿，我马上过来，你把报纸给我送出来！"

20 分钟后，秘书处处长出现在了北方日报社大门口，急急忙忙从一个人手中接过了一张报纸就上车了。

市委书记办公室里，孟金川正在批阅文件，发现有东西没收到，就拿起电话拨通秘书室："小吴，工业园昨天的进度表怎么没有给我送来呀？"

吴美珩在电话那头说道："他们送来时你已经下班了，所以……"

"你马上送过来。"

孟金川放下了电话，又拿起了辽海工业园建设日程进度表看了一阵，伸了个懒腰："好啊！谢天谢地啊！我们工业园的基础已经基本上打好了！"

不一会儿，吴美珩把工业园日进度表送了过来。孟金川接过来马上就看："好！好极了！"

秘书处处长悄无声息地走了进来："书记……"

孟金川正在看进度表，心不在焉地问："有事？"

秘书处处长把一张报纸递了过来："您快看看，出大事了。"

孟金川猛地抬起了头："什么？"

秘书处长："这是今天的《北方日报》，工业园上头版头条了。"

孟金川扔下了手中的笔、进度表，一把抓过报纸，看到头版的题目后，颓然地倒在了椅子上："啊……"

在辽海市委书记孟金川的办公桌上，摆放着一张摊开的《北方日报》，头版头条的特大号标题——"路鸣，你究竟想把辽海带到何处去"赫然醒目。孟金川神色严肃地在报纸上凝视了许久，抬起头来，对站在一旁的秘书处处长说："小骆，你打电话给路鸣，让他马上来见我！"

"好！孟书记，我马上去。"

看着秘书处处长转身要出门去，孟金川又叫住了他："小骆，你等一下。"

秘书处处长回头有些疑惑地问："孟书记，还有什么事？"

孟金川摇摇头，站起身来，在办公桌边慢慢踱着步，问："小骆，我问你，路鸣究竟要把辽海带到何处去呢？"

"那还用问，肯定是把辽海带到繁荣昌盛的道路上去嘛！我觉得你书记手下有路鸣这样的好领导，我们辽海才有希望。"

孟金川站住，用手指点着桌上的报纸："可是有人却不这样认为啊！他们说路鸣这样做是倒退，是在搞独立王国！路鸣的手下都是一帮投机倒把犯！"

"这不污蔑人吗？他们有证据吗？他们凭什么这样说？"

孟金川深深地叹息了一声："证据他们有啊！说郝祖国等人低价把国家的钢材从国营企业买出来，再高价卖给工业园。还说什么路鸣是郝祖国的后台老板，是工业园的罪魁祸首！"

秘书处处长笑着摇了摇头："好在他们还没有说路市长是在走资本主义道路！"

孟金川猛地抬头看着秘书处处长，手指在办公桌上用力地敲着，声色俱厉地说道："对！问题就在这里！这就说明，我们的工业园没有搞错！"

虽然自己说得慷慨激昂，但孟金川却又觉得自己的话语是那么苍白无力，自己说的话，最应该听到的人是听不到的。这件事，自己这个市委书记也左右不了，他能想象出路鸣得到这个消息后会是一副怎样的表情，对于一个一心一意做实事的干部来说，这样的消息实在太残忍了！

命运多舛

这是一个静谧的午后，和煦的阳光从宽大的玻璃窗照进屋内，使整个房间变得暖暖的。窗外的草木已经开始发芽了，灰色的树干上和褐色的衰草丛中正在透出一丝丝新绿，空气中似乎弥漫着淡淡的新绿的气息。

章小凤坐在轮椅上，仔细地端详着手中的一个精致焊件，一股喜悦之情渐渐地在脸上凝聚，突然，她哈哈大笑着对站在身旁的郝设华说："设子啊，你的焊接技术越来越高超了呀！"

郝设华低头看着母亲，她的头发已然花白，身体比以前消瘦了许多，额头也有了几道深深的皱纹，眼角的鱼尾纹呈扇形向外辐射。尽管如此，母亲的精神依然矍铄，依然能看出当年风风火火的样子。郝设华蹲下身去，问章小凤："妈，你觉得我现在的技术比你当年的技术如何？"

章小凤拍了拍郝设华的肩膀，把焊件还给他："设子啊，你的技术早就已经超过你妈了！"

郝设华抚摩着手中的焊件，有些惊喜地问："妈，你说的是真的？"

"那还有假，我干吗骗你啊？你看看这活，干得多漂亮啊！老实说，我就算不躺在床上，也不一定比得上你呢！"

"妈，谢谢你！这全都是你教我的。"

章小凤呵呵笑道："谢我干什么呀？俗话说得好，老师领进门，修行靠个人，你能有今天的成就，全靠的是自己的努力，妈能教你啥啊，不就是这些笔记嘛，现在给你可能你都不会要了！"

"妈，我要！我全都要。"

章小凤打开柜门："你真想要就全部拿去吧，唉，反正我留着也没啥用了。设子啊，你可要给妈争这口气，把我这个废人不能干的活儿全都干了，把我不能完成的心愿也都完成了，我也就算没白活这一辈子了。"

看到章小凤有些感伤的样子，郝设华有些不知所措。郝设华很清楚自己的母亲是个什么样的人，她闲不住啊！现在，让她整天待在疗养院里，即便条件再好，她也没心思享受啊！她的心还在车间里，她的手也痒痒着，还想提起焊枪呢……

郝设华从柜子里捧出那些积攒了许久的一大摞日记，小心翼翼地放到床上："妈，你千万别这么说，你的这些日记可都是你的心血呀，都是宝贝啊！"

章小凤扫了一眼那些日记，幽幽地叹了口气，转而看向郝设华，上下打量了他一遍。他依然衣着朴素，穿着已经洗得发白的工作布上衣，深灰色的卡裤子，脚上还是一双洗得快要破了的白胶鞋，头发看上去似乎有时间没有理过了，虽然还不至于邋遢，但整个人看上去就是没点精神，没有一点年轻人该有的活泼样儿，不过，他也不年轻了。

在自己的几个孩子中，章小凤最放心不下的就是设华，其他几个要是心里有什么事，一定会说出来，人就是这样，有些话，找个人说出来，心里便敞亮了。设华有什么事总是憋在心里，不跟别人说，时间长了，负面情绪郁积于心，非得出大问题不可。自从遭受了上次恋爱的打击之后，设华变得更沉默寡言了，他总是用工作来麻醉自己，总是与别人保持着一定的距离，特别是和女孩子，时间长了，别人都刻意躲着他，更别提给他介绍对象了。

"设子啊，你今年多大了？"

郝设华愣了愣，不理解母亲为何要这么问："妈，我今年 30 岁了啊。"

"设子啊，你都 30 岁了啊……可不小了！你看你弟弟祖国，孩子都快上小学了，可你还是单身一人，我这心里呀，一直都不踏实，为你的事……"

"妈，是我不想找，你就别担心了。"郝设华低头整理日记，轻声对章小凤说。

"可是这样总不是回事儿呀，你总得娶个媳妇成个家吧，总这么拖着，我这个当妈的实在是……"

两人正说着话，骆子突然推开了病房门，急匆匆地闯了进来，看见章小凤和郝设华，骆子先是怔了一下，然后来到章小凤面前："小凤，你……"

章小凤一看见骆子，像是忘了刚才所说的烦心事，马上露出了会心的微笑，问道："骆子哥，你怎么啦，这么心急火燎的？有事慢慢说。"

骆子的眼中充满了疑问，他看看章小凤，又转头看看郝设华："小凤，你还不知道祖国的事吗？"

"祖国的事？我知道呀，怎么啦？"

骆子更加惊讶，看着没事人一样的章小凤："你……知道了？那你怎么还……"

章小凤推着轮椅过去拉住骆子的手："骆子哥，你先坐下，看你跑得一身都是汗，我还以为多大的事儿呢！祖国的那事儿啊，我什么都知道啦，不用你这么急着来告诉我，早就有人来跟我说过了。"

骆子略微怔了一下，似乎是松了一口气，又似乎不太乐意的样子反问道："谁啊？是谁告诉你的？我还担心你知道了会为这事儿着急呢。你看把我紧张的，原来你都知道了，你这反应还真是稀奇，难道你一点都不担心吗？祖国——你的亲生儿子出了这么大的一档子事……"

章小凤哈哈大笑："哈哈，骆子哥，我着什么急呀？是祖国他自己打电话给我说的，他只是被停职察看，又不是被撤掉了厂长职务。再说了，祖国走得正行得端，让他们查查怕什么？我相信我的儿子！另外，祖国是什么人你又不是不知道，他从小就鬼机灵，这点事还难得了他吗？"

骆子坐下听到章小凤的话后，让喘息平了下来。他点点头表示赞同："嗯，仔细想想你说得也对，祖国他决不会干坏事，而且这件事他也一定有办法解决。"

"那还怕啥？现在又不是那种随便胡搞胡整乱来的时候了，祖国的事查清楚就没事了！"

"只是很可惜，工业园大概要被停掉了。"一旁的郝设华无不惋惜地说道。

留得青山在，不怕没柴烧

路鸣家中，孟金川为了安慰这个被暂时停职的下属，亲自上门来听他发牢骚，他知道这件事对路鸣的打击有多大。一个人准备轰轰烈烈地大干一场，所有的条件几乎都已经具备了，政策、人员、资金、土地……可是因为某种原因，又不得不放弃。这就好像一个饥饿的人刚炖好了一只鸡，马上就要出锅了，肚子已经迫不及待地咕咕叫了，可突然有人把锅给掀翻了。又好像一位披挂整齐的将军，正准备催马挥刀冲入敌阵大砍大杀一番的时候，突然鸣金收兵了。这让人怎么受得了呢？

"路鸣，你不是给我讲过羚羊绝路逢生的故事吗？现在你就是面临一个大坎，只要你沉住气，跳过去，就没事了，千万不要自乱阵脚。"

路鸣少见地露出了沮丧与愤慨的表情，他垂着头，对孟金川说："孟书记，我实在是咽不下这口气啊！我们辛辛苦苦建设工业园究竟是为了什么？还不是为了辽海的发展，辽海发展了，经济搞活了，每一个辽海人都会从中受益，可为什么总是有人从中作梗呢？让我说，这些人就是见不得别人好，所以才想着法儿地搞破坏，真是可恶！"

孟金川淡淡一笑："路鸣，听好了，我觉得以前你给我讲的那个羚羊的故事非常有道理，可以说，现在你就是那只老羚羊，你暂时牺牲自己，是为了获得明天的新生！"

路鸣皱紧眉头，依然有些负气："可是孟书记，我们的工业园已经叫停了！"

说到这里，路鸣的声音竟然变得有点哽咽，鼻子一酸，眼泪差点没掉下来。一个堂堂七尺男儿，有泪当然不轻弹，但一腔似火的热情被人兜头泼了一瓢冷水，实在是委屈，实在是不甘心。明枪易躲，暗箭难防，被人暗算的滋味实在是不好受。如果知道是谁在使坏，就算赤膊上阵，也要痛痛快快地厮杀一番，那反倒痛快了，可现在是有劲没处使，有理没处说，如同一个武功高强的人被关进了闷罐中，冲也冲不破，挣也挣不脱，根本找不到施展本事的机会，只能听天由命。

孟金川摇摇头："路鸣啊，你也不要这么悲观，相信我，事情一定会有转机的。你还是年轻啊，遇事容易走极端。你好好想想，现在上面的意思仅仅是停下而已，并不是彻底取缔。"

路鸣听出了孟金川的话外之意，眼中突然一亮："孟书记，你的意思是说，工业园还有重新开工的那一天？"

"当然，社会的发展是不可逆转的，就算出现短暂的倒退现象，也只是暂时的。"

听到这个消息，路鸣脸上的阴霾一扫而光，只是眼中还多少有些忧虑，"孟书记，这么说我除了离开市政府到省政府去工作外，没有第二条路可走了？"

孟金川点头："是的。两利相衡取其大，两弊相权取其小，只要留得青山在，咱们就不怕没柴烧啊！只有暂时隐忍，我们才能成为最终的赢家。你一定要记住，人生是长跑，只有坚持到最后的人，才是胜利者。"

"孟书记……"

孟金川拍了拍路鸣的肩膀："路鸣，你什么也别说了，就先按照我说的这条路去走。你记着，不管是现在，还是将来，我孟金川永远是你和辽海工业园的支持者！"

孟金川完全了解自己的这个部下，他是那种一心一意想做点实事的干部，他想凭借自己的力量让死气沉沉的辽海市重新焕发生机。然而，很显然，光有心和意还不行，还得学会处事方式，方方面面都要照顾到，只有如此，你才能争取到各种利益群体的支持，或者说是默许。不然，只凭着一腔热血，难免就触犯了某些人的利益，难免就会有人给你下绊子，让你栽跟头，然后再躲在黑灯影里看你的笑话。路鸣啊，希望经历了这件事之后，你能变得更加成熟，辽海市还在等着你呢，你还有将来，这个舞台永远是属于你的！

续 梦

时光荏苒，日月如梭。有的人用这把梭织出了锦绣前程，有的人用这把梭织出了甜蜜温馨，而有的人却用这把梭炖出了"食之无味，弃之可惜"的"鸡肋"。

转眼之间就是十年，这是沧桑巨变的十年。这十年里，时间以不可阻挡的步伐向前迈进，将一切陈旧的、落后的事物、制度、意识统统踩在脚下，碾入泥里，远远地甩在了身后。

在这十年里，无论是这个国家还是这个国家的人民，都经历了最艰难也最漫长的黎明前长夜。俗话说，冰冻三尺非一日之寒。而改革开放也非一日之功。长期在计划经济体制下积累的深层次结构矛盾和市场经济体制之间的矛盾日益突出，企业产品市场化程度较低，市场竞争力不足；尤其是国有企业，历史包袱沉重，就业和再就业矛盾突出。

长年累积下来的沉疴痼疾面临市场经济的挑战，一起发作了。一度作为计划经济重镇的辽海，比中国许多其他城市承受着更多的成长之痛。1986 年，辽海防爆器械厂由于经营不善申请破产，成为中国企业破产的第一例，在全国引起轩然大波。然而，这只是一个开端。在当时的社会环境之下，"破产"不论对企业还是对个人来说，所带来的影响都是极其痛苦与震撼的。企业不复存在，工人下岗失业，对未来及再就业的迷茫，让人心动荡不安。而正因为如此，那些不断亏损的企业似乎也看到了照此下去自己的命运，终于开始有了危机与紧迫感。与防爆器械厂一起被申报破产的另外两家企业，在最后关头靠着职工的齐心协力、努力奋战终于扭转乾坤，获得了赦免。然而，这种似乎只是来自人类自救形式的内部改变，无法阻止更多的企业走向衰亡的命运。"破产"只是一把手术刀，在已经化脓的毒疮上划了一道口子而已。国营企业的改革，需要动的是大手术。谁将是这个手术的主刀人呢？

而就在这种迫切的局势下，省政府秘书长路鸣调任省委常委、辽海市委书记。这一项重要的任命，无论对辽海还是对路鸣来说，都是一个历史性的转折。

"同志们，中央和省委决定，由路鸣同志担任我们辽海这个省会城市的市委书记。这是我们辽海人民的福音啊！因为，路鸣同志曾经是辽海市人民政府主持经济工作的副市长。在他任职副市长期间，他倡导并实施了辽海工业园的建设工作。但是，由于种种原因，路鸣同志离开了我们辽海市，到省政府任副秘书长，后来又担任了省政府秘书长。现在，路鸣同志又回到了我们辽海市……"孟金川在市委1号会议室召开的扩大会议上的讲话，发人深省，尽管台下掌声雷动，但路鸣却心情沉重。孟金川继续着他的讲话："我认为，路鸣同志和新的市委班子目前亟须做的工作有三项：第一，深化国有企业体制改革，主要在技术进步、设备更新和解决企业下岗职工再就业问题上下功夫；第二，努力把招商引资工作推向一个新高潮，同时，恢复建设停顿了10年的工业园项目；第三，是农村改革问题……"

　　"孟书记，我一来你就给我下达了这么严格的命令，我感觉肩上的担子好重啊！"路鸣在上台讲话前，跟孟金川这样半开玩笑地发牢骚。孟金川笑着摆摆手："担子虽然很重，但我相信你一定能给省委交上一份完美的答卷。"

　　"谢谢孟书记对我一如既往的信任。"路鸣轻轻一笑，眼光深邃而明亮，与多年前他出任辽海市副市长时坐在这个主席台上的情形相比，他脸上增加的不仅是岁月的痕迹，还有经验与历练的雕琢，从他身上散发出的那股充满压迫感的气息就可以看出，他依然激情饱满而气势逼人，但却增加了更多的内敛与沉着。其实，路鸣说谢谢孟金川，别人可能都以为只是场面话，只有他自己知道，那确实是发自肺腑的，正因为当初听了这位老领导的话，选择了暂时隐忍，自己才有机会重返辽海，才有机会继续自己被迫中断了的梦想，他为有这么一位真心支持自己工作的老领导而高兴，心中的感激更是千言万语也不足以表达。

　　"让我到辽海市主持工作，我是喜忧参半。喜的是我又要和曾经在一块工作过的战友们、同志们一块儿共事了。对此，我特别高兴，也特别激动！忧的是我路鸣才疏学浅，怕担不起这么重的担子。但是，我坚信，有省委领导的支持，有我的战友们的帮助，我一定会当好这个市委书记的！刚才，孟书记已经把我们目前的工作做了一个全面的部署，不愧是我们的老领导啊！他老人家对我们辽海市的工作是太清楚了！让我们以最热烈的掌声谢谢老领导对我们的关怀和支持！"

掌声响了起来……

"我们的工作有三项：首先是国企改革，其次是招商引资和工业园的恢复建设，第三是农村改革。请省委放心，请省委领导放心，我们辽海市委、市政府一班人一定会团结一心、同舟共济，把我们近期的三件大事抓好、做好！"

所谓新官上任三把火，尽管路鸣已经算不得是什么"新官"了，但他重回辽海，出任市委书记之后，就在辽海立刻烧了不止三把大火。首先就是大刀阔斧地进行国企体制改革。党的十四届三中全会通过了《中共中央关于建立社会主义市场经济体制若干问题的决定》，明确指出，中国国有企业改革的方向是建立适应市场经济要求的"产权清晰、权责明确、政企分开、管理科学"的现代企业制度。路鸣的第一把火，就是拽出辽海的第一批国有企业进行公司制改造，由此将辽海的国企改革推进到了现代企业制度建设阶段。

郝祖国的辽海汽车制造厂成了第一批被改制的企业。辽海汽车制造厂改名辽海汽车制造有限责任公司，郝祖国的厂长一职也改为公司董事长兼总经理，他对这一改变并没有多大的吃惊，因为他现在更关心的是在重新开建的工业园里的投资项目。由于10年前的突然叫停，导致他所有的努力白费，尽管后来自己的厂长职务得到了恢复，但在工业园里的项目却一直被搁浅，资金已经全部投了进去，但却无法使之产生效益，他的雄心壮志也一直被强行压抑着，日积月累，能量越来越大，就好像一个能量巨大的火药库。路鸣重回辽海就好像是一根导火线，一下子把这个火药库点燃了。

郝祖国率先找到路鸣办公的地方，那是孟金川以前的办公室，郝祖国见到路鸣，开门见山地就问："路书记，我来找您，您应该不会感到意外吧？"

"我怎么会意外呢！我知道你一定会来，我一直在等你，看你能憋到什么时候。"路鸣笑着起身为郝祖国沏茶，然后，一起坐到沙发上，"这么些年了，你还是一点都没变，还是沉不住气啊！"

"路书记，你这话可是冤枉我了，我已经等到现在才来找您，算是很能沉得住气了。"

"是吗？那你为什么要等到现在才来找我？"路鸣笑着问。

"还不是您要我们工厂搞公司制改革，我不先把自己那边的事整完，怎么来见你啊？"郝祖国似有些抱怨地说道。

"怎么，对我的这次改制有意见？"

"没意见，我绝对举双手赞同！民间都说这是您上任之后的第一把火，这把火烧得太及时太正确了！去年中央的会议刚开完，我就在寻思，辽海的国企改革该大动了，果不其然，您就回来了，改革的这把大旗还是得路书记您来扛啊。还跟以前一样，只要您指到哪儿，我们就跟着您打到哪儿！"

"祖国，你的口才可真是越来越好了。说吧，今天来找我有什么目的，不用你这么吹捧我，拍我的马屁，只要是关于你们辽海汽车制造厂的事，我一定帮你解决！"

"路书记，现在已经不再是辽海汽车制造厂啦，应该是辽海汽车制造有限责任公司啦。"郝祖国纠正路鸣的叫法。

"哟，你看你看，这么快我就忘了，对了，现在是辽海汽车制造有限责任公司了，你也不再是厂长，而是总经理了。郝总经理啊，有什么事，尽管开口吧。你我哥俩就不用客气啦。"

"好，路书记，我就把我今天来的目的说了吧，没别的事，就是我们在工业园的投资项目，被搁浅了这么长时间，这造成的直接经济损失我就不计较了，但是现在您回来了，我来问问您，工业园项目要怎么办？"

路鸣听了，哈哈大笑："祖国啊，我就知道你是为这事来的，正好，我也想问你呢，工业园的项目市上已经决定恢复建设，而且已经由国务院批准为国家级开发区，实行与沿海开放城市经济技术开发区同等的优惠政策。在这样的大好形势下，你们公司有什么打算？"

听到这个消息，郝祖国非常惊讶："路书记，别告诉我您不在辽海工作的这段时间，您没有在遥控着工业园区的操作哦。"

"哈，祖国，算你猜对了。"路鸣又是哈哈大笑，"在省政府工作的这些年里，我可没有闲着，一直在积极筹划。当然，遥控还算不上，但是我当初走的时候留有伏兵。你想想，我怎么可能真正放弃工业园的建设呢？那可是承载我梦想的摇篮啊！"

"我知道您的伏兵是谁。是现任的王立市长对不对？其实工业园在他的极力推动下，还是有动作。只不过是搞成了地下活动。动得神不知鬼不觉。您看看，这不，连国务院的特许证都办好了，如果有了和沿海开放城市一样的优惠政策，我们在工业园里就能自由发挥了。这就如同骏马插上了翅膀，无论高山深涧，还是妖魔鬼怪，都挡不住我们前进的步伐了。"

"你说得没错。现在可以说是万事俱备，只欠东风。祖国啊，你有什么大动作没有？"

郝祖国一摊手："路书记，您应该知道的，我们当初贷来的资金全都用在工业园的项目上了，好在当时银行没有给我们放全款，不然的话，那损失可就更大了。现在，我们已经和银行方面取得了联系，他们说，如果我们有好的项目，可以立即给我们贷款，提供充足的资金。"

"那太好了，既然工业园开始恢复建设，你们的项目也继续跟上吧。至于资金问题，我们一起想办法解决。毕竟，这也都是领导决策带来的后果，我们会负一部分责任。但是我也不瞒你说，市里要面对的可不是只有你们一家企业，还有更多的企业有更多亟须解决的问题，这钱啊，现在也是个大问题。你们先从银行方面着手，然后也不妨考虑一下招商引资的办法，你看怎么样？"

"招商引资？"

"对，引进外资，包括项目、技术和人才，灵活机动，这对于你们来说，可是个好机会呀。"

"这的确是个好办法。路书记，看来我今天来找您果然是对了。"

"哈哈，祖国，你果然聪明有头脑，能够举一反三，和你说话一点都不累，马上就能领会我的意思。好啊！我的这第二把火马上就要烧开了，你就来当我的先锋司令，打这头一炮吧，你可一定要把这一炮打响啊！"

"您的第二把火？莫非就是……"

"没错，就是招商引资，为了解决国营企业改制中出现的资金不足问题，还有改善就业与再就业的窘况，市里决定加大招商引资的力度，不惜一切代价，为企业引来资金及开发项目，而工业园就是招商引资的根据地，为辽海引来凤凰的梧桐树，所以，我要让这棵梧桐树长得更茂盛、更具吸引力。"

"路书记，这下您的担子比10年前可是重多了。"郝祖国有些感慨地说。

"这也是不可避免的问题。在辽海的大大小小国企几百家，尤其是集中在城西区的装备制造业，很多都出现设备老化、体制僵化、职工庞大化的问题，这些创造了共和国工业史上数百个第一的'老大哥'们，曾经是辽海的骄傲和资本，而今却成了辽海最沉重的负担。而辽海这座共和国一手创建起来的工业基地，现在也失去了曾经的荣耀与光芒，被大量亏损企业的重担压迫得愁云满面、步履维艰。我们要改变这个现状，就得面对这个现实。痛苦是难免的，但我相信，在不久的将来，辽海一定会重新找回她的光辉，成为共和国一颗璀璨的明星。"路鸣用低沉而充满忧思的声音缓缓地说着，深邃的目光看向窗外，而窗外面对的正是城西区那片烟雾蔽日、轰鸣如雷的大地。

"路书记，我相信您一定能做到。"郝祖国看着路鸣的背影，深深为这位共产党优秀干部忧国忧民的伟大情操而感动，也为辽海有了这么一位有责任心又有魄力的市委书记倍感欣慰，跟着这样的领导干事业有奔头！

其实，在倏然而逝的10年中，坚韧的郝祖国一直没有放弃在工业园大干一场的念头，当年的打击虽然大，但还不足以把他打倒。在这些年中，他一直在通过各种途径关注着上面的动向。这次，他早得到了上面要进一步开放搞活的信息，只是他还是有点担忧，毕竟在现在的市委领导里面，除了一个王立，其他人他根本搭不上话，就算是要放开搞活，也不一定能轮到自己。当得知路鸣要回辽海市主持工作的消息后，他一下子就把悬着的心放回了肚里，他心想，这下好了，自己终于又有了主心骨了，自己终于又可以在路鸣的指引下甩开膀子干事业了。

"祖国啊，要做到这一点不能靠你我几个人，而是要靠大家一起的努力。乐观积极的态度我们要，但认清现实冷静的态度我们也要。这是一个长期而持续的阵痛，但是祖国你不用担心，你面前的道路是光明的、广阔的，你尽管给我往前冲，带好这个头，为我开辟出一条崭新的道路。出了问题，我会和你一起想办法解决。"路鸣回过头来，诚恳地对郝祖国说道。

"好！路书记，我一定做好您的开路先锋，做出个样子来，给别人看看。"

路鸣用力地拍了拍郝祖国的肩膀说："好，这么多年了，你的本质一点都没有变，你还是那个永远充满了干劲的郝祖国，我这次回来算是回来对了！"

出了路鸣的办公室，走在街上，郝祖国顿觉心情畅快，路边的绿树似乎在向他点头微笑，树上的鸟儿也似乎叫得特别欢快，似乎连空气都是甜的。他忍不住想大声呼喊，是啊，为什么不呼喊呢？被压抑了这么久，是该好好振奋一下了。郝祖国仰起头，冲着深邃的蔚蓝天空高声呼喊，就像一只对月嚎叫的头狼，又像一只狂吼着冲下山的猛虎，他要把这10年的郁闷统统释放出去，然后全力以赴地重新踏上征程，开始人生新的冲刺。街上的行人都用异样的眼光看着郝祖国，有人指指点点地说："这人不是疯了吧！"也有人猜测："准是受什么刺激了。"对此，郝祖国丝毫不以为意，自己被久久压抑的心情又有几个人能懂呢？

双喜临门

　　辽海工人疗养院的花园里，鲜花怒放，蜂蝶翩跹，新月形的人工湖里，睡莲绿油油的叶子刚刚浮上水面。清澈见底的人工湖里放养着许许多多的锦鲤，今天天气特别好，鱼儿似乎也变得特别活泼，时不时地在水面上冒个泡，或者撒欢般地摇一摇尾巴，制造出点响动，不甘寂寞地宣示着自己的存在。远处的小亭子里，有一位老人正在悠扬地拉着胡琴。郝一湖正推着章小凤在人工湖边散步，章小凤看着远处拉胡琴的老人说："他每天都在那里拉呀拉的，好像还很陶醉，可我听着一点都不好听，哪有骆子哥的笛子吹得好听啊！"还真是说曹操曹操就到，章小凤话音未落，骆子就突然出现在了视线中。他手中扬着一封信，一路小跑着奔了过来，远远地就激动不已地喊着："小凤！一湖！大好消息啊！"

　　"哎，一把年纪的人了，还跑这么急。"章小凤忍不住说道。郝一湖和章小凤，头发都已经白了，骆子的头发更是像长白山的山顶一样，白得雪亮雪亮的。不过他跑起来的身段却相当轻盈，头顶白发还因此飞了起来，像是白蛾子的翅膀在一张一合地扑扇一样。等他跑到跟前，章小凤已经呵呵地笑个不停了："骆子哥，你啊，我就知道你一来肯定有好消息。快说，到底是什么好消息，让你乐成这个样子？"

　　骆子晃着手中的信："立京和慧思来信了，他们说找到大哥黑一海了！"

　　章小凤一听，连忙伸出手去夺骆子手中的信："真的？快把信给我，让我看看我孙子、孙女的信！他们还真的在日本找到黑一海大哥啦？哎哟哟，人海茫茫的，这可真是不容易……"

　　骆子把信从信封里取出来，交给章小凤，章小凤两手颤抖着，几乎抓不住信纸，情绪激动得连嘴唇也在颤抖："黑……黑一海大哥他……他……"

　　骆子帮章小凤把信纸拿稳，然后轻声地纠正道："黑一海大哥他现在人在德国。"

　　章小凤又惊讶得合不拢嘴："哎？不是说他在日本吗？好好的，怎么又跑到德国去了？这有文化的人就是不一样，可以满世界到处转。"

郝一湖啧啧直叹息："是啊，他怎么到德国了呢，那可离得老远了吧？"

骆子微微一笑，指着章小凤手中的信说道："到底是怎么回事，你们看信就知道了。"

信是郝祖国的儿子郝立京写的，他和郝建华的女儿郝慧思一起从大学毕业，又一起到日本留学，学习机械与动力。由于他们去的是日本，章小凤就把寻找黑一海这件事托付给了他们，没想到人海茫茫，还真让他们找到了。

爷爷奶奶：

你们好！我爸爸妈妈，还有我大伯、二伯他们都好吧？

爷爷奶奶，我和慧思在日本的学业已经结束了，现在正准备到德国我黑一海爷爷的汽车研究所里去实习。

我黑一海爷爷可牛了！他现在是德国汽车工程师协会（国际）发动机分会副主席，德国能源部汽车技术工业界顾问，也是国际发动机学会、德国机械工程师协会、日本汽车工程学会会员。去年，国际汽车工程师协会（SAE）将 Forest R. McFarland 奖授予了他，以奖励他对该学会发展所做出的杰出贡献。紧接着，他又被德国工程院选为德国 30 位最杰出的工程师之一。

我黑一海爷爷刚到日本时，在我敦村惠子奶奶家的汽车公司研发中心工作，他是后来才到德国发展的，因为德国的汽车制造业在国际上是顶尖的。他这个人呀，脾气跟我奶奶有点像，只要是认准的事儿，就是用汽车拉他也拉不回来。他在日本时，主要研发汽车发动机，工作忙得很，但业余时间还继续学习日本的现代企业管理制度。到了德国后，他就专门研究起汽车发动机了。

爷爷奶奶，找到黑一海爷爷可真不容易啊。我和慧思是根据敦村惠子奶奶的姓去寻找线索的。我们只能在假日休息时间去查找，还通过一些日本战后援助组织的帮助，最后找到了敦村家族，才知道他们家原来是开汽车公司的，然后才打听到黑一海爷爷的消息，原来他已经在几年前去了德国，并留在了那里。我们通过敦村家的人联系上了黑一海爷爷，他知道我们的事后，就让我们毕业后到他在德国的公司去进修。这下正好，我和慧思正有意去德国深造，期望在那个汽车王国里学习到更多的东西……

爷爷奶奶，你们放心，我和慧思一定想办法把黑一海爷爷带回家去。我们将不遗余力地劝说黑一海爷爷回到中国。相信，在不久的将来，我们大家就能够团聚了！

骆子无限感慨地说："黑一海大哥他真是太厉害了。当初他秘密去日本的时候，我疯疯癫癫的，什么也不知道，只记得临走时他还来看我，跟我说了很多话。唉，那时他一定很难过，想要找个人倾诉，可我却是一个废人，什么都帮不上他……"

"骆子哥，那能怪你吗？"章小凤说道。

"是啊，谁都怪不了啊。"郝一湖说着，叹了口气。

"大哥他一定受了很多苦，到日本去了以后，也不知道他是怎么生活的，身在异国他乡肯定不容易……唉，不说了，只要知道他现在很好就好了。大哥这个人啊，比我坚强多了。我真是很愧对他啊。"

"骆子哥，你也不差啊，你现在可是辽海的大明星啦，人们挤破头去听你说快板，用现在的话说，你就是民间艺术家。"章小凤有些幽怨地说道，"你比我可要强多了，我才是个大废人哩！"

"小凤……"

"哎呀，你们两个就别在这里抱怨自个儿了，大哥有消息了，应该高兴才是嘛！"郝一湖温和地笑道。

"啊！对！哈哈，说起这个黑一海大哥啊，当年出国以前就是个工作狂，整天研究什么日本的现代企业管理。现在怎么造起汽车来了？他也真是的，这么多年了，怎么也不跟我们联系一下！我们连他是死是活都不知道，还有建华，都已经人到中年了，到现在都没见过他的亲爹一面呢。"

正所谓好事成双，这天下午，正在上班的郝设华突然收到了一封来自南朝鲜的信，同车间的一位师兄很好奇地问："真没想到啊，设子，朋友都交到外国去了，你啥时候认识的这位南朝鲜朋友啊？"

"不是朋友，这是我姐的信。"郝设华说道，并顺便更正了师兄的说法，"也不是南朝鲜，现在是韩国。"

1992 年 8 月 24 日，中国政府与韩国政府正式建立了大使级外交关系，结束了两国长期互不承认和相互隔绝的历史，国家之间的称谓也随之改变，所有的公开言论中，过去的"南朝鲜"都更名为现在的"韩国"。

得知这一消息后，郝设华和郝祖国就开始想办法和一去杳无音信的郝亭花取得了联系。很快，这条拉了十多年的亲情长线就接上了。这十来年里，郝亭花将思亲之情深埋于心，努力地适应着另一个崭新的环境、另一种崭新的生活，虽然因为政治原因，两国之间消息十分闭塞，但她还是在想办法通过一些曲折的方式将她的思念传递回来，努力地让那条线不断掉。两国建立邦交后，以前偷偷摸摸的行为而今可以光明正大地进行了，但依然没有明朗化，郝亭花至今还没给这边的家人写过一封正式的家书。因为之前已经通过一次电话了，所以郝设华在拿到信时并没有太多的惊讶，但是那种喜悦的心情却是难以抑制的。

"你姐？你姐是啥时候跑到南朝鲜……哦，不，跑去韩国的？"

郝设华顾不上给师兄解释这其中的缘由，他连忙找来剪刀，小心翼翼地剪开信的封口，在取出信的时候，由于太过紧张，手都在轻轻地颤抖。这封信果然是郝亭花写来的。郝设华想，要是妈看到了这封信，一定会非常高兴的。于是，下了班后，郝设华就连忙赶到了疗养院，把信交到章小凤的手上。章小凤果然很高兴，喜极而泣，泪流满面，一边读信一边哭，谁都劝不住。

亲爱的爸爸妈妈，骆子叔叔，还有大哥、大嫂和两位弟弟以及弟媳妇：

你们好！

离开你们已经很多年了。我虽然没有和你们联系，但是，我的心中始终都有你们的影子。我在辽海的日子里，爸爸妈妈和哥哥弟弟都非常爱我，我健康、快乐地长大了！可以这么说，我在这个家庭里是非常特殊的一员。我们虽然没有半点的血缘关系，但我们却是真正的亲人，无论人在哪里，心里都会牵挂着对方，我们的心是始终连在一起的。

我为什么到今天才给你们写信呢？这里面有个原因。我刚到这里的时候，总想着把事业做好了，再给你们写信。可是，这么多年过去了，我也发奋地努力过，但是，我的事业却始终没有多少进展。所以，也就不好意思给你们写信。现在好了，我叔叔见我靠自己的努力已经过上了不错的生活，具备一定的能力了，就把我们家族的公司交给了我。爸爸、妈妈、哥哥、弟弟，我现在已经是韩国崔氏集团的董事长了……

"你们看、你们看，我女儿已经是大公司的董事长了！"

郝设华点点头："妈，崔氏集团可是当今韩国最大的几个财团之一，姐真了不起。"

骆子也说道："亭花从小就特别有主意，她有那个能耐，当上董事长一点也不奇怪。"

"这下好了，我们一家人总算是全乎了。"

章小凤用手巾沾了沾眼睛，把泪痕擦掉："唉，这个亭花也是，只打过几次电话给祖国，从来都没写过信，我还以为她把我们都忘了呢……"

"她也有她的难处，你就别计较了。反正现在都有消息了，你就可劲儿地高兴吧。"郝一湖说完，咧嘴嘿嘿地笑了起来。他是由衷地高兴，眼中也含着幸福的泪光。

"为了庆贺今天接连的两大喜事，我们要不要庆贺一下？"骆子问道。

"要！当然要！把祖国两口子叫来，设华，咱回家去，我们先小聚一下，等大家回来，人都齐了，再大聚一次！"

"好的，妈。"郝设华看着母亲高兴的样子，也难得地露出了笑容。

在这个世界上，有两种人：一种人把什么都摆在表面，一种人把什么都藏在内心，显然，郝设华属于后一种。越是沉默寡言的人越是恋旧，他们希望从小到大生活环境都不要变，他们希望所有的亲人都能一直陪在他的身边。如果环境变了，他们就会很不适应，在很长一段时间内都会生活在对过往的回忆里。如果有亲人生离死别了，睹物思人，每一件与之有关的物品都会勾起他们深深的怀念。虽然分别这么多年了，但姐姐郝亭花还是时常出现在郝设华的梦里，那场绵绵的细雨，那个湿漉漉的车站，一切都是那么的清晰，似乎伸手就可以触及，似乎姐姐依然在不停地冲他摆手。现在，离团聚的日子终于不远了，生活终于又可以圆满了，郝设华从心里往外地感到高兴，当然，这种高兴只有他自己知道，别人很难看出。

追 梦

20 世纪最后的一年里，人们都希望能够以全新的面貌迈入新世纪，对即将面临的新世纪怀着别样的憧憬。无论是大到世界还是小到辽海这个城市，都感受到了世纪转换的冲击。全世界的华人们，以各种不同的方式与过去告别，庆祝新千年的到来。

经过多年的大规模建设，辽海工业园已经今非昔比了。整个园区占地逾 80 平方公里，从辽海母城西南方向向外延伸扩展，呈一个窄型 S 状。四条交叉主干道横贯东西南北，然后是三条环区公路，使整个园区四通八达。

这一天，天特别蓝，风特别柔，树特别绿，阳光特别温暖，小鸟儿叫得也特别欢畅，四处弥漫着诗情画意。市委书记路鸣偕同市长王立一起到工业园视察，王立望着工业园的鸟瞰图，发出了由衷的感叹："天哪，这就是我们的杰作吗？这不亚于建设了一个新城区哩。如果工业园区有一半的企业开工，我们辽海市就真的要腾飞了。"

"王市长，你算是说对了，我们就是要在这里建一个全新的辽海。我们将陆续把城区的装备制造企业全都搬迁到这里，城区留作商业及服务区。我们要在这个工业园区里，凭借国家级经济技术开发区的政策优势、体制优势和环境优势，坚持'以现代装备工业为主，吸引外资，拓展出口，致力于发展高新技术产业'的国家级开发区办区宗旨，围绕建设中国现代制造业中心的目标，全面实施工业立区战略，引进项目、利用外资、发展外向型经济，从而促进国有大中型企业改造、加速老工业基地产业升级，等自身建设完成后，我就要把这里打造成为中国发展先进制造业的新高地，使之成为具有国际竞争力的装备制造业聚集区。而我的最终梦想，就是把辽海工业园建设成为中国现代装备工业之都。"路鸣在工业园区的模型上空挥手一指，他的发展方向是在工业园之外，是在更加遥远的东方。

王立崇敬地看着路鸣，微微一笑："我的路书记啊，如果要建成一个现代装备业之都，只是这点规模恐怕不够吧？"

路鸣欣慰地点点头："呵呵，知我者莫若王立也！这里只是一个出发点。不用着急，慢慢来，我们的发展空间还很大。"

"路书记，我发现你有些变了。"

"哦，哪里变了？"

"你也会说'慢慢来'这样的话了，以前你可不是这样，总是一副时不我待的样子，好像要把所有的事情在一天内干完。"

路鸣听了王立的话哈哈大笑："哈哈，你说得一点没错，我是变了，因为我知道，改革之路是曲折而漫长的，以往的经验与教训告诉我们，欲速则不达，现在我不着急了，一步一步来，步步为营，稳扎稳打，掌握了科学的方法，少走弯路，才能更快取得胜利。"

王立由衷地对路鸣说道："你让我更加佩服了。"

"老兄啊，你不用对我恭维，不管采用什么方法，少了你，我们这个工业园区的梦想就完不成啊！"

两人正说着，郝祖国从外面进来了，他是听说路鸣在此，专门赶过来的。

"路书记，王市长，好久不见了，你们好啊！"

"是郝总经理呀，果然好久不见，你怎么发福啦？"王立打趣地说道。而今已步入不惑之年的郝祖国看上去的确有些微发福，原本棱角分明的脸上堆积了不少的脂肪，变得圆润了许多，尽管如此，却丝毫不影响他的魁伟和从青年时代就长成的那股气势。现在，他身上已经少去了过去那种咄咄逼人的锋芒，或者说他已经将他的刀收入了鞘中，将自己的锋芒隐而不露，内敛且练达。

"不会吧？王市长，我还很年轻啊，不到发福的年纪。"郝祖国轻松地说笑着，并和路鸣及王立一一握了手，"路市长，来这里视察的结果怎么样？"

"我们正在谈呢，路市长要把我们的工业园建成中国的现代装备业之都，这个梦想是不是很伟大？"

"真的吗？路书记，中国现代装备业之都，那家伙，恐怕这点地方不够用吧？"郝祖国扫了一眼那片铺在地上的工业园模型，笑着说道。

"路书记，你没看错人啊，这郝总经理果然是个人物，一眼就发现了问题所在。"王立啧啧赞叹。

"到底怎么回事？"郝祖国有些不解地看向路鸣。路鸣呵呵一笑："你刚才这句话，王市长刚刚问过我了，你们真是英雄所见略同啊！这地方当然不够，我们要将工业园继续向东拓展，一直延伸到大海边。"

"哦！我明白了。"郝祖国恍然大悟，向路鸣竖起大拇指，"这就是你'面向大海求发展'的伟大思路。"

"别净说门面话，今天你来找我们一定有事吧？"路鸣摇摇手，走到另一边的接待室里，王立和郝祖国都跟过去，一起在沙发上坐了下来。

"我是来向领导汇报工作的。"郝祖国将手中的文件袋递给路鸣，路鸣打开来仔细浏览。

王立问郝祖国："郝总经理，你们前些年搞的那个小汽车研发项目怎么样了？"

"除了发动机之外，我们的小汽车已经基本上成功了。上小汽车项目，好是好，但仍然存在资金问题。同时，发动机依然是我们的劣势，我们得购买外国的汽车发动机，就这一项，我们利润的百分之五十都交给外国的发动机制造商了。"

路鸣放下手中的资料，深深地点了点头说："是啊，我们汽车制造厂如果不走发动机自主研发的路子，不掌握汽车制造的核心技术，那就是死路一条啊！"

"哎！郝总经理，你们过去不是探讨过和日本汽车公司合资的事情吗？我看我们可以先合资，再自主，你看怎么样？"王立问道。

"如果资金问题能够解决，我们就有了自主研发发动机的大好机会。"

"如果我们能走通发动机自主研发的路子，那么，我们就能够生产真正意义上的中国汽车了。"路鸣在郝祖国之后补充说道。

"路书记，你说得没错。这样一来，我当初在你面前夸下的海口也就能够得以实现了。"

"可是，郝总经理，自主研发发动机不光是资金问题吧，技术问题你怎么解决？你有这方面的人才吗？目前在国内还没办法找到这方面的专家吧？而且日本人也不可能会为我们提供这方面的人才吧？到头来还不是要与他们合作，买他们的发动机。这是日本人一向使用的伎俩，他们是不会把核心技术透露给我们的。祖国，你可得慎重考虑啊！"

郝祖国胸有成竹地笑了笑："路书记，这方面的问题我已经考虑过了，并且已经有了解决之道。你还记得我还有个大伯在日本的事情吗？"

路鸣微眯起眼睛，似乎在追忆："我父亲曾经多次跟我说起过他的事，他好像叫黑一海，是一个曾经在日本留过学、精通现代企业管理的专家。他和我父亲的年龄差不多，现在应该有 70 多岁了吧？"

"今年刚好 75 岁，不过从寄回来的照片上看，老人家看起来精神矍铄，还非常有活力。"

"怎么，他有办法帮助我们引进汽车发动机人才吗？"

"路市长，比这还要好，他本身就是世界最顶尖的发动机人才啊！他现在已经是德国最有权威的汽车制造专家了，而德国又是汽车制造大国，宝马、奔驰、奥迪、桑塔纳，这些响当当的汽车品牌，不都是德国的吗？身为汽车王国的专家，可以说他在这个领域绝对是世界一流。"

路鸣瞪大了眼睛，大为惊喜，迫不及待地催促郝祖国赶紧继续说下去："真的？这可真是太好了，快把他的详细情况告诉我。"

郝祖国将自己的儿子郝立京这些年在黑一海所在的汽车公司研究所实习的情况告诉了路鸣。从郝立京最近写回来的信看，他在德国的实习已近尾声，在他和郝慧思软磨硬泡坚持不懈地劝说下，黑一海似乎已经有了回国的打算，按照中国的传统，叶落终究要归根，而且，这位大半生漂泊海外的游子，一直念念不忘的就是要造出中国自己的汽车来。

"太好了，真是太好了！祖国，你今天可算是给我们带来了一个好得不能再好的好消息。这样的人才我们怎么还能放着不用，由他在海外漂泊呢？祖国同志，不管用什么方法，我们都一定要把你的大伯请回辽海来，他晚回来一天，就是我们的巨大损失啊！"路鸣激动地从座位上站了起来，在屋里来回地踱了几圈之后，他猛地一挥手，斩钉截铁地对郝祖国说："祖国，这样吧，你赶快通知你大哥郝建华，让他准备一下，我们马上飞往德国！"

王立问："路书记，你这是打算亲自去请老先生回来？"

路鸣在空中挥舞了一下拳头，说出来的话掷地有声："是的，我要亲自去德国，一是请老人家回来，制造我们中国人自己的汽车；二是到德国招商引资，把我们辽海的开放姿态带到这个汽车王国去。我们要向世界宣告，中国汽车工业从辽海起步的日子不远了！"

"太好了！路书记，你放心地去德国吧，我坐镇辽海，继续督促工业园的建设。"

路鸣摇摇头："不！王市长，这次你跟我们一起去！"

"一起去？"

"是的。我马上向省委汇报，我代表省委、省政府前往，你代表市委、市政府前往，祖国和建华就代表你们的家族，祖国同时还代表着辽海汽车制造有限公司，我们三方代表一起向老人家发出邀请。我们要让老人家充分认识到我们的诚意，让老人家真真切切地看到，祖国已经旧貌换新颜了。现在的祖国是一个崭新的广阔的舞台，就等着他老人家来唱一出大戏了！"

　　"哈哈，这样大的排场，这样的情真意切，看来老人家除了回归祖国，没有第二条路可走！"

　　"王市长，你说错了。虽然我们求贤若渴，希望能够万无一失地请到这位汽车专家，但我们此行的意义并非仅此而已。这个排场是非常必要的，我这样做的目的不仅仅是让老人家知道我们改革开放的决心，还要让德国乃至世界知道，我们中国有一个辽海，我们辽海人坚持以经济建设为中心、坚持改革开放和四项基本原则的决心不动摇！"

遥远的黑一海大哥

路鸣匆匆回到市里，就到了省委。从省委回来后，他正准备批阅文件的时候，章小凤却突然来访了。

一进路鸣的办公室，章小凤就拍着轮椅扶手说："路书记，请你批准我出院。"

路鸣感觉有点意外，马上走到了章小凤跟前："大妈，这是怎么回事呀？"见章小凤气鼓鼓的，没有说话，路鸣就看站在章小凤身后的骆子，骆子摇摇头，"路书记甭看我，这不是我的主意。她今天突然说不住疗养院了，我说你想出院得请市里批准，这不，她就找到你这儿来了。"

"路书记，我的身体已经好了。"章小凤激动地说道，"我如果继续住在那里，实际上就是白白地浪费国家的钱……路书记，请你批准我出院在家里养病吧，在哪儿养还不是一个养啊，在家里我还更自在些。"章小凤的声音又高又亮，骆子连忙低声提醒她小声点，这里是市委办公机关。

路鸣把轮椅从骆子手中接了过来，俯下身对章小凤说："大妈，我知道您闲不住，您的心情我完全理解。"

"你看看，我说嘛，路书记一定会让我出院的！"

路鸣又继续说道："大妈，我不但不能让您老人家出院，而且，我们还要让您住进更高档的地方去。"

章小凤一听，眼睛立马瞪得大大的，一时间不能理解路鸣这句话的意思："路书记，你这是啥意思啊？"

"市委、市政府已经决定，市里要拨付资金建设工人新村和劳模之家呢。"

章小凤并不听路鸣的解释，使劲地摇着头："路书记，你可千万别再让我到什么疗养院去了，我已经给国家添了这么大的麻烦了！再说，我的病已经好了。"

"大妈，您说您的病已经好了可不能算数，得医生说了才算。"

章小凤哼了一声，鼓着腮帮子说道："路书记，你放心吧，我自己的身体我自己知道。"

"那好，大妈我问您，您能站起来吗？您的手能提起焊枪吗？"

"这……"

"大妈，我可是您老人家亲亲的侄子啊！您说对不对？"

"对呀！我和你爸妈那都是几十年的交情了！"

"对嘛，大妈，您老就支持一下我的工作。您哪，就先在疗养院再坚持一段时间，等市里在大海边的劳模之家建起来了，您老人家和全家人都搬过去。"

"路书记……"

"大妈，您老人家什么也不用说啦！过去我们之所以给你们的承诺对不了现，是因为我们的条件有限。现在好了，我们的经济状况好了，有条件了。我们不仅给我们辽海的功臣们建劳模之家，而且还要投资建设工人新村，让全市所有无房住的产业工人，包括下岗工人，全都住进新房子里去。"

这时秘书敲门进来了："路书记，上机场的时间到了。"

"好的，我马上出发。"

章小凤看到路鸣还有事，并且还很急的样子，之前鼓起的那股劲儿也就消下去了，她有些犹豫地对路鸣说："路书记，我还是想搬回家去住。"

"大妈，您看，我这就要去机场赶飞机，我可是要去德国请黑一海老先生回国。您也希望一家人能够尽快团圆吧？这样好不好，等我回来后咱们再谈你回家的事，怎么样？"

闻听这个天大的喜讯，章小凤眼睛一亮："敢情你这是要到德国去接黑一海大哥啊，为什么不早说？太好了！那我就不打扰你了，今天我就先听你的，还回疗养院！"

"大妈，谢谢您支持我的工作，我安排车送你们回去。"

"路书记，不用了，你赶紧忙你的。路又不远，我们就自己回去吧。"

路鸣推着章小凤一起下了楼。后者看着路鸣上了车，就向他挥挥手："路书记，一定把黑一海大哥带回来啊，我先谢谢你了。"

"大妈，您放心吧！"

"祝你们一路平安！"

目送路鸣的车走远，章小凤的兴奋劲儿还没过去，回忆着过往的一幕幕，当年自己错把一海大哥当成"日本鬼子"，差点把一海大哥打成残疾，恐怕现在他的腿上还留着疤呢。但是他们不打不相识。后来章小凤才知道黑一海不但是中国人，而且是有远大抱负的中国人。那之后，章小凤就特别尊重那位有着大学问的大哥。如今，自己已经把大哥的儿子建华培养成人了，但是大哥却黄鹤一去不复返。现在，是该让大哥回来看看的时候了，现在国家已经发生了翻天覆地的变化，大哥回来也可以一展身手了。

骆子推着轮椅缓缓上路，走着走着，章小凤又说起了出院的事情。骆子叹了口气说："小凤啊，你就听话吧！"

"骆子哥呀，我不能老是占国家的便宜啊！"

"看你说的，你一个人干完了三个人的活儿，你是国家的功臣，国家应该养着你啊！"

"话是这么说，可是，我总觉着这样对不住国家呀！好像我当初拼命工作就是为了住疗养院似的。"

"小凤，别说了，一湖还在等我们呢，回去迟了，他会着急。"

"好吧，我们回去，骆子哥……"

黄昏，又大又圆的夕阳挂在了西山头上，就像一个大红灯笼一样，它用尽自己最后的一点力气，懒洋洋地照射着世间万物。迎着夕阳，骆子推着章小凤缓缓地往家走，橘红色的阳光洒在了他们身上，然后再投射出去，好似是从童话世界走出来的一般。夕阳把骆子和章小凤的影子拉得很长很长，如同骆子现在的思绪。

骆子又回想起了他和章小凤、黑一海在辽海制造厂的日子，那时他们还年轻。章小凤整天都是风风火火的，黑一海大哥是满腹的抱负，自己也充满着青春活力。眨眼之间，三个人都已经成了古稀老人，正如同此时此刻的夕阳，虽然看上去分外红艳，但却已经没有太多的能量了，马上就要被西边的大山吞噬了。骆子看着坐在轮椅上正在打盹的章小凤，心想，自己虽然没有和小凤走到一起，但这么多年，自己也从未离开过她。看着她和郝一湖夫妻恩爱，看着她渐渐儿孙满堂，他也在心里替她高兴。只要小凤幸福，自己就是快乐的。虽然自己没有子女，但是小凤的子女也一直拿自己当长辈，各方面照顾得也都很周到，自己还能有什么奢求呢？而且，自己也是有事业的，茶馆的舞台虽小，但带给他的快乐却是无限的。每天，站在那个专属于自己的舞台上，自己的心情就会无比舒畅，浑身都充满了力量，就好像年轻了十几岁一样。这么想着，骆子的脸上露出了知足的微笑。

他被爱情伤了

岁月最无情，它会在光滑紧绷的皮肤上拉出一道道深深的皱褶，也会让原本看似坚不可摧的建筑变得千疮百孔。当年分给章小凤那批劳模住的楼房，在当时是条件最好的，而今却已经被风雨剥蚀得十分陈旧，如同一个行将就木的老人。粉刷在窗上的油漆大多已经脱落，没有脱落的也已经龟裂爆起了，张牙舞爪地咧着嘴……

郝设华独自一人在家中吹着萨克斯，低沉而悠扬的曲调从窗户传了出去……窗外是一排排红砖旧楼斑驳沧桑的影像，这些建筑物在萨克斯音乐声中越发透出了浓浓的感伤。郝设华正如痴如醉地沉浸在这支萨克斯名曲《回家》的怅然情绪中，突然听到了一阵急促的敲门声。

他吓了一跳，急忙打开了门。看到来人时，郝设华愣住了："吴厂长，怎么是您啊？"

辽海制造厂副厂长吴裕泰算是第一次登门拜访郝设华的家，虽然郝设华是他的下属，但他非常尊重郝设华。如果郝设华不欢迎他，他一定不会站在门口不动。但是，和副厂长一起来的焊接车间主任张连伟就不一样了，他是郝设华的师兄，不管郝设华是否允许，他都会毫不客气地进门的。他推副厂长进到了郝设华的屋里不说，进门之后还到处转悠，东瞅瞅西看看："我说设子呀，又是你一个人在家啊？你爸一定是去陪你妈了，自从你爸退休以后，我看他好像也长住在疗养院了吧？"

"吴厂长，您请坐。"郝设华没有理睬张连伟，只是把吴裕泰让进了沙发里。

吴裕泰见郝设华紧握着拳头、明显有些拘谨的样子，微微摇了摇头："设子，就你一个人在吗？"

"是，我爸去看我妈了。"郝设华点点头说。

"设子，这人啊总得有个伴儿，你也不能总单着，你看你爸你妈的样子就知道了。你也得快点找个媳妇呀，能有人陪你唠嗑，还有人为你暖脚，一个人的日子可不好过啊。儿女不成家，做父母的心就总是悬着，你成了家，也好让你爸妈省心不是？"吴裕泰叹息着说道。

"厂长，我……"郝设华嗫嚅着不知如何回答。只好低头看自己的脚尖。

张连伟在旁边插话说："吴厂长，你可是不知道，追求我们设子的姑娘多着呢，可我们设子愣是不找！"

吴裕泰问郝设华："设子，这是为啥啊？"

郝设华没有回答，去倒了两杯水，拿过来给吴裕泰和张连伟："厂长，您喝水。"

张连伟翻了翻白眼，撇着嘴角说："还不是为了那个丁盈盈，她嫌我们设子是一个工作狂……从那以后，设子受伤了，就再也没有找过。"

"张主任，设子是你的师弟，又是你们车间唯一的工人工程师，他的个人问题你们可得给我抓紧啊！"

"厂长，那有啥问题呀！只要设子点头，我明天就能给他找一个，不，找 10 个！"

郝设华拦住了他们两人的一唱一和："主任，你别说了！厂长，你们来有什么事儿吧？"

吴裕泰有些尴尬，看了看张连伟，假咳了一声，说道："设子，我这是无事不登三宝殿啊！厂里一台进口的离心压缩机机壳被撞坏了，设子，你是知道的，'压缩机一响，黄金万两；压缩机一停，效益为零'。"

张连伟也神色夸张地说道："设子，厂里把外国专家请来了，可是，他们漫天要价，要我们厂里出 150 万美金的修理费，真是狮子大开口啊！"

"更为要命的是，他们的维修周期是半年！时间就是效益，半年我们根本就等不起！"

不等吴裕泰再说什么，郝设华二话没说，起身拿起外套："厂长，我跟你到厂里去看看情况！"

郝设华和吴裕泰、张连伟一起回到厂里后，到压缩机车间查看那台被撞坏机壳的压缩机。郝设华仔细地查看过后，又是皱眉，又是摇头，显然维修的难度非常大。

"设子，压缩机制造的难点在于机壳，因其体积庞大、工艺复杂，过去一直采用铸造法。你看看，能不能用焊接的形式修复它？"吴裕泰试探地问。

"很有难度，你们不清楚，铸造工艺先天存在着难以克服的弊端，仅工序就有 20 多道，生产周期长的将近一年，而且因为没有统一规格，造价昂贵的模具用一次就得报废。所以，人家提出半年内修复，已经是很快的速度了。为此，世界上同类产品的制造商，一直在寻求机壳制造技术的突破，但都因技术复杂而不能如愿。由此，这个课题是世界级技术难题。"郝设华盯着压缩机机壳上的一处裂痕，眼中闪动着光芒，滔滔不绝地说道。

吴裕泰充满期望地看着郝设华："是啊，设子，你是我们厂的工人工程师，你得想办法解决这个问题啊，我知道你一定会有办法的，对吧？"

姚少军不知什么时候来的，突然从郝设华身后冒出声音来："设华同志，有瓷器活儿才特意找的你这个金刚钻，就是因为难，厂里才让你想办法的。要是不难，早就解决了！"

郝设华回头一看是姚少军，态度马上变得异常冷漠，反唇相讥道："要是不难的话，姚副厂长早就让外国人修了，对不对？"

"你！"姚少军被郝设华的话噎住，想发火又碍于吴裕泰在场，只能狠狠地瞪了郝设华一眼。

吴裕泰当然知道郝设华为何态度转变得这么明显，看到场面有些尴尬，他便出面打圆场："姚厂长，设子的意思是说，如果让老外修复的话，需要半年时间，我们等不起啊！"

"噢……是，是这样。哎，吴厂长，你们看着，赶紧把这玩意儿修好，这一停产不知道又要造成多少损失啊……"说完，姚少军晃着矮胖的身体，有些悻悻地走了。郝设华看着他远去的背影，嫌恶地皱起眉头："如果让外人修的话，他们的腰包又要鼓了！"

吴裕泰连忙劝道："设子，你就别说了。"

张连伟也看着姚少军的背影，有些玩味地对郝设华说道："设子，你知道你为什么到现在还是个工人吗？"

郝设华不屑地说道："我知道啊！张主任，我不会拍马屁，不会阿谀奉承……可是，我就想当这个工人，当工人有什么不好吗？"

"设子你……"

"张主任，你也少说几句！设子，不说了，我们看我们的。怎么样？能修吗？"

"厂长，修复太麻烦，我们干脆加工制造一个新的吧。"

"加工制造？设子，你有这个把握？"

"有，但是……"

"但是什么，设子你快说，有什么要求尽管提！"

"我一看到他们那些败家子，心里就窝火。"

"设子，不管怎么说，人家也是主管供销的副厂长……"张连伟的话刚说到一半，就被郝设华愤怒的声音截断："张主任，你要给我再提姚少军，你就给我出去！"

"张主任，你闭上嘴可以吗？"吴裕泰很无奈地看着这两个师兄弟，对张连伟说道。

"好好好，吴厂长，我不说话了总可以吧？"张连伟悻悻地转开头去，装作若无其事地吹起了口哨。

"设子，他管不上咱们，大厂长已经说了，如果你设子能把厂里的这个难题解决了，他要升你的职。"

"厂长，升职的事就免了，我这辈子就想当好工人，除此之外，我什么也不感兴趣。"郝设华淡淡地说道。

"设子，你傻啊？厂长要提拔你！"一听到要提拔，张连伟的口哨也不吹了，过来把住郝设华的肩膀，在他耳边大声说道，好像生怕郝设华没听清楚，或者给漏听了。

"厂长，你告诉大厂长，如果要提拔，就让他提拔张连伟主任吧，我不需要提拔！"郝设华依然是淡淡的口吻，并把张连伟的手从肩头上拿开，态度相当冷淡。

"设子……唉……"张连伟再次碰了一鼻子灰，抬着胳膊，站在那里好不尴尬。

"张连伟，你的那些废话能不能少说点！"吴裕泰一边呵斥张连伟，一边给他使着眼色。

张连伟在自己的嘴上做了一个拉拉链的动作："遵命！厂长，我马上闭嘴。"

张连伟对自己这位师弟是又爱又恨。

为什么爱呢？郝设华没有半点功利之心，他们的班组做出了成绩，其中很大一部分明明是郝设华拼命做出来的，可他全部推给了别人。别的不说，自己的这个车间主任就是郝设华让的。当时，厂里要提拔工作业绩突出的郝设华，郝设华却说："我只想当好工人，不想当主任，要提拔就提拔我的师兄张连伟吧。"郝设华坚决不接受任命，厂里实在没有办法，最后就按他说的，提拔了张连伟。张连伟糊里糊涂地捡了一个主任，自然是喜出望外，他提出要请郝设华好好吃顿饭，但是郝设华却拒绝赴宴，而且还说："我就是不想当这个主任罢了，我也不是特意成全你，所以你根本就没必要谢我。"请人吃饭还碰了一鼻子灰，张连伟真不知道该说什么才好。后来，张连伟仔细一想，你年龄也不小了，还没对象，心里肯定着急，那就给你介绍对象吧。张连伟给郝设华介绍对象，一个不行，两个也不行。开始，张连伟以为郝设华眼光高，是嫌自己介绍的女孩不漂亮，于是就特意选漂亮的、性格也温柔的给郝设华介绍，但又介绍了五六个，还是不行。郝设华一般都是一看照片就摇头否定，连见都懒得见，弄得张连伟好气恼。

为什么恨呢？其实也不是真恨，是恨铁不成钢的意思，按照郝设华为厂里所做的贡献，现在起码也应该是个副厂长了，可他就是不要机会，只是闷着头，一门心思地钻研技术，还说什么工人最光荣，自己要当一辈子工人，简直就是不可理喻。张连伟知道自己这个师弟其实不是笨，只是有点死脑筋，可死脑筋就是个大问题啊，在现在这个人人讲利益的社会，死脑筋是注定吃不开的。其实，张连伟的心还是护着郝设华的，虽然他恨师弟不成钢，但却不准别人侮辱这个师弟，当听到有人在背后说郝设华"傻"的时候，他会毫不犹豫地厉声喝止。

张连伟不是不知道感恩的人，所以他特别希望郝设华能过得好一点，看着郝设华在感情问题上浪费机会，他比谁都着急，他甚至都想把郝设华拨拉到一边，自己替他应下来。

吴裕泰转而向郝设华赔笑，好声好气地说道："设子，我们知道你的心思，自从你被晋升为工人工程师后，厂里就有意让你当车间主任，是你把机会让给了你的师兄张连伟的。设子，我们在这个问题上尊重你的意见，绝不强人所难。你还有什么问题吗？"

郝设华已经转身往车间外走去："厂长，没问题了，我们这就去商量加工制造方案吧。"

已经是深夜了，郝设华还在和工程师们在压缩机车间临时搭建起来的办公场地。他一边研究图纸，一边参照现场的压缩机，和大家讨论着各种加工制造方案。

一位工程师疑惑地问郝设华："郝工，你有把握吗？我们的目标是这个 150 个零件拼装成的数十吨重的机壳啊！而且，我们没有资料，没有经验，没有样机，连高吨位的吊车都没有，我们怎么能在短短的 90 天时间里攻破这个世界性的难题呢？"

郝设华很笃定地说道："请各位老师放心，我有充分的把握。现在，我们的主要任务是吃透图纸，搞清楚机壳各部位的支撑、连接关系，然后研究分析各应力之间相互作用的奥妙。"

另一位工程师从图纸上抬起头来，看着郝设华说道："郝工，你这样一说，我心中似乎有点头绪了。你放心，你是我们'郝设华班组'的组长，我们一定会按你的要求工作的。"

郝设华指着压缩机的一面，对众工程师说道："各位老师，你们看，我们现在的难题是在这里，但我也想到了一个方案，你们看可行不可行。我举一个简单的例子说明，我们都见过很多危墙的支撑垛吧？"

"见过啊。"

郝设华又指着压缩机的另一面继续道："我的思路是，给易变形的部位加上临时支撑架，并通过'轴承体纵梁支撑''横向反变板''直角刚性固定'等方法，解决我们现在面临的技术难题。"

一位工程师大为赞叹："郝工，你的思路非常清晰，完全可以实行，没问题，就照你说的办！"

郝设华大胆的设想得到了大家的支持，脸上露出了开心的笑容："谢谢各位老师！"

讨论正热烈进行着，副厂长吴裕泰推着餐车进来了，他挥舞着手中的大勺，大声吆喝着："设子，工程师同志们，开饭啦！开饭啦！"

郝设华抬头看看车间里的挂钟，整整午夜两点："吴厂长，现在吃的什么饭啊？"

"特别加餐！临时消夜，是我亲自下厨房为大家做的。"

"吴厂长，怎么能让您……"

"设子！你们大家在这里加班加点、废寝忘食地为厂里解决大难题，我什么忙也帮不上，也就只能当个后勤总管，负责你们的健康管理。设子，这不吃饱饭干活儿可不行，要是你们中有谁累倒了，那我的责任可就大了。"

"吴厂长说得也对，身体是革命的本钱。各位老师来吧，咱们快把这顿饭吃了，抓紧时间睡一觉，明天还要早起继续干活儿呢！"

听了郝设华的话，大家高高兴兴地围拢过来，吴裕泰亲自给每位工程师盛上饭，等大家吃完饭，他又安排他们在职工宿舍里休息。也就睡了不到三个小时的时间，凌晨五点不到，郝设华就又带着工程师们回到了车间，继续讨论一些技术难题的解决方案。

"郝工，我们还可以考虑自制筒体来解决你说的这个问题啊！"

郝设华兴奋地指着图纸说道："好极了！既然我们能自制筒体，那么，我们也可以自制内环测量工具、自制进出口风管画线板啊！"

"郝工，你真是个天才啊！"

"是啊，郝工，你真是了不起啊！"

"这样一来，我们可就破解了几十个，甚至是上百个技术难关了啊！"

众工程师们一致对设华的设想表示赞叹。

郝设华充满自信地敲着手中的铅笔："是的，我们还可以大胆地应用更多的原创新工艺。"

都是姓名惹的祸

同样的清晨，伴随着第一缕曙光照向大地，一架从中国北京飞来的航班在德国慕尼黑国际机场缓缓降落。路鸣、王立一行刚走到机场出口，就看见一男一女两位中国青年和一位身着深灰色西服、鹤发童颜、精神矍铄的中国老人热情地迎了上来。

"路叔叔、王叔叔，你们好！"最先迎上来的是女孩子，一身墨绿色连衣裙的她像一只蝴蝶般轻盈又优雅，礼貌地和路鸣、王立一一握了手，然后先后扑入郝祖国和郝建华怀中："爸爸！叔叔！我好想你们啊！"

"大伯，爸爸，你们总算来德国啦，我还以为你们是在哄我们开心呢……"郝立京笑嘻嘻地拥抱了郝祖国和郝建华。然后他把站在一边的中国老人介绍给大家："路叔叔，爸爸，叔叔，这位就是黑一海爷爷。"

路鸣迎上去握住了黑一海的手："黑老先生，您好！"

老人微微一笑，礼貌地问："路先生，您是……"

王立上前为路鸣做介绍："黑老先生，这位是我们北方省委常委、辽海市委书记路鸣先生。"

黑一海客气地与路鸣握手问好："噢，书记先生，我知道您。您好！欢迎您来德国！"

"黑先生，这位是辽海市委副书记、辽海市人民政府市长王立先生。"路鸣继续为黑一海介绍同行的其他人。

"市长先生，您好！"

"这位是辽海汽车制造有限责任公司总经理……"

"是我的侄子祖国……祖国。你妈妈怎么样？"黑一海仔细地端详着郝祖国的脸，严肃的神情松动了许多。

郝祖国双手握住黑一海的手："大伯，我妈妈很好……大伯，我妈妈、爸爸，还有骆子叔叔，他们让我代他们向你问好！"

黑一海哈哈大笑："谢谢、谢谢！……祖国，你跟你妈妈实在是像极了！"

路鸣又指着站在郝祖国身旁的郝建华，正准备介绍："这位是……"

"书记先生，不用说，他一定是犬子郝建华了？"

"是的。黑先生，令郎黑建华先生现在是元房子企业集团的董事长。"一听到"黑建华"三个字，黑一海的脸色微微一变，好像忽然被刺痛了一下，但是路鸣并没有觉察到。

黑一海仔仔细细地上下打量了一番郝建华，神情看上去既惊喜又迟疑。是啊，当年分别的时候，自己的儿子还是个襁褓中的婴孩，当再次相见的时候，自己的儿子已经人到中年，也已经做了父亲，这可真是恍如隔世啊！在众人的示意下，郝建华走上前，给了黑一海一个紧紧的拥抱："爸爸，我是你的儿子黑建华。"

突然，黑一海的脸色一下子变得很难看，他猛地把郝建华向外推开，怒气冲冲地喊道："我的儿子叫郝建华，不叫黑建华！"

黑一海气呼呼地转身就走，留下了路鸣等人不明所以地呆愣在了原地。这一切发生得实在太突然了，本来应该是一场分离几十年后父子相认的催泪戏，结果一下子变成了让人百思不得其解的悬疑剧。

这一突发事件，一下子打乱了大家本来的计划，大家都愣愣地立在原地，不知道接下来应该怎么做。郝立京和郝慧思见状，连忙相互使了个眼色，郝立京去追黑一海，郝慧思则接过大家的行李，一边往前走，一边给路鸣他们介绍预约的酒店及慕尼黑这个城市的大致概况。不一会儿，郝立京回来了，在郝慧思的耳边低语了几句，然后由他和郝慧思分别送路鸣一行去酒店。

路鸣和郝建华父女一组，王立则和郝立京父子一组，分别坐上了黑一海研究所的汽车前往酒店。路上，郝慧思看到父亲情绪不佳，回头来对父亲说道："爸爸，立京刚才告诉我爷爷为什么生气的原因了。"

郝建华和路鸣不约而同地问："为什么？"

"你不该把姓改过来，他听着黑建华别扭，你还叫郝建华就没问题了。"

郝建华有些郁闷地说："我当是为什么呢？原来是为这个啊！我本来也不想改的……"

路鸣连忙解释："慧思小姐，对不起，这都是我的错，其实这不是你爸爸的主意，是我的意思。都是我的错误思想，才造成了这样的结果，我一定会向黑老先生解释。"

郝慧思冲路鸣调皮一笑："路叔叔，我知道您的意思，您是想要让我爸爸改回姓黑，这样可以让我爷爷高兴，因为中国人都很重视家族的姓氏，尤其对父姓的传承更是非常执着，一个姓氏就代表着包括尊严、荣耀、血脉等很多层的含义。可惜我们想错了，我爷爷虽然是中国人，可是他多年以来受到的文化熏陶是日本的拘礼与德国的固执。当然，我爷爷思想里还是保留着浓厚的中国儒家思想，他会为此生气，肯定是认为这样做有悖于他的道德理念。不过没关系，我爷爷他不会为了这一点小事就拒绝和你们交流，他只是暂时在闹情绪罢了。你们别忘了，尽管看上去他还很年轻，是位风度翩翩的绅士，但他的实际年龄已经 75 岁了，俗话说老小孩老小孩，人老了就变成喜怒无常的小孩了，现在的爷爷啊，也就是个既单纯又可爱的小孩子，有时候喜欢闹点小情绪，要点小性子。”

郝慧思的话入情入理，又风趣幽默，本来绷着脸的路鸣和郝建华都被逗笑了。路鸣很用心地看了一眼这位善解人意的女孩，她既年轻又漂亮，年纪应该只有二十岁出头吧，但她却有着超出同龄人的成熟与冷静，而且思维敏捷，观察细微，刚才那种尴尬场面，也是她立刻上前开始说笑，才将他们之间的僵局给打破，并轻松化解了他们的难堪。看来，有了章小凤这位全国劳模的遗传基因，无论郝家的哪一位后代，都是不可小觑的人物啊！

“慧思小姐，你能不能先带我们去找黑先生？我想当面向他解释一下。”

“路叔叔，您不用着急，坐了这么久的飞机，你们肯定都很累了，先回酒店休息一下，我猜爷爷他一定是回研究所了，等一下我和立京联系看看，然后再安排你们重新见面。”

“这样好吗？不能及时向黑先生解释，老人家不会一直生闷气吧，要是气出个好歹来，我可担当不起，老人家可是国宝级的人物，我们得重点保护啊！我看还是赶紧解释清楚为好。”

“您放心，没关系的，我爷爷只要一回到研究所，就会把什么都忘掉，脑子里只剩下工作了。要和他见面一定得先预约才行，会谈的时间也要由他的助手来安排，就这样直接去找他不合适，会让他更不愉快。而且他养成了德国人的生活习惯，严格遵守作息制度，不能让自己的精神有懈怠的时候，所以你们要听我的，等养足了精神再去和他见面吧，这样能给他留下更好的印象。”

“恭敬不如从命，那我们就遵照慧思小姐的吩咐了。”路鸣笑道。郝慧思嘻嘻一笑："路叔叔，你就直接叫我慧思吧，我都没有跟你客气，你干吗跟我这么客气啊？"

"慧思，不能这样没大没小。"郝建华呵斥道，他被黑一海拒绝，心情到现在还很不好。对从未谋面的父亲本来还在心里抱着一份憧憬，怀着既紧张又激动的心情叫出了一声"爸爸"，谁知道竟然换来的是那么冷酷的回应，那是他做梦也不会想到的。虽然是所谓的亲生父亲，其实跟陌生人差不多，在感情上并没有受到多大的伤害，但自己的一腔热情被无情地泼了冷水，他实在有些不甘心。

路鸣宽慰道："没关系，建华，我们之间还用得着拘礼吗？慧思说得对，不需要客气，尤其是在外国，我们要更加亲密无间。"

"对不起，爸爸，我知道你不开心。这样好不好，为了帮你转换心情，我带你去德国的王宫看看怎么样？"

"去看那玩意儿干吗？"郝建华扭头看向窗外。

从章小凤那里得知自己的身世后，郝建华就一直幻想自己的父亲到底是什么样子，而且他也一直在幻想自己会在什么样的情形下见到自己的父亲。在飞机上的时候，他还在幻想父子重逢的感人场面，然而事实却和他想的一点都不一样，父亲竟然如此冷漠，以至于自己准备好的一番温情话语都没机会说出口，被硬生生地憋回了肚子里。如果两个父亲相比较而言的话，郝建华更喜欢另一个父亲郝一湖。郝一湖虽然平时话不多，但却是百分百地疼孩子爱孩子，从来不舍得打孩子一下。在郝一湖面前，自己可以无拘无束，想说什么就说什么，想做什么就做什么。很显然，现在这个父亲和自己更有距离感，自己文化水平不高，而黑一海则是位学富五车的科学家，想一想就觉得拘束，就觉得浑身不自在。郝建华心想：早知如此，就不应该来德国。

郝慧思早已经和黑一海这位亲爷爷混熟了，显然她根本无法理解父亲的这种心情，但还在极力游说父亲出去转转："爸爸，我只是想让你领略一下与我们中国古代皇城的代表——北京故宫所不同的建筑风格而已。如果你不想进去，只看看外面的建筑也可以。慕尼黑是德国最瑰丽的宫廷文化中心，也是世界著名的啤酒城，慕尼黑国际啤酒节世界闻名，是全世界名气最响、规模最大的啤酒节。12 世纪以来，将近 800 年中，这里一直是巴伐利亚王国维特尔斯巴赫家族的王城之地。作为拥有 125 万居民的德国第三大城市，慕尼黑拥有很多典型的巴洛克式建筑和哥特式建筑，巴洛克建筑大多是民居，外形自由，追求动态，点缀着富丽的装饰和雕刻，而且还喜欢运用一些强烈的色彩，而哥特式建筑则以教堂为主，高耸瘦削，有着高耸入云的尖顶和色彩斑斓的玻璃画。慕尼黑的新市政厅和圣母教堂是典型的哥特式建筑。流连于这些古老而瑰丽的建筑之间，会有浏览一幅历史长卷或者是听一首交响乐一样的感受呢，是一种难得的享受。还有，慕尼黑市中心的玛利亚广场……"

"慧思，你也在黑先生的研究所里实习吗？"路鸣看郝建华一直在生闷气，根本不回应女儿的话题，知道他对慕尼黑的建筑根本就不感兴趣，所以就赶紧转移了郝慧思的话题。

"是啊，路叔叔，我虽然和立京专攻的方向不同，但都是属于汽车制造专业一类的。"郝慧思是个聪明人，一下就明白了路鸣故意打岔的用意，所以也就赶紧借坡下驴了。

"哦？你们专攻的是什么方向？"

"我是主攻动力机械与工程，理想是做一位像爷爷那样优秀的汽车设计工程师。而立京的野心比我大，他从设计工程改方向到汽车应用工程了。"

"哦？何以见得？"路鸣笑问。

"因为他自己说，成功的汽车设计不光是好的工艺，更重要的是好的概念。他还吹牛说要在中国创立一个比大众、通用还要响亮的汽车品牌呢。"

"哈哈，真是龙生龙凤生凤，你们果然有不小的野心。立京和祖国很像啊，看来你们要组成父子搭档了！"

"嘻嘻，而且还有夫妻搭档呢。"郝慧思冲路鸣眨眨眼，甜蜜地笑着。

关于郝慧思所说的"夫妻档"，是这么一回事：

郝建华的女儿郝慧思和郝祖国的儿子郝立京从小就混在一起，高中、大学、出国留学，一直都是在一起。青梅竹马，两小无猜，难免情愫暗生，果不其然，两人相恋了。但因为是名义上的姐弟，开始两人有些不好意思，一直瞒着父母和爷爷奶奶。但是出国之后，两人如同出笼的小鸟一般彻底解放了，陷入如痴如醉的热恋状态之中。到了德国之后，两人更是如胶似漆、形影不离了。当爷爷的黑一海很快就发现了这个问题，在他的逼问下，两人很快便坦白从宽了。黑一海的大半生都是在海外度过的，受西方思想影响很深，所以在男女之事上很开明，他仔细一想，虽然两人都姓郝，是名义上的姐弟，但两人其实一点血缘关系都没有，相恋就相恋吧，如果最终能结为连理，也算是亲上加亲，把"黑""郝"两家人联系得更紧密了。

去年夏天，两人在黑一海的带领下，一起到地中海度假，地中海的柔风令人陶醉，郝立京趁着醉意，决定向郝慧思求婚。

这天清晨，伴随着东方正冉冉升起的朝阳，郝立京陪着郝慧思在海边漫步，他们十指紧扣，相互依偎，有说不尽的甜蜜。突然，郝立京指着前方说："慧思，你看那是什么？"

郝慧思顺着郝立京手指的方向一看，原来是一个漂流瓶。漂流瓶她只是听说过，还真没亲眼见过。郝慧思急忙奔跑过去，好奇地打开瓶塞，倒出了里面的小字条：

> 慧思，我爱你，一生一世，生生世世都爱你！嫁给我，好吗？
>
> ——立京

"慧思，嫁给我好吗？"

郝立京单腿跪在沙滩上，手捧着钻石戒指，无限真诚地仰望着郝慧思。像很多女孩子一样，郝慧思其实一直期盼这一天，曾经无数次地幻想过被求婚的情景，温馨浪漫的，惊险刺激的，催人泪下的……还好，郝立京没有让她失望，这求婚仪式设计得还算浪漫。郝慧思脸上带着娇羞的笑容，努力地点了点头……

突然，两人的身边冒出了一支乐队，深情款款地唱起了一首经典情歌。真是惊喜连连，太浪漫了！郝慧思高兴得手舞足蹈，猛地一跃而起，扑进了郝立京的怀里……

两人趁热打铁，第二天，在黑一海的见证下，郝慧思和郝立京在就近的一家教堂内举行了西式婚礼。当章小凤、郝一湖、郝建华夫妇和郝祖国夫妇得到消息的时候，他们两个早已将生米做成了熟饭，已经成了夫妻。长期以来，虽然郝慧思和郝立京自以为把两人恋爱的事情封锁得密不透风，但世上哪有不透风的墙呢？在很早之前，郝建华夫妇和郝祖国夫妇就看出了两个年轻人的"地下情"，只是懒得说破罢了，所以得知他们结婚的消息，也不是很吃惊，也都没有提出反对意见，算是默认了。

刚听说这个消息的时候，章小凤愣了愣说："现在的年轻人，真不像话，这是先斩后奏啊！"

郝一湖在旁边说："反正他们两个只是名义上的姐弟，也没有血缘关系，结了就结了吧，也挺好。"

章小凤捶了一拳郝一湖说："好什么，孙女孙子大婚，也没好好热闹一番。"

其实章小凤也是早就看出了孙子孙女的恋情，她不是反对两人结合，而是觉得自己这个做奶奶的错过了孙子、孙女的婚礼，很是不甘心。

"你急什么啊，你放心，他们早晚得回国，等他们回来了，再让他们补办一场热热闹闹的中式婚礼不就行了吗？"郝一湖不慌不忙地说道。

"我说老郝，你这脑袋怎么突然变灵光了呢！"章小凤上下打量着郝一湖说道。

郝一湖嘿嘿一笑，不作任何争辩，也不作任何解释。

不欢而散

　　路鸣等人在酒店休息了一个上午，快到中午时，郝立京打来了电话，通知他们可以过去了。黑一海的汽车研究所离路鸣他们住的酒店不远，这也是郝慧思在安排酒店时的有意为之。郝慧思还特意开了研究所的车来接他们，一行人来到研究所，看到这里的环境就像是一座精心修葺的花园一样，有宽阔的草坪，绿水碧波的人工湖，还有成片的红黄相间的郁金香，古典风格的雕塑群中喷泉如瀑，外形像一只菱形大风筝一样的建筑被包围在苍翠的松柏丛林之中，看上去就像是断了线的风筝落在了树梢上。走进这栋造型别致的办公大楼，里面宽敞而明亮，工作人员都穿着统一的蓝色西装，白衬衣黑领带，一个个一丝不苟，各自埋头于工作中。安静无声，秩序井然。当他们被带领着穿过大厅时，人们也都只是抬头瞟一眼，又继续低头工作。没有人交头接耳，更没有人嬉哈打闹。

　　黑一海的办公室是半开放式的，和外面只隔着一层玻璃，从里面往外看，和从外面往里看，都是一览无余。办公桌前摆放着黑色的真皮沙发，硕大的玻璃茶几上没有烟灰缸，只有一瓶插花，花全是紫色的郁金香，散发着淡淡的清香，这瓶插花就如同画龙点睛一般，使整间办公室有了生气。办公桌上摆着两个相框，里面的照片都是黑一海和郝慧思、郝立京的合影。照片上，黑一海被两个年轻人簇拥着，笑得特别开心。

　　看到路鸣一行人到来，黑一海忙站起来和客人一一握手。到了郝建华这里，他给父亲深深地鞠了一躬："父亲，请让我这样称呼你。对不起，儿子为改姓这件事向您道歉！"

　　"你应该向养育你成长的爸爸妈妈道歉！"

　　"父亲，你批评得对，今天这事儿是儿子做错了。"

　　"你昨天以前难道是对的吗？"

　　"是的，我昨天以前还叫郝建华。"

　　"这么说，你是到德国来才改姓的？"

　　"没错，我也只是想让父亲您高兴。"

　　"可是我一点儿也不高兴。"

"所以说，我已经为此事向您认错了，请父亲您就别再纠缠这件事了，好吗？"

"建华，我没有别的意思，我只是让你记住一个道理，那就是一个人要知道感恩。你可以叫我父亲，我也希望你这样称呼我，因为，你真正的爸爸是郝一湖，是他养育了你，把你抚养成人的。"

"我知道了，父亲。"

路鸣看着这对比陌生人还要陌生的父子，心下感叹万分，为了帮郝建华化解尴尬，他连忙上前向黑一海解释："黑先生，实在对不起，让令郎改姓其实是我的主意。真是没有想到，黑先生的处事原则很让人钦佩！"

黑一海摆了摆手："书记先生，到此为止，这事已经过去了，我们就不再提它了。"

"谢谢黑先生的宽宏大量！"

"大家请坐吧，我们这里的咖啡很地道，慧思，请你给大家都冲上一杯。"

"好的，爷爷。"郝慧思答应着出去了。

大家在沙发上落座，又寒暄了几句。王立说道："黑先生，我们就言归正传吧。这次我和路书记，还有两位企业家同志，是代表省政府、市政府以及辽海企业界前来拜访黑先生的。如果我们哪里有不周到的地方，还望黑先生谅解。"

"书记、市长客气了，如果有不周到的地方嘛，那也是郝建华的问题，跟书记先生市长先生没有任何关系。"

"那您就错怪令郎了，这事儿确实跟他没有一点关系。"

黑一海轻微地皱起了眉头，他很快扫了郝建华一眼，然后对路鸣说道："好了，书记先生，我们还是换个话题吧。咱们打开天窗说亮话，你可以直接告诉我你们此行的目的。"

"那好，我就开门见山地说了。我们此行是为请黑先生回国，帮我们研发有我们中国人自己知识产权的小汽车，具体的合作方式，我们郝总经理会和你谈。"

郝祖国接到路鸣的示意后，将手中的资料交给身旁的郝立京，再由郝立京转交给黑一海。然后郝祖国说道："这是我们公司的开发项目，虽然在这之前我们公司一直都只是在生产大型货车，但我们在四年前与国内一家公司合作，开始生产大型客车，以此储备了一定的生产小汽车的技术力量与资金，并且我们在辽海工业园区内建立了一个小汽车生产基地，也正在积极地招商引资，为研发自主车型做好了一切准备，现在我们唯一缺少的就是强有力的技术支持，所以我们迫切地需要您的帮助，如果您能加盟我们公司，那么我们所搭建起来的这个平台就算万事俱备了，而我们生产中国完全自主知识产权的小汽车的梦想就可以实现了。"

黑一海一边点头，一边仔细地看着手中的资料，但始终未发一言。时间一分一秒过去，大家的目光全都聚集在黑一海身上，不知道老先生看完之后会有什么样的反应。气氛平静之中又蕴含着紧张，就连郝慧思都有些紧张地抿住了嘴唇，一双清澈的眼睛紧盯着她的爷爷。

不知过了多久，黑一海的助手轻轻走进来，在黑一海耳朵边说了几句什么。然后黑一海将手中的资料放下，站起身来："书记先生、市长先生，工作再忙也不能忘了吃饭，吃工作餐的时间到了，我们一起去用餐吧。"

王立连忙站起来说："黑先生，既然吃饭时间到了，就让我们做东，请您和朋友们到外面去吃吧。"

黑一海却毫不客气地说道："市长先生，对不起，我们在工作时间里是不能随便到外边去的，这是我们的工作制度，我作为领导，更应该带头遵守。如果你们吃不惯我们的工作餐，那就恕我照顾不周了，请便吧。"

王立这才知道，中国那一套在这里根本行不通，有些尴尬地僵住了。路鸣连忙说："黑先生，您误会了，客随主便，我们一定要吃您的工作餐。到您这里来了，不吃白不吃！"

路鸣后面的一句玩笑话，逗得大家都笑了，气氛一下子活跃了起来，王立也擦了一把冷汗，偷偷冲路鸣撇嘴，路鸣拍拍他的背，让他不要介意。

一行人跟着黑一海来到餐厅，里面已经有不少工作人员在用餐，他们吃饭也很安静，只能听闻到刀叉杯盘之间细微的碰撞声。郝慧思和郝立京帮着黑一海的助手把大家的餐盘端到餐桌上，每个人的餐盘里都只有一块煎牛排、一个黑面包、一碟蔬菜沙拉和一杯热牛奶。

路鸣忍不住问："黑先生，这就是您这个世界级汽车工程师的午餐吗？"

黑一海迅速地用刀叉切好了牛肉："是的，我和我的助手们天天在一起用餐。哦，如果你们谁觉得不够，还可以加一片奶酪，有人需要吗？"

除了郝立京，其他人都摇头说不需要了。王立颇为感叹地说："黑先生，你们这样的工作氛围真让人感动啊！"

"王市长，我们要把黑先生这种精神带回去。今后我们接待客人，也一律用工作餐。"路鸣有感触地对王立说。黑一海听了不以为然地说道："书记先生，各国的国情不同。我知道的情况是，在我们中国一些人一餐饭要吃半天时间，不光吃还得喝，喝酒还得喝高价的茅台、五粮液，一顿饭吃下来，需要成千上万元人民币。而且，大多数工作都是在饭桌上谈。与中国人恰恰相反，德国人的原则是吃饭时间不谈工作。"

被黑一海说中要害，路鸣深感惭愧，尤其对他用的是"我们中国"这样的语气，心里更是激动不已，他连忙说道："不瞒您说，黑先生说的这种情况在国内确实存在，但是，别的不敢说，在我们辽海市，我将扭转这个陋习，我们不仅仅要学习德国的先进技术，而且还要学习德国这种简洁而透明的工作生活方式。"

说话间，黑一海已经用完餐，他优雅地用餐巾擦了擦嘴，站起身对路鸣等人说："书记先生、市长先生，你们慢用，我在会议室等你们。"

路鸣低头一看，发现自己的餐点才吃了一半，这才算真正领教了发达国家的快节奏，于是有点不好意思地说："对不起，黑先生，您先请！"

大家陆续重新回到会议室，黑一海已经看完了郝祖国给他的资料，他又让郝祖国将合作的期望复述了一遍，然后他开口说道："书记先生、市长先生，恕我直言，你们辽海汽车制造有限公司一直是生产大型货车的特大型国营企业，对于小型汽车的生产，到目前为止，你们才仅仅有一个小型汽车研发平台的硬件设施，在软件方面，工程技术人员可以说少得可怜，之前郝总经理所说的你们储备的技术力量我完全没有看见。而所谓的自主发动机研发平台，别说是在你们辽海，就是在整个中国，也是一片空白，一切都必须从头开始。是这个情况吧？"

"是的，您说得一点没错。"路鸣点点头，"所以，我们才请您老回国，共商振兴中国汽车工业的大计。"

"我刚才听了郝先生的设想，你们设计的首款产品是采用 1.8T 发动机，而且还说你们已经进入了首批小型车的研发过程。请问，你们对 1.8T 发动机的耐久性进行了测试没有？"

"呃……暂时还没有。"

"还没有，对吗？那么，再请问，刚才听你们说，你们计划两年内进入批量生产，而且一期生产规模可达到每年五万台，你们现在有这个技术力量吗？"

"黑先生，我们计划先购买别人的1.8T发动机，用于生产小型轿车。"听到这里，黑一海情不自禁地摇了摇头。

郝祖国注意到了这一不起眼的细节，赶紧补充道："当然，购买别人的发动机，这只是我们的第一步，关键是下一步，第二步我们将建立我们自己的发动机研发平台。然后，逐步改进和淘汰1.8T的涡轮增压技术，这样我们就可以实现从1.4L、1.6L、1.8L、2.0L，到2.2L的自然延伸。"

"建立自己的发动机研发平台？你知道要建立这么一个平台，得需要多少高级科研人员吗？"

郝祖国挠了挠头："这个我还真没想过，在这方面您是专家，您说呢？"

"至少需要500人的研发队伍，这样才能保证效率和正常运转。"

"什么？500人！这么多，不过就是研制一个发动机，这是不是太过庞大了啊，这500人可都得拿高薪，这也是一笔可观的支出啊，恐怕在资金上，没有经费养活这么多人啊！"郝祖国不由得皱起了眉头。

随后，双方又谈了一些合作的细节，郝祖国一边讲解，一边观察黑一海的表情，就见他时而微笑，时而皱眉。完全讲完之后，郝祖国试探着问："大伯，您看还有什么需要补充吗？"

黑一海摇头叹息了一声，说："尊敬的郝先生，你的设想很宏伟啊！可是，我非常遗憾地告诉你们，我不能跟你们回去，也不可能和你们一起共商生产小型车的大计，实在抱歉了，你们还是另请高明吧！"黑一海将手中的资料往桌上一放，往前一推，冷冷地对路鸣等人说着，语气中没有半点可以商量的余地。

路鸣和郝祖国都大吃了一惊："黑先生，您这是……凡事好商量嘛。"

郝建华刚刚建立起的一点对亲生父亲的亲近感，一下子就被击得粉碎，眼前的这个老人，再次变得完全陌生。他冷冷地看了一眼黑一海："父亲，你太让我失望了！很好，太好了！你就在德国待到老死吧，永远也别回去了！"

说完，郝建华猛地起身，拂袖而去。这一突然变故，让其他人更加无所适从，大家都紧张地面面相觑。郝祖国连忙去追郝建华："大哥，你回来！"

游子情怀

黑一海是一名科技工作者，养成了凡事讲科学的习惯，就连作息时间也是如此。多年以来，他养成了早睡早起的生活习惯，因为这样可以使自己精力更旺盛，思路更清晰。然而，这一天夜里，他躺在床上，却怎么也无法入眠，辗转反侧折腾了半天。他打开台灯，看了看表，已经接近午夜了，但自己还是没有丝毫的睡意。他一翻身，索性起床，慢慢地踱到了窗前。

宽大的落地玻璃窗隔开了外界微凉的空气，但外界的景致却依然能一览无余。辽阔而深沉的天空上悬挂着一轮半圆的月亮，如同一枚玉盘被人削去了一半。多年以来，每当夜幕降临，他抬头看到的都是异国他乡的月亮，先是日本的，后又是德国的，故乡月亮的影像早已变得模糊。他打开窗，想吹一吹风，让自己清醒一下，夜风习习，拂起他额前银白色的头发，他知道，这丝丝白发不是因为做科研用脑过度，而是因为每每在一个人独处的时候思乡心切造成的。黑夜悠远而深沉，它吞噬了白日的喧嚣，吞噬了蓝天的纯净、绿树的繁茂、白云的悠远、红花的斑斓，吞噬了人们永不停歇的忙碌，但无论如何也吞噬不掉他深藏在心底的无限乡愁。黑一海无法像往常一样平静入睡，失眠并不是痛苦的根源，在胸腔里翻滚着的是那份对故土的深深思念，但这份思念并不是纯净的，因为其间还掺杂着一股股始终无法平息的焦虑和彷徨。

谁说外国的月亮就比中国的圆，在这个古稀老人眼里，家乡那轮银盘似的明月永远都是最大、最亮、最圆的。只是，在曾经的沧桑岁月里，有豺狼的齿痕破坏了那份圆满和完美，留下了永远的伤。传说中，最美的女子居住的地方，有被侵略者的炮火践踏出的耻辱的脚印。而在黑一海的记忆里，那是永远抹不去的血迹，时间越久，就越是清晰可见。那一个在异国他乡的晚上，那一块被东洋刀狠狠砍下的地图，还有那一颗被巨人的屈辱和悲愤生生撕裂了的心魂，至今依然没有痊愈，依然在隐隐作痛。

白天的情景在他脑海里反反复复地重播，与历史的那一幕交替着冲击着他的神经。其实，他并不是故意要说那番话的，也不是真的要拒绝回国的邀约，更不是摆派头故意为难他们，而是，他真的很心痛，他心痛别人无法明了他的理想，那份他曾经不惜离开生养了自己的土地，甚至无辜背上罪名也要完成的宏愿，起初巨大的喜悦被渐渐熄灭而带来的痛楚，大概也没人能够理解吧。看到自己儿子愤然起身离开的背影，那句冷冰冰的"你太让我失望了"的话如铁锤般砸在他的心上，愤懑与愧疚夹杂在一起向他汹涌袭来。其实，最后大家不欢而散，感受最沉重，也最悲凉的人，不是别人而是他。他海外漂泊几十年，忍辱负重，卧薪尝胆，没承想，到头来，想要施展抱负，却又得不到祖国的官员和企业家的爽快答复，而且，自己的儿子也不能理解自己，还跟自己赌气。身为一个父亲，没有什么比遭受儿子的白眼更痛苦了，那感觉就如同一把把尖刀插在了心窝上。

发展工业，科技为先，这么简单的道理，难道他们都不懂吗？难道自己的心情，经营企业的儿子一点都不能理解吗？白天，郝建华赌气所说的每一句话，都深深地刺痛了他的神经，现在回想起来，疼痛的感觉依然是那么真切。

黑一海长长地叹了口气后，情不自禁地轻轻吟唱起了家乡的小曲：

……在那青山绿水旁，
门前两棵大白杨，
齐整整的篱笆院，
一间小草房啊，
哎……

此时此刻，宾馆房间里，也有四个人无法入眠。路鸣劝说着依然怒气冲冲的郝建华："建华，你不能去！你要是去了，我们就前功尽弃了。"

无论如何都想不通的郝建华，在半夜突然冲进路鸣他们的房间，说他要去找黑一海理论，问一问他究竟还是不是一个中国人，他难道离开故土后，就已经彻底忘记了他身上还流着中国人的血，忘记了自己的祖宗是谁？……难道说，在国外生活了这么些年，就已经被外国人同化了吗？

跟着进来的郝祖国拉住了自己的大哥，为他这种冲动的举动感到头痛，想一想他都已经是知天命的年龄了，竟然还像当年甩手就跑去插队的那个愣头青一样，只图自己一时的痛快，完全不考虑别人的感受。

"大哥，这都啥时候了，我知道你时差还没倒过来，睡不着，可你也不能在这个时候去找大伯呀。冲动是魔鬼，先冷静一晚上再说。"

"不是时差的问题，我是给他气的！"

"大哥，你这话就不对了，大伯他不管怎么说也是你的父亲，哪有儿子气老子的道理？"

"祖国，你少跟我在这里打官腔！"

"好了，你们兄弟两个也别吵了。建华，你冷静一点，坐下来听我跟你说。"

"路书记，难道你有什么好主意吗？"郝建华见市领导发话了，收敛了一点他的怒火，望向路鸣。

王立有些担忧地问："路书记，黑先生要是执意不肯回国的话，我们是不是就很被动了？"

"是啊，我想还是走亲情这条路，让大哥去动摇我大伯，不管怎么说，血浓于水，他们毕竟是父子啊！我想大伯至少会看这个面子重新考虑一下的。"郝祖国意味深长地说。

原本站着要往外冲的郝建华一听郝祖国的话，突然一屁股坐到了沙发上，愤愤地说道："什么父子！就他那样的？他想认我，我还不想认他呢！让我去求他，没门！一点民族大义都不懂，哼！"

"大哥！怎么说话呢！"郝祖国连忙阻止口不择言的郝建华。

"是他做得太过分了！我看路书记说得对，我还是不去为好。"郝建华也觉出自己说得有些过头，悻悻地扭开了脸。

路鸣皱着眉头看着郝建华，若有所思地说："我想黑先生是不是别有用意。黑先生在建华改姓的问题上大动肝火，从这件事上可以看出，他是一位非常尊重中国传统文化的人，也是一位很传统的中国人。会不会是他对我们政府还抱有不信任态度，所以对回国还存有疑虑。毕竟这些年他的经历太曲折复杂，大概让他看透了世态炎凉，作为一个已经有如此成就的老人家来说，他应该不想再经受什么波折了。"

"不，路书记，我想我大伯不应该是那种安享晚年的普通老人。而且现在我国的现状已经十分清晰明了，随着政府改革开放政策的不断深入，我们已经向世界打开了广阔的窗口，我大伯他不会不了解这种情况。我认为问题的关键不在这里，如果是这样，他一开始就会拒绝我们，为什么是在我们交出意向书之后他才拒绝呢？所以，我想，是不是我们的合作意向让他不满意？"

"你说得不错。"路鸣点点头，"黑先生并不是不愿意回国，而是他需要一个好的契机，很可惜我们还没有找到这个契机。"

王立也表示同意："书记，我们在这里瞎猜也没用，毕竟时间不等人，俗话说，人非草木孰能无情，虽然老爷子那么说，但他和儿子、孙女的亲情是无论如何也改变不了的。我们不如就按祖国说的，走亲情路线。我认为这一定是一条捷径。"

"嗯，这么做也未尝不可。黑先生对故土有着很深厚的感情，尤其是对帮他养育了儿子的郝家，他充满了感情。在建华改姓的问题上，他的反应那么大，而且也说了要建华懂得感恩，我们不妨动用一下这一方面的力量，对他动之以情，我们也走一走曲线救国的道路，直接取胜不成，就拐个弯，反正我们这一趟无论如何都要把黑先生带回去。"路鸣似乎已经胸有成竹了。

"那要怎么做？"王立及郝祖国都充满期待地看着路鸣。路鸣笑了笑，对王立说："王市长，给黑先生的秘书打电话，说我们三天后回国。"

王立还是有些忧虑："书记，要是他压根儿就不在乎呢？"

路鸣很笃定地说："不会的！我在建华改姓的问题上犯了一个大错误，是因为我不了解黑先生的为人。现在不同了，我已经充分了解了黑先生的为人，已经做到了知己知彼。你们放心吧，同样的错误我是不可能犯第二次的！"

欲擒故纵

在秘书那里听报告之前，黑一海就从郝立京和郝慧思那里得到了路鸣一行要回国的消息。

早餐时间，郝立京一边观察着黑一海的表情，一边试探着说："爷爷，大伯他们要走了。"

一如既往神情饱满的黑一海听到这话，大吃了一惊后，放下了手中的刀叉，看着郝立京："你说什么？他们要走？这是真的吗？"

"是啊，千真万确，我爸爸说王市长已经交代他订三天后的机票了。"

黑一海怔了怔，转头问静静地喝着咖啡的孙女："慧思，你爸爸也说要回去吗？"

郝慧思放下杯子，显得没什么精神地点点头："爷爷，我爸爸还在生气呢。他说，他不可能再原谅你了。"

黑一海又是一愣："慧思，这是真的吗？"

郝慧思看着黑一海，用很重的语气说道："是真的！"

黑一海站起了身，背着手在餐桌旁焦急地打着转："哎呀！这可怎么办啊？其实，我并没有别的意思，我只是想让他们知道，一个立志要振兴汽车工业的人，一定要有特别远大的志向和无与伦比的视野！并且一定要把科研工作放在第一位，然而当我提出建设科研队伍的计划时，他们居然说，我提出的 500 人的研发队伍太庞大了，没有经费养这么多的人。你听听，这是什么话？还有立京你那个爸爸，竟然提出要购买人家的发动机来生产自己的汽车！最核心的发动机是别人的，还好意思说是自己的汽车？在他身上，还有一个企业家的尊严吗？他还跟我提什么梦想啊、抱负啊什么的，难道这就是他的梦想吗，啊？"

郝慧思过来抱住了越说越激动的黑一海，将他按回座位上，从后面环抱住他的脖子，撒娇般地在他耳边柔声说道："爷爷，你别这么生气，没那么严重啦，你也要替他们想想啊，这也是没办法的事不是吗？毕竟，他们不是还没有搞过小汽车吗？对于完全是从零出发的人，你这么要求他们，是不是有点太过急于求成了？而且，也有点……"

"有点什么？"

郝立京补上郝慧思的话，笑嘻嘻地说："有点儿不近人情。"

"什么？我不近人情？立京，连你也这么看？"

郝慧思回到旁边的座位上，冲郝立京笑了一下："爷爷，立京说得对，你要考虑他们的实际情况，慢慢地引导他们才对呀！毕竟在汽车制造上与您相比，他们充其量只能算是小学生，让他们一下子有您这样的高度，那是不可能的。而且，这也不光是他们的现状，更是中国汽车工业的现状，这个现状就是，一切都得从零开始。"

黑一海叹了口气："慧思啊，不是我没考虑他们的情况，我也想慢慢来，可是，你们两个毕业前的那场大学生辩论会对我的刺激实在是太大了啊！为了搞好我们中国的民族汽车工业，我是恨铁不成钢啊！"

郝慧思眨了眨眼睛，偷偷冲郝立京使了个眼色，又转而对黑一海说："是啊，爷爷，我们都能理解您的一番苦心。所以，我和立京才专门跑到德国来，千方百计地要请您回国，我们也都是为了您这个伟大的梦想啊！"

说话间，郝立京已经吃完了早餐，他站起身："是的，爷爷，就是扒了我的皮，我也不可能忘记那场大学生辩论会。那是一把插在我心头的刀，永远都是鞭策我前进的动力。"

黑一海有些出神地看着郝立京："我想他们应该能理解我的一片苦心。"

"爷爷，话不说不明，理解也需要沟通，否则人类为什么发明了语言。我想你们还需要进一步的交谈，了解彼此的真实想法，这样僵持下去可不行，毕竟时间不等人。不如这样，让路叔叔他们也看看那场辩论会的录像？"

"慧思，你这个主意好！"郝立京立刻表示赞同。

"很好，慧思，那就由你去邀请他们，今天早上到我的办公室，继续之前的谈判。"

郝立京走过去抱住黑一海的肩膀："太好了！爷爷你退让了这一步，让我对你的敬佩之意又增加了一分！虽然大家都有共同的梦想，但彼此却并不了解，如果大家闹了误会，不是太遗憾了吗？而且，为了达到爷爷你教育后辈的目的，我都忍着没有告诉你，我爸爸其实已经决定了回国这件事。唉，你知道我忍得有多痛苦吗？尤其是看到你们产生误会之后，我的痛苦和罪恶感就更加深重了。"

郝慧思扯开郝立京，对他夸张的表现有些忍俊不禁："立京，你真应该去唱歌剧，平平淡淡的话都能让你搞成咏叹调，拜托你能不能用普通一点的方式说话呢？"

"哎，你不是最爱我这一点吗？"

"喊！谁爱你这一点啊！少自作多情，好不好？"

"不会吧？郝慧思同学，你在上帝面前发的誓呢？难道是我幻听了吗？是谁说会爱我一辈子不离不弃的？"

"笨蛋，那是你在做梦！做白日梦！"

郝慧思说完，轻快地闪身到了门口："好了，不跟你在这里耍贫嘴了，我要赶快去通知路叔叔他们。"

一场辩论会

上午九点整，路鸣、王立及郝家兄弟等人坐在了会议室中，各自表情严肃地听着郝慧思的解说。

"下面要播放的是我用一般家庭摄影机拍摄的一段影像，是我在日本留学时参加的一场大学生辩论会的情景，这场辩论会是在即将毕业的留学生中举办的，我和立京都参加了，但我只是作为一个旁听者和见证者，立京作为主辩手与对方有一场精彩的辩论。由于设备有限，录影效果不太好，但我想已经足够了。因为，必要的内容全部都留存了下来，至于为什么要让大家观看这个东西，我想等看过后，大家就会明白了。"

为了观影效果，窗帘全都拉上了，房里光线很暗，只见会议室一头的墙壁上的投影渐渐显现出一个清晰的场景。那是在某所大学的礼堂里，用英、法、德三国文字排列成的辩论会主题立板，竖立在弧形舞台的两侧，那条高高地挂在礼堂上空并且是用汉字书写的红色条幅显得特别耀眼。镜头交代完这些背景后，有些摇晃地推进，然后定格在舞台中央的辩手席位上。

在听过郝慧思的解说之后，路鸣等人还有些疑惑，不断观察一旁神情严肃的黑一海，不知道他葫芦里到底卖的是什么药，但随着时间的静静流逝，所有人的目光都聚集在了对面那堵被投下光和影的墙壁上。

虽然只是大学生的辩论会，现场却极其热烈。台上的辩手和台下的留学生，都有着各种肤色和面孔。郝立京就坐在辩手席上，在一群金发碧眼的年轻人中，他的黑色头发、黄色皮肤显得尤为突出。随着辩论的不断深入，辩手们之间已经擦出了激烈的火花。

对方的一位日本大学生突然向郝立京发难："立京君，你再看看你们中国的道路。'车到山前必有路，有路必有丰田车'，在中国这句广告语非常流行，可以说妇孺皆知。不论是城市还是乡村，到处都有我们的日本车，丰田、尼桑、本田、三菱……由此可见，你们中国是不可能赶超我们日本的，难道你们想开着我们的车超越我们吗？这简直就是痴人说梦！"

在他旁边的一位英国大学生也接着说道："是的，中国人最大的毛病就是窝里斗，不团结！怎么可以和我们西方大国相抗衡呢？"

礼堂里的大学生听众顿时哄堂大笑，但少数中国留学生的脸色，已经出现了愤怒的表情。

郝立京忽地站起来，对着麦克风大喝一声："别笑了！"

他那声极具威慑力的怒喝，停止了礼堂里的喧哗，让所有人都安静了下来。

郝立京离开辩论席，走到对面，指着那个出言不逊的英国大学生的鼻子："你！要为你刚才侮辱性的发言向我道歉，不，是向在座的所有中国留学生道歉！"

英国大学生也气势汹汹地站了起来："我是实话说话，我不需要道歉！"

郝立京将拳头捏得咔吧咔吧直响："你再说一次试试！"

"怎么，想打架吗？哈哈，中国人就是这样，动不动就以暴力相向。"那位英国大学生越发地狂妄了。他的态度和言论让郝立京的脸变得通红，两眼里冒出了能焚烧一切的火光。

辩论赛主持人走过来及时地挡住了郝立京："立京先生，请回到你的座位上去，这里是辩论会场，不是搏击赛场，请注意辩论赛的礼节。"然后他又对那位英国大学生说："请你注意一下自己的发言，你刚才的话里确实带有侮辱性的字样，是在进行人身攻击，这样说是不符合辩论精神的，你应该理性地提出你的观点。"

英国大学生坐下来，冲着郝立京傲慢地一笑："好，我会非常正确地提出我的观点。"

郝立京并不回座位，同样傲慢地说道："不行，你，必须向我们中国人道歉！"

"道歉？我们英国人没有道歉的习惯。"英国大学生轻蔑地扫了郝立京一眼，转头与旁边的人一起笑了起来。

"那我就让你知道一下什么叫道歉！"郝立京一把揪住他的衣襟，将他从座位上扯了起来。

台下的中国留学生一下子都站了上来："对！让他道歉！向所有中国人道歉！"

那位英国学生大概没有想到会是这样的结果，当即吓得脸色苍白，神情惶恐，连忙向主持人求援。

主持人看了一眼那些站起来抗议的中国留学生，无奈地摇摇头，对那位英国学生说道："你要为自己的言论负责，你应该向他们道歉。"

"道歉、道歉！"台下喊着的已经不仅是中国学生了，声势一下壮大了许多，眼看场面有些控制不住了。

英国大学生在主持人及郝立京的威迫下，极不情愿地向台下鞠了一躬："我……向你们道歉。"

主持人见郝立京神色缓和了下来，连忙顺势而下，将他带回原来的座位："郝立京同学，给我一个面子，不然的话，这场辩论会就进行不下去了。"

郝立京微微一笑，摇摇手："没问题，你继续主持，他已经向我们道歉了。我们中国人有句话说'得饶人处且饶人'，而且也讲以德服人，以德报怨，我对他个人并没有什么恩怨，只是希望他之后注意一下他的言论就可以了。"

"我会提醒每一位辩手，请注意自己的言论。那么，辩论会继续进行，现在请反方发言。"

对手席上站起了一位美国留学生："郝立京先生，我们承认之前是我们这一方的言论过激，我也在此向你道歉。但是，有一点你不能否认，你们中国没有顶尖的技术人才，没有开发最新产品的能力，别说是赶超我们西方大国了，就是赶超日本这样的亚洲国家都没有可能！"

郝立京站了起来："你们的问题都说完了吧？"

对方看郝立京神色不善，又感受到来自他的压力，举起手表示已经说完。

"好！你们说完了，再让我这个中国人说几句！"

这只是一场关于发展中国家是否能够与发达国家之间求得经济平衡的主题辩论会，但不知道在什么时候就成了针对中国这个最大的发展中国家的讨论，大概是因为正方主辩手是一位中国学生的原因吧。

看到这里，王立忍不住发起了牢骚："这些外国学生真是太无知了！"

黑一海看了他一眼，淡淡地说道："这不是无知，这应该是事实！"

郝慧思连忙摇了摇黑一海的胳膊，示意他不要再说下去："爷爷……"

郝建华生气地瞪着自己的侄子："立京，你怎么不反驳他们？真是……太丢人现眼了！"

郝立京被自己的父亲用更加深沉的目光注视着，他并没有任何的愧疚之意，只是一改平素调笑的模样，紧紧抿着嘴唇，像是已经凝固在了座位上。紧接着，他的视线又停留在了对面的投影上……

"爸爸，请你继续看下去吧。"郝慧思轻声说道。

震　撼

郝立京的头像又一次出现在了投影上："同学们，我前面已经说得很清楚了，300 年前的英国之所以能在很短的时间内成了继葡萄牙、西班牙、荷兰之后的世界第四大经济强国，那是因为，英国靠武力扩展，靠掠夺他国资源才强大了起来。大家一定还记得 1840 年英国和中国的鸦片战争吧，英国人在掠走我们中国的三四十亿两黄金白银后，留下了摧残身体、损坏精神的罪恶的鸦片……紧接着，英国人又强迫中国签订了以割让香港岛、赔款 2100 万银圆等为主要内容的《南京条约》，记录下了中华民族近代的屈辱、彷徨和困惑……"郝立京的声音说到后面已经开始抽噎，几乎无法再继续下去。听众全都静静地看着他，也等着他。

路鸣突然大声说："立京，你加油啊！"

王立缓缓地吐了口气，说道："立京，你可是说出了我们中国人的心里话啊！"

郝慧思却是轻轻一笑："更精彩的还在后头呢！"

"是啊，我们继续往下看吧。"黑一海说着，看了一眼郝立京，见他依然紧盯着投影，眼中的情绪因为光线太暗而看不太清楚，但可以知道，他此刻的心情不仅仅是激动，更多的应该是悲痛。就如自己每每回想起当年在日本酒馆经历的那一幕一样，情绪总是会在刹那间被牵动。相信这场辩论会已经成了这位 20 岁出头的年轻人心中永远的伤痕。

很快，郝立京就恢复了平静，他继续说道："同学们，前面那位日本同学不是说，我们中国永远不可能超越你们日本吗？你说这样的话，我都替你们的祖先感到脸红。请问，你们日本是怎么发达富裕起来的？再请问，我们中国是怎么贫穷落后下去的？让我来告诉大家吧！日本之所以强大，是因为你们在 1931 年开始逐步侵略、占领了我们的大半个中国，尤其是东北，被日本占领长达 14 年之久。在这期间，你们的军人用烧光、杀光、抢光的'三光'政策，对我们中国进行了惨无人道的烧杀抢掠。那时候，你们国库里百分之八十以上的金钱都是掠夺我们中国的财富得来的。我们中国为什么会贫穷？我们中国的科学技术为什么没有你们日本发达？我们中国的经济为什么会暂时赶不上你们日本？为什么？为什么？这是为什么啊？”

"是的，在我们中国是有你说的那句广告词。我们之所以买你们日本人的汽车，是因为我们中国人大度，是我们中国人不计前嫌。我们退一步说，如果我们中国人不买你们的汽车，你们日本的状况会怎么样呢？你们大把大把地花着我们中国人的钱，还在这里信口雌黄，这难道是你们这个民族的待客之道吗？”

掌声响了起来……

"我们中国的落后，在某种意义上来讲，就是你们日本人给我们造成的。同时也是你们西方的列强造成的。你们都不要忘了，汇聚了世界艺术瑰宝的圆明园是被谁烧毁的！而罪证就存放在你们引以为豪的大英博物馆中。我们一个拥有5000年历史的文明大国在你们的层层盘剥之下才终于落后了，我们的落后，促成了你们的发达，这样的你们，又有什么资格在这里数落我们中国人的不是？”

说到这里，郝立京的声音充满了愤慨，他目光炯炯地扫视着听众，礼堂里寂静一片，全都仰望着他。他慷慨激昂的声音显得尤为洪亮。而他那声压抑的长长的吐息也被麦克风传递到了每一个角落，每个人心中。

"当然，我们并不想在这里翻旧账，只是想要提醒有些人的盲目自大，提醒大家不要忘记历史的真相。中国人向来以德报怨，而且崇尚和平，我们反对一切侵略行为。因为，所有在座的发展中国家都曾不同程度地被那些列强欺凌并剥夺。这种不平等不会永远持续。这就是我们今天为什么要坐在这里共同讨论的原因。请对方也不要忘了我们今天的辩论主题。对于你们之前无礼的发言，我们不得不提出抗议，因为这是关于一个国家、一个民族的尊严问题。同时，我们也决定接受你们的意见，这就是我们中华民族的气魄，对于任何一种针对我们的评论，只要是善意的，我们都能够容纳，相反地，那些夜郎自大并且企图篡改历史真相的人，在我们中国人这样博大宽广的胸襟和气度面前只会自取其辱！”

礼堂里爆发出了热烈的掌声，久久不衰。

路鸣、王立等在场的人，都热烈地鼓起了掌……

"在这里，我很坦然地告诉你们，我们目前的确在各方面都落后于你们，而你们所说的那些因素也是存在的。比如说，我们作为一个人口众多、幅员辽阔的多民族国家，要做到团结一致非常不容易，所以被有些人钻了空子搞分裂；还有我们始终都是作为一个农业大国在发展经济，面对工业革命的强烈冲击有些应接不暇，这也是造成那些战争悲剧的根本原因，因为我们虽然发现了铁，却只知道用铁来造镢头而不是刺刀，我们发明了火药，却只用来做炮仗而不是制造枪炮；再一方面就是我们长期处于封建王朝的统治之下，缺乏进取和创新精神，所以在某些方面出现了不足，但这一切并不会成为我们的桎梏，因为我们是一个充满智慧并且意志坚定的优秀民族。至于你们所说的什么毛病之类的，那只是你们在门缝里窥见的东西而已……我们是个非常温和的民族，温和并不代表弱小，强大更不代表强势。现实中张牙舞爪的人往往都只是在虚张声势。中国是一头沉睡的雄狮，而它苏醒的日子已经不远了，中华民族必将以崭新的姿态屹立于世界民族之林！"

掌声再次响起，比之前的更热烈也更持久……

观影的路鸣等人也情不自禁地再次给郝立京鼓掌……

掌声之后，郝立京继续他的发言："同学们，我们在这里是为了探讨我们共同的发展之路，是为了世界人民共同的富裕和振兴。所谓共求发展、平等交往，并不是发展中国家在向发达国家单方面的乞求援助，而是本着互相促进的原则在共谋利益。为什么不能架起和平共处这座桥梁呢？谁也用不着自傲或是自卑。世界是一家，这是未来必然的发展结果。所以，在这里我代表中国，一个发展中国家，向你们发出热情的邀请，无论你是来自何方，不管你是在发展中国家，还是在发达国家，都请来中国做客，带上你们的礼物，但请不要带着你们的枪炮（有人为这句话笑了）。你们不要笑，我是说真的（说完，郝立京也笑了）。我们有一首歌是这样唱的，若是朋友来了我们有好茶饭招待，但若是敌人来了迎接他们的是猎枪。除了让世界人民领略我们中国 5000 年的文化精髓外，我们也欢迎大家来和我们做生意，共架友谊与利益之桥梁。我们中国是一个大基地，也是一个大市场，如果你们用合法的手段，在这里你们一定会获得更多的财富，当然，你们也得留下相应的交换条件，比如你们的高科技技术，你们的企业管理经验，甚至是你们的文化思想。大家应该都看到了，如今的中国政府已经打开了国门，中国人民也都伸出了热情的双手，等待你们的光临。我们将海纳百川，融合世界一切先进的力量，在这里——中华人民共和国的大地上，建起第一个地球村！"

郝立京的手放在左胸口上，结束了他洋洋洒洒的发言，所有与会者都站了起来，为他鼓掌，甚至是刚才那位还与他发生过冲突的英国学生，也热情地和其他学生一起过来和郝立京握手言和……

　　路鸣站起来拥抱郝立京，紧接着是王立、郝祖国，还有郝建华……大家都对机智的郝立京表示了极大的尊重……

带梦回家

"黑先生，我明白您为什么让我们看这场辩论会了，真是太震撼了。您的心意，我们完全明白了，您是在提醒我们，我们的理想还不够远大，我们对科技的尊重还不够。"路鸣首先迎上去，紧紧握住了黑一海的手，"对不起，之前是我们误会了您。"

黑一海含着热泪和路鸣握手："不，是我的态度不好，对不起……"

"谢谢大伯！谢谢！谢谢您给我上了一课。"郝祖国万分激动地连说了三个"谢谢"，然后上前紧紧地握住了黑一海的手，"大伯，之前都是我不好，您说吧，我们该怎么合作，这一次就由您提出意向，无论什么条件，我作为首先和您合作的一方，我全部都答应您。"

"哈哈，你放心，我也不会要求你签订什么不平等条约。"黑一海朗朗笑道。然后走向了一直没有吭声的郝建华："建华，你还在怨恨我吗？这些天为父的确有些太不近人情了，让你在感情上受到了伤害，请你原谅！"

"不，父亲，我并不怨恨你……现在，我知道了你的用意，不会恨你，你永远都是我值得敬重的父亲。有你这样的父亲，我很自豪，我很骄傲。"郝建华就是这样的性格，没想通之前，可能会任着性子胡来，一旦转过弯之后，态度也变得特别快。误会解除之后，他一下子就找回了与亲生父亲的亲近感。

在大家的注视下，父子俩紧紧地拥抱在了一起。轻抚着儿子宽大而厚实的脊背，黑一海有些情绪失控，忍不住老泪纵横，泪水甚至都打湿了儿子的肩膀。

"爷爷，这下我们全家终于可以团聚了！谢谢你，你是我的好爷爷！"郝慧思过去将父亲和爷爷一起抱住，既快乐又悲伤地抽噎着，直到郝立京过来把他们拉开。

之后，黑一海草拟了一份提议，然后交给了路鸣和郝祖国，又经过了近一个小时的谈判，最后双方终于达成了一致意见。辽海汽车制造有限公司更名为中国龙汽车集团公司，黑一海出任公司副总裁兼小轿车公司董事长、总经理，专抓技术研发与革新。

"但是，我有个条件。"黑一海对自己出任副总裁一职虽然没有异议，但依然有担心的事。

"请讲。"路鸣坦然地注视着黑一海，希望他提出自己的所有建设性建议。

"我们组建的中国龙汽车集团公司，它的债务不能超过50%。"黑一海说，"从之前辽海汽车制造有限公司的资料上显示，公司是一家由政府掌控经营权的国营企业。这种情形对于将来的发展恐怕会成为阻力。毕竟作为一家企业，需要机动灵活的经营策略，如果层层审批，多好的机会都会溜走。"

"黑先生，你尽管放心。我们已经把辽海汽车制造厂债转股的报告报到了国家资产管理公司，我们的债务很快就将成为国家的投资啦！"

黑一海一拍手："好极了，这样一来，我就更有信心啦！"

"那么，咱们的合约可以签了？"

"当然，我要举办一个正式的签约仪式，而且，之后还有庆祝酒会！"黑一海的情绪非常高涨。

"尊敬的北方省委常委路鸣先生，尊敬的辽海市人民政府市长王立先生，尊敬的辽海汽车制造有限公司总经理郝祖国先生，还有我的儿子郝建华先生……请大家原谅我这些天来的无礼！"黑一海在签约仪式上向路鸣等人深深鞠躬，表示了他的歉意，然后宣布了合作事项："我宣布，第一项，辽海汽车制造有限公司将更名为中国龙汽车集团公司，并将实行股份责任制；第二项，从现在起，我黑一海正式出任中国龙汽车集团公司的副总裁；第三项，德国黑一海汽车研究所即日起再挂一块牌子：中国龙汽车集团公司德国研发中心！"

众人鼓掌欢呼。

"最后一项：我宣布，我们三天后回国！"说这句话的时候，黑一海像个孩子一样举起了双手，振臂高呼。

郝慧思扑了上去，抱住黑一海："爷爷，恭喜您！"

之后，路鸣他们没有浪费逗留在慕尼黑的时间，在黑一海的帮助下，他们举办了招商引资新闻发布会，并与几方有意向的公司进行了初步洽谈，虽然最后没有实现签约，但收获也不小，至少已经摸清了对方的底细。用路鸣的话说："至少，我们放空炮也有了响动，让人家知道我们有这个意思。"而事实证明他们的这个马前炮并没有空放，后来中国龙汽车与其中的一家世界知名汽车公司进行了合作，从而促进了自主研发的汽车能够提前上市，当然，这已经是后话了。

研究所的一切事务交代完毕之后，黑一海带着简单的行李踏上了归途。这是他长达近五十年之久的回归，将近半个世纪在海外游历的时间，已经将他的那份乡愁埋藏得很深，表面上他并不是显得很激动，依然是精神矍铄，风度翩翩，举止优雅得体，不见任何张扬或多余的举动。

在接下来举办的简单的离别酒会上，与在德国的同僚、朋友、下属们平静话别，然后与路鸣等人一起去了机场。在机场咖啡茶厅候机的时候，黑一海相当平静地喝着一杯咖啡，与坐在身边的儿子郝建华轻声交谈。

"建华，你的公司经营状况怎么样？"

"一切正常，父亲。"郝建华略有些生疏地回答着父亲的问题。

"好，正常就好。回国以后，我找个空闲到你公司去看看。"

"我代表元房子集团公司的全体员工欢迎您光临指导！"

黑一海点点头，微笑道："我一定去看看，看我们有没有可以合作的项目。我这个做父亲的总得为儿子做一点事。这么多年，我一直没有尽到做父亲的责任，我心中有愧啊，我得好好补偿你。"

"父亲，你不必为我做什么，只要你能健康长寿，做儿子的就已经很满足了。"郝建华说的虽然都是好话，但黑一海没有听出来自儿子内心的真正的感情。

黑一海看了一眼郝建华，低头喝着咖啡。他能感觉到儿子与他之间的距离感，这也正常，对于儿子而言，自己是个突然冒出来的父亲，对于自己而言，郝建华也是个突然冒出来的儿子。尽管血浓于水，但是感情却需要日积月累，不是一朝一夕就能建立起来的。

坐在对面的王立热情地插入谈话："合作项目肯定有啊，建华那里有个橡胶厂，新买的机器设备，我看可以考虑作为中国龙汽车集团公司的合作单位之一。"

"建华，只要你那里建立了现代企业管理制度，我看可以探讨一下合作的问题。"

王立连忙接上话："建华，你也听到了吧，你们的企业虽然效益很好，发展也快，但没有建立起一套完整的现代企业管理制度，在管理上太粗放，存在不少弊病。所以你得赶快着手改革，要不然的话，你想要与中国龙汽车集团公司合作，首先你父亲这里是过不去的。"

郝建华沉默了一会儿："好的，我就请祖国派人替我建立这个现代企业管理制度。"

郝祖国爽快地承诺："大哥，没问题！回去之后，我就让企业管理处给你派一个副处长过去。"

机场广播里传来了催促登机的声音，路鸣站起身说："黑先生，我们该动身了。"

"好，我们走。立京，慧思，你们赶快过来，要回家了！"

飞机渐渐脱离了地面，缓缓向上爬升，即将告别德国，黑一海的心中突然产生了一丝不舍。对于日本，因为有刻骨的仇恨，所以即便待了很久，也产生不了多深的感情。但德国就不一样了。德国人一丝不苟的精神深入骨髓，正因为如此，德国的机械制造业是世界上最发达的，一些精密的仪器，只有德国能够制造。黑一海是做科研搞技术的，他对德国这种严肃认真的民族性十分推崇，而德国的这种民族性也深深地影响了他，使他对德国产生了一种很亲切的感情，在他的内心深处，他已经把德国当成了自己的第二故乡。对于故乡的美好憧憬和对于德国的留恋在黑一海的脑海中冲撞着。别了，德意志，再见了，慕尼黑，透过朵朵白云的间隙，黑一海最后看了一眼慕尼黑，情不自禁地挥了挥手。

好戏连台

经过三个月的奋战，郝设华和他带领的"郝设华班组"终于制造出了一台庞大的压缩机机壳。但他们完成最后一个焊点时，一个个都躺倒在车间的地上。副厂长吴裕泰带着后勤服务人员抬着夜宵进来时，一眼看到的就是东倒西歪的工程师和工人。吴裕泰望望郝设华他们三个月的劳动成果，再望望鼾声阵阵的郝设华，鼻子一酸，险些掉下泪来……他带领大家，把郝设华他们一一抬到了一块块模板或者是木板上，然后帮他们盖上了毯子……

做完这一切后，吴裕泰对大家说：不要吵醒他们，他们太需要睡眠了。

吴裕泰慢慢地坐在了郝设华躺着的简易值班的小床旁边，此时此刻，他睡得无比香甜。吴裕泰后来才知道，在机壳收尾的时候，郝设华放心不下，生怕出什么问题。当大家完成最后一道工序后，他又仔仔细细地检查了一遍压缩机机壳的每一个细节。直到确保没有纰漏之后，他才发现大家随地睡着了。他本来要叫醒大家的，可他怎么也叫不醒他们。最后，他也撑不住了，便四仰八叉躺倒在地上，也睡着了……

吴裕泰认真地望着郝设华，睡着了的他看上去比三个月前更加消瘦了，颧骨高耸，眼窝深陷，面色蜡黄，将近一米八的个头只剩下了一副骨架子，这个样子，让谁看了都觉得心疼。

吴裕泰见有人在车间外忙碌，不知道在干什么，就走了出去。结果，他发现了不少得到消息的工人们。他们已经在车间门口挂上了"热烈祝贺郝设华班组为我们造出了'争气壳'！"的条幅……

上午 10 点，辽海制造厂机壳车间门外不仅云集了厂里的干部和工人，而且还来了不少媒体记者，他们把各种镜头对准了站在那台崭新的压缩机前的郝设华。压缩机上方挂着两条横幅，分别上书"我们工人有力量！"和"老外做不到的我们做到了！"那是工人们最自豪的声音。

站在压缩机前还未拆卸的工作台上，吴裕泰假咳了两声，制止了周围的喧哗："同志们，今天，我们自己设计生产的'争气壳'已经安装完毕。

下面，请我们的工人工程师、'郝设华班组'组长、'争气壳'发明人郝设华给我们讲两句！"

尽管台下所有人都报以了热烈的掌声，但郝设华却怎么也不愿意上台来讲话，使劲摆着手说："厂长……我……我没啥说的。"

吴裕泰伸出手要拉郝设华："设子，你怎么干活的时候冲在前面，说话的时候就往后钻呢？来，上来！"

郝设华继续摆手，并一个劲地往后退："厂长，我……真的……没什么……可说的！"

见郝设华就像是要被押上刑场一样的神色，吴裕泰只得放弃，叹了口气，指着台下的郝设华说："同志们，这就是我们的功臣。说到技术问题，他是头头是道，说别的，他就磕磕巴巴了。好，我们就不为难我们的英雄了！下面请我们辽海制造厂厂长蔺周全同志开动压缩机！"

蔺周全精神抖擞地站在压缩机旁："同志们，今天是我们厂的大喜日子！之所以是大喜，是因为我们的工人工程师郝设华同志攻克了世界性的技术难关。同时，不但为我们厂节省了几千万元的外资，而且还比外国人提出的修理时间提前了三个月！同志们，三个月是个什么概念啊？'压缩机一响，黄金万两'啊！这三个月，给我们厂带来的经济效益究竟是多少啊？"

台下开始喧哗，蔺周全知道大家为什么喧哗，所以他不制止，只是提高了声音，大声地问："同志们，大家说，这台压缩机究竟让谁开最合适啊？"

"郝设华！郝设华！郝设华！"众人几乎是异口同声地喊着这个名字。

"对！大家说得对极了！设子，你最有资格，上来吧，把这个红色的按钮摁下去！"

郝设华虽然被人家推上了操作台，可他还是不愿意摁那个红色的按钮。这时候，吴裕泰急急忙忙地上来了，伏在蔺周全耳朵边说了几句什么，蔺周全连忙对窘迫的郝设华："设华，你不开我也不开，我们请市委路书记来开。"

围观的人们发出了各种声音，或惋惜或惊讶，就在这样的嘈杂声中，一身深色西装。装束的路鸣大踏步地走了进来，他三步并作两步地上前握住了郝设华的手："设华同志，你为我们辽海制造厂立了一大功啊！我代表辽海市委、市政府向你表示热烈的祝贺！"

郝设华有些嗫嚅地接受着这样热情的祝贺，磕巴着不知道该怎么回答。路鸣倒是不介意，他情绪非常高昂，扶着操作台的栏杆，大声向台下说道："同志们，我刚刚下飞机，就听说你们自己制造的大型压缩机机壳现在试运行，我从机场直接就过来了。是你们的吴厂长给我打的电话，他说你们的工人工程师，只用了三个月时间就造出了外国人半年才能完成的大型压缩机机壳，为厂里节约了几百万元美金。这真是天大的好消息呀，我说这个启动仪式我一定得参加。这不，我一激动，就直接来了，嘿，看来大伙今天也是热情高涨，你看，我都被你们的热情烤得汗流浃背了，呵呵。"

在大家欢快的哄笑声中，路鸣接着说道："同志们，我们辽海市现在是好戏连台啊！我和王市长刚刚把德国汽车专家黑一海老先生请来我们辽海市，黑先生现在是德国汽车工程师协会发动机分会副主席、德国能源部汽车技术工业顾问，也是国际发动机学会、德国机械工程师协会、日本汽车工程学会会员。去年，国际汽车工程师协会将 Forest R. McFarland 奖授予了他，以奖励他对该学会发展所做出的杰出贡献。紧接着，他又被德国工程院选为德国 30 位最杰出的工程师之一。他是来帮助我们辽海汽车制造厂的！"

人们使劲地鼓掌并伴着工人们粗犷的喝彩声。

"你看，这接下来，我们辽海制造厂的工人工程师郝设华同志，又研制出了我们自己的'争气壳'。这难道不是我们辽海的大喜事吗？"

"是啊，这是大喜事！"大家跟着喊道。路鸣抬抬手，让大家安静，"刚才，周全同志说让我开动压缩机，可是我认为在这里只有一个人开动压缩机才是最合适的！下面，有请我们杰出的工人工程师郝设华同志开动压缩机！"

大家本以为市委书记会夺了郝设华"剪彩"的荣誉，但一看路书记通情达理，丝毫没有私心，纷纷报以热烈的掌声。市委书记发话，郝设华再也不能躲闪了，他激动地走上前来，狠劲地摁下了红色的按钮，压缩机发出尖锐的啸声，在震耳的轰鸣中运转起来，可以说，一直到这个时候，郝设华的心里面才感到一块石头落了地。

大家都全神贯注地注视着运转的机器，似乎那震耳欲聋的声音就是世界上最美妙的音乐，听得每个人都如痴如醉。尤其是郝设华，他的眼光近乎狂热地盯着旋转的机芯，抓着栏杆的双手微微颤抖。

秘书悄悄走到专注盯着机器的路鸣身边，在他耳边轻语："路书记，资产管理公司柳总的电话。"

路鸣回过神来，接过秘书手中的手机，快步走进车间主任室："柳总，你说。"

"路书记，你们汽车制造厂债转股的报告已经批下来了。"

"谢谢柳总！这可真是好消息啊！"

王立跟过来了："路书记……"

路鸣向他压了压手，继续接电话："好的，我们改日登门拜访你这个大财神爷……好，再见。"

王立看着路鸣手中的电话问："郝祖国他们打上去的报告批下来了？"

路鸣使劲点了点头："是啊，批下来了，真是好戏连台啊！"

王立也跟着高兴起来："我们应该赶快把这个好消息告诉黑先生，好让他老人家放心。"

"你说得对，走。"

打开梦想之翅

黑一海怀抱着一束鲜花在王立等人的陪同下，走进了工人疗养院章小凤的房间，一进门，王立就用他那高亢的声音吆喝："阿姨，你看看，是谁来看你来了？"

章小凤坐在轮椅上，身后站着郝一湖，她哈哈大笑："这还用猜吗？当然是我那几十年不见的大哥啰，大哥……真的是你回来啦！"

"小凤，一湖兄弟！"黑一海上前和郝一湖猛烈地拥抱了一下，然后蹲下来将鲜花放在章小凤怀中："小凤啊，这么些年来，我想你们啊！"

章小凤使劲拍打着黑一海的肩膀："大哥啊……你……这么多年，你怎么连个信儿都不给我们呀？要不是立京、慧思他们给我们通风报信，我还以为你追我那可怜的惠子嫂子去了呢……"

黑一海抹了一把眼泪，坐在了郝一湖拿过来的一个小凳子上："小凤，怪我，怪我，是我忙于工作，再加上……"

章小凤接过郝一湖递上的湿毛巾，擦了一把眼泪，又把毛巾塞到了黑一海的手里："我知道，我知道你想惠子嫂子，所以，你不打电话也在情理之中……"

"小凤，谢谢你和一湖，这么些年来，把建华照顾得非常好，他已经成为一名能独当一面的人才了，这都是你们俩的功劳，我真不知道应该说什么才好。"

"大哥啊，你这就太见外了，一家人还谢什么呀。你走的那个时候，我们得顾及政策，所以，就把孩子当我们亲生的养，一直都瞒着别人，也瞒着孩子……现在好了，没什么顾忌了，这不，你这个亲生父亲也回来了，建华，你就把姓改回来吧，还姓黑，这样大哥你们黑家的血脉也算是有传人了。"

黑一海沉下脸："小凤，你说什么呢？建华他有两个爸爸、两个妈妈，但是，他的名字永远叫郝建华！吃水不忘挖井人，他不能忘了你们的养育之恩。何况，我们黑、郝两家不用分得那么清楚，我们永远都是一家人！"

章小凤擦了擦眼睛："对，说得好，我们永远都是一家人！可是，大哥，你就建华这么一个儿子，我看……我看还是让他把姓改过来吧。"

"小凤，这话就到此为止，以后你千万再也不要说了！你要是再说，我可就生气了！"

"哈哈哈，好好好，我听大哥的！不就一个姓嘛，那都是虚的，我们一家人终于团聚了，这才是最重要、最……最值得高兴的！"

"对，小凤你说得对，这才是最值得高兴的！"

浩浩荡荡中国龙

　　黑一海回国一个月后，中国龙汽车集团公司正式成立，并举行了挂牌仪式。集团公司经过研究决定，把集团公司的办公地点设在工业园区新建的办公楼里。这是一个非常有现代化风格的建筑，虽然没有黑一海在德国的研究所那种独特的风格，却也显得大气、雄伟，办公楼分子母两栋建筑紧紧相挨，一高一矮，错落有致，并向四面伸出类似中国古代楼阁的飞檐，呈展翅状铺开。黑一海看过后非常满意，听说是郝祖国请了国内最著名的建筑设计师专门设计的，因而对郝祖国的大手笔大气魄也特别欣赏，他称这栋楼为"腾飞的中国龙"。

　　"好啊，我们中国龙汽车现在就已经展开了腾飞的翅膀，时刻准备着搏击长空。"郝祖国说道。

　　"有你小子的，口才很好！"黑一海笑道，"你比你大哥有胸襟。"

　　"不，大哥他也做得很成功。"郝祖国连忙说道。

　　"我是看事实说话，给了你客观的评价。而且，以后你我是合作关系，对彼此是要抱着最大的诚信，如果我对你没有信心，也不会与你达成这种共识。"

　　"我再次谢谢黑总。"郝祖国毕恭毕敬地给黑一海鞠了一躬。

　　"哈哈，等仪式结束后，咱们还得回到叔侄关系上，这一点不论你我是否合作，都永远不会变。"

　　"是的，大伯。"

　　"这个称呼还是等下班了再叫吧，我可是公私分明的人哦。"

　　"我记住了，黑总。"

　　"郝总经理，不，现在公司已经进行了股份制改革，应该叫你郝董事长了，你才是我的上司啊，你这样对我不会有损你董事长的威望吗？"

　　"尊老爱幼是中华民族的美德，与什么职位没有关系。何况，黑总是我们中国龙汽车腾飞的翅膀，是否能够让我们的梦想起飞，都得仰仗您的力量，我作为董事长，就更应该表示出对您的尊敬和重视，其实我这也是间接表达对科技的尊敬和重视。"

"你的口才果然厉害，看来你完全是继承了你母亲的优点啊！"

"黑总，仪式就要开始了，我们上台去吧，今天参加这个挂牌仪式的有很多省市的重要领导，他们很看重我们的中国龙汽车，也很看重您。"

"是否看重我并不重要，重要的是他们能够全力支持我们中国龙汽车。郝董事长，官场上的那一套我弄不来，招呼他们的任务就全权委托给你了！"

在新落成的雄伟的办公大楼前面，"中国龙汽车集团公司成立挂牌仪式"的横幅高高地挂在门廊上，两边飘飞的氢气球垂下巨大的红色条幅，分别写着"百年梦想今朝成为现实，中国龙汽车明天驰骋大地"；"海外游子回归祖国怀抱，七十老将梦圆辽海故乡"……

宽阔的广场上，整齐的乐队正在表演欢快又激昂的乐曲；一身火红旗袍的礼仪小姐在大门前排成一个弧线，每个人手中都用托盘捧着红绸扎成的彩球。四周的记者们调试着自己手中的长枪短炮，准备记录下这历史性的一刻。

辽海市市长王立亲自主持了这场挂牌仪式："尊敬的省委孟金川书记、省政府王应麟省长、省委常委路鸣同志，尊敬的中国龙汽车集团公司副总裁黑一海先生，以及各位来宾、各位朋友：大家好！金秋十月，天高气爽，在这个大喜大庆的日子里，我们迎来了中国龙汽车集团公司成立、挂牌的时刻！让我们以热烈的掌声，请省委领导为中国龙汽车集团公司成立揭牌！"

欢快的乐曲与鞭炮声一齐响起，孟金川上前，揭下了铜牌上面的红绸，人们不断欢呼、鼓掌。

郝祖国深深地吸了一口气，抬头望向天空。蔚蓝的天空上没有一丝白云，正是适合雄鹰展翅尽情翱翔的好天气，我的梦想要从今天开始起飞，什么都无法阻止我前进。之前经历的种种磨难与挫折，都是激励我奋发的力量。做人就应该像韧劲十足的弹簧一样，别人把你压得越紧，你就会弹得越高。这是一个新的开始，但愿这次的起航能够一帆风顺！

老骥伏枥

骆子一进门就高兴地大喊："小凤，今天家里可是双喜临门啊！"

章小凤问："骆子哥，设子为他们厂里立了一功，是一喜，这第二喜又是什么呀？"

骆子把手中的报纸递到了章小凤的面前："你看看，祖国又上报纸了！"

"哈哈，我的祖国可真有出息，现在听说都当上董事长了，以后应该更懂事了吧！"

章小凤的一句玩笑话，一下子就把骆子逗乐了。

骆子看着笑呵呵的章小凤说："看不出，你也学会幽默了。"

"能学不会吗？也不看看我整天和谁在一块儿，骆子，咱们辽海的娱乐名人。"

骆子继续拿着报纸看："你看，全都是夸他的话。"骆子指着报纸，"他的中国龙汽车集团公司开业，光工人就招了一万多呢！冶炼厂和油漆厂的下岗工人就招了八九千，一下子解决了这么多下岗工人的再就业问题，祖国这是为咱们辽海市做了一件大好事啊！"

"祖国干得太好了，挽救下岗工人，这可都是功德无量的事情啊！"

"那当然，你想想看，那些下岗工人大多数都是一个厂里的双职工，下岗一起下，生活一下子没了着落，想想都觉得可怜啊！"

"这下好了，祖国那里招工这么多，别的地方再招一点，你招一点，他招一点，那些下岗工人就全都有着落了。"

"是啊……"

与此同时，郝祖国礼貌地敲响了中国龙汽车集团公司副总裁办公室，听到秘书"请进"的声音后，走进了黑一海的办公室："黑总，您找我？"

黑一海马上放下了手中的活儿，走了过来："我来这么多天了，还没有陪你爸爸妈妈吃一顿饭，你今天晚上有没有时间，陪我和你爸爸妈妈一块儿坐一坐。"

"黑总，没问题啊！本来今天晚上要去工人新村看看的，那我就明天再去吧。"

"工人新村？是市里的工人新村，还是我们厂里的工人新村？"

"当然是我们厂里的工人新村了。"

"要是厂里的工人新村，就明天吧，我也去看看。"

"黑总啊，困难重重啊！人家建筑公司已经提意见啦，说我们的工程款要是再不付给他们一点，他们就要停工啦！"

"这么严重啊？"

"不过不要紧的，我们的集团公司开业后，银行方面已经对我们刮目相看了，我们的贷款马上就下来了。"

"祖国，你干什么我都可以不管，但是，我们研发中心的科研经费和研发人员的工资，你可不能打一点点折扣，当前，我们部门可是最核心的啊！"

"黑总，你就放心吧，我已经给财务部打了招呼，我们厂的研发经费专款专用，任何人不准动用一分！"

"不过，祖国，你给财务部下的那个命令不合适。"

"黑总，你说的是研发经费由你分管的事吧？"

"由我分管这没有错，但是，这签字权你得收回去！"

"黑总，这个签字权我不能收回！"

"不行，你得收回去！"

"黑总，用人不疑，疑人不用，我既然把你从德国请来了，我就得把相应的权力给你。否则的话，我这个董事长就当到头了！"

"祖国，这真是你的心里话？"

"俗话说，大丈夫一言既出，驷马难追，在我这里，千军万马都难追。"

黑一海站起来和郝祖国握手："好！祖国，你就看我的吧！"

"老骥伏枥，志在千里，烈士暮年，壮心不已"，当年曹操在渤海之滨写下的这几句诗，恰如其分地说出了所有心有壮志的老年人的心声。黑一海想，当年，自己丢下尚在襁褓中的儿子，背井离乡，这么多年漂泊海外，为了什么啊？不就是为了学成归来，为祖国的经济建设多做贡献，好使自己的祖国强大起来吗？现在，虽然自己已经年过古稀，精力有限，但是自己在技术和经验上却达到了顶峰。是该好好地发光发热了，绝不能把自己这一肚子学问带进棺材，陪着自己的臭皮囊一起腐朽。"老夫聊发少年狂"，中国的汽车制造业，我来了！

亲情宴

下班后，黑一海和郝祖国一起赶往辽海大酒店，他在那里订下了包厢，宴请黑、郝两家人，也算是作为初次的家庭聚会。因为打算好好地喝一回酒，不醉不归，所以黑一海不让郝祖国开车，两人招了一辆出租，在车上，他们继续着没有谈完的话题。

"过去，辽海汽车制造厂的研发思路是：花钱买技术，花钱买部件，尤其是人家的发动机，那是非买不可。"

"黑总，你说得太对了！我们第一代的小型车技术基本上都是买来的。"

"这么做有两大坏处：首先是生产成本太高；其次是技术升级太慢。这样的车在市场上根本就没有竞争力。"

"缺点就多了，技术永远也买不完，最后除了一些落后的产品，我们什么都得不到。"

"对！从现在开始，我们中国龙的发展战略要进行调整，我们要从'买技术'变成自己开发技术。"

"你不是说过吗？'自主开发为主，外部资源为辅'。"

"没错，今后我们只做能积蓄自己力量的工作。"

"我打算开发一款6万元的中国龙低档车，明年年初在市场上推出。低档车和高档车齐头并进，争取在明年来一个开门红。"

"除此之外，黑总，还要考虑推出柴油车型。"

"说得对！不仅如此，我们还要生产出口海外的右舵车型。这样一来，我们的中国龙车将同时向高低两端延伸，我们要在明年6月底之前完成全线产品布局。"

说话间，两人不知不觉已经到了目的地，服务员笑盈盈地在电梯门口迎上来："是黑先生吗？你们的包厢在这边，请跟我来吧。"

"嗯？这就到了吗？"黑一海有些吃惊地问。

"可不，大伯，接下来是家人时间，我们就不要再谈工作了，免得他们有意见。"

"你说得对，这一点我们也要公私分明。"黑一海笑道。

"哈哈，对！"

辽海大酒店楼顶观景餐厅的一间大包厢里，围着圆桌已经坐满了大半桌人，以黑一海为分界线，一边是章小凤、郝一湖、郝祖国一家，另一边是郝建华一家和郝设华。

应该说全家人已经聚齐了，郝立京问要不要开始上菜，章小凤却说："立京，再等一等，你骆子爷爷他还没来。"

郝立京与郝慧思隔着桌子对看了一眼，这里数他们两个辈分最小，也最年轻。收到郝慧思的示意，郝立京站了起来："奶奶，我去门口看看，看骆子爷爷来了没有。"

章小凤点点头："也好。"

黑一海也催促着说："立京你快去。哎呀，等骆子老弟来了，我们这一大家子人就真正的齐全了！"

"妈，我骆子叔说好了要来吗？"郝建华有些疑惑地问。

"来，怎么不来？他等茶馆那边一结束就来，本来今天他要说书到9点，但为了这顿饭，他已经请好了假，但怎么说也得给那些冲着他来的朋友招呼一声，所以才会迟一点。"

"既然是家庭聚会，当然要等所有家庭成员来齐了才能开宴，这是老规矩了，何况骆子老弟是这里的长辈。"黑一海说着，看了一眼自己的儿子，"改天我也到骆子茶馆去听他说书，这一回来就忙着公司成立的事，一直都抽不出来时间。"

"行啊，你找时间，我们陪你去。我和老郝这两个闲人可是成天都泡在茶馆里呢。"

"那你们可是有耳福了。"黑一海想了想，又说，"茶馆里有没有人唱二人转的？"

"大哥，还让你问着了，有啊，怎么能没二人转，以前是没有，后来骆子就专门去剧院找人来表演，每天下午表演，晚上有时候也会串场子，那可都是名角儿哩，全都是看在骆子哥的面子上才来唱一段的。"章小凤很自豪地说。

"那太好了，小时候啊，我也没别的爱好，就喜欢听二人转，诙谐幽默，大胆泼辣，非常有东北人的风格。说来，这二人转的名号还是日本人给叫出来的呢，以前可不是这个名儿，最传统的叫法是东北大秧歌。"一聊起故乡的风土人情，黑一海来了精神，眉飞色舞地说起来。

"爷爷，我老听你哼哼的那几句是不是就是二人转呀？"一直都在象牙塔里成长的郝慧思自然是没有机会接触那些民间艺术，她忍不住好奇地问黑一海，"我听来很有趣呢。"

"是，也不是。"黑一海说道，"你们这些年轻人啊，脑子里全都被西方文化侵占了，忘了自己老祖宗的那些好东西。"

"爷爷批评得对，为了受教，熏陶一下传统文化，那你去茶馆时把我也带上吧。"郝慧思并不恼，笑嘻嘻地说道。

"听慧思这么说，大哥你也会唱二人转？"章小凤问。

"是啊，爷爷唱得可好听了。"郝慧思向章小凤使着眼色，"不如让爷爷现在就来一段。"

"好啊，大哥，你快表演给我们看看。"

"好，说唱就唱，唱得好了大家给点掌声，唱得不好请别笑话。"黑一海笑着，用手中筷子轻轻敲着餐盘打起了节拍，唱道：

> 这一日放粮已毕回朝转，
> 行走路过赵州桥。
> 天齐庙内扎公馆，
> 吩咐马汉与王朝。
> 谁要有状快来告，
> 不然往后告不着。
> 王朝马汉不怠慢，
> 走上街头把锣敲。
> 哎……把锣敲来把锣敲，
> 手使锣锤我铆劲敲。
> 铜锣不是个大马勺，
> 又经砸来又经凿。
> 是又敲又打不断条，
> 过往行人别发毛，
> 走道你先站站脚，
> 挑挑你先撂下挑，
> 坐轿你也先下轿，

背包你也伸伸腰。

敲锣不为别的事，

只因来了哎……嘿，来了黑老包。

哎……锣声住来喊声高，

过往的行人你听着。

谁要有状快来告，

大人断案智慧高。

有理你就往出告，

有恨他能替你消。

有冤你就往出倒，

有事你就往出掏。

没事可别瞎乱喊，

无理休想来放刁。

行凶你就别想躲，

作恶你也别藏猫。

违法你就别想跑，

犯罪绝不把你饶。

西瓜皮不能当水瓢，

纸里包火准得着。

你虾米鸡爪一块熬，

准得抽筋带弯腰。

王朝马汉高声喊，

嘿、嘿、嘿、嘿，哎嗨哎嗨哎嗨呀……

　　"唱得好啊！好　山《包公断后》。大哥，你都快赶上专业水准了。"章小凤第一个使劲鼓掌，说着又啧啧叹息，"可惜骆子哥还没来，不然就叫他给你伴奏，你们俩啊，有的一拼。"

　　"那可是我们老哥俩的老戏目了，以前还在日本人工厂做事的时候，我们哥俩就在一起一个唱曲一个吹笛，骆子老弟有时候还用口技给我伴奏，配合得那叫一个妙啊！只可惜小凤你没听过。"黑一海说着也有些惋惜地咂着嘴。

　　"那时候我不还把你当日本鬼子吗？恨得我牙根都痒痒，怎么可能听你的曲。"章小凤笑道。

"哈哈，对！那时候咱俩可是仇人呢。"黑一海大笑，"你在我大腿上留的伤，让我可是痛到了现在啊！"

"大哥，对不起，当时我根本不知道你那是在救我，你救了我我还打你，这不是恩将仇报吗，大哥？"

"别，小凤，其实我说的是另一个意思，你可别误会啊。痛的是我的心，不是伤。每回想家的时候，我就会看那道伤，是你给我留了许多念想。也多亏了你啊，如果不是那道伤，这么多年漂泊异国他乡，我大概真的会把自己的本分给忘了。"黑一海不无伤感地说道。

"嘿！大哥，咱再别说那些了，你这不回来了嘛！咱说点高兴的事，过去的就让它过去吧。"

"对，咱只想将来的事。今儿就为高兴，谁也不提当年了。"

"这就对了！大哥，我这里就有一件高兴事儿。自打你回来后，我心里那个乐啊，天天都在哈哈笑，我感觉我这浑身上下都舒服起来了，胳膊都有劲儿了。你瞧瞧，过去，我这右手根本就没法动弹，连个碗都端不起来，现在你看，这个碗，我能端起来了。"

黑一海忙不迭地去阻止章小凤："小凤，你快放下，别……"

正说着，章小凤的手一抖，手中的碗掉在了餐桌上，她一见，就笑得更开怀了："哈哈哈，让大哥见笑了，我呀，连个碗都端不住，真是老不中用啦！"

"那还不是因为你年轻的时候太拼命了……唉，你呀！"

血洒酒楼外

骆子匆忙换掉表演的衣服，从茶馆出来，找了一辆出租车："师傅，快……"

"到工人疗养院，对吗？"

骆子笑了："你怎么知道？"

司机也笑道："骆子师傅，你都坐过我的车好几回了，你没有记住我，我可是记住你了，怎么说您也是咱们辽海的名人嘛！"

骆子冲司机作了一揖："谢谢你，师傅，不过今天我不去疗养院了。"

"那去哪儿？"

"去辽海大酒店。"

"哟，到那儿撮去啦？有人请客，还是你自己做东？"

"是家庭聚会，有位老哥哥刚从海外回来。"

"那可得赶紧去，太不容易了，多少年没见了？"

"50年了。"

"这时间可不短了，眼看这就是吃饭的点儿了，骆子师傅你赶紧坐好了，我给你开快点。"

"那真是谢谢你了。"

"别介呀，以后你还坐我的车不就得了！"

骆子微笑不语。出租车在马路上急速驰骋，骆子望着窗外，看那些飞速而过的树木和隔离带……他似乎有些走神，他想起了日本鬼子被赶走前的那些日子，所有人都不了解黑一海，不明真相的章小凤还把黑一海的腿打折了，很多人暗地里唾骂这个认贼作父的"黑海一郎"，只有他知道黑一海这是在忍辱负重；而黑一海也懂得欣赏他，每每在他用笛子奏完一曲之后献上热烈的掌声；当他被日本人打中要害部位送进医院后，是黑一海陪着他一起流泪；当章小凤与郝一湖即将举行婚礼，他一生中最为痛苦的时候，也是黑一海陪着他一起喝酒，听他吹奏那曲令人肝肠寸断的《明月几时有》……这一切的一切，仿佛昨天刚发生似的，但掐指一算，已经过去了几十年，每个人都发生了很多的改变，而今他成了一名在辽海小有名气的说书艺人，而黑一海则成了国际知名的汽车制造专家，也不知道黑一海大哥现在变成啥模样了……

突然，车窗外的一个场景引起了骆子的注意，骆子急切地喊了一声："师傅，停一下！"

司机惊得踩了急刹车："怎么了？前面才是辽海大酒店，还有一段路呢。"

"你往后倒一点，在那边停下。"骆子指向路边。

司机这才看清了，在路边有些昏暗的路灯下，几个年轻人围在一起，似乎发生了冲突，地上还躺着一个满脸是血的人，一动不动，一看就知道伤得很重。

看到地上躺着的血人，司机脸都绿了："骆子师傅，别呀，别管闲事，那都是些混混，他们打起架来可没个轻重，你最好还是别去招惹。"

"啥都别说，你快停车让我下去。"骆子急切地说，"里面有我的孙子。"

听骆子这么一说，司机大吃一惊，连忙把方向盘打到了一边，把车停在路边："骆子师傅，你要下车就赶紧，我去找电话报警，你小心着点，这阵仗可不是一般的流氓斗殴，你看，他们手上都拿着家伙呢！"司机眼尖，瞄到流氓手上都闪着阴森的寒光，眼中露出了恐惧的神色。骆子刚下车，司机就连忙发动车子快速离开了。骆子急急忙忙往那群人跟前跑去。

骆子没看错，正在与几个流氓对峙的人就是他的孙子——郝立京。要说这郝立京为什么会和人家起了冲突呢？这还得从他出来接骆子说起。他在酒店外等了几分钟，有些着急，正准备回去打个电话问一下，却冷不防看见几个人从他眼前跑过，他留神一看，似乎是几个人正在追一个人，跑出几十米之后，就见前面那人被追上了，然后其他人围了上去，转眼之间，那人就被打倒在地，只剩下了痛苦号叫的份儿。郝立京血气方刚，正是"路见不平一声吼"的年龄，哪能见死不救呢？当下脑子一热，火气一来，就冲了过去，根本没想那些人都是带着家伙的，他扑过去，把一个正在对地上那个人拳打脚踢的家伙拉开："住手！你再打他，他就没命了。"

大概没想到会有人敢来阻止，几个人都有些愣怔，等看清郝立京那张虽然正气凛然但却明显稚嫩的脸后，就都放松了下来，其中一人轻蔑地上下打量了郝立京一番，在他眼底下耍弄着手中的瑞士军刀，恶狠狠地说："小子，别多管闲事！"

"我要是管呢？"郝立京毫不畏惧，偏了偏头，冷笑道。

"那就让你这个黄毛小子长点记性。"那人把刀尖逼在了郝立京脸上。

郝立京虽然看上去像个白面书生，但遗传自父亲的坚实身板还是有的，况且他一直都坚持锻炼，兴趣爱好还是中国武术，平时没事就喜欢练个一招半式的。所以，他根本就没把这些人看在眼里。他突然一个闪身，抓住了那人的胳膊，顺势一扭，那人就不由自主地跪倒在了他面前。郝立京有些得意地笑了笑，正想说还有谁敢来挑战时，一直站在他身后的人突然向他冲过去，他手中拿着一把足有一尺长的匕首，锋利的刀口在灯光下闪着阴森森的光。与此同时，郝立京左侧的一个人也扑了上来。

郝立京应付着左侧的那个人，根本就不知道还有后面的偷袭，眼看就要血溅当场。就在这千钧一发的时刻，骆子突然奔了过来，他大叫一声："立京！"然后就从后面抱住了郝立京，就这样，本该扎进郝立京身体的刀子被骆子用自己的身体挡住了。

匕首深深地刺进了骆子的后背，那名歹徒见已经刺中了人，就将手猛地一抽，匕首带着鲜红的血，回到了他的手中，而骆子的身体也因为这股力量跟着倒下，随着一声闷响，骆子的脑袋重重地砸在了道路隔离栏的铸铁底座上，一下就昏厥了过去。

殷红的鲜血从骆子的身下不断溢出，郝立京没经历过多少事，哪见过这种场面，一下子就惊呆了，等他回过神来时，知道闯了祸的那几名歹徒已经翻过栏杆冲入了车流，转眼就不见了踪影。大概也被这阵仗吓住了，被郝立京打倒的人一动都不敢动，直到警察赶来。

拉骆子的出租车司机找到电话后，就赶紧拨打了110和120，警车很快就赶到了案发现场，但是救护车却迟迟没有赶到，郝立京急得心都快跳出来了，他手足无措地紧紧按住骆子的伤口，想让鲜血止住，然而，一点也不管用，鲜红的血还是汩汩地往外流。他脱下自己的外套，想用外套裹住伤口，雪白的外套随即被鲜血浸红。郝立京带着哭腔无助地呼喊着："骆子爷爷、骆子爷爷，你一定要挺住啊，救护车马上就到，马上就到，你再坚持一会儿，你千万别睡着，千万别睡着啊！"骆子紧咬着牙关，脸已经疼得扭曲成了一团，一句话也说不出来。

救护车终于赶到了，郝立京和救护人员一起把骆子抬了上去。骆子被送往就近的医院抢救。郝立京一只手紧握着骆子的手，另一只手颤抖着给父亲打电话，但是他的手抖得实在厉害，好几次都按错了数字。

酒店里，等得有些焦虑的章小凤忍不住喃喃自语起来："不对啊，立京和他骆子爷爷该来了呀，不会是出什么事了吧？"

　　黑一海听了，笑着安慰她："一定是茶馆那边有事绊住了，小凤，你别着急，我们继续聊着等他们。祖国，你的笑话呢，再说一个，好逗你妈开心。"

　　"那我继续说了。"郝祖国笑道，在家人面前他就像换了个人，又好像变回了十七八岁时那个有些顽劣的毛头小子，正应了那句话，子女在父母面前永远都是孩子。

　　章小凤挥着手，有些无奈地说："说吧，你是咱们家继你骆子叔之后的又一个活宝了……"

　　突然，黑一海的手机响了，他拿起来："喂？你好！你是……什么？立京，你别着急，慢慢说……"

　　看到黑一海站起来，大家也都吃惊地站了起来，无法从轮椅上站起来的章小凤，急得惊慌失措，连声问："大哥，出啥事了？到底出啥事了？电话是立京打来的吗？骆子哥怎么样了？……"

　　"立京，你先别哭，大声点说话，我听不清！"黑一海厉声说道。郝立京因为太过恐惧，嗓音有点发颤，再加上不断地抽泣，黑一海根本听不清他到底在说什么。

　　郝立京压抑着痛苦，大声说："爷爷，不好了，骆子爷爷被人刺伤了！"

　　"啊？这是怎么回事？送医院了吗？你现在在哪儿？"

　　"已经送到医院了，就在附近的市人民医院。我也在这里，现在骆子爷爷正在急救室里抢救，我……都怪我……"

　　"好了，先不要追究责任，你等着，我们马上就过来。"

　　黑一海放下电话，简单转述了郝立京的电话内容，大家都慌得不行，连忙下楼赶往医院，谁也没想到，一场等待了半个世纪的合家宴就这样被迫中断了。

　　章小凤一听说骆子受伤了，脸色立马变得苍白如纸，不见了半点血色。她不住地向身边的儿子儿媳埋怨："哎呀，你看看，你们这个骆子叔，人老都老了，一定是又多管闲事了不是？"

　　"妈，你别着急，我骆子叔好人有好报，他一定会没事的。"罗绮一边柔声安慰着婆婆，一边也为儿子的安危揪着心，不住地向丈夫投去寻求安慰的视线。可是，在旁边扶着郝一湖的郝祖国，根本就没有要理会她的意思，就好像她根本不存在一样。

在医院里，郝立京一见到赶来的亲人，再也控制不住自己的情绪了，抱住他爸郝祖国放声大哭。满手的鲜血蹭了郝祖国一脊背，罗绮见了，赶紧在一旁上下检查儿子的身体，看自己的宝贝儿子到底伤着没有，伤着哪儿了，伤得重不重。

"儿子，你到底伤到哪儿了，怎么全身是血啊？儿子，你也得赶紧看医生啊！"

郝祖国见郝立京哭得中气十足，就知道郝立京肯定没有大碍，于是就使劲把他往外推。罗绮见了，有点不乐意了，说："你这个当爹的怎么这么心狠呢！这可是你的亲生儿子！"郝祖国没好气地说："放心吧，听他哭得这么大声，就知道他一定没事啊！"郝慧思见了，连忙把郝立京拉到一边，细语安慰。

"小凤、小凤，你怎么了？"突然，郝一湖惊声喊道，人们齐齐地看向章小凤。一是为骆子哥担心，二是经郝祖国一家三口这么一闹腾，现场实在太杂乱，章小凤一口气没喘匀，晕了过去。人们赶紧找来医生进行抢救，经过医生的一番紧急救治，章小凤这才渐渐缓过劲来。

听过警察的叙述，大家大致了解了情况，没有人去责怪郝立京的鲁莽行事，十余双眼睛只是齐齐盯着急救室门外的那盏红灯，心都提到嗓子眼了。章小凤已经哭过好几次了，后来怕大家担心，就忍住不哭出声了，只是让泪水顺其自然地流淌。趁着没人注意，她偷偷地抬起手臂，抹掉了眼角再次溢出的泪水。突然间，一双宽厚的大手按在了她的肩上，给了她瑟瑟发抖的身体些许安慰和力量。她没有回头，因为她不用回头也知道，始终站在自己身后，给予了自己这份无言的支持的人是谁。

好人没好报

终于等到红灯变成了绿灯，一位大夫满身疲惫地走出了手术室，当他看到突然围上来的一大群人时，不由得愣住了："你们这是……"

"大夫，请问，抢救情况……怎么样？"郝祖国上前握住大夫的手，急切地问。

"有一个好消息和一个坏消息，好消息是病人已经没有生命危险了，坏消息是……"大夫抬起有些疲惫的双眼，看了郝祖国一眼，抽出了自己的手。

"坏消息是什么？"

"歹徒用尖刀刺伤了他的脊椎骨，这个问题不是太大。严重的是，他的后脑撞在了道路防护栏的铸铁底座上，他有可能再也醒不过来了，也就是说，他有成为植物人的可能。"

"不会吧……"

大家都不约而同地倒吸了一口凉气，周围的空气一时间凝固住了……

"你们这些医生就喜欢说瞎话吓唬人，当年我昏倒时也说恐怕再也起不来了，结果呢？我不几天就醒来了嘛，吓得我闺女哭天抹泪的，真是，你们就不能说点实在的，吓唬我们这些病人家属有啥意思啊？"章小凤的声音突然响起，她那机关枪一样蹦出的呛人话语倒没有引起大夫的怒气，反而因此让其他人紧绷的神经缓和了下来。首先是郝祖国松了口气，他连忙向大夫道歉："对不起大夫，我妈说话就这样，请您别介意。您刚才说，是有可能再也醒不过来，那就还有一种可能，他还有可能醒过来，对吧？"

"实不相瞒，目前就看病人的意志了，我们该做的都已经做了。"大夫淡淡地说道。见惯了生命来去，这种场面对他们来说大概早已经司空见惯，见怪不怪了。

"什么时候可以探视病人？"

"24 小时后，病人现在就可以离开特护病房，转到普通病房。"一位护士走过来，接过大夫的话。然后她对郝祖国点点头，"你是病人家属吧，请跟我来做一下登记。"

"好。大哥，你先送大家回去吧，担惊受怕到这会儿，都赶紧去休息一下。接下来怎么轮换人来值班，我会安排。"

郝祖国离开后，章小凤却执意不走："我要留下来。骆子哥还没醒，我不能走。"

"妈，你不能这样，哪能把你留在这儿，这里是医院，又不是宾馆，没地儿让你休息。再说了，你的年岁这么大了，自个儿的身体还没好呢，还瞎折腾什么呀，你能不能让我们省点心啊？"劝得急了，郝建华有些上火，虽然话一出口就后悔了，但说出去的话泼出去的水，怎么也收不回来了。

章小凤看了郝建华一会儿，叹了口气："建华，你都到这个岁数了，还是啥也不懂啊……算了，为了让你们省心，我回去总行了吧。"

"妈……我不是那个意思……"

"啥意思都没关系，我知道你们关心我，我也知道我是在无理取闹，可是呢，建华，连你爸都从来没这么对我说过话呢。"

郝建华听了母亲的埋怨，心里很不是滋味，恨不得用头撞墙，他也知道自己脾气太急，总是爱着急，并且一着急就会说一些让自己后悔不迭的话，但天性使然，他实在是控制不住自己。

郝一湖上前劝住章小凤："你啊，还是这个脾气，跟孩子置啥气呀。回去吧，明儿一早我们再过来好不？骆子哥这里有人照顾着呢，你就放心吧。"

"好，我听你的。"章小凤说完低下了头。

郝设华负责送父母走了，黑一海拍拍郝建华的肩："孩子啊，有时候说话也要讲究艺术，而且，你永远别忘了，父母就是父母，孩子就是孩子。这个规矩不能乱。"

"是，父亲你教育得对。"郝建华低下头，喃喃地应道。郝建华脾气急，认识错误也快。魏轶力陪在丈夫身边，连忙替郝建华向公公道歉："爸，对不起，建华就这脾气，他其实是好心，一着急，话就说得冲了点。"

"嗯，我知道。"黑一海点点头。

"爸，我们送你回去吧。"

"行，你们两个今晚就住我那儿吧。"

郝慧思和罗绮陪着郝立京去派出所做完笔录，回到家后，郝慧思一半安慰一半嗔怪地对郝立京说："骆子爷爷没事儿的。你要是非要感到内疚的话，就把自己的行为深刻检讨一下吧。如果当时不是骆子爷爷出现，你想一想后果会是怎么样的？当你逞英雄的时候，有没有想到过我啊？"

　　"慧……"郝立京委屈地拉住郝慧思的手，但被郝慧思狠劲地甩开了。

　　"我没有要责怪你的意思，只是你已经是一个成年人了，一个有家有……的大人了，做什么事请你多考虑一下别人的感受好吗？你见义勇为的举动是值得赞扬的，但你过于鲁莽的行为会造成不良后果的。"

　　"老婆，我错了……"

　　"知道错了吗？知道错了就去医院好好陪着骆子爷爷。竟然让一个老人家替你挡刀子，要是他万一……你记着，骆子爷爷一天没醒，你就一天别回来。"

　　郝慧思扭开脸，不再说话，看到她轻轻抽动的肩膀，郝立京心里难过万分，也为自己今天的行为懊悔不已。如果自己不多管闲事，骆子爷爷就不用替自己挨这一刀了。他过去抱住郝慧思："我以后再也不犯这样的错误了，原谅我……慧思……"这次郝慧思没有拒绝，而是顺势倒进了他的怀里。

　　爱和恨，其实就是一念之间的事，所以有人说，恨有多深，爱就有多深。女人大都是刀子嘴豆腐心，表面上看，她好像恨不得打你两巴掌，甚至是踢你两脚，咬你两口，其实心里却心疼得不得了。有些时候，女人对你越凶，就证明她越爱你，这就叫"爱之深，责之切"。

剩男剩女

中国龙汽车集团公司工人新村的工地上，几栋大楼的钢筋混凝土框架已经完工了，住宅楼的雏形已经形成了。郝祖国陪同黑一海视察了一遍工程进度后，一起往停车场走去。

"黑总，这里你就放心吧，咱们的银行贷款已经到账了。建筑公司的老总已经表态，在今冬封冻以前，32栋大楼的主体全部能起来。"

"那好，我今天就提前下班了，上医院看看你骆子叔去。"

"我还得回公司一趟，工会吴主席说有事找我，不然我也和你一起去看骆子叔。"

"没关系，要是你骆子叔醒了，我会通知你。你去忙你的……祖国，有一件事，我后悔极了。"黑一海说完，长长地叹了口气，一双深邃的眼睛看着远方怔怔出神。

"大伯，你后悔什么？"郝祖国一边问，一边招呼黑一海的司机把车开过来，然后，又有些担忧地看着黑一海。

黑一海又叹了口气："我回国这么长时间了，居然一直没有抽时间去看看他，我应该挤出时间去听他说一场书的。这次家庭聚会，我以为终于可以见到他了，我们老哥俩终于可以叙叙旧了，结果他却出了意外，昏迷不醒了。他要是永远醒不过来，这可是我天大的遗憾啊！"

"您放心，我骆子叔吉人自有天相，他会醒过来的。"郝祖国安慰他道。

"但愿如此吧。"黑一海坐上车，向郝祖国挥了挥手，"你去办事吧，祖国，我愿意相信你说的话。"

目送黑一海远去，郝祖国心情沉重地开车回到公司，敲开了工会主席办公室的门："吴主席，你找我什么事啊？"

吴文化一见郝祖国，急忙起身迎接："郝总，你回来了，打声招呼，让我到你的办公室去呀，怎么能劳您大驾，让您亲自到我这里来呢！"

"吴主席，这是什么话？我来你去，这很正常啊！"

"请坐！请坐……郝总啊，我是感觉您太忙，所以……"

"吴主席，你就直说吧，到底什么事？"

吴文化有些吞吐地说："那个……是为你二哥设华的事。"

郝祖国略有些吃惊："我二哥？他有什么事啊？"

吴文化搓着手，白胖的脸上竟然有了一丝红晕："其实也没啥大事，就是啊……那个……事情是这样的，我听别人说，你二哥设华不是没有对象吗？我就想啊……哎，这么跟你说吧，郝总，你知道我们家飒飒吧？她到现在还是单身呢。"

郝祖国大概猜出了吴文化的意思，所以就淡淡一笑说："我当然知道啊？她不是7232工厂技术科的工程师吗？我们辽海的'十大技术专家'之一，她可是我们辽海市的名人，我怎么可能不知道呢？"

吴文化一听，马上就兴奋起来，两眼放光地盯住郝祖国："那，郝总你觉得我这个女儿怎么样？"

郝祖国顺着他的意思说道："挺好啊！为人热情、庄重大方……对了，她年纪应该也不小了吧？"

吴文化连连点头："是啊，都36岁了！老姑娘了，到现在都没心思找对象，这都急死我们老两口了！"

郝祖国笑道："是啊，家里要是摊上这么一个老大难，真是让人着急。我二哥也一直是单身，我爸妈是磨破了嘴皮子也没用，最后都懒得管他了。"

"呵呵，可不是吗，所以说啊，郝总，你看……"

"吴主席，你是说，要把你们家飒飒和我们家设华配成一对？"

"对对对，我就是这个意思。"吴文化忙不迭地答应着。

"可是，我二哥要比你女儿大将近十岁呀，她能同意吗？"

"郝总啊，你可是不知道，其实我那闺女她早就对设华有这个意思了。可是她从来没提起过，我们哪能知道啊？为了帮她找对象，我们把所有的亲戚朋友全发动起来了，今年就给她扒拉了不下10个，结果呢，她连看都不愿意看人家一眼，害我们白忙活了半天。最后，我的老伴儿急了，就闹绝食逼飒飒，说是你再不找对象，我就不活了！"

郝祖国哈哈大笑："遇到这种情况，该谁谁都会急。你们家飒飒都36岁了，以后会越来越难找对象，不过这种终身大事也是急不得的，不是还得靠缘分嘛，如果随便找一个不喜欢的，你女儿不是也不会幸福吗？"

"说得也对啊，我也劝过老伴，不要逼得太过火。可是她们母女俩成天就为这事儿闹，闹得我也心烦，想管也是心有余而力不足啊！"吴文化闭上眼睛，摇着头叹息。

郝祖国笑道："那最后怎么解决了？"

吴文化的眼睛一下睁开了，又放着兴奋的光芒盯住郝祖国："哈哈，没想到我老伴这一招还真灵，飒飒最后真的被逼急了，就跪在她娘面前说，妈，你别再绝食了，我马上嫁人。她妈妈就问了，你要嫁给谁啊？"

郝祖国好奇地问："她怎么说？"

"她说，她五年前就已经有心上人了，只是一直不敢说出来，怕人家看不上她。不过，现在她总算承认了，她的那个心上人就是你们家的设华。唉！郝总，你说说，飒飒她一个知识分子，念的书不老少，咋就那么死脑筋呢？她在技术上可以说是7232工厂的大拿，工作中从来没出过差错，可是在个人问题上就一根筋到底了，没见过她这么不开窍的。爱上了一个人，居然就那样一声不吭地默默藏在心底，整整五年了竟然跟谁都没说。你说说，你不说别人怎么知道呢？不知道又怎么牵线搭桥呢？你说她是不是有点缺心眼啊？所以，我就说了，你这个孩子，你又不是爱上了有妇之夫，你说这一个未娶，一个没嫁，正正当当地谈恋爱不就是了，你咋能闷起头来不吱声？这不是自找苦吃吗？你说这孩子也真是的，让人都不知道该说她啥好了，唉！"

郝祖国听完吴文化一半牢骚一半埋怨的讲述，有些发怔，直到吴文化凑近有些讨好地问他："郝总，你看这事……"

郝祖国回过神来，笑了笑："吴主席，我二哥大概和飒飒是一个毛病，整天除了工作还是工作。这是他的优点，也是他的缺点。他最大的缺点就是在个人问题上缺乏主动性，他和飒飒一样，要么总把事情往肚子里装不说出来，要么就彻底放弃干脆不想。我想这与他曾经受到过感情方面的创伤有关。还有，他的第二个缺点就是不求'上进'。"

吴文化很诧异："什么？不求上进？郝总你说错了吧，你们家设华要是不求上进的话，他能当上劳动模范？能当上工人工程师？能制造出连外国专家都犯难的'争气壳'？"

"吴主席你说的那些都没错，他在自己的专业方面还真是不断进取，屡创新高，让人不得不佩服。可我说的是他在另一方面不求上进。让他当车间主任他不当，调他到技术中心当副主任他也不去，你说这是多好一个位置啊，不仅可以继续升迁，还能独立领导技术小组搞研发，结果他说他现在干得挺好，不想调动。我一直觉得辽海制造厂不升我二哥的职很过分，于是我就找了个机会问他们厂长，说我二哥郝设华为厂里做了那么多贡献，咋还是一个普通工人呢？你们可不能因为我二哥老实就欺负他。结果他们厂长在我面前大吐苦水，说别提这个了，不管是谁，只要跟设华一提升迁职务的事他就跟人急。我真的不太能理解他的想法，问他这是为什么，他只说他不会官场那套，也讨厌对别人指手画脚。他不明白这样的道理，不对别人指手画脚，就得被别人指手画脚。说起来，我二哥在这一点上还真是蛮有种的，挺让我佩服，虽然没有一官半职，却从来不吃当官的那一套，在厂里基本没人敢在他面前耍官威，就连厂长都要给他三分薄面哩。"

吴文化咂着舌头连连称是："可不就是嘛！有句话说得好，性格决定命运。郝总你们兄弟两个性格完全不一样，走的路也就不一样。郝总天生就是当领导的，不甘屈于人下，有远大的志向和抱负，而设华大概真的是只喜欢自己的工作吧，也不能说他不上进，只是你们上进的方向不一样，不管是哪方面，都是在为社会做贡献，都活得很有价值，这就足够了。说来，我们家飒飒也和设华一样啊，厂里早就要提拔她当技术科长，可她就是不当。为这个事儿吧，我也没少给她上思想课。可是，无论我怎么跟她分析利弊，她还是我行我素，说不当就不当，根本就把我的话当耳旁风。最后我实在没办法，也就放着她不想管了，随她爱咋咋的。我对我这个宝贝女儿吧，真是一点儿办法都没有。不过话又说回来了，他们两个既然都这么喜欢钻研技术，都这么淡泊名利，还真是挺合适，两人凑到一块儿，肯定有共同语言，没准啊，他们还真能谈得来。你看看，这不是天造地设的一双吗？郝总啊，我这个口是开对了……"

郝祖国一直以为自己的这位二哥性格另类，在这个世界上应该绝无仅有，谁知道，原来他还有同类。物以类聚，人以群分，既然他们有着相似的性格，就应该能合得来。有人说，在这个世界上，肯定有一个最适合你的异性存在，他（她）在某个角落里，静静地等待你的出现，但你不一定能遇上，即便遇上，也不一定有机会认识，即便认识了，也不一定能及时地擦出火花，即便擦出火花了，也不一定能终成眷属。所以说，人活一世，能与自己情投意合的伴侣相守到老是一件多么幸福的事啊！但愿这个吴飒飒就是那个最适合二哥的异性，但愿他们能顺利地擦出火花，并终成眷属。想到这里，郝祖国的内心深处突然痛了一下，自己也曾找到过那个最适合自己的人，也擦出了火花，但最终自己却选择了放弃……

限量版爱情

怎么又想她了呢？现在想她还有意思吗？大家各自都有了自己的家庭，虽然都生活在没有爱的世界里，但是，都走到今天了……现在，还是先把二哥的事确定一下吧。郝祖国终于下定了决心："嗨，别只顾着我们两个在这里说得热闹啊，要是飒飒有这个意思，我去跟二哥说。不管他同不同意，先见个面。要是把他的问题解决了，说不定还能冲个喜什么的，你不知道，我们家最近可是乱得很，好了，事不宜迟，说干就干，我马上去找我二哥，老吴你去通知你女儿，就约今天晚上见吧。"

"好，就按你说的办。哈哈，我说郝总啊，你果然做什么都是快刀斩乱麻啊，雷厉风行，当机立断。"

"吴主席你言过了，还不因为我们大家都为这事儿着急嘛，你说是不是，吴主席？"

"啊……哈哈！也对、也对！"

郝祖国给郝设华打了个电话，把大致情况告诉了他。

郝设华听完郝祖国的话后，沉吟了一下，说道："吴飒飒是个好姑娘，我认识她。"

郝祖国没想到郝设华的反应这么令人满意："哎，你认识吴飒飒？"

"我们早就认识。"

"啥时候的事？"

"大概是五年前吧，我到省里参加人代会，当时她也去了。"

听郝设华这么一说，郝祖国心里已经有了八成的把握，原来两人早就知道对方，而且两人还都有一种惺惺相惜的感觉，这就是谈情说爱的基础啊！

"哦，还有这么一回事啊，那就更好办了，二哥，听你的意思你是愿意见面了？"

郝设华在电话里沉默了三秒钟，最后轻声道："嗯，见见吧。"

"好！太好了！二哥，我现在就给你们约时间和地方，你一定要把今天晚上空出来。"

"没问题。"

"那我就把这个喜讯告诉爸妈喽！"

"你先不要说，还得看对方的意思吧。"郝设华的声音很小。但郝祖国听得出郝设华话里的情愫，所以他更加开心了："没问题，二哥，你就等着当新郎官吧！对了，你现在能不能出来一趟？"

"出来干吗？"

"买礼物去啊，第一次见面总得有个表示吧？这样才显得咱们有诚意嘛。"

"不行，我还在上班，不能随便出去。至于礼物，我下班后会去买，你把时间稍微约迟一点。"

"好，这事儿就交给我吧，我这次一定要把你这个老大难问题给解决了。"

"然后就可以跟妈讨功劳了是吧？"

"哈哈，二哥你还真是了解我。咱家这个大功臣啊，我可是当定了。"

郝祖国和郝设华先后到了约定的地方，看到二哥虽然没有刻意修饰，却收拾得非常干净整洁，就知道他很在意这次约会了，郝祖国相信这事已经八九不离十了："二哥，吴主席和吴飒飒马上就要来了，你给人家准备了啥礼物，能不能先让我看看？"

郝设华犹豫了一下，从随身的皮质工具包里取出一个大礼盒，递给了郝祖国。

"哟，这么大啊，里面包的是什么？"郝祖国接过盒子，掂了掂："我还以为你会买首饰之类的东西呢。"

"我想吴……飒飒她不会喜欢那种华而不实的东西，就买了最新款的手机。"

"哦，是手机呀，好贵重的礼物啊！"

"也不算多贵重。"郝设华有些腼腆地说。

"多少钱呢？最新款的话，少说也得好几千吧？"

"嗯，七千多。"

"七千多还不贵啊，顶你几个月工资了吧？"郝祖国把礼盒还给了设华，笑道，"那个收到礼物的人，一定能够充分地感受到你这份贵重的心意。"

结果，双方竟然不谋而合地想到一块儿去了。郝设华也收到了同样

"贵重"的礼物——一部新上市限量版的手机。

拿到这份礼物时，郝设华相当惊讶："这款机型我从杂志上见过，但是商场的人告诉我只进了一部，我去买的时候，刚被人买走了，原来买的人是你啊！"

"难道说你也想买这一部手机送给飒飒，是吗？"郝祖国问道。

"是，这是一款有定位功能的手机，价格大概在一万块左右，应该是目前最贵的一款手机了。"郝设华说完，抬头看着坐在他对面的吴飒飒，四目相对，都明白了对方的心意，所以两人的脸都立刻红了。

"我说，你们都送对方这么贵重的礼物，难道说是想在今天就把事情定下来？这手机就可以算是定亲礼了？"郝祖国看着同样羞涩的两人，心想这事已经是板上钉钉，稳拿稳了。于是，就开起了他们的玩笑。果然他们都没有反驳，且还相视一笑，似乎已经心有灵犀。郝祖国感觉自己这个电灯泡实在是瓦数太大了，就冲吴文化招了招手："二哥，我和吴主席还有点事儿，先走一步了。"

郝设华点头微笑道："吴伯伯，祖国，你们忙去吧，不用管我们。"

事情发展得异常顺利，吴文化这时候倒有些犹豫了，磨蹭了半天才走到门口，回头看着自己的女儿说："那个，飒飒，待会儿，你就让设华送你回家。"

"你放心吧。"郝祖国拉着吴文化就要走。吴文化挣扎了一下，也只好跟着走了，半个身子已经出了门，还在给女儿招手："飒飒，那我们先走了，啊？"

吴飒飒似乎看出了父亲的不舍，站起身来："设华，我们也一起走吧。"

虽然大家是一起下的楼，但在路边，却依然分成了两路。

"你们要走着回去啊？"吴文化有些不能理解，问女儿。

"爸爸，你就别管我们了。"吴飒飒有些发窘地踢着脚尖。

郝祖国在心里叹息了一声，忍不住想，天下父母真是辛苦，一面怕女儿大了嫁不出去，这一但要嫁出去了，却又开始舍不得。他拉了拉吴文化的衣袖，给他丢了个眼色，低声说道："吴主席，你放心把女儿交出去吧。我二哥可是正经得不能再正经的正人君子了，他不会欺负你女儿的。"

吴文化有些赧然，连忙给女儿挥挥手："你们快走吧，不用那么急着回家，多玩一会儿，多对彼此了解一点。"

"爸，知道了。我们走啦。"

看着简直就是天生一对的郝设华和吴飒飒走远了，郝祖国站在原地苦笑了一下，然后才和吴文化上了车。

坐到车里，吴文化长吁了一口气说："郝总，今天这事儿圆满啊！"

郝祖国看着他既愁苦又快乐的样子，忍不住笑起来："吴主席，你就准备着嫁女儿吧，别舍不得了。还有，我代表我们全家感谢你啊，你养了这么好的一个女儿，还专门留给了我二哥。我妈要是知道了这事儿，一定会高兴得合不拢嘴。"

吴文化一听也乐了，笑得眉眼都弯了起来："郝总，看你这话说的，咱们这不是替两家都解决了难题嘛，况且，他们两个一下子就对上眼了，这不就是天注定的缘分吗？真要谢谁的话，就谢南无救苦救难大慈大悲观世音菩萨吧。"

"吴主席啊，你可是一名无神论的共产党员哦，怎么也这样说话呢？"郝祖国故意逗着这个平易近人的搭档。

"哈哈，图一时痛快啦，郝总你就当没听见吧。"

"没问题，怎么说咱们马上就要成亲戚了啊！"

"郝总，你爸妈身体都还好吧？你妈还住疗养院？"

"我爸身体倒还结实，我妈就是老样子了。这不，我正准备去看我妈呢。"

"那我和你一块儿去吧，也顺便认一下亲家。"

"要认亲家还是订个日子正式见面比较好。吴主席，我还得先去一趟医院，改天我再带你去看我妈吧。"

"对哦，我就这样突然去拜访的确不合适。都是我太高兴了，把这茬儿给忘了。"

"吴主席，我让司机先把我送到医院，然后再送你回家，这样可以吗？"

"不用麻烦郝总啦，我可以打车回去。"

"没关系，反正很顺路。"

"那实在是不好意思。"

"都快成一家人了，吴主席你就用不着跟我太客气了。"

今天这事儿，郝祖国越想越觉得开心，甚至有一种获得了解脱的感觉。郝祖国虽然是弟弟，但是在心智上却要强于郝设华，这么多年以来，他一直忙着施展自己的宏大抱负，哥哥的终身大事他也帮不上什么帮，偶尔冷静下来的时候，心里就会感觉很愧疚。郝祖国心想：这下可好了，嫂子自己送上门来了，自己终于可以放松了！让郝祖国开心的还不止这一点，他还知道，要是妈知道了这个好消息，一定会乐得合不拢嘴。自从骆子叔受伤陷入深度昏迷之后，妈就从来没有笑过，经常是拉着骆子叔的手回忆往昔，忆着忆着就情不自禁地泪流满面了。

就这么想着想着，郝祖国忽然就走神了，车窗上隐约映出了一个人的影子，这个影子越来越清晰，越来越清晰……汽车路过一个很深的坑，剧烈地颠了一下，郝祖国猛地打了一个激灵，重新回到了现实中。他深深地叹了口气，无奈地摇了摇头，虽然自己一直强迫自己不去想她，但在自己的内心深处，她始终占据着一个隐秘的角落，无论如何也驱不走……

永远的痛

在医院门口下了车后，郝祖国并没有马上进去，他走到路边比较阴暗的地方，点着一支烟，然后慢慢地吸，思绪开始变得凌乱。按说今天促成了一桩美事，他的心情应该很好，可是不知道为什么，在目送二哥和吴飒飒双双离开时，他的心却像被什么东西狠狠地敲击了一下，紧接着就郁闷而焦躁起来了。从那一刻开始，那个人的影子就已经开始在自己的眼前晃来晃去了，如夏花般灿烂的笑声也开始在自己的耳畔回响。

已经这么多年过去了，如今就连儿子都有了自己幸福的家庭……他不明白，为什么还会有这种感觉，是后悔自己当年的选择了吗？如果现在还对自己过去的行为表示后悔，未免太过讽刺了，何况自己也不是那种多愁善感的人，曾经的选择哪怕重来一次还会是同样的结果，大概真应了吴文化的那句话吧，性格决定命运，价值观的不同也就决定了人生方向的不同。二哥他应该会比自己幸福，这是毋庸置疑的，因为他终于找到了自己喜欢的女人，他未来的家一定是温馨甜蜜的，像一个幸福的港湾，不像自己的家，名义上是个家，其实却只是个歇脚的驿站，来也匆匆，去也匆匆，来的时候，没有太多的期盼，去的时候，也没有太多的留恋。

像母亲和父亲，他们俩究竟是谁更幸福一些呢？其实郝祖国心里非常清楚，母亲表面上看起来很乐观很幸福，实际上她内心的伤痛比父亲大得多。

从小郝祖国就知道，骆子对于他们家来说是一个很特殊的人。随着年纪的逐渐增长，郝祖国越来越了解到，骆子在母亲心目中的重要性，也因此，在自己的感情里，对这位特殊的家庭成员多了一份亲昵。他更知道，在骆子有病的时候，尽管每天疯疯癫癫地到处乱跑，害怕人，除了章小凤，谁也不认识，谁的话也不听，但骆子却认识他，会听他的话，因为他跟章小凤长得很像，所以骆子常常把他误认为是章小凤，痴痴地望着他。在工厂当清洁工的那会儿，他把骆子带在身边，不去管别人会怎么说怎么看，义无反顾地照看着骆子，不让他被人欺负，两个人每天在一起，就像是真正的父子，不，或者说更像是朋友，那段时光，回忆起来就会觉得很充实，很快乐。

母亲不但把相貌和性格遗传给了自己，甚至连她那份遗憾的感情都传递给了他，郝祖国自嘲地笑了笑，掐灭已经燃到过滤嘴处的烟，重新再点着一根。和母亲的感情有所不同的是各自选择的出发点不同而已。母亲和骆子没有走在一起是因为一场意外，而自己没和小明走在一起则是因为自己的"野心"。想到这一点，郝祖国的口中泛起了一股淡淡的苦涩，活该，谁让自己是个"野心家"呢。他曾经把自己的烦恼告诉过骆子，骆子听了以后，没有发表任何意见，只是平静地对他说："祖国，只要你自己觉得是对的，就好。"

关于这件事，竟然没有任何人谴责过自己，特别是那个最该恨自己的人。她依然会对自己笑，笑靥依旧温柔而美丽，只是，那就如梦里的影子一样，很快就从眼前消失了。两年后她就从厂里调走，大概是被她那位惯弄权术的父亲安排去了更适合的地方。对于自己来说，这是个好消息，反而松了口气。或者，这也是她对自己的一种成全。她退让出去，成全了他，他也就心安理得地接受了，并且继续自欺欺人地麻木下去。到如今甚至都不知道她在过着怎样的生活，话又说回来了，即便知道了又能怎么样？两个人已经完全没有关系了，而且无论知道哪种结果，对他来说都不是什么好结果。她幸福了，他大概会嫉妒，因为她是和别人一起幸福；她不幸福，他又会感到内疚，因为她是因为自己而不幸福。当初，她那么毅然决然地离开，从此远离他的身边，销声匿迹，就像从来没有在他的生命中出现过一样，她这样做也是为了顾及自己的感受吗？回想那不能忘记的十年，恍若南柯一梦，抑或是少年的轻狂而已。

郝祖国把最后一根燃尽的烟头扔到脚下踩灭。不知不觉，地上已经扔满了过滤嘴烟头，如同在战场上机枪怒射后留下的一地弹壳。若在白天，大概会被扫大街的大妈骂吧。郝祖国深深吸了一口夜的空气，胸腔里满满的都是尼古丁的味道和由尼古丁所导致的酥麻，这条并非主干道的路上，路灯都很暗，而且有茂密的法桐排成庇荫，已经开始有枯黄的落叶飘飞，只是在不经意间落下一两片来，掉在方格石砖铺就的人行道上，偶尔被匆忙行走的路人踩到，被碾为尘泥，然后，在清晨和烟蒂一起收入垃圾车里，运往城外的某处。会被烧掉吧？又或者会被填进地里？无论哪一种结果，都是落叶的归宿，也是落叶的命运吧，最终都将化成灰化为土，无论曾经多么的光华灿烂。正是知道了这样的命运，所以每一样生命都是尽最大努力地在活着，努力地展示着自己最辉煌灿烂的一面，因为他们知道，来世上走一遭是多么不容易。

多久不曾这样浮想联翩甚至悲秋悯月、感叹人生了，郝祖国再次从心底把自己讥笑了一番。这还是那个有着远大抱负、心怀天下的郝祖国吗？想这么多根本就不适合自己的过去，是不是因为自己年纪大了，才会追忆过去，多了感怀。记得曾经在一本书上看到过，人老不是从身体开始的，而是从心理开始的，一个人一旦开始喜欢怀念过去，就说明他已经老了。昨天得知骆子和立京出事的消息，他最担心的竟然不是自己的儿子，反而是骆子那个看似和自己没有任何关系的"外人"，其实，他自己知道，那只是一种依赖。由于他们彼此间有着相同的境遇，产生了共同的秘密，因而就有了那种同病相怜的"阶级情感"。这种情感虽然无法言传，但却异常深厚，轻易地就能引起内心深处的共鸣。

骆子应该算是他的"第二父亲"吧，至少感情上是这样的，郝祖国想。

郝祖国稍微整理了一下衣服，用手搓了搓脸，让自己变得精神一点之后，走进了医院大门。

骆子已经转进了值班室吧，他迫切地想上去看看，只是看一眼而已，有一点寄托某种思绪的意思。郝祖国向值班台询问了骆子的病房号，然后乘电梯来到三楼。虽然护士说已经过了探视时间，但因为"特殊情况"，就允许他在门外看。

大概是考虑到了家属这边的需求，又或者本身就是医院方面的考虑，观察室门上有一面很大的玻璃，可以透过玻璃将里面的情况看得一清二楚。郝祖国站在窗边，静静地看着。明亮宽敞的病房里，除了一些医疗仪器外，就是一张雪白的病床，病床上躺着的是插满胶管的骆子，旁边，母亲章小凤坐在轮椅上，将整个身子趴在枕边，可以看出，她是在暗自垂泪。

一位护士走过来，问郝祖国要不要进去，他摇了摇头。护士进去查看了一下仪器上的数据，出来时，似乎是故意的，将门留了一点缝。郝祖国很感谢她的好意，但是，他没办法进去，也根本不想进去。他靠在门边，倾听着从里面传来的声音。

有悠扬而细微的笛声从里面传来，伴随着轻声的呜咽。郝祖国从门缝里瞄了一眼，他看到了床边的录音机。笛声是从那里面放出来的，只是音量被调到了最小。郝祖国非常清楚，录音机里的磁带并不是那种从音像商店买来的，而是章小凤亲自为骆子录制的绝版磁带。里面全都是骆子吹的笛乐，其中郝祖国最为熟悉的就是那首《明月几时有》，而现在播放的也正是这首曲子。

章小凤一边轻轻地呜咽，一边喃喃地诉说。在骆子清醒的时候，有些话说不出口，但现在她没什么可顾忌的了。

"骆子哥呀，你怎么就这样睡着不醒过来了呢？你知道吗？你这样等于在我的心上插了一把刀啊……几十年来，你的心里有我，这个我知道，可是……骆子哥，那一年，你为了保护我，被日本鬼子打伤……老实说，我那时候非常矛盾。要不是路大哥和吴大姐他们反复给我做工作，我……我真的就打算要跟你过一辈子了。可是……路大哥说，这样不可以，他们说你那么爱我，你一定希望我过得更好。我一想，他们说得有道理啊……要是我换成了你，我也会希望你和别人结婚的。就这样，我心一横，跟老郝结婚了。可是，我结婚后才知道，根本就不是那么回事，我的脑子里想的全都是你……我欠你的太多了，可能一辈子都还不清了……

"骆子哥，你还记得咱们在日本人工厂干活的那会儿吗？你起先并不知道我是女的对吧……可是你始终都对我很好，从那时候我就……我觉得自己配不上你，你那么有才华，将来一定有出息，那阵子我不知道有多烦啊，想告诉你，又不敢……结果，我到最后都没告诉你，我的心里……一直都只有你啊……骆子哥……我这辈子最对不起的人，就是你……还有老郝……骆子哥……如果你不醒来，我该怎么办……你一定要醒来，不能这样把我一个人丢下，没有你，我不知道……我不知道要怎么活下去，你不能这么狠心呀！骆子哥，你是不是很恨我……没关系，你恨吧，只要能天天看见你，和你说说话，我就心满意足了……骆子哥……虽然当时没有意识，但是，当年我累倒了昏迷不醒的时候，你也应该是这样陪着我的，要是没有你，我可能永远都醒不过来了……骆子哥……你醒过来好吗？

"我后悔啊……为什么当初要听别人的……我应该什么都不管……就跟你过……那样，你就不会受那么多罪，都是我……都是我……不好……"

泪流满面的郝祖国悄悄将门掩上，然后慢慢地离开了医院，他没有惊动母亲，他心想：也许只有当其中一个失去了知觉的时候，另一个人才有机会这么长时间地默默守候，才会有机会把自己的心里话尽情地倾诉，何不让母亲把憋在心底的话全倒出来呢?

郝祖国刚走没一会儿,郝一湖就提着饭盒走进了医院大门。白天拗不过章小凤,只好把她留在这里,想到她一天都没正经吃什么东西了,就回家特地熬了鸡汤送来。他走到观察室外,正想进去,却从玻璃窗里看到了章小凤趴在骆子身上哭泣的情景。他连忙退后两步,似乎怕被里面的人看见。他刻意躲在门边看不见窗里情况的地方。就在他左右为难、进退犹豫的时候,巡视病房的护士长从他身边经过,她很诧异地看了看郝一湖,然后压低了声音道:"哎,大伯,你怎么不进去啊?"

她知道观察室里躺着的是一位特殊的病人,所以医院准许他的家人,也就是章小凤和黑一湖随时探视。

郝一湖连忙小声说:"不急,我等一会儿。"

护士长有些犹疑地看了一眼郝一湖,然后看向玻璃窗里:"噢,大妈正伤心呢。大伯,你要不到值班台去坐会儿,老这么站着对身体不好。"

护士长明白了郝一湖为什么不进去的原因,温和地对郝一湖笑了笑:"你劝劝大妈,让她别太伤心了,病人已经脱离了生命危险,如果病人意志坚强,相信醒过来的机会还是很大的。要是大妈反而把自己的身体熬垮了,大家心里就更不好受了,您说是吧,大伯?大妈年纪那么大了,身体又不好,不能太伤神,尽量劝着点她吧。"

郝一湖有些不好意思地摸摸头:"知道了,谢谢你护士长。我这就去劝她。"

郝一湖轻轻地推开门,进了病房。章小凤太过投入了,并没有察觉到他已经进来,依然痴痴地望着骆子,伸手去摸着骆子苍白的脸,泪水一滴滴地掉在被单上:"骆子哥,你可一定要醒过来呀……现在,政策好了,生活也好了,什么都好了,你不能这么一睡不起,你还得好好享受好日子呢……想,过去,那么难的日子你都挺过来了……今天,这么个小小的灾难,你难道就挺不过去吗?啊……骆子哥呀,我真的……特别后悔啊……啊……骆子哥,你……你……可一定要……醒过来呀……"

郝一湖再次僵直了身体,不知道该进好还是退好,提着饭盒呆呆地站在原地……

情暖病房

第二天一早，黑一海连忙赶来医院探望，一进病房却看见章小凤和郝一湖已经在这里了，章小凤坐着轮椅，在骆子的病床边歪斜着身子睡着了，身上盖着一条毯子。

"一湖，怎么样？小凤，小凤她怎么睡着了？"黑一海有些吃惊地看着章小凤。她睡着的样子依然显得非常疲惫，似乎是一整夜没有睡过，只是刚刚才合上眼的样子，脸色枯黄，暗淡无光，看上去她的脸色还不如躺在病床上的骆子呢。

"她这是怎么了？"黑一海轻声问郝一湖。

"她不吃不喝，哭了整整一天了，累了。"

"那也不能在轮椅上睡啊！"黑一海走过去，把章小凤摇醒，"小凤，快醒来！"

章小凤睁开眼，结果眼眶已经肿了，眼睛里也全是血丝，她有些茫然地看着黑一海："大哥？"

黑一海心痛地看着章小凤，因为担心不免加重了自己说话的语气："小凤，骆子这样，我们大家心里都很难受。但是，该干啥还是得干啥。听说你一天都没有吃东西了，这怎么行啊？你的身体本来也很虚弱，你这么折磨自己，万一要是累倒了可怎么办啊？别骆子没有好起来，你又病倒了，这不是给骆子的心里填堵吗？难道你不知道，骆子兄弟他……他最不愿意看到的就是你糟践自己的身体！看到你这样子，他会心疼啊！"

"大哥……"

"你啥也别说了，我是大哥，听我的。赶快吃饭，吃完饭回去好好睡一觉，这里由我来看着，你就放心吧。"

章小凤似乎才回过神来，脸色一凛："大哥，你是听谁说的？我怎么一天没有吃饭？我这不是睡着了吗？老郝，是不是你说的？你可别冤枉人啊，我昨天是吃了早饭过来的吧？"

"你只吃了早饭……"郝一湖看了看黑一海，犹犹豫豫地说，"之后就什么都没吃……"

"谁说的！我现在不就要吃了吗？来，把饭拿来，我马上就吃给你看！"

"好、好，我这就给你弄。"郝一湖就像得到了赦令一样，高兴地从窗台上拿过了从家里带来的饭盒。

黑一海看着强势如昔的章小凤，无奈地摇摇头："你呀，看你把我兄弟欺负成啥样了。"

"我什么时候欺负他啦？他本来就是那样！"章小凤说着也笑了，"大哥你吃过了没有，不如也一起吃点吧？"

"我吃过了，你好好吃吧。小凤，你这右手还是不能拿筷子吗？"看着郝一湖手脚麻利地给章小凤张罗着，把轮椅上自带的小桌打开，摆上饭菜，又盛了一小碗汤放在旁边，帮着往碗里夹好菜，塞了一双筷子在章小凤左手里。

没等章小凤开口，郝一湖先叹了口气："是啊……还是拿不了东西。"

章小凤倒无所谓地甩了甩右手："没事儿，右手拿不了还有左手，这点小事难不倒我。我现在这左手已经没有问题了，右手用不了没关系，我都学着用左手了，写字拿筷子都没问题。我有一个愿望，什么时候我能用左手拿焊枪就好了。"

"小凤，你都多大岁数了，还想着上岗啊？"

"那当然。大哥你不也还在工作吗？我当不了你那个副总裁，只要能让我重返岗位也好啊！"

"我真是服了你了！"黑一海感叹道。

章小凤吃完饭，郝一湖刚收拾好，郝祖国就来了。

"我说什么来着，我们家祖国和他骆子叔感情最好，我说他一定会来的吧。这不，说曹操曹操就到了。"章小凤一见郝祖国就飞快地说道，还伴着哈哈大笑，一点也看不出昨夜里那个哀伤哭泣的样子。那双被泪水浸泡得红肿的眼睛出卖了她。大家都知道章小凤在极力地隐瞒着什么……

"哎哟，你们都在？黑总，妈，你们来得可真早啊！"明知道章小凤是一直待在医院的，郝祖国却故意这么说。

"祖国，在外面你还叫你大伯黑总啊！"章小凤的口气里充满了埋怨。

"哦，我忘了。应该改口，对不起，大伯。哎，妈，你的脸色不太好，快回去休息吧，我来看着骆子叔。"

"说什么呢，你大伯刚来，我怎么能走。想旧社会那阵儿，我，骆子哥，还有你大伯，是在一个厂里工作的同事。今天几个老家伙好不容易聚齐了，我们要多说一会儿话呢。"

"骆子叔他醒了吗？"郝祖国望着母亲的眼睛问。

"还没……虽然他没醒，可他能听到我们说话。"章小凤低头看着紧闭着双眼的骆子，把他额上的一缕白发轻轻拨开，自言自语似的轻声说，"骆子哥，对不对，你能听见我们说话对吗？你看，你黑大哥也来看你了，你们有多久没见过了？你不是一直都想见大哥吗？现在他就在你面前，你睁开眼看看他好吗？"

一时间，屋里的人都静默了。

感伤的气氛没有保持多久，不一会儿，病房的门再次被推开，郝立京和郝慧思出现在了门口。

"哇，爷爷奶奶你们都在啊？"郝慧思轻快地扑到了章小凤身边，"奶奶，对不起，都是立京不好，我带他来请罪来了。"

"傻孩子，你们谁都没错。再说了，立京又不是干了什么坏事，我都听民警同志说了，他是见义勇为，而且，因为他还抓获了一名重罪犯，破了三年前的案子，立下了大功劳呢。听说还要给他发奖呢，这事也上了报，我们立京真是越来越出息了。"

"那算什么功劳啊，就是给他撞上了呗。"郝慧思说着瞪了郝立京一眼，郝立京连忙过来，在章小凤面前低下头，"奶奶，是我的错，如果不是我莽撞行事，就不会害骆子爷爷受伤，更不会害奶奶这么难过，对不起！"

"吓！你是谁啊，你是姓郝吧？你是我章小凤的孙子吧，立京？"章小凤大声问。

"是，我是你的孙子。奶奶。"

"那不就得了！我们郝家人啊，天生就爱管闲事，而且是天不怕地不怕。看你爷爷，就他那样，也还做了不少好事呢。"章小凤说着，看了一眼郝一湖。大家顺着章小凤的视线，一起看向郝一湖，郝一湖不太习惯被众人注目的感觉，不好意思地摸了摸后脑勺，冲着章小凤嘿嘿地笑了。

"我爷爷他做了什么？"郝立京问。

"我记得我爹说过，他是在街上把一湖捡回来的，当时一湖就因为多管闲事被地痞打得很惨，是我爹把他给救下来的。"黑一海摸着下巴回忆着说。

"真的吗？"郝立京连忙问自己的爷爷。郝一湖腼腆一笑："我是看他们偷了人家的钱包，还冤枉别人才那样做的。"

"类似的事还有很多吧。"黑一海笑着拍了拍郝一湖的肩膀，"果然是遗传啊，原来立京多管闲事的毛病是从你这里传下来的啊！"

"所以啊，慧思你就别怪立京了。"章小凤笑着对郝慧思说。郝慧思的脸一下红了："奶奶，我知道……"

"奶奶，其实慧思她没错，她是替我担心，怕我因为管闲事出了意外。而且，这一次因为我害骆子爷爷受伤，慧思才会那么生气的。"郝立京连忙帮郝慧思说话。

"你自己知道错了就好。"郝祖国也不满地瞪了儿子一眼，然后走到章小凤面前，蹲下身，"妈，今天咱们不提过去的事儿，咱说点高兴的事儿，我有一个天大的好消息要告诉你，你听了以后一定会非常高兴，而且，骆子叔说不定就会醒了。"

一旁的黑一海非常好奇，连忙催促："祖国你快说说，什么样的好消息？如果能让你妈妈不再红着眼睛，这才是天大的好消息呢。"

"这个好消息你们一定都想不到，妈，我二哥谈对象了，而且还很顺利，第一次见面两人便一见如故。我觉得，这次肯定有戏。"

几乎所有人都惊呼出声："真的？"

"千真万确，要是不出意外的话，这两天二哥就会带她来见你们了。"

"这可真是天大的好消息，也算是了了你妈的一件心事啊！"黑一海拊掌笑道，"这个设子终于也开窍了。"

章小凤果然心情大好，连珠炮似的追问郝祖国："快告诉我，是谁家的姑娘？人怎么样？是做什么的？今年多大了？"

"我们公司工会吴主席的独生女，是7232厂技术科的工程师，论长相，论人品都没的说。"

章小凤一拍手："祖国啊，她是不是叫吴飒飒？"

郝祖国大奇："她是叫吴飒飒。妈，难道你认识她？"

章小凤嘿嘿一笑，"她是我们辽海市的名人，是劳模，是技术能手，我在电视里、报纸上多次见过她。我算是认识她，可她不认识我这个老太婆！"

"妈，这么说来，她一定也认识你。因为你更是我们辽海的名人啊！"郝祖国笑道。

郝慧思凑过来问："奶奶，她一定很漂亮吧？"

章小凤捏了一把郝慧思吹弹可破的小脸蛋："没你漂亮，可是啊，人家比你稳重多了。"

郝慧思捂着脸咻咻地笑着说："奶奶，你是老王卖瓜自卖自夸。你偏心！当心我二婶不高兴。"

"傻丫头，我一点没偏心，你那张脸啊，像极了你的亲奶奶，可惜她没留下张照片，惠子嫂子那才是真的漂亮呢。"章小凤说着看了一眼黑一海，黑一海的视线也停留在了郝慧思那张酷似亡妻的脸上。他对多年未见的儿子淡然相对，却相当疼爱这个孙女，大概正是这个原因吧。

"祖国，告诉你二哥，好好跟人家处着，他也老大不小了，该成个家了。"郝一湖叮嘱郝祖国。

"爸，你放心，他们两个都对上眼了，用不着我们旁人操心。"

章小凤靠近病床，摸着骆子放在被子外输着药液的手："他骆子叔，你听，设子有对象了，还是个万里挑一的好姑娘，他们可是相亲相爱呢，这就是天定的姻缘啊，设子他一直没找，就是为着等这么一个人，现在终于给他等到了。设子的命很好是不是啊，你看，吴飒飒和设子都是辽海的名人，我看过她的事迹，跟设子一样，也是一根筋到底，工作和技术上呱呱叫，可就是在谈情说爱上像木头，别人说人家不开窍，其实是没遇到可心的人哪！"

郝祖国忍不住在一旁说道："妈，你可真行，吴飒飒的情况你知道得比我这个媒人还要多。"

"要不怎么说这就叫缘分啊，她注定要当我们家的媳妇，所以我才会对她的事那么上心啊。你还别说，我在电视上看她，怎么看都入眼，心里还想过要把她和设子配上对儿呢，哎，还梦想成真了，你说这不是上天安排的吗？"

"的确如此。就像妈你说的，二哥和飒飒是天定的姻缘。"郝祖国笑道。

章小凤听了哈哈大笑："好，祖国，妈要谢谢你，妈现在真的高兴得不得了。"

高兴完了，章小凤又对郝祖国说："祖国，晚上你们弟兄几个轮流换班陪着你骆子叔，白天我和你爸陪他。"

"妈，我已经和辽海制造厂那边说好了，从明天开始，他们厂里派人来看护骆子叔……"

章小凤打断了郝祖国的话："他们晚上来看着可以，白天就由我和你爸陪护吧。"

"妈……"

黑一海制止了郝祖国："祖国，听你妈的！"

已经两天过去了，骆子依然没有醒来，章小凤心情又渐渐阴沉了下去，她虽然不再坚持留在医院继续守在骆子旁边，但回到疗养院后，脸色就一直没好起来。

看天色已经晚了，郝一湖想让章小凤早点休息，这些天她的精神状态明显不佳，忧虑加上疲惫，很担心她会累倒。于是就打来了热水，试好水温，端到了床边："小凤，洗洗脚吧，这样睡起来舒服些。"

章小凤看了他一眼，冷冰冰地说："要洗你自己洗，我不洗！"

"小凤，你这是……"

章小凤突然就大发雷霆起来，声音扯得很大："你耳朵聋了还是怎么的？我的话你听不懂吗？"

郝一湖能体会章小凤现在的心境，所以也不做任何争辩，乖乖地把洗脚水端了出去。倒完水，从水房出来，郝一湖迎面碰上了疗养院的服务员，服务员问郝一湖："郝师傅，章师傅以前从来都不发脾气的，今天这是怎么了，怎么发这么大的脾气啊？"

"咋的了？"郝一湖一脸的疑问。

"我刚才去病房里倒垃圾，顺便想把地也拖一下，多一点潮气会舒服点，结果她二话没说就把我赶了出来，以前她可不这样，到底是怎么了？"

郝一湖有些尴尬地笑了笑："那个……我也不知道。实在不好意思，你把拖把给我，我来拖吧。"

"那怎么行，再说她跟你也一样发脾气吧，今天就算了。"

"还……还好。"郝一湖喃喃地应着。

服务员转过身时还在一个劲小声嘀咕："在我的印象里，章师傅的脾气可好了，从来不给我们这些服务员脸色看，不知道是谁惹到她了……"

郝一湖低下了头，自言自语说道："我当然知道她为什么要发脾气了，她的骆子哥比我重要啊……"

郝一湖知道自己的妻子小凤喜欢骆子，深深地爱着骆子，从一开始就知道。她嫁给自己只不过是因为没有办法，谁让骆子没福气，在快获得解放的时候出了意外呢，但是话又说回来了，要不是因为骆子出了意外，小凤又怎么会嫁给自己呢？他俩才是天造地设的一双呢。小凤人敞亮得很，爱说爱笑，爱打爱闹，做事雷厉风行，在很多事上巾帼不让须眉，而骆子则能说会唱，能吹会弹，具有艺术家的气质，他们俩凑在一起就少不了欢声笑语。而且，从一进辽海制造厂开始，骆子就一直暗暗地照顾小凤，保护小凤……可是，他们是有缘无分啊！但是，无论怎么说，自己却是真心地喜欢小凤，并且一直认为能娶到小凤这么优秀的女人是自己前世修来的福气，尽管小凤经常说自己是个"一棒子打不出个屁来的闷葫芦"，但自己丝毫没有在意过，更没有丝毫要责怪她的意思，因为话虽然有点难听，但说的也是事实，自己本来话就不多嘛。一晃这么多年过去了，如今自己已经儿孙满堂了，在自己的心里，也早就把骆子当成亲哥哥一样看待了，自己一直都把骆子看成是自己家的一口人，从来没有拿他当过外人，也从来没有在意过外人的闲言碎语。

郝一湖在心底里一遍一遍地暗暗祈祷，祈祷骆子能够尽早醒过来，因为他知道，只有当骆子哥醒过来了，恢复如初了，小凤才会重新露出笑颜。

章小凤对郝一湖发脾气，郝一湖并不生气。因为他觉得，一个人有了坏情绪就应该发泄出来，不然憋在心里，迟早会憋出病来。妻子有坏情绪要发泄，不对自己发泄对谁发泄呢？对陌生人发泄吗？人家肯定不会接受。一个人发脾气，大多数时候，是发在了爱自己的人身上啊！因为爱可以包容一切。

命案追踪（1）

由于郝立京的见义勇为行为，警方不仅抓获了三年前一桩碎尸案的逃犯，而且还发现了一些疑点。那天在路边行凶的几名歹徒中，除了那名碎尸案的主犯外，用匕首刺伤了骆子的那名歹徒在逃逸过程中也被抓获，查出这两名案犯之间并没有任何瓜葛。而据那名碎尸案犯交代，他并不认识刺伤骆子的那名案犯，也不知道他是怎么出现在案发现场的，因为当时被郝立京喝止的在现场行凶的人只有三人，刺伤骆子的那名案犯是在郝立京出现后才突然跳出来的，这到底是怎么回事呢？

郝立京又被公安人员叫去询问了当时的情况，郝立京也说自己看到的是三名歹徒在殴打一人，他上去后制止住了两人，从背后偷袭他的那个人，他一直以为是他们中的第三个人，但仔细回忆后，才感觉不是那么回事。当时的第三个人应该站在他的左侧，而这个人，应该不认识先前那两个人。

这桩案子因为这些无法解释的疑点，被提交到了辽海市公安局局长的办公桌上。也因为涉及郝立京及骆子这样特殊的人物，这个案子才受到了路鸣的特别关注，他下达命令，要市局尽快破案。

经过紧锣密鼓的侦查讯问，案情终于有了眉目。这一天，当路鸣再次打电话询问时，王亚彬局长亲自拿着卷宗到路鸣办公室汇报案件的侦破情况。

听完王亚彬的汇报后，路鸣问："王局长，你是说刺伤骆子的歹徒是辽海制造厂副厂长姚少军指使的？当时歹徒的目标就是骆子而不是郝立京？你们这样说，有没有证据？这到底是怎么回事？"

王亚彬点点头："是的。据犯罪嫌疑人交代，骆子在骆子茶馆里把姚少军包养情妇、小偷在他家里偷出了巨额现金不敢报案，以及贪污公款、行贿受贿的事全部编进了他的'山东快书'中，每天说唱表演。姚少军怀恨在心，为此买凶杀人。"

"所以说，这起伤害案并不是一般的打架斗殴事件，而是密谋行凶杀人，目标就是骆子？"

"对，据犯罪嫌疑人称，拿了姚少军的钱后，他一直在等通知。那天，他接到姚少军的电话，说骆子会去辽海大酒店，于是就在酒店外面埋伏，等候时机，结果看到骆子在离酒店还有一段距离处下了车，他就悄悄跟踪过去，正好撞见郝立京与歹徒对峙，骆子上去阻止郝立京，犯罪嫌疑人觉得这是个绝佳的时机，说不定还可以嫁祸给那几个打架斗殴的小混混呢，于是就乘乱上去捅了骆子一刀，然后仓皇逃走了。"

"这些全部都是犯罪嫌疑人交代的？"

"是，的确如此。尽管姚少军当初找上他时并没有说明要杀骆子的原因，但犯罪嫌疑人很狡猾，就私自做了调查，据骆子茶馆的人说，骆子的确编了关于一些厂领导的讽刺快板，而且辽海制造厂的人都心知肚明，那些内容说的是谁。"

"这么说，骆子快板里所说的都是事实喽？"

"基本属实。那名小偷也已经被抓获，交代了盗窃姚少军家的犯罪事实。"

"很好。"

"路书记，人证物证都已齐全，我建议马上抓捕姚少军。"

路鸣立刻打电话叫来了辽海市纪检委书记、市监察局局长和辽海市检察院检察长，并召集市委相关领导人，让他们一同听取了王亚彬的案情汇报。

纪委书记问王亚彬："王局长，姚少军包养情妇一事，有证据没有？"

王亚彬笃定地回答道："有！据调查，姚少军的情妇还不止一个呢，我们已经查实的就有三个。而且，姚少军还都给她们购买了100多平方米的房子。"

"三套100多平方米的房子！按现在的市场价格，至少需要五六十万元哪，一个快要倒闭的国营企业的副厂长，哪来的这么多钱？"纪委书记忍不住发出了疑问。

检察长问："小偷在姚少军家里偷出了多少现金，有统计没有？"

"有，人民币100多万元，美元30多万元。还有金银珠宝首饰等折合人民币也在100万元以上。另外，小偷还发现了不少存折，因为不是现金，所以就没有拿走。"

路鸣猛拍了一下桌子，说道："好家伙，辽海制造厂的三个分厂已经宣布破产，八个分厂发不出工资来。据统计，辽海几十万下岗职工中，辽海制造厂就有八万多人。大家想想看，国营企业破产、倒闭是新时期市场经济条件下的产物。可是，我敢说，有相当一部分企业的倒闭，和这些巨贪、蛀虫是有直接关系的！"

与会者纷纷点头，同意市委书记的意见。

"这就是我建议请市纪委、市监察局、市检察院的领导参加这次汇报会的原因。在我们市，像姚少军这样的国企干部肯定还有不少，我们都需要提高警惕啊！"王亚彬说着看了看在座的各位领导。

代表省委办公厅来参加会议的吴美珩恶狠狠地瞪了王亚彬一眼，眼中闪过了一丝别人不易觉察的寒光，他突然从座位上站起来，义愤填膺地说道："这样的害群之马，应该马上绳之以法。我们还等什么？我建议！马上成立专案组，立刻把姚少军抓起来！"

命案追踪（2）

路鸣看了吴美珩一眼："吴副主任说的是，纪委、检察院、公安局应组成专案组，马上对姚少军采取措施。同时，我们要重视群众对企业领导的举报，凡是涉及企业的举报材料，我们要认真对待，一旦发现蛛丝马迹，就一定要一查到底，保证国有企业改革的健康有序发展。"

会议结束后，吴美珩以最快的速度悄悄溜出了市委办公楼，走到了一个僻静的角落。他抻着脖子向四周看了看，确定没人后，他给他的岳父孙大峰打了一个电话："爸，大事不好了！"

"美珩，出什么事了？"

"他们马上就要抓捕姚少军了！"

"啊？你看看，让我说对了吧？我早就说过了，他姚少军已经捞了不少了，应该见好就收，这马上要退休了……这可怎么办呀？他要是进去了，我这个老头子肯定也得被抖出来，搞不好也得进去啊！"

"爸，量小非君子，无毒不丈夫！这个事你就交给我吧！"

孙大峰知道吴美珩这句话背后的含义——杀人灭口！但他故意引而不发。

"美珩啊，谈何容易啊！除非……"

"我要让他永远地闭上嘴巴！"

"美珩，我孙大峰这辈子可以说什么样的坏事都干过了，可我唯独没有杀过人。你可给我想好了，这人命关天的事，你还是慎重点好……除非你自己……"

孙大峰早就看出来了，自己的这个女婿比自己还毒，比自己还心狠手辣。他虽然戴着金丝眼镜，看上去文质彬彬的，言谈举止也很文雅，但那只是假象，如果仔细观察就会发现，隐藏在眼镜背后的那双眼睛是捉摸不定的，一到有危险的时候就会闪出令人不寒而栗的寒光。

"爸，你放心。我亲自做这件事，一定做得干净利落，不留任何痕迹……"

回到家之后，吴美珩和平常一样伺候着妻子吃饭睡觉，然后一个人到书房。他坐在书房的窗边，闭目假寐。白天在 1 号会议室里听到的那些事让他心惊胆战，但是慌乱的情绪很快就被自己强行按了下去。自己之所以能够被孙大峰看中，把他从一个普通工人提拔到革委会当干事，也是他这种处事不惊的沉着很得孙大峰赏识，而后孙大峰还把女儿嫁给了他，可见对他的看重是不一般的。这一次他也不打算让孙大峰失望。不到天塌下来他是不会害怕的，妻子孙小明曾经对他说过，他的这种气度如果用在正道上，一定会有所作为。什么正道邪道，无非是无聊世人的划分，在吴美珩的人生字典里，没有是非之别，只有利弊之分。对自己有益的，他当然会毫不犹豫地去做，对自己无益的，他绝不会浪费半点力气。而且，他天生喜欢刺激，在他温文尔雅的表象下，藏着一个非常躁动的灵魂。就如此刻，他给孙大峰打过那通电话后，突然意识到自己可以做某件既可以获利又很刺激的事，这一发现让他莫名兴奋。于是，他开始在脑海里实施着亲自消灭姚少军的计划。

吴美珩其实并不讨厌姚少军，而且此人也与他无冤无仇，只是现在他们之间有了利益冲突，挡我者死！姚少军作为孙大峰的走狗，知道太多孙大峰见不得光的事，而今姚少军因为他自己的事要被捕，一旦他被捕，意味着他和孙大峰之间的关系就有暴露的可能，他们做的所有见不得人的事都有可能被牵扯出来，这么一来，孙大峰一定会被牵连。孙大峰对于吴美珩来说，与其说是他的岳父，还不如说是他的保护伞，孙大峰完了的话，他肯定也得被牵出来，也是必死无疑。而这一切，就是他想消灭姚少军的动机。

给自己倒了一杯茶，慢慢品尝，吴美珩在西湖龙井的茗香中陷入了苦思冥想。

渐渐地，在他面前出现了这样一个场景：夜晚，一个黑影突然推开了一间卧室的窗户，轻盈地从窗外跳进屋内。黑影走近了，他蒙着面，看不到五官，借着淡淡的月光只能看见他的一双眼睛，闪着清冷的寒光。这个蒙面人蹑手蹑脚地走到床边，看着床上的一对男女。女的很年轻，也很漂亮，在月色下显得有些朦胧。男的很胖，也很丑，睡得跟死猪一样，还发出很大声的呼噜。蒙面人似乎笑了笑，然后过去关上了所有的窗户。接着，他走进厨房，把煤气阀门打开了……

似乎已经看到了床上那对男女中毒后铁青的脸、僵硬扭曲的身体、丑陋的死相……吴美珩忍不住呵呵地笑了起来。

蒙面人再没有去管卧室里的男人，他打开保险箱，取出了里面的现金和存折，然后从最里面拿出了一个账本，翻开，很快就找到了"孙大峰""吴美珩"的名字……

蒙面人回到卧室，冷冷地看着已经僵死的男人，在他狰狞丑陋的脸上狠狠地踢了一脚……

幻影消失后，吴美珩感觉已经胸有成竹了。他拨通了姚少军的电话。而这时姚少军搂着他的情人正准备睡觉。电话铃声突然响起，姚少军觉得有点扫兴，满腔怒火地拿起手机吼道："谁呀！"

"姚厂长，我是吴美珩，你快点收拾东西到宏大宾馆……你身边是不是有人，也给她说一声，让她离开现在你们住的地方，能走多远就多远。"

姚少军是个聪明人，一听话头就知道肯定是有大事发生了："那……吴……吴主任啊，到底发生什么事了？"因为太紧张，姚少军的舌头有点僵硬，竟然情不自禁地磕巴了。发现情妇正好奇地盯着他看，姚少军连忙背过身去，走到了门外。

"你还问我，你让人去行刺骆子了吧？现在事发了！"吴美珩不动声色地说道。

"……"

"今天晚上市委有一个会议，非常碰巧我们人大常委会主任不在，就由我代表参加了，幸亏我参加了，不然后果还真是不堪设想，你猜怎么着？"

"怎……怎么了？"姚少军已经猜想到了问题的严重性，不但磕巴，而且声音也开始发抖了。

"公安局把你的事查了个底朝天，已经决定逮捕你了，我想如果不出意外，他们明天一早就会上门抓人。"

"哎呀，怎么……怎么就露馅了呢？那……那我该怎么办？"

"你说该怎么办？我已经冒着巨大的风险给你通风报信了。"吴美珩冷笑了一声。

姚少军哀求道："吴……吴主任，你……你神通广大，赶紧给想个办法啊！"

吴美珩沉默不语，故意引诱姚少军露出咬人的真面目，这种猫逗老鼠的感觉令他莫名地兴奋。

"你别忘了，我们可是一条船上的，你和你的岳父孙大峰做的那些事我可全知道，要是我被抓进去了，哼哼，你们也别想逍遥法外……"果不其然，姚少军上当了，语气变得阴冷，话语之中饱含着狰狞。

"我知道。你别急。"吴美珩生硬地打断了姚少军的话，"我已经替你办好了，不然我为什么现在给你打电话？"

"是吗？"姚少军有些不相信。

"正如你所说，我们现在的确是一条绳上的蚂蚱，这个时候帮你就是帮自己。好了，事不宜迟，你赶紧到宏大宾馆来，我会在那里等你的。"

"好，我马上去。"

"记着，千万别留下尾巴。"

爱的坦白

又是一个阴沉的早晨，东方的旭日跃跃欲试着，总想赶快挣脱积云的遮挡，但是几经努力，始终是缺少了一点力气，跳脱不出，最后还是被积云彻底淹没了，只露出模模糊糊的一片红，看上去就像在灰色的宣纸上滴了一滴红色的墨水，墨水渐渐扩散，最后留下了一片淡淡的红色印迹。

郝一湖把病房的窗户打开，好让屋子里的空气能够流通一下。早晨的空气在这个城市里已经不再清新，但略微凉爽的风吹进来，多少能够让人的心情感到平静一些。章小凤一直盯着沉睡至今的骆子，听到响动，她抬起了头。

"老郝，你回去休息一会儿吧，昨天晚上你没有睡好。"

"你也没有睡好呀……"郝一湖回过头来，看着章小凤，但章小凤却很快把视线转开了。

"老郝，这日子过得真快啊！转眼之间，我们两个都快70岁了。"章小凤低着头说，"骆子哥他要大我们几岁，已经70多了，你看他的头发，全都白了。"

"是啊。"郝一湖的目光从章小凤身上落到了骆子的脸上。

"老郝，你是不是怨我呀？"

"小凤，你何出此言啊？"

"你是不是觉得我对骆子哥太好了啊？"章小凤喃喃地问道。

"小凤，你要说什么就说吧。我知道，你，还有我，都愧对老骆。别说现在我们都老了，就是年轻的时候，你对他好，我也没有意见啊。再说了，都这么多年了，我还怕你对他好吗？"

"对啊！因为，骆子哥他没有了男人的一切……哎，老郝啊，如果骆子哥当年不护着我，不出那档子事……我们这样相处，你能允许吗？"

"小凤啊，你是真糊涂还是假糊涂？要是老骆是个健康人，你还能嫁给我吗？再说了，老骆当年要是不护着你，你的人不就没了吗，现在谁还能跟我说这些话？"郝一湖的声音变得很轻、很轻。

"说的也是，是骆子哥用他的一切换回了我的命，我欠他实在太多了……"

"我们都欠他的。"郝一湖说着又看向骆子那张沉睡中苍白的脸。

"哈哈哈……老郝，我说句心里话，你不会介意吧？有些话我想跟你说开更好些，现在咱们都老了，再不说恐怕就没机会了。"

"我怎么会介意呢，有什么话你就直说吧。"

"说老实话啊，当年我对你一点儿感觉都没有。"

"这个我知道。"

"今天你这接茬的话头怎么多起来了？以为唱二人转呢你？你听我把话说完！"

"好好好，我听你说。"

"要不是路书记两口子轮番给我做思想工作，我肯定不会嫁给你。哈哈哈，你知道为什么吗？我不是嫌你人不好，而是……"

"我知道。"

"你知道什么呀？我那个时候的心里只有一个人……"

"这个我也知道。"

"啧啧，连这你也知道。不，你不知道！当时我的心有多苦，没有一个人知道。大家都在劝我和你结婚，都在跟我夸你有多好。好几次我都想干脆不嫁你了，哪怕做不成夫妻，被打成反动派，我也要和骆子哥一起过，哈哈哈……"

"我知道。"

"你知道什么啊……老郝，虽然当初我不肯跟你结婚，但最后还是嫁给了你。俗话说嫁鸡随鸡，嫁狗随狗，我既然嫁给了你就不会再有二心。我可以对天发誓，跟你结婚这么多年来，我没有做过任何对不起你的事。"

"这个我更知道了。"

"老郝，你怎么就会说这句你知道你知道了，你究竟知道些什么呀？你知道我是怎么对你的，是吧？当初，我们一直没有孩子，你也知道原因对吧？有了设华和祖国后我认为自己已经对得起你了，至少是尽到一个做妻子的责任了。所以在那以后，我的心里就只剩下两个念头，一个是工作、工作、再工作，一个就是好好地睡上一觉。每天把自己累得跟牛一样爬都爬不动，这样睡着了后就什么都不会想了。哈哈哈……当初我真是傻啊，结果把身体搞成了这样……可除了这么做，我还能怎么办呢？我不能在心里装着除了丈夫以外的别的男人啊，所以我就死命地干活，至于当劳模评模范，我根本就没那心思，那时我成天的感觉就是一个字——"

"累！"郝一湖把这个字接了下来。章小凤一听就哈哈大笑："哈哈哈，老郝啊，你简直就是我肚子里的蛔虫，我怎么想的，你都知道啦！说真的，这么些年来，我真的非常非常地感激你！"

"感激？我？"

"哈哈哈，你不是我肚子里的蛔虫吗？你也有不知道的时候啊？你给我听着，我首先感激你的是你对我的好，无论我怎么对你，你都没埋怨过，还帮我照顾骆子哥，我把他接到家里来，谁都有意见，就你这个最该有意见的没意见，没有你，我恐怕坚持不到现在……可以说，没有你，就没有我章小凤的今天；第二，我感激你为这个家所做的一切，孩子怎么长大的，家里有没有油盐酱醋了，等等，这些事我都不知道，也从来没管过，我甚至连孩子们的家长会都没有参加过。"

"家里的事，也不全是我做的，骆子哥也帮了不少忙。"

"老郝，你今天的话真多！"章小凤虽然板起了脸，却没有真正生气。

"大夫不是说了吗？我们要多说话，这样说不定就能把病人给叫醒了。"郝一湖笑道。

"哈哈哈，你说得对！老郝，没想到你有时候也会逗人……"章小凤捂上了嘴，泪水突然大滴大滴地从眼中溢出。郝一湖见状，怔了一下，不再说话。

"谢谢你，老郝……"

"老夫老妻的了，说什么谢啊！啥都别说了，等老骆醒来，咱们再好好地说话。还有你那些没跟老骆说过的话，都要说出来。就算我知道了，也许老骆他并不知道，他的心里一定更难受。"

"呜……"

"小凤，我一直都把老骆当一家人。"

章小凤抬起头，看着郝一湖。

"我想，设华和祖国他们也都和我一样。"

"老郝……"

"所以你就别难过了。我们要齐心协力，把老骆叫醒。黑一海大哥也回来了，咱们一家人好不容易聚齐了，以后要好好地过日子，年轻人就不说了，咱们岁数都不小了，留在世上的日子不多了，如今再没这运动那运动了，日子也一天天好起来了，再不让自己过得舒心点还能图个啥啊，你说是不是？"

"老郝，我才发现你的口才这么好，这么会说话。"章小凤擦了擦眼泪，笑着说，"难道真是以前我把你压制得太厉害，没让你说过一回囫囵话？"

"嘿，我……我也就那么一说。"

"咋又缩回去了？你啊……"

"我不就是这么个人吗，多少年了，你还不了解。"

"我当然了解，你是个大好人。"章小凤不再哭了，"好，就照你说的办，等骆子哥醒来，咱们好好地过日子。我也不再住那疗养院了，我们一起回家去。骆子哥，你听到了吗？等你醒来，咱们就一起回家。"

"哎，我可没说让你出院呀……"

"不管你说没说，我的主意已经定了，好，就这么说定了！哈哈哈……"

两位老人虽然看似是在你一言我一语地斗嘴，但气氛却异常融洽，也许这就是老年式的"打情骂俏"吧。经过这一番开诚布公的长谈，章小凤忽然发现，原来郝一湖是如此了解自己，原来他一直是在有意地包容自己，有意顺着自己，这么多年，真是难为他了。章小凤还发现，老了老了，郝一湖竟然返老还童变成老小孩了，不像以前那么木讷，变得比以前可爱多了。章小凤又转念一想，或许郝一湖一直都是这样，只不过自己的注意力根本就没在他身上，又或许一向强势的自己，根本就没给过他表现自己本性的机会。总之，不管是哪种情况，以后自己一定要对他好一点……

在郊外别墅里杀人（1）

距离辽海市区将近 100 公里的山中，一栋崭新的西式小别墅就如被人遗失在这里的一个东西一样，在耀眼的月光下孤零零地矗立在森林边缘。白色的楼体被碧绿的山影和月光映衬得非常耀眼，虽然地域过于偏僻，但想要安静地休养生息，住在这样的别墅里还是非常舒适的。

"吴主任，这可是个好地方啊！你什么时候买的？"姚少军带着些许遗憾的神色扫视着周围的景致。远处隐约能看到长白山积雪的顶峰，在凌晨铁灰色的天幕下隐约如梦；近处是逼人眼帘的茂密森林，郁郁葱葱，苍翠一片，上面飘浮着一层轻纱般的岚气；淡淡的月色下，高低起伏的山峦层层相叠，蜿蜒的山脊就像是在碧海之上用画笔勾出的波浪一样，时刻有要涌动起来的气势；而这栋小别墅就放置在山坳的边缘，周围遍地的花草如繁星点点，置身其中，简直就像走进了童话世界一样。真是太美了，只可惜，姚少军现在根本没有心思欣赏美景。

"真是不错，在这里养老那可真是比当神仙还过瘾啊！"姚少军再次感叹。他虽然也有好几栋别墅，但格调连他自己都觉得不高，更别说拿来和这里相比了。于是他就多看了面前的吴美珩几眼。吴美珩并没有理会他眼中的含义，淡淡地说道："姚厂长你还真是健忘啊！今年春天我不是从你那里拿了一笔钱吗？我好像告诉过你，我要买房子的。"

姚少军恍然大悟："吴主任真是老谋深算啊，这就叫狡兔三窟对不对？哈哈！要不是你在这里有这么个好地方，我都不知道该到哪里去呢，谢谢你，吴主任！"

吴美珩看着姚少军微笑："姚厂长你放心，到了这里，就像是到了保险箱里，没人会知道。"

"真的不会被他们找到？"

"你接到我的电话后有没有给谁再打过电话？"

"没有，我按你说的马上就关机了。"

"也没有跟家里人说？"

"没。"

"你女朋友呢？"

"我只跟她说，被老婆发现了，要她回家去。"

"很好。这样他们就没有线索了。"

"可是，我家里人不知道我到这里来……"

"你放心，我会跟他们说，但是得等风头过了以后。"

"行，听你的！吴主任，我姚少军的这条命就交给你了。"

"没问题，你的命就是我的命，保住你就是保住我自己。"

姚少军拍拍肚皮，他相信吴美珩的手段，也相信他们之间的牵绊，所以也就放心了："吴主任真够意思，这里有酒没有？干待着也没意思，不如我们喝两杯。"

"好主意，我这里正好有两瓶五粮液，还有几个小菜。"吴美珩从屋里取出了酒，又从冰箱里拿了烧鸡、火腿……结果大小菜碟摆满了一茶几。

"吴主任，你准备得很齐全呀。"

"这就叫未雨绸缪啊！我在这里神不知鬼不觉地弄下这套房子，就是为了应付这一天的。"吴美珩笑着帮姚少军斟满了一杯酒，"除了这里，我在外面还有两套。"

姚少军冲吴美珩竖起大拇指："高！实在是高！我姚少军就佩服你这种有本事的人。"

"如果这里瞒不住了，我就给你办护照，送你去外面。"吴美珩说。

姚少军几乎感激涕零，抓住吴美珩的手直摇："太感谢了！吴主任，好哥们儿，今生今世我姚少军别的什么都可以忘，唯独您和孙市长的恩情我不能忘。"

在郊外别墅里杀人（2）

吴美珩表面上看似很平静，心里却在放肆地大笑：哈哈哈！姚少军啊姚少军，我马上就要送你去见阎王了，你却还在这里谢我，真是一头蠢猪呀！

吴美珩拍拍姚少军的手背，把自己的手收了回去："既然是好哥们儿，我们就什么也别说了，来，喝酒！"

"好，干！"看着姚少军大口吃菜大口喝酒的样子，吴美珩的脸上闪过了一丝不易觉察的冷笑。看他吃喝得差不多了，就不经意地问姚少军："姚厂长，要饮料吗？"

"要！"姚少军一边往嘴里塞着东西，一边嚷嚷，"我正好口渴了。"

吴美珩到里屋从冰箱里取出了饮料瓶，打开其中一瓶的盖，把一小包什么东西倒进了瓶中，然后轻轻地摇了摇，拧好盖，拿到外面递给了姚少军。姚少军接过瓶子，拧开盖，稍微犹豫了一下，看吴美珩咕咚咕咚地已经喝完了自己的一瓶，喉结上下滚动，喝得那个爽劲，就越发感觉到自己口中干渴难忍，便也仰头灌下了一大口。喝完，还打了个很响的饱嗝。

看到姚少军把那瓶饮料喝下了大半，吴美珩笑得非常灿烂，他微眯起眼睛，说道："哥们儿，把你最要好的女朋友的住址告诉我，我悄悄地把她接过来，不然你在这荒山野岭，会寂寞的。"

姚少军怔了一下，马上就乐得浑身的肥肉乱抖了起来："哈哈哈，你想得真周到……哥们儿，真够哥们儿！好，我马上告诉你……"姚少军说着，马上把自己最中意的一个情妇的地址写在了一张字条上……

"姚厂长，一晚上没睡，你累了吧，要不去屋里躺一会儿？"吴美珩问。

经吴美珩这么一说，姚少军还真感觉身体有点累，而且头还有点晕。姚少军心想：不对啊，自己的酒量没这么小，难道喝这么点酒就醉了？

"好，我去睡……"姚少军摇摇晃晃地站起来，刚走几步，就双腿一发软，结结实实地跪在了地上。

"姚厂长，你喝醉了。"吴美珩假意过去搀扶姚少军，嘴角流露出一丝冷酷的笑意。

"嗯……我没……没醉……"

"醉"字还没说完，姚少军忽然一下子明白了：不对，单纯是醉酒的话，自己不可能晕得这么厉害，莫不是吴美珩刚才在饮料里下了药？吴美珩要杀人灭口！姚少军挣扎着抬起头，看了看吴美珩，这下他彻底绝望了，因为吴美珩正阴冷地冲着他笑……

姚少军飞快地想着对策，好多个念头一个接一个地在脑海中闪现。姚少军首先想：不如和吴美珩拼了，看吴美珩那体格，肯定打不过他，然而他使了使劲，腿脚都已经木了，根本就不听使唤。姚少军又想：不如喊救命吧，但又一想，这荒山野岭的，除了自己和吴美珩，再也不会有第三个人了，喊破了嗓子又有什么用呢？姚少军琢磨了半天，大脑中闪过最后一个念头，不如死马当活马医，求一求吴美珩吧，或许他会心软呢，然而当他想张嘴的时候，却忽然发现，自己已经连说话的力气都没有了，只能在喉咙里发出两声极其微弱的"哦哦"的声音。此时此刻，姚少军的心里只剩下了三个字——不甘。自己太亏了！吴美珩杀自己灭口的事孙大峰肯定知道，我鞍前马后地为你孙大峰做了多少事啊！这么多年了，我容易吗？难道你就一点也不念旧情啊？唉，可惜了自己费尽心机积攒的那些钱啊，还没尽情地花个够呢！这下好了，肯定要被查抄了，早知道如此，当初贪那么多干吗啊！还有，还有自己的那几个娇艳如花的情妇，相信不久之后也就成别人的了，得知自己遇害的消息后，恐怕她们连一滴眼泪也不会为自己流啊！还有……

姚少军用尽最后一点力气瞪大了双眼，极不甘心地怒视着眼前的吴美珩。吴美珩冷笑着说："姚厂长，你好好地睡吧，你睡着了，一切就都结束了。"说着，吴美珩用手一抹，合上了姚少军已经没有了生气的双眼。

姚少军和他的情妇

"你说什么，人已经跑了？"

"对，路书记，在市委扩大会议上决定逮捕姚少军后，市局马上派人配合市纪委，在第一时间里兵分两路实施抓捕行动，结果到辽海制造厂和姚少军的家中都扑了个空。接着我们又去了他的几个情妇那里，都没有找到人，这个姚少军就像空气一样，突然人间蒸发了，没留下任何线索。"

"王局长，你认为这意味着什么？"

"我认为，姚少军早在扩大会议之前就已经跑了。"

"王局长，你立刻到我的办公室来一趟！"

"是，路书记！"

路鸣放下电话，浓眉紧皱，他走到窗边想向外眺望，但是此时的辽海市正被雾气笼罩着，甚至连对面那栋楼的轮廓都看不清。抬头向上看，太阳虽然隐约可见，但却一点都不耀眼，有点惨白，就像一个久病在床的人的脸。看着外面被浓重雾气遮蔽的天空，路鸣心情似乎也被那沉重的灰色压抑住了，有一种憋闷的感觉。

秘书轻轻走进来，将茶杯里的水添满。路鸣回过头来，问："钱秘书，王市长他们什么时候到？"

秘书看了看表："应该还有一个小时。"

"好。一会儿王局长来了，你直接带他到我办公室来。"

15分钟后，王亚彬来到了路鸣的办公室。路鸣对秘书说："在王市长他们到来之前，没有特别重大的事情，无论是来人还是来电话，你都替我挡一挡。还有，王市长他们来了后，让他们直接到1号会议室。"

"书记，我知道了。"

王亚彬看秘书走了，坐起身来："路书记，我开始汇报吧。"

"好。你先汇报一下抓捕情况，还有关于他们家人的反映情况。"

王亚彬详细地叙述了公安部门及纪检委的行动部署，并没有任何遗漏的地方，说到姚少军从昨天晚上就没有回家的情况，路鸣的眉头越发皱得紧了，他用手指轻轻叩着办公桌，目光深邃地看着王亚彬："王局长，请说出你对这件事的看法。"

刑警出身的王亚彬有着一张与他的年龄不相符的布满沧桑的脸，大概是多年与罪犯直接打交道的经历透支了他的青春岁月，虽然让风霜在脸上刻下了深刻的印记，但也让他获得了比同龄人更多的老练和沉稳，尤其是他长期以来的刑警生涯，让他既练达机智、游刃有余，又保持了人民警察刚直不阿、疾恶如仇的优秀品德，而这一点，正是路鸣所欣赏的。听到路鸣的询问，王亚彬略一沉吟，然后说道："我认为，一定是有人给姚少军通风报信了！"

路鸣又问："那么，你认为是什么人给姚少军通的风报的信呢？"

"在向你汇报案件之前这个消息不可能走漏，甚至刺伤骆子的案犯被捕的消息我们都完全对外保密，从姚少军昨晚失踪的情况来看，我认为这个人应该是昨天下午来参加会议的人中的某一位。虽然这么猜测，但目标范围依然过大，也不排除是我们内部的人在传消息。所以，实话实说，路书记，这个人不好查。"

"那我们就先不管是谁通风报信的事了，目前最重要的是找到姚少军的下落。"

王亚彬翻着自己一本惯用的红皮笔记本，说道："我们依法搜查了姚少军的家和他给三个情妇购置的房屋，共搜出存折 30 多本，金额是 1000 多万元……"

路鸣摆摆手："我知道了，还有人民币、美元什么的，当然还会有更多，这些我都不想听。我要的是抓捕姚少军的方案，还有他们行贿受贿的证据。直觉告诉我，姚少军的背后肯定有一批人，只有找到了证据，才能顺藤摸瓜，把危害辽海市的蛀虫们一网打尽。"

王亚彬连忙收起笔记本："路书记，你说得对。我今天来主要是给您汇报这两件事的。"

路鸣瞪着王亚彬，对他有了些意见，心想怎么连你这个公安局长也开始变得这么形式主义了？讲话没有重点，你以前都是这么破案的吗，"王局长，我要的是具体的方案，知道了吗？"

王亚彬被路鸣瞪得有些赧然："好的，路书记。根据我们的报告，省公安厅已经发出了缉拿姚少军的通缉令，并在全国范围内网上缉捕。市局这边则主要负责两项工作，其中一项工作是继续找人。据我们调查的线索推断，姚少军应该还没有离开辽海。我们已经监管了姚少军的家人和他的几个情妇，并让人在做他们的工作，希望他们能配合我们的找人行动。无论如何都要找到姚少军的下落，活要见人，死要见尸，而且要尽快尽早，以防万一。"

路鸣盯着王亚彬看了一会儿，点点头："对，这项工作很重要。就算挖地三尺，也要把他给我找出来！"

"从我们得来的调查材料上看，姚少军这人不仅心胸狭窄，而且贪婪好色，除了有三个情妇外，还经常去 KTV、洗浴中心这些地方找小姐，如果他人还在辽海，一定会露出马脚。而且，他应该会和情妇联系。"

"好，就从这几个方面着手。"

王亚彬停顿了一下，接着说："这第二项工作要更加艰巨，那就是找证据……"

话没说完，秘书在外面敲门："路书记，王市长他们到了。"

路鸣站起身："好，知道了，我马上过去。"

整理了一下案头的文件，路鸣绕过办公桌，王亚彬也站了起来，路鸣握住他的手："亚彬呀，找证据的工作也是重中之重。因为，我们的不少国营工业企业已经破产、倒闭了，我们很可能会在姚少军的案子里找出部分企业不景气的原因。"

"好的，路书记，您放心吧，我们一定按照您的指示……"

路鸣打断了王亚彬的话："不是指示。你们要根据公安工作的特殊性，创造性地开展工作，为我们辽海市的经济转型做出贡献。好了，今天就这样，你赶快去部署工作吧，我要去开会了。再见！"

路在何方

从工业园视察回来后，路鸣马不停蹄地召开了讨论会，要听取各县领导的意见。

"怎么样？大家到工业园看了一天，有什么感想没有啊？"

辽海县县委书记季允石率先发言："路书记啊，这工业园可真是三天一小变，五天一大变啊！上次我们去的时候，还看不出什么来，今天去可就不一样了！"

互济县委书记何一堂也跟着说："我看过工业园后，深受教育，我们互济县不能再等待了，再等下去就落后了。"

"路书记，时间也不早了，我们还是讨论今天的议题吧。"王立及时刹住了这种浪费时间的表态感言，怎么说已经快到下班时间了，再不进入议题，这个会议打算开到什么时候啊？

路鸣赞赏地对王立点点头："好，今天请大家来，不仅仅是让大家看看工业园，还要讨论一个问题。大家知道，我们的招商引资工作已经喊了快两年了。到目前为止，基本上没有什么大的效果。大家想想看，如果我们的招商引资工作搞不上去，我们建工业园的初衷就会大打折扣，现代社会，没有钱一切都玩不转啊！我想听取一下你们的意见，有没有更加积极有效的方法，让我们工业园的招商引资工作取得进展。"

季允石说道："我们辽海县明年的招商引资工作已经明确，现在的问题就是加大力度的问题了。"

路鸣眼睛发亮，打开面前的笔记本："好，很好，你就说说你们招商引资工作的具体措施。"

"一是发动我们全县的企业家，内引外联，采取请进来走出去的方式招商引资；二是针对具体的项目对外招商引资，我们已经初步确定了最有发展前景的项目50个，以优惠政策为基础，吸引国内外的资金……"

路鸣起初很感兴趣地听着，还不时地在本子上记录要点，但越听眉头皱得越紧，到最后他干脆把钢笔收了起来，开始抱着胳膊沉思。

季允石并没有察觉到路鸣的反应，继续滔滔不绝地照本宣科："三是发动全县所有的干部，把招商引资工作的内容落实到他们的头上，采取打电话、写信等工作方式，广泛联系，推进招商引资工作的顺利进行。"

路鸣的表情很明显地对季允石这番三段论八股文式的发言表现出了反感。王立看了看他的脸色，知道他在生气，赶紧轻咳一声，问那些干部："同志们还有什么更具建设性的意见？"

王立故意把语气重点放在"建设性"这三个字上，意思表达得已经很明显了。

又有人开始发言，但却是在重复季允石之前的那些话，不外乎什么发动、计划、落实等空话套话。眼看路鸣的脸色越来越沉，这时候他的秘书进来，悄悄说："路书记，中国龙汽车的郝总到了，说有非常重要的事儿要汇报。"

"王市长，你继续主持会议，什么时候议出具体结果什么时候散会。"路鸣就像得到了解脱一样，立刻站起身来，给王立交代完毕后，跟其他人连招呼都没有打，就快步走出了会议室。

见众人面面相觑，气氛有些尴尬，王立偷看了一下时间，已经过了下班时间，但他不好擅自做主无视路鸣的交代，只好硬着头皮继续主持会议："那么……大家接着说吧。何书记，你说说，你们是怎么开展招商引资工作的。"

何一堂把双手往胸前一叉，嘟起了嘴："说什么啊？一说起这个招商引资，我就头痛。"

王立有些不悦，虽然并不是因为路鸣离开后这些干部就有些松懈的态度，而是为他那句发牢骚的话："头痛？何书记，你这是什么话？"

何一堂冷笑了一下："我说句实话，这招商引资真的是劳民伤财、得不偿失。就说我们县吧，招商引资了两年，商没有招来，资没有引来，倒是来了一帮骗子，骗吃骗喝不说，还害得我们搭了不少时间和精力。"

何一堂这话一出，有人马上附和："是啊，王市长，就说我们县吧，年年招商，似乎年年有成果。可是，合同签了，钱也花了，临到头了，还是竹篮打水一场空。"

其他人开始跟着发起了牢骚："对呀，这两年我们年年都吹，引进外资多少多少，内资若干若干，固定资产投资也不少。搞这种毫无效果的名堂一点儿意思都没有！"

王立强忍着心头的怒火，用非常沉重的语气说道："我说同志们啊，我们的会议是不是跑题了啊？路书记今天把大家召集到一起，是要大家畅所欲言，建言献策，一起探讨引资的方法，寻找新的可行途径，可是，你们怎么抱怨上了呢？光抱怨有什么用？经济总不能不发展了吧，要发展就需要资金，资金从哪儿来，还不是得靠招商引资吗？"

招商引资（1）

　　离开会议室，路鸣直接就带郝祖国去了市委在辽海饭店的专用套房。用他的话说是"眼不见心不烦"，他实在已经被会议室里的那些"假、大、空"给烦透了。他向来反感说话不讲重点，做事不抓具体，偏偏就遇上了一帮只会讲空话的干部，弄得他一天的心情都很烦闷。

　　一进房间，路鸣就开始对郝祖国发牢骚："我们这些县委书记的水平啊，唉……"

　　郝祖国笑道："看来还是毛主席说得对呀，政治路线确定之后，干部就是决定的因素啊！"

　　路鸣扔开外衣，往沙发上一躺，把腿伸展开来，以缓解身体上的疲乏。由于和郝祖国长期以来建立的这份特殊友谊，让他们在彼此面前都很放得开，尤其是路鸣，基本就把郝祖国当成了自己的哥们弟兄，用不着在他面前装腔作势，更不需要端着一个市委书记的架子，说话也非常随便："你小子来找我肯定又有什么好事了吧？说吧，我这里可是有交换条件的。"

　　"先说说是什么交换条件吧。"郝祖国在旁边的沙发上坐下，不动声色地微笑着问路鸣。

　　"祖国啊，你真是越来越有官样了，不如把你调市委来工作怎么样？"

　　"路书记，你把我调到市委干什么？"郝祖国笑道。

　　"当我的私人秘书，如何？"路鸣也笑道，"要不替下我这个市委书记，也让我好好休息一下？"

　　"哈哈，不敢当！我看我还是当我的这个厂长吧，这个位置更适合我。"

　　"你现在可不是什么厂长，是中国龙汽车集团公司的董事长了！"路鸣从茶几上拿过烟盒取出一根来，郝祖国马上过来帮他点上。然后他自己也取出一根点上。

　　"不管是厂长还是董事长，我反正只适合干企业。"

　　"哈哈，好啊，干企业单纯啊，我也想把辽海当作一个企业来做，可惜说起来容易，实行起来难啊！"

"路书记，今天就解决你的难题吧。看你们去了工业园后就回来开会，连各县的县委书记都参加了，是不是关于招商引资的问题？"

"就是招商引资的问题。这是个大问题啊，不仅是工业园，还牵扯到城西区的老企业改造。资金啊，现在辽海最缺的就是资金啊。"

"老城西区的那些老工业的确是问题，设备老化，资金紧缺，负担又重，再不想办法就麻烦了。不仅是工厂的生存问题，人的问题更严重，如果处理不好，恐怕还得影响到社会治安，现在那地方可以说是阴云密布，危机重重。"

路鸣叹了口气，将烟头狠劲地摁死在烟灰缸里："唉！我已经向省里打了报告，希望能够争取到中央在这方面的政策。辽海最大的问题就是那些老重工企业。就说你那个姐夫戴云山他们的机床厂吧，那可是曾经被称为中国装备基地的老大哥工厂，现在竟然也面临破产的危机了。"

郝祖国也跟着叹息："是啊，一旦破产，数万名工人就面临着失业。"

"北方省是我国的老工业基地，而北方省的工业大部分集中在辽海，而辽海60％又集中在城西。在城西聚集了我国工业领域的一大批行业排头兵企业，是我国工业体系的重要组成部分，曾经为国民经济的发展做出过巨大贡献。想当年，装备制造业集中的城西区，曾经创造了共和国工业史上数百个第一，辽海因此被称为'共和国装备部''共和国发动机''共和国长子'，那是何等的荣耀啊！"

招商引资（2）

　　郝祖国静静地听着路鸣的话，没有出声。事实的确如此，当初因为母亲的身份住进了那个模范小区，可以说当时在全国都算是条件最好的住宅区了，就算拿到现今来比也毫不逊色；住在城西工人村的每个人都非常有自豪感，进厂工作比上大学更令人羡慕，经济困难时期，厂里分发的福利依然是最好最全的。只是，所有的光荣而今都成了怀念。历史已经把所有尘封，曾经象征着繁荣的大烟筒而今却是阴霾的集散地，在高高的烟筒下，不再有骄傲的微笑，取代的是一张张愁苦的面孔。

　　路鸣沉重的声音在郝祖国耳边变得越来越高亢、激烈："但是从计划经济向市场经济转轨的过程中，北方老工业基地落伍了，辽海成为全国下岗职工最多、全国困难企业和城市困难居民最集中的地区。残酷的现状就是，城西老工业区90%的国有企业处于停产或半停产状态，500亿元的国有资产闲置，企业平均资产负债率高达90%，负债总额达260亿元；30万产业工人中有13万人下岗。城西区北二路作为辽海装备制造业发展史的地标之一，现在成了'亏损一条街'。你知道城西区现在被人叫作什么了吗？'工人度假村'！你说，面对这种情况，你让我这个当市委书记的颜面何存？"

　　"路书记，辽海国有重工企业现在的这种困境，并不是由你造成的，这都是历史的沉疴，是不可避免的结果。"郝祖国赶紧在一旁宽慰道。

　　路鸣闭上眼睛，把头仰起来，好半天情绪才得以恢复。他缓缓地摆摆手："祖国啊，我们得为辽海找一条出路出来。"

　　郝祖国起身为两人倒了两杯茶，然后重新坐回沙发，慢条斯理地说道："所以说，招商引资是解决一切难题的关键。这个问题解决了，其他问题就迎刃而解了。"

　　路鸣喝了一口茶，情绪算是完全从刚才的低落中走了出来，他目光炯炯地看着郝祖国："是啊。说说吧，你那里有什么好的想法？我知道你鬼点子多。"

　　郝祖国严谨地说道："想法自然是有，不过好不好还不敢肯定。"

路鸣马上来了精神，从沙发上坐起来，盯着郝祖国问："什么想法？快说说。"

"上次我们在德国的招商会，实际上和我们这几年招商引资的形式如出一辙，所以效果不大。我认为，我们招商引资工作效果不佳，主要是方法问题。"

路鸣轻皱眉头："方法问题？"

郝祖国在茶几上叩了一下手："是的。"

路鸣点点头："其实，大家都明白，这些年的招商引资工作存在方法上的问题，但是，具体是什么问题，谁也说不上来。祖国，你可要不吝赐教啊！"

"路书记你太客气了！"

"我才不是跟你客气。如果你能帮我解决了这个问题，你的那个问题也就一起解决了。"

郝祖国故意露出吃惊的样子："路书记，难道你已经发现我的目的了？"

路鸣哼了一声："说吧，是不是又要伸手了？"

"嘿，我知道伸手的代价就是要在手上放好见面礼。"

"知道就好！"

说完两人都哈哈大笑，在笑声中，房间门被敲开了，市政府接待处处长梁小菲端着一个盘子进来了，她把盘子放在茶几上，是一盘切好的熟食："书记，你们可别说着话就忘了时间，我看你们应该是没有吃晚饭吧，知不知道现在都几点了？"

"哟，真的啊，已经9点啦？餐厅没东西吃了吧？"路鸣抬起手看了一下表，也很吃惊。

"餐厅已经下班了，不过冰箱里有吃的东西，但都是凉的。我给你们弄热了，你们吃点吧。"

路鸣呵呵一笑，接过梁小菲递过来的筷子，夹起盘中的酱牛肉放进口中，看他的吃相，就知道他早已经饥肠辘辘了："小菲，你这是雪中送炭，我们的肚子可真饿了。"

"本来我是下了班过来的，还想在路书记这里蹭顿饭呢，结果就被他拉到这里来，一说话就连我也给忘了。这下好，省下了梁处长一顿饭钱。"郝祖国也跟着开起了玩笑。

梁小菲给两位添了热水，嗔怪地瞪了路鸣一眼："看来我不来问，你们就不知道吃饭了，对吗？"

"哈哈，我还真给忘了，看到这盘子，才发现了这个事实。"路鸣笑道。

梁小菲看郝祖国也是一样忙不迭地往嘴里送东西，无可奈何地摇了摇头："路书记，要不要来点汤面，或者馄饨、水饺什么的？"

路鸣转头问郝祖国："祖国，这里的馄饨不错，我们来一碗吧？"

"行，梁处长，那我们就吃馄饨吧。"

"好的，马上就来。"

路鸣一边吃着东西一边对郝祖国说："祖国，你的想法很对路，一下就说到了点子上，要不然，我就不会把你留下来了。说说吧，我想听听你的具体方法。"

"我们过去传统的招商引资工作基本都是呼呼啦啦一阵子，搞得动静很大，但却没有多少实际的措施，实际上是劳民伤财，走形式主义，所以才效果不佳，甚至是没有效果。"

路鸣赞同地点点头："好像各地区都一样，一开始媒体连篇累牍地报道，哪里都是签约多少多少，引资若干若干，可实际上呢，最后落实的项目没有几个，甚至一个没有。"

这时，门铃响了，梁小菲端着两碗冒着热气的馄饨进来："领导们，馄饨来了。"

路鸣连忙起身接过碗："小梁，太谢谢你了！"

郝祖国也起身向梁小菲道谢："梁处长，这么晚了还麻烦你，真是不好意思啊！"

梁小菲把他们吃完的空盘子拿起来，笑道："为领导服务，是我们接待处的工作之一啊！郝总您别跟我客气。书记，你们赶紧趁热吃吧，我等会儿过来收拾。"

"小梁，不用了。你去睡吧，别管我们了，战场明天再收拾吧。"

"好的，书记，我的手机 24 小时开着，有事您可以随时打电话给我。"

梁小菲关上门后离开。路鸣和郝祖国三下五除二把热乎乎的一碗馄饨扒拉下肚，然后，各自点根烟，又继续之前的话题。

"我的想法是，改变过去散乱无序的引资方式，集中起来，有的放矢，主动出击，专项专攻，上门招商。"

路鸣连连点头："嗯，不错，你这个想法真的很好，我们可以和一些重点企业交朋友，摸清他们的底牌，针对他们的需要，进行有目的的招商，或者是合作。"

"是这样，就像开商店一样，我们周围的老百姓需要什么，我们就进什么。"

"我们可以搞不少这样的小店，每一个小店就是一个招商局，如果这个方法切实可行，我们可以把这样的小店开到世界的每一个角落。"路鸣的情绪开始激动，两眼因为兴奋而光芒四射，他紧盯住郝祖国，似乎郝祖国就是他的开门锁，他的诸葛亮。

"我建议，我们先成立两个招商局，一个到德国去，一个到韩国去。"

"快说说，你是不是有什么计划了？"路鸣催促道。

"经过黑总的牵线搭桥，我们中国龙汽车集团公司已经和德国的 ML 公司取得了联系。"

"ML 公司可是一个生产大型客车的大公司啊！"

"是啊。"郝祖国说着，从包里掏出了一份报告，"这是我们合资合作的意向书。"

路鸣接过意向书，迫不及待地翻看："太好了，你们具有自主知识产权的中国龙牌小汽车下线之后，我立即陪你去德国！"

"可是，我们的工业园太小了。我们能不能把工业园区再扩大一倍？"

路鸣看着郝祖国笑了："嘿，在这儿等我呢。"

郝祖国也笑了："这不是很好吗，我们目的一致。"

路鸣看着意向书沉思了一会儿，抬头说："祖国，你看这样好不好？我们先把与德国 ML 公司的合作拿下后，再说扩大工业园的事儿。到那个时候，就不是扩大一倍的问题了。我们要真正把工业园和大海连接起来！"

郝祖国大吃一惊："真的和大海连接起来？"

"是啊，我的设想是要把工业园无限扩展到大海边去，将北方省在辽东半岛的所有海岸线全部开放。"

郝祖国一巴掌拍在了大腿上："书记，你的设想太宏伟了！如果真的把工业园扩大到大海边的话，你可就了不得了！"

"那当然。我打算在工业园区里再建立若干个小工业园，比如汽车工业园、装备工业园，还有生态工业园，等等，如果与德国 ML 公司的合作成功了，你的中国龙汽车的工业园区就形成了。"

"要是这样的话，市里怎么支持我？"

"市里除了政策上的支持外，我们还要给你们财力上的支持。确切地说，我已经基本上给你们落户工业园的23家国营企业划了23个小工业园区。政府无偿给每一个小工业园划拨地皮1500亩，同时，政府还要向每一个小工业园协调贷款8000万元，三年后还息，五年后还本。"

"路书记，你说的是真的？"

"是真的。我之所以没有在过去提出来，是因为我们没有真正把招商引资工作做起来。我有个预感，祖国，你这个上门招商的办法绝对能成功。所以，我这个设想也就敢提出来了。"路鸣信心满满地说道。

路鸣深深地感到，要想做事业，就得有郝祖国这样的伙伴。郝祖国从来没有那些"官油子"的假话、空话、套话，从来都是单刀直入，切中问题的要害，往往三言两语就能把问题解决了。刚才开会，和那些"官油子"根本谈不到一块儿，越听脑子越乱，越听越让人生气，而和郝祖国一席长谈之后，马上就豁然开朗，就如同吃了一颗顺气丸一般，舒服，畅快。

"路书记，关于到韩国招商的事，我已经和我姐姐崔银姬取得了联系，她欢迎我们去呢！"

"你姐姐？崔银姬？"

"你难道忘了？我这个姐姐是我妈当年收养的南朝鲜，不，是韩国一个大企业家的女儿，为了掩人耳目，一直被当作是和二哥一起出生的双胞胎。直到我姐回城那年才把这件事捅破。"

路鸣用手指敲了敲太阳穴，猛然想起："我想起来了，她叫郝亭花，是吗？"

"是的，现在的崔银姬就是当年的郝亭花。当年，她在感情上受了些打击，就去了韩国，后来找到了她的家人，没想到她这个家族还是相当厉害的。现在我姐已经继承了家族的事业，成了韩国崔氏集团的董事长了。"

"是吗？太好了！"路鸣在沙发扶手上使劲地拍了一下，发出了很响的声音。

郝祖国看到路鸣这样毫不收敛情绪的样子，微微一笑，然后继续说道："我想我姐这方面绝对是没有问题的，崔氏集团在韩国是相当有实力的大财团，他们也非常看好我们中国的市场，如果路书记你能腾出点时间，我们趁热打铁，这个月就前往韩国。"

路鸣站起来，愉快地说："好，你安排行程，我让钱秘书调整时间。"

　　路鸣看了看手表，凌晨5点40分，还有两个多小时的时间，得赶紧补一下觉，他转头看看已经面露困倦的郝祖国："祖国，在这里睡会儿吧，上午9点还要参加一个会呢。"

　　郝祖国打了个哈欠，靠在床上："就是，我们睡会儿。"

　　路鸣给梁小菲打了一个电话："小菲，我们现在睡觉，8点20分准时叫醒我们。"

　　放下电话后，路鸣和衣在床上躺下："祖国，睡了！"

　　躺下也就两分钟，郝祖国就听到旁边传来了平稳而又深长的呼吸声，他知道，路鸣睡着了，禁不住感叹道："有谁能想到，一个市委书记的一夜就是这么度过的啊！有谁能想到，一个市委书记竟然累得沾床就能睡着呢？"

　　尽管窗外越来越亮了，用不了多久新的一天又要开始了，但再不休息恐怕今天就没时间休息了。可郝祖国还是睡不着，他在为有这样的好书记而兴奋。虽然路鸣贵为市委书记，是辽海市当之无愧的一把手，而自己则仅仅是一家企业的董事长，身份地位悬殊，好像是八竿子也打不着，但共同的理想却让两人走到了一起。这些年来，他们一直在并肩战斗，甚至到了不分彼此的地步。现在，自己一直在为路鸣搞活辽海经济的规划出谋划策，而路鸣则在各项政策上支持自己。在自己的心里，一直把路鸣当成亲哥哥。哥哥会护着弟弟，而弟弟则总是为哥哥摇旗呐喊。

救命稻草

经过一段时间的接触，郝设华与吴飒飒就如同精密仪器上的两个齿轮，严丝合缝地契合在了一起，没有人能把他们分开。双方家长一看，我们还等着抱孙子、外孙呢！既然如此，那就让孩子们结婚吧，反正两人也老大不小了。

郝设华和吴飒飒是在教师节那天结的婚，在辽海制造厂招待所餐厅摆的酒席。在轻快明朗的礼乐声中，一对相当般配的新人接受了大家衷心的祝福。这是一场非常简单朴素的婚礼，除了双方家长参加以外，就是各自单位的领导和部门同事。新房是厂里从旧家属楼中专门给郝设华腾出来的一套两居室，虽然只是一套两室一厅的小房子，摆上家具之后显得非常拥挤，但到处贴满了大红的"囍"字，再加上两位新人满脸幸福的合照，显得喜气洋洋，浪漫而温馨，很有"家"的味道。

看着美丽而端庄的新婚妻子，郝设华感觉就像是在做梦一样。其实他并不是不想有人陪伴，只不过他总感觉自己没有遇到对的人。但是自从见过飒飒之后，他忽然就找到了恋爱的感觉，忽然就坚信她就是自己愿意与之白头偕老的女人。也许，这么多年的单身生活就是为了等待她的出现。他曾经把自己的这种想法说给飒飒听，飒飒一脸惊喜地看着他说："真是太巧了，其实，我也是这么想的。"

看着自己的儿子幸福而甜蜜地和新婚妻子并肩走在一起，章小凤高兴得合不拢嘴。实话实说，在这几个儿子当中，她最放心不下的就是性格内向的设华了，现在好了，设华也完婚了，有了一个能知冷知热地照顾他的好女人，她终于可以松一口气了。不知不觉中，章小凤拉过了郝一湖的手，她的内心也泛起了一丝丝的甜蜜，只不过这份甜蜜还夹杂了一丝遗憾：如果骆子哥不出意外，一大家人都聚在一起，欢欢喜喜的，该有多热闹啊！

也许真像有的人所说的那样，爱情是不分早晚的，即便她姗姗来迟，也一样会热烈而奔放。每当抱着新婚爱妻的时候，郝设华都想把她融化进自己的身体，因为只有这样，他才会和她每一分每一秒都不分开。

新婚的第二天晚上，做好了一切准备的郝设华，正打算来一场热烈的缠绵时，突然接到了厂里的电话，是负责生产的副厂长吴裕泰打来的，一接起电话就听他在那里不断地道歉，说什么不该在这个时候来打搅新婚夫妻，更不该这么晚打电话来，还问郝设华是不是已经睡了。

　　看了看身边半躺着的新婚妻子，她正眨巴着那双多情的眼睛看着他，在她清秀的脸上洋溢着幸福与满足，郝设华的脸微微一红，低声对着电话听筒说："吴厂长，有什么事你就说吧。我暂时还没睡。"

　　吴裕泰的声音显得有些犹豫："设子啊，我们厂的情况你是知道的，现在我们的经济状况困难得很，如果我们不接这个活儿的话……"

　　"厂长，你是说厂里接新活儿了？"

　　"这事还没定，能不能接这个活不是还得看你嘛……设子，今天是你新婚第二天，这实在是……说什么我也不忍心让你出来呀！但是……"

　　郝设华笑了："厂长，你说的这是什么话，咱们厂现在是什么情况难道我还不清楚，找活儿还找不到呢，有活儿找上门来还能不干？我现在马上到厂里来！"

　　吴飒飒听出丈夫要外出，已经预先从床上起来，取过了郝设华的外套："设子，你去吧，我……我在家里等你。"

　　郝设华利索地换好了衣服，走出卧室："飒飒，你先睡吧，我去去就回来，不用等我！"

　　吴飒飒把一件大衣披在了郝设华的身上："晚上天凉，要注意身体。还有……早点回来……"

　　看着妻子带着娇羞的美丽面容，郝设华突然有些不舍，他轻轻地拥住她："飒飒……"

　　郝设华急匆匆地赶到厂里后，在厂长办公室见到了包括吴裕泰在内的几个厂长和车间主任，一见他进门，大厂长蔺周全连忙起身过来紧紧握住他的手，"设子，我代表我们全厂干部职工向你表示深深的歉意！"

　　郝设华腼腆地摇摇头："厂长，您……您说什么啊！"

　　吴裕泰解释："设子，厂长的意思是，新婚第二天就把你叫出来谈工作，实在有点说不过去。"

　　蔺周全叹息："是啊，这个时候把你找来真的非常过意不去。但是，我们也实在是没有办法了，如果我们不接这个活儿，就证明我们工厂彻底地死了，那么，破产的事儿就是板上钉钉了。我知道你把工厂看成自己的家，你是不会眼看着工厂走上绝路的。"

郝设华有些吃惊："什么？厂长，我们厂真的要破产？"

"是啊！现在我们厂的经济状况非常糟糕。如果我们没有更好的办法赚钱，给工人们发工资，改变厂里的现状，就只剩下破产一条路了。当然，要是我们顺利地接上美国人的这个工程，我们的情况就会有所改观，我们也就有理由向市里提出不破产的请求了。"蔺周全说完搓着手，显得很不安，厂子要倒闭了，他身为厂长责任不小，身上的压力自不必说。原本是一个国家重型企业的一把手，站在人前那是何等的风光，但此时的他却因为现实而困窘得比一个磨坊小老板还要卑微。

吴裕泰一脸歉意地对郝设华说道："设子，只是又要委屈你了。"

"厂长，我是工人，给工厂干活天经地义，你们就直截了当地说吧，究竟要让我做什么。"

"是这样，前天，就是你结婚的那一天，美国LK公司到了，他们拿着100万美金的定金到了我们厂。"

"他们要让我们生产什么？"

蔺周全说道："如果是定型产品，没有你厂里也能照图纸组织生产，可是，他们只有尺寸、照片，除此之外，什么也没有。所以，厂里就又想到了你。"

"是个什么样的东西？"

"美国LK公司正在为一家电站制造一台特大型的离心通风机，由于机壳太大、技术太过复杂，因此世界上还没有一家企业敢接单。因为美国LK公司和我们厂一直有合作关系，所以他们了解我们厂的技术力量。"

"他们要我们生产这个特大型通风机的机壳？"

"是的，他们希望我们能帮帮他们的忙。"吴裕泰说完又充满期望地看着郝设华，好像正在看着自己的救星一般。

蔺周全同样也慎重地看着郝设华，他们的希望可以说全部都寄托在这位工人出生的工程师身上了："制造这个机壳，价格不菲是其次，美国LK公司还承诺，我们要是能满足他们的这个要求，今后，他们将把机壳的生产基地建在我们厂。如果是这样，设子，我们厂就活了！"

"厂长，这个活儿我们干！"郝设华毫不犹豫地给了两位厂领导果断的答复。

之前，两位厂长一直紧紧地盯着郝设华，生怕他摇头或者出言拒绝，听郝设华答应得如此干脆，他们的脸上马上露出了惊喜异常的神色，吴裕泰还忍不住鼓起了掌，那架势，就差扑上去亲郝设华两口了。

吴裕泰紧紧握着郝设华的手说："设子啊，这次全看你的了，全厂几万名职工的命运就掌握在你的手里。"

郝设华微微一笑说："说干就干，咱们马上开始着手吧。这个活非常复杂，光靠我一个人是不行的，得马上召集人手。"

接下来郝设华把之前共同解决那个压缩机机壳课题的工程师召集起来，一起对着仅有的照片样本研究方案，经过计算和测量，郝设华绘制出了草图，然后探讨各种数据和生产的可行性，经过5个多小时的紧张忙碌，最后终于得出了结论。

郝设华拿着草图对蔺周全说："厂长，没问题，这个机壳我们可以制造，而且他们给我们的价格确实不低。"

蔺周全激动地握住郝设华的手，使劲地摇晃："设子，你又为我们厂立了一个大功啊！"

"厂长，我有个前提条件。"

"设子，你说，只要厂里能办到的，我们一定答应你。"

"我要参加谈判，如果美国 LK 公司保证把机壳生产基地放在我们厂，我一定在他们要求的时间内完成任务。"

"应该可以，但是，设子到时候你以什么名义参加签字仪式呢？要不，你就答应当焊接分厂的厂长。"

"这个……暂时挂个名可以考虑。"

吴裕泰知道郝设华是热爱工厂的，他之所以提出前提条件，就是为了挽救工厂，不让工厂破产；同时他又了解郝设华的脾气，他最不喜欢那些虚名，所以一提到升职，他就有些发怵。尽管如此，为了解决实际问题，有时候还是得向现实妥协。于是他建议道："厂长，是不是这样，让设子以机壳生产基地筹建处总工程师的名义参加谈判，你看怎么样？"

蔺周全连忙征求郝设华的意见："设子，你看这样可行吗？"

郝设华点点头："那就副总工程师吧。"

蔺周全又问他："你认为总工程师谁当最合适？"

"让吴厂长兼任吧。"

"好！就这么办！"

会议室的挂钟敲响了五下，吴裕泰抬起头看了看时间："哟，天都亮了。"

郝设华放下手中的设计草图，揉了揉肿胀的眼睛："就按这样的计划进行吧，厂长。我先回家里去安排一下，接下来可能就再没时间回去了，还有，能不能在厂里找间宿舍给我们，大家可以轮换着休息。"

"没问题。不过设子啊，说什么也得让你这个新郎官在新房里待够三天吧。不如这样，今天你就继续休假，在家里好好陪陪新娘子。"蔺周全说道。

郝设华坚定地摇摇头："不了，今天上午 10 点我会准时参加与美国人的谈判，等合同书一签，我们马上就开始干活儿。接下来就是我们机壳生产基地筹建处的事儿了。"

"也好。吴厂长，时间紧迫，就按设子的意思办吧。"蔺周全说完看向吴裕泰，吴裕泰点了点头，并感叹道："设子向来就是这样，说干就干，天王老子来了都劝不动。"

凌晨五点一刻，晨曦已经在天边晃悠，第一缕曙光马上就要挣脱而出的时候，等了整整一夜的吴飒飒终于熬不住，在沙发上迷迷糊糊地睡着了，但她睡得很轻，听觉还在工作，还在时刻关注着门外的动静。突然传来了一阵轻微的敲门声，吴飒飒像得到了命令一般地睁开双眼，小跑着冲向房门。她知道，肯定是丈夫设华回来了，她怕大声敲门惊了自己的美梦，所以才敲得那么轻。吴飒飒满怀欣喜地打开房门："设华？你回来了！"

"飒飒……"郝设华有些意外，又觉得在意料之中，他呆呆地看着飒飒那张困倦却又充满喜悦的脸。

吴飒飒伸出双臂，勾住了郝设华的脖子，慵懒地把自己的身子靠在了郝设华的身上，将殷切的期盼送到了丈夫面前。那种女人所特有的温热的体香令郝设华迷醉，甚至可以说是眩晕。他用胳膊环住妻子柔软而纤细的腰身，喃喃地说道："飒飒，还有时间，我们去睡觉吧……"

"嗯……"吴飒飒娇羞地把脸埋进丈夫胸前，郝设华一把将娇妻抱起，往卧室走去……

早上 8 点 40 分，吴飒飒醒来了。此刻，她脸上爱情的酡红还没有完全消散，她看了一会儿在旁边熟睡的丈夫，悄悄起床，又看看表上的时间，到厨房去准备早点。

看时针已经指向 9 点 20 分，吴飒飒进到卧室，挨近郝设华的身边，听到他深长的呼吸，虽然有些不忍，但最后还是伸手去推了推他："设华，该起床了，你不是说10点要回厂里开会吗？"

郝设华被惊醒，一骨碌翻身坐起来："飒飒，到点了？"

吴飒飒的眼中满是疼惜，郝设华的眼中满布血丝，明显没有休息好。

"是啊，我真想让你多睡一会儿啊！"

郝设华一边起身穿衣服，一边说："飒飒，不行啊！这次关系到厂里几万人的出路问题，他们的饭碗可都在我手里捏着呢！"

吴飒飒帮他套上外衣："我知道。设华，我们两个人中，必须有一个人得牺牲，你说要牺牲谁呢？"

郝设华飞快地钻进了卫生间，接过了飒飒递过来的挤上牙膏的牙刷："当然是你了。"

吴飒飒笑着问："为什么呢？"

"你们厂的效益好啊！"说完，郝设华开始刷牙。

吴飒飒摇摇头，又帮着放好了洗脸水，弄湿毛巾："是啊，我也想好了，为了支持你的工作，我决定牺牲我自己。"

等郝设华洗漱完毕的时候，吴飒飒早已经把早餐端上了桌，吴飒飒抬起手腕，看了一下表，时针已经指向了9点30分："设华，还有点时间，赶紧吃点东西吧。"说着，吴飒飒把一个汉堡包递给了郝设华："设华，我精心制作的汉堡包，你尝尝。"

郝设华一把抓过汉堡包，狠狠地咬了一大口，塞得整个腮帮子都鼓鼓的，然后口齿不清地对吴飒飒说："飒飒，谢谢你！"

"你慢点吃，别噎着。"吴飒飒又把一杯热牛奶端到了郝设华的面前："跟我还谢什么呀，我是你的妻子，做这些是应该的。而且啊，我从现在开始，要全心全意做一个贤妻良母，好好地相夫教子。"

"教子？飒飒，你……"郝设华吃力地吞下一口面包，目光停留在新婚妻子的肚子上。

看郝设华停住了动作，吴飒飒问："怎么了？"

郝设华满脸疑惑："我……我们才……才不到三天，你……你就知道有啦？"

"啊？"突然明白过来郝设华的意思，吴飒飒的脸顿时变得通红，"说什么呢你！哪可能那么快啊，再说……再说就算真有了，现在也没办法知道呀。"

郝设华越发不能理解："那你说教……教什么子啊？"

吴飒飒一听，扑哧一声笑了，用手指在设华脑门上戳了一下："你呀，你除了工作，真是啥也不知道！"

郝设华看着吴飒飒突然坏坏地笑了："我知道！"

"你知道什么？"

"嘿，早晚肯定会有的……"郝设华傻傻地笑着，摸了摸后脑勺。

吴飒飒再次被臊得满脸通红，转身去了厨房："讨厌……你快去上班吧！"

早上 10 点，在辽海制造厂的会议室里，签约的双方代表分别坐在了长桌的两边。

谈判开始前，蔺周全向美方代表介绍厂方代表郝设华："史密斯先生，这位是我们辽海制造厂机壳生产基地筹建处的副总工程师郝设华先生，你们的机壳生产就由郝先生负责。"

美方代表透过眼镜片将郝设华浑身上下打量了个遍："噢，我听说过你，原来你就是大名鼎鼎的郝设华先生？"

郝设华不卑不亢地起身向对方点头致礼："是的，我就是郝设华。"

美方代表马上热情地和郝设华握手："你好，郝先生！如果是由你来负责这个项目，我们就放心了。"

坐下后，双方就合作事宜进行了具体谈判，美方代表对郝设华给予出了充分的信任，合同的基本内容当场敲定，在最终签字前，郝设华问道："请问贵公司对我们还有什么要求？"

"郝先生，请问你能保证在我们要求的时间内，生产出我们需要的机壳吗？"

"贵公司要求的时间是多少天？"

"90 天。郝先生，你能保证在 90 天内解决我们的难题吗？"

"我可以明确地答复你，我们一定能够 90 天内解决你们的问题。但是我们也有一个条件，那就是，你们要同意我们双方在辽海市工业园区建立机壳生产基地。"

"如果你们能够在规定时间内帮我们解决这个难题，郝先生，你的条件我们完全可以接受，我们一定会把机壳生产基地建在辽海。"

"那就把这一条也写进合同里，然后马上签约。我们也好马上行动。"

"好！我们现在就把这一条写进去，然后马上签署！"

合约签好后，吴裕泰马上从各个车间调来了最优秀的工人，归于郝设华的筹建处之下，全权由他指挥生产。

吴裕泰站在这支精锐队伍前，给他们打气："同志们，这次机壳制造任务不同寻常，关系到我们辽海制造厂的生死存亡。我希望同志们，当然也包括我这个总工程师在内，我们一定要服从命令、听从指挥！"

一位工人故意大声问："厂长，我们听谁的指挥啊？是听你的还是听郝工的？"

"当然是听我们郝工的了！"

那位工人又调皮地问："厂长，那你干什么呢？"

吴裕泰哈哈一笑："我嘛，就继续给大家当后勤部长，保证大家吃好，喝好。至于睡不睡得好嘛，我就不敢说了，我们都得听郝工的，他让我们睡我们才能睡。"

郝设华温和地笑道："我们到时候根据具体情况轮休，我会尽可能让大家休息好的。"

"郝工，没事儿，我们就是不睡觉心里也高兴啊！"

"就是，我们把这个活儿干好了，咱们的厂子就活了！厂子活了，我们的日子才能越过越好。"

"郝工，我们跟着你，玩命都要把活儿干出来！"

工人们七嘴八舌地说道……

郝设华听了工人们的这些话，备受鼓舞，他感觉自己浑身充满了干劲，他用力地挥了一下手，说："好，说干就干，让我们现在就开始吧！"

郝设华从未想过要成为什么领导，他没有支配别人的欲望，但是他也希望受到别人的关注，希望自己的努力得到别人的肯定，这样才会有存在感。当工厂有困难的时候，厂领导总会想到自己，每当看到大家看自己的那种热切的眼神，他就会感觉特别兴奋，浑身充满了干劲。好吧，让我们大干一场，创造一个新的奇迹吧。郝设华在心里这样想着。

东窗事发

这天上午，没有风，晴空万里，天空就好像刚刚被人用淡蓝色油漆粉刷过一样，一片蔚蓝。然而，当人们正安心等待着一个暖洋洋的正午时，突然刮起了一阵狂风，紧接着，狂风从西北边吹来了一大片的乌云，迅速把辽海市完完全全地笼罩了起来。此时看上去，天空宛如一块画布，被画家涂抹上了褐色的墨汁，只能透出一点点极其微弱的光线。紧接着，黑暗迅速向四处蔓延，每一个小区、每一条街、每一条小巷……到处都黑漆漆的，就如同天提前黑了一样。人们被迫打开灯，与无边的黑暗进行抗争。

郝祖国万万没有想到，在检察院工作的朋友打电话告诉他，他的大哥郝建华因为经济问题被检察院拘捕，目前案件正在调查之中。他听到这个消息时，马上给大哥打电话，结果手机关机。他不死心，又接着打，家里和办公室里的电话都没有人接，他这才感到了事态的严重性，最后，郝祖国终于联系上了恰好到市里办事的大嫂魏轶力。

魏轶力在电话那端惊慌失措地嚷嚷："什么？你说什么？他们把我们董事长弄到检察院去了？"很显然，对于这件事，她一点也不知情。

"是啊。"郝祖国有些无助地说，心想大嫂你也多关心一下我大哥吧，自己的丈夫被抓走了你也不知道，还要我这个做弟弟的通知你。

"祖国，你是从哪里得到的消息？我昨天出门时你大哥他还好好的呢。"

"大嫂，大哥是今天早上被带走的，消息是我一个在检察院的朋友告诉我的。"

"祖国，你等等，我先给你大哥打电话问一下。"

"大嫂，我已经打过了，大哥的手机关机，家里、公司里的电话都没有人接。"

"祖国……这是真的吗？那……那可怎么办啊？"魏轶力的声音立刻变得悲切，简直都带上哭腔了。

"你赶紧到我妈这里来，我一会儿也赶过去，事情已经这样了，大家一起商量怎么办吧。"

"好的。我马上去！"

"哦，大嫂，我妈应该是在人民医院骆子叔那里，你去那里找她。"

在去医院的路上，郝祖国又打了几通电话，多方运用关系终于打听到了一些关于郝建华经济案件的情况。进了骆子的病房，就看见挤了满满一屋子的人，魏轶力趴在母亲怀里嘤嘤地哭泣，父亲则站在一边，无助地搓着手叹气，郝慧思和郝立京也有些失措地面面相觑，而黑一海则站在窗边凝思。看到郝祖国进来，章小凤连忙问："祖国，怎么样，有你大哥的消息吗？他到底是犯了什么事，严重不严重啊？"

"妈，你先让我喘口气。"郝祖国在旁边的凳子上坐下来，平息了一下呼吸，然后说："妈，事情恐怕有点严重，不然就不会直接把人带走了。现在的情况是不允许探视，我也是通过私人关系好不容易才打听到一些内部消息，总算知道他被关在哪里了。"

魏轶力好像突然被掏空了一般，一下子软在了床边。缓了好一阵儿，她才伸手抓住章小凤轮椅的扶手，支撑起身子，恐慌地问："祖国，怎么办？建华他……你说我们该怎么办呀？"

章小凤轻轻拍着她的手背安慰道："轶力，你别着急。听祖国说说情况，关键是要弄清楚建华到底是犯了什么事，找出原因，我们才好想办法不是。"

魏轶力听了，连忙止住哭泣，点了点头，擦掉眼泪，转头问郝祖国："祖国，你快说，到底是因为什么？"

"这些年，我大哥通过姚少军从辽海制造厂购买了不少钢材，有据可查的数字将近 300 万吨，据说无据可查的还有不少。而这些钢材款，全都被姚少军据为己有了。当然，大哥从姚少军那里进货，价格要比市场价低很多，得利最多的是姚少军，其次就是大哥的公司，受损失的则是国家。"

"建华在倒卖国家资产？"章小凤一听，马上明白了问题的严重性，不由得倒吸了一口凉气。她严肃地看向魏轶力："轶力，你们是夫妻，这事你应该知道吧？"

魏轶力犹豫了一下，尽管很难为情，但最后还是点了头。

"妈，倒也没那么严重，如果不是姚少军案发，都不会查到大哥那里去。这事说来还真是无巧不成书，尤其是在骆子叔面前，更有戏剧性。"

"祖国，你在说什么呢？怎么听得我一头雾水呢？这事儿跟你骆子叔又有啥关系啊？"章小凤大为疑惑地问。

郝祖国苦笑了一下，说道："关系大着呢。其实，骆子叔受伤并不是因为立京多管闲事，至少不是直接原因，一切都是机缘巧合。那名歹徒原本就是冲着骆子叔去的，他是姚少军找的杀手，因为骆子叔在茶馆里用快板揭露了姚少军贪污受贿、包养情妇那些丑事，他就找人报复骆子叔。好在我骆子叔命大，歹徒后来被抓，把事情全交代了。姚少军被公安部门正式通缉抓捕，没想到那家伙溜得倒快，突然人间蒸发了。市里非常重视这个案子，路书记亲自下令彻底查清姚少军贪污受贿的事实，结果三查两查，拔出萝卜带出泥，反倒把大哥买钢材的事给查出来了。"

　　听了郝祖国的解释，一屋子的人都有如坠云雾的感觉，章小凤半天没能合上嘴："咋……咋会是这样呢？"

　　"这大概就叫作因果报应吧。"黑一海阴沉着脸说，"建华必须为他所做的事付出代价。"

　　"大伯，我在检察院的那位朋友说，其实大哥的事可大可小，因为姚少军潜逃了，我们可以把事情全都往他的头上推。"郝祖国说着看了一眼魏轶力，"还有，大嫂赶紧处理一下你们那边的账本，数字能少就尽量少。"

　　"在国外，经济案件都是重案。"黑一海沉重地说，"国家不会那么轻易放过他的。"

　　"大伯，你别担心，这里是中国。大哥的案子还没有定性，只要是一般的经济案件，我想应该是有办法帮大哥逃过这一劫的。"

　　魏轶力一把抓住了郝祖国的胳膊，如同一个溺水的人抓住了一根救命稻草一般，急切地问："祖国，你快说，你有什么办法吗？"

　　郝祖国拿开魏轶力的手，魏轶力这才发觉自己有些失态，连忙退到章小凤身边，低下头去。

　　魏轶力早就知道郝建华买来的钢材是怎么回事，很多都是她亲手操办的，她能不知道吗？开始，她并不是不担心，也是提心吊胆的，有如履薄冰的感觉，有时候还有点像做贼。但是，一笔笔地做下来，她见没有出什么意外，再加上这一笔笔非法生意所带来的巨大的经济收益，也就渐渐地默认了郝建华的这种做法，可谁知道，纸毕竟是包不住火的，最终还是案发了。早知今日，何必当初呢，她悔得肠子都青了，恨不得狂抽自己几个嘴巴子。

　　郝祖国托着下巴想了半天，然后慢慢说道："现在要解决两个问题：一是想办法给大哥通个气，让他一口咬定，钢材款一分不少地都交给了姚少军了；二是……"

黑一海截住了郝祖国的话："祖国，这个办法行不通。即便是姚少军从人间蒸发了，或者是死了，死无对证了，可人家检察机关能相信建华的确把钢材的全款付给姚少军了吗？"

郝祖国点了点头："大伯，从法律的角度讲，这样做的确不太可行。可是，大伯，如果大哥一口咬定，再加上您老人家出个面，在路书记那里说说情，顶多大哥把一部分不当得利退还给辽海制造厂，就可大事化小，小事化了。再说白一点，就是让大哥的公司和辽海制造厂内部解决问题，把这件事当成一般经济案件就可以解决了。"

黑一海无法理解，质疑地看着郝祖国："祖国，你确定？这事儿能有这么简单？"

郝祖国肯定地说："大伯，现实中，有的时候事情就会变得这么简单。"

黑一海摇摇头，叹息道："看来我是真的不了解社会现实啊。"

"那也没办法不是，大伯你一直都在海外，才回国不到半年，还不了解咱们这边的情况。中国讲人情。"郝祖国笑道，"尤其是大伯你这个归国技术专家的人情，谁能不卖给你？"

黑一海沉默了好一会儿，好像经历了一番激烈的思想斗争，最终他一咬牙一跺脚，下定了决心，"好吧，我就破个例，去讨一次人情，这辈子就干这一次，唉……谁让我有一个这么不争气的儿子呢，而且，我还亏欠他不少感情呢……"

得到大家的赞同后，郝祖国让魏轶力先去关押郝建华的地方想办法给他通个信，除了让他安心外，也要他积极配合调查，只要他推说自己对姚少军贪污之事并不知情，并且都是全额购买的钢材，这件事很快就会过去。

护犊之情

长达数十年的海外生活，简单而直接的科研工作，使黑一海变得刚直不阿，不太懂得灵活变通，更不愿意去低头求人。在这几十年中，他一直是凭本事吃饭，因为是汽车制造业领域里的知名专家，无论到哪里都是众星捧月一般。在这几十年的海外生活中，黑一海可以说从未求过人，也从不需要看别人的脸色行事。但是，这一次，尽管心里一千个一万个不情愿，但为了自己的亲生儿子，他却不得不破例一次，就算是补偿这么多年自己欠郝建华的父爱吧！黑一海在心底里这样说服着自己，最终还是决定去找路鸣说情。

虽然黑一海到辽海已经有段时间了，但去路鸣的办公室这还是第一次，当秘书来向路鸣通报，说黑一海要来拜访他时，他就已经心知肚明，这位老先生专程来找他的目的是什么了。郝建华的调查材料就放在他的办公桌上，是他特意让检察院那边送过来的，在得知这一消息后，他也非常关注案件的调查情况，毕竟郝建华的身份特殊，他不光是一位成功的乡镇企业家，是政府树立的创业典型，而且还是海外技术专家黑一海的儿子，全国青年企业家郝祖国的哥哥。但是由于和姚少军的案子有关联，路鸣也不敢掉以轻心，毕竟姚少军一案牵扯实在太多，已经被摆在了桌面上，被多方面时刻"关注"着，想遮掩也没法遮掩。

把黑一海迎进办公室，路鸣热情地亲自沏茶让座。

"黑先生，你们的郝总刚才打电话来，说你有事找我？"路鸣在对面的沙发上坐下来后，试探着问。

黑一海不卑不亢地说道："路书记，我今天来有两件事：一件私事，一件公事。"

"那……"路鸣伸出一只手来，请黑一海继续说下去。

黑一海从公文包里取出了一张请柬，放在了茶几上："我先说公事吧。我们中国龙汽车集团公司具有自主知识产权的'中国龙'轿车样车三天后下线，并将进行碰撞试验，请书记先生赏脸参加下线仪式，并致辞。"

路鸣将请柬拉到自己面前，很痛快地回答道："好，这个没问题，我一定会参加，也一定会发言。"

黑一海欠了一下身，表示感谢："谢谢路书记。"

"我们中国龙的技术研发队伍目前已经达到了 600 多人，在你的科学领导下，机构设置完全按照德国一流研发中心的结构进行组建。我们在这么短的时间内，就开发出了新产品，能不能介绍一下基本情况？"路鸣很有兴趣地问道。

"目前，我们中国龙有几十个工程师常驻德国著名的汽车公司，他们边工作边学习。我们中国龙 M2 的产品之所以这么快就能下线，跟我们这支庞大的研发队伍有着直接的关系。与此同时，我们的 M3、M4 设计，也已经开始了。"

"是吗？真是太好了！"听到这个消息，路鸣非常高兴。

"是的，目前，我们这支 600 人的研发队伍，运作着中国龙品牌的 30 多个项目，整车级的项目就有 13 个。"

"黑先生，请教一下，据你所知，我们中国具有独立知识产权的小汽车除了我们中国龙厂外，再有没有其他地方生产？"

"可以肯定地说，我们中国龙汽车是中国目前为止唯一的具有独立知识产权的小汽车。据我所知，现在的上海、北京等地也在积极地投入力量开发自己的汽车产品，我估计，要不了多久，我们中国具有独立知识产权的汽车生产厂家会增加到五家以上。"

"随着我们中国龙小汽车的下线，这让中国汽车工业多了一种状态。"

"是的。在之前，我们的中国汽车都是合资品牌。现在，我们终于有了自主品牌。"

"相对于合资企业，我们自主品牌的技术还稍显稚嫩，而且实力也远远不够，但是我们也有我们的优势，我们自主品牌的生产成本低，所以，在价格上就具有很强的竞争力。"

"是的，因为我们的价格优势，这就注定了我们在市场上的生存空间，一定可以争得一席之地。而且，我敢说，从中国龙汽车开始，我们的自主品牌汽车工业会迅速地发展起来。"黑一海平稳的话语就像万斤秤砣，使路鸣激动万分、激情澎湃。

"太好了！"路鸣发出一阵爽朗的笑声后，对黑一海说，"黑先生，现在该说说你的私事了。"

黑一海之前踌躇满志的微笑一下子消失了，取而代之的是满脸的阴郁："路书记，不好意思，我真有点难以启齿。"

"黑先生，有什么事你尽管讲，我一定会尽力帮助你的。"路鸣能看出这位父亲对儿子的担忧，还有他作为一个自尊心很强的人被迫向人低头的屈辱。

黑一海双手交叉在下颌处，紧皱眉头，声音很低也很轻："想必你肯定知道，犬子被检察院带走了……"

"嗯，这件事我已经知道了。黑先生，知道你要来，我已经请负责这个案子的王武龙检察长到这里来，等他来了，我们听听建华的问题究竟有多大，然后再说，好不好？"

黑一海非常感激，甚至有些激动："路书记，真的很抱歉……"

"如果建华的问题不是很大，我想，我们可以给检察院提出建议的。"路鸣说道。

路鸣的秘书钱韦杉敲门进来："路书记，王检察长到了。"

路鸣和黑一海都站了起来："快请。"

王武龙检察长行伍出身，身材魁梧，站如松，坐如钟，走路带着一股风，到现在依然保持着非常明显的军人作风，他疾步走进办公室，用洪亮的声音跟路鸣打招呼："路书记。"

路鸣和他握了手，然后向他介绍黑一海："王检，这位是……"

王武龙丢开路鸣，热情地抓住黑一海的手，使劲一握，让黑一海充分感受到了一位老军人的气魄："路书记，你不用介绍，我认识他，归国华侨，中国龙汽车集团副总裁，黑一海先生，对不对？哈哈哈，黑先生已经是我们辽海的名人了，最近各大媒体连篇累牍报道的都是黑先生的事迹，还有他的中国龙自主品牌汽车。"

路鸣大笑："黑先生，看看，王检都认识你，可见你的影响已经很大很大了！"

黑一海谦和地微笑道："检察长先生，幸会。对于黑某人，你过奖了。"

"黑先生，没有过奖，你是我们辽海人的骄傲！是我们中国人的骄傲！"王武龙说着，在黑一海胳膊上使劲拍了拍。

"两位请坐下来谈。王检，你既然知道黑一海先生，那你知道他就是郝建华的父亲吗？"路鸣问。

王武龙略微显得有些吃惊。他看看黑一海，又看看路鸣："这……

是吗？"

"是的，郝建华就是犬子。"黑一海给了王武龙一个肯定的答案。

"嘿，报纸上说黑先生一生独身，我还以为……"王武龙有些不好意思地搔了搔额头。

"黑先生的妻子在生下他们唯一的儿子后便去世了，之后黑先生就去了日本。孩子是被黑先生的义弟郝一湖、章小凤夫妇抚养长大的，也一直都跟着养父姓郝。所以郝建华千真万确是黑先生的儿子。"路鸣解释道。

"路书记，我知道你叫我来是为什么了。是关于郝建华的案子吧……"王武龙正想接着往下说，突然有人敲门。

路鸣说："请进。"

原来是秘书钱韦杉："路书记……"钱韦杉刚要开口，一抬头看见了黑一海，就又赶紧闭上了嘴。

路鸣看着欲言又止的钱秘书："钱秘书，什么事？"

钱韦杉犹豫了一下："检察院那边来电话了，说……"

路鸣有些急，催促他："快说吧，看你吞吞吐吐的，到底什么事啊？"

"说……郝建华跳楼了……"

黑一海一听，顿时如同被一颗惊雷击中了一般，立刻腾地站了起来，失声问道："你说什么？再说一遍。"

钱韦杉垂下眼帘，沉声说道："郝建华跳楼自杀了。"

"啊？"

"什么？"

"建华！"黑一海猛地一阵天旋地转，眼前一黑，身子一侧歪，直直地倒了下去……

为了照顾章小凤和郝一湖这对养父母的感受，黑一海一直刻意保持着与郝建华的距离，但是毕竟父子连心，才在一起相处了没几天，自己还没来得及表达一下身为父亲的关爱之情，郝建华就……

黑一海说什么也接受不了这样的现实……

爱恨交加（1）

　　真是一波未平一波又起，一刻也不能让自己清心，大家正在积极想办法，你说你跳什么楼啊？这不是存心添乱吗？章小凤恨不得咬上糊涂的郝建华一口，解解气。在赶往医院的路上，章小凤心急如焚，手脚没处放，同时又感觉自己的大脑中好似有一万支焊枪，在嗤嗤作响……

　　然而，当到达医院的时候，章小凤心里的怨恨马上被担心完全取代了，天底下没有哪个母亲会真的恨自己的儿子，要恨，也是恨铁不成钢，而不是真的恨。

　　"大夫，我的儿子郝建华他怎么样了？"章小凤推着轮椅挡在了大夫面前。

　　郝祖国连忙上前抓住轮椅："妈，你不要着急。"

　　"他的双腿骨折了，其他方面应该没有问题。"

　　"大脑、脊椎……没有问题吧？"

　　"都没有问题。患者只要注意好好休息，不要随便乱动，正常情况下三个月就可以康复了。"大夫说。

　　"那以后他的腿……还能走路吧？"

　　"那得看复健的情况，走路应该是没有问题，就是看会不会留下后遗症，这没办法确定。"大夫说完又似乎是安慰章小凤，缓了口气说，"患者骨折的情况也不严重，只是轻微的断裂，并没有伤到神经和骨髓，而且他的体格很好，所以恢复起来应该很快。"

　　郝祖国听了大夫的话也总算松了口气："妈，你别担心，我人哥只是一般的骨折，卧床休息几个月就好了。"

　　章小凤眼里闪着泪花，连连点头："这就好、这就好……"

　　一直神色紧张得连两只手都放不下去的郝一湖上前一把抓住大夫的手："谢天谢地啊！"

　　"你这个老糊涂，谢什么天和地啊，是要谢谢大夫啦！"章小凤埋怨着，望着大夫感激地说："医生，太感谢你了……"

　　章小凤虽然在听了大夫的话后已经不用再担心什么后患，但她的眼中依然满是忧虑。进到病房后，看见躺在病床上的郝建华，一个七尺汉子就那么僵直地躺在床上，头缠绷带脚打石膏，样子看上去要多狼狈就有多狼狈，她看在眼里也气在心头，想要数落几句，又觉得不太合适，当着这么多人也得留点面子给他，可对他这种莽撞冲动的行为又一时间无法原谅，当下情绪翻腾得跟焊枪里喷出的火焰一样，火烧火燎的，但又无处发泄……她狠狠地瞪着郝建华那张胡子拉碴的脸，努力忍住了自己的情绪……

"小凤，你怎么也来了？不是说……"黑一海连忙上来从郝祖国手中接过章小凤的轮椅，把她推到了郝建华的病床边。

"我怎么就不能来了？建华好歹也算是我的儿子吧。"章小凤愤愤地说道。

黑一海一愣，忙解释："小凤，我不是那个意思。我是说你的身体……"

"我当然知道你不是那个意思，大哥，你也别误会，我这人就这脾气，说话冲了点，你别往心里去。我是气这个建华啊，他怎么能……太糊涂了！不是都说好了给他想办法的吗？他难道想要让我们这些白发人送他这个黑发人啊！"

"妈，你别激动，建华他没有……"魏轶力有些紧张地站起来，白着脸为丈夫解释。

"还有你也是，你是怎么给他带话的啊？他怎么突然就想不开了呢？你到底跟他说什么了？"章小凤一下把矛头就转向了魏轶力，也算是心头的怨气找到排泄的地儿了，一点不留情地就劈头盖脸训斥了过去。

"妈……你别怪她……"郝建华断断续续地说着，为自己的妻子开脱着。自打章小凤进来，他就没敢跟她对上视线，在这屋里的所有人中，只有对章小凤他感到最愧疚，也最羞于见她。

"建华，你醒啦？"章小凤拉起大儿子的手。郝建华能够明显感觉到她的手在颤抖："对不起，妈……"

"没事了，你没事就好，没事就好，建华啊……唉，你这傻孩子，你叫我说你啥好呢……"

"妈……"

爱恨交加（2）

叫了一声"妈"后，郝建华就泣不成声了。这个鬓角已经染上了风霜的男人，成人后第一次在母亲面前流下了眼泪。

"唉，建华，别哭啊，你这一哭，妈会受不了……"章小凤给儿子擦眼泪，自己也忍不住泪流满面，"都是妈不好，妈应该好好地看着你，让你受苦了，我的儿……"

"小凤、建华，你们两个都别哭了，只是一个意外，没出什么大事。也幸得是这样建华才能够出来，我们也才能见上面。世界上的事情都有两面性，建华虽然冲动了点，不过只是受了一点重伤，就换来了保外就医的结果，我们就往好的一面想吧。"

"大哥你说得也对。"章小凤把泪水擦干，"他们不会再把建华带走了吧？"

"不会了。而且事情已经基本上解决了。"黑一海急忙安慰章小凤。

"真的？"不仅章小凤，就连郝建华也有些惊喜地看着黑一海，他简直不敢相信会是这样的结果。

"建华，只要你们公司按查出数额的百分之三十给辽海制造厂退赔，你就会被免予起诉。"

"那得赔多少啊？"郝建华刚放松的表情又恢复了凝重。

魏轶力在一边抹着泪说道："建华，这事你就别管了，不管多少咱都赔，只要你没事就好。"

郝建华摇头，"那怎么行，都赔完了，公司也就黄了。"

听了这话，章小凤更气了，再也压抑不住自己的心头气了，声音也高了几十分贝："黄了就黄了呗，只要人好着比啥都好。我们不亏国家的，不欠个人的，咱也可以睡上个安稳觉。建华啊，你别把钱看得那么重要，人啊，要活得堂堂正正，不能让人戳脊梁骨，赚钱也要走正道，歪门邪道总是长不了。老话说得好，钱不走空路，这些年你的公司像发面一样忽地就膨胀起来了，我就感觉有点不对劲。我早就说过，千万不能干危害国家利益的事儿，可你愣是不听，现在怎么样，不听老人言吃亏在眼前了吧？

你呀，什么时候才能让我这个当妈的安心啊！"

被章小凤劈头盖脸地一顿训斥，郝建华羞愧地低下了头："妈，你说得对，都怪我。"

黑一海摆摆手："好了，现在不说这些了。轶力，建华虽然已经办了保外就医的手续，但还不能随便离开，负责赔款的事就由你全权负责了。记着，一定要全部算清楚，你妈说得对，我们不亏欠国家的，睡觉都安稳。做企业不能靠走歪门邪道，你们早先那些行为已经触犯到法律了，这可不是闹着玩的，搞不好就得吃官司，以后千万要注意着点。"

"是，爸……"魏轶力低头应着，匆忙拿起手提包，"那……建华你好好养伤，我……我就先回公司那边，等把事情处理完了，再来看你。"

"大嫂，我送你去。"郝祖国站起身，借机跟了出去。

从病房里出来，魏轶力一直默不吱声，只是低头往前走。郝祖国跟在她后面，紧走几步，追上去说："大嫂，你慢点走，我有话想问你。"

"啊？祖国……你有什么话？"魏轶力说这句话的时候有些吞吞吐吐，而且还躲躲闪闪的，脸扭向一旁，脚下也不停步，似乎是在有意躲避着郝祖国。

"大嫂，当初让你给大哥带话，你是怎么跟他说的？"

"我……我就照大家说的那样跟他说的啊，有什么问题吗？"魏轶力的语气更加躲闪，显然是隐瞒了什么事。

"是不是你让大哥这么做的？"郝祖国的声音变得严厉，"是你让大哥假装自杀，然后取得保外就医的机会，是不是这样？"

"是的，是我叫建华这么做的。"魏轶力终于停下了脚步，她冷冷地看了郝祖国一眼，"我这么做有什么错吗？"

"为什么？"

"不这么做建华能被放出来吗？不这么做，事情能这么简单结束吗？"

"你这么做不怕大哥他真的……"

没等郝祖国把话说完，魏轶力就强行打断了："我自有分寸。再说了，我会害自己的丈夫吗？"说着，魏轶力抬起头，直直地看着郝祖国，显然，她并没有觉得自己这么做有什么不对。

郝祖国不高兴地说："其实你根本没必要这么做，大哥的事我们都在想办法，应该很快就能把他弄出来。"

魏轶力阴恻恻的表情，在郝祖国眼里已经有了陌生感，虽然她作为他的大嫂这么多年，其实他对她的了解非常之少。由于离得很远，不是经常见面，甚至关系也不怎么亲近。看到这样一个心机相当深重的女人，郝祖国突然生出一种感叹，似乎在他身边的女人都很简单，所以他才以为女人都应该是那样的，或者像母亲那样率直泼辣，或者像孙小明那样玲珑剔透，再不济就像罗绮那样平凡无奇。他绝对想不到，女人也会有魏轶力这种类型的。不知道大哥当初怎么选了她。把眼前这个女人和姐姐比起来，怎么比都是亭花姐更好一些……

"祖国啊，我这么做也是有苦衷的。我只是想让事情更加保险一点。据我所知，姚少军的案子牵扯很广，没有你们想得那么简单。建华被关在里面生死不知，谁也不知道会发生什么事，他们那些人可是手眼通天啊！祖国，我敢说，姚少军已经被杀人灭口了，已经不在这个世上了，难道你想让你大哥跟他一样吗？"魏轶力越说越激动，不但身子直抖，眼中还溢出了泪影，"所以，无论是用什么手段，我都要先让建华出来，只有亲眼看着他我才能放心。"

郝祖国愣住了："大嫂，在姚少军的案子里，你和大哥究竟牵扯进去多少？"

"没多少，就是你们知道的那点事。"

"那你……"

"可是有些人不会这么想吧？"魏轶力说着，苦笑了一下，"祖国，你放心，这事应该就这么完了，你大哥不会再有事的。"

"大嫂……"

"我走了，祖国，你回去吧，不用送我了。"

郝祖国第一次感觉到，原来自己对身边这些至亲的人了解竟然这么少。大哥郝建华和大嫂魏轶力这些年到底是怎么过来的呢？在没日没夜操劳的过程中，自己是不是把他们都忽略了呢？以后一定要挤出些时间，多和家人们在一起聚聚，多说说知心话。

魔鬼与天使

　　电视里正在播放着一条寻人启事："在××次特快列车上，发现了一个大旅行箱，里面是一具无头的已经高度腐烂了的男尸。经法医鉴定，死者年龄在 50 岁上下，个头在 175 厘米左右……"

　　孙大峰装修奢华的家中，吴美珩看着电视上的画面，露出了一副很不屑的神情："真是一帮酒囊饭袋，这么长时间过去了，才找到了尸体。"

　　孙大峰把肥胖的身体窝在真皮沙发里，斜着小眼睛瞟了女婿一眼，淡淡说道："美珩，你一定要记住，就是在家里，这样的话也不能再说了，小心驶得万年船啊！"

　　"对不起，爸……"

　　"这件事就当什么也没有发生，知道了吗？"孙大峰语气沉重地说道。

　　吴美珩推了一下细丝金边眼镜，低下头："爸，知道了。"

　　"听说那个郝建华已经被放出来了？"

　　"是，听说是跳楼自杀，摔断了腿，现在在医院里治疗呢。爸，你不用担心，郝建华跟姚少军之间只做了钢材生意，姚少军利用他的公司，是吞了不少钱，所以郝建华才被牵了进来。"

　　"你的意思是和他没有太大的关系？"孙大峰眯起眼，双手在肚子上轻轻拍打，"难道姚少军就不会跟他说些什么吗？"

　　"爸，你应该了解姚少军这个人，他心胸狭窄，并且喜欢猜忌，不会轻易相信别人。他怎么会随便把自己的事告诉郝建华呢？再说他们之间也没有什么个人间的交情，只是生意上的往来罢了。"

　　"如果是你说的这样就好了，不过……"

　　一阵窸窣之声，孙小明穿着浴袍从卫生间里出来，神情恹恹地坐到了父亲旁边，吴美珩见她的头发湿漉漉的，还在滴水，连忙起身拿了毛巾过来帮她擦。

　　吴美珩的殷勤举动并没有得到孙小明的正面回应，她推了他一把说："我自己来……"

　　孙大峰吃力地支起身，关切地问女儿："明明，不睡啦？要不要吃点东西？身体有没有哪里不舒服？"

"不想吃。"孙小明说着，看了吴美珩一眼，"我的身体好得很，就是最近睡不太好，老是做噩梦，梦见一个没长头的怪物追我，要我还他的命。"

"明明……"

"爸，我没事，有美珩陪着我呢。"孙小明笑了笑，视线已经从吴美珩的身上越过去，透过窗户飘得很远。

"明明，要不我明天再陪你去刘医生那里看看？"吴美珩关心地问。

"不用了，我的身体我知道，我没病，不需要看心理医生。"孙小明说完起身，"我们回家吧，让爸早点休息。"

"明明，你和美珩今天就住下吧。这么晚了，走夜路也不方便。美珩还喝了点酒，也不能开车。"

"爸，我又没做什么亏心事，怕什么走夜路啊。就算有鬼也不会来找我，只会找——那些心里有鬼的人……"孙小明说着，突然伸出两只手，做出要抓人的样子，冲孙大峰比画了一下。她披头散发的，冷不防做出这样的动作，还真把孙大峰给吓了一跳，他一个激灵，从沙发上弹了起来："你干啥呀，你这孩子……"

"哈哈哈哈，爸，跟你开个玩笑，你干吗吓成这样，哈哈，我又不是鬼。"孙小明笑着走进了书房，留下瞪大了眼睛的孙大峰和吴美珩面面相觑。

"美珩啊，不是我说你，你以后做什么，最好不要让明明知道。"孙大峰微微地喘息着，胸口不断地起伏，看来刚才被吓得不轻。

"爸，我知道了。"吴美珩看了看亮起灯光的书房，脸色也慢慢地变了。

"还有，美珩，你可不要做对不起小明的事。我只有这么一个宝贝女儿，绝对不能让她受半点委屈。"孙大峰叹了口气，重新躺回到沙发上，"你们结婚这么多年，也没有孩子，身为男人，我也能理解你……"

"爸，你别说了，我对明明的心天地可鉴。"吴美珩截住孙大峰的话，深深地吸了口气，"我爱明明，就算与其他女人有些瓜葛，也都只是逢场作戏。明明身体一直不好，我不想增加她的负担，就算没有孩子也没关系。我只要有明明就够了。"

"那你的那些小别墅是怎么回事啊？"孙大峰劈头盖脸地反问道，他那隐在灯光阴影里的脸看不出具体的神色，但吴美珩却明显感受到了一丝寒意，忍不住打了个寒战。

"爸，你都知道了啊？"吴美珩勉强笑着问。

孙大峰没有说话，只是扭头看了吴美珩一眼。吴美珩紧张到了极点，他甚至都能听到自己吞咽唾沫的声音，他连忙稳了稳情绪，说："爸，你误会了，那些别墅是为你和明明买的，产权都登记在明明的名下，不信我可以让你看产权证。"

"那倒不必了。"孙大峰摆摆手，闭上眼睛垂着头，似乎要睡着了，他的声音缓慢而虚弱，"美珩，我不是怀疑你，我只是在提醒你，做什么事都不要太过。你对明明的心，这些年我也看在眼里，我不后悔把自己的女儿嫁给你。明明性子古怪，身体又不好，你能容忍她，我已经很感激你了。唉……人这一辈子啊，到老了才知道，啥东西最重要。我都这个岁数了，也没啥想法了，就是希望你们两口子能好好过日子，我也一直把你当成自己的儿子。我看着你们，能帮衬一点算一点，不过，也快到帮不了的那一天啦……我看啊，你既然都在外面买了房，就找机会办了移民，和明明到外面去吧。花无百日红，人无千日好，给自己留点后路吧……"

"爸……"

书房内，孙小明静静地面无表情地躺在藤椅上，一本厚厚的书扣在胸前，古典装帧的书皮上用暗金烫写着两个字——《审判》。她轻轻地用脚尖踮在地板上，让藤椅晃动，身体也随着摇晃。半侧的脸似在倾听屋里的话语声，又似在神游天外，大而无神的眼睛直直地盯着窗外漆黑的夜空……突然，一滴清亮的泪珠从她的眼角滑下，掉落在了藤椅深色的编织面上，留下了浅浅的水渍。

孙小明后悔了，她是真的后悔了。当初她那么决绝地跟吴美珩结婚，在很大程度上是要气一气郝祖国，让郝祖国后悔，让他想哭都找不着地方。你不是要追求自己的事业吗？你不是要放弃我吗？那你就去吧，我跟别人结婚了，而且还是"闪婚"，你想后悔都来不及。但是现在想一想，那时的自己实在是太幼稚了，简直可以说是太傻了，跟别人赌气，伤的只能是自己啊！事实证明，想哭也找不着地方的不是郝祖国，是自己啊！

有时候，夜深人静的时候，吴美珩在外面花天酒地，不回家，她独自一人守着空荡荡的房间，连个陪自己说话的人都没有，她竟然想到了要结束自己的生命。勉强活着有什么意义呢？在自己最美的年华里，没能和自己所爱的人在一起，却只能和一个自己不爱的人逢场作戏，真不知道自己前世到底作了什么孽，老天竟然这么惩罚自己。曾经有几次，她找出了吴美珩的刮胡刀片，想向着自己手腕上的静脉割下去，但仔细想想，又有些不甘，难道自己的一生就让一个郝祖国给毁了吗？

吴美珩简直就是自己父亲的一个翻版，虚伪、自私、阴损、心狠手辣、狡诈，能耍手腕解决的，就绝不光明正大地办，自己与他根本就没有共同语言。她知道，吴美珩对自己并不像表面上所表现出来的那样，一百个满意，他对自己毕恭毕敬、百依百顺，只不过是慑于父亲的权势罢了。在她的记忆里，他从未对自己说过一个"不"字，但吴美珩越是这样，孙小明就越觉得可怕，一个本该是无话不说的、最亲近的人，却整天演戏给你看，你说可怕不可怕？她总觉得吴美珩随时会抹去脸上虚假的笑意，露出恐怖的獠牙。她早就知道吴美珩在外面有女人，而且还不止一个，说白了，自己现在就是一个牌位、一个摆设，只不过是供在家里给别人看而已。这一切的一切，她心里跟明镜似的，但是她懒得和吴美珩争吵。争吵恰恰说明在意，不争吵则说明不在意。发生了这种事，吵都懒得吵，你说夫妻之间还有多少感情可言呢？

奇迹之王（1）

　　这是一个周末的傍晚，吴飒飒提着一个硕大的多层饭盒走进了辽海制造厂焊接分厂的生产车间，工人大都下班了，厂子里显得空旷而安静，夕阳的余晖打在红砖墙面上，透出比晚霞更明艳的色彩来，直晃人的眼睛。

　　吴飒飒站在车间门口，进退之间显得有些犹豫，逆光中她的脸上带着一丝羞涩，却又被更明显的期盼给掩盖了过去。

　　"小吴，这么晚了，你怎么来了？"厂长蔺周全从办公楼里出来，也正要往车间走去，看到了吴飒飒，就走过来打招呼。看到吴飒飒手中提着的那个硕大的饭盒，蔺周全会心地笑了："哟，是来慰问我们设子的啊！"

　　吴飒飒大方地笑道："我们家设子已经离家几个月了，再不来看看，恐怕他都把我给忘了。"

　　"哈哈，有意见啦？"

　　"我没意见，知道我们家设子没黑没夜地在救火呢。"

　　"说得没错啊，设子是在救咱们厂啊！"蔺周全感叹道，"设子是我们的大功臣、大救星。"

　　"厂长你言过了吧，设子只不过做了他应该做的。"吴飒飒笑道。

　　"一点也不过。小吴，不信我带你去瞧瞧，让你看看我们设华的杰作。"

　　蔺周全带着吴飒飒走进车间，来到了郝设华他们制造的特大型机壳处。将近五米高的机壳已经装备完毕，崭新的机壳表面散发着幽幽的光芒，还没有被磨合过的切面线条清晰明朗，充分体现着金属的质感，空气里还能嗅到一股油漆的清香。

　　"蔺厂长，这是……已经完工了？"吴飒飒有些惊讶地问。

　　"是啊！工期比合同提前了整整一个星期啊！"

　　"提前了一个星期？真是了不起！"

　　"那当然。设子可是给我们厂又一次立下了汗马功劳啊！"

　　吴飒飒围着机壳转了一圈，相当震撼："我有些无法想象，仅仅几个月时间，就把这样的机壳生产了出来，真是了不起……"

"是啊，所以，飒飒，你有一个了不起的丈夫哦！"吴裕泰不知什么时候站在了蔺周全身后，对着吴飒飒竖起了大拇指。

蔺周全也说道："一个了不起的男人后边，还有一个了不起的伟大女人呢！小吴，谢谢你在后面默默地支持他。"

吴飒飒脸一红："厂长，这是应该的，不值一提。"

吴裕泰眉飞色舞："你知道吗？设子不但利用最为可行的技术途径解决了外国人无法解决的技术难题，而且为了缩短工期，还解决了我们厂里进口的 DH 齿轮变速箱侧板焊接技术中生产进度缓慢的大问题。"

"这是又一项技术革新啊！"

"是的。这项技术革新，用传统的焊接方法取代了三次消应力，不但成倍地提高了经济效益，还缩短了工期。"

"我明白了。"吴飒飒点点头。

"你也是搞技术的，你一听当然就知道是怎么回事了。"

吴飒飒四下里张望，却没有看到自己最想见到的那个人："哎，厂长，我怎么没有看到他们啊？"

蔺周全指着车间一角临时搭建起来的一排简易床："他们在那里呢！"

吴飒飒赶紧走过去，众人中，她一眼就看见了自己的丈夫。他和衣仰躺在床上，半个身子露在被子外面，头发显然很久没洗过了，油亮亮地紧贴在前额上，脸上左一道右一道的灰迹，额头正中央还有一点红色的油漆，搞得自己跟红孩儿似的。脚上的鞋子没有脱掉，也许是他太累了，一上床马上就睡着了，根本就没有脱鞋子的时间。听着丈夫很响的鼾声，吴飒飒感觉自己的心被深深刺痛了一下，因为没有谁比她更了解丈夫，设华平时睡觉很静，一般是不打鼾的，只有在他极其劳累的时候，才会打鼾，而且越累鼾声就越响。吴飒飒充满疼惜地说道："哎呀，他睡得还真沉啊……"

蔺周全："是啊，这些日子他太辛苦了。"

吴飒飒轻轻地拉过被子，又轻轻地掖了掖，然后就默默地端详自己丈夫那张写满了疲惫的脸。吴裕泰趁着这个时机，扯着蔺周全悄悄地走开了。

吴飒飒为了把多日未见的爱人看得更清楚一些，将脸凑到了跟前。郝设华好像被什么惊动了，突然睁开眼睛，一骨碌翻身坐起来了："飒飒！"

吴飒飒被他吓了一跳："设华，你……"

郝设华有些激动地抓住妻子的手："我还以为在做梦呢，原来是真的！飒飒，你真的来了？"刚才郝设华梦到妻子来看他，因为太高兴，他一下子醒了，没想到一睁眼，吴飒飒真的就在眼前，梦境与现实重合了。

吴飒飒有些不好意思地挣开丈夫的手，她有些害羞，怕被蔺周全他们看见，连忙说："我是真的来看你啦，你睡糊涂了吗？厂长他们还……哎？厂长他们呢？"

吴飒飒慌里慌张回头，去没看见一个人影，除了旁边那些睡得横七竖八的家伙们。

俗话说，小别胜新婚，更别说新婚后的小别了。郝设华根本顾及不了那么多，他一把抱住了吴飒飒，搂得紧紧的，贪婪地吸着她身上的气味："飒飒……"吴飒飒也没什么可顾忌的了，顺势让郝设华揽进了怀里……

奇迹之王（2）

郝设华成功生产出美国人定制的大型机壳，这一爆炸性新闻立刻在辽海市引起了极大的反响，被各大媒体争相报道，一时间，辽海制造厂和郝设华这个名字被炒得炙手可热。报纸上大篇幅地对辽海制造厂因之起死回生的这一事实进行评论和探讨，甚至引来了相关专家的热议。专家们怎么评说郝设华的价值或者辽海制造厂的转机都不重要，最大的成功与收获应该是由此使得美国人遵照合约与辽海制造厂合资了。可以说郝设华真的以他个人之力创造了奇迹，挽救了一个濒临倒闭的大型国有企业。

"中美合资辽海机械制造有限公司"成立，并在新世纪的第一天举行了奠基仪式，孟金川、路鸣、王立等人都参与并见证了这一历史性的时刻，他们和郝设华带领的工程师队伍一起，为奠基石碑填上了土……

"骆子哥呀，你知道吗？我们厂本来就黄了，上面也批准了，就要破产了。就在这个时候，设子可是起了大作用了！他给美国人焊出了特大型的机壳呢！这个活儿可不得了，据说他们是在全世界逛了一圈后，因为没有一个工厂敢接单，最后他们实在没有办法了，才抱着试一试的想法找到了我们厂。是设子，设子你知道吧？就是我们家的老二啊！他虽然话不多，但是，他的技术可是一流的。比我，就是他这个妈，可是强多了！他接下了这个单子，他成功地完成了这个单子，他救活了我们厂啊……骆子哥啊，你听到我的话了吗……"

在医院的病房里，章小凤手捧着报纸，为骆子读上面关于郝设华的报道："骆子哥，你快起来啊，你听听，这外面的锣鼓声，知道今天是什么日子吗？已经是 21 世纪了！今天是新世纪的第一天啊，整个世界都变了，骆子哥，你快起来看看啊，看看外面的世界……你咋还不醒来呢？骆子哥……"

人间天堂

由辽海市政府建造的"劳模之家"海边别墅区于新世纪之初完工，章小凤成了第一批光荣入住的劳模代表。王立带领着市委、市政府、市人大、市政协四大班子的领导亲自来疗养院接她出院，并将新别墅的钥匙交给了她。

"章师傅，这是'劳模之家'的钥匙，给你，现在，我们可以走了。"

章小凤接过钥匙，还是有些不明就里："王市长，我们到哪里去啊？"

"到你的新居去啊。那里是一体四户的别墅，一户两层，不算露天阳台和小花园，使用面积总共有200多平方米呢，你们一家子人都能住下。"

章小凤大喜："王市长，这么说，我从今天起就不用再住疗养院了？"

"是啊，别墅那边的条件比疗养院还要好，所以你从今天起就不住这里了。"

章小凤拍着轮椅的扶手，连连说道："哎哟哎哟，可让我盼着这一天了，我还以为我要老死在疗养院了呢。王市长，谢谢啊，还有各位领导，谢谢你们还关心着我这个废人，唉，这人民政府真的是为人民服务啊，处处为我们着想，我受之有愧哦！"

"章师傅，这是应该的，你为新中国的建设立下了汗马功劳，政府不会忘记你们这些功臣的。"王立由衷地说道。

"嘿，可算是能回家了。老郝，咱们走，去看看咱们的新家，王市长还说是别墅呢。"章小凤兴高采烈地让郝一湖推着她出门，刚到门口，她突然停了下来，"哎，领导们，我能不能提个条件？"

王立满口答应："可以啊！你们一家人都是我们辽海市的特级劳动模范，你有要求尽管提出来，我们尽量满足。"

"王市长，我要把骆子哥带走！"

王立愣了一下："带着他？"

"市长，可以吗？"

王立为难地看看身边的其他市领导，又看看郝一湖："章师傅，这个……"

章小凤把轮椅的扶手一抓："王市长，如果你们不答应的话，今天我就不去那个'劳模之家'了。"

　　"这个……章师傅，那里已经是你的家了，你让谁住是你的自由。如果骆子的情况可以出院的话，那当然没有什么问题。"

　　"是啊，能不能让骆子哥出院，不是王市长说了算，得医院大夫答应了才行。小凤，你别为难领导们，他们可忙着呢。"郝一湖赶紧劝说章小凤。

　　"哦，也是这个理，不好意思，王市长。因为我答应了要带骆子哥一起回家，所以这一提到回家就想起这一出，并不是故意要为难你，我……"

　　"章师傅，我明白你的意思，我会和医院方面商量，看能不能让他出院，在家进行治疗。"

　　"谢谢你，王市长。"

　　"那我们现在走吧？"

　　"好，我们走。"

　　当看到海边那排像是撒在沙滩上的贝壳一样闪闪发光的别墅群时，章小凤惊讶得瞪大了眼睛，连话都说不出来了，只能一个劲地咂舌头，郝一湖也连连说："真漂亮啊！我不是在做梦吧！看到这场景啊，我想到了一首诗。"

　　章小凤很不屑地撇了撇嘴说："还一首诗，你可真是能耐了。"

　　郝一湖毫不理会章小凤的不屑，故意清了清嗓音，像煞有介事地朗诵道："从明天起，做一个幸福的人。喂马，劈柴，周游世界。从明天起，关心粮食和蔬菜。我有一所房子，面朝大海，春暖花开……"

　　章小凤向丈夫投去奇怪的目光："这不知不觉的，你还长学问了呢。"

　　郝一湖搓着手，"嘿嘿"笑了两声说："什么啊，我不每天都看报纸嘛，每天报纸的房产版上几乎都有这几句，一天看好几遍，早就记住了。其实啊，这是一个叫什么海的诗人的诗。"

　　"哈哈哈，老郝啊，可真有你的。"章小凤转过头，问王立，"王市长，这里就是你所说的'劳模之家'吗？"章小凤问陪同在身边的王立，显然，她也有点不太相信自己的眼睛。

　　"是啊，这只是一期工程，建成了 20 栋别墅，第一批入住的都是像章师傅你这样的老功臣、老劳模，一共 80 户。然后还会有第二批、第三批……我们打算把辽海各行业的劳模都聚集到这里来，除了劳模，还有各个领域的专家、学者，为了感谢他们为辽海的建设所做出的巨大贡献，政府都会奖励给他们一套海边别墅，让他们能在最好的环境里颐养天年。"

"这让我说什么好呢……谢谢你们，谢谢政府，谢谢王市长。"

王立笑道："不用谢，这是我们应该做的。章师傅，走吧，让我们去看看你的新家吧。"

"好啊！"

20栋小巧精致的别墅整齐排列在绿化道中，每栋别墅之间都有茂密的常青植物丛作屏障，而别墅外也有小花园，都用白色栅栏围着，花园中的矢车菊色彩缤纷、争奇斗艳。三层楼的四户一体小别墅仿造了瑞士民居风格，红瓦白墙，顶脊成伞骨状向四面伸展，内部则采用跃式结构，上下楼层相互错落，都有宽敞的露台，朝向大海的那一边是宽大的落地窗，阳光可以在每个早上一点不漏地洒满整个屋子。

"章师傅，对这个新家你还满意吗？"看完全部陈设后，王立问章小凤。

"满意！相当的满意！简直就像在做梦！就是黑大哥他们家那样的资本家也没住过这么漂亮的房子啊！"章小凤说完，哈哈地大笑起来，"没想到我章小凤老了老了，还能享受这样的待遇！"

"那是因为我们国家富裕了，人民的生活水平都提高了。"王立自豪地说道。

"王市长你说得太好了！我们国家富了，也强盛了！这样的别墅以前只能在外国电影里看到，现在怎么样？咱普通老百姓也能住上啦！"

两天以后，已经昏迷近半年的骆子也从医院搬到了章小凤他们的新居里——"劳模之家"。郝一湖说多晒晒太阳对身体好，就把骆子安置在了最向阳的房间里。

阳关暖暖地投射进屋内，温润的海风轻拂着纱质的窗帘，窗外很有规律地传来一声声海浪拍击海岸的声音，其间还不时地夹杂着一声悠远的海鸥鸣叫声……

章小凤拉着骆子的手，对他说："骆子哥，现在我们已经住进了别墅了！别墅你知道吗？就和以前外国人住的洋房一个样。这在过去，我们工人想都不敢想啊！"

"骆子哥肯定知道别墅是个啥。"郝一湖一边帮骆子擦手，一边插话说道。

"老郝，现在好了，你也不用来回两头跑了。还有，大夫再三说了，除了给骆子哥按摩，还要经常和他说话，叫他，说不定哪天就给叫醒了呢！"章小凤似乎没有听到郝一湖的话，继续喃喃地说道。

"我们基本上每时每刻都在和他说话呀，大夫还说了，骆子虽然不能说话，但他其实是有意识的，能听到我们说话呢！"

"哈哈哈，好，骆子哥呀，你听到我们说话了吗？"

"一定是听到了！"

傍晚，吃过晚饭后，郝一湖推着章小凤到外面散步，他们从别墅出来后，一路经过了副食品商店、蔬菜商店、幼儿园、银行、理发店……大多数都挂着"辽海下岗职工再就业服务公司"的牌子。

"哎呀，这里什么都有啊！我还担心买菜不方便呢！"

"是啊，据说还要建学校、医院呢。以后，这里就是辽海市的新城区了。"

"哈哈哈，这个路书记比他老子路一辛还要厉害啊！我倒是对这个'劳模之家'不感兴趣，我想去市里的工人新村，住在那里，我心里更踏实。"

"你就服从市里的安排吧。王市长不是说了吗？让你住'劳模之家'是市里的统一安排，不要让领导为难。"

"我知道呀，我得服从呀，要不然的话，我真不想在这里住。"

"你就安心地住吧，你在疗养院已经住了不少年头了，换个新环境也不错。"

"是啊，我的半辈子都是在疗养院度过的。进疗养院之前，我是全国机械行业的'一面旗帜'，是'焊接冠军'，是劳动模范……可是，现在我是啥呀？老让国家养着……想想，心里真不是个滋味儿……"

"一个年龄阶段就做一个年龄阶段的事，现在我们都老了，就应该好好照顾自己，把身体养得健健康康的，多享几天清福。你想那么多干啥，我倒觉得这里清静，蛮好的。"

"你当然觉得好啦，你可是跟着我沾光才能住进这'劳模之家'的。"

"你别忘了，我也是劳模啊。劳模住劳模之家，天经地义呀。"

"对对对，我怎么忘了还有你这个省级的劳模啊！"

章小凤说完哈哈大笑，郝一湖也跟着笑了。一对老夫老妻一边走一边说说笑笑，倒也其乐融融。

回家后，章小凤立刻就进了骆子的房间。

郝一湖从厨房里问她："小凤，晚上你想吃点啥？"

"稀饭馒头吧。"

"行。再炒两个菜吧。"

"你自己决定吧。"

"好，我知道了。"

章小凤守在骆子床边，对他说道："骆子哥啊！有一件事你要是知道了，你一定会特别高兴的。我们市的工人新村马上就能住人了。这下可好了，我们辽海市所有的产业工人都陆续地有房子住啦！"

骆子静静地躺着，似乎在用心倾听着章小凤的轻声细语，脸上是平静而温和的样子。

"骆子哥，按资格，工人新村的房子你也肯定能分到一套啊！可惜的是……"

韩国之行

郝祖国和路鸣到韩国之后，非常顺利地与崔氏集团签订了合资合同，即日起成立"中韩合作辽海重型汽车有限责任公司"，该公司将建在辽海工业园中。签字仪式过后，崔氏集团董事长崔银姬也就是郝亭花，以私人名义邀请了郝祖国和路鸣，请他们到家中做客。

"我就不用去了吧？"路鸣对郝祖国说，"你们姐弟叙旧，我去了不太方便。"

"路书记，到这会儿你还跟我客气啥？咱俩是什么关系？工作之外就是朋友，是兄弟。现在咱们是在韩国，没有人会说咱们的闲话，再说了，我姐也邀请了你，你不去，这不是不给她面子吗？"

"祖国啊，我永远都得佩服你的口才，真是三寸不烂之舌啊！"路鸣笑道，"好啊，兄弟！那我就恭敬不如从命了。"

也许是因为有韩国高档化妆品的滋养吧，几十年的岁月并没有在郝亭花的脸上留下什么痕迹，她还是那么漂亮、清爽。她在自己的公寓门前迎接郝祖国和路鸣，将他们引进客厅，餐桌上已经摆好了精致的餐点和葡萄酒，有韩国特色烤牛肉、炖真鲷、牛尾汤，当然还少不了韩国的国宝——泡菜。郝祖国夸张地发出惊叹："姐，你也终于学会做饭啦？"

"去，一把年纪了，还是那么不正经，我什么时候不会做饭啦？难道你忘了，当年爸妈不在家的时候，我是怎么把你们兄弟两个喂大的。"

"下挂面也叫会做饭的话，那我也是厨师。"郝祖国坐到餐桌旁，笑着说道。

"好啦，祖国，你姐我也是经历了许多挫折才到今天的。现在在你面前的，早已经不是当年的那个郝亭花了。"

"姐，不管你自己怎么看，我没觉得你有什么变化，至少从表面上看不出来，你还和20年前一样漂亮，一点也看不出你是四十好几的人了。"郝祖国故意把"四十好几"这几个字说得很重，果然讨来郝亭花狠狠的一瞥："谢谢你提醒我的年龄，郝祖国先生！"大家都笑了。

"路先生，你别介意，我和我这个弟弟就是这样，以前在家的时候就喜欢互相掐，现在还是一点没变。"郝亭花向路鸣解释。

"我很羡慕你们这样的感情，姐弟情深啊，20年不见，还一点没变，还是那么融洽。"路鸣笑道。

"姐，你别先生、先生地叫，多生分啊，路书记和咱们家也算是世交了，而且现在路书记是我的哥们弟兄，你叫他一声大哥也不为过啊！"郝祖国提醒道。

"可以这样称呼你吗，路大哥？"

"哈哈，祖国你小子就连你自己也没这么叫过我吧？"

"那我还是跟祖国一起叫你路书记吧。路书记，今天是我的私人宴请，因为祖国是我的家人，而你是我的朋友，咱们不用客气，如果招待不周，你也别觉得我怠慢了你。"

"当然不会，崔董，你能邀请我，我感到非常荣幸。"

"那好，我们先干一杯，然后再叙别情。"

三人举杯共饮。郝亭花见到一别多年的弟弟，心情特别好，大半杯的葡萄酒一饮而尽，尽显东北女子的豪放和爽快。

放下酒杯后，郝亭花喃喃地说道："祖国，姐姐好想你们呀！我现在身为董事长，事儿太多，实在脱不开身，要不然，我早回国看你们了。咱爸妈的身体怎么样？他们都还好吧？"

"爸的身体不错，只是妈还在疗养院呢。"

"妈怎么还在疗养院啊？"

"疗养院长住的老劳模就剩下妈妈一个人了。一开始，说是'遗留问题'，属于挂账。那时候，妈妈还有种侥幸心理，想治好病了，重返工作岗位呢！"

"这一挂就挂到了改革开放，对吧？"

"是啊。妈感觉自己的手永远也不会拿起焊枪了，再住下去就是在浪费国家的钱，所以就坚决要求出院。现在好了，爸爸妈妈已经搬到海边别墅去了。"

"出来也好，哪能一直住医院里呢，没病都能住出病来，妈那脾气，肯定会憋不住。"

"妈是憋不住了，可咱们的路书记说，你不能出院，你是我们市里的功臣。等到海边的别墅建好后，让我妈一次性搬到海边的'劳模之家'去！"

"'劳模之家'？"

"因为所有别墅都是给劳模住的，还有那些工作岗位上取得了特殊成就的人，所以就这么叫了。姐，你一定想不到吧，那些小别墅建得可是相当漂亮哩，不比你这位董事长的私人别墅差哦！而且，那还是真正的海景房哦，站在屋里就能看到大海。"

"政府也应该给这些劳模一点补偿了，你说，妈他们为了抚养共和国的长子，吃了多少苦啊？"

"路书记就是这个意思。他当上市委书记后，为老百姓做的十件大事中的其中一件就是修建'劳模之家'，让劳动模范们住到海边去，空气好又安静，是个非常适合养老的地方。同时，还花巨资建设了'工人新村'。"

"'工人新村'？"

"这个'工人新村'可了不得，全市的无房户基本上都有了自己的楼房了。"

"路书记，你真是一个了不起的人，你对咱们辽海的贡献实在太大了，来，我敬你一杯！"

"姐，你什么时候才能回咱们辽海看看啊？"

"你中国龙汽车的工业园里，什么时候才能完全'五通一平'呢？"

"两个月以内。"

"那好，你的工业园哪天'五通一平'了，我哪天就到！"

"好！我们一言为定！"

"一言为定！"

职场无情

路鸣和郝祖国从韩国凯旋，受到了热烈的欢迎，王立带着一帮市领导专门到机场来迎接他们。一见路鸣，市领导们就围了上去，七嘴八舌地表示着祝贺。

"路书记，你这次韩国之行成效显著啊！"市政协魏主席说。

路鸣兴致也很高，此行确实如他所说的是成效显著："是啊，比预期的还要好啊。我们不但和崔氏集团签订了合作合同，而且和现代汽车、AT电脑等六家大公司也签订了招商引资合同。"

"路书记啊，你这个上门招商的办法就是好。这一上门，我们辽海市招商引资工作的局面就彻底打开了。"

路鸣转身拉出郝祖国，笑道："这个上门招商的办法不是我的专利，是祖国同志对我们辽海市的一大贡献啊！"

郝祖国连忙说道："路书记过奖了，没有你的正确领导，我也是想不出这样的好办法来的。"

"路书记，你就不要谦虚了，别的不说，就拿我们的工业园来说吧，当年因为有一些别有用心的人乱告状，使工业园建设停滞了10年，我们大家都以为工业园就此荒废了，可您一回来，工业园又马上焕发了生机，不但原有项目恢复了，而且还引进了更多的新项目，规模成倍扩大。路书记，你实在太伟大了！"魏主席继续夸赞道。

王立听了此话哈哈大笑："路书记，魏主席说了句真话，你真的很伟大！"

吴美珩也夹杂在来迎接的人里，他推了推鼻梁上的眼镜，说道："是啊，各位领导说的都是真心话，我们辽海市如果没有路书记的话，别的都不说了，就下岗职工再就业一项工作，就难于上青天了。这两年在您的领导下，我们市里的各项工作都有了很大的进展。路书记简直就是我们辽海下岗工人的救命菩萨啊！"吴美珩平时吹捧领导惯了，一张口就是一套一套的。

魏主席颇为夸张地舞动着两条眉毛说道："说得对啊！现在，我们有两项工作非常出色。我们市的下岗职工再就业工作，走到了全国的最前面。现在，我们不但基本上安排了全部的下岗工人，而且我们还建设了'劳模之家'和'工人新村'。我们的劳动模范已经搬到别墅区里了，下一步马上让下岗工人和工人无房户住进'工人新村'，同志们啊，这又是大功一件啊！"

"现在，路书记又把招商引资工作的局面彻底打开了，有了充足的资金，咱们的工业园就如同插上了一对翅膀啊，离腾飞的日子不远了。今后，我们的日子就越来越好啦！"吴美珩接在魏主席之后慷慨激昂地说道，他显得很激动、很振奋，甚至说话的时候整个身子都在激烈地抖动。吴美珩的表演天赋真可谓一流，心里明明装着愤恨和诅咒，但嘴上说的却全是赞美，而且表情还极其到位，比真的都真。

郝祖国望着这个恬不知耻的人在心里说道：这个王八蛋可以直接改行去做演员，这样的表演水平，成为影帝也不是没有可能。

郝祖国自从和孙小明分手之后，就再也没有去找过她，但他还是从别人那里多多少少地听说了一些她的情况。郝祖国知道，这个正在天花乱坠地吹捧路鸣的人是孙小明的丈夫。所以，郝祖国很留意地注视了吴美珩一会儿，心头突然涌上一股复杂的滋味。孙小明怎么会嫁给这么一个人呢？如此虚伪地吹捧别人，说出如此肉麻的话竟然一点都不脸红，一看就是一个特别能在官场"混"的那种人，油滑，世故，对任何人都是一副笑脸，嘴里说出的话比蜜还甜，但如果你放松了警惕，他随时都有可能狠狠地咬你一口。和这样一个人生活在一起，孙小明会幸福吗？

郝祖国轻轻地哼了一声，很不屑地转开视线，轻声对路鸣说道："路书记，你这一路可是被风吹着在走啊！"

路鸣笑道："郝祖国同志，你这话是啥意思？"

"没什么意思，就是很佩服你对拍马屁者的承受能力。"郝祖国也笑着在路鸣耳边低声说道。

路鸣听了，会意地大笑不止。旁边站着的一众领导虽然不知道他们两个因何发笑，但大领导笑了，他们也不能愣着，也都随着笑，但他们那哪叫笑啊，完全属于皮笑肉不笑，别人看了，都替他们感到难受。

路鸣和郝祖国直接被拉到了辽海宾馆，路鸣问这是要干啥，王立说要给他们两个大功臣接风洗尘。

"你们名堂还真多啊！"路鸣无奈地说。

郝祖国有些为难："路书记，王市长，我就不去了，我还得回公司。没动身回国之前，秘书都给我打过好几个电话了，事太多，都等着我拍板呢。"

"祖国啊，这怎么行？我们给你们接风，你不参加怎么行？"王立拦住郝祖国不让他走。

"抱歉，王市长，我必须得回去，不赶紧回去，我实在是放心不下啊！"

"祖国，说实话，我也不想让你参加。可是，省委孟书记要来看看我们大家哩。"

郝祖国无奈地叹了口气："要不这样，我到吃饭的时候再来？"

"路书记，您看这……"

"祖国，你先回去处理你那边的事，但吃饭的时候一定要来，不然孟书记那边我也不好交代。"路鸣知道郝祖国非常讨厌应酬，也就顺势给他放了行。

"好的。"郝祖国向路鸣投去了感激的目光。

中国心辽海情

郝祖国回公司后马上召集董事会，让工业园工程部更改原来的计划："从现在起，你们马上把全部财力、物力，都给我集中到中国龙工业园的'五通一平'上！"

"好的，我们马上按照董事长的思路调整我们的工作方向。"

"纠正一下，是按照我们和韩国方面的合同内容调整我们目前的工作方向。"郝祖国强调。

一位副总裁在会后问郝祖国："董事长，晚上我们班子成员给你接风洗尘，怎么样？"

"改日吧，市里的接风宴我得参加一下，家里也做好了饭在等着我，今晚上我得赶两个场子。"

"董事长你可真幸福。"

"错，是辛苦。"

"哈哈……"

"哎，黑总呢？怎么没有看到他？"

"黑总和外商在谈判呢！"

交代完工作之后，郝祖国马不停蹄地又返回了辽海饭店。其实郝祖国对于酒宴这种场合并不感兴趣，外人虽然看着风光，其中的辛苦却只有他自己知道。但是没有办法，不辛苦自己辛苦谁呢？身为一家公司的董事长，有太多的酒宴等着他去应酬，一些场合你不去怎么可以呢？中国怎么说都是一个人情社会，人家请你，你不去，就等于是驳了人家的面子，你去了，当然就欠人家一个人情。大多数情况下，还得找机会回请，这一来一回就是两场。酒宴上更是身不由己，人家敬你酒，你不能不喝，如果你这个喝了，那个没喝，那个肯定就心里不痛快。你喝了也不算完，你还得回敬，如果不回敬，总等着别人敬你，别人就会说你小人得志，稍有点成绩就架子大了。今天得找个机会赶紧脱身，不然又得大醉一场。

郝祖国深感身心俱疲，有时候他会羡慕自己的二哥设华，他没有重要的职务在身，不需要整天应酬来应酬去，可以全身心地去做自己喜欢做的事。然而，现在已经没有回头路了，人到中年，还是先把之前定的目标实现了再说吧。

宴会刚开始不久，免听了前面冗长的致辞，正好赶上司仪请省委书记孟金川讲话。

"好，我说两句。首先呢，祝贺辽海市招商引资工作取得了很大的成功！这项工作呢，你们辽海市做得很扎实。尤其是路鸣同志，还有祖国同志，你们劳苦功高，我呢，先给你们凯旋的英雄们，敬上一杯酒！来！祝贺你们！"

大家一起举杯共饮。

"这第二杯酒呢，我敬辽海市委市政府的全体同志。新千年已经开始了。在新千年的第一个春天里，你们辽海市还做了一件功德无量的大事情。这就是你们建设了一个工业园，救活了一大批国有企业，安排了百分之九十以上的下岗职工。同志们啊，我为什么说你们的功德无量呢？大家知道，我们北方省是国家的老工业基地，尤其是你们辽海市，更是老工业基地的基地，东北的大部分国有企业基本上都在你们辽海市！前些年，长期在计划经济体制积累下的深层次结构矛盾和市场经济体制之间的矛盾日益突出，造成了企业产品市场化程度低，市场竞争力下降；再加上国有企业的历史包袱沉重，同时还有个别的腐败分子，他们不负责任，大发'厂难财'，损公肥私、中饱私囊，侵吞、流失了大量的国家财产。这是国有企业严重亏损、破产的原因之一。在国企破产的背后，我们的产业工人失去了岗位，失去了赖以生存的依靠。这样的情况在我们整个北方省都非常突出。但是，从目前的状况看，我们北方省的这些矛盾解决得是非常好的。而这一切，都是因为你们辽海市做得好！你们建了工业园区，使国有企业改革走上了良性循环的道路；你们广开就业渠道，基本上安排了数十万的下岗工人；你们建了'劳模之家'，让曾经为共和国立下过汗马功劳的劳动模范住进了别墅；你们建了'工人新村'，使我们没有房子的产业工人有了属于自己的真正的家园！为此，我代表省委省政府，向你们表示最诚挚的谢意！并为你们取得的巨大成就表示最热烈的祝贺！"

大家再次举杯。

"这第三杯酒，我建议敬给我们的伟大的中国。我们中华民族是个真正伟大的民族。西方国家对我中华民族实行经济制裁，还有一些败类和西方一些别有用心的国家遥相呼应，企图分裂、破坏我们的国家领土完整，延缓我们国家的经济建设。可是，我们在党中央的正确领导下，全国人民同心协力，共渡难关，在经济建设上取得了一个又一个的伟大胜利。还有，我们还战胜了亚洲经济危机、洪涝灾害等一些不可抗拒的国际因素和自然灾害。这一切都说明，我们中华民族能够迎接任何挑战，是战无不胜的！来，为我们伟大的祖国干杯！"

喝完第三杯酒，郝祖国就悄悄地向路鸣告假："路书记，我看我还是回家去一趟。"

"怎么了？"

"照这样敬下去，我今天非喝醉不可。"

路鸣笑道："你的酒量就那点儿？少扯了！我待会儿要给孟书记单独汇报，你也一起来。"

"我去合适吗？"

"合适，我要和孟书记谈谈我的想法，你也听听，好给点意见。"

"路书记，我哪敢给你提意见啊！"

"少来，你可没少给我提意见。祖国，你得支持我啊！"

"没问题，路书记，我绝对是站在你这边的。"郝祖国说着拿起酒杯，"来，路书记，咱们也干一杯。"

在饭店的会客厅里，路鸣向孟金川阐述了自己大胆的设想："孟书记，我们的思路就是进一步扩大辽海工业园的规模，最终使工业园区和大海连在一起！"

孟金川听完路鸣的设想后，略微沉吟了一会儿，问："是不是有点儿不切合实际？"

"孟书记，过去，我们的感觉是我们离大海很远很远……我们除了拥有国家的大型、特大型企业外，什么也没有。可是，自从我们实施工业园区规划以来，我的这个观念变了。孟书记，我们北方省，不但是工业时代的共和国长子，而且还拥有近3000公里海岸线，这仍然是我们得天独厚的条件。可是，到现在为止，在世人的眼里，我们辽海除了国有企业外，只有一个沿海城市，那就是大梁市。实际上，我们没有很好地利用我们辽海沿海的条件，我们忽视了充满活力的海洋，所以，我们可以说是抱着金碗在讨饭吃。孟书记，您想想，同样是沿海，面对珠三角、长三角的迅速崛起，面对快速发展的胶东半岛沿海经济区，我们应该清醒地认识到我们自己拥有得天独厚的沿海优势和大力发展沿海经济的必要性。同时，环渤海经济圈在全球产业转移的大背景下，正在继珠三角、长三角之后，成为中国经济的第三极！孟书记，我们辽海，乃至北方省沿海经济带的开发，具有沿海、区域、产业、人才、交通五大优势，是我国唯一没有总体开发的重要沿海区域，也是大东北经济开发最好的区域。孟书记，如果我们现在开始抓这项工作，不但有利于我们辽海乃至北方省的快速发展，而且有利于提升整个环渤海地区的竞争力，从而形成我们国家沿海地区全面开发的崭新局面。"

路鸣慷慨激昂的一席话，还有他脸上写着的坚定与自信，使孟金川的情绪受到了极大的感染。省委书记点了点头："不错，你的想法很大胆，也很有道理。"

"怎么样，孟书记，你支持不支持？"路鸣步步为营，紧追着孟金川问。

孟金川盯着路鸣那张神采奕奕的脸，突然顾左右而言他，转变了话题："路鸣啊，我觉得你不应该在我们北方、辽海当这个常委、市委书记。"

路鸣一怔："孟书记，啥意思啊？"

郝祖国看了看孟金川，然后对路鸣笑道："你应该当国务院副总理。"

"你听清楚了吧？祖国同志和我的看法是一致的。"

"祖国，别胡说啊！"

"哈哈哈……路鸣啊，你说得非常好！"孟金川笑完，对路鸣说道，"我也很赞同。"

"这么说，你会采纳我的建议？"路鸣喜出望外。

"我这样说了吗？"孟金川却不动声色地反问。

"你不是说'非常好'吗？"

"看来当年我调你到政策研究室工作是正确的，你站得更高看得更远了！我应该向中央领导建议，调你到国务院经济研究中心工作。"孟金川明知道路鸣急切地想要得到他的答复，却偏偏不理他的茬，话题就是不落在重点上。

"孟书记，您又取笑我了吧？"路鸣很无奈地苦笑。

"说实话，你的建议真的是非常非常好，可是现在不是时候啊！"孟金川微微一笑，给出了答复。

"那什么时候是时候啊？"

"因为受亚洲经济危机的影响，现在中央正在压缩银根、压缩投资项目，你这个宏伟设想现在根本就没有办法实现。不仅如此，你们辽海一些新项目的报告已经让上面给'pass'了！我看哪，我们要稍微缓一下。"

"孟书记，是不是意味着还有希望。"

"锲而不舍，金石可镂。路鸣同志，你一定会成功的。"孟金川说完，很用力地在路鸣的肩膀上拍了一下。

很多政府官员的原则是多一事不如少一事，你做事就会有两种结果：第一种是做成了，那当然没得说，肯定会受到上面的嘉奖；第二种是做不成，那可就惨了，会被追究责任，官位难保。你不做事，不求有功但求无过，虽然升迁会慢一点，但是时间久了，官位也会往上升，这就是所谓的没有功劳也有苦劳。在中国，这样的庸庸碌碌的官员太多了。有的可能本来并不是不求进取，也想着要轰轰烈烈地大干一番，但是遭遇了几次挫折之后，在血淋淋的教训面前，也就向现实妥协，变得油滑了。但是孟金川知道，路鸣与这些干部不同，他不是那种肯安于现状的人，而且还韧劲十足，越挫越勇。他志向远大，心里装着整个辽海市，甚至整个北方省。他一旦施展开了拳脚，就很难收住。但是，就像自己以前曾经劝诫过的一样：大步多跌，猛口多噎，凡事不能太急于求成，否则就会留下隐患。孟金川深深懂得，好的领导就是要如此，下属悲观绝望的时候，要鼓励下属，给下属坚持下去的勇气和信心；下属信心爆棚，总想着冒进的时候，要有意地压一压，使下属能够踏踏实实地走好每一步。

香水味之谜（1）

这一天，章小凤的新家里，聚集了十几口人。厨房那边，罗绮带着郝立京、郝慧思在包饺子，一边包一边说说笑笑；骆子的房间里，章小凤、郝一湖和黑一海围在骆子床边唠嗑，唠的都是与骆子的深情厚谊；客厅里郝设华和吴飒飒正在讨论一个技术方面的问题，你一言我一语，讨论得很热烈，别人根本听不懂，也不怎么感兴趣，但他们却从中聊出了浓情蜜意。

郝祖国进屋的时候，热腾腾的饺子刚端上桌："嘿，看来我回来得正好啊！"

章小凤打趣道："嘿，鼻子真灵，你这是闻着味来的吧？"

罗绮从厨房里拿来一副碗筷给郝祖国摆上，章小凤吃力地往他碗里夹饺子："祖国，这是你媳妇还有立京和慧思给你包的饺子，你尝一尝。"

郝祖国连忙端起碗，接过饺子，也给章小凤碗里夹了一个饺子："谢谢妈，我自己来吧……嗯，真香哪！"

"那当然，我们整整忙碌了一个下午呢！"从厨房里出来的郝立京马上站出来表功，将一盘刚出锅的饺子放在了桌上，顺便也挤到章小凤和郝慧思中间坐下。他张着嘴想要郝慧思给他喂饺子，郝慧思却故意装作没看见，把饺子送到了郝祖国碗里："爸爸，这是我包的，猪肉酸菜馅，尝尝。"

郝一湖也给郝祖国夹了一个饺子："猪肉和酸菜都是我上街买回来的，味道真不错。"

郝祖国忙不迭地往嘴里送着饺子："谢谢爸……慧思，你和立京没有去上班？"

"爸爸，我今天休息，立京知道你要回来，特意提前回家的。"

"立京啊，你们新产品设计中心的任务很重，千万不要耽误了工作啊！"

"爸爸，我做事，你放心。"

"祖国，你就放心吧，立京的责任心比你还要强。"章小凤说罢拍拍郝立京的胳膊，"立京，去叫你妈来吃饭，别让她一个人在厨房里忙了。"

"奶奶，我刚坐下，连一个饺子都还没吃到嘴里呢。"郝立京鼓着腮帮子抱怨。

"奶奶，我去。"郝慧思站起来，去了厨房。郝立京也连忙跟上去，结果罗绮出来吃饭了，两个年轻人却窝在厨房里不出来了，还不时传来亲密的笑声。

"这两个孩子也真是的，去厨房都得黏在一块儿……下午我还跟他们说呢，咋到现在都不把喜事办了，他们想拖到什么时候啊！"罗绮开始唠叨。

"反正他们在欧洲都已经结过婚了，办不办喜事都一样，就是个过场，他们要是不想办就算了。"郝祖国有些不耐烦地说。

罗绮心里很清楚，她知道郝祖国为什么不耐烦，不是因为这件事真的无足轻重，而是因为这件事是自己提起的，所以才变得无足轻重了。她知道自己的丈夫是一位特别能干的丈夫，会有一番大作为的丈夫，但也是一个不爱自己的丈夫。不过，罗绮想得很开，现在孩子都已经长大成人了，至少自己可以和孩子在一起，不管怎么说，孩子是自己亲生的，一定会真心实意地对待自己，而且，如果儿子再给自己添个孙子，那自己就更有事做了。

章小凤看了一眼罗绮，见她愣了一下，然后就低头吃饭，不再说话。便对郝祖国说："话可不能这么说，该办还是得办，这事儿你们别操心了，我去和他们说，我还不信他们敢不听我的话。"

"行，妈你去说最好，他们就算不听我们的，也得听您的。"章小凤一说，郝祖国马上就改了口，而且还不住地点头，又问，"设子和飒飒他们是怎么回事，怎么不过来吃饺子？"

从进门到现在，那对工作狂人就一直在客厅头对头地琢磨着什么，连跟他们打招呼都没听见，也太投入了吧？

"别管他们了，反正饺子是现成的，想吃了自己下。"章小凤推着轮椅离开餐桌，郝一湖起身要帮她，被她推开："你吃你的，我自己来。"

"对了，妈，大伯他没来吗？"

"来了，在你骆子叔屋里呢。"

"哎，他吃过饭啦？"

"说是来之前招待客人时吃过了，我现在就去换他，今天的饺子特别香，也让大哥尝一尝。"

"奶奶，我也去。"郝慧思从厨房出来，推着章小凤一起去了骆子的房间。

"慧思，正好，现在你当着你爷爷、骆子爷爷的面，给我说说，你是不是对立京有意见？"

香水味之谜（2）

黑一海怔了怔，马上明白了章小凤的意思："是啊，慧思，都这么久了，你和立京的事也该给大家一个交代了。"

郝慧思有些无奈地笑着耸了耸肩："爷爷、奶奶，不是我不想给你们一个交代，是立京他不想给我一个交代。"

"啊？这是什么意思？慧思，你和立京打小一起长大，好得跟一个人儿似的，立京谁的话都不听就听你一人的，你们的感情可不是一天两天的事了，到底是出啥问题了？"章小凤一下子就紧张了起来，一把抓起郝慧思的手，"你得给奶奶我说清楚了，立京他是怎么不想给你一个交代了？"

郝慧思犹豫了一下，有点难为情，但在两位老人的密切关注下，又不能不说，迟疑了好半天才说："立京最近天天往外面跑，有时候还鬼鬼祟祟的，明显是在故意躲着我。我怀疑……"

"你怀疑他在外面有人了？"

"慧思，立京的工作可是没有一点点的耽误啊，你是不是冤枉他了？"

"是的，他在工作时间内，确实很称职，这一点我也看得清清楚楚。可是，他一下班就变得有点不可思议了，神神秘秘的，一定是有什么事瞒着我。"

"他不是在家里住吗？这么说，他还在外面过夜了？"

"他每天下班后，总要编出一大堆的理由让我先回家，可是，他每天回来得都非常晚，有的时候，天都大亮了，他才回家，而且还满身疲惫的样子。"

"你没有问过他吗，他究竟在干什么？"

"问过了，他压根儿就不说实话，东扯葫芦西扯瓢，根本就不正面回答我的问题。以前他可从没这样过，打小他都是什么话都会跟我说。"

"从德国回来后就一直这样吗？"黑一海也觉得蹊跷。

"不是，也就是近几个月的事，大概有两个多月了吧。"

"这就是你不和他举行婚礼的原因？"

"奶奶，其实举不举行婚礼并不重要啊，我们在德国已经……"

"慧思，在国外像你们这样已经登记注册，在一起生活绝对没有问题。可是在中国，你要是不举行一个像样的仪式，公开你们的合法关系，让亲朋好友还有同事们见证你们的结合，你们的婚姻就是不被承认的。"黑一海纠正道。

郝慧思咂了咂舌头："爷爷，我知道这是传统习俗，可是……"

"慧思，不管你们年轻人怎么想，这老规矩不能破，总得给周围的左邻右舍、亲戚朋友一个交代吧？不然你们这不清不楚的，我们怎么跟人家说？你们是在欧洲结婚了，我们全家人也都知道，但别人不知道啊，还当你们是姐弟呢，你们整天这么出双入对地黏在一起，不让人家说咱们郝家的闲话吗？所以啊，你们就赶紧把事办了吧，也省得让你们的父母操心。"

"奶奶、爷爷，婚礼的事咱就先不说了，好吗？咱这不正说立京的事儿吗？他成天这么不明不白地往外面跑，肯定是有事瞒着我。他想要瞒我的事只会有两种情况，这一种情况就是他在外面有人了，如果是这样，我立刻就和他离婚，从此一刀两断！"

"慧思，别呀。那不还有另外一种情况吗？"

"另外一种情况，据我估计，那就是他一定又在管一个天大的闲事。"

"慧思啊，我这个孙子我还是知道的，你说得对，他一定是在干一件什么轰轰烈烈的事情呢！"

"他管闲事我支持他呀，因为，他管的闲事一定都是为别人，从来都不为自己。在国外的时候，他哪件事儿瞒着我了？可是，他不应该瞒着我啊！现在他变了，他什么都不跟我说，我猜他……他一定是有别人啦！"

"他不告诉你一定是有不得已的原因，或许根本就不是你想的那样，慧思，你可别轻易给立京加上这种罪名啊，怀疑是爱情最大的敌人，这样会伤害到你们之间的感情。"黑一海警告郝慧思。

"不，爷爷，我可不是凭空猜测，我这么说是有证据的。前几天他很晚才回家，我特意留心了一下，结果我闻到他身上有一股异样的香水味，这香水味不是我身上的，也不是他身上的，那还能是谁身上的啊！肯定是另外一个女人身上的。还不仅如此呢，起了疑心之后，我观察得更加仔细，第二天一早，我给他打领带的时候，还从他的衬衣上发现了一根女人的长头发，你看，我剪的是齐耳短发吧，这长发肯定不是我的，他的头发是板寸，更不可能是他的。当时，我拿着长发质问他，我在等他给我一个合理的解释，可是他还是什么都不肯说，还含糊其词地敷衍我，而且当天夜里还照常往外跑，根本就不在乎我的感受……"

郝慧思越说越伤心，不知不觉地眼泪开始在眼眶里打转。

人们都说老人是隔辈亲，此话一点都不假。见自己的乖孙女郝慧思委屈得要哭，章小凤马上就急了，连忙帮郝慧思擦眼泪，一边擦一边说："我的乖孙女儿，你先别着急，具体怎么个情况，咱们把立京叫来问问不就知道了吗？他要是真的花心，别人不说，你奶奶就不放过他！"

郝立京究竟在干什么

郝立京趁大家都没有注意他，悄悄地溜出了餐厅。走到门边的时候，隐约感觉身后有人盯着自己。猛地一回头，发现爷爷郝一湖正注意着他，就对郝一湖说："爷爷，我有点事出去一下，如果他们问起我，你就说我在上厕所。"

郝一湖点了点头，又指了指骆子房间的方向："快点回来，要不然，我不好交代。"

"爷爷，谢谢你了！"郝立京调皮地笑了笑，冲郝一湖合掌作揖，然后飞快地冲出门去。

现在，宝贝儿子立京就是罗绮的一切。一会儿工夫，罗绮在房间里没看见郝立京，就放心不下了，问郝一湖："爸，立京哪里去了？你看到没？"

郝一湖轻声说："上厕所呢。"

等了一会儿，还不见郝立京出来，罗绮又问郝一湖："爸，立京怎么上了这么久，他是不是哪里不舒服啊？"

"可能是肚子……肚子疼……"郝一湖支支吾吾地说。

有爷爷奶奶撑腰，郝慧思立即变得信心十足，觉得正好可以趁这个机会把事情查个水落石出，于是就从骆子卧室里出来找郝立京："立京，爷爷奶奶叫你哩！"

"他在厕所呢，马上就来。"罗绮说道。

郝慧思等了一会儿，不见郝立京出来，就起了疑。她趴到卫生间的门上听了一阵，不见一点动静，疑心更重了，立即拍着门喊道："立京！立京你完了没有？"

"慧思，你要是急就到楼上去上吧。"郝一湖过来说道。

"爷爷，我不上厕所。我找立京！"

"他……他……"郝一湖有些着急，话也就说不顺溜了。

见郝一湖一副躲闪的样子，郝慧思什么都明白了，神色一凝："爷爷，你别替他打掩护了，立京一定是出去了吧？"

郝一湖吞吞吐吐："没……没有……"

郝慧思猛地推开了卫生间的门，只见里面空无一人："爷爷，人呢？立京！你上哪里去了？"

郝祖国听到郝慧思尖锐的声音，从楼上的书房里跑了出来："慧思，怎么啦？"

罗绮也着急地追问："慧思，出什么事了？"

郝慧思捂住脸，滑坐在沙发上："他一定又是出去了……"

将近一个小时后，随着一阵窸窸窣窣钥匙的响动，郝立京轻轻推开大门，蹑手蹑脚地进了屋，他以为自己神不知鬼不觉，不料，他一转身，迎面撞上了七八双眼睛的瞪视，简直就如同十几盏光线强劲的探照灯。一屋子的人都用奇怪的眼神看着他，个个的表情都严肃得可怕。当他看见正趴在章小凤怀中轻声抽泣的郝慧思时，不觉有些茫然。他下意识地向郝慧思走过去，不知所措地伸出手："慧思，你这是……谁欺负你了吗？"

郝慧思抹去了眼泪，忽地站起来，颤抖着声音问："郝立京！你还明知故问，你……你说，你刚才到哪里去了？"

郝立京难得见郝慧思发这么大的火，而且她的眼睛红红的，心里不忍又不敢动弹，呆呆地站在原地一声不吭，接受众人眼光的指责和询问。

"立京，你给奶奶说实话，你刚才到哪里去了？"章小凤第一个打破了僵局。

"对不起奶奶，还有慧思，我不能说。"

郝慧思见郝立京公然当众回绝自己，就一下子扑到黑一海怀中，嘤嘤地哭了起来："爷爷、爷爷，你听听，我说得一点没错吧？"

"立京，你瞒着慧思什么事，赶快说出来吧，好不好？今天这一关，你无论如何是躲不过去的。"章小凤又一次严厉地问。

"立京，你快说呀？你到底怎么回事啊？"黑一海也耐心地问。

"非说不可吗？"郝立京无辜地看着齐齐向他发难的一家人。

"你不说也可以啊，你要是不说，慧思就要离你而去了。"章小凤说道。

郝立京望了一眼郝慧思，郝慧思正幽怨地瞪着他，眼中还泪水盈盈的。

立京咬了咬牙，好似下了很大的决心："好吧，我说！"

"那你快说啊！"章小凤性子急，最没耐心，不耐烦地催促。

"我说出来，你们可一定要保密啊！"

"立京，你放心，只要你说出真相来，我们大家一定给你保密！"黑一海保证。

"我马上就要抓住谋害骆子爷爷的凶手了！"

姚少军的情妇不见了

"什么？美珩，你是说牛萌萌失踪了？"孙大峰一下从沙发上弹了起来，但由于身体过于肥胖沉重，没有站稳，一个趔趄又重新栽回到了对面的沙发中，整个身体都被震荡得颤了起来，使得手中的电话筒差点滑出去。孙大峰赶紧把话筒抓紧，稳了稳气息："美珩，你是怎么搞的，不是让你把她锁起来吗？你怎么这么不小心啊！"

"爸，我把她带到别墅后，就锁在了地下室里。可以说是万无一失的啊！"吴美珩的声音也难得出现了惊慌，"而且在那样的荒郊野外，她就算想跑也没这么容易逃出去，也只有回到城里来呀。但是，我找遍了整个辽海城，都没有找到她的痕迹。"

"那她怎么可能突然就失踪了呢……啊呀，不好！"

"爸，怎么了？"

"一定是有人把她给救出去了！"

"这不可能啊！"尽管嘴上很硬，但吴美珩的声音却明显透着恐惧，"应该没人知道牛萌萌是姚少军的情妇这件事啊，我也是无意间通过酒吧里的人才发现的，而且关于姚少军那个账本，我想应该除了姚少军本人，就只有这个牛萌萌知道了。"

"那你又是怎么知道账本的事的？"

"我去找牛萌萌，她因为害怕，无意间透露出来的，我真没想到，姚少军竟然还留着这一手。这是我的失误。爸，现在该怎么办？"

"美珩，你马上带明明出去！到国外去！"孙人峰狠狠地说道。

"你要我逃跑？如果真是有人救出了牛萌萌，说不定公安已经盯上我了，我能跑得出去吗？唉，早知道这样，当初还不如干脆把她也解决了呢！"

"说这些已经没用了，事到如今，只能这样了，死马当活马医吧，跑出去了，你就上天堂；跑不出去的话，我们就一块儿下地狱。"

"就是跑不出去，爸，我也不可能出卖您呀！有什么事，我一个人担着。"

"傻孩子，我并不是怕你出卖我，我们两个是一根绳子上的两个蚂蚱……我们是一荣俱荣、一损俱损啊！"

"那我们一起走吧！我们和明明一起到国外生活，再也不用回来了，反正我们的钱也够后半辈子花的。"

"不可能！三个人目标太大，弄不好，我们都会进去。还是你们两个跑吧……我分析牛萌萌目前应该还没有落在公安手里。要不然，这个时候你已经进去了。"

"爸，我明白了。我马上就走！"

"现在有一个问题必须要搞清楚，究竟是谁救走了牛萌萌？"

"爸，我们过去是不是太小心了，什么事情都自己做，手下连个帮忙的人都没有。结果呢，出了事情我们什么也不知道。"

"这你就错了！大错特错！你没有看过电视剧吗？什么样的事情不是让手下人给泄露出去的？不要轻易相信别人，这是我一直告诫你的话，这个世界上，只有自己和死人可以相信。"

"爸，你说得对。"

"如果这些事情都是你指使别人干的话，说不定我们早就进去了！"

"有这种可能性。可是，我们现在的困境又是因为没有耳目造成的。"

"是啊！我们做有些事情是左右为难啊！"

"左右为难？爸，难道就这么走了吗？我还是有点不甘心。"

"美珩，听我的！你们马上走！你们走了，也许将来我们还有团聚的时候。反之，我们的处境就太危险了！"

"爸，如果姚少军的那个账本让他们拿到了，我就暴露了。暴露了我，你不就同样危险了吗？我是一走了之了，留下你受罪……不，我不能扔下您不管。"

"行，好小子，到这个时候了还想着爸，算爸没有看错你。现在，你就不要再说这样的话了，我已经是个老头子了，活不了几天了，关键是你和明明……到了国外，你一定要给我照顾好明明，不能让她受半点委屈。另外，我认为即使姚少军的账本被找到，我也不一定会暴露。"

"爸，你说这话的意思是账本上不会有你的名字，但会有我的名字？"

"这也只是我的猜测。我太了解姚少军这个人了，在我退休以前，他不可能记账的。因为那个时候，他还没有那个心机，他对我是忠心耿耿的。他是什么时候开始记账的呢？"

"什么时候？"

"就是和你开始打交道以后。"

"嗯？爸，这是为什么？"

"美珩，恕我直言。你太年轻了，把事全都做在表面，不懂隐藏心思，你锋芒太露啊！还有啊，在人斗人方面你比我更胜一筹，把'心狠手辣'这个词用在你身上是非常恰当的。"

"爸，你说我心狠手辣？"

"美珩，凡事太过了就会出现问题。姚少军发现了你的这个特点后，就开始记账了。"

"他怕我……"

"是啊，他怕你怕得要命啊！"

"这些话是他对你说的吗？"

"是啊！在你和明明结婚的时候，他就再三跟我说，我不应该找像你这样的女婿，让你来做我的接班人，他还说过，他迟早会栽在你的手里。"

"呵呵，还真让他给说准了。"吴美珩冷笑道。

"啥都不说了，美珩，你带着明明尽快离开辽海吧，记着，不要太贪心，也不要把路走绝。人各有命，你好自为之吧。"

神秘的账本

"慧思，事情就是这样的，请你一定要相信我，我绝对没有背叛你，不管过去、现在还是将来，我最爱的人只有你。你想想看，我怎么可能有二心啊？要是我背叛了你，天打五雷轰，让我不得好……"

郝慧思赶紧把郝立京的嘴堵住："不准你说这样的话！好，我暂且相信你，不过，你要带我去见那个牛萌萌，我要从她那里直接取证，来证明你说的都是实话。"

"慧思说得对，立京，这事儿你一开始就不该瞒着大家，你早说出来，就不会有这样的误会了嘛。"黑一海如释重负地说。

"等等，立京，你并没有把事情交代清楚，首先你把人藏在了什么地方了？为什么不把她交给警方？"郝祖国紧盯着儿子，神色严厉地问道，"还有，你是从哪里得到这个线索的？仅凭你那点小聪明，怎么能够如此轻易就找到这么重要的证人？你到底是从什么时候开始调查这个案子的？"

郝祖国比大家都思维缜密得多，看问题看得比较深，他的问题一下就问到了关键。经他这么一问，大家也都感到事情有点蹊跷，警察一直在查的重案至今没有结果，郝立京一个人突然之间就弄出个这么重要的证人来，这种事也太离奇了点吧？于是所有人又重新把怀疑的视线聚集在郝立京身上，等着他给答案。

"说吧，007先生。"郝慧思不无讥讽地说道。

"啊，好吧，我老实交代！慧思你就别生气了，你们大家也别再瞪我了，再瞪下去我就真成犯罪嫌疑人了。其实，这事我自己也觉得很奇怪，有点想不通。一开始，我也并没有想要去追查这件事，因为刺伤骆子爷爷的歹徒很快就被警方抓住了。可是之后大伯出事了，从爸你们说的话中，我才推断出骆子爷爷受伤被刺的事是姚少军所为，于是我就开始追查姚少军的下落，起先我的目的也很单纯，心想这个浑蛋让骆子爷爷昏迷不醒，不能让他就这样跑了了事，一定要让他受到法律的制裁。可谁知道警方比我查得还积极，我去过的地方他们都去过了，就感觉事情并不是我想的那么简单，本来想既然警察都在找姚少军，我就不管了，我正想着放弃的时候，却忽然在家里收到了一封匿名信，信封是空白的，信上也没有称呼和落款，只写了一个地址。直觉告诉我，这个地址背后一定隐藏着一个大秘密。于是，我照着那个地址一路找过去，在离辽海市上百公里的深山边缘，我发现了一栋怪异的别墅，结果就在里面找到了被囚禁的牛萌萌。

"当时，我还不知道牛萌萌的身份，因为她向我求救说有人想要杀了她，还不让我报警，我只好请爷爷帮忙，把她安排在了爷爷的一位朋友家里。"郝立京说着看了一眼郝一湖，郝一湖见自己被孙子抖搂出来了，连忙无助地摆手，表示自己并没有参与其中。章小凤暂时还没空搭理他，只是狠狠地瞪了郝一湖一眼，然后便催促着郝立京继续说下去。

"我把她藏起来后，就以保证不报警为条件问出了她的身份，她告诉我她是姚少军的情妇，因为她还是个在校的大学生，所以一直把这层关系隐藏得很紧，连警方都没发现，姚少军失踪后她很害怕，本来想回家去避一下，正准备走的时候，被人骗到了那栋别墅给关了起来。"

"是谁把她骗过去的？"郝祖国很想知道结果。

"她死活都不说了，我到现在还没有问出结果来。哦，还有，她说那个人之所以把她关起来而没有立刻杀了她，一定是因为她手上的一个账本。"

"什么账本？"黑一海警惕地问。

"她虽然没说是什么账本，但我想一定是姚少军的犯罪证据，而且，上面肯定有不少重要信息。姚少军能够长期在辽海制造厂花天酒地、胡作非为，却啥事都没有，背后一定有人在给他撑腰，说不定还有一个巨大的关系网呢。所以，那个账本是关键，我得想办法让她把账本交出来。"

"我看还是把她交给警方来处理比较好。这么重要的人证物证，首先得保证她的安全，立京，你不要意气用事，你应该考虑一下事情的后果，明白吗？"郝祖国已经有些生气了，但郝立京并没有因此而畏惧，他挺起身大声说："不，正因为这个人证太重要，我现在还不能把她交给警方，难道警方就可靠吗？要是可靠为什么抓捕姚少军的时候，他却突然凭空消失了呢？并且我已经答应了她不报警，要保证她的安全。男子汉大丈夫，说到就要做到。"

"那这样吧。"郝慧思已经完全恢复了平时的冷静，她拉起郝立京的手，"我跟你去见她，我们都是女人，更容易建立彼此间的信任关系。咱们是讲人道的，也不能滥用私刑，逼着她把账本交出来，我先了解一下她在顾忌什么，只要解开了她的心结，事情就好办了。"

"好，就照慧思说的办，立京。"章小凤果断地说。

"这也是我本来的想法，可那个牛萌萌顽固得很，我已经应付不过来了。我还说实在没办法就找老婆帮忙，没想到却让你们大家抓了现行，我的好姐姐，你怎么这么不信任我啊。"郝立京捉着郝慧思的手摇晃，像个孩子一样跟她撒娇。

郝立京当着这么多家人的面，说只有她们两个人之间的话，这让郝慧思有点面红耳赤。她赶紧用力甩开郝立京的手说："我怎么不信任你了，是你先不信任我，什么都不跟我说，现在你还给我来个猪八戒倒打一耙，有你这么不讲理的人吗？以后这种事千万不要瞒着我。噢，你收到封匿名信就敢一个人去啊！你知道匿名信是谁写的吗？你怎么不动动脑子，万一要是有人存心报复你，是给你设下的陷阱呢？离辽海市上百公里啊！在那种人迹罕至的地方，你叫天天不应，叫地地不灵，不就只有任人宰割的份儿了吗？你万一要是有个好歹，剩下孤苦伶仃的我，可怎么……"说着，郝慧思的眼泪又在眼眶里打转了。

"是啊，立京，你的做法实在太欠考虑了，以后有事得多跟大家商量。还不赶紧给你媳妇好好地赔个不是。"章小凤呵呵地笑道。看到孙儿孙女重归于好，她的一颗心总算是放踏实了："还有，现在你们之间的误会已经澄清了，你们两个赶紧把事儿给我办了，挑个好日子，热热闹闹地举行婚礼，咱也不铺张浪费，可这亲上加亲的大喜事怎么也得好好地宣扬出去，越多人来给你们庆贺，以后的日子啊就会越红火。"

"奶奶，其实我和慧思已经……"

郝慧思已经接受了半天教育了，她知道郝立京要说什么，所以赶紧把他的嘴捂住："好了，立京，咱们就听奶奶的。我想到公司宿舍还有空房间，就腾出来给牛萌萌住吧，免得你像个偷吃的猫一样半夜乱跑。我还想让她到公司上班，你在营销部帮她安排个职位。爸爸，这样没问题吧？"

郝祖国似乎已经打算放弃管这件事了，随意地挥了挥手说："你们看着办吧，这些事立京就可以办了，用不着跟我说。"

断翼天使

"牛萌萌，你要是不把那个账本交给我们，那些害人的人就会跑掉的！"郝立京有些气急败坏地说。但是，面对他的各种"威逼利诱"，牛萌萌就是毫不动摇，死活都不答应把那个记录着罪恶的账本交出来。实在没有办法的时候，他才叫来了郝慧思："啊，慧思，你上吧！"

牛萌萌知道，账本是她手上最后的筹码，绝不能随意出手，万一要是押错了宝，可就血本无归了！

郝慧思跟着郝立京来见牛萌萌，原本想牛萌萌大概是一个很俗气的物质女孩，能够去给姚少军那种人当情妇的女孩应该好不到哪里去，所以也并不是很在意，但在见到牛萌萌之后，她大吃了一惊，万没想到竟然是一个看上去非常清纯，甚至有点像童话里的公主一样的女孩子。长至腰间的秀发非常柔顺地在胸前垂落，衬出一张不食人间烟火般的白皙而透明的脸蛋，五官小巧而精致，长长的睫毛下面，衬托着一双水汪汪的大眼睛，浅褐色的瞳孔就像水晶般晶莹剔透。整个人看上去，简直像是技艺高超的画师精心画上去的一样。她年纪不大，也就是二十刚出头的样子，正是女孩子一生中最美的年华。

郝慧思一下子就被她这种楚楚动人的样子打动了，尤其联想到她是被关了起来，就觉得她真的像个被囚禁的公主，这大大地激发了她潜意识里的那份保护欲，很想将她从"坏人"手中拯救出来。

而从现在的情况看上去，似乎那个"坏人"就是郝立京。因为牛萌萌看到随后又一次进来的郝立京时，一下子将身子紧紧地贴着墙角，缩成了一团，大大的眼睛里充满了惶恐和不安。

郝慧思怎么想都无法把她和"情妇"这个词联系在一起，也更无法想象她是怎么被姚少军那种人包养起来的。同时，郝慧思又在心中暗自感叹，大概这就叫人不可貌相吧，眼前这个牛萌萌是，那个姚少军也是。

"立京，你先出去一下好吗？让我们两个单独待一会儿。"

把郝立京打发走后，郝慧思坐在牛萌萌身边，柔声问她："萌萌，你告诉我，当初你为什么要让姚少军包养？"牛萌萌低下头，没有吭声。郝慧思轻轻抚摩着牛萌萌落在肩上的头发，叹息着说："像你这么聪明又漂亮的女孩子，怎么会委屈自己给姚少军当情妇呢？他是那么一个又矮又丑又粗俗不堪的人，而且，很明显，他只是在消费你的青春罢了，无论如何是不会给你名分的吧，难道你缺钱，还是有什么困难？你告诉姐姐，我们会帮你的。"牛萌萌摇了摇头，还是不说话。

"你不想告诉我也没关系，这原本也是你自己的私事，我没有权力干涉，我只是为你感到惋惜。你还在上大学对吧，是不是因为这件事已经没办法回去了？家里知不知道你的事？"

牛萌萌使劲地摇头，头更加低了下去，整个脸都被头发遮住，她在努力把自己封闭起来，假装整个世界都不存在。此时的她已经没有了童话里公主的那份清澈，似乎是被折断了翅膀的天使，掉在泥污里绝望地挣扎着……

随着一阵轻微的抽泣声，郝慧思知道牛萌萌哭了，她赶紧抱住她开始颤抖的身体，由着她的泪水滴在了自己的衣服上："没关系，你只是走错了一步路而已，谁都会有迷茫的时候，没有人会责怪你，你还年轻，人生的路还很长，未来还有太多风光，从现在开始改变还来得及。"

"不要说得那么漂亮，像你们这样的人……根本就看不起我这样的……我知道！我也无所谓，我就是怕吃苦，从小娇生惯养，喜欢被人宠着养着，我这样招谁惹谁了？"牛萌萌突然推开郝慧思，有些歇斯底里地喊着，泪水把那张干净的脸弄得一塌糊涂。

郝慧思怔了怔："那你为什么要哭？如果你做得心安理得，你还哭什么？"

"我……我是被骗的！"牛萌萌似乎崩溃了，她断断续续地开始讲述自己给姚少军当情妇的经过，在她过于激动而显得语无伦次的表述中，郝慧思仔细地倾听着，总算是搞清楚了事情的原委。

牛萌萌出生于江苏一个普通的农村家庭，除了她，家里还有几个男孩。所以，她理所当然地成了家中宝，被父母弟兄所疼爱，甚至可以说是娇宠，所以养成了衣来伸手饭来张口的习惯。上了大学后，她看到身边一些女孩子花钱非常大方，新潮时装换了一套又一套，名牌包换了一个又一个，自己家里寄来的生活费比起一些同学来还算是多的，可想要全身名牌还是望尘莫及。她也知道家里的条件，不可能再给她挤出更多的零花钱了。

后来，她认识了几个"阔绰"的学姐，在她们的怂恿下，开始跟着她们去娱乐场所"打工"，陪人喝喝酒唱唱歌，一晚上就有几百块钱的收入，她当时非常自得，感觉自己幸运地找到了一份既轻松又收入高的工作，已经完全能够养活自己了。然后就在那里，经一位学姐介绍，她认识了姚少军。

　　姚少军非常舍得花钱，对她也是着迷得不得了，她起先并没有想要给谁当情妇，她只是想用自己的美貌换点钱，她并不想葬送掉自己的青春。但是，她最终还是禁不住金钱的诱惑。一个人对于金钱的欲望是有瘾的，而且这种瘾甚至比烟瘾、毒瘾都强烈，随着胃口逐渐被吊起，钱瘾会越来越大，开始你可能是有原则的，觉得自己能把持得住，但渐渐地，你的尺度就会越放越宽，到最后你就一点底线也没有了，彻底沦为了金钱的奴隶。大把地花着姚少军的钱，想买什么就买什么，"穷"学生们纷纷投来崇拜的目光，牛萌萌很受用，为了这种受用的感觉，她一次次地去陪姚少军喝酒，任凭姚少军的咸猪手在自己身上游走。这时候她想，拿了人家的钱，总得让人家得到些好处，摸就摸吧，反正自己也不会有什么损失。终于有一天，姚少军把牛萌萌约了出去，把她灌醉后，从随身携带的包里掏出一大捆钞票，潇洒地往她眼前一砸，然后说："只要陪我一晚，这些钱就全是你的。"那一捆钞票最少也有 10 万元，牛萌萌实在是没有力气拒绝，于是在半推半就之间，牛萌萌的少女之身被姚少军粗暴地占有了。当姚少军支撑着肥胖的身躯，气喘如牛地在她身上起起伏伏的时候，她忽然想，既然已经开始了，索性做他的情妇又有何妨呢？之后，她就成了姚少军几个"金丝雀"中的一个了。

　　"他前后送给我的钱和珠宝首饰，加在一起，不下百万元，除了我自己买名牌服装、名牌包，名牌化妆品用掉的，剩下的我都寄回家给哥哥们做生意，或是娶媳妇用了，他们只知道我找了个有钱的男朋友，可是，他们哪里知道我是个见不得光的'情妇'。"

　　"那你知不知道姚少军给你的那些钱是从哪里来的？他只是一个快要破产的厂子的副厂长，他哪来的那么多钱？"郝慧思拧着眉头问牛萌萌。

　　"我起先并不清楚他的身份，后来跟了他才知道他是辽海制造厂的副厂长，他的钱是贪污受贿来的，这些我全部都知道了，可是那又跟我有什么关系？又不是我怂恿他去贪污去受贿的。"牛萌萌冷冷地说道。

　　"所以说你也是受害者。"郝慧思同情地说道，"你真是个傻丫头，如果姚少军的钱是正途得来的,你花多少都没关系,可姚少军给你的是公款,你花了这样的钱,也就等同在侵吞国家财产,在法律上你也是有罪的。"

"什么?我也有罪?不……我不要坐牢!"大概牛萌萌也意识到了事态的严重性,她的脸马上就青了,表情非常惊慌恐惧,抱着头使劲地摇晃。郝慧思连忙捉住她的手:"你不要怕,这不还有机会挽回吗?只要你把姚少军给你保管的那个账本交给警方,你就算是将功补过了。还有,我们也会帮你说话,毕竟在某种意义上说,你也是受害者,我们无论如何都不会让你去坐牢的。""真的吗?"牛萌萌抬头望着郝慧思,希望之光在她的眼中渐渐闪亮。"我可以向你保证。"郝慧思笃定地点点头。"那……交出账本没问题,但你们要答应我一个条件。"牛萌萌咬了咬牙,终于下定了决心。

"什么条件,你说。"

"我要整容。"牛萌萌说。

逃之夭夭

"我是不会走的，要走你一个人走吧。"孙小明头也不抬，冷冷地说，语气中没有半点可以商量的余地。吴美珩无可奈何地看着她，手中捏着两人的护照和机票："我怎么可能丢下你一个人走呢？"

"你怕我把你的事抖出去？"孙小明看也不看吴美珩一眼，"你放心吧，不管怎么说，我们都是二十多年的夫妻了，我不会那么做的。而且把你抖出去也等于是把我爸往里送，那种禽兽一样的行为，我做不出来。"

"明明，你误会我的意思了。"吴美珩蹲下身，抓起孙小明的手，哀求说："我不能让你为了我坐牢，你还是和我一起走吧。"

"我为什么要坐牢？"孙小明冷冷地问。

"因为我把所有的钱都存在了你的名下，还有那些房产，全都登记的是你的名字。"吴美珩急切地说，"要是查起来，这些全都会成为你的罪证。"

"原来你早就想好让我当垫背的了。"孙小明不怒而笑，"没关系，坐牢就坐牢吧，这也算是父债子还，谁让我有一个那样的父亲，还有一个你这样的丈夫呢？"

"明明，你怎么就不明白呢？我只是怕你离开我才这么做的，我不会让你去坐牢，跟我一起到外面重新开始吧，我把大部分钱都已经转出去了，那些钱足够我们在国外无忧无虑地过一辈子了。"

"有的时候我真的不了解你。"孙小明轻轻叹了口气，"你到底在想什么？你跟我爸做那些事是为了什么？我真的不能理解。"

"没关系，还有半个人生让你来了解我，还有我对你的爱。明明，我不敢说这么做全都是为了你，可我现在真的只想带你一起走，如果你不走，我一个人逃走还有什么意义呢？"

"这么说，你是非要把我和你绑死在一起了？"孙小明的情绪有些激动，猛地甩开吴美珩的手，"我不跟你走，不管怎样，他都是我的亲生父亲，他一把年纪了，我怎么能把他扔下，自己走个干净呢？"

"明明，这本来就是爸的意思啊。你放心，等风头过了，我也把咱爸一起接出去。"

愣愣地看了一会儿吴美珩，孙小明缓缓地说："你说的是真的？"

"是，我向天发誓。"

"那我给爸打个电话。"

"明明，我来帮你打。"吴美珩连忙拿起电话，拨通了孙大峰家的号码，"爸，是我。"

"你怎么还打电话来啊？不是让你们赶快走吗？再拖延就走不掉了！"孙大峰的声音非常焦急，直到听到女儿的哭泣声，才连忙换了温和的口吻："明明，你怎么了？"

"爸，我走了，你要保重身体。"孙小明擦掉泪水，平静地说道。

"啊，好，你们快走吧，别管我，我不会有事的。"

"爸，你不后悔吗？"

"明明……爸一点都不后悔。"

"那就好。我也不后悔。爸，再见。"

"哦……再见……"

放下电话，孙小明扫了吴美珩一眼："我们走吧。"

"好、好，我来拿行李。"

"但愿一切顺利，不要被人半路截住。"孙小明淡淡地说道。

"呃……不会的。"吴美珩有些心虚地说道，虽然他还在安慰孙小明，但他心里却更紧张，心都快提到嗓子眼了。

"如果出了意外，到时候你就自己跑吧，不要管我。"孙小明难得对丈夫露出温柔的笑容，"一切都听天由命。"吴美珩愣了愣："明明……"

两个小时后，吴美珩夫妇顺利通过机场安检，登上了去 W 国的国际航班。当飞机启动的一刹那，吴美珩大大地喘了口气，一颗悬着的心总算放进了肚里。孙小明略带嘲讽地看了他一眼，轻轻一笑："放心了？"

"不……只是有些感慨。"

"是吗？"孙小明转过头去，看向窗外。飞机已经徐徐起飞，陆地上的景物开始慢慢下落，渐渐地，陆地上的景物变成了色彩分明的地形图。直到一切都被云层遮住，孙小明才缓缓地闭上了眼睛。

虽然孙小明和吴美珩相邻而坐，头挨着头，但他俩的想法却完全不一样。吴美珩是觉得自己终于安全了，有一种虎口余生的感觉，他满心憧憬着在国外肆意挥霍的日子。这些年吴美珩没少搂钱，但是为了防备被纪检部门盯上，他有钱却不敢花，在绝大多数的场合还必须要装出一副清贫的样子，衣服永远都是那身灰色西装，手表永远是块旧"上海"，公文包的角都磨破了，也一直"不舍得"换。这下好了，到了国外，再也不用演戏给别人看了，钱有的是，想怎么花就怎么花。而孙小明想的不是逃到国外，潇洒地过上富豪式的生活，她想的是，自己终于可以离郝祖国远一点了。也许，在陌生的国度，自己能够真的开启新的人生。

相见恨晚

"你确定你真的要这么做吗？"整形医院的手术室外，郝慧思最后一次问着牛萌萌。

当初在听到她提出这样的条件时，真给她吓了一跳。"整容？为什么？"一时间郝慧思没能明白牛萌萌的意思。

"姚少军已经死了，不用想也知道，是被人灭口了。现在我是他们的下一个目标，那个账本既是我保命的稻草，又是我必死的咒符。现在我已经被逼上了悬崖，谁都救不了我了。"

"不，在你面前就有一条路可走。萌萌，只要你配合我们，把账本尽快交给警方，他们很快就可以把那些人绳之以法，杀了姚少军的人肯定也跑不了了，他们被关起来，你不就安全了吗？再说，作为关键的证人，警方也会派人保护你的安全，这样做对你来说是最有保障的一条路。你难道想这样永远不见天日地躲着吗？逃避终究不是办法，只有铲除了危害你的因素，你才能获得真正的安全。"

"不，我现在谁也不相信。"牛萌萌倔强地摇着头，"姚少军说过，那个账本是他的命根子，只要有账本在，他就能够逍遥法外，继续享受人生。我是不知道那个账本到底记了些什么，我只知道姚少军说过，那个账本关系着很多大人物的生死，简直可以说是阎王的生死簿。他还说过，他的后台老板相当硬，就连公安局长都是他的铁哥们儿。"

"你相信他说的话？"

"我相信，自从知道他被人灭了口后就非常相信。"牛萌萌的脸色苍白，有点瑟缩地抱住肩膀。

"萌萌，你应该相信法律的力量，法律面前人人平等，如果我们有了充分的证据，就算他官做得再大，再有权势，也一样要受到法律的制裁。"

牛萌萌惨淡一笑，神情显得很委顿："还是算了吧。我怕死，尤其怕死得不明不白，我还很年轻，这样死了实在不值得。"

看牛萌萌这个状况，郝慧思知道，她已经铁了心了，就知道再劝她也没什么用了。于是，郝慧思问她："萌萌，你整容只是为了不让人认出你来吗？"

"是……也不是……"牛萌萌的眼神有些飘忽，"我想要牛萌萌这个人从世上消失……"

"萌萌，整容是很危险的，你知道吗？"

"再危险也没被人追杀危险吧？"牛萌萌看着郝慧思，苦笑了一下，"其实，也不光为了逃命，慧思姐……我知道你说了那么多是为我好，你也没有看不起我。我这些天也想过了，我给姚少军当情妇这件事，说是年幼无知也好，说是自甘堕落也好，都是我不愿意再回顾的一段经历，姐你说得对，是我走错路了。我想重新回到原点，再次选择人生道路，我不想就这样下去，背着这个耻辱的名声……好姐姐，你能帮我吗？"

"好妹妹，我帮你，我这就去联系最好的整容医院，只是可惜你这么漂亮的脸了，人工的怎能比你天生丽质的好看呢……"郝慧思托起牛萌萌的下巴，有些迷恋，又有些惋惜地看着，"唉，要是早遇上你就好了，说不定我会推荐你去当明星，也可以避免……"

"我也想这么说，要是早遇见你们就好了，不管是慧思姐，还是立京哥，你们决不会让我走上这条肮脏的道路，在你们面前我觉得自己很脏……"

"不要这样说自己，你一点都不脏。真正脏的人是心脏了，就像姚少军和那个账本上记着的那些人，可是你与他们不同，你的心非常干净。"

"慧思姐……"

"萌萌，等你整容后，来我们公司上班好吗？"

"好，我愿意。"牛萌萌点头说，"谢谢慧思姐！"

把牛萌萌送进手术室后，郝慧思心神不宁地拨了个电话："立京……"

"慧思，你还真的答应给她整容了啊？"

"嗯，我找的是国内最有名的整容医师，他一定会让萌萌彻底变个模样，又不会破坏了萌萌以前的那份美丽。"

"唉，慧思，你为了这个牛萌萌还跑到北京去了……你真是把工作做到家了，结果她不还是没有把账本交出来吗？"

"我这么做并不完全是为了那个账本，虽然起初的目的是这样，但现在我只想帮萌萌找回她失去的人生。"

"你好伟大啊，慧思，我对你的爱又更上一层楼了！"

"少贫嘴了！立京，别忘了你还有件大事没有办。"

"什么大事？"

"你可别说你忘了，家里天天在催我，我都不敢去见爷爷奶奶了，你可倒好，全都推到我头上，难道要我一个人去结婚吗？"

"唉，这事啊，你别急嘛，等我忙完了就马上办。老婆你放心，我绝对不会让你一个人去结婚的。"

"那倒没关系，大不了我现场抓一个充数。"

"别啊！我的好姐姐，你这不是要我的命吗？啊，对了，慧思，我要告诉你一个天大的好消息！"

"什么好消息？"

"我们的具有独立知识产权的中国龙牌小车明天下线！"

"好消息！"

"我们中国龙人早就盼着这一天了！"

"是不是要举行一个隆重的下线仪式啊？"

"仪式肯定要搞的，但不是现在。"

"那是什么时候啊？"

"爷爷说了，等各种性能的试验结束后，就批量生产，到那一天才举行隆重的仪式呢！"

"那太好了！这样我也能参加上了。"

"所以说啊，慧思，你快回来吧……"

"怎么，想我了？"

"嗯，我想你了。"

听到电话那边突然低下去的声音，郝慧思轻轻地勾起唇角，甜蜜地笑了。

梦想展翅

中国龙汽车工业园的试验场里，今天特别热闹，来自多家媒体的记者们不下百人，举着各种镜头对着正在进行碰撞试验的小汽车。只见一辆崭新的中国龙牌小汽车以飞快的速度开出去，"轰隆"一声撞在了人工障碍上，卷起了一阵烟尘。工作人员和记者围拢过去，就见小汽车的车头凹了进去，已经被撞得严重变了形，车前盖扭曲得就像一团被揉皱了的纸。即便如此，围观的人还是显得兴高采烈，对这个"车祸现场"评头论足，原因就是驾驶座上的试验用假人完好无损，这证明中国龙汽车是安全可靠的。这样的试验结果令人欢欣鼓舞，一旁电视台的主持人正在进行着现场报道。

"……我国第一款拥有整车自主知识产权，并可与国际大汽车公司产品媲美的中国龙牌轿车，今天在中国龙汽车集团公司下线。这个融合了当今国际先进技术的轿车项目，没花国家一分钱，完全靠中国龙集团在国际、国内两个资本市场融资而来的资金，本着'开发制造整车自主知识产权小轿车，技术质量水平与国际同步，适合中国国情，中国人能消费得起'的方针，充分利用国际分工、合作，仅用了一年时间就完成了。中国龙轿车的顺利下线，探索出了一条以最少的投资、最快的建设速度、最低的生产成本、最佳的经济规模、先进的技术和完善的质量保证体系发展汽车工业的新模式。各位观众，这里是'中国龙小轿车'进行碰撞试验的现场，我们看到……"

"请问郝先生，中国龙轿车的试验结果如何？"辽海电视台记者向负责新闻发布的郝立京提问。

"试验非常成功！中国龙轿车在去年完成设计方案，通过德国公司进行第一轮、第二轮样车试验，各项功能、性能指标完全符合设计要求。德国汽车专家认为中国龙轿车的造型及技术水平已达到了目前欧洲的同级别轿车。通过这一次的安全性公开试验，我们更加有信心了。因为在安全性能上，中国龙轿车可谓独具匠心。除了四通道 ABS、米其林扁平度宽胎、四门防撞杆，中国龙轿车即使在不配置安全气囊的情况下，也从设计、配置方面最大限度地保证了驾乘者的安全。吸能纵梁和具有四级吸能构造的转向管柱，可以极大地减轻车辆在碰撞过程中对驾乘者所产生的伤害；前后盘式制动、断油保护开关等也都为消费者提供了全方位的主动、被动安全防护。"

"能不能请郝先生介绍一下，中国龙轿车是怎样的一款车型，有什么优点，预计售价为多少？"

"中国龙轿车的市场定位是专门为中国人设计的中高档车型，总长4880毫米，总宽1800毫米，总高1450毫米，整体美观、大方、协调，车内宽敞舒适，总座位数为5个。轿车设计为4×2前轮驱动，整车整备质量1487公斤，额定功率／转速为92kW/6000 RPM，制动距离（满载车速100km/h）小于50米，时速最高为190公里，百公里油耗为6升。这些技术标准相当于丰田佳美、大众帕萨特B5的技术水平。而且，我们的设计师通过控制车型开发总成本、零部件国际招标、提高国产率等办法，将中国龙轿车整车生产成本控制在十万元以内，与国际著名汽车公司同一档次车型成本相近；预计市场售价在15万—25万元，比同档次合资车型便宜30%—50%；今年一季度可进行批量生产，2002年年产量可达4万—5万辆。"

另一方，郝祖国也在接受记者采访。

"在我国，搞汽车有'百亿工程'之说，基本上都是国家投资。而我们中国龙汽车集团另辟蹊径，走自筹资金、借力发展之路。我们这些年来想尽各种办法，以各种方式，通过国内国外多方面的资金投入，形成了金融资本互助格局，大大降低了投资奖金的成本，比通过银行借贷进行设备基建投资仅利息每年就少支付6%以上。中国龙轿车比国内轿车项目节省投资50%以上，与国外同类车型相比，节省更多。"

"那请问董事长先生，你们在搞自主车型的研发上有什么独到的经验吗？"

"我认为这需要在观念上实现突破：一是轿车造型不必考究民族风格，关键是外形设计满足特定地区的审美观念，也在世界范围内能够引起共鸣；二是许多世界知名品牌轿车并不一定是由生产厂家所在国设计的，关键是是否拥有知识产权。也就是说，知名新产品品牌的开发，并不一定非要100%自主开发不可。这一次，我们就是与德国设计公司合作，并由黑一海先生主持车型设计，双方工程技术人员对车型理念进行大量的沟通，使车型在具有超前性的同时符合中国人的审美标准。在造型的中后期，双方就系统性能、部件结构、加工工艺进行方案讨论，共同进行计算机建模、性能仿真、工程绘图等工作。经过与国际合作，大大提高了我国设计车型的技术水平……"

路鸣在秘书的陪同下，兴致勃勃地听着一旁专家为他介绍试验情况。这时，路鸣的手机突然响了，秘书钱韦杉接起电话后小声转告："路书记，是王局长的电话。"

路鸣从秘书手中接过电话："王局长，有什么事吗？"

那边王亚彬的声音有些沙哑："路书记，有个新情况，市人大常委会副主任吴美珩和他老婆孙小明同时失踪了！"

"什么？失踪了？"路鸣捂住话筒，看了看周围的情形，往门边走去，"你给我说仔细点，到底是怎么回事？"

"路书记，您在哪里？我过去当面汇报吧。"

"我在中国龙汽车试验场里。"

"好，我马上过来。"

半个小时后，路鸣在汽车里和王亚彬碰了头，听了王亚彬的汇报后，路鸣又皱紧了眉头，刚才在试验场里感受到的喜悦因为这个消息全部跑光了，只剩下凝重和忧虑："一个副厅级的姚少军失踪了还没有找到，又失踪了一个副厅级的市人大常委会副主任，王局长，对此你有什么感想？"

王亚彬黝黑的脸庞闪过一丝尴尬："路书记，可以肯定地说，姚少军已经死了。"

路鸣盯着王亚彬，眯了眯眼："死了？"

"根据各种技术手段进行的鉴定结果，T1107次列车上的碎尸就是姚少军。"

"那凶手是谁呢？"

"还没有找到这个犯罪嫌疑人。"

路鸣抱着胳膊，陷入沉思："吴美珩的失踪又是怎么回事？这两者之间有没有什么联系吗？"

王亚彬顿了一下，说道："我们怀疑吴美珩和姚少军贪污案有很多瓜葛。我查了会议记录，那天您为了姚少军的事召集我们开会，吴美珩正好在场，当初应该是吴美珩向姚少军透露了风声，然后再杀人灭口……但这仅仅是我的推理，并没有掌握任何证据，所以，一直没有对他采取任何措施。"

"他已经失踪了，这难道还不能说明问题吗？"

"根据从机场调查回来的结果，他化名唐韩寒，伪造了所有的假证件，坐上了去 W 国的航班。虽然他的逃跑可以证明他和姚少军的案子有关联，但并不能就此推断就是他杀了姚少军。"

路鸣听了王亚彬的话有些生气："我现在不想听你们的推断或猜测，我要最后的结果，你们必须把这个吴美珩给我抓回来，他是这个案子的关键！"

王亚彬为难地看着路鸣："路书记，目前只能断定吴美珩是逃到了 W 国，我们国家和 W 国还没有相关的协议，要引渡他回来存在实际困难。另外，在没有拿到充分的证据以前，公安部的红色通缉令是不能签发的。"

"难道就没有其他办法了吗？"

"我们正在收集证据，一旦条件成熟，我们可以请国际刑警组织中国国家中心局协助我们把他抓捕归案。"

诱　惑

　　辽海制造厂职工医院妇产科门外，郝设华心神不定地在走廊上来回踱步，两只手交叉在一起，不停地摩擦着。时不时地，郝设华会忍不住往遮着白色门帘的病房里张望……

　　魏轶力一出电梯口就看见了郝设华，她紧走两步，上前招呼："设华，飒飒还没检查完吗？"

　　看到魏轶力，郝设华有些吃惊，脸上露出一副不怎么乐意见这个人的表情："大嫂，你怎么又来了？"

　　魏轶力并不在意郝设华非常明显的反感态度，把一张存折硬往他手里塞："设子，这是我和你哥的一点心意，给弟妹买点营养品吧。"

　　"大嫂，我大哥现在保外就医，花钱的地方很多，我不能要你们的钱。大嫂，你赶紧回去吧，这里有我就行了。"郝设华推开魏轶力的手，拒不接收那张存折。

　　魏轶力拿着存折，不知道该如何处置，感受到周围人们奇怪的视线，有些尴尬地笑了笑："设子，我现在虽然是元房子企业集团的董事长，但实际上我是代你大哥来找你的。这样吧，设子，请你允许我把话说完，我说完了，马上回去！"

　　郝设华看了看检查室，还是没有什么动静，于是有些无奈地说："好吧，大嫂，你快说吧。"

　　魏轶力把存折往郝设华面前一伸："这个存折上有 10 万元，是我们公司给你预支的工资。你如果到我们公司来，就是负责技术的副总经理，年薪 30 万元。"

　　郝设华吃惊得有些合不拢嘴："30 万元？"

　　魏轶力看到郝设华惊讶的样子，有些得意地笑道："是啊。设子，你同意了？"

　　郝设华苦笑："厂里给我发的工资加奖金才一千多元，大哥大嫂一下子就给我 30 万元的年薪，平均一个月就是两万多元，我究竟能干什么呀？"

　　魏轶力笑了："说实话，设子，你的价值远不止 30 万元呢，你们厂是在埋没人才啊！"

一说到自己的厂子，郝设华的脸色就有些不好看了，脖子也直了起来，他昂着头，语气生硬地说道："现在我们厂已经和美国工厂合资了，我们的情况马上就会好起来的。"

魏轶力不屑地轻笑了一下，继续说道："还有呢，设子，除了30万元年薪，你还有公司股份，年底能够分红，那个数字就不是在几万元上说话了。另外，公司还会专门为你配一辆奥迪车，这可是省部级领导的待遇啊！其他的呢，你拥有自己的办公室和设计小组，除此之外，公司还要给你分一套三室两厅的房子。"

郝设华再次张大了嘴："什么？三室两厅的房子？"

"是啊！设子，三室两厅，而且还是装修好的，家具、家电、生活用品也是一应俱全，直接搬进去就能住，用网上现在流行的说法就是'拎包入住'。"

想想自己那套拥挤不堪的两居室，郝设华连笑都笑不出来了，更不用说拿出自信来和这样的条件对抗了，他只能勉强附和了一句："是吗？你们乡镇企业真牛！"

检查室的门帘被掀了起来，吴飒飒笑眯眯地从里面出来，周身散发着一位准妈妈的光辉，明显隆起的腹部骄傲地腆着，她一手支着腰，一手抚摩着肚子走过来："设子……"

郝设华连忙迎上前去，扶住了妻子，又是焦急又是欢喜地问："怎么样？胎儿正常吗？"

吴飒飒一抬头，看见了魏轶力，微笑着和她打招呼："大嫂，你怎么来了啊？"然后又转身甜蜜地对郝设华说："大夫说我的胎位特正，婴儿发育得也很好，没有任何问题，你就等着当爸爸吧！"

魏轶力过去十分热络地搂住吴飒飒的胳膊："飒飒，太好了！已经7个月了吧？快生了哟。飒飒，你看你这不是马上就要坐月子了吗？我给你和设子送房子钥匙来了。三室两厅，120多平方米，装修好的，进去就能住！"

吴飒飒呵呵笑道："大嫂，你还真给我们家设子送房子啊？我还以为你是跟我开玩笑呢！"

"飒飒，你大哥是什么脾气，你应该知道啊，他什么时候食过言？"

吴飒飒听完魏轶力的话，挑着眉问郝设华："年薪30万元，送房子还有车，设子，考虑一下？"

魏轶力连忙说："飒飒，刚才设子已经答应了！"

吴飒飒有些吃惊："设子，你真的答应了？"

郝设华表情木然："没有呀。"

"哎，设子，你刚才不是说……"

"大嫂，我没有答应你吧？"郝设华说完，便不再理会魏轶力，"飒飒，今天就在外面吃饭吧，你想吃啥？"

"我想……"

"飒飒，设子，今天就让我请你们吃饭吧。"魏轶力立刻转变了刚才还僵住的表情，挽住吴飒飒往电梯口走："我有车，想到哪里都方便，咱们去吃顿好的。"

"大嫂，你的好意我们心领了，就算我工资低，没你们有钱，我自己的老婆我还请得起。"郝设华的语气非常冷淡。魏轶力再次被弄得非常尴尬："设子，我又没那个意思，你说的这是什么话……"

吴飒飒揉了揉丈夫的胳膊："设子，大嫂也是一番好意，再说大嫂来一趟也不容易，咱们就一起去吃饭吧。"

爱妻都说话了，郝设华就不好再犟劲了。魏轶力选了一家比较高档的酒店，菜全都是由魏轶力点的，听到她点的尽是些价格昂贵的稀有菜品，郝设华的脸色越来越难看，要不是吴飒飒一个劲儿给他使眼色，他很可能就这样直接抽身走掉。郝设华虽然不怎么爱说话，但是自尊心特别强，他心想：大嫂你什么意思啊？给我们点这么一桌子山珍海味，不就是为了显示你财大气粗吗？不就是以为我们平时吃不到吗？我还不稀罕呢。

吴飒飒虽然与郝设华在一起生活的日子并不长，但是他们性格相似，所以是心心相通的，她最了解自己的丈夫，最能体会到丈夫的心境。

点完菜后，魏轶力非常客套地说："谢谢设子给了我这个机会，人嫂请你们吃饭，是大嫂的荣幸，也是我们公司的荣幸。"

郝设华冷冷地说道："大嫂，我不是不吃你们的饭，我谁的饭也没有吃过啊！"

"我知道，你是看在飒飒的面子上才来吃我这顿饭的。设子呀，不好意思，要不是你拦我，我就请你们去我们辽海最好的酒店吃饭了。这里的条件一般，顶多算是中等，要是你大哥知道了，肯定会骂我的！"

吴飒飒知道这话一定会招惹丈夫生气，连忙接下话："大嫂，别客气，我们家设子是从来不到外面吃饭的。今天您请客，设子真的是破例了！"郝设华负气地喝了一口白开水："是啊，我在家里吃饭，心安理得。"魏轶力故意忽略掉郝设华冷淡的态度和带刺的话语，非常有耐心地继续劝说："设子，这俗话说得好，良禽择木而栖。这人往高处走水往低处流也是天经地义的。是金子就得发光，像你这样的人才就应该放在更能体现你的价值的地方，不能总是这么埋没着，对不对？在我们乡镇企业，你的能耐有多大，你的舞台就有多大，绝不会有人束缚你。""大嫂，你说的这些我都知道。但是不管你说得天花乱坠，我绝对不会离开我们厂。"

魏轶力苦口婆心地用尽了耐心，却等来了设子这么直白的拒绝，她实在是很窝火："设子，不是大嫂说你，你说说，你们厂有什么好？说不定哪一天就倒闭了。"

"我们厂是不好。"郝设华很诚恳地说。

"那你还待在那里干什么？他们给了你什么？至今你也就是一个副工程师吧？连什么职务都没有！工资低不说，住的房子也那么小，你把我们这么优秀的弟妹窝在那么个屁窝窝大的地方，弟妹不觉得委屈，我还替她委屈呢！设子，你不为自己着想总得为飒飒着想吧？你不为飒飒着想，也得为未来的儿子着想吧？设子，你不能这么自私，只想你自己的事吧？"

郝设华本来就不善言辞，被魏轶力这么一通抢白，根本就回不上嘴，只能嗫嚅着低声自语："我……"魏轶力咬定青山不放松，紧跟着又说道："不瞒你说，你大哥经常为你抱打不平，说我们家设子是辽海制造厂的老黄牛，付出得多，回报几乎没有，要是按贡献，你早就应该当上副厂长了。设子，你大哥也是为你好啊，他全心全意都是替你着想，希望你也能过得好一些，在你们兄弟姐妹几个里，现在条件最差的就是你了，难道你一点都不觉得对不起飒飒吗？她可是为了你……"

吴飒飒感觉魏轶力的话说得有些过了，怕郝设华发火，于是连忙再次做和事佬，把魏轶力的话题岔开："大嫂，我大哥现在怎么样？他身体恢复得还好吧？"

"他好得很，自从保外就医以来，基本上都不出门。整天运筹帷幄在家里，决胜在千里之外。现在抛头露面的事基本上都是我和几个副总们。他说，什么叫老太爷？现在他就是老太爷。虽然不怎么出门，可活得跟神仙似的……"

"挣的都是黑心钱啊！"郝设华冷不防地来了这么一句，看来魏轶力之前的话果然是把他给惹毛了，向来好脾气的人也终于被点着了火，说话一点都不带客气了。魏轶力脸色一变："设子，这话可以让外人说，你可不能说！你们虽然不是一母同胞，但是你们毕竟是一家人哪！"吴飒飒瞪了丈夫一眼，连忙安抚魏轶力："大嫂你别介意，设子他不是那个意思！设子，你说是不是啊？"郝设华抻了抻脖子，还想要说些什么，终究是迫于爱妻的压力，强忍着把那股子火气给收了回去，嘴里极不情愿地咕哝了一句："是、是……"

魏轶力非常懂得就梯子下楼，她也马上缓和了态度，把钥匙放在郝设华面前："设子啊，想好了没有？给，这是新房子的钥匙，你就收下吧。"

吴飒飒见郝设华有再次发火的迹象，连忙把钥匙推回给了魏轶力："大嫂，要不你先拿着，我们商量一下给你电话，怎么样？这毕竟不是小事。"

"还商量什么？设子，就这样定了吧！"

"不！"郝设华的声音就像是落在铁板上的铜锤，铮铮的，震得魏轶力的耳朵都有些发麻了。魏轶力沉下脸："设子，你可以不领情。但是，你能不能把不来我们公司的理由说出来，这样我回去也好给你大哥有个交代！"

"我是工人的儿子，也是劳动模范的儿子。现在，我不但是工人，而且还是劳动模范。"

魏轶力嘴角一扬，极其轻蔑地瞅着郝设华："哦，这就是你的理由？你可真伟大，设子，现在都什么年头了？你还这么傻啊？你这么聪明的人，怎么一点儿也不开窍啊？"

郝设华不卑不亢地说道："大嫂，做人要有原则，我郝设华只求活得堂堂正正，我可不想被人在后面戳脊梁骨，让家人蒙羞，更不想挣那种昧良心的钱。"魏轶力忽地从座位上站了起来，面前的茶水杯被她碰倒了，水洒了一桌子，淋淋漓漓地往地上滴："设子，你说的这是什么话！我可是好心好意来帮你的，要让你成为人上人啊！你怎么狗咬吕洞宾不识好人心呢？"

郝设华把脸一扭，语气坚决地说道："道不同不相为谋，大嫂，你回去告诉大哥，不要再来找我了。你们走你们的阳关道，我过我的独木桥！大嫂，你走吧。"

"好你个郝设华，你真是油盐不进，顽固到底了你！不用你赶我，我自己走！"

看魏轶力被气得七窍生烟，抓起皮包就出了包厢，吴飒飒连忙挺着大肚子追上去："哎，大嫂，你别生气啊，设子他就那脾气，说话冲了点，可他没恶意。"

魏轶力站住，拉起吴飒飒的手："弟妹，你看看，你看看你们家设子，他这是……他也不能把话说得这么绝吧？这以后大家还见不见面了？"

吴飒飒笑眯眯地拍拍魏轶力的手："大嫂，都是一家人哪能不见面，你和大哥的心意我能理解，要不这样，你先回去，我回头再做做他的工作，说不定他就想通了呢。"魏轶力像抓住了救命稻草，当下就对吴飒飒感激涕零，捉住她的手说道："飒飒啊，这事儿就全靠你了，我知道设子就听你的，你好好地给设子吹吹枕边风，让他赶紧醒悟过来。"吴飒飒笑道："没问题，我一定会劝他的，你放心吧，大嫂。"

坐到小轿车上的魏轶力怎么也想不明白，为什么都是生活在同样一片蓝天下，人的差别就这么大呢。为什么都是一个母亲带大的，郝建华和郝设华兄弟二人的性格却截然相反呢？郝建华是天不怕地不怕，就怕生活一成不变；郝设华则是谨小慎微，总是沉浸在过去拔不出来。很明显，如今是商品社会，在这个新社会中，比的不光是吃苦耐劳，比的是智慧，比的是财富。如果你踏实肯干，却得不到应有的经济报酬，生活很困难，吃、穿、住、用、行都比别人差一大截，就算你是劳模又如何，还不是四处遭受别人的白眼，被人看不起吗？自己这难道不是为他好吗？回想刚才郝设华给自己的种种冷落和挖苦，魏轶力气得七窍生烟，狠狠地一摔车门，一脚油门，小轿车飞快地远去了。

送走魏轶力，吴飒飒回到包厢，郝设华的脸还板着没放下来，显然是余怒未消。"好了、好了，大嫂已经走了，你现在摆脸色给谁看，难道是给我看吗？"吴飒飒打趣地说道。"哦，我没有……"郝设华连忙换上笑脸，凑近妻子，"那……我们继续吃饭？"

"当然是继续吃饭啦，难道要让这些东西都浪费掉吗？好贵的呢！"

"好、好，你尽管吃，今天我请客。"郝设华殷勤地给妻子夹菜，妻子的盘子很快就满了……

"好啦，我自己来，你也吃吧，别光看着我啊。"吴飒飒一抬头，正巧迎上郝设华深情的目光，她扑哧一声笑了，"傻瓜，有什么好看的，我现在的样子一定很丑吧？"

"不丑，你还是和以前一样美丽，而且现在还透着一股母性的柔情。"

郝设华柔声说道。"你那是情人眼里出西施！"吴飒飒也给丈夫夹了一只大虾，"啧啧，这虾可真大，你赶紧吃，不然凉了就不好吃了。"

"你吃吧。"郝设华又把大虾夹到妻子的盘里，然后轻轻叹了口气，说，"飒飒，你跟着我，是不是觉得特委屈，住在那么小的房子里，也没多少机会吃这样的大虾，我……"

"我说什么了吗？"吴飒飒眨巴着水汪汪的大眼睛，俏皮地冲丈夫一笑，"你有什么话就直说吧，不要试探我。"

"那……你也想让我离开厂子，去大哥他们那里吗？"郝设华鼓起勇气问道。

"不，我不会那么想的。设子，你想做什么就做什么，我决不干你的政，我啊，现在就一心一意地准备做个好妈妈，别的我什么都不想。"说完，吴飒飒摸了摸肚子，那微笑就如花开了一样。郝设华几乎是痴迷一样地看着她："那……你不想住三室两厅，120多平方米的大房子吗？"

"想啊，不过前提是你乐不乐意。"吴飒飒用手指在郝设华的鼻尖上点了点。

"我不能做那种见利忘义的人，谁给的条件好就给谁干。虽然我们厂效益现在不好，但我是从那里成长起来的，我不能忘本，我只是一个普通的工人，有今天的成就也都是因为辽海制造厂给了我无数的机会。如果换成是20年前我刚进厂的时候，我想大哥大嫂他们一定不会给我这么高的条件，甚至连问都不会问我一声。可是当初我在辽海制造厂得到的荣耀感至今还在影响着我，我所得到的远远超过了我所付出的，大哥他们或许不能理解，但我真的为自己是一名普通的工人感到自豪。人不能太势利，好的时候来，不好的时候走，我不能在厂子最困难的时候为了个人私利拍屁股走人，我要和厂子同甘共苦、共创未来。况且现在我们厂已经有了很大的转机，我也想趁着这个机会看看，自己到底有多大的能耐。自己亲手创造的价值，我会拿得心安理得，那些别人给予的东西只会让我感到羞耻。我很想跟大哥和大嫂这样讲，赚多少钱还是当多大的官并不重要，重要的是你有没有真正的做事，你的内心有没有真正获得发自内心的满足和喜悦，人的价值并不是用钱和职位来衡量的。飒飒，你能理解我的想法吗？"

"我理解，我当然理解！我还不知道你吗，我就知道你不会去，如果你真的答应了大嫂，我才会不理解呢。"吴飒飒的眼里闪动着光芒，她被自己丈夫的话感动了，"设子，你放心，我永远都站在你这边，支持你！""谢谢你，飒飒。"郝设华激动地拥住了自己美丽的妻子。"你不用谢我，我同样也为自己有这样的丈夫感到自豪。"飒飒幸福地靠在丈夫肩上："我们的孩子一定也会为他有这样一个伟大的父亲而感到骄傲！"

郝设华并不是不清楚这个世界已经彻底变了，人们凡事开始讲经济利益，而不是无私奉献了，如果你不计回报地踏实肯干，就会有人说你傻。他只是习惯于一条直线地走下去，这就形成了一种惯性，怎么也停不下来。他对生活的要求并不高，所以他不会羡慕别人的大房子，也不会羡慕别人的豪车，更不会羡慕别人吃香喝辣、穿金戴银。然而，现在他不是一个人了，他也有了牵挂，他唯一担心的就是妻子吴飒飒对现在的生活不满。如果妻子不甘于清贫，想要让物质生活变得更丰富一些，他是愿意做出改变的，因为他太爱她了，他愿意为她做任何事，哪怕是自己不喜欢的事。今天，趁着这个机会把话说开后，妻子吴飒飒竟然能理解他、支持他，坚决地站在他这一边，这令郝设华很开心，十分开心，非常开心！郝设华感觉上天对自己真是太好了，能让自己娶到这么一位美丽、大方而又善解人意的妻子。

夫妻之间也需要相互尊重，看重另一半所看重的，懂得成全另一半，才会让夫妻关系越来越和谐。

迎着问题上

一大早，辽海市政府大门就被一群农民围了个水泄不通。这些天不亮就来堵门的农民手中打着各种条幅，有的还把条幅直接挂在了大门外的围栏上，骑自行车上班的市民在经过时纷纷下来观看，就见那些条幅上写着"我们要吃饭，把土地还给我们！""请政府为我们农民说句公道话！"等字样，市民对此议论纷纷："又是农民问题啊……""政府这下又要头疼了……"

最头疼的应该是王立，作为一市之长，他就是辽海市主要的当家人，出了什么事第一个找的就是他，外面请愿的农民张口就是"让市长出来！""我们要和市长说话！"

王立张望着窗外的情形，一边咂着舌头，一边抱着电话给那边叫苦，"路书记，你看这……"

"王市长，不管是什么样的情况，你都不能让公安局抓人，这是原则！"

"可是，他们要是不走的话，就麻烦了！"王立叫苦不迭，怎么偏偏就选了今天呢，这不是摆明了给他难堪吗？要是这些人还不走，等一会儿外宾来了，不是要他这个市长丢大人吗？可路鸣那边又不准他动人，真叫他左右为难，只剩下捶墙的份儿了。

"今天上午市政府要接待英国MM政府代表团，你是怕影响这个吗？"

"是啊！他们一定是得到了消息，知道这件事儿，所以才特意来的，目的就是逼我就范。"

"现在是早晨七点过一刻，离上班时间还有近一个半小时，离英国客人的到访还有近三个小时，时间应该还来得及……"

"路书记，我们应该马上采取措施！"

"王市长，别着急，你把来龙去脉对我说一说，我们再商量一下。"

市政府信访办景雨天主任站在门厅里，扯着嗓子给公安局长王亚彬打电话："王局长，这些人都无法无天了，你赶紧带人过来，形势马上就失控了！"

"景主任，王市长正在给路书记汇报呢，你先顶一阵，我马上就来！"

"王局长，你先过来把带头闹事的抓起来。"

"景主任，没有领导的指示，我不能随便抓人！"

挂了电话，景雨天气不打一处来，他几步跨出门外，掐腰站在人群前，"乡亲们，你们这样做是违法的，赶紧回去吧。要不然，后果不堪设想！"

"我们不回去，我们连土地都没有了，我们还回去干什么？等着饿死啊！"

"就是，割了脑袋不过碗大的疤，你吓唬我们，不好使！"

农民们并不买他的账，纷纷叫嚷着，还把队伍往前推进了一米。

被农民的气势所压，景雨天往后退了几步，抖着手指着那些叫嚷的人说："公安局派的人马上就要来了，你们都想进去吗？"

"是啊，我们都想进去，你说对啦！"

"对！要进去我们都进去，要进去我们都进去……"

好几个叫嚷最厉害的庄稼汉冲进大门，向景雨天围了过去。

景雨天吓得连连后退："你们这是干什么？"

"我们就是想见市长，你马上让他出来见我们！"

"你要是不把市长叫出来，我们就拿你开刀！"

景雨天见势不妙，赶紧挣脱包围，往办公大楼跑。几个庄稼汉想追，但被保安人员拦下了。保安人员很客气："乡亲们，我们也是混口饭吃，不能再往里了，再往里我们的饭碗就砸了。"几个庄稼汉被保安人员重新劝出了大门。在大门关上时，景雨天似乎又有点有恃无恐了，气咻咻地对着那群农民大喊："好，你们等着瞧！"

"等着就等着！你们有本事就把我们全都抓进去！"

"你们就知道抓人吗？"

"你们抓吧，你们敢抓人，我们就到省里、中央去告你们！"

景雨天眼看场面越来越难控制，无可奈何地叹息："王市长，你到底请示完了没有啊？"

楼上的市长办公室里，王立还在给路鸣汇报情况。

"前些年，由于各种摊派和一系列的不合理负担，农民觉着种地根本不划算，辛辛苦苦一年下来，交完国家的，留完集体的，七折八扣后，大多数农户就只剩下个口粮了。来年种地，买化肥还得贷款……"

"所以，农民就不愿意种地了？"路鸣问。

"是啊。总不能让土地荒芜吧？所以，各个县政府就号召有条件的农户出来整体承包土地。农户承包土地没有钱啊，怎么办呢？"

"不交承包费显然是不行，因为村上的借款没有办法还，对吗？"

"对！俗话说，重赏之下必有勇夫，城里人见整体承包土地有利可图，就以农村亲戚朋友的名义承包了土地。"

"整体承包土地有利可图。王市长，这是为什么？"

"政府规定，凡是整体承包土地者，政府不但给予一定的经济补偿，还可以免费承包荒地、山坡地植树造林，同时，政府按退耕还林政策给予补贴……"

"如果是这样，他们确实是有利可图啊！王市长，我全明白了。"

"书记，抓人吗？"

"王市长，你怎么老想着抓人，你糊涂啊！"

"是啊，前些年的时候……"

"王市长，别说了！我们都立刻到市政府门口！"

"这可不行！他们都是些庄稼地里的莽汉，闹起事来可没个轻重，要是……书记，这是很危险的！"

"王市长，我们都得为老百姓着想。我怕什么？你要是怕，我就一个人去！"

"啊，书记，我和您一起去！"

书记都上了，市长还有什么话说。王立从心里往外地佩服路鸣这种迎着问题上的精神。因为总是迎着问题上，所以才能得到第一手的信息，所以才能抓住问题的核心，所以才能对症下药地制定出相应的政策，这也许就是路鸣成功的秘诀吧。

突然之间，还在想往政府大楼里冲的农民安静了，景雨天四下张望着问："王局长来了？"

"王局长没来，是更重要的人来了。"王立大步走出大门，"乡亲们，我是王立，就是你们要找的市长！"

"啊，市长真的来了！"农民中有人惊呼。

"是啊！不但市长来了，而且我这个市委书记也来了！"路鸣在人群后，用他那洪亮而浑厚的男中音说道。

农民们一下子都转过身去，将视线聚集在这个身材魁伟、气宇轩昂、态度既温和又威严的男子身上。

"乡亲们，我是市委书记路鸣，你们认识我吗？"路鸣站在人群中，大声问。

"认……认识，我们在电视里见……见过……"

"可了不得了，连市委书记都来了。"

农民们都用充满好奇和景仰的眼神看着路鸣。

"乡亲们，我和你们商量个事儿，怎么样？"路鸣扫了一眼所有在场的人，亲切地问道。

"路书记，你这么好说话啊？"一个上了岁数的老农站在最靠近路鸣的地方，这样问。

路鸣笑了："怎么？他们不好说话吗？"

"就是。他还要抓我们呢！"老农一甩手，指向了景雨天，把景雨天惊了一身汗，恨不得找个地洞钻下去。

路鸣呵呵一笑："乡亲们，你们是来找市长谈话的对吧？你们有什么问题政府都会给你们解决，但也要讲究方式方法，对不对？这样好不好？我以一个市委书记的名义向你们保证，你们的事情，我这个市委书记管定了！"

"路书记，你真的要管我们？"

"你真的要把土地还给我们？"人群里不断有人发出疑问。

"路书记刚才不是向你们做出保证了吗？你们连市委书记都不相信吗？"王立站在路鸣旁边沉着脸问。

"相信、相信……"

"就是，路书记，我们相信你！"带头的那个老农声音最大，也最具震慑力，当即，后面就再没声了。

"好！既然你们相信我，你们马上派三十个代表跟我到市政府会议室去谈。其他人请转移一个地方，好不好？因为，你们围堵政府大门的行为确实是违法的！"

"路书记，我们听你的！"

"路书记，你不会把我们派去的人抓起来吧？"

王立生气地斥责道："路书记把话都说到这个份儿上了，怎么会抓你们呢？"

"市长，我们相信你们，我这就让他们回去！"老农说着回身去交代了几句什么，就见农民们开始分成两拨，多数的那一拨收起了条幅，往四面散开了去，剩下的几十余人跟着路鸣他们进了政府大楼。

所有人在会议室里坐好了，不习惯开会的农民还在议论纷纷，发出嗡嗡之声。路鸣也并不介意，将麦克风调整了一下，开始说道："乡亲们，你们不要打断我，我先给你们说一说你们的土地问题，之后，我再请你们说，好不好？"

"好……"农民代表们答应了后，还使劲地鼓掌，等掌声停下，他们也都安静了。

"我可以明明白白地告诉你们，你们当时把土地包出去的时候，是经过你们的申请，政府同意后才签订合同的，白纸黑字，是没法抵赖的。从这一点上看，政府是没有过错的。你们就是把官司打到省里、中央，也是打不赢的。因为，你们已经经过法律程序，把你们赖以生存的土地承包给了别人。"

市委书记说的都是实情，所以乡亲们一下子紧张起来了……

"当然了，这也不能全怪你们！"路鸣一字一顿地说，"你们那个时候不想种地是有原因的，化肥涨价、种子涨价、农机具涨价，一切都涨价了，而且涨幅非常大！就拿磷酸二氢铵来说吧，就是我们常说的'磷二铵'，其价格翻了近三番。而我们生产出的粮食呢，价倒是涨了，不过只涨了一点点，也就几毛钱。俗话说得好，一年的庄稼两年苦，我们辛辛苦苦了两年时间，打下的粮食卖掉后，还没有支出的多。所以，这就极大地挫伤了我们大家种地的积极性。由此，我们在没有办法的情况下，才把土地承包了出去。大家说，是不是这样的情况啊？"

"就是这样！"

"路书记你说得太好了！"

"对啊，你说说……"

路鸣抬了抬手，让大家停止喧哗，然后继续说道："大家当然没有想到，党中央、国务院会出台减免农业税的政策，会出台退耕还林的政策，会出台一系列的支持我们农民种地的政策。大家说，是不是这样啊？党中央、国务院一系列鼓励我们农民种地的政策出台了，粮食、农副产品的价格也在不断地提高，农业税彻底免除了，这费那费的也没有了，现在一算账，天哪！这种地不但有利可图，而且利还不小呢！大家说，是不是这样啊？鉴于这种情况，大家就想把地收回，这才来政府闹，对不对呀？说到这里，我可以直截了当地告诉你们，你们今天的举动非常非常不合适，说明白点，你们围攻政府机关，已经触犯法律了。可是，你们因为不懂法，所以才稀里糊涂地违反了国家的法律。俗话说，无知者无罪，所以，我们不追究你们今天的责任。不追究你们的责任，不等于你们做得对，你们今天的做法是非常错误的。大家知道了没有？"

众农民异口同声地说："知道了。"然后还热烈地鼓掌，王立等旁听的政府官员们也都佩服地朝路鸣点头。

"好，大家知道了就好！现在，我给大家表个态，你们的事情我们政府不但要管，而且要管好。这怎么个管法呢？人家承包了你的地不假，可是人家是通过政府同意和你签订了合同的啊，别说你们告状告不赢，就是我这个市委书记，也给你们要不回地来。怎么办呢？办法还是有的！什么办法呢？这个办法我这个市委书记不能说，他这个市长也不能说，那么，谁能说呢？还是你们能说！一句话，你们的命运就掌握在你们自己手里！"

"路书记，你的话是什么意思？我们听不懂啊！"

"是啊，路书记……"

不光几十个农民听不懂，就连王立等人也有些丈二和尚摸不着头脑，纷纷看向路鸣，等着路鸣揭穿谜底。

路鸣只是微微一笑，并不开口。

这就是爱

执着的海浪一层又一层地向着沙滩涌来，直到耗尽了最后一点力气，泛起了白色的泡沫。海水不断地、一遍又一遍地冲刷着海滩，发出轻柔而又有规律的"哗——哗——哗"的声音。蔚蓝的天幕下，不时有三两只海鸥凌空飞过，它们有时漂浮在水面上，有时蜻蜓点水般地从海面一掠而过，发出空灵而悠远的"哦"声。远处，蓝天与碧海的交界处，一艘捕鱼船在人们的视线里时隐时现，正应了范仲淹的那句诗："君看一叶舟，出没风波里。"

"劳模之家"的一片崭新的别墅在阳光下分外耀眼，每一栋小别墅都充分地沐浴在清风朗日之下。就在最边上的那栋别墅里，海风轻轻穿过开满鲜花的院子，通过细小的缝隙，钻进宽敞明亮的落地窗，撩起窗边的白纱帘。那纱帘，有一下没一下地晃动着。

章小凤靠在床边，拉着骆子的手，轻轻抚摩。除了她对着骆子的喁喁低语，以及从客厅里传来的挂钟嘀嗒的轻响外，屋子里再也没有其他的响动。楼外面有几个孩子在花园里嬉闹，不时地传来肆无忌惮的尖叫和欢笑。骆子睡得很安稳，身体虽然每天都会经过仔细地清洗，但这依然无法阻止它日渐枯萎，看上去就像包在被单里的一根老树枝。被握在章小凤手中的那只手，形同枯木，瘦得只剩下一张皮了，手上的静脉血管清晰地突出着。章小凤转开脸去，抹掉脸上的泪渍，尽管骆子看不见，她也不想当着他的面落泪。

章小凤絮叨起了最近的家长里短："骆子哥，我告诉你，我们的孙子立京和慧思终于结婚了，婚礼那天真热闹啊！哈哈哈……可惜的是，你没有参加上。不过不要紧，我和老郝都去了，我慢慢地跟你说……唵……骆子哥，我孙子媳妇慧思你该知道吧？哈哈哈……她和立京在日本一块儿上的学。噢，忘了告诉你，她是我大哥黑一海的孙女，就是郝建华的闺女，这下你知道了吧？哈哈哈……骆子哥，哈哈哈……慧思长得可漂亮了！跟她的日本奶奶长的是一模一样啊！哈哈哈……

"骆子哥，你不知道吧？我这个孙子的脾气，尤其是那个爱管闲事的毛病，和年轻时的我、你、他爷爷，是一样一样的啊！要不是立京这个刚直不阿、敢想敢干的脾气，杀害你的凶手还抓不出来呢！"

突然，骆子的眼皮轻轻地动了一下，章小凤因为说得太投入，所以并没有察觉到。她继续自顾自地说着话："骆子哥，你知道杀害你的凶手是谁吗？就是那个该千刀万剐的姚少军啊……"

突然间，骆子毫无征兆地在章小凤眼前慢慢地睁开了眼睛。章小凤一扭头，正巧与骆子的眼光对上。由于太吃惊，章小凤半天没反应过来，嘴巴张了半天才惊呼道："哎呀，骆子哥，你醒了……你醒了啊！"

骆子像是刚刚睡醒了一样，意识还有些朦胧，他眼光游移地看着章小凤，喃喃地问："小……小凤……我……我这是在……在……哪儿呀？"

骆子的命运

"路书记,你说农民的命运掌握在他们自己手里,是什么意思?"在晚上的专题会议上,市长王立这样问路鸣。

"今天我请来了司法局潘局长,还有法院的崔院长以及辽海大学的法律专家们,你这个问题请教他们好了。"路鸣指着他们,笑眯眯地对王立说道。

"各位专家,农民上访的事儿让路书记轻描淡写地就这么打发了,但这只是缓兵之计,这接下来应该怎么办?请大家各抒己见,帮助政府解决这个难题。"王立故意把话说得很重,但路鸣听了依然微笑不语,只是靠在椅背上,看着他们。

"现在,最重要的问题是,我们要搞清楚承包土地大户和村民们签订的合同是不是合法有效?"市中级人民法院院长崔智友首先发言。

市司法局局长潘建伟说道:"我已经把合同调来研究了,没有一点儿问题。"

王立似乎有些明白了:"就是说,合同书本身没有问题,是吗?"

潘建伟点点头:"是的,王市长。"

崔智友向王立发问:"我们动员承包大户把土地交出来不行吗?"

"恐怕不行,这些大户们已经在土地上投入了不少资金,现在已经开始见效益了。"

会议正在进行着,秘书钱韦杉进来在路鸣的耳边说了句什么,路鸣站了起来:"王市长,你们继续讨论,我出去一下。"

路鸣回到自己的办公室,正等着的郝一湖连忙从沙发上站起来,有些拘谨地向路鸣点点头:"路书记……"

由于父辈的关系,路鸣一直都把郝一湖当作自己的长辈看待,而郝一湖虽然曾经救过路鸣的父亲不止一命,但这个善良憨厚的老实人却从来没有想过利用这层关系为自己谋取过什么,甚至他一直谨守着自己的本分,和路一辛一家保持着一定的距离,虽然他不善言辞,给人的感觉似乎还有点冷淡,但了解他的人都非常清楚他的性情,他是那种会让感情细水长流的人，就比如说他很少来路鸣办公的地方，好不容易来一趟，也一定只是"想来看看"而已。这种沉默而又细腻的关怀，总是能给予人心最柔软的温暖。

路鸣不会为郝一湖的到来感到惊讶，却一定会为之感动。他对郝一湖的亲切感甚至超过了自己的父亲，因为在他的记忆里，小时候陪着自己玩耍的大部分时间都是这位"厉害"的叔叔，尽管这位叔叔在人前显得木讷又腼腆，实际上他非常能干，不仅会利用各种废品废料制作玩具，还能讲很多离奇古怪的故事，在路鸣的童年里，最高大也最清晰的影子就是这位郝叔叔。为此他常在别的小朋友面前自豪地夸耀"这是我郝叔叔做的""这也是我郝叔叔讲的"，小朋友们因此都非常羡慕他有这么一位心灵手巧的"好叔叔"。

"郝叔叔。"

路鸣握住郝一湖的手，这双曾经牵着自己走过无数快乐时光的厚实大手，而今已经有些苍老枯萎，但依然宽大而温暖。

"你快坐，我给你泡茶。"

郝一湖扯着路鸣，不让他去倒水："路书记，你别忙了，我一会儿就走，我只是来跟你说一声，你骆子叔他醒了。"

"真的？太好了！"路鸣非常惊讶，几个月前，由于章小凤的坚持，一定要把骆子带回家去照料，王立征询过他的意见后同意了，医院方面也为此每星期都派人过去检查、治疗。由于骆子昏迷了将近三个月时间，路鸣问过医生这种情况会有什么结果，医生说除非奇迹出现，否则骆子不会再醒来，很可能就会变成植物人。

"什么时候的事？"

"已经一个星期了，他醒来的那天早上，我出去买菜，留小凤看家。等我回家的时候，一开门小凤就拉住我的手一个劲儿地笑，然后跟我说骆子醒了。我进去一看，真的，骆子哥他还认得我是谁，也出声跟我打了招呼。几个月了第一次听他出声，把我给欢喜得都不知道说啥好了。"

"莫非真的奇迹发生了？"路鸣惊叹道，"有没有通知医院的人过去看看？"

"已经通知了，医院也过来人看过了，说醒来就没啥事了，除了继续打点滴补充营养，也可以吃点清淡的饭了，身体啥的都没问题，就是……"

"就是什么？"

"骆子哥好像又犯病了。他一见大夫就慌了，死活不让人到跟前去，后来是小凤好说歹说他才同意让检查了。大夫跟我说，骆子哥有可能是大脑受到了冲击后，出现的部分记忆丢失和神经错乱的情况。他以前就有那个病，这一次恐怕是旧病复发。我看他的样子，比以前还要疯得厉害，现在只准小凤靠近，我进屋子去他都要闹腾。"

"唉，怎么这样呢？骆子叔真是命运多舛啊！……那，能不能暂时把骆子叔送回医院治疗？"

"他那个样子能送到哪里去啊？大夫也是这么说了，可小凤死活不答应，小凤还说骆子根本没病，唉，那也是，骆子哥在她面前就跟好人一样，吃饭说话啥问题都没有，可她一走开就不行了，就开始闹了。"

"阿姨的脾气我也知道，她肯定不会答应……可是，骆子叔这样会影响到你们的正常生活吧？要不，先送去精神病医院？"

"那可不行！"郝一湖有些着急地一口否决，"要是送去精神病院，小凤她一定跟我急。其实也不会影响到什么，反正我们两个都在家，轮换着来还是能照顾过来的。路书记，我今天来，也就是跟你说一下这事，你别操心了，只要骆子哥醒了就没事了，唉，这几个月小凤她都……啥也不说了，醒了就好了。"

"啊，是啊，醒了就好了。"路鸣也跟着说道。

"那，路书记你忙，我就回去了。"

"我让司机小王开车送你。"

"不用了，我坐公交车方便。"郝一湖一边说着一边往外走。走了两步看路鸣跟着，就停了下来："路书记，你不用送了。前些日子听祖国说，你总是加班加点的，连个囫囵觉都没睡过。工作忙一点没关系，可是要注意身体，细水才能长流啊！你看你章阿姨就是前车之鉴，她现在老后悔了，说要是当年不那么拼命，现在她还能在工厂里拿焊枪呢。你章阿姨让我捎话，说你不仅要管好一个辽海市，也要管好自己的身体。"

"郝叔叔，我会注意的。谢谢你和章阿姨……"路鸣的眼睛有些发热，他握着郝一湖的手，坚持要送到楼下。

"唉，你看，这……我自己走就好了，不用麻烦人家了。"郝一湖被送到路鸣的专用小车前，他有些不好意思地搓着手。

"郝叔叔，这样我才放心，你这么大年纪了，去挤公交车我不放心。"

"是啊，大爷你就别跟我们书记客气了，我送你回去，顺便还能给书记他们买盒饭。楼上还在开会呢，一时半会儿停不了。"司机小王把郝一湖往车里拽，年轻人手脚麻利，嘴也快，一不小心就跑出了抱怨。

"啊？书记他们还没有吃晚饭？"

路鸣瞪了司机小王一眼，显然是怪他多话："我们吃工作餐，所以晚点。郝叔叔，我们这可是从黑一海先生那里学来的宝贵经验呀。"

"哦……"郝一湖不再说什么，坐到车里，路鸣把车门关上，吩咐司机把车开慢点。

"郝叔叔，代我问章阿姨和骆子叔好。等我有空了就去看你们。"

"好啊，你有空来家坐坐，我给你做点可口的饭菜，不要老是吃工作餐，没营养。"郝一湖有些痛惜地说道。

"大爷，工作餐虽然简单，就是营养丰富，你放心啦！"司机小王不记教训，又快人快语地接下了话茬。

"这我就放心了，可是，也得换换口味呀。"郝一湖说。

路鸣苦笑："小王，赶紧开车吧。"

"书记你放心，我保证把大爷安全送到家！盒饭，哦不，是工作餐我也会准时给你们买回来！"司机小王说着把车滑出了大门。

"你们书记真的经常吃盒饭，哦不，工作餐吗？"眼看着路鸣的身影消失在政府大楼里，郝一湖问司机小王。

"哈，大爷，正常情况下是这样啦。不过，路书记经常都是废寝忘食，有时候连工作餐都免了。"司机小王笑着说道，"所以啊，我常常是一个人吃两份，唉，虽然味道不差，可是也架不住天天吃啊，对了，上次是大爷你给路书记送来的红烧鸡肉吧？路书记急着出门，没顾上吃，都让我们在秘书室里给瓜分了，那可真好吃啊！"

"喜欢的话我还送来。"郝一湖温和地笑了，"可是你也得答应我一件事。"

"啥事大爷你说！"

"你们得给路书记留点。"

"哈哈，没问题，上次的红烧鸡肉钱秘书就给路书记留了一个鸡腿呢。"

郝一湖摇摇头："路书记这样工作下去可不行啊，身体会吃不消的。"

"可不是嘛！可是路书记说，他没办法让自己不忙，因为他每天一抬头，就会从办公室的窗口看见城西区的那三根大烟囱，那三根大烟囱就好比是三把剑，时时刻刻扎在他心里，让他吃不下饭、睡不着觉。路书记把辽海都装在他的心里了啊，他当然会吃不香睡不好，城西区现在的样子让谁看了都不好受啊！"

"我知道……路书记……唉……真是难为他了。"郝一湖喃喃地说道。

"亏我们有这么一个好书记啊，可恶的是那些厂子眼看都要垮了，还使劲往自己口袋里捞的浑蛋，根本就不管工人。"司机小王咬牙切齿地说道。

"领导不好当啊，路书记也有他的难处哩。"

"不过我看好咱们路书记，他一定能让辽海彻底改变的！"司机小王说着，冲郝一湖灿烂一笑，"大爷，您要常来看我们书记啊，您每次来，书记他都非常高兴。"

"啊？不会吧，我还怕打搅到他的工作呢。"

"没那回事儿！大爷，路书记的父母都去世了，您就是他的亲人长辈，您不来看他，还有谁来啊？您多关心关心我们路书记，就是帮了咱辽海人的大忙了！"

"你这后生真会说话。"郝一湖笑道。

"那是当然，我就凭这张嘴，钱秘书才把我安排给路书记当司机，我的任务就是给书记逗乐子，缓解书记紧张的神经。"

"好、好，让路书记多笑一点好啊！"

"得，我那点本事也就图一傻乐。等辽海大变样了，路书记才会真正笑得欢啊！"

重出江湖

  郝一湖回到家，正巧赶上章小凤和骆子准备出门。郝一湖好奇地问："你们这是要去干啥？骆子哥刚醒过来，还没恢复元气呢，小凤，得让骆子哥好好在家休息，最好少出点门。"

  章小凤回答道："你当我不知道这个道理啊，但是没办法，救场如救火。有人来请骆子哥，你忘了那个骆子茶馆啦？他们一听说骆子哥醒了，就马上打电话过来，请骆子哥回去说快板，还说如果骆子哥再不去，茶馆就要关门了。"

  "瞧你说的，有那么严重吗？"郝一湖呵呵地笑道。

  "你别小看骆子哥啊，那个茶馆基本上就是靠骆子哥的名声哩，不然咋叫骆子茶馆呢？骆子茶馆要是没有了骆子，那还能叫这个名字吗？那不是挂羊头卖狗肉吗？"章小凤振振有词地反驳着郝一湖，那样子自豪得像是被邀请的人是她一样。

  "那我也跟你们一块儿去。"郝一湖也来了兴致。

  "你不是才回来吗，不休息一下吗？还说你呢，大晚上的你干吗去了？"章小凤上下扫着郝一湖，态度有些咄咄逼人。郝一湖微微一笑："没啥，就是去了市委一趟，看了看路书记，跟他吱一声，说骆子哥醒过来了。"

  "哦，那是应该去，亏你想得周到。"章小凤点点头，"我们这就要出门了，你想一起去就赶紧。嗨，我还说你要是不回来，我和骆子哥就叫茶馆的人过来接我们呢。"正说着时，骆子茶馆派来接骆子的车到了……

  到了骆子茶馆，又有人在车门口迎接。老板一见到骆子就伸着手扑了过来，就像饥饿的人见了面包一样。老板抓住骆子的手使劲地摇："骆子师傅，太好了！只要你一来，我们这个茶馆就算是有救啦。"

  骆子并没有什么反应，只是呆呆地跟着说："有救啦、有救啦……"

  章小凤听了老板的话，哈哈大笑："那是当然了！骆子茶馆本来就是为骆子开的嘛！"

  老板看出骆子的样子有些古怪，于是就有些担忧地凑在章小凤耳边问："章师傅，骆子师傅这个样子……不会出问题吧，还能正常演出吗？"

章小凤相当自信地拍着胸膛说："不会的，你放心，骆子哥没有任何问题。他一上台子，就跟好人一模一样了。"

老板再看了一眼骆子，见他还是一副呆呆的样子，满腹的疑虑："真的？"

章小凤有些不高兴了，提高了嗓音："我说没问题就没问题！我章小凤在这里给你打包票！你放心，如果真的出了问题，我包赔你的经济损失。"

老板连忙道歉："章师傅看你说啥呢，我咋能让你赔？骆子师傅能来，是我们茶馆的荣幸啊！我相信你，也相信骆子师傅！"

一旁的工作人员插话说道："骆子师傅出马，一个能顶仨！"

老板嘿嘿一笑："如果不出问题，恐怕就不是一顶仨了，骆子师傅的复出广告刚打出去，这个星期的门票就全被预订掉了。"

一直默不吭声的骆子突然冒出来一句："呵呵，他们是真想我了呀。"

如果说上面的话听着有点异样，那么这句话就完全正常了，老板吃了一惊，看着骆子："骆子师傅，你真的行吗？"

章小凤哈哈大笑："行行行，绝对行！"

骆子也做出了平时说快板的样子，说道："说你行不行也行，说你不行行也不行。"

章小凤这下笑得更欢了，她爽朗的笑声传遍了整个茶馆，引来人们不住地探看："哈哈，看看吧，老板，骆子师傅到了这里，他的毛病绝对就好了，他属于这里啊！"

老板有些激动地搓着手："那就好、那就好。"

过来给章小凤他们添水的服务员看着往后面走去的老板，压低声音对章小凤说："不瞒您说，前些天啊，老板都打算要把茶馆让出去了！"

"真的啊？呵呵，现在他不让了吧？"

服务员笑道："那是，骆子师傅回来了，这生意肯定能重新红火起来，他还让啥啊！"

很快，工作人员就把布景搭好了，还在上面挂出一条写着"著名'快板王'骆子先生康复出院首次演出"的横幅。章小凤看着眼前的一切，心里感觉踏实了很多，日子又恢复正常了，这样最好。

章小凤他们一边喝着茶，一边看着老板给骆子聊最近以来辽海市发生的事情。老板很聪明，名义上是给骆子充电，实际上是等着更多的观众呢。

外面的大街上，越来越多的人开始往骆子茶馆聚集，骆子复出的消息风一样地传播着，大家都很兴奋，都不想错过骆子复出后的首场演出。老听众们进了茶馆，纷纷挤到了骆子的跟前，和他们心中的"大明星"骆子打声招呼。在老听众们面前，骆子跟个正常人一样，甚至还能叫出其中一些人的名字。章小凤看在眼里，喜在心头，脸上笑开了花。

演出时间到了，主持人开始热情地报幕："下面，让我们以最热烈的掌声欢迎'快板王'骆子先生闪亮登场！"主持人话音刚落，热烈的掌声就响起来了……

此时的骆子茶馆早已经座无虚席了，甚至还有很多来晚了的听众靠墙站着，人们纷纷翘首以盼，等着久违了的骆子再次登台。在听众热烈而持久的掌声中，老板亲自推着骆子登上了表演台，骆子穿一身崭新的灰布长褂，坐在特制的木轮椅上，虽然形容消瘦，但精神却很饱满，脸上充满了温暖的光辉。一看到他，全场听众都情不自禁地站了起来，不断地欢呼着"骆子！骆子！骆子……"情绪激动，热情高涨。骆子看着台下热情异常的听众，原本迷茫的眼神突然变得清澈明亮起来，并且不知不觉中泪水盈眶，他向人们轻轻地挥手："听众朋友们……谢谢大家……谢谢……非常感谢……谢谢你们长期以来对我骆子的支持……谢谢……"

老板站在骆子身后，大声说道："听众朋友们，骆子师傅说书前的开场小节目，是最受大家欢迎的。为了准备今天开场的节目，我们给骆子师傅讲了不少最近各地发生的事情。下面，就请我们的骆子师傅，为大家表演精彩的节目！"

骆子坐在轮椅上向台下欠了欠身，算是施礼了，然后就开始他的拿手绝活，用口技打出快板之声，说起了他现编的词：

> 贪官那个污吏，躲在角落里，
> 挥霍那个国家钱财，花天酒地，
> 老百姓那个吃苦，怨天怨地。
> 要是不抓他们呀，老百姓坚决不同意！
> ……

"好！"

今天到场的基本都是骆子以前的老听众，大家见骆子大难不死，又奇迹般地恢复如初了，心里都特别高兴，所以喝彩之声也喊得特别卖力。

台下听众个个精神高涨，喝彩声不绝于耳，看到这种场面，章小凤比任何人都激动，她眼中满是泪水，紧紧抱着茶杯，不住地对身边的郝一湖说："老郝，你看啊，你快看……骆子哥真的好了！"

郝一湖摇摇头："你让他说快板，他就是好人了，下了台，他肯定又不清楚了。"

章小凤没好气地翻了郝一湖一眼："那也不一定，你看看，他现在那个样子，是不是和好人一模一样啊？"

郝一湖似乎是专门要和章小凤作对，依然摇头："谁知道呢。"

"老郝，骆子哥真的好了！"

"没有好。"

"好了！"

"没有好，至少还没完全好。"

章小凤越听越不顺耳，一时火起，把手中的茶杯"啪"的一声砸在了桌上，茶杯碎了，茶水四溅，洒了一地，几片茶叶溅到了章小凤的身上。还幸得周围的人已经听入迷了，加上掌声不断响起，茶杯摔碎的声音并没有引起其他人的注意。猝然发生的一切，足以让郝一湖察觉到了自己的失误，他赶紧把嘴巴闭上了。

"我说你这个人，你今天是怎么了？为啥老和我抬杠呢？"章小凤横眉冷对，怒气冲冲地瞪着郝一湖，恨不得扑上去咬他两口。

郝一湖知道章小凤是真生气了，嘿嘿一笑，赶紧转移她的注意力："好、好，你别生气，我不抬杠了，还不行吗？快听，骆子哥说得真好啊！"

久未登台的骆子说得很过瘾、很投入，丝毫没察觉台下这边的翻江倒海，他依然用清脆明快的声音说着快板。

工作安排

又是一个晴朗的早晨，小树尚未开始舒展枝叶，鸟儿尚未开始鸣唱，小贩尚未开始吆喝，路鸣已经匆匆走进了办公室。还没等落座，他就对跟在身后进门的秘书钱韦杉说："小钱，把我这周的工作安排给我。"

钱韦杉打开手中的文件夹，开始读他记录的一周要事："路书记，您这一周的主要工作安排是……"

路鸣打断钱韦杉的照本宣科："你不用读了，还是我来问你吧。第一个问题，市里工人新村的竣工仪式安排在什么时候？"

"下一周星期三上午。"

路鸣点点头："这个活动要重视，要安排好，最好选出 10 位最困难的缺房户，我和王市长要亲手把钥匙交到他们手里。"

"书记，按计划这一周你要暗访贫困户，要不，我们根据暗访的情况再确定最困难的无房户？"

路鸣赞赏地看了自己的秘书一眼："嗯，这样安排也好，两件工作可以一起做。另外，有这么几件事你得给我提醒一下：第一，中国龙汽车工人新村入住仪式，我要参加；第二，中国龙牌汽车批量下线仪式，我不但要参加，还要讲个话；第三，我要知道公安部门引渡吴美珩的消息和这边案子的进展情况；第四，随时关注关于农村土地问题方面的各种消息；最后还有，帮我收集中央关于国有企业改革方面的各种文件、文章。"

钱韦杉一边在文件夹里的备忘录上记下，一边随口答复着："好的书记，我会随时注意收集。"

"还要随时交我翻阅。今天上午和外商的谈判我就不去了，由王市长全权代表吧。"

钱韦杉合上文件夹："好，我这就去通知。书记，还有什么事吗？"

路鸣沉吟了一下："今天上午你不要再安排什么事了，我们两个去访问棚户区的工人。"

钱韦杉有些吃惊："书记，今天早上就要去？那……还是安排两个警卫人员跟在我们后边吧，要不然……"

路鸣脸一沉，用犀利的目光盯着年轻的秘书："要不然什么？秘书长那里我去说，让他不要为难你。可以了吧？"

钱韦杉有些尴尬，连忙分辩说："不，我不是那个意思，我是担心书记你……要是出现安全问题怎么办？"

路鸣扑哧一笑，对着钱韦杉说道："有什么安全问题？我就一个市委书记罢了，你还怕有刺客要刺杀我啊？是不是美国电影看多了？我就不相信，一个市委书记的命会比老百姓的命值钱，我已经说过了，取消这些无用的繁文缛节！"

年轻的秘书被这一通劈头盖脸的批评弄得有些灰头土脸，也有些委屈，他推了推眼镜："我知道了，书记，我这就去安排。"

"小钱啊，你放心，我会保证你的人身安全。"路鸣在钱韦杉转过去的身后带着一些揶揄口吻这样说，一下子就把钱韦杉那满肚子的牢骚给冲没影了："书记，你就别取笑我了，你一个堂堂的市委书记都不怕，我一个小秘书还怕什么……"

"安全问题上人人平等，不分书记和秘书。好了，你也别准备什么了，我们这就走吧。"说着，路鸣取了外套就跟着钱韦杉出了办公室的门。

"哎，书记，你真的……"

路鸣将手指放在嘴边，示意钱韦杉脚步轻一点："我们悄悄地去，别惊动任何人。"

"书记，你这是……微服私访啊？"钱韦杉笑道，书记老大不小了，怎么还跟个孩子一样呢？

"你错了，我这是抽空回家看看，我是从群众中来的，再回到群众中去，可不就是回家吗？"路鸣摇摇头笑道，"就算我在这个城市里生活，每天都与它朝夕相对，但如果不擦亮眼睛，不亲自去看，还是会有很多真实的东西看不到。"

虽然路鸣是笑着说这番话的，但钱韦杉却一点也不觉得轻松。路鸣眼中的沉重和隐隐的伤痛也同时刺到了他的视线。的确是这样，有很多东西就算是在你的身边，如果不用心去观察，还是会被表象所蒙蔽。如果每一个政府的官员都能用这种态度去看周围的话，相信他们就不会遗漏掉那些真实存在的社会问题：企业破产和工人失业所带来的贫困、迷茫和彷徨，还有在社会深层次聚集着的不安与躁动情绪……

死里逃生（1）

在章小凤家，一如既往地以章小凤车铃儿一样的笑声揭开了一天的序幕。三个白发老人围坐在餐桌旁，吃着郝一湖一早起来熬好的稀饭和摊好的鸡蛋煎饼。章小凤仍沉浸在昨天的快乐情绪中，对骆子的表演大加赞赏："骆子哥呀，你可真行啊！你的快板说得越来越棒了！我已经跟茶馆老板说了，要给你出磁带，你现在的听众可多了，磁带一出来肯定大卖。说不定还能冲出辽海市，冲出北方省，走向全中国呢！哈哈，这样一来我也能够当一回老板啦！"

"你那不叫老板，应该叫经纪人。"郝一湖纠正着说。

"呵呵，管他叫什么呢，反正啊，谁要找骆子哥去表演，就得先通过我。"章小凤得意地说着，像个孩子在别人面前献宝一样的神情。

"那是啊，骆子哥只听你的，要不怎么说你是骆子哥的经纪人呢？"郝一湖打趣道。

"对！我从现在起就是骆子哥的经纪人了，骆子哥也算是大明星了。这大明星都是要有个经纪人的。还有，老郝你就算是我的助理了！"章小凤竟然开始给各自分派职务了。

"那敢情好，谢谢你了！"郝一湖笑道，"这'快板王'的班子就算搭起来了。"

"对，以后骆子哥就叫'快板王'了，就跟那什么四大天王一样。"章小凤越说越兴奋，转头问骆子，"骆子哥，你说好不好？咱们三个大闲人，以后也要去发挥余热，除了在茶馆表演，我们还要去福利院和社区义演，听说市里的工人新村就要封顶入住了，哪天咱们也去凑个热闹，把'快板王'的旗子打出去！"

"你是山大王啊，什么打旗子，应该说是参加演出。"郝一湖又给章小凤纠正口误，引来章小凤的一个大白眼："就你懂！过去那秧歌表演不都是打旗子亮相吗？我这是传统戏，走的也是传统路子！"

"对、对，走传统，可也得骆子哥同意不是？光你一个人在那里瞎闹腾有什么用，你又不会说快板。"

"嘿！我说你这老郝，最近还真是跟我干上了啊，净抬我的杠！"章小凤放下筷子，想要与郝一湖理论，但她却又扑哧一笑，回头还是问了骆子："骆子哥，你也说句话呀，不然我这都要让老郝给憋屈死了。"

骆子一直看着两人在那里斗嘴，带着淡淡的微笑，听章小凤这么一问，立刻低下了头："小凤，没有……你看着我我也不行……我肯定不行。"

章小凤呵呵笑道："骆子哥，我是你的经纪人呢，当然要一直看着你啦。对了，我还要跟你说啊，你说书就说书，再不要说那些小段子了行不行？"

骆子有些惊讶地抬起头，看着章小凤："小凤……我的快板里说的都是实话啊，你不让我说，也要把我憋屈死吗？"

郝一湖一听就乐了，嘿嘿一笑，对章小凤说道："这下倒好了，咱们三个来了个连环扣，这回轮着你把骆子哥要憋屈死了。"

章小凤没理郝一湖的逗乐，问骆子："骆子哥，你说出来心里就舒服了吗？"

骆子点点头，神情有些无辜，孩子一样，眼中闪闪发亮，充满乞求地看着章小凤："嗯……"

章小凤拉起骆子的手，柔声说道："骆子哥，你想说就说吧。只要你好好的，你爱怎么样都行。我啊，就是担心再有人找你的麻烦，你以前为这个事不知道给人害了多少次，还险些丢了命，这一次也是……唉，罢了罢了。这也是命啊！"

"有什么麻烦？现在的形势可是变了，不会容许坏人像那些年一样颠倒是非、胡作非为了。而且有多少人不就是冲着那个段子去骆子茶馆的吗？听那些小段子，还不是为了图个心里痛快。我也打心里佩服骆子哥，他不但把那些人和事看得清清楚楚明明白白，还能说出来逗人家乐，给大家伙解气，这也算是一种功德啊，你就让他说吧。"

"我又没说不让他说。好啦，快吃饭吧，吃完了我们一起去看设华的媳妇，骆子哥到现在还没见过飒飒呢。"

吃完早饭，三位老人一起出门，骆子已经恢复得差不多了，不再需要轮椅了，他踩着轻快的步伐走在前面，一边走一边手舞足蹈地比画着，口中还念念有词，说着新编的快板。

......
　　一要保面子啊，
　　不要丢人现眼；
　　二要保家庭啊，
　　不要妻离子散；
　　三要保官位啊，
　　不要撤职降级；
　　四要保健康啊，
　　不要染上难言之疾；
　　五要保性命啊，
　　不要落个死有余辜。

　　章小凤在后面看到有不老少的人围过来了，还对着骆子指指点点，心里就不舒服了，对推着自己的郝一湖说："老郝……你快去跟骆子哥说，让他别说了！"
　　"没关系，让他说吧。"郝一湖看着骆子的背影，乐呵呵地说道。

死里逃生（2）

骆子走到一家商铺门前时，突然站住了，也停止了说快板。这间不大不小的商铺经营着一般烟酒百货，收拾得倒也宽敞明亮、干净整洁，只是这会儿却因为里面挤满了人而显得有些杂乱。就见几个穿着统一制服的工商人员围着一个店老板模样的中年男人，不知道在为什么争吵，只听得到工商人员满嘴粗口的谩骂，那名中年男人在中间被推搡着来回碰撞，根本站立不稳。已经被欺负成这样了，他还在不住地点头哈腰，赔着不是，看他一脸的苦相，就差给那些人跪下去乞求了……

很快，原本追着骆子看热闹的人也发现了商铺里的纠纷，看热闹的开始不断围上来，人越聚越多。突然，一名工商人员把那位店老板一把搡倒在地上，店老板的后脑勺正巧撞在了玻璃柜的棱角上，马上就渗出了鲜红的血。眼看演变成了流血事件，围观的人发出了一片惊呼。

"骆子哥，咱们走吧。"章小凤有些厌恶地瞅了一眼商铺里，拉着骆子要离开，但骆子死死地定在那里，一动也不动，他定定地看着，突然，他两手合起来，很响亮地拍了几声，然后就开始说起了口技快板：

> 大盖那个帽啊，两头那个翘，
> 吃了那个原告啊再来吃被告。
> 戴上那个大盖帽呀，
> 东西我随便要，
> 披上那个老虎皮啊，
> 走遍天下都有理。
> 不送那个礼呀，我就狠劲罚，
> 送了那个礼呀，我就轻点罚。

围过来看热闹的人们一听，感觉骆子说得恰如其分，讽刺得很过瘾，都大声叫好并鼓起了掌，还有人吆喝着："说得好啊！""再来一段吧！"

一名面相凶狠的工商人员突然从店铺里冲出来，一把揪住骆子衣服的前襟："你他妈的胡说八道什么？"

"把这个疯子拉到一边去，别让他瞎捣乱！"另一名工商人员也骂骂咧咧地凑过来，撸起袖子就想要打人，章小凤怎能让骆子在自己眼前吃亏，她捋胳膊挽袖子，扯开大嗓门，大喝一声："住手！"

那名工商人员一扭头，看是个坐在轮椅上的老太太，于是十分轻蔑地笑了笑："怎么的？老太太，他妨碍我们执行公务，我们还不能管教一下他？"

章小凤能听得出，他们这是见自己是个手无缚鸡之力的老太太，所以有恃无恐，所以就敢明目张胆地挑衅。章小凤气得整个人都要冒烟，随着心脏的剧烈跳动，胸脯一起一伏的，她扯着大嗓门，对那名工商局的工作人员说道："你跟一个有病的人计较什么呀？他有病你也有病啊？再说了，人家又没有指名道姓地说你，你干吗要对号入座？"

群众见工商人员竟然对一个坐着轮椅的老太太要威风，实在看不下去了，开始你一言我一语地故意嚷嚷："莫非你们就是快板里的那些个大盖帽？""是啊，你们是不是也干了什么亏心事啊？""如果你们不是这样，干吗心虚呢？"

群众中，有一位商户站了出来，说道："这位师傅的快板说到我们心上了，我们感觉痛快！"

那名工商人员又冲到那位商户跟前，挥舞着拳头，恶狠狠地威胁道："你这个王八蛋，你胡咧咧什么呢？你说你是哪家店的？"

商户旁边的人义愤填膺，嚷了起来："干什么哩，你们要打人吗？"

"给110打电话报警！"还有人这样喊。

"哈，看大盖帽的怎么对大盖帽的，好戏啊！"

骆子的快板又开始了——

　　　　大盖帽，两头翘，
　　　　手里那个拿的是罚款票，
　　　　到这家那个喊来到那家叫，
　　　　太平两天就烦恼。
　　　　大盖帽：远了骂，
　　　　走到跟前就害怕，
　　　　一个劲儿地递烟陪酒说好话……

眼看情势不妙，那几名工商人员扔下那位受伤的店铺老板，准备走人，骆子上前一步拦住了他们："站住，不准走！"

"臭疯子，给老子滚开！"就见一名工商人员恼羞成怒，一把向骆子推过去，骆子趔趄了一步，差点摔倒，幸好有人从后面把他扶住了，章小凤定睛一看，站在骆子身后的人不是别人，正是自家的孙子郝立京！

郝立京扶好了骆子，就抢上几步，挡在那几名工商人员前面："你们不能走！"

章小凤立刻给自己的孙子摇旗助阵："对！不能让他们走！"

一名工商人员有些胆怯地看着郝立京，被他的威严所慑，连声音都有些发抖："你……你是什么人，你要干什么？"

郝立京指着已经被人扶起来、正在进行简单包扎的店铺老板说道："第一，把店老板送医院治疗；第二，给这位说快板的老先生道歉！"

推了骆子的那名工商人员吊着眉毛上下打量了一番郝立京，带着几分流气地说道："我要是不听你的呢？"

郝立京义正辞严地说道："你们要是不听，我马上打110报警，同时，向你们的上级部门检举你们的强盗行径！"

那名工商人员上前踏出一步，正要对郝立京动手，被他旁边的同事急忙制止，"你还想打人啊，笨蛋，你也看看情形吧！"

教训完同事，他又问郝立京："请问，你是干什么的？"

郝立京微微一笑："想知道我的身份吗？那我告诉你！我是省政协委员郝立京！"

听到郝立京报出身份，那位嚣张的工商人员马上变了脸色，换上一张谄笑的脸，不仅立马给骆子道了歉，还痛快地拿出了赔付给那位店铺老板的医药费。这些向来欺软怕硬的人前倨后恭，态度转变得那叫·个快，简直就是一百八十度大转弯。

"对不起，老板，你快去医院包扎一下伤口吧，这1000元你先拿上，不够我们再付。"

"这位老先生，对不起，你教育得对，我们不该对你出言不逊，我们错了……"

章小凤很满意这样的结果："哈哈哈，这还差不多，知错能改，善莫大焉。你们这些工商同志啊，要对老百姓好一点。他们做生意很辛苦的，有什么不对的地方批评教育就是了，但不能随便打人。"

"知道了，对不起，大妈你批评得对，我们一定会在以后端正我们的工作态度，改进我们的工作方式。"

郝立京趁着大家不注意，给章小凤竖了一下大拇指，祖孙俩相视一笑后，继续装作不认识。郝立京故意打着官腔对那位带头道歉的工商人员说："所长同志，不是我们多管闲事，是你们做得实在太过分了！"

"是、是、是。委员先生，今后我们一定改正。"这位所长今天可算是把脸丢到家了，他一边狠狠地瞪着自己的部下，一边赔着笑脸给郝立京赔不是，模样要多狼狈就有多狼狈。

骆子的口技快板在这个时候又响起来了。

> 工商所长没情况，
> 欺压百姓太嚣张；
> 遇上个政协委员才变了样，
> 乖乖地把店老板送医院……

众人听了，哈哈大笑，一时间起哄的、喧哗的闹成了一团，把那位所长臊得脸红脖子粗的，无地自容……他们趁着人们听快板的空当，带着部属溜了。

郝立京见这场风波算是平息了，就和爷爷奶奶匆匆告别后又继续去办事了，而章小凤他们也说说笑笑地回去了。在路上，章小凤乐呵呵地对郝一湖说："老郝呀，郝家的男人都一个样，都是铁骨铮铮的汉子！"

"嗯。不光男人，你也不输人啊，巾帼不让须眉。"郝一湖笑道。

微服私访

上午九点过一些，天有些阴沉，虽然天空中是一望无际的灰蓝，但阳光依然透过厚重的雾层在城市的表面铺上了一层金黄色，看上去就像是被镀了一层金一样，就连那些屋顶上的尘埃也因为折射到光线而闪闪发亮，甚至在低空里肆意旋转舞动，宣泄着属于它们的那份安逸和快乐。早晨的阳光由于是斜射，无法照进每一个角落，因此光与影、明与暗的界线非常清晰。与镀金的那一面相比，那些常年荫蔽的地方在这个时候就尤其显得阴沉、落寞。而那些不幸飞舞起来的灰尘，来不及挣扎，就被地面的潮气拉着往更加黑暗的地方坠落，直至坠入了潮湿的泥土里，被人踩在脚底下。

路鸣的心情也随着那些堕落的粉尘一起往下沉。在他眼前的，是他虽然看到却又不敢相信的情景。似乎是一直被隐藏着，又似乎是故意摆放在那里，如此明显的差距存在，竟然就在这个城市里。一边是高楼大厦、繁花似锦，一边却是拥挤低矮、破旧不堪。突然之间就走入了这个与那边的繁华截然不同的世界，路鸣甚至都无法在短时间内将复杂的心情收拾起来。大概是前几天刚下过雨的缘故，地面还没有怎么干透，弯曲延伸的狭窄巷道还有许多地方泥泞着，甚至找不到地方可以下脚。而有些地方却杂草丛生，或者覆盖着一层油油的苔藓，看上去一片绿意盎然，猛然间有走在乡间小道上的错觉。路鸣沿着这样的道路往更深里走去，总是差点被低至额前的石棉瓦屋檐撞到，那些原本就已经很拥挤的一排排红砖平房之间，常常有后来砌起来的"小屋"突兀出来，使道路变得更加狭窄，更有从半空架起的"阁楼"，竟然会从里面飘出窗帘，让人不敢想象那会是一间功能齐全的"卧室"。当然，很远就能闻到的充斥在空气中的那股浓郁的"气味"，加上一群群轰然飞舞的蚊蝇，他们毫不困难地就能找到那种夹在住户之间的"特殊建筑"，标志非常明显的"男""女"字样不用多分辨的公共厕所。公共厕所的一侧是一个很大的垃圾堆，杂乱地扔着一些红红绿绿的垃圾，从垃圾堆里淌出好多道灰黑色的臭水。最令人难以置信的是，就在这间公厕的一侧，是一家住户用碎砖头搭建起来的简易厨房，与公厕共用着一面墙壁，比邻的灶台上还放着一口刷得锃亮的铁锅……

"书记，小心脚下。"钱韦杉不断地提醒路鸣，两人踏着那些临时放置在水洼里的砖头瓦块，跨过一处处积水的路段。走了约莫半个钟头都没有见到一个人影，只是偶尔能看到一两只晃来晃去的流浪狗，它们的肚子饿得瘪瘪的，身上的毛很不匀称，有的地方蓬松着，看上去很厚，又好似风一吹就会掉，有的地方则秃着，显出淡淡的粉红色的皮。这里流浪的土狗和那些高档小区的哈士奇、吉娃娃形成了鲜明的对比，它们的毛色是均匀的，油亮亮的，甚至还会穿着主人亲自缝制的毛坎肩和精致的小鞋子……别说是人了，就是这狗也一个天上一个地下……

经过的那些房屋大都关门闭户，显然主人都不在家。也许正是在这样的环境中，安全问题似乎已经显得不那么重要，难得有个晴朗的天，不少住户都把花花绿绿的被褥拿出来，晾在了外面的铁丝上，也有挂着绘图T恤和牛仔裤的，是那种自由市场买来的颇为流行的款式，为寂寥的巷道增添了不少时代的色彩。偶尔会看到一辆三轮车竖立起来靠在墙上，也有把自行车斜挂在窗台下的，那些因地制宜懂得利用空间的人家，会在已经很拥挤的路边倚墙支起花木架子，养几株仙客来或九月菊，但更多的是那种满盆的小葱或者蒜苗。既装饰了窗前，美化了环境，还能作为菜蔬随时取来食用。

又走了将近十分钟，终于在一处砖墙已经暴出几寸宽裂缝、屋脊显然开始偏斜的屋外，看到了烟火的痕迹，屋顶上那根用废铁管做成的烟囱上冒着淡淡的青烟……

路鸣毫不犹豫地走进了这户人家。不是他欠缺礼貌没有敲门就进去，而是他实在找不到可敲的门。仅用几段铁丝拧在一起的木条做成的门框，绝对经不住任何风雨袭击，就连那些木条也能很明显地看出，是从装仪器的简易木箱上拆下来的，上面还有隐约的墨迹，写着"请勿倒置"这样的小字。房门上该装玻璃的地方都是用塑料纸糊起来的，窗户也一样，所以屋里很暗，为了避免开着灯增加电费，白天只能开着门，让自然光进来当作照明之用。

狭窄的屋子里有一半地方被土炕占据着，另一边是简单的炊具和靠墙的方桌。炕上围坐着两位老人，他们有些木讷地看着突然进来的路鸣和钱韦杉，对于陌生的访客，他们也不感到惊讶或慌乱，只是用有些漠然的视线打量着。

"大叔、大娘，你们怎么了，生病了吗？"路鸣怕脑袋抵到低矮的屋顶，所以他不得不躬身低头。

大娘稍微挪动了下身子，喃喃地说："炕上热，下去冷，只好在炕上窝着。"

大叔见路鸣的穿着不像棚户区的人，脸上露出了警觉的神情，紧盯着路鸣问："你们是干什么的？"

钱韦杉连忙回答："我们是市里的，下来调查一下你们的住房情况。"

路鸣左右看了一下屋子里，都是些很旧的物件，就好像是刚从垃圾堆里淘出来的一样，橱柜和桌子上的漆都快掉光了，碗橱上摆着一台14寸的黑白电视机，而这也是屋里唯一的大件电器。路鸣收回目光，问道："大叔，你们是哪个厂子的？"

"我们俩以前都在辽海第三机床厂上班，现在工厂倒闭了，孩子们也都下岗了。"

"大叔，你们一家一共几口人？"

"五口人，老大儿子、儿媳妇住外面那间。我们老两口和小儿子住这一间，挤得很，不过，现在好了，我们就要搬家了。"

"搬到什么地方去啊？"

"工人新村。"

"哦，那他们给你们一家五口人在工人新村分了多大的房子？"

"分了70多平方米。"

"够住吗？"

"够住了，三间房子哩，终于不用和小儿子挤一个屋了。"大叔咧着嘴憨厚地笑道，神色很满足，但眼神却还是有一点茫然。

出了那间低矮的危房，钱韦杉问路鸣还要继续访问下去吗，路鸣扭头看了看之前走过的那条深深的巷道，眉头拧成了花："我们换个地方吧。"

"那下面去哪里？"

"走下去看吧。"路鸣说着，低头匆匆往前走，钱韦杉不好继续再问，只得深一脚浅一脚地紧紧跟着。

因为一直忙于工业园的规划、建设以及招商引资工作，所以路鸣还从未到这边来过，他一直听说下岗工人的生活条件差，但他没想到会差到这种地步。工人阶级为新中国经济的迅速恢复做出了巨大的贡献，他们把青春献给了国家，但最终却生活在这样的环境中，他们心理能平衡吗？他们能没有怨言吗？身为市里的最高领导，路鸣感觉自己太失职了，他的内心中充满了自责。

之后，路鸣又敲开了几户人家的门，进去询问了一些情况。时间过得很快，太阳的光芒很快就从明亮耀眼变得迷蒙而散乱。从那片被称为"棚户区"的地方出来，路上已经可以看到行色匆匆的下班工人一拨拨经过了。路鸣眯起眼，看着尘土飞扬的这条土马路边上的疙疙瘩瘩的房子，眼光转了一圈后，停留在了一个自行车修理铺前。他没有招呼显得有些疲累的秘书，径直走过去与两位年轻人搭起了话。

"师傅，请问你是那个厂的？"路鸣问那位低头给自行车打气的年轻人。

"你问这个干吗？"年轻人懒散地抬起眼皮扫了路鸣一眼，又低下头去，闷声闷气地问道。

"我想调查一下这里的下岗工人情况，能不能麻烦你回答我一些问题？"路鸣继续客气地问道。

年轻人站直了身体，打量了路鸣一下："哦，记者吗？"

在他旁边的另一位年轻人转过身来，笑嘻嘻地主动问路鸣："喂，记者同志，你要调查什么？"

"我想问一下，你们都是这里的工人吧？"路鸣诚恳地问道。

"是啊，我们两个以前都是这里的工人，可惜现在全都下岗了。"后面那位年轻人性格要活泼一些，他指着道路对面的围墙说道："喏，那就是我们以前的厂，破产了，我们才进厂一年，就下岗失业了。真是倒霉透顶了！"

"我记得那里应该是一家化工厂。"路鸣若有所思地说道。

"你说得没错，我们厂以前有将近 3000 名工人呢，也算是不小的厂子，说垮就垮了，嘿，就跟泥做的一样，经不住风吹雨打。"年轻人说着摇了摇头，用下巴点着之前那位年轻人："他是我们厂里的技术员，还是中专生呢，也一样下岗了，唉！"

"那你们下岗后在干什么呀？"路鸣继续问。

"还能干什么，找工作呗！不然等着饿死啊。"年轻人对于路鸣的问题多少有了些意见，翻着白眼瞪路鸣。

"那有没有找到合适的工作？"路鸣并不介意，仍继续问道。

"一时半会儿当然不好找啦，不过现在好了，工业园那边起了不少厂子，到处都在招工，就是他呀，有文凭就是吃香，这不，给招到工业园的一家工厂去了，现在每月的工资有一千多元呢！"年轻人说着有些羡慕地看着那位一直在忙碌着收拾自行车的同伴："上下班还有厂车接送，舒服得很哩！"

"那你呢？没有去招工吗？"路鸣觉得奇怪，问他。

年轻人有些不好意思地摸了摸脖子："当然去了啊，可惜没有考上。现在正参加学习班呢，有时候也请他帮我补习，下次再考吧。"

"有希望考上吗？"

"有希望。"年轻人自信地说道。

"请问你们也是住在这一片的吗？"路鸣指着身后那片低矮的房区，问那位年轻人。

"是啊，不过我们马上就要搬家了。我们家在新修的工人新村分到了一套房子，60平方米呢，还带卫生间的。那家伙，我们做梦都想不到这辈子还能够住新房啊，这下，娶媳妇就不用愁了！"年轻人说着，露出了由衷的微笑。

"你们家有几口人，在这里住多久了？"

"我家就我和我爸妈三口人，不过全家都下岗了，我爸再就业找了个看大门的活儿，我妈继续失业在家当家庭妇女，唉，像我们这样的家庭就别指望自己买房子了，没房子谁家的姑娘肯跟啊，我自己也以为这辈子是打光棍打定了，谁知道政府竟然给分了房。感谢政府啊，替我们这些困难户解决了最大的问题，有房子住了，工作也能解决了，媳妇也能娶上了。"

"你……不是记者吧？"那位一直沉默并忙碌的年轻人突然站在同伴身边，很严肃看着路鸣，并将怀疑的视线不断递向路鸣的身后，路鸣回头，就看见自己的秘书有些紧张地靠过来了。

"啊，他是我的同事。"路鸣解释道。

"你们是要调查搬迁的事吧？"年轻人又问道。

"你怎么知道？"路鸣看着他，不知道他看出了些什么，只是从他的眼光中发现了一些异样。

"从你问的话里面知道的。"年轻人说着，凑在同伴耳边说了些什么，他那位活泼的同伴脸上神情马上变得严肃起来了。他飞快地打量了路鸣一下，转身推起自行车，熟练地骑上去，迅速拐进了路鸣之前走过的巷道，响着车铃，远去了。

"如果想调查这里的话，我可以给你们做向导。"有些沉默的那个年轻人一改之前缄默的态度，非常积极地邀请路鸣。

　　"好啊，那就谢谢你了。"路鸣爽快地答应了。

感天动地

在这位年轻人的带领下，路鸣重新走进了这片棚户区，然后从年轻人的口中知道了这里即将拆迁，大部分住户为能够住进新居而雀跃不已的消息。

路鸣忽然感觉衣襟被人揪住了，秘书钱韦杉突然靠过来的身体让他吃了一惊。

"你怎么了？"路鸣问身体绷得直直的钱韦杉。

钱韦杉的身体竟然开始微微颤抖："书记……你瞧，有不少人围过来了……"

夜幕降临了，路鸣也看见了围拢过来的人群。他轻声斥责自己的秘书："你怕什么？干部到了群众中间，就如同鱼儿到了水中一样，应该高兴，不应该害怕，你放心吧，不会有事的。"

"可是……"

"他们是你那位同伴叫过来的吧？"路鸣问面前的年轻人。

"不，我只是告诉了他你们的身份。"年轻人笑了笑，"这里的所有人，也包括我，都想真心跟您说声谢谢，路书记。"

路鸣看到，围拢过来的人里有之前走访过的人家，还有那位活泼的年轻人，他正在激动地与跟在身后的人们说着什么，看来他才是真正的煽动者。当一群白发苍苍的老人来到路鸣面前时，路鸣当即就被这阵仗镇住了，想他自改革初期当上辽海市副市长以来，干了20年的政府工作，还是头一次碰上这个场面，一眼望去，狭窄的巷道里竟然黑压压的一片。

"大叔大娘，各位师傅好。"

最前面的一位老大爷抬起头来，眼含着热泪说道："路书记，您给我们这些住了几十年棚户的群众带来了福音啊！你是我们的大恩人啊！"

路鸣拉着大爷说："大叔大娘，兄弟姐妹们，这是我们的职责！"

路鸣心想：辽海市所有的干部都应该来看看这一幕，只要为老百姓做一点点的实事，让他们得到一点点的实惠，他们就会感激不尽，这就是朴实的人民大众啊！每一个干部都应该扪心自问，要对得起那些日日期盼好日子的人民大众。

老大爷抓住路鸣的手，老泪纵横地说道："路书记，你看看我们门前的那条路你就知道了。我们走这条坑坑洼洼的路也有十多年了……书记啊，那可真是条十分难走的路啊！晴天走路一身土，雨天走路一身泥啊！路书记，您给我们当市长的时候，就对我们老百姓不薄……现在您又是我们的市委书记了……今天，您不但让我们很快就要住上楼房了，而且还建设发展工业园，给我们的儿女们创造了就业机会……路书记，您说，我们该不该感谢您？"

"应该、应该……"老大爷身后一片响应之声。

路鸣被深深地感动了，他眼含着泪花，颤抖着声音说道："各位父老乡亲，兄弟姐妹！你们为国家的经济建设做出过贡献，国家也正在想办法改善你们的生活条件，让大家过上幸福美好的生活！"

我作为一名政府公务人员，所做的一切都是我的责任和义务。

"你是我们的好书记，老百姓有你这样的书记就有福了！"

"谢谢你，路书记！"

人们站起来后，纷纷地喊出了他们最衷心的感谢和赞美。路鸣知道，他的人生可以因此而圆满了，尽管他的梦想并不止于此。

在回去的路上，他的心情比之前更加沉重了，也许，从今以后的工作会更加忙碌，压在他肩膀上的担子也会更加沉重。因为，老百姓的期望，让他感到自己的责任是如此艰巨和重大，他不能让那些殷切的期望落空，不能让那些幸福的微笑失去意义，更不能让那些被希望充盈起来的眼神暗淡下去。

共和国工业的功臣

一个星期后，辽海市工人新村钥匙发放见面会在市政府大会堂低调进行。由于各家媒体事先并没有接到任何邀请，都是紧急赶到现场的，在会前还引起了一股小风波。闻讯赶来的记者们被安保人员挡在了门外，他们对此发出了强烈的抗议。

"请问，你们为什么不让我们采访这次会议？人民大众是有知情权的，你们这么做是不对的！"

工作人员赶紧解释："对不起，这次会议不接待记者是市委的特别指示。"

"你们市委没有权力剥夺我们的采访权！"

"我是北方电视台的记者，你们拒绝我们采访，是不是今天的会上有什么见不得人的东西？"

记者们将负责阻拦的工作人员团团围住，发出质问，场面随时可能失控。

这次会议由市长王立主持，他刚开始讲话，就被秘书通知了这一紧急情况，和路鸣简单商议了几句之后，他们决定对记者们放行。王立继续讲话："同志们，应辽海市棚户区全体工人师傅们的强烈要求，我们今天在这里召开这次大会。根据市委路书记的意见，今天的大会没有通知新闻界的同志参加，目的是想低调一点。可是啊，这信息时代就是了不得，我们的会议还没有开始，新闻界的朋友们就提出抗议了，说我们不能剥夺他们的新闻采访权。好，有请中央驻辽新闻单位以及省市新闻界的朋友们！"

在热烈的掌声中，记者们呼啦啦冲进了大会堂，充分发挥了他们训练有素的职业水准，不一会儿工夫就在主席台前各自抢占了一席之地，手脚麻利地安放好了照相机、摄影机，把大大小小的镜头聚焦到了主席台上。

路鸣一看这情形，忍不住开口说道："各位记者朋友们，请你们把镜头对准台下吧，他们才是这次大会的真正主角。对，大家看到了吧？坐在第一排的是我们辽海市著名的劳动模范家庭——章小凤同志一家！"

市委书记亲自发话，一些记者马上掉转方向，将镜头对准了章小凤一家。

"哎哟，这个路书记，还真会转移目标啊。"章小凤呵呵笑道。

"是啊，我们的路书记太会随机应变了。"郝祖国在一旁附和着说。被频频闪动的闪光灯弄得几乎睁不开眼的郝一湖，难得地也跟着抱怨了一句："唉，你看这长枪短炮的，哎呀，眼晕，这地儿我不该来的。"

"同志们，今天我们会议的主角有三个群体！第一个群体是市级以上劳动模范。让我们以热烈的掌声欢迎50年来在共和国工业的各个岗位上做出过突出贡献的劳动模范们！"随着王立的介绍，最前排的劳动模范们都站了起来，向会场所有人致意，章小凤一家毫无疑问全在队列之中，这不能不说是一个奇迹，人们一起向这个"模范家庭"送上了最热烈的掌声。章小凤虽然没有站起来，但记者们却集体将镜头对准了她这个辽海市的名人。

"第二个群体是长期在我们辽海市棚户区居住的工人师傅们，在共和国50年的工业建设中，你们付出了自己的青春。可以这么说，没有你们，就没有共和国今天的工业！"

掌声响了起来……

"第三个群体是我们辽海市工人新村的第一批住户，他们是我们辽海市无房户家庭和下岗工人家庭。他们今天就要拿到新房子的钥匙了，让我们以热烈的掌声祝贺他们！"

等到浪潮般的掌声平息后，王立接着说道："下面，我们请中共北方省委常委、中共辽海市委书记路鸣同志讲话。"

路鸣缓缓站了起来，用锐利的视线扫视了一下会场后，以凝重而深沉的声音开始说道："同志们、朋友们，我首先要告诉大家的是这次会议的起因。前些天，我和钱韦杉同志去了一趟我们辽海市的棚户区，这几天，我收到了棚户区工人师傅们很多封言辞恳切的来信。大家说，一定要召开一次会议，一定听我们这些干部讲一讲。我们就把分发钥匙的时间提前到了今天，所以，才有了今天的这个见面会。大家不是要听我们讲一讲吗？借此机会，我就代表市委市政府给大家说一说我们的心里话。"

掌声再次响了起来……

"第一，是改革开放以来，党的政策进一步深入人心。尤其是通过深化国有企业体制改革以来，我们通过走市场化的路子，我们广大群众的精神面貌也变了，变得有生机了，积极主动了，我们的干部也在变，变得更加主动地去做实事了。第二，是招商引资工作推动了我市经济的全面发展。我市招商引资工作的成功，取决于我们工业园的建设。简而言之一句话，栽下梧桐树，才能引来金凤凰。第三，我们充分地尊重了人才和科学技术的力量，科技是第一生产力，我们只有尊重科技，才能获得进步的力量。第四，是我们全体产业工人几十年来共同努力的结果。比如说，我们有这样一个劳动模范家庭。他们一家三代人都是劳动模范，奶奶章小凤同志是全国特等劳动模范，曾经受到过毛主席、周总理等中央领导的接见，爷爷郝一湖是省级特等劳动模范，儿子郝祖国、郝设华全是全国劳动模范。孙子郝立京不但是劳动模范，而且还是我们市的政协委员，是中国龙汽车集团公司的技术能手。章小凤同志一家的奋斗史，是我们在座各位工人师傅和全市产业工人的一个缩影，也是整个东北产业工人的一个缩影，是你们的心血和汗水浇灌了共和国工业的发展。你们，才是我们这个时代的主人和英雄。所以，在今天这个大喜大庆的日子里，我代表市委、市政府、市人大、市政协，向我们辽海市产业工人的代表们表示衷心的感谢！"

　　整个会场的工人们都站了起来，记者们也都情不自禁地放下手中的镜头，一起鼓掌，掌声一浪高过一浪地在大会堂里绕梁回旋，经久不息。

先天下之忧而忧（1）

钱韦杉在这一天特意起了个大早，7 点不到就匆匆出了家门，从家里到市委办公大楼用了一刻钟时间，在路过大市场时顺便去买了双份的早餐。当他推开市委书记办公室的门时，时针正好指在 7 点 20 分上。

政府机关一般都采用 8 点半上班制，钱韦杉提前一个小时来上班，是有足够心理准备的，他知道昨天晚上路书记在办公室加班，没有回家，今天早上这位工作狂人很有可能会睡在办公室的沙发上，所以作为秘书的他有义务来做服务员的工作，为了让书记大人能够保持完美的形象，必须赶在上班之前，让书记吃上早餐。

很可惜，钱韦杉所有的心理准备和完美计划在进门那一刻被彻底摧毁了。他没能够看到睡在沙发上的书记大人，而是看到这位工作狂人依然端坐在办公桌后，已经开始工作了。对于他的到来，路鸣一点儿也不感到惊讶，只是抬起头看了一眼，就又继续看他的文件。

"书记，你又一宿没有睡觉吧？"钱韦杉情不自禁地担心了：这个书记大人完全不顾自己的身体健康。

"哦，不是一宿，我夜里睡了一会儿。"路鸣再次抬起头来，看了看自己的秘书，感觉到了他脸上的不快，笑了笑，"一个小时前才起床。"

"我可以问一下吗，书记你是什么时候睡的？"钱韦杉有些无奈地问道。

"大概是两三点的时候吧。"路鸣看也不看地摸到茶杯，但里面已经没有水了。钱韦杉马上过去把茶杯端起来："书记，我去给你换杯新茶来，要泡浓一点是吧？"

"呵呵，谢谢你，小钱。"路鸣丢开手中的笔，"顺便问一下你，有没有什么吃的？肚子突然饿了。"

钱韦杉沉着脸看了路鸣一眼："你等着，我去给你拿。书记，不会昨天连晚饭都没有吃吧？"

"小钱，你可别冤枉我，晚饭我是吃过了的，你给我留的饼干我全吃掉了。"

钱韦杉张了张嘴，却忍住没有再说什么，出去换了新茶，把早点也拿过来，趁着路鸣吃东西的空儿，去把窗户打开，让屋子里透透新鲜空气。然后，他又给花盆里浇了水，给鱼缸里投了食。等把这些活干完，路鸣也解决完了那些早点，伸了个懒腰，继续浏览文件。钱韦杉知道，市委书记一晚上不回家，是在研究关于合同及土地法的问题。

钱韦杉正准备出去，电话突然响了，他接起来，正奇怪什么人这么早打来电话，难道也知道这里有位没有回家的工作狂人吗？

"你好！哪位？"

"钱秘书吗？我是郝祖国，请问路书记在吗？"电话那头是一个精神饱满、沉稳浓厚的男中音。钱韦杉略有些吃惊："郝总你……你好，路书记他在，请问您找他有什么事吗？"

"哦，他在就好，我一会儿过去，到了再说。"说完就挂上了电话。

"路书记，郝总说他一会儿过来。"钱韦杉向路鸣转告了电话内容。

路鸣看看表："才7点半，他这么早来干什么？"

钱韦杉有些哭笑不得，心想你有什么资格说别人早啊："书记，您可别忘了，您比他还要早呢。"

"哦！哈哈，也对。这个祖国啊，简直就像在监控我的行动一样，真会抓时间来逮我。"路鸣说完，又是一阵大笑，但满眼里已经是掩不住的疲倦，他打了个哈欠，靠在椅背上，"小钱啊，等郝总来了你带他过来。我先打个盹儿，养养神。"

"好的，你休息吧。"钱韦杉退出房间，轻轻关上了门。

先天下之忧而忧（2）

仅仅 20 分钟之后，郝祖国匆匆到访，钱韦杉把他带进路鸣的办公室时，刚才还一脸倦容的路鸣就像突然换了个人似的，精神饱满，目光炯炯："祖国，来，快请坐。"

郝祖国注视了路鸣 10 秒钟，然后说："路书记，您上班可真早啊，还是昨天晚上你压根儿就没回家？"

"你说呢？"路鸣不答却反问。

郝祖国摇摇头："路书记，您总这样可不行啊，您的身体不是你一个人的，是我们所有辽海人的。请您按正常的作息时间工作好吗？"

"这是在这个时间来找我的人该问的问题吗？"路鸣笑道。

郝祖国也笑了："我是真怕您累着啊！"

路鸣放松了身体，靠在了沙发上，轻轻地揉着眉心。在内心里，路鸣早已经拿郝祖国当兄弟了，所以在他面前，他可以完全不顾及一个市委书记的形象，往往是怎么舒服就怎么来。

"祖国，跟你说实话吧，这也是没有办法啊，每天的工作都排得满满当当的，不干完不行啊！再说了，每天早上提前到办公室批阅文件，既安静又头脑清醒，还容易发现问题。"

郝祖国大发感慨："我到现在才知道，当个市委书记可真不容易啊！"

"那是。不过，据我所知，你这个总裁的作息时间也是这样的呀。"

"我是在书记这里学到的。"郝祖国微微一笑，露出了些许狡黠的样子。

路鸣仰起头闭目养神，幽幽地问道："祖国，你这么早赶过来，不会就是来给我说这些的吧？"

"当然不是。书记大人的工作这么忙，我可不敢浪费您的时间。"

"那你快说，又有什么好消息了？"

"今天我来，想和你聊聊'三农'问题。"

路鸣一下子睁开了眼，莫名其妙地盯着郝祖国："不会吧，你不研究你的汽车，怎么又研究起'三农'问题来了？这两件事可八竿子也打不着啊！"

"为领导分忧，也是我的工作啊。要不然，厂里的事情就不敢麻烦书记了。"

"祖国，你可说到我心里去了。你看看，自从招商引资工作彻底打开局面以来，市上的经济工作是上去了。可是，有两件事一直压在我心里啊。一件是干部问题，另一件就是这个'三农'问题。"

"前几年，粮食价格低，交税项目多，农民种地划不来。现在国家政策好了，农业税免了，粮食价格也上去了。"

"是啊，过去的土地没有人种，村委会就想办法把农民不种的土地承包给了种粮大户，而承包费的收入呢，就抵了村里的外债了。这个办法当时还得到了政府的肯定。"

"是啊，各个县政府还下了红头文件呢。"

"现在，大家看到种地有利可图了，就想把包出去的土地要回来。然而，按照合同，承包土地的种粮大户是受法律保护的。"

"可是，又不符合有关精神，对不对？"

"全心全意为人民服务，这是我们党一贯的原则。农民上访的主要目的是把地要回来，他们是大多数。"

"而种粮大户又不想把地退回去，可他们是少数。"

"问题就在这里，矛盾也在这里。我当时给农民们承诺要帮助他们解决这个问题的。可是，到现在了，还没有一个可行的办法，为了这事我专门开会讨论过，可讨论来讨论去，始终也没个眉目，真是愁死我了，这不，我一大早端坐在办公室里，正是在研究相关的法律法规呢。"

"我已经有了一个办法。"

"是吗？快说来听听。"路鸣知道郝祖国足智多谋，一听他说有办法，马上就来了精神。

"这既要把大多数农民的地要回来，还要不能违反合同，让种粮大户无话可说。"

"是，我要的就是一个两全其美的办法。"

"书记，这个问题改变一下策略就可以了。因为，村委会和村民签订的合同属于无效合同。"

"祖国，你没有搞错吧？什么样的策略能让他们签的合同无效？"

"您跟我说过这事之后，我就一直记在心上。上次我到北京出差，顺便请教了一位法律专家。他说，村委会和村民签订合同时，并没有召开全体村民大会，让全体村民表决，是村委会的独立行为，所以，这样的合同不能代表全体村民的意愿。因此，可视为是无效合同。"

路鸣盯着郝祖国沉思了半天，然后突然眼前一亮："祖国啊，好小子，你这可真是一语点醒梦中人啊！我彻底明白了。你又立了一个大功啊！那天法院的崔智友院长说过一句话，我到现在了都没有弄明白。经你这样一说，我总算是豁然开朗啦。"

"崔院长是怎么说的？"

"他说，法律上有个息讼原则。"

"就是说，如果法院受理了这样的案子，矛盾就会越来越大。"

"是的，祖国，你真行啊！这个问题已解决，我们目前面临的农村问题就彻底解决了。"

"还有一个问题，就是如何向种粮大户给予补偿的问题。"

"没错，我们也要基本上保证种粮大户的利益。"

"书记，我有一个想法，想给您汇报一下。"

"你不是帮助我解决问题来的吗？好啊，祖国，你又是无事不登三宝殿啊！"

"哈哈，书记，您可说过，只要是中国龙汽车的事就是大事，我可以随时来找您。"

路鸣故意问道："我有说过这样的话吗？"

"除非书记患了健忘症。"

"哈哈哈哈……祖国呀，开玩笑。不要说你今天给我解开了'三农'问题这样一道难题，就是没有这事儿，我也还是那句话，中国龙汽车的事就是大事。你说吧，到底什么事？"

"我是觉得，中国龙汽车是咱们辽海的骄傲，如果大家的公务车全换成中国龙的，也能起到一定的广告效应。再说了，咱们辽海有自己的中国龙汽车了，自己人怎么也应该起个带头的作用吧，不然，咱们的政府官员、企业领导开着德国车、日本车、美国车外出办事，人家会怎么看咱们。咱们去韩国找我的姐姐郝亭花的时候，有一件事我感触特别深，在韩国，几乎见不到外国品牌的汽车，日本车更是一辆都见不到，几乎所有的韩国人开的都是韩国车，他们以开本国产的汽车为荣，从我做起，坚决支持本国的汽车工业，我觉得，在这一点上，我们应该好好向韩国人学习，正是因为有了国人的大力支持，韩国的汽车工业才能迅速壮大，在世界上争得了一席之地。基于以上所说，您看，从今往后，全市的企事业单位采购车辆，必须购买我们的中国龙汽车，让中国龙汽车成为咱们辽海市统一的公务用车，我这个想法怎么样？"

"祖国，你刚才还说呢，'改变一下策略'就能两全其美，你这个提法是不是也得'改变一下策略'啊？"

"你是说，我的说法有点儿'垄断市场'的嫌疑？"

"不是一点儿，而是百分之一百。"

"书记，我明白了，我们在给政府的报告上一定会注意措辞。"

"对头。要做足报告之外的工作，比如一定要保证汽车的质量，还有，如政府采购车辆时的价格比较、外观比较等问题。"

"书记，我明白了，我一定会注意的。"

"然后呢，还有什么问题？"路鸣耐心地问道。

"我没问题了，书记。"郝祖国正襟危坐，却微笑着看着路鸣。

路鸣恍然大悟，无声地笑了："祖国啊……谢谢你，我真该把你调到我身边来，如果你在我身边，我也就不用这么累了。"

路鸣所说的这句话并不是场面话，而是真心话，如果要有一个郝祖国这样的左膀右臂，他路鸣一定会高兴地蹦起来。他一直觉得如果郝祖国从政的话，一定会有一番更大的作为，但是，人各有志，不能强求。

路鸣已经不是第一次表露这样的意思了，郝祖国心知肚明，赶紧笑着把自己往外择："书记啊，你已经有一个很称职的秘书了，还有一位秘书长，应该不需要我了吧？"

钱韦杉推门进来时，正巧听到了这句话，他有些不明所以地愣了一下："首长们在说我吗？"

路鸣和郝祖国相视一笑："哈哈，是啊，郝总在夸你能干呢。"

不速之客

遥望东方，太阳尚未从地平线上升起，还只是抹上了红褐色的天际，为自己的出场造着声势；俯瞰城区，大街小巷中，只有卖早点的摊贩在吆喝着，忙碌着。

此时此刻，郝立京早已经端坐在了电脑前面，噼里啪啦地打着字，处理着文件。忽然听到身后传来一阵窸窸窣窣的声音，他知道，一定是慧思又要来"捣乱"了。他头也不回，对着映在电脑屏幕上的美丽倩影笑道："baby，今天起这么早啊？"

郝慧思将胳膊环上来，慵懒地趴在郝立京的肩上："你别给我戴高帽子了，每天早上眼睛一睁，总是发现我一个人睡在那么宽大的一张床上，I am lonely！"（英文：我很寂寞）

"一些与汽车无关的工作我必须在家里完成。你是知道的，我一到厂里，就没有一点时间了。"郝立京有些愧疚地转过头来，无辜地望着妻子，"Please forgive me（请原谅我）！等我完成了这个，就会陪你好好地睡个回笼觉，好不好？"

郝慧思扑哧一声笑了："谁睡懒觉了啊，你还敢讽刺我！我什么时候说不支持你啦，哪怕是你去当侠客管闲事，我也没拖过你的后腿吧？所以啊，为了表明我的态度，今天我亲自下厨为你做早餐！"

"Thank you may wife！"（谢谢我的老婆）

郝慧思在丈夫额头上亲了一下："Please wait，honey。"（请稍候，甜心）

郝慧思刚进厨房没多久，门铃就响了，围着围裙的郝慧思从厨房里跑出来，有些诧异地到书房和郝立京交换了一下视线，这么早登门，会是谁呢？郝立京点了下头，示意郝慧思去开门。

"萌萌，怎么是你啊！"

听到郝慧思惊讶的声音，郝立京从书房跑出来，看到脸上还缠着纱布的牛萌萌："牛萌萌，你有什么事情打电话过来就行了，为什么要跑出来啊？太危险了！"

牛萌萌指着自己包裹得严严实实的脸说："没事儿，这个样子没有人能认出我来。"

"是没人能认出你来，可你一大早顶着这个脸在路上走，会吓到出来晨练的老人家的，不知道的还以为是木乃伊复活了呢！"郝立京没好气地说。

"怎么，不欢迎我啊？"感受到了郝立京明显不悦的态度，牛萌萌的声音一下低落了下去，"那我还是走吧。"

"哎，萌萌你别走啊，我刚好在做早点，你也一起吃点吧。立京他说话就这样子，你别见怪。"郝慧思连忙拉住牛萌萌，把她按回座位，给郝立京使了个眼色后，进了厨房。

"牛萌萌，你一大早来，是不是有什么事要说？你是不是已经想通了？"

牛萌萌眨巴着眼睛问："什么想通了？"

"就是把姚少军的账本交给我啊！"

牛萌萌又眨巴了一下眼睛，从眼神中可以看出，她是在笑："郝总，您放心吧，账本我一定会交给你的。"

郝立京伸出手，放在牛萌萌面前："那好，给我吧。"

牛萌萌果然也伸出手，只是她放在郝立京手上的并不是账本，而是一张小字条。没等郝立京明白过来，她已将他的手轻轻合上："现在不许看。"

"这是什么？"郝立京不解地问。

牛萌萌看见郝慧思端着盘子出来了，马上换了语气，说道："郝总，我也没有别的事，就是马上要出院了。以后我要以新的身份出现，所以想请你帮我改个名字。"

郝立京皱了一下眉头："就为这事呀，你电话里说说不就可以了吗？"

郝慧思从后面拍了一下郝立京的背："立京，你怎么说话呢，你不帮萌萌改名字就算了。萌萌，不要理他，我帮你想个好名字，给你起个能配得上你的名字。"

"谢谢慧思姐，我不在意郝总对我的态度，我知道他是想早点掌到账本，这样就可以早点摆脱我这个麻烦了。"牛萌萌说着，有些凄楚地低下了头去。

郝慧思连忙坐过去搂住她的肩安慰："好妹妹，你别误会，立京他只是替骆子爷爷着急，也是想早日把坏人一网打尽，没有别的意思。"

"你不早点把账本交出来，那些坏蛋就不能受到法律的制裁，没准他们还得到风声，都提前溜了，跑到国外去了，到时候就算拿到了账本，也成了废纸一堆。"郝立京有些恼火地说道。

"那也不一定，像他们这种人大都存有侥幸心理，而且还都贪得很，不会那么干脆就抛下一切跑掉的。也许看到这么长时间了都没什么动静，就放松了警惕，说不定这样还更能让他们露出马脚呢。"郝慧思说道。

"是啊，要跑的话早就跑了，也不会等到现在。"牛萌萌撇了撇嘴说。

郝立京明显感到郝慧思是和牛萌萌站在一边的，自己根本就孤立无援，只得放弃坚持，低下头专心吃早餐。

郝慧思想了半天，突然眼前一亮："萌萌，有了，我给你想到一个好名字。"

"什么名字？"牛萌萌显得很兴奋，但又有些哀怨地看了一眼旁边默不作声的郝立京。

"不如你以后就改名叫刘雪华吧。你听姐姐仔细给你分析啊。首先，刘和牛读音非常接近。其次，雪是白色的，我们经常说雪白雪白的，而白色象征着圣洁，虽然你之前有过一段不是很光彩的经历，但在我的心中，你依然是圣洁的，是白璧无瑕，白纸一张，没有任何的污点。而且雪的白色还有空白的意思，象征着忘掉过去，重新开始新的人生。最后一个字华，在古代就是花的意思，你现在才二十几岁，正是青春如花的年纪。萌萌，你觉得姐姐给你起的这个新名字怎么样呢？"

牛萌萌没有马上回答郝慧思的问题，而是把目光投向了一旁只顾埋头吃饭的郝立京，希望他能给出一些建议。然而，郝立京的注意力根本就没有放在给牛萌萌起名的问题上，一点也没有要做出回应的意思。

"郝总，你觉得呢？慧思姐给我起的这个名字怎么样？好不好？"牛萌萌主动问道。

"呃？不错，很适合你。"郝立京先是一愣，然后半是敷衍地说道。

"好，以后我就叫刘雪华了，谢谢慧思姐，谢谢郝总。"

吃过早餐后，郝立京去搭公交车上班，郝慧思则开车送牛萌萌回医院。

郝立京刚到办公室不久，黑一海就来了。

"爷爷，您怎么来了？"郝立京连忙站起来迎接。

"'五一'马上就要到了，我过来看看你们设计中心设计的新产品。"

"OK，爷爷，我带您到展示室去看。"

黑一海摆摆手，坐在了沙发上："不急，还有点时间，今天我们共同参加公司工人新村的竣工仪式。"

郝立京泡了一杯茶，端到黑一海面前："好的，爷爷，您喝茶。"

黑一海优雅地呷了一口茶，缓缓问道："立京，那个什么萌萌，出院了吗？"

"噢，牛萌萌，她的新名字叫刘雪华，就这一两天出院。"

"刘雪华，好，这个名字不错。"

一说起这个牛萌萌，郝立京就想到了她一大早到家里来的奇怪举动，还有她塞给自己的那张字条。他在公交车上看到内容后才知道，她要约他在外面单独见面。也不知道她葫芦里到底卖的是什么药，神神秘秘的，又迟迟不把账本交出来，尽管慧思总说她很单纯，但在自己看来，她根本就不是慧思说的那样一个人，好像心思重得很。

"立京，你有点心不在焉啊！"黑一海用他那双饱经风霜的眼睛注视着郝立京，似乎要把他看穿一样。

郝立京心里一动，连忙收回注意力："没有呀，爷爷。"

黑一海不动声色地问："你们新产品设计中心这个月的汽车模型出来了吧？"

"爷爷，您放心。一共是 12 辆，可漂亮了，线条堪称完美，等一会儿我们去看。"

"不是六个型号吗？怎么成了 12 个了？"

"爷爷，我们又设计出了 6 个，这样您就有选择的余地了，可以优中选优嘛。"

"好，立京，你们新产品设计中心的工作效率不错，你们要百尺竿头更进一步。"黑一海赞赏地点点头。

"No problem（没问题）！爷爷，您就放心吧。"郝立京信心满满地说道。

中国龙新村

一个萦绕在心头的难题终于解决了，路鸣兴奋异常，送走郝祖国之后，他趁热打铁，立刻召集了会议。

"今天请各位来，主要是解决前几天农民上访的事情。大家想出好办法来了没有？"

市中级人民法院院长崔智友推了推鼻梁上厚如瓶底的眼镜，率先说道："路书记，我们在息讼原则的基础上，研究了一下，结论是这个矛盾可以解决。"

司法局局长潘建伟问他："崔院长，怎么个解决法？"

"我们要在基本保证种粮大户利益的前提下，引导农民用《村民委员会组织法》这个法律武器，把村委会包出去的土地要回来。"

市检察院检察长王武龙也发问道："崔院长，人家有合同在先，要是人家告你怎么办？"

路鸣替崔智友回答了这个问题："村委会向种粮大户承包土地的时候，没有按法律规定广泛征求村民的意见，更没有让全体村民投票表决，因为程序有问题，所以站在法律的角度上，这个合同可以视为无效合同。"

"路书记说得对，只要我们法院不受理，这些矛盾就变成了村民与村委会之间的内部矛盾了。"崔智友说完又习惯性地推了一下眼镜。

"这样一来，这个看似复杂的问题，就好解决了。"

"好极了！市上马上组织由公检法参加的解决村民内部矛盾的工作组，深入各个村镇，在不让承包人吃亏的基础上，帮助农民把包出去的土地要回来。李副书记，你看，这项工作由谁来负责好一些？"路鸣把视线转向市委分管公检法司的副书记李云龙，问他。

"路书记，我是市委分管公检法司的副书记，这件事情理应有我负责，您就交给我吧。"

"好！你马上召开各部们负责同志会议，商量制定有关对策，把这件关系到大多数农民利益的工作做好！"

"路书记，您放心，我们今天上午就开会部署，争取明天一大早就下去。"李云龙说道。

路鸣高兴地挥了挥手，从座位上站起来："好。看大家还有没有高见？如果没有，你们就在李副书记的主持下继续开会，我还有个重要活动要参加。"

解决了一个大问题，路鸣感觉浑身轻松了不少，如同被卸去了千斤重担一般。离开会议室，路鸣由钱韦杉陪着，一起去了工业园，参加中国龙汽车集团公司工人新村的竣工仪式。仅一年时间不到，在这里就竖立起了一排排漂亮、新潮的楼房。这些楼房全部仿照原西城区工人村楼群的建筑风格，很有怀旧的味道，也很容易让人产生宾至如归的亲切感。一律红砖墙面起脊楼顶，只不过将以前的三层楼改为了八层至十八层不等的小高楼；在楼群中间间隔的是绿色草坪和人工园艺，其间还穿插着一些具有浓郁现代气息的雕塑作品，真正展现出了人们现代与怀旧相结合的精神风貌。当然，小区里还有供人们休息健身的场所，各种健身器械一应俱全。而就在小区的十字路口，下岗工人服务公司开办的餐馆、商店、理发店、蔬菜水果店也是一应俱全。大家都凑热闹一般地选择在这一天开张。从小区大门到各栋楼房下，都挂满了气球和条幅，由鲜花扎成的彩色拱门就像一道道彩虹一样在小区内四处盛开，辽海市的锣鼓队、秧歌队、舞龙队、狮子队也在这里聚齐了，争先恐后、欢快地舞动着，不时还来一阵插花表演，场面之热闹、壮观，可谓盛况空前。

部分前来祝贺的省市领导都已经提前到了，人们的脸上带着欣喜之色，热烈地交谈着，对中国龙汽车集团公司所取得的骄人成就赞不绝口，诸位领导和后到的路鸣寒暄一阵后，仪式正式开始了，董事长郝祖国首先代表公司上台讲话。

"尊敬的省委常委路鸣书记，尊敬的市委、市人大、市政府、市政协各位领导，女士们、先生们，大家好！春回辽海市人地辽海市新面貌，口暖中国龙神州中国龙万象新。在我们中国龙汽车即将批量走出厂门、市门、省门，甚至国门的大喜大庆的日子里，我们中国龙汽车的工人新村竣工了！"

掌声……

"从今天起，我们中国龙汽车集团的三千户员工就要乔迁到这里，成为这里的永久性居民。在今年年底以前，我们中国龙工人新村的二期、三期、四期住房工程也将结束，我们中国龙的两万新职工和家属将全部搬到这里。再过两年，也就是新世纪初的第三年里，我们原辽海汽车制造厂的四万职工、六万家属也将全部搬过来。到那个时候，我们的工人新村将有15万人口居住在这里。在新世纪里，我们中国龙汽车的工人们及其家属们，将以一种崭新的姿态出现在世人的面前……"

第二天的报纸，都以大篇幅报道了这一则新闻，广播电台和电视台也都作了专题报道。辽海汽车制造厂，在当年，还只是辽海众多大型国有企业中的小弟弟，可在郝祖国的辛苦经营下，在以路鸣为首的市委领导班子的大力扶持下，通过改制，通过招商引资，通过技术革新，现今的中国龙汽车集团公司，已经超越了辽海市所有的国企和私企，成了当之无愧的大哥大，成了辽海市的一面旗帜、一张名片，辽海市的市民以中国龙汽车为傲。一时之间，中国龙汽车集团、郝祖国成了辽海市街谈巷议的焦点。一些依然没有摆脱破产阴影的国有企业的职工都在说：为什么我们的公司就没有出现一个郝祖国呢！

桃花劫

　　参加完工人新村的竣工仪式后，郝立京就按照字条上约定的时间赶到了牛萌萌指定的那家"勿忘我"咖啡屋。这家咖啡屋外观很欧式，里面布置得也很雅致，柔和的灯光，棕褐色的吊顶，枣红色的地板，栗色藤条编成的藤椅，红木的长条桌。当郝立京被服务员带进包厢时，看到里面坐着一位陌生的漂亮女子，他以为自己走错了，连忙说着抱歉，退了出去，脚还没有抽回来，就被里面的人叫住了："郝总，你别走啊！"

　　郝立京重新进了包厢，盯着那名女子仔细端详。略施粉黛的女子看上去很年轻，也很漂亮，只是自己觉得很陌生，不记得在哪里见过她，犹豫着问："请问你是……"

　　"我是刘雪华。"女子眨了一下眼睛，笑意盈盈地看着郝立京。她修饰得非常好的睫毛，似乎能剪下一湾池水来……

　　郝立京忍不住惊呼出了声："天啊！是你！牛……哦，不，刘雪华！"

　　曾经那位叫作牛萌萌的女子，已经彻底改变了容颜，变得比以前更美了，经过美容医师的修饰，她的五官变得更精致了，简直就是一个标准的美人。她站起来，拉着郝立京坐到座位上："郝总，你请坐，连你都认不出我来啦？不过这样也对，如果你能认出我原来是谁，那就糟糕了。"

　　虽然脸完全变了模样，但声音还是原来那个声音，说了几句话之后，郝立京终于确认了，面前这个女子就是牛萌萌。他长长地舒了口气，感叹道："我不知道该说你很有勇气呢，还是说现代的整容技术实在是高，我真是一点也没认出你来。"

　　"嘻嘻，所以我今天才要请你来帮我庆贺呀。人家是脱胎换骨重新做人，我是改头换面重新做人，我呀，要彻彻底底地改变自己。"

　　郝立京这才看到桌上摆放着的一个生日蛋糕，蜡烛已经插好，整整20支，在雪白的奶油上用巧克力写着"生日快乐"的字样。

　　"哦，今天是你的生日啊？"

　　刘雪华摇摇头，眼波如秋水般看着郝立京："不，今天是我的新生之日。从今天开始，我就彻底告别了以前的牛萌萌，而将以刘雪华的这张脸和身份开始新的人生。"

"原来如此，的确应该庆贺。早知道是这样，我就该买样礼物送给你。"郝立京有些惋惜地说，"也该请慧思一起来，你能重获新生，可都是她的功劳呢，就连你的名字，也是她给你起的……呃，这么说来，你是不是请错人了？"

"不，我没请错人，让我获得新生的人是你。"刘雪华说。

"哎，怎么会是我呢？"郝立京有点茫然。

"是你把我从地狱里救出来的啊，如果不是你，我早就被人灭口了。也是你把我带向了光明，如果没有你，我无法想象自己还会继续什么样的人生。所以说，现在的刘雪华完全是因你而生的。请为我祝福吧。"

时时被刘雪华那双炙热的眼睛锁定着，郝立京略微显得有些尴尬："我……其实也没做什么。你看，也从没想过要帮你举行个这样的仪式。"

刘雪华甜甜一笑："不要紧啊，我请客你出钱不就行了吗？"

郝立京连忙点头应诺："那是当然。好，那么，我们开始吧？"

点着蜡烛，郝立京用英文向刘雪华表示了祝贺，并说道："You gained a new life."（英文：祝你获得新生。）

刘雪华许了愿后，一口气将蜡烛全吹灭："啊，我刘雪华新生了！"

"Happy birthday to you and have a good time."（英文：祝你生日快乐、天天开心。）

"谢谢你，郝总，我今天很开心！"说着，刘雪华一口气将高脚杯里的红酒喝了个精光，脸上渐渐泛起了淡淡的红晕，她对郝立京说道："郝总，你知道我刚才许的是什么愿吗？"

"愿望不能说出来吧，说出来就不灵了。"

"嘻嘻，你说得对。郝总，我能不能叫你立京哥啊？"

"这个……可以啊。"郝立京犹豫了一下，爽快地答应了，"我本来也把你当作自己的妹妹看待，只不过上班时间你还是得叫我郝总。"

刘雪华撇了撇嘴："是，我知道。那我问你，慧思姐有没有叫过你哥？"

郝立京被问了个莫名其妙，心想那怎么可能呢？除非下辈子自己比郝慧思跑得快一点，早她一步从娘胎里出来，否则永远也没这个机会让她叫自己哥吧？谁让自己比她小呢？

"没有叫过。"哪怕是开玩笑啊，也不会发生那种事吧？郝立京其实在心里蛮为这件事感到遗憾的，正因为年龄上的这么一点点差距，害他一直追啊追，总算花了不少年的时间抹平了那段小小的距离，最终把郝慧思给娶回家了。不过，就算到了现在，已经结婚做了夫妻，有时候慧思还会利用自己年龄上的那一点点差距称呼自己"小屁孩"呢。

"是吗？那就好……"刘雪花抿着唇，笑得十分开心，甚至还有一丝丝的得意。

"我说，刘雪华同学，你可真会吊我的胃口，你什么时候才愿意把账本交出来呢？"郝立京不失时机地追问。

刘雪华眨了眨眼："立京哥，如果我把那个账本交给你，你要怎么报答我呢？"

"怎么报答……让我想想……嗯，我可以提升你为资料室主任啊！"

刘雪华摇摇头："我又不是官迷，我才不干呢！"

郝立京有些丧气，他平生就对付过郝慧思这么一个女人，对其他女人他可以说一点没辙。因为他根本就不懂她们心里都在想些什么，也懒得花工夫去琢磨那些事。他索性直接问："你要什么条件直接说吧，不用拐弯抹角。"

"我大学读的是中文，我要给你当秘书！"刘雪华明显有些撒娇似的说道。

"当秘书也不是不可以，但是你得补充你的知识，仅凭一点中文基础是做不了我的秘书的，首先你要系统地学习《汽车原理》和《汽车工程》，还有相关的一些机械及动力知识。"

"没问题啊！别看我这样，我的 IQ 可是很高的。我从今天开始就补。但必须得是你来教我，还有，不管你走到哪里都得把我带上。"

郝立京似乎觉察到了什么，她不会是……郝立京答应了刘雪华的要求，但却又十分地谨慎，带着明显的防范："你是我的秘书，出去办事带着你是应该的吧。至于补课嘛，我可以指点你，但主要还是得靠你自学，因为我的工作太忙，毕竟时间有限，当然，你有不懂的问题可以随时去请教设计室里的人。还有，你的慧思姐她肯定乐于教你，而且她也比我会教人，你可以多向她请教。"

"我……我不想麻烦慧思姐。"

"她不会嫌麻烦的，她那么喜欢你。"

刘雪华脸上闪过一丝不易觉察的阴影，慢慢垂下了眼帘，用几乎不能听闻的声音说道:"立京哥,我们能不能不提慧思姐。"

郝立京没有听清楚:"你说什么?"

刘雪华抓起酒杯,又一次将刚斟满的酒一饮而尽,她这般豪爽的喝法,看得郝立京有些傻眼。

"立京哥,能不能……"

郝立京把酒瓶从刘雪华面前拿开,从刚才开始她就一个人在那里猛喝,都快把半瓶干红给消灭掉了:"好了,要求在工作中慢慢地提吧,只要不过分,我一定会满足你。但是,今天你必须把账本给我,这件事不能再拖了,这个案子也该尘埃落定了。"

刘雪华仰起脸,眼光迷蒙地说道:"行呀,没有问题!不过,你必须再答应我一个小小的要求。"

"你还有什么要求啊?"郝立京有些头痛地问道。刘雪华一再拖延,一再提出各种各样的要求,他的耐心快用完了。

刘雪华用手指比画出很小的距离:"就这么一个小小的,小小的要求,一点都不过分。"

郝立京看出她已经有些醉了,无可奈何地点了点头:"好,你说吧。"

"立京哥,请你把眼睛闭上。"

郝立京皱了皱眉:"这么复杂啊?好,我闭上眼睛。"

抱怨归抱怨,为了那个账本,郝立京还是从命地闭上了眼睛,他在心里不断地劝着自己,再忍一忍,再忍一忍……然而,郝立京万万没有想到,在他闭上眼睛后,刘雪华突然抱住了他,并将她柔软湿润的嘴唇贴在了他的嘴上……

郝立京的身体猛地振了一下,脑子里白光一闪,随即便条件反射般地一把将刘雪华推搡开,由于力气过大,刘雪华重重地摔倒在了地上。

"你干什么?"郝立京气得浑身发抖,瞪圆了眼睛怒视着趴在地上的刘雪华。

"立京哥,我喜欢你,你能接受我吗?"刘雪华并不害怕,她迎上郝立京的视线,几乎是喊一般地说道,"我喜欢你!"

"你……你简直不可理喻!"郝立京迈开大步,从刘雪华身边跨了过去,头也不回地走掉了。

"你别走啊,立京哥……"刘雪华捂住了脸,苦涩的泪水从指缝中慢慢渗出……

心甘情愿做情人的女孩

中国龙汽车新产品设计中心的展览大厅里，展示着各种型号的小汽车，其中不乏国际知名汽车品牌的几款实用车型，而就在大厅对面的一个展览室里，陈列着一辆辆造型别致的小汽车模型，这些模型制作得非常精美，每一款都有独特的风格。郝立京正在陪着黑一海参观这些模型。手机突然响了，他赶紧走到门口接起电话："你好，我是中国龙汽车新产品设计中心郝……哦……是你啊，你哭什么呀？"

电话是刘雪华打来的，还没开口，她就已经泣不成声了："立京哥，你告诉我……我究竟错在哪里了？"

郝立京不由得皱起了眉头，他转头看了看正在专注地盯着车模深思的黑一海，悄悄离开展览室，回到了自己的办公室，然后耐着性子说道："好，我来告诉你吧，你错在哪里了：第一，你一点儿都不尊重我，没经过我的允许就……"

"立京哥，那是我的真实感受，是我的本能反应。我喜欢你，我想亲近你，我想成为你最亲近的人，我那样做有什么不对吗？爱一个人有错吗？我知道，你就是看不起我……我给别人当过情人……你嫌我脏……"

郝立京有些烦躁地对着电话吼道："你错啦！我没有看不起你，什么情人啊？我从来没有那样说过吧。而且这些不是全都过去了吗，你自己还提那些干什么？我现在是在跟一个叫刘雪华的人说话，你知道不知道！我再告诉你犯的第二个错误，你这样做也是不尊重你自己！"

"立京哥，你要是真的没有看不起我，你就不要这样对待我，你就接受我吧！"

"你要我怎么对待你？我实话告诉你，我是不可能接受你的感情的，我是一个感情专一的人，我已经有妻子有爱人了！"

"立京哥，你就这么狠心吗？你就这么对待一个真心诚意爱你的女人吗？啊……我替你说吧，总而言之一句话，你就是看不起我这个破烂货！"电话那边传来了一阵号啕大哭。

郝立京对着电话筒已经彻底失去了耐心，但最终他还是尽量地用最温和的声音说道："刘雪华，你不要哭了！你听我说，你不要这么贬低自己，你仅仅是一个走错了路的大学生，你还很年轻，很聪明，你的人生路还很长，未来是充满光明的……好好好，你既然这么说了我也就直接告诉你。我和慧思从小一起长大，可以说是青梅竹马，没有人能比我们的感情更深，也没有谁能替代她在我心中的地位，这个世界上，我只爱她一个女人，我的心里不会再容下别的女人了！"

刘雪华绝望地大哭了起来，近乎哀求地说道："立京哥，我知道你和慧思姐的感情很深，我也没有想过要破坏你们的家庭，我只是希望你能把爱分给我那么一点点而已，就算是施舍好不好，你不要把话说绝了，行吗？"

郝立京冷冷地说道："你不要心存幻想了，我不是为了让你放弃才故意这么说的，我也和你一样，说的是真心话。我没必要骗你。你还是趁早死了这份心吧，这也是对你好！"

说到这里，郝慧思推门进来了，郝立京给她打了个坐的手势，解脱一般地对电话那头说："对不起，我还有事，你也不必用那个账本要挟我了，对不起，账本我不要了，行吧？再见！"

郝慧思把一份文件推到了立京的面前："急件。"

郝立京挂上电话，拿起中性笔在文件上龙飞凤舞地签上了自己的名字。看他签完，郝慧思轻轻叹了口气："是萌萌……哦，是刘雪华的电话吗？"

郝立京点了点头，眉头紧皱，一声不吭。郝慧思走过去轻揉他的肩，柔声说道："立京，你不是说那个账本很重要吗？你这么做会不会太绝了？万一要是要不出来，咱们之前的努力不就白费了吗？"

郝立京有些气急败坏地把手机往办公桌上一放："还是先别管她了，慧思，走，我们去干活儿。"

郝慧思跟着郝立京走出办公室，在他身后轻声说："立京，就算你不接受她的心意，也可以对她好一点呀，毕竟人家是个弱女子嘛。"

郝立京一下转过身来，对着郝慧思吼道："我对她够好的了，你们还要我怎样啊？"

郝立京心想：自己现在这样做，难道不就是对她好吗？郝立京清楚，在男女之事上，要拒绝就干脆拒绝，千万不能有一丝心软，千万不能拖泥带水，给对方还有希望的假象。在感情问题上，就是应该快刀斩乱麻，往往拖得越久，伤得就越深。给一个人希望，最后再亲手扼杀希望，没有比这更残忍的了。郝立京知道，刘雪华是感觉自己无助，所以她想依赖自己，刘雪华感觉自己救过她，所以她要报恩，但是她怎么就不想一想，这么做不是在破坏他和慧思温馨甜蜜的新婚生活吗？

夕阳无限好（1）

自从骆子复出以后，骆子茶馆的门前又恢复了车水马龙的繁荣景象。下午说书时间快到了，人流从四面八方不断往这里涌，很快茶馆里就座无虚席了。门外海报上写的是"今日说书——杨家将；表演者：'快板王'——骆子"。骆子依然延续着自己的老传统，在开场之前都会来一段即兴快板，热热场子：

> 市上领导车子好，
> 不是丰田是蓝鸟；
> 县委书记也不差，
> 起码是个桑塔纳；
> 区委书记穷烧包，
> 给个吉普还嫌孬；
> 乡镇干部也有车，
> 好歹是个双排座；
> 村里干部一片天，
> 整个"电驴子"乱转转。
> 不论官多大，
> 都买桑塔纳；
> 不管哪一级，
> 都要坐奥迪。
> 别看厂子小，
> 厂长有蓝鸟；
> 不管什么级，
> 都来坐奔驰；
> 企业亏了钱，
> 照样坐本田；
> 没有工资发，

照样桑塔纳……

在贵宾间里，坐着章小凤和黑一海，黑一海还是第一次来听骆子说书，由于之前忙于新产品的试验、定型工作，一直没有抽出空来看骆子，他心里很是内疚。

"小凤，骆子现在的病情怎么样？"

"时好时坏，但只要一上台，就啥病也没有了。下了台，就开始疯疯癫癫了。"

"小凤，多亏了你啊！要不是你，骆子恐怕早就离开我们了。"

"哈哈哈，这倒是真的。大哥，你是知道的，骆子哥这个人疾恶如仇，说快板得罪了不少人。你想想，他能从'文革'中活过来，不容易啊！"

"是啊！不过还是要注意点，虽然如今不像过去那样抓小辫子乱戴帽子了，但别有用心的小人还是随处可见。之前的事也是个教训，小凤你得劝劝他，你的话他能听进去，给他说说，说快板没关系，但最好别太有针对性，不要把矛头指向某一个具体的人。"

"大哥，你就放心吧，现在骆子哥有我这个经纪人，还有老郝这个保镖，他没问题的。另外，大哥，你要常回家吃饭啊。本来是要你和我们一起住的，但离你们公司太远，上班不方便。知道你和慧思他们一起住我就放心了，可我听慧思说，你老不回家吃饭，这个星期也是，整整一个星期都没有回家了。你年纪大了，不比年轻的时候，要好好保重身体，饮食上一定得跟得上，睡眠也得保证好。把身体维护得好好的，你才能为中国龙汽车、为辽海、为咱们的国家多做几年贡献啊！"

黑一海听了哈哈大笑："慧思这个孩子，竟然跑到你这里来告状了啊，她还对你都说了些什么？"

"说什么，再就是告立京的状呗。"

"他告立京什么状？又出什么情况了吗？"

"能出什么情况啊，小两口一起过日子哪能没有摩擦啊，其实我都知道，慧思每个星期跑我们这里来告状是假，陪我们唠嗑才是真，你说这孩子怎么那么会疼人呢，她真的像极了惠子嫂子，那样貌，那心性，万里难挑一啊，我们立京娶到她算是有福气了！"章小凤万般感叹地说道。

"那孩子也有她的缺点，就是太替别人着想了，有时候甚至忽略了自己。"黑一海说道。

"是啊，立京这孩子大大咧咧的，做事又风风火火的，想干啥就干啥，不太会为别人着想，就像我。"

　　"是啊！立京很有你的做事风格。其实，咱们一家人大都是这样，太性情了，没有多少城府。这里面就是祖国好一些，做事比较圆通，很善于处理人际关系。"

　　"这个祖国，脾气是越来越不像我了，嘿，要不是他样子像极了我，而且还遗传了他爸的那副身板，人家还以为我年轻的时候不守妇道呢！"

　　黑一海嗔怪："小凤，你在胡说什么呀？"

　　章小凤哈哈大笑："大哥，我跟你开玩笑呢！老郝都没生气，你生啥气哟！"

　　"也亏得我一湖兄弟的脾气好，你们这算是正好互补啊。我看设子的性子和一湖简直一模一样，也是个闷葫芦。"

　　"你说得一点没错，但设子虽然性格像他爸，可本事比他爸大多了。"

夕阳无限好（2）

两人说笑间，骆子的表演已经结束了。茶馆老板带着骆子走了进来："章师傅，黑总，我把骆子师傅给你们带来了。你们老几位难得碰面，好好聊聊吧，今天的茶水点心全都免费。"

"哈哈哈，那敢情好，谢谢你了，老板。"

章小凤把视线移到骆子身上："骆子哥，今天怎么样，表演得还顺不？"

老板抢在骆子前面说道："听听那震天响的叫好声就知道了，那叫一个好啊，简直就是好得没话说。口齿清楚，抑扬顿挫，声情并茂，骆子师傅就是个天才的艺术家，简直就是为那个舞台而生的！"

"骆子老弟，看来你和说唱艺术有缘啊！"黑一海起身让骆子在章小凤身边坐下，骆子呆呆地听着他们的话，表情木然，并没有什么反应。

章小凤有些担忧地问他："骆子哥，身体怎么样，要不我们回家吧？"

骆子一听到这样的话，就开始手舞足蹈起来："回家……哦……回家。"

黑一海按住骆子的双手，直盯着他，问："老骆，我是谁？"

骆子瞪着黑一海看了半天，神情有些迷惑："我……我认得你，你是……你是……"

黑一海摇了摇骆子的肩："我是你的大管事，想起来了吧？"

"大管事？"骆子的眼中突然闪过一丝恐惧，转身抓住章小凤的手，断断续续地说，"哦……哦……小凤，他是小日本……你快打啊……"

黑一海听了哈哈大笑，然后指着自己的大腿，问："我的骆子兄弟啊，到现在，我这条腿遇上阴冷的天气还疼，当年就是让小凤给打的，还打？你还不放过我吗？"

章小凤面带歉意地安抚骆子："骆子哥，一海大哥不是日本人，他可是好人，是好人啊！"

骆子望望章小凤又望望黑一海，喃喃地说道："哦……我想起来了，你是中国人，你是好人，当初你还设法保护过小凤呢。"

黑一海的眼中有了些许泪影："对呀，我们两个那时候关系很好啊，经常在一起研究曲子，一个唱一个和，你还叫我大哥，你难道全忘啦？"

骆子的眼睛逐渐变得清澈起来："哦，对，你是大管事，但你不是日本人，你是中国人，你是我的朋友，你是……"

黑一海激动地握起骆子的手："骆子兄弟，我是你大哥啊！对不起……都是大哥不好，没有照顾好你，让你受了那么多苦……"

"不、不……"骆子使劲地摇摇头，伸出双臂，颤抖着抱住了黑一海，泪水在他布满沧桑的脸上肆意奔流，"大哥，我们……总算是见上面了……"

老哥俩终于相认了，章小凤在一边擦着眼泪："骆子哥，你又好了吗……你真的是受苦了……"

"这下好了，皆大欢喜了，各位，应该高兴不是吗？"老板一直在旁边看着这一出人间的悲欢离合，鼻子也有些酸酸的，感动的泪水在眼眶里直打转。最后，他见几位老人在那里抱头痛哭，老泪纵横，心下实在不落忍，就出声相劝了："大家好不容易聚齐了，多不容易哪，趁着这机会，喝两盅怎么样啊？"

"老板说得对，咱们应该高高兴的，过去的事就不再提了。多想些开心的，骆子哥，你是不是全都好啦？"

"都好了，小凤，让你担心了。"骆子微笑着说道，章小凤一见他这熟悉得不能再熟悉的笑容，眼睛又是一热，骆子哥是真的好了，否则他不会像当年那样对着自己笑，这笑容曾经给过自己多少温暖和安慰啊，这笑容支撑着自己度过了多少最艰难的日子啊，这笑容就像烙印一样，早已经深深地留在了自己的脑海里。

"好了就好……骆子哥，我跟你说过的那些话你还记得吗？你睡着的时候都听到了吗？"章小凤问。

"我都听到了。"骆子欣慰地说，"我知道你一直都陪在我的身边，一直在跟我说话，生怕我睡过去。你说立京和慧思结婚了，还说设华媳妇怀上了。"

"是啊，郝家最近的大喜事就是设华媳妇马上要生啦！"

噩梦降临

这说巧也巧得不得了，章小凤这边刚给骆子报了这个喜讯，那边吴飒飒就被送进了医院。一接到电话，章小凤就忍不住笑出了声："哈哈，说着说着，喜事就登门了，飒飒要生了，咱们赶紧去医院吧。"

当他们赶到医院的时候，就见亲家老两口正守在产房门口急得直打转。

"亲家，飒飒进去多长时间了？"

"快一个小时了。"

"设子呢？"

"还在厂里，我已经通知他了。"

说话间，郝设华穿着工作服急急忙忙地跑了来："妈，怎么样？"

章小凤笑道："我还以为你来不了呢，怎么这么快就来了？"

"是厂长把我赶来的。"郝设华有些不知所措地摸着后脑勺说。

"原来你也有急的时候啊！"亲家母对这个女婿多少是有点意见的，老婆在家肚子疼得直打滚，最后还是打电话叫来父母帮忙送医院的，做丈夫的却始终不见人影。虽然女儿一个劲儿地替设华说话，说厂里太忙，可这个时候了再忙也得抽出空来看一下吧？

"对不起，妈……"

骆子笑道："亲家母，设子都快奔五十的人了，他能不急吗？"

郝一湖掐着指头算了一下："设子是1954年生的，现在已经整整46岁了。"

章小凤哈哈笑道："是啊，眼看着祖国都快有孙子了，设子还没有把儿子生出来，他着急是应该的。"

这边郝立京和郝慧思也接到了电话，郝慧思忙完自己的事，过来找立京，却看到他还趴在电脑前修改图纸。

"立京，你快点，已经下班了，我们还要去医院呢，这可是咱家里的大事。"

"去医院？慧思，去医院干什么啊？"立京抬起头，一脸迷茫地问。

"二婶在医院生小孩呢，难道你忘了？"

郝立京一拍额头："你看看我这个脑袋，这么大的事我居然给忘啦！"

郝慧思轻笑一声，揶揄道："能不忘吗？你现在满脑子都是哥哥妹妹哟！"

郝立京浓眉一竖："慧思，说什么呢？"

一旁的设计人员忙替自己的头儿说话："慧思姐，这你就冤枉我们主任了，我们主任的脑子里可装的全都是你，其他的妹妹哪怕是想见缝插针也没那个机会哩！"

"是啊，慧思姐，你就放心吧，别说是一个妹妹，就是来上一个连的妹妹也不可能把你从我们主任的心里挤出去！"

郝慧思笑道："你们也放心吧，我在开玩笑呢！"

郝立京麻利地收拾完最后的工序，敲下储存键："好了，完工了！慧思，别理这帮满嘴八卦的家伙。"

"主任，这么快啊？"

"那还用说，咱们主任那可是呱呱叫的强中手啊！"

"好了，你们别拍马屁了，赶快干完自己的活，尽早下班，今天我就不陪你们加班了。"立京笑着关上电脑。助理非常及时地端来了一杯正冒着热气的咖啡，"头儿，提神咖啡，我这马屁应该拍得很到位吧？"

郝立京两眼大放光芒，接过咖啡："啊，工作之余来杯咖啡，真是过瘾啊！"

郝慧思过来在他的腰胯上狠劲拍了一巴掌："立京，二伯都快五十了，也算是老来得子，眼看着咱们可爱的弟弟或者妹妹就要出生了，你还在这里喝什么咖啡啊？赶紧走！"

郝立京连忙放下咖啡："对，老婆说得对，我这就走！"

去医院的路上，郝慧思开着车，突然想起了什么，问："立京，你猜猜，二婶生的是儿子还是姑娘？"

郝立京毫不犹豫地说道："我猜一定是个儿子。"

"你这么肯定？我怎么就觉得是个姑娘呢？"

"我凭直觉得来的结果是儿子。"郝立京自信满满地说。

郝慧思瞥了他一眼："得了吧你，你的直觉根本就没准过。不然我们打个赌吧，行不行？"

"行啊，赌什么？"

"要是儿子，我奖你做一个月家务！"

"什么呀？这哪是什么奖励，这根本就是惩罚啊！"

"我告诉你立京，在我面前，你永远赢不了！"

"你……"

"注意，我在开车！"

"好好好，你开好车，你说，要是女孩呢？"

"要是女孩的话……"

"我罚你做一个月的家务！"

"那可不行！"

"总得有一个说法吧。"

"说法有啊。"

"说说看。"

"我说了，你可必须得执行！"

"你都还没说，我怎么执行啊？"

"你得对刘雪华好点！你还要从她那里要东西呢！"

郝立京一下子没有了情绪，扭开脸去，看向窗外："慧思，我们不说她，好不好？"

在等候了长达四个小时之后，产房里终于传来了婴儿的啼哭声。10分钟后，一位护士出来了："生啦，你们都听到了吧？"

章小凤赶紧推着轮椅到了门边："哈哈，听到了，这么大的声音，一定是个儿子，是不是？"

"没错，是儿子！"

郝设华突然一下跳了起来，在众人惊讶的目光中，他激动万分地自言自语道："我们郝家又一个工人诞生啦！"

"是啊！设子，你好有福气呀。"

"这下好了，都全了！全了！"

"是全了，全了啊……"

章小凤看向身边的骆子，轻声说："骆子哥，这也是你的孙子啊！"

"红杏出墙"带来的烦恼

等郝立京和郝慧思赶到医院的时候，病房里只剩下吴飒飒一个人了，其他人都不在了。他们两个感到很奇怪，大家不围着产妇嘘寒问暖，都跑哪儿去了呢？

郝立京忍不住问："哎，二婶，我二伯和爷爷他们呢？他们怎么回事，怎么能把你一个丢在这里呢？"

吴飒飒疲倦的脸上流露出一丝不安，虚弱地说道："他们都去酒店吃饭了。"

郝立京大为惊讶："什么？不会吧！这个时候，我二伯他应该陪着你啊！你怎么能离得了人呢？去酒店吃饭，亏他也做得出！"

郝慧思悄悄摇了摇郝立京的胳膊，示意他不要再说了："说不定我二伯已经回来了呢，他会给二婶送饭来的。"

郝立京看到吴飒飒眼中隐约有了泪光，连忙改口说："哦，也是啊。"

看着吴飒飒的表情，郝慧思知道肯定是出事了，她偷偷扯了扯郝立京的衣襟，示意他出去说话。

出了病房，郝慧思说："你赶紧打个电话，问问一大家人在哪儿呢？"

郝立京打电话问清了大家在哪个酒店哪个包房，然后两人便匆匆赶了过去。

郝慧思和郝立京一进酒店包厢，就发现大伙的脸上没有一点喜悦的意思，一个个都阴沉着脸不说话。

"你们这是怎么了？"郝立京更加莫名其妙了，转着圈地问大家，"医院不是说母子都平安吗？咱们郝家又添了人丁，这是多大的喜事啊！怎么都一个个沉着个脸呢？"

黑一海摆摆手："立京，慧思，就等你们呢，快坐下吧。好了，现在人都到齐了。小凤，你说几句吧。"

章小凤怔了怔："还是大哥说吧。"

"小凤你让我说什么，我一听到设子媳妇生了……顺利产下一个男孩，就赶着来贺喜了。谁知道一来就见你们一个个的苦瓜脸，应该最高兴的设子还给我在那边生闷气，我真的是不明白，到底发生什么事了？你们谁来告诉我一下呢？"

郝立京耐不住性子，站了起来："是啊，二伯，你什么意思，把二婶一个人扔在病房里，我还以为你是给我二婶弄吃的去了呢。结果你却窝在这里，还一脸的委屈，到底怎么啦，这是？"

郝设华突然直起脖子大声说道："那个孩子不是我的！"

黑一海和郝立京、郝慧思全给吓了一跳："什么？怎么可能呢？"

黑一海沉下脸："设子，这样的话可不敢胡说！"

郝立京也接上说："是啊，二伯！"

郝慧思的脸都白了："二伯，你怎么能这样说话？二婶她……"

郝设华猛地挥起拳头，狠狠地砸在了桌子上："我说的是真的！"

郝设华的这一拳力道很大，震得桌子上的杯盘碗碟叮叮当当一阵乱颤，同时，所有人的心也都跟着颤个不停。

（第二部完）

2013年10月22日二稿写于北京

劳 模

第三部 大创业故事

陈玉福 著

中国言实出版社

目　录

她生出洋娃娃

在新世纪开始的时候，已经47岁的郝设华有了自己的孩子。可是，当他看到这个孩子的时候，第一时间以为自己产生了幻觉。是的，他倒宁愿那只是幻觉。不是因为过于狂喜而无法理清现实与梦境的区别，而是因为眼前所见的根本就不能构成现实。躺在他怀里的初生婴儿，由于孕期的良好营养而发育得非常完善，浓密的头发，精致的五官，甚至皮肤都已经褪去了长期浸泡在羊水里的褶皱，呈现出光洁的乳白，落地后仅用了两个钟头婴儿就开始睁眼看世界，那双眼睛如大海般湛蓝、纯净。看上去一切完美无缺，襁褓上别着的号码牌上写着令人欣喜的数字：重4.2千克，长0.65米。

"不……"

郝设华惊讶过后，确认了眼前的现实：这的确是一个洋娃娃，一定是妻子与外国人苟且的结果。他痛苦地喊道，若不是旁边的护士注意到他的异样，刚好伸手把婴儿接住，一桩惨绝人寰的悲剧差点就在她们的眼前发生了。顷刻间，冷汗爬满了郝设华的脊背，就像一瓢冷水从头浇到了脚底。这究竟是怎么回事？妻子是什么时候和外国人好上的？这一点应该没有什么问题，因为妻子工作单位的技术科，就有外国的工程技术人员……天啊，吴飒飒，你这个烂货，你为什么要这样对待我？

他气愤之余，有些茫然，又有些惶惑，看着那位小心呵护着婴儿的护士，在她奇怪的视线中踉跄逃开。

"不……"郝设华重新回到病房中时，再次否定了自己的意识。但是，所有人尴尬的沉默以及求证的眼光，让他又一次愤恨起来。同时，他也感到了被人当众剥得赤裸裸的那种羞耻与屈辱。此时此刻，婴儿被重新放置在了母亲的枕边，和母亲一起睁着无助而又无辜的大眼睛，不安地游移着。母亲的眼神痛苦地寻求着所有人的理解和信任，尤其希望是来自自己丈夫的信任。可是，没有一个人说话，就连自己的亲生父母都羞愧地低着头，一言不发。也就是说，现在所有人都认为吴飒飒是一个不贞不洁的女人。

吴飒飒无助地转过头来，泪水涟涟地看着孩子，她发现，孩子的视线里没有任何情绪，看不出他是欢喜还是悲伤。孩子幼小的四肢在襁褓里蠕动着，强有力地挣脱了束缚，然后，他的双手伸向了空中，像是要去抓住什么，或者是希望自己的亲人能够抱抱他……

　　婴儿无言的诉求没有得到任何回应，母亲疲惫地用温柔的眼神包容着他，只是，视线里些微的怯懦和惊慌还是传递了出去。婴儿突然啼哭了起来，稚嫩的哭声虽然纤细，却爆发得那么声嘶力竭，似乎是对这个世界的抗议，这像极了从鸟巢中掉落的雏鸟的悲鸣。病房中所有人似乎都有所触动，紧张地注视着这个小生命。章小凤把轮椅摇到了病床边，她用颤抖着的干枯的双手将孩子抱了起来，然后对大家说："你们都出去吧，让他先睡，飒飒也需要休息。这么多人挤在这里干吗，去去去。"

　　当所有人都走了后，章小凤将已经睡着了的婴儿放回床上："飒飒，你好好休息。"

　　吴飒飒微笑着把婆婆目送出了门后，刚才还尴尬的场面变得寂静而凝滞。此时此刻，泪水终于像洪水一样从吴飒飒的眼角跌落出来。她有些不明白，甚至有如坠梦魇的感觉，从分娩到现在的将近十个钟头里，那些间歇的撕裂般的痛楚，竟然没有一点实感，身体除了虚软无力外，并没有留下任何记忆。然而，本不该有痛觉的地方却开始了等同的感受，有什么地方正在被撕开，血汨汨地流出来，仿佛要流尽她的生命和希望……现在，这个世界留给她的，除了冰冷就剩下空虚了。

　　在天底下，所有做母亲的在这一刻都应该是最满足最骄傲的，可是，她却一点也没有办法为自己找回那份骄傲。唯有的，是茫然的羞愧。这是怎么了，自己怎么就生出了一个蓝眼睛、黄头发的洋娃娃呢？

　　之后，郝立京小夫妻来了，对于他们的疑问，吴飒飒只能沉默以对。是啊，这个时候做丈夫的不是都该守候在妻子的身旁，然后傻傻地看着他的孩子，仿佛怎么也看不够的样子吗？就算再冷漠再无情的男人也会爱屋及乌地将温柔分给妻子一点，嘘寒问暖可以不要，至少也要陪伴在身边吧。

　　郝立京和郝慧思的疑问在酒店包间里得到了答案。只是这样的答案实在过于蒙太奇，让他们根本无法理解和接受。

　　"二叔，你这么说是对二婶的不尊重。你有什么证据这么说？"郝慧思虽然性情温和，很多时候都显得很恬静，一副与世无争的样子，但一旦触及到她的敏感点时，她的反应还是相当激烈的，尤其是在女性人权这个问题上，她向来都当仁不让、据理力争。

"我有证据！"郝设华两眼发红，充满血丝，看上去有些吓人。

"什么证据？"郝立京体内那股永不停息的洪流仿佛突然得以暴发，他抢在郝慧思之前问出了自己的愤怒。

"你……你们看一下那个孩子就知道了！"郝设华急得喘着气吼道。

"我们去的时候孩子已经睡着了。"郝慧思决定改变询问对象，她走到章小凤面前，蹲下身，问道："奶奶，究竟是怎么回事？二叔的孩子出了什么问题？"

章小凤愣怔怔地看了郝慧思一会儿，摇摇头说："慧思，你就别问了，你二叔正在气头上，说出来他心里更不好受。"

"那也总得让我们闹明白是怎么回事啊！"郝立京越发焦躁了，嘟囔道。

"立京！"黑一海严厉地将郝立京的冲动喝止住。然后他换了个口吻，对章小凤说："小凤，还是你来说吧，我在这里也是丈二和尚摸不着头脑，原本是来贺喜的，结果却看到你们一个个都愁眉苦脸的，这到底是咋的了？"

"唉……"章小凤叹了口气，看了一眼站在窗边一声不吭、似乎要把自己往绝路上逼的二儿子，再次摇了摇头说："大哥，这事真叫人说不出口啊！"

"有什么事是说不出口的？"黑一海紧锁眉头，从章小凤的态度里，他感觉出了事态的严重性。

"也难怪设子要那么说啊，那孩子一眼就能看出……不是设子的种。那是个金发碧眼的洋娃娃啊！"章小凤用手掌拍打着轮椅的扶手，痛苦不堪地道出了真相。

"啊？"黑一海无法相信，"怎么会有这种事？"

"我们以为医院给搞错了，还去查了一遍，今天那家医院出生的婴儿总共 10 个，除了这个男娃，其他全是女娃，医院说他们怎么会搞错！"

"那……这……"黑一海语塞了，他虽然经历了比别人更多的风雨坎坷，却也是头一次遭遇到这种事，一时间说不出话来，也不知该说什么更合适。

"奶奶，你说的是真的？"郝立京再也按捺不住，瞪着眼睛问章小凤，

"你们看清楚了？"

"就算是你奶奶我老眼昏花，这里还有这么多人都看见了，还能错得了？"章小凤也有些生气地说道。郝慧思连忙抓住她的手轻轻抚摩，借以安抚她的情绪，并给了丈夫一个不满的眼神。

"是，我们都看到了。"骆子扯了扯唇角，原本想要展现一个温和的微笑，但终究还是有些尴尬地停住了，只剩下一抹苦笑的哀愁："金发卷卷的，眼睛蓝蓝的，皮肤白白的，漂亮得不得了，真的跟挂历上的洋娃娃一模一样……"

愤怒之根源

骆子的声音温柔中带点无可奈何，可见那孩子真的非常可爱，只是那并非人们所期盼的样子，反而是一切愤怒的根源。郝设华突然大吼一声："够了！"

"设华！"章小凤对儿子如此粗鲁地冲着骆子吼叫感到寒心，胸中即刻燃起了烈火，也尖厉地喊了起来："你冲谁吼呢，事情还没有弄清楚，你在这里发什么疯啊？"

骆子明白章小凤是一心为了他，却也不好在这个当口劝慰，只能在一旁继续苦笑。

"设华，你冷静点，这事的确太奇怪了，还是弄清楚一点好。"黑一海在这里也算是德高望重了，不管怎么说，这样的场面也得他出面压堂了。于是，他思忖着怎样才能起到事半功倍的效果。这时候，大伙儿都像是吃了炭火一样焦躁，一家人都要急上了，所以，他必须及时给他们刹车。以黑一海对吴飒飒的了解，他并不认为她会做出背叛丈夫的事来，而且她是一位有头脑的知识女性，起码的常识应该具备，就算曾有过不忠，也不应该将事情发展到这种无可挽回的境地。

"还有什么好说的！她就是个骗子……她不要脸！干下这种丑事……"郝设华抑郁着，几乎说不出下面的话了，但他的神情却告诉了所有人，其实他是想用更加肮脏的辱骂来发泄心中的羞愤。只是那并不是他的习惯。一向温文尔雅的他，就算在出奇愤怒的状态下，也无法和惯常骂街的人一样，将那些肮脏的词汇随口泻出。而得不到发泄的愤怒，就更加在他的胸中燃烧。他大口大口地喘着气，就像溺水的人一样，努力地抓着空气，好让自己不窒息。

"二叔……我不认为二婶是那样的女人。"郝慧思犹豫着说道。

"还要我说得更明白吗？"郝设华大声地吼道，只是声音已经沙哑，完全失去了愤怒的力道，显得十分软弱，而在软弱中也透着一丝怀疑，"他们厂里的外国专家有好几个……有一个就在她们科室……一定是他……一定是……这个臭婊子！"

这样粗鲁的话，终于从郝设华的口里骂了出来。发泄完心中的愤怒后，郝设华几乎崩溃了。他一屁股坐在椅子上号啕大哭起来……因为靠的力度太大，郝设华慢慢地滑到了地上……

始终都没有出声的郝一湖一直站在儿子旁边，企图成为他无形的支撑。原本如深埋在黑土地里的磐石一般沉着静默的他，看到儿子的情绪溃堤时，也慌了手脚，苍老的身体抖抖索索地俯下去，想将儿子扶起来，却力不从心，没能扶住。其实，他的心也一样在那一刻溃不成军了。他靠在墙角，长叹一声，不由得老泪纵横："他们……也不是这么欺负人的呀……"

"不行，我得找她问个明白！"郝立京突然说着，抬脚就往外走。

"你要去找谁？"郝慧思警觉地站起来，一把拉住了丈夫的衣襟。郝立京回过头来，发觉自己同时被三个人严厉地注视着。

"还能找谁，当然是当事人，吴飒飒！"郝立京把最后那个名字念得相当有力，几乎可以说是咬牙切齿了。可见他是如何的气愤，为郝设华遭受到的屈辱和背叛，也为这种不可饶恕的败德行为。

"你连二婶都不叫啦？"郝慧思似乎有些惊讶地看着丈夫。

"立京，你哪里都不准去，给我回来！"章小凤严厉地说道。

"奶奶……"

"你奶奶说得对。你不准去。立京，这里没有你说话的资格。"黑一海比章小凤更严厉也更冷静地阻止了郝立京的行动。

"难道就这样放过她不成？"郝立京虽然能够听从长辈的命令，但却无法服从这样的结果，他脸红脖子粗地想继续为自己争得发言权，"她欺骗了二伯……"

"你住口！"章小凤厉声道，"这是你二伯他们夫妻间的事，跟你无关。"

"我……"

"立京，的确这只是夫妻之间的事，没你伸手的份儿。你这样才真叫多管闲事。"其实在郝慧思看来，大家都把这件事看得过于严重了。尤其是立京，看他那副义愤填膺的样子，似乎把自己当作替天行道的大侠了，可知自古清官难断家务事，他这个黄毛小子竟然还想插手别人家的外遇事件。想到这里，郝慧思复杂的表情凝滞在了唇角，她看了看蹲在地上哭泣的郝设华，尽管他是自己的叔叔，却没办法从心底里和他感同身受。大概，也只有一点同情吧。

"慧思，你怎么能这么说呢。难道你就不生气？这种事发生在咱们家，可不是旁人……"悄然站在妻子身边，郝立京似乎感觉到了郝慧思的那些思绪，有些不满地嘟囔着。

"不管是在谁家都一样。"郝慧思沉吟了一下，发出了只有郝立京才能听到的声音，"这就好比哪一天你经不住诱惑背叛了我，我依然还是会原谅你一样。如果我爱你，还想和你在一起，我会选择原谅并忘记。"

郝立京张了张嘴，表示惊讶，他看了自己的妻子良久，说道："我不会背叛你的。"

"那换成是我呢？"郝慧思调皮地问。

郝立京又张了张嘴，最后选择了沉默。郝慧思却了然地看着他微微一笑，悄悄拉起他的手："比起原谅，我更愿意被相信。Honey，相信二叔和二婶吧。"

清者自清

最终，郝家人选择了逃避。他们再也没有去探视过产妇，更不用说初生的婴儿了。用章小凤的话说："这样一来，她自己也就明白了。"

但是，骆子却认为这样太残酷。郝慧思每天都托花店往病房里送鲜花，并在留言卡上写了一些温馨的、关怀的话。虽然起不了什么作用，至少让自己的良心能够安宁。当然，这一切她都是背着郝立京做的。她对郝立京说："我们这种无视一切的行为就叫作冷暴力，属于家庭暴力的一种。"

郝立京认为这样做对吴飒飒已经非常"仁慈"了。郝慧思只是笑了笑，不置可否。

吴飒飒住在医院的三天，是吴家二老交替着看护的。出院时，由于吴飒飒的坚持，她依然回到了她和郝设华的那个小家。但是在她回家的那一天，郝设华却借口厂里有活需要加班，之后就再也没有回来过。

吴母不能理解，她抹着泪问女儿："你为什么还要住在这里，人家都不待见你到这个份上了，你还死赖在这里干什么？"

"这里是我的家，我不住这里住哪里？"吴飒飒一边给孩子喂奶，一边低垂着头回答母亲。

"你这个孩子，到现在还不明白吗？人家都不要你了！"吴母有些气急败坏，也因为肚子里同样窝着太多的羞辱，忍不住对爱女发起了脾气："收拾东西，你跟我回家去！"

"妈，我哪儿都不去。我没有做对不起设子的事，我是清白的。"吴飒飒含着泪低声说道。

"可是你看这孩子！你……"吴母一摊手，坐到床边，大口大口地喘着气。她在心里说，连你妈都能看出这个孩子不是郝设华的，你还在这里说什么"清白"呢？她怕女儿伤心，就没有说出这些话来。

"我……我也不知道为什么会是这样……妈，连你也不相信我吗？"

"你让我怎么相信？"吴母见女儿还死不认账，就不高兴了。她问："就算我相信你，那又有什么用？"

"我没做亏心事，不怕鬼敲门。"吴飒飒咬了咬牙，将眼中的泪水生生地忍了回去，抬起头对母亲说道："妈妈，你放心吧，设子他迟早会相信我的。我在这里等着他，他会回来的。"

吴母盯着女儿看了一会儿，无奈地摇摇头："傻孩子，我相信你不会做那种丑事……可是这孩子……是不是你什么时候，我是说，是你不知道的时候，被人给祸害了？你们厂里的那几个……"

"妈！妈！没有的事！没有的事！不要瞎猜……"吴飒飒慌乱地摇着头，由于受她的情绪感染，怀中原本已经熟睡的孩子突然哭闹了起来，她更加心烦意乱，忍回去的那些泪水又啪嗒啪嗒地掉了下来，一滴滴落在了孩子的小脸上。

吴母心疼地看着女儿，从她手中把孩子接过去，轻轻摇晃着，孩子渐渐停止了哭泣，发出了牙牙之声，又继续睡了。

"跟妈走吧，别在这里让人看笑话。妈看着你这样……心疼啊……不为别的，就为孩子想想吧。他们不要你，我和你爸要你，管他孩子的爸是谁，也都是我们的外孙子，你看看，多漂亮的娃儿呀。"

"妈，孩子的爸爸就是郝设华。"吴飒飒一字一句地纠正，她倔强的脸上，泪水在不停地滑落。

"是、是。他爸就是那个郝木头。"吴母白了女儿一眼，"你就跟我犟吗，以后有你的苦吃。"

"吃再多的苦我也愿意。"吴飒飒用手帕擦了擦眼泪，一副决然的表情："我生是郝设华的人，死是郝设华的鬼。"

"你真是不可救药了……你……好，我们不管你了！"吴母赌气地抱着孩子出了卧室。

吴飒飒呆呆地看着窗外，已经半个月了，郝设华再没踏进这个家门一步，就连解释的机会都不给她。然而，那天回到这里的时候，他们最后的见面，她除了说出"相信我，孩子是你的"这样的话外，找不出任何理由来留住他。她很想问："设子你还爱我吗？"却觉得这样的话一旦问出口，将会是两个人的重伤，永远都回不了头。绝望的恐惧，瞬间就揪住了她的心。如果不爱，就不会这么在乎。她能够理解郝设华的离开，所以，她决定等待。

郝慧思送来的卡上写着这么一句话："如果爱，没有什么是不能原谅的。"

吴飒飒愿意相信，郝设华对她的爱是真诚的。

至少，她对郝设华的爱，是坚定不移的，没有那么脆弱。她一定要将这份迟来的爱坚守到最后，吴飒飒这样单纯而固执地为自己的未来做出了决定。

夜晚，这种孤独无助的感觉总是来得很快，而又去得很慢。

爱的呼唤

深秋时分，夜未央，月如钩。

零点之后的城市被夜幕完全遮蔽，那些不再有浓烟冒出的烟囱静静地矗立着，就像是在俯视着身边那些黑暗中沉默的低矮厂房，深深地陷入了对往日繁华景象的追忆之中。当然，这也只是某处的景象而已，除此之外，也有迥然不同的夜世界与之共存着。城市的另一个方向，那里灯火依然辉煌，霓虹灯依然闪烁，车辆行人依然喧嚣，正好与这些大烟囱的静默形成强烈的对比。那些直指云霄的高楼大厦彻夜通明，仿佛神话中的海底水晶宫，金碧辉煌；而那些涌满车流的街道，就像是流光溢彩的飘带，带着城市一起舞动。远远看去，那车灯就像是无数只长腿蜘蛛，在夜空下大跳探戈。

在辽海市寂静的街市与躁动的街市衔接处，就像天空中的银河一样，弥漫在城市的建筑群落中，模糊不清地散落着星星点点的光亮。辽海制造厂新建起的宾馆傲然屹立在工业园区的一角，白色瓷砖铺成的墙壁被月光洗涤得越发白净、鲜亮。就在一片黑与白、光与影的交替中，唯有楼顶的一角透出昏黄的暖色，随同一起在夜色里流泻的还有风中隐隐约约的音乐声。仔细一听，才知道是萨克斯特有的蓝调悲情，让人体味着沉重的压抑和揪心的痛苦。这乐声如同吹奏人的思绪一样，哀伤，思念，还有悲愤。

郝设华搬到厂里后，以他总工程师的身份受到了热情的"款待"，厂里不管他的再三推脱，硬是将他安排进了这栋新建宾馆的套房里，表示对人才的重视。因为，虽说名义上他只是个副总工程师的头衔，而实际上他才是台前幕后的大拿。郝设华听从了安排，乖乖地住了进去，所有洗涮整理全由服务员包干，他倒也落了个清净，除了吃饭睡觉，他全身心地投入工作之中。

厂里并没有询问他以厂为家的理由，因为，郝设华以厂为家已经司空见惯了。可是，等到郝设华安定下来后，厂长才婉转地问起了原因。厂长说，他从郝设华吹奏的萨克斯音乐声中，似乎听出了一些端倪。所以，他过来看看，郝设华家里是不是出什么事情了？郝设华说妻子坐月子需要人陪护，两面的老人都来了，所以家里太拥挤，没有办法，只好自动腾地方了。这样的借口不会被怀疑，就算将来有一天会暴露真正的原因，那也是以后的事情。住进厂里，妻子背叛后的伤痛会暂时忘却，身为男人的自尊也不会受到多大的影响。如果在家里，无论周围是讥讽还是同情的眼光，都让他无法承受。

郝设华不愿意相信自己是被背叛了。可是，他找不出第二条理由来为这件事开脱，所以他无法原谅吴飒飒。但他更无法舍弃这段姻缘，于是只能选择了逃避。和初恋时候一样，他开始对女人感到恐惧，尽管他很清楚吴飒飒和丁盈盈在本质上是不一样的。只是，他再也无法去相信曾经的那些海誓山盟、温柔缠绵。仿佛是做了一场梦，醒来，依然是孤身一人，茕茕孑立。

白天可以埋头工作，忘记一切。然而，夜深人静的时候，却无法让自己从这段感情中脱身出来。尤其已经习惯了枕边的温柔和热度，一个人孤零零躺在奢华的房间里，充斥在眼前的都是陌生的味道，辗转反侧，怎么也睡不踏实，心中那股凄凉和悲伤折磨着这个可怜男人的意志。于是，他翻身爬起来，抓起常伴在身边的萨克斯，就像对着一位挚友倾诉一样，他将所有的抑郁和痛苦交付给了这位最忠实的"朋友"。

当初的愤怒似乎在这一段时间里渐渐平息，现在，就只剩下哀愁。哀愁伴着思念，伴着对往昔那些美好岁月的不断追忆。虽然他话不多，总被人说成"闷葫芦"，其实这个男人的感情世界相当丰富，只是不善表达而已。也正因为如此，他比别人更加脆弱，更经不住伤害。他不相信曾经和妻子在一起的日子都是谎言、虚假和欺骗。所以，他选择沉浸在过往里，而不愿意面对现在。萨克斯悠悠地吹出了他对那些日子的怀念。在他的眼中，妻子是多么完美的一个女子，她给了他最大的幸福，也给了他最大的不幸。当得知自己终于要当爸爸的那一瞬间，他几乎是狂喜地将妻子抛了起来。他对着那个未知的生命喁喁低语，处处表现着一位准爸爸的骄傲和幸福。那个时候，他怎么也没想到是今天这样的结果。他感觉，这是吴飒飒对他的双重背叛。

骂过了，恨过了，最终还是怎么也恨不起吴飒飒来。当然也包括那个孩子。这样的心态，更让他烦恼不已。

"飒飒……"

似乎受到了某种感应，在这样的深夜里，同样无法入睡的吴飒飒一个激灵从床上坐了起来，惊动了陪在她旁边的母亲。吴母有些埋怨地说："怎么还不睡啊，都大半夜了。坐月子的时候你就不要再想七想八了，小心伤了身子，这可是一辈子的事。"

"不，妈，我听到设子在叫我。"吴飒飒望向窗外，喃喃地说。

吴母翻了个身，嘟囔着说："你在做梦呢，快睡吧。"

吴飒飒重新躺下，悄悄地抹掉了脸上的泪痕。月子里的人忌讳很多，尤其忌讳伤神。她尽量让自己乐观起来，也为了不让陪在身边的母亲担心。可是，刚才心头的那种悸动还是带给了她无限的哀伤。或许是在做梦，因为，那个人既然头也不回地转身离开了，就不可能再在枕边轻唤她的名字了。他一定怨恨着她，虽然并没有提出离婚的诉求，但却将她决绝地打入了冷宫，不理不睬，彻底忽视。他甚至看都不来看她一眼。面对这样一个男人，她还能有什么奢求？

"设子……"

耳边隐约有熟悉的萨克斯乐声传来，幽怨惆怅，在寂寥的夜空里回荡。吴飒飒的心再次颤抖了。她知道，那一定是丈夫在吹奏他心爱的萨克斯，他也在这样的夜里无法入睡，和她一样，在思念着另一个人。

"妈，我听到设子在吹萨克斯呢。"

"嗯。"吴母只是在睡意中这样模糊地回应着。

"妈，我怎么也想不通，虽然我们厂里的确有外国专家，可我跟他们只有工作关系，虽然我也出过几次国，可我从来都只谈工作的，怎么会出这种事，我自己也莫名其妙，看来我是跳进黄河也洗不清了……"吴飒飒轻声抽泣着。

"唉……"身旁传来吴母长长的叹息。

土地是重要问题

　　路鸣刚接到王亚彬从 W 国打来的国际长途，说他们已经找到潜逃至该国某城市的吴美珩了，却没想到吴美珩神通广大，竟然和当地警方有关系，刚押解到机场就被人家给要回去了。

　　"对不起，路市长，我没能完成任务。"公安局长的声音很疲惫也很懊恼。

　　"这不是你的问题，只能说罪犯太狡猾了。"路鸣安慰王亚彬。

　　"我们苦于证据不足，现在又打草惊蛇了，公安部派来的特警同志也说，这件事情得从长计议。"

　　"我知道了，那你们就先回来吧。"

　　路鸣刚放下电话，年轻的秘书就带着市委副书记李成梁进来了。

　　李成梁坐下后，看到路鸣满腹心事的样子，又刚好听到了电话的尾音，就问路鸣："路书记，是不是王亚彬来电话了，他那边情况怎么样？"

　　路鸣拧着眉头，快快不乐地说道："亚彬他们把吴美珩抓住了，可是又让当地的警方给救走了。现在已经打草惊蛇了，再待下去也于事无补，我就让他们先回来。总之是很不顺利呀。李书记，我们先不说这个了，说说你那里的情况吧。"

　　"我们的工作非常顺利，现在是万事俱备，只欠东风啊！"

　　"你们还欠什么东风？"路鸣抬起头，目光犀利地看着李成梁。当前，农村与土地问题成了路鸣心中亟待解决的首要任务，几乎和城北区的改造工程齐头并进了。经过对相关政策的深入研究，以及对这方面的专家的悉心请教，加上郝祖国的出谋划策，路鸣从中找到了突破点，雷厉风行地派出了工作组，到各县去摸查情况，而主动挑起这个重任的就是主持公检法工作的市委副书记李成梁。路鸣对这件事的期望可以说是相当的迫切，他几乎是提着鞭子在追赶李成梁和他的工作组，要他们交出一个满意的结果来。而李成梁也终于发现自己揽下了一个苦差事，虽叫苦不迭，可好在工作组在下面的调查进行得还算顺利，总算有了一些成绩。面对路鸣紧迫的追击，李成梁不敢说成竹在胸，提一两个条件他还是有底气的。

"我们辽海市出现的任何问题，都跟我们的领导干部有着千丝万缕的关系。这一次也是一样。经过调查后我们发现，农民的一部分土地大都是让市县的干部们给承包了。尤其是我们市里的一位领导，相当的大手笔，他一个人就把一个村的土地基本上承包完了。"

路鸣大概明白了李成梁的意思，点点头，说道："是啊，土地量化工作的阻力之所以这么大，根子就在这里。"

"我倒认为这件事既有它的坏处又有它的好处。如果土地是被一般市民承包了，工作反而要做得更谨慎更细微，现在的这个情况可以说对我们更加有利，因为这个人群很集中，也是一个我们很好动摇的群体。当然，困难也就在于这是一个比较特殊的群体，光靠我们的工作组力量还不够。所以，我建议召开全市科级以上干部大会，给直接或间接承包农民土地的干部们讲清楚，从上面施压，从根本上解决问题。"

"老李啊，你提的这个建议很好。但是这个工作要怎么做却很关键。不要以为这个命令可以随便下，而且这个命令也不能硬下。劝说的工作还是要做，而且要做得更扎实、更彻底。不管是县里的干部，还是市里的干部，到农村承包土地都是符合当时的政策的，是平等竞争，我们不能否定。只是现在引起农民不满了，城市与农村之间出现了矛盾，不解决的话就会引起各方面的问题，我们要从这一方面入手做工作。"

路鸣站起身来，略微活动了一下肩肘，然后从办公桌后面走出来，坐到了沙发上。从早上进办公室到现在，他一直伏案批阅文件，将近四个小时保持一种姿势，这使得他的身体已经开始发僵。他转了转胳膊走了两步，周身的关节就咔吧咔吧地响了起来，李成梁听了个清清楚楚，有些同情地看着这位年纪比自己小好几岁的领导："书记，你的骨头都生锈喽，要加强锻炼啊！"

路鸣指了指桌上厚厚的文件夹，苦笑着问："你说我要怎么加强锻炼？"

李成梁嘿嘿一笑："这个好办，跟我们工作组一起到下面去，每天爬坡上坎，日行百里，一个月下来保准你青春焕发，活蹦乱跳。"

"老李同志，你这可是话里有话啊！"路鸣笑道。

"哪能呢，我是说真的，这一次下去收获不少，感触良多。有机会希望书记你亲行一趟，就一定能够理解我所说的这些话了。农村和农民问题，不仅是在我们辽海，在全国，也已经是最重要的问题了。"

路鸣敛起笑容，微微颔首："我明白你的意思。所以你们工作组这次一定要把工作做扎实，做彻底。你们要做好打持久战的准备，不光是解决土地承包纠纷问题，还有农村的医疗、教育、基本建设等问题都等着我们解决，困难重重啊！"

"嘿，书记啊，你可不要再给我重担了，咱们还是把眼前的问题先解决了再说其他的吧。"李成梁连忙讨饶，以他对路鸣的了解，知道这位领导的行事作风，当机立断、雷厉风行，他不说则已，一旦话出口，那可是势在必行的。心里有些懊悔，李成梁扮出一张苦脸来，希望书记能够理解他的难处。其实这一次的土地纠纷问题，归根结底还是城市与农村的贫富差距造成的。

"我还是那句老话，一切牵扯到农民利益问题的事情，我们一定要以农民的利益为重。"路鸣坚定地说："凡是在农村承包土地的干部，都应下去主动与农户协商解决，如果人家同意继续让你承包土地，我们也可以认可。反之，你就得按照市里的统一部署把土地退给农民。如果不按照市里的部署在一定的期限内把土地退还农民，那承包土地给自己造成的一切政治上的损失，均由自己负责！"

李成梁拿出小本将路鸣的这些话记了下来。

"老李同志啊，无论哪一方，切记在做工作时一定要注意分寸。因为据我知道，承包农民土地的事情，在各县都很普遍，涉及的人也很多，这是一个马蜂窝，不好捅啊！所以，方法一定要巧妙。巧妙这个词要用得恰到好处！"

李成梁不住地点头："是，书记，我明白，我们要巧妙地让工作组的同志给农民提示什么叫村民自治，怎么用《村民委员会组织法》把承包的土地给要回来。同时，我们也会在全市的干部工作会议上巧妙地把这件事提出来，再巧妙地施加一定的压力，巧妙地转告书记你刚才的意思。"

"对头！"路鸣坚定地点了点头，"土地是'三农'问题中的重要问题。你要告诉工作组的同志们，大家要树立执政为民的思想，任何一个人都不能站在老百姓的对立面。要认真地解决农民提出的问题，对个别农民提出的非分的要求，要耐心地讲事实、摆道理，切忌简单粗暴。"

"书记，您就放心吧。我们马上召集农村的集体经济组织成员参加村民大会和村民代表大会，用法律武器废止承包大户的承包土地合同。"

路鸣补充说道："在废止承包合同的同时，还要合理地把承包大户在土地上的实际投入算出来，给予他们一定的补偿。要充分发挥村民自治的作用，村民的事情村民自己说了算。任何组织和个人都不能干预和左右村民收回土地的意志。另外要因地制宜，一村一策。要推选一个村民代表参加土地收回工作小组。凡是涉及土地承包的问题，都由村民小组说了算。对于以地抵债的土地，赎不赎回来，怎么赎回来，以及土地怎么量化、设施农业怎么量化等，要考虑周全。"

"书记，工作小组我们已经建起来了，你说的这些我已经记录下来，马上就去实行。"

路鸣看了一眼李成梁的那个小本子，手在沙发上轻轻拍了拍："同时，你还要注意一点，千万不能以'两委班子'代替村民工作小组。"

"就是支委会和村委会？"

"对！"

李成梁不由自主地感叹，书记不仅工作严谨，而且博学多才，对于许多情况就连他这位负责专项工作的副书记都不了解，路鸣却八面通透，似乎没有他不知晓的。赞叹之余，又不免为书记的身体担忧，所谓博学并非轻而易举之事，自然是要花比别人更多的时间和精力去了解和学习，除了工作之外，路鸣几乎没有给自己留什么时间，这样超负荷地运转，身体总有一天会被累垮，何况，他已经不再年轻了。

路鸣感激的眼光中带着忧虑和沉重向李成梁点点头，表示了谢意。然后他略侧起身体，倾向李成梁那边。这是他的习惯性动作，一般都用在谈话即将结束的时候，或者说，是他不自觉地用这样的身体语言来告诉对方，谈话要结束了："老李，对于我的这些建议，你要是同意的话，就算是我们市里的口径了。你要把这些精神不留任何痕迹地贯彻下去，在贯彻执行的过程中，一定要体现村民当家做主的原则。这一点很重要！"

市委书记的决心

已经与路鸣搭班子四年之久的李成梁，当然非常清楚书记的这个习惯，他连忙抓住话尾提出最后一个要求："书记，这项工作最大的问题是资金问题。"

路鸣稍微地一怔，身体又靠回到沙发上："你说得对，不管在哪里，钱都是大问题。村民如果没有钱赎地的话，很多问题就不好解决。但是老李你放心吧，这个问题我已经给你解决了。"

李成梁大喜，眼睛里都放出了光芒："解决了？"

路鸣看到李成梁这样的反应，有些忍俊不禁："老李你还真是现实啊。前些天，我让财政厅王厅长到北京去了一趟，他已经通过财政部、农业部弄来了一笔钱。怎么使用这笔钱，利息问题、偿还问题等，王厅长会找你汇报的。不过，你记住一点，不到万不得已时，不能使用这笔钱。如果哪个工作队实在没有办法了，找到你这里来，你再给他们解决。"

李成梁一拍沙发扶手，站了起来，抓住路鸣的手使劲摇："路书记啊，你可真是运筹帷幄、决胜千里啊！这样一来，我这里就没有任何问题了，你就等着我们凯旋的好消息吧！"

路鸣哈哈一笑："好，我就等着你们凯旋的好消息。"

话音刚落，办公室门开了，钱韦杉就像是一直在监听着这里的动静似的，时间拿捏得分秒不差，正好是两人握手话别的时刻："书记，王市长来了。"

"哈，那我该让路了。"李成梁笑道。

王立从钱秘书身后闪出，带着几分揶揄的语气开玩笑说："领导还真是体恤我们这些同志们啊！"

"你这小子！"李成梁在王立肩头狠狠捣了一拳。

"哎哟，李书记老当益壮，力气不减当年啊！"王立嘻嘻哈哈地进了门，对于这位当兵时的老班长，他向来没大没小，而这份经久弥坚的友谊，也促成了他们对彼此拳来脚往的打趣方式。

"王市长，你该不是来找你的老班长的吧？"路鸣在一旁笑问。

"当然不是。我是来向书记你汇报工作的。"王立连忙说道。

"臭小子，没什么重要的事就别来烦路书记，多给点时间让书记休息。还有小钱你也是，身为书记的内务秘书，不仅要安排好书记的工作，还要监督书记休息和锻炼，书记的身体出了问题，第一责任人就是你哦。"李成梁埋怨并批评道。

"领导，你别给小钱压力了，他的工作做得很好，是路书记不自觉。我们也强迫了他多少次要他休息，可他就是不听。"王立为钱韦杉鸣不平，同时也有些抱怨路鸣。

路鸣胸中涌上了一股强烈的暖流，他的眼睛有了些微的潮湿。他赶忙压制住情绪，轻声对秘书说："小钱，你送一下李书记。王市长，请坐。"

妻子让情敌当上了老公的秘书

郝立京终究拗不过妻子，同意让刘雪华做自己的秘书。但对这件事他心里老是有疙瘩，不为别的，光是刘雪华每天用火辣辣的眼光看着他这一点，就让他很不舒服。于是，他就忍不住找妻子抱怨。郝慧思听了却只是一笑："怎么，立场不坚定了？"

"你什么意思？"郝立京有些生气道，"你是想用这招来考验我的爱情立场吗？"

在郝立京看来，慧思摆明了是想看他的笑话。而且，对这件事她竟然一点都不吃醋，这才是最让他生气的地方。对自己丈夫有目的，别的女人总是虎视眈眈，而她见情敌侵犯，不但不反击，竟然还能笑得出来，不仅如此，还胆敢把老虎养在身边，她要不是太过自信就是完全不在乎他！

"怎么会呢？"郝慧思笑道，"我绝对相信你。而且，雪华她做事有分寸，你不用太紧张了。"

"我是怕影响不好嘛。"郝立京有些丧气地说。妻子的绝对信任，其实也是一种压力啊，他觉得自己怎么就突然间被两座大山给压住了。这两座大山分别是妻子和刘雪华。

"什么影响？"郝慧思不解地问。

"她表现得那么明显，周围的人都……你都不知道，她都影响到我的工作了。"

"哦，这样啊，那我跟她说一下。"郝慧思说完又笑了，"其实你们两个蛮像的。太相像的人，要么是彼此吸引，要么是相互排斥，看来你们两个选择的方式有问题嘛。"

"你怎么能这么轻松啊？"郝立京嘟起了嘴，"你就不怕我真的沦陷了？"

"呵呵，我怎么不怕啊？可我这不是要支持你的工作吗，你想要她手里的那个账本吧？不这样做，怎么能拿到呢？"

"其实我们可以把她交给警方，就算她嘴再硬，到了警察同志那里，自然就清楚了。"郝立京见妻子仍然不让步，就故意做出凶狠的样子，咬牙切齿地说："哼，我就不信治不了她！"

"得了吧你，要交你早交出去了，也不会等到今天。不过我知道，你是不会那么做的。"郝慧思放下手中已经做好的豆浆，站起身来揽住丈夫的肩，柔声说："账本并不重要，重要的是我们可以挽救一个人。刘雪华她本质不坏，是个真性情的人，你可以告诉她，不能做爱人，还可以做朋友啊，相比起来，朋友的身份反而更能天长地久。"

"听你的话，好像我们没办法天长地久一样。"郝立京不满道。

"傻瓜。我们是不一样的呀，抛开夫妻关系，我们不也是朋友吗？而且，我们还多了一层更深的牵绊。别忘了，我们可是相亲相爱的一对哟。"

"你不说，我还真忘了。"郝立京笑道，"不仅如此，我还忘了我们原本是姐弟关系。"

"所以啊，我既是你一生的爱人，也是你一世的亲人，谁也不会把我们分开。"郝慧思在丈夫额头上印了一个吻："哪怕是什么样的女人，你都不会让你的姐姐失望的，对吗？还有，我百分之百地信任我的老公！"

郝立京沉默了一会儿，问："Do you really mean it? my love.（英文：你此话当真？亲爱的。）"

"Absolutely!（英文：千真万确！）"郝慧思眨了眨眼："你没见二叔那么痛苦吗？其实他只要选择原谅，一切问题都迎刃而解了。"

"啊，你又说这事！"郝立京一下跳了起来，"我本来就够烦的啦，就为二叔的事，闹得一家人都不得安宁。"

郝慧思只是含着笑看了郝立京一眼，转身进了厨房："早餐好了，快吃吧。"

"你认为二叔应该原谅她？"

"要么分手，要么牵手，我认为就这么简单而已。当然还需要一个过程，治疗彼此的伤口。"

"我想不通二婶她为什么会做这种事！"郝立京依然气愤难平地说道。

"也许她自己也想不通呢。"

"那是她咎由自取！"

"好啦，快吃饭，你不想上班啦？"郝慧思已经利落地解决掉自己面前的食物，这种习惯还是在德国养成的，她把餐巾一扔："顺便提醒你一句，这一周你洗碗。"

"啊啊！老婆你等等我！"

"你继续生气吧,我才不等你呢。"郝慧思笑着走向门边。

郝立京三下五除二把面包塞进口中,又一口喝干了豆浆,抓起衣服追上去:"老婆,碗能不能晚上再洗?"

郝慧思故意放慢速度等着,一听这话扑哧一笑:"随便你,但要罚你晚上不准吃饭。"

"No problem。"郝立京涎着脸凑过去,抱住了郝慧思温软的身体,"我可以吃你……"

郝慧思脸一红,闪身夺门而出:"那也要我愿意啊!"

"信不信我现在就吃了你!"郝立京作势张牙舞爪向郝慧思扑过去。

"那你来吃啊!"郝慧思灵巧地躲闪着,娇媚地对郝立京笑,从她眼中飞出的一个个水波就像是春池里的漩涡,深不见底,让郝立京迅速沦陷。

"啊,你这个小妖精……"

青春年少的小夫妻,并不会顾忌周围的眼光,追逐嬉闹着出了家门,欢快地飞过了花园。他们毫不掩饰对彼此的深情与迷恋。在这阳光明媚的早上,他们像一对快乐的小鸟,撒下了一路欢笑。

我的未来不是梦

两年后，党的十六大召开了。

路鸣及郝祖国作为党的十六大的代表，参加了此次会议。会议结束后，他们很快就回到了辽海。因为王立等人急切地在等待着他们带来的好消息。

"同志们，我们辽海的又一个春天来了！"

路鸣在车上将最重要的一则消息告诉了来迎接他们的王立一行："中央在党的十六大报告中，特别提出了'支持东北地区等老工业基地并加快调整和改造'的要求，这无疑为我们辽海的发展，打开了一道光亮的大门。"

王立接上说："看来我们辽海赶上了好时候啊！"

路鸣神采飞扬，按捺不住内心的激动，慷慨激昂地说："这只是战前的鼓声，接下来中央就会马上做出具体的部署。所以，我们可以提前行动了。"

"路书记，看来你那个'面朝大海求发展'的战略部署可以行动了！"作为路鸣的坚强右臂，市长王立也相当兴奋，一些话不加思考地就脱口而出了。

王立的话引来其他人的疑惑，市委副书记李成梁忍不住问："路书记，什么面朝大海求发展啊？你的这个战略部署我怎么不知道？"

路鸣笑了笑："关于这个问题，不急，回去了我慢慢跟你们说。"

"那就放到人民大会堂里谈，我们召开一次全市贯彻落实党的十六大精神报告会，让路鸣同志透透彻彻地给我们讲　讲。"市政协主席魏向前说道。

大家一致赞同。

当天晚上，在辽海市人民大会堂举行的全市干部大会上，路鸣做了贯彻党的十六大精神的报告。

"党的十六大的划时代意义就在于，它是在我们刚刚跨入新世纪、迈进新阶段的重要历史时刻召开的，是一次关系我们党在新世纪举什么旗、走什么路、实现什么目标、沿着什么方向前进，关系到我们党在新世纪面临的'三大历史任务''两大历史性课题'和中华民族伟大复兴的重任能否实现，一句话，这是一次关系党和国家、民族前途命运的具有重大意义和深远影响的历史性会议。"

掌声过后，路鸣继续阐述党的十六大的意义："党的十六大提出的这一伟大的战略目标，为我们进一步描绘了新世纪未来十年、二十年乃至五十年党和国家发展的美好前景和宏伟蓝图，确定了新的奋斗目标和任务，指明了前进的航向。我们将沿着这个方向大步向前，把国家建设得更加繁荣昌盛，早日实现中华民族复兴的宏伟大业！"

面朝大海求发展

"路书记，你先给我们指出一个新方向吧。"之后的讨论会上，王立真诚地提出了自己的意见。路鸣用铅笔在记录本上画了一个圈，说道："好，我就给大家提供一个思路。把西城区的那些老工厂全部迁走，然后再建一个新的西城区。"

所有在会的人都愣住了，目光齐刷刷地落在路鸣身上。

路鸣气定神闲地笑了笑："这个计划就叫'西搬东建'，我要让我们的'东方鲁尔'彻底改头换面。更确切地说是置之死地而后生，要让新的城北像凤凰涅槃一样浴火重生。这样一来，我们辽海改革开放的序幕不就彻底拉开了吗？早在今年 6 月的一次干部会议上，王立市长就宣布了工业园区与城北区合署办公的决定，作出那个决议并非未雨绸缪，而是在逐步实施战略步骤。第一步是建设和扩大工业园，支起一个基本框架；第二步就是西城区改造，把城北区的装备制造业搬到工业园去，我们要努力把工业园区打造成一个先进的现代装备制造业基地。从世界经济结构调整和产业转移、中国对先进装备的需求和我们自身积累的条件来看，辽海如果不抓装备制造业这个机遇，就什么也没有了，而抓装备制造业就是既要改造好老城北，还要建设好一个工业园区。这就是我们即将实施的'面朝大海求发展'战略。"

"路书记，你这个'面朝大海求发展'的战略究竟是怎么回事？"

"面朝大海求发展，顾名思义，就是把辽海推向大海，推向世界。"路鸣说完哈哈大笑，"当然，虽然只是这么一句简单的话，但要实施起来却困难重重，这就需要在座的各位和我一起努力，争取早日实现这个目标。"

"路书记，这个老城北怎么个搬法？"王立迫切地问道。

"王市长，所谓群策群力，大家一起想办法吧。"路鸣把问题原封不动地抛回给了王立，后者皱起了眉头，那张原本皱纹就比别人要多的脸，现在基本就变成九月菊了。

"路书记，你就别为难我们的王市长了，我相信在你的心中早已有了具体的计划，你就给我们揭开谜底吧。"李成梁有些同情王立，帮他说话。

"我只是提个建议，具体操作还是得靠你们。我不是说了吗，我们的工业园区将是一个先进的现代装备制造业基地，那么，城北区除了商业、服务业企业外，所有的装备企业都搬到东边的工业园区。在城北区，我们要利用市区与郊区形成的地价差获得资金，帮助老企业安置下岗职工、转换机制，同时进行商业、服务业改造，把城北区建设成为一个商业、服务业加居住的城市。"

　　"路书记具体有什么想法？"

　　"先搬小的，再搬大的；先挑容易的搬，最后再撬掉那些老牙。"

　　王立豁然开朗了，他高兴地一拍桌子："这方法好，就这么办！现在就开始讨论具体步骤和措施。"

　　大家看到王立重新激动了起来，脸上所有的皱纹都呈曲线状散开，他这个心花怒放的笑容马上感染了周围的人，大家开始争相发言。路鸣一边倾听一边记录，直到秘书来叫他："书记，郝董在办公室等你。"他说了声"好，我这就去"，离开了会议室。

供不应求"中国龙"

"刘总,对不起,您要一次性提 150 辆中国龙小汽车,我不能满足您。"

时任中国龙汽车集团销售公司总经理的郝立京正在召开国内经销商订货会,说是订货会,实际上库存数量有限,难以应付各地需求,因此找大家来商量一个公平的分配方法,所以本质上是个商讨会。也就是说,谁都吃不饱,谁也拿不到想要的数字。这可把各地经销商代表急坏了,一个个面红耳赤,死缠硬磨地想要为自己多争取一点数量。

"郝总,我们已经合作三年了。现在,贵公司的中国龙小汽车在我们西南地区销售得异常火爆。我来辽海的时候,已经收到 200 辆中国龙小汽车的订单,你总不能让我空手而归吧?"

"刘总,对不起,目前,我们的中国龙小汽车不仅在你们西南地区销得好,在华东、西北等地区也销售得很好。今天,各大地区的经销商都来了,我这里的库存只有 500 辆,我不能厚此薄彼,所以,所有的经销商我们都一视同仁,每一家只能提 50 辆。"

"郝总,这不公平啊,各个地区的销售情况不一样啊!"

"老刘你是什么意思?难道就你们那片儿销得好?刚才郝总不是都说了吗?中国龙小汽车在全国各地都畅销无阻。"

"你们可不能跟着起哄,我都来十天了!"

"老刘,你才来十天,我都来两个星期了。"

"老刘,我们都是中国龙的合作伙伴,我们要体谅厂家的难处啊!"

"老张,你是站着说话腰不疼。你们西北地区的购买力能跟我们西南、华东地区比吗?"

一听到郝立京说只配给各家 50 辆车,大家伙就都坐不住了,一时间,会议室里南腔北调吵成了一锅粥。郝立京保持着职业微笑,也忍不住眉毛一挑。等代表们吵得差不多了,他揉了揉鼻梁,抬起双手,止住了喧哗,说道:"各位经理,各位朋友,过去,我们这个行业销售的基本上都是日本车。是各位的鼎力相助,才有了我们中国龙小汽车的今天。'车到山前必有路，有路必有丰田车'，这句话通过我们共同的努力，变成了'车到山前必有路，有路必有中国龙'了。这一切，都是各位的功劳。可以这么说，没有你们，就没有我们中国龙集团的今天，朋友们，你们就是我们中国龙集团的恩人，对不对呀？各位想一想，我们的恩人来了，我们有什么理由不把车卖给你们呢？"

"没有理由……"就近的几位代表咕哝着说。

郝立京咧开嘴，笑得非常灿烂："对，各位朋友说得都非常对。我再给朋友们解释一下，一是我们的库存确实只有 500 辆。第二，面对各位朋友，我们必须要一视同仁，否则，我们得罪的将不仅仅是某一位经销商朋友，而是全部。"

"为什么呀？"西南片区经销商代表刘经理依然对这个一视同仁感到不理解，他大声地抱怨道。

郝立京依然笑得非常灿烂，眼睛都几乎要眯了起来："如果不做到一视同仁，平等相待，今天得罪你，明天得罪他，刘经理，你说说，一来二去，我们是不是把大家都给得罪了？"

刘经理顿时语塞。

这边的会议一结束，郝立京就像逃命一样躲开了那些企图走私下关系的代表们，回到自己的总经理办公室。这才进门，就看见沙发上坐着一个大人物，对着他意味深长地微笑。

"哎？王市长……你啥时候来的？"郝立京连忙上前与之握手，又转头问送咖啡进来的刘雪华："刘秘书，王市长来了，你怎么没有跟我说一声？"

没等刘雪华开口，王立抢先说道："不怪小刘，是我没让她通知你。"

"哦？这么说，王市长是来突击检查工作的？"郝立京从刘雪华手中接过咖啡杯，送到王立面前，开玩笑地问道。

"嘿，这咖啡可真香。"王立并不回答郝立京的话，一脸陶醉神情，深吸着咖啡的浓香。

"这可是我们小刘亲自泡的咖啡，小刘啊，听到没有，连王市长都夸你的咖啡泡得好。"

刘雪华只是勾起嘴角，浅浅一笑，并不言语，把另一杯香气浓郁的咖啡轻轻地放了郝立京面前，并用修长的手指将杯子往前推了一下，然后回到自己的座位上去，继续在电脑前打字输入文件。

只有两年多的时间，刘雪华就像是完全蜕变了一个模样。素洁的职业装衬着她年轻曼妙的身姿，既妩媚又端庄，长长的乌发盘了起来，用一支玳瑁发卡别着，非常具有白领丽人的气质，清雅的淡妆在她娇好的面容上增添了恰到好处的风采，看不出任何整容过的痕迹，那双总是湿漉漉的眸子被黑边秀琅眼镜遮挡住了，少了几许风情而多了几分娴静，镜片后的视线也不再迷茫、飘忽，在郝立京的感觉里，竟然透出一丝郝慧思的气息来。郝立京最初的成见也在刘雪华努力的成效中逐渐消失。她很聪明，一学就会，而且她也很勤奋，私底下用了不少功，现在的她，已经完全能胜任总经理秘书的职位。

　　"郝总啊，你可真有福气，每天都能喝到这么美味的咖啡。"咂着舌头，王立意犹未尽地说。

　　"王市长，我的秘书可不只是会泡咖啡哦。"郝立京说出这样的话，完全是发自心底的，只是他自己并未察觉而已。他的这份自豪感，可以说是对刘雪华这两年来的努力给予的最高评价。

　　"我当然知道，你的这位秘书非常能干，我刚才已经领略到了她的本事，三言两语就替你解决掉了那些经销商的牢骚，而且还一点不得罪人，让对方心服口服，处理得可谓八面玲珑、恰到好处啊！"王立眯起眼睛，瞅着郝立京笑："这阵子，你最害怕接的就是经销商的电话吧？"

　　郝立京就像是终于找到了组织的地下党员，马上激动起来，差一点就要对王立感激涕零了："王市长，谢谢你的理解！到现在我才真正理解我们的片区经理了，他们真的是战斗在最前线的勇士！"

　　郝立京夸张的说法加上表情，把王立给逗笑了："看来有必要马上提高我们的生产能力了！"

　　"是啊！王市长，你给我爸，也就是我们的董事长说一说，马上扩大生产能力，要不然我这个销售公司经理就没办法当了。"

　　王立笑着问："你为什么自己不去说？"

　　郝立京撇起了嘴："我自己去说？哎呀，王市长，我们董事长不是一般的专制，他早就给我约法三章了，第一章就是在公司我没有直接向他提任何建议的权力。王市长，你说说，他这样做是不是太霸道了？"

　　"这是国有企业，他既是董事长又是你爸爸，他这样做是不想让别人说三道四啊！"

　　"那也要看我提的是公事还是私事吧。他怎么能这样一竿子把我打死，我这工作还怎么开展？说真的，要不是为了事业，我早就不在他手下干了！为什么我小的时候被他压制得死死的，到现在我长大了工作了还得受他的压制。"

王立注视着眼前这个意气风发的年轻人，就像看当年的郝祖国一样，不由在心中这样感叹：这对父子还真是像啊！

"立京，牢骚发完了吧？发完了我们就说正事儿吧。"

郝立京听了王立的话，不好意思地嘿嘿一笑："王市长，我也就是这么一说，你可别往心里去。工作我可是认认真真的，从来没有因为对我爸爸有意见而影响工作。"

"我知道。立京，今天我来是要向你要10辆中国龙1.8T车，你给我想办法解决一下吧。"王立说。

轰轰烈烈单相思

郝立京的笑容怔在了脸上，他有些疑惑地看了王立几秒，然后再次绽放出他那标准的职业笑容："I am very sorry（我很抱歉）。王市长，请您原谅，这个问题我解决不了。我的顶头上司黑总，就是我爷爷，他也给您解决不了。"

"为什么呀？你不是专门卖汽车的吗？"王立说着，并观察着郝立京的神情。

"王市长，我是卖汽车的不假，可订单已经排到了年底，我是爱莫能助啊！"

"那好，我去找你爸爸要。"

"找他更没有用。"郝立京得意地笑道。

"为什么？"王立又惊讶又莫名其妙。

"黑总给他定下规矩了，他没有一辆车的销售权！"郝立京非常笃定非常骄傲地说道。他孩子般得意扬扬的样子，似乎在这一点上，他终于在父子关系上赢得了一次胜利。

"哈哈哈……"王立终于忍不住大笑了起来。面前的这位年轻人真是可爱至极，虽然在行事作风上像极了他的父亲，但他父亲绝对没有如此天真烂漫的一面，至少，郝祖国就从来没有在他们这些人面前露出过这样无所顾忌的神情来。

"市长，又拿我开涮了吧？"郝立京马上就明白了今天这一场角斗，其实是对他和他的销售公司的考验，也就跟着一起大笑了起来。

"哈哈哈……立京，好样的！我今天来就是想体验一下黑总的现代企业管理制度是什么样子。看来是货真价实啊！"王立用力地拍了拍郝立京的肩膀："立京，好好干，你小子前途无量啊！"

郝立京出去送王立，刘雪华进来收拾咖啡杯，顺便放下文件。郝立京的办公台一角放着一个精致的相框，里面是他和郝慧思的合影。照片里的郝立京难得一本正经地穿着礼服，神情里带着一丝羞涩，开朗的笑容永远是那么真诚、温暖。这应该是他和郝慧思的结婚照。刘雪华将相框拿起，用纤细的手指轻轻抚摩着照片里的那张脸，虽然每日相伴左右，却也只能靠这样的方式触摸他。刚才郝立京的话她听到了，心中除了喜悦外，也有惆怅。她并非为了做一位称职的秘书，才到郝立京身边工作。她当初做出这样的举动，目的是为了能够时刻陪伴在他身边而已。然而，两年多时间过去了，他们之间除了总经理和秘书的关系之外，再没有任何发展，甚至，连普通朋友之间的交谈都不再有过。刘雪华为此伤心过，彷徨过，也怨恨过。当然，这也难怪，郝立京自从听了她的表白后，对她已经产生了防备心理，几乎不给她重新开口的机会。为了阻止她，他甚至以秘书的职位对她进行挟制，要么接受这种职业关系，要么彻底从他眼前消失。

面对郝立京无懈可击的态度，刘雪华无可奈何地选择了前者。谁叫她对他情有独钟，爱他爱得无法自拔呢？无论郝立京怎么冷落她，怎么排斥她，她都要坚守这份感情，爱他到永远，爱他到地老天荒。

有时候，她侥幸地期望着通过朝夕相处，能够让这个固执的男人接受她轰轰烈烈的单相思，哪怕是接受一星半点儿也好。无论是香浓的手磨咖啡，还是完美的工作表现，她都想作为对郝立京进攻的武器，很可惜，她虽然将自己磨得很锋利，却丝毫未能钻进这个男人的心。相反地，她自己却被郝立京积极的人生态度影响着，打磨并感动着。不到三年的时间，郝立京从新产品设计中心主任一路飙升到了销售公司总经理的位置，她跟着他一路走来，他的一言一行、一举一动，她都看在眼里，刻在心里。当然了，还包括他对人的爱与信任。他的性情那么真，感情那么浓，无论事业还是家庭，他都投入了最大的热情。自古美女爱英雄，像他这样的人，哪个美女能不喜欢？能不爱上？

两年多的朝夕相处，刘雪华对郝立京的爱，没有因为郝立京对她拒之千里的态度和近乎残酷得不近人情而减弱丝毫，相反，她爱他更深更浓。只是，她决定将这份爱深深地埋藏起来，不再为这份得不到回报的爱再委屈自己了，也不再因为这份单向的爱而独自哀伤了。因为，现在的她已经改变了自己，她为自己能爱上这样一个男人而自豪，而骄傲。所以，她更加珍惜着这份爱。可以说，从今往后，她不但会死心塌地爱这个男人，而且还会把这个决心当成是她的全部人生。她知道对郝立京的爱，实际上也是对她自己的救赎。

"谢谢你当初救了我。"刘雪华对着照片中的郝立京喃喃地说道。

突然，从她身后传来了郝立京的声音："看什么呢，小刘？"

刘雪华连忙把相框放回原位，也幸得她是背对着门的，从这个方向郝立京是看不见她的动作的。

"郝总，这个月的工作计划我已经放在你桌上了。"刘雪华从容地离开办公台，从郝立京身边走过。

"小刘你等等。"

"郝总，还有什么事？"

郝立京坐在老板椅上，用手支在下巴上，那是他显示为难的习惯动作。犹豫了一下，他开了口："其实也没什么，我就是想问问你，姚少军那个账本……"

刘雪华马上明白了他的意思，当即打断了郝立京的话："郝总，你别说，账本还是由我主动交给你吧。我刚刚就做出了决定，今天就把账本交给你。"

郝立京有些意外，刚才还躲闪着不愿意与刘雪华对视的眼光，一下子就光芒四射地逼了上来，让刘雪华又是好笑又是好气，当然还有点伤心，在郝立京的眼里，那个破账本比她重要。在这一点上，他还真是一点都不装假。

"你说的是真的？"

刘雪华迎上了郝立京的视线，柔媚地笑道："我骗谁都不会骗你。"

"没有附加条件？"郝立京还是有些犹疑，不自觉地眯起了眼睛，这也是他的一个习惯动作，当他对事情不确定的时候，都会这样眯眼。刘雪华忍不住在心里感叹，两年多的时间，已经让她对他的每一个小动作、每一个细微的神情全都了然于心。他的一举一动无时无刻不牵扯着她的思想和她的心。她多么渴望有朝一日自己在郝立京的心里也能占据一席之地啊。如果有一天她不再爱他，那她的梦想、她的人生该往何处着落？

"没有！"刘雪华给了郝立京一个毋庸置疑的坚定微笑，"郝总，这两年多来，你彻底地改变了我和我的人生。我现在终于想通了。"

郝立京虽然惊喜万分，但还是十分谨慎地问："你想通什么了？"

刘雪华专注地看着郝立京，火辣辣的视线紧紧缠绕着他的视线，直到他感觉出其中的意味，脸上的笑容开始凝滞，她这才笑着转过了身子，"郝总，请跟我走吧。"

"走？去哪里？"郝立京似乎受到了惊吓，紧张地问道。

"当然是去跟我取账本啊。"刘雪华说着，冲郝立京妩媚一笑，"你放心，不需要你付出任何代价。"

郝立京的脸唰的一下红了个透。刘雪华大笑，这个男人，真的非常非常可爱。

曾经深爱过的女人，突然无影无踪了

郝祖国坐在宽敞明亮的总裁办公室的老板椅中，翻看着手里的一份报告书。那是郝立京前些天交上来的，是关于中国龙汽车支持参与北京奥运会的策划方案。看完这份报告，郝祖国将报告书放在桌上，手指轻轻地敲着报告书的封面，盯着上面的几个字陷入了沉思。

其实，这个想法在北京申办奥运成功的时候，郝立京就曾经跟他讲过，只不过当时是在私人的场所。2001 年 7 月 13 日那天晚上，他们一家人都坐在电视机前看直播，当国际奥委会主席萨马兰奇宣布"2008 年奥运会主办城市——北京"的时候，郝立京和郝慧思都激动得跳了起来，他们一边兴奋地尖叫，一边把提前准备好的鞭炮拿出来，跑去院子里燃放。这样做的人不止他们，当鞭炮声此起彼伏地在城市的各个角落响起时，郝祖国也充分感受到了国人的那份荣耀与自豪。就连基本不看新闻从不关心国家大事的罗绮也受到了感染，去厨房里准备了几碟下酒菜，一家人聚在一起为这个历史性的时刻干杯庆祝。过后，郝立京就提出，身为一名中国人，应该为北京奥运出一份力，罗绮就问他是想要捐钱吗？立京却语出惊人："我想把我们中国龙汽车开进奥运会场。"

"你的这个想法非常大胆，我举双手赞成。"郝慧思立刻投支持票："如果中国龙汽车能够开进奥运会场，那将是我们中国龙汽车走向世界的开始。"

郝祖国非常惊讶，甚至可以说是震惊。他看着眼前这两位不过二十出头的年轻人，深深地为这种生命的强劲赞叹着。仅仅差二十几年，观念却是如此的不同，人们的思想更是有了飞跃的变化，就在他们这样的年纪，自己所能做到的也只是顺应时代潮流，谨小慎微地随波逐流，只是由于抓准了时机和方向，才爬到了今天的这个位置上。尽管如此，他也绝对无法超越时代的局限，然而，他的儿子郝立京却做到了这一点，他的思维总是超前一步，永远都走在别人的前面。

尽管并不觉得自己已经老了，或者过时了。但在这样的年轻人面前，郝祖国还是感到自己有些落伍了。

"你以为奥运会场是那么好进的吗？我记得奥运会的比赛项目里没有汽车这一项吧。"郝祖国装作不经意地问郝立京，光有梦想并不够，怎样将梦想付诸现实才是真本事。

"办法总是会有的。"郝立京并不在意郝祖国有些轻描淡写的语气，笑得非常开怀："爸，等我有具体的想法后，我会把报告书交到你手上的。"

"你真打算这么做啊？"郝慧思笑道，"我倒有个想法，奥运会虽然没有汽车的比赛项目，但有两个很重要的仪式。开幕式和闭幕式，如果能够在其中之一找到突破口，中国龙汽车进奥运会场就不是梦啦。"

"Honey！你真聪明！跟我想到一起去了！"郝立京不顾旁边的父母，一把将妻子抱了起来。郝慧思咯咯地笑着，也搂住了郝立京的脖子，在他的额头上大大地亲了一口。郝慧思从小就在这个家里玩耍着长大的，郝祖国和罗绮就像她的亲生父母一样，或者说比亲生父母更亲近，所以在他们面前，她也从来不矫饰，哪怕已经改换了身份，做了人家的媳妇。她揪着郝立京的耳朵，就像小时候的玩闹方式一样……郝祖国夫妇看着旁若无人开始嬉戏的小夫妻，相互意味深长地看了对方一眼。

罗绮宠溺地看着他们，含笑悄悄退到厨房里去了。郝祖国也已经习惯了这种场面，他并不是那种老古板，只是这样的情景总是会勾起一些他不愿意回想的记忆，而那些记忆曾经美好得不忍触碰，都到如今这个年纪了，而每每想起那些记忆中爱情的美好时，都能让他热血沸腾，不能自持……

多少次午夜梦回，他都从那些记忆里突然坠落进无底的深渊，黑暗，冰冷，孤独，绝望。那个被珍藏的身影，日益模糊，也日益遥远……终于到了他毅然转身的时候，看着她头也不回地离去，怎么追也追不上，最后的希望才从他的指缝里一点点消失……

这样的梦，似乎是一种预言。郝祖国不认为自己还会为了几十年前的那段感情追悔，但他却开始有些焦虑，总感觉自己在失去着什么，而具体是什么在悄悄流走，还带走了他的感情和记忆，就像梦里的影子一样，也逐渐地消失了。

电话铃声突然响起，郝祖国从沉思中回到现实，他接起电话，是中国龙汽车集团公司总裁黑一海打来的："祖国，今天的这个会议很重要吗？必须要我参加？"

"是的，我认为很重要。销售公司总经理郝立京提出让中国龙汽车参与奥运，我想在董事会上讨论一下这件事。"

"哦，的确很重要，我一定参加，半个小时后我就赶回公司。"

"好的，我们等着你。"

放下电话，郝祖国重新翻开了桌上的报告书。自己竟然在大清早就走神了，果然是年纪大了，注意力变差了。郝祖国自嘲地笑了笑，其实，引起他那些思绪的原因还有一个，郝立京昨天打电话给他，说那个刘雪华已经把姚少军的账本交了出来，郝立京说他在账本上看到好多大人物的名字，其中有一个人非常熟悉。他说："爸，是那个孙大峰，就是害骆子爷爷疯掉的那个孙大峰！"

郝立京的声音是激动又兴奋的，但这个消息对郝祖国来说，却像是一击重雷。因为这个名字出现在那个账本上，就意味着另一个人也会被牵扯其中，而那正是他最不愿意看到的。从当初自己伤害了她以后，尽管她是笑着离开的，但他知道她承受了多深的痛苦。那以后他们之间几乎没有任何联系，但他并没有真正地忘记她。自己不能成为给予她幸福的那个人，但他希望她还是能够获得幸福，尽管他心里会嫉妒得到了她的那个男人。因为，她是那么的美好，甚至让他都觉得自己根本就配不上她，她应该得到比和他在一起更多的快乐与幸福。就算这只是他的一种自私，一种逃避，但这样的愿望还是由衷的。可事实并非如此，她过得并不幸福，至少以他的观察是这么认为的。她嫁给了那个吴美珩后，虽然衣食无忧，备受呵护，但她却日渐消瘦，美丽的容颜猝然远去，只剩下一副空落落的皮囊。没有了明媚的笑容，也没有了银铃般清脆的笑声，她变得沉默寡言，冷漠又孤僻。她没有朋友，也没有儿女。她的世界连她自己都不存在，只剩下一片荒芜。姚少军案发后不久，她就和吴美珩一起消失了，就好像从来没有在这个世界上来过一样，无影无踪了。其实郝祖国心里非常清楚，一个女人强迫自己放弃深爱的男人而草率地嫁给一个毫无感觉的男人，哪怕过着公主一样的生活，她也是不会感到幸福的。郝祖国觉得是他把她害成这样的，是他把她给毁了，他觉得自己罪孽深重。

法网恢恢，疏而不漏

郝立京说他把账本交给了市委政法委的李成梁书记，因为公安局长王亚彬不在。"我原本是想直接交给市委书记路鸣的，可王局长说，路书记不可能直接处理这件事，交给他只能给他增添不必要的工作量。爸，我们的市委书记是不是很忙啊？"

"是很忙，我们是 8 小时工作制，而他最起码是 16 小时工作制。"郝祖国说。这并不是他随便胡说，而是亲身经历。

"呵呵，那我们辽海有福了，我也要向他看齐。"郝立京在电话里这样说道。语气很认真。

"李书记看过账本后怎么说？"郝祖国关心地问。

"他很吃惊呢，说姚少军的案子牵扯到辽海制造厂的贪污腐败，纪检委早就把这个案子办了，处理了一大批腐败分子。原以为这个案子已经结束了，没想到还藏着这么一个账本，他说会向市委请示，要把这件案子重新查办，所有在账本上有记录的人都要被查处。"

"哦。"

"所以说，那个孙大峰这一次一定跑不掉。他的名字后面那个数字最庞大，他也是从辽海制造厂出去的，一定就是姚少军的后台，还有他的那个女婿，叫吴美珩的，听说已经潜逃出国。李书记说，这次会动用公安部的力量，非把他抓回来不可。"

郝祖国的心一凛，郝立京后面的话他再也没有听进去，整个思绪全部都停留在刚才的那个寒战之中。在这个案件中她扮演过什么样的角色，她会受到什么样的伤害呢？她跟着吴美珩逃到国外去过着怎样的生活呢？如果被抓了回来，又会遭遇到什么样的境遇呢？

在那之后，郝祖国的心情就非常烦乱，他需要工作来排除这样的情绪。所以他把郝立京交上来的在案头搁置了两个月之久的报告书翻了出来，他并非不同意这个提议，而是目前中国龙汽车的生产量还没能达到预期的目标，郝立京所提出来的方案有些过于庞大，他不希望这份报告在董事会上被那些守旧的董事们驳回。因为就目前的情况来看，是无法实行这个方案的。但是奥运会毕竟是在 2008 年召开，这之前他们还有 5 年的时间来做准备，用这个理由来说服那些董事们，应该没有任何问题。今日他们可以批判报告书的好高骛远，却不能否认中国龙汽车飞速的发展进度和广阔的发展前景。

秘书过来提醒会议即将开始，郝祖国拿起报告书，大踏步地走进了董事会会议室。

这天早上，孙大峰刚起床，还没来得及洗漱，就有人轻轻地敲门。他打开门，看到眼前几位身穿制服神情严肃的访客时，似乎已经有了相当的准备，只是略微吃了一惊，就对他们说："等一下，我去穿件外套。"

等孙大峰穿好衣服，检察人员将孙大峰带上了纪检委的专车。刺耳的警笛声在市委家属院里长鸣而去，惊醒了周围四邻，人们纷纷躲在窗户里往外偷看，表情或冷漠或木然，只是每双眼睛中都露出了不同程度的惊恐和慌乱。

大约一个多小时后，车终于到了郊外一处偏远幽静的地方，四面还被高墙围住，显得有些戒备森严。下车后，孙大峰眯起眼四下里看了看，除了眼前的这栋楼外，周围什么都没有，他不由得身体瑟缩了一下。在朝阳的照耀下，他的头发已经全白了，肥胖的脸上并没有太多的皱纹，只是眼皮虚软地耷拉着，使得原本就不大的眼睛更加像是两条缝隙，呈八字拉在额下。尽管已是八十老翁，得于长期养尊处优的生活，他还满面红光，身板硬朗，看上去并没有实际年龄那么苍老，但那头雪白稀疏的乱发，多少显露出了他将要耗尽的生命。大概肥胖是他唯一的缺憾，用已经缺失钙质的双腿支撑起那么臃肿的身体非常吃紧，走起路来摇摇晃晃的。所以，他只走了几步路就开始喘了起来，旁边的检察人员见状，就上去一边一个架起了他的胳膊，帮他走路。

终于在椅子上落座后，孙大峰开始大口大口地喘息着，汗水从额头处渗出，沾湿了额前的几缕白发，他用手心胡乱地擦了一把，眼仁直往上翻。检察人员给他倒了杯水，他从胸前的西装口袋里哆哆嗦嗦地摸出一个小瓶，倒出几粒药丸，放入口中，然后就着水咽了下去。翻了一阵白眼后，他的气息终于稳定下来，但经过这么一折腾，他的精神显然已经非常委顿，眼看着他斜靠在椅子背上，就打起盹儿了。

"孙大峰，你知道这里是什么地方吗？"讯问室里前排位置上坐着的是市纪委书记黄自翔，他非常耐心地等待着孙大峰喘回那口气，却没想到这个大胖子一放松后竟然完全无视现状，昏昏欲睡了。一位检察官毫不客气地说："你以为还是在你们家里啊？"黄自翔也非常生气，他板着脸，用冰冷且严厉的声音叫醒了孙大峰。

"什么地方？"孙大峰吃力地抬起眼皮，眼光混沌地扫视了一下身边，然后懒洋洋地说道："你们把我带到这里来干什么？我还没吃早饭呢，我的肚子饿了，我要吃东西。"

虽然面前是被讯问的对象，但他也毕竟是一位八旬老翁，看着他老态龙钟、精神萎靡的样子，黄自翔也发不起火来，他沉沉地做了个深呼吸，强压着怒火说道："孙大峰，你已经被'双规'了。现在还没有到开饭的时间，请你忍耐一下吧。"

"双规？我做了什么你们要双规我？"

黄自翔拿起桌上放着的那个账本，问孙大峰："你知道这是谁的账本吗？"

"谁的账本？跟我又有什么关系？"孙大峰在看到那个账本时，腮边的赘肉轻微地抽搐了一下，然后就又耷拉下眼皮，一副漠然的样子。

"我可以告诉你，这是姚少军的账本，上面有姚少军给你行贿的记录40多处，涉及金额达几百万元。"

这一回，孙大峰全身的肥肉都颤了一下，他伸出手："能不能……给我看一下？"

黄自翔示意身旁的速记员把账本拿给孙大峰，孙大峰接过账本后开始翻阅，越往后翻脸色越苍白，最后他的双手都开始剧烈地颤抖了起来："啊……是……是他……"

"你的女婿吴美珩，自从他调到市委办公厅后，就开始替你受贿，涉及金额达到了3000多万元。这个账本上都记得清清楚楚，你还有什么话说吗？"

孙大峰的身体陡然崩溃，就像是一座被洪水冲垮的河堤，一下子从椅子上滑了下去，瘫倒在了地上："我有罪……我交代……"

爱情的制动器，前进的油门

　　阳光透过落地窗，均匀地洒落在中国龙汽车集团公司总裁办公室的地面上，窗边茂盛的观叶植物绿意盎然，肥嫩得像是要渗出汁来，宽大的叶片被阳光照得闪闪发光。占据了房间里大半空间的一组黑色真皮沙发，充分地沐浴在了阳光里，本应吸收一切色彩的冷色调却全然对热烈的光线没辙，温顺地将金色光芒折射到房间的所有角落，就连深蓝色的窗帘也一起被浸染上了明媚的光亮，这样一来，原本冷色而又肃然的房间，突然变得活泼、暖洋洋起来，而且处处充满了春天的气息。

　　黑一海优雅又有些随意地坐在单人沙发上，阳光柔和地笼罩在他身上，整洁的白发在阳光里晶莹闪亮，但这并没有给他增添老相，反而使他更加精神矍铄，风采迷人。他将手中的报告书推放在玻璃茶几上，说道："Gut gemacht（德文：太棒了）! 祖国，立京的这个报告我们要尽快上报给北京奥组委。"

　　半个小时前，他们都还在会议室里和所有董事一起，听着郝立京用演讲的方式陈述他的报告："我们中国人期盼了百年的奥运梦想终于得以实现。我们中国龙汽车作为中国汽车行业具有独立知识产权的汽车生产商，要全力以赴参与和支持奥运会。奥运会的三大理念是绿色奥运、科技奥运、人文奥运。我认为无论是哪一个理念，都和我们中国龙汽车的理念息息相关。首先是绿色奥运——用保护环境、保护资源、保护生态平衡的可持续发展思想筹办奥运会，广泛开展环境保护的宣传教育活动，促进北京和中国环保基础设施的建设和生态环境的改善，倡导绿色健康的生活方式和消费方式。我们公司正在研发的利用天然气、太阳能作为动力的汽车设计已经完成。这是我们参与奥运会的第一个理由。其次是科技奥运——紧密结合国内外科技最新进展，集成全国科技创新成果，举办一届高科技含量的体育盛会；提高北京科技创新能力，推进高新技术成果的产业化和在人民生活中的广泛应用，使北京奥运会成为展示新技术成果和创新实力的窗口。这一点说明，我们中国龙汽车参加这次盛会是最有资格的。第三是人文奥运——传播现代奥林匹克思想，展示中华民族的灿烂文化，展现北京历史文化名城风貌和市民的良好精神风貌，推动中外文化的交流，加深各国人民之间的了解与友谊；促进人与自然、个人与社会、人的精神与体魄之间的和谐发展；突出'以人为本'的思想，以运动员为中心，提供优质服务，努力建设使奥运会参与者满意的自然和人文环境。把我们的中国龙汽车无偿提供给奥运会为运动员服务，为参加奥运会的世界各国朋友服务，既支持了奥运会，又宣传了我们自己，何乐而不为？"

郝立京的这番话赢得了全场热烈的掌声，他清朗而有力的声音此时还在郝祖国耳边回响，的确，这份报告非常具有说服力，而且，他本人就是一个最好的例证。董事们几乎没有任何人站出来反对，只是提了几个相关的问题后就一致通过了。

郝祖国在会后仍然有些激动，他的情绪被儿子大大地调动了起来，这些年似乎被岁月打磨得沉寂下去的那份热情也终于被唤醒了，那个刚当上厂长的他站在成千上万人面前做报告的激动重跃心间，感觉自己又年轻了20岁。原来听报告与看报告的差别是很大的，郝立京的现场演说非常具有感染力，完全是书面上那些官方语言无法传达的效果："黑总，我认为，立京的这个报告太有价值了！"

黑一海颔首表示赞同："是啊！我看就让立京直接去北京向奥组委递交这份报告吧。"

"我赞同黑总的意见。应该让立京直接和北京奥组委接触。至于报告我已经在一个月前就向奥组委提交了，相信这两天就会给我们一个满意的答复。不论从哪方面讲，这都是一件利国利公司的大好事，所以我们要充分调动各方面的力量，大力宣传中国龙汽车这个品牌，让这个方案达到事半功倍的效果。"

"说实话，祖国，你是一位相当称职的企业家。"黑一海赞许地笑道："但我认为立京要比你更胜一筹。"

郝祖国对于这样的评价并没有什么异议，在他心里也是这么认为的，假以时日，自己一定会被儿子所替代，这是历史发展的必然，也是他乐意见到的结果。他扬起脸，看着窗外那片阳光下的灿烂世界，似乎已经遥望到了将来。

那天，郝立京由于交出账本的事被路鸣亲自接见了，回来后他告诉郝祖国，说路书记夸他们父子是老子英雄儿好汉，也说他们郝家的所有人都非常了不起："路书记说我奶奶，还有我爷爷，以及爸爸你都是共和国各个时期的英雄。"

"你应该为这个家感到自豪。"郝祖国教导儿子说。

"爸,路书记还说我们父子是长江后浪推前浪。"郝立京一边说一边偷着笑。

"你还差得远呢。至少在气度上你就比不上爸,还有我爷爷。"郝慧思毫不客气地给郝立京泼下一瓢凉水,"你要学的东西多得很,尤其是你的那个牛脾气得改一改,冲动是魔鬼,是做大事的人最大的忌讳。"

郝祖国同意儿媳妇的说法,郝立京最大的毛病就是头脑容易发热。

"我还年轻嘛。"郝立京向郝慧思炫耀,"而且我还有你这么好的制动器呀。所以,我所向披靡!"

"你知道我是你的制动器就好,这辈子你都离不了我。否则,你就是一部不安全的汽车!"郝慧思得意地说道。

"是,老婆!"

小夫妻又陷入他们的二人世界之中去了。

郝祖国淡淡一笑,他可以想象出路鸣对郝立京说过些什么话。儿子被自己尊敬的人欣赏,难免会产生自豪感,同时又有那么点微妙的嫉妒情绪:"路书记,你又在我儿子身上找到我的影子了吗?"

青出于蓝胜于蓝

"祖国，你对我的话有意见吗？"黑一海站起来，走到郝祖国的办公桌前，目光犀利地看着他。裁剪得体的西服完全贴合着他高大挺拔的身躯，隐含着条纹花色的藏蓝面料也恰到好处地衬出他那儒雅的气质，就算以玉树临风来形容也不为过。在黑一海面前，郝祖国更加能够感觉到人与人之间的那种差距，无论是人生阅历还是自身素养，他们之间差得实在是太远，那是郝祖国穷其一生都无法追赶上的高度，就如与儿子之间的距离一样，那也是同样无法弥补的缺憾。

"不，黑总，我没有意见。"郝祖国连忙说道。

黑一海似乎看出了郝祖国的想法，目光逐渐变得柔和，最后近乎是一种父亲的慈祥与包容了："祖国啊，你虽然考虑问题周全，也非常有行动力和魄力，也能够善于统筹和抓住人心，但你缺乏一位企业家该有的激情，还有那种身为董事长的全局思想，你应该再放开一些，再自由一些，不要把自己关在这个笼子里。"

黑一海环视了一下总裁办公室，然后说道："还有，千万不要以年龄来做借口，在我面前，你尤其不能找这种理由为自己辩解。"

"是，黑总，我承认我在这方面的确有一定的差距。"郝祖国诚恳地说道，但他并不想让话题再围绕自己展开，于是他话锋一转，说道，"立京还太年轻，需要加强锻炼。"

"Klug ist, wer andere durchschaut, weise, wer sich selbst durchschaut.（德文：知人者智，自知者明。）我同意你的说法。也请你给他锻炼的机会。"黑一海干净利落地表达了自己的看法，也结束了这次相对比较私人的谈话。最后，他对郝祖国温和地微笑了一下，优雅地说："在集团里，你千万不要把郝立京当成你的儿子！"

三天后，郝立京的北京之行就被正式批准。总裁黑一海亲自向郝立京下达了出发的命令：

"立京，你代表中国龙汽车集团到北京去一趟，北京奥组委要听取我们赞助奥运会的汇报。"

"总裁，太好了！这就说明我们的报告已经得到了北京奥组委的认可。"

"你说得很对，在你的报告上会之前，我就已经向北京奥组委申报了这个计划。"郝祖国认真地说道。

听到这句话，郝立京想起在那天的会上，父亲就说过这件事情。现在他看着父亲，希望父亲能够给他一个解释："爸，真有你的！报告交给你这么长时间没动静，我还以为你不同意了呢，没想到在我参加董事会之后的第三天，就有了这样完美的结果，这倒使我不明白了，既然你已经同意了我的方案，还向北京奥组委提出了申请，为什么还要走这个形式，让我在董事会上做报告呢？"郝立京掩饰不住兴奋地问。

"这是必需的程序。你的报告书虽然说服了我，但还需要说服所有的董事，因为这是关系到中国龙汽车集团稳步前进的一个举措，所以，有必要让所有的董事都能够支持你。"郝祖国解释道。

"郝总是怕我不能说服其他人吧？"郝立京一语中的。

郝祖国看着他点了点头："我相信你有这样的能力。而且我也认为他们没有理由拒绝这个方案。"

"这么说是董事长给了我一次展示自己的机会？"郝立京相当聪明，从郝祖国的话里听出了玄机。

"这也是给你的一次锻炼的机会。"郝祖国严肃地说道。

"谢谢董事长，你放心，我郝立京一定不辱使命，圆满完成这项任务！"郝立京说完嘿嘿一笑，突然压低声音问道，"爸，能不能给我透露一下，董事长对宣传费用的底线是多少？"

"你是说我们给北京奥组委能够提供多少台中国龙汽车？"

"对，我们将以车队形式在开幕式上出现，所以我希望能够充分体现我们中国龙汽车的气魄和实力。这个车队一定要足够庞大，气势磅礴，能够形成一股巨大的洪流，那样才有足够的视觉冲击力，让世界在那一刻为中国龙汽车这个名字所震惊。"

黑一海微微一笑，与郝祖国交换了眼光。然后，黑一海说："立京，董事长决定把这个权力交给你，给奥组委提供多少车，你说了算。"

郝立京可以说是相当吃惊，张大了嘴，看着他的父亲，也是他的领导："爸……sorry，董事长，You sure（你确定）？"

"立京，我确定！"郝祖国说道。

以德报怨

"骆子哥，你说的是真的？孙大峰进去了？"章小凤大声地问着骆子，她的头发也全白了，依然剪着齐耳的短发，只是用发卡分别在两边将头发别在了耳后，在她的脸上，已经有了些许的老年斑，星星点点地洒落在眼角周围和脸颊上。尽管如此，她却一点也没有老态。她唯一没有改变的大概就是那副大嗓门了，还有夹带在话语间爽朗的大笑声，那笑声就好像是水龙头里的水一样，一拧开闸门就哗哗地往外流。

骆子见章小凤坐在轮椅上，穿着一身大红色的运动服，不知是否是被衣服映衬的关系，她的面颊红润光泽，仿佛年轻了好多岁。她刚从外面散步回来，郝一湖帮她推车，两人刚一进家门，骆子就把孙大峰"双规"的事情告诉了章小凤。

骆子在家里也收拾得非常利落整洁，头发梳得整齐光溜。虽然稍微有一些秃顶，但被一边的头发很巧妙地掩盖住了。干净的白衬衣外是浅灰色的毛背心，同样灰色的西裤被熨得笔挺笔挺的，没有一点褶皱。虽然他的身体依然非常瘦削，但腰杆挺得很直，但凡看到他的人，一定不会想到他已经是古稀之人了。现在，他看着章小凤的眼光，总是温柔如水。同时，他的眼中已经没有了丝毫以往那种的迷茫和散乱，虽然还是有那么一丝淡淡的忧伤，但更多的却是一种满足的喜悦。从他的神情中可以看出，他已经完全是一个健康的人了，尤其是他的精神面貌，相当的清爽和俊朗。他微笑着说道："是刚才立京打电话来说的，因为那个刘雪华终于把账本交出来了，孙大峰这才被纪检委给'双规'了。"

郝一湖和骆子相比，相对显得老态龙钟。他的头发剃得很短，是为了方便戴帽子，大抵是常年推轮椅的缘故，背驼得很严重。他的眼睛很大，因为衰老严重，眼角的皱纹密得就像蜘蛛网，在那张黝黑的脸上非常明显，让人忍不住就会联想到被开垦的黑土地上的那些沟沟壑壑。听了骆子的话后，他郑重地点了点头："这就叫天网恢恢，疏而不漏，坏人终究要受到惩罚的。"

章小凤听到这个消息非常开心，哈哈大笑着："我们的立京是好样的。

他可算是实现了他的诺言，帮骆子哥报了这个仇。"

骆子笑道："那倒也是，没有立京，孙大峰这辈子大概就要逍遥法外了。"

章小凤拍着轮椅的扶手，为这个大快人心的结果兴高采烈得难以平静："好啊，这个孙大峰，他也终于有了今天。啊！我们得去看看他，怎么说也是老交情了。老郝，行不行？你要是不去，我就和骆子哥去！哈哈哈……"

郝一湖连忙说："谁说我不去？当然要去，我们一块儿去。"

骆子笑着说："看看吧，这还想到一块儿去啦。立京说，孙大峰不好好交代问题，市纪委传来话了，要让我们去看看孙大峰，动员动员他，让他好好地交代问题。"

章小凤笑了："这是个好差事，我们去好好地训导他一回，让他知道知道什么叫'善有善报恶有恶报，不是不报，时候未到'。"

孙大峰被双规的地方，是纪检委在郊外修建的一个招待所。虽然地处偏远，但设施很不错，基本达到了三星级宾馆的水准。孙大峰在这里的日常就是每天被带去专门的讯问室交代问题，然后回房间吃饭睡觉。他的态度算是顽固的，除了承认账本上的那些事实外，对一切都采取"无可奉告"的态度。他唯一担心的就是女儿女婿的情况，但从讯问人员那里他并没有听到吴美珩被捉拿归案的消息。于是，就坚持死守顽抗到底，让纪检人员无可奈何。

孙大峰怎么也想不到，这个时候竟然还会有人来看他，或者说是章小凤夫妻和骆子竟然能有办法来看他。当他见到他们三人时，还以为自己是在做梦，狠狠地掐了一下大腿后，才得以证实面前站着的果然是真人。

坐在轮椅上的章小凤打量了孙大峰一会儿，唏嘘不已。他们其实已经有些年不见面了，没想到再次相见会是在这种地方以及这种情况下。尽管孙大峰的年纪比章小凤大不了几岁，却也没想到他会老得这么厉害，尤其是他那粗重的呼吸，听着都让人难受，就连坐着都困难的样子，着实让人不忍目睹。当然，这样的状况也是他自己造成的，终日不闲的嘴吃出了这样庞大累赘的身体，烟酒早就侵蚀了他的健康。此时的他目光混沌，神情萎靡，看上去就像是一堆摊在沙发上的肥肉，毫无生气。

"孙大峰，你还记得我们三个人在一起的事情吗？"尽管章小凤对他年轻时的所作所为恨之入骨，尤其是他陷害骆子想置其于死地的那些事，每每想起来，章小凤想吃他的心都有了。可看到他现在这副又老又衰的模样，又想到曾经同住一室，还想到他曾经为郝设华、郝祖国找工作帮过忙的事情……这一切，都让章小凤的心一下子软了下来，由恨变成了同情……于是，她放轻的声音里有了些许哽咽。

孙大峰动了动戴着手铐的双手，目光在章小凤等人的身上游移，然后他打了一个哈欠，眼睛有些湿润："记得……当然记得，我怎么能忘记呢？"

"大峰，这转眼之间，咱们都老成这样了，也不知道还能不能见几回了，所以啊，今儿个来找你叙叙旧，你看行不行啊？"章小凤用难得轻柔的声音对孙大峰说道。

孙大峰在脸上挤出一点笑容来："行呀……人之将死其言也善，我也时常想着和你们……说说话呢……如果有点酒……就……好了……"

"你还想喝啊，你这身体，再喝，会要了你的老命的。"骆子淡淡地说道。虽然他曾经恨过这个人，甚至恨不得扑上去掐死他，但那终究只是在极度痛苦中瞬间爆发的念头，从来没有想过要实践。他的感情并不是那么的激烈，所以，恨也不是那么彻底。骆子是非常重情谊的一个人，同在一片屋檐下生活过的经历，让他对这个人也产生了一些同情。对有些事，他不生气肯定是不可能的，但在讨厌之余，还是会将这人作为一个正常人来对待。这么多年来，尽管自己遭受过这个人的无数次陷害，过着丧失尊严的生活，可以说他的人生差点被这个人给毁了，可他依然无法真正地恨起他来。现在，他唯一能够想到的就是那一句话了，善有善报恶有恶报，不是不报，时候未到。如今，这个恶人果然遭报应了，终于就要受到制裁了，但在见到他的这一刻起，却恨不起来了。抛开他身上的那些身份和他所做过的那些恶行，眼前的他也只是一个八旬老人而已。这样的年纪不是都该在儿孙的簇拥下享受天伦之乐吗？在大树下晒晒太阳，听听风声，看着孩子们嬉戏，然后在一个清爽的午后，打着盹儿，悄然辞世。

骆子深深叹了口气："你啊……早知今日，何必当初……为什么，当初你不能好好地做人？"

孙大峰的身体一震，抬起眼皮看了骆子一会儿，喃喃地开了口："骆子啊……如果这是报应，我认了……我就是这样的一个人……做不了好人……可我也不算是个坏人吧？"

章小凤听了这话有些生气了，声音也变得大了起来："孙大峰，难道你忘了你是怎么害骆子哥的吗？上次你还让人来杀骆子哥，你知不知道骆子哥在医院躺了多久才醒来？"

孙大峰有些慌乱地使劲摇手，手铐在他的手腕上晃悠，发出哗啦啦的声响："我没有忘……但……但是，上次那是姚少军干的，和我没有一点点关系……真的……"

章小凤的火气已经被挑起来，根本不相信孙大峰的话，她愤怒地说道："孙大峰，你把骆子哥害苦了！给他扣上莫须有的罪名，还把他逼疯，他就是说了几句快板，可那些都是事实，你们就把他打个半死，差点就救不回来了。这还不算，你还指使姚少军那个龟孙子害骆子哥，幸亏骆子哥福大命大，这条命总算又捡了回来，按我说的，你这种人就应该给拉出去枪毙了！你不是坏人？你要不是坏人，这全天下就没坏人了！"

"哎，小凤……"骆子连忙劝阻章小凤，郝一湖却在一旁闷声闷气地说了一句："对，这种人就该枪毙。"

骆子摇了摇头："何苦呢……大峰，其实呢，我给你带了酒来，你要是想喝就喝吧。"

累累罪恶数不尽

孙大峰有些不敢相信地看着骆子，精神显得比刚才好了许多，整个人都从沙发上坐了起来，由于动作过于猛烈，浑身的肥肉都跟着乱颤起来。

"你……真的带了酒？"

章小凤手往身后一伸，变魔术一样地抓出了一瓶老烧酒来，在孙大峰眼前晃了晃："喏，在这里，我们可是瞒着看门的小同志给你带来的。"

孙大峰激动地伸出手去，想要去抓酒瓶，但被章小凤闪开了："不行，你得老实交代你的问题，不然这酒就不给你喝。"

孙大峰沉默了一下，眼中闪过一抹狡黠："我的那些问题，你们不是都很清楚吗？"

"嘿！你这个孙肉头，死到临头还嘴硬！我听说了，你不老实交代，还要隐瞒你的罪行。我说孙大峰啊孙大峰，你刚才也说了，人之将死，其言也善，你难道真要带着你那些罪过下地狱吗？你要是不说出来，那阎王老儿肯定饶不了你！"章小凤指着孙大峰数落着，孙大峰缩着脖子往后躲，骆子看着实在不忍，从章小凤手中接过酒瓶，又从包里掏出了一个杯子，倒了半杯酒。

"大峰，过去的事情我们都不计较了，不然的话，我们就不会来看你来了。你还是配合纪检人员把该交代的问题都交代了吧，也算是为自己减轻点罪过。"骆子要把杯子递给孙大峰，但却被章小凤眼疾手快地半道夺走了。看着章小凤严厉的表情，又看着孙大峰一双小眼睛只盯着那杯酒的样子，骆子摇摇头，无可奈何地退开了去。章小凤毫不留情地瞪着孙大峰，对他垂涎欲滴的样子视而不见，冷冷地说道："骆子哥，你这样也太好了吧？他这个人哪，一辈子了，不害人就好像不踏实，'文革'那会儿，他害的人还少吗？老郝也是他给送去牛棚的，虽然他从造反派手里救过我，可那是他怕我手里的那杆电焊枪。"

"那是，你可是红人……"孙大峰接口说道。

"你很清楚嘛，说白了，你这个人就是见风使舵、两面三刀的阴险小人。我说得对不对啊？"章小凤说完，看着孙大峰冷笑，孙大峰也冲着她咧起嘴傻笑。

"我不是还帮你们家设华和祖国安排了工作吗？"孙大峰大着胆子说道。

"哼，做一两回好事你就记得这么清楚了，可你坑害了多少人，私吞了多少国家财产，怎么就不记得了呢？"章小凤一点也不给孙大峰留面子，话说得掷地有声。孙大峰翻了翻白眼，终究无可辩驳，只能重新垂下头去。过了几秒钟，孙大峰又一次抬起了头："你不也报复过我了吗，你让祖国抛弃了我们家明明……害得她这辈子都不幸福，这样的事情你们不也干了吗？"孙大峰低声说着，语气里有着强烈的怨恨。

"你在说什么啊？我才不会那么小心眼呢……孙大峰，你怎么能这么想？既然你说了，我今天就清楚地告诉你，虽然打从一开始我并不承认这门亲事，不想和你成为亲家。可我非常喜欢明明那孩子，她和你不一样，我把她当亲闺女一样看待，老郝反对得不行，我也没让他对这件事吱声。最后他们没成，都是祖国的错，他对明明不厚道，在这一点上我也很生气，都不想认他这个儿子了。到头来你却说成是我让祖国抛弃明明的，你怎么能把人都想成和你一样？我章小凤会和你一样小肚鸡肠、狼心狗肺吗？你不要以小人之心度君子之腹！我章小凤今天来看你也是冲着我们当年的情分，是要你早点交代早点出去，可不是为落井下石来的，不然还给你带酒干什么？啊？我们是不是好人，你想想清楚吧！"章小凤说完推着轮椅就要出去，骆子连忙拉住了她："我们几个都是白发苍苍的老人了，也活一天少一天了，恩恩怨怨是不是也该了结了？难道一定要背着这些事进土，到死都不能落个安宁？"

骆子说完这些，见章小凤不再激动了，就将杯子重新放在了孙大峰的手中。

孙大峰怔怔地看着手中的酒杯，过了许久，他很剧烈地抽噎了一声，两行清泪竟然从眼角滑落下来。他猛地将半杯酒灌进口中，又有大滴大滴的泪被挤出来，四处乱流，弄得鼻涕一把眼泪一把的："小凤，我孙大峰不是好人，不，简直就不是人。我干的坏事太多了，数都数不完。"孙大峰抹了一把脸，继续说道："当年你女扮男装的事儿，还有你在厕所窗户上贴标语的事，都是我给告的密。"

章小凤愣了一下，转过身来，看着孙大峰："你……真是一个浑蛋……你知道我这辈子最痛恨什么人吗？我最痛恨日本人！我姐姐是被日本人害死的，还有千千万万的中国人死在了日本人的枪口下。我早就把这根手指头的账算在了日本人的头上，可我还冤枉了救我的黑大哥，把他的腿打断了。原来这一切都是你干的，你这个该死的家伙，你比日本人还坏！"

孙大峰一把鼻涕一把泪，点头如捣蒜："你骂得对，我不是人！我猪狗不如，就是给我一个狗汉奸的骂名也不为过呀！"

"之前怎么没把你这个浑蛋给揪出来，反而让你害了骆子哥？"章小凤的泪水也唰唰地流着，她拉住孙大峰的衣袖，使劲地摇着，直到郝一湖把她拉开。

"小凤……对不起……"孙大峰呜呜地哭着，眼泪鼻涕糊了一脸，就像个做了错事的孩子。

"算了……过去的就让它过去吧……你我都是快进土的人了，这些陈芝麻烂谷子的事情，我们就不说了……孙大峰，你说对不对？"

孙大峰泪眼蒙眬地望着章小凤："小凤，你……原谅我了？"

"原谅了！反正我又没被你害死，骆子哥现在也还好好地活着。"章小凤用郝一湖递过来的手绢擦完泪，又把手绢给了孙大峰："怕你在这里过得不好，你是个吃惯大鱼大肉的人，受不了那个罪，就给你带了些吃的来。有两只烧鸡，还有四个猪蹄和两斤卤牛肉，都放在食堂那里，说是要检查了才能给你吃。这酒也是经过特批的，只能给你这么一塑料瓶子，你就慢慢喝吧。下星期我们再来看你，你要什么就尽管说。"

孙大峰眨巴了一下小眼睛，紧抿着嘴，什么也没说。

"说吧。"章小凤催促道，"时间快到了，规定我们只能和你说一个小时的话。"

"你告诉他们，我什么都交代。但是有个条件。"孙大峰说。

"什么条件？"

"保证不能把我的女儿牵扯进来。"

离开招待所时，一直沉默不语的郝一湖突然说道："这个孙大峰还算有点人性。"章小凤点点头："是啊，从他对他女儿的这一点看，他还算是个好父亲。"

"是啊，所以说，世上没有绝对的好人，也没有绝对的坏人。再坏的人都有他善良美好的一面呢。"骆子幽幽地说道。

中国龙的奥运理念

郝立京从董事长那里得到授权后，就立刻行动了起来。他将自己担负销售公司总经理的一些日常事务交给了两位副总经理，把全部精力都投入到了车队的整形训练之中。他将车队分成了四个方队，每个方队由七七四十九辆中国龙汽车组成，即代表奥运理念，也代表"中国龙"汽车的发展理念。这四个理念分别为："中国龙中国风格""中国龙人文风采""中国龙时代风貌"和"中国龙大众参与"。

郝立京在给北京奥组委的报告中，将奥运理念和中国龙汽车发展理念有机结合了起来。"中国龙中国风格"车队要充分展示中华民族五千年悠久历史和灿烂文化，体现浓郁的中国韵味。"中国龙人文风采"车队要突出人文奥运的理念，表现奥林匹克精神，倡导人们陶冶情操，实现人的身心和谐发展，展示精彩纷呈的多元文化，展现中华儿女和谐之美的优良传统。"中国龙时代风貌"车队表达当代中国人民自强不息、奋发有为的精神风貌，中华儿女积极进取、昂扬向上的朝气和活力，与世界人民共同追求和平、友谊、进步的强烈愿望。"中国龙大众参与"车队展现占世界人口五分之一的13亿中国人民、广大港澳台同胞和海外侨胞积极参与奥林匹克运动的风采。北京奥运会既是在世界人口最多的国家举办的一届奥运会，也会成为人民群众参与程度最广泛的一届奥运会。

解说词由郝立京亲自撰写并宣读。郝慧思将彩排的结果拍摄了下来，剪辑制作成了一场完整的车队表演，交给郝立京带去北京作为资料汇报给北京奥组委。就在郝立京为这次山行做准备时，郝慧思却告诉他，她不能陪他一起去。

"为什么啊，我们不是说好了一起去吗？"郝立京有些懊恼地说。

"我们新产品设计中心刚刚接到黑总裁的指示，正在加班加点设计出口新车型呢。我估计总裁一定不会让我去的。况且，这两天德国汽车大王的公子莫里克要来我们公司视察。我肯定要负责他的接待工作。所以啊，所有的资料我都给你准备好了，也交代给雪华了，在这方面她比我更细致，你就放心吧。"

郝立京动了动嘴，虽一脸的不满，但终究也没说什么。郝慧思看着他轻轻地笑了："我知道你在担心什么，你担心的并不是工作上的事对吗？既然你心无旁骛，又何必那么在意呢？这一次去北京的事至关重要，雪华已经不是过去的雪华了，所以你就放一百个心吧。话又说回来了，她一个女人，也不会把你这个大男人怎么样吧……Baby，你说是不是呀？"

"那可不一定哦。"郝立京坏笑着说道。

"那也是你引诱我的。"郝慧思红着脸狡辩道。

"OK，我一直都在引诱你，In the present（英文大意：就是现在），我也不放过你。"郝立京将手放在了郝慧思在键盘上忙碌的手上。他眼中闪动的光芒幸福而温暖，她会心一笑："小坏蛋，你没看见我现在很忙吗？能不能等会儿呀？"

郝立京把嘴一嘟，装作生气的样子扭过身去，嘟囔着说："怪不得你一点都不吃醋，这么放心让一个对自己丈夫有企图的女人在他身边，原来是我对你的吸引力已经不够了。I say, darling, Do you still love me?（英文大意：我说，亲爱的，你还爱我吗？）"

"Just because someone doesn't love you the way you want them to, doesn't mean they don't love you with all they have.（英文谚语，大意为：爱你的人如果没有按你所希望的方式爱你，那并不代表他没有全心全意地爱你）"郝慧思轻轻说道。

"Sorry.（英文大意：对不起）"

"If you say that again you'll be in trouble. I promise you.（英文大意：如果你再敢这么说会有你的好果子吃的，我保证）"

"I will be good.（英文大意：我再也不敢了）"

"Forgive you.（英文大意：原谅你了）"郝慧思伸出双手，甜甜地笑道。

次日，郝立京和刘雪华肩负重任上京，郝祖国代表公司到机场为他们送行。郝祖国目送郝立京进了候机室后，正准备离开机场，就在他转身的刹那，视线突然定格在了某处。陪同身旁的秘书有些不解地看着突然停下脚步的董事长，然后又顺着他的视线望去。大约30米开外的机场出口处，匆忙地走出一行人，他们神色紧张、表情严肃，装束也有些古怪，中间那个人的样子让秘书一下就想起中学时学过的那篇课文——《装在套子里的人》，风衣加帽子再加口罩，帽檐压得很低，根本看不见他的脸。紧挨其旁的人都如临大敌一般，时刻警戒着周围的动静。他们中那位唯一的女性，也同样穿着风衣，那姿态却像是一道风景。她虽然已经不再年轻，却依然风采照人，纤瘦的身姿还保持着少女一般的窈窕，素净的脸上能够看出曾经美丽过的影子，朴素的衣着遮挡不住她空灵的气质和骨子里透着的那种高贵与优雅。她的神情很冷漠，也很缥缈，眉宇间埋藏着淡淡的忧伤。她仿佛行走在无人之境，眼里不容任何事物，包括身边的那些人。然而，她的视线在随意飘忽的时候，却在某一个方向突然顿住，那也仅仅是几秒钟的停留而已。秘书可以确定，她是在看见董事长时才有了那奇迹般的停顿的。

从董事长的神情里可以确定，他们彼此认识。

这一行人渐渐走近，其中一人也发现了郝祖国，脸上也显现出很惊讶的表情，但很快他就恢复了肃然，只是对郝祖国点点头，然后匆匆走过。

而那位女士却再没有看郝祖国，当她和他擦身而过的时候，秘书看见董事长的嘴角很剧烈地抽搐了一下，似乎是想要说什么，但终究还是抿住了嘴唇。

他们彼此应该不仅是认识。秘书在心里这样琢磨。

郝祖国在回公司的途中给路鸣打了个电话，路鸣正在听取李成梁的报告，他让郝祖国去辽海饭店的包房直接找他面谈。

心神不宁

郝祖国到饭店时，李成梁的工作刚好汇报完毕。

路鸣一见郝祖国，毫不掩饰他的兴奋劲头，他使劲地握住了郝祖国的手："祖国，你的建议好啊，李书记带领的'三农'工作组圆满完成了使命，农村的土地问题彻底解决了。"

"这是好消息，祝贺书记又一次为我们的农民兄弟做了一件很有意义的事情。"郝祖国强打起精神来，又和李成梁握了手，这位当过炮兵上过越南战场的市委副书记，手腕的劲可不小，让郝祖国有些吃不消。

"祖国同志，我们能在这么短的时间内解决如此棘手的问题，你功莫大焉！"

郝祖国抽回手，暗暗地甩了甩手腕："李书记过奖了，有了我们辽海市机关干部全心全意为人民服务的工作作风，再棘手的问题也会迎刃而解。"

路鸣哈哈大笑："祖国说得好，这说明我们领导干部的作风正在改变。哎，大家坐吧，坐下说。"

郝祖国今天来并非为公事，自然有些不自在，他犹豫地看向路鸣："你们要谈公事，我在这里不好吧，要不我在外边等一会儿，等你们谈完我再……"

路鸣大幅度地摆着手，并把郝祖国硬按在沙发上坐下："什么时候你还跟我客气，再说，我和李书记已经谈完了。"

路鸣的心情不是一般的好，他在祖国身边坐下来，手肘支在膝盖上，不断地摩擦着手心，以这样的肢体语言表达着他的喜悦之情："李书记，你的工作成效非常显著，不仅把农村土地问题解决得非常彻底，而且还拉近了干部和农民的距离，你可是为市委解决了一个大问题啊！中央三令五申要我们做好'三农'工作，解决好'三农'问题，这样的结果不仅是中央要求的结果，而且也是我们共产党人的行动准则啊！近几年来，通过我们的努力，我们和广大产业工人的关系搞顺了，现在我们和农民的关系又更加紧密了，我们辽海市有今天这个局面，你李书记和班子其他同志功不可没啊！"

"关键是我们有一个好班长啊！"李成梁由衷地说道。

"李书记，你怎么也学会拍马屁了？这里谁才是好班长呀，祖国，你说是不是？"路鸣笑着问郝祖国。

"你们两个都是好班长。"郝祖国不带一点感情地说。

路鸣似乎察觉出了郝祖国的心不在焉，他让李成梁先走了，郝祖国等到只剩下他和路鸣后，脸上强装的笑容马上消失了，路鸣奇怪地看着他："祖国，你今天怎么了，情绪不佳呀。"

郝祖国沉默了片刻，问路鸣："路书记，我想问一下，孙大峰的案子进展得怎么样了？"

"孙大峰把全部问题都交代了。现在，纪检委的招待所已经满员了呢。"路鸣轻皱起眉头，"没想到会牵扯到市里那么多干部。"

"那，孙大峰的女婿——那个吴美珩，也抓住了？"

"是，吴美珩已经被捉拿归案，他们马上就回到辽海了。"路鸣正说着，电话响了，他看了一下手表，指着电话说道："一定是亚彬打来的，他应该已经下飞机了。"

郝祖国很想说他在机场已经见过他们了，但话到嘴边又咽了下去。他又想问路鸣关于孙小明的问题如何处理，刚要张口，路鸣却开始兴奋地说了起来："这一次亚彬可是立了大功了，让公安局长的他亲自去 W 国抓人，在我们北方省应该还是头一次吧。哈哈！为了好好地犒劳我们的大功臣，我在辽海饭店订了一桌，为他们接风洗尘。我请了市政协的魏主席、市人大的赵主任，还有市检察院的王武龙检察长、市法院的崔智友院长和司法局的潘建伟局长，你也一起去吧。"

"路书记，你摆的不是接风宴，更像是鸿门宴啊！"郝祖国听到这些出席的人员，在心里苦笑起来。书记大人摆明了是在借饭桌谈公事，目的非常明确。他还真是不放过任何机会，充分地利用时间和场合呀。

"哪里的话，这叫效率。祖国，你今天找我到底有什么事？"

"没什么大事。立京去北京向奥组委汇报中国龙汽车宣传奥运的具体方案，德国汽车大王的公子今天抵达辽海，这些都不是我要找你的理由，我只是……突然就很想见你。"郝祖国说着，把头埋在了手心里，路鸣第一次见到他这个模样，愣了愣，迟疑地问道："祖国，你今天是以什么身份来找我？"

"什么身份？"郝祖国抬起头，看着路鸣，"大概……是朋友吧。"

"我以为你从来都不把我当朋友呢。"路鸣笑了，"既然是朋友，就把你的心事说出来吧，看我能不能帮你解决。"

郝祖国摇摇头："这是一个无法解决的问题。因为早在二十几年前，我就做了选择。事到如今，我还能做得了什么，木已成舟，覆水难收。当初的决定是否错误，现在再考虑这个问题已经于事无补。所谓的追悔莫及，大概就是我现在的情形吧。"

"原来是感情问题。这可棘手了，我最不善于处理的就是这方面的问题。"路鸣无可奈何地摊开了双手，"兄弟，我大概帮不了你了。不过，陪你喝两杯倒是没问题。"

"你会不会觉得很可笑啊，都这么一把年纪了，还在为感情问题困绕。"郝祖国先为自己的表现感到无地自容。

"祖国，你错了，感情问题和年纪无关。"路鸣郑重其事地说道，"送你一句话做安慰吧，Wer die Wahl hat, hat die Qual.（这句为德文谚语，意思是有选择就有痛苦）"

"什么意思？"

"有选择就有痛苦。"

郝祖国没有留下来参加为王亚彬接风的宴会，他以接待德国贵宾为借口推辞掉了路鸣的邀约，事实上，汽车大王的公子莫里克的接待工作由总裁黑一海负责。逃掉这样的应酬，并非是害怕路鸣的饭桌办公，而是他实在没有把酒言欢的心情。显然路鸣为王亚彬这一次的大获全胜欣喜万分，他郝祖国论公论私都应该为此同喜同乐，但是，他却怎么也无法乐起来。心头被某种东西压得几乎喘不过气来，身体某处也开始隐隐作痛。

别样风景线

三位高大的德国人在郝慧思的陪同下，观看挂在中国龙汽车设计大厦大厅中的辽海工业园区鸟瞰图。郝慧思用流利的德语为他们解说图中内容："莫里克先生，这就是辽海工业园的全貌。从辽海市区东北方向，一直向东延伸，直到大海边。整个工业园占地 1000 余平方公里，跨越了三个县区。而我们中国龙汽车工业园就占据了其中将近五分之一的面积，并且是直接通向大海的园区。"

围着地图，德国人啧啧赞叹。

"郝小姐，你们的工业园太大了！"

"莫里克先生，我们到实地去看一看？"郝慧思收起教鞭，问那位最年轻的德国男子。

"好极了！我们马上去看！但我希望是郝小姐亲自带我们去。"郝慧思当即答应。从这位年轻的德国男子眼里，能够明显感觉出他对郝慧思的热情和爱慕，只是郝慧思一直都用她的机敏和风趣化解着这种对她来说普通又常见的问题。

"很好，小张，你去让他们准备一架直升飞机。"

助手小张颇有些紧张地低声说："可是郝主任，再过 40 分钟，美国的客人就到了。"

"来得及，我们走马观花，快去快回。"郝慧思说完又用德语跟几位客人说了一遍，并讲了一个古代人的故事来向不懂成语的外国人解释"走马观花"的含义，结果逗得他们前仰后合："你们中国人太有智慧了！"

当他们走出大门时，一架直升飞机刚好降落在汽车研发中心大楼前的空地前。

"你们中国龙汽车太牛了！还有飞机！"在巨大螺旋桨制造出的风中，莫里克大声地对郝慧思说。

"这不算什么，我们集团现在有 10 架飞机，这一架是专门用来接待和考察工业园区用的。莫里克先生，请吧。"郝慧思浅笑着将这件事轻描淡写了过去。

"你们太厉害了，简直出乎我们的意料！"上了飞机后，莫里克还在意犹未尽地赞叹着。郝慧思却在心里默默地说，是你们一直太小看我们中国了。

郝慧思的思绪被莫里克的发问打断。他指着下方的一个广告牌问郝慧思："那是什么？"

那个足有百米的广告牌上，写着的是"认真贯彻落实党的'十六大'振兴东北老工业基地战略任务的精神！"郝慧思给他们用中文念了一遍，然后用德语做了翻译。这种标语只是一种意念的表现方式而已，她并不求他们能够理解，所以她只告诉了他们这是中国政府的一项发展战略，而对于辽海来说却是一个历史的转折点，所以需要如此郑重地记载下来。

很快，他们就升到了刚好可以看到中国龙汽车工业园全貌的高度，然后，他们就看见了镶嵌在绿色大地上的"中国龙汽车欢迎您"八个大大的汉字。莫里克再次认真地询问这几个汉字的念法和意思。

郝慧思告诉了他这句话的意思后，教他念了一遍。

"中国龙汽车欢迎您！ Danke（德文：酷）！"

"莫里克先生，各位朋友，你们现在看到的是用'中国龙汽车欢迎您'这八个字组成的中国龙汽车工业园。中国龙汽车工业园分为八个区，每一个字代表一个区。请驾驶员把飞机降低，让我们把每一个区都看清楚。朋友们请看，'中'字下面是我们中国龙汽车的中国龙牌小汽车生产区，目前我们的生产量是……"

直升飞机分别在每一个区的上空盘旋两分钟，然后按照顺序一路开过去。郝慧思简洁地为每个区的建设内容和项目设施做了解说："现在我们看到的是'国'和'龙'字，是我们中国龙大型、重型两个汽车生产区。我们的重型汽车是一年前开始生产的，那个时候我们的中国龙牌小汽车已经初具规模了。两年以前，中国的汽车市场还是'车到山前必有路，有路必有丰田车'。不过如今这句话已经换成了'车到山前必有路，有路必有中国龙'了……我们看到的这个'汽'字下面是我们中国龙汽车的研发区，目前我们中国龙汽车的研发人员一共是2300人，去年我们仅有800人。而且这个数字还在不断的壮大中，可以这么讲，全世界一流的汽车研发人员，都基本上在我们这里了……'车'字下面是综合区，我们的职工培训中心、集团公司机关等全在这里。'欢'字下是合作区，合作区是刚刚建起来的，凡是有意与我们公司合作并符合三个'必须'的中外客户，都可以在这里落户。最近，已经有 11 家公司的 11 个项目在这里落了户。"

莫里克提出疑问："三个必须是什么？"

"必须是和汽车有关的项目；必须是有发展前景的项目；必须是我们中国龙汽车控股的项目。"

"郝小姐，我们的无人驾驶汽车项目有没有可能在这里和贵公司合作？"

"莫里克先生，你们这个项目是高科技项目，我们的合作是有良好基础的！"

郝慧思继续介绍下面的分区："这个'迎'字下是我们中国龙汽车集团的工人新村，也就是员工的住宅区。我们中国龙集团公司百分之九十以上的员工住进了这里。现在，工人新村里有 4 万本部职工、6 万家属，下岗再就业服务公司、物业公司的员工 1 万多人，再加上将近 4 万的外来人口，我们的工人新村目前有 15 万人口！"

一位德国人忍不住惊呼："那已经是一座城市了！"

郝慧思笑着冲他点点头："您说得没错，我们的工人新村就是一座城中城。"

飞机到了最后一个字上空，下面一片碧蓝，那个硕大的"您"字在阳光下分外耀眼夺目。

"这里是'您'字，是我们未来的中国龙汽车港口。"

莫里克摸着下巴，看着下方那片蓝色，若有所思地说道："郝小姐，这样你们的工业园就和大海连成一片了。"

揪心的人

"是的。自从中央提出振兴东北老工业基地以来，我们辽海市又打响了一场'辽沈战役'。'面向大海求发展'就是这场战役中的一战。"

莫里克向郝慧思竖起了他的大拇指："太不可思议了！你们中国人真的了不起！"

郝慧思不卑不亢地欠了一下身："谢谢莫里克先生的称赞。"

助手这时候看了看表，提醒郝慧思："慧思姐，美国人再过10分钟就到公司了。"

郝慧思用中文对助手说："那我们返回吧。回去后你带德国朋友去吃饭，黑总会和你一起陪客人用餐。我和王总去接待美国客人。"

"好的，慧思姐。"

郝慧思拍了拍手，拉回几位客人的注意力："莫里克先生、各位朋友，用晚餐的时间到了。我们回去吧。"

"郝小姐，你会和我们一起用餐吗？"莫里克充满期待地看着郝慧思。

"莫里克先生，真对不起，我已经约了美国来的客人。不过，我们黑总裁将陪同你们用餐的。"

"哦，黑一海先生要陪我们用餐？这真是太好啦！"几个德国人一改严肃的样子，都欢呼起来。只有莫里克带着万分的遗憾与不舍和郝慧思暂时道别。

晚饭时间，黑一海和郝慧思同时接到了郝祖国打来的电话。

"什么？什么时候的事？"黑一海拿着电话，看了看身边杯觥交错的情景，眼中略有压抑的情绪，"祖国，我正在和莫里克一行吃饭。我会尽快结束这边的事赶过去，你自己要撑住，你母亲需要你。"

"没关系，我知道。"郝祖国的声音在哽咽。

半个小时前，郝一湖陪着章小凤在劳模新村里转悠，一群孩子也在院子里嬉闹。突然间，一个孩子跑上了楼区间的马路，而这时正好开过来一辆小货车，那孩子完全无视左右，飞快地要横穿过去，小货车的速度也很快，来不及刹车，眼看孩子就要被撞上。正好在路边经过的郝一湖一个箭步冲上去，把孩子抱在了怀里，而他的背却被小货车刮到了。孩子没事，郝一湖却倒在了地上，口吐鲜血，把章小凤吓得整个人都蒙了。

郝一湖被送到医院抢救，郝祖国和郝设华接到骆子的电话后都连忙赶到医院，知道事情经过后，大家都相对无言。而此时郝祖国的情绪还沉浸在之前的低落之中，再经过这样的惊吓，可以说他已经有些撑不住了。在他身边，没有能够给予他支持和安慰的人。表面上看，两位老人相互依偎、彼此依靠，或许他们不再需要儿女的安抚，但在关键时刻，仍然需要来自亲人的照顾。妻子罗绮只是呆呆地坐在那里，原本就不善言辞的她从结婚到现在，都不曾给予过他任何来自心灵的支撑，安静而贤淑的她对郝祖国来说其实是个若有若无的存在；而二哥郝设华，大概他们两人之间的年龄相差不多，彼此性情又十分相左，除了血缘关系和兄弟情分外，基本上没有什么交流，况且以郝设华的经历来看，除了木讷寡言外，应该更加无法应对感情问题。所以，郝祖国在通知完所有直系亲属后，独自走到走廊的尽头，看着外面渐渐落下的夜幕，静静地整理着自己的情绪。

像他这样的年纪，应该是那种不能肆意放纵感情的年纪。所以，除了压抑，再没有别的路可走。压抑对他来说，已经成为一种惯性了。自从和爱的人分手，和不爱的罗绮结婚后，这个词就一直陪伴着他。路鸣的那句话一直回响在郝祖国的耳边："有选择就有痛苦。"或许这正是郝祖国人生的正式写照。

长期以来，这种压抑，已经造成了他心理上的负担。情感就如水流，如果不给予适当的停留，给它找到一个去处，它终究会一泻而下，在某个地方累积成深渊，要么将自己沉沦溺毙，要么彻底崩溃决堤。郝祖国感觉自己已经到了那个危险的边沿。他急切地需要一个排泄的渠道，然而，他的人生几乎可以说是严丝合缝的，没有人看出他的人生堤坝早就出现了裂痕。

当晚10时整，医生走出急救室，告诉等候在外面的家属，患者内脏出血过多，抢救无效，已经辞世。医生还责怪说："这么大年纪的人了，身体已经非常脆弱，随便磕一下碰一下都不得了，你们还让他受到这么重的冲撞。"

"他是去救人的啊！"章小凤失声痛哭。

"唉，我们已经尽力了。你们为他准备后事吧。很抱歉，请节哀顺便。"

郝祖国有些木然地跟随着大家进到急救室，郝一湖静静地躺在手术台上，身体笔直，面容平静，看上去就像睡着了似的。虽然平生不是那种活跃的人，但在这一刻依然能够清晰地感到，生命的逝去是多么的无奈，没有了灵魂的躯壳也只是一副躯壳而已，他已经不是那个叫郝一湖的敦厚善良的人了。

"老郝啊啊……"看到丈夫的身体，章小凤不由得号啕大哭。紧跟着，小辈们也开始嘤嘤哭泣。所谓的最后一面，却是单方面的呐喊。无论亲人们叫了多少声，叫得多么撕心裂肺，紧闭的双眼始终不会再睁开。郝祖国走上前去，摸了摸父亲的手，冰凉冰凉的，已经失去了往日的温度，他清楚地知道，父亲再也不会回握他的手了。

一个平凡的男人，也是一位平凡的父亲，就这样悄无声息地走了，没有和任何人打招呼，看似匆忙，实则从容。因为，他自始至终都贯彻着他这个人做人的准则，他活得了无遗憾，死时便无牵无挂，他做人坦坦荡荡，走得也干干净净。或许他并没有什么精彩的人生，惊天动地的作为，但他却实实在在地活了一辈子。这种真实而朴素的活法，世间能有几人做到？他无愧妻儿，无愧自己，无愧天地。他让别人都会不自觉地审视自身。如此洁净的灵魂，一定会到天堂，一定会光照儿孙。

"爸……"郝祖国将脸挨在父亲的额头上。在生时，他们几乎没有过这样亲昵的举动。或许有过，但已经不在记忆里，那可能只是在孩童的时候。父亲爱着每一个孩子，公平公正，也温柔宽容。父亲并非多么伟大的人，但在每一个孩子眼里，他却是一位伟大的父亲。

沉痛的心

"设子、祖国，你们要振作起来，你爸爸的年龄已经是高寿了，所以，要把他的丧事当作喜丧来操办。"黑一海正告两个逝者的儿子，"时间已经很晚了，慧思送奶奶他们先回家去，你们两个也抓紧时间休息，明天会有你们忙的。公司那边我会安排好，祖国你就休息一个星期，安心处理你父亲的后事吧。"

"谢谢黑总。"听到黑一海的声音时，郝祖国非常感动，"大伯，谢谢你。"黑一海走过来在郝祖国的背上拍了拍。然后在他耳边低声说："孩子，先忍忍吧，会有你尽情大哭的时候。"

郝祖国愣住了。黑一海转过去又同样拍了拍郝设华的肩，郝设华一边用手背擦着泪水，一边跟着黑一海往外走。

经过章小凤的同意，郝一湖的葬礼以最朴素也最安静的方式进行。遗体火化后，被送往郝一湖的故乡，长白山下的一个小村庄。一起去的都是直系亲属，他们没有去惊动其他的人。郝祖国按当地习俗披麻戴孝，把父亲的骨灰盒埋进了黑土地中，然后立了一个简单的石碑，上面写着"慈父郝一湖之墓"。这石碑，就如死者一样朴素、纯洁。

深秋天气，风大而寒。章小凤和骆子被送到村里休息，墓地只剩下了兄弟三个。郝建华哭得最厉害，从他赶来奔丧起就一直哀哀哭泣，直到把父亲下葬后，他也不愿离去。母亲离开后，他一直跪坐在石碑前，一声一声地哽咽。在他面前纸灰已经堆成了小山，他还在不断地烧着，嘴里喃喃地诉说着对父亲的哀思，还有这些年没有尽孝的愧疚。

"大哥，你休息一会儿吧。"郝设华终于看不过去，上前劝慰。

"设子……"郝建华的眼睛红红的，继续烧着手中的纸钱。郝设华也蹲在了大哥旁边，也一张一张地烧着纸钱。渐渐地，兄弟两个将悲伤淡化在了那些烧过的纸钱中。郝祖国一边擦着石碑上的字，一边看着他们，泪水在眼眶里打转……

烧完纸钱后，郝建华和郝设华走过来了，问郝祖国走不走。郝祖国看着父亲的石碑说："大哥二哥你们先回吧，我再陪爸爸一会儿。"

"那你要在四点以前回来，咱们得赶在天黑前送妈他们回城里去。"郝设华淡淡地说道。

郝祖国点点头："我知道了。"

郝设华有些忧虑地看着郝祖国，似乎有什么话要说，最后还是和郝建华一起离开了。

空寂的山脚下只剩郝祖国一人，他开始慢慢流泪。

他抚摩着父亲的石碑，将这冰冷生硬的东西当作是父亲的身体，让那些积压的感情一点一点地随着泪水流出身体。最后，他终于放大声音哭了出来。所有的情感犹如潮水一样止不住地往外涌。萧瑟的秋风吹着地面上那些枯黄的衰草，还有纸钱的灰烬，发出呜咽的声音，似乎是陪伴着郝祖国在一起哭泣。

不知道过了多久，郝祖国不哭了。他抬头看看天空，晴朗而清爽，风把一些纸灰吹到了空中，像蝴蝶一样翩翩起舞。人说灵魂会随风行走，如此温柔又包容的感觉就像是父亲的大手，当一片纸灰落在郝祖国的头发上时，他的心颤动了一下。

远远地，一个娇小的身影在风中走得不那么稳，应该是不太习惯乡村的小路吧。当她走近时，郝祖国已经收拾好了自己的情绪："你怎么来了？"他问自己的妻子。

"妈他们要走了。"罗绮淡淡地说。

"哦，我们回去吧。"郝祖国看了一眼妻子，她默默地跟在了他后面，两人一前一后往村里走去。

"妈还好吧？"郝祖国听到后面的脚步有些杂乱，就稍微放慢了速度，在等的时候这样问。

"还好。"罗绮赶紧跟了上来回答，"有骆子叔陪着她。"

"……谢谢你。"郝祖国停顿了一下说道。罗绮这些天为了照顾章小凤，也住到了婆婆的海边别墅里。老人的衣食起居都是她在张罗，一言一行足以证明，她是一个贤德的好儿媳。也难怪在几个媳妇中，老人最偏爱她。

"你还好吧？"罗绮有些躲闪的视线里传递着一种真诚的关心。

"我没事。"郝祖国轻轻地摇了摇头。

"你有什么事，可以跟我说。"罗绮又说。

"我能有什么事？"郝祖国有些惊讶地看了妻子一眼，没想到她会说出这样的话来。

"那个……"罗绮却开始支吾起来，咬着嘴唇欲言又止……

"你要说什么？"郝祖国更加诧异。

"我……前两天去看一个朋友……她住院了……"罗绮低着头说。

"你的朋友？谁啊？"在郝祖国印象里，罗绮除了与几个办公室的同事关系比较好外，并没有什么特殊交情的朋友，至少她从来没有跟他提起过有一个这样的朋友。

"你也认识她。"罗绮说完抬头看向郝祖国。她的神情非常古怪，看得郝祖国有些莫名其妙。

"你说的到底是谁？"郝祖国停下来问。

"孙小明。"

陌生的家，亲近的洋娃娃

一天傍晚，吴飒飒家的门被敲开了。看到站在门外的这个家的另一位主人，吴飒飒有那么一时间的恍惚，以为自己还在梦中。

"我……"郝设华的舌头好像是被冻住了，僵硬得像是一块冰。在看到吴飒飒的一刹那，心里的五味瓶马上被打翻了，各种滋味一齐涌上了心头。

僵持了好一阵子，回过神来的吴飒飒先开了口："你……进来吧。"

"飒飒……你能不能给我找一下我记录焊接件的那个笔记本？"郝设华看着吴莎莎的头顶，飞快地说道。

"行，你先进来吧。"

"不，我就在这里等着。"郝设华连忙说。

吴飒飒微微笑了一下："设子，你站在门口不进来，让邻居看见不大好吧？这里不也是你的家吗？你进来坐一会儿有什么关系？"

"那个……"郝设华又开始支吾，最后因为过于紧张，连声音都丢掉了。

"算我求你，好不好？"吴飒飒抬起水汪汪的眼睛看着郝设华。郝设华身体里的某处似乎突然崩塌了。

郝设华瞄了一眼屋子，终于低着头迈出了脚。

尽管房间里的布置一点没变，除了多出许多玩具外，其他还是原来的样子。但在郝设华的眼里，却是那么生涩、刺目，像是走到了一个完全陌生的地方。他束手束脚地站在客厅中间，依然找不回自己的舌头和声音。

"你坐啊，喝水。"吴飒飒飞快地倒了一杯水放在茶几上，表情也有那么一点尴尬和生硬，话说得很不利索。

"不，我……我只是来拿东西。"

吴飒飒的眼眶有些发红，她看了郝设华一眼，垂下了眼帘："我这就去找，你帮我照看一下……孩子。"

郝设华这才注意到，沙发上还坐着一个两三岁的男孩子。其实，从进门的那一刻起，他就在用视线的余光搜寻着曾让他觉得受了奇耻大辱的孩子，只是，郝设华在心里又刻意地去忽略他。那种既想见又怕见的复杂情绪，是他紧张得说不出话来的根源。

"叔叔，早上好。"孩子突然开口说话。那双又大又圆的蓝眼睛充满新奇地看着郝设华，卷曲的金发柔软地覆盖在他的头上，他的笑容甜美而纯净，乖巧安静的样子就像一个大型洋娃娃一样，十分可爱。

郝设华的心里一动，不知怎么对这个孩子产生了一股亲近感。很想上去抱起他，亲亲他红润的小脸蛋。

孩子将手中的一支棒棒糖伸向郝设华："叔叔，吃糖。"

孩子的口齿很清晰，显然他也对这个叔叔很感兴趣。

郝设华蹲下身去，问孩子："小朋友，你几岁了？"

"叔叔，我马上就三岁了。"孩子稚气的声音在郝设华的耳边回荡着，让他几乎忍不住想要去亲吻孩子。

"你叫什么名字。"

"我叫郝立升，叔叔。"

郝设华的胸口一紧，他拉起了孩子的小手："你为什么叫郝立升啊？"

"因为我爸爸的名字叫郝设华，叔叔，你知道吗？我爸爸可牛啦！"

"你爸爸……他怎么个牛法？"郝设华终于伸出手去，将孩子抱在了怀里。孩子柔软温暖的身体让他的情绪开始失控。

"叔叔……"孩子发现郝设华在流泪，"叔叔，你怎么流眼泪了？"

"没有……好孩子，叔叔没流眼泪。"郝设华将脸埋在孩子的身上，但泪水却流得越来越凶，很快就将孩子的罩衣濡湿一片。

孩子用小手笨拙地为郝设华擦眼泪，小小的眉头轻轻皱起："叔叔，你流眼泪了，你哭了！叔叔，我妈妈说了，撒谎的孩子不是好孩子，要被狼吃掉的。"

"立升是个好孩子……妈妈说得对，叔叔撒谎了，不是好孩子。"

"叔叔，承认错误就是好孩子。"

"对、对……立升，你的爸爸呢？"

"我爸爸出国啦。"

"你爸爸什么时候出国的？你见过他吗？"

"我妈妈生下我的时候，爸爸就出国啦。所以我没见过爸爸。"

郝设华再次感情决堤。

"叔叔，你怎么又哭了？"

"立升，你想爸爸吗？"

"不想。"小立升摇摇小脑袋，"可是妈妈想爸爸，妈妈想爸爸的时候都会哭。叔叔，你是不是也想爸爸了？"

"为什么要想他，你爸爸不是一个称职的爸爸。"

小立升生气了，瞪着大眼睛，小嘴噘得能挂帘子："你说得不对！我妈妈说了，我爸爸是世界上最好最好的爸爸！"

郝设华将孩子紧紧抱住，泪水又将孩子的背打湿了。

"叔叔，不哭，好孩子是不哭的。"

郝立升听到了脚步声，连忙擦掉泪水："好孩子，叔叔不哭了，你看。立升真是个聪明的乖宝宝。"

受到了夸奖，孩子咯咯地笑了起来，他骄傲地仰起下巴，向他的妈妈夸耀："妈妈、妈妈，叔叔夸我是聪明的乖宝宝！"

吴飒飒从里屋出来，她虽然极力掩饰，但红红的眼眶是遮不住的。她把笔记本放在茶几上，把小立升从郝设华怀里抱了过去。

"立升，叔叔要走了。"郝设华拿起笔记本，对小立升说。

"叔叔再见。"小立升摇着手，欢快地道别。

郝设华走到门边，就听小立升在后面问："妈妈，你怎么了？"

"妈妈没事。"吴飒飒的声音里有明显的哽咽。

"妈妈，我跟你说哦，叔叔刚才哭了，流了好多眼泪哦。"孩子奶声奶气地说道，声音很大，也很清脆。

吴飒飒摸了摸儿子头说："因为叔叔的爸爸走了，叔叔也想爸爸了。"

"哦，叔叔的爸爸到哪里去了？"小立升天真地问。

"立升，乖，去帮妈妈把包包拿来好吗？"吴飒飒无法在孩子天真无忌的童言面前继续说谎，就转移了他的注意力，看着小孩子蹦蹦跳跳地进了卧室，吴飒飒有些为难地对郝设华说："对不起，爸去世的时候我没有去。"

"没事。"郝设华愣了愣，"我……我走了。"

"啊……好。"吴飒飒也愣了愣，喃喃地说。

死　结

　　骆子围着蓝花布围裙在厨房里忙碌，嘴里还哼着小曲儿。干净的案台上放着几碟炒好的菜，电饭锅里焖的米饭已经散发出了阵阵清香。章小凤摇着轮椅进来："骆子哥，我来给你打下手，好不好？"

　　"不用、不用，我都弄好了，你别进来，小心弄一身油。"骆子连忙把章小凤推出厨房："你叫设子来吃饭吧，今天我弄了好几样新菜，给你们换换口味。"

　　"只怕你的辛苦要白瞎了。"章小凤叹了口气说道，"自从老郝走了以后，设子就搬过来和咱们一起住，可他没一天有好脸色，这不，又不知道是咋了，一回来就窝在楼上吹他那个什么萨克斯去了，听得我这个心啊一悬一悬的。"

　　"设子他心里苦着呢。"骆子望了望楼梯口，楼上的萨克斯音乐时断时续，吹得人心情很乱："设子一直都这脾气，有啥心事也不会跟人说，都憋在心里，这你是知道的。"

　　"我知道呀，就是为飒飒那事。说是今天去飒飒那里拿东西，见到那个孩子了，唉，问他他又啥都不说，他这脾气，真跟他爸一模一样，不，比他爸还要倔呢。"章小凤忍不住抱怨起来。

　　"你啊，最好还是别哪壶不开提哪壶了。"骆子手脚麻利地在餐桌上摆好碗筷，又抱出电饭锅给每个人盛饭。章小凤喊了几声后，郝设华才从楼上慢慢地下来，看到他那副要死不活的样子，章小凤肚子里就来气："设子，你骆子叔把饭都给你盛到桌上来了，你还磨磨蹭蹭地干吗呢？"

　　"小凤，算了，快吃饭吧。"骆子端着一盆汤从厨房里出来，郝设华上去接过来，放到桌上，默默地坐下。

　　"骆子哥，这家里上上下下都是你在忙活，我和设子也帮不上什么，看你这么辛苦，我心里头忒不落忍。"

　　"生命在于运动，我要是不干活，哪能有这样的身子骨？再说，这也是我愿意的。"骆子柔声说道。章小凤被他深情的目光注视着，眼中流露出一丝少女才有的娇羞："谢谢你，骆子哥……"

"妈，我给你们请个保姆，好吗？"郝设华突然说道。

"请什么保姆啊？"章小凤问。

"你们二老年纪都这么大了，妈你又是这个样子，就像你说的，骆子叔照顾这个家太辛苦了，找个保姆分担一点，至少清扫卫生、买东西这些活儿可以让保姆去干。"

"活儿都让保姆干了，那我干什么去？"骆子赶紧制止。

"骆子叔就陪妈聊聊天，去去什么老人活动中心，反正别把自己当这个家的勤务员就行了。"

"设子，你说这话是什么意思？在你眼里，骆子叔就是个勤务员？"章小凤的脸沉了下去，她瞪着儿子，大声地问道。

"妈，你误会我的意思了。"郝设华低声说。

"那你是什么意思？你说清楚！"

"我是说我……我把骆子叔也当作自己的亲人一样，也想要孝敬他，让他多享享福。可是……可是骆子叔总像是欠着什么一样，老把他自己当外人，妈你不是也看着的吗？这家里的活儿全都是骆子叔一个人在干，还要伺候行动不便的你，他不像个勤务员像什么？"

章小凤怔住，愣了一会儿才说："设子，你知道你说的这些话有多不中听吗？"

骆子握了握章小凤微微颤抖的手，微笑着说："没关系，小凤。设子，我在这个家里没把自己当外人，如果你这么想的话，我想那是因为实际上你在把我当外人，所以才会很在意。你爸在的时候，不也是没有请保姆帮忙吗？那时候啥样，现在还是一样。给自己家干活还用计较吗？而且啊，能够伺候你妈，可是我梦寐以求的事。"

"你都是当爸的人了，怎么还这么不懂事？"章小凤痛心疾首地看着自己的儿子。或许他的出发点是好的，但他那种直线思维和表述方式实在是很伤人。他的确没有什么坏心，相反地，他其实是几个孩子里最善良的一个，可是他却没能学到与人交往中的柔软，总是带着棱角，直来直去，难免碰撞，结果是让别人痛苦，他自己也难受。"你该好好地学学你爸是怎么做人的。"

"小凤，雷公不打吃饭人，饭桌上不骂娃。让设子好好吃饭吧。"

"哼，我又没骂他。"

"好好，你没骂。给，你最喜欢的茄盒子，我今天做的是甜辣味，你尝尝喜不喜欢。"骆子给章小凤夹了一筷子菜，堵住了她的嘴。然后又给郝设华碗里夹了几块红烧肉："设子，这是专门给你烧的，我们两个老了，要注意胆固醇，不能吃这个了。"

"谢谢骆子叔。"

"别跟我客气啊。设子，你妈说你去过飒飒那里了？"

"是。"郝设华低头吃饭，含糊地应道。

"孩子你也见到了？"

"嗯。"

"他们母子都还好吧？"

"……孩子很乖，也和我很亲。"郝设华说着，就发起了呆。

"和你很亲？"骆子意味深长地看着郝设华，"或许这就是父子连心啊，那孩子……"

"那孩子完全是外国人的样子。"郝设华回过神来，冷冷地打断了骆子的话。

捷报连连

吃过饭后，郝设华又重新回楼上吹他的萨克斯，章小凤和骆子坐在客厅里无可奈何地听着那些心事重重、让人掉泪的曲子。

"你还说别叫我哪壶不开提哪壶呢，结果你自己去提了。"章小凤埋怨骆子。

"我也是想帮他解开心结，可是这孩子真的是死心眼。"骆子摇头叹息。

"设子命苦，老让他遇上这种事儿。"

"有句话说，性格决定命运。我倒不认为是他的命不好。如果换作是祖国，保证不会闹成这样。"

"那倒也是，祖国整个就没心没肺，只有他伤别人的份。还有那个建华，你看他把亭花祸害成啥样了，唉，你别说，亭花那死心眼倒跟设子很像。"

"亭花是外向型的性格，她有啥想不通的，会说出来，不像设子都憋在心里。"

"也对啊。说来说去，还是我们立京性格好，重感情，又开朗，还遇上慧思这么好的一个媳妇儿，小两口叫人越看越爱，越看越欢喜，看到他们两个啊，我这心里有啥疙瘩全都化了。"

"立京不是因为没赶上送他爷爷还哭鼻子吗？那孩子真不错，将来准有大出息。"

"是罗绮教得好。祖国有这么一个贤惠的媳妇也是他的福气。"

"其实飒飒那孩子也不错，配设子刚刚好，真正是天生一对地造一双，可惜出了这么趟子事……我后来在他们厂里打听过，都说飒飒作风很正派，从不和男同事开玩笑什么的，大家一致认为她是那种女强人、工作狂，在单位上除了业务上的事，基本都不和人来往。至于那几个外国专家，好像都已经回国了。"骆子虽然并不了解吴飒飒是怎样的一个人，但俗话说得好，群众的眼睛是雪亮的，一个对工作以外的事基本没兴趣的人怎么可能闹出绯闻来？但是摆在面前的证据太明显，谁也找不到替她开脱的理由，甚至连当事人自己都说不清楚，别人又怎么能为她平反昭雪呢？刚才郝设华那句"那孩子完全是外国人的样子"，将一切都说得再清楚不过了。

"昨天晚上我听到设子在哭，那叫一个伤心啊，就是他爸走的时候也没见他这么哭过。"章小凤说道。

"他们两个没有提过离婚的事吧？"

"好像没有。谁都没提，这事儿还真是有点怪。"章小凤咂着舌头说道，"真不知道设子是怎么想的。他不想离婚，又不理人家，两年多没进过那个家门，一天到晚哭丧着脸，这日子到底要过到什么时候是个头啊？你要么就一刀两断各走各的，要么就啥也不计较了，关起门来还是两口子。你说他这样是啥意思啊？"

"他们两个都没有提出离婚，是都还在意着对方吧。剪不断，理还乱。看得出来设子舍不得飒飒，不然也不会这么痛苦。我听说飒飒的父母劝过她离婚，但她死活都不同意，她还在等着设子回心转意。她一个女人家独自带着孩子，也不容易啊，还要顶着周围的闲话，说真的，我都有些佩服她，她比设子坚强得多了。"

"唉，让你这么一说，连我的心都乱了。不知道咋的，我也觉得好像做了什么亏心事似的，上次不小心在街上碰到飒飒，我还跟做贼一样地躲了起来。骆子哥，你说，我们这样对飒飒，是不是太过分了？"

"是很过分。"骆子笑道，"但也在情理之中。"

"不如，哪天我们去看看她们母子？"

"好啊，只要你说话，啥时候都行。"

"可是得瞒着设子吧？"

"也对，不能让他知道。"

"我想，那孩子一定很可爱。"章小凤喃喃地说道。

郝祖国从医院出来，给路鸣打了个电话，知道他又在辽海饭店的包房后，就直接驱车过去了。到房间时，发现王立也在。王立一见他就说："祖国来找书记，一定又有大事了。快说说听听，也让我高兴高兴。"

"的确是有一件大事要向两位领导报告。"郝祖国笑道。

"你还真有大事呀，那怎么刚才打电话来说是想我了？你这个祖国啊，是不是因为见到王市长了才打算说真话呀？"路鸣故意问道。

"没那回事，我是因为见两位领导都在，才打算把这件事说出来。"

"哦，那让我猜猜，会是什么大事。最近中国龙汽车可是风光无限好啊！大报小报、广播电视，都是关于中国龙汽车宣传奥运、支持奥运的事儿。怎么？北京奥组委批准你们的计划了？"

"是批准了。从现在开始，我们的中国龙牌汽车就是奥运会的指定服务用车了！在首都北京，在奥林匹克中心，甚至是一些协办奥运会的城市里，都是我们的中国龙牌汽车。这不仅仅表明了我们中国龙人、辽海人支持奥运会的决心，而且也很好地宣传了我们的产品，真是一举两得啊！"

王立大加赞叹："是啊，这不仅是中国龙汽车的光荣，也是我们辽海市的光荣啊！祖国呀，大手笔啊！真正的大手笔！"

路鸣却沉吟了一下，话锋一转，问郝祖国："祖国，我知道你今天来并不是向我们专门说这件事的。"

王立不以为然地摇着头："路书记，我们已经实现了'车到山前必有路，有路必有中国龙'的梦想，这是大事儿呀！难道还有比这个大的事？"

郝祖国笑道："路书记说得没错，我今天要说的是另一件大事。我们的中国龙汽车已经准备上市了。"

路鸣有些吃惊："这上市的事不是已经进入攻坚阶段了吗？"

"书记，已经上市的是我们的中国龙小汽车制造公司。但我想让我们的中国龙牌重型汽车也上市。因为重型汽车的价格昂贵，在国内外的销售情况也非常好，绩效甚至超过了小型汽车。所以，我们请北京的专家对中国龙重型汽车公司进行了全面的评估。评估的结果是，中国龙重型汽车公司已经具备了上市的申报条件，现在是万事俱备，只欠东风。"

"还是申报的问题吧？"路鸣点点头，"这个好办，省里的工作由我和王市长来做，北京方面我们大家共同想办法攻克难关，争取让中国龙重型汽车公司在年底就能上市，你看如何？"

"有书记这句话，我就放心了。"

王立跃跃欲试地在一旁说道："祖国，没说的！我还是那句话，只要是有利于企业发展的事儿，我这个市长就是你中国龙汽车的马前卒！"

"书记、市长，太谢谢你们了！"

"祖国，你要真有诚意谢我们，今天晚上的饭就请你包了吧？"王立笑道，"我和路书记的肚子都开始唱空城计了。"

"那没问题。"郝祖国说着就站起了身。

"王市长，你别为难祖国了，还是我叫小菲给我们下三碗馄饨吧。"

王立一听这话，马上从沙发上弹了起来："得、得，我回家去吃，馄饨就留给你们两个吧。"

"怎么啦？那馄饨不是挺好吃的吗？祖国你说是不是？"路鸣一脸茫然地问。

化敌为友

郝祖国耸了耸肩，没有回答。王立则苦着一张脸，就像要胜利大逃亡一样跑到门边，一边开门一边还不忘回头嚷一句："再好吃的东西也架不住每天吃啊，我跟你在这里耗了一个星期，也吃了一个星期的馄饨了，我的胃可不像你的胃，你那根本就不叫胃，那叫铁筒，啥都敢往里装。"

王立奔出门去，声音还回响在屋里，路鸣怔了一下，哈哈大笑："这个老王，说得好像我在虐待他一样。"

郝祖国靠在沙发上，默不作声，路鸣回头看着他："祖国，你没意见吧？"

"没意见，我吃啥都行。"郝祖国摆摆手。

路鸣在郝祖国旁边坐下："祖国，说吧，今天找我还有什么事？"

郝祖国沉默了。

父亲出殡那天，罗绮告诉郝祖国，她的一位朋友病了，癌症晚期。而她那位所谓的朋友，就是孙小明。

罗绮说她和孙小明不仅是中学同学，而且还是同桌，关系一直不错。后来罗绮考上了中专，孙小明被她爸爸安排进厂工作。虽然几年后两人又在一个厂里遇到，但友谊却不如从前，只是一直保持着一般同事关系，又因为不是同一个部门，所以来往很少。她们后来又成为朋友、知己是因为同一个男人，而这个男人就是郝祖国。

罗绮和郝祖国结婚半年后怀孕，有一天罗绮去医院做检查，在回来的路上，她碰到了孙小明，孙小明主动上来搭话，还送罗绮回家，买了一大堆营养品，教罗绮如何养育孩子。自那以后，孙小明就常常来找罗绮，但都是在郝祖国不在家的时候，或者是出差的时候。不仅如此，孙小明还特别叮嘱罗绮，千万不要把自己和罗绮的关系告诉郝祖国。否则的话，她就和罗绮断交。罗绮知道孙小明是一番好意，所以就答应了。她们刚刚接触的时候，郝祖国刚当上厂长，经常不回家。孙小明就陪着罗绮做定期检查，到后期时几乎天天都在罗绮身边。起初罗绮也以为孙小明是去做产检，因为她们是在妇产科医院外面碰到的，后来才知道孙小明只是为了等她而已。孙小明告诉罗绮，她这辈子不可能生孩子，所以她希望能够看到罗绮顺利地生下健康的宝宝。出于对孙小明的同情，还有她们日益深厚的友谊，罗绮提出让孙小明做自己孩子的"干妈"，孙小明一口答应，并且高兴得不得了。但她还是那个条件，不能让别人知道，尤其是郝祖国，罗绮也没去细想，就爽快地答应了她。立京出生后，孙小明买了不少衣服玩具给立京，也常和罗绮一起带立京去公园玩。

突然有一天，罗绮邀孙小明到自己家里去，孙小明却破天荒地婉言谢绝了。她告诉罗绮，她们的来往已经让吴美珩知道了，她不想让别人给罗绮的家庭和生活带来不便。孙小明说这些话的时候，立京刚上小学。

对于孙小明突然改变态度，罗绮不能理解。她基本上没有什么朋友，是属于那种孤僻型的人，好不容易有了孙小明这样一个闺中密友，两人又那么合得来，交往了这么多年，已经成为了彼此的心灵支柱，怎么突然就说要断绝来往呢？罗绮要孙小明给她一个合理的解释。

孙小明那天把一切都告诉了罗绮。除了吴美珩不愿意让她们来往外，还有一个原因。她和郝祖国相恋八年，却因为罗绮的出现而画上了休止符。虽然是她提出分手，但做出选择的是郝祖国，他选择了利于自己发展的罗绮，放弃了真爱的女人。她和别的男人结婚，却一点也不爱那个人，甚至非常讨厌，所以在第一次怀孕时，她毅然决然地堕胎并做了绝育手术。大概是做了这种罪孽深重的事吧，她患上了严重的妇科病，身体日渐虚弱。

她一开始主动找罗绮联络同学关系，其实是别有用心的。她想从这位情敌口中听到关于他们夫妻的事，想知道他们是否过得幸福。罗绮几乎还和过去一样，还是一个实实在在的女人，她始终没有隐瞒自己和郝祖国的感情。但罗绮说丈夫"是一个工作狂，根本就不懂风情"时，孙小明知道，郝祖国之所以这样伤害罗绮，证明他还爱着自己。后来，她感觉罗绮和自己同病相怜，都是受害者时，她开始珍惜起这份友情了，而且还真的把罗绮当作了自己唯一的朋友。同时，她也真心地喜欢着立京，把他当作自己的孩子一般疼爱。只是随着时间的推移，立京慢慢长大，她有了一种罪恶感，她感觉自己就像是一个第三者，在偷窃别人的痛苦和幸福。她不愿意再这样自欺欺人下去，所以她鼓起勇气向罗绮坦白了一切。

罗绮听了这一切后，非常震惊。那时候，罗绮的确非常喜欢郝祖国，所以她也知道郝祖国和孙小明谈过恋爱。但是，天地良心，她绝对不知道他们会爱得死去活来。如果她知道这些的话，她是不会同意和郝祖国结婚的。她之所以决定把自己嫁给郝祖国，是因为父亲罗汉松告诉她，郝家本来是不愿意郝祖国和孙大峰的女儿谈对象的。但迫于孙大峰手中的权力，所以郝祖国勉勉强强地应付着孙小明。后来，郝祖国知道了孙大峰的险恶用心，孙大峰在一开始帮助郝家的时候就是有目的的，就是想把自己的女儿硬塞给郝祖国。郝祖国知道原委后，就不打算和孙小明谈了。这样一来，罗绮才觉着自己的机会来了。最后，父亲还告诉她，因为郝祖国是一个非常出色的年轻人，所以他培养和造就了这个年轻人。现在，他不想和孙小明谈了，正好罗绮又特别喜欢郝祖国，所以才把郝祖国介绍给了罗绮。

现在，罗绮才知道郝祖国冷淡自己的原因。原来利用权力硬给郝祖国塞女儿的不是孙大峰，而是自己的父亲。可现在知道这些已经太晚了，不但木已成舟，而且还有了儿子郝立京，所以，罗绮已经没有了丝毫回旋的余地。

最终，罗绮还是原谅了父亲的所作所为。因为郝祖国虽然不爱她，但他确实是一个负责任的男人。除了事业外，他几乎没有什么毛病，不抽烟、不赌博，也不和别的女人来往。所以，她原谅过父亲之后，就感觉自己欠了孙小明许多。孙小明告诉罗绮，她知道罗汉松拆散他们的事情是瞒着罗绮的，她相信罗绮。罗绮激动地和孙小明拥抱了一下，最后问孙小明："你现在还爱着郝祖国吗？"

"我这个人是一根筋，一旦爱上一个人，我就没办法改变。我就是这样的一个人。至于还爱不爱他，我没办法回答这个问题。因为，我们现在的交往，和他没有关系。"孙小明这样说，她的笑容明媚得几乎虚幻，让罗绮差点产生错觉，以为孙小明其实只是她的一个梦而已。

罗绮并没有因此斩断和孙小明的友谊。她们还在继续来往，只是她们之间的交往相对过去少了许多。但她们以后每一次交谈的含金量越来越高了。她们开始把话题从立京转移到了郝祖国身上。孙小明跟罗绮讲她和郝祖国怎么从认识到相恋；讲她爸爸怎么给他出主意帮助郝祖国去当一个清洁工；还讲郝祖国跟她说过的那些抱负和梦想，也讲郝祖国答应让她第一个乘坐他制造的汽车。

罗绮听着她娓娓道来的那些甜蜜往事，知道自己在无意中做了一件多么残酷的事，尽管那确实并非自己的本意，可她还是很内疚。越是感到内疚，就越是尽可能地帮助孙小明排解忧愁。

再后来，罗绮发现孙小明酗酒很厉害，虽然劝过很多次，但没有任何成效，也因此知道她活得有多痛苦。失去了爱情的她，就等于失去了灵魂，失去了活着的意义。

"我们是二十多年的朋友，这些年来我一直都看着她。我什么都帮不了她，所以在这个时候就很想为她做一点事，我希望你能去看看她。"罗绮对郝祖国说。

郝祖国马上想起了吴美珩因为贪污受贿的劣迹以及那个杀人案……也想起了前不久孙小明和吴美珩一起被警察从 H 国带回来的情景。那天郝祖国正好去机场接北京的客人，无意中见到了被警车带回来的孙小明和吴美珩。

经过了一个不眠夜后，第二天一早郝祖国就去了罗绮告诉他的那家医院。他看到躺在病床上的孙小明，比在机场时见到的还要消瘦、憔悴。但是她依然很美。或许是自己把当年的影子和现在的她进行了重合，所以会觉得眼前的人有些朦胧，看上去很不真实。

"是罗绮叫你来的吧？"孙小明对郝祖国说，"我还以为我永远都不会见到你了呢，郝祖国同志。"

说完，孙小明笑了，笑容和二十多年前一样明媚。

郝祖国说不出话来，之前已经在父亲的坟头发泄过了的那些情绪，突然之间全都回到了身体里，又重新冲撞着他的肺腑。他想嘶喊，想号啕，想歇斯底里地发作。

"你的病……"郝祖国一时间不知道怎么开口，嗫嚅着最后也只能挤出这样的三个字。他当然知道孙小明得的是什么病，现在又是什么状况。罗绮告诉他，孙小明除子宫恶性肿瘤外，癌细胞还扩散到了肝脏，这是最恶劣的情况，医院方面建议手术治疗，但孙小明不同意。医院给她做放化疗，她又不愿意。所以罗绮还交给了郝祖国一个重要任务，让他说服孙小明做手术。

"没救了。"孙小明漠然地说道，"子宫、卵巢什么的全部切除，对我来说并没有任何关系，但是已经没有用了，就算做手术也只不过是让痛苦延伸而已。因为我的身体全都坏掉了，癌细胞已经扩散到了全身，这里，这里，全都有。"

初恋之花凋落，谁之错

孙小明指着自己的胸口和头，就好像是在说别人的事，她的脸上一片平静，没有丝毫痛苦，冷漠中透出一种森然。

"为什么没有早发现？"郝祖国有些疑惑地问。

"因为我很讨厌上医院。"孙小明又很明媚地笑了一下。郝祖国知道她为什么讨厌医院。因为在她小的时候，母亲一直都住在医院，最后也死在了医院，那时候，她几乎把医院当成了第二个家。母亲去世后，她就开始讨厌和医院有关的一切，在她童年的记忆里，她认为是医院把她的母亲夺走了，医院是她不快乐的罪魁祸首。具有讽刺意味的是，现在她也躺在了医院里。

"你是故意的吗？"郝祖国相信，这应该是对他的惩罚。她恨他，所以以死来向他抗议。她完全不珍惜自己的生命，从罗绮讲的那些话看来，就是这么一回事，她在糟践自己的身体和生命，她似乎恨不得早一点死。可是，她却不是一了百了地结束生命，而是选择了慢性自杀，她要他看着她慢慢地在痛苦中挣扎着死去……最后，郝祖国大声说道："你这样做，摆明了就是要折磨别人！"

"或许吧。"孙小明垂下了眼帘。

"你报复我？"郝祖国又问。如果有人这时候抓住他的手，就会知道他的身体抖得有多厉害。没有幻觉，也不是任何假象，面前的这个人，其实早在多年前就已经死掉了，是他亲手扼杀了的。什么美丽，什么明媚，全都是他在欺骗自己，映在他眼中的，只是一个形容枯槁的重病患者，既残破，又丑陋。想到罗绮说起孙小明毅然放弃了做母亲的权利，她竟然能对自己做出如此残忍的事来，她的行为太疯狂、太可怕了。既然如此，当初她为什么还能那么潇洒地离开他？郝祖国觉得自己至今都没能了解孙小明这个人，又或者说，他没办法理解她那种太过激烈的感情。她真的还爱他吗？郝祖国不敢相信罗绮说的话："她还爱着你，她一直都还爱着你，我想这世界上再没有比她更爱你的人了。"

"你这么认为？"孙小明倏地睁大了眼睛，目光幽深地盯着郝祖国。

郝祖国语塞。身后响起了窸窣之声，随之门轻轻地被推开，罗绮走进来了，她看到郝祖国，刚想要退回去，孙小明却叫住了她："绮姐，你别走啊。"

郝祖国有些尴尬，尽管是罗绮叫他来的，但他并不想碰上这种三角场面。

罗绮到床边询问着孙小明的身体状况，把带来的鸡汤盛出来放在临时桌上。可以看出她们的关系非常亲密，她们笑着聊天，吃东西，郝祖国被晾在了一边，他反而成了里面的第三者。孙小明的精力很差，吃过一些东西后就睡着了，罗绮和郝祖国等她睡了后一起离开。从医院大门出来时，罗绮对准备回公司的郝祖国说："我问过医生了，他们说如果不手术，只靠点滴维持，照这样拖下去，顶多能撑一个月。我也知道你工作很忙，但你能不能在这段时间陪陪她？"

"她更需要你去陪着她吧。"郝祖国发现自己竟然在吃妻子的醋，想到孙小明对他冷漠而排斥，却对罗绮十分亲切依赖，心中就充满了难以名状的感觉，冲着罗绮说话的口气也很戗。

"你别误会我的意思了。这不仅是为了她，也是为了你。"罗绮难得用这么强劲有力的声音对郝祖国说话，她似乎也有些生气，表情比平时更严肃，看着郝祖国的眼光很凌厉。

"为了我？"不明白罗绮的话意，郝祖国忍不住反问。

"你问问自己的心吧！"罗绮说完，招了一辆出租，头也没回地上车走了。

虽然没能当即理解罗绮那番话的意思，郝祖国还是每天都抽出时间去医院。孙小明对他带去的花很感兴趣，其程度甚至超过对他这个人。她会对每天都变化的花做出评价："啊，今天是康乃馨呀，有进步了呢。昨天的香水百合被护士长拿走了，说病房里不能有气味过浓的东西，会引起药物过敏。""其实矢车菊也不错哦！不艳丽却很浪漫的感觉。""为什么不是红玫瑰而是白玫瑰呢？""你喜欢郁金香，对不对？你知不知道郁金香原本产自哪里？"……

她还是那么小资情调，郝祖国有些无奈地想。在他们还是一对恋人的时候，她就对他说过，她不要他送首饰、衣服这些俗气的东西，如果他真心要送她礼物，就把他每天看见的第一朵花送给她。那时候他还真那么做了，每天都把上班路上或赴约途中看到的家花野花摘去给她，她总是高兴地抱着他，亲吻他的脸颊。于是他也高兴得晕乎乎的，觉得自己尽管当了偷花贼，其实也很光荣很伟大。

随着郝祖国去医院的时间长了，孙小明的话也开始多了起来，态度与当初有了明显的变化，从一开始的抗拒、冷漠，到现在的欢颜、欣喜。为此，郝祖国在心里感谢罗绮。他也逐渐了解到了她那番话的真意。这并不仅是单方面的安慰和给予，每每看到孙小明露出真心的欢笑时，他知道，他的灵魂在那一瞬间得到了救赎。

因此，他也发现了，在他的心底，依然还爱着这个女人。只是，这份爱被他藏得太深，太久，差点都要遗忘了。在他的感情世界里，永远都为她保留着一个角落。

……

"祖国，怎么不说话了？"路鸣问怔怔出神的郝祖国。

"书记，我有一件事想求你帮忙。"郝祖国坐正了身子，直直望向路鸣。不仅话中说出'求'这个字来，他的眼光里也带着路鸣从未见过的深切恳求。

"什么事啊？如果我能帮上忙的话……"

"这个忙无论如何都请你要帮我。"郝祖国说。今天在医院里，孙小明的身体状况恶化得很严重，在经历一番痛苦的挣扎之后，她第一次开口向他提出了一个请求，说想见她父亲一面。她知道父亲被"双规"在某处，原则上是不能离开那里的："我怕再也见不到他了。"

郝祖国答应孙小明帮她和父亲见面，但前提是要她接受手术。于是两人达成了协议。只要孙小明能够和孙大峰见面，她就积极配合手术和治疗。这等于是在拿她的生命做筹码。郝祖国决定就算是下跪请求、不择手段，也要完成孙小明的心愿。

"你说吧，什么事？"路鸣很难见到郝祖国如此挣扎的模样，明白了他提出的请求一定是私人层面的，以他对郝祖国的了解，知道这个男人除非万不得已，是绝对不会为私事向他开口的。

艰难的请求

"能不能让孙大峰和他的女儿见上一面？"郝祖国有些艰难地说道。"这有什么问题，你找王局长要个探视证就可以了吧？"路鸣诧异地问。

"不，我是说让孙大峰出来和他女儿见面。"

"有什么充分的理由吗？"

"孙大峰的女儿……已经是癌症晚期，现在病情恶化，医院方面说她随时都可能……她希望能和父亲见最后一面。她的身份很特殊……她的丈夫是那个吴……"

"吴美珩？"

"对，就是这个人。"郝祖国不愿意从自己的口中说出这个名字来，就算是听别人说，也从心底里产生阵阵厌恶感。他皱紧眉头，沉着脸回答了路鸣。

"这么说，这个孙小明也在被审查中？"

"孙大峰和吴美珩他们做的那些事，都和她没有一点关系。况且她现在生命垂危，答应一个将死之人的要求也不过分吧？"郝祖国的情绪开始激动起来，声音难免放大。路鸣看着他，仍然有些不能理解："祖国，我能问一下吗，这个孙小明和你是什么关系？"

"她……"郝祖国顿了顿，"她是我曾经深爱过的女人，也是我伤害最深的女人。"

这个回答虽然在路鸣的意料之中，但同时也有点意外。他隐约感觉那个孙小明对郝祖国来说意义非凡，但却没想到郝祖国竟然会一口承认，连一点遮掩都没有。路鸣当然知道郝祖国是有老婆的，而且还是二十多年的模范夫妻，他们的儿子也已经成家立业了，谁料想竟然在这个时候杀出个"第三者"来，而这个第三者的近况，除了他的妻子外竟然没有一个人知道。按理这种问题不应该出在郝祖国身上，因为在路鸣的印象中，他不是那种会被感情左右的人。但他现在却完全是一副为情所困的样子，还摆出如此直接坦荡的态度，倒让路鸣不知道该怎么对待这个问题了。

"你这个……到底是怎么一回事？你怎么也给我搞起那个……婚外恋

来了？"

"孙小明是我的初恋，我们从 15 岁就开始谈恋爱，直到我和罗绮结婚。"郝祖国说道。

"所以这些年来你一直和你的初恋搞地下情？"路鸣难以理解地问。

"不，我们在结婚前就分手了，之后再没有联系。直到一个月前，我们才又见面。关于她得病的消息，也是我的妻子告诉我的，我不知道她们两个是好朋友。"

"你把我都搞糊涂了，你妻子竟然也知道这件事？"路鸣听得一头雾水。

"这件事连我也不知道……总之，都是我的错！我都不知道这些年她是怎么过来的，她的病……是我当初抛弃了她，为了自己的事业和利益，是我对不起她。"郝祖国的头发已经被他揉乱了，他的头始终低着，不愿意抬起来。路鸣听到这里已经大概知道是怎么回事了。

"所以说，到现在你还爱她，也觉得亏欠她？"

郝祖国狠狠地点了点头："路书记，不，这个时候我更应该叫你路大哥，请你帮我这个忙。我欠她太多了，想要在这最后的时间里给她一些补偿，她是一个心底非常纯净的女人，我可以保证她和那个姓吴的案子没有任何关系。她也就是想临死前见自己的父亲一面而已……"

"可是据我所知，吴美珩贪污受贿得来的赃款都存在这个孙小明的名下。"路鸣一直都在关注这个案件，他当然知道其中的这些细节。

郝祖国愣了一下："为什么？"

"其实我们也可以给孙小明这个机会，毕竟她不是直接受贿人。但是她若使用了吴美珩贪污的那些钱，或者是包庇过那个吴美珩，就会构成犯罪。"

"那个并不重要吧，她都是一个快死的人了。"郝祖国烦躁地说。

"祖国，你怎么突然变笨了？这个问题很重要，关系着她能不能自由行动的大问题……这样吧，我可以答应你，让他们父女见面，这点忙我还是能帮你的。但是我认为你如果真想为她做点什么，帮她洗脱罪名不是更重要吗？如果她真如你所说的是个纯净的人，你就忍心看她背负这种污名死去？我们中国人最讲究名节这两个字，你是不是应该让她清清白白地走啊？"

听了路鸣的这些话，郝祖国重新陷入了沉思。

渴望父爱

吴飒飒给儿子洗完澡，把他抱到床上，准备睡觉了。小孩子却不知道为什么，没有像平常那样乖乖躺下，而是在床上又是叫又是跳的，兴奋得打滚撒欢儿。

"好啦，立升，赶快睡觉，妈妈明天还要上班。"吴飒飒哄了半天都没效果，就摆出严厉的表情，大声呵斥。小立升见妈妈生气了，飞快地钻进了被子里，但他的兴奋劲并没有因此过去，他的身子左转转右转转，总是消停不下来。吴飒飒没办法，只好拿出撒手锏："妈妈给立升讲爸爸的故事，好不好？"

"好！"小立升立刻安静了下来。

"那我们今天讲企鹅爸爸的故事呢，还是讲老虎爸爸的故事？"

"就讲立升爸爸的故事吧！"小立升眨巴着大眼睛说道。

吴飒飒愣了愣："我们今天讲一个新的故事，好吗？"

"好，讲一个新的立升爸爸的故事。"小立升充满期待地看着妈妈。

"立升……你想爸爸了吗？"吴飒飒的眼睛开始发涩，好不容易才忍住不让自己的声音泄露出脆弱的颤抖。

"立升不想爸爸，是妈妈想爸爸了。"

吴飒飒又是一怔："立升是怎么知道妈妈想爸爸的？"

"因为妈妈又哭了。"小立升振振有词地说道。

吴飒飒再也忍不住，抱住了小立升，泪水不住地往外涌："对不起，立升，对不起……"

"妈妈不哭，我们不讲爸爸的故事了，妈妈乖乖。"小立升听到妈妈的哭泣声，害怕了，连忙用小手拍着妈妈的胸脯，安慰妈妈。

"没关系，妈妈就给立升讲立升爸爸的故事……立升爸爸是一个非常能干的爸爸，他发明了好多好多的科技成果……"

吴飒飒和孩子一起躺在床上，故事讲到最后，立升爸爸到很远很远的地方去寻找宝物去了。

"立升爸爸什么时候回来呢？"小立升期待地问。

"等立升爸爸找到宝物就会回来了。"吴飒飒轻轻拍着孩子的背，看他已经开始耷拉眼皮了，就柔声说道："立升乖乖听话，快快长大，爸爸就会回来啦。"

"立升乖乖的，都长这么大了，立升爸爸为什么还不回来？"小立升在妈妈的怀里迷迷糊糊地咕哝着。

吴飒飒心头一震，低头看时，小立升已经睡着了。但孩子无心的言语却深深地刺痛了她。孩子一天天长大，越来越懂事，当他看到别人家的孩子有爸爸妈妈在身边的时候，一定会追问自己的爸爸为什么不在。外面那些闲人的风言风语也会传到他的耳朵里，别人说妈妈的坏话时他情何以堪？尤其是他与众不同的外表，定然会招来许多非议，他一个小孩子稚嫩的心灵如何承受得了？

"设华……我该怎么办……"吴飒飒看着孩子天使般无邪的睡脸，痛苦地摇着头，泪水洒落在了枕头上，印出一圈一圈的水渍。吴飒飒想过离开辽海，带立升到一个完全陌生的地方去。那样一来就没人会去追究立升的事了，虽然寂寞，但不会给孩子造成伤害。起初这个建议也是吴父提出来的，但吴母不同意，说一个女人带着孩子独自生活已经很艰辛了，身边有父母照应还勉强能过得去，若是去了外地，万一孩子有个什么病啊灾的，那可怎么办？吴飒飒自己其实也没有这个自信，她本身就是比较缺乏独立生活能力的人，书呆子一个，哪能那么容易在异地他乡求生存。况且她的自尊也不容许她就此逃避，让别人以为她真做了亏心事，自知理亏躲起来不敢见人，最终她决定留下来。但是每每看到孩子疑惑的眼神时，她都会产生动摇，怀疑自己的选择是否太过自私。她知道，什么理由都是假的，她其实是想要守住这个家，守住她的归宿和爱情。

尽管被无情地抛弃，但她依然对郝设华抱着期望，也坚信他们的爱情还在。父母让她干脆离婚算了，这样不清不楚的也不是办法，但她却激烈地反对，她说这辈子生是郝设华的人，死也是郝设华的鬼。听到她这样的话，父母就没再提过这档子事了，也算彻底对她放任自流了。而郝设华也从来没有提出过离婚的要求，吴飒飒也因此认定，他依然爱着她，她的守候一定会有结果。

但是，什么时候才能守到云开日出的那一天呢？

"立升爸爸什么时候才能回来呢？"孩子也在这样问着。吴飒飒找不到答案。郝设华的突然造访，无疑在她稍微平静的心湖中投下了一颗不小的石头，让她一时间情绪失控。虽然她躲在了卫生间里哭泣，可还是被小立升发现了。这个孩子实在是太聪明了，什么也瞒不过他的眼睛，他知道妈妈哭是因为想爸爸，所以他才要妈妈讲立升爸爸的故事。他也很要强地说自己不想爸爸，可是在无意中又透露了心事。孩子太可爱了，乖巧得让人心痛。他会在睡觉前那么兴奋，一定也是因为见到了那位实际上是他爸爸的"叔叔"，他们之间那种显而易见的亲近感也是让吴飒飒几乎崩溃的原因，立升是她和郝设华共同的儿子，为什么却偏偏就生成了一个"洋娃娃"的外表呢？

吴飒飒正在对着儿子那头金发出神的时候，电话突然响起，她连忙抓起话筒："谁啊？"

"是我，刘字荣。"电话里是一个装腔作势的女声。

吴飒飒听出是厂办公室主任的声音，自己平素除了必要的时候基本和她没什么来往，便淡然地问："刘主任有什么事吗？"

"啊，是有点事。我就在你家门前，哦，还有张工也和我在一起。"

吴飒飒皱紧了眉头："刘主任，你看这都九点多钟，我和孩子已经睡了，有什么事明天再说吧。"

"哎，吴工，我们都到你家门前了，你好意思把我们打发回去啊？这不才九点吗，孩子睡了更好。我和你都是女人你还怕什么，这不还有个张工做保镖吗……你开门吧，我们只说一件事，说完就走，绝对不打搅你休息。"不愧是做办公室主任的，话说得严丝合缝，无懈可击，吴飒飒再没办法推脱，只好放下电话去开门。

吴飒飒很客气地把刘字荣和张工让进门，以为他们这么晚找上门来是要说多么重要的事，结果那个刘字荣絮絮叨叨了半天都不知所云。

刘字荣一开始支支吾吾地说什么吴工你一个人带孩子不容易，单身女人日子也不好过，家里还是要有个男人才好，虽然你并没有耽误工作，可是厂里也不能放着你这样的情况不管，关心同事生活也是她这个办公室主任的职责，云云。吴飒飒听得有些不耐烦，就直接跟她说："刘主任，你有什么话就直说吧。"

"那个……我，我就直说了。张工这个人，你也是知道的，他工作认真、踏实，是厂里的骨干，虽然他的个性稍微有那么一点强，但是总的来说还是个好同志，你们都是工程师，又在一个部门，彼此很了解，感情也比较深厚，所以这个……"

"刘主任，你到底要说什么？"吴飒飒打断了她的絮叨。打鼓听声，敲锣听音，其实吴飒飒已经听出了她的话音，所以故意打断她，是为了不让她再继续说下去。

刘字荣眨巴了一下眼睛，回头看看旁边的张工，又开始驱动她那三寸不烂之舌，絮叨个不停："吴工，虽然张工不让我说，但还是实话跟你说了吧，我是受张工之托来给你说媒的，张工这个人啊，老实本分，心地善良，他看你一个人带孩子实在辛苦，所以想和你组成家庭，可他又不好意思跟你提这件事，我呢，就接下这个媒人的活计，来帮你们说合说合。张工都四十了，还没有成家，难得他能够动凡心想要结婚，这可是一个千载难逢的好机会啊。你看你的婚姻已经名存实亡，法律上夫妻分居两年就认定为感情破裂，你和你丈夫已经分居两年多了吧？张工说他并不在意你结过婚……"

"出去！"吴飒飒终于再也听不下去了，她脸色一凛，站起来拉开大门，毫不客气地下了逐客令。

"你……"刘字荣的脸色也一下变得铁青，面子上非常挂不住，僵在那里说不出话来。

一见倾心

"吴工你别生气，刘主任并不是那个意思……"张工连忙打圆场给刘字荣解围。

"你们的意思我非常明白。"吴飒飒冷冷地说道，"刘主任，你要搞清楚，我还没有离婚呢，在法律上我还是郝设华的妻子。你竟然给一个有夫之妇做媒拉线，你是何居心？"

刘字荣平时在办公室霸道惯了，哪里受过这样的委屈。于是马上撕破脸变了态度，她充满蔑视地看着吴飒飒，尖刻地说道："有夫之妇？哈哈，我怎么不知道你是有夫之妇啊？你倒是说说看你的那个夫在哪里？"

张工看情形不对，拖着刘字荣往外走："刘主任，你就少说两句吧。吴工，对不起……"

刘字荣尖着嗓门继续喊："在俄罗斯是吧？他怎么不来看你和你们的儿子呢？你被人家玩弄过，就被抛弃了吧？"

"刘主任，你不要再说了！"张工见吴飒飒虽然横眉冷对，但整个人就像是过电一样地剧烈颤抖，吓了他一大跳："吴工……"

吴飒飒飞快地转身，从卫生间里舀了一盆洗澡水，照着刘字荣就劈头盖脸地泼了下去。泼完水后，她猛地将堵在门口的两只"落汤鸡"一把揉出去，然后狠狠地把门关上。

刘字荣的声音在门外继续叫嚣："吴飒飒，你牛什么？你要搞清楚，现在是竞聘上岗，我是小组长，你能不能继续上班，是我说了算！"

"滚！你们都给我滚！"吴飒飒抵在门后，愤怒地大喊。

"你个不要脸的烂货！勾搭洋鬼子生杂种！没人要的破鞋！敢拿洗澡水泼我？我让你再也上不了班，我让你没脸出这个门，我让你……"

吴飒飒冲进卫生间，把头扎进浴缸里，让哭声和泪水全部淹没在了冰冷的水底。

郝设华怀抱萨克斯，凭窗而坐，徐徐的凉风吹拂着他的面颊。此时此刻，他脸上的泪痕已经干了——刚刚的一曲《海之梦》完全将自己沉浸在了对往事的追忆之中。床头放着的水晶结婚照在月光下幽幽地散发着光芒，身着洁白婚纱的吴飒飒甜美地向他微笑着。

他至今还清晰地记得他们第一次见面的情景。

那是在 1995 年的全省劳模表彰大会上，他们同时都是辽海市的劳动模范，碰巧坐在了一起。由于一位讲话很拖沓的领导一直在主席台上耗时间，习惯紧张工作的代表们有些憋不住了。

郝设华正准备神游天外的时候，身边一个轻柔的声音问他："你是哪个单位的？"

郝设华转头一看，一张素净秀丽的脸，大大的眼睛明亮清澈，嘴角勾着浅浅的笑容。好像自己心灵深处的某个地方被对方那双灵动的眼神刺了一下，紧接着自己的心就莫名地开始扑腾，郝设华小声地回答："我是辽海制造厂的。"

"我是 7232 工厂的吴飒飒，你呢？"

"我叫郝设华。"

"啊，你就是大名鼎鼎的焊接大王、工人工程师郝设华啊？真是没有想到！"近在咫尺的眼睛绽放出更加灿烂的光芒，笑容也更加甜美喜悦。她向他伸出手来，他不由自主地就回应了她。她的手真的好柔软，好细腻，握在手心里好像稍微一用力就会被捏碎了。虽然只是几秒钟的接触，但那奇妙的感觉却一直持续到了会议结束。

在回家的路上，他偷偷地闻了闻被她握过的那只手，上面还有淡淡的茉莉花香呢。他一厢情愿地想，她一定喜欢喝茉莉花茶，而且是习惯捧着茶杯喝，所以时间长了，手上就留有茉莉花的香气。

后来，郝设华的这个猜想得到了证实。

当然，那是他们经过郝祖国和吴父的介绍再次见面之后，成为了一对恋人时，他自己去验证的。所以后来他也开始喝茉莉花茶了。

他们的恋爱其实从第一次见面就开始了，而后一直都是淡淡的思念和怅然。就像那茉莉花茶一样，最初的浓郁，弥久的清香，再也无法忘怀的回味。

"设华，我说的是真的，我确实很崇拜你。我是科班出身，当上工程师是理所当然的。你一个最基层的工人，能通过努力奋斗，一步一个脚印走到今天，真的了不起。"

郝设华经不起夸奖，脸红了："吴工……"

"我能叫你设华，你为什么不能叫我一声飒飒呢？"

"好的，飒飒……"

在别人看来，他们的恋爱过程实在太快，从正式见面到结婚只用了不到半年时间。但在他们心中都知道，他们彼此已经相思了长达五年之久。太久的思念一旦触发，就演变为轰轰烈烈的热恋，结合就是自然而然的结果了。他们结婚后，新婚宴尔的甜蜜，相互支撑的幸福，彼此拥有的满足，很快就到了初为人父人母的惊喜……

相思之苦，煎熬着郝设华的身心。他终于还是没能忍住，找了一个不是理由的理由，回到了那个久违的家。其实他完全可以趁着吴飒飒不在的时候去，家里的钥匙还在他身上带着。以前他也曾经悄无声息地回去拿过东西，这一次他完全可以不用和吴飒飒碰面。可是，他太想见她了，想到她在梦里哭醒过来。

深夜里，他无法入睡，抱着他们的结婚照号啕大哭，他甚至完全不顾是否会吵醒楼下的母亲。他是一个不善于表达感情的人，同样也是一个不善于掩饰感情的人。他学不会隐藏真心，谁都能看出他为情所苦，而他自己也非常清楚，他还爱着自己的妻子，正因为如此，他才无法接受她的背叛。

终于看到那张日思夜想的脸时，他发现，他原来并没有想象中那么恨她。又或者是经过了这么长时间后，当初的恨意已经逐渐被相思之苦取代了。尤其是在看到她发红潮湿的眼睛时，他的心痛得几乎要落泪了。在那一刻，他都有扑上去一把抱住她的冲动。然而，身为男人的那一点点可怜的自尊心，迫使他压住了自己的冲动。最后，他还是极不情愿地离开了。

无法释怀

　　造成他们夫妻分崩离析的那个孩子，已经长到令他惊讶的样子了，可爱得让他差点就忘记了他们之间阻隔着的现实。他甚至有一瞬间产生了把那个"洋娃娃"当作自己儿子的想法。他抱着那个洋娃娃，想要亲吻他。可是，他毕竟不是瞎子。孩子的样貌像刀子一样刺痛着他的心，提醒着他的愤怒，他还是无法原谅妻子的背叛。因为，他没有那么大度，他不可能接纳别的男人和自己的妻子所生的孩子。当然他也不是那种狭隘的人，如果只是妻子带来的孩子，他完全可以一视同仁地给予孩子父爱。但这个孩子是妻子背叛他的证据，是插在他心头的一把刀，他怎么都接受不了。

　　他无数次地怀疑过，是不是真的冤枉了妻子，甚至在潜意识里感觉这是一场误会。可是，面对孩子太过明显的特征，他做不了任何解释。他唯一能够做的，就是努力让自己忘记这个事实，试着去宽容一切。如果把背叛当作是一次意外，他会好过一些。吴飒飒是好女人、好妻子，也是个好母亲，因为她把那个孩子养育得那么好，相信他郝设华这辈子再也找不到像她这么好的伴侣了。她值得他去努力，只要给他时间就好。两年不成，就三年，三年不成就五年，五年不成还有十年……

　　但是，她还能等他到那个时候吗？

　　与此同时，吴飒飒回到了卧室。她发现立升端端地坐在床上，眼睛睁得大大的。

　　"立升……"

　　"妈妈！"立升轻声叫道，"妈妈、妈妈、妈妈、妈妈……"

　　"宝贝，你怎么还不睡？"吴飒飒颤抖着声音问，难道刚才那阵闹腾把他吵醒了，他听到了那些话，也听到了她在哭？

　　"妈妈，抱抱。"立升伸出双手。吴飒飒过去将他抱住，郝立升紧紧地搂着妈妈的脖子："妈妈不哭，妈妈乖，妈妈好，妈妈是个好宝宝，宝宝快睡觉……"

　　他竟然用妈妈哄他睡觉的歌谣来哄妈妈。

　　吴飒飒的心中一片柔软，之前的那些气恼、羞愤、悲伤、怨怒，通通在孩子的歌声中消失殆尽，只剩下一位做母亲的骄傲与幸福。她躺下身去，拍着立升的后背唱起了这支属于她们自己的摇篮曲。

"我的小宝贝，妈妈不再伤心了，因为妈妈除了他，还有你，我们爱情的结晶。"在立升重新睡着后，吴飒飒轻声地对他说，然后亲了亲他的额头，微笑着闭上了眼睛。

大概是心有灵犀吧，吴飒飒思念着的那一头的郝设华，慢慢地放下了萨克斯，然后将床头的水晶相框拿起，小心地装进了不离身的工具包中。然后他抓起外套，离开了房间。他尽量放轻走路的脚步声。但是，他还是在楼下看到了母亲和骆子叔。他吃了一惊："妈，骆子叔，这么晚了，你们怎么还没睡？"

"你也知道这么晚了啊！"章小凤没好气地说，"你弄出那么多动静，叫我们怎么睡？"

"对不起……"

"这么晚了，你要上哪儿啊？"骆子盯着郝设华拎着的工具包，诧异地问。

"妈，骆子叔，我想我还是回公司去住。我在这里会影响到你们二老的休息。"郝设华走到母亲身边，歉疚地说道。

"我们两个老家伙怎么样都没关系，反正年龄大了瞌睡也少。倒是你啊，设子，你的心里究竟是怎么想的啊？你不能再这样下去了，你知道吗？"章小凤拉住郝设华的手，心疼地摩挲着。每个做父母的都会有那么点偏心，章小凤的心是偏在二儿子这一边的，也是那句老话，父母爱傻儿。越是不会照顾自己的孩子越让爹妈揪心。

"妈，我没事，你就别操心了。"

"设子，你住在这里没关系，我们不怕吵。傻孩子，你妈只是担心你，才专门坐在这里听你吹曲了。"

"是啊，你骆子叔说得对。你啥都不跟妈说，我就只好靠听你的曲子猜你的心事了。"章小凤说着苦笑了一下："你骆子叔在教我怎么听，现在我能听懂个七七八八了。嘿，受你们两个的影响，我也快成音乐家了。"

"设子，从刚才你吹的那支曲子听来，你的情绪似乎好了许多。那支曲子既温暖又柔软，虽然还有些感伤，却都是一些追忆的缠绵，你是不是已经想通了？你和飒飒……"

"骆子叔，跟那个没有关系。"郝设华连忙打断了骆子的话，有些脸红地站起来："妈，最近我们机壳生产基地的任务很重，再加上集团公司又刚刚任命我为机壳生产基地的总工程师，所以……"

"去吧、去吧，工作忙了，也能少想点那些乱七八糟的事，我们，你就不用操心了。你想搬到哪里去住都随便你，只要你自己如意就好。妈不会扯你的后腿，影响你的工作。"

"谢谢妈。"

2006年清明节的第三天，为郝一湖扫过墓之后，章小凤和骆子被郝建华派来的车直接拉到了元房子集团新建的大厦。在这之前，郝建华就兴奋地向他们报告了他最近一系列的新成果：他的集团公司刚完成改建，在辽海城区新落成的28层大厦已经竣工开业；新修的度假村也完成了一期工程，第一批住户现在已经入住。他这么说了，自然是要章小凤他们去参观他的这些新成果。

章小凤下了车后，一眼就看见百米高的大楼在面前拔地而起，除了非常醒目之外，也相当的雄伟有魄力，章小凤眯眼仰头，看着楼体上那七个金光闪闪的大字——"元房子集团公司"，啧啧地直咂舌头。

"小凤，你看看吧，这就是建华的乡镇企业集团公司。"骆子一脸的赞赏，"太气派、太雄伟壮丽了！"

"哈哈哈……建华真是能干，他足不出户，就把公司开到了辽海市啦。"

正说着，魏轶力从大楼里出来，迎接两位老人。

"轶力，建华和你公公他们都来了吧？"

"妈，爸爸还在李家村，建华带他去参观度假村了。"

"嘿，那我们也去度假村参观参观吧。"

"好啊，妈，你和骆子叔先休息一会儿，待会儿我陪你们一起去。建华说要让你们在这里多住些日子，我给你们准备了最顶层的房间，是总统套房哦，而且有露天阳台。晚上还能躺在床上看星星呢！"

"天哪，那叫人怎么睡觉？不得担心星星掉下来吗？哈哈哈……"

元房子集团公司开发的度假村，就建在当年郝亭花用炸药开山辟地的那个地方。现在，起伏的山坡上的一栋栋小别墅错落有致，异彩纷呈。这些别墅各具风格，欧式的、中式的，或楼阁，或小院，各有千秋。这些别墅在绿树丛中散布开，星星点点，就像是点缀在绿草地上的各色小花。别墅周围还保留了原来农庄的模样，就像是古代的城郭一样，整个度假村都被包围在农田之间。城郭外阡陌交错，一道道白色的田埂将农田分割出整整齐齐的方格子，其间或金灿灿的菜花地，或绿油油的稻田地，或是野鸭成群的蓄水池。田埂上一丛丛野棉花的花絮在风中飘飞，一两只追逐着的红蜻蜓突然停在了空中……这样的景致曾经只在画中有，现在却真切地映入了眼帘。

"太美了！"

旧貌换新颜

黑一海望着完全改变了模样的新农村景象，心里暗暗赞叹着，也为自己的儿子取得这样的成绩感到自豪。据他所知，郝建华最初是从一间作坊式的电气焊服务部起家的，发展到今天这个规模，用了将近 20 年时间，经过了许多磕磕碰碰，一路走得也算是漫长而曲折。

当年，郝建华到农村插队，并没有想要做一个好农民，工人家庭出身的他，始终都把自己当作一名工人的后代。也或者是血缘关系吧，他把从祖辈那里承袭来的本能发扬光大，在这里引发了一场小区域的工业革命。实话实说，他的革命是非常成功的。如今在元房子集团下，共有 8 个加工厂，5 个营销公司，还有其他一些农副业企业。在郝建华的带领下，当年这家小小的作坊式的小企业，如今已经成了一家以工业为主、农业为辅的大型乡镇企业集团公司。

黑一海放眼望去，农田反而成了一种点缀，村落被隐没在此起彼伏的钢筋水泥建筑群中……再往前看，到处都是高耸入云的烟囱、白墙红顶的厂房，还有宽阔笔直的村村相连的道路，上面有无数大型汽车在来回奔忙……

黑一海信步走着，总能看到穿着统一工作服的村民，他们在搬运各种建筑材料……陪同他参观的郝建华，激动得毫无条理地向父亲介绍着他的元房子集团公司。

"如果不知道这里是农村，你根本就看不出一点点农村的样子。如今的李家村，被你的儿子彻底改造成了一个初具规模的工业基地。总之，李家村通过这样的改造，已经成了中国改革开放政策下先富起来的那部分。现在，我们村民的收入大大增加，生活水平也大大地提高了。不仅如此，我还利用部分企业的获利完善了学校、医院、体育馆等各种基础设施建设。最近，我还模仿市里建造工人新村的模式，专门修建了让村民居住的度假村。第一批搬进度假村的是村里的鳏寡孤独老人，还特别安排了护理人员照顾这一批特殊村民。为此市里非常重视，大力宣传推广，这个事迹被省市甚至中央的媒体争相报道。如今，'元房子'这个名字已经成为各方关注的焦点。"

在黑一海看来，郝建华迄今所取得的成功其实都是一种侥幸，因为他正好被中国的改革开放的政策推上了风口浪尖。黑一海在回国之初就告诫过儿子，说郝建华的管理方式不能适应时代的发展，如果不认清这一点，迟早会尝到失败的苦果。

似乎是被黑一海当初的话言中，不久郝建华就因为姚少军一案受牵连被抓。从那之后，郝建华就突然变得低调起来，他将集团公司的一般事务全权交给了他的妻子魏轶力和其他几位负责人，然后他隐藏在背后垂帘听政。四年来，他坐镇家中运筹帷幄，决胜千里，使元房子集团公司有了飞速发展。除此之外，似乎他也意识到了自己的不足，于是开始跟随黑一海学习企业管理知识，并大量阅读国内外关于工业与管理的书籍，补充相关知识，填补自己身上的空缺。看到他这样的变化，黑一海非常欣慰，便也倾囊相授，致力将他培养成一位优秀的现代企业管理与经营者。

当然，除了事业上的发展外，黑一海更希望自己的儿子在人格上能够完善。由于自己没能够尽到做父亲的责任，当看到在儿子身上显露出的一些弊病时，他深感担忧。他知道是章小凤夫妇因为这个孩子身份特殊，对他过分溺爱，才导致了他自私、狭隘的个性。但郝建华的身上还是有很多的闪光点，他深受章小凤夫妻的影响，学到了他们身上那种勤劳质朴和坦荡善良的优良品质，再加上他其实很单纯的心性，让他赢得了一定的人望，他的热情与耿直也为他增添了不少魅力。

但黑一海希望儿子能够更重情意，并懂得感恩。

"建华，你上周为什么没有去看你妈妈和骆子叔呢？"黑一海让儿子要做到每个星期都去看望章小凤一次。"这是作为儿女最起码的孝道。你女儿慧思做得就不错，她无论工作再忙，每周都会抽出时间去陪爷爷奶奶。可你那天说好了的，要去看他们，结果你没有去。"黑一海这样对儿子说。

"我那天从你这里出去后身体有点不适，再加上魏轶力那里有事儿，所以我就先回去了。"

"那你应该给你妈妈打个电话过去，解释一下才对。"

"我打电话了。"

"好，这就对了，建华，养育之恩不能忘啊！"

"我永远都不会忘的。"

"一个人如果失去了感恩之心，就什么也不是了。"

"父亲，我会时刻牢记你的教诲。"

现在，郝建华带着黑一海开始参观度假村里的一条长长的走廊。他告诉黑一海，这条走廊名为"足迹"，记录着元房子集团公司从无到有的发展过程。度假村都是以别墅形式建造的，每一个别墅群都由一条走廊连通，而这些走廊就成为了度假村里的一种景致，被赋予了各种使命和意义。

郝建华边走边给黑一海介绍走廊上的那些陈列在玻璃橱窗里的新老照片："这是我们元房子集团的第一个企业——农机加工厂。实际上，那个时候还不叫厂，只是一家电气焊服务部。"

"就是被查封了的那个电气焊服务部吧？"

"您的记忆力真好，对，就是那个服务部。我当时虽然名义上被撤销了大队里的职务，实际上，大队的权力还在我手中。"

"建华，你很了不起啊！"

"父亲，您不是看不上我这个作坊式的乡镇企业吗？"郝建华可不会忘了，当初自己向刚见面的父亲夸耀自己所取得的成就时，没想到被父亲当头浇了一盆冷水。父亲黑一海不仅没有赞赏他，反而轻蔑地耻笑他所自傲的元房子公司不过是作坊式的乡镇企业而已。向来在事业上非常自负的郝建华，被父亲的当头棒喝弄得心灰意懒。也就是在那个时候，他对这位只是血缘上的父亲相当失望。好长时间了，他都不愿意去见他。

荣归故里

黑一海哈哈大笑："这也是中国特色吧，你愣是把这个作坊式的企业给做大做强了。"

"现在的 7232 工厂，就是在我爷爷银基加工厂的基础上建起来的呀，为什么小作坊就不能成大事呢？父亲，我认为事在人为，只要敢想敢干，没有成不了的事。"

黑一海眯起眼睛，思绪回到了多年前："是啊，当时你爷爷一定要让我到他那里当少东家，我是吃了秤砣铁了心，就是不去，还跑到日本人的工厂里当大管事。气得你爷爷骂我是忤逆，是无义种！哈哈哈……"

"你要是真到我爷爷的加工厂去了，那就没有今天的中国龙汽车集团公司了。"

"建华，你说的对，像中国龙这么大的企业，如果不执行现代企业管理制度，它的发展一定是缓慢而滞后的。"

"元房子集团的过去需要一种家长制、一言堂。但是，今后的元房子集团如果不推行现代企业管理制度，也是死路一条。"

"建华，只要你有这个觉悟，元房子集团就不会走上绝路！"黑一海赞赏地拍拍儿子的肩。

这时，几位居住在度假村的老人从走廊前经过，他们看到郝建华，都跑上来打招呼。

一位留着长须的老大爷笑呵呵地问郝建华："郝书记，你在带客人转啊？"

"大爷，这是我父亲，我陪着他参观咱们的度假村。"

黑一海上前和老大爷握手。

大爷连忙握住手说："老兄弟，你真了不起啊，养了这么一个优秀的儿子！"

黑一海笑道："哎，他有那么了不起吗？"

大爷竖起大拇指说："当然了不起啦！你不信问问大伙儿，如果不是郝书记，我们的日子可没法和现在比。我们真是太幸运了，郝书记让我们住在这个度假村里，衣食无忧，还有人照顾我们，简直就像是在天堂里呢！"

另一位村民就说："我们这里是没有郝书记就没有李家村。老哥，郝书记真的了不起啊！"

魏轶力带章小凤去度假村和郝建华会合，一行人刚走出门，电话突然就响了，章小凤催魏轶力快去接："可别耽误了大事。"

"这会儿有啥大事啊。"魏轶力说归说，还是跑去接起了电话。

"喂，哪位？"

"是魏轶力吗？我是亭花啊。"

"亭花？你说什么？你已经在辽海了？不会吧……"魏轶力握着电话筒，整个人都愣在了那里。

章小凤一听郝亭花来辽海市了，非常高兴。她决定不去郝建华那里了，而是直接去看郝亭花。于是，她就让魏轶力把电话打给了郝亭花，让她直接到元房子集团大厦新开业的酒店。

很快，章小凤就见到女儿郝亭花了，郝亭花激动地叫了一声"妈妈"，就扑进了章小凤的怀里……

郝亭花告诉章小凤，她已经改名为崔银姬，此次是以韩国崔氏集团董事长的身份来辽海，但在此时此刻，她只是这个大家庭中的一员。她坐在章小凤和骆子中间，一边拉着一只手，大家的眼睛都有些潮湿。正说着时，黑一海、郝祖国夫妇和郝立京、郝慧思都来了。崔银姬含着泪花，和分别已久的家人拥抱、嘘寒问暖。

"真是的，再不回来我都快找不到家门了。"崔银姬颇为感慨地说道，"上一次祖国到韩国，说辽海变化很大，我还不怎么相信，这一次亲眼所见，我不得不服了。"

"是啊，我们辽海可算是发生了天翻地覆的变化，尤其是在党的十六大以后，国家'振兴东北老工业基地'的战略部署，让我们辽海受益无穷。现在，老城区的改建也顺利完成，再也不是当年你所见到的那个模样了。你不是一下飞机就直奔这里吗？你只是见了沿途的改观吧，等有机会我带你去好好地参观一下，一定让你惊讶得说不出话来。"郝祖国望着久别重逢的姐姐，激动地说道。

"姑姑，我爸说得对，辽海如今的城市规模，比起韩国的首尔已经差不了多少了。"郝立京也自豪地说道。

"立京，那你可得陪我好好地领略一下我们辽海的新风貌哟。"崔银姬说完哈哈大笑，"祖国，你们父子两个还真像啊，不过我说句私心话，立京要比你帅多啦！"

"他只是年轻而已。"郝祖国在这个没有血缘关系的姐姐面前，完全是个弟弟的模样。

"不只是年轻而已吧？我说，祖国你别不服气，我也是拿二十多年前的你和立京相比，在你儿子的身上，要比当年的你多好多东西哦。刚才我们有交谈过，他的想法和观点非常新颖，他的眼中透露出来的可不仅仅是野心和权欲，还有辽海和国家的未来呢！他才是一个真正的梦想家，你差远了。"崔银姬毫不客气地对郝祖国说出了自己的看法。

在他们姐弟间，基本上没有什么顾忌和隐瞒。郝祖国听了这番话，只是再次打量了一下自己的儿子，并没有生气。然后微微笑了笑，对立京说道："听到没有，你姑姑在夸你呢。经她这么一夸，我都不认识你了。"

"谢谢姑姑。"郝立京笑着站起来，拿饮料和崔银姬碰杯，"姑姑，听到了吧？我爸爸他嫉妒了。呵呵……"崔银姬哈哈大笑起来："立京，来，让姑姑抱抱你，让你爸爸继续嫉妒！"

姑侄两个的表现，让现场的气氛，进一步地热烈了起来……

"哎，这建华两口子咋还没来呢？这可是在他们的地盘上哩！按说建华才是今天的东家不是吗。"章小凤对着席间空出来的位置皱起眉头，大家伙都已经等了不小一会儿了，这最主要的人却还不出现。

"大哥莫非是看我们一下子来了这么多人，怕得想逃单啊？"郝祖国开玩笑地说道。大家又一次哈哈大笑起来……

欢聚一堂

话音刚落，郝建华就推门进来了，也听到了郝祖国这句话，接了过去："谁说我要逃单啊？"

大家都笑了。章小凤见只有郝建华一个人来了，就纳闷地问他，"建华，你们两口子是怎么回事？半天不见人，现在又只是你一个人来了，你媳妇呢，刚才还在呢，怎么突然就跑得不见人影了？啥意思，不欢迎我们啊？"

"恐怕是有人真的不欢迎我回来吧？"崔银姬笑吟吟地说着，站起来迎接大哥的到来。郝建华大方地拥抱了妹妹，后者在他耳边悄悄地说："哥，我可是一直在想着你哩……"

郝建华马上扶妹妹坐下："亭花，你请坐。"过去的郝亭花，今天的崔银姬笑吟吟地说："大哥，别这么客气呀！"

章小凤见郝建华坐下了，就问："建华，你还没有告诉我们呢，你媳妇哪里去了？"

郝建华也被章小凤的话问得有些愣，他在桌旁没见到魏轶力，其实也有些吃惊，但还是立刻找了个借口替魏轶力遮掩："正好有重要的客人来，她去陪一下，马上就到，我们先不等她了。"

"我们大家伙可都饿着肚子在等呢。"章小凤埋怨道。

"我已经让服务生上菜了。妈，对不起，等一会儿你就罚我多喝几杯吧。"

"哈哈哈，跟你说笑呢，建华，罚你干什么，你赶快坐好吧。"章小凤笑着扫视了一下在座的所有人，轻叹一口气："唉，要不是设子公司里有事走不开，今天我们就聚齐了。"

"妈，没关系，机会还多的是。"郝祖国安慰她。

"你们的机会是很多，可我们仨，机会就越来越少了。"章小凤用手拨拉了一下她身边的黑一海和骆子，神色有些黯淡。

"妈，你们老几位身体还棒得很，起码还能活个二三十年，别发愁。"郝建华安慰道。

"再活二三十年？那我们不成老妖怪啦？"章小凤听了忍不住笑起来，"到时候你们也都老了，满桌子老头老太太，你别说还真有意思，哈哈哈……"

"到时候你的重孙子都有好几个啦，真正的四世同堂。"

"真要有那么一天，我章小凤就真活成老神仙了。这辈子还有啥缺憾的？"章小凤哈哈大笑着摇手，"我们还是不要那么贪心的好，我能见到你们现在这样，就心满意足啦。"

"那有啥难的，立京你们努力一下，不就替奶奶完成这个心愿了吗？"崔银姬冲着郝立京笑道。

"姑姑你看我干什么，这件事得看她。"郝立京指了指身边的郝慧思，郝慧思则微微一笑："放心，我们正在努力呢。"

"有你这句话就够了。"崔银姬笑道。

郝慧思笑道："我个人很喜欢孩子，我认为孩子就是未来和希望，比起过好自己的人生，我更希望看到不可预知的未来，这样会让我更有动力和干劲。"

"你一定会是个好妈妈。"崔银姬向郝慧思投去赞赏的目光，"大哥，我可又要说那句话了，慧思一点都不像你和轶力。"

"大家都说我像奶奶。"郝慧思给崔银姬眨巴了一下眼睛，调皮地笑了一下。

"奶奶？像吗？"崔银姬问章小凤。

"她说的是她真正的奶奶。"章小凤指着自己的脸，"我这个样子哪里像啦？慧思的奶奶可是个大美人哩！这不，才有我们这么可爱的慧思小美人吗？"

大家就又都笑了起来。服务员在这期间陆续将菜端上桌，不一会儿就堆满了旋转的大圆盘。章小凤看着菜还在不断地往这里送，就对郝建华说："建华，你日子虽然好了，但也不兴浪费的。我们有多少人你就点多少菜，你点这么多是把我们当饭桶啊？再说了，吃饭只是形式，我们一家人聚在一起才是最重要的，就图个高兴。话说到这里，你媳妇到底还来不来了？"

"妈，我这就去给她打电话。"郝建华的脸上有些挂不住，转身出了包厢。黑一海有些忧虑地看了他的背影一眼，然后让服务员把他带来的酒打开。

"难得一见的德国红葡萄酒。"崔银姬看着服务员手中的酒瓶微笑，"我以为一定是雷司令呢。"

"亭花，雷司令是谁，你朋友？"章小凤没有听清楚崔银姬说的前一句话，只听到了后面一句。

"妈，我是说大伯带来的酒啦。"崔银姬笑得趴在了章小凤的肩上，"雷司令是一种白葡萄酒，非常好喝，我最喜欢那种干甜的醇厚的，像妈妈的乳汁一样的甜酒。"

"哈哈，德国葡萄酒的确以雷司令闻名世界，但一般的雷司令到处都能够买到，我也用不着大老远从德国往回带。这瓶红葡萄酒是我的一位德国老朋友送给我的，而且是小作坊酿造，是他家乡最著名的葡萄园出产的红葡萄酒。特别甜也非常醇美，他送了我一箱，我把大半箱都带回国了。"

"那我们有口福了！"崔银姬把服务员斟满的酒杯端起来，轻轻在鼻下晃了一下："哇！好浓郁的香味啊，就像小时候吃的苹果酱。"

"你说对了，这正是我喜欢它的原因。"黑一海说着，也将杯子放在唇边，陶醉地闻着杯中红酒飘香，"它会让我想起家乡，这是思乡的味道。"

崔银姬与黑一海会心地相视一笑，两人眼中都有了泪影："大伯，你能送我一瓶吗？我要带回去好好珍藏。"

"没问题。"

"你要是喜欢，你大伯送我们的那瓶也给你一起带回去。"章小凤乐呵呵地说道。

郝建华匆匆进来："妈，轶力马上就到。不用等她，我们先吃饭吧。"

"吃饭不重要。刚听到你爸和你妹子说什么雷司令，说得热闹得不得了，我们听得也馋了，不如先喝一下这什么葡萄酒，尝一尝他们说的那个思乡味。"章小凤呵呵地笑着举起杯，大家也就都跟着端起了酒杯，高高举起。

"为我们一家人团聚干杯！"

"为亭花妹妹回家干杯！"

"为伟大的母亲干杯！"

情敌相见，分外眼红

"为伟大的母亲干杯！"这一句，是崔银姬喊出来的。大家都知道，崔银姬不是简单地喊出这句话来的，而是基于章小凤伟大的母爱让她有感而发的。于是，在一串响亮的碰杯声后，大家都真诚地开怀大笑起来。"亭花说得好啊！"黑一海大声赞叹："我们都要为伟大的母亲干杯。"

"这小妮子，又想逗你妈我哭啦！"章小凤用餐巾擦了擦溢出眼眶的泪。"妈，我说了，这酒就像妈妈的乳汁一样甜美呢。"崔银姬泪眼蒙眬地看着章小凤。

"难道你还想吃妈妈的奶啊？"

章小凤一句逗趣的话，惹得大家伙哄堂大笑，刚才感伤的气氛一下子变得又欢快热闹起来。

从把崔银姬接回来之后，魏轶力就窝在公司大楼的休息室里不想出来。其实，公司里并没有任何重要的客人要来，她也没有负责什么接待工作，她只是不想出来面对眼前发生的一切而已。

但魏轶力接到郝亭花打来电话的那一刻起，她的心里就充满了不安与焦虑。她一直担心着的事终于还是发生了，郝亭花不但回来了，而且她还成了韩国一个大财团的董事长，还保持着光鲜靓丽的单身身份。她到现在还没有结婚，这表示她还爱着郝建华。魏轶力不会忘记当年的那些事，郝亭花的出现，无疑对她造成了极大的威胁，她可不想让自己苦心经营的婚姻和家庭被别人半路夺走。

在公司大楼前见到崔银姬的第一眼起，她就被镇住了。崔银姬一身华丽的时装和浓淡相宜的妆容，修饰着她并未老去的容颜，看上去优雅而威仪，尽管点缀的那些首饰在她身上光芒四射，但并不显庸俗，反而形成了一种逼人的气势。她曾经的那股野丫头的洒脱和叛逆已经不见，取而代之的是女王般的高贵与威严。一句话，她彻底地改变了，可以说，变得比以前还更具杀伤力了。这一切，对于魏轶力来说，是一大威胁。因为这个对手太强大了，当初要不是大家都不知道她的身世，自己是绝不可能从郝亭花手里抢回郝建华的。现在，几十年过去了，自己在她面前仍然相形见绌，完全不具备和这个老对手抗争的资格。

崔银姬见到魏轶力，仍然非常高兴，笑着迎上来："轶力，你好……"

魏轶力却因为产生了强大的敌对意识而表现得冷若冰霜，并没有伸出手去回应，只是冷冷地问："你回来干什么？"

崔银姬一怔，察觉出了魏轶力的敌意，便明白了她的意思，轻笑一声："我回来干什么？轶力，你很想知道吗？"

魏轶力毫不掩饰地狠狠瞪着她："当然。"

"那好，我们找个地方慢慢说吧。"崔银姬从魏轶力身边走了过去，径直走进了元房子集团公司大楼的大厅。魏轶力连忙追上她，两人一起进了会客室。

在沙发上坐下后，崔银姬看着魏轶力，唇角带着一丝微笑："魏轶力，你变了很多呢。"

魏轶力的脸沉着，在一边坐下："我变了什么？"

"很多地方。"

魏轶力当然知道她指的很多地方是什么。的确，二十多年的时间让所有的人都改变了，最明显的就是这张脸。魏轶力当年还可以自傲的脸而今已经被岁月剥蚀，沧桑尽显，青春旧颜消失无踪，换上的是黄脸婆那种毫无吸引力的呆板和陈旧。虽然同样是名牌加身，钻石宝石做修饰，但却也只能弄得个珠光宝气、庸俗不堪的贵妇人模样。所以在郝亭花面前，魏轶力根本就找到一点自信和尊严。

"大家彼此彼此吧。"魏轶力冷冷地回道。

崔银姬不在意地笑了笑："说吧，你想问我什么事？"

"你告诉我，你为什么要到辽海来？"

"呵，这个问题有点没道理哦。大嫂，你别忘了，我也是辽海人，我回家来看看还需要理由吗？"

"是啊，你是不需要什么理由。不过这么多年了，也没见你回来过一趟，为什么现在要回来？"

"当然是因为现在才有空啊！"崔银姬笑道。

"你以前很忙吗？"魏轶力话语里充满了讥讽。

"是啊，我可不像有些人有老公有靠山，我和你不一样，我一个人打拼天下，为了赢得今天的地位，我可是付出了很多呢。"崔银姬说到这里马上讥讽道，"我很羡慕你呢，大嫂。如果我结婚了，就不用这么抛头露面辛苦上班，我会在家里把自己打扮得漂漂亮亮的，当一个开心的太太，伺候老公，养育儿女，全心享受充满温馨的家庭生活。"

魏轶力听出了崔银姬的话中话，于是马上反驳："你以为你是韩国公司的董事长就了不起吗？我告诉你，我现在也是元房子集团公司的总经理。建华虽然是公司的董事长，但其实公司上下完全是我在打理。"

"哦？没看出来，大嫂原来是事业型的。看来你不仅仅是大哥的贤内助呢。"

"你知道我们元房子集团有多少资产吗？"

"这个所谓的元房子集团不就是当年大哥搞的那个电气焊服务部吗？你别忘了，我也曾经是元房子集团的元老呢！"崔银姬明显表示出轻蔑的样子，并不在意魏轶力所说的话。

"我可以告诉你，我们元房子集团今年一年的产值是 20 个亿，利润是 3 亿多。"魏轶力把语气加重，强调如今的元房子集团已经是今非昔比了。同时，她努力地压抑着对崔银姬的气愤，心里在暗暗地骂着，几十年了，这个可恶的女人一点都没有变，总是一副高高在上的姿态，把谁都不看在眼里，难怪一直嫁不出去，像她这样自恋的女人，谁会要啊！

"不错啊。"崔银姬轻描淡写地说道，"作为一个乡镇企业，能取得这样的效益的确很了不起。"

听了这话，魏轶力就颇为自负地说："那当然，我们可是付出了代价的。"

"大嫂你不用跟我说这个，元房子是怎么发起来的，我清楚得很。我非常理解你们所谓的代价。"崔银姬挑起修剪得非常整齐的细长柳眉，冲着魏轶力别有用意地笑着。

魏轶力的脸一红，怕她说出郝建华曾经被抓的那件事来，便连忙将话锋转，问崔银姬："崔董事长，还请你告诉你此行来辽海的日的呢。"

较 劲

"没问题，虽然这也算是商业机密，不过我相信大嫂是不会做出那种出卖别人的卑鄙勾当的。"崔银姬又对魏轶力笑了笑，"你说是吗，大嫂？"

"我怎么会出卖你呢。"魏轶力不甘示弱地回给崔银姬一个微笑，"那种小事也不值得我出卖。"

"我这次来辽海啊，有三个目的：第一，回来看望养育了我几十年的我亲爱的母亲，和家人聚一下。然后呢，去给已经去世的父亲上一炷香。第二，就是来看看我与祖国的合作项目进展得怎么样了。崔氏集团和中国龙汽车集团公司有我与祖国的合力，已经促成了好几个项目。最近合资建成的'中韩合作中国龙手机制造有限公司'也马上就要开工了，所以，我就代表董事会前来视察了。"

"仅仅就这些原因吗？"魏轶力知道崔银姬没有说实话。

崔银姬吃惊地望着魏轶力："怎么？你还有什么问题吗？"

魏轶力的手紧紧抠着沙发的边沿，神色有些耐人寻味："你不是有三个目的吗？那第三呢？"

崔银姬故意装糊涂："第三？没有第三了。"

魏轶力冷笑一声："我替你说了这第三个目的吧，你并不是来看你的什么事业来的，你是专门来见你的老情人来了，对不对？"

"老情人？谁呀？"崔银姬笑吟吟地明知故问。

"我说的是谁，你心里明白。"

"我不明白，我可不记得我把我的老情人丢在了这里。"

"你不要跟我装糊涂了，在李家村那会儿，你为了抢你大哥，跟我找了多少麻烦，你把我当作眼中钉肉中刺，恨不得我死了才好。起先我不明白你是啥意思，只以为你单纯，不喜欢我。直到你们家说出建华实际上是抱养来的后我才弄清楚了，你那是在嫉妒我。郝建华不就是你最爱的男人吗，怎么，现在不敢承认了？"

崔银姬微微怔了一下，淡淡笑道："你要这么说，也未尝不可。"

"不是我这么说，这根本就是事实吧！"魏轶力终于不再掩饰她内心的愤怒，冲着崔银姬大喊。

崔银姬并没有给她一个明确的答复。她只用充满挑衅的眼光看着魏轶力，说道："怎么，你吃醋了？"

魏轶力当然不愿意承认自己是在吃崔银姬的醋。但这口气她却怎么也咽不下去。崔银姬的态度实在太过明显了，她摆明了是不怀好意。实际上，就是来跟她抢老公的。魏轶力怎么可能就这样眼睁睁看着自己的丈夫跟着别的女人跑了，更何况那个女人还是自己曾经的小姑子。

她在屋里窝了很久，脑子里一直翻腾着崔银姬得意扬扬的笑容和尖酸刻薄的话语，愤恨一点一点地累积了起来。她也是个好强的女人，所谓输人不输阵，她就算打不赢这一仗，也要拼个鱼死网破。

两个女人不欢而散后，魏轶力就躲在自己的办公室里打着这些肚皮官司，不知过了多久，直到郝建华打来电话催促她："你在干什么？妈都等急了，你赶快过来！"

郝建华这种不容分说的态度和生冷的话语，再次深深刺伤了魏轶力的心。在她看来，自己的确已经年老色衰了，无论哪一方面都比不上崔银姬了，所以丈夫就明显地冷淡她了。

她稍稍整理了一下仪容，乘电梯下了楼。在包厢门口外，听到里面的欢声笑语，她再次感到自己力量的薄弱，敌人的后备势力强大，不管怎么说，他们都是一家人，而自己永远是外人。这一点她首先就输给崔银姬了。

拍了拍自己的脸，给自己打足精神后，魏轶力推开了包厢门，章小凤一见是她，就埋怨了两句："轶力你怎么才来，我们为亭花接风，你这个做东家的怎么还迟到？"

魏轶力连声道歉，抓起酒杯："对不起，我来迟了，我自罚。"

她在众人的目光中将满满一高脚杯的酒一饮而尽。在座所有人都有些被她的豪气吓倒，女儿郝慧思在一边担忧地问："妈，你没事吧？"

"妈没事，妈今天特高兴，因为你亭花姑姑大老远地来了呀。我们那会儿下乡在一个生产队里，发生了很多有趣的事，要不要我跟你们讲几件啊？我们年轻时好多惊心动魄的事情，都和你亭花姑姑有关系呢。她那时候是我们队里的活宝啊，她走到哪里，哪里就会有出人意料的事情发生。"

"真有这事儿？你快跟我们讲讲。"章小凤来了兴趣，催促魏轶力。

魏轶力就讲了亭花当年带女知青去农场偷水果的事，说到她用自制饵食吊到大黄狗时，大家都笑得东倒西歪……章小凤不住地掐着崔银姬的胳膊："我的小冤家呀，你看你干的这事儿？"

"还有呢。"魏轶力又说了那次开荒，郝建华及时地补充了炮捻子被小羊一泡尿冲灭了的情景，再次逗得大伙笑个不停，郝立京冲着姑姑竖起大拇指，大加赞赏："姑姑，你太厉害了。"

"厉害什么呀，你姑姑可是没少给我找麻烦。"郝建华摇着头说。

"大哥你乱说话，我什么时候给你找麻烦啦？"崔银姬虽然笑着，但拒不承认。

"建华，你不懂，亭花那样做是为了引起你的注意。"魏轶力说道。

"好了，过去的事就不要提它了。轶力，你来迟了，给长辈们敬一下酒吧。"郝建华有意识地把话岔开了。

"好，我先给爸爸敬一杯。"魏轶力端起酒杯绕着桌子走到黑一海身边，黑一海接受了她的敬酒，然后她敬了章小凤、骆子，一路顺着下来，一个人喝了一圈。等回到自己的位置时，脚步已经有些跟跄了。

"妈妈，别再喝了。"郝慧思不放心，低声对母亲说。魏轶力摆摆手："我没事，你妈妈，我的酒量好着呢。"

魏轶力接着又站起来："来，亭花，我和建华一起敬你一杯。"

崔银姬端起酒杯，笑道："不该是敬酒了吧，咱们三个就作为老知青一起碰一杯吧。"

"好，就三个老知青碰一杯。"郝建华笑道。

喝完这一杯后，魏轶力又说："建华，你不和亭花妹妹喝一杯吗？"

郝建华愣了一下："也对，亭花，咱们兄妹也喝一杯。希望我们这次能够顺利合作。"

"呵呵，那大哥你得多喝几杯哦。"崔银姬冲郝建华甜甜地笑道。那笑容看在魏轶力眼里就如针扎在了心里，别提有多难受，当下就忍不住冷哼了一声："可不，建华你可得多喝几杯，人家这么多年，想你想得多苦啊！"

借酒发疯

崔银姬的脸色虽然变了，但她还是忍住没有吭声。而郝建华的神色却显得有些乱了，他狠狠地瞪了魏轶力一眼，放下酒杯，低声斥责："你在胡说什么啊！"

"我说错了吗？你们哥哥妹妹想念彼此，这难道不是事实吗？"魏轶力大声说道。

"大嫂说得没错，我最想念的就是我的兄弟们。祖国，来，我的好弟弟，咱们也碰个杯。"崔银姬说着和郝祖国一起举杯共饮。

"想念兄弟没错，但如果是别有用心，那就有问题了吧？"魏轶力冷笑着挑衅。

"你在说什么混账话？"郝建华感觉出了魏轶力的不对头，"喝多了吧，怎么说话颠三倒四的？"

"我没喝多。我也没颠三倒四。你用不着这么紧张，难道真的被我说中你们的心事了？"

"魏轶力！你不要在这里无理取闹，好不好？"郝建华觉得魏轶力太过分了，就用眼睛瞪着魏轶力。

"看我这个黄脸婆不顺眼了吧？我说什么都成了无理取闹了吧？你要新人换旧人了，是吧？你还是忘不了哥哥妹妹几十年的感情，对不对？既然这样，当初你为啥不选她，要选我？"魏轶力可以说是完全喝高了，啥话都敢说，她把心里的委屈和愤怒全都倾吐了出来。

魏轶力这样露骨的话，让在场的人大感意外。尤其是章小凤和黑一海，更是吃惊得不得了。他们说什么也没有想到，魏轶力会在这样的场合里撒泼。章小凤生气得就要发作时，被两边的黑一海和骆子拉住了。章小凤左右看看，两个人都摇摇头，不让她说话。骆子还在她耳边轻轻地说："你不用发作，你儿子会发作的。"章小凤只好用手掌心按住了愤怒的心情。

果然不出骆子所料，魏轶力的表现已经把郝建华给惹毛了。他一把揪住魏轶力的胳膊："你疯言疯语没完了你？再胡说八道小心我扇你嘴巴，要是不想待就给我滚蛋！"

"我知道，新的既然来了，我这个旧的当然要滚蛋了！"魏轶力越发愤怒，流着泪反揪住了郝建华的衣服："郝建华！你这样对我，你的良心让狗吃了吗？"

"你……"

"你们够了没有！"黑一海一声厉喝，打断了两人的纠缠，"成何体统！这还是家宴，不是你们自己的厨房，要闹也请你们看一下场合。今天我们是在这里给远道而来的亭花接风，长辈都还在座，你们也太放肆了。还不赶紧给大家道歉？"

"父亲，对不起……"郝建华连忙放开魏轶力，低头向父亲道歉。

魏轶力被郝建华按着坐下了，有些悻悻地冷笑道："是啊，今天是给人家接风的，人家不远万里来到辽海，可不是要热烈欢迎吗？"

崔银姬微笑着站起来，端起酒杯对魏轶力说："大嫂，来，我敬你！你消消气！"

"黄鼠狼给鸡拜年，"魏轶力没有起身，也没有喝酒，只是冷着脸小声地嘀咕，"没安好心。"

郝慧思过来，小声地对母亲说："妈妈，你过分了啊！"

魏轶力把酒杯重重地砸在桌子上："我过什么分呀？你一个小孩子家，你知道什么呀？"

郝建华再次火冒三丈，腾地站起来，指着魏轶力怒吼："魏轶力，你今天就是想找抽！"

郝立京见势不妙，连忙起身过去拉住郝建华："爸爸，你不要生气，你坐下吧。"

郝建华一把甩开女婿："你给我一边去！魏轶力，我说话你没有听到吗？你给我滚出去！"

"你好？……"魏轶力幽怨地看着郝建华，最终拧身站了起来，恶狠狠地瞪了一眼崔银姬，往门边走去。

黑一海猛地一拍桌子："都给我坐下！"

郝建华直着脖子嚷嚷："父亲，你让她滚！"

"混账话！要滚也是你滚！你给我坐下！"

在父亲的呵斥下，郝建华乖乖地坐下了。郝慧思联合郝立京把魏轶力拉回原位置坐好。骆子见状低声对章小凤说："小凤，这个时候，该你说几句了。"

章小凤点点头，先安抚住了气得吹胡子瞪眼的黑一海："大哥你别生气，气大伤身，小辈的事我们用不着太计较。"

"可是，你看他们这样……太没规矩了！"

"哈哈，你是没见过啦，小孩子总免不了吵吵闹闹的，没什么大不了的，也犯不着为他们生气。不然啊，我早就被他们给气到阎王老儿那里去了。"

"他们都不小了，又不是不懂事的小孩子！"

"再大也还是孩子，尤其是在父母面前。"章小凤笑道，"我让他们给你道歉，建华，轶力，快跟你们的爸爸道歉。"

郝建华和魏轶力互相拧着脖子生气，没有起身。崔银姬有些歉疚地对黑一海说："大伯，对不起，好像是因为我的关系，我向您道歉。"

郝建华见崔银姬都道歉了，他的脸上实在挂不住，忙起身说道："是我们不对，亭花，实在不好意思，让你见笑了。"

郝建华说着扯了扯魏轶力，低声说："赶紧起来呀！"可魏轶力还是无动于衷……

章小凤也是牛脾气，因为有骆子压着，所以她一直都想做一个旁观者。可是，她确实看出了问题，是魏轶力无理取闹，也知道她心里犯的什么病，所以并不想责难她。看到接连两次都只有郝建华在道歉，她根本就不搭理……她实在没想到这个魏轶力居然狂傲到了这种地步，就算是借酒撒疯也得有个分寸不是吗。这么一想时，她那冲天的火气就按捺不住了："魏轶力！你太过分了！"大家见章小凤发火了，都吃惊地放下了筷子……

章小凤看到泪眼婆娑的崔银姬时，一下子心疼了。她感觉这辈子没有让郝建华、郝亭花这两个孩子在一起，是她最大的遗憾。于是，她心平气和地说："亭花，你坐下吧，你没有错，你是无辜的。"崔银姬见妈妈这样说，就慢慢地坐了下来……

停顿了一下，章小凤口吻严厉地说："轶力，按道理说，我是不能说你的，因为你是我媳妇。"

黑一海一听，反驳道："小凤，你这是什么话？她是媳妇，就是晚辈，这当长辈的说两句又怎么啦？"

"因为媳妇是外人啊！"魏轶力不咸不淡地说了这么一句。

章小凤强压住怒火，苦口婆心地说道："轶力呀，今晚上的矛头我早就看出来了。但是不管怎么说，你都是一个快要当奶奶的人了，不应该在这种场合说出那种话来，你那样说，别说是建华了，我们，还有亭花，我们大家当然要生气啦！当然了，建华是过分了点，但他就是那脾气，你和他当了二十多年夫妻，应该比谁都了解吧。他是你丈夫，你总得顾着点他的面子，是不是？"

魏轶力冷哼道："儿子是你养大的，你当然要向着他说话了。你给他顾着点面子，那我的面子呢？我就可以让人随便在我的脸上拉屎拉尿吗？"

郝建华又一次控制不住自己了，他站起来大发雷霆："魏轶力，你简直是放屁！滚！立刻给我滚出去！"

"你用不着这么着急让我滚，你放心，我会给你心爱的妹妹腾出位置的。"

"你这个疯婆子，信不信我揍你！"郝建华撸起袖子，就要上去打魏轶力。

"建华！"黑一海、章小凤企图喝止儿子的粗暴。

"大哥！"崔银姬也用眼神制止郝建华。

"爸爸！"郝慧思、郝立京也急了……

一旁的郝祖国在紧要关头冲上去，抱住了郝建华，制止了他的暴行："大哥你疯啦！"

魏轶力"哇"的一声趴到桌上号啕大哭起来。黑一海和章小凤没想到场面竟然会发展到这种状况，都有些傻眼，过后更是气闷，章小凤"呜哦"一声按住胸口："气死我了！"

骆子连忙给她揉背顺气，黑一海面色发青，郝慧思忙从后面帮他按摩太阳穴，舒缓压力。

郝祖国把大哥按下后，也沉不住气了："按道理说，有这些长辈在场，我是没有资格在这个家庭聚会上说话的。但是，我想我应该帮你们澄清一下误会比较好。大嫂，我想是你误会了，亭花姐首先是来视察我们的合资公司的，这你也知道，我们中国龙汽车集团公司和韩国崔氏集团合作的项目发展非常好，她作为韩方的董事长，来看看自己的投资项目，这没有错吧？"

218号房的交易

罗绮过来拉住魏轶力的手，递了一块手巾给她擦眼泪："大嫂，别哭了。"

郝祖国继续说："另外，我大哥的公司现在要进行股份制改革了，需要大量的资金支持。你是元房子的总经理，这一点比谁都清楚吧？所以，我才向大哥建议和亭花姐的集团公司合作，亭花姐实际上是来帮我们大家来的，你不要想太多了。"

"我有没有想太多，有些人自己心里最清楚。"魏轶力说着，愤愤地看向了崔银姬。

崔银姬的表情也终于冷了下去："我郝亭花向来是明人不做暗事，想什么就说什么。祖国你也不用做什么解释了，别人执意要庸人自扰，就请便吧。"

"亭花，妈相信你的为人。"章小凤和骆子换了位置，怜惜地拉起了崔银姬的手说。

"孩子，你不要生气，你大哥的公司还要靠你帮忙。"黑一海也对崔银姬说道。

"放心啦，大伯，我可是公私分明的人，合作没问题，只要符合我们集团的要求。"崔银姬自信地笑道。

魏轶力知道自己这一仗打输了，输得很彻底。她推开拉着她的罗绮，冲了出去。

郝设华没有去参加欢迎亭花的家庭聚会，其根本原因并不是工作，而是他不想在那种场合一个人出面。别人家庭的幸福美满，总会引起他对自身的联想……他知道，如果自己去参加这样的聚会，大家就会关心他的个人问题，甚至于还会有人劝他离婚的。所以，他不愿意被大家说起自己的事。

经过努力，他差不多已经快要忘记自己的烦恼了，任何能够让他勾起回忆的可能都让他敏感地闪开了。这一次也不例外。他希望迟一点去见姐姐，这样一来既避免了尴尬，也能够让自己顺利逃避重揭伤疤的机会。

当然，工作忙也不是谎言。在工业园的基地已经建设完备，国内外的订单纷纷飞来，活儿越来越多，效益也越来越好。身为总工程师的他如今可说是日理万机，忙得不可开交。

此时此刻，郝设华正在宾馆套房里对着一张设计图思考，门突然被推开，机壳基地焊接分厂厂长张连伟进门就大呼小叫地嚷嚷："郝总，怎么办啊？"

郝设华没有受到什么干扰，仍然聚精会神地低头看着图纸，只是顺便接口问了一声："噢，是张厂长，什么怎么办？"

张连伟跳着脚扑到郝设华旁边："郝总，这德国人的图纸迟迟不交，影响了工程进度，责任不在我们呀！你看看，这西部石化的老总又飞来了。"

郝设华这才抬起了头："他什么时候飞过来的？现在在哪里？"

"刚下飞机，现在住在我们宾馆218号。"

郝设华丢开手中的铅笔："走，看看甘总去。"

郝设华和张连伟乘电梯下楼，来到218号房间。张连伟上去敲门，一位精瘦而皮肤黝黑的中年男子应声而出，看见郝设华，有几分慌张，又有几分惊喜，连忙把二人迎进门去。

张连伟大大咧咧地坐在床上："甘总，我们郝总可是日理万机啊！听说你来了，放下手上的工作就来看你了。"

"谢谢！谢谢！"甘总一边点头道谢，一边去端茶倒水，郝设华客气地拦住了他："甘总，我们不喝水，我就是来看看老朋友。"

甘总一把抓住郝设华的手："郝总，我可是来求您来了，我们的货你们不能延期啊！"

郝设华不紧不慢地说道："甘总，你先坐下，慢慢说。"

"我们在等米下锅呢，不能慢啊！"

张连伟一听这话不高兴了，眉毛挑得老高："哎，甘总，你这话怎么听着让人不舒服啊？当初我们郝总再三说了，我们给你们设计图纸，你们一千个一万个说德国人的设计是世界一流！可现在怎么样？德国人一流的图纸到现在没有来！你应该去找德国人，这跟我们机壳基地没有任何关系呀。"

"是是是，张厂长说得对。事到如今，我们也是后悔莫及啊！郝总，我们可没有一点点责怪你们的意思啊！"

"甘总，你们现在的意思是什么？"郝设华给张连伟摆摆手示意他不要再说了，心平气和地问甘总。

"那个……郝总，能不能借一步说话？"甘总突然降低声音，对郝设华说。

张连伟从床上跳下来，瞥了甘总一眼："噢，我是个多余的人，郝总，我先走一步。"

"张厂长，稍安毋躁。"郝设华叫住张连伟，跟着甘总到套房里间。甘总从旅行箱里取出一个小密码箱，拿到郝设华面前，一副神秘的样子，低声说道："郝总，这里是50万元，是我们公司的一点点心意。请郝总笑纳，也请郝总帮忙。"

"甘总，你这是什么意思？是设计费吗？"郝设华依然很平淡地问。

"不是，是给您个人的。"

"甘总，我明确告诉你，别说是现金了，就是礼物我郝设华也是不收的！"郝设华的脸色有一些沉，声音虽然平和，但却含着不容抗拒的威严，甘总怔了怔，有些尴尬地笑道："那，就当作是重新设计图纸的订金，怎么样？"

"那你就把钱交到我们基地的财务去吧。"郝设华说完，出了房间，"张厂长，我们走！"

甘总追了出来，想要挽留："郝总，你别走啊！"

郝设华头也没有回地走了。

张连伟跟在后面，幸灾乐祸地给甘总丢下一句："活该！"

回到自己的房间后，郝设华接到弟弟郝祖国打来的电话，说是家庭聚会已经散了，如果有空的话，出去和亭花见个面。郝设华看时间还早，就答应了。他把祖国和姐姐约在了附近的一家咖啡厅。

手足情深

郝设华到那家咖啡厅时，看见和郝祖国坐在一起的女性，由于灯光比较暗，几乎没认出她就是当了自己十多年"双胞胎姐姐"的郝亭花。崔银姬倒是一眼就认出了郝设华，高兴地给他招手："设子，快过来呀！"

"亭花姐……"郝设华有些拘谨地和崔银姬握手，然后接受姐姐的拥抱。崔银姬笑道："设子，你怎么还是一点没变啊！"

"哪里没变啊，都老了。"郝设华有些不好意思地说。

"去，少在姐姐我面前提这个字。"崔银姬笑道。

郝设华坐近了，借着灯光这才把崔银姬看清楚，眉目神采还是当年的模样，只是更加成熟，也更加有女性魅力了。的确，"老"这个字眼还用不到她的身上，虽然按年纪来说她和他一样都已经跨过那道五十大坎了，可在她的脸上却丝毫看不出这个年纪的痕迹来。郝设华忍不住在心底暗暗称奇。

郝祖国和崔银姬都没有提今天在家庭聚会上发生的事，三个人都谈论着各自的生活和事业，然后开始玩牌。郝祖国还是喜欢耍赖，而崔银姬就和他争抢，姐弟俩的口角不断，打闹如常。恍惚间就像是又回到了多年前，他们还都是小孩子的时候，常常像这样三个人在一起玩耍嬉闹。

大哥内向，不怎么和他们凑堆堆，再加上大哥年龄大的原因，总是显得很成熟很厉害的样子。所以，大哥是他们共同的偶像和追逐目标。时光荏苒，逝者如斯，兄弟姐妹再聚首，却已经两鬓染霜，人生数十年不过白驹过隙，往事只可追忆不可回，所以才要珍惜相见的每一秒时光。

郝设华心中难免唏嘘，突然间又想到自己的人生，更是感慨万千。他想，等这阵子有空了，再找个理由去看看小立升吧。自从那一次鼓起勇气敲开离开将近三年之久的家门后，他便开始断断续续地回去"找东西"，每次待不上十分钟，但却看到了小立升的成长和变化。小男孩一次比一次要高，也一次比一次懂事，见到他也总是格外亲，叔叔长叔叔短的，围绕在他的身边，问一些有趣的问题。从吴飒飒的口中，他也听到章小凤和骆子也时不时就会来一趟。实话实说，他喜欢上了活泼可爱的小立升，于是，就买了不少的玩具给孩子。

郝设华一边和姐姐弟弟玩着，一边想：大概，真的要不了多久，心里的那个疙瘩就会解开了吧。

郝祖国把郝设华拉出来陪崔银姬，其实是为了给他散心。至于崔银姬对大哥的那份特殊感情，郝设华可以说基本上不知道。小时候郝祖国总是嚷嚷姐姐偏心，只对大哥好，郝设华也从来没放在心上过，更不用说会去敏锐地觉察到兄妹间的那种微妙感觉。他不是那种会猜度别人心思的人，正如他对自己的感情也很单纯一样，对于别人的感情，只要当事人不说，他是绝对不会过问的。他这样的态度并不是冷漠，而是一种天然，说白了就是一种无言的信任。在他的世界里，感情这种东西是不可琢磨的，更是非常个人的问题。所以，一旦感情出了问题，他首先想到的就是自己解决。然而，面对自己的婚姻，他到现在还没有想出解决的办法。

翌日，已经到中午下班时间了，郝设华还在机壳生产基地总工程师办公室里设计图纸。张连伟带着甘总来拜访，郝设华打过招呼后，看向张连伟，等他说明来意。他记得这位分厂厂长张连伟，也是自己的师兄，原本是对甘总意见很大的，怎么今天突然变了样，态度十分亲切和蔼，甚至都到了称兄道弟的地步。

张连伟果然先开了口："郝总，是这样，甘总呢，觉得昨天晚上的事情有点儿不合适，一大早就跑到我们分厂来了，请我帮忙再跟你说一说。他们的情况的确很急，再说，我们已经合作了很多年了，郝总，看在老交情的份上，你就帮个忙吧！"

郝设华没有说话，只是看着张连伟，就像是要把他看透一样。他的这个师兄实际上很精明，真不愧师父给他的那个"猴精"的绰号。他可不仅是会耍嘴皮子，而且还非常讲究语言艺术。那个"老交情"一词双关，既抬出了他们多年的师兄弟情谊，又把这个名分用在了和甘总的合作关系上，这话说得那个妙，让郝设华在心里把他佩服得五体投地。

甘总有些手足无措地巴望着郝设华："郝总，你无论如何得救救我们厂啊！"

这时，办公桌上的电话响了，郝设华接起来，是厂长在找他，就对甘总说："抱歉，我有点事，你先坐着等等，我一会儿就回来。"看着郝设华离去，甘总神色慌张地对张连伟说："张厂长，情况不妙啊！"

"怎么个不妙法？"

"你刚才帮着我说话时，郝总好像看出什么来了。"

"看出什么来了？他是神仙，昨晚上你到我们家去了，他看见了？你放心吧，那是不可能的！"张连伟虽然这么说，其实心里也很虚。昨天晚上，甘总在郝设华那里碰了软钉子后，就又跑去找张连伟，请他在郝设华那里帮忙求情。张连伟答应了他，也收下了他的十万元。

"你给郝总 50 万元，给我就 10 万元啊？"张连伟悻悻地说。

"如果你能帮我们画出图纸，我也给你 50 万元。"甘总毫不客气地对他说："张厂长，我们可是有言在先，我的离心压缩机你要是给我晚交货的话，可别怪我翻脸不认人。"

"甘总，这就是你不仗义了。你确实来晚了，你要是早来，兴许还能按期交货，现在不行了，我们就是不睡觉，也按期交不了货了。"

甘总听出张连伟话中有话，眼睛骨碌碌一转，凑到张连伟跟前，低声说："张厂长，你心中一定是有数了，对不对？"

张连伟一改嬉皮笑脸的模样，正经地说道："要等我们郝总设计出图纸，可能得晚交货一个月。"

甘总大为惊喜："一个月？"

"我们加班加点，一个月，足够了。"

甘总抓住张连伟的手猛摇："谢谢！谢谢张厂长！不过……"

"不过什么？"

"据我所知，你们郝总也没有设计过这么大的机壳啊！这就是当初我们找德国人的原因。可谁知道，德国人居然敢大张旗鼓地违约！"甘总终于后悔自己当初的选择了。

心知肚明

张连伟轻蔑地瞥着甘总："你是担心郝总设计不出来？"

"不，我知道他一定能设计出来！我担心的是，一来我们当初没有请你们设计得罪了郝总，二来你们厂里现在这么忙，他随便找个理由就把我给打发了呀！"

"你已经找我了呀。没问题，我保证准时交货！"

"你肯定？"

两人正交锋着，郝设华回来了，他有些抱歉地说："甘总，不好意思，让你久等了。"

甘总连忙笑脸相迎："没关系没关系！我等您是应该的，谁让我当初不相信您呢！这就叫一报还一报啊！"

"甘总，过去的事就让它过去吧，你请直说，今天找我有什么要求？"

"郝总，是这样，我们已经和你们的供销公司接触了一下，他们说要晚交货四个月。可是，如果迟给我们交货四个月，我们就会损失产值100个亿。就是迟交货1个月，我们也受不了啊！那就是25个亿啊！"

郝设华微微一笑："我知道了。这样吧，从今天晚上开始我们就加班，我刚才已经跟几位工程师打好招呼了，我们连夜给你设计。"甘总喜出望外："啊呀，郝总，真是太感谢您了！"

"张厂长也和我一样，他的活儿已经排到了半年以后。如果张厂长答应给你加班加点的话，你这个大型的离心压缩机我们可以考虑按期交货。"

"按期交货？张厂长，我没有听错郝总的话吧？"甘总难以置信地摇着头，"你刚才不是跟我说，就是加班也要晚一个月交货吗？怎么和你们郝总说的不一样？"

张连伟的脸有些发红，他躲开郝设华询问的视线，嗫嚅着说道："我没骗你……郝总，我昨天晚上算了一下，我们说什么也按期交不了货啊！我认为晚交货一个月，我们克服一下困难，还是一定能做到的！"

郝设华笑了笑："张厂长，你算得非常正确！按正常情况，晚一个月就能交货。"甘总连忙说："郝总，只是一个月的话，我们能接受。就按张厂长说的，那就推迟一个月交货吧。"

郝设华没有理会甘总，对张连伟说："张厂长，现在给甘总他们生产的离心压缩机除了机壳的图纸没有到外，80%的生产任务已经完成了，对不对？"

"郝总，是这样。"

"那如果我们的设计任务也完成了80%呢？你算算，是不是就能按期交货了？"

张连伟惊讶地看着郝设华："郝总，你是说，你已经提前进入设计了？"

郝设华点点头："是的。"

在一旁的甘总早已激动得热泪盈眶，上前一把握住郝设华的手："郝总，你可真是我们公司的观音菩萨啊！"郝设华挣开手，淡淡地说道："甘总，别高兴得太早了。"

"咦？"甘总重新掉进云雾里，对着张连伟大眼瞪小眼，不明白郝设华的意思。

"我刚才可是有言在先，能不能按期交货，我说了不算啊！"

甘总马上明白了郝设华的意思："郝总，你是说得由张厂长说了算？"

"是啊。如果张厂长能保证在不影响正常工作的情况下……"

"郝总，你就放心吧！我一定能做到！"张连伟连忙抢先一步许下承诺。

郝设华不经意地笑了笑："做到什么？"

"第一，不影响正常合同订单的生产任务；第二，加班加点让甘总的离心压缩机按期交货。"

"再加上一条。"

"郝总，是保质保量吧？"

"质量是企业的生命！"

"是，我张连伟以生命保证！"

郝设华笑着看了一眼甘总，发现他果然被张连伟突然改变的态度镇住了，目瞪口呆地看着张连伟，便在心底发笑。在旁人眼里，他这位师兄总是一副吊儿郎当不负责任的样子，让人不敢轻易交付重任给他。但郝设华非常了解，这位师兄是那种一旦认真就会玩命的人，所以，他才会推荐张连伟当这个焊接分厂的厂长。尽管一开始连大厂长都有些怀疑，但郝设华却为他打了包票，因为，他相信张连伟有那个能力。

　　为了将元房子集团作为辽海市第一家上市的乡镇企业，路鸣派出乡镇企业局局长季允石组建了一支工作队，去帮助元房子集团进行股份制改革。因为上市需要融资，郝祖国找来崔氏集团帮助注入资金，但对方提出的条件是元房子集团必须先建立现代企业管理制度，实行股份制。虽然融资和上市非常有利于元房子集团今后的长足发展，但股份改革却遇到了难题，而这个难题并不是出在企业本体上。以季允石的话说，那就是元房子现在有个掌握实权的"武则天"。郝建华大权旁落，如今的元房子集团并不在郝建华的控制之中了。魏轶力一手遮天，独揽大权，郝建华的命令能不能执行下去全在她听与不听之间。所以季允石首先要说服的对象，就是这位元房子集团的"女皇帝"。

　　"魏总经理，你们元房子镇李家村现在已经是中国北方第一村了，你们元房子集团公司又是我们全市乡镇企业中效益最好的企业。这一切是怎么来的呢，就因为我们市有一位最优秀的女企业家呀！"季允石先给对方戴个大高帽，这是谈判的第一守则。他看得出面前的这个女人非一般角色，从她眼中透露出来的精明和狠辣都说明她相当不好对付。

　　"局长过奖了。"魏轶力淡淡地说道。

　　"这些年来，我们市的国营企业搞得红红火火，有不少企业都上市了，同时，我市的工业园也建到了大海边。市上'面朝大海谋发展'的宏伟蓝图已经画好了。"季允石继续为自己后面要说的话铺路。

捉摸不透的心

"是啊，我小叔子他们的中国龙汽车集团公司上市以后，就像滚雪球一样，越滚越大。"魏轶力点点头如是说。

看来她是一个明白人，既然什么都明白，那么她的工作就好做多了。季允石心里不由得庆幸的时候，便说出了工作组的来意："魏总，我们这次下来，就是为了帮助你们集团上市。"

魏轶力抬了抬眼皮，却没有表示任何喜悦之情，还是非常冷淡地说："那好啊，那我得谢谢季局长了！"

"你们公司上市有两大问题要解决：一是资金问题，二是建立现代企业管理制度的问题。"

"资金问题我们可以贷款啊！"魏轶力瞥了一眼季允石，自负地说道。

"你们根本就用不着贷款嘛！我听银行的同志说，元房子集团过去的贷款还没有还清，现在在辽海建大厦又贷了不少。按国家的政策，银行重点扶持的是国有企业。我们乡镇企业贷款，可是有难度啊！"

魏轶力的眼睛眯了眯，看着季允石："季局长，你说我们用不着贷款，指的是……"

"银行给你们贷不贷款有什么关系呢？"季允石自信地说："因为，你小姑子崔银姬有的是钱啊……"

魏轶力呼地站了起来，斩钉截铁地说："不行！她的臭钱我们不要！"季允石吃惊地看着她："魏总，你……你这是怎么了？"

魏轶力一脸令人恐惧的恨意，几乎是咬牙切齿地对季允石说："季局长，你给我听好了！我们元房子集团不上市可以，但让她来注入资本，门儿都没有！"

季允石连忙说："魏总，你不要激动嘛！有话好好说，这到底是怎么回事？你和崔董事长之间……"

"崔银姬注入资本帮助我们上市是假，她不怀好意是真！"

"不怀好意？魏总，我不太明白你的意思啊！"

"你不明白？好，那我告诉你。"魏轶力冷冰冰地说道，"她就是想假借融资之名，侵占我的家庭，抢走我的丈夫。"

"那你总得告诉我理由吧？如果没有理由的话，你这样说可是不合适哟！"季允石丈二和尚摸不着头脑。

"不合适？笑话！我魏轶力说的话句句属实，你信不信那是你的事。"季允石见事情要砸锅，马上耐心地说："魏总息怒！魏总息怒！我怎么可能不相信魏总说的话呢？"

"季局长，既然话已经说到这个份上了，那我就告诉你吧。这个崔银姬是我丈夫、也就是元房子集团董事长郝建华的初恋情人。他们摆明了就是想要旧梦重温，重修旧好啊！你说说季局长，我能让他们的阴谋得逞吗？"

"啊……"季允石就是挠破十个脑袋也想不出，魏轶力拒绝融资的原因竟然是这种理由。真的是太荒唐、太没有说服力了！他暗自问着自己，这样的事情有可能发生吗？季允石看着眼前这个已经被嫉妒之火烧红了眼的女人，她的思考方式不太正常，今天大概没有再讨论下去的必要了。

见季允石似乎不相信她说的话，魏轶力继续咄咄逼人地冲着季允石喊道："你想想，我怎么可能引狼入室，让一个第三者来破坏我的家庭呢？"

季允石转过了身子，擦着溅到脸上的唾沫星子，然后把椅子往后拉了拉："魏总经理，你说的这个情况，我们确实不知道。可是，问题是郝建华董事长已经决定了，元房子集团要上市，也要进行股份制改革啊。"

"他说了也没用。"魏轶力冷笑道，"现在的元房子可不是他说了算。"季允石擦了把冷汗，发现对付一个女人远比对付一个女企业家要艰难许多。他面前分明是一个狂躁的女人，而不是一个女企业家呀："魏总，你可是优秀的企业家啊！"

"企业家怎么了？企业家也不能把老公让给别人吧？"

"这个……魏总，你这么激动，我们的话题就不能继续进行下去了。这样吧，今天就谈到这里。我们下次再谈。"

"季局长，我魏轶力再说一遍，除非我死了，否则，这件事免谈！"

"魏总，你看能不能再考虑一下？"

"季局长，你就死了这个心吧！"魏轶力说着站了起来，"我还有事，先走一步。"

"魏总，你等一下……"季允石站起来喊道，"我们不能就这么回去吧？"可是，魏轶力已经头也不回地走了……

季允石在给路鸣汇报时，无可奈何地摊开手："路书记，你说这可咋办呢？"

路鸣刚听完季允石在电话里的抱怨和牢骚，就放下了听筒，还没消停半分钟，电话又响了。他揉了揉眉心，重新接起了电话："哪位？"

"路市长吗？我是王亚彬啊！"

"亚彬？怎么了？"路鸣突然感到有什么事情发生了，不是小事而是大事。果然，他的第六感很准。王亚彬告诉了他一个相当糟糕的消息——今天早上，孙大峰死于看守所的卫生间，经过法医鉴定，他是死于心肌梗死加脑出血。

路鸣心情一时间非常沉重，他不知道是否应该把这个消息通知给郝祖国，以便再由郝祖国通知孙大峰的女儿孙小明。但这样做似乎太残忍了，无论对郝祖国还是对孙小明来说，或许由别人来告诉孙小明会更容易一些，这个消息也必须让她知道，因为她是孙大峰唯一的亲属。犹豫了许久，路鸣还是拨通了郝祖国的电话。

郝祖国听完路鸣的话后，沉默了一会儿，轻声说："路书记，这件事能不能暂时保密？"

"你想瞒着她？"路鸣问。

两年前，郝祖国在他面前坦然承认了自己对妻子之外的另一个女人的感情，而那个女人就是孙大峰的女儿孙小明。出于对一个生命的珍惜，路鸣帮郝祖国完成了孙小明的心愿，让孙大峰去见了自己的女儿。之后孙小明就接受了手术，使她的生命得到了延续。路鸣知道郝祖国这两年来都在照顾孙小明，因为她基本已经是孤身一人了。孙小明的丈夫吴美珩在得知妻子患了癌症后，便出面澄清了孙小明与他的贪污无关，并交出了大部分赃款，而后吴美珩因杀人罪被判处死刑。孙大峰由于年龄过大，暂时被关进了看守所。

总之，这起贪污行贿大案已经尘埃落定、各得其果了，但路鸣的心情从来就没有因此而轻松过。不知道为什么，他也受到郝祖国的影响，开始牵挂起孙小明这个人来了。孙大峰的死，当然能瞒着她最好，但是，不可能永远隐瞒下去吧。再说，孙大峰也还不至于十恶不赦到死后都没有人送终的地步吧？

祖孙情

"她目前的身体状况无法承受这样的打击。"郝祖国沉声说道。

"怎么？她的身体……"

"今天她的病突然发作，我妻子陪她去检查，诊断的结果是，除癌症外，她还有其他的综合并发症。"

"啊……"路鸣这时候脑子里只有一个词——祸不单行。

"这并发症……会如何？"路鸣犹豫了一下问。

"不知道。"郝祖国说，"我从网上查资料知道，这种癌症的治愈率非常低，手术后复发的可能性很大，据国外临床资料统计，其生存率还不到30％。"

"鉴于这种情况，祖国，我认为，你最好还是把她父亲的事告诉她。"

参加完孙大峰的葬礼，章小凤和骆子回到了海边的家中。他们的心情都有些低落，甚至长吁短叹，相对无言。郝慧思知道这个时候需要有人去陪着两位老人，于是就借开车送他们的机会，跟着他们一起回到了别墅。

到奶奶的家里后，郝慧思想办法说笑话逗两位老人开心。但话还没说两句，章小凤就突然问起郝慧思关于她父母的事来了。那天在家庭聚会上，因为他们夫妻吵架，大家闹得不欢而散。之后，也就不了了之了。但是，这件事情还是搁置在章小凤的心里，怎么也放不下："慧思，你爸爸和你妈妈那以后有没有和好？"

"奶奶，说实话我看不出来他们有没有和好。"郝慧思有些无奈地说，"他们都是以事业为重的人，各忙各的，根本见不上面。而且啊，我们一家三口基本上再也没有一起吃过饭了。"

"那也是没办法的事，你爸爸妈妈工作都很忙，你也有了自己的小家庭。可这么下去也不是个事儿呀，你要想办法让他们和好。夫妻吵架不赶快解决，如果时间长了那是会出问题的。"章小凤无不担忧地说。

"是啊，你奶奶说得对。慧思，你是你爸爸妈妈之间的纽带，在这个问题上，也只有你才能帮上忙。"骆子说。

"我知道，所以我打算这两天就抽空去李家村一趟，给我妈做做工作。

我看这一回，问题是出在我妈身上。"郝慧思笑道，"奶奶，你们也别担心了，他们都二十多年的夫妻了，吵一两次架也没什么大不了的。"

章小凤和骆子对看了一眼，都在心里叹了口气。虽说只是夫妻吵架，但这其中却有更加难言的缘由，郝亭花的回来自然是导火线，可没有料到的是，魏轶力竟然会如此小肚鸡肠。这说明，魏轶力对郝亭花的积怨已经很深很深了。不仅如此，这些积怨还在她心里积压了这么多年。这说明，这个魏轶力的心机够深。现在看来，郝亭花的存在，让魏轶力无法忍受。如果这样下去，不知道还会发生什么样的事来呢。

"慧思啊，好好劝劝你妈，让她别为一些过去了的事想不开。"

"嗯，我知道，奶奶。"郝慧思点点头。聪慧的她，怎么能看不出父母与姑姑之间的微妙关系呢？只是那天的事情是由刚回辽海的姑姑引起的，从母亲的话里，她听出了一些端倪，虽然没有追问缘由，但已经明白七七八八了。就像章小凤所说，那应该是他们插队时发生的事了，过去这么久的事还在纠缠着母亲的感情，可见她内心承受着怎样的煎熬与折磨。只是她这样放不开无疑是自寻烦恼，既然姑姑当年毅然离开了，就表示她已经放弃了。像姑姑那样的事业女性，她不至于到如今才跑回来，重新去追回那段逝去的感情。

郝慧思了解母亲是怎样的人，所以心里也难免有些担忧。她想，如果不是母亲对自己的婚姻感到不安，应该不会为一个过去的情敌表现得如此焦虑暴躁，没有风度。所以她断定，一定是母亲和父亲之间出现了问题。无论于公于私，母亲一向都是个很能沉得住气的人，不会做出有违常理的事来。可是，那天她的行为实在是太让人失望了。

答应奶奶后，郝慧思在电话里给郝立京说了一声后，就直接开车去了李家村。现在，魏轶力独自待在度假村的别墅里想着心事，看到女儿突然回来，有些诧异。郝慧思没有见到父亲，就问魏轶力："妈，我爸呢？"

"大概是在你爷爷那里吧。"魏轶力淡淡地说。

"妈，你吃饭了吗？我给你带了你最爱吃的麻辣鸡翅。"

"我没胃口，不想吃。"

"那怎么能行，人是铁，饭是钢。你不吃饭身体能吃得消吗？你每天的工作那么繁重，可别忘了，你是元房子集团的总经理哦。"郝慧思把带来的麻辣鸡翅盛入盘中，又从冰箱里拿了些速食，用微波炉热过，三两下就给她倒腾了一桌还算丰盛的晚饭来。

"是啊，我是元房子集团的总经理，那又怎么样呢？你爸还不是照样在大庭广众之下要把我赶走？"魏轶力在一边看着女儿忙碌的身影，心里有些发酸，忍不住就向女儿抱怨起来。

"妈，你说什么呢，我爸怎么会那样做，你是他的贤内助，也是他的左膀右臂，他离不开你。"

"哼，他只是把我当他的牛马，用完了就扔开不管了。"

"妈，我爸要真是你说的那么无情，那你干吗还爱着他啊？"

"谁说我……"魏轶力怔了怔，不说话了，眼中开始泛起泪影，"是啊，为什么呢……"

郝慧思乘机把她拉到餐桌旁："妈，我也还没吃饭呢，看了看奶奶就直接过来了，咱们一起吃吧，吃完了我陪你洗澡。我上次看到家里安置了最新型的冲浪浴池，我也要过一过洋荤呢。"

"好、好，我陪你，你自己也快吃吧，别饿坏了。"魏轶力疼惜地帮女儿夹菜。

吃过饭后，稍加休息，母女俩到浴室去泡澡。郝慧思帮母亲按摩，"妈，你的肩很僵硬，可见你平时有多紧张，压力太大了，工作量也超负荷了。我建议你多抽出时间去做SPA，你们这个年纪应该经常按摩脊椎，让肌肉和神经放松，这样对身体和心理都有好处。"

贴心小棉袄

"公司上上下下就我一个人打理，我能不紧张吗？"魏轶力无奈地说道。

"你可以交给手下的人去做啊，妈，不是我说你，你的事业心也太重了。有些东西该放弃的就放弃，关键是要让自己活得充实、愉快，而不是给自己找不必要的压力。"

"不是我不想活得轻松，是周围没有信得过的人。"魏轶力推开女儿的手，"妈不是事业心重，妈是怕失去这些后就什么都没有了。"

"妈，你还有我呀。"

"傻孩子，那不一样，妈需要更实际的一些东西，那种能够握在手里实实在在感受得到的东西。"

郝慧思看着母亲，发现面前的这个人竟然有些陌生，虽然在以前她就是一位严厉的母亲，但有时候感觉也是那种很温柔的女人。而且，在郝慧思的印象里，母亲一直都是从容不迫、精明强干的，虽然有时候感觉无法亲近，但在女儿的心目中，却是一个值得仰望的女性，所以还很崇拜她。

但是，现在的母亲看上去却非常憔悴，似乎是被什么追赶着，让她疲惫不堪。她的眼中空虚而焦渴，充满了因为强烈的欲望得不到满足的抑郁和愤怒。她的表情也越来越冷漠，就像她的心一样，不再信任，也不再宽容。她把自己禁锢在了一个狭窄的世界里苦苦挣扎，却不愿意接受任何帮助。她看上去就像是一个年老体衰的斗士，又像是困在笼中的伤兽，她愤怒又恐惧，惊慌又多疑，她在否定别人的同时也否定了自己。她为了生存而不惜代价、不择手段。在她身上，已经看不到丝毫自信和从容了。

"妈，我爸是不是老不回来？"郝慧思轻轻地问，怕触及到她的伤痛和敏感点，惹起她的愤怒。

"你爸每周都会过来住一两天，他大部分时间在辽海你爷爷那里。他要学习企业管理，还上了辽海大学的研究生班，辽海那边也有很多公司事务要他处理，其实他的时间也很紧迫，能够回来一趟已经很不容易了。"魏轶力说这些话的时候，表情开始柔软。

"我爸对你还好吗？"郝慧思又问。她知道，母亲是一个总会为自己披上防弹衣把自己武装起来严阵以待的人，没有人能轻易攻下她建起的那道墙，除非她自己的堤坝先崩溃了。

"很好啊。我去辽海看他的时候，他都会给我做一大桌好吃的。你爷爷还说我要是不在，他就被儿子虐待，平时都只吃方便食品，要么就直接去外面买。只有我去了，他的儿子才会亲自下厨做好吃的呢。"

"我爸以前可是不会做饭的呀，我从来没吃过我爸做的饭呢。"郝慧思也有些惊讶了。

"你爸是到你爷爷那里后开始学做饭的。"魏轶力的表情又有些重回冷漠。"我爸是个孝顺的儿子呢，不仅如此，他还是一个好丈夫。"郝慧思抱住母亲笑道："是不是啊？"

"他也是一个好父亲。"魏轶力补充道，"他对你这个女儿不也很好吗？"

"是啊，总的来说，我爸是个不错的男人。"

"是，你爸是个好男人……不然我当初为什么千方百计要嫁给他？"魏轶力喃喃地说道。

"妈，能跟我说说你和我爸是怎么恋爱的吗？"

"说那些干啥，我们那会儿可不像你们现在的年轻人那么开放，我和你爸也是在知青点拖了五六年才有了结果的。"魏轶力的眼中突然闪过一丝落寞："要不是……"

"不然你就跟我讲讲你们当知青时的故事，我爸那时候是啥样子？和现在一样吗？"郝慧思及时把话拉了回来，她提起这样的话头，为的是想让母亲回想起她和父亲当初在一起的甜蜜往事，然后再找回对彼此的美好感觉来。

"啥样？说起来，还真是变了不少呢。"魏轶力大概也想起了当初的情景，不由得露出了笑容，"我第一次见到你爸还是在报上，然后我就对他一见钟情，为了他，我不顾一切放弃了城市的优越生活，来了这里。这一待就是几十年啊……"

郝建华得知魏轶力不但拒绝了元房子集团的股份制改革，而且还毫不客气地把市里派去的工作组给赶走了。得到这一消息后，他气急败坏地找到了魏轶力，质问她为什么要这么做。魏轶力没有直接回答他的问题，而是反问道："你是想把自己辛辛苦苦创建起来的事业拱手让人？"

"那怎么会是拱手让人呢？元房子集团改为股份制后就可以上市，可以得到更多的资金发展，你到底懂不懂啊？"对于魏轶力的理由，郝建华觉得不可思议。于是，他大发脾气。

"我没上过大学，我是不懂你的那些高谈阔论。"魏轶力讥讽地说道，"但是我自己的公司，用不着别人来插手！"

"魏轶力，我的耐心是有限的。"郝建华对着魏轶力大喊，"告诉你，元房子集团不是你的公司，该怎么做还得由我说了算！你再这样一意孤行，你信不信我撤了你这个总经理？"魏轶力的身体猛烈地颤抖了一下，泪水涌出了眼眶："建华，我们风风雨雨这么多年，到头来，你就这样对我？"

郝建华背过身去，不看魏轶力满是泪痕的脸，沉声说道："不是我要这样对你，是你自己做得太过分了。以前你的确帮了我很大的忙，但现在你却是在阻碍集团公司的发展。我们元房子集团公司就像是病入膏肓的病人，如果不进行股份制改革，我们就永远也不可能实行现代企业管理制度了。如果是这样，我们就永远也上不了市，这样一来，我们也迟早会被市场淘汰的！"

魏轶力听了郝建华激动又沉痛的声讨后，只是冷冷一笑："郝建华，你心里想的是什么，我魏轶力太清楚了！"

郝建华强压着怒火，一字一顿地说："魏轶力，我告诉你，我想的就是如何把我们元房子集团搞得越来越好！"魏轶力轻蔑地撇了撇嘴角，冷哼一声："少说漂亮话了，你实际上是为了崔银姬那个婊子吧？"

郝建华再也忍不住胸中的怒火，甩手就给了魏轶力一个耳光："你混账！那可是我的妹妹！"魏轶力见郝建华竟敢对她动手，就感觉事态太严重了。于是，她出人意料地没有向郝建华发威，而是急速地思考起对策来了……

最毒妇人心

郝建华见魏轶力破天荒地没有对自己的暴力进行反攻，就慢慢地坐在了沙发上："我一直都认为，你是我的贤内助。可是，最近你的行为太让人失望了！"

"你……竟然为了她打我？"魏轶力捂着脸，气愤地瞪着郝建华。

郝建华看着魏轶力脸上五道明显的指印，虽然有些后悔，但依然怒气难消："魏轶力，你赶紧改变你这种狭隘、落后的思想，否则，我真的会撤了你！"

"哈哈哈，你真的要……撤了我？"魏轶力踉跄地退了一步，颤着手指着郝建华："你敢这么做吗？"

郝建华这时候也是铁了心："你不相信吗？那好，三天后，我进驻集团公司，首先，我带着审计人员先审查公司的财务……"

"然后撤了我，是吗？"

"是的！你别以为你做的那些鬼事儿我不知道。三天后，我就让你知道，你不听话的下场！"

魏轶力突然大声地狂笑起来，笑得声嘶力竭，歇斯底里。

郝建华有些被她狰狞的样子吓住："你笑什么？"

魏轶力猛地刹住笑声，凶狠地瞪着郝建华："过去，你郝建华在公司里做了什么，别的人不清楚，我魏轶力是清清楚楚、明明白白。你就不怕我去告你？"

郝建华不以为然地冷笑了一声："我怕什么？我是进过　次监狱的人了。再说了，我的问题上面也是清清楚楚、明明白白！"

"狗急了上墙，人急了声辩，兔子被逼急了也会咬人！郝建华，既然你不念我们夫妻的情分，我也就没有什么可顾忌的了。我们走着瞧！"魏轶力狠狠地说完，转身摔门而去。郝建华愣了愣，追出门去大喊："魏轶力！你给我站住！你想要干什么？"

听到郝建华追上来喊她，魏轶力既没有回头，也没有停下脚步，在她的脸上，虽然默默地流着泪，但却挂着冷酷的笑容。她已经对郝建华彻底死心了。现在，她心中已经酝酿起了一个计划。她要让郝建华知道她的厉害，她要让郝建华为此付出代价。她之所以这样做，就是为了报复所受到的伤害，她可以不惜一切，一定要让郝建华知道，她魏轶力不是好惹的。

魏轶力回到村里后，直接去找当年的老支书李延年哭诉了一番，说郝建华联合外人想要出卖李家村的乡亲，把元房子集团让给崔银姬。李延年虽说退位多年，早已经管不上事了，但他在李家村的威望还在，加上他儿子李嘉欣也是村党委的副书记、副主任，有一定的实权，在村里说话还算是有那么一点儿分量的。

现在，白发苍苍、连牙都掉光了的老支书李延年，没有理由不相信魏轶力的话。他听完后，当下就义愤填膺地要替魏轶力做主。好一个郝建华，居然为了一个韩国女人，背叛李家村的事业，背叛元房子集团公司。

"我说闺女啊，那个崔什么鸡的韩国女人是啥来头啊？建华干吗要把元房子集团交给她啊？"

"老书记，这个崔银姬不是别人，她就是那个郝亭花啊！"

"啊？"老书记大为吃惊，张大了干瘪的嘴："咋回事呢？"

"郝亭花不是郝建华的亲妹妹，是他们家收养的孤儿，后来郝亭花去韩国投亲，就成了现在的崔氏集团董事长崔银姬了。"

"哦！弄了半天，那死妮子是个外国人！我说怎么那么让人不待见呢。"李延年咂着嘴巴悻悻地说道，他还没有忘记郝亭花当年在李家村惹的那些事，没少把他气得跳脚，可他却愣是拿那个野丫头没办法。

"老书记，你也是知道的，郝亭花一直爱着她哥……她这次回来，就是破坏我们夫妻关系的，她还记着我们的仇呢，老书记，我们当初把她逼回城去，她恨得不得了。"

"不会吧……那个，她是回来报仇的？"李延年愣愣地问魏轶力。

"以前建华对我，那是没话说，我们夫妻感情好得人人都羡慕，老书记你也是看在眼里的。我帮了建华多少，为了他我又付出了多少。可是，自从和那个崔银姬搭上线后，建华就变了，对我又打又骂的，还要撤我的职。老书记，你可要为我做主啊……"

"建华他打你骂你，还要撤你的职？这个建华太过分了！不行，我要找他说说去！"李延年气得吹胡子瞪眼，站起身来就要去找郝建华，被魏轶力拉住了："老书记，你现在去找他没用。俗话说，男人一旦变了心，九头牛都拉不回来。他现在是谁的话都听不进去，我也不想再低声下气地去求他了，我魏轶力也是有自尊心的人，不想让人看笑话，尤其是被郝亭花……老书记，我自己的事怎样都无所谓，关键是他要把元房子集团给毁了呀……如果是那样，我们的乡亲们可怎么办啊？"

魏轶力一边假装抹泪，一边偷偷观察着李延年的反应，果然，老书记大发雷霆，拍着她的背愤恨地说道："闺女，你别怕，有我给你做主，他郝建华再大的本事也动不了你。别忘了，他虽然是董事长、党委书记，但也是我们李家村的党员们、乡亲们选举的。他胆敢一意孤行，我就发动大家和他斗争，把他拉下来！"

"老书记，为了李家村的父老乡亲们，为了我们辛辛苦苦创下的家业，我魏轶力永远和老书记心连心！"看到李延年彻底被自己控制在了手中，魏轶力暗地里发着笑，但表面上依然做出一副凛然的样子来，继续拉拢李延年。

"好！你是总经理，又是村里主持工作的党委副书记，只要你的心里还装着我们李家村的老百姓，我李延年永远是你的支持者！"

"老书记，谢谢你……"

"就算郝建华忘恩负义，忘了你们的夫妻情分，可我李延年不会忘了你对李家村的功劳。这些年，如果不是你这么拼死拼活地干，我们元房子集团哪有今天啊？"

"不，元房子能有今天，完完全全是老书记和乡亲们支持我的结果。"

"轶力呀，说句掏心窝子的话，建华确实是有些变了。你看看，这些年别说是乡亲们了，就是我李延年也见不到他的面啊。我还以为他住在你老公公那里，真在学习，真在遥控指挥集团公司呢！现在看来，他彻头彻尾地变了！"

魏轶力对郝建华充满了冷漠与仇恨："是啊，他变得让人都不敢相信了，他想让崔银姬取代我当元房子集团的总经理！"

李延年拍着桌子嚷嚷："他那是痴心妄想！"

阴谋夺取集团公司大权

魏轶力眼看李延年完全相信了自己，又加大力度煽风点火："为了达到这个目的，他让乡镇企业局的季允石局长派来了工作组。名义上是帮助我们集团公司建立什么现代企业管理制度，实际上就是削弱我这个总经理的权力，从而达到让崔银姬入股我们集团然后控制我们集团的目的，最后慢慢取代我！"

"不行！我们元房子过去没有实行过什么狗屁现代企业管理，不照样是全国的优秀乡镇企业吗？不行！我明天就找这个季允石，我们元房子不需要建立什么狗屁管理制度！"

魏轶力抓住这个机会赶紧说道："老书记，如果您已经决定了要把工作组赶出去，那我们就事不宜迟，马上行动吧。"

李延年有些犹豫地看着魏轶力："轶力，你是说，今天晚上就行动？"

"我是说，今天晚上先安排好，明天一早，我们就行动。"

"也好，我们元房子集团已经到了生死存亡的关键时刻了！这样，我通知儿子，让他紧急召开村两委会，我们马上过去。"

"老书记，这样最好。"

李延年马上到里屋去打电话："儿子，你马上通知全体村两委会的成员到集团公司开会！"

听着李延年与儿子在电话里的讲话，魏轶力嘴角勾起了胜利的笑容："郝建华，是你对我不仁，就别怪我对你不义。"

已经是入夜时分了，辽海集团机壳生产基地焊接分厂车间里，仍然机器轰鸣，灯火通明。数十名工人身着各色工作服，各就各位，紧张地进行着各部位的作业。大多数工人都穿着厚厚的红色防火服，面戴玻璃防具，手握沉重的焊枪，在庞大的机壳各处焊接着接缝，焊枪落下时，噪声大作，火花四下飞溅。

虽说外面的天已经完全被夜幕笼罩，但工人们却一个个精神饱满，干得正欢。正是在这样深沉的夜色里，有了这异常欢腾而明亮的车间，才能在黑暗里给我们呈现出一片"火树银花不夜天"的热闹景象。也正因为受到这里散发出的光亮和气温影响，空气便开始膨胀、发光，远远看上去，就像是罩上了一层淡淡的光晕。那焊弧像珍珠一样，此起彼伏，在夜空下熠熠生辉，与苍穹里的星星遥相呼应、相映成趣。

在车间外，建筑工地的升降塔在高空里缓缓游走，上面的长明灯一闪一闪，当它从北极星边划过时，天上的街市与人间的都市在遥远的尽头相连了。不知道在什么时候，夜晚的辽海竟然变得如此灯火通明，如此灿烂辉煌。

吴裕泰和郝设华悄悄地走进了车间，只见身为厂长的张连伟躺在机壳最中心的滚筒里，神情专注地焊接着内缝，那里应该是整个机壳最关键也最精密的焊接部位。厂长亲自上手操作，可见他对这次的工作有多认真。

吴裕泰看到这个情景，转头大声问郝设华："设子，你用了什么法子，把这头倔驴给调教过来了？"

郝设华意味深长地笑了笑："有时候，经济利益也是生产力。"

"经济利益也是生产力？"

郝设华笑着点点头。

吴裕泰摸着下巴，也点了点头："嗯，有点道理。"

吴裕泰走后，郝设华在机壳各处，用手电灯检查着一个个焊缝。检查到壳心时，与张连伟打了个照面："张厂长，进度是重要的，但是，质量更重要！"

张连伟取下面具，对着郝设华比了个 OK 的手势，扯开喉咙喊道："郝总，你就放心吧。"

大概是大声说话久了，郝设华听出张连伟声音里的沙哑，就又对他说："还要注意休息，千万不能打疲劳战！"

"知道了！"

"进度不错，张厂长，我检查完了，回去了。"

张连伟见郝设华收起手电灯准备离开，就从滚筒里爬出来："郝总，等一下，我有事跟你说。"

郝设华看看表："这么晚了，明天再说吧。"张连伟追了上来，抓住郝设华的胳膊："郝总，不行啊，事不宜迟，我现在就得跟你说……"

郝设华看了看张连伟："好吧，咱们到外面找个安静点的地方说吧。"

"好！"

两人出了车间，拐个弯，径直走到再也不会被车间的噪声干扰的地方，郝设华停住脚步，注视着张连伟："说吧，什么事？"

张连伟手里紧紧抓着黑漆漆的帆布手套，低下头："郝总，我受贿了十万元，请你处分我吧。"

郝设华听了只是淡淡一笑，问；"这是怎么回事呢？"

张连伟把那天晚上甘总找到他，给了他十万元，要他帮忙跟郝设华说情的事讲了出来。

郝设华并没有马上责问张连伟，而是问他："张厂长，你能不能告诉我，你为什么要把这件事情告诉我？"

张连伟老实地回答："郝总，是你感动了我。老实说，过去你提出'中国装备、装备世界'的构想时，我认为没有我们这些哥们给你苦干，你一个郝设华肯定不行。但是现在我不这么想了。"

郝设华含笑问他："为什么呢？"

"就拿甘总他们这台大型压缩机来说吧，我第一没有想到的是，你早就开始帮他们设计图纸了。第二没有想到的是，你居然没有要人家的一分钱。"

"让大家加班加点的补贴，人家可是给了。"

"那一点点算什么啊？郝总，包括过去你对待外国人的态度也是这样，你对谁都那么认真严谨，绝无二话。我现在终于明白了一个道理，为什么外国人非要买我们厂的产品，这是因为，我们的产品不但质量可靠，而且价格也合理。"

"然后呢？"郝设华微笑地看着张连伟，鼓励他继续说下去。

"有一句话叫金杯银杯，不如客户的口碑。我敢说，西部的一个甘总，一定是我们的活广告。"

郝设华点点头："不错，他昨天就把法国的朋友介绍过来了。可是，我们现在的生产能力根本就没有办法接法国人的单。所以，我们还需要更进一步，我们要做的事还有很多啊！"

"另外，我算了一下，因为你的原因，甘总给我们的加班费比起应该给我们的费用来说是九牛一毛，可是也是不少的一笔啊！我估算了一下，我个人的收入也不少于十万元……所以，我不能为了这个十万元，让人家瞧不起我们厂。"

"所以，你就打算把这笔钱退出来了？"

"是的，郝总。我有个请求，请你帮我个忙，就说我把钱交到基地了，好不好？"

"没问题！为了让甘总对你张厂长刮目相看，我会说你当时就把钱交上去了。"

张连伟激动万分地握住郝设华的双手："郝总，从今往后，我张连伟就是你的马前卒！"

郝设华笑着摇头："张厂长，不能这么说，我们不是师兄弟吗？"

张连伟的眼睛有些湿润："郝总，身为你的师兄，我也不会给你丢脸的，从今往后，你就好好看着我的表现吧！"

"好！我们师兄弟以后要好好合作，成为辽海集团的最佳拍档！"

"哈哈，好啊，最佳拍档！"张连伟张开双臂和郝设华来了个热情的拥抱，师兄弟在夜空下愉快地大笑起来。

把国宝带回神州大地

郝祖国召开中国龙汽车集团公司董事长办公会议，就销售公司总经理郝立京的又一项提案进行讨论。

"各位董事，我们今天临时召开一次扩大的董事会议，有一项重大的议题需要大家在此讨论并表决。"郝祖国对众董事们说道。作为董事之一的黑一海坐在他的旁边，侧耳倾听着他的讲话。其他董事也都很认真地聆听着。

"这是我们的销售公司总经理提出的又一个新方案。虽然说我把这个提案拿到董事会上来讨论，但我要在这里先声明一下，郝立京是我的儿子，所以，我这个董事长在这个时候必须得避嫌。"

黑一海耸了耸肩，举起手来，表示他要发言，郝祖国向他点点头："黑总，你有什么话要说？"

"董事长，虽然郝立京是你的儿子，但是他也是公司的中层管理人员，他所提议的方案都关系着公司的前途命运，并非一时兴起的个人倡议，所以你不必对此感到困惑。众所周知，郝立京提出让中国龙汽车参与支持奥运的提案就非常成功，不仅彻底改变了我们中国龙汽车的企业形象，为中国龙汽车集团公司打开了一个新局面，同时也树立起了中国龙汽车的品牌形象，让'车到山前必有路，有路必有中国龙'的美梦成真，可以说功不可没。所以说，我非常期待他的这个新提案。"

一位董事也插话说道："董事长，你是不是有点太小心了呢？我们中国龙汽车集团公司历来是用贤不避亲。比方说，我们公司的大功臣黑一海老先生，也是你董事长的亲属嘛。我们想一想，老先生做过哪怕是一点点非分的事情吗？"

"老张说得太对了。我赞成！同时，我还要说说我们销售公司的总经理郝立京同志，他虽然是一个年轻人，但是，他的阅历、知识和工作能力我们是有目共睹的呀！"另一位董事附和着说。

"听黑总的话，似乎已经知道这个提案了。"郝祖国压下了董事们的议论，对黑一海说。

黑一海双手合抱在胸，并没有即刻回答郝祖国的话，但他所表现出的笃定神情，已经给了郝祖国答案。

"好吧，这个提案说实话已经在我的办公桌上放了一个星期了。由于实在太大胆了，我个人无法做主，所以才要请大家一起来商量。本来我是要驳回的，但郝立京用他不屈不挠的精神和三寸不烂之舌说服了我，今天我也让他参加了这个会议，同上一次一样，我希望由他自己来说服大家。而我个人并不表示任何意见。"

"到底是什么提案？如果是郝总经理提出来的，一定很有意思。"先前那位对郝立京赞许有加的董事说道。

"老王，你这一次恐怕猜错了。郝总经理这一次可不仅仅是参与奥运这样的国家大事，他甚至是要去过问国家大事了，依我看，他简直就是多管闲事！"郝祖国笑着说。

"董事长，你不要给大家一个先入为主的意见，还是让我们听听郝总经理怎么说吧。"黑一海中肯地说道。

郝祖国抬眼看了一下坐在最后面一直很安静的郝立京："我们中国龙汽车通过这些年的努力，是有钱了。可是，我们是企业！我再说明一点，我们是企业！郝立京同志，你如愿以偿了，请你站起来，给大家读一下你的这份提案吧。"

郝立京起身，毕恭毕敬地向在座的董事们鞠躬行礼："尊敬的各位长辈、各位老师、各位领导，谢谢大家给了我这个机会！"

众人齐声鼓掌，都充满了期待地望着他。黑一海尤其以鼓励的眼光给予了他有力的支持，郝慧思在一旁准备放幻灯片，也对他微笑地点了点头，并偷偷给他做了个胜利的手势。

郝立京有了这些动力，对自己更加有信心，他开始宣读自己的提案："这份提案的主旨，只有两句话：中华兴亡、匹夫有责！"

投影机在银幕上开始播放剪辑好的电视画面，郝立京用字正腔圆的语音和充满感情的语调转述着这些新闻内容："圆明园国宝金鼠和银鼠本月6日'如约'现身法国佳士得，成为'伊夫·圣罗兰与皮埃尔·贝杰珍藏'拍卖预展上的两件拍卖品。这也意味着首都北京圆明园140年前，被外国强盗抢走的中国国宝金鼠和银鼠，又让人拿到了外国的拍卖会上进行非法拍卖。据有关方面预测，这两件拍卖品的总估价可能高达四亿元人民币。"

与会者发出了惊呼：这么多呀？

"据悉，此次拍卖的古董和艺术品超过 700 件，亚洲艺术部分的最大'卖点'就是中国国宝金鼠和银鼠。国宝金鼠和银鼠是圆明园西洋楼海晏堂遗物，由驻华耶稣会教士郎世宁设计，1860 年英法联军自圆明园掠走后流落西方……

"泱泱中华，悠久的历史，璀璨的文化，先民的智慧，创造了无数瑰丽多姿的文物珍宝。然而，在以往的岁月沧桑演变中，由于种种历史原因，大量的文物流失海外或辗转异国。用高额巨资购回一些流失海外的国宝，是社会进步、国力上升、经济好转的体现。把国宝带回神州大地，是一件历史盛举与文明善举，上可以告慰祖先，下可以鼓舞国民。遗失在海外的国宝，是我们民族的历史标本、文明载体和艺术结晶，我们华夏儿女对其盼归的决心将永不放弃，鲁迅先生也曾经说过：'皆足以征表一时及一族之思维，故亦即国魂之现象'，我们作为中华儿女，绝对不能容许我们自己的珍宝流离失所，并成为他人敛财的道具。现在法国人公然向世人拍卖原本属于我们的东西，而且还是被他们掠夺去的东西，这种行为无疑是对我们所有中华儿女的侮辱！

"由于关乎一个国家与民族尊严的问题，中国政府一定不会出面参与这次的回购活动，而是会向世界舆论坚决表明反对的强硬态度。但如果出于民间的回购，就不会带来这方面的影响，反而能够给予拍卖方一定的压力。为了不让国宝再次落入外人之手，我建议，由我们中国龙汽车集团公司把这两件国宝买回来，然后上交国家。"

听完郝立京的报告后，黑一海回头问郝祖国："董事长，你的意见如何？"

"我本人的态度是，反对回购。既然是中国的东西，就没有必要用中国的钱买回来。这两件文物都是由于战争被掠夺到海外的，根据国际公约，要在道义上进行呼吁和追溯，希望其返还。"

董事老张已经有些愤慨，他大声说道："高达四亿元的价格？这跟强盗行径有什么两样？"

郝祖国颔首，沉痛地说："圆明园的历史文物有着它本身的文化内涵，一旦被当作'挣钱的机器'进入拍卖程序，则文物本身所承载的历史文化内涵将被淡化。"

"圆明园的国宝金鼠和银鼠是历史上中国文物流失的见证，一方面我们尊重拍卖公司的商业规则和收藏市场的运作机制；另一方面，作为中国人，我们不能任其肆意妄为。所以，我个人认为，应该回购。"郝立京并不气馁，他继续为自己的提案能够争取大多数董事的支持而做着努力。

那位张姓董事举起手："董事长，请容许我也发表一点意见。140年前，他们是抢走了我们的国宝，但是，在这之前，收藏国宝的主人未必就是强盗。我同意回购！"

黑一海也发表了自己的看法："我反对回购，就让这些在外国的国宝在外国展览，可以时刻提醒我们这是我们中国的耻辱。"

"是的，被抢已经够丢人的了，现在还要花大价钱去买回来？本来就是自己的东西啊！"

"放在人家博物馆里展览，我认为也是一种教育方式，让国人世代记住被侵略的历史。"

董事们纷纷表示自己的反对意见。

董事老张继续说："我看过一份资料，2000年保利公司就购买过140年前圆明园丢失的十二生肖中的牛首铜像，当时的价格是775万港币；2003年香港的何鸿燊先生也购买过十二生肖中的马首铜像，当时，他花费了6910万港币。我们中国龙为什么就不能学习一下保利公司和香港商人的做法呢？"

"我也同意收购。我认为我们中国龙现在要做的有两件事：一件事是把'有路必有中国龙'的口号喊到全世界去；第二件事是勇敢地承担起社会责任来！"董事老王也站在了支持郝立京这一边。

出谋献策

"我们就是要花四个亿把这些国宝买回来，让全世界都知道，我们中国龙有钱啦！在这个世界上，没有我们中国人做不到的事情。我之所以做出这个提议，首先就是要向拍卖界宣告我们来自非政府方的声音。我们参与回购，只是一个态度，我们最终要做到的是用正当的途径把属于我们的东西从外人手里要回来。这就是我们中国龙的气魄，中国人的度量！"

郝立京的慷慨陈词赢得了大多数董事们热烈的掌声。郝祖国见状，就让大家共同拿出意见："既然意见不统一，我们就来举手表决吧。"

结果，80%的董事都举起了手，赞同郝立京的提案。

"结果很明显，我们少数服从多数，郝立京同志的建议书通过。"

郝立京和郝慧思激动地对望了一下，和大家一起欢呼鼓掌。

郝祖国点点头说："郝立京的提案虽然是通过了，但接下来要做的事还有很多，郝总经理，你立刻起草一个具体的回购方案，并预算出我们需要支出的金额。这么大一笔款我们也不可能马上拿得出来，所以得双管齐下，首先是得即刻开始筹款，我必须向市委市政府汇报这件事，然后马上召开新闻发布会，向外界宣布中国龙汽车参与国宝回购的决定。"

会议室里一片掌声……

"还有，郝总经理。"郝祖国说完又补充道，"你必须记住，我们一定要通过正常渠道，做得正大光明！"

"遵命！"郝立京大声回答，并俏皮地行了个军礼，逗得董事们哈哈大笑。

散会后，郝祖国拿着郝立京的那份提案书，来到了市委办公大楼。路鸣在办公室等着他，一见面就告诉了他一个相当有震撼力的消息："祖国，你大哥郝建华那边出了点麻烦啊！"

"什么麻烦？"路鸣的话让郝祖国想起了那天家宴上魏铁力的反常，已经大概猜出了会是什么事。

"李家村的村民把乡企局的工作组围起来了，要把季局长赶出他们村。听说他们要求开村民代表大会，似乎是要把郝建华赶下台。"

"我大哥他做了什么，竟然惹起众怒？"

"我也不知道啊，这不才让王市长下去看一下嘛。"

"王市长出面的话，应该不会有什么问题了吧？"

"现在不好说。祖国，你今天来一定是有什么事吧？"

"路书记，的确是有一件非常重要的事情要向你报告。"

"请说吧，最好是好消息。"路鸣笑着和郝祖国一起坐在了沙发上。

郝祖国将带去的提案交给了路鸣，并简单说了一下事情的经过："这件事一开始我持反对态度，但董事们举手表决通过了，我也不好再说什么了。但我想，这件事一定要向市委市政府汇报清楚。"

"哈哈，祖国，这不是一件大好事吗？你为什么要反对？"路鸣看完提案，笑着问郝祖国。

"书记，我虽然最终同意了回购的决定，但我心里还是觉得不舒服。我认为这并不是四个亿的问题。"

路鸣点点头："这四个亿不简单啊！一是说明我们辽海企业家，我们中国龙，是有社会责任感的；二是让 140 年前那些强盗的子孙们知道，我们中国人有钱啦！"

"可是，那些强盗的子孙们也许不会这么想。他们会认为他们聪明，我们中国人傻……"

"所以，我们要做好宣传工作，把声势造出去。"

"但要怎么宣传呢？"郝祖国顿了一下，"书记，请给我明确的指示。"

路鸣沉吟了一下："祖国，我们要高调处理这件事。我会让市委宣传部配合你们，你们这个新闻发布会不但要在辽海市开，而且要在北京开，在国外还要开！"

"书记，你的意思是，让舆论迫使强盗做出让步？"

"是这么个意思。但是，我们就是回购我们的国宝，说明我们这些国宝怎么到了外国人手里就行了，切忌言语上的不敬。类似'强盗'的字样不能出现在我们口头或是书面的文字里。时刻记住，我们是中国的企业家，让我们自己的国宝回归祖国是我们的社会责任。那些声讨的言辞让别人去说，让网民去说。我们要通过这件事情达到两个目的：一是让全中国、全世界的人民知道真相后，一起来声讨他们的强盗行径，达到我们索回国宝的目的。二是宣传我们自己，宣传我们中国龙汽车、宣传我们中国！"

"书记，我彻底明白了，我们的中国装备企业不但要装备中国，而且要装备世界！"

路鸣的眼睛顿时发亮，紧盯着郝祖国，发出赞叹："中国装备，装备世界！这个口号提得好！因为，不仅是我们的中国龙汽车，我们辽海市的不少企业，已经完成了装备中国的任务，我们接下来的任务就是如何装备世界了！祖国，我这就给省委宣传部的刘学军部长打电话，然后，我让市委宣传部的张庆伟部长陪着你们去省里，去北京，然后去法国。"

郝祖国受到路鸣的情绪感染，也有些激动，但他还是有些无奈："书记，看来我这四个亿是出定了。"

路鸣听了大笑不止："祖国，你别那么小气嘛，你要想想这个事件之后，中国龙汽车会带来什么样的国际影响，之后的发展会是多么令人期待。"

"看来我还得向书记你学习，放宽胸襟，放远眼光。"

"你说对了！这方面你也得向立京学习，让眼光看得更高更远。"路鸣高兴地使劲拍着郝祖国的肩膀："还有啊，你可别以为郝立京是你的儿子就压着人家，有些事你应该主动让年轻人去做。我看，这件事是立京提出来的，你就让他全权负责，放开手脚让他去发挥。我相信他一定会带给我们惊喜的！"

劈头盖脸的质问

"路书记，你这可是偏心哦。"郝祖国笑道。

"怎么？你有意见啦？祖国，你要记住，未来永远是掌握在年轻人手中的，我们要做的就是帮他们上路，做好推手，之后就乖乖地让道吧！不要为此感到失落，因为我们也有属于我们的时代和使命嘛！"

"书记，每一次到你这里来，都胜读十年书。今天又受你教诲了。"郝祖国由衷地说道。

"哈哈，祖国，你越来越会拍马屁了！"路鸣的笑声既开怀又爽朗，一直通过窗户传到了外面，有一群鸽子突然从窗外飞起，好像是被这阵笑声惊起的，翅膀扑棱棱响成一片，很快就飞上了碧蓝的苍穹，在城市上空盘旋。

郝祖国离开市委大院，坐上车后，就给儿子郝立京打电话，打算把让他全面负责回购国宝的消息告诉他，想必他一定会高兴得手舞足蹈，又更加得意忘形了。一边想着儿子的模样，一边默默地笑着，郝祖国自认为自己的人生已经可以算得上圆满。事业成功，妻贤子孝，虽然在感情上有那么一点不如意，但现在也差不多补足了。

孙小明在父亲去世后，情绪反而越发平稳了起来，罗绮也不知道在哪里找来的中药偏方，按医生的嘱咐对孙小明进行保守治疗，效果很明显，她不再那么痛苦了。按罗绮的意思，是要把孙小明接到家里照看，但孙小明坚决不同意。后来就折中了个办法，在郝祖国他们家附近租了一套房让孙小明住，还请了一个专业护工看护。罗绮几乎每天都会去陪一阵子，郝祖国也是抽空就去看一下，他们三个人就像是老朋友一样，坐在一起谈天说地，闲话家常。孙小明还是爱看书，罗绮受她的影响也和她一起看起了书，两人会就书的内容进行探讨，有时候看到她们之间的交流和默契，郝祖国感觉自己和孙小明之间的距离似乎要更遥远。他再也触摸不到她的灵魂，她已经离开他很远了。

当郝祖国在电话里告知了路鸣的意思后，郝立京并没有表现出郝祖国预期的那种喜悦，只是淡淡地说了句："我知道了，董事长，我正要到家里去，到时候再谈吧。"

对于立京叫自己董事长这一点，郝祖国是有那么些奇怪，因为平时只要是两个人独处或是打电话的时候，立京都会故意避开董事长这个称呼而叫他爸爸，在这一点上他表现得就像一个长不大的孩子，会让郝祖国充分感受到做父亲的满足。另外让郝祖国纳闷的是，今天并非周末，立京却提出要回家来，而且是中午时间，对于总是找机会想小两口过二人世界的郝立京来说实在有些不寻常。郝祖国怎么也想不到，当他回到家后，面对的却是来自儿子的严厉指责。

中午回到家，一进门，就看见了郝立京和郝慧思小夫妻两个端坐在客厅里，郝祖国当然没有惊讶，之前郝立京就已经在电话里说了。但是郝立京绷着那张能够下霜的脸，让郝祖国很吃惊。他不是该高兴的吗？对于他来说，回购国宝这个提议不是相当重要吗？现在提案通过了，还准许他亲自督办，他还有什么不满意的？

郝祖国用不着看儿子的脸色。他换了衣服后，坐在沙发上，看着一言不发似乎在生闷气的郝立京，等着他先开口。

郝慧思坐在一旁，却是一脸歉疚和为难，好几次欲言又止。

"立京，你别这样。"郝慧思说着，看了郝祖国一眼，"爸爸，对不起。"

"你妈没回来吗？"郝祖国淡淡地问。

"还没……"郝慧思有些吞吐地回答。

"那中午饭呢？吃过了没有？"郝祖国又问。

"爸爸你还没吃饭吗？那我去做！"郝慧思想要站起来，但却被郝立京拉住了："爸，我有事要问你。"

"有什么事吃过饭再说吧，你要让爸爸饿着肚子听你说吗？"郝慧思有一些生气了，语气变得强硬。

"我是问你们吃过饭没有，我已经吃过了。"郝祖国在给郝立京打过电话后，看已经差不多到中午饭时间了，就顺路去了孙小明那里一趟，还在那里吃了个便饭。郝祖国想罗绮应该在家里，因为他没有在孙小明那里看见她。

"我们也……"郝慧思说着又顿住了，眼睛亮闪闪地看着郝祖国。

"爸！"郝立京准备质问郝祖国了。

"立京，我看还是等妈妈回来再说吧。"郝慧思飞快地截住了郝立京的话，"你有什么不明白的，可以当着他们两位老人的面问个清楚，反正我跟你说什么你都听不进去。"

"这种话怎么能当着咱妈的面说？"郝立京生气地大声说道。

"你们到底要说什么？"郝祖国被他们两个给弄糊涂了。

恰好这个时候，罗绮回来了。郝慧思就像是放下了什么重担，一下子就轻松了起来，连忙去给大家沏茶倒水，看来一场家庭会议是避免不了的。郝祖国和罗绮对视了一下，笑了笑，等着儿子发言。

"爸爸，我一直都很敬重你，小的时候，你就是我的偶像和奋斗目标。但是我现在对你很失望。"郝立京终于开口了，一开口就是这样的重磅炸弹。郝祖国只是轻轻地"哦"了一声，并没有说话，平静地看着儿子。

"爸爸，我的妈妈虽然不是多么杰出的女性，但她任劳任怨，为这个家忙里忙外，把我抚养成人，我非常尊敬和爱戴她。"

罗绮从儿子口中第一次听到这样的话，略微有一些惊讶，她静静地看着郝立京。

"我满以为我的爸爸妈妈是一对相敬如宾的夫妻，所以一直都为你们感到骄傲。我还常以此告诫自己，要对自己的妻子忠诚，要对自己的婚姻和爱情忠贞，没想到我所看到的竟然是一个天大的谎言。爸爸，你背叛了妈妈，你为什么要这么做？你能对得起妈妈这些年为你付出的感情吗？"

"立京，你到底要说什么？"不等郝祖国说话，罗绮先开了口："你爸爸什么时候背叛我了？"

"妈妈，你还被蒙在鼓里，爸爸在外面有女人！"郝立京激动得要站起来，但被郝慧思用力地按回到了沙发上。

"哦？你是怎么知道的？"罗绮很平静地问道。

"爸、妈，对不起，是我告诉立京的。非常抱歉，我无意间看见爸爸和一个女人在一起，那个……他们之间很亲密，爸爸还时不时地拉着那个女人的手，所以我就……我其实并不想跟立京说，只是我的爸爸妈妈发生了一些事，我才想找立京商量，结果他听了一半就这么冲动，非要找你们问个明白，我想，爸爸妈妈会跟他解释这一切的……"郝慧思飞快地说完，然后闪动着那双会说话的眼睛，看看郝祖国，又看看罗绮。

冲动的惩罚

"慧思，你说的这个我知道。是在公园是吧？那天我也在公园呀，你没看到我也在吗？"罗绮微微一笑，问道。

"啊？"这回轮到郝立京吃惊了，他瞪着从爷爷那里遗传来的大眼睛，迷惑地看着罗绮："妈妈你……知道？"

"就算我不知道那又怎样？"罗绮的语气突然变得严厉起来，"轮得到你来这样质问你的爸爸吗？"

"妈……"

"首先，他是你爸爸，你怎么能用一副质问的口气和他说话？其次，就算是爸爸在外面真有了什么，那也是他和我之间的事，和你没有任何关系。"

郝慧思深吸了一口气，这番话让她重新认识了面前这位女性。她一直以为郝立京的妈妈是那种平凡的家庭妇女，对丈夫百依百顺，儿子就是她人生的支柱。她的爱情就是这个家庭，她爱情的表现就是一味地付出。孝敬父母，相夫教子，无论任何事都做得滴水不漏，平凡中见伟大，集一切美德于一生。

"罗绮，我想还是由我来解释一下吧。"郝祖国不动声色地说。

"你不用跟他解释什么。"罗绮仍生气道，"我所教的儿子不是那种心胸狭隘，没有度量的男人。也不是那种没有分寸，不懂规矩的孩子。立京，你要向你爸爸和我道歉。"

郝立京虽然还有不服，但在母亲的威仪之下，还是低头承认了自己的错误。在这个时候，郝祖国反而显得很宽容，他看着儿子，轻轻地说道："立京，我们既不是你想象中那么完美的人，也不是你以为的那么不堪的父母。每个人都有他要隐藏的秘密，每一个家庭也有不同程度的缺憾。你所要求的完美，是不可能存在的。所以你要学会用宽容的态度去对待人与事。严以律己，宽以待人，应该成为你的信条。你年纪也不小啦，该成熟起来了，不要老是用你自己的眼光看世界。你在很多地方的确非常优秀，但在感情方面，你却很单纯，这既是好处又是坏处。慧思就是你最好的老师，在这方面你要多向她学习。"

"爸爸，没关系的，立京不用学习，我就喜欢他单纯的傻样。"郝慧思笑道。"你说谁傻啊？"郝立京鼓起了腮帮子。"就是你啊！"郝慧思用指头点着郝立京的额头："你说，你还不够傻吗？"

接下来，罗绮才平静地把孙小明和她的关系、和郝祖国的关系，原原本本地说了一遍，直说得郝立京如坐针毡，无地自容……

在回公司的路上，郝立京对郝慧思相当有意见："这一切，你是不是都知道？"

"知道什么？"郝慧思开着车，没有看郝立京，只含笑问。

"知道我妈也知道那件事！"郝立京被母亲头一次那么严厉地批评，很难接受，感到相当委屈。"你说呢？"郝慧思还要故意逗他，兴致勃勃地看着他一副含冤带屈的样子。

"你是故意整我的，是不是？"郝立京扑上去，作势要抓郝慧思。

"我在开车呢，等回家以后我再跟你慢慢说好不好？"

"不行！你现在就要告诉我！"郝立京不依不饶地缠着郝慧思，让她无法专心开车，她只好把车停在了路边。

"好啦。我告诉你。"郝慧思喘了口气说道，刚才她被郝立京咯吱得差点没笑过气去，"谁让你一开始不听我解释来着。现在倒跟我急了，还是你爸爸说得对，你就是幼稚、冲动，是个永远都长不大的小鬼！"

"你这是在跟中国龙汽车销售公司的总经理说话吗？"郝立京调侃道。"是、是，郝总经理，你最伟大。"郝慧思咯咯地笑道："我起先跟你说这件事，只是觉得你爸爸妈妈可以作为一个好的借鉴，因为我妈妈对姑姑还存在着偏见，她的想法太狭隘。没想到你竟然也一样小心眼，我话才说到一半，你就闹腾了起来。虽然关心父母是儿女应尽的孝道，但有些事的确是我们不该过问的。如今我爸和我妈闹成那样，我也没胡乱去掺和过。他们的问题终究要他们自己来解决嘛。"

"那你干吗还跟我说这事儿？"郝立京轻哼了一声，对于郝慧思的解释并不满意。"我只是说借鉴，也是想和你商量，谁知道你根本就不是一个好的谈话对象。我爸妈闹不合，你以为我心里好过吗？你不但不安慰我，还自己在那里闹情绪，看来我们之间的问题也很大哩！"

郝立京怔了怔，这才想起自己的迟钝，连忙搂住慧思："亲爱的，对不起，我真的是个大傻瓜。"

"你承认了就好。"郝慧思在郝立京怀中找了一个舒服的位置靠上，然后说道："关于你爸爸妈妈的事，我其实是从奶奶那里听来的。先说好，你不要再以你的个人准则来评价这件事。"

"为什么？"

"不为什么，总之，你如果不能理解，就学会宽容地接受，从这件事开始，让你懂得什么是爱情。"郝慧思在郝立京的唇边轻轻地啄了一下："那还是很多年以前，你爸爸和你现在的年龄差不多的时候，他遇到了你的妈妈。然后，他们就结婚了，再然后，他们就有了你这个儿子。在所有人眼里，他们是模范夫妻，是人人羡慕的美满家庭。事实也的确如此。但是，突然有一天他们的一位老朋友出现了，这位老朋友患了绝症，正在生死边沿挣扎，于是，他们向这位老朋友伸出了友爱之手，帮她度过了最艰难的时候。至今，他们都还在照顾着这位老朋友。他们这种关系奇怪吗？一般人看来并不奇怪，因为他们是彼此扶持的朋友。但若知道这个阿姨是爸爸的初恋情人后，人们又会怎么想呢？"

"初恋情人？"

"是啊，这位老朋友是你爸爸的初恋情人，他们相爱了整整八年，因为一些不得已的原因最终分开了。"

"那她怎么会是我妈妈的朋友？"郝立京越听越糊涂。

"你一点都不记得了吗？"郝慧思坐起来，盯着郝立京认真地问。

"记得什么？"

"在你小的时候，有没有一位漂亮的阿姨经常来看你，买很多玩具和书给你？"

郝立京愣住了……郝慧思看到他茫然的表情后摇了摇头："我可还都记得。我们上一个幼儿园，每个周末放学，你妈妈都会和一个像仙女一样漂亮的阿姨来接你，我也跟你们一起去玩过几次，那时候我还羡慕得不得了呢。"

"那我怎么不记得了？"

"我怎么知道？亏你还被称为神童呢，也不知道你那个少年大学是怎么考上去的。"郝慧思白了郝立京一眼，"那位阿姨还送过我一本书，那本书至今放在我家的书柜里，那是我看的第一本书，也是我最爱的一本书。你还跟我抢过呢。"

"啊！我想起来了，是《小王子》！"

"对了！就是那本《小王子》，可以说，那本书影响我到现在。"

"那本书本来不就是要送给我的吗？上小学的纪念礼物，什么时候成了你的了？"郝立京为突然发现的事实而愤慨。郝慧思扑哧一声笑了："你终于想起来了吗？比起那本《小王子》，你不是更应该记得希望你成为一个'小王子'的那位阿姨吗？"

"她就是我爸爸的初恋情人？"郝立京还是有些不相信地问。

煽风点火

郝建华是被季允石紧急招回李家村的，他怎么也没想到自己会面临这样的一天，会被一直都对他心存感激的村民集体声讨。当他走下车后，就看到聚集在公司门前的几百名村民。他们打着横幅、敲锣打鼓不说，还喊着口号。口号和那些横幅、标语上的内容是一样的："郝建华想出卖我们那是痴心妄想！""马上召开村民代表大会，坚决抵制郝建华的错误决策！"……

郝建华傻眼了。他一步一步地走到了白发苍苍的老书记李延年面前。老书记没有理睬他，还在义愤填膺地喊着口号……郝建华还发现，季允石带领的工作组被围困在大门口，进出不得。他们看见郝建华后，连忙给他挥手，让他过去。郝建华没有过去，只是拉住了李延年的衣袖："老书记，你这是干什么！"

李延年还是不理睬郝建华，继续喊着口号："郝建华想出卖我们那是痴心妄想！"

下面的群众马上跟着回应："郝建华想出卖我们那是痴心妄想！"

郝建华皱起眉头，怒火已经烧上了他的双眼，他大喊一声："老书记！"李延年冷冷地瞥了他一眼："什么事？"

"老书记，我犯什么错了，你要煽动全村人来声讨我？"

"犯什么错了？你不知道吗，啊？"李延年颤巍巍地转过身，对着村民喊，"大家告诉他，他犯了什么错！"

群众围上了郝建华，纷纷指责他，说他忘恩负义，无情无义，竟然要把元房子集团让给别人，等等，郝建华听不清他们七嘴八舌闹哄哄地还说了些什么，但基本上已经知道了缘由。他甩开纠缠的村民，走到一边，给魏轶力打电话："你在哪里？"

"我在公司里。"

"你马上给我出来！"

几分钟后，魏轶力从公司大门里出来，郝建华上去一把抓住她的腕子："魏轶力，你跟我说清楚，这是什么意思？"

魏轶力并不理会郝建华，却转身大声地问李延年："老书记，你们这是什么意思啊？"

李延年举起拳头大喊："我们要求马上召开村民代表大会，坚决抵制郝建华的错误决策！"

郝建华强压怒火，对李延年一字一顿地说："老书记，我们能不能换个地方说？"

李延年昂起脑袋："可以，但是，你得马上把工作组打发走！"

郝建华又转向季允石："季局长，我看你们就先回去吧。"

季允石看来也被闹烦了，硬着脖子也犟上了劲："我们不能回去！"

郝建华为难得脚底打转："季局长啊，这形势你也看到了，你们要是不走，只会把事情弄得越来越糟。"

季允石并不为之所动："郝董事长，对不起，我已经给市委市政府汇报了，王市长马上就到了。"

郝建华感觉自己已经成了风箱里的老鼠，被两头吹，他把魏轶力拉到了一边："轶力，不管怎么样，你也不能这样做事儿呀！"

魏轶力淡淡地一笑："建华，你以为这事儿是我做的吗？"

"不是你，那会是谁做的？"

"我只不过没有反对他们这样做而已。"魏轶力看着郝建华手足无措的样子，感到非常解气，但她还是装作局外人的样子，一脸无辜和茫然。

"轶力，一日夫妻百日恩，你就是有意见，我们好好说，你可不能这样做事儿呀！"

"你还是不相信我？"

"那我问你，出了这么大的事儿，你为什么还像个没事人似的？"

"我听到消息后就跑来了，我劝不动老书记，就只好上楼给你打电话汇报。我扛了好几个电话，你就是不接啊，你还怪我？"

郝建华拿出手机查看了一下："你……噢，还真有你的电话，我没有听到。"

郝建华知道错怪魏轶力了，不好意思地说："抱歉，我以为是你搞的鬼。那天你不是说你要我走着瞧吗？你说了那样的话叫我怎么能不怀疑你？"

"再怎么说我也不能拿公司开玩笑吧？出了这样的事儿，你以为我高兴吗？闹成这样一定是因为群众对我们有意见，是我没有把工作做到家啊！"魏轶力一脸平静地说着谎话，郝建华的单纯她相当了解，这不仅仅是因为他们有二十多年的夫妻情分，而是魏轶力的表演太逼真了。所以，现在的魏轶力说什么他都会相信。想到这一点，魏轶力的心里又是一阵凄凉，是郝建华逼她这样做的。要不是自己的男人和那个崔银姬同流合污，她怎么可能这样做呢？这样一想时，她不但对郝建华的恨意又增加了一分，而且还认为她的行为是理所当然的。

"现在不是检讨的时候，快想办法吧，丢死人了，王市长马上就到了。"郝建华看着那边被围得水泄不通的大门，着急地跺着脚。

"现在有两个办法。你做工作组的工作，让他们马上撤走；我做老书记的工作，让他说服群众回去。"

"这样能行吗？"郝建华怀疑地问。

"我看行。"魏轶力用力地点点头。

"那好，我们分头行动！"

郝建华相信了魏轶力。由于从来没有见过这种阵仗，所以，他其实已经感觉到没有任何办法了。他按照魏轶力的意见，又连忙折回去找到季允石："季局长，你到底知不知道为啥会发生这种事啊？是不是工作组做了什么？"

季允石其实也是莫名其妙，他很无奈地对郝建华摇着头："郝董事长，我也是云里雾里啊！我也不知道会发生这种事情啊！"

"为了平息这件事，你的工作组是不是暂时撤出去？"

"不行！"

"都到这种时候了，你就配合一下吧！"

"不是我不配合，王市长已经在半路上了，我走了就更说不清楚了。"

"可是等王市长来了，我就更说不清楚了！"郝建华有些着急了，他可不想让市长看到这样的情景，那不让他把人丢大了吗？

就在郝建华极力劝工作组离开的当儿，魏轶力含笑来到李延年身边："老书记，谢谢您！"

"轶力，我们是一家人，客气什么？"

魏轶力拉住李延年的手，泪水顿时盈满眼眶："老书记，今生今世，你就是我魏轶力最亲最亲的亲人了。"

李延年也有些动情："孩子，你就放心吧，有我李延年在，我决不允许任何一个人欺负你！"

"谢谢！谢谢老书记！"

李延年把自己的胸膛拍得啪啪响，给魏轶力信誓旦旦地承诺："孩子，这件事就包在我身上，我一定帮你好好教训郝建华一顿，你就放心吧！"

魏轶力的手机这时候响了，她抹着眼泪，对李延年说："老书记，我去接个电话，一会儿再过来陪你，你老可别累着，我让人拿椅子来给你坐。"

李延年的脸上绽放出了花儿一样的笑容："好的，轶力。"

魏轶力转过身去后，马上变了脸，楚楚可怜的样子立刻消失不见了，换上的是凶狠和冷酷。她接通电话，冷冷地问道："什么情况？那个狐狸精现在在哪里？"

听完电话那头的话后，她的眼中闪过一丝得意："好，马上动手！"

对付情敌的利箭：夺命汤

　　崔银姬并不知道李家村发生的一系列事件。她在饭店的房间里和韩国公司的要员开过视频会议后，感觉有些饿，就让助理去帮她要了晚餐。半个小时后，酒店贴身管家就派人送来了丰盛的东北特色菜肴。助理让贴身管家把东西直接送进崔银姬所在房间的餐厅，然后他去请崔银姬出来吃饭。当崔银姬和助理出来时，正好看到贴身管家在搅拌砂锅里的汤，助理警觉地上去喝问："你在干什么？"

　　贴身管家大惊失色地退了一步："没、没干什么……"

　　崔银姬感觉助理的态度有些失礼，就对他说："你这么凶干什么？他不过是搅一下汤而已。"

　　贴身管家也忙说："是是，我怕粘锅，就搅了一下。"

　　崔银姬对他笑笑："谢谢你，顺便请你帮我盛些汤吧。"

　　崔银姬又叫助理也坐下和她一起吃，过了一会儿，她感觉肚子有些不舒服，就放下了筷子，对助理说："我不太舒服，先去休息了，你自己慢慢吃，你看你点了这么多东西都还没吃，太浪费了，下次记得少点一些。"

　　助理答应着，却也跟着放下了碗筷，他看崔银姬回卧室里去了，便狐疑地盯住那个贴身管家，贴身管家被他盯得十分不自在，手都不知道要往哪里放。

　　"你在紧张什么？"助理用生硬的汉语问贴身管家。

　　"没、没什么。"贴身管家连忙回答，但却回答得很不利索，眼光也不敢与助理对上，就像他手里有什么宝一样，一直盯着自己的手看。

　　这时，助理听到崔银姬在房中呻吟了一声，连忙起身进去看："董事长，你怎么了？"

　　"我的肚子……"崔银姬捂着肚子呻吟，脸色苍白，冷汗淋漓，"哎哟，不行了……"

　　眼看崔银姬来来回回进了好几趟卫生间，脸色也越来越难看，最后连腿都软了。助理扶着崔银姬躺在床边后，冲到外面的餐厅，大声质问那位贴身管家："你刚才是不是在汤里放了什么？"

"没有啊，我只是搅了一下。"

"那好，我可以相信你！但是，我们董事长吃了你送来的东西后，突然上吐下泻，你赶快去拿些治腹泻的药来！"

"好好，我这就去！"贴身管家要去收拾桌上的饭菜，但被助理拦住了："想消灭证据？没门，你赶快去找药！还有，叫你们管事的也一起来！"

管家部的经理来了，发现崔银姬不但肚子痛得直打滚，浑身虚汗不止，连声音都发不出来了，就赶紧拿电话打给了120……一阵忙乱后，崔银姬被送到了医院抢救。助理没有离开崔银姬卧室的餐厅，他感觉这个汤有问题，所以他留下来报了案。结果，警察从那锅汤里检查出了巴豆成分。因为有助理的证言，犯罪嫌疑人便锁定在了那个贴身管家身上。

派出所用了不到三个小时时间，就弄清了整个事件的来龙去脉。原来那个贴身管家被他人收买了，要他给崔银姬下药……警察跟踪追击，是什么人？贴身管家痛哭流涕，说是他的表哥魏少祺让他这么干的。至于为什么，他就不知道了。

"那个魏少祺在哪里？"

"他是顺时针汽修厂的厂长，平时应该都在厂里。这时候就不知道了。"

"你带我们到他家里去。"

"他不住家里……"

没有费一点力气，警察顺利地在顺时针汽修厂抓住了魏少祺。一问，才知道他是魏轶力的亲弟弟，问他为什么要指使人给崔银姬下药，他说，他是帮姐姐出气。而且，魏轶力是主谋。

经过抢救，崔银姬脱离了生命危险，但是需要住院观察。巴豆这种东西虽然能入药，但其实本身具有非常剧烈的毒性，如果过量的话，就会致人死命。患者一般服用都要酌量，身体虚弱者更不能使用，崔银姬算是运气好的，她虽然喝了混入巴豆粉的汤，但那汤喝得不多，加上她的身体素质也不错，所以才挺了过来。

那个贴身管家知道自己差一点就成了杀人凶手后，当即瘫倒在了派出所，直哭号他的表哥害死他了。再看魏少祺，倒是比较镇定，他承认那巴豆是他给贴身管家的。但是，他并没有想要害死人。他理直气壮地说："如果我要害人，我就不会下巴豆了，我会下毒药给她的。"最后他才说出了真实的原因："我只是想给她一个教训罢了。"

"你知不知道这是犯罪？"

"我知道……"

"你知道还这么做？"

"我这是给我姐姐出气……她帮了我很多，我也想帮她一回。"

"你就帮她杀人啊？"

"我姐也没想要害她死，就是让我教训一下这个人嘛……"

"可是你们差一点就闹出了人命，要不是抢救及时，你这人命官司就吃定了！你姐姐这样做，明明就是在害你，你知道杀人是要偿命的吗？"

魏少祺一下子没有了之前的从容，慌张地辩白："我只知道巴豆会让人拉肚子，我不知道还会死人。我只是替姐姐出出气，只想整一下她，我没有想要杀人……"

情敌果然厉害：攻心战

而魏轶力那边，却根本不知道自己的弟弟已经出事。她一个人坐在总经理办公室里，在黑暗中愣愣地发着呆，回想着事件发生的前前后后。

她已经成功地煽动李延年，发动了村民闹事，现在已经取得了预期的效果。郝建华不但没有怀疑她是始作俑者，而且还对她言听计从。现在就坐等市里来人了，因为，到现在为止，元房子集团公司还是名正言顺的集体企业。市里的领导来了，就得按照村民的意愿，召开村民代表大会，然后名正言顺地把郝建华罢免了，再选自己担任元房子集团公司的董事长、总经理。她以为所有事情都进行得非常顺利，胜利就在眼前，只要召开了村民代表大会，一切都成定局了。

郝建华正在劝说工作组暂时离开李家村的时候，和弟弟通完电话的魏轶力又一次回到了李延年身边，这时候，突然见人群里分开了一条道，从外面走过来一人。这人一出现，就引起了村民的大骚动。

"哇，是王市长！"

"市长来了，快让开路。"

李延年见机又带着村民开始喊口号："郝建华想出卖我们那是痴心妄想！""马上召开村民代表大会，坚决抵制郝建华的错误决策！"……

王立瞥了一眼极力煽动群情的李延年，对耳边的喊叫和那些挥动的拳头无动于衷，大踏步地从村民自动让出来的道儿走到了季允石和郝建华跟前。

"这是怎么回事？"王立严厉地问季允石。

季允石急忙迎上去："王市长……这个，我们也是稀里糊涂啊！"

"季允石啊季允石，你果然够稀里糊涂的了！你难道没看见吗？这里的老百姓都要把你们赶回去呢，你居然不知道怎么回事！"

季允石还想分辩："王市长，晚饭以前我们的工作进展得还是好好的，可是现在……"

王立不听他的分辩，劈头盖脸就是一通训斥："你这个工作组的组长是怎么当的？你是代表市政府下来工作的，不但没有做好你的工作，还引起了群众如此强烈的不满。你说，你要怎么向市政府交代？"

季允石真正是吃了哑巴亏，有苦说不出："我……"

"王市长，我们进去再说吧。"郝建华连忙出面圆场，看到季允石被训，他心里也难受，好像挨训的那个人是他自己。

"好，我们进去说。还有，把村民代表也请进来一起说，有什么问题咱们今天就当面解决。"王立说完，又冷冰冰地瞥了郝建华一眼，径直进了元房子集团公司大门。

会议室里坐了一圈人，王立和他的秘书、季允石和他的工作组、郝建华夫妇、李延年父子以及村两委的人员。王立打量了一圈后，说道："大家有什么意见，请现在就提吧……老书记，你先来。"

王立的视线有意地落在了李延年的身上，这位退位多年的老书记有些受宠若惊地连忙干咳了两声，清清嗓子，说道："王市长，就让老朽来向市长您汇报一下这里的情况吧。"

"老书记，您请说。"王立和蔼地对他点点头。

李延年大受鼓舞，开始说事情经过："事情是这样的，自从季局长的工作组进村以来，村民们就纷纷跑到我那里去了。我说，你们不要找我，我早就退下来了。"

"哎，你虽然退下了，但是，你还是村民们的主心骨嘛！哈哈……"王立接茬道。

李延年有些腼腆地笑了笑："王市长，还真让你给说中了，他们就是这样说的。所以我就问他们，究竟是什么事，你们说吧。"

"他们说，工作组不是来帮助我们的，是来捣乱来的，是为了把村上的利益给外人才来的。"王立又接茬儿似的把李延年下面要说的话给说了出来。

"啊呀，市长，真是神了，他们就是这样说的。"李延年使劲地眨眼，并没有察觉出有什么不妥，但一旁的魏轶力却觉得有些不对劲，她的手心里开始出汗了。

"还有呢！"王立继续说道，"他们说，郝建华是叛徒、是陈世美，不但要把村里的一半利益拱手让给外国人，还要休了媳妇，想娶个韩国人呢！老书记，对不对呀？"

魏轶力大惊失色，连忙看向李延年，想要让他别再说下去。但李延年丝毫不觉奇怪，反而对王立的"未卜先知"感到惊讶万分："啊呀，王市长，你真是神人啊！一个字都不差！"

王立微微一笑："你老书记一听，顿时火冒三丈。"

李延年点头如捣蒜："对对对，市长啊，我当时的的确确是火冒三丈啊！"

"是可忍孰不可忍！你郝建华有今天也是我们李家村养育了你！是我们的好闺女魏轶力成就了你！"王立用李延年的口吻学着他说话，"于是乎，老书记，你们就做出了两个决定。"

李延年越发惊讶了，张着大嘴巴问："市长，我们的两个决定你也知道？"

"是啊，我知道啊！"

"你是怎么知道的？"

"第一，赶走工作组！第二，召开村民代表大会，罢免郝建华的董事长职务，让你们的好闺女魏轶力接任董事长！"

这回轮到郝建华大吃一惊了，他轻呼一声："啊？"忍不住转头看向魏轶力，魏轶力脸色铁灰，全身僵硬，已经不知道该摆出什么样的表情来了。

李延年这才后知后觉，警惕地站了起来："市长，这两个决定是我们今天晚上才决定的，只有几个人知道。你是……"

害人害己，一败涂地

"我是怎么知道的，对吗？"

"是啊，市长，你是怎么知道的？"

王立的笑容不变，问李延年："我是谁？"

李延年怔了一下："你是谁？"

王立的笑容突然敛去，换上犀利的眼神："我是王立市长！"

李延年不自觉地哆嗦了一下："你是市长……"

王立又严厉地问李延年："你是谁？"

李延年茫然："我是谁？"

"你是村民李延年！"

"我是村民？"

"是！"

李延年抹了一把额头上冒出的汗水："市长，我……"

显然，这一番心理攻防战，李延年彻底败下阵来了，魏轶力镇定了一下情绪，问王立："市长，我能不能说几句？"

王立扫了她一眼："你说呢？"

魏轶力被王立犀利又冷酷的视线扫掉了一半刚鼓起来的勇气和信心，一时间不知道该说什么："我……"

"你说呀，你知道些什么内情？"

"不……我不知道。"魏轶力慌乱地躲闪开了王立的视线。

"你究竟知不知道，你自己清楚！"王立毫不客气地说道。

"我、我知道什么呀？"魏轶力的防线已经大乱，汗水在她的鼻尖上闪闪发光。

"你们的两个决定呀！"

郝建华呼地从座位上站起来，指着魏轶力的鼻子，气急败坏地骂道："魏轶力，你他妈的太过分了！"

魏轶力挺起胸膛，迎上郝建华的目光："我过分什么了？我确实是什么也不知道！"

"住口！"王立一声厉喝，魏轶力和郝建华都噤了声。大家齐齐望向王立，后者严肃地说："魏轶力同志，要想人不知，除非己莫为。你好自为之吧。"

王立说完，转向李延年，语气马上变得平和亲切，他握起李延年的手："老书记，我们可是老朋友了，对吗？"

李延年实在有些惊吓过度，不知道该如何反应，只能唯唯诺诺地回答着王立的话："是，是啊，我们是老朋友。"

"如果你认我这个老朋友，我请你吃饭怎么样？"

"市长，你请我吃饭？"

"怎么，不给老朋友面子？"

"好好好，我去！市长，什么地方？"

"哎呀，我对这地儿不熟，不知道什么地方有好一点的饭馆呀。"王立故意为难地说道。

"没关系，就到我家去吧！我让我儿媳妇炒几个菜，咱们老哥儿俩喝两杯。"

"那就不算是我请客了。"

"算我请客，市长，今儿这个客就让我来请吧！"

"好啊！那我们就走吧？"

"好、好，走、走。"

大门外，村民还巴巴儿地守在门口，看见王立和李延年出来了，不自觉地让开道去，然后他们就眼睁睁地看着王立和李延年彼此客气地推让一番，亲亲热热地一起上车走了。

"哎，老书记怎么走了？"

"不会是让市长给抓走了吧？"

"拉倒吧，两人手拉手，还笑嘻嘻的，那是抓吗？"

"没看车开的方向是老书记他们家吗？"

"嘿，这就回家去啦？"

"那我们怎么办呢？"

"回家呗，都到这个点了，媳妇都开始催了。"

"我看是没搞头了，走吧！"

"走喽，回家吃饭喽！"

……

村民一哄而散，刚才还人潮汹涌、热闹异常的大门口，立刻变得鸦雀无声了。

郝建华最后只是狠狠地瞪了魏轶力一眼，和季允石的工作组一起走了。整个公司门口瞬间只剩下魏轶力一个人了。她孤零零地走进办公室，坐在了自己的老板椅上，她不能相信自己精心策划的倒郝行动就这样结束了。她突然想起了什么，就抓起电话，拨出一个号码。

"老书记，王立是怎么知道这件事的？"

"因为王立是市长。"电话那边是平静无波的一个男声。

魏轶力"啪"地收起电话。过一会儿她又拨了过去："是老书记吗？"

"我是王立。"

"王市长，请你让老书记接电话。"

"魏轶力同志，我刚才给你说的话，你忘记了吗？"

"什么话？"

"好自为之！"

魏轶力惊出了一声冷汗，连忙挂掉了电话，她再也不敢拨这个号码了。她接着又给郝建华打过去，希望郝建华能看在几十年夫妻一场的份儿上，给她最后一次机会，但电话一直都无人接听，到最后干脆关机了。她知道，郝建华不可能再相信她、原谅她了，也不可能再接她的电话，听她的解释了。她拨了最后一通电话后，彻底绝望了。压抑在心中的愤怒终于爆发，她把电话砸在墙上，又把桌上的东西全都推到了地上，最后坐在一片狼藉中歇斯底里地哭了起来。

一波未平，一波又起

郝建华让司机把他送回辽海。他一刻也不想待在李家村。他原本是想感谢一下王市长及时出面为他解围的，没想到王立对他同样严厉而冷漠，让他对自己的行为好好反省一下："作为一个集团公司的董事长，发生了这么严重的事件竟然毫不知情。如果今天我没有到，你这个董事长是不是就当到头了呢？"

郝建华无可否认，低头挨训的时候，心里把魏轶力恨了个透彻。俗话说，最毒妇人心。害自己的竟然就是同床共枕二十多年的妻子！她策划好了这次抢班夺权的计划，还当着面欺骗他，把他当大傻瓜一样耍得溜溜转，这话传出去还不给人笑死？今天他丢人算是丢到家了。

他无法理解魏轶力怎么能做得出这种无情无义的事，他给她的权力还不够大吗？她竟然要把他赶下台，自己当董事长！她的胃口什么时候变得这么大了？想当初她对他所说的那些话，什么永远追随他，无论天涯海角生死与共之类的誓言果然都是一纸空文，这世间的山盟海誓真是不能信。郝建华可以说对魏轶力彻底绝望了，也对自己的婚姻彻底失望了。他感觉自己是个失败者，比那一次被检察院带走的时候更感觉沮丧。他甚至怀疑自己这些年来都做了些什么，几乎没有什么是可以值得骄傲的……

郝建华紧跟着王立的小轿车，快到辽海市的时候，王立的车子停下来了。紧接着，王立下车朝自己的车子走了过来。郝建华马上下车迎上了王立："王市长……"王立拉开郝建华的车门到了车上，对司机说："小伙子，你到我的车里去陪一陪你们村的老书记，不能让他下车。我给郝建华同志交代一个事情。"

"市长，我是不是太……幼稚了？"郝建华上车后，底气不足地问。

王立看了颓丧的郝建华一眼，轻描淡写地说："我有几句话，说完后，你先马上返回村里去。你先休息一下，看你也折腾得够呛，好好调整一下你的心态，好好地想一想为什么会出现这样的问题。"

"好的。王市长，你就批评我一顿吧。"郝建华诚恳地说。

"你马上给王武龙检察长打电话，让他以上次元房子集团内部人员举报魏轶力贪污受贿为由，传魏轶力到反贪局接受调查。然后，你赶快收拾公司残局，调整领导班子，配合季局长的工作组，立即对集团实施股份制改革，建立现代企业管理制度，然后融资，准备上市。"

"是……"郝建华的身体震了一下，有些慌张地看了王立一眼，但被他犀利的视线灼到，连忙说："王市长，您放心吧，我现在什么都知道了。"

"知道了就好！"王立一语道破了魏轶力这个抢班夺权的计划给郝建华带来的这次危机，"你想想看，你的元房子集团公司是集体企业，所以，魏轶力召开村民代表大会的后果是什么，你应该知道。"郝建华马上点头："王市长，我知道。"王立这才笑着说："现在，我要陪着我的老朋友，也就是你们村的老书记去你们在辽海市的宾馆里，彻夜长谈去了。你呢，作为元房子集团的董事长，一定要给我打起精神来，一定要把集团公司的问题解决好，给市委市政府交一份满意的答卷。"

"王市长，谢谢您。"郝建华握着王立的手，激动地说，"也谢谢市委市政府！"

"还有，你要搞好和你妹妹也就是崔银姬的关系，争取把他们投资元房子集团的计划早一天定下来！"王立又提醒他。

郝建华马上又一次点头："市长放心，她是我的妹妹，她会帮助我们元房子集团公司的！"

"这样最好！我希望你丢下包袱，轻装前进！"王立拍拍郝建华的肩头，然后又看了一眼前面的车子，"我赶紧去陪老朋友去了，要不然的话，你们那个老书记会有想法的。呵呵。"

郝建华把王立送上了拉着李延年的车子，王立看着李延年笑了笑，然后命令司机："目标，市内的元房子大酒店！"小轿车一溜烟开走了。郝建华目送了许久，才回到自己的车里："我们回去吧。"之后郝建华在车上，按照王立的吩咐给王武龙检察长打了电话。

郝建华回到元房子时，已经是凌晨三点多钟了。他悄悄地在家里睡了三个小时，就被警车的警笛声惊醒了。他一看表，已经是早上八点多钟了，于是，就翻身起床了。这时候，秘书打电话告诉他，总经理魏轶力刚刚被检察院的人带走了。郝建华告诉秘书："通知集团董事会全体成员，上午十点钟召开董事会。"

上午十点钟，郝建华主持的元房子集团公司董事会准时召开。在这次集团公司董事会上，重新选举并调整了领导班子。最后大家一致推举他兼任总经理，顶替魏轶力的空缺。

最后，郝建华高兴地说："各位厂长、经理，今天，我们的董事会开得很好，很成功！因为，我们成功地对集团公司的高层领导班子进行了调整。让我们以热烈的掌声，祝贺这些同志走马上任，祝大家在新的岗位上做出优异的成绩！"

会场一片掌声……

郝建华双手摁下掌声继续说："大家一致推举我兼任总经理，我谢谢大家对我的信任！"

会场又是一片掌声……

"现在，我们的主要任务是积极配合市里的工作组，在不影响正常工作的情况下，马上建立现代企业管理制度，积极创造条件，早日让我们的元房子集团公司上市！"

郝建华的讲话在一片掌声中结束后，郝建华让助理请来了季允石和他的工作组。

"季局长，各位工作组的领导们！你们来我们元房子集团公司已经一个星期了。由于种种原因，你们在这里受到了不公正的待遇。今天，我代表元房子集团公司的全体同人，向季局长和工作组的全体领导表示歉意！"郝建华站起来向工作组鞠躬。

"谢谢郝董事长！"季允石高兴地与郝建华握手："请郝董事长放心，我们会尽心尽力地做好我们的工作的。"

"也请季局长和各位领导放心，从现在起，我们元房子集团公司一定积极地配合你们的工作！"

"谢谢董事长！谢谢大家！"

处理完公司事务之后，郝建华又匆忙赶回辽海，去医院探望崔银姬。关于崔银姬被人下毒之事，还是派出所打来电话郝建华才得知这一消息的。本来还对魏轶力被带走一事感到有些愧疚，毕竟是多年的夫妻，也不忍心让她受铁窗之苦，但他没想到她竟然会做得这么绝，让自己的弟弟去给崔银姬下毒，差点就弄出人命案来。他不知道魏轶力到底有多恨郝亭花，更不知道她为什么会这么疯狂，她一意孤行的结果就是把自己送进了监狱，到如今谁也救不了她了。郝建华再也没有丝毫愧疚之心了，他只觉得她是罪有应得，应该受此惩罚。

住在医院里的崔银姬精神面貌反而相当好，能吃能喝，还谈笑风生，比谁都开朗活泼，有点让郝建华白担心了一场的感觉。用她自己的话说："其实是想借此机会多休息一阵子。"

　　章小凤、骆子和黑一海看到她这样，一颗心算是放下了，想起事情的由来，又都对魏轶力的所作所为感到遗憾。崔银姬虽然是受害者，但她说自己并不想就此事控告魏轶力了。

　　"这件事恐怕不是你告不告的问题了。"黑一海满心忧虑地说，"你的身份特殊不说，她的行为已经构成了伤害，公安机关虽然也想息事宁人，不愿意闹成国际事件，但她的罪行是没办法豁免的。况且她在元房子搞阴谋，产生极其恶劣的影响。同时，她一直都有贪污公款和受贿行为，被人告发了。数罪重叠，我看她这一次是逃不掉了。"

　　"怎么会这样呢？"章小凤惊讶之余有些不能理解，"虽然她心机是重了点，也不至于犯这种错啊！"

　　黑一海生气地说："小凤，所谓知人知面不知心，我早看出那孩子心术不正，思想狭隘偏激，让她受点惩罚也是应该的。"

宽以待人

"大哥，不管怎么说她也是我们家的媳妇啊，再说，她还是慧思的妈，你叫我怎么忍心看她进监狱？唉……"

骆子安慰章小凤："事已至此，我们能做的就是劝她及时回头，争取政府宽大处理。那孩子还不至于大奸大恶，她得到惩戒后应该知道自己错在哪里了。"

"这样最好。"章小凤叹了口气，又对崔银姬说："闺女，你也别把这件事放在心上，你嫂子是一时糊涂。"

"妈，同样身为女人，我能理解大嫂的心情。我不是说不告她了吗？我只是担心大哥，他会不会在这件事上受打击。"

"唉！你就别替他担心了。"章小凤又重重地叹了口气，"自己的老婆出这种事，他也难逃责任。"

"妈，我大哥他心思单纯，他会想到自己的责任的。"

正说着，郝建华急急忙忙冲进了门来，也顾不得在场的其他人，扑到崔银姬的床边，焦急地问："怎么样？亭花，你没事吧？"

"我没事。你看，我这不是好好的吗？"崔银姬看到郝建华为自己如此担忧，心下还是十分欢喜，她拉起郝建华，告诉他爸爸妈妈都在担心他呢。

"妈、爸爸、骆子叔……"郝建华赶紧站起来，尴尬地和长辈们打招呼。

"公司那边没事了吗？"黑一海担心地问。

"已经处理完了。"郝建华不太敢和父亲对视，低着头回答。

"那就好。"黑一海说完，就不再出声。

"建华，轶力怎么样了？"章小凤又担心起魏轶力了。

"她被检察院带走了。"郝建华漠然地说。

"唉……那你去看过她了吗？"章小凤又问。

"我为什么要去看她！"郝建华的语气更加冷漠，而且还有些不耐烦，"妈，我现在不想提她。"

章小凤怔了怔，考虑到郝建华的感受和郝亭花在场，也就不再说什么了。

　　离开医院时，骆子看出章小凤有些心神不宁，就问她："要不，我们去看一下她？"

　　"你说……这合适吗？大哥？"章小凤有些犹豫地问黑一海。

　　"我们也不能翻脸不认人，就此和她划清界限啊！就如你说的，不管怎么说她都是慧思的妈，还是这个家里的一员。她可以不仁，但我们不能不义，你说是不是，小凤？"

　　"哈哈，大哥，我就知道你会这么想。好，我们现在就去看她吧！"章小凤向来是想到什么就做什么，她心里装着好多话要给魏轶力讲呢，所以就恨不得马上去见她。

　　"大哥、小凤，我们要去看她的话，是不是得先问好她被关在什么地方，能不能探视？还有，去之前买些吃的和日用品带上，说不上她在里面能用得着。"骆子有些无可奈何地扶住章小凤的轮椅，温和地提出了自己的意见。黑一海点点头："是啊，得先问一下能不能探视，不过这应该没问题，我可以请王市长帮忙。小凤，还是骆子兄弟遇事冷静啊，他一向比我们细心，遇到问题他考虑得比我们周到。"

　　"大哥，你不用拍我的马屁啦，拍我的马屁可是得不到任何好处的。"骆子玩笑道。

　　"大哥说得对，要不是骆子哥的细心，我这马大哈一个人不知道过成啥日子了呢，我现在是彻底离不开骆子哥了。"章小凤说完哈哈大笑。听了她的话，骆子的眼睛却有些潮湿了。

　　魏轶力被关在看守所里已经两天了，这两天里她不吃不喝，也坚决不交代任何问题。第三天，看守所的警察告诉她，她的家人不但为她请了律师，而且要求探视。她不敢想象有谁会在这个时候来看她，还为她请律师。她娘家的兄弟应该也被关押起来了，不会有别人了。于是她拒绝见面："我没有家人，也没有请律师。"

　　等来人走了，看守的警察把一堆东西拿来给她，说是探视的人硬要留下来的。

　　魏轶力翻出那些东西，是日常衣物和崭新的内衣，谁能做到这么细致体贴呢？魏轶力看着看着就泪流满面了。看守的警察在一旁看着她，不能理解："你不是说没有家人吗？律师来了你都不见，干吗还在这里对着东西哭啊？"

魏轶力低头不语。

"我们说了除了律师外，其他人都不能探视，他们还是不肯走，可见他们有多关心你。"看守的警察啧啧叹息着说。

魏轶力怔了怔，抬头问："他们……有几个人？"

"三个，都是白发苍苍的老人。说是你的公公婆婆。"

"是他们……"魏轶力抽噎着又问，"怎么……怎么……会是他们呢？他们已经都恨死我了。"

"是三位老人，他们说没见到你，明天还会来。"

魏轶力捂住脸，失声痛哭。她伤害了他们的儿子，也伤害了他们。到头来，他们还来看她。这是她没有想到的……她多么希望丈夫和女儿来看看她呀。可是，她知道丈夫和女儿一定是不原谅她了……

"明天你就和律师见一面吧，三位老人都很伤心，一个劲地在那边抹眼泪呢，还问长问短的，担心你受什么委屈。"

"呜……我是没脸……见他们啊……"魏轶力失声痛哭起来。

"你不要哭了，他们带话给你，'知错就改，善莫大焉'，劝你积极交代问题，争取早日出去。"

"我还出去干什么……我都没有脸面见他们了……我……"

"你还真是顽固啊！你这么做对得起谁？"

"啊啊……"

魏轶力放声大哭，把所有委屈和悔恨都哭了出来。她悔不当初，如果自己能够忍下那口气，那么她也不至于走到今天这个地步，她的婚姻和家庭就不会彻底破裂。就算她失去了丈夫，可还有女儿在，她后悔没有听慧思的话："妈，你不是还有我吗？"慧思说得对，她并不是失去郝建华就等于失去一切，她到头来只是把自己逼到更凄惨的地步。现在好了，她彻底完蛋了，而她所担心的事就可以顺其自然地发展下去了，她终究还是失去了一切。

夫唱妇随

"我的女儿……她应该来看看我的……"

"你做的那些事，让你的女儿抬不起头来啊！"

"我知道……我最对不起的人就是我的女儿……我的乖女儿啊……"

魏轶力唯一感到特别愧疚的就是对不住自己的女儿，她虽然并没有花过多少心思在郝慧思身上，但女儿成长得那么优秀，一直都是她的骄傲。从小郝慧思就聪明懂事，善解人意，从来不让她操心。郝慧思太过出色，被称为"神童"，然后被送到少年大学，小小年纪就到国外读书，没有父母在身边，她也完全能够照顾自己，不仅如此，她还带着比她小半岁的郝立京。而后青梅竹马的两人顺理成章地结婚，组成了小家庭。

自始至终，魏轶力都觉得自己是个旁观者，并没有参与到女儿的成长过程中去。很多时候，受到照顾的人似乎都是她这个做母亲的，常被女儿安慰，被女儿扶持。想一想，自己能生出这般万里不挑一的好女儿来，就足以让她自豪了。作为母亲，她可以说没有半点缺憾。正因为如此，她的心思几乎全部都用在了丈夫身上，他就是她的天，她的生命，她的一切。然而，她尽全力地付出，却没有得到相应的回报……

她对丈夫一点点地失望，在心底积成了怨恨，崔银姬的到来，使这样的怨恨一触即发。之后，就是无法遏止的愤怒和报复。她恨他，也爱他，爱恨交加，让她陷入了疯狂。

魏轶力知道，这个时候真正能够拯救她的，仍然是郝建华。但她知道，这仅仅是她的幻想而已。那么，除了郝建华之外，还有没有能够拯救自己的人呢？她退而求其次，还有一个人应该能拯救她，那就是延续了她生命的那个人，女儿郝慧思……

可惜的是，郝慧思这时候正远赴法国，和郝立京一起参与回购国宝的行动。这支中国龙汽车的远征军是由郝立京亲自挑选的。对于上一次去北京没有带上郝慧思，他一直耿耿于怀。所以，这一次郝慧思再次被他钦定为副队长兼助理随行。这样的提议，谁也没有异议，包括郝慧思本人。她很乐意参与这次行动，希望自己能够助郝立京一臂之力。

"你没有理由拒绝，因为在公司上万名高级员工中，唯有你精通的语言最多。我的助理这个位置，舍你其谁？"郝立京振振有词地对郝慧思说道。

"我知道了，我会一起去的。谁让我也是你的支持者呢？"郝慧思笑道。她原本是想要推辞的，毕竟她还是有些担心父母那边的事。以她对母亲的了解，知道她肯定会把自己逼到绝路，然后做出无可挽回的事来。但天平的一边最终还是倾斜了，而加砝码的那个人不是别人，恰恰是母亲自己。

郝立京对她的信任和依赖让她无法拒绝，这一次又没有更好的理由和借口，所以她就毫不犹豫地陪着郝立京去了。从公司出发的时候，郝慧思接到了郝建华打来的电话，得知母亲被检察院带走的消息。郝立京马上紧张地看着她，不知道她要如何取舍。

郝慧思却回头看向前来送行的刘雪华。上一次北京之行她就托付了刘雪华代替自己。刘雪华的眼睛闪亮了一下，但又马上黯淡下去，她有些沮丧地说："慧思姐，你放心，我会及时地把这边的消息，包括叔叔和阿姨的事，原原本本告诉你。"

为了拯救母亲，郝慧思决定不去法国了。

"你真的不去法国了？"刘雪华吃惊过后说，"慧思姐。我们总经理已经在会上决定了，这一次就去一个队长，一个副队长，还有外联、宣传、谈判和后勤人员。他说去的人多了也无济于事，而且慧思姐一人能顶仨，其他人也都是跑腿的，再说了，咱们是去回购国宝，又不是去抢回国宝，用不着去那么多人。可如果你不去了，问题就严重了。还有两个小时飞机就起飞了，你不去，这翻译的人选可怎么办呀？"

"那倒也是。"郝慧思喃喃自语。

"慧思姐，我看你还是去吧，这边的事情你就交给我吧。我回去找叔叔他们，让他们想办法把阿姨救出来……慧思姐，我说的是真的，你不去真的不行！总经理跟我说，慧思姐精通六国外语，英、法、德、日、俄，加上意大利语，就是上联合国去谈判也没问题，所以慧思姐，你必须得去。"

同车的其他随行人员听了也劝郝慧思："慧思姐，你真的得去，你不去，不但会影响郝总的决策，而且还会影响国宝回购这件大事的！"

"慧思，这样吧，母亲的事我直接给爸爸打电话。你放心，我还会给奶奶、爷爷他们打电话的。我相信，他们会想办法解决这个问题的。"郝立京期待地看着自己的老婆。

"立京，我……"郝慧思知道大家说的话都有道理，所以她马上纠正了自己的决定："立京，我们赶快去机场吧，飞机可是不等人的。"

"慧思，你……真的没问题吗？"在车上，郝立京犹豫着问。

"我已经决定啦……立京，事到如今，我知道我留下来也于事无补啊！"郝慧思淡淡地说道，"还是回购国宝更重要嘛，自古忠孝难两全，何况中间还夹着一个你呢。"

"Je t'aimais, t'aime et t'aimerai！（法语：我永远爱你！）"郝立京看着妻子，深情地用法语对她说出了这句话。

"Merci, ma chère.（法语：谢谢你，亲爱的。）"

铁窗泪

　　夜晚，月光从高高的屋顶窗户照进了看守所的监舍里，魏轶力坐在大通铺的最里面，看着墙角被蜘蛛网缚住的蚊子发呆……一个已经被剃掉头发的女囚犯走过来，推了魏轶力一把："喂，哥们，想男人了吧？甭想啦！这世界上的男人都他妈的是王八蛋！"

　　魏轶力反感地甩开了那个女囚："别烦我！"

　　"哟哟哟，还是个水火不入的家伙呀！头，让我来治治她的毛病吧。"

　　其他女囚开始跟着起哄，魏轶力回头狠狠地瞪了那个寻衅的女犯一眼，大概是被她眼中的凶狠所慑，女囚甲向后退了一步，有些悻悻："算了，本小姐今天心情好，不跟你一般见识。再说了……"

　　被称为"头"的女人，狠狠地瞪了一眼准备妥协的女犯："给她漱漱口，让她知道一下这是什么地方。"女囚甲见一下子围上来了好几个女囚，底气一下子足了。她马上拿来了尿桶，笑嘻嘻地对魏轶力说："请吧。"魏轶力闻着了一股尿臊味，就知道漱口水是什么了。她张口准备大喊，企图引起看守的注意，免去这样的侮辱。可是，女囚乙早有准备，一下子用臭袜子堵住了她的嘴。这样一来，魏轶力就没有办法了。她的脑袋被强行摁进了尿桶里……为了呼吸，她只得张开了嘴巴，这样，几口臭不可闻的尿水就进了魏轶力的鼻子和嘴巴……

　　这时候屋外的过道响起了脚步声，看守人员来巡查了，女囚们连忙把魏轶力拉进了被窝。魏轶力呛得就要打喷嚏时，被女囚甲用被子捂住了嘴巴，并低声说："忍一忍，这是小尿，不然的话，头会让你尝'大尿'的！"魏轶力当然知道什么是"大尿"了，为了避免更大的侮辱，她只有忍气吞声了……

　　看守用手电筒看看里面，见没有什么问题，就走过去了。魏轶力这才扑到马桶处大吐特吐起来……

　　这天晚上，魏轶力怎么也睡不着，她这个在元房子呼风唤雨的总经理，现在却在这里受到她有史以来闻所未闻的、从来没有过的奇耻大辱……这时候，她才知道了什么叫"叫天不应入地无门"，也知道"无可奈何"的真正含义了。明明知道她们在侮辱你，可你不但不能反抗，而且连喊一声的权利都没有。是的，你可以喊，但是，警察来了你又能怎么样呢？你一张嘴怎么对付得了这几十张嘴？即便是你对付过去了今天，那你明天怎么办……

这时候，她才真正地后悔了。千不该万不该做对不起丈夫、对不起别人的事啊！可现在，说什么都晚了……

想起过去时，真的是往事如烟啊……有些事情在这个时候、这种环境里追忆才更显美好。她以为她和郝建华共同验证了他们的爱情，二十多年来风雨同舟，同甘共苦。他们有共同的事业、共同的追求，她以为那就是天长地久，那就是爱情的保证。谁知道，一个崔银姬的出现，他们之间就山崩地裂了，一点都经不住考验。现在，爱情在她的感觉里是如此脆弱不堪的东西。她在想，除了爱情，她还能相信什么？

他们曾经在一起的甜蜜时光，难道都只是一场春梦？突然之间梦醒了，就什么都不存在了。那她的人生呢？就这样交付给了这间漆黑冰冷的监牢？她曾经对自己的美丽和聪明是何等自信又自负，以为被爱是理所当然的事，结果却并非如此，一直以来她都只是在自欺欺人罢了。她如今不再年轻不再漂亮，她已经没有任何资本去博得爱情了，她所剩下的就是在监狱里度过残生，与之伴随的就是追悔，痛苦，绝望。

此时此刻，泪水慢慢地爬上了魏轶力的脸庞，她没有发觉自己已经哭出了声。旁边的女囚被吵醒，不耐烦地搡着她："喂，你哭什么丧啊！还在为你那个没良心的男人哭吗？没出息，哭他干什么呀？"

"我，没有……"她是在为自己哭，自己可悲的一生，可悲的结局……

第二天，律师找过魏轶力了，他告诉她，是郝建华委托他为她做辩护的，再过一个星期她的案子就要开庭了。

"他不必这么做。"魏轶力无不讥讽地说道，"我就是他亲自送进来的，他又何必猫哭耗子假慈悲呢？"

"我看你是对我的委托人有所误会。你之所以进来，是你自己咎由自取，怪不了别人。还有，我的委托人要我转告你，被你指使人下毒的受害者并没有对你提出起诉，所以这件事情就过去了。你现在的主要问题是，你在元房子集团任总经理一职期间，接受贿赂和挪用公款的犯罪事实。这些事由于证据确凿，你在这方面也不能做任何辩解，但我可以从你的认罪态度和返款情况这方面为你辩护，让你尽量少服几年刑。"

"你是说，崔银姬没有告我？"魏轶力对这一点非常意外。她以为崔银姬一定会趁这个机会把她打入牢底，让她永世不得翻身。这样一来，她这个情敌就会彻底消失，然后就可以遂了她的心愿，和郝建华长长久久……

"是的，人家已经去派出所要求撤案了，还是你家郝总陪着去的。你要知道，这起案子不仅仅是故意伤害，而且还涉及国际关系。如果不是受害人的态度，你一定会被重判的。"

"这么说，我还要感谢她了？"

"可以这么说。因为她曾经出现过生命危险，如果她起诉你，并提供医院证明，你的行为就不是故意伤害，而是故意杀人了。我想你还不至于不知道杀人罪会怎么量刑吧？"律师严厉地说道。

"是吗？"魏轶力扭开脸，虽说在心底的确对崔银姬有那么一丝愧疚，但当初自己并没有想要害她的命。尽管如此，可最终还是造成了无可挽回的后果，且把自己的弟弟也拉下了水。

想到弟弟，她马上问："那我弟……"

"正因为人家没有起诉，所以你弟弟问题不大，再加上是受你指使，所以拘留几天就放回去了，你不用担心。"

"我会判几年？"

"那要根据你贪污公款的金额大小来定。"律师看了看手中的材料，"你虽然担任着村党委副书记一职，但并不算是国家公务人员，所以受贿罪这一项是可以减轻的，贪污也可以按侵占财物罪论处；另外，你原本被检察机关起诉贪污，但你丈夫郝建华在这方面做了工作，最后只以挪用公款起诉你，你所挪用的公款数额超过了数十万，时间也在三个月以上，按刑法是要处十年以上徒刑的。"

"十年……哈哈……"魏轶力顿时感到浑身冰凉，眼前被一层浓雾笼罩，什么也看不清楚了。

人生中能有几个十年？想到自己出去时已经是白发苍苍，魏轶力的心中无比凄凉。她倒宁愿永远都不要出去，或者干脆给她一颗枪子一了百了。她不希望自己凄惨无比地走出监狱时，看到的却是郝建华和崔银姬在一起幸福快乐的情景。她不想看到这样的结局。

如果说什么叫以小人之心度君子之腹，大概用此来形容魏轶力一点也不为过。就在她自哀自怜、怨天尤人的时候，在外面为她奔波的正是她怨恨着的人。

郝建华虽然很不愿意，但在章小凤和黑一海的压力下，还是帮魏轶力请了律师，又拜托郝祖国在路鸣那里替魏轶力求情。当然，这么做让郝建华感到非常委屈，在父亲和章小凤那里又得不到同情和安慰，他就只好跑到医院去找崔银姬吐苦水。

"她差点害得我一无所有，让我丢尽了颜面，在王市长跟前抬不起头来，为什么他们来还要我帮她？我要和她离婚，和她一刀两断！"

五味杂陈

"大哥，你可不能这么做。"崔银姬安抚着满腹牢骚的郝建华，"大嫂她也是一时想不开才做了错事，现在的她一定很绝望，你要争取让她少判两年，积极改造，早点出来。"

"哼，我和她已经恩断义绝了！"郝建华狠狠地说道。

崔银姬有些陌生地看着眼前这个她曾经爱过的人。或者说，她到现在都还爱着他。只不过，她心中更多爱着的是那个多年前的郝建华。如今的郝建华对于崔银姬来说，其实和陌生人没有什么差别，二十多年的分别并非单纯的隔阂，而是两人不同的成长环境和阅历造成了距离。郝建华虽然在创建他的元房子集团时也经历了不少的波折，但与崔银姬相比，却要轻松和容易许多。至少，在郝建华身边还有魏轶力的辅佐，加上亲人的力量。而崔银姬却完全是在单打独斗，周围全是戒备和敌意，维系着她和那个家族的只有血缘而已。她靠着自己的勇气和毅力，终于成为胜利者，站在了顶点上，但她付出的却是更加艰辛的代价。她一直独身，没有任何依靠和支撑，她无法再爱上别人，因为曾经的伤痛太深。她也不敢去爱，因为背叛与伤害历历在目。她的心中还珍藏着那份执着又单纯的初恋，她忘不了郝建华带给她的种种美好情愫。所以，她带着对这种美好的怀念回到辽海，她只是看一看而已，并没有任何奢望，但却被魏轶力误解了。

虽然错不在自己，但崔银姬觉得自己还是难辞其咎。尤其是在听着郝建华对魏轶力说出那些无情又冷酷的话时，她越发同情起魏轶力来。虽然嫉妒着这位自己当年的情敌，却也没有理由恨她，因为无论如何，那时候谁都不知道郝建华不是她的亲哥哥呀。

崔银姬觉得，郝建华虽然已经到了知天命的年纪了，也有了相当成功的事业和成就，但却还是一个没有长大的孩子。在感情上，他一如既往地单纯，还有着少年人的自私与任性，心中只有他自己。他没有学会包容和理解，他到现在甚至都不知道魏轶力为什么会那么做。他不了解女人，不了解自己的妻子，同样，他更不了解依然爱他的崔银姬。

"你真的要和魏轶力恩断义绝？"崔银姬轻声问郝建华，希望他这么说只是一时之气。

"我怎么还能够让一个要害我的女人在我身边？她就是个蛇蝎妇人！我一想自己和她一起同床共枕了这么多年就害怕。"郝建华愤愤不平地说道。

崔银姬在心里深深为魏轶力感到遗憾。她爱了他这么多年，他却因为一个错误全盘否定了她的存在。那她在他的生命中究竟有何意义？反过来思考一下，自己又在郝建华的心中是个怎样的存在？

"大哥，要是我也做了同样的事，你也要和我恩断义绝吗？"崔银姬缓缓地问郝建华。郝建华愣了愣："不……不管怎么说，你都是我真正的亲人啊！"

是啊，就算是做了让他无法原谅的事，但兄妹情分却是无法轻易斩断的。

郝建华其实也是个重情义的人，而且是那种谁对他好他就会对谁好的感情极其简单的人。崔银姬笑了："大哥，你放心，我不会做任何伤害你的事情的。"

"这可不是开玩笑，要是连你都害我，我还怎么活？"郝建华心有余悸地说。

虽然你装作不在意，其实你的气愤就是一种受伤后的表现。崔银姬一眼就看透了郝建华的本质，有些无可奈何，又有些伤感地苦笑着。

"哎，你看，电视上好像是立京啊！"崔银姬不经意地抬头，看到电视中一闪而过的镜头，大为惊讶："大哥，快看，这不是慧思吗？他们这是在哪里啊？"

"他们在法国。说是去回购被拍卖的国宝。"郝建华也开始认真地盯着电视屏幕看。果然一会儿就又出现了立京的镜头，他和慧思都在接受外国记者的采访，在他们身后，写着"伊夫·圣罗兰与皮埃尔·贝杰珍藏"的字样。

"回购国宝？"崔银姬愕然地问。

"是的，国宝的事我也是最近看新闻才知道的，听说法国一家叫佳士得的拍卖公司这次拿出来的拍卖品里，有八国联军从我们圆明园抢去的十二生肖塑像，属于国宝级文物，刚开始拍卖就被叫出了天价。立京在他们公司的董事会上提出由中国龙汽车集团公司出面回购被拍卖的国宝，一则是买回属于我们中国人的东西，二则是向外国人示威，我们中国人站起来了。慧思和他一起去的法国，就在她妈妈出事的同一天，我跟她打电话时她正准备去机场。"

"慧思真厉害，法语说得那么顺溜。"看着电视里播出的新闻画面，郝慧思对各国记者提出的问题对答如流，崔银姬由衷地赞叹，"大哥，你有一个了不起的女儿，你看，她真的是太杰出了！"

"是啊。慧思是我们的骄傲。"郝建华没有注意到自己说出的是"我们"这个词。的确，郝慧思是他和魏轶力共同养育的女儿，也是他们共同的骄傲。

崔银姬用心地看了郝建华一眼："她可是魏轶力生出来的哦。"

郝建华抿住了嘴，过了好一会儿，他才说："的确，在这一点上，我很感激她。"

"我想，慧思也不希望看到自己的父母就这样分崩离析。不管怎么说，她都是你们两人爱情的结晶啊！"崔银姬有些黯然地说道。

电视里，郝立京、郝慧思的镜头又出现了。在法国佳士得拍卖行的"伊夫·圣罗兰与皮埃尔·贝杰珍藏"拍卖六号厅外，各国记者把郝立京、郝慧思一行六人和辽海市政府派出的代表共十人围住了，闪光灯对着这十位穿着特制衣服的中国人不断闪烁，每一位中国代表的衣服前后都用英文写着"中国龙企业家回购圆明园国宝金鼠和银鼠代表团"。

接受采访完毕，郝立京走到展厅门口的一位工作人员跟前，用汉语问他："先生，我们是中国龙企业家回购圆明园国宝金鼠和银鼠代表团的全体成员，请问，你们的圆明园国宝金鼠和银鼠是在这个六号展厅吗？"

一唱一和

与此同时，在法国的郝慧思，正在用流利的法语翻译了一遍郝立京的话，那位工作人员就上下打量了郝立京和他身后的随行人员一番，礼貌地点点头："是的，先生，是在六号厅。"

然后郝立京对郝慧思一笑："好了，我们进去吧。"

郝立京说的是法语，于是那位工作人员非常不能理解地问："先生，你会说法语？"

郝立京笑了笑："是的。怎么了？"

工作人员指着郝慧思说："那你为什么还要用翻译？"

"因为我们是中国人。"郝立京用汉语朗朗地说道。

工作人员大概听懂了他的意思，因为里面有"中国人"这个词语，所以他表现得很是惊讶，带着几分敬仰的神情看着郝立京。

"那么，中国客人这边请。"工作人员毕恭毕敬地侧身将郝立京一行让进了六号展厅。一进到展厅中，郝立京他们就看见了摆放在展厅左侧最显眼的地方的两只大型玻璃橱柜，里面装着的就是圆明园国宝"金鼠"和"银鼠"，"金鼠"在左，"银鼠"在右。同样被无数记者围拢观看，并不断拍照。

"哦！我终于见到你们了！"郝立京就像是唱咏叹调一样，用歌剧男高音充满感情的声调对着那两只"老鼠"呼喊，一时间，展厅中的人们都被他的声音所吸引，齐齐地把目光投向了他，包括那些追逐着热门焦点的记者们。他们一见是来自中国的代表团，马上敏锐地觉察到其中的新闻价值，连忙让开空间来，簇拥着郝立京一行来到"金鼠"和"银鼠"面前。

这两件拍卖品的接待员连忙过来，向郝立京他们介绍："各位先生、女士，这两个文物是我们六号展厅重点展示的对象，不仅摆放位置明显，而且在刚才发放给你们的画册上也被单独列出……"

郝慧思便准备翻译接待员的话，只见郝立京突然上前，张开双臂抱住了陈列着"金鼠"的玻璃展柜，用夸张的表情放声号啕大哭，并且边哭边诉说："我们终于见面了！你140年前在我们中国的圆明园里，现在，怎么到这里来了？啊……"

一位外国记者就问郝慧思："这位女士，请问这位先生为什么要哭？他在说什么？"

郝慧思瞄了一眼记者的胸牌，看到他的国籍，是美国人，就用标准的美式英文告诉他："因为他终于见到了140年前我们中国圆明园里的宝贝，我们中国的这两件国宝自从在100多年前被人拿走后，就消失得无影无踪了，没想到今天竟然能够在他乡再见到祖先的遗物，所以，他的心情可想而知，我想，他大概是太过激动，才会如此动情地抱着它哭泣。"

"那他说的是什么？"

"他说，我们终于见面了！你原本应该在我们中国的圆明园里，为什么却到这里来了？是谁把你带到这里来的？又是谁让你回不了妈妈的怀抱？"郝慧思按着郝立京的口形，一字一句给那位美国记者翻译。

那位美国记者听着听着，嘴角露出了有些会意的笑容："是啊，这些原本是你们中国的宝贝，怎么到这里来了呢？"

郝立京终于放开了左边的"金鼠"，转而又去抱住了右边的"银鼠"，他把脸贴在了展柜的玻璃上，继续痛哭流涕："小银鼠啊小银鼠，你好可怜！你离开妈妈的怀抱已经140年啦！我们的香港、澳门都回到妈妈的怀抱了，你，还有小金鼠，也要马上回到妈妈的怀抱了！"

郝慧思继续用英文翻译郝立京的话。那些围拢在旁边的记者和参观者开始对此议论纷纷——

"噢，真是太残忍了！"

"这本来就是中国的文物，应该还给中国政府！"

"对！当年把人家的东西抢回来，今天又要人家花巨资买回去，这太不像话啦！"

"这是强盗行径！140年前的强盗把人家的宝贝抢回来，今天的强盗又让人家出四个亿买回去，今天的强盗比昨天的强盗更可怕！"

郝慧思将这些用各种语言发表的意见，翻译给中国代表团的各位，大家欣喜万分。

"按照国际文物保护条约，在战争期间被掠夺的文物，应当无条件归还。这两件中国国宝是在140年前发生在中国的鸦片战争时期，被侵略者从集中华及世界艺术精华于一身的圆明园中抢走的，侵略者不但烧毁了堪称'世界园林之王'的圆明园，还将其中珍藏的无数瑰宝抢夺一空。事到如今我们并不想控诉当年侵略者对我们实施的暴行和造成的巨大伤害，我们只想让世界人民知道，只要是我们自己的东西，我们都有权利索回！这也是我们每一个华夏子孙的责任与义务。所以，今天我们中国龙企业代表团来到了这里，参与这两件中国国宝的回购，我们所代表的是非政府的民间意愿，我们会以正当途径拿回我们的国宝，希望世界各国的记者朋友及友好人士给予我们支持与帮助，谢谢！"

郝慧思用流利的法语向记者们做出如上陈述，赢得了热烈的掌声。

回到宾馆后，郝慧思一进房间就对郝立京说："真没想到，你竟然是个当演员的料。今天的这场哭戏，你演得实在太好了，现场大多数人都被你打动，舆论也完全倒向我们。所以，对于你今天的表现，完全可以给你授予奥斯卡最佳男演员奖。"

随行的公司同事哈哈大笑道："郝队长的这场戏演得太及时太逼真，也太有效果了！慧思姐，你看着吧，明天一大早，这里所有的报纸都会是我们代表团回购国宝的新闻……"

郝立京并不答话，只是定定地看着郝慧思，看得她有些莫名其妙，"你看着我干什么？我今天有什么地方说错话了吗？"

郝立京含着笑摇了摇头，继续盯着郝慧思看。

"喂，你这么看着，让我的心里直发毛。"郝慧思说着摸了摸自己的脸，风趣地问："难道我的脸上长出花来了吗？"

初战告捷

"亲爱的，你本身就是一株美丽的花。"郝立京高兴地说，"同时，你的那番陈述真精彩。"

"那不是你给我的台词吗？"郝慧思笑道，"没有你的脚本，我也说不了那么好啊！"

"可你的法语讲得真好听。"

"那要不要我再用西班牙语跟你说一遍？"郝慧思笑道。

"好啊！"郝立京凑上前去，但被郝慧思给推开了，她顺手打开了电视："说不定电视上已经把今天的现场播出去了呢。"

说话间，电视画面上就出现了郝立京在玻璃展柜前号啕大哭的镜头，大家看了不由哈哈大笑："真的呢！"

"你们说咱们的新闻联播会不会也播刚才的那一幕啊？"郝立京问。

"打电话回去问一问吧。"

"不如开电脑，顺便和大家开个视频会议。"郝立京说着翻身到床头，把笔记本搬过来。大家都凑到跟前，视频接通后，那边的销售公司副总经理兴奋的脸就出现在电脑屏幕上："总经理，我们在电视里看到你了，太帅了！"

"真的啊？"

"是啊，刚刚才播出的，国际新闻频道！"

"哈哈，看来国内的新闻媒体也毫不逊色嘛！"

"总经理，你们干得太漂亮了，大家都在议论这件事呢，还说要在网上声援你们！"

"太好了！这个势造得越大越好，对我们也越有利！"

"总经理，预祝你们大获成功！"

"谢谢你们！"

关掉视频，郝立京喃喃低语：天哪！这帮记者可了不得！同志们，我们已经首战告捷啦！"

众人齐声欢呼，郝立京情绪相当高昂："后勤部长，今天我们去吃法国大餐，好好庆贺一下！"

"立京，你是我们的队长，可千万不能掉以轻心啊！最好保持低调，不要让记者看见我们又大作文章。"郝慧思提醒郝立京："记者的耳朵可是比雷达还要灵呢。况且，现在还不到庆贺的时候，别忘了，我们的目的可不只是造成一时轰动，给媒体当下酒菜。我们现在离真正的目标还差得远呢。"

"副队长，你提醒得对！今天只加菜不庆贺，大家在心里加油打气吧。"郝立京说完又调皮地冲郝慧思吐了一下舌头："老婆，你果然是我的制动器。"

"Aimer, ce n'est pas regarder l'un l'autre, c'est regarder ensemble dans la même direction."

郝立京愣了愣："老婆，这句话是什么意思？"

"爱不是互相凝视，而是一起眺望同一个方向。出自《小王子》的作者 Antoine de Saint-Exupery 的另一本作品 *Terre des hommes*。"

"《小王子》啊……"郝慧思的这句话立刻勾起了郝立京的回忆，他当然不会忘了此行出发前的那天晚上，郝慧思跟他讲述的那个故事："如果我们这一次成功了的话，我们去看一下《小王子》的另一个母亲吧？"

"真的？"郝慧思惊喜地看着郝立京，她以为他还在意着那件事，以为他并不是那么容易就能接受这种非正常伦理道德范围内的人际关系，没想到他这么快就认同了那个人，不仅如此，他还称她为母亲！

"当然是真的啦！我什么时候跟你说过谎呀？"郝立京有些不满地鼓起腮帮子。

"你太棒了！"郝慧思顾不得还有同事在旁边，扑上去抱住郝立京的脖子，在他的脸上狠狠地亲了一口。

翌日，辽海市中级人民法院对魏轶力的犯罪行为作了以下宣判："本院认为，被告人魏轶力利用其担任元房子集团公司总经理的职务便利，挪用本公司资金 52 万元人民币归个人使用，进行营利活动，数额巨大，其行为已构成挪用公款罪；被告人魏轶力利用职务之便，非法收受他人财物 25 万元，为他人谋取利益，其行为构成了受贿罪。公诉机关指控罪名成立，本院予以确认。依照《中华人民共和国刑法》第二百七十二条、第一百六十三条、第七十二条之规定，判决如下：被告人魏轶力犯挪用公款罪，判处有期徒刑五年；受贿罪，判处有期徒刑三年。鉴于被告人魏轶力能够主动退交赃款及利息，本院酌情从轻处罚，决定执行有期徒刑五年，没收个人财产人民币 20 万元……"

第一个探视日

魏轶力感觉自己好像突然被提到了空中，整个身体都轻飘飘的。她说不上是该悲哀还是该庆幸。之前在与律师交谈的过程中，她被告知不但犯了受贿罪、贪污罪，还有财产侵占罪，数罪并罚，不知道会判多少年，那时候她以为自己这辈子肯定是在监狱里待到老死了，绝望得差一点就想自杀。后来律师又告诉她搞不好这几个罪名都不成立，最后只会以挪用资金罪判个缓刑，连牢都不用坐。听到这样的话她又感觉好像是在梦中，那么不真实，却又怀着兴奋期待。希望从一开始都只是一场梦，只要醒来她就会在自己家的床上，一抬头就看见外面一望无际的麦田。结果，却是这种不偏不倚、不好不坏的数字。五年啊，没有十年那么漫长，让人感到遥遥无期，但细算下来又觉得一千八百个日子不知道要怎么熬下去。律师告诉她，这只是一审，还可以上诉，不过回旋的余地已经不大，因为所有的数据都缩到了最小，所有的性质都减到了最轻。如果说余地，就只能在人情方面想办法了，但现在中央正在加大对经济领域犯罪的监管力度，所以想要减免刑罚恐怕是很困难。

"算了。"

魏轶力其实已经感到累了。她不想再为自己的那些行为辩驳什么了。她知道，其实不论是律师还是在帮助她的那些人，都已经尽了最大的努力。所以，她觉得这已经够了。尘埃落定，反而可以松一口气了。

"如果在服刑期间表现好的话，还可以减免刑期。"律师好意提醒她。

"谢谢你。"魏轶力终于感觉到了来自家人的力量。她淡淡地对律师笑了一下。

"为了那些关心你的家人，你应该这么做。"

"我知道。"

"从判决之日起，亲属就可以探视了。"律师最后对她说。

魏轶力有些怔怔地看着律师，想起了在法庭公审的那一天，听证席上并排坐着三位白发如雪的老人，他们都用充满了怜悯和鼓励的眼光看着她，让她有些无地自容。她非常清楚，自己嫁到郝家，尽管并没有与郝家的人相处得很融洽，但他们一直都给予了她相当的尊重和宽容。这是一个充满了情义的大家庭，平凡而朴实，却又是那么特殊而伟大，她总是感觉自己无法融于其中，但这只是她自己单方面的想法，于他们来说，她在踏入那个家门的时候，就已经是这个家庭中的重要一员了。他们给予她的是公正的态度。除了回报，她已经别无所求。

从看守所转到辽海市第三监狱，第一个探视日，郝建华代表全家来看魏轶力，他告诉她，原本家里的其他成员都要来，但因为郝立京在法国回购国宝有了意想不到的结果，全家受邀到北京接受中央电视台的采访。

"那你为什么没有去？"魏轶力问他。

"这不是你的第一个探视日吗，要是没有一个人来，你又要胡思乱想了。"郝建华淡淡地说道，"大家的意思也是，需要我们两个单独见面，好好谈一下。"

"哦，是吗？那你要单独和我谈什么？"魏轶力定定地望着郝建华，"我不知道我们两个之间还有什么好谈的。你这下可以高高兴兴地和那个狐狸精快活自在了，还用得着来管我的死活吗？"

"我说你这个人……"郝建华无可奈何地顿了一下，换口气，这才又说，"我要跟你说的是，希望你能在里面好好表现，争取减刑。然后在你表现良好的基础上，我再给你跑跑路、说说话，争取两年后就可以接你出来了。"

"你不用跑了，你好好跟人家过日子吧。"

"跟谁过日子？"

"明知故问吧？"

魏轶力把一份报告顺着玻璃的下方推给了郝建华："我把字已经签好了，你拿走吧。"

郝建华拿起来一看，是离婚协议书："什么？你要和我离婚？"

"是啊，难道不是你们希望的结果吗？"

郝建华把离婚协议书撕成了碎片，扔在地上："你真的有病！"

"你……你怎么把它撕了？"

"魏轶力，你给我听好了！你一定要给我好好表现，一定要在两年后出来。到时候，我带着我们的女儿女婿，还有我们的小外孙来接你……"

魏轶力怔怔地看着郝建华，眼眶通红，泪水盈盈："建华，你真的……不想和我离婚？你不想……和你的亭花妹妹在一起吗？"

"别再说这些无聊的事情了！你想那么多干什么？就算我想和亭花在一起，那也要她愿意啊，你以为她还是当年的那个疯丫头吗？她现在可是韩国崔氏集团的董事长！你少以小人之心度君子之腹了，亭花要不是还在住院，她说也要来看你，你知不知道因为她没有告你，你才会只判五年！"

"我知道……"魏轶力抽泣着说，"亭花她还爱着你，我看得出，你就别管我了，反正我已经是这样了，你的心里肯定恨我恨得不得了……跟你二十几年夫妻，已经够了……"

"你的疯话说完了没有？你想让慧思看到我们真的反目成仇吗？我跟你说，虽然你对我很过分，但我并不恨你。"

"你真的不恨我？"

"毕竟我们同甘共苦这么多年，一日夫妻百日恩，你好好想想吧。"

"建华……"

"我们永远是一家人！"

"建华，我对不起你……"

"别说这些了，过去的就让它永远过去吧！"

魏轶力捂住脸，不住地哭着说："我是个坏女人，坏女人，不值得你这样对我……"

"好了，你别哭了。探视时间就快到了，这些是大家托我带给你的东西，看你能不能用得上，还要什么就尽管说，在里面可比不得在家里，凡事多忍让着些。我们会想办法让你过得好一点。"郝建华压低声音对魏轶力说道。

魏轶力抹了一把泪水，点着头："我知道了，我一定好好表现……"

"那就好，我会让慧思来看你，她这一次可是给咱们挣够脸了。你啊，多想想咱们的女儿吧！"

"嗯……"

铃声响了，看守人员开始往这里走，魏轶力站起来，伸出来右手摁在了隔着的玻璃上，郝建华也把自己的左手贴上去，两只手隔着玻璃合在了一起，魏轶力再次泪如雨下，她贪婪地看着郝建华，就像要在那一瞬间将他完全装进眼中，装进自己的灵魂里："建华，谢谢……你没有离开我，等于给了我第二次生命……谢谢……"

"我怎么可能离开你呢？我们都快要抱孙子啦！"郝建华笑着给魏轶

力挥手。

魏轶力也笑了，泪水还在脸上不住滑落："我现在才知道……我是这个世界上最幸福的人。"

"你还可以成为更幸福的人，等你出来的时候。"郝建华也有些动情地说道。

梦想的阶梯

"这就是我们辽北的工业走廊。"路鸣在地图上大大地画了一个椭圆形的圈，将那条长长的五色带囊括了起来："现在我们的走廊直通大海，就像是一条通向世界的阶梯。

"这条走廊是由辽海工业园衍生而来的，从城北新区开始，一直向东方延伸，涵盖了辽海汽车工业园区、辽海出口加工区、化学工业园区、冶金工业园区与近海经济区的广阔区域，总规划面积达 1000 平方公里。随着城北新区装备制造业发展步伐的不断加快，省里和市上对辽北工业走廊的开发建设，提出了加速建设具有国际竞争力的世界级装备制造业基地的战略任务。辽北工业走廊承载着辽海工业今后几十年的发展与壮大，不仅成为辽海加速前进的超级发动机，也将成为辽海全面振兴的重要支撑。一句话，这里将是'国家振兴东北老工业基地'和装备制造业发展的示范区。"

在台下听着路鸣讲说的是省人大代表视察团，他们在参观完城北之后，来到老城北刚落成的工业纪念馆，就在那些已经完成了历史使命的老机床和老烟囱的旁边，是一个新的工业模拟展示区，路鸣为代表们介绍了目前辽海的新战略阵地——辽北工业走廊。代表们都聚精会神地聆听着，在他们眼中充满了对未来景象的憧憬和向往。路鸣的声音一如既往地明朗，只是他的鬓角已经花白，站在他身旁的是省委书记、省人大常委会主任孟金川，他作为视察团的领队，对路鸣的讲解听得更加专注，并不断地点头、微笑。

"辽北工业走廊有四个主要特点：一是将辽海与圆口港连为一体，同时将老工业基地优势和港口优势融为一体。由于辽海的中心城市地位，连接了辽海也就连接了北方省中部城市群，这样就使得辽海成为连接港口与腹地的枢纽；二是辽海多年积累的工业要素和经济发展的能量，可以从城北新区向东部滚动和释放。同时，也为城北区的老企业搬迁改造拓展了新的发展空间；三是改变了辽海的城市性质。辽北工业走廊距圆口港只有 100 公里，辽海可以成为近海城市，这将大大提升辽海的开放度和知名度；四是辽北工业走廊会极大带动辽海的振兴，同时对北方省乃至东北振兴产生影响。"

孟金川带头鼓掌，代表们也热烈地鼓起了掌……

路鸣激动地继续说："首先，我们要确立明晰的发展路径。第一，优化空间布局；第二，优化产业结构；第三，优化生态体系；第四，优化交通网络。然后，我们要持续不断地进行体制机制创新。同时还要加快发展区域内现代服务业。辽北工业走廊建设的目标是一个崭新的开发区和一个新兴城市。"

下面掌声一片……

"各位领导、朋友们，我们辽海是一个内陆城市，千百年来，我们辽海人都没有觉得，我们与大海不会有多大的联系。可是，我们回头就是大海！辽北工业走廊使辽海由一个内陆城市转变为拥有自己内陆港口的近海城市；它由陆向海，为辽海寻求了更广阔的区域，使辽海由内陆经济转变成为海洋经济。

"现在，我们辽海正在走一条别人没有走过的路，这是一条让辽海从重工业城市向区域性、沿海经济中心城市转变的道路。"

又是一片掌声……

路鸣陪着孟金川从纪念馆出来以后，王立在他们背后紧跟几步追上来："孟书记、路书记，你们接下来是要去实地看看我们的工业走廊吗？"

孟金川停下脚步，笑眯眯地看着王立，说道："老王啊，这些年你们的工作做得很扎实，很成功嘛。刚才会上我没有说，现在以我个人名义对你提出口头表扬。"

"谢谢孟书记，我们的工作还做得不够。我们要在路书记的带领下继续向东迈进。"王立的话带着双关的意思，路鸣看着他，心领神会地笑了。

"王市长说得非常对，向东就是辽海未来的方向，孟书记，我们现在可是一刻也停不下来呀。我们过去的老城北如今已经成为最新的商业繁华区，而终点变为起点，我们的新城北又站在了辽海西工业走廊的始发站上，责无旁贷地担当起了辽北工业走廊的发动机，我们要让这个发动机的引擎尽快启动。面向大海求发展！"

"说得好啊！路书记，不发展是落后、慢发展也是落后，我们要在全市乃至全省达成这个共识。"孟金川接着说，"党的十六大后，经过辽海人几年艰苦卓绝的奋斗和努力，辽海的发展取得了令人瞩目的成就，辽海的经济也进入了一个持续发展的高速增长期，正在迎来一个可持续发展的新的辉煌时代。辉煌意味着成就。但是，我们目前所取得的成就只是振兴辽海征途中一个阶段性的成果，而不是最终胜利的目标，辉煌更意味着新的开始。一个新时期的城市靠什么来参与新一轮的城市竞争，一个以工业为根、有着百年工业积淀的城市拿什么来积聚长足发展的绝对力量？我认为，如今的辽海正处在一个难得的黄金发展期，只有做好各种准备，拓展出足够的发展空间，以超常规的思维、超常规的动作，才能实现超常规的发展。"

"在辽海和大海之间搭建一条'工业走廊'，这也是路书记多年前提出的'面向大海求发展'战略计划的升级版本。"王立说完大笑道，"路书记，我说得对不对？"

"不错。"路鸣相当肯定地点头。

航空母舰

"路书记，看来我们要紧跟着你的步伐呀！你提出的'北搬东建'战略是破解辽北老工业基地发展难题的一次超常思维的成功运作，大批老企业在搬迁中重组、升级，简直就是得到了新生。城北新区目前已经完成了解决国有企业历史包袱、老城区改造的重点工程，现在将目标转移到集中精力抓装备制造业发展上来。为此，城北新区着眼于机制体制创新，成立了装备制造业发展环境优化、重大专项推进、技术创新、项目招商四个办公室，保障装备制造业重点企业无障碍审批、无干扰发展，全力打造装备制造业引进到落地的'绿色通道'。我们要将城北新区建造成一艘装备制造业的航空母舰。"

"航空母舰？这个比喻很有意思。"孟金川饶有兴趣地说。

"辽北的产业空间布局呈廊带结构，空间发展方向是开放的海岸线，就像一艘奔向大海的航空母舰。"路鸣解释道。

"我可以预见这艘'航母'在不久的将来会乘风破浪，驶向世界。"孟金川赞叹道。

"路书记，我正要去辽海机床集团参加他们的新厂区落成仪式，咱们应该顺路吧？"王立希望两位书记也能去机床集团看一看。

"我同意。我们到车上再聊。"路鸣等人都进了孟金川的面包车中。

"孟书记，就让我搭个便车吧。"王立开玩笑地说。

"那把车油钱给我放下。"孟金川说着，三人都哈哈大笑起来。

车在宽阔的马路上飞快行驶着，在进入城北区时，孟金川让司机放慢车速，他欣慰地注视着窗外缓缓移动的新区景色。清爽的微风拂过蓝天白云下的碧水绿树，一幢幢新居民楼整齐地排列在优美的花园中，明丽的阳光照耀着欢声笑语、精神焕发的人们……

仅仅五年的时间，城北就从一个工厂林立的工业大区变成了鸟语花香的人居生态新区。这是一个多么令人惊喜和震撼的变化呀。

"孟书记，城北的棚户区、平房区已经基本改造完成。4.3万户居民都迁入了新居。"路鸣的声音在孟金川耳边响起，"辽北区今后一段时间将把目光盯准建于 20 世纪 50 年代的旧楼，重工街工人村、保工街繁荣里等旧楼区正在大规模拆迁改造。拆迁完毕后，将开展住宅和商业圈等建设项目。同时，西部中心屯地区的整体开发建设也被纳入了城北新区的改造规划。"

孟金川接上说："省里已经决定，把你们在城北取得的成果上报给国家发改委。"

"谢谢孟书记。"路鸣并没有为得到这样的认可而感到特别高兴，他的目光在窗外游移，看着从眼前不断闪过的各种风格的企业大楼，若有所思。

"孟书记、路书记，我的目的地到了。"王立让司机在辽海工业园区开发大道的路边停下来，他先下了车，然后拉开车门，邀请孟金川和路鸣也一起下车。

"请你们先看看我们航空母舰的发动机吧。"王立手一挥，指向了前方。

映入孟金川和路鸣眼帘的，是辽海机床集团占地 74 万平方米的恢宏大气的新厂区，一排排极具现代气息的高标准厂房，一座座花园式的厂区，让他们强烈地感受到了一个现代化装备制造企业的重生。

"此次东迁改造，辽海机床集团拥有了强劲的发展空间和后劲，通过彻底的专业化的重组、组织结构调整、业务流程再造、技术改造升级和全面信息化建设，一个现代化的、全球规模最大的数控机床制造基地雏形正在形成。"路鸣不无感叹地说道。

"孟书记，不仅仅是辽海机床，还有分别占地 90 万平方米的辽鼓、辽重和辽矿重组而成的'北方重工'，这些辽海装备制造业的旗舰企业也相继在辽海工业园区建起了自己的现代化新厂房。随着这些大型企业的搬迁重建，城北新区内装备制造业聚集区的聚集效应和规模效应基本形成。目前的新区内，规模以上装备制造业企业达到 334 户，总产值占全区规模以上工业总产值的 55%。'北方重工'和'机床集团'已率先进入了百亿集团。"王立兴奋不已，那些岁月的褶皱也似乎被满心的喜悦给抹平了，在他熠熠发光的眼中，竟有隐约的泪光在闪动。

路鸣轻轻地在王立的肩上拍了几下，然后和孟金川回到车中。

彼此挥手告别后，路鸣的精神也振奋起来："孟书记，辽北工业走廊具有得天独厚的天时地利人和，我们对开发建设辽北工业走廊充满了信心，感到这里前途无量。为了开发建设好辽北工业走廊，我们想向省里提两点请求：一是请求将辽北工业走廊像国家开发浦东和滨海新区一样，上升到国家战略；二是请求将辽中县改为辽中区，因为，辽中县正好在辽北工业走廊上，将县改成区将大大促进辽北工业走廊的开发和建设。"

"你的这两条意见我会一并上报国家发改委和国务院。路鸣啊，我早说过了，我永远都会无条件地支持你！"

"太感谢你了，孟书记。"这一次轮到路鸣开始眼中含泪了。

不能怪路鸣会这么动情，因为他将他毕生的心血都倾注在了这片土地上。

三年前的一个岁末寒凝的日子，他驱车来到城北新区的开发大道上。站在开发大道的尽头，向东望去，一片荒芜。他已经不是第一次站在那里，不是第一次向东展望了。几经辗转，几番考量，一个萦绕在他心头多时的大胆想法变得越来越清晰：让脚下的开发大道一直向东延伸到辽中，让辽海百年工业历史积淀顺势向东滚动，让大道两旁的废弃农地成为宝贵的工业资源，让寂静的狭长地带变成沸腾的工业走廊，直通大海……那一刻，在他眼中，荒野里到处都是闪闪发亮的金矿。

当这个梦想一步步变为现实时，叫他怎么能不激动？

三代同台

崔银姬正在医院的特护病房中处理一些文件，当墙上的时钟敲响三下时，她连忙把手中的文件放下，让助理把电视声音调大一点："这一次我们郝家人可算是扬名全国了。"

电视上出现了中央电视台演播现场的画面，一位著名的娱乐节目主持人手持话筒热情洋溢地说着开场白："'车到山前必有路，有路必有中国龙'。各位领导、朋友们！电视机前的观众朋友们！我们中央电视台今天为什么主动、免费给中国龙汽车集团公司做这样一个广告呢？因为，中国龙汽车集团公司为我们国家、为我们民族做了一件功德无量的大事情！所以，我们中央电视台决定，免费为我们中国人的大功臣中国龙汽车集团公司免费做广告一年！下面，有请'中国龙抢救流失海外文物专项基金会'理事长唐中华先生为我们揭开谜底！有请唐先生！"

一位西装革履、矮胖却斯文儒雅的中年男子上台，接过主持人递上去的话筒，颇有些激动地说道："尊敬的各位领导，女士们、先生们！1860年英法联军自圆明园掠走、流失海外辗转140多年的国宝金鼠和银鼠，前不久，在法国举办的'伊夫·圣罗兰与皮埃尔·贝杰珍藏'专场拍卖中现身，两件拍品估价均为1600万至2000万欧元，折合人民币总价高达4亿元。为了让我们的国宝早日回到我们中国人民的手中，中国龙汽车集团公司、辽海市人民政府组成了以郝立京先生为首的'中国龙企业家回购圆明园国宝金鼠和银鼠代表团'。经过郝立京先生和代表团的努力，我们回购国宝的举动得到了欧洲社会、国际社会的大力支持。'伊夫·圣罗兰与皮埃尔·贝杰珍藏'专场拍卖会的主办方迫于舆论和国际社会的压力，终于把我们的国宝还回来了！在这之前，我们曾与当时的国宝'金鼠'和'银鼠'收藏者的代理人有过接洽，对方当时的报价是每件2000万美元。当年我们专项基金认为此报价过高，'无异于打劫'，另外由于各方面条件尚不成熟，回购未能取得突破性的进展。今天，我们没有办到的事情让我们的企业家办到啦！让我们的中国龙汽车集团公司办到啦！"

观众热烈地鼓掌，并有人高声欢呼。在掌声与欢呼声中，主持人介绍第一位嘉宾："有请我们的英雄——中国龙汽车集团公司销售总公司总经理，杰出的企业家郝立京先生闪亮登场！"

年轻而帅气的郝立京穿着一身黑色暗条纹的西服，白色衬衫随意地打开着领口，看上去青春活泼，充满了朝气与时尚感，与其说他是一位新型企业家，倒不如说他更像一位明星。他几乎是用轻跳着的步伐上了演播台，洒脱地与主持人握了握手，然后向台下和对准他的镜头挥手："大家好！我是郝立京，今年 26 岁，一个普普通通的已婚男人，同时也是一名中国龙汽车集团公司的普通员工，我并不是什么英雄，我只是一名以自己身为炎黄子孙而感到无比骄傲的中国人！"

郝立京的这番自我介绍让台上台下又一阵欢呼，崔银姬也忍不住在病床上拍起了手，她对旁边的助理说："我的这个侄儿怎么样？你看他帅不帅？是不是比你的那个申东俊还要帅？"

助理嘿嘿一笑，红着脸说道："他们根本就是不一样的男人，所以帅得也不一样。"

"谢谢中央电视台，谢谢支持我们工作的领导和朋友们！'车到山前必有路，有路必有中国龙'。这不是我们的最终目的，我们的理想是——"郝立京突然把话停住，主持人就在一旁接口问他："是什么？"

"我们中国龙汽车的理想、我们整个东北装备工业的理想是：中国装备，装备世界！"

"好啊！"主持人也忍不住鼓起了掌。

"请容许我给大家介绍一位我最尊敬的人，他既是我的老师，更是我的偶像，他无疑是我这一生中遇到的最杰出的人！有请我们中国龙汽车的创始人——中国龙汽车集团公司总裁黑一海老先生！"郝立京代替主持人将黑一海介绍出场，在他手臂伸出的方向，镜头转了过去，就见一位鹤发童颜的老人踏着不输于年轻人的轻快步伐走上台来。

站在主持人和郝立京中间的黑一海向台下微微欠了一下身，还没有开口讲话就赢得了全场观众最热烈的掌声，尤其是在主持人的详细介绍后，大部分人都站了起来，给这位老先生致以崇高的敬意。

"啊，董事长，我觉得这位老先生更帅！"崔银姬的年轻助理已经两眼冒星光，盯着电视屏幕上黑一海的特写，激动地说："他好有风度哦！绅士，绝对的绅士！"

"他可不仅仅是一位绅士。"崔银姬含笑地说道，"他可是一位国际知名的汽车工程师，他可是一个传奇人物。"

"这么厉害呀……"助理啧啧地赞叹。

"中国装备，装备中国，是我一生的梦想！我虽然老了，但是，我们有郝立京这样的年轻人，我们有中国龙汽车这样的好产品，我们有东北许许多多的优秀装备企业，我们接下来'装备世界'的目的一定要达到！我们的目的一定能够达到！"

主持人不失时机地说："中国龙只要有你黑老先生，我相信我们一定能够'装备世界'！我们再次给黑一海先生掌声，好不好！"

雷鸣般的掌声……

接下来被请上台的是中国龙汽车集团公司董事长郝祖国，尽管他站在黑一海和郝立京这一老一少的绝配之间，在外形和气质上显得有那么一些逊色，但他与生俱来的那股东北汉子的豪放和剽悍却使得他更有气势，他比郝立京多了成熟男人的气度和持重，又比黑一海少了些沧桑感与距离感，所以就连主持人也都多打量了他一番。

"请郝董事长为我们讲几句话吧？"主持人将话筒递给了郝祖国。

"承蒙全国人民的厚爱，我们的中国龙汽车已经驶向了我们祖国的山山水水，'车到山前必有路，有路必有中国龙'，我们中国龙汽车装备中国的目的已经迈出了可喜的一步！去年以来，我们的中国龙汽车出口量已经突破了十万辆大关，中国龙装备走向世界的目标我们也已经开始了！刚才，我们的销售总经理为什么没有说我们的产品已经走向世界了呢？这是因为，我们公司董事会给他们销售公司下达出口的任务是十五万辆。"

"请问我们年轻的企业家郝立京先生，我们的中国龙汽车已经走向了世界，你刚才为什么要把话突然停住，只说到一半呢？"

"因为我们中国龙汽车的董事长是我爸爸！"

"啊？他是你爸爸？"

"是的，他是我爸爸。"

"我就不明白啦，董事长是你爸爸你就不能说实话啦？"

"因为，我要把'走向世界'这个最关键的词留给他来说，否则，我回家后，我的日子就不好过了！"郝立京故意做出害怕的样子，逗得主持人哈哈大笑，全场的观众也哈哈大笑起来……

"那我可是要问问这位爸爸了，你在家里真的这么严厉吗？"

劳模世家

"郝立京虽然是我的儿子，可是，他在公司的表现是最优秀的！他在超额完成公司销售任务的情况下，主动承担起了我们中国龙的社会责任，这次回购国宝的建议是他提出来的，也是他带团出去实施回购计划的。可以这么说，因为他的出色表现，不但让我们国家的国宝完璧归赵，而且，还给我们公司节约了四个亿的回购资金！真是后生可畏，前程远大啊！"

"这么说，你们去法国的时候，已经把回购资金都带上啦？"

"是的。"

"真是老子英雄儿好汉啊！"

"我这个英雄也是我的母亲造就的。"郝祖国自豪地说道。

"什么？你的母亲？她是怎么样的一个人？"

"她就是新中国第一代劳动模范，她叫章小凤，毛主席还接见过她呢。"

"我的天啊！弄了半天，著名的全国劳模章小凤女士，居然是中国龙汽车集团公司董事长郝祖国先生的母亲！你这位伟大的母亲，可以说她的事迹感动了整整一代人！不仅如此，你母亲的大名我们这个年龄段的不少人都知道！"主持人激动地大步向前跨了一步："朋友们，让我们把最热烈的掌声送给这样一个特殊的家庭……"

在掌声中，有人给主持人递了一张字条……主持人大声说："朋友们，还有更让我们吃惊的事情呢！我现在接到了一个字条儿……啊！章小凤女士今天也到了我们的演播现场！朋友们，让我们用最热烈、最响亮的掌声请郝立京的奶奶，也就是郝祖国先生的母亲——章小凤老英雄上场！"

骆子推着章小凤缓缓走到了台上，黑一海和郝祖国父子都过去扶住了轮椅，骆子趁机放手又回到了台下。

"朋友们，这是一个奇特的家庭，奶奶章小凤是 20 世纪 50 年代和 60 年代的全国特级劳动模范，她老人家 1942 年 3 月参加工作，在日本人的工厂里做工。在日本投降前夕，她还组织工人参加过保卫工厂的战斗呢！因为她老人家带领的护厂队的努力，使日本鬼子企图炸毁工厂的阴谋破产，为共和国留下了一座完整的工厂！"

台下响起了热烈的掌声……

"1948 年 11 月辽海解放后，她成了新中国国营辽海制造厂的一名正式焊工，就从那一天开始，她在新中国的工厂里干了 21 个年头。在这 21 年里，她老人家完成了整整 50 年的工作量！所以，毛主席不但接见了她，而且还给以她为首的辽海制造厂赠送了一件精致的礼物，这件礼物就是现在保存在辽海工业展览馆里的那把焊枪和那顶焊帽！"

又是一片热烈的掌声……

"这怎么可能？"崔银姬的助理在听了节目主持人的进一步解释后，惊讶得张大了嘴巴："一个人干三个人的活？她看上去并不强壮啊？她哪里来的力气和精力？"

"你说得对，她是哪里来的力气和精力啊？"崔银姬喃喃自语，静静地注视着荧屏里的章小凤，当年她也和助理一样，无法理解母亲是从哪里来的干劲和精神，又为什么要那么拼命，工厂又不会因为她干得多就多给她发工资，她和别人拿的是一样的钱，唯一的回报就是被评为了劳动模范，得到了各种奖章和荣誉。所以崔银姬那时候根本就不能接受。她还问过章小凤，为什么要那样做，共和国给了她什么好处？

"我没想那么多，我就是想多干点。"章小凤的回答很简单。等到崔银姬去了韩国后，她终于明白了母亲的理由，也感同身受，并且紧随其后，成了另一个章小凤。一开始虽然是因为初到异地的陌生感和紧迫感，让她不得不努力打拼，她努力工作是为了让自己在那个新家庭里能够站稳脚跟，拥有一席之地，被他人所承认。到后来她一点一点积累了自己的成绩和经验，或许再也用不着那么吃苦，但她顽强的脚步却停不下来了。为了忘却在她心中永久烙下的伤痛，她把自己埋身于工作之中，她其实根本就没有什么野心，结果无心插柳，却换来了今天这个董事长之位。偶尔她疲累地倒在床上，只想闭上眼睛睡觉的时候，她就想起了章小凤，想起了自己常常见到母亲精疲力竭的样子，也是这样一进屋倒头就睡。也是在那一时刻，她领悟到了章小凤的理由——为了忘却心中的痛，唯有努力工作才能忘却这种痛苦，才能消减那份心灵上的折磨。

"朋友们，这是一个特殊的家庭，这个家庭中几乎每一位成员都是劳动模范！章小凤女士已经过世的丈夫，也就是郝立京先生的爷爷、郝祖国先生的父亲郝一湖先生，是省级劳动模范；今天在台上的郝祖国先生和郝立京先生是全国劳动模范；章小凤女士的大儿子郝建华是全国著名乡镇企业家，也是劳动模范；二儿子郝设华先生先后两次被评为全国劳动模范；郝立京先生的妻子郝慧思女士，也就是中国龙汽车新产品中心的主任，她也是劳动模范！朋友们，让我们仍然用最最热烈的掌声，欢迎这个劳模之家的另外两位重要人物，郝设华先生和郝慧思女士上场！"

郝设华和郝慧思在音乐声中走上台，这时候，演播台上已经长长地站了一排，全部都是郝家人。从黑一海到章小凤、郝祖国、郝设华，再到郝立京，最后到郝慧思。

"郝设华先生现在是辽海集团公司机壳生产基地的总工程师。他是一位自学成才的工人工程师，是国家科技进步奖获得者。他自从参加工作以来，发明了57项科技专利，1800多项技术创新，其中12项科技专利解决了全世界都无法破解的难题！这是多么伟大的创举啊。郝设华先生，请您给我们说说，您为什么会有这么多的科技专利问世？"

"我们都是中华民族的优秀子孙，能为中华的崛起而奉献我们的一切，是我们的光荣！"郝设华稍微有些拘谨，他顿了一下，就着主持人手中的话筒，言简意赅地说了这么一句。这一句话从他的口中说出来，意义就显得很不一般。黑一海他们率先为郝设华鼓掌，表明了他们为这位家庭成员而感到自豪。

主持人最后走到郝慧思身边，似乎是对她的年轻和美丽感到有那么一些意外，用夸张的表情向观众做了一个无声的惊叹。

"朋友们，这位光彩照人的美女，她的身份可以说是今天在场所有嘉宾中最特殊的一位。首先，她是这一次参加国宝回购的大功臣、大英雄，她作为'中国龙企业家回购圆明园国宝金鼠和银鼠代表团'团长助理，以她杰出的口才和东方女性的魅力征服了来自世界各国的记者，可以说，国宝的完璧归赵她功不可没！观众朋友，你们知道吗？郝慧思女士和郝立京先生一样，在年少时就进入了大学学习，她不但精通六国语言，还担任着中国龙汽车集团公司销售总公司新产品设计中心的主任一职！"主持人说完这些话后大大地喘了口气，又接着说道："郝慧思女士的另一个特殊身份就是，她是黑一海老先生的孙女，以及郝立京先生的妻子！"

"后面这个身份就不用介绍了吧。"郝慧思笑着对主持人说。

"哎？为什么你的 Hasband（英文：丈夫）还一定要我强调这一点呢？"主持人故意指着郝立京对郝慧思这样说。

"我很高兴他这样强调。不过我更希望自己不是以他的 Wife（英文：妻子）的身份才站在这里。"

"你当然不是啊，你是因为我们的两件国宝顺利回归才站在这里的，还因为你是这个劳模之家中的一分子！"

"主持人你误会我的意思了。我想在这里说的是，我虽然是黑一海爷爷的孙女，但养育和教育我的人却是我的章小凤奶奶和郝一湖爷爷。我是在这个幸福的大家庭中长大的，这让我觉得自己非常幸运，因为这个家庭中的每一位成员都是那么善良、优秀，他们相互鼓励、支撑，宽容并理解着对方。虽然也有许多不尽如人意的地方，但他们都很努力，积极工作，热情生活，对自己的事业和家庭充满荣誉感。其实，这就是一个普通而平凡的中国家庭，不是十分完美但非常快乐。家和万事兴，用在我们这个大家庭中再适合不过了。我非常爱我的家人，我为我们这个大家庭感到自豪。"

"说得太好了！郝慧思女士，你的 Hasband 还跟我说过，他说你的法语说得非常棒，甚至都让那些正宗法国人为你倾倒，所以我想冒昧地提出一个请求，你能把你刚才说的最后那一句话，用法语再对我们大家说一遍吗？"

"J'aime ma famille,Je suis fier de ma famille.（法语大意为：我爱我的家庭，我爱这个家庭中的每一个人。）"

"谢谢，非常感谢！太令人感动了，最后，请我们的老英雄也给大家说一下在这个快乐大家庭的感受吧！"主持人蹲下身，把话筒对准了章小凤。

"呵呵，这还用得着说吗？我们这个家，也是中国这个大家庭中的一分子啊！"

章小凤的话，又一次赢得了全场雷鸣般的掌声……

爱情的滋味

傍晚，郝建华带着他亲自做的手擀面来看望崔银姬。因为崔银姬之前随口说了一句很想吃家里做的手擀面，说者无心，听者有意，郝建华记住了。他去看过妻子魏轶力后，回到家中，就立刻系上了围裙。他忙了整整两个小时，才做出了这顿正宗的东北手擀面。

看着郝建华殷切地将饭盒在自己面前打开，捞出来的竟然是白花花的手擀面条，崔银姬着实吃了一惊。她死死地盯着郝建华，就像不认识他一样。在她的记忆中，他连厨房门都没进去过，更不用说做饭了！手擀面虽然是一种非常普通的家常饭，但做起来也挺费时间，要做好更是需要经验和技巧，尤其是面条，和面擀面都是需要高超的技术的，这种技术一般都要经过长期磨炼而成，并非一日之功。

"赶紧趁热吃吧，这可是我亲手做的。"郝建华得意地邀功。

"这……是你做的？"崔银姬故意一脸的不可置信，"大哥，你过去可是从来都不做饭的呀！"

"怎么，你不信啊？"

"不……我以为你不会做饭。你以前不都是饭来张口、衣来伸手的大少爷吗？"

"人都是会变的嘛。"郝建华不满地撇嘴，"再说，我哪有你说的那么夸张？我一个普通工人子弟，什么时候成少爷了？在你眼里原来我是这样的一个人哦。"

"那是因为爸爸妈妈都惯着你嘛！你自己不也挺把自己当大少爷的吗。我也没有冤枉你，如果中间没有发生那么多事，你可不就是黑家的大少爷吗？"

"好了，不说那些了。快吃饭吧，尝尝我的手艺怎么样？自从父亲回国后，我就开始学做饭，我希望能够借此机会偿还他多年在外漂泊的艰辛。我能够为他做的也只有这一点了。"

"你还真是个孝子。"崔银姬抿着嘴唇笑着，她慢慢地吸溜着那些顺滑筋道的面条，相信郝建华下厨不是一天两天了。因为，他的手艺已经不输于章小凤了，当然，这一点没什么可比性。因为，以前家里的饭基本上是过世的爷爷郝一湖在做，后来又是骆子，章小凤能拿得出手的也就是手擀面了。崔银姬由此也就想到了自己之前的那句无心之语，她说很怀念妈妈做的手擀面，可惜再也吃不到了。没想到郝建华把这话当了真，还真给她做了手擀面来，她的心因喝下热乎乎的面汤而发起热来。已经沉寂了许久，几乎都快要遗忘了的那种悸动又回来了，她的心开始嘭嘭地乱跳，抑制不住的热度在周身散开。为了不让郝建华发现她在脸红，她打开了电视，分散了郝建华的注意力。

"大哥，下午我看了直播，在电视上看到妈妈他们了。"

"我在做饭的时候看了一点，还不错，蛮热闹的。"郝建华似乎对这个话题并不感兴趣，回答得有些心不在焉。

"大哥，你为什么没去北京？"

"我去干什么？"

"你不也是劳动模范吗？他们称咱家是劳模之家呢，哈哈，有意思，这么算下来，还真是名副其实的劳模之家啊！"崔银姬想到前面看到的画面，笑得十分开心。她庆幸自己也曾经是这个家庭的一员。

"我哪有那个脸去啊。我不但蹲过局子，现在连老婆都进了监狱！我郝建华身上的这些污点，是郝家的耻辱，我去不过是自取其辱罢了。"

"慧思可是当着所有人的面说这个家庭并不十分完美呢。她一定是意有所指，她还说她依然为这个大家庭感到自豪，依然爱这个家。你的这个女儿实在太优秀了，让我都有些嫉妒了。"崔银姬由衷地说道。

"咳，我们这做父母的都给她脸上抹了黑，说不成，不说了！"郝建华有些丧气地低下头，把自己扔在椅子里，一副没精打采的样子。崔银姬看着他，有些心痛："大哥，你别这么说，慧思她也不会这么想。"

郝建华想起大家出发去北京前，慧思也提出要留下来一起去看母亲。但她身为代表团的一员，举足轻重，不能轻易推脱，最后只好作罢。她在临行前对郝建华说："爸爸，我代妈妈向你道歉，希望你能够原谅她，她所做的一切都是因为害怕失去你。"

面对这样懂事又聪慧的女儿，郝建华还能说什么呢。

"亭花，我今天去看过魏轶力了。"

"她怎么样？"崔银姬问道，除了一般的关切，语气里并没有其他的情绪。

"就那样。她还是对你有很深的误会，我以前从来不知道她是这么心胸狭窄的女人，而且还那么狠毒。她竟然指使她的弟弟给你下毒，想要害死你。她对我做的那些我都可以不计较，但这一点，我永远都不能原谅她。"

"大哥……她并没有想要真的害死我，如果是那样，她就会叫人给我下砒霜，而不是巴豆了。"

"亭花你也太宽宏大量了吧，到现在还为她说话。她真的是到死都不悔改，今天我去看她的时候她还在说你和我的事，说什么现在她这个障碍没有了，我们就能够在一起快活了。真把我给气死了！"

"她会那样想，也是情有可原的嘛，毕竟，我……"崔银姬的话停住了，郝建华热烈又充满期待地看着她："你怎么样？"

"没什么。现在她进去了，日子一定不好过，你要多去看她，让她心里也有个安慰。"

旧情复燃

"哼！如果不是妈逼着我去看她，如果不是慧思太懂事，我真的这辈子都不想再见到她了。我想她的心里应该也很明白，她还拿出离婚协议来让我签字。"

崔银姬见郝建华这么说，把心中要说的话收了回去。最终，她没有给郝建华一个无比期盼的回答，这让郝建华显得有些怏怏。见郝建华心事重重，她只得轻声地问："那你签了吗？"

"我把协议书撕了。"

崔银姬听到这句话，似乎是松了一口气，又觉得有些失落。她低下眼帘，低声说道："你做得很对，这个时候你不应该再让她受刺激了，她其实并不想和你离婚。"

"我就知道她是惺惺作态，想要试探我。后来她就哭着说一定要好好表现，争取早点出来。这样也好啦，等她出来以后我们就两不相欠了。"

"你……是真的要和她离婚？"

"你觉得，我们这样还能在一起过下去吗？"郝建华反问崔银姬。

"那是你们夫妻之间的事，如果你还爱她的话……就没有什么问题……"崔银姬勉强自己笑着说出这样的话，心里却有什么揪着一样，开始发酸发痛。

郝建华看着崔银姬，他的心里也相当矛盾。要说他已经不爱自己的妻子了，也说不过去，毕竟是二十多年的夫妻了，就算没有爱情，亲情也是存在的，并不是那么容易说放开就能放开的。尽管对魏轶力很生气，甚至厌烦，但看到她的泪水时，还是有些心软。而在他的心里，对眼前的这个一起长大的妹妹又有着一种特殊的情愫。很早以前他就知道她对自己异常执着，害怕她的热烈和大胆就一味逃避，也正因为自己对亭花并非完全没有兄妹之外的情意，所以才会动摇得那么厉害，处处躲着她。后来得知他们并没有血缘关系后，他的确也有那么一些遗憾。只是那时候他已经和魏轶力结婚，木已成舟，覆水难收。郝亭花去韩国后，他以为他们今生今世再也不会见面了，就努力地把这份情愫压在了心底。可是，现在她突然回来了，而且光彩照人，处处体现出一位成熟女性的魅力，一般男人都难以抗拒来自她身上的魅力。所以，他也颇为动心。一想到这么优秀的女性曾经对自己倾心，就觉得相当满足。但他又不敢确定，如今的郝亭花，还有过去对他的那种期望和感情吗……

"谈什么爱不爱啊，就算是有爱，这么多年也早就淡掉了。"郝建华随意地说道。

"不……大哥，爱并不是那么容易淡掉的。就像陈年老酒一样，有些感情在经历了时间的考验后，反而会更加深厚。"崔银姬说着，目光深深地看着郝建华。

"那你是不是还……"郝建华握住了崔银姬的手，崔银姬惊了一下，想要收回去，但被抓得很紧，试了两下没有抽走，也就放弃了。她低头看着被捉住的手，心跳得跟少女时候看到大哥时一样，小鹿撞怀，紧张得连眼睛都不敢眨。

"亭花，你已经把大哥忘了吗？在你的心里，现在的我已经不是你以前的那个大哥了吗？"

"我没忘……大哥，你还和以前一样，是我最崇拜的大哥……"

"那你还爱我吗？"郝建华痴痴地问。

崔银姬猛地把手抽走，扭开脸，不去看郝建华："大哥，我一直都爱着你，没有一刻停过，但是我们不能……"

"为什么不能？"

"如果我承认了的话，我就真成了魏轶力说的狐狸精和第三者了。我不想成为破坏你们家庭的那种坏女人，我更不想因为我而闹得大家不和。大哥，我们都不年轻了，身上应该有更多的责任和义务，再说，我们都有了各自的生活……"

"亭花，你说老实话，你是不是已经有别的男人了？"郝建华一副一贯霸道的语气，满脸嫉恨，狠狠地抓起崔银姬的胳膊，蛮横地问她。

"这么多年来，我是怎么过来的，只有我自己知道……可是，你想想，我怎么可能没有人呢？"崔银姬有些气恼，心想凭什么用这种口气来对待我，好像我爱你天经地义一样，你怎么就不想想当年你是怎么对待我的？对于郝建华的自私，崔银姬再次感到了绝望。

郝建华像被突然扎破的皮球一样，颓然丧气，他放开了崔银姬，把脑袋枕到了雪白的被子上："我知道是我先对你无情……亭花，对不起……

我其实很后悔。在我的心里，一直都忘不了你……"

"那你为什么不早告诉我呢？大哥，你真的很自私……"崔银姬虽然恼恨郝建华以自我为中心的霸道，但他这样的表述同样感动了她，她心底立刻软化成了一摊春水。她轻轻地抚摩着他的头，柔声对他说："其实，我刚才的话是骗你的，我整天忙于工作，哪有时间谈恋爱啊。而且，你已经占据了我的整个生命，在我心里再也没有地方可以容纳进别的男人了。"

"你是说真的？"郝建华重新抬起头来，欣喜若狂地看着崔银姬，"你真的没有别的人？这么多年了，你真的是一个人生活？"

崔银姬有些难为情地打断了郝建华的话："我为了忘掉你给我的痛苦，在别人的眼里成了工作狂，没有男人会喜欢像我这样强势的女人。后来，我也打算当一个单身贵族，这辈子就一个人过了。"

"你打算一个人过？"

"是啊，我觉得这样很好。婚姻生活并不适合我，我更喜欢做一个事业女性。"崔银姬自信地笑道。

"……没关系，我可以做饭和做家务。"郝建华愣了一会儿突然说道。

"大哥？你说什么？"崔银姬被吓得不轻，再次以看陌生人一样的眼光瞪着郝建华。

"我想弥补过去的错误，亭花，你对我的感情不会白白付出，我想和你一起度过以后的人生，好吗？"郝建华以求婚一样的姿势，执起崔银姬的手，恳切地问她。

崔银姬足足怔了有两分钟，她的神色非常复杂，看着郝建华的眼睛惶惑地飘来飘去，脸色也白白红红地不断交替变化。最后，她终于长出一口气，声音有些沙哑地说道："大哥，你这样太突然了……谢谢你，我真的很高兴，你的心意……我领了。但我想……这个问题还是等以后再说吧，我现在还没有考虑那么远。我这次回来，一是探望家人，二是视察公司，再就是和你的元房子集团谈投资的事。我没想到要和你……如果不是魏轶力出了事，我想我们根本就不可能说这样的话……你让我好好想一想好吗？我现在心里很乱。"

"没关系，亭花，我等你的答复。"郝建华在崔银姬的手背上轻轻吻了一下，愉快地说道。

有惊无险

中央电视台在采访了郝立京及他的家人后，还安排了一场联欢晚会，庆贺国宝回归祖国。晚会结束后，骆子推着章小凤的轮椅出了演播大厅，突然，骆子倒了下去，跟在后面的郝立京连忙去扶他，但发现他已经昏了过去。

"快，叫救护车，上医院！"

大家一时惊慌失措，把骆子抬出了央视大楼。很快救护车就来了，于是一家人又跟着去了医院。

医生说骆子只是身体太疲惫，精神又高度紧张，所以导致了暂时性休克，只要好好休息就会没事。

虽说是虚惊一场，但毕竟是发生在一位七十高龄的老人身上，一行人还是为此紧张不已。章小凤坚持要守候在骆子身边，经过商量和妥协后，决定由郝祖国留下来陪章小凤，其他人回饭店休息，第二天早上再来看情况，是不是需要轮流看护。

郝祖国安慰了母亲几句，让她不要太担心，骆子叔不会有事，但章小凤却非常自责，流着泪对还在昏睡中的骆子说："骆子哥，我说我们就别来了，你非要说来。你看看，多危险啊？要是我把你的老骨头丢在北京，可怎么办哪？"

躺在病床上，鼻子里插着氧气管的骆子看上去非常虚弱，苍白的脸这时候才显出了他的衰老，他紧闭着双眼，眉宇间有淡淡的忧伤和愁苦，郝祖国想起之前在演播厅里，当章小凤上台后，骆子就一脸落寞地独自坐在台下，神情非常哀伤。后来他们回到台下，骆子也没有说什么话，一直都在沉默。

郝祖国想，一定是骆子叔看到台上全家人高高兴兴的样子，触景生情，感到了孤独……毕竟他为这个家庭付出了毕生的精力，但现在在这个家里，却没有一点点名分。尽管大家都心照不宣地认同了他，但人年纪越大后就会变得越脆弱、越敏感，他在那一刻感觉到自己是个外人，所以才会很落寞。而他又不能将这种心事说出来，更没有地方可以倾诉，这就造成了他的情绪压抑，甚至影响到了身体状况。

郝祖国比章小凤更感到愧疚与自责，他明明已经看出来了，却没有分出心思来多加注意，更没有及时给予老人安慰。如果真像章小凤说的，万一发生什么意外，尤其还是在异地他乡，他一定没办法原谅自己的。

似乎是感应到了章小凤的哭声，骆子的眼睛微微颤动了一下，有泪水从紧闭的眼角渗出。章小凤发现了，越发难过："骆子哥，你怎么哭了？你是不是觉得很委屈？"

章小凤抹着眼泪，一边哭诉："是啊，我们一家人风风光光，你……骆子哥啊，可是在我的心里，你就是我们家的一员啊……骆子哥，对不起，我真的忽视了你的感受……对不起……"

郝祖国悄悄地走到门边，看了母亲因为哭泣而微微耸动的背影一会儿，转身出门，把门轻轻地掩上了。

"骆子哥，这次回去后，我要告诉你一个天大的决定！"章小凤擦了一把泪，又用手巾擦掉骆子眼角的泪痕。

"骆子哥，对不起，我没有提前把这个决定告诉你。你不会生我的气吧？你不会……我知道，你从来都没有生过我的气，你总是对我那么好……"

章小凤说着又忍不住抽噎起来："骆子哥，你不知道我要决定什么吧？这是我章小凤的秘密，除了我，还有一个人知道。这个人啊，他几十年前就知道我的心思了。可是……他却从来都没有跟我说过他的心思……你一定知道他的心思对不对？骆子哥，你打算还要瞒我下去吗，你为什么不告诉我……"

章小凤趴到骆子床边哭得哀切，骆子动了动，睁开了眼。他缓缓地移动视线，最后停留在了坐在他身边的章小凤的脸上："小凤……我好好的，你哭什么啊？"

章小凤看到骆子醒了，却越哭越伤心："骆子哥，你……你真傻啊……"

骆子苦笑一下，用手摩挲着章小凤的胳膊："我是傻……傻了一辈子，可是你也不用现在才怨我啊。"

"我没怨你，我是在怨我自己……"章小凤说着又放声大哭起来。

"小凤，你是怎么了？这么大年纪了，可别这样哭，会伤身体的……"

郝立京和郝慧思因为要和国家文物管理方面的官员商谈一些事，所以就提前走了。他们担心骆子和章小凤，等那边的事一完结，就马不停蹄地赶回了医院。郝慧思先去值班台询问了一些情况，当她来到骆子的病房前时，看到郝立京站在门口，还没有进去，感到奇怪。

"立京，怎么啦？"她的心一下子提在了嗓子眼上，紧张地问郝立京。郝立京把手指放在嘴边，对她做了个嘘声的动作，然后摇摇头，悄声说："现在不能进去。"

郝慧思好奇地凑过去，透过门上的玻璃往里看时，看到的只有床头和骆子爷爷的脚。紧接着，她听到了奶奶说话的声音："骆子哥，我已经下定了决心！立京他爷爷也走了这么多年了。所以，我有一个心愿一直没能完成，现在我不想再拖下去了。我怕我们两个人中有一个人突然走掉，这个心愿就只能成为永远的遗憾了。骆子哥，我要嫁给你！"

"小凤，你说的是真的？"

"骆子哥，你愿意娶我吗？"

骆子万分激动地攥住章小凤的手："小凤，我等你这句话等得好苦啊！"

"哪，立京。"郝慧思拉拉郝立京的胳膊，两人蹑手蹑脚地离开了门口，走到十几米外的廊道尽头后，才放开了屏住的呼吸。

"你听到了吗？"郝慧思问郝立京。

"听到了。"郝立京点点头。

"那你有什么打算？"郝慧思歪着头看郝立京。

"我……我也不知道我该怎么办？"郝立京马上察觉到了郝慧思的意图，反问她。"因为啊，我就是你肚子里的蛔虫！你打什么鬼主意，转的什么小心思，都逃不过我的法眼！"郝慧思笑着用手指在郝立京肚子上捅了一下。

"嘿！那你这个蛔虫倒是说说看，我现在在想什么？"郝立京捏住郝慧思的手，笑着凑到她的耳边，轻轻吹了一口气。郝慧思尖叫一声，捂住了耳朵："你这个坏东西！我要去跟奶奶告你的状！"

"你要告我什么啊？"郝立京好整以暇地笑道。

"告你偷听她和骆子爷爷说话！"郝慧思的脸红红的，虽然她长期在国外生活，受到西方习俗的熏陶，但立京过分亲昵尤其是挑逗性的行为还是会让她感到羞怯，她狠狠地瞪了郝立京一眼："还有你，老是欺负我。"

"我什么时候欺负你啦？"

"就是刚刚！"

"我有吗？"

"你们在这里干什么？"小两口正在嬉闹时，突然一个严厉的声音从后面响起，两人连忙回头，看见了板着脸的郝祖国。

"爸……"

"不是让你们回饭店吗？又跑到医院来干什么来了？"郝祖国没好气地问着他们，看到他们竟然在医院里就闹了起来，真是有些不像话。虽然这个时候走廊里并没有人，不会有人看见他们做什么，但毕竟这里是公共场所。

"啊，爸爸，我们正好有件事要和你商量，是关于奶奶和骆子爷爷的。"郝慧思灵机一动，立刻化解了彼此尴尬的气氛。

旁观者清

"大哥，你的公司现在怎么样了？"崔银姬吃完郝建华亲手做的手擀面后，又看着他为她削苹果。尽管知道这只是暂时现象，但她也觉得自己好幸福，心里充溢着从来没有过的满足。

郝建华低头专心地削苹果，直到长长的苹果皮全部落在垃圾筐里，这才抬起头回答崔银姬的问题："我们的公司，正在进行脱胎换骨的改造。"

"建立制度和审计在同步进行吗？"

"现代企业管理制度的建立和审计工作已经结束，现在正在向国家有关部门申报上市的事呢！"

"这么快呀？"

"不快不行啊！我们元房子集团已经落伍啦！"

郝建华把削好的苹果递给崔银姬，并帮她扶了一下枕头，让她靠得更舒服一些。

"大哥，我发现你的变化不小呢。"崔银姬笑道，"不仅会做饭了，人也变得很体贴了，这是魏轶力培养的结果吗？人都说女人是男人最好的学校，看来你从她那里学到很多呢。"

"跟她没关系。"郝建华的脸一沉，"我是跟父亲在一起才改变的。这几年来，我基本上都是和父亲在一起生活，他让我有了很大的改变，不仅在工作上，也在生活上。他不仅教我如何管理公司，做一个现代企业家，还教我如何做人。"

"那你算是跟对人了，父亲可以说是好男人的典范。你拿他做榜样来学习，一定也会成为男人中的楷模。"崔银姬笑道。

"父亲就是对我太严厉了，让我只能从他身上感受到一个父亲的威严。不过自从爸爸去世后，他就对我有了些改变，好像之前是在刻意对我冷漠一样。你知道吗？对于我们元房子的发展，父亲当初给的评价只有一个成语。"

"他说什么？"

"投机取巧。"

崔银姬大笑："哈哈哈……一针见血啊！"

"你也这么认为？"

崔银姬停住笑："当然不完全是，因为我知道你是怎么把元房子发展起来的，你父亲只说对了一半。还有另一半是你认认真真、踏踏实实做出来的。"

"嗯，这个评价我心服口服。"

"现在好了，元房子集团才真正算是走上了轨道。"

"是的。过去集团的财物我根本就没有办法掌控。现在好了，祖国给我派来了个高手，那可真是个高手啊！"郝建华由衷地赞叹着。

"你说的这个高手，是不是网上财务管理啊？"

"是的。我不管走到哪里，只要打开电脑，集团的财务总是清清楚楚、明明白白啊！"

崔银姬看着郝建华兴奋的模样，就像是又回到了孩童时候，不觉莞尔一笑。郝建华认真地说："这就是现代企业管理制度的一项内容。过去，是用人不疑疑人不用。现在不存在这个问题了，就是你不信任的人也照样能管理公司的财务。因为，他的一举一动，不仅仅是在老板的监控之下，而且是在全体董事和监事的监控之下！我现在才真正感觉到了一种从来没有过的轻松。"

"这就是现代企业管理制度的魅力。"

"也是到现在，我才深切地感受到，父亲他在这方面真是一个奇才啊！"

"大哥，我问你一个问题，你要如实回答。"崔银姬突然想到一件事，问郝建华。

"什么事？"

"那天你真的不知道王市长已经识破了魏轶力的阴谋？"

郝建华怔了怔："你是问这个啊……说实话，我是真不知道。"郝建华想起了自己当时的茫然失措，现在也感到非常丢脸，所以说实在话他并不想提起这个话题。

"那你知不知道，王市长是怎么识破了魏轶力的阴谋的呢？"

郝建华沉吟了一下："亭花，魏轶力的阴谋不是王市长识破的。"

崔银姬的眼睛一亮："这么说，是你父亲识破的，对吗？"

郝建华点点头，神情里有些羞愧，又有些叹服："是的。父亲对我真是相当严厉啊！他早就预见到那天会发生那样的事，也识破了魏轶力的阴谋，但为了让我吸取教训，他连一点点口风都没有给我透露。他只是把一切都悄悄地说给了王市长。"

"因为父亲知道，这件事只有市长能平息，除此之外，在场的任何一个人都没有办法。"

"没错。我就是知道了原因，自己也平息不了这件事，因为事情根本就是由我而起，冲着我来的。父亲他是局外人，更不能出面解决这个问题。"

崔银姬意味深长地看了郝建华一眼："大哥，你要是知道了也能解决问题。父亲应该都考虑过这方面，只是因为魏轶力是你的妻子，她说的话你都会相信，很可能就被迷惑了。事实上也真是如此，对吗？"

郝建华赧然地躲开崔银姬的视线："是的，她在那里胡搅蛮缠，我也……"

"其实是你对她还有情。"崔银姬一语道破真相。

"我……"

看到郝建华因为自己的话而发愣了，崔银姬转开脸，偷偷地将眼中的泪水忍了回去。

女儿心

郝立京从书房里出来，看见郝慧思很难得地坐在电视机前，专注地盯着荧屏。他走过去想看一下是什么节目，结果看到了自己的岳父与姑姑在电视上接受采访的镜头。

日前，辽海市元房子集团成功改革成了股份制集团公司，并得到了来自韩国崔氏集团的资金投入，双方在隆重的仪式中签下合作协议。因此，"元房子"这个名字再次成为媒体争相报道的焦点。辽海电视台请了郝建华和崔银姬，专门为他们做了一次访谈节目，他们并没有就双方的企业和合作项目谈什么，反而开始大谈特谈两人当年上山下乡的事，这个访谈最后就变成了追忆大会。大家聊得都很愉快，郝建华显得非常健谈，又幽默风趣，逗得女主持人和崔银姬止不住地哈哈大笑。一个成功的企业家形象被他塑造得非常有个人魅力。

"你怎么了，不高兴吗？"郝立京发觉妻子反常的情绪，她不但没有因为电视上那些快乐往事跟着一起笑，反而脸色越来越凝重。这对于向来春风拂面的她来说实在是很不正常。

"我想给妈妈写一封信。"郝慧思没头没尾地说了这么一句，让郝立京越发一头雾水，弄不清楚她到底是怎么了。

"我们不是才去看过她吗？"郝立京奇怪地问。

郝慧思不言语了，她阴沉着脸看着电视屏幕，直到那个节目结束，换成了广告画面。她的心情非常复杂难言。看到父亲一改往日形象，好像突然年轻了十多岁，风度翩翩，魅力四射，按理说她应该感到骄傲才对。但她却一点也高兴不起来。现在，父亲有些儒雅的样子，和母亲憔悴的样子形成了强烈的反差，让她有如心头堵了一块东西一样，非常不舒服。她的主张是不过问别人的感情，尤其是父母与子女之间，应该保持对彼此的尊重。因为感情是个人隐私一类的东西，过于干涉就是对对方的一种侵犯。她从来没有去干涉过父母的事，不管是工作还是感情方面，所以她就算发现了他们之间的问题，也只是尽一个儿女该尽的职责而已，并没有跟他们提过这些敏感的事。她或许会做一点暗示，就像上一次目睹父母在家宴上吵架后去安慰母亲一样，她想自己所能做的也就是给予父母更多的关怀而已。到后来看到父母闹到了几乎无可挽回的地步，母亲也因此进了监狱，她开始觉得自己也有一定的责任。

去监狱探视母亲，看到她憔悴得几乎变了个人，郝慧思很揪心，却又无能为力，她知道那是母亲应该承受的惩罚，但她又觉得可以理解母亲的所作所为，所以非常同情母亲。她在心底里希望父亲能够和母亲感同身受，一起承担这样的结果，但现在看在她眼里的却并不是这样的结果。父亲好像过得非常惬意，好像是在表示没有母亲他反而更好。支援的结果，对于她来说的确有些难以接受。

她虽然不认为崔银姬姑姑是母亲所说的那种人，是来破坏他们家庭和夫妻感情的第三者。但就现在的情形看来，似乎是有这样的一种倾向。父亲除了工作以外，和姑姑的接触也很频繁，当然，他们原本就是兄妹，亲密一点也没有什么关系，可是——

郝慧思无法忽视她了解到的一个隐情。姑姑曾经爱过父亲，不是一般地爱，而是非常深刻地爱，甚至还为父亲自杀过一次。到如今这份爱还在不在，还会不会重新被唤起，郝慧思不敢细想。她知道，就算事实如此她也无权过问。父亲如果要和母亲离婚，她也同样无权插嘴。但她不想母亲变得更悲惨，不管她是站在哪一方，她都不想看到自己至亲的人受到伤害。父亲要追寻他的幸福，她是否也应该表示理解和支持？那么她理解过父亲后，自己的母亲怎么办呢？

"立京。"郝慧思把头靠在丈夫的肩上，轻声唤他。

"怎么了？你有什么心事可以告诉我啊，我能不能为你分担一点？"郝立京温柔地抚摩着妻子的脸颊，问她。

"我以前还为你插手你父亲的事觉得你很幼稚，可今天我才发现，做儿女的其实真的很为难。尤其是夹在父母之间，不知道该站在哪一边，无论站在哪一边，都好像会伤害到另一个。"

"你是在说你爸爸妈妈的事？"郝立京马上正襟危坐，他突然觉得这个问题的确有些严重。虽然事发时慧思依然决定跟他一起去法国，回来后一切都成定局，慧思的妈妈被判五年，他们唯一能做的就是去探望。但郝立京知道慧思一定会为自己没有陪在父母身边感到愧疚，尽管她在也无济于事，但她的性格决定了她总是要为别人想得更多一些。因此，郝立京也觉得自己亏欠了妻子，总想为她做点什么来补偿她。他想她的心里一定不好受，就时刻准备着听她的倾诉，今天她果然开口了，这让他反而有点紧张。

"是啊，我想听听你的意见。"郝慧思看到郝立京一脸严阵以待的神情，忍不住笑了。

"我的意见？这个……我只是女婿，不好发表意见吧？"郝立京谨慎地保留着自己的看法。他其实只是觉得自己的身份不适合发表意见而已，对这件事，他有他非常想阐述的观点，但怕郝慧思不高兴，就不敢说出来。

"唉……也对，这种事并不是可以判断是与非的。我只是心有感触而已，爸爸妈妈他们有自己的处理办法，我在一边看着就可以了。"

"你很难过吧？"郝立京试探着问。

"不知道。我的心情很复杂。妈妈和爸爸之间是否还存在感情，他们的婚姻是否还能延续下去，我担心这种事，又觉得自己很多余。我当然希望他们能够继续在一起，可是如果他们不再爱彼此，在一起反而很痛苦的话，我也希望他们能够痛快地分手，然后去寻找自己的幸福。这种心理不知道你能不能理解？"

"我可以理解。"郝立京点点头，"我认为婚姻是需要双方去维护的，我也不赞成没有爱情的婚姻，马克思说过，那是很不道德的。如果感情已经破裂，就不要勉强在一起了。没关系，就算他们不在一起，可还是你的爸爸妈妈，况且，你还有我啊。"

"傻瓜，我不是在问你这种问题啦。"郝慧思笑了笑，低下头去翻身边的一本杂志："立京，之前你发现你的父亲有'外遇'，是不是很愤怒？你的愤怒是从哪里出发的？感到自己被背叛，还是替母亲在抱不平？当时你觉得究竟是谁受到的伤害最重？是你自己，还是你的母亲？"

"都有吧。"郝立京有些为难地皱起眉头："现在想起来，其实更多的好像是为自己被背叛。因为在我的心目中，父亲是个很完美的形象，认为他不应该做出'外遇'这种事来。"

"你真老实呢。"郝慧思笑道，"我啊，和你遇到了同样的问题，却发现自己也做不到平静对待。所以我很想问你，你最后是怎么接受了她——另一位'小王子'的母亲呢？"

三角恋

郝立京其实也只是去看过那位"母亲"一次而已，是郝慧思陪着他去的。当时他鼓了好大的勇气去买了一束康乃馨，当她看到他们时，真的非常吃惊。她一直盯着郝立京看，就像是要把他看透一样。

郝慧思的记忆力是非常好的，所以她依稀还记得孙小明的样子。在看到现在的她时，心里也同样吃惊得不得了。难怪郝立京会不认识她，她变得太多了。应该是病魔使她变成了这个样子，消瘦得就像一张纸片一样，不过，这张纸片内容却非常丰富，她虽然虚弱到几乎不能站立，但她的气质一点没有改变，依然高洁如雪山之巅，让人有遥不可及的感觉。郝立京非常大胆，他直接问孙小明："你还爱我爸吗？"

孙小明并没有回答他，只是微微一笑："你和你妈妈一样，问了我同样的问题。"

当然还爱着。郝慧思非常肯定。如果不是还爱，她那么骄傲的人，不可能让自己以那种姿态偷生。她一点都不快乐，但却很满足。这是郝慧思从孙小明眼中看到的内容。她完全是在为那些爱着她同样也被她爱着的人而活着，坚强地活着。

郝慧思可以很好地理解孙小明，因为她就像水晶一样透彻，一眼就看到了底。但郝慧思不太能理解自己婆婆的心思。罗绮一如既往平静，又从容地过着她一成不变的生活，只是现在她要照顾的人里面，多了一个孙小明。她把这位可以说是她的"情敌"的女子当作自己的姐妹一样对待，甚至可以说比姐妹的感情更深。在所有的人里面，最怕失去孙小明的人并不是郝祖国，反而是她。从她到处去搜集偏方，几乎到了着魔的程度就可以看出，她有多在意孙小明的病痛。郝慧思后来想，大概那只是她和孙小明两个人之间的关系，她们是朋友，灵魂之交的挚友，所以她深爱着孙小明。在她们之间不存在郝祖国这个障碍。他们三个人看似是个等边三角形，其实只是一个没有闭合的角而已，他们中有两点，之间没有连线，或者说连线很长很淡。

郝慧思不会跟郝立京说，他的父母之间没有爱情。因为事情并没有那么简单，而感情这种事谁都说不清楚。她唯一看清楚的就是，罗绮和郝祖国两个人都深爱着孙小明，一为友情，一为爱情。罗绮会因为孙小明对郝祖国愤怒，但郝祖国却会为孙小明对罗绮产生嫉妒。非常微妙的关系，罗绮和郝祖国又在完美地扮演着妻子与丈夫的角色，他们彼此信任并依赖。

这种关系要是跟郝立京解释，估计他永远都无法理解。郝慧思苦笑着摇摇头，根本无从借鉴，因为自己的父母是完全不同的另一种情况。同样是三角关系，却要激烈得多，这里面没有友情的存在，却有亲情夹杂其中。

郝慧思想给母亲写一封信，把她看到的另外三个男女怎么处理他们之间的关系这件事告诉母亲，让她从中明白一点道理。越是恨越得不到爱，越是想要抓紧却越是抓不住。

郝慧思把自己的想法告诉了郝立京，却得到了他的反对："你太天真了吧。再说我爸的情况和你爸不同，他和孙阿姨现在只是朋友关系而已。"

"废话，我爸爸和亭花姑姑也只是兄妹关系！"

"你说得很对！但是你妈妈一定不这么想！否则就不会出这样的事了。""她只是一时糊涂。而且她也和你妈妈一样，她很爱我爸爸。"郝慧思的脸色有些不好看了，她瞪着郝立京，心里想着一些狠话，但终究没有说出来。她不想因为自己的心烦意乱就制造另一起夫妻纷争。但郝立京一点也不看情况，不体贴她的心情，还在这里辨别是非，实在令她恼火。他以为她跟他说了这么多，是真的要他给意见。她只不过是想向他撒撒娇，希望他能够安慰一下她，再顺便转移一下她的情绪而已。

"如果她真的爱自己的丈夫，就不会背叛他。"郝立京不服气地说道。

"我早就跟你说过了，不要以你自己的行为准则来判断别人！感情这种东西并不是那么简单！爱与恨往往只在一念之间，爱得越深，就恨得越深！而且爱情的表现方式也不仅仅是忠诚与顺从，你这个笨蛋，跟你谈这个问题简直就是对牛弹琴！"

"你说我是笨蛋？你骂一个天才——笨蛋？"

"是啊，天才和笨蛋也在一念之间，而且，你这个所谓的天才，就是天生的蠢材啊！"郝慧思话刚说完，郝立京就跳了起来，他要去抓郝慧思，但郝慧思却笑着敏捷地躲开了，然后一溜烟跑进书房，把门从里面锁上了。郝立京无可奈何地站在门外，气急败坏地喊道："你等着，我要你承认我并不是笨蛋，我现在就去看爱情心理学！"

郝慧思在书房里爆出了非常过分的大笑："大傻蛋，我建议你最好是去看外科，让医生把你的脑袋打开，重新改装一下，说不定还有希望呢！"

故友重逢

　　崔银姬对郝建华在电视上大谈他们的往事，其实是有那么一点不高兴的。她觉得有很多事都已经算是她的隐私了，却被郝建华给曝光在大庭广众之下，这让她感到很难堪。

　　"大哥，你怎么能那么说呢。咱们私底下可以胡说八道，可那毕竟是对着大众的媒体，你怎么还能乱说一通呢。"

　　"我没有说错什么吧？"郝建华没觉得有什么不妥的。

　　"算了，反正你说都说了，现在我说什么也改变不了了。"崔银姬叹了口气，有些无奈地看着郝建华。

　　"你……生气了？"郝建华终于发觉到她不是那么高兴，这才试探着问。

　　"我没生气。我只是想到了……我已经和你们集团签了约，在这边也没什么事了。"

　　"你是说，你要走了？"郝建华怔了怔，终于想起了这个现实问题。毕竟，崔银姬现在已经不是这里的人了，她在韩国已经有另一个家了，她的事业在韩国，她的生活也在韩国。

　　"我能不走吗？"崔银姬幽幽地看着郝建华问道。

　　"你可以不走……留在这里不行吗？"郝建华一把抓起崔银姬的手，神情有些纷乱。

　　"我……不能，至少现在还不能。"崔银姬摇摇头，"那边公司的事还得我回去处理，已经开始催起来了。而且，我也没有理由留在这里呀……"

　　"为什么没有理由？你的家不是在这里吗？还有我……"

　　"大哥。"崔银姬大声喝止住郝建华，"你不能成为我留下来的理由。我们以前是兄妹，以后还是兄妹，我们永远都只能是兄妹。你是我的大哥，我是你的小妹，就这样了。"

　　"为什么？"郝建华不明白，他的眼中闪过痛苦的挣扎。

　　"我的好哥哥，你听我的，你需要好好考虑你自己的感情。你真的爱我吗？你真的已经不在乎你的妻子了吗？等你想清楚了，我们之间也就会有结果了。"

"那……你会等我吗？"

"哥，我说过了，我心里只能容纳一个人。但这个人必须是一个值得我爱的、真正的、伟大的男人！"崔银姬深情又痛苦地看着郝建华。

"你打算什么时候回去？"

"就这一两天。我想请全家人再在一起吃一顿饭，聚一次。不知道下一次又会到什么时候了……"崔银姬无限伤感地说道。这一次她已经见不到那位忠厚又温柔的养父亲了，下一次不知道会见不到谁？而且，这个下一次还会不会有，她也不能肯定。如果到时候郝建华做出的决定是另外一回事，那么她是否还有回来的理由和必要了？

"这个很好办，我去跟大家说。"郝建华一口答应，他并没有察觉到崔银姬的感伤。如今事业一帆风顺的他可以说是相当意气风发，就像是得到了新生一样，有从内到外的全新感受。他又对自己充满了自信，对未来也充满了期待和热情，他很容易就可以忘记过去的不愉快，重新找到对自己的肯定。和崔银姬的合作可以说将他的事业推进了一大步，公司顺利上市、新项目开发成功、利润迅速增长、接连获得省市嘉奖……荣誉和成果滚滚而来，他被鲜花和掌声包围着，曾经有过的那一点污渍对他来说已经算不了什么了。

"谢谢你，大哥……"

得知崔银姬要回韩国了，郝祖国和郝设华同时做出了一个决定。于是，就在家宴前的那个下午，崔银姬接连见到了两个让她意想不到的人物。

先是郝祖国对崔银姬说，要带她去见一个老朋友。

"是你的老朋友还是我的老朋友啊？"崔银姬怕又是像戴云山这样的"老朋友"。上一次郝祖国带她去参观新城北的新风貌，到以前住过的地方"怀旧"，结果就恰巧碰上了她的"前夫"戴云山。虽然他们的婚姻本身就是一个玩笑，但戴云山对崔银姬却是认真的，所以他见到她后，表现得非常激动，甚至提出想要和她复婚，搞得崔银姬相当尴尬。

"你别紧张，她是女的，虽然你也认识她，但她只是我的老朋友。"郝祖国从崔银姬心有余悸的表情中看出了她的担忧，就笑着告诉她，叫她不必这么紧张。

"女的？又是你的老朋友？还非要我见一面？等等！"崔银姬突然大叫，"我想我猜到你要让我见谁了！"

"真不愧是我的大姐，还是那句话，这个世界上最了解我的人就是你。"郝祖国笑道。

"我又没说是谁，你怎么知道我猜对了？"

"你弟弟我的人际关系有那么复杂吗？尤其是男女关系——你当然一下子就能猜出来了。"

"哈哈！你还挺有自知之明的嘛！"

崔银姬猜到的人是孙小明，所以她猜对了。但当她见到孙小明时，却以为自己猜错了。因为她根本就认不出孙小明现在的样子，也就无从将自己见到的人和当年那位如花般娇媚的女子联系起来。直到孙小明主动与她握手，并说出自己的名字，崔银姬才如梦方醒。再次打量着孙小明，她深深感受到岁月的无情。听了郝祖国的解释，崔银姬知道孙小明其实是因为病痛才会如此憔悴，却依然不能释怀。孙小明看出她心中的疑惑，就告诉她自己是在受着郝祖国夫妻的照顾，否则早在两年前她就应该死在医院里了。

"他拿我爸要挟我，非要我做手术。"孙小明有些娇嗔地睄了坐在她身边的郝祖国一眼，郝祖国只是静静地笑了笑，那情景看在崔银姬眼里，恍恍惚惚间像回到了多年前，面前依然是一对如花美眷。

"你不想做手术吗？为什么？"崔银姬不解地问。

"因为，那时候并没有什么特别想要活下去的理由啊。"孙小明笑着说道，笑容一如多年前的明净妩媚。

祖国还爱着她，她也一样！这就是崔银姬的切身感受，因为他们之间的眼神交流就说明了一切。一点都没有变，就像他们从来没有分开过，这二十多年只不过是一个谎言而已。

"呵呵呵……"离开时，因为想了很多，崔银姬不由自主地开始暗笑，她使劲拍打着郝祖国的背，对他说："你竟然得到了罗绮的许可，你实在是太厉害了。"

"并不是因为我。"郝祖国带着些许痛楚地看了一眼崔银姬，"她们两个是好朋友，情同手足，亲如姐妹，我只是一个安慰奖而已。"

"你是安慰奖？"崔银姬大笑，"真的假的？那到底是谁在安慰谁啊？"

"一开始好像是我们在安慰她，但现在变成她在安慰我们了。"郝祖国叹了口气，"她很痛苦，被病痛折磨得吃不好睡不好，人越来越虚弱，我有时候都想，干脆就让她走了算了，实在不忍心再看她受苦，可是……"

"可是又舍不得，对吗？"

"是……罗绮很执着，到处寻医问药，以前没见过她这样，我不敢跟她提。如果我真做了，她一定不会原谅我。"

崔银姬看着郝祖国，静默了一会儿，幽幽地说道："恐怕她和你是一样的想法。"

"大概吧……"

"祖国，你后悔过吗？"

"人生并非没有缺憾，只要有选择就会有痛苦，而痛苦是成长必需的经历，痛苦是完善人生的一种体验，因为，不知痛苦就不知幸福。"郝祖国喃喃地说道。

"谁告诉你这些大话的？"崔银姬有些讥讽地问。

"归纳别人的意见，我自己总结的。"郝祖国说。

"不行，你得老实跟我交代，你和孙小明是怎么变成现在这种奇怪的关系的？"

"奇怪吗？"郝祖国笑道，"我怎么一点都不觉得奇怪？"

"你这个臭小子，不要太嚣张了！"

崔银姬愤恨地瞪了郝祖国一眼，郝祖国大笑，然后告诉了崔银姬在这之前所发生的一切。

"祖国……你实在是幸福过头了，得让你多尝尝痛苦的滋味！"崔银姬泄恨似的，又在郝祖国的背上重重地捶了一拳。

"我真的是得到太多了……不知道该怎么偿还。"郝祖国喃喃低语。

"诚心要还，就在她走后，好好活下去！"崔银姬揽过郝祖国的肩膀，"我知道你心里有多怕，没关系，姐还在这里，你可以借我的肩膀哭一下。"

郝祖国没有出声，但崔银姬知道，他哭了。肩头热辣辣的，那是男人不轻易流下的泪。

心有千千结

赴宴前，章小凤和骆子发生了一点小小的争执。

章小凤接到邀请后，满怀欣喜地告诉骆子："正好，趁这个机会，把我们的事告诉他们。"

骆子一愣，没想到章小凤会做出这样的决定。

"小凤，这……不太合适吧？"骆子迟疑地问。虽然他盼着这一天已足足半个世纪，但那天在医院里，章小凤向他求婚时，这个愿望已经算是实现了。他并没有奢望真正举行两人的婚礼，更没有想过把他们的决定公开。他只要确定了章小凤的心意，并听她亲口说出来，就心满意足了。

"有什么不合适的？难得大家都聚在一起，省得我再召集人，他们都很忙，一时间也召集不齐，而且亭花也在，也让她高兴高兴。"

怎么可能会高兴呢？骆子不由得在心里叹息。他可不认为事情会那么乐观，不要说他们都已经是七十好几的人了，如今章小凤儿孙满堂，而且个个都是人中龙凤，在外面出人头地，举足轻重，这种事对他们都不算是光彩的事。老了老了，娘要嫁人了，谁会高兴啊？论情论理都说不通啊！

"你怎么不说话啦？后悔了吗？不想娶我了吗？"章小凤故意这样问骆子。

"我怎么会后悔……我是怕……"

"怕什么？怕他们反对？不同意我们结婚？是不是啊？"章小凤扬起声音大声地问。

"小凤，我们结婚，也没必要搞得四邻皆知，总得顾着点孩子们的颜面吧？"

"颜面？什么颜面？难道我们结婚他们很丢人吗？我们是正正当当去民政局登记结婚，为什么不能让别人知道？"章小凤越说越气愤起来，瞪着眼睛，双手直拍轮椅扶手，骆子连忙抓住她的手："你先别气呀……唉，你就听我一回吧，这事儿当然是要跟孩子们说，但是得找个好时机，把大家召集在家里，开一个正式的家庭会议，也给他们一个思考和回旋的余地，你说这样好不好？"

"开家庭会议这一点我同意，但是为什么要给他们一个思考和回旋的余地啊？"章小凤相当的执拗，非要问个一清二楚不可。

"万一他们不同意……"

"他们凭什么不同意？我是他们的娘，他们还敢管到我的头上来？"章小凤的声音之大，就像是要和谁吵架一样。

"他们如今毕竟都是有头有面的人了，传出去恐怕……"

"奇了怪了，我一不偷二不抢，我一没杀人犯法，二没祸乱国家，为啥要偷偷摸摸的？"

"小凤，你怎么就不明白呢？"看章小凤不听，骆子也有些生气了。

"我就是不明白！"章小凤鼓着嘴，开始生闷气。

"我怎么样都无所谓，我是一个孤家寡人，也早没什么好顾忌的了。可是你不一样，你是全国劳动模范，又是劳动模范的妈，英雄的母亲，你的一举一动都会引起人们注意，我不想在你这么完美的一生中，增添我这样一个污点……"

"骆子哥！"章小凤大叫一声，泪水唰唰地落下："我什么都不要，我就要你这个人！你不许这样说自己……"

"小凤，你别哭啊。"骆子连忙过去为章小凤擦眼泪，"不是说哭多了会伤身体吗？"

"是你惹我哭的！"

"是，是，是我不好。我不说了，好吗？快别哭了。"骆子柔声安抚着章小凤，直到她不再落泪。

"骆子哥，我知道你在想什么……我是有些太冲动了，就依你吧，这事儿也不急那一时三刻，慢慢儿跟他们讲，好不好？"

"好。"骆子笑道，"我什么时候没有依过你？"

"明明这次是依你嘛。"

"对对，是依我。"骆子取来章小凤的外衣，"时间差不多了，我们该出门了。"

"骆子哥，我想孩子们应该不会反对我们，他们早就把你当作这个家庭的一员了。"

"我知道。"骆子微微一笑。默许是一回事，当面承认又是另一回事。但为了不再与章小凤发生争执，骆子决定不开口了。他非常了解章小凤强硬的作风和火暴脾气，怕她为此和家人产生裂痕，更怕她为此受到伤害。

与其那样，他宁愿委屈自己，永远做一个只被默许的存在。

时隔三月的家宴，少了一人，多了两人。

魏轶力在监狱服刑来不了，但却来了另外两个人：吴飒飒和郝立升母子。大家看到多出来的这两个人时，不知情的人都被惊得不轻。

"设子，这是怎么回事？"郝建华把郝设华拉到外面，偷偷地问他。

"是亭花姐她……她非要把他们带来……"郝设华看来是比任何人都要慌张的那一个。入席后，他始终都不敢抬头与章小凤对视，但章小凤却表现得啥都没看见一样，照样是哈哈大笑，高声言语，还把小立升叫到她身边去坐。

至于为什么吴飒飒母子会出现在这个家宴上，还得从崔银姬去会见郝设华给她介绍的人说起。

一开始崔银姬当然不知道郝设华要让她见的是什么人，她从章小凤那里隐约听到郝设华已经成家这件事，但一直没有见到过自己的弟媳，心里很奇怪，又觉得似乎有隐情，既然大家都刻意隐瞒着不说，她也就不好问了。

郝设华说的朋友，其实就是他的妻子和那个洋娃娃郝立升。崔银姬看到一对母子后，心里豁然开朗。尤其是看到那个已经到学龄的男孩子，她就马上明白了这对母子会被郝家遗忘的原因。崔银姬什么都没有问，她和这对母子聊了一会儿，就喜欢上了他们。母亲很文静，也很内敛，孩子却非常活泼可爱，聪明机灵。郝设华在看着这对母子的时候，眼中流露出的神情是既依恋又痛苦。知道他很矛盾，有无法化解的心结在，崔银姬非常理解。

崔银姬假装不经意地问小立升："你的爸爸呢？"

"我爸爸出国了。"小立升即刻说出的答案让对面的郝设华和吴飒飒都有些尴尬，他们对视了一下连忙闪开。吴飒飒的眼中有了泪影。

"哦？你爸爸叫什么名字呢？"

"我爸爸叫郝设华！阿姨你知道吗？我爸爸可厉害了，他是工人工程师，还是劳动模范，他发明了好多好多科学成果呢！"

吴飒飒低下头，郝设华则越发痛苦地怔怔地看着郝立升。

崔银姬在心底叹息，为自己的弟弟，也为身边这个可爱的孩子。

要到赴约时间了，崔银姬问立升："跟阿姨一起去吃饭好吗？"

"好，我的肚子都饿了。"郝立升大声说完，突然又觉得似乎不妥，转头看向母亲，小狗一样张着湿润的大眼睛，征询母亲的意见。

"立升，我们回家去吧，阿姨和叔叔都有事。"吴飒飒不想给郝设华增加麻烦，因为她看出了他的为难。

"阿姨和叔叔都要去吃饭，既然立升肚子饿了，就一起去吧。"崔银姬对郝设华眨眨眼，拉起郝立升的手，就要带他去坐车。

"姐……"

"有什么关系，都是一家人嘛。"崔银姬故意把"一家人"说得很重。

崔银姬的态度很强硬，不容郝设华解释，就把郝立升放在副驾驶座上，然后上车。郝设华看着吴飒飒，看到她无奈又黯然的样子，心中一荡，就打开车门，对她说："你也上车吧。"

吴飒飒在那一瞬间惊喜过望，但马上她就低下头去，虽然上了车，一路上却都没有说过一句话。

就这样，这对母子就突然出现在了郝家的家宴上。她们母子的出现，除了郝建华反应得比较强烈外，其他的人在惊讶之后，都装作什么都没有发生过一样，谈笑风生，闲话家常，依然如故。

席间，崔银姬说自己就要离开辽海了，章小凤呵呵笑道："没事，韩国离咱又不远，没事就回来看看。"

"是啊，我会帮你找机会的。"郝祖国说。

崔银姬看了郝建华一眼，淡淡一笑："我会常回家看看的。"

热心人

时间如白驹过隙，不知不觉又过去了两个春秋。2008年的春天来到了。

郝设华凭借着"离心压缩机、鼓风机机壳拼装制造技术"，获得了国家科技进步一等奖。其实，郝设华获得国家科技进步奖已经不是第一次了，上一次是二等奖，这次一下子拿到了一等奖。到北京接受奖励的郝设华并没有像别的获奖者那样兴高采烈、意气风发……原因有二，一是他曾经已经获得过一次了，虽然是二等奖，但那也是实实在在的国家级奖励。二是在他的心目中，依旧念念不忘的还是他的妻子吴飒飒……

整个会议间隙，他都闷闷不乐地窝在宾馆，连最后的联欢会都没有参加。他一个人待在房间，偷偷地拿出随身带着的那张和吴飒飒的结婚照，开始睹物伤情。他默默地对着照片中的妻子出神，如果她知道他得奖了，一定会比他还高兴，然后和家人一起为他庆祝，热烈地拥抱他……

"纵有千种风情，更与何人说？"郝设华此刻的心境，正映照了柳永的这句词。郝设华把照片放在床头，打开包，取出他随身携带的另一样东西——他心爱的萨克斯。他靠在床边，开始吹奏那曲《真的好想你》。

不知道过了多久，郝设华正沉浸在满怀的感伤中，房间门突然被人敲响了。他连忙站起来，擦了擦脸，去开门。

"你好，我是上海的王建东，你是辽海的工人工程师郝设华先生吧？"

"是我。"郝设华把客人让进门，"你……请坐。"

"郝工，你为什么没有去参加联欢会呢？大家都在找你。"

"我……有些不太舒服。"

"那你有没有去看医生啊？"王建东非常热情，一听到郝设华说他不舒服，就连忙嘘寒问暖的。郝设华就说自己已经吃过药了，没事了。

"是这样吗？"王建东扫了一眼郝设华随手放在床上的萨克斯："刚才我经过你的房间，听到屋里有人在吹萨克斯，就忍不住停了下来，但我敲了很久的门，你才来开门。"

"抱歉，我……我没听到。"

"所以说，我想你一定是有心事，你不舒服不是因为身体有病，而是心里有疙瘩吧？"王建东以他南方人的精明，似乎已经看透了郝设华的心思，他转而又看到床头的那张照片，不动声色地接过了郝设华冲好的茶："你把一首原本缠绵悱恻的爱情小曲吹得那么凄婉哀怨，实在让我没办法不在意啊。"

看来，这位上海人还是个热心人。郝设华却想不起来他到底是谁，自己有没有和他打过交道。

"王先生，请问你是……"

"哈哈，我就知道你记不起我来了，今天开会的时候我就坐在你旁边，我是上海鼓风机机壳研究所的，和你算是同行。"

郝设华总算想起这号人物了，一半惊喜一半抱歉地伸出手去，"你就是大名鼎鼎的鼓风机机壳专家王所长呀！幸会，幸会！"

"郝工你客气了，我那算什么专家呀，充其量也就是闭门造车。你郝工才是真正的专家啊，你的机壳基地已经为全世界造出了几百台大型机壳，你是攻克了世界级工艺制造技术难题的'蓝领专家'呢！"

郝设华经不起人的夸赞，涨红了脸："王所长，你过奖了……"

王建东继续滔滔不绝地说着："你知道吗？一个工人，不但参加了全国的科学技术大会、获得了国家科技进步的一等奖，而且总书记、国务院总理又接见了你，这就意味着，你，郝设华，已经真正成功啦！"

"不，我还差得远呢……"郝设华慌忙摇着手，笨拙地说道。

"郝工，你实在是太谦虚了，你也和我想象中的不太一样。"王建东看到郝建华腼腆的样子，愉快地哈哈大笑："听说你们东北人都特别豪爽，也特别能喝酒，今天我俩有幸认识，不如出去喝两杯，怎么样？顺便，让我帮你解解心结，哪怕是我帮不上什么忙，找人说一说，倾诉一下苦闷，也是一种治疗心理问题的方式哦。"

郝设华架不住王建东热情的邀请，两人到外面找了家环境幽雅的酒吧，喝酒聊天。几杯酒下肚后，向来不胜酒力的郝设华就向王建东说出了隐藏在心中多年的心事。

"我说老郝同志啊，这都什么年代了，你竟然不知道这世上还有亲子鉴定这项技术吗？你是不是一心只搞自己的科研，所以根本就两耳不闻窗外事啊？这可不行哦，作为一名工程师，你也要跟上时代，多吸收各方面的信息，这样你才能有更长远的发展，眼界才能更加开阔。"

"老王你批评得是……我其实什么都不懂……什么都不是……"

"哎，我没说你这个啊。你看你这个老郝……算了，我跟你说啊，鉴于你所说的这种情况，我建议你去做一个DNA鉴定，到时候就什么都清楚了，你也用不着这么烦恼了。"

"DNA鉴定？"

"是啊，就是用科学的方法鉴定你们究竟是不是亲父子。从你对你妻子的描述，我也认为她不是那种水性杨花的女人，她怎么会做出背叛丈夫的事儿来呢？而且你和那个孩子之间有很微妙的感觉，正所谓父子天性啊。但你老是这么怀疑也不行啊，所以你需要一个更加确切的认定。只要用DNA鉴定出那孩子到底是不是你的，一切就都真相大白了，缠在你们心头的疙瘩也就能够迎刃而解了。"

"这个什么DNA鉴定，真的这么管用？"

"当然，现在连法律上都认定这个方法了。不要怀疑，科学永远是颠扑不破的真理。"

"可是……如果结果……我不知道……"

希望的曙光

"就算结果不是你想要的，你也应该去做这个鉴定。第一，是对你妻子负责任的表现，第二，这样做对你自己也有个交代。你也不想再这么不清不楚地扯下去吧？多少年了？你这样摇摆不定的态度，对那个孩子是不是也是一种伤害？等到他再长大一些，懂事了以后，你们要怎么跟他说这件事？无论是哪一种说法都是对他的不负责任。因为你们没有根据，你们只是凭着表象在判断事物。这严重地违背了实事求是的科学观。"

"我只要有一个结果，其他都不重要。"郝设华咬着牙说道。

"是啊，无论是与否，有了结果后，你才能够下定决心，不是吗？正所谓长痛不如短痛，相信科学，也相信你的妻子，更要相信你自己！"

"好……我做！"郝设华一拳头砸在了桌子上，他下定了决心。

回到饭店房间，郝设华马上开通长途，给吴飒飒打了一个电话。在他结结巴巴解释完所谓的 DNA 鉴定后，吴飒飒在电话那头哭了。

"你……哭了？"郝设华有些慌乱，轻声问。

"我很高兴……你会想到为我证明……我没有做过对不起你的事……我不知道要怎么让你相信我……"

"我也不知道……我……"

"现在好了，我可以用这个方法，让你相信我了……"

"对不起，这么多年……让你受委屈了，我竟然不知道有这种方法可以证明你的清白，都怪我……我真的是个百无一用的书呆子，害得你和孩子……"

"不，设华你没有错，我也一样糊涂……我们这样……真的是好傻啊……"吴飒飒的呜咽声传到郝设华的耳中，他也忍不住哽咽起来。

"你把身边的事安排好，和立升一起来北京吧。"

"好……"

由于加班的缘故，她原本把孩子托付给父母照看，吴飒飒放下电话，收拾好行李就赶到父母家中。一听说她是要带孩子去北京，还要做什么DNA 鉴定，看孩子到底是谁的，吴母就坚决表示反对。

"你去干什么？到现在做那什么玩意儿又能怎样啊？他把你们娘俩一扔就是这么多年，管过你们的死活吗？鉴定个屁啊！孩子是不是他的，谁没长眼睛看不见啊？"吴母对于郝设华已经积怨太深，几乎到了无法原谅的地步了。这些年来，她看着自己的女儿受委屈，苦苦挣扎，母亲的心在滴血。可是女儿却是十头牛拉不回来的倔强，说什么都不听，一心要等郝设华回心转意。痴心的女子负心的汉，看在吴母眼里就是这种光景，她哪里还能忍受让女儿受更多的委屈。

"妈，我要带立升上北京。"

"不准去！"

"妈，我一定要给立升做 DNA 鉴定，不管我们怎么样，孩子的爸爸到底是谁，一定要给他一个交代。"吴飒飒态度也很坚决。

"我不信那个什么 DNA 就能让你翻身了？"吴母心痛地看着女儿。

"是 DNA，我在报纸上看到过相关的新闻，的确，法律上也采用这种方法来判断血缘关系。飒飒，你去做吧，不管结果如何，都要给大家一个交代。"吴文化支持女儿的决定。

"做什么？你看立升的样子，那不明摆着的吗！你们还嫌丢人丢得不够啊？"吴母痛心疾首，也口不择言了。

"妈……你可以不相信我，但我自己心里清楚我是清白的，为了证明我的清白，就是上刀山下油锅我也要去！"

"好！好！就我一个是坏人！你去做！我看你能够把黑的做成白的，我就不信，那明摆着的……"

"好了，你就少说两句吧。"吴文化看女儿已经泪水盈眶，并屈辱地咬住唇不说话，连忙喝止住了妻子。

"飒飒……妈没怪你的意思，算了，你去北京吧。"吴母也看到了女儿的样子，知道自己把话说重了，心头一难过，也跟着一起掉起泪来。她过去抱住女儿："你这个傻孩子，妈也是为你好啊……"

"妈，我知道。谢谢你，这些年来要不是你和爸支持我，我也……"

"再说那些干什么啊！我去看看立升，你们不会要连夜走吧，明天再去坐火车也行啊？这大冬天的出门，实在太遭罪了，记得多带点衣服，这天冷得，到处都下雪了呀，可不要感冒了，真是的……"吴母絮叨着进了里屋，吴飒飒来到父亲身边，依偎在他怀中，寻求着支撑："谢谢爸……"

"别担心，爸相信你。"

与此同时，郝设华已经醉得很厉害了。王建东陪他打完电话后，又被他扯着述说往事。郝设华从第一次见到自己的妻子说起，一直说到来北京之前，他还带上他们母子两个去了趟公园，孩子玩得十分高兴，他们看上去就像是真正的一家人。

　　"你们可不就是一家人吗。"王建东说道。

　　"可是那孩子……他的样子……我怎么……没办法……"郝设华怀着满腹委屈诉说着他心中的那个疙瘩。

　　"所以你们一开始就应该去医院求证。"

　　"那种事……怎么可能……"

　　"这就是你的不对了，你对自己的妻子不信任，对自己的婚姻不负责。"

　　"都是我的错……飒飒她一直在等我……她真好……"

　　"是啊，你看她对你一片痴心。唉，你却把这么好的女人弃之不顾，要不是她真的对你郝设华忠贞不贰，她早就另嫁他人啦！"

　　"不，我不要……我不要她跟别人……"

　　"你啊，你既丢不下，又磨不开，真是……"

　　"可是遇上这种事，是男人都……谁会想得开啊？她那么漂亮……"郝设华把床头的结婚照拿给王建东看，"你看，她是不是很漂亮？"

　　"是，是很漂亮。可是，人家漂亮也有罪啦？漂亮并不等于就会红杏出墙吧？要是我啊，马上去验证孩子是不是我的，然后再找她理论！"

　　"对不起……"

　　"你跟我说对不起有什么用啊，你要跟你的妻子，还有你的孩子说对不起。"

　　"他们来了……我就跟他们说……对不起……"

　　"还是等鉴定结果出来再说吧，那样才有效果。"

　　"对……飒飒，立升……爸爸……对不起……"

　　郝设华趴在床上，一边流泪一边呢喃，渐渐地没有了声音，王建东看他已经睡着，就帮他盖好被子。离开时他把那张结婚照放好在床头，又看了看沉睡中依然念着妻子名字的郝设华，轻轻地摇了摇头。

天　灾

郝立京很晚才回到家，进门就见郝慧思坐在电视机前，电视里正在播报南方雪灾的新闻。

"老婆，为了我们的将来，你要少看一点电视哦。"

"去，南方发生了这么大的雪灾，我不能关心一下啊？"郝慧思白了郝立京一眼，抓起身边的零食就往嘴里喂。

电视中播音员的声音清晰地传进郝立京的耳朵里："湖南下雪了，贵州下雪了，安徽下雪了，广东也下雪了……供电中断，供水中断，归家路变得前所未有的艰难……"

"这个星期，完全是冰雪做主的一段时光，这个白色的'怪物'使数个省份的春运陷入'半瘫痪'状态，持续的低温使城市'生命线'供水供电遭受严峻挑战……因为停电，很多居民家里冷得像冰窖；因为停水，不少居民家断炊，吃不上饭……"

"天哪！三分之一的电网中断了，三分之二的水管冻裂了！"郝立京把靴子往门口一甩，来不及脱掉外套，就奔到了电视机跟前。看着里面的画面，不断发出惊呼。

"南方人的家中没有暖气，冬天本身就冷，这突然又没有了电，没有了水源，肯定不好过。"郝慧思在一边缓缓地说道。

"那可怎么办？真没想到这一次会这么严重！"郝立京不无忧虑，拧着眉头进入了苦思。

"是啊，该怎么办呢？你就是想破头也帮不了他们啊，还是早点睡吧。"郝慧思抬头看看挂钟，深夜十一点整了。她伸了个懒腰，往卧室走去。

"我们得想办法帮他们一把呀。"郝立京关上电视，跟着进了卧室。

"你啊……以你个人之力能帮得了什么，这需要发动社会的力量，还是说，你自己想去帮他们铲雪？"

"远水解不了近渴。这个道理我懂。老婆——"

"怎样啊？"

郝立京上床将妻子抱住："以我个人之力现在能做的就是陪老婆睡觉。"

"这还差不多。"郝慧思笑着往丈夫怀中钻得更深了一些："不只有老婆，现在可多出个人来了呢。"

"对哦！"郝立京伸出手，在妻子的小腹处摸了摸："小家伙，能听到爸爸说话了吗？"

"笨蛋，这才多大啊！"郝慧思幸福地笑着，娇嗔地说道："才三个月，胚胎刚刚发育完成，神经系统还没有完善，要听到外面的声音，还得一段时间呢。"

"你不要拿那些医学理论来破坏我的幻想啦，我相信他现在就能够听到我的声音。宝贝儿，爸爸跟你说哦，外面在下大雪，南方也在下大雪，好大好大的雪啊，把房子都埋起来了，好多小朋友没办法去上学了……"

郝立京的轻言细语成了郝慧思最好的催眠曲，她在丈夫喃喃的诉说中沉入了甜美的梦乡。

郝立京见妻子已经睡着了，便又悄悄地从床上爬起来，蹑手蹑脚地出了卧室。他来到书房，打开电脑，他先浏览了各方面对南方雪灾的报道，了解了灾情。他不但看到了有关雪灾的详细情况，还看到了政府和全国人民对灾区人民的援助。

郝立京紧盯着电脑屏幕的双眼开始闪动，他打开自己的博客，在标题栏敲下"致南方的朋友"这一行字后，指尖在键盘上飞快地跳动起来……

　　南方的朋友们，你们好！实在抱歉，这几天我们公司太忙了，忙得我居然连电视、报纸都没有好好地看过。早就知道你们那里下大雪了，但是，我不知道会如此的严重。昨天晚上，我才知道你们真正地遭遇雪灾了，你们那里的电网1/3中断了，水管2/3冻裂了……不过，你们别急，一方有难，八方支援。相信在全国人民的支持下，你们会渡过难关的。现在，我在网站的新闻里知道，你们基本上有了民政部门发下的棉衣、棉被，交通也正在恢复，水网、电网也正在恢复……虽然这雪还在下，但是，比起前几天来小了许多。这就是好兆头！我们盼望着南方的朋友们早日渡过难关！今天是腊月二十四，再过一周就是我们中国人自己的传统佳节——春节了，我衷心地祝愿南方的朋友们春节快乐、万事胜意、阖家幸福！

郝立京伸了个懒腰，继续写着博客：

这场大雪对于我们北方人来说，是个丰收的好兆头。可对于生活在南方的朋友们来说，无疑是一场灾难。说到雪，这让我想起来很多。不仅我们北方人喜欢雪，历代的文人墨客都喜欢雪，他们不惜情感笔墨，为我们留下了无数首关于雪的千古名句。我们北方人读这些诵雪的诗句时很亲切，尤其是我们从小在冰天雪地里长大的人，就更崇拜那些大诗人了，他们居然把雪写到了我们的心里，他们太伟大了。但南方的朋友们读这些诗句时，就颇费思量了。因为，你们那里基本上见不到雪。所以，你们读这些诗人的诗句时，只有在脑海里展开无限的想象，然后再根据诗意细细地去体味。可今天不一样了，连日来的大雪，终于也让你们面对漫天大雪了。这雪下得也太大了，有些地方下了足足有一两尺厚，以至于成了灾。南方的朋友们不是喜迎"瑞雪"，而是"迎战雪灾"了。

你们南方从来没有下过这么大的雪，据说是50年不遇。这雪纷纷扬扬、飘飘洒洒地已经下了10天了，还没有要停下来的样子，温暖的江南变成了"千里冰封万里雪飘"的北国。我昨天看中央电视台的新闻时，吓了一大跳，不禁为你们这些南方的朋友们捏了一把汗。这场罕见的大雪一开始还是边下边化，可是后来那雪就不化了。开始时雪水成了冰帘子、冰溜子，屋里寒气逼人，屋外冰天雪地。电网被破坏了，不少企业被迫停工，无数家庭等待光明；铁路、公路、民航，都因为大雪，不少线路被迫停运了，无数回家过年的游子面临着一场前所未有的劫难……这雪对文人墨客是精灵，是引吭高歌的序曲，但对无数回家过年的游子却是一场灾难。他们被滞留在南方大大小小的车站码头、飞机场。他们望眼欲穿，他们焦急等待，盼望着早日能够乘上回家的车船、飞机，盼望着能早日见到自己的亲人……多少个家庭，多少对夫妻，多少爸爸妈妈，多少留守儿童，都在期盼着南方这场大雪早日停下来……

心系灾区

在中国龙汽车集团公司董事会议上，郝立京再次站在投影壁前，向董事们提出了他的新提案。投影仪播放的是当下南方的雪灾，那是郝立京一夜未眠的努力结果。他先让董事们看这些报道，然后对他们说："南方的朋友们对洪水有过充分、足够的准备，1998年长江发生特大洪水，在子弟兵的帮助下，在全国人民的支援下，他们渡过了难关。但对暴雪的来临，他们感到太过突然了，一句话，南方的朋友们对大雪、对严寒，没有任何的准备。100%的家庭没有暖气，面对突如其来的降温，他们根本就受不了！"

中国龙集团公司的董事们听到这里，一个个面面相觑……

"各位董事，各位领导，我是中国龙汽车集团公司的一名员工，我有责任向公司提出我的建议。车到山前必有路，有路必有中国龙。我们的中国龙车已经跑遍祖国大地了，但是，在最需要帮助的南国冰天雪地的公路上，却没有我们中国龙的破冰车、铲雪车！我们应该马上装配一批破冰车、铲雪车，组成车队前往南方，逢山开路、遇水架桥！如果有可能的话，我将毛遂自荐，担任这支车队的队长！让我们共同努力，抗击雪灾！"

郝祖国微蹙浓眉，但眼中有深深的笑意，他故意给儿子泼冷水："郝立京，你可真是改不了你的臭毛病啊，你以为我们的企业是慈善机构吗？我们为什么要参与这样的行动呢？"

他身旁的一位董事却对郝立京的话深表赞同："哎，董事长，我觉得立京的主意不错。"

"是啊，董事长，我觉着这个点子可行！既帮助了灾区人民，又宣传了我们自己。"黑一海也非常赞同。

郝祖国呵呵一笑："你们不用说，我也知道。其实啊，我们就是尽一个企业的社会责任，至于宣传嘛，郝立京这个销售公司的老总，早就是宣传部的部长啦！而且，他这个宣传部长一直都当得非常好！"

"董事长说得对，一方有难，八方支援，这是我们中华民族的传统美德，我们中国龙汽车集团公司应该承担起这个神圣的社会责任！"

"如果大家没有什么意见的话，我看我们就鼓掌通过了吧！"郝祖国见大家这样说，就只有同意的份儿了。

董事们一致起立鼓掌。

郝祖国看到这样的结果，微笑着对郝立京说道："郝立京呀郝立京，你可真行！"

"谢谢董事长夸奖！也谢谢各位董事、各位领导对我的支持！"

提案得到了通过，又受到了父亲兼董事长的夸赞，郝立京表现出了他日益成熟的笃定和沉稳，他向董事们道谢后，开始提出了自己进一步的计划："董事长，各位董事，我们从现在开始，加班加点，利用三天的时间，装配出 20 台破冰车、20 台铲雪车，然后由我带队，前往南方救援被困在那里不能返乡过年的群众！"

北京之行

冬天的早晨总是灰蒙蒙的，天亮得很晚。大雪纷飞中吴飒飒背上简单的行李，带着儿子郝立升出了门。

"妈妈，我们这是要到哪里去呀？"已经长到妈妈齐腰高的郝立升问道。妈妈望着儿子说："去找你爸爸。"

"找我爸爸？"郝立升站住了，他瞪着海蓝色的大眼睛，看着他的妈妈，不太敢相信。

吴飒飒帮儿子绑紧了围巾，不让风雪吹进去。然后，柔声对他说："是啊，爸爸在北京给我们打来了电话，叫我们去北京和他见面呢。"

"真的吗？真的吗？我爸爸回来了吗？"郝立升连连问。

"是真的。"吴飒飒眯起眼睛，给了儿子一个肯定的笑容。

"哦噢！我爸爸回来啦！我爸爸回来啦……"

郝立升兴奋地跳起来了，他高兴地拉着妈妈的手使劲往前跑。还一边催促："妈妈，快点，火车就要走啦！"

"立升，慢点跑！小心摔倒了。"

"妈妈，没关系，我拉着你，不会摔倒。"郝立升一副小大人的样子，把自己完全当成了可以保护妈妈的男子汉。

"你这孩子……"

"妈妈，我们为什么不坐飞机呢？飞机不是更快吗？"

"因为雪太大了，飞机不能飞了。"

"哦！我知道了！那我们快去坐火车吧！"

"立升，是不是要见到爸爸，很高兴呀？"

"妈妈才更高兴吧？"

"你说得对，妈妈更高兴！"

"哈哈哈哈……"

母子两人手拉着手，在大雪中奔跑着，把欢快的笑声和脚印一并留在了雪白的大地上。

在北京某工厂的工人大礼堂内，主席台上方悬挂着"全国科技进步奖获得者、著名工人工程师郝设华事迹报告会"的横幅，主席台下，坐满了企业的干部和工人，全国科技进步奖一等奖获得者、工人工程师郝设华的报告会正在这里召开。

"郝设华同志现在是辽海集团公司机壳生产基地的总工程师，是一位自学成才的工人工程师。他自从参加工作以来，发明了57项科技专利，1800多项技术创新，其中12项科技专利解决了全世界都无法破解的难题。下面，我们有请郝设华同志为我们演讲……"

在掌声中，郝设华站了起来。他激情澎湃地说："……我们厂的主要工作是机壳制造，但是，机壳制造工艺复杂，过去，我们一直采用铸造方法，仅工序就20多道，工期少则半年，多则一年。如果出现模型由于沙眼、气孔、夹渣等缺陷导致重来的话，不但工期难以保证，而且还会出现成本提高、质量不能保证的问题……世界上同类产品制造商都因为不能突破这个难题，望而却步了……所以，这个课题被列入世界级技术难题……我接受厂里这项向世界级技术难题冲击的任务后，经过了半年时间的努力拼搏，我们不但改造了反变心法、钢性固定法等新工艺，而且攻破了100多道世界性的技术难题……经过我们的努力，我们终于成功啦！"

掌声响起……

"创新意识是一个企业的生命。我举个例子，20世纪90年代，我们厂里来了两个外国专家，他们整天戴个白手套，在厂里转悠，横挑鼻子竖挑眼。我那时候在厂里也算是一流的焊工了，可是，他们流露出的总是傲慢和不信任的眼神。一句话，他们根本就不把我们中国工人放在眼里。那个时候，我就想，如果我们中国工人不能成为智能型、创新型的工人，就会永远被人家看不起。于是，我就暗暗地下定了当一个智能型、创新型的工人的决心。一个人一旦下定了决心，那么，他一定会成功。我下定决心不久，机会就来了。有一种沿袭了几十年的盖板压型方式的大型鼓风机机壳，我看出了问题，我想，如果把压型改变成切割拼装，效率会一下子提高30倍以上。经过我们的努力，我们最终也成功了……"

又是一片掌声……

北京站内，人流如潮。吴飒飒带着儿子跟随人群走出了站台。突然，她听郝立升大声喊她："妈妈！爸爸来接我们了！"

吴飒飒一惊，顺着儿子手指的方向，她看到了一个陌生人，手中举着"接辽海吴飒飒女士"的牌子，郝设华并没有出现。她稍微有些失望，犹豫了一下，拉着儿子向那个人走去。

由于郝设华要作报告，王建东就代他来车站接人。他看到一对母子向自己走来，就知道自己等的人到了："请问，您是……"

"您好，我就是辽海来的吴飒飒。"

"哦，你好你好！设华被北京一家企业请去作报告去了，我是他的朋友，上海的王建东，是他委托我来接你们的。"

吴飒飒礼貌地向他点头致谢："谢谢王先生。"

"哎？你知道我？"

"是，昨天晚上设华在电话中提到了您。"

"你和照片里一模一样啊。"

"照片？"

"是啊，设华总是带在身边的一张照片，是你们的结婚照，好几年前的吧？可你的样子一点都没变，还是那么漂亮！"

吴飒飒的脸有些红了，她低头拉过儿子："立升，这位是王叔叔，是爸爸的朋友。"郝立升非常懂事地给王建东行礼问好："叔叔好！谢谢叔叔来接我们。"王建东对这个孩子的漂亮和聪明相当惊讶："哦哟，你好！小立升，这么懂事呀！"

"叔叔，我不叫小立升，我叫郝立升。因为我的爸爸姓郝。"郝立升纠正着叔叔的错误，并强调着自己的姓氏。

王建东愣了一下，旋即哈哈大笑："哈哈，郝立升小朋友，叔叔错了，真是对不起了！"

王建东带吴飒飒母子到了郝设华住的饭店："小吴，这是设华的房间，你们先洗一洗，然后我陪着你们去吃饭。"

郝立升到这会儿还没有见到自己的爸爸，有些心急了，他揪着吴飒飒的衣襟，小心翼翼地问："妈妈，我爸爸在哪里呢？他怎么不来按我们呀？"

吴飒飒愣了一下，转向王建东："王先生，设华他什么时候能来？"

王建东看看表："哦，他马上就来了，我估计呀，现在的报告会已经结束了。他正在回来的路上呢，北京堵车很严重，所以我们不用等他，先去吃饭，坐了这么长时间的火车，孩子也饿了。"

"也好。"

"哇，我爸爸就要来了！我爸爸就要来了！"郝立升欢呼蹦跶着，跟妈妈和王建东一起下楼去吃饭。

郝设华作完报告后，又被邀请单位留下来吃晚饭，他不善推辞，只好勉强入席。但在吃饭间他就心神不宁，坐立不安。他惦记着到北京来的吴飒飒和郝立升母子。好不容易瞅了个空当，他连忙跑出来给王建东打了个电话："接到他们了吗？"

"接到了，已经安排他们在饭店住下了。"

"那他们现在在哪里？"

"因为一直都等不到你，就回饭店去了。"

"那我……"

"我给你房间的电话，你打过去问问吧。"

"好，谢谢你，老王。"郝设华高兴地说。

"别跟我客气啦，那边你能溜就溜吧，你又不适应那种场合。赶快去和妻儿团聚，立升那孩子实在太可爱了，就算不是我亲生的我也喜欢得不得了啊！"

"呃……王所长……"

"哈哈，跟你开个玩笑啦！不要在意，我先预祝你们全家团圆，幸福快乐！"

"谢谢……"

"要是立升真的是你的孩子，那该有多好啊！"

"是啊……"

郝设华按照王建东给他的电话号码，心情激动地拨了过去，但一直都没有人接。

云开日出

这天一大早，章小凤接到了郝设华从北京打来的电话。电话中郝设华激动无比，几乎泣不成声。

"你说什么？立升就是你的孩子？"

"是，DNA鉴定结果出来了，立升是我的亲生儿子！妈，立升是你的亲孙子！"

"我的天哪……"章小凤好半天都合不拢嘴，过了好一会儿，她才连忙对儿子说，"设子……我们都冤枉飒飒了，你要好好地跟她道歉啊。"

"妈，我知道……"

放下电话，章小凤连忙去把这个消息告诉骆子。

"你说这叫咋回事咧……"

两位老人相对无言，却又难过一阵，欢喜一阵，心情复杂得无以言表。

"我们太对不起飒飒了，不分青红皂白就那样对她……唉！我也是老糊涂了！"

"那也不能怪你啊，你不要自责了，现在真相大白了，设子的苦日子也到头了，我们应该高兴，高兴才对！"骆子拉起章小凤的手，好言宽慰。

"是啊，咱们得赶紧把这个消息告诉大家。"

这样的一个结果对于吴飒飒来说，似乎是理所当然的，她的沉冤终于得到昭雪，她也总算守到了云开日出。但是，吴飒飒却要求再做一次鉴定。她的理由是，她不想自己被误会了这么久的一个事实轻易就得到了验证，她希望能够有更加可以让人信服的证明。郝设华不太能明白她的意思，他以为她是因为委屈而无法原谅他。

"我相信你了，飒飒，是真的。如果你恨我的话，你就惩罚我吧，但不要……"郝设华很慌张，他真的怕吴飒飒不能原谅他而离开他，真的让他失去一切。"不，我不恨你……我怎么可能会恨你呢？如果恨你的话，我早就和你离婚了。"吴飒飒看上去很平静。在看到结果的那一刹那她哭了，就在北京市公安局鉴定中心的大门口，她哭得稀里哗啦，没人能劝住。郝设华只好随她去哭，知道她需要这样的发泄方式。他守在她身边，也陪着她流泪，一半激动一半悔恨。突然吴飒飒就冲过来抱住了他，在他的脸上又是亲又是咬，全然不顾是在大街上。郝设华有些窘，但更多的是欢喜，他紧紧地搂住怀中久违了的温软，不住地对她说："对不起，对不起……"

哭够了，也咬够了，吴飒飒渐渐平静了下来。郝设华原本是要和儿子当场相认，但吴飒飒拦住了她，她说还是由她来跟儿子讲，但现在并不是适当的时机，她提出了再做一次鉴定的要求。她对郝设华说，你不仅冤枉了我，更伤害了孩子，所以一定要让你们是父子这个证据更加充分和牢固。

"飒飒……我知道对不起孩子，我会补偿他的……"郝设华一脸的追悔莫及，更是惊慌失措，他本来就不善于处理自己和飒飒的感情，而父子之间那种更加微妙和紧张的关系让他望而生怯，加上又有了这么多年的误会和隔阂，他很害怕自己的儿子不认他这个父亲了。

"你放心，立升是个懂事的孩子，他什么都知道，你也要给他一个接受的过程。"吴飒飒转而安慰郝设华，她心头的那块乌云已经消失了，轻松过后她也考虑到了对孩子的交代，如何处理他们父子之间的感情。所以她做出的决定并非完全为了她自己，更非是赌气。对孩子来说，童年的阴影会影响到他的一生，所以一定要谨慎小心地对待。对于"叔叔"突然变成"爸爸"这件事，他能够理解到什么程度？对于"爸爸"为什么会在之前只是"叔叔"这件事又要怎么跟他解释？他能够接受这个突然从天而降的"爸爸"吗？一直以来，她告诉孩子的是，"你爸爸出国了"。也就是说，孩子还不知道他的爸爸实际上一直在辽海市。如果这件事情处理不好，孩子以后还能信任父母吗？要是由此给他留下心灵的创伤怎么办？这些问题在吴飒飒平静下来后，才感到了不安。

为了让他们夫妻之间和解，王建东把孩子带走了，所以孩子还不知道发生了什么事，他还在满心期待地等着从国外回来的爸爸呢……

吴飒飒将自己的顾虑告诉了郝设华，于是他答应了吴飒飒重新再做一次亲子鉴定的要求。

回到饭店后，郝设华把他们的决定告诉了王建东，这个热心的上海男人马上给他们建议，可以去上海做，因为上海 DNA 亲子鉴定中心是国内最早做DNA鉴定的单位，也是这方面的权威单位。在王建东热情的邀请下，郝设华夫妻准备带孩子再去趟上海。

"你们就当作是一次全家旅游吧，这样也可以趁机重温一下你们的蜜月，让你们的感情更加牢固。"王建东哈哈笑着说。

到了北京这么久都没有见到爸爸，郝立升开始不明白了，现在又跟他说去了上海就能见到爸爸了，他没有问为什么，只是瞪着清澈湛蓝的大眼睛看着他的妈妈："妈妈，这回是真的了吗？在上海就真的能见到爸爸了？"

"是真的。"吴飒飒蹲下身，肯定地对儿子点点头。

"好！那我们去上海。"郝立升非常严肃认真地对妈妈说，"等见到爸爸后，我要亲自把他给枪毙了。"

郝立升用手指比出一个手枪的姿势，口中发出"啪"的声音，似乎是有意无意的，他对准的竟然是郝设华。

王建东在一旁看了也听了，觉得很有趣，就故意逗他："立升，你为什么要把爸爸枪毙了呢？你不是很想见到爸爸吗？"

"因为我爸爸老是让我妈妈哭，爸爸是个大坏蛋，所以我要替妈妈惩罚他！"郝立升振振有词地说道。"好，叔叔支持你！"王建东赞同地连连点头，还冲着郝设华眨了眨眼。郝设华听了他们的对话，有些哭笑不得。

生动的一课

郝立京得到公司董事会的支持后，带领中国龙汽车集团公司的破冰车队赶往南方救灾。很快，他们的事迹就被媒体报道出去了。路鸣在报纸上看到他们的消息以后，大为赞赏。

"《南国冰雪路上的北方人》，中国龙汽车破冰车队在南方大显神威，好样的！这个郝立京的表现果然不俗。"

"昨天在新闻联播上也有关于他们的报道。"钱韦杉补充说。

"这个郝立京，干的尽是些出人意料但又在情理之中、颇有成效的事情。"

"是啊，回购国宝一事已经让中国龙汽车赚足了人气，现在又来了个'中国龙汽车破冰车队在南方大显神威'，这个郝立京不但有魄力而且很有眼光，他总是能抓住时机，仿佛这些时机都是上天专门给他郝立京的。"

"是的，这一家子，个个都是了不起的人物！正所谓长江后浪推前浪，我很看好这个郝立京啊！"

"不过也有不少人说郝立京这样做是好大喜功、爱管闲事，但我觉得他管的每一件事都不是闲事。"

"你说得非常对！他所做的每一件事，不但利国利民，而且还给企业带来了巨大的社会效益和经济效益。他并不是单纯的商人，而是一位真正的企业家，一个具有超前意识的现代企业家！"

"书记，今天你要召开的会议不就正好是这个议题吗？"

"正是，我今天要给我们的干部好好上一课，我为此还请了一位这方面的专家，主要讲人才对于企业的重要性，企业管理者应该具备什么样的素质。什么样的企业家才算是优秀的企业家。"路鸣滔滔不绝地说道。

"路书记，你请的是中国龙汽车集团公司总裁黑一海先生对吧？"

"是的，正是黑一海老先生。"

黑一海已经给郝祖国及中国龙汽车集团公司的中高层干部上过这一堂课了，包括他的儿子郝建华。今天，他又受到路鸣诚恳的邀请，来为那些并非企业管理者、但却是企业管理者的管理者们上课。在路鸣认为，他们更需要上这一堂课。

路鸣的课堂就设在辽海市委 1 号会议厅里，在座的"学生"则是包括路鸣在内的市委市政府的数百名干部。黑一海扫了一眼这些平时都习惯给别人上课、讲话的人，没有多说什么，开门见山地开始了他的授课内容。

"迄今为止，我们的国有企业改革经历了放权让利、承包经营责任制、股份制试点等几个阶段，目前，我们的国有企业改革已进入攻坚阶段，建立现代企业制度成为目前国有企业改革的主体思路。有人认为国有企业改革最大的困难在于产权不明晰、责任不明确。我认为，国有企业的改革成功与否，国有企业的运作是否有效，并不在于国有企业的产权是否明晰，而在于国有企业的经营管理者是否具有优秀的管理才能。国有企业如果缺乏优秀的经营管理人才，不懂得如何去成功运作企业，最终仍然实现不了国有企业改革是为了提高资源的配置效率和促进国有资产保值增值的目的。因此，中国目前缺乏的是优秀的管理人才，缺乏真正意义上的企业家！"

掌声响起一片……

"怎样才能算是一个优秀的企业家呢？我认为，他需要具备'三识'与'三性'。'三识'即胆识、见识、学识；'三性'即悟性、韧性、理性。胆识就是企业家有胆有谋、有魄力、勇于竞争、善于挑战，就是要高瞻远瞩，具有远见卓识，要足智多谋有韬略，要机智果断能随机应变，要标新立异敢于创新。企业成功的关键就在于……"

黑一海的这堂课从早上九点讲到了下午六点，中间只有一个小时的进餐休息时间。虽然听他的课的人大都是开惯了长会的人，但两者之间有着本质的不同。黑一海的讲课并不是照本宣科，而是高度概括，加上他的幽默风趣，让原本严肃的课堂变得十分活跃，下午的最后两个小时是讨论时间，大家都踊跃发言，有的人甚至抛开主题直接问起了黑一海的私人问题，王立急忙站出来替老先生挡住了，没想到黑一海却一点不在意，微微一笑，对那个发问的人说："没关系，我们可以下课后再聊你刚才提的那个问题。因为，在我的私人时间里，我可以决定和谁交谈，谈些什么内容，但现在不行，现在我的时间可是属于你们王市长的。他一定不希望我把这宝贵的时间浪费在我的私人问题上，因为他为现在的每一秒钟都付出了 0.5 个美金，市长先生一定不希望他用美元买来的时间都是美国时间啊！"

黑一海的诙谐逗得大家哄堂大笑。连王立也跟着大笑不止，笑完了，他立刻板起脸说道："对，黑一海先生说得非常对，我可不希望我们花了钱，买来的却是让你们唠嗑侃大山的美国时间！你们都给我抓紧点，多提问题，少给我在那里瞎闹扯淡！"

讨论结束后，由黑一海做了最后的讲话。他说："众所周知，管理和技术是推动未来社会前进与发展的两大车轮。工业经济时代，我们国家在经济上走在了西方发达国家的后面，就是因为我们缺乏好的技术、好的管理。因此，现在在知识经济时代，我们要缩小与发达国家的差距并赶超发达国家。这就要求，一方面我们要大力发展科学技术，提高我们的技术水平；另一方面，我们也要发展我们的管理科学，培养出大量优秀的管理人才，从而提高我们的管理水平。管理水平低也是我国企业改革步履艰难的一个重要原因。因此，我们需要、我们呼唤优秀的企业管理人才，优秀的企业家！"

掌声再一次响起……

"黑老先生，你今天的这一课对于我们来说太及时也太必要了。"黑一海的讲话结束后，路鸣第一个走上前来，激动地握住他的手，连连道谢。黑一海微笑着对路鸣说："我也非常高兴，我们的政府官员能够考虑从企业家的角度来管理政务，相信在这样的'政企合作'之下，中国的改革之路会越走越宽广。"

"黑老先生，能够把您请回来，我自认为不但是我们辽海的幸运，而且是我们中国的幸运。"

"哈哈……路书记你过奖了。"

"黑老先生，我一点都没有言过其实，我完全是实事求是，我也绝对不是拍你的马屁。你不仅帮我们创立了中国龙汽车，制造了第一辆我国自主研发的、具有独立知识产权的小汽车，还为我们培养了两代优秀的企业家，可谓功在千秋啊！"

"路书记，这话我可不太明白，我并不记得我有培养过哪位企业家呀。"

"黑老先生，你真是太谦虚了！中国龙汽车的管理者不都是你培养出来的吗？"

"哦，你是说郝祖国和郝立京吗？他们父子俩的确非常优秀，基本具备了一个优秀企业家的素质，尤其是立京，他将是跨越工业经济时代和知识经济时代的企业家，是一个非常难得的人才啊！”

"所以我才说黑老先生你是我们辽海的大英雄、大功臣啊，郝祖国是我看着他成长起来的，他更是在你的培养之下成熟起来的，而郝立京则完全是受到了你的熏陶和引导，的确，他是我们最需要的也是最紧缺的人才！”

"路书记，如果我是辽海的英雄，那辽海的历史纪念碑上，应该也会刻上你的名字。因为你是一个最好的伯乐！”

"哈哈哈……"

分享喜悦

根据章小凤的要求，郝祖国召集了郝家在家的全体老少在别墅里聚餐。现在，一家人围坐在餐桌旁，桌上满满地放着一大桌菜，章小凤让郝建华给所有人都斟满酒，黑一海就笑着问："小凤，你把大家召集到一起来，是有什么大事要宣布吗？"

"可不是吗，今天有三件大喜事要宣布呢。"章小凤乐悠悠地说道。

"哦？哪三件喜事？"

"大家把酒端起来，我再说。"

"好啊。"

看大家都把面前的酒杯端起来了，章小凤就说："这第一大喜事，就是立京去南方帮助灾区人民，为我们郝家立了一大功劳，我们是不是要为他干一杯啊？"

"嗯，这算是一件大事，但不能算是喜事。不过，值得我们为他干杯！"黑一海的话得到了大家的赞同。

"妈，你就说第二件喜事吧。"郝祖国说道。

"第二件可是真正的大喜事！设子今天打电话回来说，他们在北京做的那个什么鉴定结果出来了，立升千真万确是设子的亲骨肉！"

"奶奶，二叔他们做的是 DNA 亲子鉴定，是目前最科学的血缘关系验证方法。"

"这可真是可喜可贺的大喜事啊！"黑一海端起酒杯，颇为激动地说道，"来，这一杯咱们也要干了，为设子一家人终于团聚而干杯！"

"黑大哥，也要为我找回了我的孙子干杯！"章小凤笑呵呵地说。

"好，为郝家这一大喜事干杯！"

"干杯！"

"我们之前那样对二嫂，是不是太过分了？还有二嫂的家人，他们代替我们受别人的白眼和闲话，我们是不是得给他们一个交代？"郝祖国放下酒杯后说道。

"祖国你说得对，你看我这老糊涂了，我怎么没想到这一点？飒飒的父母应该也知道这个结果了，我应该把他们一起邀请过来，当着全家人的面跟他们赔礼道歉，然后一起庆祝，祖国你看怎么样？"

"妈，事情已经这样了，也不急那一时三刻。跟飒飒和她家人道歉是一定要的，可不用是现在，设华和飒飒都还没有回来，等他们回来后，我们再把飒飒的父母邀请过来，正式地向他们道歉。毕竟，最该道歉的人是设华。"罗绮通情达理地说道。

"也对。到时候让设华给飒飒跪下道歉。"章小凤连连点头。

"奶奶，二叔有没有说他们啥时候回来？"郝慧思问。

"设华说飒飒坚持还要做一次鉴定，他们又去了上海，得过好几天才能回来呢。"

"去上海？他们不会是去做亲子旅游了吧！"郝祖国笑道。

"结果不是都出来了吗？为什么还要再做一次？"郝建华不明白地问。

"我也不太明白他们是啥意思。说是设华在北京认识的那个上海人介绍的，哎，要不是那个上海人啊，设华也不知道要做那个什么鉴定的，人家可是帮上大忙了，算是咱们家的大恩人呢！"

"说来真是惭愧啊。"黑一海摇头叹息，"我们怎么就没有早想到让设华去做亲子鉴定呢？在国外这项技术早就在使用了，我却没有想到，还让事情拖了这么久，最后是旁人来提了醒，实在是……"

"爷爷，这不怪你，你的心思都在中国龙汽车上，想不起来也情有可原。倒是我，最应该帮二叔想到这个方法的……"慧思也相当愧疚。

"好啦好啦，这事谁也怪不得，都是过去了的事，后悔也没用。世上没有后悔药吃，我们以后对飒飒好一点，也算是一种补偿吧。"章小凤摆摆手，大声说道："我今儿叫你们来非常高兴，大家都给我高兴点。"

"妈，你不是还有第三件喜事吗？到底是什么喜事呀？"郝建华连忙问。

"呵呵，你们猜猜看。"章小凤顿时眉开眼笑，心情彻底改变。

"是不是我们公司步入正规这件事？"郝建华猜测道。

"不是。"章小凤干脆地否定了郝建华的猜想，然后她只是笑眯眯地不言语。若细心的话，就会发现郝慧思的脸有些泛红，神情也有些羞涩，她抿着唇微低着头，只含着笑不言语。

"那是不是我们中国龙汽车的第二只股票上市的事情？"郝祖国猜想。

"你们公司的那些破事关我什么事！都到自家的饭桌上了，你们怎么还只想到你们的公司啊！"章小凤翻了翻眼皮，不满地瞪了两个儿子一眼："我告诉你们吧，这第三件大喜事，就是我们家当真要四世同堂了！"

"啊？妈，你是说……"郝建华愣了愣，即刻间恍然大悟，连忙转头问女儿："慧思，是真的吗？"

郝慧思红着脸点点头。

"哈哈哈……你们说这是不是大喜事呀？"章小凤乐呵呵地大笑着问。

"是！肯定是！果然是双喜临门啊！可喜可贺，可喜可贺！"黑一海也开怀大笑，他就要做曾祖父了，最高兴的人当然莫过于他了。

"你这孩子，怎么不早说呢，既然你都有身孕了，立京不在家，你就该回家里来住，我也好照看着你呀。"罗绮听到这个消息后，也是非常吃惊，她虽然有些埋怨，但还是掩不住从眼中溢出的喜悦。

"是啊，怎么能把你一个人扔在家里，立京也是，什么都没有跟我们说。"郝祖国知道自己马上要当爷爷了，同样是喜不自禁，笑意在惯于严肃的脸上不受控制地扩散开来。

"我没关系的啦……"郝慧思羞涩地说，"谢谢奶奶爷爷、爸爸妈妈，还有大家对我的关心。"

"慧思，你爸爸妈妈说得对，你现在不是一个人了，你要为你肚子里的小生命负责。"黑一海严厉地说道。

"嗯，我知道了，爷爷。"郝慧思乖巧地点点头。

"其实我还有一件事——"章小凤看了骆子一眼，但见他给她摇头，态度很坚决，她便又撇了撇嘴："算了，等以后再跟你们说，今天家里人也不齐，还不是时候。"

"到底是什么事？"黑一海好奇地问。

"等人齐了再说吧，大哥，你就别问啦，哈哈哈……吃饭，吃饭，说了半天话，菜都凉了，高兴也别只喝酒不吃饭啊，这些可都是骆子哥辛苦做出来的，来来来，先给我的好孙女夹一块鱼肉，多吃鱼孩子生出来聪明，哈哈……"章小凤打着哈哈把话给岔掉了。

十万火急

  还有几天就过年了。大多数企业单位都在尽快结束一年的工作，迎接春节长假的到来。中国龙汽车集团大厦里，却充斥着与外面的景象相当不符的紧张气氛。最顶层的公司会议室里，被紧急召来的董事们议论纷纷，每个人的神态都不一样，或不满或迷茫，或焦虑或紧张。

  "这年节关头的，董事长十万火急地把我们召来，会是什么事啊？不会又是南方抗击冰雪的事情吧？"一位董事为自己大雪天还要跑来开会感到十分不满，开始发牢骚。

  "你怎么说话呢？南方的冰雪灾害让成千上万的人回不了家、过不上年。这也罢了，问题是他们好多地方已经停水断电，和外面失去了联系，缺少食物和补给，很多人随时都有生命危险。作为一名中国人，对这种情况，你怎么还能无动于衷呢？"另一位董事对他的话相当反感，说出来的话也很不客气。

  "我们是企业，不是慈善机构。再说了，我们不是已经派出破冰车队了吗？"

  "老李啊，要是在战争年代，你这样的想法很危险啊！"一位老董事大摇其头，啧啧地直砸舌头。"我们的确不是慈善机构，但是，我们都是中国人，一方有难八方支援，是我们中华民族的优良传统。"

  "同志们，千万别忘了，我们辽海乃至整个东北的工业，如果没有全国人民的支持，能有今天这样的结果吗？"

  "是啊，我们可不能好了伤疤忘了痛啊！"

  "董事长来了，让他裁决吧。"被其他董事抢白得说不出来话的那位董事看到郝祖国的身影出现在会议室门口时，连忙大声说道。

  "什么要让我裁决啊？"郝祖国和黑一海步入会议室时，就听到了部分董事们的对话，所以知道要让他裁决什么。他神情严肃地坐到最上位，静静地问道。

  "让你裁决我们公司是不是马上派出直升机大队，到南方去增援立京他们呀？"

"这么说，我下面要说的事，你们都知道了？"郝祖国用询问的视线看向在座的董事们。

一位董事把自己的手机举起来："总裁，我收到了郝总经理秘书发来的求救短信，说他们遇上了困难，需要我们派出所有的直升机去救援。"

"我也收到了。"黑一海颔首对郝祖国说道。

其他董事也纷纷表示他们收到了相同内容的短信。郝祖国见状，心里还真是相当佩服儿子身边的那位女秘书，没想到她竟然这么大胆，敢直接给各位董事发短信。这样做有些不太合适，但却不失为一个有效的手段，所谓非常状况非常方式，她算是用对了。

"各位董事，一方有难，八方支援，被困在南方的灾民，需要我们的帮助，需要我们的救援！大家说，我们该不该把所有的直升机派出去？"黑一海慷慨激昂地向董事们发出询问。

"我同意，把直升机派出去。"

"我也同意。"

"我不同意！"

郝祖国望着那位表示反对意见的董事，心平气和地说："各位董事，你们知道我们中国龙汽车是怎么发展起来的吗？我们中国龙汽车如果没有全国人民的支持，我们是不可能有今天的。"

"董事长，你说得对。我看这件事情很好办，我建议举手表决！"另一位董事见郝祖国第一次破天荒地、直截了当地支持郝立京，就连忙做和事佬。

"我同意！"

"我同意！"

大家都纷纷举起了手，也包括那几位起先持不同意见的董事……

郝祖国扫了一眼齐刷刷举起的手，站起身，非常诚恳地说："谢谢大家！谢谢你们对我的支持！"

"董事长，这是我们应该做的。"

大家齐声鼓掌。

"我宣布！我们公司直升机大队的所有直升机全部出动！我本人将亲自带队，去增援郝立京的破冰车队！"

"董事长，你这样做不太合适吧，还是派别人去吧……"

"我去！"郝祖国以不容辩驳的态度，坚定地说。

散会后，郝祖国回到了董事长办公室，黑一海随后进来，他看着郝祖国依然有些着急的样子，微微一笑："董事长真的要亲自出马？"

　　"快过年了，就让其他人安心在家过个团圆年吧。反正我儿子都到南方去了，我也顺便过去陪他一起过年。"郝祖国说着，笑了笑。

　　"嗯，这个理由我接受。不然你一个公司董事长擅自脱离岗位，我这个总裁可不能任由你这样到处乱跑。"黑一海在沙发上坐下，顿了一下又说道："关于直升机的出行你要让他们安排好，毕竟路途遥远，飞行时间长。还要考虑气候因素，可大意不得。"

　　"我知道，黑总。我已经让飞行队加快时间去准备了。"

　　"能尽快出发就尽快出发，在保证安全的情况下，以最快的速度赶到立京他们那里。早一点去就能够早一点让他们脱离危险。"

　　"是，黑总。你放心，我保证完成任务。"

　　"那你临行前要跟你母亲和妻子打个招呼吗？"黑一海问。

　　"我回家一趟吧，向她们告个别。今年的春节我和立京恐怕都没办法在家过了。"

　　"我会替你跟大家解释的。"黑一海长长地吁了一口气，"所谓千江有水千江月，万里无云万里天，无论你们走到哪里，我们还是在同一片蓝天下。春节是我们中国人的传统节日，意在团圆，迎接新年，在这个举家欢庆的日子里，虽然你们可能不在我们身边，但我们一定会在你们身边的。"

童言无忌

郝设华一家在王建东的陪同下，到了上海简单吃了点东西后，就立刻去了上海DNA亲子鉴定中心。王建东认识这里的医生，所以，医生很快就给父子俩提取了血样……

在等待结果的期间，王建华不但热情地带着他们在上海游玩，而且还请他们到自己家做客。

"夫人，我跟你介绍一下，这位就是郝设华先生，我国著名的工人工程师，刚刚获得了我们中国科技界的最高奖——国家科技进步一等奖。"王建东完全是个上海好男人的标准版本，对他的妻子毕恭毕敬，其和顺的姿态一览无余。

"郝先生，久仰大名啊！我老公一直跟我说你的事，真没想到他去北京一趟就交上了你这么一个朋友，你的那些事迹可真是不得了啊！我老公很想把你挖到上海来呢，哈哈哈……"

王建东的夫人非常大方，而且也和王建东一样热情，爽朗的个性不输于东北女子，相较之下，娴静的吴飒飒倒更像是个南方人。

"这位就是郝先生的夫人……"

王建东的话还没说完，郝立升突然大声抗议："王叔叔，你说错了，我妈妈不是我叔叔的夫人！"

"啊……"王建东的夫人惊讶地看着郝立升。

吴飒飒将郝立升拉到身边，严厉地对他说："立升，大人在说话的时候，小孩子不能随便插嘴，知道吗？"

"可是妈妈……"

吴飒飒瞪了一下眼睛，郝立升立刻闭紧了嘴，不再说什么。只是他那双蓝幽幽的大眼睛，一直盯着郝设华。

从王建东家出来，回饭店的路上，郝设华试探着问郝立升："立升，如果叔叔是你的爸爸，你喜欢吗？"郝立升不回答，只是直勾勾地看着郝设华。然后他又去看他的妈妈。吴飒飒也看着儿子，既不点头肯定又不摇头否定，更没有给儿子提供任何答案，只是眼睛有些泛红，里面有泪光闪动。

"妈妈喜欢,我也……喜欢……"郝立升说着渐渐低下头去。

"好孩子……"郝设华动情地抱起了儿子,让他在自己手中飞了起来。郝立升被举得高高的,也高兴地大喊大叫,父子两个以天性中的亲近,跨越出了他们之间的第一步。

第二天,王建东接到鉴定中心的电话后,就去医院拿来了郝设华和郝立升的亲子鉴定结果。见到郝设华一家后,他向郝设华夫妻两人庄重地点点头:"老朋友,祝贺你们。上海的结果和北京是一样的。"郝设华和吴飒飒含着泪,深情地看了对方一眼,就在郝立升的面前轻轻地拥抱在了一起……

郝立升默默地看着在他眼前拥抱的妈妈和"叔叔",眨巴着大眼睛,一言不发。

随后,王建东说要尽地主之谊给郝立升买一件礼物。一行人来到了徐家汇的百货公司,在儿童玩具专柜,郝立升挑了一把漂亮的玩具冲锋枪,他先对着百货大楼的中空部分模拟扫射姿势,口中发出响亮的"嗒嗒"声。然后他回到了大人们的身边。

"怎么,要这把吗?"王建东问他。

郝立升摇了摇头,自己走到柜台边,对售货人员说:"阿姨,我要一把带子弹的手枪。"

"哦?是这种仿真枪吗?小朋友你真有眼光,这是美国进口的 BB 弹仿真手枪,不仅……"售货人员开始口若悬河地宣传她的商品,但郝立升并没有听,他抓起手枪,在所有人惊讶的眼光中,把枪口对准了郝设华,一扣扳机,手枪里的塑料弹不偏不斜,一下子命中了郝设华的脑门。郝设华"啊"了一声,假装倒在了柜台上……

"小朋友,危险!这种枪是不能对准人打的,虽然只是塑料子弹,但被打着的人还是会很痛的。"售货员连忙给郝立升解释,并给郝设华赔笑,"对不起,这位先生……"

"不要紧的,我是孩子的爸爸!"郝设华轻声地说着,大家发现他的脑门上有明显的一个红印子。吴飒飒马上批评郝立升:"立升,你怎么往人脑袋上打呀?"郝立升亮晶晶的蓝眼睛盯着郝设华时,郝设华百感交集,也自豪万分。他虽然感觉到了脑门上的疼痛,但全身心是一种被解放了的轻松感。其实,此时此刻,他更想把这句话大声地喊出来,向全世界宣布，郝立升是他的儿子，是他亲生的儿子。于是，他对吴飒飒说："飒飒，没关系，让他玩吧。"

"爸爸也要教孩子正确地玩玩具，不能让他随便打人。"售货员只是在眼中闪过一丝诧异，依然用职业性的微笑给予郝设华礼貌的告诫。

"他不是我爸爸！"郝立升冲着售货员大声喊道。

一时间，所有人都有些尴尬。郝立升喊完却并没有什么特别的情绪，露出可爱的笑容对售货员说："阿姨，我就要这把手枪。"

"好……小朋友，可是你千万不能对着人打哦，要是受伤了我们可不负责任哦。"售货员擦了一把汗，勉强地笑道。

"阿姨你放心，我只会打坏人，好人我才不打呢。"郝立升朗朗地说道。

王建东和吴飒飒都看向郝设华，甚至连那位售货员也看着郝设华。郝设华再次哭笑不得。

买了手枪，大家又去吃了饭，然后回到饭店，郝立升看上去相当的心满意足，一直拿着玩具手枪在房间里跑来跑去，到处比画。

"你们好好地跟孩子解释清楚，不要让他心里有结。"王建东这样嘱咐郝设华夫妻后，离开了。

吴飒飒把郝立升叫到身边："立升，妈妈要告诉你一件很重要的事。""妈妈，我知道，是爸爸回来了，对吗？"郝立升眨巴着眼睛，他的一句话，就把吴飒飒准备的所有解释全部堵了回去。

"是……爸爸回来了。"吴飒飒拉起郝立升的手，然后看向站在一旁的郝设华："你的爸爸……就是他。"

血浓于水

郝立升昂着头，怔怔地看着郝设华。

"立升，他就是你的爸爸，快叫爸爸啊。"吴飒飒认真地说。郝立升没有叫，他回过头来，认真地看着妈妈，问："叔叔真的是我的爸爸吗？"

"是的。"吴飒飒有些哽咽："不信你问叔叔叫什么名字。"

郝立升又转过去看郝设华。郝设华弯下腰去，轻轻地说："我叫郝设华。"郝立升将手中的玩具枪突然又一次对准了郝设华："你这个大坏蛋，我要枪毙了你！"

"噗"的一声，塑料子弹从玩具手枪里射出，又一次打在郝设华的脑门上。这一次，因为距离近，郝设华的额角破了皮，渗出了殷红的血迹。"设华！"吴飒飒慌忙去看郝设华，但被他用眼神制止住了。郝设华又一次故意"啊"的一声，捂住头倒在了地毯上，然后就不动了。

郝立升呆呆地看着倒在地上"死了"的郝设华，也看到了郝设华脑袋上的血点，有些不知所措："妈妈……叔叔他……怎么了？"

"爸爸被你打死了。"吴飒飒装出伤心的表情，对郝立升说道："你不是恨爸爸吗？是你开枪把他打死的。"

"我不恨爸爸……妈妈，我一点都不恨……"郝立升开始落泪，小嘴巴一撇一撇的，呜咽声从嘴角一点点漏出。

"你真的不恨爸爸？"吴飒飒蹲到了郝设华的跟前，问郝立升："那你愿不愿意叫他一声爸爸？"郝立升看着紧闭着双眼、一动不动躺在地上的郝设华，咬住了嘴唇。泪水一滴一滴地从他白净的小脸上滑落。

"立升，妈妈来跟你讲一个立升爸爸的故事好吗？"吴飒飒知道要让孩子一时间接受这个太过巨大的改变不是那么容易的，所以她坐在地毯上想起了这个最有效的"爸爸的故事"。

"好。"郝立升也点点头，坐到了妈妈的旁边。

吴飒飒用孩子的语言和方式，将"立升爸爸"当初为什么离开家，后来又为什么回来的故事讲给儿子听："……立升爸爸看到自己的孩子和自己长得一点都不像，非常伤心，因为小熊宝宝和小熊爸爸长得一模一样，小兔宝宝和小兔爸爸也都是长长的耳朵红红的眼睛，只有小立升和立升爸爸长得不像，别的爸爸都笑话立升爸爸，立升爸爸受不了了，就跑去找森林爷爷，他要问最聪明也最有见识的森林爷爷，为什么立升和爸爸长得不一样？森林爷爷在很远很远的地方，要走很长很长的路。立升爸爸走啊走啊，走啊走啊，他爬过一座又一座山，蹚过一条又一条河，他和最凶猛的野兽搏斗，他生病了，还要顶着大风雪继续往前走。因为他一定要找到森林爷爷，让森林爷爷告诉他为什么立升和爸爸长得不一样。就这样过了一年又一年，终于有一天，立升爸爸找到了住在最大森林里的森林爷爷。森林爷爷告诉立升爸爸，因为立升妈妈有一次口渴，无意中喝了仙女的露水，所以立升才会有雪白的皮肤、蓝色的眼睛、金色的头发，简直就和天上的天使一模一样。其实啊，立升就是不小心掉进立升妈妈肚子里的小天使。立升爸爸不相信自己的孩子会是美丽的天使，森林爷爷就叫他去找隔壁森林的森林奶奶。森林奶奶和森林爷爷一样聪明，她说的话和森林爷爷一模一样，立升爸爸终于相信了，他高兴极了，他飞快地跑回家去，他把这个好消息告诉了立升妈妈……"

郝立升眨巴着蓝色的眼睛，静静地听着妈妈的故事……

"可是，立升爸爸回到家后，立升已经长大了，他不认识立升爸爸了，因为立升妈妈告诉他，立升爸爸到很远很远的地方去了。所以，立升不让立升爸爸进家门，立升爸爸很难过，他每天都在门外面走来走去，想见立升妈妈，也想跟立升说对不起。立升妈妈也很想见立升爸爸，可是立升不让妈妈开门。这可怎么办呢？"

"妈妈……"郝立升听懂了妈妈讲的故事，他噙着泪，扑进妈妈的怀里。

"乖孩子，现在立升爸爸回来了，立升能让爸爸回家吗？"

"立升能。"郝立升回答得很肯定。

"那你去把爸爸叫醒来吧。"吴飒飒用眼神示意儿子。

"我……叔叔……醒醒……"郝立升蹲到郝设华身边，几分担忧几分慌张，还有几分羞怯。"你叫一声爸爸，他就会醒过来了。"吴飒飒鼓励儿子。

"爸……爸……"

"大声叫，再大声一点，要叫得让爸爸听见。"吴飒飒万分惊喜，又万分紧张地盯着眼前的这对父子。

"爸爸，爸爸，你快醒醒呀，我们和妈妈一起回家吧！"郝立升摇动郝设华的胳膊，大声地叫着。

郝设华再也忍不住，一骨碌翻起身来伸出双手，将儿子紧紧抱在怀中："儿子，立升，我的好儿子……"吴飒飒哭了，郝设华也留下了激动的眼泪……他们一家人紧紧地抱在了一起……

晚饭时，王建东夫妻受邀来参加郝设华一家的团聚之庆。他们在淮海路的来福楼订了包厢，杯觥交错后，王建东颇为感慨地说道："正所谓好事多磨，你们夫妻经过这么一次波折，以后的感情一定会更加深厚。"

"还有这么聪明乖巧的儿子，你们一家实在是太幸福了！"王建东的妻子也很感动，说话时，泪光闪闪的。

"设华，我已经向一些专家咨询过了，立升的这种情况，其实是一种隔代遗传现象。这孩子的 DNA 显示，他身上有俄罗斯人血统，所以，在你们双方的家族中，一定有人是俄罗斯人后裔。我个人也是这么认为的，因为东北本身毗邻以前的俄国，抛开其他政治因素不说，老百姓之间的联姻也是常有的事。所以我劝你们回去还是调查一下吧，把事情的来龙去脉搞清楚，让周围的亲朋好友也更能接受这样的结果。毕竟我们中国人，很在意他人的眼光，你们说是不是？"

郝设华有些不好意思地点点头："老王你说得很对，我回去就做这件事情。"

"你们把好消息都告诉双方的家人了吧？"王建东的妻子问。

"北京的结果都通知了，但上海这边的还没有。"郝设华想起在给双方家人通知结果的时候，虽然是一样的好消息，但得到的却是截然不同的反应。章小凤这边自然是高兴得不得了，立刻就去召集全家人庆祝了。吴飒飒的父母却在电话那头沉默了很久，接电话的是吴父，他最后轻轻叹了口气，说这就好这就好。然后电话转给了吴母，这边也要让吴飒飒听，吴母似乎是不愿意和郝设华讲话。然后就听见吴飒飒哭成了泪人儿……

这个电话讲了足足有半个小时。挂上电话后吴飒飒擦干泪水，对郝设华说："我妈还不相信呢，她说立升明明就长了一张外国人的脸，为什么会是你的孩子。她还赌气说她宁愿立升是别人的，这样她受的窝囊气才有出的地方了，不然实在是太冤枉了。"

"对不起……"对这样的谴责，郝设华只能说这句话。"设华，你看看，就连我的亲妈都不相信我，你会误会也是理所当然的啊。"吴飒飒倒是非常开朗地笑道。

"等回饭店后我再给家里打电话。"吴飒飒看郝设华不知道为什么发起了呆，还出神地一直盯着她，就连忙替他把话岔开，"反正都已经水落石出了，上海这一趟主要是为了解决你们父子相认的问题。"

"可以理解，实在是太高兴了嘛！尤其是你们父子相认了，你们夫妻的恩怨化解了，哈哈哈，现在才当爸爸的滋味是不是很复杂？"王建东大笑着问郝设华。

"不复杂，我很幸福。"郝设华老实地回答。

"哈哈哈哈……"大家一齐笑了起来。

中国龙救援队

据资料显示，2008 年 1 月 10 日起，浙江、江苏、安徽、江西、河南、湖北、湖南、广东、广西、重庆、四川、贵州、云南、陕西、甘肃、青海、宁夏、新疆等省级行政区均受到低温、雨雪、冰冻灾害影响，河南、陕西、甘肃、青海等地雨雪持续日数超过百年一遇，贵州、江苏、山东等地达到 50 年一遇。由于很多地方都没有预防这一灾害性寒流，因此大量的农作物受灾、房屋倒塌、甚至人员出现伤亡，其中湖南、湖北、贵州、广西、江西、安徽等六省区受灾情况相当严重。这一次特大冰雪灾害应该是继 1998 年特大洪水、2003 年"非典"（SARS）肆虐之后，再次降临中国大地的灾难……

1 月 10 日以来，全国范围的恶劣天气引起了连锁反应：国道中断、交通受阻、通信不畅、菜价上涨、电网瘫痪……这场 50 年未遇的雪冻灾害给部分地区的交通、电力、通信和百姓日常生活带来了严重影响。由于正赶上春运，全国各地的车站、机场都因为不同程度的停运造成人员滞留。其间，广州火车站滞留的旅客人数超过了 17 万，有关方面称，如果到 28 日再不疏通，滞留人数将达到 60 万。为了预防发生紧急状况，越秀区已启动了火车站广场最高级别的应急预案——三级预案。

党和国家领导人以及相关部门、企业单位都高度重视，采取了积极有效的措施来应对这次暴风雪带来的灾害。支援来自全国四面八方，大家齐心协力共渡难关，以坚强的毅力和乐观的精神与灾难搏斗。正所谓天寒地冻人心暖，我们再一次感受到在中国这个社会主义大家庭中，人与人之间的关系，是那么贴近而又那么温暖。

在湖南省境内某地区的一条高速公路上，几十辆客车和货车被冰雪阻隔在了这里。在这些车辆的最前面，大堆大堆的冰雪被一辆辆挂着"中国龙"条幅的铲车推开，路面一点点地露了出来。而就在破开的路面上，已经有好几辆大客车被转移过来了。路边上的车旁边，挤满了人，他们都被冻得瑟瑟发抖。又有相当一部分乘客精神萎靡、疲惫不堪。他们中间的不少人甚至已经流露出了深深的绝望。

人群里有不少老人和孩子，他们被重点保护着，但是中国龙车队送来的物资有限，尤其是食物，对于已经困在高速公路上的数百名旅客来说，只能是杯水车薪。眼看着就要弹尽粮绝，就连前来支援的破冰车队和交警人员都将要面临饥饿的威胁。大家和被救援的群众陷入了困境……

郝立京一直指挥着车队作业，并兼顾着安抚躁动人群的责任。他让负责分发食物的人员一定要照顾到人们的情绪，尽量满足大家的需求。这时候，管理食物的人告诉他，除了预留给破冰车队工作人员的一部分食物外，其他的食物已经全部发光了。郝立京听到这些，抬起头向四下望去。白茫茫的天空下，是被冻僵了的土地，原本应该是一片绿意盎然的原野，却罩着一层厚厚的坚冰，看不见一点绿色。远处有几棵孤零零的桉树，它们静静地守候着这片突然沉寂的冰天雪地。苍茫之中，几乎看不见任何建筑物的影子，也感受不到一点点生气。

郝立京跺了跺脚上的雪泥，走到领队车旁，拉开司机台的玻璃窗，向里面问："有信号了吗？"刘雪华从里面冒出头来："有了，我刚发了一个短信过去，不知道能不能收到。"

"继续发，不断地发，总会有收到的时候。"郝立京坚决地说。

郝立京又往破冰的地方走去，他向一位正在指挥的交警询问情况。"郝总，破冰的进度一切正常。但是……"

"陈大队长，但是什么？"

"郝总，有几辆车上的乘客因为连饿带冻，已经奄奄一息了。如果不及时抢救的话，恐怕是凶多吉少。而且，郝总你们已经在左岸高速路上奋战了三天三夜了，今天又在这里紧张地工作了快一天了，我不好意思……"

"中华有难，匹夫有责；一方遭灾，八方支援。党和政府已经知道了我们这里的情况，省里的救援队马上就会开来的！"郝立京说道。

"郝总，我们也是刚刚收到的通知，省里已经向有关方面通报了情况，地方武警正在紧急组织救援队伍，但是由于根本就没有路可走，所以他们到达的时间最快也是明天凌晨。"

"远水解不了近渴，除了等候支援外，我会想办法解决当下的问题，陈大队长请放心。"郝立京坚定地说。

郝立京看到不远处一位妇女正抱着孩子在哭泣，他连忙赶了过去，刚到跟前时，蹲在地上的一个小伙子突然号啕大哭。郝立京顾不得大放悲声的小伙子，先问那位妇女："大姐，你的孩子怎么样？"

这位母亲看到郝立京和他身后的陈大队长，一下子就在他面前跪下了，悲恸地哀求："警察同志，你们救救我孩子吧，我的孩子……他快要死了……"

"孩子他怎么了？生病了吗？"郝立京慌忙问。

"警察同志，我的孩子已经两天没有吃东西了，再加上……冷……这个鬼天气……"

郝立京豪不犹豫地把自己的大衣脱下来，盖在了孩子身上："来，你赶紧找个车上去待着，别让孩子在外面吹冷风，我让人马上给孩子去拿吃的。另外，请大家再坚持一下。中国龙汽车公司给我们的破冰车队送给养，救援我们的直升机马上就到了……大姐，你别哭了，会影响到孩子的。"

妇女收起眼泪，在郝立京的搀扶下站起来，但她还是不愿意走开，望着郝立京："先生，你们能不能把我的孩子送出去？"

"大姐，没问题，我答应你。"

在一旁大哭的小伙子突然扑过来，连滚带爬地跪在了郝立京脚下，抓住他的腿："老总，救我……千万要救我呀！"

郝立京扶起了小伙子："很抱歉，我们应该先抢救妇女、孩子和老人，你能不能再坚持一下，再等等——"小伙子大哭着截断了郝立京的话："不行啊！今天是我结婚的日子！我出门打工挣钱就是为了今天啊……我……我要是回不去，这婚就结不成了……那我可怎么办啊！"

"是这样啊，你的情况特殊，小伙子，我可以考虑先把你送出去，你看怎么样？"郝立京安慰着哭得一塌糊涂的小伙子。小伙子听了连忙又要给郝立京跪下："谢谢！谢谢！你就是我的再造恩人啊！我代表……我没过门的媳妇、我的父母、我们村的父老乡亲，谢谢你们，谢谢了！"

小伙子被郝立京拉了起来，他不断地鞠躬，抹着眼泪道谢，周围的一些乘客见状，也都围了上来，郝立京好言宽慰他们，告诉他们中国龙的直升机救援队很快就到，大家很快就可以吃上东西了，也很快就能回家了。

虽然群众因为恐慌造成的激动情绪被安抚下去了，但郝立京并没有因此放松，他回到兼任指挥职责的领队车上，和陈大队长商量接下来的比较棘手的食物缺乏的问题。

这时候刘雪华来了："郝总你放心吧，我们的直升机救援队一定会来的！"

"刘秘书，你这么自信？"郝立京笑着问她。

"我当然自信啦！因为我们是中国龙！"刘雪华自豪地扬起了脸。虽然在目前的处境下她没能好好地修饰她那张脸，但纯净的样子显得更加光彩照人，尤其是她表达对自己公司的骄傲时，那双黝黑的眸子越发美丽动人。

郝立京对陈大队长解释刘雪华自信的原因："三天来，我们已经连续向辽海的总公司发出了请求，如果董事会批准了我们的报告，派出所有的直升机，我们这里的灾民就能够全部转移出去了。"

正说着，部下们都来告急：大家已经都没有吃的东西了。郝立京决定马上把机动下来的那些食物分发下去。刘雪华担心地说："郝总，如果总公司没有派出救援队来，我们把食物发光了，怎么办？"郝立京笑着问："你刚才还说没问题呢，怎么，现在不自信了？刘秘书，你放心吧，我比你自信。我们的救援队一定会来的。所以，把机动的食物全部发下去！"

刘雪华见郝立京这样说，心里有底了，她对交警同志和管后勤的同事说："我们就按照郝总的意思办。先把食物分发下去，要先照顾老弱病残孕和妇女，还有孩子们、交警同志们，保证了这些人的食物后，再考虑我们自己。"郝立京点点头接上说："对，就按照刘秘书说的原则分发，一定不能出乱子，引起群众的不满情绪。"

见大家都行动起来了，郝立京便抬了一箱饼干去破冰队最前线的地方，当他从一辆铲车旁经过时，在一边指挥的一名交警突然摇晃了一下，身体向旁边歪倒下去，眼看他就要倒在铲车巨大的车轮下了，郝立京甩开手中的纸箱，飞扑了过去。

郝立京虽然推开了那名交警，但他自己脚底却滑了一下，受到惯性作用，他的身体撞向了那辆轰鸣着的铲车……

心急如焚

不知不觉三天过去了，可是，中国龙直升机救援队还是没有等来。大年三十这一天，不断有人来向躺在车上的郝立京报告坏消息："郝总，2309长途汽车上已经有三个人昏迷过去了。"郝立京头上裹着绷带，上面是殷红的血迹……

"郝总，1836车上发现有好几个人都在发烧，怎么办？"

"马上隔离开，专门腾出一辆车来安置这些体弱患病的人。还有，去群众中间找一下有没有药？"

"陈队，有名旅客不顾我们的劝阻，非要离开这里，说是去找人来帮忙。"

郝立京一听，马上坐了起来："他们想到哪里去找人帮忙？"陈队长马上按住了郝立京："郝总，你不能起来……"他扶郝立京重新躺下后说："他们也不知道，说是往外面走总能找到附近的村庄或城镇。"

"胡来！我们都知道这段高速附近起码十公里以内是没有村庄的。他们在这个天气到处乱走，不但会迷路，而且身体也承受不了，万一掉进雪洞里可怎么办？这里的什么都被雪掩盖了，什么都看不见，他们能找到什么，实在是太危险了！"陈大队长见郝立京大发脾气，马上对旁边的交警说："你想办法把他们拦住，实在没办法用强硬的手段也行。"见交警出去了，陈大队长对郝立京轻轻地说："如果我们等不来支援，这人的情绪是最大的问题。"

"不要着急。我们公司的直升机救援队马上就来了。你现在注意一下现场的秩序，以免发生意外。我们要想办法让群众放心，他们一定会获救，一定会顺利回家。"

"这思想工作我们已经做了。可是郝总，不顶用啊！"

"放心吧，我会让刘秘书一辆车一辆车地去察看情况，并顺便给他们做工作。陈大队长，你也要注意你的队员的身体状况，我看有好几名年纪大的交警同志都出现了过度疲劳的状况，让他们轮换着休息一下，这样持续工作会很危险，尤其是在没有食物的情况下。"

"我明白，不过郝总啊，你光关心我们了，你自己呢？你都受伤了呀。"

"我没关系。"郝立京摇了摇受伤的脑袋，笑道："我的身体棒得很，这点伤真的没有什么！"送走陈大队长后，刘雪华从前面过来了。郝立京就顺便问她与公司那边的联络情况，刘雪华有些哀怨地看着郝立京："在有信号的时候，我把这里的情况都用 E—MAIL 传过去了，你不用担心，董事长一定会派支援来的，毕竟我们这么多人在这里嘛。"

"不仅是董事长，还有其他的董事，如果把公司全部的直升飞机都派过来，这么大的举动我爸一个人也不能决定。"

"我知道。"刘雪华挨近郝立京，轻声问道："你的脑袋怎么样？"

郝立京轻松地说："没事的，我的伤口已经好了。你快去替我看看大家吧。""你怎么这样？"刘雪华撇了撇嘴，委屈地红了眼睛："作为一个男人，你就忍心眼睁睁看着一位女士在你面前冻得一个劲发抖吗？"

郝立京有些尴尬："对不起，你要是冷的话就把这件大衣拿去吧，我……""你快住手！"刘雪华连忙按住郝立京的手："你开什么玩笑，你已经把大衣给人了，这件大衣是我的，你必须盖着。"郝立京见状，马上回应了刘雪华一个遵命的微笑。后者的眼泪唰的一下流了下来："你真是……"

"那个，你得去看看其他车辆的情况，要不……你扶着我，我们一起去？"郝立京看刘雪华哭了，更加尴尬，只好慢慢地坐了起来。刘雪华赶紧扶住了他："你真的能行？"后者使劲地点点头："当然。"

"好，我扶着你去。"刘雪华擦掉了眼泪，点了点头。

郝立京在刘雪华的搀扶下，一步一步地往前走。可是，还没有走上几步，刘雪华就一脚踩空了。郝立京一把拉住了刘雪华，因为伤口疼痛，他一下子栽倒了，紧接着，就滑进一个雪窟窿里去了……

皆大欢喜

郝设华和吴飒飒带着儿子下了火车后，就直接坐出租车赶往了吴飒飒的家。对于先回到谁的家，在路上他们还发生了一点小小的争执。吴飒飒说先去章小凤那边，郝设华则说一定要先去见岳父岳母，这也是章小凤的意思。双方争议无果，最后通过这个家庭的第三位成员——郝立升同意，决定先回到吴飒飒的父母家。

"为什么要先回姥姥姥爷家呢？"吴飒飒问郝立升。

"因为过年了啊。"郝立升回答得非常理所当然。吴飒飒笑了："是啊，以前我们都是在姥姥姥爷家过的年。"

"但是以后我们要去奶奶家过年了。"吴飒飒看了郝设华一眼，对儿子说道。"不，我们以后还是到姥姥姥爷家过年。"郝设华赶紧更正。

"你们不用再争啦，我们以后可以先到奶奶家过年，然后再到姥姥姥爷家守夜。"郝立升看爸爸妈妈好像又要争了，就发表了自己的见解。他的话让郝设华和吴飒飒都惊讶得愣在了那里。是啊，这么好解决的问题，为什么他们就没有想到呢？

"你真了不起，立升。"郝设华夸赞儿子。

"那是当然，也不看我是谁的儿子！"郝立升相当自豪地说道。

于是郝设华把吴飒飒母子送到岳父母家后，郑重其事地给吴文化夫妇磕了头，吴文化夫妇马上拉起了郝设华。他们说不怪他，看到郝立升的样子，别说是郝设华了，就是他们也不相信郝立升是郝设华的孩子呀……

郝设华趁热打铁，把在北京、上海进行 DNA 鉴定的情况说了一遍。吴文化夫妇这才抱住女儿吴飒飒痛哭，直到郝设华父子来拉，他们才放开了女儿。吴文化抹去眼泪后，对郝设华说："你赶紧回去，给你母亲和奶奶送去这个好消息。然后，你再来接飒飒。"郝设华觉着老岳父说得有道理，就回家去通报好消息去了。

吃完晚饭后，郝立升被妈妈留在客厅里玩，说是要和姥姥姥爷在书房里说点很重要的事情。他们进书房后，郝设华来了，他要接母子两个回到他们真正的家里去。他进门后没有看到吴飒飒，看到的却是郝立升一张拉得长长的小脸。

"立升，你怎么了？为什么不高兴？"

"妈妈在和姥姥姥爷说悄悄话呢。"郝立升指着书房闷闷不乐地说。"悄悄话？"郝设华不太明白。"他们把门关起来，不让我听到。"郝立升望着书房门如是说。"哦……我明白了。"郝设华笑了，"因为妈妈在和姥姥姥爷说大人的事，所以，她不让你听。"

"我知道。我也不想听你们那些大人的事，我也听不懂。可是不应该这样对待我呀。他们应该先问问我是怎么想的。"

郝设华听到这天真的童言，哈哈大笑："是啊，他们应该先征询你的意见。"

"不要看我是小孩子，就这样对待我。"郝立升为自己找到了有力的申辩理由。

"对，爸爸支持你！"郝设华笑着对儿子说。

"年"的滋味

辽海的春节在大雪纷飞中如约而至。对于习惯冰雪的北方人来说，这是吉祥的兆头，"瑞雪兆丰年"嘛。所以北方人总是会喜滋滋地在漫天大雪中追赶春天的脚步。严寒挡不住他们庆贺节日的热情，冰雪反而成为了他们装点城市的饰品。当白河里的冰被一大块一大块地运走时，当雾凇上面挂满彩灯时，当孩子们聚集到贩卖烟花爆竹的小摊前时，又一个"年"要到了，也就意味着，又一个冬天要离开了。

北方的人不仅习惯了冬天，而且深爱着冬天。因为冬天有他们最深刻的记忆，北方的冬天太浓烈了，胜过了任何一个季节。也因此，人们对北方的印象，都是冰雪天地的记忆。

或许，2008年的冬天，不仅对于北方，甚至对于南方，都记忆深刻。尤其是习惯于过春节的中国人，这一个年，对他们来说，意义非凡。

这个冬天有那么一点冷，却比以往任何一个冬天都要温暖。

章小凤家照常是"年"的中心。每年这个家庭的成员都会在这一天聚集到这里来，包饺子，吃年夜饭，看春节联欢晚会，然后一起守夜，在欢声笑语中过完除夕。

为了这个除夕夜，章小凤从早上开始就和骆子准备了。在郝建华的帮助下，先是去买东西，然后回家收拾。春联贴上了，窗花剪好了，灯笼也挂起来了，茶几上放着什锦糖果盒，餐桌上堆满了水果、瓜子、点心和零食。

五点的时候，黑　海和郝慧思　起进了门，爷孙俩满身的雪花，章小凤奇怪他们为什么不坐车，他们不是都有自己的车吗？

"今天难得有时间和机会，就走着来了。"黑一海一边拍打着身上的雪，一边笑着说道。"爷爷说，不想在雪地上留下车痕，会破坏美感。所以我们只在雪地上留下了自己的脚印，这一路走来，让我想起了踏雪寻梅的意境，虽然闻到的都是年夜饭的香味，还有爆竹的火药味，但比梅花的暗香更令人陶醉，还有耳边落雪的沙沙声，和着脚下的咯吱声，就像是一支春天的奏鸣曲，太罗曼蒂克了！"郝慧思叽里呱啦地说了一串，最后咯咯地笑着，被章小凤拉进客厅，按在了沙发上。

"你这个傻丫头，好好的，有车不坐，大雪天自己走路来，万一摔跤了可咋办？"章小凤板着脸低声训斥着郝慧思。"奶奶，没事儿，我结实着呢。"郝慧思笑得没心没肺，但脸上还是有那么一点红。

"说啥傻话呢，现在可不比平时，尤其是头三个月……"

"奶奶——"

"哈哈哈，都快当妈妈的人了，还害羞啊，来，让奶奶摸摸，看是男孩还是女孩。"章小凤笑得眼睛都要眯成缝了，喜滋滋地伸手在郝慧思肚子上摸索。

"哪能摸得出来啊？奶奶，男孩女孩没差别，生啥都一样呢！"

"我知道，哟，这肯定是男孩，你可要给我小心着点，听到了吗？"

"听到了，奶奶，你重男轻女哦。"

"哈哈哈，没那回事儿！不管生男生女奶奶都喜欢！"

"奶奶，我去厨房帮骆子爷爷和妈妈做饭吧。"郝慧思说着要起身，但被章小凤一把按住了："你别管，给我好好歇着，你骆子爷爷今天要大显身手呢。就算打下手，也是你婆婆的事情。"

"嘻嘻，我知道了，奶奶，我陪着你说话。"郝慧思笑着靠在沙发上，章小凤用手指戳了她一下，自己推着轮椅到厨房那边去了。

"还有谁没来？"在厨房里大显身手的骆子探出头来，轻声询问一直不安地徘徊在门口的章小凤。"还有设子他们一家。"章小凤有些不确定地说，"他们说好要一起过来的。"

忧心忡忡

"再等一下吧，可能他们要先到飒飒父母那边去一趟。"骆子说。

"也对，他们就飒飒这么一个女儿，应该让设子留在那边，陪两位老人过年。"章小凤点着头说道。

"这不是第一次嘛，你不也盼着见你的孙子吗，连压岁钱都准备好了，你能舍得？到时候让他们早点回去就行了。"骆子笑着说完，又缩回厨房去忙了。

客厅里电视的声音被开得很大，整点新闻开始，最先播报的是南方雪灾的现场。黑一海祖孙三代神情专注地盯着荧屏，关注着中国大地上另一边的人们。

章小凤瞄了一眼客厅，心里有些嘀咕，今年这是咋的了，郝家的人一个都没来。郝立京前些日子带领中国龙汽车破冰车队去了南方，他当然不会在这个时候赶回来过年，郝祖国两口子应该没啥事呀，怎么也到现在还没出现，甚至连个电话也没有。郝祖国是公司董事长，或许有什么要紧的事给耽搁了，可罗绮一个闲人，到现在了也还不见影子。往年都是她头一个到的，最贤惠的媳妇也就是这么比较出来的。是不是出啥事了？章小凤的眼皮有些发颤，向来大大咧咧的她也迷信了起来。

"啊，是立京！"郝慧思突然欢喜地大喊起来，"奶奶，快来看啊，是你的孙子郝立京，他在电视里呢。"

"那有什么稀罕的，我的孙子可不是一次两次在电视上了。"章小凤自豪地咂着嘴，虽然这么说，她还是乐呵呵地推着轮椅过去看电视了。

"这些不是看过了吗？"章小凤发现新闻里播报的是几天前已经放过的画面和内容，不满地鼓起了嘴："我还说这些天怎么没他的消息了，想说看看他怎么样了，结果还是放旧的出来。"

"奶奶……"

突然有人在这时候敲门，章小凤"哎"了一声，忙不迭地推着轮椅往门边去："是不是我的乖孙子来啦？"

门开了，随着一股夹着雪花的风，崔银姬如风一般地进来了："妈！过年好！”

“啊？是你！亭花，你咋来啦？”章小凤惊得张大了嘴，使劲盯着崔银姬看。

“妈妈，你怎么了？很奇怪吗？还是说不欢迎我？”崔银姬看到屋里的所有人都是和章小凤一样的神情，扑哧一声笑了，故意开玩笑地说道：“不欢迎我啊，那我走好了。”

“谁说不欢迎你了！”章小凤抓住崔银姬的手，眼里瞬间噙满了泪水，“你这孩子，要回来也不知道提前打个电话，你想把老妈我高兴出心脏病啊……”

“我不是想要给你们一个惊喜吗？”崔银姬笑道。

“的确是很大的惊喜。”郝建华过来，带着惊喜的眼神，上下看了崔银姬一遍，接过她递上来的大衣，对上她含笑的眸子，他反而有些窘迫了。

“这么大的雪，你是怎么来的？”郝建华问道。

“我并不是从韩国那边直接过来的，前天我到香港出差，本来是要返回去的，但正好赶上过年，我就想不如回家来过，已经多少年没有在自己家过年了。”

“香港？那边不是正在闹雪灾吗？你是坐飞机？没受影响吗？”

“就是因为雪已经停了，飞机开始通航，我才能离开香港。但火车和汽车还不行，我也是从电视上看到的，很多旅客都被卡在了车站回不了家，他们看来得在外面过年了。”崔银姬不无遗憾地摇摇头：“我是很幸运的一个，可以回家过年。”

“是啊……”郝慧思喃喃地应着，眼睛却不曾离开过电视。

“我们家立京也在那边呢，刚才电视上还报道了他们，立京这一次真的是做了大善事，功德无量啊！”章小凤欢喜地一手拉着郝慧思一手拉着崔银姬，一脸满足。

“我有些兴奋过度呢，好不容易可以和大家一起过年啦。”崔银姬搓着章小凤的手，喃喃地说道：“大哥一家在这里了，设子一家呢？还有我们的祖国呢，咋还没来啊？”

“真是的，这祖国两口子咋还不来。”章小凤也跟着抱怨道。

“小凤，祖国没有跟你说吗？他昨天带着公司的直升机救援队赶到立京那边去了。”黑一海站起来对章小凤说。

“啊？哎——祖国好像是打了个电话来，说他要回家里来的，可是又说是不能来了……嘿，你看我这记性！我怎么给忘了？还在这里盼着他呢，可这话说回来，祖国难道连他的老婆也带去南方了吗？罗绮到现在也没来，他们是一家人打算在灾区过年哦？"章小凤机关枪一样地就爆出了这么一大串来，郝慧思好像也突然想起了什么，突然从沙发上站了起来，轻呼一声："哦！"

"怎么啦？"

"婶婶可能去看她的一位朋友了。"

"慧思你怎么还把你婆婆叫婶婶啊？"崔银姬惊讶地问道。

"嘻嘻，叫错了哦！没办法，都叫二十年了，不容易改口。"郝慧思调皮地吐了一下舌头，又缩回沙发，继续盯着电视荧屏。

"我听说女人一怀孕，智商就会受到影响，我看这孩子八成是受到影响了，反应也变得慢了。你那天才的脑袋瓜看来也不管用了。"崔银姬笑着把侄女抱住："大哥跟我打电话说起你怀孕的事时，那个高兴劲儿呀，别提了！"

"慧思，立京有没有给你打电话？"章小凤问。

"嗯，前些天打了一个，说那边的情况真的很糟，当时他正好要赶到一个灾情比较严重的地方去，后来就没消息了。可能那个地方太偏僻，电话没有信号。"郝慧思这样说着，其实她的心里一直都揪着，总有一种不好的预感，让她心神不宁，坐立不安。但为了不让长辈们担心，她才装出一副轻松的样子来，强颜欢笑，表示没事。

"上阵父子兵这句话可算是用到他们父子两个身上了。一个前锋一个后援，妈，你别担心，虽然那边灾情严重，但实际上是没有什么危险的，主要是交通堵塞，物资运送不进去，很多人都在饿肚子，祖国他们把直升机带过去，一定能帮上大忙。"郝建华安慰章小凤道。

"儿行千里母担忧啊。我们在家热热乎乎地吃饺子，他们父子却在冰天雪地里饿肚子，唉，虽然是做善事去了，我这心里还是七上八下的不安生。"章小凤叹了口气。

爱心巧克力

郝祖国带队的中国龙汽车直升机救援队经过长途跋涉，终于在大年三十的晚上赶到了左岸高速公路上。他们在当地武警救援队的帮助下，搜寻到了被大雪困在路上的群众和立京带领的中国龙汽车铲冰车队。

郝祖国从飞机上下来时，并没有见到自己的儿子。他看到的现场一片忙乱，由于被困时间超过了三个星期，这里的大多数人精神状况都出现了问题，还有几名重病患者因没有得到及时医治，生命垂危。在郝祖国他们之前赶来的武警救援队已经做了一些紧急处理，所以一等中国龙汽车的直升机救援队抵达后，就紧急将需要运送出去抢救的重病患者抬上了直升机。郝祖国在人群里寻找那些熟悉的身影，可他没有找到郝立京，却找到了交警大队的陈大队长。

陈大队长得知郝祖国就是中国龙汽车的董事长，并且是郝立京的父亲时，连忙将他带到了一辆交警的吉普车前。陈大队长不住地给郝祖国道歉："对不起，郝董事长，实在是我们太疏忽了……对不起，郝总他……"

"立京他究竟怎么了？"郝祖国不由得有些紧张起来。

话音未落，刘雪华从吉普车上下来，眼睛红红的，还在抽噎。她看到郝祖国，愣了一下："董事长……"

泪水哗哗地从刘雪华的眼中流出，郝祖国的心一沉，问："立京他——"

郝祖国的话还没有说完，就听吉普车里有一个沙哑的声音嚷嚷："我说了我要留下来！第一批要送出去的是老人和孩子，还有那些发烧感冒了的人，我没事！不就擦破了一点皮嘛！干吗大惊小怪的？"

是郝立京的声音，就算嗓音已经变得非常沙哑，但还是熟悉得让郝祖国的眼眶发热。他拉开吉普车的门，向里面看去，就见立京头上缠着厚厚的纱布，身上盖着军大衣，被两名交警按着不让动。他着急地一个劲扭头挣扎。

"你在干什么？"郝祖国低沉且严厉的声音立刻让郝立京安静了下来，他看到了自己的父亲，有那么一瞬间的愣怔，但马上就露出了大大的笑容:"爸！哦，不，董事长！"

"你怎么……受伤了？"郝祖国看着郝立京头上厚厚的白纱布，还有上面隐约的血迹。

"是这样的，郝董事长。"跟在后面的陈大队长连忙做出了解释。昨天下午，郝立京给前线铲冰车队的同事送食物的时候，为了救一名因疲劳过度而当场昏倒在车前的交警，他的脑袋撞到了破冰车的车轮上，受了伤……就在刚才，他为了救刘雪华，又掉进了路基下面的雪窟窿里……

"爸，我的伤没事。"郝立京笑着摸摸裹着纱布的额头。刘雪华心痛地插了一句："董事长，都怪我，是我没有照顾好郝总。"

回到救援队大客车上时，刘雪华向郝祖国董事长汇报了救援队来到此处的情况。

原来，中国龙汽车铲冰队到达湖南灾区后，还没有找到当地政府，就发现了在左岸高速困着的好几十辆车。郝立京当机立断，决定就地救援这几十辆被困车辆和数百名被困的乘客。刘雪华带着人找路时，正好遇上了前来救援的当地左岸高速交警大队的陈大队长。之后，陈大队长带着十几个交警，在刘雪华他们的带领下，徒步来到了救援队。中国龙救援队在郝立京的指挥下，又有陈大队长等交警的协助，一路铲着冰雪来到了救援现场。他们找到被困的群众时，这批回家过年的人在这里被困了一个星期了。班车的燃油都已经烧完了，所带的食物早就吃完了，现在他们都开始吃雪了。他们又冷又饿，饥寒交迫。就在这样的关键时刻，中国龙救援队来了。中国龙的到来，对这些面临死亡的人们来说，无疑是天降福音。可是，郝立京他们带来的物资和食物也很有限，很快，在坚持了几天后，食物就开始紧张了。几百号人，老老少少，都眼睁睁看着郝立京和忙忙碌碌的铲冰救援队。

三天前的一个晚上，郝立京又命令把留给救援队仅有的食物全部统一安排，有计划地给群众分发。这样一来，大家吃得虽然很少，但每个人每天都能吃到一点，还不至于有生命危险。但是，郝立京几次都把分给自己的那一份偷偷地给了别人。将近三天以来，他在受伤的情况下，基本上没有吃什么东西，实在饿得不行了，就吃雪球充饥。

"董事长，郝总是为了救我才掉进雪窟窿里去的。"刘雪华控制不住自己的感情，说着说着就哭了起来……郝祖国安慰道："小刘，他现在已经没事了，你不要再伤心了。"

刘雪华忍住哭泣后，继续说：当大家把立京从雪窟窿里救出来搬到指挥车上时，发现他的身体冰凉，就把他又送到了还有燃油可以取暖的吉普车上。整整一个晚上，他都没有苏醒过来。直到凌晨地方派来的武警救援队赶到，随行的医护人员在检查过郝立京的身体后，说他是因为饥饿过度造成的暂时性休克。于是，医生赶紧给他静脉注射了两管营养液，他才终于醒了过来。他一醒来就嚷嚷着要下车……

"董事长，已经是这样了他还闹，我们都没有办法了，现在只有你的话他才肯听。"刘雪华抽抽嗒嗒地向郝祖国倾吐着委屈。

"我只要吃点东西，就没事了。"郝立京无奈地看着郝祖国。

郝祖国没有说话，从口袋里摸出了一把巧克力，放在郝立京手中："给，把这个吃了。"

"哦！爸，是慧思给你的吗？"郝立京一看这个，愉快地接过来给周围的人各分了一块。然后把留给自己的一块小心翼翼地剥下包装纸，放到了嘴里："大家尝一尝，这个是最有热量的营养品，吃了就马上能暖和起来，比压缩饼干还有效。这可是我媳妇从辽海给我捎来的。"

"你不准下车！给我好好休息一阵吧。"郝祖国看了儿子一眼，说了这么一句，走开了。郝立京愣了愣，看着父亲的背影，再看看手中的巧克力包装纸，马上就想起他和郝慧思在一起时，曾经吃过的这种巧克力——GODIVA。刘雪华笑着说："郝总，这种巧克力真好吃。"郝立京一字一顿地说："这是一个有着优美传说的巧克力品牌，起源于比利时布鲁塞尔，正如你说的，这是世界上最好吃的巧克力。"刘雪华一下子来了兴趣："郝总，什么样的传说？给我们说说吧。你现在不用担心大家了，因为，我们董事长调来了集团的全部直升机，带来了不少食物呢！"

郝立京点点头，心安理得地一边吃着巧克力，一边对大家说："关于 GODIVA 的传说，是特别喜欢这种巧克力的那一位告诉我的。大约在1040 年，统治考文垂城市的利奥夫里克伯爵决定向人民征收重税，支持军队出战，人民生活苦不堪言。伯爵善良美丽的妻子歌蒂梵夫人眼见百姓疾苦，决定恳求伯爵减轻征税，减轻人民的负担。利奥夫里克伯爵勃然大怒，认为歌蒂梵夫人为了这班爱哭哭啼啼的贱民苦苦哀求，实在丢脸。歌蒂梵夫人却回答说时间久了，定会发现这些人民是多么可爱。于是，伯爵就决定打赌——歌蒂梵夫人要赤裸身躯骑马走过城中大街，仅以长发遮掩身体，假如人民全部留在屋内，不偷望歌蒂梵夫人的话，伯爵便会宣布减税。翌日早上，歌蒂梵夫人骑上马走向城中，考文垂的所有百姓都诚实地躲避在屋内，令大恩人伯爵夫人不致蒙羞。这件事情让伯爵非常震惊，所以，他信守诺言，宣布全城减税。这就是著名的歌蒂梵夫人传说。后来，巧克力大师约瑟夫·德拉以这位传说中尊贵的歌蒂梵夫人命名他的巧克力，故取得了极大的成功。由此，GODIVA 一直畅销不衰，至今已经有75年的历史了。"

"郝总，你说的非常喜欢这种巧克力的那个人一定是慧思姐姐吧？"

郝立京接着说："你慧思姐姐确实非常喜欢这种巧克力，她说这种醇厚的香甜有母亲的味道。"

"母亲的味道？"刘雪华已经被郝立京的故事吸引了。郝立京点点头说："你慧思姐说这句话的时候，我们都坐在一个阳光充溢的小房间里，窗台上的玻璃瓶里盛开的是你慧思姐带来的康乃馨，她用优美纯正的法语朗读着《小王子》，她柔软的声音和着巧克力的香浓在小房间里飘荡。偶尔，会夹杂着一两句重叠的声音，一个清脆一个柔软，被叠声念过的地方，我还能跟着说上几句。"

刘雪华激动地问："郝总，这是为什么呢？"

郝立京意味深长地说："这就像花一样。如果你爱上了一朵生长在一颗星星上的花，那么夜间，你看着天空就感到甜蜜愉快，所有的星星上都好像开着花。"

刘雪华将小块巧克力含在口中，马上惊讶地捂住了双颊："郝总，你这么一说，这个巧克力……真的是太好吃了！我从来没有吃过这么好吃的巧克力耶！"

刘雪华见郝立京不说话了，仔细一看，郝立京已经沉入了深深的睡梦之中。

遗传之谜

　　吴飒飒一边帮母亲擀饺子皮，一边抽空去看一眼墙上的时钟。郝设华被基地叫去，到这个时间还没有回来，他们已经说好了要先到这里吃年夜饭，然后再去立升奶奶那边去的。眼看时间就要到了，吴飒飒开始有些着急，看时钟的频率就有些频繁。吴母其实早已发现她心神不宁，但也装作不知道，飞快地捏着饺子。

　　客厅里，吴文化正陪着外孙搭积木。

　　"立升，这样来。"吴文化在立升搭好的积木上加了一个楼顶，但立升却不高兴地把楼顶拿掉，并对他的姥爷说："姥爷，你别捣乱。"

　　"那我不陪你玩了。"吴文化讨了个没趣，只好讪讪地站起来，坐到沙发上，顺手拿起遥控器，调着自己喜欢看的电视节目。

　　"我妈妈非常尊重我的劳动成果，从来都不干涉我的内政。"

　　吴文化哑然失笑："立升，你还有内政啊？一个小孩子家……"

　　"姥爷，小孩子也是人，我当然有内政了。"

　　"好，立升，给姥爷说说，你的内政是什么？"

　　"嗯，譬如说吧，我盖房子就是我的内政。"

　　"哈哈哈……你这个孩子……哈哈哈……"

　　吴母看了一眼客厅里笑成一团的爷孙俩，又看到女儿越发焦急地往时钟那边看，就幽幽地叹了口气，停下了手中的动作，埋怨道："这设华是怎么回事？这都几点了，他是不想在我这里吃饭了还是怎的？"

　　"妈，没那回事。我们不是说好了在你们这里吃饭，然后去立升奶奶那边的吗？"

　　"既然知道还不回来！他忘了这些年是怎么对你的啊？我就是心里不痛快，他让你吃了那么多苦，这说回来就回来了，他以为你们母子是路边的石头啊，想踢就踢，想捡就捡。"吴母一想到这些年所受的那些委屈，就心里憋屈，虽然女婿已经跪在他们面前请求原谅了，但一个人的积怨并不是那么容易化解的。

　　吴母一直都不喜欢郝设华，觉得他配不上自己的女儿。他不但不知道顾家，不懂得体贴妻子，而且还是个工作狂。作为母亲，一般都不会喜欢这种女婿人选。只是女儿喜欢，就没有办法了。俗话说有钱难买我愿意，周瑜打黄盖，一个愿打一个愿挨，女儿都愿意了，她还能说什么？

"妈，设华是被基地叫去了，他是怎样的人你还不知道？至于过去了的事咱们就不提了好吗？设华他对我真的很好。"吴飒飒说着脸红了一下，眼睛却有些潮湿。吴母怔怔地看着女儿，能够体会出她是真正的幸福着："唉……我也知道不能全怪设华，我们也……"

吴母红着眼睛，有些说不下去了。吴飒飒连忙放开手中的活计，拿了毛巾递给母亲。她知道母亲要说什么，也知道母亲在愧疚难过，为了她平白无辜地承受了这么多年的误会……

昨天，吴飒飒向父母解释了 DNA 得出的结果，立升成长那样是因为家族里有过俄罗斯人的血统，但由于基因的隐性遗传，所以造成了体征的隔代遗传现象。吴飒飒询问父母，两家的上一代或者是上上一代是不是有俄罗斯人的血统。因为郝设华那边已经查到了祖上三代，没有过这样的情况。吴飒飒的话刚问出口，发现父母突然之间对望了一下，就开始慌乱起来了，支吾着既不承认也不否认。

"到底有没有？"吴飒飒当然想要问清楚，不然她的清白就无从在现实里得到证明了。

"飒飒……"吴母转开身去不说话，吴文化则一脸为难，欲言又止。吴飒飒见这情形，突然跳出一个不好的感觉……但是，她赶紧打消了自己的念头，让情绪平静下来，静静地问道："爸，妈，你们跟我说实话吧，我不是你们亲生的女儿，对吗？"

"看你在说什么胡话呀！你当然是我十月怀胎生下来的亲闺女！"吴母说完就又抱着脸，开始在一边黯然落泪。吴飒飒更加搞不清楚了，她也不催促，耐心地等待着父母给她一个交代。

"孩子，我们有责任告诉你真相。"吴文化叹了口气说道。吴母一听，起身就要往外走，但被吴文化拉住了："你不要走，当着孩子的面，跟她说清楚吧。这种事又不能怪你，都到啥年代了，你也不要……"

"爸，妈，有什么不能说的事吗？"吴飒飒不忍心看母亲那么难过，犹豫着问。

"孩子，没什么，应该告诉你，你也是这个家庭中的一员，不应该瞒你，尤其是出了立升这样的事后，更应该让你知道。"吴文化连连摇头，他抓住妻子的手，轻轻抚摩，直到妻子平静了下来。

"你说吧。"吴母轻声对吴文化说道。

"飒飒，这件事就我们一家人关起门来说，你要不要告诉设华随便你，但我希望我们今天所说的这一切，不要让更多的人知道，你明白我的意思吗？"吴父郑重地问自己的女儿。

吴飒飒点点头："爸，我明白。"

"好。"吴文化再次和吴母对视，然后，告诉了吴飒飒这么多年埋藏在他们心底的那个秘密。

20世纪40年代初，老工人朱红军刚回到家，就听到屋里传来了惨叫声。他家里只有一个独生女儿，那惨叫声正是女儿发出的。朱红军在门口抄了一把榔头就往屋里冲，刚冲进门，就被一个苏联人推了出来，然后，女儿凄惨的哭声也随之传来。

朱红军立刻明白发生了什么事，他上去抓那个人，但被一脚踢开，朱红军眼都红了，不顾死活地反抗，但却被打晕了过去……

直到有一天，女儿在家里上吊自杀，幸得他及时赶到救了下来。女儿虽然没有死成，但却几乎疯掉了。朱红军只好打落牙齿连血吞，把这笔债忍了。九个月后，朱红军的女儿在乡下的亲戚家，生下了一个没爹的孩子……

"那个孩子就是你妈……"吴文化把这句话说出来后，吴母号啕大哭。吴飒飒连忙抱住母亲，为自己听到的这个事实感到万分震撼。

"就这样……所以说，你身上的确流着那个浑蛋的血。但这种事毕竟不光彩，所以我们没有告诉你，也一直都瞒着大家。我们更没有想到会和立升有关系，孩子，让你受委屈了，对不起……"

"爸，我只是受了点委屈而已，正在被伤害的人应该是设华呀……"

"所以不管到什么时候，自己都要硬气，不然就会被别人欺负。"吴文化怅然地长叹一声，"当年他们为啥敢明目张胆地欺负咱中国人？不就是因为我们软弱好欺负呗！现在你再看看，谁敢动咱一根汗毛？国家强盛了，人民的腰杆也就硬起来了。"

"爸，你说得太对了！所以我们一定要让国家富强起来。"

吴飒飒把这件事告诉了郝设华，夫妻两人决定不再跟别人提起这件事。还是那句话，过去了的就让它过去。

"就是委屈你了。"郝设华歉疚地说道。他知道，如果没有合理的解释，旁人还会对立升的样子说闲话的。"现在有你在我身边，我什么都不怕。"吴飒飒依偎在郝设华怀中，甜蜜地说道。

吴飒飒知道自己终于找回了自己的幸福，所以，其他的任何事都不会再影响到她，她只要有丈夫，有儿子，就够了。她从来都没有想过去埋怨自己的父母，怪他们没有早一点告诉她事实。他们给了她生命，也给了她无限的爱，她没有任何理由再去责怪他们，何况，强迫他们挖出流血的屈辱记忆，已经让他们受到了伤害，她做女儿的，怎么还忍心去怪他们呢？

"妈，我和设华商量过了，你们二老的年纪都大了，你们又只有我这么一个女儿，所以我们打算搬过来和你们一起住。你和爸不会有意见吧？"

"你是说真的？"吴母惊喜万分，她当然希望能够和女儿外孙一起住，因为误会的解开，吴飒飒和郝立升被郝家人接受，她还担心心爱的外孙从此被抢走呢。

"当然是真的啦。就算我们平时可能会因为加班什么的回自己家去住，但立升会放在你们这边，让你们帮我们照顾立升，我们才真的是很不好意思呢。"

"你跟我客气个啥呀！我和你爸可是求之不得呢。这样也好，你们夫妻两个分开了这么多年，也需要多一些时间单独在一起。妈我理解！"吴母笑着说道。

吴飒飒的脸有些发热，低头含笑不语。

决别之拥

郝立京一觉醒来，发现已经是下午时间了，他一个激灵跳起来，发现没有人盯着他，就穿起大衣下了车，刚一出车门，听到身旁一声假咳："咳，郝总，你要干什么去呀？"

郝立京一转头，看到了自己的秘书刘雪华，板着一张俏脸，严厉地瞪着他，身后还跟着两名穿白大褂的武警医护人员。

"在回答你的问题之前，我要先问一下你，你们要……啊，你们要干什么！"

没等郝立京话说完，刘雪华手一挥，那两名医护人员就冲了上来，一边一个，把郝立京重新押回车里。

"刘秘书，你不能这样！我还有工作，我不能躺下，你……"

"我知道你还有工作，你是领队，又是总指挥，所以我请他们帮你注射营养液，好让你能活蹦乱跳地继续干活。"刘雪华说着又像是变戏法一样，从身后拿出一碗泡好的方便面："还有，打完针后你把这个吃了，这样才有力气和精神继续战斗。我们大家都需要你。"

郝立京感激地望了刘雪华一眼，乖乖地接受了注射。

正在郝立京大口大口地吃着方便面时，郝祖国和一位部队干部一起过来了。

"立京，我给你介绍一下，这位是武警支援部队的王团长。王团长，这位是我们中国龙汽车破冰队的领队，也是我的儿子郝立京。"

"哈，你就是郝立京啊！你已经是名人了哦，这里人人都知道你的大名，你的英雄事迹也都传开了！"王团长抓住郝立京的手使劲摇。

"郝董，你的这个儿子真不错！"王团长大手一挥，走开了，似乎是特意给他们留下了父子相处的机会。

"身体恢复了一些吧？"郝祖国问儿子。

"嗯，好多了，现在我浑身上下都充满了干劲。"郝立京伸开双臂，做了一个使力的动作，向父亲展示他的健壮。

"好，那我就把一项最最重要的任务交给你完成了……立京，你不要着急，你听我说！今天的这个年要怎么过就看你的办法了，虽然是特殊情况，但也不要让大家闲待着，就算是吃不到丰盛的年夜饭，看不到春节联欢晚会，也要让大家感受到节日的气氛。每逢佳节倍思亲，在这个时候，人的感情最脆弱，也最容易感伤，所以你一定要制造出欢乐的氛围来，让大家，特别是那些困在这里的人们，在这里也同样能感受到家的温暖，不再那么想家。"

"遵命！董事长，我其实从昨天就在想这个事，无论如何都要让大家过上年，吃上饺子，还能有一场热闹的春节晚会。"郝立京拉开车门，放眼望去，除了已经被送走的老弱病残，这里滞留的人员，加上参加救援的交警和武警官兵，也就是一两百人了。于是，在他的脑子里逐渐形成了一个计划，他微微一笑，对父亲说："董事长，你放心，这个年一定会意义非凡。"

"那就好，还有，记得给家里去个电话，向你奶奶拜年，还有你母亲……"郝祖国说到这里突然顿住。郝立京看着他，等他说下面的话，但过了好一会儿，郝祖国却只是叹了一口气，什么都没有说。

"爸……"

看到儿子那张朝气蓬勃的脸，郝祖国突然之间想起了自己出发前的情景来。

他在临行前，去看了孙小明。

他告诉孙小明郝立京到南方去支援冰雪灾区，已经大半个月了，在那边也做了不少的事。一周之前郝立京发来消息说要去救援被困在高速公路上的群众，但是这两天却突然失去了联系，唯一的消息来源就是给公司董事们发来的求救短信，这才知道他们遇到了困难。因此董事会做出决定，派出全部的直升飞机前往支援。

郝祖国说出了自己的担忧，他怕郝立京依着自己的脾气蛮干，出了什么危险。毕竟，他已经从新闻中看到有好几位在雪灾中遇难的志愿者，他们都被追认为烈士。郝祖国可不希望自己的儿子也成为其中的一员，哪怕那是一项殊荣。

"立京会没事的，你不用担心。那孩子吉人天相，会被神明保佑的。"孙小明柔声安慰他。

郝祖国当然不相信这世间有什么神明，他是共产党员，是无神论者，对孙小明这样的话，也只能姑妄听之。他起身去给孙小明倒水，回来时看到孙小明手中多了一样东西———一个精美的包装盒，暗金色的涂层，系着一条红丝带。

"你把这个给立京带去吧。"孙小明把盒子递给了郝祖国。郝祖国有些吃惊："你怎么知道我也会去立京那里？"

"你就算不去，我也会请求你去。"孙小明淡淡一笑，"你一定要去，把这盒巧克力带给立京。巧克力是高热量营养品，除了能够补充人体所需的糖分和蛋白质外，还有一定的精神振奋作用，我想他应该用得着。而且，吃了这种巧克力，他就不会那么想家了。"

"好，我会交给他的。"郝祖国把巧克力放进了口袋中。

"我会为你们祈祷平安的。"孙小明说。

郝祖国不再说话了。这种距离感，并不是一天两天才有的，似乎从他们认识的最初就已经存在了，只不过，年少轻狂的他把这当作一种追求的乐趣，他喜欢在后面追着她的感觉，那时候她是他的天使，是他梦想的彼岸，也是他快乐的源泉。而今，他自然是已经丧失了追逐的动力，所以他只能站在岸的这一边看着，看着她在河的那边静静地绽放，又静静地凋零，对此，他都只能看着而已。

"你……在我出去的这段时间，保重好身体，一定要等我回来，我……"郝祖国感觉好像是什么人在催促他，或者控制着他，让他说出了这番话。虽然这的确也是他的希冀，他想在春暖花开的时候，带她去大海边。这个想法，源于她给他朗诵的一首诗——

> 从明天起，做一个幸福的人
> 喂马，劈柴，周游世界
> 从明天起，关心粮食和蔬菜
> 我有一所房子，面朝大海，春暖花开
> 从明天起，和每一个亲人通信
> 告诉他们我的幸福
> 那幸福的闪电告诉我的
> 我将告诉每一个人
> 给每一条河每一座山取一个温暖的名字
> 陌生人，我也为你祝福
> 愿你有一个灿烂的前程

愿你有情人终成眷属

愿你在尘世获得幸福

我只愿面朝大海，春暖花开

读完这首诗后，看着孙小明，他总有些不舒服的感觉，他的感觉，是关于死亡这个字眼。

"你放心去吧。"孙小明抬起眼睛，看着郝祖国。

"我明天一早就出发了，大概要到年后才能回来。具体什么时候得看实际情况。"郝祖国看时间差不多了，就站起身来，准备离开。

"祖国，在你走之前，我有一个请求。"孙小明突然之间似乎很动容，她用那双漆黑深沉的眸子定定地看着郝祖国，就像是要把他装进她的眼中。

"什么请求？"

"能抱一下我吗？"孙小明坐起身，眼帘扇动了一下，轻轻地垂落下去："那个时候，我在图书馆里等你，也只是想要你最后抱我一次的。可是……你没来，这是我一生的遗憾……"

郝祖国几乎是冲了过去，一把将那副消瘦的身体揽入怀中。遗憾，其实在两个人心中都留下了，就在那个大雨瓢泼的夜晚，无论是在窗里等候的还是在窗外徘徊的，都在那一刻割离着自己的灵魂。

"谢谢……"孙小明喃喃地说道，微笑着闭上了眼睛。

最牛的受访者

郝设华一进门，就听到儿子用清脆又稚嫩的童声在那里响亮地说道："我哥哥好牛啊！"

郝设华走到儿子身边，郝立升却没有注意到他。儿子一双蓝色的大眼睛紧紧盯着电视，连手边搭建了一半的积木也停了下来。

电视上，电视台的记者正在采访郝祖国："你们已经派出了'中国龙破冰车队'，而且车队在青年企业家郝立京的带领下，为抗击冰雪灾害、救援被困灾民做出了很大的贡献。请问郝董事长，为什么你们又把公司的直升机大队全给调来了？"

"我只是在履行一个中国企业应尽的职责。20世纪90年代以来，西方一些国家虽然表面上取消了对我们中国的制裁，但是，他们在内心里是不愿意我们中国强大起来的！现在，他们又千方百计地阻止我们举办奥运会！"

记者怔了怔，疑惑地问："请问郝董事长，这跟你们前来抗击冰雪灾害有关系吗？"

"有！这关系可大啦！一方有难，八方支援！我们就是要让他们看一看，我们中国人是不可战胜的！"

"郝董事长，你说得太对了，只要我们中国人民团结起来，什么样的灾害都算不了什么！请问董事长，你们这次派出了多少直升机？送来了多少物品？"

"我们公司全部的直升机都出动了，一共是32架。我们这次送来了三千套棉衣棉裤，还有价值几百万元的食物。我们的直升机一抵达就马上开始转移被困的老弱病残群众，到目前为止已经送出去了131位伤情严重的妇女、儿童和老人。"

"设华，你弟弟是一位很有爱心的企业家。"吴父赞许地点着头，"他说的那些话意义非常深刻。"

郝设华腼腆一笑，低头问儿子："立升，你刚才不是说哥哥好牛吗？那叔叔呢？"这时电视画面切转，正好到了郝立京面前。郝立升就指着电视上的郝立京对爸爸说："你看，这不就是哥哥吗？我哥哥实在是太帅了！"

"是吗？可是我们立升比哥哥更帅呀。"郝设华和所有父亲一样没道理地偏袒着自己的儿子。"那当然。"郝立升也毫不客气地承认了爸爸的话。

"郝立京先生，我们又见面了！"电视台的主持人殷切地跟在郝立京身后，但是郝立京却一直在指挥现场的秩序，到处走动，害得那位娇小的女主持人在后面跌跌撞撞地紧跟慢赶，狼狈不堪。

"郝立京先生，我们这是第三次见面了。"女主持人好不容易等到郝立京停下来，连忙拿着话筒过去采访。

"是的，你已经采访我三次了。"郝立京客气地回应。

"请问，你们这里的破冰工作顺利吗？"

"非常顺利。现在增援的大部队也来了，我们并肩作战，按这个进度，不到半个月，就能把这条高速公路彻底打通！"

"今天是大年三十，我想你的家人此时此刻一定在电视机前看着你，你要跟他们说几句话吗？"

"谢谢。谢谢你给我这个机会。"郝立京这才站住了脚步，他对着镜头挥挥手："亲爱的奶奶，亲爱的妈妈，亲爱的老婆，还有骆子爷爷、黑爷爷、二伯、二婶、立升，以及我辽海的父老乡亲、哥儿们弟兄们，过年好！立京在这里给你们拜年了！（鞠躬）你们不用担心，我和爸爸在这里也能过上年，你们看，我们这边也在煮饺子呢。"镜头跟着郝立京指过去的方向，果然一群人围在一堆篝火旁，篝火上架着大锅，正冒着热腾腾的白气。

等镜头转回来时，郝立京已经大步走开了。主持人连忙又追上去，"郝立京先生，请你等一下……"

终于，郝立京在指挥车前站住了，他表情非常沉静，回头对那位主持人说："你们不要再采访我了，就像刚才一样，用你们的镜头去帮助滞留在这里的群众向他们的家人报个平安、传递问候吧。"

"可是……"

"还有，你们是怎么来的？知不知道这里很危险？这里的人越多，越会增加救援队伍的负担。"郝立京的神色已经变得很严厉了。那位主持人有些委屈，对郝立京说道："我是一名记者，到现场来采访是我的职责，你放心，我们不会给你们增添麻烦的。"

"你们到这里来本身就已经是一个麻烦了！"

"你，你怎么能这么说……"

刘雪华从指挥车上跳下来，连忙给双方打圆场："郝总，你别这样说，这也是人家的工作嘛。"

"我知道这是他们的工作，但也请考虑一下别人的感受吧，他们到这里来，我们就得对他们的安全负责！"

"是啊，不管谁来了，都会给救援部队增加一份责任，还请你们理解。郝总话是冲了点，但绝对是就事论事。况且，他到这里来了以后就马不停蹄地指挥车队破冰开道，还要照顾被困群众。他已经一个多星期没有好好休息了，之前还因为过度疲劳昏倒过好几次呢。你们也看到了，他现在头上的伤还没有好。所以，他的脾气有点坏，请你们谅解。"刘雪华看说不通自己的倔强上司，就转移目标向主持人道歉并解释原因。

"那他为什么不休息呢？"

"嘿，他可不是那种别人干活他休息的人，看到这种场面他哪能躺得住，之前为了让他能多睡一会儿，还给他偷偷打了安定，可是只要他一睁眼，立马就满场跑开了，你刚才也看到了，他哪能停得下来？

刘雪华缓了一口气继续说道："当然，郝总非常理解你们的工作，也很担心你们的安全问题，因为这里随时都可能发生危险情况。所以，他早就告诉我，要我把你们带到我们准备吃年夜饭的现场去呢！现在，我代表我们郝总，向你们说声对不起了。"

"没有关系的，实在抱歉。"主持人很通情达理，也相当有职业素养，她马上掉转镜头："好，我们就不打搅郝总了，我们就按照郝总的意思去采访一下困在这里准备吃年夜饭的人们吧。"

"哦，我哥哥好厉害！"郝立升看得一愣一愣的，眼中充满了对电视里的哥哥的崇拜："爸爸，我长大了也要像哥哥一样。"

"像章小凤的孙子，直脾气，有魄力！"吴文化微笑着说道。

"这个立京平时都是一副开朗的样子，我还没有看到过他发这么大的脾气呢。"郝设华有些吃惊地说。

"立京这脾气发得对！他的这个女助理也很会说话，和立京不一样，她上的都是软刀子。"

"立京不太会说话。"郝设华替侄儿解释。

"他可不是不会说话，和你这个真不会说话的人不一样，他们这是在给人演戏呢，立京黑脸，助理就红脸，软硬兼施，配合得天衣无缝。"吴文化在一边说道。

郝设华不满地望了一眼吴文化，脸一红，嗫嚅着没有说出话来。

特殊的春晚

章小凤家的客厅里，所有人都聚集在电视前，对于刚才郝立京出现的那一段，好几个人都大笑不已。章小凤笑得尤其开心："看吧，看吧，这就是我章小凤的孙子！响当当的男儿汉，对谁都不低头！"

"啧，他可是什么人都敢得罪呀，连电视台的主持人他都敢用这种态度。"郝建华看完后直咂舌头。

"哈哈，我支持立京，他这么做是对的，而且也反映了一个事实。在国外，抢险救灾的现场也会反感那些不顾别人感受的媒体和记者。所以，他们一般都会被隔离在外围。"黑一海双手抱在胸前，在赞许之余，也相当为自己的部下和孙子感到自豪。

"立京实在是帅！有领袖风范，又有个人魅力，他的潜力无穷啊。"崔银姬也非常欣赏郝立京的做派。

"哼，几天不见，脾气越发大了，对人家女孩子也那么粗鲁、野蛮。"郝慧思却不以为然，微微地皱起了眉头。

"他的脾气是大了点，不是你这个制动器不在身边吗。"章小凤笑着拍拍郝慧思的手，又柔声问她："放心了吧，看到他没事，你这心头的石头该落地了吧？"

"奶奶……"自己的不安原来早已经被看穿了，郝慧思心头一热，扑进了章小凤的怀中："又不是我一个人在怕，你们不是一样也在担着心吗？"

"是，是，所以现在总算可以放心地过我们的年啦！好了，饺子都下锅了，你们别等着给你们端到跟前来，都自己动手去拿盘子！快，快，上桌子吃年夜饭了！"章小凤把一干人从电视机前赶到了餐桌旁，一家人围坐在一起，热腾腾的饺子和色香味俱全的美味都一盘一盘地端上来了，酒也斟满了，鞭炮也响起来了。

"大家把杯子都端起来……鼠年到了，小小的冰雪灾害也奈何不了我们强大的中国人！来！为我们的国家在新的一年里能有新的气象、新的运气、新的希望，也祝我们大家鼠年愉快、心情舒畅、步步高升！干杯！"

"奶奶，不等我二叔他们啦？"

"他们在立升姥姥那边吃了饭才过来，不等他们了。"

"哎，还有立京妈妈呢？"黑一海突然问。

"也不等她了，反正饺子多得是，给她留着就行了。"章小凤大大咧咧地一挥手："来，干杯了！"

"好，干杯！"

明亮的灯光，交错的酒杯，溅落的水花，飘香的热气，欢乐的笑声，开心的祝福……

夜幕中的冰雪大地上，庞大的篝火轰然烧起来了，冲天大火顿时照亮了半个天空，人们欢笑，尖叫，呐喊，狂吼，人声鼎沸，喇叭齐鸣，这样奇异的混乱却快乐得不可思议。

与这里的欢腾形成对比的是设在旁边的临时指挥部。墨绿色的军帐在夜色里沉寂异常，完全被狂欢的人们忽视掉了，淹没在冰冷的黑暗中，只有一个小小的窗口里，透出了昏黄的光来。

"郝董，你们研制的这个破冰车厉害啊！一台车顶我一个连的人马。"

"团长，我现在非常后悔。我们再装配一批破冰车就好了。要是再有二十台破冰车的话，这里的问题已经解决啦！"

"你们已经很了不起啦！"

"团长，就让我们通力合作，早日让左岸高速通车。"

"我建议从明天早晨开始，兵分四路，每一路你派五台破冰车，我派两个连的兵力，董事长同志，你看怎么样？"

"我看很好。"

"好啊——"

外面的哄笑和吆喝声，吸引了军帐里运筹帷幄的两个人。他们对看了眼，然后都不约而同地笑开了。

"开始了？"

"看来是开始了！"

"那我们也出去看看吧？"

"好啊！"

从军帐里出来，迎面碰上了兴冲冲过来的郝立京："团长，董事长，晚会开始了！"

"真热闹啊！"郝祖国有些感慨地看着眼前的情景，原本寂寥而冰冷的大地，却被欢快的火焰照了个通红透亮，原本都困乏疲惫的人们突然就换了个模样，兴高采烈地围着篝火载歌载舞，这里没有了痛苦的呻吟，也没有了焦虑的不安，就连那些破冰车也似乎感染了人们的情绪，扭动着奇怪的舞姿，参与到了这场狂欢之中。

"爸，你们吃过饺子了吗？"郝立京问父亲。

"哎？我和团长还没有吃呢。"

"我也没有吃，那我们一块过去到炊事班吃饭吧。"

"好，为了明天的战斗，我们要先填饱肚子！这就叫兵马未动粮草先行啊！"团长豪迈地说道。

"团长，不仅如此，今天的饺子可是意义非凡啊。"郝立京笑道："我们大家都来自五湖四海，因为不同的理由，却是共同的心愿，在这里共同度过了一个不同一般的年，这将成为我们永生难忘的记忆。"

"说得太好了！郝董，你有一个了不起的儿子啊！"团长哈哈大笑。

"团长过奖了，他还需要更多的磨炼。"

"郝董你太谦虚了！好，既然今儿意义特别，那就一定要喝一杯，走，我那里有酒，咱们好好地庆贺一下！"

"太好了，今天要是不喝上一杯，那就太遗憾了。"

"团长，董事长，你们可别忘了明天还要继续战斗，请少喝一点。"

"好，就听你的，点到为止！哈哈哈哈……"

与此同时，电视台主持人站在欢腾的人群中，情绪激动地向全国观众报道这里的现场："各位观众，各位朋友，在南国的冰天雪地上，中国龙汽车救援队、解放军救援队、政府救援队以及高速公路交警队等部门，为被困的群众举办了一场既简单又热烈的'明天的祖国会更好'迎春晚会。这是一场特殊时期的特殊晚会……"

这场特殊的春节晚会正在热闹的进行当中，人们争相表演他们的才艺，每个人都成了最优秀的艺术家，或歌或舞，或插科打诨讲笑话，或临时编出即兴小品，毫无经验的群众竟然也演得有板有眼、有声有色，不断抖出的"包袱"惹得人群一阵阵大笑，没有丝毫的担忧，因为他们相信，在他们的身边，有热情的双手，有值得信赖的朋友，还有充满了希望的明天。

黑色短信

刘雪华在人群中像尾灵巧的鱼一样，四处游走，为的是找到她的顶头上司，也是晚会的总指挥——郝立京。在她手中紧紧地握着一只男式手机，那是郝立京不小心遗忘在指挥车里的。刘雪华焦急万分，不断地在人群中搜寻那个熟悉的身影，哪怕是一点可疑的声音她都不放过。终于，她找到了正乐呵呵地站在旁边的一个雪坡上观看表演的陈大队长，陈大队长告诉她，郝立京和他的父亲一起到炊事班那边去了。

刘雪华得到这一准确的消息，连忙往那边跑去，一路上还撞到了几个人呢……大家都笑着打招呼、问候过年好，没有人在意，更没有人生气。到了炊事班的临时厨房，大锅里还在下着饺子，没吃到的人端着盘子在旁边垂涎欲滴地等着，这里也同样充满着欢声笑语，但是刘雪华并没有看到要找的人。

刘雪华向炊事班长打听郝立京的去向，被告知那三个人已经吃完饺子回到指挥帐篷里去了。刘雪华又继续奔走，当她终于来到那顶扎在路边的军帐时，就听到从里面爆出的很响亮的大笑声，那是完全属于男人的激情与豪迈的笑声。

刘雪华正要进去，门帘掀开，郝祖国突然走了出来。他和刘雪华撞了个满怀，两人都怔了怔。而这时，郝祖国手中的手机和刘雪华手中的手机一齐响了起来。

郝祖国低头看信息，刘雪华却紧张地看着他。等了一会儿，她看到郝祖国原本微笑着的脸慢慢沉了下去，原本还闪动着快乐光芒的双眼，渐渐被一层雾水笼罩。

一定不是好消息。刘雪华的心也跟着沉了下去，她突然之间没有了面对郝立京的勇气，因为她知道，自己手中的电话收到的，一定是和董事长收到的消息一样。这样的短信，她不知道该不该让郝立京看到。

"董事长……"刘雪华把手中的电话轻轻举了起来，征询着意见。郝祖国看了她一眼，默默地对她点点头。

刘雪华进到帐篷里，听到团长在用他军人特有的大嗓门大声夸奖郝立京："立京，真有你的，你说的方法和刚才我跟你父亲商量的一样，真是英雄所见略同啊！"

"这么说我们是想到一起了！"郝立京也非常高兴，年轻的脸上洋溢着自信的光彩。

"郝总……"刘雪华无论何时看到这个男人，心都会被紧紧抓住，她永远都会为他而痴狂。

"刘秘书，有什么事吗？"郝立京发现了刘雪华，回头问她。"你的电话……哦，不，是短信。"刘雪华把手机递给郝立京，然后紧张地盯着他。

短信的内容其实她已经看过了，并不是刻意要偷窥，郝立京是一个没有秘密的人，他也不会介意身为秘书的她替他看短信、接电话。这个特殊时候收到的短信，毫无疑问是他的家人发来的，但是，短信内容却令人相当意外。发短信的人是郝立京的母亲，短信上没有任何过年的问候语，更没有一位母亲对儿子的关切，短短的两句话，含义却似乎很深——立京，我和你爸爸的那位朋友离开我们了，请你和你的爸爸珍惜生命，安全回家。

看着短信的郝立京和他父亲一样，脸色突然间都变了。只是，郝立京眼中更多的是一种迷茫。刚才，刘雪华看到，董事长的眼中除了深深的哀伤外，还有一种就是和郝立京一样的茫然……

美丽永逝

罗绮已经在医院的病房里待了整整一天一夜了。从孙小明陷入昏迷的那一刻起，她就一直守候在她的身边。

大年三十下午四点的时候，还在单位清理账目的罗绮突然接到了孙小明家护理人员的电话，她放下工作就急忙往这里赶。孙小明突然昏迷不醒，怎么也叫不起来，罗绮要给急救中心打电话，但那位护理人员却告诉她，孙小明在今天特别关照过她，对她说："如果我睡着了，不要叫我醒来，也不要把我送去医院。"

"她真的是这么说的？"罗绮的心一紧，差点就要掉下泪来。

"是的，而且……"

"而且什么？"

"她给你留了言。"

护理人员拉开床头柜的抽屉，从里面取出一本蓝色封皮的笔记本，交给了罗绮。罗绮颤抖着双手把笔记本打开，只见扉页上写着，"给我的挚友罗绮"。

罗绮合上了笔记本，现在的她没有勇气看里面的内容，她站在床边，看着静静地躺在床上沉沉睡着的孙小明。

"我想，让她安静地睡一会儿也好……希望明天她能够照常醒来。"护理人员有些犹豫地对罗绮说道。

"嗯，我知道了，这里就交给我吧，你可以回去了，已经过年了，明天你就不用来了。"罗绮把护理人员送走后，回到孙小明的床边。拉着她的手，静静地坐着。

孙小明的手柔软而温热，虽然因为消瘦显得很纤细，但还是很白皙、优美。她的呼吸很微弱，不是睡着了的那种深长。她的确是在昏迷中，随时都可能中断呼吸。罗绮还想让她再在这个世界上多留几个小时，让她过完这个年了再走。她还是决定给医院打电话。值班医生告诉她，她下午已经看过孙小明了，也给她下了病危通知书了，难道没有看到？放下电话后，罗绮从抽屉里找到了孙小明的病危通知书……她知道去医院也不起什么作用了，于是，她决定陪着孙小明走完人生的最后一点点路途。她不断地去试探孙小明的鼻息，害怕她突然就这样离开了。

在屋子里来来回回地走了几趟后，罗绮终于忍受不了这样的等待方式，她把那本笔记打开，看到了孙小明用娟秀的笔迹给她的留言。

我的朋友，如果我离开了，你千万不要哭，请一定要笑着送我走。这样我才能安心地去往那个世界。

我希望能够在我离开之前，和你说一声再见。再见了，我的朋友，如果有来生，我们那时再见吧。对不起，因为我的离去，不能陪你走完这一生，但是我仍然希望你能够在没有我的日子里，过得快乐如意。爱你所爱的人，也爱那些爱你的人，努力去爱你原本并不爱的人和事，这样，你一定会过得更幸福。

我爱你，我的朋友。我衷心祈愿在离开的时候，能够把你所有的痛苦和烦恼一起带走，只留给你那些美丽的日子和欢乐的记忆。我会在一个地方看着你，帮你踢开脚下的石头，帮你拨开头上的树枝，然后，保佑你儿孙满堂，保佑你身体安康，保佑你家人平安，保佑你永持宁静。

最后，希望你像爱护自己的眼睛一样爱你的丈夫。在此，我向你道一声谢谢……

罗绮哭着叫来了120，她一边看着救护人员把孙小明抬上车，一边跟在后面不住地说："对不起，明明，对不起……"

但是，无论怎么抢救，孙小明都没能醒来。最后医生告诉罗绮，只能听天由命了："如果她二十四小时以内还不醒来的话，恐怕就……"

罗绮怔怔地听着医生的话，但那些话全都是从这边耳朵进，那边耳朵出。她已经听不到除了孙小明的心跳声以外的任何声音了。她坚持要守在孙小明的床边，医生要她最好通知病人的家属，她说，她就是病人家属。

时间一点一点过去，心电仪的波动没有任何变化，一起一跳，平稳和缓。

罗绮坐在床边，就着窗外的光，看着手中的书。

爱，永不止息。

除夕夜 11 点 20 分，孙小明停止了呼吸。

在她离开这个世界之前，她醒来过，看到了罗绮在她的眼前。然后她向罗绮笑了笑："我看到立京了，他没事，你放心。"

罗绮不明白她说的是什么意思，但等她要问时，孙小明的手从她的掌心滑落了下去。所有仪器都发出了警报，然后，波动停止了……

后来，罗绮才知道，大年三十下午 4 时 25 分，孙小明陷入昏迷的时候，正是郝立京昏倒在铲冰车下的时间。那台铲冰车没有出任何故障，但却突然停了下来，连司机本人都说不清楚是怎么回事。大家就都说郝立京福大命大，所以能够遇难呈祥。

郝立京跟谁都没有说，就在他吃了那块 GODIVA 巧克力后，不知不觉地睡着了，睡梦里，他看见了送给他巧克力的人。那个人不是妻子郝慧思，而是父亲母亲的朋友孙小明。她在开满蓝色花朵的河对岸，对他微笑。

孙小明的葬礼非常简单，只有郝家的人参加。新年的第一场春雪在漫天飞舞，每个人头上、肩上都落满了晶莹的雪花。郝祖国捧着冰冷的骨灰盒，表情很平静，他在孙小明的遗像上轻轻地吻了一下，然后放入土中。

同样的亲吻，在若干天之前，还是温暖而柔软的，离别前的最后一个吻，竟然成了永远的诀别。曾经的遗憾弥补了，却又重新增添了一个更深的缺口。那个被留下的角落，终于坍塌了。

没有任何人发表意见。所有人都保持了沉默。

很快，新的墓地就被白雪掩盖，不留一点痕迹，除了摆在上面的一朵蓝色康乃馨。

有那么一瞬间，郝立京以为自己在那些蓝色的花朵上，看到了那张微笑的脸。风起了，漫卷飞雪，连花瓣也在风中起舞，隐约间，一个身影渐渐远去……

郝慧思后来在她的日记里写道：一个美丽的灵魂离开了，一个美丽的躯壳被埋葬了，我们剩下的，唯有哀思。故事里的小王子没有母亲，但母亲永远都活在小王子心里。我也希望自己能够如此纯粹地爱一个人，爱到灰飞烟灭，至死不悔……

（第三部完）

2013 年 11 月 15 日二稿写于北京

劳　模

第四部　年轻副省长

陈玉福　著

中国言实出版社

目　录

毁灭性的灾难

2008 年 5 月 12 日，一场突如其来的地震，震动了大半个中国。哪怕是远离震心的遥远的北方，也深深地感到了从地下传来的那一阵阵战栗。

据中国地震局报告，5 月 12 日这天的 14 点 28 分 57.9 秒，中国临江地区发生大地震，震级为 8.0 级，是毁灭性的震级。与此同时，北京、上海、天津、重庆、宁夏、甘肃、青海、陕西、山西、山东、河南、湖北、湖南、贵州、云南、西藏、江苏、浙江等地都有不同程度的震感。

灾难来临了，山崩地裂之惨烈，生灵涂炭之悲怆，那触目惊心的一幕幕，也和最初时刻大地的猛然战栗一样，在每一个中国人的心上刻下了永难磨灭的伤痕。

这并不仅仅是发生在临江的一次特大地震灾害，还是对中国 13 亿华夏儿女的一次残酷考验。

举国震动，万众齐哀。

虽然是无比的哀痛，但我们看到的却是另一番令人振奋的景象。在这场以抢救生命为重心的国家应急大救援中，中国的行政体系、军事系统以及正在成长的公民社会，以充分的合作精神和方式，实现了世界救灾史上少见的迅捷、协同和高效。

万众一心，众志成城。中华民族再一次以她坚韧挺立的精神震撼了世界。5 月 18 口，俄罗斯国家新闻网的一篇专文《中国，挺住！》，让所有中国人备受感动。

12 日的临江地震让半个亚洲震动，让整个世界震惊。中国经历的磨难太多，但从没在磨难中倒下。面临灾难，中国展现出坚韧与顽强；珍视生命，中国赢得了全世界的敬意和赞扬。

中国不需要同情，中国需要理解；中国不需要安慰，中国需要支持。我们愿以杯水之力，尽寸尺之能，和灾区人民站在一起。我们知道，一个总理能在两小时就飞赴灾区的国家，一个能够在几十秒钟就出动十万救援人员的国家，一个企业和私人捐款达到数百亿元的国家，一个因争相献血、自愿抢救伤员而造成交通堵塞的国家……这样一个和衷共济、积极向上的民族，是永远都不会被打垮的……

5月19日14时28分起，全国人民为临江大地震遇难同胞默哀3分钟。各地汽车、火车、舰船笛声长鸣，防空警报在各城市上空鸣响。

大爱无声

大爱无声。那是一股静静的暖流，淌至心底。

5月20日晚8时至10时，正值电视播报的黄金时刻。

北方广电总台演播大厅内，一场题为"与爱同行"的大型赈灾义演的现场直播正在进行。

主席台下，前排的领导席中，依次是省委书记孟金川，省委常委、市委书记路鸣，市长王立……

另一边的企业代表席上，郝祖国、黑一海、郝立京、郝设华、郝建华等人，分别代表着各自的企业坐在其中。在他们的后面林立着各个企业、公司的捐款牌。

为了让电视机前的观众也看清那些牌子上的内容，摄像机的镜头一一摇近，给了每一个牌子非常清晰的特写：

"中国龙汽车集团公司捐款5000万元""辽海集团公司机壳生产基地捐款2000万元""元房子企业集团捐款1500万元"……

这时，现场响起了韦唯浑厚而深情的歌声，正是那首《爱的奉献》："这是心的呼唤，更是爱的奉献……"。

紧接着，主持人浑厚的嗓音响起来了：

"各位领导、女士们、先生们，电视机前的观众朋友们，今天是5月20日，是'5·12'临江人地震的第8天。8天前，以临江为中心10万平方公里的祖国大地上，发生了里氏8.0级特大地震，霎时间，山崩地裂，江河鸣咽。临江等地区的一栋栋房屋倒下，一座座桥梁坍塌，一个个鲜活的生命消失……在这场8.0级的大地震中，数万人不幸遇难，数百万人失去了家园……这场突如其来的大灾难，震惊了中国，震惊了世界……"

在主持人沉痛而缓慢的讲述中，主席台正中央的大屏幕上不断播放出从地震灾区传来的影像，人们静静地观看着，倾听着，不一会儿，人群中就传来一片唏嘘之声。

"我们坚信，有党中央、国务院的坚强领导，有全国各族人民的共同努力，有社会各界的大力支持、关心和帮助。我想，我们一定能帮助灾区人民战胜困难，重建家园！"

"黑总，我们能不能再追加一点捐款？"郝祖国侧头向身边的黑一海低声询问。

"祖国，我也这样想。"黑一海按西方习俗，穿着一身治丧专用的黑色西装，领带也是黑色的。

他紧抿着唇，神色肃穆，一头整齐的雪发在人群中显得非常醒目。他向郝祖国果断地点了点头，赞同了他的提议。

"黑总，你真的同意了？"对于黑一海的反应，郝祖国略有一些惊讶，因为掌握着公司财务权的黑一海向来都抠，要他点头拿钱出来可不是一件容易的事。

"当然。只是来不及召开董事会了。"黑一海毫不犹豫地说道。

"没事儿，只要总裁支持我，我今天就独断专行一回了。"郝祖国从这两句话和黑一海的眼神中已经明确了他的态度，便不再有丝毫踌躇，并从座位上站了起来。

"你决定吧，我永远是你的坚强后盾。"黑一海说完微微一笑，给起身的郝祖国挥了一下手，示意他放心地去执行他们两个临时做出的决定。

郝祖国挺起胸膛，大步向主席台走去。

"我们的中国龙汽车集团公司今天晚上捐了 5000 万元，这是一个非常大的数字了。现在，中国龙汽车集团公司的董事长郝祖国上来了，我们用最热烈的掌声，请郝先生为我们说几句话！"主持人看到郝祖国走过来，连忙迎了上去，将他引导到主席台中心位置。

"谢谢主持人！刚才，在省委孟书记讲话的时候，我注意到了主席台两边的一副对联，'中华兴亡匹夫有责，一方有难八方支援'。自古以来，我们中华民族就是用凝聚力、向心力，战胜一切困难的。由此我想，我们中国人民是战无不胜的！为此，我们中国龙汽车集团公司决定，在向灾区捐款 5000 万元的基础上，再追加 5000 万元！一共是 1 亿元！"

包括最前排的孟金川、路鸣等人，全场观众都站了起来，为这个数字和中国龙汽车鼓掌。

这时，郝设华也走上了主席台。他向自己的胞弟郝祖国点了点头，然后接过主持人递过来的话筒，从容地说道：

"刚才，我和我们辽海集团公司的吴裕泰总经理商量了一下，我们辽海集团公司机壳生产基地在捐款 2000 万元的基础上，再追加捐款 1000 万元！"

热烈的掌声中，不少企业的负责人都走上了主席台，捐出了数额不菲的捐款……

"亲爱的朋友们，在这场大灾难面前，我们北方工业的老大哥国有企业给我们带了个好头。在举国众志成城抗震救灾的行动中，我们的乡镇企业也不甘示弱，我们也在捐款 1500 万元的基础上，再追加 1500 万元！"郝建华的话音刚落，就引起了全场热烈的掌声。

……

主持人大声说："观众朋友们，我们在今天晚上的捐款企业中，发现了一个现象，那就是今天晚上捐款最多的企业老总，他们都姓郝！捐款 1 亿元的中国龙汽车集团公司老总是郝祖国；捐款 3000 万元的辽海集团公司机壳生产基地总工程师是郝设华；捐款 3000 万元的乡镇企业辽海市元房子企业集团公司的老总是郝建华！朋友们，我了解了一下，他们是三兄弟。下面，我们有请三位郝总到主席台上来！"

郝家三兄弟在掌声中走到台上，拥抱在了一起。

这是他们唯一的一次拥抱，也将是他们一生中最有意义也最难忘的一次拥抱……

"各位观众、各位朋友，在短短的 3 个小时时间里，大会组委会就一共收到全省各界的捐款，共计 3.605 亿元！"主持人激动的声音在演播大厅里回响，掌声雷动，人们再次全体起立，向这些捐款的企业、单位和个人致敬。

电视机前，章小凤泪流满面地对骆子说："骆子哥，你看，我们家的孩子……祖国、设华、建华，他们都代表他们的企业给灾区捐了款，他们一共捐了 1.6 亿元哪！"

"郝家的儿女一个个都是好样的！有出息，有良心，而且一个比一个强！"

才女的婚姻观

郝慧思这个时间已经请假在家休息待产，距离预产期已经不到两个星期时间了。

从外观上看，她的体型并没有太大变化。大概缘于她的年轻和好体质，能够在怀胎八个月之久还保持原本的窈窕，实在可以说是一种奇迹。因为从后面看，根本就发现不了她是个孕妇，所以章小凤非常肯定她肚里怀着的一定是个男孩。对此，郝慧思总是一笑而过。她其实也希望怀的是一个男孩，所以当医院做彩超的医生告诉她是个非常健康的男宝宝时，她也非常高兴。

只是她向来喜怒不形于色，别人自然是看不出她到底如何想的。每天散步回到家后，一个人守在电视机前，她都会摸着肚子对腹中的胎儿说悄悄话，她相信母亲的声音比任何音乐都要来得悦耳、动听，跟孩子说话，要比任何胎教方式都科学有效。她一边看着电视新闻中播报的临江大地震的实况，一边对即将出世的孩子说：

"宝宝啊，你听到了吗？我们国家又发生大灾难了，在离我们几千公里之外的临江，发生了特大地震灾害，那里的人们遭受了从未有过的劫难。多少孩子失去了爸爸和妈妈，多少母亲也失去了她们的心肝宝贝，你能感受到妈妈此刻的心情吗？妈妈很难过，你也一定听到妈妈的心声了。

"宝贝，你知道吗？冬天的时候南方就发生过一场罕见的雪灾，那时候你还很小，整天都在妈妈的肚子里睡觉，不像现在这样调皮，老是踢妈妈。那时候啊，妈妈也像现在这样看着电视，而你的爸爸就在电视里，他为了帮助南方那些遭受了冰雪灾害的人们，大老远地开着铲车，翻越千山万水，到最前线支援抗灾。不管别人是怎么说的，你的爸爸在妈妈眼里都是一位大英雄，是个顶天立地的男子汉，是值得妈妈爱的好男人。虽然他没有办法守在妈妈的身边，可他却陪伴了更多更需要温暖和关怀的人们，他给他们带去了欢乐，妈妈为此非常自豪，你也跟妈妈一样。对吗，我的宝贝？"

郝慧思从沙发上起身时，不自觉地看了看大门的方向。时针分针就快要在最中间的那条线上再次重合了，以辽海市企业捐助为主要内容的那场大型义演现场直播早就已经结束，但郝立京却到现在还没有回来。

郝慧思知道，他不是被一些"业务"缠身，就一定又去"管闲事"了。对于郝立京的这种意料之中的行动方式，郝慧思早已经习以为常了。

她可以充分地相信，他不按时回家来的种种理由都逃不过她的预料，所以，她从来没有去刨根问底，或把自己装扮成一个深闺怨妇，望穿秋水地盼着迟归的丈夫。

她的宽容和放任是出于对丈夫的了解和信任，同时也是对自己的一种放任。

她认为婚姻并非牢笼，而是一种默契。否则，以她的行事作风，绝对是不会往"火坑"或"坟墓"里跳的，如果婚姻果然如别人所说的是爱情的埋葬地，那么，她宁愿一辈子独身。

她所认定的婚姻绝对是爱情的凝聚和升华。婚姻不是对伴侣的禁锢，而是两个人情感的归宿。

正如在所有见证他们婚姻的人面前所发的那句誓言——"我愿意。"

郝慧思从不认为自己就比别人幸福，也不认为她和郝立京所组成的这个家庭就是完美无憾的。她还是有遗憾。遗憾的就是她和郝立京同样都是不甘屈服的人。正所谓"既生瑜，何生亮"，一个家庭里不能同时有两个强人存在，这是一个矛盾，往往也是造成婚姻失和的主因。所以，就需要有人选择退让和牺牲。

显然，郝慧思是那个选择做配角的人。虽然和她的女权思想有些矛盾，但"爱的力量"征服了她，尤其是在有了两人共同孕育的新生命之后，潜伏在她身体里的母性发挥了很大的作用，她悄然站到了郝立京的背后，只以他的妻子身份出现。正因为如此，人们似乎也渐渐地遗忘了她作为东方女性的睿智与美丽。

隐藏在丈夫高大的身影背后，郝慧思并不觉得有什么不甘，她本身也不是一个有野心的人。她的光彩一直都是华丽而夺目的，只不过是以一种安静的方式在绽放而已。

郝立京却在以他强势的光芒，像早上最强劲的阳光一样，盖过了身边所有的光。没有影，就没有光。反过来也是一样。郝慧思相信他们这种相互映衬的方式是最恰当的。不仅是个性使然，也是分工不同的顺理成章。

周瑜感叹"既生瑜，何生亮"是因为他不够自信，加上嫉妒心重。郝慧思却以后现代的方式改写了这句话。她对郝立京说："亮主内，瑜主外，实乃天作之合也！"她所谓的内与外，不仅在家庭之中，还指在公司里的事务，不管公还是私，他们的配合都相当默契和相得益彰。所以在中国龙汽车还盛行着这样的一种说法——销售总公司就是一个名副其实的"夫妻档"。

"宝贝啊，妈妈猜你爸爸今天一定有很重大的消息告诉我们。"郝慧思以女人的第六感，直觉到郝立京马上就要回来了，她飞快地关上电视，快速跑进卧室，匆匆忙忙地钻进被窝里，假装已经睡着了。

果然，两分钟后，大门响了，郝立京进来后一阵忙乱，只用了十秒钟的时间，就冲到了床边。

"HONEY（亲爱的）？"他俯身在郝慧思耳边轻轻地唤了一声。

郝慧思闭着眼睛装作没听见，继续假寐。

很可惜郝立京已经发觉了她在假睡，就将手伸进被窝中胳肢她，她最怕这个了，两秒都没忍住，扑哧一声笑了出来。

"哈哈，你还敢给我装睡。"郝立京得意地笑道。

"人家本来就已经睡着了嘛，是你进来吵醒人家的。"郝慧思在怀孕后不仅母性十足，而且还变得很女人，撒娇、耍赖这些原本她很不屑的行为，现在就像是要讨回来一样，让她发挥到了极致。

相信如果她现在的样子让公司同事看到，一定会大跌眼镜。

而她的这种改变反而让做丈夫的郝立京很受用，强势的妻子终于也向自己服软了，小鸟依人地寻求保护和宠溺，相信所有男人都会对此感到心满意足。

"对不起，宝贝你继续睡，我不吵你了。"郝立京帮妻子掖好被子，又殷勤备至地问："肚子饿不饿？想吃什么吗？不管有什么要求尽管吩咐，小的鞍前马后随传随到。"

"这么好使啊？那先给我倒杯水来吧。"看着郝立京故意做出的一副卑躬屈膝的奴才样，郝慧思努力地忍住了笑。

"喳！"郝立京模仿电视里清朝人行官礼，给郝慧思也来了那么一下，然后就乐颠颠地倒水去了。

郝慧思看着他的背影，虽然笑容还停留在脸上，但眼中已经有了一丝忧伤。她轻轻地抚摩着隆起的身体部位，轻叹了一声：

"宝贝，你爸爸这么勤快，一定是有事要告诉妈妈了，看来妈妈猜得一点儿没有错，你爸爸这一次又要亲自去地震灾区赈灾了……"

夫妻辩论赛

郝立京端着一杯纯净水进来，殷切地送到郝慧思面前，看着她喝下了一半，又将杯子接过去，还帮她擦了擦沾湿的嘴角，体贴得无微不至，完全是一副标准的模范丈夫、新世纪好男人典范。郝慧思不动声色，只是轻声对他说："今天不跟你的儿子说话吗？"

"哎？你怎么这么肯定就是儿子呢？我可一直相信，在这里面住着的是我最最可爱的小公主呢。"郝立京有些不满地说道，顺便爬上床，跪在郝慧思身边，隔着被子小心翼翼地摸着那高高耸起的"小山坡"。

"是住在蒙古包里的公主吗？"郝慧思打趣地问道。

"嘿嘿，你说对了。按咱们的家谱查下去，在几百年前，郝家人可是在蒙古草原上驰骋的马上英雄呢，那咱的女儿不就是住蒙古包的公主吗？"

"听你在那里瞎掰。医院已经出结果了，那可是最科学的鉴定，你就别再痴心妄想啦。"郝慧思想到两人在她怀孕的初期为孩子的性别争执，她想要个男孩，而郝立京却想要个女孩，两人各执一理，相持不下。

最后还让罗绮斥责了，说他们实在是太无聊了，孩子是天赐的，该什么就什么，不由他们来决定。

为此吵来吵去，真是太孩了气了，这样子怎么能当好人家的爹妈！虽然被骂了，但他们两个私底下还是在争。

结果医院做 B 超出了结果，郝立京却还是死活不承认，老是说不到最后一刻就不能肯定。

真个好像是在赌输赢一样。

郝慧思所以在心里嘀咕，孩子气的人只有他一个吧？

跟着他在那边胡闹的自己也是受了不良影响，她什么时候变得这么不成熟了？

果然是近朱者赤、近墨者黑哩！

"唉，我的乖女儿就这样让你们给弄没了。"郝立京叹了口气，他还真是觉得很遗憾呢。

"一般男人不都喜欢男孩子吗，为什么你却想要个女儿？"郝慧思还一直没有问过郝立京这个问题，今天终于忍不住问出来了。

她怕他会驳斥她说她有性别歧视或封建意识，所以都尽量避免这种话题。

说实在的，她想要男孩子的愿望基本和延续香火之类的没有任何关系，她只是对"小王子"这个形象有所憧憬而已。

她在很小的时候就因为自己不是男孩而希望将来能够生一个像"小王子"一样可爱的男孩。

当然，那只是梦想而已，如果孩子能够像他的爸爸，她就心满意足了。

"没有什么理由，只是觉得女儿会更可爱。"郝立京说，"说说你这个问题的根据是从哪里得来的？"

郝慧思抿唇一笑，就知道他会这么问，便将早已经准备好的答案和盘托出：

"当然是你们男人的本能决定的啊，其一是希望以此能够延续自己的血脉，其二则是想要通过这一点来验证自己的雄性功能，都是非常莫名其妙的理由，又觉得很理所当然。雄性这类物种向来都很自我，时刻需要对自我存在的认同，比如雄性的侵略性和好战性。"

"这又是从何而来的言论？"郝立京摇着手指，"不要告诉我是弗洛伊德说的哦。"

"我引证了一下而已。别的不说，你只需要看那些父系族类的生活方式，比如：非洲草原上的狮群，每一个狮群都只有一头雄狮，占据所有雌狮和食物，当狮群里出现另一头雄狮时，就需要战斗。无论父子兄弟，哪怕是外来的侵略者，最后只以输赢定论，胜利者会取代前任雄狮而占据这个狮群。"

"如果你的这个言论成立，那么推理下来，男人应该不喜欢生出和他同性别的孩子才对啊！"郝立京马上找到了妻子这番话的漏洞，趁机反攻。

郝慧思伸出手指在郝立京的鼻梁上狠狠地刮了一下：

"傻瓜，我只是拿狮子举例说明，证实雄性的侵略性和好斗本能，你还真要把自己归于动物世界啊！"

郝立京这才发现自己给自己挖了个大坑，还跳了进去。他知道自己永远都赢不了眼前的这个女子，无论是过去还是现在，或者将来，他都会是她的手下败将。

一个男人输给他心爱的女人，没有什么可难为情的，正所谓虽败犹荣。他嘻嘻一笑，借势扑了上去，抱住郝慧思：

"在漂亮老婆的面前，我当然要化身动物世界里的动物啦！"

郝慧思连忙用胳膊将他架住，有些紧张地护住了自己的肚子：

"你别跟我闹，小心把我们的宝贝儿压坏了。"

"哦，我把这茬都差点忘了。"郝立京其实也是故意做出那种动作的，他当然也顾忌着还未出世的小家伙。

他改变姿势后，重新拍了拍小小的"蒙古包"：

"乖乖听话，好好睡觉啊，别把妈妈累着了。不管你是小公主还是小王子，爸爸都喜欢，你长大后要成为一个对社会有用的人，让爸爸妈妈都以你为傲哦。"

郝慧思听到这样的期盼后，微微一笑，摇了摇头：

"我倒只希望他能够健健康康、快快乐乐的，就心满意足了。"

"你对我们的孩子这么没信心啊？还是说，你其实是对我这个将要当爸爸的人有意见？"

"这只是当爸爸的和当妈妈的期盼不同而已。你别往你自己身上扯啊！"郝慧思拉了拉被子，她已经真的瞌睡了，眼皮开始耷拉，不想再搭理郝立京的"胡搅蛮缠"了，她翻过身去，准备睡觉。

"亲爱的，你怎么不理我了？"郝立京有些不甘心地凑过去，在郝慧思耳边轻声呢喃。

"我要睡觉了，不和你闲聊了。你也早点睡吧。"郝慧思睡意蒙眬地咕哝着。

"抱歉，我今天也不能陪你睡了。我得准备明天开会的资料。"

"我知道，是关于赈灾的事吧？"郝慧思沉默了一会儿后，轻轻地问。

"是的，中国龙汽车这一次要组织一个赈灾车队，直接开拔到地震灾区去。而且……我决定亲自带队，所以……"

"我知道。"

郝慧思柔柔地打断了郝立京的话，她转过身来，看着郝立京："我不会拦你。但是你得跟我保证，一定要平安归来。"

"我向你保证！"

郝立京有些激动地拥住妻子，他原本以为会遭到一些埋怨，却没想到妻子已预料到了他的决定，她一如既往地理解并支持他，得此佳偶，夫复何求？

"还有我们的孩子，你也要跟他保证。"郝慧思将郝立京的手拉过去，放在左侧腹部能够感受到幼小生命搏动的地方。

"宝贝，爸爸向你保证，一定会回到你和妈妈身边。"

"或许你没办法亲手迎接他的出生，这对于你们两个来说都是一个遗憾。你要不要先给他起好名字？"

"他的名字还是让他的祖奶奶起吧。"

"嗯，这样也好。我和我们的宝贝会等着你回来。"

"宝贝，你可不能让妈妈痛哦！"

"笨蛋，生孩子哪能不痛的？"

"亲爱的，抱歉……"

"别跟我说抱歉，你只需要好好爱我。"

郝立京在妻子的唇上落下轻轻的一吻。

"Je t'aime toute ma vie.（法语：我永远爱你。）"

提案受阻

5月21日的早晨，中国龙汽车所有员工照例在9点整，要集体向临江地震遇难者哀悼三分钟。无一例外，董事长的办公会议上也一样进行着这个仪式。

默哀之后，董事们刚落座，郝立京就又重新站了起来。或者说，他其实根本就没有坐下。

他高大的身躯非常突兀地矗立于长圆桌的最后位置上，正好在郝祖国对面。

郝祖国看了他一眼，并没有说话，只是做了一个手势，准许他发言。

自从郝立京参与奥运提议获得一致好评以来，他在董事们心中的地位已经是举足轻重，可谓众望所归。

每次当他参与董事会议时，大家都知道他一定是又有什么惊世骇俗之举，或是提出令人耳目一新的创意和方案。所以，一旦看到他起立发言，董事们就都马上来了精神，齐齐盯着他，准备聆听他的豪言壮语。

郝立京今天的提案是，他将在中国龙汽车销售总公司组建一支救援队，这支救援队将由一百辆中华大客车组成，目的是前往地震灾区帮助转移那里的被困灾民。

"我提议组建这支中国龙汽车救援队，只有三条理由：一是抗震救灾；二是继续承担起我们作为国有企业必要的社会责任；三是通过赈灾行动，进一步提升中国龙汽车的企业形象。"

郝祖国对于郝立京所提出的这三条简洁有力的理由表示了赞同，他微微颔首，然后看向了身边的黑一海。

"我不同意这个提案。"黑一海的一句话就像是在热油里掉进了一滴水，马上引起了其他董事的激烈争论。

很快就在董事们之间分出了两派意见：一派支持郝立京的提案，应该加大力度参与到抗震救灾的行动中去；另一派则是反对派出车队到灾区去，原因是这么做太危险。

"太危险了，我们不能拿我们最优秀员工的生命去冒险。"一位董事强烈反对。

"我知道这样做非常危险，但社会各界已经有那么多志愿者都前往灾区了，我们一个几万人的企业还派不出一支救援车队吗？"

"我们可以捐款，甚至捐车也行，但派出救援队我认为没有必要。你想想，这救援队派谁去带队呢？这毕竟是威胁到人身安全的事，我们还是要慎重啊！"一位董事意味深长地对郝立京说道。

"到灾区与不到灾区意义完全不同。这并不是一个捐款多少的数字问题，而是态度问题。中国龙汽车在灾区前线出现的意义，我想不用我多说大家也应该能够明白。"郝立京慨然地说道。

董事们为这句话又开始议论纷纷，有些人似乎有了动摇，但还是有少部分人在摇头，在质疑。

郝立京并没有想到自己的提案会引起这么多人的反对，而且还是在这样的日子里。

有董事表示中国龙汽车能够捐出一亿元给灾区已经相当不简单了。

提出向灾区派救援车队这个计划，郝立京并非感情用事或一时冲动，毕竟这不是个人行为，而是代表着一种企业行为。

所以，他已经事先做了全盘考虑，也权衡过利弊了。

一位董事说："我们怎么能以牺牲员工性命为代价，来换取企业形象？这不是舍本求末吗？"听到这样的话，郝立京真的有些愤怒了，他正准备严词反驳，黑一海却缓缓地从座位上站了起来，他这一举动，让董事们全都安静了下来。

虽然黑一海同样反对他的提案，但他相信这位睿智的老人一定有他更加充分的理由。

"立京，你先坐下吧。请大家先听听我的意见如何？"黑一海慢慢地也是一字一顿地说道。

他的声音此刻显得尤为低沉，不似平时的浑厚利落，似乎是有什么在阻碍着他的发声一样，在他说出的每一个字后面都拖着长长的尾音，语速也因此慢了下来。

"黑总，您请讲。"郝祖国也以严厉的眼光，示意大家安静地听黑一海说。

"我本来是不同意立京这个方案的。"黑一海一字一顿地说，"因为凡是持反对意见的董事们的理由，也正是我的理由。但是，现在我改变了主意。"

大家马上把疑问的目光投向了黑一海……

黑一海解释说：

"是立京的三个理由打动了我。一是抗震救灾；二是继续承担起我们作为国有企业必要的社会责任；三是通过赈灾行动，进一步提升中国龙汽车的企业形象。"

郝立京马上鼓掌响应……

黑一海用手势压下了郝立京的单调的掌声：

"年轻人，你不要急着给我鼓掌。我知道，接下来，你一定会自告奋勇地带队去临江地震灾区的。可是，你想过没有，地震灾区不同于冰雪灾区。冰雪灾区几乎不会遇到意想不到的危险，而地震灾区则恰恰相反。大家不同意你的提案也是有道理的。"

黑一海的这些话，迎来了局部的掌声……

黑一海继续说："大家都知道去地震灾区有危险，所以我们才要去灾区，'明知山有虎，偏向虎山行'。"

郝立京站起来郑重其事地说："郝总，我已经准备好了！"

黑一海用手势示意郝立京坐下后，接着说：

"因此，我对立京提出的这个行动方案，本身并没有什么意见，我是全力支持中国龙汽车参与到抗震救灾中去的，要派出一百辆大客车也没有任何问题。我对我们所生产出来的每一件产品都有足够的自信，也相信这一百辆我们最新研发并投产的首批中国龙客车一定能够在灾区发挥它最大的效用，更相信由中国龙汽车带去的人道主义关怀不仅仅只是起到宣传企业的作用。所以，我特批中国龙汽车销售总公司向灾区派出一百辆中国龙大客车。不仅如此，我们另外还将向灾区赠送 50 辆中国龙救护车、20 辆中国龙越野车和 10 辆中国龙大型自卸货车。"

第一个鼓掌的仍然是郝立京，他激动地望着黑一海，眼中已然有了闪动着的泪光。

"关于支援灾区的行动，我已经和董事长达成了共识，并且以我个人的名义提出以上增加项目。但是，对于郝立京所提出的亲自带队去灾区支援救难的方案，我要保留自己的意见。"

大家都纷纷点头，表示同意黑一海的意见。

黑一海继续说："在之前南方发生的特大冰雪灾害中，我们中国龙汽车救援队派出了铲冰车队，动用了公司全部的直升机，深入灾区帮助解救被困群众。那一次行动可以说是取得了圆满的成功，不仅解救了几百名被困雪中的群众，也使中国龙汽车获得了广泛的社会赞誉。但是，此一时彼一时，在此我提醒郝立京总经理，也再一次重复我前面说过的话：地震不同于雪灾。你深入过的冰雪灾区，周围的一切是静止的，几乎没有什么不可预见的危险。但地震灾区却时刻存在着难以预料的危险。就目前的官方统计，自 5 月 12 日的 8.0 级首波强力地震以来，临江及其周边地区已经发生过不下百次余震，其中震级最高达到了 6.5 级。你可以去查一下相关资料，余震的危害往往远大于第一次强震，在经过毁灭性的大震波之后，不要说房屋道路，就是大地和山基都有可能随时倾覆。你所看到的一切还矗立着的物体，说不定转眼间就会向你们倒下来。而且地震灾害所带来的其他方面的隐患也时刻存在，难以预计。我不能让我的员工在毫无防范的情况下，去这么危险的地方。"

董事们纷纷点头赞同，并发出了啧啧的赞叹之声。

"企业是员工的企业，虽然员工在必要的时候，有责任和义务为企业利益牺牲自我利益，但我们作为企业的决策者，绝不能以员工生命为代价换取企业效益！"

"黑总……"郝立京实在忍不住想要反驳，但刚张开口，就被郝祖国以严厉的视线瞪了回去。黑一海也深深地看了郝立京一眼，然后继续说道："另一方面，我认为擅自派出非专业的救援队并非明智之举，我们派去的人员如果给灾区带来困扰，影响到救援工作，那才真是得不偿失！总之一句话，在没有得到这方面明确的指示或需求之前，我们不能轻举妄动，随便就跑到灾区去。"

"黑总，请容许我重申一下我的观点，我……"

"今天的会就开到这里吧，我在市里还有一个紧急会议要参加。"郝祖国毫不给儿子留情面，当众打断了他的话，并将会议也中断了："关于郝立京提出的这个方案在我回来之后继续讨论。顺便告诉大家一个消息，我要去参加的这个会议也是关于抗震救灾的，市里会拿出什么样的计划和方案，我想到时候就拿来作为我们讨论的参考吧。散会！"

"郝总经理，你到我办公室来一趟。"

可以说，是郝祖国及时踩下了刹车，没有让郝立京发表他的言论，郝立京虽然非常不满，但也只能迫于来自董事长也是父亲的压力，按下了填堵在胸口的那团闷气，跟随着郝祖国去了董事长办公室。

谁也不知道他们父子俩在办公室里谈了些什么，只见十分钟时间不到，郝祖国就先出了门，郝立京随后跟着出来，他并没有和郝祖国一起下楼，而是转了个方向，去了另一边的总裁办公室。

虽然猜不到他们之间的谈话内容，但从郝立京完全改变的神态上看来，他们的谈话似乎很愉快。

姜还是老的辣

郝祖国从市里回来后，继续主持董事会议，这中间只是两个小时的间隔而已。

就在这短短的时间里，黑一海却完完全全改变了自己的意见。

郝祖国也非常乐意见到这样的结果。他在会后说的话，看来已经被儿子很好地运用过了，并且还征服了那位意志坚定、还因此被人背后说成"固执"的总裁黑一海。

郝祖国对于郝立京的提案本来也是持保守意见的。其实大家所顾虑的不外乎都是人员的安全问题。但经过深思熟虑过后他认为这个方案也是可行的，只不过需要一点变通而已。

所以他运用起了自己的人生经验，帮郝立京出了个主意：

"董事们反对的意见集中在员工的安全问题上面，所以你要尽量避免让他们担忧，更不要和黑总发生冲突，你用你的那些高谈阔论说服不了他们。你别忘了，你的黑爷爷可是一位深受西方思想熏陶的现代企业管理者。甚至可以说，德国人的那套行事风格对他影响也已经根深蒂固了。"

"难道董事长你也反对我的提议？"郝立京有些委屈地撅着嘴问。

儿子不管多大在父亲面前永远是孩子，将近而立之年的郝立京在郝祖国眼里也永远都是那么天真、幼稚。

此刻，在郝祖国心中，舐犊之情油然而生。

郝祖国淡淡一笑，对郝立京的抱怨不置可否：

"立京啊，你有时候考虑问题还是太过直线思维了，为什么你不能迂回一下呢？"

"迂回？怎么个迂回法？"郝立京不明白父亲的意思，微蹙起眉头有些疑惑地问。

"你要组织救援车队，车是没问题了，但这人员呢？你要怎么解决？无论到任何时候，人都是最关键的。这个救援队到底是会成为灾区的麻烦呢，还是真的会带去帮助？……说到这一点，我认为队员素质至关重要。我并不反对你号召公司员工志愿参加，包括你个人的任性妄为我也可以听之任之。但我想，与其顶着总裁与董事们的反对之声执意而为，还不如改变一种方式，效果可能会更好。"

郝立京似乎明白了父亲的意思：

"爸爸，你的意思是……"郝祖国点明了自己的意思："我们向社会召集具备专业救助知识和这方面经验的志愿者参加，是不是会更有说服力？"

郝立京一听到这里，情绪马上激动起来，他啪的一声合掌猛击，"啊，我怎么没想到呢？对呀，就这么办！中国龙汽车组织的车队并非一定要安排公司的员工去，既然有志愿者这个群体存在，我们何不向社会召集队员呢？这样一来，我们不仅可以组织一支强大的救援队伍，而且还能进一步扩大中国龙汽车的社会影响力，同时通过这样的互动关系，增进企业与民众之间的感情。董事长，你这招可真厉害！"

"孺子可教也。"郝祖国欣慰地望着儿子点点头，"你去和黑总沟通，我去去就来。"

郝祖国说完，不等儿子说话，拿好了开会用的资料，起身往外走。

"爸，你让我都有点崇拜你了，俗话说'姜还是老的辣'，你这一点拨让我完全开了窍，所有的问题都能迎刃而解了！"

"你别在这里拍我的马屁了，还是想好怎么去说服我们的总裁先生吧。"郝祖国笑着用手掌在儿子的头上揉了一把，然后下楼。

似乎在郝立京成人后他还是第一次对儿子这么做，有点突然找到了做父亲的感觉，心中不免有点儿兴奋。

应该是自己长期忽视了父子之间的互动，才会对这种亲昵举动感到陌生，为什么在儿子也要当上父亲的时候，他才有了这样的感觉呢？

凝思间，一个影子从脑海中划过。

她是否此刻正在微笑着看着这一切呢，就在那片轻如飞絮的云中？似乎是被她教会了这样温柔地对待身边的人与事。

偶尔停下来看一看周围的风景，多给那些陪伴着你的人一点关怀，送出去的感情是会被成倍返还的。

正如曾经对她的挂念，只为一丝丝的不舍，却换来了她全部的付出。

儿子在转身时对他轻轻说的那声"爸你走好"，让他眼睛有些发热。这种让自己感动的感觉，真的很美好。

也许已经习惯，以她的思考方式来思考了。而这样的改变，却是在终于失去了她以后，才开始的。

郝祖国扶着打开的车门，仰望了一下几乎无云的碧蓝天空，有那么几秒的出神，然后才坐了进去。

孙小明离开这个世界已经将近半年时间了，郝祖国还有着一种恍惚如梦的感觉，似乎，她并没有真的离去，她还在他的身边，就在原来的地方，静静地等待着他的到来。她最后的样子已经模糊，留在他记忆里的，永远都定格在日记本里的那一页，让他在夜深人静时摩挲过无数遍的笑靥，也将在今后的日子里对着他微笑。

她的笑容灿如夏花，正如她流星般转瞬即逝的生命一样，虽然只是一刹那，却开得荼蘼、烂漫。

精兵强将

由于改变了策略，再加上黑一海的支持，郝立京的提案在会上顺利通过，而他提出的志愿者征集方案也得到了所有董事的赞同。救援队的人员设置一经敲定，郝立京立刻着手在北方省范围内征集志愿者，结果只用了不到一天的时间，就有上千名志愿者报名加入，经过严格挑选后，他们从中挑选出既有优秀驾驶技术又有远征经验的 200 名车队司机、具有专业知识及丰富临战经验的 30 名救护人员和 10 名心理辅导教员。

尽管郝立京已经向他们说明了将要深入最危险的重灾区，但志愿者们依然热情高涨，毫不退缩，有几位还相当性急地把行李都打点好了，就等候在中国龙汽车的公司大楼里，时刻准备出发。

虽然志愿者们精神可嘉，但他没有带着大家立即启程。在郝立京的建议下，中国龙汽车为这些志愿者及随行的公司员工全部购买了人身意外保险，做到对他们负责任、有交代。此举赢得了志愿者一致好评。

就在中国龙汽车抗震救灾救援车队筹备完毕，整装待发之际，路鸣、王立及一些市领导突然而至，他们来到集合了 100 辆崭新豪华大客车的中国龙汽车公司广场，视察这支由企业与社会力量集结起来的规模庞大的志愿者队伍。郝立京亲自向路鸣介绍了他的这支精锐强队，正所谓强将手下无弱兵，他敢在市委书记面前拍胸脯下保证："虽说是刚下线的最新车型，但我们的客车已经通过了各种安全检测，我们还就各种状况准备了应急措施。同时，我们已经给这 100 辆客车装配了特殊装备，因此它们比一般的车要结实、安全。按每辆车可乘坐 50 名乘客来计算，我们一次就可以转移 5000 名群众。路书记，请各位领导及辽海的父老乡亲们放心，我们一定把辽海人最真挚的关怀送到灾区去。"

"更重要的是你们一定都要安全归来。"路鸣用力地拍了拍郝立京的肩膀说："一个都不能少！"

"路书记，关于这一点我不敢向你保证，不过我可以保证对我的每一位队员负责，出了事就拿我是问！"郝立京谨慎地说道。

"我是让你一切以安全为上。在公司里，你是未来的顶梁柱；在家里，尤其是你的小家里，可不仅仅是一个人在等你！你听到了没？"路鸣压低声音对郝立京严肃地说着。他特别指出的"不仅仅是一个人在等你"，让郝立京红了一下脸，讪讪地不知该如何回答。

"请路书记给大家讲个话吧。"郝祖国提议。

"好啊，就算是为大家鼓劲壮行吧。"路鸣说着走到了车队前方的中心位置，用洪亮而浑厚的声音大声说道："同志们，中国龙汽车集团公司派救援车队到西江省临江县抗震救灾的报告，市委市政府已经开会研究过了。同时，我也向省委做了专题汇报。同志们，首先，我代表省委和市上四大班子，对你们在第一时间里做出的反应和行动，表示最诚挚的谢意！"

掌声响了起来……

"同志们，多余的话我就不说了。一方有难八方支援，这是我们中华民族的优良传统。我们北方省已经根据中央的指示精神，做出了对口支援灾区和下一步帮助灾区重建工作的安排。在这之前，我们将组织一支强有力的队伍奔赴灾区，帮助灾区人民抗震救灾。令人感到欣喜的是，你们已经提前把队伍组织起来了，而且还是一支集合社会各界力量的精锐强队。因此，我们市上打算就以你们中国龙汽车的这支救援车队为基础，再增加一部分专业救护人员，然后由我带队，马上开赴灾区。王市长，你也来跟大家讲两句吧。"

"嘿，该说的路书记你都说了，我就免了吧。"

"你就跟大家说一下关于救援地区的具体安排吧，还有，你不是说你准备了一支特殊部队吗？这个时候了，也该露个底了吧。"路鸣笑着，用有些揶揄的口吻对王立说道。

"什么特殊部队？"郝立京好奇地问。

"哈哈，就知道你会感兴趣，立京，别急，王市长要给你们的救援车队送大礼呢。"路鸣说完转身走开了，与郝祖国商量其他事项去了，留下王立和郝立京在围拢过来的志愿者中间。王立冲着路鸣的背影摇头叹气："这个老路……"

"王市长，你就跟大伙讲讲吧，既然市里也要派人和我们一起去灾区，总得让我们知道都有谁要去吧。王市长你可别说你也要去，那我们可是绝对不能答应的。"郝立京半开玩笑地对王立说。

"既然路书记带队，那我肯定得留守下来继续工作了。"王立说完哈哈大笑，"同志们，就在今天早上，我们市政府办公厅收到了西江省抗震救灾领导小组指挥部发来的救援邮件和电话。西江方面希望我们派一支强有力的车队，到天康县抢运灾民，那里有一万多名灾民需要我们转送到西江省省会泰康市。"

"可是，天康县并不是重灾区呀。"听到这里，郝立京觉得有些不对劲，忍不住插话说道。

"对，所以安全方面不会有太大的问题。"王立顺着郝立京的话对众人说道，口吻肯定，但语气沉重。

"王市长，我认为临江县的灾民更需要我们去抢运！"

"立京同志，这里有一个原则，我们必须无条件地服从西江方面的安排。人家对当地的路况、灾情比我们清楚。所以，市里定下的这个行动计划我们一定要坚决执行。"王立的话让郝立京沉默了，看得出来他的情绪正在急剧变化着，虽然看上去依然一派平静，实际上只要细看他眼睛里跳动的火苗，就会知道他此刻有多激动。

"对于我们来说，这的确是一个不错的消息，因为我们不用再为安全问题犯难。但是，如果不到重灾区去，对我们这支专门为此而组建起来的救援队来说，将是个极大的遗憾。"郝立京如是说。

"此话怎讲？"王立问郝立京。

"报告王市长。"陪同在郝立京旁边的刘雪华早已经从郝立京眼中看出了那些微妙变化，怕他冲口说出一些在领导面前有失妥当的话来，连忙抢在前面开了口："郝总经理为了组建这支救援队，专门在社会上召集了有经验有技术的长途客车驾驶员，而且为了安全起见，每一辆车都配置了两名司机。现在站在你面前的可都是经过我们精心挑选过的志愿者，他们每一个人都是签下了志愿者状的勇士。郝总经理已经向他们说明了重灾区的情况，大家也都做好了一切准备，去不了重灾区了，当然感到很遗憾了。"

"是这样啊，没什么可遗憾的，不管是天康还是临江，都是地震灾区，无论哪里的受灾群众，都需要我们的帮助，没有孰轻孰重之分。立京啊，说到你们的几百人车队，我可是给你找了一位最称职的车队总指挥哦。"王立当然明白郝立京会有什么想法，而且也十分理解，只是站在他的立场，他必须说这样的话。为了避免继续在这个问题上纠缠下去，他将话题巧妙地转开了。郝立京看了他一眼，心下了然，便也笑了笑，问道："刚才路书记说你要给我们送大礼，莫非就是这位车队总指挥？"

"哈哈哈，没错！"王立低头看了一眼腕上的表，又朝四下里张望着说，"他应该就到了。"

黑脸包公

说话间，一个响亮的声音在众人后面传来："大家好啊！王市长，你别找了，我在这里呢。"

"是吴队长！"人群里有认识他的，惊呼声脱口而出。来人身份果然不简单，否则怎么会令这些天南地北闯荡惯了的天不怕地不怕的东北汉子们，在见到他时也有一些发怵呢。

郝立京顺着那个声音望去，就见人群里马上分出了一条道，一位中等身高，但看上去相当敦实的黑大汉大踏步走了过来。他远远地就伸出了一双手，带着几分严厉的笑容迎向王立与郝立京。

"王市长，郝总经理，我来得还算及时吧？"

"及时、及时。简直就是说曹操曹操到。"王立哈哈大笑着和来人握手，然后向郝立京介绍："这位就是我给你找的车队总指挥，原辽海市交警支队支队长吴国学同志。"

"王市长，你什么时候给我撤的职啊，怎么一转眼我就成'原支队长'了呢？"吴国学又大力地握住了郝立京的手，爽朗地大声说道，"你好！郝总经理，百闻不如一见，果然是年少有为、青年才俊啊！"

"你别怕，不是撤你的职，是暂时调职。看来你已经认识我们的郝立京同志了，那我也用不着再多说什么，接下来就是你们的工作了。立京啊，吴队长我就派给你了，你就放心把车队交给他来指挥吧，你没见他们见了这个黑包公都发怵吗？哈哈哈哈，这就叫一物降一物。车队方面你可以听他的，但行动的总指挥还是你，他得听你的。吴队长，你没意见吧？"

"没意见！你撤我的职我会更高兴，你以为我愿意当包公啊？我这老黑脸是怎么来的？还不是这支队长给当的，整天在日头下曝晒着，风里刮雨里刷，是白雪公主也会变我这样，你趁早把我给放了，我还能回家养白一点，不然啊，再过几年，连我家里那个都要嫌弃这张脸了！"吴国学指着他那张黑得油光锃亮的脸，扮出一副苦哈哈的样子给王立和郝立京看，一旁的刘雪花忍俊不禁，扑哧一声笑了："吴队长，没关系，多搽点雪花膏就好了。"

"哈哈，小刘你别听他胡诌，他那张脸是天生的黑，因为这个，小时候还被人给起了个外号叫牛粪蛋。"王立把这句话说完，也大笑着走掉了，刘雪华笑得肚子都疼了，吴国学却冲她挥挥手："你笑吧，没关系，被叫牛粪蛋是真的，尤其是你嫂子嫁给我之后，这美名就更加远扬了。"

"那是为什么哩，吴队长？"围拢的司机里有胆大皮紧一点儿的，故意油腔油调地问。

"鲜花插在牛粪上了呗！我说你这家伙还明知故问，小心我吊销你的驾照！"吴国学回头指着那个司机假装威胁着说，脸上却洋溢出得意之色，还有满满的幸福。从吴国学的神情里，刘雪华更加笃信所谓"千古绝配"，那朵插在牛粪上的鲜花想必也生得十分娇嫩肥美吧。于是，在心底里不由得升起了那么一点点的羡慕。她悄悄地看了一眼身边的另一个男人，他和他的伴侣却应和着另一句千古佳话——"金童玉女，天作之合"。所以，自己永远都没有插入的余地，只能这样偷偷地看他一眼。哪怕只是这样，只要能够站在他身边，时刻能够看见他，她也就心满意足了。

"各位司机朋友，你们好！今儿个我的身份不是交警支队队长，而是你们的战友，当然，也是你们的头儿，你们都得听我的指挥。不过你们放心，我不会吊销你们的执照，也不会给你们扣分。"吴国学的开场白来得突然，也气势磅礴，听到这句玩笑话，司机们想笑又不敢笑，就使劲给他鼓掌叫好。

"我们要组成一支精悍的、强有力的救援队开进灾区，不管是去哪里，我们的职责都是开好车，把人安全接送到。地震过后的路况远比我们想象中的险恶，各种情况也会随时发生，所以大家一定要做好打硬战的心理准备，时刻抓紧你们手中的方向盘，你们的肩上可都挑着几十条人命呢。我可以毫不夸张地说，这将是你们一生中最大的挑战，经历过这一次考验后，你们每一个人都会成为公路上的大英雄。以后还怕什么？什么都不怕了！

"接下来的这段时间，我们就是一个战壕里的战友，更是一个大家庭里的兄弟！你们别跟我客气，我也不会跟你们客气！说难听点儿我们就是绑在一条绳上的蚂蚱，牵一发而动全身！所以大家必须服从命令、听从指挥。俗话说，军令如山，就是指无条件服从！我曾是一名军人，把丑话可说在前头，谁要是怕了，动摇了，不敢去了，现在就给我站出来，立马回家抱老婆去！要是谁敢在关键时刻给我掉链子、临阵脱逃，一律军法论处！这里也许有人知道，我参加过老山前线的战斗。告诉你们，老子当年带一个团的队伍窝猫儿洞，整整一个月时间，没有一个当逃兵的！谁要是敢在老子手下当逃兵，他就别想再握方向盘了！这可不是威胁，我是说实话，谁要是在这里当了逃兵，他也就没有资格再摸方向盘了！你们说，我说的对不对！"

"吴队长你说得对！咱们不当逃兵！"

"好！明天早上六时准点在这里集合！现在解散，都回家给我好好道别去！"

吴国学一挥手，几百名司机队伍顷刻之间在欢呼声中散去。郝立京在一旁静静地看着，总算领略到了吴国学的气度与风范。脸黑是黑了点，但他站在那里，却有那么一点指点江山挥斥方遒的味道，好像一位古代将军在大军开拔之际的动员令，仿佛都能看到他头顶上猎猎的战旗，能隐约听到他身后隆隆的战鼓声。

等吴国学笑吟吟地站在他面前时，郝立京才发现，这位支队长其实矮着他大半个头，为什么刚才却觉得他非常高大威猛呢？

"郝总，除了你们的这些司机外，我也从市里的各车队里选拔了50名优秀驾驶员，你看怎么安排下去？"

"正好，我想给每一辆车安排一名安全员，负责乘务和紧急情况下的应变。咱没时间再搞专门的培训，你选的人就辛苦点儿，一个人负责两台车的安全和对司机的培训工作吧。"

"就这样办！安全人员同时也得是临时驾驶员，你准备的人应该没问题吧？"

"没问题。"

"还有个问题，那就是人员的补给，所谓兵马未动，粮草先行，这可是行兵打仗的重中之重啊！"

"吴队长你放心，我已经专门安排了后勤负责人员，按人头准备了足够的补给。而且，我们还准备了送给灾区的粮食和急需的药品，随行还有专业医护人员。所以说，我们这是一支相当庞大的队伍，吴队长，我们两个肩上的担子很重啊！"

"最后一个问题，我们两个谁领导谁？"吴国学非常认真严肃地问道。

"当然是你领导我嘛！"郝立京笑道。"这可是你说的哦？你能够绝对地信任我吗？"吴国学目光深沉地盯着郝立京，似乎是有些不相信他会有这样的气度。

"我绝对信任你。吴队长，过去你能在部队上带好一个团，现在你又能带好一个交警支队，我想，你一定能带好我们这支特殊的队伍。"吴国学笑着说："郝总，我开玩笑呢，车队这一块我负责，有事情和你商量。整个救援队，你还是总指挥，我是副总指挥，我配合你的工作。"郝立京见吴国学这样说，高兴地握着他的手说："谢谢支队长！"

死要面子活受罪

郝立京安排完所有出行前的工作后，遵照和郝慧思的约定，于九点钟来到了海边别墅。他到时已经过了晚饭时间，全家人包括郝建华在内，都聚集在客厅里，或者是餐桌旁，就为给他这位迟迟到来的人饯行呢。

推杯换盏之后，章小凤让郝立京给大家说句话。郝立京站起来，向身边的郝慧思眨眨眼，在得到一个许可的微笑后，他清了清嗓子，举起一杯酒，来到章小凤和骆子面前。

"奶奶，骆子爷爷，让我先敬你们二老一杯。"

"你这孩子，刚才不是都敬过了吗？让你说话来着，怎么突然又给我们敬起酒来了？"章小凤瞅着郝立京，嘿嘿一乐，"你小子是不是又有什么鬼主意了？这酒奶奶可以喝，但你得先把你肚子里憋的坏水给我放出来。"

"您真让我说出来吗？"郝立京笑着问。

"你说，你不说出来咱俩都不痛快。"章小凤说完哈哈大笑。

"奶奶，我和慧思想替你和骆子爷爷完成一个心愿。"郝立京说着又看了一眼郝慧思，她脉脉含情地看着他，给了他温柔的鼓励。

"我和你骆子爷爷的心愿？那是什么心愿哦？"章小凤不明白孙子指的是什么……骆子已经明白了郝立京是什么意思，他脉脉含情地看了身边的章小凤一眼，正与刚才郝慧思的眼神相照应，郝立京没有漏看这情景，心下更加肯定了自己的决定没有错。

"奶奶，你和骆子爷爷风雨相伴，历时半个世纪之久，却因为种种原因而始终没能成为夫妻，但你们其实已经是灵魂上的伴侣了。我们在旁边也一直在看着你们，看你们心心相印、彼此扶持，我们都为你们这样真挚又纯净的爱所感动。所以，我们希望能够帮助你们完成一个仪式，也许这个仪式在你们看来是多余的，但我们认为，是必要的。让你们这对有情人终成眷属，不仅是我们这些儿孙的期望，相信这也是你们二老一直想要达成的夙愿。奶奶，请容许孙子做出这个不情之请，让我们帮你们举行一场婚礼吧，就让这场婚礼成为你们六十年不朽爱情的见证吧。"

"立京……"章小凤和骆子怔住了，除了郝慧思以外，在场的其他人都有些茫然地看着郝立京，似乎很难消化他刚才所说的那些话。

"奶奶，关于这件事，并非我个人的提议。我已经和爸爸妈妈还有慧思商量过了，他们全都赞同这个意见。当然，二伯与二婶我还没来得及跟他们说，但我想他们一定也是这么想的。"郝立京说完，看向郝设华和吴飒飒。郝设华虽然一开始有些蒙，但马上就明白了郝立京的意思，在被郝立京的视线这样询问时，他和妻子对视了一下，都笑了："立京说得没错，我们也都同意。"郝设华说道。

"其实我一直都想提出这件事，但我没有立京那样的勇气，而且我们也没有找到合适的场合。"吴飒飒补充说明丈夫的意见，"我和设华也商量过，只是不知道该怎么提出来才合适。立京，你真是好样的，把我们的心里话都说出来了。"

郝立京非常高兴，倒不是因为听到了二婶的夸奖，而是因为他的这个提议果然得到了二伯和二婶的支持。他对郝设华和吴飒飒感激地一笑，转头又去询问郝建华的意见，令他没想到的是，他看到的是一张已经气到发青的脸。

"简直是胡闹！"郝建华低低地呵斥了一句。

"爸爸……"郝慧思用手去揽父亲的胳膊，"奶奶和骆子爷爷多不容易啊，你不也都看到了吗？要不是骆子爷爷的悉心照顾，奶奶的身体能这么健康吗？他们风风雨雨这么多年，也只有这么 个夙愿未了，你说我们是不是该……"

"现在这样不就行了吗？我也没说过什么啊，反正他们都在一起生活了！"郝建华虽然说得小声，但也让在场的人都听见了，章小凤的脸色一下沉了下去，骆子颤抖着唇，似乎有些坐不稳，他扶住桌边，喃喃地说："建华说得对，就这样吧，别那样……真的不妥啊！"

"可不是吗？这种事，谁还会故意招摇啊，你们还不嫌丢人吗？"郝建华气呼呼地说。

"有什么丢人的？"黑一海严厉地问儿子，"你的这种观念究竟是从哪里得来的？啊？"

"爸爸，我和你一样，也是一个深受中国传统思想影响的人。"郝建华的语气里带着几分讥讽，竟也噎得黑一海一时间说不出话来，只能惊愕地瞪着自己的儿子，似乎是看着陌生人一样。

"爸爸，我并不觉得真正的爱情有什么可遮掩的。我就是想要让如今的世人看一看，什么才是情比金坚，什么才是忠贞不渝。奶奶和骆子爷爷的故事足以教训那些不懂珍惜、见异思迁的人。"郝立京非常不满岳父的言论和态度，所以说话也很尖锐，毫不避讳。

郝立京的话在郝建华听来，殊为刺耳，仿佛每一个字眼都是在冒犯他。他的脸青一阵红一阵，放眼望去，发现所有的人都在看着他，让他完全处于孤立状态，如坐针毡。

"哼！还真是应了那句话啊，'天要下雨，娘要嫁人'了。不过这件事情，由不得你们！"郝建华备感冷落，怨气也跟着上升，他心一横，也不管这样的话说出来会不会伤了章小凤的心。

郝建华的这句话一出，众人的脸色都不同程度地变了。章小凤由最初的愕然到此刻的难以置信，她的情绪落差是最大的，也最哀伤。她默默地看着郝建华，始终笑呵呵地大张着的嘴终于也紧紧地抿上了。

"大哥，你怎么能这么说话？"郝设华难得地生了气，他大声地质问着郝建华，眼中喷射出愤怒的火光，似乎是要把郝建华给烧痛，让他收回刚才的话。

"大哥，没有事先和你商量是立京的不对，我也知道你很难接受，但你也不应该当着妈的面说出这种话来。因为，我们的父亲已经离开我们十多年了！"郝祖国与郝设华在成年之后很少发怒，他们会以理智和平静的方式来表达自己的意见。

"爸爸，你应该给奶奶道歉。"郝慧思过去揽住了父亲的胳膊，微皱着眉头，有些痛苦地对父亲说。郝建华一下子把慧思的手甩开了……

"建华，你……"

"够了！"郝建华从座位上站了起来，大声地打断了父亲刚要开口说出的话，"随便你们吧！你们想怎么整就怎么整吧！反正有没有我的意见都无所谓！你们要去给人看笑话随便你们，可别把我算在里头，你们就当没有我这个人吧！"

"你说什么？你这个忤逆之子，你这个不孝的混账东西！"黑一海气得浑身颤抖，手指哆嗦地指着郝建华，"你、你……"

郝建华再也不理睬父亲的愤怒，他起身离席，抓起门口的外套，头也不回地摔门而去。"你……你给我站住！回来……"气急败坏的黑一海想要追上去，但他刚站起身来，还没离开座位，身体却突然痛苦地弓了下去。

"爷爷！"

"大哥！"

依依惜别

2008 年 5 月 24 日早上 9 点整，中国龙汽车抗震救灾救援车队的百辆大客车披红挂绿，浩浩荡荡地从辽海市人民广场出发了。自发来送行的群众围在道路两旁，不停地发出欢呼声。路鸣等省市部分领导和一些企业代表也前来给救援队送行，人们将广场拥挤得水泄不通，其热闹程度不亚于年节的庆典。

章小凤和骆子在郝设华等人的陪同下，夹在人群中间，虽然是在这种场面下，他们一家人站在一起还是非常引人注目，尤其是章小凤的轮椅和郝慧思的大肚子这种组合，无论在哪里都能成为人们聚焦的中心。当车队经过他们面前时，郝立京连忙从车窗里伸出手来和家人挥别。郝立升一看到哥哥就挥着小手兴奋地大喊："哥哥！哥哥！我们在这里！"

郝设华把儿子抱起来，让他看个够。之前因为知道哥哥要去灾区，他也闹着要一起去抗震救灾，还振振有词地说："国家有难，匹夫有责！"今天他说什么也不去上学，一定要来为哥哥送行。自从上一次在电视上看到去南方救援雪灾的哥哥后，他就把哥哥当成了偶像，整天都挂在嘴边，要像哥哥这样要和哥哥那样，最后他的姥姥姥爷听烦了，就说那你干脆去给你哥哥当儿子算了。结果他却说，他和哥哥是兄弟，不能做父子，逗得大家前仰后合。

"哥哥再见！祝你们早日凯旋！"郝立升用稚嫩的童音送出相当豪迈的壮行之语，他的声音在嘈杂的人群中显得尤为独特和明亮。

吴国学在这时突然吹响了口哨，全体车队立刻整齐地停了下来，然后在吴国学的号令下，司机们全都打开车门，齐刷刷下车，笔直地站在了车门边。

"向——左——转！敬——礼！"吴国学洪亮的声音响彻广场，他啪的一声向章小凤行了一个标准的军礼。

所有司机及救援队员，都向章小凤等人及在场的人们庄严行礼。

"奶奶，我们走了。"身着迷彩服的郝立京也同样行着军礼，向家人告别。

"好、好。"章小凤眼中噙着泪，望着郝立京不住地点头。黑一海有些激动，上前抓住郝立京的手，似乎看不够似的一遍又一遍上下看着郝立京。

"立京啊……"

"爷爷，再见了。"

"注意安全，早日平安回来！"

"是，爷爷你放心，我们一定胜利归来。"

虽然不断说着再见，但黑一海却不放手。郝立京挣脱了黑一海紧紧抓着他的双手，他张开双臂，拥抱住眼前这位白发苍苍的老人。

"爷爷，你要等我回来啊！"

"好……"

郝立京松开拥抱着的黑一海的胳膊，又飞快地拥抱了奶奶章小凤、骆子爷爷，还有挺着大肚子的郝慧思。当然了，他拥抱郝慧思的时间稍微长了一点点。他在她耳边轻轻地说："亲爱的，等我回来……"还没有等郝慧思擦去激动的泪水，他就飞快转身，利索地跳上了标有"领队"字样的中国龙越野车。然后，在一声长长的鸣笛下，庞大的车队重新启动，浩浩荡荡走了。

人们目送着最后一辆挂着"万众一心，众志成城"条幅的中国龙客车走远，渐渐散去。郝慧思直到再也看不见一丝车队后面的烟尘，这才低下头，泪水又一次在眼眶里打着转，她强忍着没有让它们流出来。

"回家吧。"章小凤牵起郝慧思的手，另一边，罗绮也轻轻地挽住了儿媳的胳膊。郝立京走后，临产期的郝慧思将住在父母家中，由罗绮照顾。

"别难过，你现在可是两个人啊。"章小凤拍着郝慧思的手说道。

"奶奶，我知道，我一点都不难过，就是有点……舍不得嘛。"郝慧思向奶奶撒娇，逗得老人开心地咧开了嘴，骆子也在一旁说道："是啊，这立京也真是的，慧思这个时候最需要他了，他却跑到那么远的地方去了。"

"没关系，骆子爷爷，我是很坚强的。"郝慧思把手握成拳放在胸口，"我也不会输给孩子他爸的！"

"你这孩子呀……"

大家哈哈笑着，慢慢地往回走。

与此同时，唯一没有来为救援队送行的郝建华正在家中看电视，他从屏幕上看到了郝立京及章小凤等人，当他看到身怀六甲的女儿那稍显笨拙的身体，看到白发如雪的老父亲眼中隐约的泪影时，心里也揪成了一团，十分不好受。

其实，他最初是相当反对郝立京亲自带队去灾区的，只是，女儿没有意见，始终如一地支持着郝立京的决定，他这个岳父也就无话可说了。而后又因为立京在饯别宴上提出了那件事，惹得他成了众人眼中的叛徒、父亲口中的忤逆之子，让他现在处于四面楚歌的境地，于是，他多多少少对郝立京有了些许的怨恼。但事已至此，郝立京去灾区了，谁都知道那有多危险，他也只能放下成见，在心底默默地为女婿祈祷，期盼他能够早日平安归来。

四面楚歌

其实，他窝在家里不去送行，不仅仅是为了逃避家人或赌气，他也在反省着自己的言行和思想。昨天他一气之下冲出门去，也不管父亲在后面被气得差点心脏病发作。他在愤恨之余，回到家中就拨通了崔银姬的电话，向她倾诉自己的委屈。原本他是想要找一个理解并与自己站在同一战线的人，结果却发现自己完全找错了人。当他说出郝立京的提议时，崔银姬竟然大为赞叹，而对于他所遭受到的冷遇和斥责，她却反应平平，不但没有向着他说一句安慰的话，还语重心长地对他说："哥，这就是你的不对了。"

"我怎么不对了？"郝建华气恼地问。

"哥，你要为妈和骆子叔他们想一想啊，他们之间的感情有多深，我们不是都知道吗？妈在和咱爸结婚前，就喜欢着骆子叔，要不是骆子叔因为救妈受伤留下了后遗症……他们早就在一起了。妈结婚后，为了排解心中的痛苦，把心思全都用在了工作上。她一人干仨人的活，一年干三年的份，硬是把好好的身体给累垮了。哥哥，你想想，就算是一个男人也做不到的事，她却做到了，可见压抑在她心中的痛苦有多么沉重。妈实在是太坚强了，我们谁也比不上她的忍耐和毅力。这些年来，那种滋味我也懂得了……妈那时只为工作而活。当她倒下去后，知道再也不能回到工作岗位时，她又是多么的痛苦。从那之后，她都是在为这个家而活着呀。哥哥，这'活着'两个字的分量究竟有多重，相信你也是最清楚的。现在，爸去世已经十多年了，妈也应该为自己而活了。我们做晚辈的，是不是应该做点什么，好帮妈弥补她心中的那份遗憾呢？"

"妈已经有爸……还有我们了，骆子叔也一直陪在她身边，她还有什么遗憾？"郝建华还是不能理解老人的心思。

"哥，你真的一点也不懂女人的心啊……哥，你认为这样就没有遗憾了吗？好，对于妈来说或许是那样吧，但对骆子叔呢？你不觉得这样很不公平吗？骆子叔他一心一意地爱着妈，为了自己心爱的女人甚至不惜牺牲自己的性命与幸福。他用一生的时间来默默地守护着咱妈，无怨无悔，地老天荒，你难道都不曾感动过吗？"

郝建华被问得哑口无言，只能对着电话保持沉默。

"从我们记事起，骆子叔为了咱妈，为我们这个家付出了多少，你难道都忘了吗？还是说你一直都视而不见？你认为他是自找的，是活该吗？大哥呀，骆子叔一生坎坷，经历了多少磨难，却始终对妈一往情深，甚至在神志不清的时候只记得妈一个人。这样不计回报的爱，问世间还能找得到几人？你可以问问自己，在同样的遭遇下能做到骆子叔的几分？他是不是应该受到我们的敬重和爱戴？他是不是应该得到一些回报？哥哥，你说得没错，现在他们两人是在一起了。可是，对于相爱的人来说，那远远不够。将心比心，你如果与倾心相爱了一生的人终于有机会走在一起了，是不是也想挽起她的手宣誓那份爱？你是不是也想要向全世界宣告你们对彼此的拥有？爱情不同于亲情与友情的地方就在于，它的表现方式是对彼此的占有。哥哥，难道你从来都没有过这样强烈的欲望吗？你真的有爱我爱到想要大声喊出来吗？"

郝建华的脸热了起来，他嗫嚅着再次说不出话来。

对于崔银姬的发问，他更加不敢回答。

崔银姬所说的那种欲望，说实在的，他的确没有过。他有的，顶多也只是本能的，想对一个异性进行占有，怎么可能去向世人大声宣告呢？

就拿他对崔银姬的感情来说吧，他沉迷于她对他那份炽热不变的爱，也醉心于她守候了他多年，这让他获得了一个男人的自豪和满足。

与其说他爱她，不如说是他接受她的爱。无论是对妻子魏轶力还是对妹妹崔银姬，他都不曾有过那种强烈到要去夺取或宣告所有权的欲望。当初和魏轶力结婚，完全是形势所迫，也为了逃避来自妹妹亭花的压力。而今，他想要挽留住崔银姬的爱，其实是潜意识里对青春的一种留恋和想要逃避魏轶力的权宜之计。

他始终都是在逃避，并且非常拙劣地把另一份爱拿来当作逃避的借口。

至今他仍不知道他所爱的人到底是谁，或者说，他是否真的爱过谁。

崔银姬早就明白了，只是这一阵沉默更加证实了她的这个认识，也越发让她清醒了。她流下了泪，轻轻地哭泣，为郝建华，也为自己："哥哥，就算你不能理解这种事，但也请你以宽容的态度来对待好吗？说简单点，妈与骆子叔不就是为自己找了一个伴儿吗？一个情感的归宿而已，这也是人之常情。放开别的不说，让老人晚年幸福，不也是我们这些做儿女的应尽的孝道吗？"

"你说得很对，我也并没有想要阻挠他们成为伴侣，只是，好歹我也算一个有头有脸的企业家呀，这种事你让我怎么跟人家解释？我可不想到这个岁数了还被人在背后指指点点。"

"哥哥，不是我要把话说得很难听。一对倾心相爱的老人的婚礼不会被人诟病，反而会传为一段佳话。至于那些在背后指点你的人，所议论的绝对不会是这件事。你认为你是一位企业家就很了不起了吗？要想不被人戳脊梁骨，我看你还是端正一下自己的言行，好好检讨检讨自己吧！"崔银姬的语气已经变得十分冷漠，她锐利的话语直戳到了郝建华的痛处，他的耳朵也像是被那些话烧到了一样，他反射性地把电话从耳边拿开。

此时此刻，在他心头开始强烈地翻涌出了愤怒和绝望，就如在章小凤家的餐厅里所遭遇的情形一样。他突然之间感到自己又一次被孤立了，一个人站在飘摇的浮冰上，在汪洋之中苦苦挣扎，不知道要被冲向哪里，会在哪里被撞得粉碎，然后没顶于冰冷的大海中。

"哥哥，你怎么不说话了？因为我说到你的痛处了，惹你生气了，所以不理我了吗？哈……我一直以为你的思想不会这么狭隘，你也不是那种只为自己着想的人。但我最终发现，自己错了。哥哥，你真的很自私……我从一开始就活在自己编造的梦幻里，你也只是我幻想的一个影子而已。你始终没有爱过我，你现在也只是把我当作一个避难的港湾罢了。你不仅自私，而且懦弱，你从来不敢对一个人负责。魏轶力最后为什么会那样做，你想过吗？她是在惩罚你啊，因为你始终没有给她一个海枯石烂的承诺和行动，所以她对你失望了。"

"你扯到我身上来干什么，我们只是在说妈和骆子叔的事吧。"郝建华不想听到魏轶力这个名字，他有些不耐烦了，冷冷地说道。

"好，我们不说你了，就说妈和骆子叔的事。我支持他们结婚，而且会帮立京把这个婚礼办得比任何婚礼都要隆重盛大、意义非凡。这就是我的态度，那么哥哥你呢？"

"我还是那句话，我坚决不同意！"郝建华歇斯底里地叫道。

"你实在是不可理喻！"崔银姬沉默了一下，然后辛辣地嗤笑了一声，将电话挂断了。

郝建华听到耳边一阵忙音，心头也是一片茫然……

天康县

经过整整三天的长途跋涉，中国龙汽车救援车队终于在 5 月 26 日傍晚到达指定救援地点西江省天康县。途中他们在经过西江省省会泰康市的时候稍作停留，在接到指示后就马上奔赴救援地点。而路鸣他们在交接完相关手续后，就返回辽海了。

路鸣临走时让他们一切行动听抗震救灾指挥部的指挥，绝对不能擅自深入灾区。虽然天康县并不是重灾区，但情况远比他们想象的要严重。到处都是倒塌的房屋，路上随处可见的不是山体滑坡就是道路塌陷，那些在葱郁的绿翠之中突然翻露出来的褐色山体，看上去就像是大地张开的血盆大口，要将老天吞进肚里去一样，令人毛骨悚然。虽然强震已经过去，但大地的愤怒却并未就此平息，大大小小的余震还在不断发生，隐约还能听到一种类似机器轰鸣的声音，站在路面上，总感觉到地底下仍然在微微震颤。郝立京和吴国学向路鸣保证：我们一定严格执行市委的决定，在当地政府和抗震救灾指挥部的领导下开展救援工作……

车队还算一路顺利地进入了天康县，在一大片临时搭建在县城外空地上的帐篷区里，他们受到了当地群众的热烈欢迎。天康县县长亲自前来迎接："谢谢你们远道而来帮助我们！我代表天康县抗震救灾领导小组指挥部，向你们表示最热烈的欢迎！"

"扈县长，你们不要客气，快下达命令吧，不是说有一万名群众等着我们的车队去转移吗？我们接下来要去的是什么地方，给个位置，我们马上就走，最好能在天黑前赶到。"吴国学一点也不客气地对县长说道。尤其是他的那张黑脸，不怒而威，为他平添了几分令人望而生畏的气势。其实私底下他却是个非常喜欢开玩笑也爱热闹的人。

虽然自己是救援队的总指挥，但是，郝立京却完完全全把队伍交给了他来指挥。所以，对于他在天康县县长面前表现出来的态度，也没有觉得不妥，也就在一边静观其变。虽然按上头的指示，天康县就是他们的救援地点，可到达地点后，又觉着不是那么回事。

当然了，来到这里后，也的确发现这里的灾情十分严重。失去了家园的人们惶恐地聚集在空地上，看到他们到来时都露出了充满期望的欣喜表情，让他们深刻地感受到了灾区人民生活的艰难和内心的痛苦。

尽管如此，但在郝立京的心中，还是有些无法释怀，因为看到这里的群众，他越发想到在重灾区的人们，不知道他们还处在什么样的可怕境地之中。

天康县县长是个典型的西江人，一口地道的西江官话，人虽然瘦小，看上去却非常精明，他热情地挽留郝立京他们：

"吃了饭再走嘛，到我们的地头来哪能不吃顿饭呢？虽然没什么好招待你们的，总也是我们的一片心意啊！"

救援队这一路赶来还只在出发前那天早上吃了一顿饱饭，途中都是用干粮各自解决肚子问题，郝立京看大家也都有些困顿疲累了，怕司机们因为疲劳驾驶会影响到行车安全，就答应了吃完饭再走。

于是临时帐篷里立刻开始生火做饭，而就在这当口，天空突然飘起了细雨，这雨虽然不大，但却绵绵不绝，直下得天都暗了下来。

郝立京才有些焦急了。他站在帐篷门口不时地看着外面的天空，他怕等会儿不能赶路。

吴国学劝他说，总指挥，你着急也没用，俗话说"人不留人天留人"，今天是天要留你，谁也没办法。照这个雨势，看来今天要想出发是不大可能了。

郝立京叹着气回帐篷里，对吴国学说："早知道这样，就不留下来吃饭了，没准还能避过这雨。如果我们的目的地就在天康县境内，应该不会有多远。"

"话虽这么说，但毕竟是特殊时候的特殊情况，不管是路况还是这里的情况，无论哪一点我们都不清楚。另外，路书记临走时三令五申，让我们执行当地政府的命令，我们如果不听县里的指挥，他们会不高兴的。"

"我看这里的情况虽然比想象中的严重，但还算能过得去，从我们来时的路看，把群众转移出去没问题。"郝立京说着沉吟了一下，"我担心的是临江那边，群众转移的具体情况都没有怎么报道，我想一定是困难重重，光靠部队救援队来转移数量十分有限。我们是不是可以在完成了这里的任务后，也去临江帮忙？"

郝立京的话刚说完，还没等吴国学开口，突然间开始地动山摇起来，郝立京没注意，身子一歪，差点就要从凳子上摔下去，幸得吴国学一把扶住了他。

这时间，扈县长等人从外面冲了进来，说各位不要慌，这只是余震。也就是十几秒的动静而已，但却让人有种天旋地转、天要崩地要塌的感觉。等余震平息后，扈县长一脸平常地对两人笑了笑，顺便安慰他们："没事了，过去了。"

"这……算是几级的余震啊？"郝立京皱起眉头，心有余悸地问道。帐篷里几只刚装满开水的暖水瓶就在开始震动的时候，接连"砰砰"炸响，全部报销了，水流了一地。角落里一个床铺边的临时书架也倒在了地上。

"你说这个呀？没啥子的，比这厉害的还多着呢。"扈县长摇摇手，满不在乎地说道。

"你们都不怕吗？"吴国学也问。

"不怕？当然怕！谁说不怕了，只不过震得多了，就习惯了。不然还能怎么办？"扈县长饱经风霜的脸上露出一丝苦笑，憨厚地对郝立京和吴国学说："这是老天爷发脾气了，谁能有啥办法哩！"

真得佩服这些灾区人民的适应性，强烈的余震过后，人们该干啥还干啥，不一会儿，厨房里传出来的阵阵香气，就诱得人都开始纷纷往那边凑了。虽然是大锅饭，但也难得有饭有菜，十分丰盛。而且菜还是专门为东北人做的猪肉炖粉条，白花花的一锅，细看下，里面还加了不少红辣椒和大白菜，是混合了本地风味的东北菜。

扈县长热情地招呼着东北客人们，说这道菜可是他们县里最有名的厨师烧出来的，说着他还把那位胖墩墩的年轻厨师叫过来，给大家伙介绍。

"味道怎么样啊？地道不地道？"

"相当的地道！用你们本地的话说，就是巴适得很！"郝立京猛扒拉着白米饭和猪肉粉条，还不忘一边嘻嘻哈哈地给扈县长和那位厨师用当地方言开玩笑。

去重灾区

"郝总，你慢点吃呀，别烫着，锅里还有。这菜还是用你们带来的材料做的，不然，我们这里的条件哪里能吃得上肉啊！"扈县长说道，"你们这一来，可算是让我们打牙祭了。"

"我不是怕没得吃，我是想早点上路啊！"郝立京三下五除二把饭吃完了，放下碗对扈县长说道："你就快说我们接下来要到哪里去吧。"

"不忙、不忙，等大家休息好了再上路也不迟，你看外面的雨下得紧了，你这会儿也走不成呀。没关系，你们人都已经到这里了，也不急那一时三刻。你们先吃着，我去看看那边的东西卸得怎么样了。"扈县长的态度突然变得有些含糊，他的视线躲闪着郝立京，匆匆忙忙走开了。

郝立京还准备向他问些事呢，却没想到他丢下这么一句话，急慌慌地就走了。

看着他消失在雨幕中的瘦小背影，郝立京若有所思。吴国学走到他身边，点着一支烟，也看着门外。

"吴队长，你也这么觉得吗？"郝立京眉头紧皱，"我总觉得扈县长好像有什么在刻意瞒着咱们，我问了他好几次了，他都推三阻四地不说清楚到底要去哪儿？

"哼！不急，到时候他自然会说出来！"

"你说得对，吴队长。"郝立京点点头，正准备接着说之前被地震打断的话，说出自己一直以来闷在心里头的那些想法，却突然听到外面一阵翻天的哄闹声。

郝立京和吴国学连忙出去看，就见几个年纪比较大的司机气冲冲地朝这里过来，每个人脸上都带着愤怒之色，在他们后面跟着几位天康县的人。

之前这些人还一起合作卸车呢，怎么突然就吵起架来了？那几位天康县的人都有些尴尬的样子。

而中国龙汽车公司的工作人员则更加忙乱地跟在最后，刘雪华虽然打着伞，但大半个身子还是被淋湿了，她绷着脸，有些紧张地看着郝立京。

"怎么了、怎么了？一个个都吃了枪药还是咋的？"吴国学上前只这一嗓子吼，那几位带头闹的司机立马安静了。大家进到帐篷里，也都不管被淋得透湿的衣服，几位司机还脖子梗梗地竖在那里生着闷气呢。

"老宋，到底是怎么回事？"吴国学问那位年纪最大的司机宋晓云，看样子他在司机里也比较德高望重，说话有点分量，所以带头闹事的人应该就是他。

"吴队长，你来评评这个理。这明明就是瞧不起人嘛！"宋晓云依然愤愤不平地扯着大嗓门喊，后面跟着的司机也吵成了一团，纷纷嚷着说"要回去""不干了"！

"你先给我说事！"吴国学黑着脸沉声呵斥。

"还有啥好说的？在报名那会儿，郝总就跟我们说好了是要到重灾区去，我们二话没说就签了生死状。结果领导一放话，说临江不去了，改来天康，这一来就没啥危险了。好嘛，到哪儿都是支援灾区，不管重灾区还是轻灾区，反正都是帮助受灾群众，哪儿需要咱就去哪儿。这没黑没白地走了三天三宿，咱这不就来了嘛！怎么着？到这里才说还是要去临江！你们怕咱当孙子不敢去重灾区，那咱就给你们当一回孙子，咱真不去了！"

"宋晓云！"吴国学一声暴吼，止住了宋晓云的气话，"你忘了我在出发前说的那些话了吗？谁要是敢在这里给老子临阵脱逃，老子军法论处！"

司机们面面相觑，大气都不敢出一声了。

吴国学这才转身问正在偷着擦额头的扈县长：

"扈县长，你现在就给我们摆明了讲吧，你们是什么意思？"

"扈县长，刚才我问了一下，我们带来的十车粮食和物资，你们只卸了一车，这留下来的部分说是我们的补给，这也太多了点吧？难道你们这里并不是我们的目的地？你就老实说吧，你们是不是一开始就打算让我们去临江而不是来天康？"郝立京问。

"实在是不好意思，给你们添麻烦了……"

"你的意思就是，我们真正要去的其实还是临江？"

"是……"

"你们怎么不早说清楚？"郝立京生气地说完，摔门而出。刘雪华也连忙跟着出去了。扈县长有些慌乱地想要跟上去解释，被吴国学拦住了。吴国学对他摇摇头："你不用担心，总指挥刚才还跟我说这个呢，被余震给打断了。扈县长，这临江我们是一定要去的。就算你们不安排，我们的郝总也打算要到临江去一趟。他昨天晚上就在一个劲儿地跟我说，让我向上面通融一下，准许车队去临江看看，如果车队不能去，他个人也要去。他满脑门子心思都系着你们临江的灾情，担心着那里的群众，为这个他几天来吃不好睡不着的，把他给愁的呀，就像是临江住着他的亲人一样。就拿我们的司机们来说吧，能来这里的，没一个是胆小怕死的孬种，他们来前是连生死状都签好了的！"

"对不起，吴队长，我们也不想啊……"

"咱啥也不说了！我们这就准备出发，时候也不早了。这雨一直下个不停，怕是路况会变得更糟糕，能早走一刻就早走吧。你说，你们要是不弄这一出，我们就可以赶在这下雨之前到临江了。"

"吴队长，听我一句，你们还是等到明天早上再出发吧，这里的路本来就不好走，又下雨又摸黑的，实在太危险了！"

"这回不听你的看来不行，我去劝劝郝总，明天再走。"吴国学看看外面的雨势，皱起了眉头。

"那好，我去给你们安排住宿。"扈县长这才放了心，说着就要出去，却被吴国学一把抓住了胳膊。

吴国学压低声音说道："我说，扈县长，都到这个时候了，你就给我掏个心窝子透个底吧，这临江那边到底是个什么情况？为啥我们到你们康泰市时连那边的消息一点都没听到？"

"吴队长，具体的情况我也不知道，山区通信中断，反正你们到了那里就清楚了，我多说无用。"扈县长低下头，假咳了两声，"那边的情况比较复杂，有很多事不是我们能够掌握的。"

"好！我们自己去看！"吴国学在扈县长瘦弱的肩膀上用力一拍，把个瘦小的县长拍得身体一个趔趄，险些摔倒。

他惶惑地看着吴国学踏着大步走向灰蒙蒙的雨雾中，从他的脚底甩出来的泥水竟然溅得有一米多高。

大家风范

站在雨中生气的郝立京被吴国学、扈县长给劝回来了。回到了帐篷里，换去外衣后，郝立京还是"不依不饶"，一定要扈县长说出具体的缘由来。

在郝立京、吴国学软硬兼施逼问下，扈县长终于松了口。

对于所有来到灾区救援的志愿者，一般情况都分配到灾情比较轻的地方，目的当然是为了要保证志愿者的安全。

而对于的确有条件帮助重灾区的诸如中国龙车队这样的组织性救援队，才会安排到灾情比较严重的地方去，帮助运送物资或转移伤员和群众，但考虑到人们对地震危害的恐惧心理，就都采取迂回战术，先说去天康县这样的边沿地区，然后再一步步把救援队引到重灾区去。

"并不是我们一开始就有意这么做，我们也要保证救援人员安全。"扈县长无奈地说道。

"你这么一说我也就理解了。"郝立京沉默了一会儿，又说道，"司机们的工作我已经做好了，他们并不是不敢去重灾区，而是你们这样对待他们，把他们给惹毛了。咱东北人性子直，都是火暴脾气，你刚才也见了，个个都像枪炮筒子似的，一点就着。但大家都是本着来救援灾区人民的，对于那些一听说要去重灾区就临阵退缩的人我们也不想多说什么，但我们中国龙汽车的这支救援队绝对没有一个是孬种！"

"我相信、我相信，你们都是好样的。"扈县长连连点头。

"那你能不能告诉我们临江那里的情况到底有多糟？"

"唉，我所知道的，就是临江县城基本已经被夷为平地了，周边很多村镇受灾也很严重，有好几所学校倒塌，造成了几千人死亡、几万人失踪的悲剧，情况非常惨烈。我想大概还有不下万人被困在里面出不来，所以非常需要像你们这样带着车队来的救援单位。如果你们能够把里面的人转移出来，那真的就是替临江人民做了大好事了。你们可说是功德无量啊！"

"好了，什么都别说了，我想知道，离这里最近也最需要转移的群众在哪里？"郝立京着急地问。

"据我所知，就在天康和临江交界往西20公里处有一所学校，好像是省里设在临江的一所中专，大概有7000多名师生都被困在山里出不来，现在已经到了生死存亡的关键时刻了吧，我想你们可以先去把他们转移出去。"

"好，就照你说的办。能不能麻烦你到时候派两个人给我们带个路，我们对这里的路况不太熟悉。"郝立京如是说，吴国学也点头同意。

"那没问题。"扈县长爽快地答应了，并马上去安排了两个对那一带情况很熟悉的向导给车队。就这样说好了，大家这才纷纷去休息，第二天好有精力上路。

而郝立京不放心，又去检查了一下车辆的配备情况，发现有些车上的供给不够。就找来负责后勤工作的副总经理询问：

"怎么回事，为什么钱师傅说他的车上本来定员是55人，却只配给了50人的补给？"

"郝总，情况是这样的，口粮方面你不是说每辆车都按十天的份额配给吗？结果这么分下来就不够了，所以有些车就以最少定员分配了。"

"不行，到时候我们是能多带一个就要多带一个，一定不能少了转移群众的口粮，这样吧，你把我们自己的那部分先配足给每辆客车。"

"没问题。可是郝总万一我们……"

"我们没问题，毕竟我们这一路来都是吃饱了肚子的，可是被困在灾区的群众他们都不知道已经饿了多久了，一定要给足分量，听到了没有？"

"遵命！郝总指挥。"

"告诉过你了，在这里只能叫吴队长总指挥。"郝立京笑着走开，又去检查其他的车辆。

司机们已经从刚才的情绪里走了出来，见到郝立京也是有说有笑的，没有人再闹着要走了。

郝立京检查完车辆后，把大伙儿召集到一起，给他们开了个临时动员大会。

"司机同志们，你们辛苦了！我知道这一路走来大家都很累，很辛苦，也是多亏了你们，我们才能顺利到达这里。但功不抵过，刚才有些人闹情绪，喊着要回去，实在是有些丢我们车队的脸啊，不是我说，就算装我们也得装样子给人家看嘛，有什么话咱们关起门来自己说，丢人也只丢在家里是不是更好？不过没关系，都是内部矛盾，解决了就好了。我也既往不咎，还会在吴队长那里帮你们说好话。所以，大家做好心理准备，我们这次是真的要去灾情最重的临江县了，无论发生了什么情况，我都不希望再看到今天的那种场面。"

大家纷纷点头称是。

"各位师傅，你们想一想，我们不远万里，从辽海市来到了地震灾区，怎么可能再夹着尾巴逃回去？我们能那样做吗？我们那样做了还有脸回去见江东父老吗？我们不仅仅代表着辽海市，代表着北方省啊，而且我们还代表着千千万万的东北人！东北人是什么？我们东北人是杨靖宇！是赵一曼！是黑一江！是路一辛！东北人古道热肠，侠肝义胆，东北人从来不怕苦不怕死！东北人都是英雄的后代，是新一代的活雷锋！

"过去，我们的父辈、祖辈们打败了八国联军，打败了日本鬼子，我们最终取得了胜利，是因为我们中国人抱成了一个团！师傅们！我们是来抗震救灾的，我们要让世界看一看我们中国人是怎么团结一心的！师傅们！你们说说，我们如果不到抗震救灾的最前线去，那我们来这里干什么？"

"说得好啊！"吴国学不知道什么时候站在了司机队伍里，带头叫好鼓掌，司机们也跟着热烈地鼓起掌来。

"同志们！国家有难，匹夫有责！刚才郝立京同志说得对！我们的战场就在临汀！我们来了，就应该勇敢地担负起我们东北人的社会责任！"

"吴队长你讲话也不赖嘛！"司机们都开怀大笑起来，爽朗的笑声在黑夜里就像是轰天的礼炮一样打了出去，震得周围的帐篷都一阵阵战栗。有不少群众从帐篷里走出来看热闹，渐渐地围拢了过来。

"下面这些话我是对我们中的一部分人说的。同志们，是人民养育了我们，在他们最需要的时候，作为一名共产党员，我们更应该用无私和无畏来践行自己的入党誓言，要是不去临江，我们永远都会感到愧疚！同时，我们要有辽海人的大家风范，不计较一些细枝末节的东西，革命途中哪能没有曲折？长征路上，红军战士爬雪山过草地，也是绕了大半个中国，行了二万五千里艰难历程才到了延安，我们受到这么一点小挫折算什么？我们东北满山遍野都是森林，从林海雪原来的我们就要有大海一样的胸襟，海纳百川，去容纳一切！同志们，让我们去临江，到人民最需要我们的地方去吧！"

　　"好！"掌声想起来了……

　　"那我现在再问一句，谁还想回去啊？"

　　没有人要回去了。

触景生情

"没人想回去了，是不是？那好，我正式宣布，我们中国龙汽车抗震救灾车队的目标是重灾区临江！让我们整装待发，勇往直前！"

在热烈的掌声中，吴国学和郝立京用力地握紧了彼此的手，将决心和热情传递了出去。司机们见状，都激动得欢呼了起来："到临江去！到重灾区去！"

有人大声地唱起了最具代表性的那首《东北人都是活雷锋》，还故意把后面的那个"东北银"拖长尾音，唱得千回百转，荡气回肠。

"俺们那旮旯都是东北银银银——俺们那旮旯特产高丽参恩恩恩——俺们那旮旯猪肉炖粉条嗷嗷嗷——俺们那旮旯都是活雷锋恩恩恩——俺们那旮旯没有这种银银银——来了灾区哪能不救银银银——俺们那旮旯山上有真蘑哦哦哦——不去临江就不是东北银银银——不去临江他就不是东北银银银……"

这歌词还被他们现场给改掉了，起先只有几个人唱，到最后两百多号人一起唱了起来，那气势可谓恢宏、雄壮，好多人还都以为是东北来的车队在搞演出呢。

"怎么了？在表演节目啊？"好奇的乡亲们围拢上来争相询问，郝立京灵机应变，朝吴国学打了个手势："总指挥，我看不如咱们真的来场联欢会吧！"

"哎，你这个主意不错哦，反正闲着也是闲着，闹腾一下，也换个心情，长点精神。"吴国学马上赞同，他最喜欢热闹了。

"吴队长，这个联欢会的意义可非比寻常啊，咱们不仅要把东北人积极乐观的精神带给灾区人民，与他们共渡难关，还要用咱们东北人的风趣和多才多艺给灾区人民带来欢乐。"

"小伙子不错啊！理论上一套一套的，是当官的好料！有前途！不，简直就是前途无量啊！郝总指挥，我很看好你哦！"吴国学用时下风靡的电视剧中的经典台词对郝立京说道，逗得在一旁的刘雪华也是一阵大笑。

这联欢会说开就开，不管是东北人，还是本地人，都是多才多艺，他们"八仙过海，各显神通"。

大概也是因为打从心底里需要着这样的气氛与激情，人们都非常投入，争相上前展示自己的才艺，然后大家不分地区、地位，也不分年龄、性别，手拉着手，围着帐篷载歌载舞起来。

这样的场景，有那么一些熟悉。郝立京静静地站立一旁，看着欢乐的人们。吴国学早已经按捺不住，加入到狂欢的人群当中去了，在郝立京身边的只有一直陪着他的刘雪华。

刘雪华也感受到了一点儿来自郝立京的情绪，想到不久前的那个夜晚，也是这样类似的场景，她在人群里急切地寻找着一个人，想要把他的手机交到他手中。因为，手机里收到了一个非常重要的信息。

后来，刘雪华才知道，去世的是郝立京的干妈，同时也是董事长郝祖国的初恋情人。

虽然不是很清楚他们之间的那层复杂关系，但从郝立京震惊的表情及郝祖国转身而去的悲伤背影，她多少也感受到了，离开的那个人对于他们父子来说有多重要。

而后，她通过郝慧思了解到了那位女性，并深深地为之动容，不知为什么，她似乎从孙小明的身上找到了自己的影子。

对一个男人全心地爱恋与付出，或许最初的缘由是不同的，但情感的表达方式却是那么相似。因此，虽然从来不曾与之见过面，但刘雪华也深深地记住了她，以及她的故事。

她有着找到了知音的那种感动，她从而也觉得自己对郝立京的这份难以言说的感情得到了认同，只是爱一个人而已，无所求就无所怨，满足一种爱的感觉就够了。

"小刘，你怎么了？"郝立京猛然回头，发现刘雪华脸上有泪水在悄然滑落，他吃惊地问她。

"我……我有些感动。"刘雪华自己并没察觉到自己在流泪，她接过郝立京递来的纸巾，慌乱地擦了一把脸，强颜笑道："郝总，我觉得我们这一次一定没事。"

"哦？为什么你会这么肯定？"郝立京笑着问。他当然相信了刘雪华所说的流泪的理由，认为她的感动是看到了这种苦中作乐的场面。所以他也就不以为然地笑了笑，还不自觉地摇了摇头。

"你不相信吗？"刘雪华故意嘟起了嘴，"我可是有根据才这么说的。"

"什么根据？你可不要和慧思一样，每次都拿女人的直觉来说事哦。"

刘雪华听到他说出妻子的名字，心沉了一沉，扭开脸去，不让他看到自己情绪的变化。紧接着，她说道："因为，天上有个人在保佑着我们呢。"

"天上有个人？"郝立京愣了愣，问道，"你说的是谁啊？"

"你说我说的人是谁呢？"刘雪华伸出纤长的手指，指向黑沉沉的夜空，"除了她，还会有谁？"

"你是说……哦！"郝立京的眼睛闪了一下，笑了，很温柔地笑着，望着天空喃喃说道，"大概吧……"

在临行前，母亲罗绮对他说过这样的一句话：

"无论你去哪里，都有人在帮我看护着你，所以我很放心。"

孙小明去世后，母亲几乎每个月都要去她的坟前献花，有时候他陪着她去，有时候是郝慧思，也有的时候是父亲和母亲一起去。

一开始，母亲还不太能从失去朋友的悲伤中走出来，她的情绪非常低落，后来在郝慧思的开导和安抚下，终于一点点好起来，虽然还是会常常一个人陷入沉思之中，但脸上渐渐也能看到一点笑容了。

在郝立京看来，似乎失去孙小明，母亲承受的打击远比父亲重得多。大概这就是友情与爱情的差别吧。或者其实是男人与女人在感情表现方面的不同。父亲只是没有把他的悲伤表现出来而已。

郝立京自己没有这样的经历，也就无法和父亲感同身受，看到父亲一如既往地投入在工作与事业之中，并没有任何的改变，唯一发生变化的就是他对家人的态度，比以前要更加温柔，也体贴。

尽管在他和母亲之间还是存在着某种无形的屏障，但在旁人看来，他们的确是一对举案齐眉、相敬如宾的模范夫妻。

郝立京想，至少，这种改变是好的。尤其是他们父子之间也有了少许的温情，让他这个做儿子的别提多开心了。

"无论什么时候，孩子永远都是父母的孩子，父母也永远都是孩子的父母。"

这句话，也是那位天上的人教给他的。

关键时刻

第二天早七点，车队准时从天康县临时指挥所出发。

雨半夜里就停了，路面已经没有积水。大家伙赶早起来吃了早饭，那位胖厨师还特别为司机们做了煎饼卷菜让他们带在路上吃。

这一上路，恐怕就没机会好好地再吃一顿饭了，所以都做好了充分的准备。

刘雪华比谁都起得早，去帮胖厨师卷煎饼，并且这个主意也是她出的，郝立京为此特意对她提出了表扬。

"看来这女人家就是比咱老爷们心细呀！"吴国学说完哈哈大笑。

车队离开天康县往临江方向挺进，刚开始的路还算顺利，但走着走着就发现越来越多的塌方和滑坡，虽然是小面积的，还不影响车辆通过，郝立京还是下令让司机们注意安全，把车速放下来，稳扎稳打地挺过一段又一段艰难的路程。

司机们的精神没有受到什么影响，昨天的那一幕似乎根本就没有发生过，他们一路上开着惯常的玩笑，不断打着喇叭前后呼应着，像一条长龙一样在山路上蜿蜒，形成了一道特别的景致。

郝立京和吴国学在一辆车上，说着说着就讲到郝立京当年在日本参加那次留学生辩论会的事，大家听他讲得津津有味，尤其是刘雪华，眼中满是崇拜和憧憬，她忍不住赞叹：

"郝总，你的辩论实在太精彩了，在那些洋鬼子面前为我们中国人争了一口气！"

"是啊，郝总，我看你一副白面书生的样子，斯斯文文的，没想到脾气还挺大的，你跟扈县长发的那通火还真是痛快！"吴国学想起昨天郝立京摔门而去的情景，再想起扈县长青红交替的那张脸，就觉得有趣，于是又跟大家学了一遍，逗得郝立京也哈哈大笑：

"不会吧，我真的那么大脾气？我居然对扈县长那么凶啊？呵呵，我当时其实已经被气蒙了，也不知道自己说了些什么。"

"郝总啊，你到底还是年轻，以后你可不能这么随便发脾气了。"吴国学停下笑来后，有些语重心长地对郝立京说。

"吴队长，我们郝总可不会轻易发脾气呢，他都是很好说话的。昨天他的那场脾气发得及时。"刘雪华不以为然地替郝立京说话。

"哈哈，小刘你说得对，要不是郝总的那通脾气，我看那老油条到最后还不肯给我们交底呢。"吴国学笑着点点头说，"郝总，看来你的猜测是对的，临江那边的情况非常严重啊。"

"我知道，吴队长，所以咱们得赶快去，看能帮得上多少忙。"郝立京收起笑容，神色逐渐变得沉重起来。

"吴队长，你也真有两把刷子，那些司机师傅们，只要你一句话，就都服服帖帖的了。"眼看大伙都开始沉默，刘雪华马上改换话题，把沉下去的气氛拉了回来。

"哈，你说他们啊，其实也不是我有那把刷子，是他们本身就只讲一个服字，谁有道理服谁。别说，咱们这次来的司机有半数以上都是党员呢，郝总，是不是你当初在挑选人的时候就做过这样的考虑了？"

"是有过这方面的考虑，当然也因为共产党员的觉悟比一般群众要高，所以报名来的党员也多一些。但具体情况我也是到后来统计时才发现的，这个发现还真让我吃了一惊呢。"

"哈哈，关键时刻才考验得出真金来，咱们的党员同志就是能够经得住各种考验。有些人性子是直了点，脾气是冲了点，但总的来说还都是革命的好同志嘛！在最艰难的时候，他们会挺身而出的。所以郝总你尽管放心，咱们这支队伍绝对没问题！"

"俗话说，火车跑得快，全靠车头带。有吴队长给我们当头，我们的司机朋友们一定是最棒的啦！"刘雪华趁机帮自己的领导拍吴国学的马屁，把个黑脸汉子乐得整个黑脸膛都变成了紫红色。

吴国学一时间兴起，把头钻出车窗，冲后面的司机喊话，让他们唱着歌前行，于是就听见空旷寂寥的山谷里，响起了一串不那么整齐的合唱，还是那种分了声部的大合唱，响亮的歌声在山谷里回荡着。

东北汉子把他们乐观风趣的态度也带到了这片满目疮痍的大地上，似乎就连风也受到了感染，不再那么凄厉地呼啸了，而变得非常柔和，在人们的面颊上轻轻拂过。

随着天空逐渐地明亮，笼罩在山里的雾也渐渐散去了，太阳一点点地从云层里露出了脸。

山体坍塌

车队正在行进时，报话器突然响了，从带队的警车那边传来紧急的呼叫声，原来前面出现了严重的山体坍塌，道路被完全堵住了。

"我们下去看看。"吴国学和郝立京下了车，指挥后面的车队暂时停了下来。然后，他们就看见这里是一个大大的 U 形弯道，而弯道处正好有一个排洪沟，发生坍塌的就是弯道最上面的山沟，大量泥石流从排洪沟里涌下来，完全淹没了路面，红泥土带着大石块在路面上堆积成了一道巨型障碍，足足有三米多高，十几米宽。不仅这边的救援车辆堵住了，对面也有好几辆车被阻塞在那儿动弹不了。

泥土都还是新鲜的，看来是昨天夜里的那场雨和余震导致山体坍塌。郝立京观察了一下地形，便对吴国学说：

"让咱们的人都带上工具过来，只要把这些堵在路上的泥石都推到下面的沟里去，路就应该能通了。"

"这样能行？"

"能行，我看只是泥石流把路堵住了，路基还没受到什么影响。大家一起动手会快一点。"

"好，就照你说的办。"吴国学跑过去把命令传了下去，不一会儿，就见几百个东北大汉扛着各种钢钎铁锹过来了，啥也没说撸起袖子就开始挖山石干活。

就在这个时候，在对面的车队后面，又来了几辆车，从车上下来几个人，绕过长长的车队到前面来看情况，当他们看到这个阵仗时，大为吃惊。其中一位领导模样的人就过来询问："你们是哪里来的呀？"

郝立京、吴国学正在指挥这支临时"修路工人"作业，也顾不上回答问题，刘雪华连忙替郝立京开口了：

"我们是从东北来的，北方省辽海市和中国龙汽车集团公司共同组建的抗震救灾救援车队。"

刘雪华说着指向领队车上的标语：

"你看，我们的大部队就在后面，100辆豪华大巴，为我们开路的是辽海市交警支队的警车。"

"他们都是……"

"他们是我们的司机和随行工作人员，里面也有专业救护人员，都是来自北方省的志愿者以及中国龙汽车集团公司的职工。"

"那这位是谁啊？"那人指着在最前面跑前跑后，手里还扛着把铁锹的郝立京问。

"他啊，就是我们救援队的总指挥，中国龙汽车集团公司销售总公司的郝立京总经理，他的名字你一定不陌生吧。"刘雪华相当自豪地介绍着自己的上司。

"哦，原来他就是那位传说中的郝立京呀……"那人看着郝立京忙碌的背影，点点头。

"传说？哈哈，也对哦！我们郝总可不简单呢，他不单是全国劳动模范、抗击雪灾的英雄，他还代表中国龙汽车参与了国宝回购，最后成功地把我们的两件原本要被拍卖的国宝给要了回来。"

"嗯，你说的这些我们都知道。你们中国龙集团公司，了不起！"

"小刘你在干吗呢，还不去帮忙给大家倒水，你没看他们干得都开始浑身冒烟了吗？"吴国学已经和刘雪华混熟了，也就没把她当外人，走过来毫不客气地就指使她去做服务工作。

到跟前才发现和刘雪华站在一起的人："你们是哪里的？也被挡住了是不？那还愣着干吗？一起干呀，人多力量大，早干完早走路，都不耽搁。还有工夫在这里说什么闲话呀！"

"这位又是谁呀？"那位领导模样的人被劈头盖脸一通训，有些尴尬，就又问刘雪华。

刘雪华偷偷伸了下舌头，低声对他说道："他就是我们这支车队的总指挥，辽海市交警支队队长吴国学同志。"

"原来如此，怪不得口气那么大。"

"哈哈，他可是我们东北汉子的典型代表哦！心直口快的活雷锋！"

"对，东北人都是活雷锋。"那人说完掏出了电话，"喂，秘书长，我是王勇峰啊，我们在路上遇到中国龙汽车的救援队了，是啊，这里出现滑坡，他们正好被堵在这里了……对对，你马上打电话给天康县县委书记，让他们通知附近的村镇、就近的公路部门，马上派人来清理路面！"

刘雪华看着他，眨了眨水灵灵的大眼睛：

"首长，你们能派挖土机来吗？你看，我们虽然人多势众，但光靠人在这里挖也不顶事，最少也得挖半天才得通车，如果能有机器帮忙那就最好不过了。"

"小同志，你说得很对，我已经让他们派清障车来了。对了，我还没有问你呢，你是……"

"我是郝立京总经理的秘书，刘雪华。"刘雪华大方地伸出手去，与这位看似领导模样的人握了握手：

"我去把我们总经理叫过来，让他给你汇报一下情况。"

不一会儿，郝立京跟着刘雪华过来了，郝立京看上去非常兴奋，直奔上来就问：

"是有铲车来吗？那太好了，这样用不了两个小时，路就通了，我们也可以顺利赶到指定地点了。"

"辛苦你们了，郝立京同志。"

"不辛苦，这是我们应该做的。"郝立京见对方伸出手来，正要去握，却发现自己的手上满是红泥，有些不好意思地又把手缩了回去，"抱歉，我的手都是泥……"

"没关系，反正我的手也马上就要弄脏了，哈哈哈哈……"这位领导毫不介意地握住了郝立京的手，并拍了拍他的手背："我们也跟你一起干，刚才那位吴队长说得对，人多力量大，多一只手就能多赶一分钟时间。现在对于我们来说，可是分秒必争呀。"

"请问你是……"

"我是泰康市的市委书记王勇峰。"

郝立京让人去把吴国学找来：

"告诉他，泰康市的市委书记也到了现场。他已经调来了铲车和清障车！"

但去的人一会儿回来，告诉郝立京：

"吴队长带着两位本地向导去附近找清障车去了。"

"嗯？这吴队长还真是急性子！我们还没有来得及告诉他，我们的清障车就要来了，结果他就自己去找啦？"郝立京无可奈何地跺了跺脚，"这样也好，能多一台清障车，速度会更快一点儿。"

"郝总，你们的热情太让我们感动。谢谢你们能够向我们伸出援手，千里迢迢来帮助我们！"

"王书记，你别这么说，大家都是中国人，都是一家人嘛，自家人不帮自己还帮谁啊！"

"说得好啊，对，我们都是一家人！"

锦上添花

两个小时后，天康县派来的两辆铲车和一辆自卸车，参与了清理工作。很快，路面上的障碍被清理掉了，而吴国学从公路段找来的道班工人和两辆自卸车正好做扫尾工作。

道路畅通后，中国龙汽车救援车队又准备上路了。

郝立京在与王勇峰等人告别时，向他提出了一个请求："王书记，能不能给我们留下一台铲车和一辆自卸车？我怕前面的道路还会出现这样的情况，到时候就不用再临时求援了。"

"没问题，为了保证你们畅通无阻，我们能够做的都会做。满足你们的要求，我让他们跟在你们后面为你们逢山开路吧。不仅如此，我还要派懂得路况的向导，把你们带到临江去。"

"那真是太感谢王书记了！"

"这比起你们中国龙汽车集团公司所做的一切来说，根本算不了什么，只是目前条件有限，我们也只能为你们做到这些了。"

"这已经比之前好太多了！"郝立京高兴地对吴国学说，"吴总指挥，我们现在连开山队都有了，还怕什么呢？"

"哈哈！我们这支队伍可是越来越壮大了呀！"

"郝总，我们泰康市的灾情不亚于临江市啊，如果不是我们这里的工作量大，我们会陪同你们到底的。"

"王书记，你们已经帮了我们的大忙了！"

王勇峰于是指派了前来增援的部分交警同志跟随郝立京他们同往临江县，包括公路段的两辆清障车在内，负责护送中国龙救援车队前往临江。

"你们的任务就是把郝总他们的车队安全送到临江，然后再安全护送回来。要把临江的受灾群众都转移到我们泰康市来，这是一个艰巨的任务，李队长，我就把这个重担交给你了。"

王勇峰当场任命天康县交警大队队长李东生为护送队负责人，并郑重地将这个重任托付给了他。

"王书记，你放心吧，我们保证完成任务！"李队长很年轻，起码比吴国学小十岁以上，他向王勇峰行了个标准的军礼，引得吴国学暗中竖起大拇指，悄悄对郝立京说："这下可是给我们派来了得力干将了！"

于是，除了郝立京他们的车队外，又增加了以天康县交警大队队长李东生为首、道路工程车为主的临时护送队，这支大部队又浩浩荡荡地继续前进了。

此时正赶上天空放晴，阳光明媚地照耀着大地，就见挂在百辆大客车上的红色条幅，在阳光下分外鲜艳，像是一条长长的红色飘带，随着车的行走而轻轻飘动。

临别时，王勇峰告诉郝立京，现在虽然天气还算晴朗，但灾区的气候时刻会风云突变，所以绝对不能掉以轻心。而且余震还在不断发生，有时候会强烈到 6 级以上，地面振幅在 10 厘米左右，一定要注意行车安全。

听取了王勇峰的忠告，车队开始前进。

果然在行走了不到 10 公里路程的时候，天又开始下起了雨，而且雨越下越大，车队尽量以最低车速行驶，前后车辆紧紧跟随，防止发生脱队、掉队现象。

当车队行至大山之中时，道路越来越艰险，大半的公路都是沿山而建，虽然李白诗中所说的"蜀道难，难于上青天"并非指这里的道路，但的确也印证了这句诗。

狭窄的公路几乎是在山体上挖凿出来的，形成了一个个 S 形，一边是凸出来的峻峭山壁，一边则是深不见底的黝黑山谷，偶尔有沙土因为松动而落下，就听得一阵稀里哗啦之声，在山谷久久不绝，听不到尾音，可见这山谷有多深。

很多人都是探头看一下，然后深吸一口凉气，再不敢去张望。

到下午三点多钟时，突然，人们听到一阵好似怪兽的吼声从山坳里传来，接着就是沉闷得让人心脏都要跟着战栗的轰鸣，又是一波余震到来了。车队根本来不及做出任何反应，就听到了山体轰然倒塌的声音……

指挥车见又一次余震来了，就命令车队继续前进。

等余震过去了，大家停下车才发现，刚刚走过来的道路已经被垮下来的一大片山体埋在了下面。

一片烟雾弥漫在那堆森然恐怖的巨石红泥上。

险象环生

看到这样的情景，所有人都冒了一头冷汗，如果不是运气好，一定会有几辆客车被砸下山去，那将是不堪设想的后果。

郝立京想起刘雪华所说的那些话来，似乎真的有神灵在保佑着他们，危险离他们只差毫厘……

好在后面跟着清障车，所以，道路马上被清开了，车队也很快又出发了。

这一次劫后余生的唯一损失，就是最后那辆天康县护送队的警车的后车灯，被溅起来的石头给打破了。

"好悬啊……要是再慢上一分钟，或者是快上一分钟，我们这条长龙就被拦腰斩断了……"吴国学看着那堆山石直咂舌头。

"幸亏我们事先做了应急的准备……吴队长，还是你经验老到，没有临场乱了手脚。"郝立京由衷地对吴国学发出了赞叹。

吴国学却把头摇得跟拨浪鼓似的：

"我哪来什么经验啊，我当时也是慌了神哩，我是看前面的车没停下来，一个劲往前冲，这才下达了后面的车马上停下来的命令。真正有这方面经验的，是我们的师傅们啊！"

正说着李队长他们的警车追上来了。郝立京他们下车对李队长说：

"谢谢你，李队长，多亏你们及时报警，才让我们又躲过了这一劫。"

"郝总，你可别谢我，这完全是运气啊！"李东生其实也被刚才的惊险情形给吓得不轻，他擦了一把额头上和着汗水的雨水，又对郝立京说道，"咱们还是赶快出发吧，这种余震说不定什么时候又会来一下，跟你玩儿似的，没完没了，躲不躲得过，只能凭运气了。所以大家还得眼明手快，精神高度集中，不然的话……"

李东生说着，望了一眼山谷里滔滔的江水，江水浑浊而湍急，如果有什么掉进去，那就是转眼的工夫，立刻会被急流吞没。

"我们赶紧上路吧。李队长，还是你们打前站，我们紧紧跟随，毕竟这里的路况你们更熟悉。"吴国学说完首先上了车。

"我们出发到现在已经七个钟头了，才走了一百公里这么一点点路。还有二十多公里就到临江了，坚持就是胜利，我相信好运会时刻伴随着我们的。"郝立京充满信心地望着前面被雨雾笼罩的道路，"我们一定要在今天赶到临江县！"

车队又前行了五公里左右，雨越来越大，天都黑了下来，山崖下的江水发出了巨大的咆哮声，更增添了几分大自然的威严。

在巍峨的大山之中，宛若长龙的庞大车队也只能像是一条小虫，随时都有被大自然吞没的危险。

郝立京看着窗外飘泼的大雨，心里开始焦急，他让司机在安全的情况下，把车速尽量提高。

赶时间要紧，但安全更重要。

他忍不住在心里默默地祈祷不要再有意外发生。而就在他刚祈祷完毕的时候，车突然停了下来。

"怎么了？"

"前面的车停下来了。"司机回头紧张地说道。

"让我看看。"吴国学打开车门，从副驾驶座探出头去，马上他又坐了回来，说道，"这下可真是完蛋了。"

"发生什么事了？"刘雪华也紧张地抓住了车椅的靠背，身体前倾，想透过前面的挡风玻璃往前看。

"前面又发生塌方了，而且比之前的那里更严重。"吴队长叹了口气说道，"看来今天赶到临江县的计划要泡汤了。"

"我去看看！"郝立京说着就跳下车去，刘雪华连忙抓起一把雨伞追了上去：

"郝总，伞！"

可是郝立京根本就不顾倾盆而下的雨泼洒在他身上，他跑向了车队的最前面。

郝立京站在滑坡处一看，才明白吴国学所说的意思。

他眼前几乎是半个山体，足足有好几丈高，根本看不到前面的路基情况，也就无从得知路还能不能通行。

"李队长，你看这路……"

"现在只有从上面直接开出一条新道来了。"李东生已经勘察完了地形，过来跟郝立京说，"把两台铲车都开过来，全力以赴清除那些大石头，然后从上面压出汽车可以通行的一个通道来。"

"这个主意能行！"郝立京点点头，"就这么办。"

又是一个小时后，车队越过了这个障碍，继续前行，刚走没到五分钟，突然又是一阵余震袭来，就见山上往下滚着硕大的石头，有好几块大石还砸在了中间几辆客车的顶上，生生地在已经加固过的铁皮上砸出了一个个深深的凹陷来。幸得已经在车顶上做过加固，所以并没有影响到客车整体的状况，还是可以继续行驶，只是车上的人都被那声声巨响吓得不轻。那一瞬间可以说真的是命悬一线，好似在鬼门关上过了一遭。

"大家注意安全！不要靠窗坐！"郝立京通过步话机对司机们喊话。话音刚落，一块石头骨碌碌地就从上面滚落下来，砸向了他们的越野车，刘雪华惊叫着不顾一切地扑向了郝立京："郝总小心！"

嘭的一声巨响，巨石砸在了车的正前方，擦着保险杠落了下来，车停得相当及时，也发出了刺耳的刹车声。

由于急刹车，郝立京和刘雪华一起都从座位上抛了出去，撞在了前面的椅子靠背上。

一股鲜红的血，瞬间从郝立京的额头流下来。

刘雪华看见了，再次惊恐地发山了一声尖叫。

"啊！立京！"

震后残垣

群山环翠，碧树成荫。

就在如海的绿色掩映中，一栋栋白色大楼错落有致，均匀地分布在这组建筑群的四处。

从建有标准塑胶跑道的篮球场、足球场这些大型运动场所，可以看出这里是一所设备齐全、规模不小的学校。

只是，这原本应该是环境优美，非常适合学习、生活的地方，现在却变得有些狼狈与落魄。

仔细看过去，就会发现，那些整齐漂亮的白色大楼都不同程度地出现了倾斜与裂缝，有些相对比较陈旧的楼甚至坍塌掉了一半的楼体，成了一堆瓦砾……

在足球场的绿茵上，则扎满了用床单布或塑料布支起的临时帐篷，颜色大小五花八门，也支得歪七八扭，毫无秩序可言，使整个操场看上去就像是一个垃圾场，显得杂乱不堪。

由于不时地降雨，造成积水排不出去，绿茵早已经被踩成了泥泞，而就在这样的泥泞中，生活着几千甚至上万的师生，那些昨天还青春可人的同学们的脸而今却憔悴得可怕，他们衣衫不整，精神委顿，有些在用塑料盆或茶缸把流进临时帐篷里的水给舀出去，有些则呆呆地坐在潮湿的地上，目光迷茫地望着前面的校舍或灰蒙蒙的天空。

老师们大都顾不上休息，奔走在学生之中，探问孩子们的情况……

在操场的一个角落里，用红色布条拦出了一条警戒线，在线的另一边，那些还算整齐的塑料棚里，是一些病倒了的学生们。

现在，已经有一百多个学生病倒了，细菌张狂肆虐，侵蚀着年轻的躯体……

如果不是迫于无奈，没有人愿意在这样的环境下生活。

但是，一场突如其来的地震把这里的秩序打乱了，之前那种属于他们的有规律的生活也完全被破坏了。

自5月12日那天起，临江市师范专科学校的万余名师生就被困在了学校操场上，足足有半个月，哪里也去不了。

这么多人聚集在一起吃喝拉撒，过着不自由的群体生活，别的先不说，目前他们面临着的最大问题就是卫生问题。

由于环境的不断恶化，又没有任何措施可行，身体虚弱的学生在双重压力下，大都支撑不住，陆续倒下了……照这个情形下去，这里很可能会变成疫病的传播区。

现在看来，地震还不是最严重的灾难。

而师生们最担忧的是，比地震更可怕的灾难——瘟疫。而这样的灾难，已经降临在了他们身上。

由于余震还在不断发生，所有校舍都岌岌可危，只有这种空旷处还算是安全的避难场所。

在情急中抢出来的粮食差不多就快要吃完了，断不能再冒险去那些楼中搜寻可用物资了。

因为，无论哪一个生命都是宝贵的，尤其是在逃过一劫之后，没有理由再让谁去白白牺牲。

校长下令谁也不准擅自离开操场，离开安全范围之内，他们现在唯一能做的，就是等待救援。

而对于只能等着外来力量改变一切的他们来说，面对这种恶劣的状况，完全无计可施。

没有药品可以减缓疾病的蔓延，更没有条件做好健康管理，校长整天为此愁苦着脸。

临江市师专虽然是一所省属专科院校，但也是面向全国招生的，所以里面除了大部分西江省各地区考入的学生外，也有一部分是来自外省的学生，这其中就有不少东北籍学生，里面当然也有辽海籍的。

刘晓是辽海人，他今天轮班为同学们挖简易便池，他一边在操场的外围用镢头挖着坑，一边喃喃自语：

"看来天要灭我刘晓了。如果救援队伍再进不来，我们就算从地震中逃过一劫，到最后还是会被瘟疫给吞噬了。"

"是啊，现在操场周围都被大便池围住了，苍蝇成群结伙地侵略我们的领地。照这样下去，我们可真是凶多吉少啊！"他的一位同学也在一边跟着发出悲叹。

"呜呼哀哉，想我刘晓英雄一世，到最后竟然是被一群臭苍蝇给残害了，我真是死不瞑目啊！"刘晓停下挖掘的动作，手肘支在镢头把上，又是一阵长吁短叹。

"刘晓，我就不明白了，为什么县上的抗震救灾物资轮不到我们学校呢？难道说我们是后娘养的？"

"你算是说对了，我们学校是省管单位，平时优越性强，现在就惨了。"

"那是为什么呀？"

"平时，我们学校因为是省管单位，待遇跟着省里走，所以要比县里的任何单位都好。现在省里鞭长莫及，管不上我们。而对县里来说，我们不归他们管，所以分发帐篷、食品什么的，名单上根本就没有我们。"

"照这样下去，那我们可真惨了！"

"没错！我们这里就是被遗忘了的那个角落。"

一个学生提着裤子跑了过来，满脸痛苦地对刘晓他们嚷嚷道："我说你们挖好了没有？我拉肚子，等不及啦！"

他二话没说，一把推开刘晓，就蹲在了新挖的土坑上。

刘晓和另两位同学无奈地转出临时搭起来做遮挡用的塑料帘子，到外面一看，这才发现排队上厕所的学生已经站出了一条长龙。

"天哪，这可怎么办啊？"刘晓仰天长叹。

劫后余生

"听天由命呗，还能怎么办！"另一位同学耸了耸肩，说完就耷拉下眼皮，情绪变得十分低落。

"哎，咱们还得继续挖呀，你们两个别歇下来呀！"

扛着镬头走在前面的那位同学回头来叫刘晓他们："走，换个地方去挖。"

"张清源同学，这都挖 10 个了，再想挖也没有地方了呀。"刘晓愁眉苦脸地张望了一下四周，满眼都是乌泱泱的人，他像是被吓了一跳似的缩了缩脖子。

"刘晓，我们再找找。"

"再找就到危险区域了，如果余震来了，可就有危险了。"

"没办法，只好建议大家注意了！"

"张清源，我们已经要到下班时间了，抓紧时间找地方再挖一个吧。"对于还处于青春躁动期的他们来说，整天没事干才是最难受的，好不容易逮着一个活了，虽然是替同学挖茅坑，但也总比待在那些临时帐篷里发呆要强得多，所以他们还蛮积极地抢着"为人民服务"。

"刘晓，你们快下岗吧，把这个天底下最难做的工作交给我们来做吧。"

可惜已经来不及了，没等刘晓他们开发出新的"方便"之地，来换班的同学已经来了，他们接过刘晓和另两位同学手中的工具，继续去寻找地方了。

"大便多，苍蝇多，空气里难闻的臭气多；没有吃，没有喝，为什么屎尿还这么多……"那走了的同学中还有个人自编自唱起来，充满无奈和讥讽的歌词让刘晓再次皱紧了眉头。

向来乐观向上，号称"阳光少年"的他，算起来这些日子皱眉头的次数要比他之前的十多年加起来还要多，现在他无须"为赋新词强说愁"了，他可是真的为眼前的状况发愁呢。

回到他自己班上同学聚集的地方时，看到几位同学还在用各种工具排水，就十分丧气地说道："我说大家休息一会儿吧，这刚排完说不定老天又要下雨了，整天没完没了地跟天斗去，我们实在是斗不过啊！"

"刘晓，大自然是不可战胜的，你只能去适应，而不是战斗。"一位同学到此时还不忘与人争辩，不过也算是为苦闷的集体生活找一点乐趣吧。

"没有什么困难是人战胜不了的！同学们，加油干吧！干完了好吃饭啊！"跟在刘晓后面的同学说道。

"对，吃饭！"刘晓最关心的就是肚子问题了。

他们每天能够吃到的东西当然不能用"美味"来形容，而且也不可能让他们像以前那样尽情吃饱，但他们还是会在饭前有那么一点儿小小的憧憬。

刘晓问："今天中午还有什么东西可吃吗？"

"有。这是菜，还有点米。"负责做饭的同学一手举着几根不青不黄的烂菜叶，一手将蒸饭锅拿过来，让刘晓看。

"就这些？我们七个人，怎么够吃啊？"刘晓瞪大了眼睛，指着锅里的那点稀疏得能见底的米。期望落空后，他不由得悲从中来："看来，在救援到来之前，我会先被饿死的！"

"先凑合一顿再说吧。"做饭的同学很平静地把锅放回去，开始做饭。

刘晓在同学们面前夸张地开始做挣扎状，然后用悲怆的声音唱起来：

> 我的家，
> 在东北松花江上，
> 那里有大豆高粱，
> 还有那亲爱的爹娘！
> 爹娘啊，

我什么时候，

才能够，

离开这个可怕的地方，

什么时候，

才能把儿接回家，

把大米饭和红烧肉吃个够！

故乡啊故乡，

你在哪里？

母亲啊母亲，

你快来救我！

如果啊故乡你再不管我，

我就会客死在临江；

如果啊母亲你不来救我，

儿子呀就会在这里被苍蝇和饥饿消亡……

"刘晓你别唱了行不行啊！烦都烦死啦，还要听你的破锣嗓子乱喊乱叫！"一个同学向刘晓提出了抗议。

另外一个同学接上说："刘晓，你就别在那里做梦了，我们西江人都没有办法进来救我们，你家在东北，那么远，他们能来救你吗……实际点吧！"

正说着，一声清脆的汽车喇叭声传来了。

"别吵！你们听听，那是什么？"刘晓大喝一声，周围一下都安静了，那瞬间，安静得几乎能听到每个人屏住呼吸后剧烈的心跳声。

"是车！"一位同学大喜过望地大叫，并从地铺上一下子弹了起来："是车！有车来了！"

"是汽车喇叭的声音，真的有车进来了！"

他们没有听错，刚才那是汽车的喇叭声。

那一声喇叭，就像是战场上吹起的号角一样，清澈，嘹亮，振奋人心。

在欢呼声中，师生们都跑出了帐篷，争先恐后向喇叭声传来的地方奔去……

大救星

当中国龙汽车的十几辆大客车停在临江师专的所有师生面前时，他们有些不能相信自己的眼睛。也许之前他们在日渐绝望的过程中，那期望也在一点点减少，到最后所盼望的也只是能够有一些粮食和药品到来，哪怕是能够分给他们几顶像模像样的帐篷也好，至少可以减缓一点目前的窘困状况。可是，现在，这天大的喜悦一下子降临到了面前时，大家竟然有点不敢相信自己的眼睛了……

"是真的吗？你说的……"校长陈自强问着身边的一位老师，之前那位老师负责去外面联系救援，带来了会有车队来转移学生的消息，但对于这个几乎可以算是奇迹的消息，陈校长并不相信，所以当事实真的摆在他面前时，他也有些神思恍惚。

"陈校长，我不是跟你说过了吗，我之前去了县上的抗震救灾指挥部，他们说会有中国龙汽车的救援车队来转移咱们的学生，考虑到咱们这里的情况的确紧急，就优先把他们派到我们这里来了。我跟你说你还不相信，你说人家外省的人怎么能来救我们？"

"可是，他们是外省的，怎么可能来到我们临江师专呢……再说了，临江是重灾区，到处都需要救援，我们又是省里的单位，县上根本就顾不上考虑我们，如果真的有这样的好事，也轮不上我们呀！"陈校长喃喃地说道。

"现在还说那些干什么，车队都到眼前了，咱们快上去跟他们道谢吧！中国龙汽车的救援车队来得实在是太及时了，我们的情况已经迫在眉睫，再不把学生转移出去，后果将不堪设想啊！这进来了十几辆，校门外还有上百辆大客车呢！都是中国龙汽车集团公司的。"

"是啊……快，谁是负责人？"

"那边，领队的车在那边。"

陈校长和一群老师跟跟跄跄地奔向了郝立京他们所在的那辆越野车旁边，但他们的速度远没有年轻人来得快，还没到车前，就见一群东北学生呼啦啦地全都扑了过来。为首的就是刘晓。他是辽海人，当然知道中国龙汽车这个响亮的名字了，所以数他最激动。刚才他们看到车队时，同学们还万分感叹地对他说："刘晓，你实在太厉害了！你看你刚才一喊故乡，你故乡的车就真的来接你了！"

　　而到这个时候，不敢相信眼前情景的人却是刘晓。他瞪着大眼睛，抢先扑到郝立京面前，抓住郝立京的胳膊问："大哥，你们真是中国龙汽车的？真的是从辽海来的？是来救我们的？"

　　"是啊。"郝立京已经从这个孩子的口音里听出了他是东北学生，就亲切地对他说："我们就是来接你们出去的，抱歉，我们来晚了，让你们受苦了。"

　　刘晓一听这熟悉的乡音，泪水唰的一下就流了出来："大哥……真的是你们啊……哇啊啊……"

　　跟在后面的东北学生全都哭了，由于太久的饥饿和焦虑，少年们的嗓子都有些沙哑了，他们号啕大哭，让救援队那些六尺汉子听了也有些不落忍，眼中开始发酸。他们上前搂住孩子们瘦弱的身体，让他们尽情地发泄心中压抑已久的恐惧、痛苦和委屈。

　　不是东北籍的其他学生带着有些羡慕的眼光看着这感动的一景。郝立京把刘晓从怀中拉出来，问他："你是辽海的？"

　　"是，我知道中国龙汽车，我也知道你，你就是那个把我们的国宝给要回来的大英雄郝立京！"刘晓擦掉眼泪，对郝立京说道。

　　"哦，那你们这里还有多少辽海的学生？"

　　"我！我是辽海的！"

　　"我是东北的！"

　　"我也是！"

　　……

　　郝立京大致数了一下，竟然有五十多名东北学生，其中辽海的就有二十几个："好，你们赶快收拾一下上车吧，我们会把你们直接带回去。"

"真的吗？"刘晓一下子就高兴起来，两把擦干净脸上的泪水，对后面的同学们大声喊："太好了！我们可以回家了！中国龙汽车万岁！东北人万岁！"

所有东北学生都跟着刘晓喊了起来，其他的学生就越发地羡慕起来，其中有些女同学还搂在一起抱头痛哭。

一会儿，不知道是谁突然喊了一声："我们也是东北人！"紧接着，在场的学生们异口同声地大喊："我们也是东北人！"……几乎是全体学生都围上来了，他们都大喊着"我是东北人"，其呼声惊天动地……

人性的光辉

这时候，陈校长和老师们挤了过来，激动地向郝立京他们道谢：

"你好，我是这里的校长陈自强，太谢谢你们了！你们简直就是我们的大救星啊！"

郝立京连忙拉起就要给自己跪下的白发苍苍的老校长，心里的滋味十分不好受，他只扫了一眼就看明白了这里的情况，所以也不再多说，对老校长说道：

"陈校长，赶快把同学们组织一下上车吧，我们救援队一共来了100辆大客车，每辆车定员是50人，这样一来一次就可以转移5000名同学出去。"

"好，太好了。王老师，赶紧分班分批地安排学生上车，让生病的和低年级的学生先上，老师们暂时先留下来，再坚持一阵儿。"

"陈校长，咱们学校一共有将近一万名学生，这一次只能带走一半，如果被留下来的学生闹起情绪来该怎么办？"有位老师不无担忧地提出了疑问。

"我们只能让临江本地的学生先留下来。"陈校长扫了一眼围在周围的学生，他们一个个都满怀着期待的眼神，令人不忍拒绝。但他还是狠了狠心："临江籍的学生，还有高年级的和体质好的留下，各班做动员，由老师带头，应该没有什么问题。"

"陈校长，这样吧，让我来跟同学们说两句，我们这一次虽然只能带一半学生走，但我们很快就会返回来把剩下的全部学生都转移出去，所以让他们耐心地再等待一下。"郝立京上前对陈校长说道。

"真的吗？你们还会返回来？"陈校长再一次不敢相信自己的耳朵了。

"是的，我们来之前就被告知只需要把人转移到泰康市就可以了，所以我们还可以再返回来一次，争取早日把所有同学都转移出去。"

"那……实在是太好了！谢谢啊……谢谢……"老校长再也控制不住情绪，浊泪横流，抓住郝立京的手使劲摇晃，不放开。这情景，让郝立京突然想起了临行时黑一海抓住自己的情景。在眼前的是同样如雪的白发，是同样忧心忡忡的老人。他的心里也开始酸楚，眼睛渐渐潮湿。

郝立京站到了高处，对喊着"我是东北人"的同学们说：

"同学们，我们大家静一下好吗？"

此时此刻，所有的学生都已经知道了郝立京的身份，郝立京一声令下，大家马上安静下来了。紧接着，掌声响起来了……

"同学们，大家受苦了！我知道大家都想尽快脱离这里，这是你们此时此刻最大的愿望。可是，同学们，由于我们的车一次只能带走你们中间的5000人，所以，希望你们能够让身体比较虚弱的同学，以及年纪小的同学和女同学先上车，等把他们转移到泰康市之后，我们再回来接你们。你们放心，我们一定还会回来，因为我们中国龙汽车的救援车队就是专门到灾区来帮忙你们的。所以，我代表中国龙汽车集团公司，向大家庄严承诺：既然我们都来到了这里，也看到了你们的情况，我们就不会扔下你们不管。我向你们保证，我们一定会让你们离开这里！"

雷鸣般的掌声……

"同学们，一会儿你们的老师会来安排你们上车，我代表我们车队的总指挥吴国学先生，代表我们中国龙汽车抗震救灾救援队的全体同人，也代表我们中国龙汽车集团公司，代表我们辽海市人民，向你们表示最热烈的欢迎！"

尽管老师们还存在着不同程度的担忧，但在安排各班上车名额的时候，有不少同学都主动提出要留下来，让其他同学先上车。

因为，他们相信郝立京，相信中国龙汽车集团公司。能够在外国人手里索回国宝、在抗击冰雪灾害中做出过伟大贡献的英雄郝立京，是绝对不会丢下他们不管的。

尤其是本地学生，他们承受的痛苦是最大的，因为他们的父母在这场劫难中生死不明，现在他们担心的不仅是自己，还有家人的安危。

郝立京、吴国学和大家充满感情地看着这些孩子们，看到他们以他们的善良和勇敢，为彼此树立着最好的榜样。

此刻，人性的光辉在他们身上熠熠闪光。

这里虽有万人之众，却没有发生任何拥挤或骚乱的场面，所有人都在车前排好了队，走在最前面的是生病和体弱的同学，然后是女生和年纪较小的低年级学生，剩下的高年级学生和男生们开始彼此推让，都争着要留下来。

在分别时同学们互相拥抱，泪水和着微笑，兴奋和着忧虑……他们安慰并鼓励着这段日子以来朝夕相处、患难与共的同学们……

郝立京心情激动地看着这些孩子们，经过这一次大灾难磨砺的孩子们，他们会更加珍惜生命、珍惜友情，会更加珍惜他们的校园生活。

一个小时后，一半的学生都已经坐到了大客车上，他们人手一个香喷喷的面包和一根火腿肠，还有一瓶矿泉水。这些来自中国龙汽车的关怀，让这些饱尝饥饿滋味的少年们兴奋不已。

他们还从来不曾有过这样的体会：一块干面包，此时却这么珍贵和如此香甜。

剩下的一半师生，救援队也给他们留下了足够的食物，让他们可以美美地饱餐几顿。

陈校长带着这些主动留下来的学生和全体教职人员，整齐地站在车队旁边，挥手向车队和同学们告别。

"同学们，让我们再次向不远万里前来解救我们的中国龙汽车抗震救灾车队致敬！"

"让我们向中国龙汽车抗震救灾车队所代表的辽海市及东北人民致敬！"

在师生们雷鸣般的掌声中，在所有人饱含泪水的目光中，中国龙汽车抗震救灾车队出发了。

所有车辆鸣着长长的笛声向留下来的师生们告别，也以此回应他们的致敬。

车队一辆接着一辆像游鱼一样地滑出了校门，然后驶向大路，和来时一样，浩浩荡荡地开走了……

一路上，吃饱喝足的学生们开始一首接一首地唱着歌，就好像是要去春游远足一样，车里车外全都是他们的欢歌笑语。

他们似乎已忘记了他们刚刚在苦苦等待时的那种绝望和悲伤，似乎也忘记了他们刚从一场浩劫中走出来。

受到同学们的感染，司机们及车上的安全人员也加入到他们的欢歌笑语中，大家似乎都忘记了他们其实还处在危险之中，接下来还要面临更大的挑战。

生死时速

中国龙汽车救援车队载着临江师专的学生在一片狼藉的马路上行驶，同学们大都从亢奋的状态中走了出来，渐渐呈现出了疲态，开始在座位上东倒西歪地打起了瞌睡。大概是之前一直处于紧张状态，没能真正得到过休息，在获得了救助的时候，就完全地放松了心情。所以，他们睡得很沉很沉。看到学生们静静地彼此依靠着睡着了，司机们也都特意把车速放得很慢，尽量减少颠簸，好让这些孩子能够睡得更加踏实。

因为是照原路返回，路况比较了解，所以，在要进山的时候，吴国学在前面用警笛给后面的司机们提醒，郝立京也通过车上的无线电话发出警告："大家注意，大家注意，马上就要到危险地段了，现在每辆车都是满员行驶，一定要注意安全！请你们精神高度集中，时刻警惕周围的情况！"

后面的司机们都接连按响三声喇叭，通过这样的警示方式彼此提醒。

当车队行驶到昨天出现过滑坡和泥石流的地段时，就见一边是已经被掀掉了绿色植被的褐红色山崖，另一边则是深不可测的滔滔江水。驾驶第一辆大客车的宋晓云是所有司机里面技术最好，也是行车经验最丰富的司机。全国各地三山五岳他都跑遍了的，也经历过最险峻的道路状况，但眼前的这种情景对他来说，还是有些发怵，尤其是想到他的车上乘坐着50位东北孩子和救援队总指挥等工作人员的时候，他的心情是沉重的，也是格外压抑的。

郝立京在临江师专的学生们上车后，他也跟着一起坐到了大客车上，为的是通过和同学们聊天，了解一些地震当时的情况。他上的是宋晓云的车，把原本在这辆车上负责车队前后联系工作的刘副总经理给换到了前面的越野车上。这个时候他当然再顾不上聊天了，他坐在车门一侧的助手座上，紧张地盯着靠他那边的路面。

突然，在靠驾驶座那边的悬崖峭壁上开始有泥石落下，但前面的警车和越野车都没有要停下来的迹象，郝立京连忙问宋晓云："宋师傅，千万不要紧张，和前面的车保持距离。"

正说着，那面就像是被巨兽给啃了一口的山壁上，开始往下滚落巨大的石块，其中有的石块直径超过了几十厘米，郝立京紧张得从座位上站了起来，抓住了身前的不锈钢护栏，身体前倾，眼睛眨也不眨地紧盯着那些像炸弹一样砸下来的大石块。

宋晓云手握方向盘，就像是驾驶着在敌人阵地上突围的坦克一样，左冲右突，避开了每一块落石。

"宋师傅，这样实在太危险了！"

"郝总，你放心吧，这样的路我以前常走。就是平时也会有落石下来，只要小心，就能冲过这段危险的道路。"

"宋师傅，我不得不说我很佩服你……你的驾驶技术真的让我无话可说，这也是吴队长选你担任安全组组长的主要原因。但是……"

郝立京的话还没说完，宋晓云突然按响了手动喇叭，长长的鸣笛在大山之中呼啸而起，久久不停。后面的车辆听到这样的警戒之声，全都紧急刹车。

"宋师傅，怎么了？"

"你快坐下！让大家把头抱住，尽量躲在车座下面！"宋晓云突然厉声大喝，郝立京连忙照他的吩咐向车上的学生喊话，同学们全都惊醒了，全都缩在了座位之间。

郝立京这才看清楚了前面的状况，也马上明白了宋晓云为什么要这么做。离他们只有几米远的悬崖之上，有一人片山体崩塌了，上万吨的泥石和着烟尘向他们滚滚袭来。

"宋师傅，停车！"

"来不及了，我们必须强行通过！"

话音刚落，一块直径约 40 厘米的落石被溅了起来，砸向了驾驶座的玻璃窗。只听一声巨响，随后石块和着玻璃碎片落在了方向盘上，那些珍珠一样的玻璃碎片像无数把锋利的刀片一样，割破了宋晓云的胳膊和手，落下的石头还重重地砸在了他的腿上，喷涌而出的鲜血马上染红了方向盘和他的衣服。由于仪表盘也被那块石头砸得稀巴烂，大概有什么零件被破坏了，车身突然不听指挥，歪歪斜斜地就朝着另一边的悬崖冲了过去……

宋晓云血流满面，郝立京在一边有些不知所措地看着他。只见他就像是一尊雕像，坐在驾驶座上，一动不动，他满是鲜血的大手死死抓住方向盘，并使劲往里打，还用那条伤腿踩下了油门。柴油机一阵轰鸣，车体都跟着剧烈颤抖，然后刺啦一声尖叫，车轮突然拐了方向，硬生生地扭到了路中央。紧接着，大客车就像是离弦的箭一样，轰鸣着向前冲了出去……

紧接着，大家就感到一阵山崩地裂般的摇动开始了……又一次余震来了，在他们身后，那片崩塌的山体将他们刚刚走过的道路全部掩埋了……

只是几秒钟的时间，如果那个转向差了那么几厘米，这辆载着50多人的大客车就会坠下山崖，被巨浪滔天的江水吞没。

简直就像是在上演生死时速，刚才那一幕就像在梦幻中一样。车上的每一个人，虽然都经历了这短暂的"死亡之旅"，但有些不怎么真实的感觉，尤其是那些终于把头从座位下探出来的大学生们，他们懵懵懂懂地张望着，还真不知道就在刚刚几秒钟之前发生了什么。一些看清楚状况的同学，在一声声惊叫声中，心都被提到了嗓子眼上……

与死神擦肩而过

前面是一个山口，也是一段开阔的道路。于是，开道车、警车和越野车都停了下来，宋晓云的车也紧跟着停了下来。

吴国学急忙下车，紧跟在他后面的是脸色苍白的刘雪华，他们往郝立京坐的那辆车跑来。

郝立京下车后简单地跟吴国学描述了一下刚才发生的情况，马上让医护人员取来了一条毯子和紧急医疗箱。

郝立京和吴国学合力把宋晓云从驾驶座上抬下来，放在了毯子上，询问他的伤势：

"老宋，你怎么样？"

"没事，就是腿有些……"

吴国学有战场经验，他帮宋晓云检查了一下那条受伤的腿：

"还好，只是皮外伤，应该没有伤到骨头。小刘，你赶紧帮他消毒包扎。小心点，别给他破相了，回头他老婆不认他就麻烦了。"

吴国学的玩笑话虽然多少减轻了一点儿大家的紧张情绪，但也没人能够笑得出来。

郝立京起身后，连忙问跟上来的副总经理："后面的车有没有被砸到？"

"我刚才联系过了，他们都没事，幸亏你们及时发现情况，鸣笛让他们紧急停车，才没有一点损伤。最严重的就是你们这辆车，真把我们吓死了，就差那么一点点……"

"多亏了宋师傅，要不是他坚强勇敢、冷静沉着，我们大概真的就要和死神见面了。"关键时刻，宋晓云保持着他一位老司机的职业本能，带着伤硬是把车扭回了正道。

"吴队长，现在我们的队伍被截成了两段，该怎么办？"郝立京望着那堆刚刚垮塌下来的山石，也就是这堆山石，差点把他们给埋了。

"只好向外求援了。这么大面积的滑坡，如果没有铲车，光靠我们人工挖运，那要挖到天黑去了。"

"但这个时候我们能向谁求援？"

"嘿，这个你就别发愁了，看我的吧。之前护送咱们到这里来的天康县交警大队队长李东生，你没忘了他吧，挺热心的一个小伙子，人也相当不错。他临走时把他的电话留给了我，让我们有困难就找他。"吴国学说着拿起电话正要拨号，突然听到一阵警笛声，他们循声望去，只见在前面开过来了一辆熟悉的警车。

"这叫什么来着，说曹操曹操就到！"吴国学一拍大腿，高兴地迎了上去，警车在他们面前停下来，从车上走下来一位穿制服的年轻交警，果然就是昨天晚上才分手的天康县交警大队队长李东生。

"路又被堵住了？……没问题，我后面就跟着铲车呢，我马上打电话叫他们过来帮你们开道。"李东生身上具备着西江人的豪爽和雷厉风行的性格，他只看了一眼就明白了郝立京他们面临的情况，在他的指挥下，15分钟后，两辆铲车和一辆自卸车开了过来。

"李队长，你是怎么知道我们被堵住了的？"郝立京问李东生。

之前虽然泰康市委书记王勇峰交代过李东生，一定要把中国龙汽车救援队安全送到临江并安全带回泰康市。

但到达了临江县后，李东生又接到了其他地方的求援电话，加上公路段的车要赶着回天康县，在这种情况下，到处都急需铲车帮忙开道，郝立京就让他们先返回了……

"碰巧了，我们在清理你们返程的道路，刚刚就在前面不远的地方。我们听到这边的鸣笛声，就猜是你们回来了。我的判断非常正确，果然是你们被堵住了。"李东生说着咧着嘴笑了起来。

"这么说你们还没有回到天康县？"

"是啊，这一路到处都有滑坡和塌方，被堵住的车也不少，我们一直都忙着在清理道路。你看，跟我过来的只有我们交警大队调来的铲车，公路段的铲车都被留在前面了。"

"那前面的路快通了吗？我们有名司机受伤了，情况紧急，能不能请你们把他送到最近的医院去？"

"没问题，前面的路马上就通了，你把受伤的司机送到我们的车上去吧，我们会负责把他送到最近的医院去。"

虽然和李东生说好了，但宋晓云却死活不愿意去，他从毯子上挣扎着爬了起来：

"郝总，我没事，你看，只是点皮外伤。你可别让我当个逃兵啊，我如果真的去医院了，那就和逃兵没啥两样了！"

拗不过宋晓云的坚持，郝立京只好把他留了下来，但把他换到了前面的越野车里，让另一位替补司机继续开车，之后，他又把副总经理刘永行调换到宋晓云之前开的那辆大客车上。

在出发前，郝立京把刘永行叫到身边，悄悄对他说：

"待会儿我要下车去办点事，接下来的行程就由你和吴队长负责，你要服从他的安排。现在宋师傅受伤了，这辆车的安全人员就是你了，你可要小心一点，一定要注意安全。另外，你们一定要想尽一切办法把临江师专没有转移出来的那5000名学生给我转移出来。因为，我已经答应人家了！"

"郝总，你不说我差点忘了。刚刚接到王书记的电话，解放军的一支救援队今天下午到达临江师专，是专门去救援那里的学生的。王书记说我们把这一批学生转移完，我们的任务就完成了。"

郝立京兴奋地问："刘副总，你说的是真的？"

刘永行点点头后，突然想起郝立京刚才的话，问："郝总，你啥意思？你这么交代，好像……郝总，你要去哪里？要不要我安排个人跟你一起去？"

"不用了。而且你也不要告诉其他人我的去向，包括吴队长和刘雪华。"

"郝总，你这是要秘密行动啊？保护你的安全是我的责任呀！"

"没事，我只是去了解一下受灾的情况，有李大队长手下的警察跟着我呢，不会有什么危险的……刘副总，你听我的，好不好？我说不要紧那一定就不要紧！你放心吧，我原计划赶在你们下一趟返回之前赶到泰康市与你们会合的。现在看来，我得提前回来与你们会合了。"

"可是……"

"马上要出发了，上车吧，记住，在前面停一下，让我下车。"

"那我们怎么联系你呀？"

"我带着电话，随时都能够联系，所以你就放心吧。"

"那你可千万别关机哦，一旦联系不上你，我就向王书记汇报。"

"我一定赶在明天回到泰康市，最迟后天，所以如果过了后天还没有我的消息，你再向王书记汇报不迟。"

"不会有什么问题吧？郝总，我还是担心……"

"不会有问题，你放心吧，我不会有事的。"

擅自行动

郝立京在车队出发后 20 分钟时，在一个路口让客车停了一下，然后悄然下了车，离开了车队。

他走了一阵后，感觉后面有人跟着，就往后看了一眼。结果，当他看到跟在自己身后的是刘雪华时，还真被吓了一大跳："你……你怎么跟来了？"

"我怎么不能跟来呢？" 刘雪华冷冷地反问。很明显，她是在生气。

"你赶快回去！"

"我不会回去的。我身为你的秘书，要时刻跟随在你的身边，协助你处理任何事。所以你的行动都应该掌握在我的手中，别想一个人偷跑！" 刘雪华斩钉截铁地说，"另外，刘副总不放心你，是他派我来的。"

"可是我是去……你一个女孩子家太危险了，我让他们停下来，把你带回去。"

郝立京正准备打电话，却冷不防被刘雪华一把将手机夺了过去："郝总，你别想把我赶走，不管你是要去执行什么秘密任务，我都跟定你了！"

郝立京无奈地看着她，只好默许了她的行为。

毕竟他自己也是擅自脱离队伍，如果他真的打电话回去，要是被吴国学知道了，他肯定也脱不了身了。

"算了，你要跟就跟吧，但是我得跟你约法三章，你要听我的命令，不准违抗，也不准不执行。"

"那也要看情况，如果是你让我一个人逃走，我绝对抗命不遵！"

刘雪华一点也不让步，横着一双含悲带怨的大眼睛瞪住郝立京，瞪得他到最后也只能再次妥协："好吧，我们一起行动，反正你机灵点，时刻注意安全就是了。"

"你放心，我能保护得了自己，不会给你添麻烦的。" 刘雪华赌气地说道。

郝立京摇了摇头，他早从妻子郝慧思那里总结出了绝对不能和女人斗嘴这个经验，所以他知道现在要想与这个女人保持融洽，最明智的就是闭上嘴巴。

虽然刘雪华并没有问郝立京要去做什么，但郝立京还是告诉了她此行的目的。

毕竟他们现在也算是特别行动小组的伙伴了，而且她还是他唯一的伙伴。

小吃店

郝立京和刘雪华在路上搭到了一辆去桥口县的便车，到了桥口县后，他们发现这里和在天康县及临江县所看到的情景完全不同。

这里虽然倒塌的建筑不少，但却很少见到有帐篷，而且人们也都没有聚集在空地上避难，而是继续着往常的生活，开店的开店，做生意的做生意。

似乎这里就是沙漠中仅存的那片绿洲，丝毫没有受到地震灾害的影响。

只是，那些被遮挡在塑料篷布后面的残垣断壁，还是泄露了曾经发生在这里的那场灾难。

郝立京示意刘雪华去那间开在临街的小吃店，店铺外面用一根木棍支着房檐，看来店主是劫后余生了。

两人装作是一般的客人，在只放了三两张桌子的店里坐下，然后由刘雪华点菜，郝立京留意着其他桌上那些客人的谈话。

就在他们隔壁靠窗的那桌，坐着两位中年男子，两人一边吃东西一边在聊天。

老板娘把郝立京他们点的菜往桌上一放，马上换上一张职业笑脸：

"先生、夫人，你们的菜齐了！"

郝立京愣了愣，刘雪华却捂着嘴偷笑。

等老板娘走开后，郝立京问刘雪华：

"你笑什么？"

"老板娘还以为我们两个是夫妻呢。"刘雪华说着，瞟了郝立京一眼。

"别说话，仔细听着。"郝立京摇手让刘雪华噤声，惹得她怨恼，狠狠地剜了郝立京一眼，但也只能无奈地闭上嘴，百无聊赖地用筷子挑着碗中的米饭。

"喂，小声点！"老板娘突然冲着那两位客人低声喊了一句。

郝立京顺着他们望出去的视线，看到街面上有两个身穿制服的联防人员正往这边走来。

两位客人说完就开始低头吃饭，再不议论了。

那两个联防人员走过来了，并且走进了这家小吃店，晃悠了一下，就又出去了。

吃完饭，郝立京和刘雪华从那间小吃店出来后，在大街上漫无目的地溜达着……

刘雪华看郝立京从头至尾都没说一句话，也没向任何人打听什么，就有些奇怪地问他：

"郝总，你不是来了解情况的吗？怎么都不问人？"

"问什么？"

"至少问问密云镇要怎么走吧，你不是打算去密云镇吗？"

"不用问了。"郝立京微微一笑，然后说道，"这一问不等于是自报身份吗？所以，我们什么也不能问，就装作是一般志愿者。"

刘雪华向四下看去，郝立京一把将她拉到身边：

"你不用看了，这里只是一个小县城，对于那些联防队员来说，城里有些什么人，他们比谁都清楚。所以，我们这两张陌生的脸首先就暴露目标了。"

"原来如此啊，我说呢，我感觉自己装得还蛮像吗？他们是怎么看出我们来的呢？"刘雪华拍了拍胸口，冲着郝立京眨眨眼。

郝立京被她说了个糊涂：

"你装什么装得蛮像？"

"装你老婆啊！"刘雪华说完自己倒先扑哧一声笑了，"怎么，难道我不像？刚才那个老板娘就把我认成你老婆了呢。"

"你又说这个。"郝立京无奈地摇摇头，"人家不会管我们是什么关系，只会关心我们是来干什么的。"

"那我们是来干什么的？"

"我们是来支援灾区来的，是抗震救灾来的。"郝立京一本正经地说道。

"嗯，对！你说得一点没错，这也是事实。"刘雪华非常配合地大点其头。

两人你一言我一语，边说着边往城外走去，刚过了一座城边的小石桥，突然冲出两名穿制服的联防队员，拦在了他们面前："站住！"

神秘的陌生人

刘雪华也不知是在假装，还是真被吓着了，惊呼一声后，一把就抱住了郝立京的胳膊，把整个身子都藏在了他的怀里。

郝立京不仅被那两个突然杀出来的程咬金给吓了一跳，也被刘雪华突然的动作给吓得愣住了，他用了好半天才反应过来，问拦在他们面前的那两个人："你们干什么？"

"例行检查！你们是干什么的？"郝立京其实已经认出，眼前这两位正是之前在小吃店里看见的那两名联防人员。他们果然被当成了可疑分子。

"你好，同志，我们是从东北辽海市来的志愿者，到这里来帮助抗震救灾。"

一名联防队员翻着眼睛把郝立京上上下下打量了好一会儿，这才态度蛮横地说道："请出示你们的证件。"

郝立京把身份证和工作证一起递了过去。

联防队员甲一看郝立京的证件，就马上改变了态度："噢哟，原来你是大名鼎鼎的企业家郝立京先生啊！我知道你们，你们中国龙汽车救援队千里迢迢来到我们临江抗震救灾，电视里报道了你们的事迹，可是，为啥你一个人，哦，不，这位是你的……"

"她是我的助手。"郝立京示意刘雪华也把她的证件拿出来，刘雪华扭了扭嘴角，取出证件交给了联防队员甲。

"哦，她是你的秘书呀。"联防队员乙用一种暧昧的眼神又把郝立京和刘雪华打量了一遍，这才把证件还给他们，并说道："你们中国龙汽车集团公司不是来了一个车队吗？为什么你们两个人单独到我们桥口县来？你们的大部队呢？你们两位到我们桥口县来是有什么事吗？"

联防队员甲马上意识到了什么，冷着脸立刻追问道："你们刚才说要到哪里去？"

郝立京揣着明白装糊涂，故意反问他："我们刚才说了要到哪里去吗？"

一直都如临大敌的联防队员乙有些恼羞成怒地冲着郝立京吼道："是我们在问你问题，请你老实回答，你们到底要到哪里去？"

郝立京也不跟他争辩，只是微微一笑："噢，是这样的，我们刚才正想要找地方休息，可是在城里转了一圈，都没有找到一间招待所和宾馆。我们想在这里住一晚，然后明天就返回泰康市。"

"你们为什么没跟大部队在一起？"联防队员甲依然警惕地紧抓着这个问题不放。联防队员乙也满脸狐疑地盯着郝立京和刘雪华，眼光不断地在他们两人携带的随身小包上打转。

"我们中国龙汽车救援队在帮助转移临江师专的全部师生，所以正在往返于临江县和泰康市之间。我们两个是听说桥口县也有需要转移的群众，就先来看一下情况的，顺便了解这里的路况。所以我们两个算是大部队的先遣部队吧。"

"我们桥口县的灾情并不像临江县那么严重，再说我们也没有接到这方面的指示。你们是从哪里知道我们这里有需要转移的群众的？"那位多疑的联防队员乙依然不怎么相信郝立京的话，滴溜溜地转着小眼珠，试探着问郝立京。

"所以说我们是听误了情报，白跑了一趟。"郝立京做出无可奈何的表情，摇了摇头说道，"看来桥口县的确受灾并不严重，我们在帮临江县转移完那里的群众后，如果这里再没有什么地方需要我们，我们的救援车队也就要返回辽海去了。"

刘雪华眼睛往那两位联防队员身上瞟了瞟，发现他们都露出了有些尴尬的神情。他们彼此对望了一眼，便赶紧扭开了头。

"郝总，虽然我们这里受灾情况不严重，但也不轻，所以为了你们的安全起见，你们还是不要在这里住了。"

"那我们去哪里住？难道要我们露宿街头吗？"郝立京说着又笑道，"露宿街头也没关系，比起那些在重灾区的群众，他们不但没吃没喝，而且还要担惊受怕，我们在这里的情况要好太多了，你们说，是不是？"

"啊？对……对，你说得对。"联防队员甲刚回答完郝立京的问话，马上反应过来自己被牵着鼻子走了，有些悻悻地摸了摸鼻子，赔着笑，对郝立京说道，"郝总，看你说的，你们专门到我们临江来支援救灾，怎么能让你们露宿街头呢？二位请跟我们来，我们带你们去一个最安全的地方休息。"

"那还真是谢谢你们了！"刘雪华又充满讥讽地扔下这么一句，郝立京向她使了个眼色，她扬了扬眉，抿着唇不再说话，但从她紧绷着的腮帮子可以看出，她已经努力地忍住了笑。

睡个安稳觉

最后，联防队员带郝立京和刘雪华去的是桥口县中学，这是一所位于县城西边的学校。

在学校操场上，搭建着一排排整齐的帐篷，比起之前郝立京在临江师专看到的情景，不知道要好上多少倍了，这让他难免心生几分复杂的情绪。他开始担忧车队的进程和那些留下来的孩子，他们虽然表面上看去很坚强，可他们毕竟还是孩子，心理承受能力有限，在一半同学离开后的那个操场上，不知道他们会以怎样的心情等待前来解救他们的解放军救援队。

郝立京和刘雪华被交付给了在这里负责的老师，那两个联防人员还特别关照要照顾好他们。

似乎是因为郝立京的特殊身份他们才能得到这样亲切的对待，但私底下郝立京却趁人不注意时，对刘雪华说："特别关照啊，看来我们两个被人家看管起来了。"

"那我们现在该怎么办？"刘雪华有些不安地咬着嘴唇。

"没关系。既来之，则安之。等过了今晚再看情况吧。这一路折腾下来，你也累了吧，正好趁这个机会好好休息一下，接下来咱们还有硬仗要打。"

"你不会趁我睡着了，一个人偷跑吧？"刘雪华歪着头，调皮地问郝立京。

"我是会那么做的人吗？"郝立京压低声音呵斥刘雪华，"你说什么呢？我怎么可能把你一个人扔在这里，你既然跟着我来了，我就要对你负责到底。真不知道你的脑子里整天都在想些什么！"

"我的脑子里整天都在想些什么，你还不知道？"刘雪华有些委屈地瞪了郝立京一眼。

郝立京再次无奈地叹息："我说，你就不应该跟着我来的。"

"哼！我偏要跟着你，别说是现在了，我这辈子都跟定你了！"刘雪华说完，冲郝立京吐了吐舌头。

然后，他们两人就分别由一男一女两位老师领走，去各自的帐篷里休息。

临走时，郝立京用唇语对刘雪华说："别忘了打听情报。"

刘雪华笑着对他做了个 OK 的手势。

进到帐篷里，刘雪华打量了一番里面的摆设，也就是几张高低床，还有简易的洗脸盆架，虽然简陋，但从床头小桌上摆放的那些瓶瓶罐罐还是能看出一点差别来。

虽然条件艰苦，又是特殊时刻，但爱美是女性的天性，所以一进这个帐篷，刘雪华就有了一种归宿感。

之前的那些紧张、疲累，在这个充溢着牛奶洗面液特有甜香的狭小空间里，马上就得到了很大程度的缓解。

负责照顾刘雪华的女老师大约四十来岁，给人一种干净利落、气质文雅的感觉。

刘雪华被她照顾得非常体贴入微，难得地用热水洗了脸，擦了身，还泡了脚，然后钻进柔软温暖的被窝里，别提多舒服了。

这对于长时间在车上打发睡眠的她来说，可以算得上是一种享受了。而且，暂时完全不需要考虑救援队的工作了。

难得能够睡这么个安稳觉，她很想头挨枕头就马上去会周公，然后一觉睡到大天亮。

刘雪华在被窝里翻了个身，看到那位女老师也梳洗完毕后在对面的床上睡下了，就没话找话地试探着问她：

"大姐，你是这所学校的老师吗？"

"是的，我是这所中学的校长。"女老师不卑不亢地回答道。

刘雪华一听，来了精神，顶着被子趴在枕头上，继续问她：

"哇，这么年轻就当校长了啊，还是女校长，你贵姓啊？"

"免贵姓王，王小红。"女老师说道。

"哦，是王校长。"

"比起重灾区来说，我们这里的情况还算是不错的。但是，我们已经有三名学生和一位老师永远地离开了我们。另外，我们有 37 名学生不同程度地受了伤。"

　　"那这些伤员都转移出去了吧？"

　　"是的，已经转移出去了。"王校长略停顿了一下，才轻轻地回答了刘雪华。

　　这边刘雪华正在试着找机会询问受灾情况，那边郝立京已经和那位男老师聊了起来。

　　经过一番了解后，郝立京和刘雪华决定再去密云镇了解受灾情况。

到达密云镇

凌晨的雾还没有散去，山村还沉浸在一片蓝色的宁静之中。就在这时，一辆小卡车很突兀地出现了。这是一辆 130 柴油小货车，柴油机的马达声突突突地响着。小卡车是从县城方向开过来的，正以飞快的速度往密云镇奔去。

虽说天还早，但设在密云镇外的一个临时检查岗哨却没有因此而放松警戒，依然严阵以待。在这里值班的外地特警以及穿着白大褂的专业检查人员，他们全都严肃紧张地盯着这辆突然出现的小卡车。

小卡车被一位戴着红臂章的特警拦下了。年轻的司机是一个小伙子，他赔着笑从车上下来，向特警解释他是密云镇人，开着一家小杂货铺，由于地震已经停业了好一阵子，这不，地震总算消停了，铺子也重新开张了，生意还挺火。昨天去县城进了一车货，顺便看了看在地震中受伤的姑姑，在他们家里住了一夜，现在刚从县城回来。

"车上都是什么？"

"就是些胶鞋啊、雨衣啊，帽子什么的。现在不就正需要这些东西吗！"司机嘿嘿地憨笑着。

执勤的特警绕着小卡车转了一圈，看到货斗里装着满满的纸箱，他疑惑地看了一会儿，又问："这么多？全都是货？"

"已经有一个月没进货了，现在东西又紧缺，就一次多进点。"司机摸着剃得光光的头，愁苦着脸，"还不都是这该死的地震闹的，好不容易才能出来一趟。"

一位认识这位司机的执勤人员过来打了个招呼："小宝，回来啦！"

"是啊，你们辛苦了，这么早就要上班。"小宝一见有自己认识的人，很开心。

"没办法，特殊时期嘛！"

"你说得对，现在是特殊时期。"小宝意味深长地把这句话重复了一遍。

小卡车没有问题，被放行了。可是，一路上几乎是三步一岗五步一哨，全都认真地查看了小货车上的货，都没有查出什么问题来。在一处山坳处，小宝把车停了下来。他走到车斗后面，对那一堆纸箱说话："你们可以出来了，透一下气吧。"

说话间，小宝松开了绳子，然后把两个大纸箱慢慢地推开后，就见郝立京和刘雪华狼狈不堪地从里面露出了头来。郝立京长长地出了口气："没想到他们搞得还真是大阵仗呀，几乎是五步一岗十步一哨啊。这种布防，真的就连一只苍蝇都难飞进来了。"

"可你们还不是进来了。"小宝说完哈哈大笑，"委屈两位了，你们可是密云镇的稀客呀。自从地震过后，这里就再没来过外人。进不来也出不去，啧！"

"我看岗哨都是外地的特警设的。"刘雪华说着，拨了拨自己被弄乱的长发，为了方便，她索性用手绢把头发扎了起来，但由于头发过长，发梢还是被挂在了纸箱的铆钉上。刚才经过岗哨时，她过于紧张，使劲抓住了身边的郝立京，结果都把他给抓得喊痛了。现在得空，偷偷地看了一下他身上被自己抓过的地方，发现郝立京的衣袖都被她给拧皱了，她的脸一红，赶紧转开视线，装作什么事都没发生过一样。

"外地特警只是听命行事，他们并不知情。"郝立京倒是更像个没事人一样，完全不在意自己头发蓬乱、衣服褶皱的样子，他把头从纸箱堆中伸出来，继续和小宝说着话。

休息了一会儿，小卡车又继续前行，为了慎重起见，郝立京和刘雪华依然藏在车斗里的纸箱中间。小卡车在山道上跑了大约半个钟头，终于来到了密云镇密云村，小宝在村外的一个河沟里停下了车。

"大哥大姐，我们到了，你们可以下来了。"小宝帮忙把沉重的纸箱挪开，让郝立京和刘雪华下了车。"这里就是密云村了。"小宝指了一下前面的山村，对郝立京说道。"密云中学就在那边，顺着这条大路你们再走上十几分钟就到了。我只能送你们到这里了。"

"哦，谢谢你了，小宝。"郝立京看到这个河沟很深，而密云村就在河沟的上面。河沟处停着好几辆挖沙车，到处都是筛好的沙堆和鹅卵石堆，只是这个时候挖沙车尚未开工，静静地趴伏在河边，就像是安静而温顺的老水牛。河水清凌凌的，能够照出山的影子，熹微明亮的天空也被映在了碧绿的水中，和山影相映生辉。

近在眼前的村庄，上空还飘着淡淡的雾气，偶尔能听闻几声犬吠。这个村子虽然不大，但也不小，层层叠叠的砖瓦房屋曼延出方圆好几里，其间还有不少用白沙砖砌的二层小洋楼，可惜的是大都在地震中成了残疾。或垮了边角，或落了屋顶，而有不少地方已经搭建起了脚手架，开始了重建。

看得出，密云村的经济条件不差，人们的精神也可嘉，在遭遇到这么大的灾害后，他们依然能够很快就振作起来，恢复自己以往忙碌而宁静的生活。

郝立京看到眼前的这种情景，心里难免百般感慨。

在这里生活着的人们，他们从来没有抱怨过什么，只是低头踏实地过着自己的日子。

刘雪华按之前说好的，要给小宝付车费。并且要多给他，但却被小宝拒绝了。

他收起憨笑的样子，郑重地看着郝立京和刘雪华："大哥、大姐，你们告诉我实话吧，你们是不是来密云镇调查的记者？"

郝立京和刘雪华对视了一下，这个问题终究还是被问出来了。之前他们在县城里找到这位年轻司机时，并没有跟他提起他们的身份和目的，而这位开朗的小伙子也没有多问，一听说他们要去密云镇，就让他们上车，只是要他们藏起来，别被别人发现了。因为现在的密云镇不准外人随便进去。

郝立京本以为需要央求人家，没想到这么容易就说通了，所以承诺只要把他们送到密云中学附近，就给两百元的车费。当时小宝只是呵呵一笑，爽快地答应道："要得！"

"小宝，这是一开始说好的，你就拿着吧。"

"我说了这不是钱的问题，如果你们是来了解受灾情况的，我就坚决不能拿这个钱。"

"小宝兄弟，我们信任你，但请你谅解我们，我们不能把身份暴露出来。不过我们来这里的目的你倒是说对了，我们的确想了解这里的受灾情况，所以，希望你能帮助我们。"郝立京恳切地说道。

"你们放心！我不问你们是什么人了，你们需要我做什么？"小宝也拍着胸膛，更加地爽快。

"你能不能从村里帮我们找几位群众来，我们想问问情况。"

"没问题，我现在就给你们联系。"小宝说着从口袋里掏出手机来，利索地打了几个电话，之前他和郝立京他们说话都用带着地方口音的普通话，现在则完全用本地话在说。

郝立京和刘雪华听着他飞快地吐出那些天书般的语言，半句也没听懂，不由得面面相觑。

深入灾区

郝立京决定到密云中学走一趟。一位叫张志宽的退伍军人主动提出要陪他们去，他说他在学校当过校工，比较了解情况，也认识校长，由他带他们去会更方便。郝立京接受了这个帮助。于是三人在张志宽家中顺便吃了晚饭，然后一起来到了密云中学。

张志宽先去向其他老师打听了一下，回来告诉郝立京："校长杜加里现在并不在学校，今天晚上他肯定会来，因为这里的活动板房校舍已经由北京志愿者建好了，明天早上升国旗、开课，所以他一定会来的。"

他们在等待杜加里的时间里，在学校四处转了转，看到以前的老校舍基本上已在地震中坍塌了。现在的校舍是临时搭建起来的活动板房。他们在教室与办公室之间参观的时候，遇到了来自北京的志愿者负责人王先生。这里的活动房就是他们建设的。王先生是一位非常热情的中年男子，他看到郝立京他们之后，就主动上来打招呼："朋友，请问你们也是从北京来的吗？"

郝立京有些警惕地看着他，他大概看出了郝立京眼中的戒备，就笑了笑，很有礼貌地递上自己的名片，并指着身后那些正在搭建的活动板房，对郝立京说："你别担心，我们是从北京来的志愿者，鄙人叫王辉。这所学校所有活动板房的资金都是我们筹备的，也是我们修建的。"

"哦，原来是这样。"郝立京默默地望着王先生。

"我们这支志愿者队伍有二十几人，目前都驻扎在密云中学，帮助这里建设临时校舍。如果你们有什么需要，请尽管开口。俗话说，在家靠父母，出门靠朋友，多一个朋友多一条路嘛！"

这位王辉完全具备北京人的特点，非常健谈。

郝立京与他攀谈起来，也趁机从他口中搜集信息。因为时间的关系，再加上彼此都不知道对方的底细，所以，也没有谈到什么实质性的问题。

大概到了晚上八点的时候，张志宽来告知郝立京，说校长杜加里已经来了。去见杜加里的时候，王辉也跟了上来。

郝立京见到了密云中学的校长杜加里，这个人约五十岁，中等身材，人高马大，很是肥胖。戴着一副黑边小眼镜，一双藏在镀膜镜片后的眼睛闪烁不定，神情看上去相当紧张与不安。郝立京迎上去，与杜加里握手，彼此客气地寒暄了两句，就聊起受灾情况来。

贵人相助

当白色小汽车驶出密云中学时，在司机的提示下，郝立京看到了围在学校周围的一些人："师傅，这些人是干什么的？"

司机说道："他们都是维持治安的联防队员。"

"实在太感谢你们王总了！还专门派车来送我们"郝立京有些感慨地说。

司机将郝立京和刘雪华送到了另一所中学。据司机说，该校校长李晓忠与王辉在抗震救灾中建立了深厚的友谊，所以王辉特意拜托李校长接纳这两位"特殊的客人"："王总交代了的，一定要把你们送到李校长这里来。"

"王总他怎么不和我们一起来啊？"刘雪华不解地问道。她对那位北京男子很有好感。

"他有事。"司机笑着看了刘雪华一眼。

"那你呢？"刘雪华有些疑惑地问，"你不是志愿者吗？"

"你说对了，我不是志愿者团队的人啊！"司机笑道，"我是县里出租车行的，我的车被王总雇用了，所以王总才安排我来送你们，因为只有我的车才能出来。"

"原来是这么回事，看来这个王总真是个聪明人，他考虑得还真周到。"刘雪华对王辉这个人又增加了几分好感。

"郝先生你又猜准了，王总让我把你们送到这里来，其重要的目的就是让你们继续了解情况。"

"啊！好像我们的一切都让那个王总看透了！"刘雪华忍不住嚷了起来。

李晓忠一看就是个爽快之人，行动矫健，声如洪钟，他从司机那里听了郝立京他们来此之前的经历，握着郝立京的手哈哈大笑："郝先生，我和王总是生死之交。请你尽管放心，在这里你们是绝对安全的。"

李晓忠突然附在郝立京耳边压低声音说道："其实我和王辉是老战友，这一点还没人知道。"

他们正说着，李校长的夫人及其他老师为郝立京他们端来了热气腾腾的方便面，外加几碟小菜。大家凑在一起愉快地吃过这顿"大餐"后，郝立京与刘雪华被分别安排到男女老师的帐篷休息。

在帐篷里，就剩下郝立京和李晓忠时，李晓忠告诉郝立京，王辉与他在同一部队待过，两人意气相投，结为兄弟，其实这次王辉来这里建活动板房，也主要是冲着他来的，只是两人没公开这层关系。"

郝立京非常认同李晓忠所言，所以他也就不再避讳什么，向李晓忠直接了解情况。

与此同时，刘雪华也从李校长的夫人、赵老师了解到受灾情况。

凌晨五点钟的时候，赵老师叫醒了刘雪华："小刘，时间到了，快起来吧。"刘雪华一骨碌从行军床上爬了起来，看看表："哟，竟然睡过头了！"

"昨晚上你哭了一宿，才睡了不到两个小时，真是辛苦你了。"赵老师歉意地看着刘雪华有些发青的眼圈。

"没事，这是我自找的。"刘雪华笑着，麻利地洗刷完毕，转眼看到放在茶几上的几个小菜和白米饭，她的眼圈又开始泛红："还说我呢，你才是最辛苦的吧！赵老师你是不是一夜都没有睡觉？"

"睡了，足足有一个小时呢！"赵老师笑道。

男教师帐篷那边，郝立京也刚刚起床。李晓忠把一张小字条交到了郝立京手里："郝先生，如果遇到危险，你打这个手机。"

郝立京小心翼翼地把小字条折好，装进了衬衣的贴身口袋里。

"郝先生，一会儿就会有人来接你们。"

"谢谢。"

正准备吃饭时，刘雪华问郝立京起来了没有，赵老师似乎有那么一点误会，就笑着对她说："该起来了，要不，我们叫他来一起吃饭？"

"好！"刘雪华立刻站起来，帮赵老师把碗盘端出帐篷，郝立京休息的地方其实和这里就隔着一个帐篷，所以他们一出门就打上了照面，郝立京向刘雪华招呼："小刘，你休息得怎么样？"

"当然休息好了！难得睡这么安稳呢。"刘雪华笑着回答道。又用玩笑的口吻回问："那郝总呢？日理万机的你是否也休息得好？""有校长给我站岗放哨，我哪能休息不好？我还做梦了呢！"郝立京说道。

"哦？什么梦？该不是梦到我慧思姐了吧？"刘雪华笑着问。

"还真给你说准了，就是梦到了你的慧思姐。"郝立京说着从刘雪华手中接过碗盘去，大家一起走进了中间那顶用来做厨房和餐厅的帐篷。

"那我慧思姐说什么了？"刘雪华说完，又回头悄声跟赵老师说，"是我们郝总的爱人，也是我的偶像，大美人哩！不仅会六国语言，还是中国龙汽车新产品开发中心的主任，我们最年轻的女工程师，相当了不起……"赵老师这才恍然大悟："哦……是这样呀！"

"你在嘀咕啥？"郝立京伸头过来问。

"没啥，你倒是说说慧思姐在你的梦里跟你说啥了。"

"不告诉你。"郝立京笑眯眯地说着，来到灶边自己动手开始舀稀饭。赵老师看见，连忙过去要抢过郝立京手中的碗："郝先生，来，我来，你们快吃饭吧……"

"桌上是米饭，我爱吃稀饭！"郝立京躲过了赵老师伸过来抢碗的手，"东北人早上都是喝稀粥，吃煎饼卷大葱。"

"可是……我们这里没煎饼卷大葱……"赵老师有些不好意思地说道，"我个人的习惯就是只喝粥。"郝立京嘿嘿笑道："能不能让我把粥喝个够？"

赵老师被郝立京明朗的笑容感染到，也笑了："没问题，你就喝个够吧！"

"稀粥好！"刘雪华坐到桌边，望着郝立京说道，"我这个人早上的习惯也是喝稀粥！"

"好、好！"郝立京笑着端了盛好的白米粥放在刘雪华面前，等他回头，赵老师已经舀好一碗端了过来，郝立京也没客气，接过碗开始吹热气。紧接着，赵老师端上来了不知道是什么时候炒好的四个菜：韭菜炒鸡蛋、小鸡炖蘑菇、清炖鲫鱼和麻婆豆腐。刘雪华望着赵老师不知道什么时候做好的菜说："赵老师人漂亮，菜也炒得这么好！"

"漂亮什么呀，还能比妹子你更漂亮吗？"赵老师坐到刘雪华身边，悄声说道。

以女性的敏感，赵老师已经察觉到了刘雪华对郝立京的那份特殊的情愫。她本来要多说几句的，但考虑到人家还肩负着特殊的使命，所以，她看了一眼刘雪华，又看了看郝立京，没再吭声。

"郝总，说实话，我们得赶紧办完了事了回去，慧思姐快要生了吧？"

"快了吧，好像就是这几天。"郝立京笑着一口喝下了碗里热乎乎的白米稀饭，然后惬意地咂了咂舌头，"真香啊，这是我喝过的最好的白米粥了！"

"那你就多吃点，现在这个条件，也只能给你们吃这些了，等你们下次来，一定用我们这里的山珍海味好好招待你们。"李晓忠有些怅然地说道。

"那就说定了！"郝立京说完又主动去盛了一碗稀饭，香甜地喝了来。

可疑人员

　　学校操场因为被帐篷占据了，已经没有可供学生运动或跑步的地方，那些歪斜了的篮球架孤独地矗立在操场的一角，似乎还在沉睡着。

　　郝立京和刘雪华在李校长及其夫人赵老师的护送下，没有从学校正门出去，而是从临近山脚那边的后门走出。到门口时，四人都站住了，郝立京握着李校长的手，向他们夫妇两人再次表示感激，并请他们就此留步。

　　李晓忠也没有坚持再送他们，他说："郝先生，抱歉了，晓忠不能送你们出校门了。"

　　"李校长，我们能理解。趁着天还早，你们都回去休息吧，我知道，这一夜你们都没睡好。是我们这两个不速之客打搅了你们啊，该说抱歉的应该是我们。"

　　"看你说什么话啊，你们哪里会是不速之客，你们简直就是恩人！"

　　"郝先生、小刘，你们出了后门一直顺路往前走，不要回头。到第一个三岔路口时，会有人来接你们。"赵老师帮刘雪华整理了一下散落在肩膀上的头发，就像是一位慈祥的母亲，或是怜爱着妹妹的大姐，带着一些不舍之情，催促他们上路："快走吧，等会儿就不方便走了。"

　　刘雪华的眼睛有些泛红，她紧紧地握了一下赵老师的手，哽咽着说："再见。"

　　赵老师笑道："啊，以后还有机会再见的。你们多保重！"

　　"是啊，你们要多保重！"李晓忠接下妻子的话，凝重地说道。

　　郝立京、刘雪华告别李校长和赵老师后，走出了学校的后门。此时，已经快六点钟了，天也亮了。这样的早晨宁静、祥和，灰蓝色的群山沉寂着，山下的河水缓缓地流动，发出了哗啦啦的声响。

　　下了一整夜的雨已经渐渐停住。浓郁的雨意却还弥漫在空气中，扑面的潮湿里夹带着青草叶的芳香。那些不知被谁踩过的留下了杂乱脚印的草地，混合着一些红色的泥土，间或还能看到一两个熄灭了的并被水浸透了的烟蒂……

他们匆匆行走在被雨水浸透，有些湿滑的泥土路上，道路的两边都是稻田，虽然远处还有乳白色的雾气笼罩着，但能看得清稻田里那些绿油油的禾苗，虽然大多东倒西歪的，但也苗壮地成长着。

原本就在农村长大的刘雪华，对眼前这样的景致感到十分亲切。但很快，她的注意力就集中到了前面视线模糊的地方，她注意着四周的动静，但凡有什么风吹草动，她就立刻停下来，以一个保护者的姿态，先将郝立京护在自己身后。

前面有一丛毛竹，刘雪华发现那下面有人影。她连忙拉住了大步往前走的郝立京："郝总，前面有人。"

郝立京却一副无所谓的态度："没关系，走吧。"刘雪华略一犹豫："好像……。"

郝立京朗声说道："他们是这里的村民。他们已经为我们冒雨站了一个晚上的岗了。"

"郝总，你怎么知道？"

"你都知道了，我怎么能不知道？"郝立京的表情看上去有些激动，眼睛里有泪光在闪动，刘雪华马上就明白了，也理解了他此刻的心情。她看了一眼郝立京，微微点了点头，轻轻说道："你不说，我真的是不知道啊！"

果然被郝立京说中了，前面的那几个人正是来接应他们的村民。他们见面后，握握手，点点头，就像是亲人一样。郝立京和刘雪华跟着他们来到了村里，在村主任佟发所的家里见到了部分群众。

佟发所激动地握着郝立京的手："郝先生，您来啦，感谢您支持灾区。太谢谢您了，谢谢！"

佟发所一连说了好几个谢谢，搞得郝立京一时间不知道该怎么接话。让他也有些难为情，尤其是被周围那些父老乡亲充满了感情的眼睛殷切地注视着，并伴着许多冲出眼眶的热泪和压抑不了的呜咽声，便有点儿手足无措起来："先不要谢我……这也是我应该做的……"

郝立京想起早上李晓忠交给他的那张字条，摸出来看了一下，上面写着一个人名和手机号码："李校长说这位李秋水是他的老同学，可以帮上我们的忙。"

"你说李秋水？那不就是在民权县公安局当刑警队长的李秋水吗？他啊，我晓得！他不但是李校长的同学，而且他们两个还是堂兄弟哩！"佟发所说道，"找他就对了！事不宜迟，你们赶快回去吧，在路上你联系李队长，让他到渡口那边的狮子镇来接应你们。"

郝立京和刘雪华分别坐上了由村里的两位年轻人驾驶的嘉陵摩托，匆忙和村民们告辞，就飞速上路了。

当然他们没办法正大光明地从村前上大路，在100多位乡亲以及十多辆摩托车的簇拥下，他们从村西口浩浩荡荡地冲了出来。这一路上所向披靡，直奔大路口，围守在村外的警车大抵被这样的阵仗镇住了，都没有行动，只有两辆警用三轮摩托车反应快，追了过来。

因为地震的原因，马路上都是滚落下来的山石。村民们驾驶的摩托车把道路给堵塞了，警察让他们赶紧让开，村民说，他们的摩托车坏了……

警察们费了九牛二虎的力气，搬走了村民们的摩托车。可是，郝立京他们的摩托车已经驶到了S形马路的那边，一溜烟地消失在了S形弯道的那边……

此时此刻，朝阳正精神饱满地从东边跃起，将万道金光洒向了大地。坐在摩托车后面的郝立京马上让老乡停下车来，老乡问怎么了，郝立京说他虽然没有看到前面的警车，但他已经发现渡口处闪闪发光的警车警灯了。刘雪华也肯定地说："前面有警车！"

然而载着郝立京和刘雪华的两个小伙子一点儿也不惊慌，他们告诉郝立京和刘雪华：

"不怕不怕，我们去小渡口！"

果然，在小渡口没有遇到阻拦，他们很顺利地搭上了船。

说是小渡口，其实只是一个平素里约定俗成的摆渡点，只是没有在大路口罢了。

如果不是当地人，是不会知道这个小渡口的。

上了船后，郝立京舒了口气，拿出手机，拨打纸条上的那个手机号码。很快就接通了，电话那头传来一个明朗的男子声音："你好！是郝先生吗？"

"是我，李队长是吧？"

"对，我是李晓忠的堂弟李秋水，你们的事他已经跟我通过气了，正好，我就在贝壳镇办案，离你们那边很近，你现在在哪里？"

"我们在渡船上，马上就到狮子镇了。"

"好，我带人到狮子镇来接你们。"

电话挂断了，郝立京笑着对刘雪华说：

"这位李队长不愧是李校长的堂兄弟，他们说话口气都一样，他还说这是他应该做的。"

"西部人都很豪爽的，和你们东北人有得一拼。"刘雪华也笑道。她正用河水清理头发和衣服上的泥点，刚才那段路，让头一次乘坐摩托车的她吃了不少苦头。

郝立京看着渐渐接近的河对岸，宽阔的河床上是静静流淌的河水，清凌凌的，倒映着对岸小镇的建筑。大多是白色小楼，间或也有淡黄色或粉红色杂在里面，小楼规格不等，高矮不一，密不透风地紧挨着，鳞次栉比，错落有致。

可是，仔细一看，才能看到，有不少小楼已经被地震灾害破坏得斜倒睡歪了……

在微微起着波澜的水中，那些摇摇欲坠的小楼，还有被开膛破肚的山峦，也浸染上了水的翠绿，虽然平添了些许风致，但总感觉，水中的这个小镇云遮雾罩。

渡船在一道青石铺就的长长的台阶下靠岸了，郝立京扶着刘雪华跳上岸去。大概是因为昨夜的雨下得很透，所以那些青石都还湿漉漉的，泛着一种墨绿色。

石阶有将近五米高，近百个台阶，登上去，就到镇上了。

郝立京和刘雪华刚踏上这个江边小镇的街道，就被两名男子挡住了。

他们看到并不是很宽敞的街道一边，停着一辆挂警号的白色面包车。

看到这样的情景，郝立京明白了，这一定是镇上派出所的警车。也就是说，他们逃出来的消息，已经通过电话传到这个镇子上了。

　　"你们，跟我们走一趟。"那两名男子指着郝立京及在他身后的刘雪华和两位同样从渡船上下来的人。

　　这时候，从那辆面包车上下来了五个人。

　　郝立京不动声色，淡淡地问：

　　"凭什么？你们是什么人？"

　　一名男子亮出了他的证件：

　　"请你们跟我们到狮子镇派出所走一趟。"他又加重语气说："我是派出所王所长。"

　　郝立京看到了警官证上的名字，就问：

　　"请问王警官，你们凭什么要带我们去派出所？我们犯什么法了？"

　　"犯没犯法，去了你就知道了。"

　　"喂，有你们这样不讲道理的吗？平白无故抓人？"刘雪华气恼地嚷了起来。

　　"小刘，没事，我们跟他们走一趟，他们这也是执行公务，反正我们身正不怕影子斜，既然没做亏心事，也就不怕鬼敲门，派出所又不是什么龙潭虎穴，再说，这是一个讲法制的国家，王警官，你说对吗？"

　　"是，我们也是执行公务。"那位叫王一龙的警官被郝立京的一番话说得直发愣，完全没了之前的那股子蛮横劲头。

　　"他们和你们是一起的吗？"王一龙指着郝立京他们身后的那几个人问。

　　"不是，我们只是搭乘了同一条船渡河。"

　　"那好，你们跟我们走吧。"两名便衣警察一前一后，将郝立京和刘雪华带到了面包车前，一名便衣将刘雪华推进了车里，刘雪华硬生生地忍住了满腔怒火，她咬着嘴唇，两眼冒火地坐到了座位上。

　　郝立京看到她的模样，有些想笑，但并没有笑出来，只是在她的肩膀上轻轻地拍了一下。

　　郝立京他们被带到的地方，是一处还没有被地震毁掉的平房，虽然周围都是残垣断壁，但这间平房却安然无恙。

房间里摆放着凌乱的办公桌、歪斜的书柜和看不出是什么颜色的沙发。

所有这些陈列物上都积着一层厚厚的尘土，地上到处都是从屋顶掉下来的石灰块。

郝立京看了看窗外，问："这里是什么地方？"

"狮子镇派出所。"王一龙指着窗外不远处的那块牌子，"那上面不是写得清清楚楚明明白白吗？你以为我们会带你们去什么地方？"

"你们还在这里办公？"郝立京显然不相信。

"当然！"另一个人回答道。

"是吗？"郝立京冷笑了一下。

王一龙没有回答，胡乱地擦了几把沙发，对郝立京说道："你们坐吧。"

刘雪华毫不客气地一屁股坐下去，她把背包放在了膝盖上，然后开始用手指拨弄包上的金属扣环。

"据群众报警，灾区发生了一起诈骗案，请你们配合我们警方调查。"王一龙说。

半个小时前，李秋水的黑色吉普在距离狮子镇 10 公里之外的一处山坳里，遇上了从山崖上滚落下来的一块大石头，疾速行驶的吉普车来不及躲闪，被巨石砸中了车尾，车身被震起，直冲下山崖，带着沙石，翻了几个跟斗，最后落在了河滩上。车身严重扭曲，朝天的四个轮子还在旋转着……

这时，刚好是早上 9 点。

阳光也刚好透过稀薄的云层照进山里，那笼罩在青翠之上的乳白雾气，正在逐渐散去。

所幸的是，虽然车完全被毁了，但车里的李秋水和其他三名警员都幸存下来了。李秋水由于是坐在后座上，所以伤势较轻。他砸碎车窗玻璃，从车里爬了出来，第一时间打了 110 和 120 电话求救。眼前这情况，他是不可能去接应郝立京了，就又给郝立京打电话，但是拨了几遍没人接，再拨，竟然关机了。他感觉情况有些不对，就给李晓忠打过去："老哥，快，你那个朋友郝先生的电话打不通，你能不能想办法联系上他，跟他说我去不了了。"

"秋水啊，你怎么了？发生什么事了？"

"没啥，就是山体滑坡，我的车掉山底下了，我也光荣挂彩了。我给郝先生打电话打不通，担心他们出什么事了！"

"哎呀，我不能和他们直接联系，我把他助手的号码发给你。"

李秋水拿到刘雪华的电话后，立刻拨过去，可惜同样是没人接，随后便关机。他当即觉出不对劲，迅速地打出了另一个电话。

检查着郝立京他们的行李的王一龙开始冒汗了。他把两人的包翻了个底朝天，只搜出了些日常用具、化妆品及公司文件，刘雪华的相机里面只存着一些先前在临江师专和师生们的合影，没有一点点可疑的东西。而且，通过这番检查，王一龙也明确了郝立京的身份，这位年轻人原来是中国龙汽车销售公司总经理！

及时雨

静静地看着窗外的刘雪华突然动了一下，郝立京由于太关注捏在警员手中的电话而没能察觉。刘雪华透过窗外的断墙，看到了两辆切诺基警车停在了派出所外，紧接着，又一辆黑色越野警车从另一个方向驶来，就停在了切诺基的对面。

刘雪华紧紧地盯着这三辆车，只见一位中年男子从前面那辆切诺基上下来了，往越野车走去。

这时，王一龙的手机响了，他赶紧接起来，走到房间的一角，压低了声音：

"啊……张……是，我们已经检查完了他们的所有东西……我知道了，好，我马上给那边打电话。"

刘雪华看到从越野车上也下来了一个中年男人，由于距离有些远，这些人的面目都看不太清楚。

这些会是前来救他们的警察吗？她疑惑着，转头看了一眼郝立京，后者朝他坚定地点了点头……

派出所门外的两辆切诺基警车都来自桥口县，桥口县公安局局长张志松就坐在里面。他看到对面停了一辆高级警车后，就让同车的赵科长下去询问。

赵科长刚走到越野车前，从车上下来的人就冲他打起了招呼："你好，你们是桥口县公安局的同志吧？"

"是，你是……"

"哦，我是天康县公安局局长陈文胜，我们接到上头的命令，来这里接中国龙汽车集团公司的郝总经理。你们是不是也接到同样的命令了呀，也来这里接郝总经理来了？"

"这个……我们张局长就在车上，他应该知道吧。"

陈文胜大步来到切诺基跟前，并往派出所院内扫了一眼，看到了平房门口的人影，微微笑了笑，就大声地冲着车里的张志松说道："张局长，你辛苦了呀！"

"啊呀，是老陈啊！什么风把你给吹到这里来啦？"张志松看到陈文胜时，心中一惊，当下就起了疑虑，他一边不动声色地与陈文胜寒暄着，一边紧张地往院内看，心下埋怨王一龙办事效率太低，这么久了还没弄出个结果来。

"还能是什么风啊，中国龙汽车集团不是派出车队来帮咱们转移群众了吗，他们的郝总经理到这儿搞联络，我们是专程来接他的，他们的大部队就要返回辽海了。上头命令我们一定要把郝总经理安全送回康泰市。"

"中国龙汽车的总经理跑我们这里来了？我怎么不知道？"张志松揣着明白装糊涂，继续打着哈哈。

"不会有错，我们联系过了，郝总经理就在狮子镇，而且啊，就在狮子镇派出所里。我想是不是有什么误会啊？郝总经理被你们的人给扣起来了。"

"有这回事吗？"张志松的脸上已经有些挂不住了。

"哈哈，一定是误会了啊，人家郝总经理可是来帮助我们的，我们可不能这样对待人家呀，我们临江人最讲恩义，这种待客之道可不是我们的风格哦，难道说，这是你们特有的方式？"陈文胜观察着张志松的表情，笑眯眯地问道。

"狮子镇派出所的确是扣了两名外地人，但还没有确定他们的身份。最近这里发生了一起诈骗案，是两个外地人干的，由于性质恶劣，县里对这个案子很重视。"张志松给陈文胜递了一根烟后，自己也点上了。

陈文胜微笑着说道：

"哦？竟然有这样的事？这些人也太缺德了，竟然跑到灾区来行骗！"

"赵科长，你去问一下王所长，核实了那两个人的身份了没有？"张志松给赵科长使了个眼色。

不一会儿，郝立京和刘雪华就在赵科长及王一龙的陪同下出来了。赵科长一边走还一边对郝立京说：

"对不起，郝先生，是我们的人搞错了……"

"这是怎么回事？"张志松冲着王一龙质问。

"张局……我核实了他们的身份，他们的确是中国龙汽车的郝立京先生，以及他的秘书刘雪华女士，而且……"王一龙低下了头，声音也越说越小。

张志松到王所长跟前，低声问："是他们吗？"王所长马上摇头："张局，我们认真搜查了，不是他们。"

"你们是怎么办事的？他们根本就不是什么骗子嘛！郝先生，对不起啦！"张志松上前一步要和郝立京握手，但郝立京却很冷淡地说："先别说什么对不起，给点水喝吧！"

赵科长赶紧从车里取了一瓶矿泉水，递给郝立京，郝立京仰起脖子就灌下了一大半。然后他才长舒了一口气。张志松赶忙又解释：

"郝先生，都是我们的人办案不力，误会了你们……"

"没关系。身为公民我们有责任和义务帮助你们办案。只是啊，你们的办案方式要改一改啊，能不能稍微温柔一点？"

"是、是，你批评得是，我们一定改进。"张志松说着又狠狠地瞪了王一龙一眼。

接下来就很顺利了，郝立京坐上了天康县的警车，在张志松等人的目送下离开了狮子镇。

一离开那些人的视线，越野车就立刻加速前进。

郝立京拿回了自己的电话，首先就是开机，查询之前的那几个来电，果然都是李秋水打来的。

郝立京正准备回拨，陈文胜笑眯眯地从副驾驶上回过头来，对郝立京说："要给李队长打电话吗？不用啦，他现在大概也接不了你的电话。"

"李队长怎么了？"

"他在来接你们的途中遇到了山体滑坡，车被掀翻在山下，人也受伤了。"

"啊！"郝立京和刘雪华都为这意外的消息惊呼了一声。

"不过他们很幸运，一车三个人只有一人重伤，目前都送到医院救治了。你们就放心吧。"

"那陈局长你是……"

"李队长见他来不了，就给天康县公安局打电话求援。这不，我们立刻就赶来了，幸好来得及时啊。"

越野车并没有驶离狮子镇，而是拐进了镇边的一家饭店，郝立京有些吃惊，正想说我们不需要吃饭。陈文胜却指着院内停着的一辆车，对郝立京说：

"郝总，你看到那辆车了吧，等我们一起下车后，你们立刻上那辆车。"

郝立京怔了怔，但马上就明白了陈局长的用意。他点了点头：

"好的，谢谢陈局长。"

"不用客气，那辆车会直接送你们去西部省民权县。在那里，你就可以见到李队长了。"

"谢谢陈局长，我们一定还会有见面的机会的。"郝立京肯定地说。

"祝你们一路顺风！"陈文胜挥了挥手，警车快速地驶出了饭店后院。

"每个人都是懦弱的狮子。"专心开着车的司机突然说了这么一句，把刘雪华的注意力一下子就吸引过去了。

"这句话是什么意思？"

"就是说每个人都具备着狮子的勇猛和力量，但如果没有触发到那个机关，或没有到真正危急时刻，每个人又都是懦弱的。"司机解释说。

"嗯嗯，有道理。"

郝立京听着他们在前面聊开了，就闭上眼睛养神。

"郝总，有车跟着我们。"突然刘雪华把郝立京揉了一下，一双眼睛紧张地盯着后面跟上来的那辆中国龙牌越野警用车。

"小姐，你放心吧，那是我们的人。"司机看了看后视镜，笑着说道。

"啊？"

"那是天康县交警大队的车，我们局长让他们护送你们去西部省。"

"你们天康县的警车还是我们中国龙的车呢？"刘雪华嘻嘻笑道。

"是啊。"

"请问师傅贵姓？"

"免贵姓王，王世才，天康县公安局刑警队副队长。"

"哟，原来你是刑警队长呀！失敬失敬。"刘雪华笑道，"不好意思，我们还把你当司机了。"

"是司机嘛，我开车20多年了。"

"哈哈，也对。"

三人正在说笑着，突然从路边的一个小树林里冲出了两个人来，张着手臂就拦在了他们的车前。

得亏了刑警队长那20年的驾龄，一个急刹车，警车就在那两人面前停住了。

那两人蓬头垢面，衣衫被山里的荆棘挂得破烂不堪，直到他们走到跟前，郝立京和刘雪华才认出来，竟然是村主任佟发所和村民陈文芳！

佟发所看到了郝立京，擦了一把头上的汗，气喘吁吁地说道："郝先生，总算把你们等到了！"

"哎呀，你们怎么搞成这样了？"刘雪华赶紧从自己包里取出湿巾，"擦一擦，看，脸都被划破了呀。"

陈文芳用衣袖抹了一把脸，满不在乎地说："这点伤，没事！"

佟发所说："郝先生，我们就送你到这儿。"

"佟村主任，我们一定会支持你们灾区人民的。"

佟发所抹了把泪水，再次紧紧地握住了郝立京的手。刘雪华从包里取出了一沓钞票，要交给陈文芳，但被她推拒了：

"小刘你这是干啥呀？"

"你们太辛苦了，这些钱你们拿着，找个地方休息一下，吃点饭，再坐车回去吧，别走山路了。"郝立京也说道。

"我们不能要你们的钱！"佟发所也坚定地说道，"我们也不缺钱。就算我们真的很穷，也不能要郝先生您的钱呀，你们为了我们，差点都……"

看来他们已经知道了之前郝立京他们的经历。郝立京见这个状况，也就不再坚持。

"小刘，你和郝总赶紧走吧。"与佟发所他们告辞后，警车继续前行。郝立京对刘雪华说："我们要尽快赶回去。"

"这个你们就不用操心了，我们局长早就安排好了，等把你们安全送到民权县，那边就有车直接接你们去兰宁市机场，今天晚上就有飞北京的班机，机票已经替你们预留了。你们到了吃点东西后，立刻就可以上飞机了。"

"你们局长考虑得可真周全啊！"刘雪华忍不住赞叹。

"嘿，那倒是，我们的陈局长经验丰富，想当初他在缉毒大队当队长那会儿，在他的缜密布防下，没一个毒贩子能从他眼皮底下溜走，我可不是吹的哦！"

"我相信！"刘雪华笑道。

父亲的电话

到了民权县后，郝立京他们先去医院探望了李秋水，向他表示感谢。然后乘上了陈文胜局长安排好的车前往西部省省会兰宁市，在路上，郝立京给父亲郝祖国打了个电话。

没等郝立京开口说话，郝祖国的咆哮就从话筒里传了过来：

"你小子总算知道打电话啦！无组织无纪律！擅自脱离大部队，你这两天到底跑到哪里去了！不但音信全无，还给我关机！你知道不知道，全家人都为你急死了，你也不替家里的老人和你媳妇想想！"

"爸……对不起，发生了很多事，一时半会儿也跟你说不清楚，等我回去后再跟您解释好吗？"

"你最好现在能跟我说清楚，你都干了些啥！"

"爸，你放心，也请你相信你的儿子，我绝对不会做对不起你或有损公司利益的事。"

"你这小子，我还不知道你，一定又是跑到哪里去管事了。"郝祖国的语气总算缓和了下来，带着点心疼地埋怨。

最后，他对儿子轻声斥责，"就算你去做好事，也要和家里保持联系啊，你这样……"

"不是我不联系，实在是情况特殊嘛。"郝立京也完全是一个儿子的模样，跟父亲撒着娇，"爸，你就别骂我了，慧思她没事吧？"

"也没什么，我只能告诉你她住院了，其他的等你回来就知道了。"

"我今天就飞北京，如果没出状况，明天应该就能回家了。慧思住院了？为什么？"

"还能为什么？你已经做爸爸了……几天没有音讯，怎么又突然这么快要回来？"

"有紧急情况嘛，对了，爸，帮我跟路书记说一声，我有要事要找他，我到了北京就给他打电话。"

"你这小子怎么越来越没规矩了，竟然让一个市委书记等你的电话！"

"爸，真的有急事，而且不是我一个人的事。爸，您就帮我这个忙吧，我相信路书记绝对不会怪我的。"

"你啊……我知道了。我会派人到北京去接你们。还有……"郝祖国的语气有些迟疑，话只说了一半就又收了回去。

"爸，还有什么事？"郝立京紧追着问。

"算了，你先回来吧。"停顿了一下，郝祖国又说，"你要有心理准备。"

"啊？什么心理准备？"

"我们都在等着你回来，立京。"父亲低沉的声音消失在一串忙音中。

郝立京怔了一会儿，抬起头时，撞上了刘雪华投射过来的关切的目光，就对她笑了：

"小刘，马上就要回家了，你辛苦了，谢谢你一路陪着我。"

"那是我自愿的，你别谢我！"刘雪华飞快地说完，转开了脸。

郝立京意识到家里发生了什么事，从父亲之前和后面的态度转变以及他的声音里，能感觉到一些异样。

他努力让自己不往坏处想，他想，既然父亲说慧思没事，还说自己已经是爸爸了，这就说明慧思在医院是平安的。

他强压住给妻子打电话的欲望，手机显示电池容量的那个小格里只剩下一点点绿色了。

望着手机，他心里烦乱着，难以平静。

他默默地在心里念着：

老婆，你和我们的宝贝都一定要平安无事啊，我知道我无论作为你的丈夫还是孩子的父亲，都是失职的，但请你原谅我，因为在这个世界上，最了解我的人就是你了，你答应过我要陪我一辈子，可不能骗我啊……

到最后，郝立京双手合十，向那位在云朵后某处的母亲祈祷，祈祷她能保佑他的妻儿平安。

可是，家里究竟出什么事情了呢？

或许并不是坏事，而是好事，郝立京自嘲地笑了一下，什么时候他也变得这么多愁善感起来了呢？这样的思考方式实在不符合他的一贯风格。

　　由于道路平直，车速也很平稳，刘雪华再次回头时，发现郝立京已经靠着椅背睡着了。

　　一个年近三十的男人，令人意外的是，竟然有孩童般的睡颜，刘雪华痴痴地看着他，都呆掉了。

女人的第六感

罗绮轻轻地推开门，看到郝慧思正凝望着窗外出神，刚出生的小婴儿安静地躺在她的枕边，睡得正香，还不时地从襁褓里发出来一点小小的呼噜声。

罗绮走到床边，将手伸进襁褓，试了一下小婴儿的温度，然后对郝慧思说："你也睡一会儿吧，这个时候要多休息，别让身体亏下了。"

"妈……"郝慧思这才发现站在床边的罗绮，她有些羞涩地笑了笑："我没事。立京有没有消息？"

"就知道你在挂心这个，刚才你爸打电话来了，说立京今天晚上就能回来，这会儿大概已经到北京了。"

"真的？"

"还会骗你啊！等那个臭小子回来，你要好好地骂他。他也太不像话了，老婆要生了，他却跑得不见影子了，这是要当爸爸的人吗？"

"妈，你别怪立京，他一定是被什么事给绊住了，只要他平安就好……"郝慧思的声音哽咽着，泪水没能忍住，簌簌地落了下来。罗绮看得心疼，越发怨责那个不负责任的亲生儿子，她拿纸巾帮郝慧思擦泪，柔声劝慰："快别哭了，伤身子，我知道你委屈，你舍不得骂，我骂，怎么着他也还是我的儿子。"

郝慧思摇摇头："我不觉得委屈，妈，我只是很害怕……不知道为什么，这个孩子落地的一刹那，我感觉到的并不是解脱的轻松和做了母亲的喜悦，我那时突然就觉得很伤心很伤心，好像有一个重要的人离开我了，那是一种生命的交替，一个生命诞生了，另一个生命却消失了……所以我很害怕是立京出了什么事……"

罗绮看着郝慧思那张憔悴了的脸，动了动唇，终究还是没有说什么，她帮助郝慧思把头下的枕头往好里整了整："好啦，立京一点事没有，你该安心休息了，现在就睡吧，等你再睁眼时，他就会在你的眼前了。"

郝慧思温顺地由着罗绮帮她整理好被褥，也听话地闭上眼睛静静地躺好了。等罗绮喂完孩子准备出门时，她突然睁开眼，黝黑的眸子直直地望着罗绮："妈，我怎么没看见我爷爷？"

罗绮欲言又止："……"

"我和立京商量过了，要让爷爷为我们的孩子起名字呢。"

与此同时，郝立京和刘雪华已经在首都机场下了飞机。下飞机后，她们并没有出机场，由于路鸣要郝立京回辽海后详细向他汇报救灾的有关情况，所以他们决定当即就返回辽海。郝祖国派来北京接他们的是销售公司副总经理刘永行和办公室主任魏红元。他们订好机票后，在机场咖啡厅里休息。

见面后，郝立京仔细询问了刘永行关于车队返回的情况。听了刘永行的汇报后，知道车队已经将临江师专的孩子们全都安全转移了，郝立京心头的一桩事总算是放下了。然后他问："总公司那边有什么大的动向吗？"

刘永行沉吟了一下，说道："郝总，我们不仅是来接你们回去的，而且，我们还带来了两个重大的消息。"

"两个什么消息？是好消息还是坏消息？"郝立京立刻警觉地问道。魏红元在一旁欲言又止，刘永行犹豫了一下，说道："都有。"

"那就先报告好消息。"郝立京急切地催促道，"你快点啊！"

"郝总，这是一个天大的好消息啊，北京奥组委已经批准了我们中国龙汽车的所有宣传计划。"

"呵，那可真是好消息，快说给我听听。"

"北京奥组委不但批准了你提出来的'中国风采'车队等四个宣传车队，而且还同意我们中国龙汽车冠名呢！也就是说，'中国风采'车队就变成了'中国龙风采'车队了。"

"这个车队展示的是中华民族5000年的悠久历史和灿烂文化，放上'中国龙'的字样，更能体现我们中国崇拜'龙'的韵味啊！"郝立京点点头，虽然疲惫还遗留在脸上，但眼中的光芒已经使得他看上去神采飞扬了。

"路鸣书记说，'人文风采'车队应该变成'中国龙人文风采'车队，我们派员抗震救灾，体现的就是一种人文关怀精神。"

　　"路书记说得对，突出人文奥运的理念，表现奥林匹克的精神，倡导人们陶冶情操，实现人的身心和谐发展，展示精彩纷呈的多元文化，展现中华儿女和谐至美的优良传统。我们以实际行动诠释了这种精神。"

　　"如此说来，'中国龙时代风貌'车队就更能表达我们中国人自强不息、奋发有为的精神风貌了！"刘雪华也说道，毕竟她也是这项计划的参与者，听到这个消息后，也显得十分激动。

　　"还有我们中华儿女积极进取、昂扬向上的朝气和活力，以及与世界人民共同追求和平、友谊、进步的强烈愿望。"

天大的好消息

办公室主任魏红元见他们三人满面红光，情绪激昂地讨论着这个话题，甚至引来了旁边的人观望。魏红元没参与这项工作，她插话问道："郝总，那'中国龙大众参与'车队所展示的又是什么呢？"

"'中国龙大众参与'车队要展现的是占世界人口五分之一的十三亿中国人民和广大港澳台同胞和海外侨胞积极参与奥林匹克运动的风采。北京奥运会既是在世界人口最多的国家举办的一届奥运会，也会成为人民群众参与程度最广泛的一届奥运会。"郝立京侃侃而谈。

魏红元点点头，她颇有些感慨地说道："郝总，你当时组建车队时，我担心的是，如果北京奥组委不批准我们的宣传方案，我们这不是劳民伤财吗？我真的没想到会有这么出人意料的结果。哦，不，不应该是出人意料，我想，这一切应该全都在郝总你的掌握之中。"

"哈哈，你过奖了，我并没有那种自信，对于这个计划成功与否，你以为我就不担心吗？我只是相信事在人为。"

魏红元又摇了摇头："我绝对不是奉承郝总，郝总虽然比我们几个都年轻，但是，郝总总有一种高瞻远瞩、'一览众山小'的气概！"

"魏主任，你这还不叫奉承叫什么？我哪有那么伟大啊，你快别说了，不然我会羞愧的。"

听了这话，大家都哈哈大笑起来。笑毕，刘永行又问道："郝总，你为什么就知道北京奥组委一定能批准我们的报告？"

"不，当时我也没有百分之百的把握。为此我还做了B计划和C计划。B计划是四个车队不打'中国龙'字样。C计划是如果北京奥组委没有批准我们这个方案，那我们就在辽海市进行，只不过宣传力度相对小一点而已。"

"但是，我们的目的同样能达到。"刘雪华补充道。

"是啊，目的是达到了，但是，我们是商人，在商言商，如果我们的四个车队进不了北京，我们追求的效应就大打折扣了。"

众人都点了点头，表示赞同这个观点。沉吟了一会儿，郝立京问刘永行："那么，这个好消息听完了，你该告诉我另外一个消息了吧？"

"啊……"刘永行有些紧张地坐直了身子，"是，郝总，还是一个天大的好消息。"

"嗯，你先别说，让我说。"郝立京将手伸到刘永行面前，笑着说道。

"郝总你知道啦？"

"就直截了当告诉我，慧思给我生了个姑娘还是儿子？"

"哈，恭喜郝总，慧思给你生了个大胖小子！"

"哦，这个也让我猜中了，我还希望我的预测是错误的呢。"郝立京轻叹了一声，"要是女儿该多好啊！"

"咦？郝总喜欢女儿吗？"魏红元惊讶地问。

"那当然，如果是个女儿，一定是她妈妈的翻版，你想啊，在我身边有两个慧思，一个大的一个小的，那我该有多幸福啊！"

其他三人都目不转睛地看着已经陷入陶醉状态的郝立京，虽然他们的这位"头儿"平素里亲切随和，从不摆官架子，但他也不会轻易表露出私人情绪。眼前他这种"老公相"，实在让他们感到有些意外。甚至可以说，他们在他身上破天荒地看到了那种毫不掩饰的"小男人"模样……

"郝总，你……你对慧思的爱。我们都羡慕得不得了。"魏红元惊愕之余，感叹说。

"我也深有同感。"刘永行很郑重地点着头。

差不多到了登机时间，四人有说有笑地上了飞机，除了刘雪华的情绪有些反常外，其他人都还保持着刚才的那种欢愉，也继续着之前的话题。等飞机起飞了，郝立京突然转了话锋，问刘永行："刘副总，你不是说好消息坏消息都有吗？可到目前为止我似乎听到的都是好消息呀。"

刘永行脸上的笑容凝滞了，连他的身体也一并僵直在了那里。

"告诉我吧，不管什么消息我都有足够的心理准备了。"郝立京说道，"董事长之前在电话里已经提醒过我，所以你现在说出来没有关系。而且，我想董事长专程让你们来接我，需要提前告知我的消息应该是你最后并没有说的消息。是坏消息是吗？有多坏呢？在确定了妻儿平安后，我再想不出还有什么消息是需要以如此慎重的方式来告诉我的。"

"郝总……"

"说吧。"

"是这样的，就在郝总你的孩子出生的那天晚上，黑一海总裁突然心脏病发作，因抢救无效，于凌晨3点50分逝世了……"

"爷爷……不……这不是真的……不……"郝立京万万没有想到，竟然是这样一个坏消息。黑一海爷爷是他心目中的一座山，现在山坍塌了……

"同一时间，同一家医院，郝总，你的孩子就是在那一刻降生了。"刘永行神色黯然地说道。

爷爷去哪儿了

清晨的阳光透过白色窗帘照进了病房，在白色病床上洒上了一层金色的光芒。

床上的新生儿和新母亲都睡得很沉，新生儿脸上细细的绒毛在阳光下闪闪发光。

大概门被推开时的响动惊醒了郝慧思，她皱了皱眉头，睁开了眼睛："妈，立京他回来了吗？"

郝慧思睁开眼，首先问的就是这样一句话。

罗绮怔了怔，看看表，说：

"他们是早上5点半的飞机，现在应该已经到辽海机场了，再过半个小时，你就能见到他了。"

"哦……"听到这样的消息，郝慧思非常欣慰。

她望了望睡在一边的儿子，又疲惫地闭上了眼睛。

可是，她突然又想起了自己的爷爷。

"妈，你说爷爷去德国了，他为什么走的时候都不跟我打个电话呢？"郝慧思喃喃地问道。

"当时你都进产房了，他怎么跟你打电话呀？"

"什么事要他走得这么急，也不等着他的重孙子出生了再走？"

"我也不知道……大概是德国公司那边有什么急事吧。"

"嗯……爷爷他也很遗憾吧……他一定是希望早一点看到他的重孙子，是吧？妈，你看这孩子多像他曾爷爷呀，尤其是这额头……"

"是啊，是很像他曾爷爷。"

罗绮和郝慧思的目光都落在了酣睡的婴儿脸上，小小的婴儿皮肤还遗留着紫红色的印记，却有着一头漆黑浓密的胎发，眼睛紧紧地闭着，鼻子也皱出许多小小的细纹来，粉红的嘴不时会向两边歪斜一下，跟着脖子也会动一动。那是人的天性，也是生存的本能，他在寻找食物呢。

罗绮去用开水烫热奶瓶，然后将奶嘴塞进了婴儿的口中，婴儿马上开始吮吸起来。

郝慧思在一边，怔怔地看着，笑了：

"这小家伙可真能吃。"

"能吃才长得壮呀。"罗绮也笑了，手指轻轻地在婴儿的小脑袋上摩挲着。

"妈，我什么时候能奶他？我的胸脯都涨坏了……"她说着把自己本来就很高的胸脯又挺了一下。

"至少要等你不输液了。别急，到时候有你喂的，所以啊，你赶紧好好休息吧，把体力恢复好，你也就这两天时间清闲了，他要是开始吃母乳，你就连睡觉的时间都没了。"

"嗯，没关系。"

"还早呢，吃点稀饭后，我帮你挤一挤奶，然后你继续睡吧。"罗绮放下孩子，手中的奶瓶已经空了，"你看这小家伙，吃饱就睡，多幸福。"

"是啊，他最幸福了。"郝慧思伸了个懒腰，坐起身来，"妈，我的手机放哪儿了？我要给爷爷打个电话。"

罗绮正在卫生间里洗奶瓶，一听到这话，奶瓶从手中滑落，掉在了地上。

奶瓶被摔碎了，郝慧思听到声音，又问了一声：

"妈，怎么了？"

"没……没什么。"罗绮连忙蹲下身去收拾破碎的玻璃片，却不小心割到了手。她将流血的手指含入嘴中，泪水却啪嗒啪嗒地掉在了地上。

郝立京一时间无法相信刘永行告诉他的这个"坏消息"，他拒绝接受黑一海已经去世的事实。

他喃喃地说：

"不可能，爷爷已经答应了我，他要陪我一起带领车队去北京参加奥运呢，他怎么会……这不可能！"

"郝总，请你节哀顺变，事情已经这样了……总裁他走得很安详，你就不要……"

"我知道……呜……"郝立京捂住脸，失声痛哭起来了。

他现在总算是明白了，父亲话语中不平常的停顿，还有他语气里的深沉责备，原来，这一切都是因为爷爷永远地离开了自己。

爷爷走的时候，他不但不在爷爷的身边，而且还是在他完全不知道的情况下。

他已经能够想象，当时父亲为了能够和他取得联系是多么的着急，而要告诉他这个不幸的消息的心情又是多么矛盾。

这个突如其来的噩耗无论如何他都难以承受，他的心理准备根本不够。

"怎么会是黑一海爷爷呢？"在中国龙汽车救援队出发开往临江的时候，爷爷还到广场来送他，拉住他的手，反复叮嘱他，要他一定要小心。

想来，那时爷爷的态度就已经和平常有些不一样了，也似乎是预感到了那将是他们祖孙的最后一面。

握着他的手，爷爷似乎在颤抖，眼中的不舍让他也有些挪不开脚步。爷爷在那个时候，已经知道了自己的身体情况了吗？

"不……"郝立京又一次无声哭泣起来……

刘永行不知道该怎么安慰他的总经理，只能默默地看着他流泪。

空姐大概注意到了，走过来几次询问需要帮助吗？刘永行连忙摇手："让他哭一会儿就好了。"

而在他们的后座，刘雪华甚至比郝立京哭得还凄惨。

她哭了，但更多的是在为郝立京哭，也为她自己哭。

从他们坐上飞机的那一刻起，她就知道，她的梦结束了。

尽管这一次的冒险之旅是她自作主张跟着郝立京去的，也让她吃了不少苦头，但却依然甘之如饴。

事实上，有很多时候他们真的只有彼此，他们是彼此唯一的依靠。

她可以毫不掩饰地注视着他，亲近他，甚至，在表象上占有他。

真的就像是一场美梦，意乱情迷，如痴如醉。然而，就在郝立京充满甜蜜地谈起郝慧思的时候，这个梦碎了。

一切又恢复了原样，什么都没有改变。只是留在心底的那道伤痕，越发深了。

大概，她可以将这三天两夜的经历珍藏起来，用一生去追忆。她想，已经够了。

逝去的，不只是人的生命，还有感情。

她要亲手扼杀自己的感情，让自己彻底了断对这个男人的思念，她不知道自己是否能够做到。所以，她哭泣，她提前哀悼着自己即将逝去的爱。

坏得不能再坏的坏消息

飞机在辽海机场平稳降落后，郝立京昏沉沉地下了飞机，他对刘永行说："我爷爷现在在哪里？我要去看他。"

"郝总，黑先生的追悼会安排在今天上午 10 点，在西山陵园礼堂举行，省市领导都会参加。现在时间还早，你是不是先去医院看一下慧思，还有你刚出生的儿子？"刘永行好言相劝。

"不，我要去先看爷爷！"郝立京就像是任性的孩子一样，冲着刘永行大发脾气。

"郝总，你别对刘副总发脾气呀，他说得很对，你现在去西山陵园，也见不到爷爷，还是先去医院吧。"刘雪华已经让自己恢复了常态，尽管她的眼睛还很红，但她已经将自己回归到郝立京秘书的位置上，她要恪尽职守，为总经理处理一些相对棘手的问题。

"我……"郝立京有些茫然地抬起了头，看了看四周，又看了看身边的刘雪华和刘永行他们，喃喃地说："慧思……哦，行，我先去看慧思，还有儿子……"

放下看爷爷的念头后，郝立京的心里就剩一个目的了。那就是马上到郝慧思的身边。此时此刻，他就像是个不小心走失了的孩子，恐慌，害怕。只有妻子的身边，才是他感到最安心也最安全的地方。

"怎么回事？你们还待在这里干什么？"一个低沉也严厉的声音在他们后面响起，刘永行一个激灵，连忙回答："董事长，对不起，我们……"

郝祖国摆了摆手，走到了儿子身边："立京，你总算回来了。"

"爸……"郝立京见到了父亲时，居然还有些发愣。

"跟我来吧。"郝祖国伸出有力的臂膀，揽住了儿子突然间显得有些单薄的肩。"爸，我该去医院，看慧思……慧思她需要我……"郝立京喃喃地说道，"可是我又想去看爷爷，我……"

"我知道,我知道,不过现在你两个地方都不能去。"郝祖国说道,"慧思那边你过后再去,她不会怪你。而且你现在这个样子,也不能去。"

郝立京有些迷茫地抬头看他的父亲,郝祖国又继续说道:"关于你爷爷的事,我们还没有告诉慧思。她刚生了孩子,身体还很虚弱,不能经受这样的打击,所以,你作为一个男人,在这个时候尤其要负起你应尽的职责,你现在不仅是她的丈夫,还是她的依靠,是她的精神支柱。你懂我的意思吗?"

"我懂了,爸。"郝立京坚定地点了点头。

"很好。我们先去你奶奶那里。"

"好的,爸。"

最大的心愿

吴飒飒站在窗台边往花瓶里插着鲜花，郝立升一直围绕在婴儿旁边问这问那的，对这个新生命充满了好奇。郝慧思耐心地回答着他那些稀奇古怪的问题，心里也在想着，身边这个小小的婴儿什么时候也会长到立升这么高，精力像郝立升一样，对这个世界充满了好奇和疑问。

将花插好后，吴飒飒把多余的枝叶扔进垃圾桶。然后走到了床边，看了一会儿小婴儿，问："慧思，孩子出生的事，告诉你妈了吗？"

"我……还没有。"

"我打过电话了。"罗绮说道，"等你出月了，我们带着孩子去看看她吧。"

"嗯。"郝慧思低下头，应诺着。尤其是这个时候，自己的母亲没能陪在身边，对于郝慧思来说，是无法弥补的遗憾。那甚至要比丈夫不在身边更令她难过。最后一次去探监，是临产前的一个星期，魏轶力看到她吃力地腆着大肚子，就对她说："你别再来了，这样对孩子不好。"

"没关系的。"郝慧思无所谓地笑道。

"什么没关系，你以为这里是什么地方？"魏轶力生气又悲哀地说道，"让孩子知道他有这么一个姥姥，不好。"

"妈……"

"我说的是真的。"魏轶力痛苦地说道，"你们就当没我这个人了吧。"

"妈你又说气话了。"郝慧思能理解魏轶力说这种话的心情，所以她并没有在意。

"慧思，妈对不起你……你生孩子的时候，妈不能陪着你……好在你的婆婆对你很好，我也就放心了。"

"妈，婆婆是好，可是我总是希望你也在场啊！"郝慧思说着眼睛也有点红了，"所以你快点出来吧，你的外孙子也要在姥姥怀里撒娇呢。"

魏轶力只是呆呆地看着郝慧思，什么都没说……

现在，孩子出世了，再加上婆婆这样说，慧思自然而然就想起了亲妈。郝慧思感激地看了一眼婆婆，然后扭头对着摇篮里的孩子说："小宝贝，你快点长大，长大了我们去看姥姥好不好？"

罗绮和吴飒飒相视了一下，两人的眼眶都有些红……吴飒飒为了避开这个话题，就过去逗着婴儿："呀，看他在笑哎，你看你看……这眼睛，这嘴巴，真像妈妈，长大了一定是个美男子。"

说完吴飒飒又问郝慧思："慧思，你爸爸来看过孩子了吧？"

"看过了，说一点都不像他。"郝慧思笑道，"我发现我爸越来越像个孩子了。"

"人都是倒着活的。"吴飒飒也笑道，"尤其是男人，立升他爸爸还不是一样。"

"立升他爸爸呀，只说心境的话，那倒真是个孩子，他不是倒着活，他是一直就没长大呢。"罗绮笑道。

"绮姐你说得太对了，其实是郝家的男人都有孩子心性。"吴飒飒虽然在辈分里是长着罗绮的，该被罗绮称嫂子，但由于年纪的关系，所以她们之间并没有按习惯去称呼彼此。

"孩子爷爷还没给自己的孙子起名字吗？"吴飒飒问道。

罗绮给吴飒飒使个眼色，示意她不要再谈这个话题："没，等立京回来了再说吧。"

"我们的宝贝要让曾爷爷起名字呢。"郝慧思甜甜地笑道，用手指逗弄着婴儿的下巴，"不知道曾爷爷会给你起个什么样的名字呀，妈妈好期待哦。"

吴飒飒立刻明白了罗绮制止她的意思。

考虑到郝慧思的身体状况，大家都约定不把黑一海去世的事告诉她，至少等到她出院了，再找机会让她知道。所以都尽量避免这方面的话题。

聊了一会儿，吴飒飒看了一下表："哟，时间过得还真快，我们得走了。立升，和你的小侄儿说再见吧。"

立升很骄傲，他这个年纪就当叔叔了，虽然并不是很能理解这种辈分关系，但他也充分地感受到了一份自豪。

他爽朗地答应了一声，取了自己的小书包背上，然后跟小婴儿和郝慧思再见："小侄儿再见，慧思姐姐再见！"

"立升再见！"郝慧思笑着和立升挥手，"星期天你还要去上学呀，小立升真勤奋。"

"慧思姐姐，我不是去上学，我是要去送爷爷。"郝立升解释道。

吴飒飒和罗绮的脸色一下都变了，两人都紧张地盯住了郝立升和郝慧思。果然，郝慧思问了："你要去送哪个爷爷呀？"

"我要和妈妈一起去送黑一海爷爷。"

"黑一海爷爷？"郝慧思抬头看了一眼罗绮和吴飒飒，就又继续问郝立升，"你要到哪里去送爷爷呢？"

"西山陵园。"

郝慧思的脸一下子变得苍白，她摇晃了一下，但还是用两只手臂支撑住了身子，没有让自己倒下去。

罗绮快步走过去，扶住了她："慧思……"

"妈，我没事。"郝慧思深呼吸了一下，马上知道是怎么回事儿了。

原来自己的爷爷已经走了……

为了不让婆婆和二婶难过，她强忍着心中剧烈的疼痛，朝立升挥挥手："那立升也代姐姐去送爷爷吧。拜托你了。"

"好的。"郝立升说完，刚一转身，突然捂住了自己的嘴，"哎呀不好！"

吴飒飒无奈地摇摇头："是不是忘了妈妈跟你说的话啦？"

"妈妈对不起！"郝立升赶紧道歉，"我不该跟姐姐说爷爷的事，我忘了！"

"唉……"吴飒飒歉疚地看着郝慧思，"抱歉，慧思……大家并不是故意要瞒着你，而是担心你呀……"

"我知道……"郝慧思似乎被抽去了全身的力气一样，软软地靠在了罗绮身上，好半天，泪水才从她的眼眶里滑落。

在罗绮的示意下，吴飒飒带着郝立升悄悄离去了，罗绮无声地陪着郝慧思，让她尽情地流泪，把心中的悲伤发泄出来。

等到郝慧思平静下来，罗绮告诉了她黑一海去世的经过。

听完罗绮的讲述，郝慧思让罗绮把婴儿抱到她怀中。

她将脸埋在孩子温暖的襁褓中，嘤嘤哭泣，她的预感是那么强烈，就在孩子降生的那一刻。

大概，是爷爷的灵魂在那一刻到了她的身边。

在她独立且自由的岁月里，她从没有这么依恋过一个人。

此刻，她是那么强烈地需要自己的丈夫啊，她需要郝立京坚实的臂膀，需要他能陪在她的身边，她可以在他的怀里尽情地哭泣："立京，你在哪里，你怎么还不回来，我需要你啊……你这个坏蛋……立京……"

哀 悼

虽然眼下已是初夏天气，但山上凉风习习，空气里带着一点寒意。

陵园中就像是丛林一样的墓碑漫过了半个山坡，灰色的，或白色的，间或能在某一块墓碑前，看见一些新鲜的花或者是枯萎了的花。在山坡的最上面，是茂密的松林。

置身墓地，就能够听到松林送来的隐约的涛声，侧耳倾听，很像是人在哀哀恸哭。

这里是辽海最寂静的地方，也是辽海最大的陵园。

陵园最北面，新添的墓碑前铺着一块绿色的毯子，章小凤盘腿坐在上面，骆子则在一边抛撒贡品。

章小凤正在和墓碑上黑一海的遗像说着话呢。照片是黑白的，黑色的衣服，白色的头发，黑一海明朗的五官里透着一点点的悲伤。章小凤用手绢擦着眼角，骆子忙完后，又默默地在墓碑前面的一个硕大的香炉里燃着黄纸。

章小凤喃喃地诉说着，声音里带着抽泣："大哥啊，你怎么就先我们而去了呢？你不是答应我，要喝我和骆子哥的喜酒吗？"

郝祖国、郝立京父子，郝设华一家人，以及眼圈黑黑的郝建华，都静静地站在后面，每个人都带着不一样的悲伤表情，凝视着墓碑上的那个人。

"大哥，今天晚上，我和骆子哥一块来陪你，跟你说说话，唠唠嗑……"

太阳不知道什么时候已经躲进了云层，天色开始渐渐暗了下来。郝祖国走到章小凤身后："妈，不早了，我送你和骆子叔回家去吧。"

章小凤一动不动。

"妈，山上风大，你的身体要紧……"

"我知道。"章小凤说，"让我再坐一会儿。"

"妈……"

郝立京似乎在这个时候才回过神来，他蹲下身去，轻轻扶住章小凤的肩："奶奶，你别难过了。"

"我……我怎么能不难过啊！"章小凤一把抓住郝立京的手，"立京，你听奶奶跟你说啊，你黑一海爷爷，可是我的救命恩人哪！如果不是他救我，哪里会有你啊？"

郝立京点点头："奶奶，我知道。"

"想当初，我被孙大峰陷害，差点就被日本人给抓了去，是你黑一海爷爷急中生智救了我，可我那时候脑子里一团糨糊，分不清好坏，还拿管钳把你黑一海爷爷的腿打断了！呜……"

"奶奶，我告诉过你，我黑一海爷爷一点都不记恨你。他说，那时候的奶奶以为他是日本人。所以他说，换成是谁，也会那样做的。"郝立京安慰道。

"你黑一海爷爷真是个大好人啊！立京啊，你要记住，做人就要像你黑一海爷爷一样，顶天立地，坦坦荡荡。大哥啊……自从我惠子姐走了以后，你一直都是一个人，我们什么都帮不了你，还让你半生漂泊在外，好不容易回来了，却没过几天好日子，我们愧对你啊……大哥啊……"

"奶奶……"

"现在好了，你也抛下我们走了，惠子姐一定在等着你，你们两口子总算是又在一起了……是的，我不该哭的，可是我这心里啊，就是难过啊！大哥，你一路走好……"

接下来，章小凤又拉着郝立京的手，叙说着多年前的那些往事，她说着那些屈辱而苦难的岁月，日本人侵占了辽海，在中国人的土地上为所欲为。她唯一的姐姐被日本人糟蹋了，因为不堪凌辱自杀了。她那时候有多恨日本人啊！

可是，为了能够生活下去，她最后还是去了日本人的工厂。

也是在日本人的工厂里，她才得以认识了骆子和黑一海大哥，只不过一开始她以为那个年轻的大总管是日本人，背地里还骂过他。

那时候虽然很辛苦，但那段日子对于她来说却是平静而幸福的。她说起那一次的撒尿比赛，她在骆子的帮助下，不仅渡过了难关，还把尿撒在了黑一海大哥的头上。

说到这里，章小凤含着泪笑了：

"大哥，你没忘了吧？我那时候可不是故意的哦，大概也是一种缘分吧，你说是不是啊？大哥……"郝立京握着章小凤的手，也笑了。

大哥呀，那一年，你为了保护我，把我的手指头砍掉了，那可真痛啊，我差点没痛得死过去……

我哪知道那是你在帮我啊，我可是把你恨死了，恨不得把你所有的手指头包括脚趾都砍下来，也让你尝尝那种十指连心疼的滋味。

真的，那时候的我什么都不知道，还一个劲儿在心里诅咒你，把所有对日本鬼子的恨全都加在了你身上……

大哥，你不会怪我的，对吗？是啊，你从来都没有怪过我，就算我把你的腿打断了，你还在替我着想。

住在医院里，你想的还是怎么保住我们的工厂……

你的心里从来都只装着别人，装着你的理想，装着整个国家。

别人不知道，我知道，你比谁都爱这个国家，大哥……

章小凤的手抓得郝立京都有些发麻了，郝立京知道章小凤内心的激荡，也就没有动，听她继续说下去。

大哥，是我们对不住你，没能救得了惠子姐，眼睁睁地看着她走了……

大哥呀，你的心里头苦哇……

你的苦啊，我都知道，我全都知道……

那时候，虽然郝家人都知道黑一海为什么会离家出走，在异国他乡漂泊了大半生，但现在重新听到章小凤的絮叨时，还是心有戚戚，忍不住落泪了。

也许没有那样的遭遇和经历就不会有之后的黑一海，但是多年来积压在黑一海内心的寂寞和惆怅却是难以排解的。

他一直孤身一人，就算回国后有了儿孙的陪伴，但他的灵魂依然还是孤独无依的。

在他心脏病发作的时候，他的身边，连一个亲人也没有……

章小凤凄楚哀婉的述说，触动着每个人的心灵。

大家或愧疚，或遗憾，或哀痛莫名，或怅然若失。

从山下和山上吹来的两股风在这里碰撞，形成了涡旋，卷起了每个人的衣衫和头发，也带起了香炉里的纸灰和那些干枯了的花瓣枝叶。

他们脸颊上的泪水被这样的风吹干了，只剩下了含在眼眶里的湿润。

此时此刻，章小凤的头发也被风吹乱了，但她的心情却渐渐平静了。恍惚中，石碑上的那张照片，微微地朝她笑了笑。

直到风越来越大，紧接着雨来了，章小凤才在郝祖国等人的劝说下离开了陵园。

郝立京是最后一个走的，他对父亲说他要再待一会儿，郝祖国没说什么，只是留下一句"慧思还在医院等着你哩"，就走了。

郝立京跪在墓碑前，喃喃地说道："爷爷，你不仅是我们中国龙汽车的缔造者，也是我们中国汽车业的功臣啊……爷爷，你就放心走吧，我们中国龙汽车忘不了你，中国汽车工业也不会忘记你……爷爷，你放心，我和慧思会继承你的事业，将我们的中国龙汽车发扬光大，让中国汽车工业屹立于世界之林，中国龙汽车这个名字将被世界叫响……

"爷爷，你为什么这么早就离开我们了，我还有很多东西要向你学习，不光是关于汽车的，还有关于怎么做人的，我在你身上看到了一个中国人最优秀的品质，你是我的榜样……爷爷，你教导过我的那些道理，我时刻铭记在心，从不敢忘，以后也请你继续鞭策我，督促我，你永远都会活在我的心中……

"爷爷，慧思是你唯一的孙女，也是你赐给我最珍贵的宝物，我会好好爱她照顾她，与她相伴一生，你就放心吧，也许我做不到像你对惠子奶奶那样的深情，但我会努力不让她受委屈，我不敢保证不伤害她，但我可以发誓绝对不背叛她，她将是我此生唯一爱的女人……

"爷爷，我会想你的，慧思也是，我们会常常来看你的，你也会来看我们吗？你没有看到你的重孙子就走了，他也没能见到他的曾爷爷，这对他来说是多大的遗憾啊……不过，我会告诉他，他有一个多么伟大的曾爷爷……"

雨越下越大了，将天与地缝合在了一起……郝立京最后向墓碑上的遗像深深地鞠了一躬：

"爷爷，再见了。"

念亲恩

出乎大家意料的是，郝慧思知道爷爷的死讯后还算平静。罗绮用湿毛巾帮她擦脸，这是慧思要求的，她知道郝立京差不多要来了，她不想让他看到她哭过的样子。

利用这些时间，她想了很多。从最初知道自己的爷爷时，她就对见到他充满了向往和憧憬。

那时候她还只是个孩子，满脑子都是些孩子的梦想。随着她慢慢地长大了，梦想就开始往现实靠近了。她是一个行动派，她不会永远只揣着梦想做白日梦，对于向往和憧憬，她会尽自己最大的努力去接近，去实现。

她在获得了一些信息后，开始寻找爷爷。郝立京也就成为她的得力助手，他们两人还在少年大学的时候，就利用学校的电脑排查了日本所有的敦村姓氏，最后他们锁定了几个目标。虽然去日本留学并非完全是为了寻找那位早年出走的爷爷，但也有很大一部分原因在此。很可惜的是，他们虽然最终找到了郝慧思的奶奶敦村惠子的老家，却没能见到她思慕已久的爷爷。因为非常不凑巧，就在他们去日本的头一年，黑一海爷爷离开日本，去了德国。

而后，郝慧思的目标当然非德国莫属。在去德国之前，她已经和黑一海取得了联系，并彼此通了信。在这个时候，她对自己的这位爷爷有了更多的了解。知道他已经是一位国际著名的汽车工程师，并在德国创立了自己的公司，还先后获得过几项国际大奖。郝慧思获悉这样的好消息之后，并没有太大的惊讶，似乎在她很早以前的想象中，爷爷就是这个样子。她为他感到自豪的同时，也对自己充满了信心，身为这样伟大的人的孙女，她想她是够格的。

尽管已经有了足够的心理准备，但郝慧思还是为第一次会面而激动不已。尤其是当她终于见到自己的爷爷时，看到站在自己眼前的是一位白发如雪的老绅士，风度翩翩，潇洒迷人，她有些不敢相信自己的眼睛。她一再地询问确认："你真的是我的爷爷吗？这是真的吗？你没骗我？"

"当然是真的。而且我一眼就认出来了，你就是我黑一海的孙女！"黑一海有些动情，眼泪湿润着他的眼睛，他从怀里取出了一张已经发黄的照片，上面是郝慧思的奶奶敦村惠子。虽然家里没能留下奶奶的照片，但章小凤和骆子都说郝慧思是奶奶的翻版，两个人简直就像是一个模子里做出来的一样。

"爷爷！"

祖孙俩抱在一起，尽情地哭泣。

之后，郝慧思对爷爷说了老实话，在她一直以来的想象中，爷爷应该没有这么帅。在没有见到自己的爷爷以前，她认为爷爷应该就跟另外那个爷爷（郝一湖）的样子差不多吧。可是，现在她才知道，这个爷爷比那个爷爷潇洒多了！

"不能这样说！"黑一海一字一顿地说，"因为他才是你真正的爷爷。"

郝慧思笑了，她知道，她真正的爷爷应该是什么样子。只是，她并没有说出来。不过，有一点爷爷说的是对的，无论是哪个爷爷，他们对自己的爱都是无私的，他们都是自己真正的爷爷。

在德国继续留学期间，她基本上都是住在黑一海爷爷家中，受其影响，她也选择了汽车设计，而郝立京则是受她影响，选择了同样的专业。起先她对于立京投向自己的感情还有些犹豫，毕竟他们就像是同胞姐弟一样长大的。对于他，她更多的是对弟弟的关爱。

黑一海大概是看出了两小之间的微妙关系。于是，他做过郝慧思几次工作，而后也通过一些事证实，她对立京并非没有男女之情。共同的学习、生活，产生的感情是浓烈的，密不可分的。虽然她还向往着爷爷奶奶那种带有悲剧色彩的柏拉图式的爱情，但黑一海告诉他，只有在共同理想、共同甘苦的基础上建立起来的爱情才是真挚的，也最稳固。他还告诉她，其实他和慧思的奶奶也是经历了很多才最终走到一起的。

郝慧思相信爷爷的判断，于是她答应了立京的求婚。然后，在黑一海的主持下，他们在德国举行了一个简单的仪式。

爷爷是她的爱情与婚姻的见证人，她原以为，她所有的快乐与幸福，爷爷都会与她分享，她所有的苦恼和彷徨，爷爷都会帮她解开。然而，离别却来得如此之早。她想要将她最得意的作品，她和郝立京爱情的结晶呈现给爷爷看，谁知道，他却再也看不到了。

现在，爷爷走了，而最悲伤的，是被留下来的自己。郝慧思突然之间发现，自己对爷爷的依恋超过了对父母的依恋。那其中不仅仅是亲情，还有她最初的那份爱恋。她开始想到在奶奶去世的时候，爷爷是怎样的一种心境。除了悲伤之外是否还有被独自留下的凄惶？那个时候，尽管在他身边已经有了一个与他血脉最相近的人，他的孩子降生了。可他却没能得到丝毫安慰。他需要的并不是那个继承了他的血脉的人，而是一直以来与他相濡以沫、朝夕相对的那个灵魂伴侣。

"To lose you, I will be nothing.（英文：失去了你，我将一无所有。）"

这句话，是他们的宣誓之词，当郝立京对她说出这句话时，她还当即回复他，"At least you still have oneself.（英文：至少你还有你自己。）"

听到这句话，在一旁的爷爷哈哈大笑。笑得眼泪几乎都要流出来了。

是啊，失去了你，我也只剩我自己了。爷爷。

一阵急切的脚步从楼道里传来，不用多想，郝慧思知道是谁来了。

郝立京几乎是冲进来的，他飞快地来到了郝慧思身边，他管不了慧思旁边还有沉睡中的儿子，就一头扎进了她怀中。郝慧思轻轻一笑，揽住了丈夫的脖子，任由他将头埋在她的胸前。

郝立京喃喃地在心里说：是否可以更正一下，爷爷。失去了你，我们还有彼此，还有你未竟的事业。

"立京，还记得我们结婚那会儿吗？"郝慧思轻声问，"我们的婚礼只有三个人参加：新郎、新娘和爷爷。爷爷是我们唯一的嘉宾，也是我们的证婚人……"

"慧思……对不起……"郝立京的声音有些哽咽，又有些低沉。

"为什么要跟我说对不起？"郝慧思拉起郝立京，问道，"你有做什么对不起我的事了吗？"

郝立京摇摇头："在你最需要我的时候，在爷爷离开我们的时候，我没有陪在你身边，我没有做好你的丈夫，我没能成为你的精神支柱……"

"我只需要你说很抱歉就够了。"郝慧思轻轻地说道，"那不是你的错。"

"可是我……"

"爷爷走了，你也一样难过不是吗？"

郝立京点点头，在郝慧思面前，他永远是一个长不大的孩子，永远需要她照顾、要她呵护和督促。

"傻瓜，那也是没办法的事。爷爷的生命已经耗尽了。可是，他将永远活在我们心里，他也将永远和我们在一起。"

郝立京靠在妻子怀中，这时才看到了睡在枕头一侧的婴儿。他愣了愣，盯着那个小生命，一时间不知道该做何反应。

"看到了吗？这就是生命的延续。我们失去了爷爷，可我们得到了他。"郝慧思将小婴儿抱起，推到郝立京身前，"孩子的爸，看看你的儿子吧。"

郝立京伸了伸手，但不知道怎么接过孩子，他的胳膊在空中左摆一下，右摆一下，都觉得姿势不对。他开始慌乱，冷汗从额头渗出。

"你还真是笨哪！"郝慧思看着他如临大敌的样子，忍俊不禁，笑着把婴儿放在了他平伸出的胳膊上，婴儿连襁褓不过三公斤而已，却像是突然压上了千斤坠，郝立京的胳膊往下一沉，他连忙收起手肘，将婴儿在落到床上之前抱回怀中。总算是抱住了，但他的整个身体却僵硬得犹如铁板，一动不敢动，紧张得汗水都留下来了。

多么柔软又多么脆弱啊，好像稍微一使力，就会把他挤碎一样。郝立京看着怀中依然酣睡不醒的婴儿，心跳如雷，简直比新婚之夜还叫他紧张。大概看他实在紧张，罗绮从后面绕过来，把婴儿接了过去。

"妈，你就让他抱吧，不学习怎么能会？"郝慧思含着微笑说道。

"你饶了他吧，孩子还软，他不会抱就算了，男人手底下又没个轻重，万一弄疼了孩子咋办？"罗绮将婴儿重新放回床上，对儿子说，"你要看儿子就这样看吧，包你看个够。"

郝立京这才站起来，郑重其事地拥抱了母亲："谢谢妈妈……"

罗绮拍着儿子的脊背，苦笑着说："傻儿子，我是你妈呀！"

郝立京幸福地抱着母亲说："妈妈也得谢……妈妈……"

郝立京轻轻地擦去了母亲因为激动，留下来的眼泪。然后，又把她扶坐在了椅子上："妈妈，你休息一下吧。"罗绮幸福地朝着儿子点点头："都这么大的人了，你快安静一会儿吧。"

郝慧思见母子情深，也高兴地将自己的手指放在了婴儿的掌心里，孩子本能地抓住了母亲的手指，睡梦中发出了满足的咕哝声。郝立京有样学样，也将自己的手指伸过去，当孩子柔软的小手包裹上来时，他的心也在那一刻化为绕指柔。心里出奇的宁静、祥和……此时此刻，他们都没有了悲伤，也没有了迷茫。

"谢谢你。"郝立京轻轻地对郝慧思说道。

郝慧思怔了一下："是不是很神奇？在他出生的那一刻，我好像听到了爷爷的声音。"

"这叫心有灵犀。"郝立京喃喃地说。

"本来是要让爷爷给他起名字的，现在就由你来起吧。"郝慧思用指尖轻轻地点了一下婴儿的额头，"希望他能够健健康康、快快乐乐地长大，将来做一个对社会有用的人。"

"就叫郝震吧。"郝立京不假思索地说道。

"郝震？"罗绮愣了一下……

郝慧思深深地看了郝立京一眼，又看了婆婆一样："郝震啊……这是个不错的名字。"

孤独的灵魂

郝建华不知道自己为什么会到这里来。

送走父亲之后，他发现他回到的地方，是父亲生前居住的地方。有一段时间，他也在这里住过。父子两人在一个屋檐下生活，却不像是父子，反而像师生，像朋友。在这里，他主要是向父亲学习现代企业管理，补充一直以来被他忽视了的那些企业管理知识。父亲是他的良师益友，却在做父亲这一方面欠缺了点什么。总之，他们在工作、学习之余，总是难以亲近，而他也一直只叫他"父亲"。

父亲的生活很简单，房间里只置办了必要的工作、生活用具。最近以来，他也是第一次走进父亲的卧室。卧室里只有一张床，一个案几，一把椅子，然后就是纯白的空间，这样的方式很符合他的性情。卧室外的阳台，放着一盆铁树，一盆仙人掌，一盆虎刺梅。都是耐寒耐干旱生命力顽强的植物。

案几上还放着一本精装《国富论》。书的旁边是一杯剩下一半的咖啡。

郝建华用手指摸过书皮上的烫印凹痕，顺着书签翻开了书页，但是他的视线在书页上停了许久，却没看进去半个字。

他走出卧室，来到了父亲的书房。

如果说这是一间搞学术的专家的书房也不为过。四面墙壁全都是书架，书架里全都是书。除了靠窗的那个书柜里，放着一些纸卷和档案袋外，这里全是书的世界。大多数的书都是德文，只有少部分中文书籍，郝建华也曾经借阅过，或者说是黑一海推荐他看的，包括马克思的《资本论》。郝建华看过的那本和另一本德文《资本论》放在一起。他打开书柜的门，将那本厚厚的精装书取了出来。

他回到父亲的卧室，伸展手臂躺在了床上，有好一会儿他一动不动，似乎在这张冰冷的床上体会着什么。良久，他坐起来，靠在床头上，开始翻阅手中的书。

不知不觉，已经是深夜了。突然电话铃声响了。他来到客厅，接起电话，竟然是崔银姬打来的。

她问他："你还好吗？"

"我很好。"他说，口气很淡。

"那就好。有些不放心，就问问你。"崔银姬停顿了一下，说道，"抱歉，我没能参加大伯的葬礼。"

"没关系，不过是个形式而已。"郝建华说道。

两人都沉默着，郝建华问："你怎么知道我在这里？"

"我猜的。"崔银姬说。

放下电话后，郝建华突然想起了自己的妻子魏轶力。他想应该去看看她了。

魏轶力对于郝建华的到来，有那么一些惊讶，又似乎是在她的意料之中。她已经知道了黑一海去世的消息，同时也知道自己有了一个外孙子。她在隔栏的另一边透过厚厚的钢化玻璃端详着自己的丈夫，不，应该说是前夫。他显然是消瘦了不少，精神也很萎靡。不知道他是怎么照顾自己的，她看着他，心里有那么一点痛。

魏轶力在入狱第二年，第三次提出了离婚。最后一次，郝建华在申请书上签了名。

魏轶力哭了一夜，突然之间轻松了许多。她以为自己已经能够把一切都放下了，但在看到那张熟悉得不能再熟悉的脸时，她知道，她根本无法放弃，她依然爱着他，一如当年初见的时候一样，深深地迷恋着他。

在她的眼里，除了他，她再看不到别的男人。

也许对郝建华来说，她只是他的前妻，一个不可理喻的女人，但在她眼里，他却是她的整个世界。为了他，她大概可以去颠覆这个世界，不惜伤害任何人，也包括伤害她自己。

她仅仅是看着他，就泪流满面了。她知道他为什么会来找她："你来找我干什么？我们已经没有任何关系了。而且，你不是已经有崔银姬陪着你了吗？"

她这样说，是故意要激怒他。因为她太了解他了。

郝建华什么话都没说，站起来就走。

"等等！"

魏轶力叫住了他："我们的小外孙还好吧？"

郝建华似乎这才想起，他已经是当外公的人了："嗯，长得像他妈妈。"

"起了个什么名字？"

"还不知道。"郝建华记得女儿说过，要让曾爷爷给孩子起名字。

"慧思的身体怎么样？"

"孩子生得挺顺……她也挺好……"郝建华稀里糊涂地说着。说实在的，由于父亲的事，他并没有怎么关注自己的女儿，所以魏轶力问的这些内容，他都不知怎么回答。

"公司那边呢，忙吗？"魏轶力继续问道。

"公司改制后，不再是一言堂的管理方式，我没那么忙了。"

"生活上呢？你……瘦了。"

郝建华重新看着自己曾经的妻子，与她共同度过的二十多年，就像是昨天的往事，历历在目。

"你和崔银姬的事……我是真心希望你能够重组家庭。你需要有人照顾。"魏轶力解释着，眼圈红着，慢慢地低下了头。

郝建华有些烦躁地瞥着她："你能不能别再提她了！"

"好，你说不提就不提。"魏轶力抬起头来，脸上有了笑意，"如果可以，下次能带小外孙的照片给我看吗？"

"没问题。"郝建华心不在焉地回答道。

"爸爸虽然不在了，你不也多了个外孙子吗？女儿那么孝顺，她也会担心你，多去看看她，有什么事情也随便和他们聊一聊。人都说女儿是爸爸的小棉袄，她又是那么知冷暖的可心人儿，看着她，心里就不会那么空落了。"

郝建华静静地听着，他的心里是空落落的，找不到地儿搁下，已经这样被吊着多久了？他感到疲惫，也厌倦了，他想回家，回到那个他早已经习惯了的家。

他看着铁窗里的这个女人，想到了她的怀抱，曾经是安心而温暖的，令人眷恋。

如果一切都没有改变，他现在是否就能够找到一个可以让他停泊的港湾呢？或者也可以是能够让他栖息的处所……然后可以依靠在这个女人的身上，向她索取怜惜和安慰。

现在，他突然发现，他想要的，似乎只有这个女人能给予他，而且是无条件的给予。那是任何人包括崔银姬都做不到的，因为，那需要一个人来完全包容和原谅他的自私，他的任性。

魏轶力还想说什么时，探视时间到了。

郝建华站了起来，魏轶力有些慌乱，紧往前走了两步，望着郝建华，嘴唇动了动，却没说出话来。

"你在里面要保重身体，好好改造，争取早点出来。"

魏轶力没有吭声。

"我……和慧思都等着你。"

泪水一下子从魏轶力的眼中涌了出来。

"过些天，我再来看你。"

好苗子

　　两天后，郝慧思出院了。在罗绮的坚持下，小夫妻带着婴儿住到了父母家。郝立京正常上班，每天和父亲一起出门，也几乎是一起回家。由于郝慧思还在坐月子期间，禁止出门，章小凤和骆子就隔三岔五地来看他们的小重孙。郝设华一家在周末也会过来，和郝祖国一家，还有章小凤和骆子一起，吃团圆饭。因为郝震的出世，这个大家庭的重心突然发生了转移，由章小凤家转到了郝祖国家。

　　章小凤对于自己的小重孙，那是真的打心眼里喜欢，来了就抱在怀里不撒手。只要婴儿一睁眼，她就开心得不得了，围在摇篮边拿各种玩具逗弄。

　　"小震震，快看这是啥？"

　　"小震震，哦，我的小震震，你看我们的小震震多乖呀！"

　　名字叫郝震，小名就顺其自然地叫震震了。起先骆子还问为啥给孩子起这样一个名字，郝慧思说是孩子的爸爸起的，大概是为了纪念这次的临江大地震吧。章小凤就大声称好，说这个名字有意义，又响亮，是个好名字。

　　"郝震呀，我们家的郝震将来一定能成为像他外曾爷爷那么厉害的人物，比你们哪个都强！"章小凤是对着儿子以及孙子说的，郝祖国和郝立京听到这话后，对视一笑，并不分辩。

　　对于郝立京之前在临江的经历，他已经简单地给家人讲过了，没有一个人责备他，大家都称赞他做得对。

　　郝立京拧着眉头不吭声，郝祖国看了他一眼，微微一笑。

　　不久之前，路鸣曾以私人交谈的方式跟他提起过，不管是省里还是市上，都看好他的儿子郝立京这个人才。年富力强，有资历，有能力，还有独到的眼光，是个好苗子。无论当时还是现在，郝祖国的想法都是一样的，他不赞成郝立京放弃做一个企业家而去走仕途。

说实在的，他郝祖国这辈子没佩服过什么人，不是他有多狂傲，在他身边能够超越他的人也不多。但是，他是相当敬佩路鸣的，从一开始，他就希望能够与这个人交往。后来，他们也成了真正的朋友，除了上一辈的关系外，他们彼此也是惺惺相惜的。如果立京真的走仕途，能够做到路鸣的一半，他这个做父亲的也就很满意了。

所以，他跟路鸣说："立京还太年轻了，缺乏经验，有的只是热情。他的想法的确很多，点子也很新颖，但是他管不住自己，头脑一发热就干蠢事。"

"你这个做父亲的这样说儿子未免有些太过了，我可不记得立京干过什么蠢事。"路鸣从桌子里取出一沓资料，摆在郝祖国面前，"你看看，这是秘书处收集的关于立京的档案，他所做的那些事可不是什么蠢事哦！中国龙汽车进奥运，中国龙成功索回国宝，雪灾现场春节晚会，还有这次抗震救灾赈灾行动，哪一件不是响当当的大事？一个人一生中做一件大事就已经很了不起了，可他在几年间就已经做了这么多轰动国内外的大事，你说，这些全都是他头脑发热做出来的吗？"

"只能说他正好撞上了，是他运气好。"

"不，不仅是运气，还有他的眼光。实话实说，他的远见卓识令我相当惊讶。"路鸣说道，"所以我不得不承认，我们不如他们。不仅我们的国家，这个世界都将掌握在像立京这样的年轻一辈手中。"

"他本质上还是个孩子，容易感情用事，在企业或许可以，但在官场……"

"这不还有你和我吗？小孩子刚开始学走路，总得人看着吧。但你如果怕他跌倒一直不让他走，他也永远学不会用自己的脚走路的。"路鸣笑道，"当初我想培养你，你一句'我不适合当官'就把我挡回去了，这一次我可不听你的了，你也做不了你儿子的主，他已经是独立的一个人了！"

"再说，当官有那么可怕吗？"路鸣看着郝祖国笑道。

郝祖国也看着路鸣笑了："你说得对啊，我做不了他的主，所以这件事就看他的意愿和造化吧。"

"市上就要换届了，我们打算推荐立京做新一届的市长。如果他当上这个市长，他将和我们之前的市长完全不一样，他代表的是全新的理念和管理方式，我想，他还会成为我们辽海市的形象代表，成为年轻人的偶像，不，是所有市民的偶像！"

　　"你太夸张了吧，他才三十岁不到！"

　　"不，一点也不夸张。"路鸣正色说道，"别人我不敢说能不能做到。如果是立京，我相信他能够做到。他将成为中国最年轻的市长！"

　　郝祖国看着身边正拧眉沉思的儿子，心里暗暗问了一句："儿子，我是不是真的低估了你？"

女人的秘密

　　这之后又是十天过去了。在繁忙的工作中，郝立京不忘在下班途中为妻子带她最爱吃的那些零嘴。当然，巧克力一定是不会忘了的。尽管郝慧思口中说怕胖，不能吃太多高热量的东西，但看到他将那层锡箔纸剥开后，浓郁的可可香飘散开来，她的眼睛就开始发光，再顾不上什么形象啊身材的了，一副馋猫的样子盯着巧克力不放。当郝立京将滑如羊脂的白巧克力放进她口中时，她满足的神情和着巧克力的香味一起弥漫，那一刻，郝立京觉得自己已经到了天堂。幸福到了极致，大概就是这样吧。他想。

　　妻子的体型的确变了，但他一点都不觉得不好，反而认为她更加可爱了。以前尖尖的下巴圆润起来了，使得那张白净的脸就像满月一样，面颊上也总是红扑扑的，那是任何胭脂都比不上的颜色。每当她抱着孩子哺乳时，他都会看得目不转睛，为此还被郝慧思骂了好几回。他不敢明说，那个情景总让他想起教堂屋顶的圣母像。无论是妈妈还是婴儿，都有一股奶香，闻一闻，马上就消除了工作一天的疲劳。

　　郝立京的这个样子，罗绮全都看在了眼中。尽管他在她眼里，还是个孩子，就算做了爸爸，他也还是她的儿子。所以，她能够深切地感受到，在儿子身上散发出的那种满足。儿子的幸福就是母亲的幸福。罗绮很欣慰，但在欣慰之余，她又有些怅然。

　　半时，男人们上班去了，只剩下两位母亲和一个婴儿。为怕郝慧思闷，罗绮都会陪她聊天，说一些只有女人之间才会聊起的话题。

　　"慧思，你真的不怨立京吗？"罗绮问。

　　郝慧思笑了笑："也不能说完全没有怨言，我当然希望他能够陪在我身边，不过，怎么说呢，在产房那会儿，我可真的一点儿没想让他来陪我。"

　　罗绮有些诧异，看着郝慧思。

　　"妈，说老实话吧，我并不想要孩子。"郝慧思在罗绮越发惊愕的目光中，又笑了笑，"最初我连结婚的念头都没有呢。我是打算独身的。要不是立京缠得紧，爷爷又在一边帮他说话，我是不会答应和他结婚的。"

"那是为什么？我们家立京不够好？"罗绮不能理解，这是她第一次听到这样的话，在她眼里，慧思和自己的儿子不仅是天生一对、天作之合，而且他们之间的感情可以说就是她的理想，他们难道不是很相爱吗？

"不是立京不好，而是我想做一个完全独立的女人。"郝慧思说道，"因为我知道，一旦涉及爱情，一个女人就会失去她的自我，婚姻则会夺去她的自由。我不想变成那样的女人。"

"可是，没有爱情的人生是残缺的。"罗绮说道。

"我宁愿选择人生的残缺，而保证我自己的完整。"郝慧思的眼中闪动着熠熠光芒，"妈，同样身为女人，我想你应该能够理解。我也并不是完全抛弃爱情，我所憧憬的理想爱情方式，就像孙阿姨那样，不一定要用婚姻来稳固，也不需要任何形式来表现，只在我心中爱着，思慕着，就足够了。"

罗绮怔了怔，看了好一会儿郝慧思，终于慢慢地点了头："我理解……"

"妈妈也曾经这样爱过一个人吗？"郝慧思突然问道。

罗绮惊了一下，面颊上顿时飞上了红晕，她扭开脸，有些窘迫地说道："我哪里有啊……我和你孙阿姨不一样，所以我才很羡慕她，也羡慕你……我是一个乏味的人，没人会爱上我这样的女人。"

"怎么会？我一直都觉得妈妈是一个很有深度的女性。你总是给人一种平和安静的感觉，和你在一起，就会觉得心平气静，仿佛是待在一池碧水旁边。你深幽不见底，让人想要去探寻其中的秘密，你只是不想让人靠近罢了，这样的女子肯定会激起男人的征服欲。哦，我胡说了，妈妈你可别介意。"郝慧思说完嘻嘻地笑了，在眼前摆摆手，"我乱说的，妈妈你爱着爸爸，是这个家幸福的源泉哩。"

罗绮怔了一会儿，幽幽地叹了口气："也许……我爱立京的爸爸，但那并不是爱情，更多的是一种依靠。"

郝慧思没有出声，她看着罗绮，等她继续说下去。

"大概，我真的……曾经也爱过一个人。"罗绮说着苦笑了一下，"那是非常不现实的，就像梦一样的爱情。"

"他是怎样的一个人？"郝慧思好奇地问道。

"那会儿我还在上中专，他比我高一级，是个农村学生，很刻苦，也很谦虚，和我接触到的人都不一样。我们因为一些学生会的工作接触了，然后，我就对他产生了异样的感情，每天都渴望着见到他，见到他后又觉得很害羞，不敢和他正面说话。他倒是很大方，喜欢找我说话。很自然地，我们就在一起了。那些日子过得就像是被灌了迷魂汤一样，什么都不记得了，满心满眼里都是他一个人，梦里也是。好多时候哭着醒来，就因为在梦里找不到他了。"

"就这样过了两年，他要毕业了，那个假期，我想让他陪我回家，他有些犹豫。但还是答应了。"

罗绮停了下来，似乎在追忆着什么，眼光有些茫然，盯着不知名的某处，哀伤却已经从她的神情中泄露了出来。郝慧思轻轻地咬住了下唇。伸出手去，握住罗绮的手，这时候才发现她的手是冰凉的。

理想与现实的碰撞

"后来,他再也没登过我家的门。"

"那之后,发生了什么吗?"郝慧思更加好奇。

罗绮没有说话,只是一个少女的梦被现实击碎了而已。她不想再多说。她满心欢喜地把自己的心上人带回家,介绍给父亲,没想到却遭到了父亲激烈的反对。

父亲坚决不承认她的这段爱情,说她只是年纪小不懂事,她被人利用了,那个男生根本就不爱他,跟她在一起不过想通过她的关系找份好工作,然后跳出农门而已。

她不相信,去问他,他突然之间变得很冷淡,对她说,他们之间不可能了。

怎么不可能呢?男生说:"你们这样的人家,我可高攀不起!"

爱情顷刻间就被粉碎了。不是跳板,而是高墙。

他们之间的距离原来是那么遥远,不仅如此,在他们之间还有一条鸿沟,深不可及。这是多么可笑的理由,却又是多么真切的现实。

而后,她就成了百依百顺的乖女儿,一切都听从父亲的安排,包括她的爱情与婚姻。

其实以前她就是个很乖顺的女儿,因为母亲去世得早,他们父女相依为命,彼此依靠,她从来没有想过要违背父亲的意愿。只是那么一次,她差一点就做了父亲眼里的叛逆者。

她背着父亲,跑到了他所在的那个山村,见到了他。她表示愿意抛弃一切也要和他在一起。他什么都没说,让她留了下来,然后她和他的家人在一起生活了两个星期。

那是怎样的一种苦难,言语无法形容。一家子,六口人,爷爷奶奶,爸爸妈妈,哥哥妹妹,在两间漏风又漏雨的土房里居住。那房子没有窗,没有电灯。他告诉她，为了供他上学，妹妹辍学了，家里卖掉了仅有的一头耕牛。没有了牛拉犁，就得全靠人拉。春耕时，爷爷和爸爸在前面拉着，奶奶或者是妈妈在后面扶犁，妹妹跟着用镢头砸土块……他们每个人的手上、肩头上，全都是又厚又硬的老茧……

两星期后，他送走了她。他最后跟她说的话，她一辈子都不会忘：

"我们要感谢父母的恩情，我们不能只为自己活着。很抱歉，我不能留你。"

回到家后，她把自己关在屋子里，哭了三天，然后，她认命了。

父亲临死之前，流着泪，对她说："女儿，爸对不起你……"

没有谁对不起谁。

爱情，只不过是平凡人的英雄梦想而已。

平凡人的梦想能有几个能够真正实现？

用全部的感情，爱着那个人，思慕着那个人，就已经足够了。

所以，她能够理解孙小明，并与她惺惺相惜，成了朋友。

所以，她容许自己的丈夫在心里装着别的女人，她并不是有多伟大，而是她感同身受。

她没有怨过父亲，因为她知道，父亲所做的一切，都只为了想要她能够获得幸福。

在父母的眼里，她现在所过的生活就是真正的幸福，尽管平凡，尽管也有遗憾。

讲完她的一切后，罗绮告诉郝慧思：

"父母给了我们生命，养育我们长大，并不图我们给他们什么回报。而身为儿女，唯一能够回报给父母的，就是给他们安慰，让他们看到你夫妻和睦、子女绕膝，让他们以为你家庭美满，人生幸福。"

"妈妈，你们再没有见过面吗？"郝慧思有些遗憾地问。

"有必要见面吗？"罗绮反问。

"我想……我也不会。"郝慧思沉吟了一下说道，"妈，在西方有这么一种说法，人以前是完整的，但因为得罪了上帝而被劈成了两半，所以现在的人都是缺失了另一半的。我总在怀疑，我们所找到的真的是我们丢失了的那一半吗？"

罗绮拍了拍郝慧思的额头：

"想那么多干什么！还不都过得好好的？"

"嘿嘿，我想我的另一半肯定不是郝立京这个人。"郝慧思笑着说道。

"这话让立京听了肯定要伤心死的。"罗绮笑道，"他那么爱你，你竟然说这种话。"

"他爱我吗？"郝慧思追着罗绮的目光问，"妈你也认为他爱我吗？"

"难道不爱你？你看他那个样子，恨不得和你长在一个身子上，揉成一团泥，那能叫不爱？"罗绮有些没好气地说道。

郝慧思发了一会儿呆，喃喃自语：

"他只是爱他的老婆，又不是爱我……"

"你不就是他老婆吗？"

"谁都可以做他老婆呀！"郝慧思撇了撇嘴，"又不一定非得是我。"

"我看你也是发烧烧迷糊了，净说胡话！"罗绮起身去倒水，"打从立京懂事起，就发了誓非你不娶的，他还能找谁当他老婆啊！"

"那他还这样对我？"郝慧思嘟起嘴，"我牺牲了自己的理想成全他，我还给他生儿子，变成了大肥婆，他却成天不回家，把我一个人扔在这里，宁愿关心别人也不管我的死活！"

"啧啧，还说不怨呢，满肚子牢骚，这不终于说出来啦？"罗绮笑了起来，把水递给慧思，"喝口水，消消气。你要是真的在生他的气，就跟他抱怨，可别装在心里啥都不说，夫妻之间最怕闷事了，那样肯定伤感情。"

"我这不是要扮演郝立京最称职的妻子嘛！我要成为伟大的郝立京同志背后那个被牺牲掉自我的女人呀，我哪能跟他抱怨，我只能责无旁贷地支持他，鼓励他，为他加油喝彩，我哪还有我自己啊？"郝慧思说到最后眼圈开始泛红了。

"我知道委屈你了。从小看着你长大的，我怎么能不知道你的心气儿有多高？立京他心里也最清楚。算他这辈子欠你的，让他下辈子连本带息都还你好不好？"

"谁让我在上帝面前说了那三个字呢，从那时刻起我就完了，我也早就做好心理准备了。"郝慧思吸了吸鼻子，"下辈子我要让他做我的奴隶！哼……"

"你说了哪三个字啊？"罗绮问。

"我愿意！"

"哈哈！"

婆媳两个相视片刻，突然就笑成了一堆，小婴儿在摇篮里似乎也受到了感染，咯咯地笑了起来。

谁惹我心烦意乱

郝立京拿着一沓文件走到郝祖国的办公桌前，他放下文件后，环视了一下办公室，落地窗前绿色植物中，有一盆开花的君子兰，鲜艳而高贵的花束静静地矗立着，安详地享受着从窗外透进来的阳光。

郝立京记得，那盆花曾经摆在总裁办公室的茶几上。

郝立京看着君子兰发了一会儿呆，等到郝祖国叫他的时候才回过神来，他提了提精神，向父亲汇报工作。

"董事长，北京奥组委来人了，他们给我们带来了好消息。奥组委不但批准了我们的计划，还把我们的活动纳入了奥运会的整体活动计划。并且，奥运会开幕式的第一个节目就是我们的中国龙车队方阵。"

"太好了。到现在为止，你所提的这个方案已经圆满成功。立京啊，你已经有资格担任集团公司的副总了！"

"副总不副总的我倒没有想过，我想的就是怎么样把黑一海爷爷的愿望早日实现。"郝立京的目光再次投向那束君子兰。

"让你升职当公司副总裁，也是你黑一海爷爷生前提出来的。他已经为我们实现了在中国大地上'有路必有中国龙'的构想，如何在全世界实现这个构想，就得看我们了。"

"董事长，你放心，这不会太久的。"郝立京满怀信心地说道。

"如果我们的车队要参加开幕式，你就得抓紧方队演习方面的工作，最好是派专人负责，带着车队直接进驻北京，实地演习效果更好。"

"我也正有此意。我原本打算亲自带队，但考虑再三，还是决定从销售公司抽调出两个人来负责这项任务。"

"嗯，你自己安排吧。"郝祖国说完，略为停顿了一下说，"下面是我以你父亲的名义对你说的，工作固然重要，但也别忽视了家人的感受。你要多陪陪慧思，她是个心思细腻的女人……听我说！在我眼里，她可不是一般的女人，她是在为你牺牲自己的理想和事业，你要清楚这一点。"

"爸，我知道。"

"董事会决定找人替代慧思新产品部主任的位置，她自己也在请产假前提出了辞呈，表示以后要以孩子和家庭为重，恢复工作后，她也只专注于汽车设计，不再做其他管理性工作了。"

"呃……这个，我还不知道，她没跟我说。"郝立京有点吃惊。

"她没说，你就不知道问问？"郝祖国的语气里已经有了责备。

"是我疏忽了……她不必辞职吧，如果是孩子的话，可以请保姆的。"

"她说她会亲自带孩子。"郝祖国打断了郝立京的话，"看来你们之间缺乏必要的沟通，你知道这样下去会有什么后果吗？"

"对不起……"

"你跟我说对不起有什么用？尽快跟慧思谈谈，听听她的想法，带孩子并不是她一个人的事，你也有责任。慧思说满月后她就要搬回去住，到时候你要怎么办？"

"我……"

"我看你们真该开个家庭会议了！"

"是……"

郝立京从董事长办公室退出来后，脸色有些发青。

他匆匆回到自己的办公室，把刘雪华叫过来：

"小刘，奥运会方队的排练工作需要专人负责，还要带队进驻北京，我打算派你去，再给你安排一个副手，你看怎么样？"

"我反对！"

"啊？反对什么？"郝立京迷惑不解地看着她。

这不是一个大好机会吗？她进公司这几年，凭着她的努力和才干，从一无所知到成为他的得力干将，让她负责车队训练，其实就是在提升她，等奥运会结束后，她就不用再做他的秘书，而升职为主管了。

难道她连这里面的含义都不懂？

"我不想离开我现在的岗位。"刘雪华直直地看着郝立京，毫不犹豫地说道。

郝立京马上明白了她的意思，脸色沉了下去：

"不行也得行，我已经向董事长汇报过了，你马上就去准备，还有，把你手头的工作交给小王，他将接替你的位置。"

"你这是要赶我走？"刘雪华的眼泪唰的就流了出来，"我偏不走！"

看着刘雪华转身冲出门去，郝立京发了好一会儿怔，心情烦闷到了顶点。

郝慧思的突然离职，之前一点信息都没有。

这么大的事，她都没有跟他商量过，抛开他们的夫妻关系不说，她还是他销售公司的干部，她竟然没有通过他直接就给董事长交辞呈。

这不是故意绕开他吗？她到底是什么意思？

抓起电话，郝立京狠狠地按下几个号码，但按到最后一个数字时，他放弃了，把手机往桌上一扔，抱住头使劲揉了几下，把一头浓密的黑发揉得乱糟糟的。

他开始反思自己这段时间的所作所为。

从灾区回来后，他就脚不沾地地在奔忙，然后就是奥运车队，再是黑一海总裁的工作交接，接着就是讨论年初提出的增加高档车生产量的问题。

总之全都是工作、工作、工作，他尽量不加班不应酬，争取早下班早回家，可是，显然他做得还不够。

其实公司也提出给他放半月假，让他回家照顾妻子，这也是国家法定的假期，但被他拒绝了。

他以为慧思一定能够理解，因为她一直都是那么支持他，从来不让他为她和他们的家操半点心。他以为——都只是他"以为"而已！

他根本就没有替慧思想过，她真心的想法，还有她所受的委屈，他却视而不见，心里明明清楚却装作不知道。

这样下去，总有一天，慧思会再也忍受不了他的任性，会毅然离他而去，到时候就说什么都迟了。

因为他所了解的慧思，是那种说一不二的女人，她做出的决定是不会改变的。

这样明摆着的事，竟然要董事长——他的父亲来提醒他，更加让他郁闷。

而在这所有的烦恼之上，还要加一个刘雪华！他感觉自己的头已经有五个大了。

"爷爷，你要是在就好了！"郝立京把头靠在椅背上，望着墙壁上黑一海的照片，喃喃地说道。

唯女人难养也

让自己冷静了半个钟头后，郝立京又把刘雪华叫来：

"今天晚上要招待奥组委的客人，你安排一下。我和你作陪。上海那边来的客商就让接待部的吴经理负责吧。"

刘雪华记录下来后，盯着郝立京看：

"郝总……"

"怎么？还有什么问题吗？"郝立京问她。

"你要亲自去？今天不早点回家啦？"

"这不也是没办法嘛！"郝立京没好气地、烦躁地挥挥手，"接下来就谈谈你的事吧。"刘雪华冷凝着一张脸："郝总，你说什么都没用，我哪里也不去，我就跟着你。"

郝立京耐心劝说："小刘，你兢兢业业地干，应该进步了，对吧？"

刘雪华一扭头："我不想进步。"

"听我把话说完！"郝立京火起，声音也提高了，"我让你去负责奥运会方队的排练工作，一是你的责任心强，你能干好这项工作。二是奥运会结束后，你就可以升职为新产品中心的副经理了。"

"我不稀罕！"

"那你到底想干什么？"

"我就想干这个秘书！"

"你……"

"你心里明白！"

"我一点都不明白。你想跟着我到什么时候？"

"到死为止。"

"请你正视现实，刘雪华同志。我是有家庭的人了，我的妻子比任何女人都优秀、贤淑，我的儿子也非常可爱，我这一辈子也只爱郝慧思这么一个女人。"

"我知道。"刘雪华淡淡地说道,"我也没想破坏你的家庭。"

"可是你这样会让我的家庭出问题!"郝立京已经被刘雪华的态度气糊涂了,口不择言,完全是无道理的迁怒。因为,他的家庭目前看来是的确出了点儿问题。只不过,这和刘雪华并没有关系。

"那是你自己的问题,别怪在我身上!"刘雪华毫不留情的话就像是猛锤击中了郝立京的痛处。

他猛吸了一口冷气,几乎是咬牙切齿地对刘雪华说道:

"这是命令!明天一早你就给我去奥运会车队筹备组报道!"

"郝总,你别逼我!"刘雪华脸色雪白,泪水在眼中打转,"否则……"

"否则你怎样?"郝立京见到刘雪华突变的神情,有些被吓着,语气也软了下来。

"我就离家出走!"

"啊?你要离哪个家?"

"公司就是我的家!"

"你要去哪里?"

"你管不着!"

孔夫子说,唯女子与小人难养也!这句话,郝立京今天算是深切地体会到了。

临下班时,郝立京总算是把一件难事办掉了。

他说服了刘雪华去车队筹备组,只不过答应她是临时的,等奥运会结束,她可以回来继续做他的秘书。

看到刘雪华破涕为笑,满意而去,他的头依然很痛。

他在想,这一个还算好解决,毕竟她是个简单的女人,目的也很单纯。

可是,家里的那一个就不好对付了,因为无论智商还是思想,她都远在刘雪华之上,甚至还超过了他。可以这样打比方,他在郝慧思面前,就像刘雪华在他面前。

想到这里,他越发苦恼了。

刘雪华告诉他，奥组委的客人安排在本公司宾馆就宿，招待也就在宾馆餐厅，包厢已经订好，108房。

郝立京换了一身比较休闲的西装，给家里打了电话，说会晚一点回去，就和刘雪华一同前往中国龙宾馆。

奥组委共来了两位客人，李长之和王振林处长，大家坐下来寒暄后，开始谈事……

到灾区建房

郝设华算了算，自从自己毛遂自荐，带着抗震救灾小分队到重灾区帮助搭建活动板房以来，已经一个多月了，也就是说，他已经一个月没回家了。他之所以到重灾区帮助灾区人民，原因有二：一是侄子郝立京带领中国龙抗震救灾救援队到灾区的行动感动了他；二是儿子郝立升一句普普通通的话触动了他。侄子郝立京虽然是自己的晚辈，但他的所作所为，自始至终都让他这个叔叔刮目相看。一方有难八方支援，是我们中国人的传统美德。全国人民是好样的，都为灾区人民做出了力所能及的贡献。我们郝家的爷们也是好样的，我侄子郝立京已经为大家做出了表率。一个晚辈能做到的，我这个叔叔一样能够做到。

儿子郝立升的一句话，也坚定了他到灾区抗震救灾的决心。儿子虽然童言无忌，但从儿子的童言里，他看出了儿子未来的前途。他知道，他这个儿子非同小可，长大了一定不会亚于他的郝立京哥哥。他儿子说了一句什么样的话呢？那一天他刚刚加班回来，妻子飒飒正陪着儿子看电视。电视上正是记者采访侄子郝立京的镜头，郝立京说："我请你们去采访那些还在地震灾区冒着生命危险抗震救灾的真正的英雄们吧。我做的事情真的是微不足道。同时，我是代表我们中国龙汽车集团公司去抗震救灾第一线的。如果要采访，就请你们去采访我们集团公司。"郝立京毕恭毕敬地向记者鞠了一躬："拜托了。"郝立京说完，居然大踏步地走了。

郝立升竖起了小小的大拇指说："这就是我的哥哥！这就是我们郝家人！爸爸，你的机壳技术不是全世界一流吗？你为什么不去为灾区住不上房子的人们，造一些机壳一样的房子让他们住呢？"

丈夫"啊呀"了一声，把妻子飒飒吓了一跳。在她的记忆当中，丈夫基本上没有怎么激动过。可是，今天的丈夫激动了。他一下子抱起了儿子："儿子，你这个想法是天才的想法！我这就组织队伍去灾区，为灾区人民建机壳房去！"

妻子自然是非常高兴了。她没想到，郝设华会变，变得越来越可爱。丈夫是什么时候开始转变的呢？

也就在这个时候，侄子郝立京在临江失踪了。为了早一点找到侄子，他征求完家里的意见后，便马上带着"抗震救灾机壳小分队"去为灾区人民建立"机壳房"。

郝设华刚刚和张连伟商量好了寻找方案，就接到了弟弟郝祖国的电话，说是侄子已经安全返回辽海了。虚惊一场后，郝设华就把注意力全都放在工作上了。

这天晚上，郝设华从工地回到住处，已经是深夜时分了。他活动了一下僵硬的身子骨，拿起洗脸盆去附近的江边打水，准备洗洗睡了。虽然一直以来这里的天气都处于不阴不晴的闷热状态，但今晚的月色却很好。盈月挂在天空中，向大地洒下柔和的光华，周围稀疏地散开着闪烁的星粒，淡如轻纱般的白云伴着月影映在了江水中，江面上满是跳动着的银色光芒。偶尔有阵阵凉风从大山里吹出来，带着隐约的野花香，吸一口下去，顿时沁人心脾。

时间过得真快呀，转眼之间他来灾区已经一个多月了。尽管眼前都是葱郁的绿色，景色宜人，但他还是开始想家，想妻儿，想他妻子身上那种最熟悉的味道和温度。想到家和妻儿时，他浑身上下就充满了力量。

于是，他把清凉的江水泼在脸上，又拍了一些在脖子上，侵骨的冰凉顿时消解了一天来的劳累。他是一个一旦投入工作就废寝忘食的人，所以，只有在这个时候他才会想家。说实在的，他最思念的人是自己的妻子。自从他们之间的误会解除后，他怀着对她的愧疚之情，越发依恋着她，分秒都不想与她分开，似乎是要将这些年来错失了的时间全部找回来。

也是在经过了这么多事之后，他才发现，他是如此热烈地爱着他的妻子，他只想时时刻刻将她紧紧抱在怀中，呼吸着她的气息……此时此刻，他便因为思念而心情烦乱，心思恍惚。他坐在江边，开始想着，这个时候她在做什么呢？是不是已经睡了，还是依然靠在床头看书？她也在想他吗？在他眼前浮现出妻子进入梦乡的样子，她是那么美，她的睡颜是那么宁静，看着她，他觉得自己是全天下最幸福的人了……

踏着石板路上的月光，郝设华往宿舍那边走去。刚到门口，突然从旁边闪出一个人来，吓了他一大跳。仔细一看，是机壳分厂厂长张连伟。

非常难得，像这样的公益活动张连伟居然也主动提出要参与，来到灾区后，他也表现得十分活跃，与当地人很快就打成了一片。有时候郝设华真的很佩服他，虽然在工作上还是要督促他，防备他偷奸耍滑，但在私下里还是很欣赏他这种开朗、不拘小节的性情。

"你大半夜的，不好好睡觉，到处乱窜什么？"郝设华和张连伟虽然是师兄弟，显然郝设华要比他的这个师兄沉稳得多。张连伟像个顽皮的孩童，一时三刻也坐不住，总想搞点花样。他的精力永远是那么充沛，玩心也永远是那么旺盛。

"啧，设子，你想老婆，心情不好，也别冲我乱发脾气呀。"张连伟有些悻悻地说道。

郝设华被说中心事，脸一下子红了。他感觉自己的脾气确实发得有些莫名其妙。为掩饰窘迫，他转开身，把脸盆放好，装着在找东西。

第二天，郝设华就像个没事人儿一样，好像什么都没发生，继续去工地查看机壳房的搭建情况。然后在中午的时候与临江市师范专科学校的陈校长见面，告诉他，总投资1500万元的机壳房校舍已经基本完工了，最后就剩下一些简单的辅助工程，他会交给张连伟厂长负责搞完。因此他要回辽海一趟，去落实新学校的设计和建设资金。陈校长欢喜不已，连连向郝设华道谢，由于情绪激动，他瘦小的身子都有些颤颤巍巍的，几乎站立不住。

"郝总，太感谢你们了！尤其是要感谢郝总你啊。如果没有你们的无私援助，我们临江师专的7000名学生将无学可上。"

"陈校长，这一切都是辽海市政府及公司的决策，我个人并没有做什么，你不用感谢我。这只是我的本职工作而已。"郝设华淡淡地说道。

"话虽这么说，但我们现在的临时学校就是你一手建造起来的呀！"

"陈校长，我目前所建成的只是临时用的活动校舍，一是速度快，可以帮助你们渡过灾后这段难关；二是抗震，可以预防余震，减少对学生生命安全的威胁。但是，到冬天取暖还是有问题的，所以，我们要想办法尽快重新修建新校舍，让师生们能够在既安全又温暖的教室里上课学习。"

"啊，郝总，你们已经为我们做得够多了……"

"不，陈校长，临江市和我们辽海市已经是对口援建单位，所以我们一定会为你们想办法解决这些难题的。而且啊，这次为援建工程出力最大的还是中国龙汽车集团公司，他们给西江的投资是整整10亿元呢。"

"我都不知道该说什么好了，你们辽海对我们西江省，对我们临江市的帮助，不是三言两语能说完的，之前那位中国龙汽车集团公司的郝总经理，要不是他带着车队及时把我们的学生转移出去，那后果是不堪设想啊……谢谢你们啊！"

"你说的那位郝总经理，他就是我的侄子。"郝设华微微笑着说道。

"真的？啊呀！你们居然是一家人，太厉害了！"陈校长惊讶地赞叹道。

"陈校长，我今天下午就会离开临江，然后飞回辽海，这里的工程全权交给张连伟厂长负责，有什么事你就找他。等你们学校的建设计划确定后，我想我应该还会来一趟的。"

"好、好，你看郝总，你们来这里帮我们重建家园，帮我们渡过难关，可是我们连一顿好饭都招待不了你们，实在是……"

"陈校长，你客气啥，现在这个条件也不容许啊，以后有的是机会嘛！"

"好，下次你来的时候，一定要到我家来做客啊，我让我老婆烧我们当地的特色菜给你尝尝。"

"好，那就这样，我先去准备了。"

"好……"

郝设华尽快地处理完手边的事，下午五点多，在同事及学校师生的拥送下，离开了临江师专。

越来越远的两颗心

孩子出生后，郝慧思仔细地想过了，决定由自己来带孩子。罗绮对她的这个想法表示支持，她得到了这个有力的援助后，毅然决然地向公司提出了辞呈。她想：连一个母亲都当不好，何谈做好一个独立女性。既然决定要孩子，那她就要负起一个母亲该负的责任来。她也决定不请保姆，暂时在家当全职太太，而她的这个决定，所需要的支持绝对不仅仅是婆婆，她最需要的，其实是丈夫的意见。

但是，她发现她没有机会和他好好地谈一次，他总是很忙。纵然回家很早，但回到家中的他看上去那么疲惫，她不忍心把吃过饭就倒在床上的他叫起来。她一次次地忍受了，也独自下了决心。她想她至少不能成为郝立京的负担。那是她最受不了的。她的自尊绝对不容许她成为别人的累赘。所以，哪怕心头压着块石头，她也保持着温柔的微笑，让郝立京只看到她从容优雅的一面。

罗绮问她为什么不抱怨，她真的一点怨言都没有吗？她当然有，但她不会抱怨的，至少不会对郝立京抱怨。她太好强了，黑一海曾经就这样说过她，如果在至亲的人面前，都不愿意露出自己的脆弱的话，那她还能在哪里找到安慰？

这是郝慧思致命的缺点，也是她和郝立京夫妻关系的致命点。他们一个太过内向，什么都自己承受，而另一个又太过外向，不善于内心的交流，这样的结果就是致使两颗心越来越远。郝慧思感到孤独，同样，郝立京也发现自己越来越不了解自己的妻子了。

"我理解你，我尽我所能地理解你，而你呢？"郝慧思在凌晨从床上翻身坐起来，噩梦将她惊醒，她梦见郝立京在森林里被猛兽追逐，她被吓出了一身冷汗。她走到窗边，对着夜空喃喃自语："我不是不支持你，可是，你有考虑过我的感受吗？我们换一个立场，如果是我这样做，你会怎么想？"

郝立京并不知道妻子已经无数次这样在夜里被噩梦惊醒。也不知道妻子正在忍受着巨大的煎熬。

路鸣让郝立京好好地休息一天，然后回辽海。但郝立京一刻也等不了，他着急着赶回去。

"怎么这么急？"路鸣问他。"我怕家里人担心。"郝立京这样说，在他心里，其实最担心的是慧思。

"这个时候你才着急呀？那你在管一些事之前怎么就没想过家里人一样会担心呢？"路鸣虽然是微笑着的。

"路书记，我……"郝立京张了张口，又觉得无从辩解，只能低下头去，悉心接受批评。"只要你还知道家里人会担心，也就够了。我不是批评你管一些事，只是，你要注意方式方法，尽量不要涉险。也不要总是独断独行，要相信集体的力量。"

"是，路书记，我记住了。"郝立京诚恳地说。

"很好，态度是真诚的，精神是可嘉的。今天已经没有班机了，我们就安心地待一个晚上，明天一大早，我们一起回辽海，好不好？"

"嗯，谢谢路书记。"

"这个时候你该叫我路伯伯了！"路鸣拍着郝立京的肩膀，"我刚才的话并不是以一位市委书记的身份，而是以一个长辈的身份对你说的。"

"谢谢路伯伯。"

你的柔情我永远不懂

郝立京回到辽海后，被授予了"全国抗震救灾劳动模范"称号。在表彰大会上，北方省省委书记孟金川在和郝立京握手时，神情严肃，眼神凝重。他为劳动模范们颁发完荣誉证书后回到台上讲话，他用沉重的语气说道："同志们，当我把全国抗震救灾劳动模范的证书发到郝立京同志手里的时候，说实话，我的确高兴不起来。这是为什么呢？这是因为，我们的英雄差点儿把性命丢在临江……

"同志们，如果是在抗震救灾的战场上，遇到危险，甚至牺牲在抗震救灾战场上，那是另外一回事。而实际上，不论是在抗冰救灾的战场上，还是在抗震救灾的战场上，我们的英雄郝立京同志，当然还有郝设华同志和其他去抗震救灾一线的同志，他们是踩着余震的震波冒着生命危险在工作。"

会议厅里掌声如雷。台下，章小凤捏着纸巾，不断地抹眼泪。她回头对骆子说："立京这孩子……我还啥都不知道哩，他就做了这么惊天动地的大事来，不愧是我的孙子！"

"是啊，他完全继承了你的衣钵。"骆子微笑着说道。

"不，立京比我强太多了，也比他爷爷强，甚至比他爸都强。"

"嗯，立京这孩子将来绝对不简单。"骆子点点头，将目光凝视在台上意气风发的郝立京身上。在这个年轻的身躯上，他似乎看到了黑一海当年的影子，他的眼中开始湿润："大哥……你后继有人了，你看到你女婿的表现了吧……"

为了庆贺郝家两代人再次荣获全国性殊荣，章小凤提议全家去辽海宾馆吃一顿："好久没有全家人聚在一起了，难得人这么全，只是可惜黑大哥他不在了……"

"大哥不在了，可我们的人数也没少啊。"骆子赶忙岔开话题，免得大家又想起亡人，在这个应该欢喜的日子里感伤起来。

他说："不信你数数？"

"我不用数！"章小凤说完哈哈大笑，指着郝慧思怀中的婴儿："这不就是那补回来的一个吗。"

大家都笑了，争相去逗小婴儿粉扑扑的小脸，逗得小郝震咯咯地笑个不停。

聚会末了，郝慧思和郝立京回到家。郝慧思已经出月，就搬回了自己的家。郝慧思把孩子安顿好，郝立京拉起郝慧思的手，两人坐到了客厅中的沙发上。郝慧思淡淡地问了一句："有啥事？"

"老婆——"郝立京向妻子撒着娇，伸手要去抱妻子，但却被轻轻地推开了："立京，我很累了。"郝立京愣了一下，旋即有些失落地看着妻子："老婆，你是不是生我的气了？"

郝慧思怔住了，但马上就微笑道："怎么会呢，我为什么要生你的气？"

"可是我回来后，你连正眼都没看过我。你对我的态度是相当的冷淡哦。"郝立京悻悻地说道。

"你多心了，我不一直都这样吗？哦，大概是我现在的注意力转移到孩子身上了，你才会感到被冷落了，那也没办法呀，现在我是一个母亲，而不仅仅是你的妻子。"

这句话说得合情合理，严丝合缝，没有一点疑点，但让郝立京听起来怎么就那么刺耳，而且刺心。

他拉着郝慧思的手，紧紧握住："老婆，告诉我，我是不是在无意中伤害到你了？"

"没有。"郝慧思说完扭开了脸，但因那个"伤害"而忍不住流了泪。

不说起来倒还好，她只是听到后才发现，她之所以这段时间以来这么焦虑这么烦乱，原来都是因为受了伤啊！"伤害"，多么准确的一个词，完全地印证了她此刻的心情。

"看来我是真的伤害你了。"郝立京看到妻子滑落脸颊的泪水，喃喃地说道。

郝慧思两把将泪水擦干，回头来继续微笑着说道："不，这只是正常反应，产妇都这样，比较脆弱，随便什么都能刺激泪腺。你没有伤害我，这是我自找的。"

"慧思……"

郝慧思的心颤了颤，已经多久了，他不再叫她的名字。

小时候，他总是慧思姐慧思姐地叫个不停，小尾巴似的跟在她后面，像块年糕一样黏着她，甩都甩不开。后来，少年大概动情了，叫她时就不再加那个"姐"字了。

为了拉进他们之间的距离，他叫她慧思。

这个名字从他的口中叫出来，总是饱含着感情。

她也不知道从什么时候起，喜欢被他这样叫着，尤其是他偷偷地来到她身后，在她的耳边轻轻地唤出这个名字时，那一刻，她的灵魂都在颤抖。

但是，他却很长一段时间不再叫她了，取而代之的是老婆，是甜心，让她感觉他好像在叫宠物。

她不想做被他宠着的甜心，只想成为他灵魂的另一半。

可是，他好像并不懂。

自从结婚后，她就再也没有那种从胸口飞出蝴蝶的战栗了。

婚姻，难道真的是爱情的坟墓吗？对于男人来说，爱情只是获得婚姻的手段吗？

她原以为郝立京不会，结果他也未能免俗，他和全天下的普通男人一样，需要的只是一个老婆，而不是一份爱情。

这样的男人，郝慧思太过熟悉了，她的父亲郝建华就是这样的男人。所以，她尽量避免自己也走上和母亲同样的道路，她曾经抗拒着婚姻，抗拒着郝立京，然而，她终究抗拒不了自己的心。她沉沦于他给她的爱了，她无可救药地爱上了他，成了他的俘虏。

"慧思……"郝立京趴到了妻子耳边，叫着她，想要引起她的注意。因为她的思绪似乎飘到了很远的地方，连带着她的人也离他很远很远。

"有什么话你就说吧，别吵醒孩子。"郝慧思躲开了郝立京，往沙发一边移过去了一点。

绝对不对劲。郝立京紧张了起来。

妻子如此明显地要与他拉开距离，抗拒着他，他要是还看不出来感觉不到，那他真的就是个大呆瓜了。

他再次想起父亲在办公室里和他说过的那些话。他想起了郝慧思决定辞去新产品部主任一职的事来。

"慧思，你为什么要辞掉主任一职呢？"郝立京问道。

"哦，我现在没有精力去处理管理性工作了。"郝慧思简单明了地解释。

"你说要自己带孩子，我没有意见，可是，你为什么都不和我商量一下呢？"郝立京又问。

"和你商量？商量什么？商量谁来带孩子，还是商量我的事该由谁来做主？"郝慧思一连串的反问咄咄逼人，让郝立京不由自主地往后缩了缩脖子。

"你的事当然是你自己做主，可是我们不是夫妻吗？我想我可以帮你……"

"夫妻？夫妻到底是什么，你能告诉我吗？是一纸合同，还是一个枷锁？在你的字典里，夫妻就是你有理由干涉我个人的自由和权利吗？"

"绝对没有！"郝立京连忙举起双手投降。

在言辞上，他绝对斗不过郝慧思，尽管他在大学生辩论会上一番慷慨激昂，舌战群儒，可是他依然不是郝慧思的对手。

"郝立京，告诉你，我不可能做一个像你的母亲那样的妻子。你别在我这里寻找你所谓的美满家庭的影子，也别指望我能够给予你所期盼的夫妻关系，什么相敬如宾啊，相濡以沫啊，我郝慧思做不到，对不起！"

郝慧思可谓一触即发，将闷在心头的所有积怨一股脑地抛了出来。

她的口才很好，逻辑思维严密、清晰，所以她说的话，总是有理有据，无从反驳。而且，她把她的那种强势加在里面，先声夺人，在气势上就胜人一筹。

"我没那个意思啊，你冤枉我了……"

"我冤枉你了吗？郝立京同志，请扪心自问吧。你到底把我这个人放在你心中的什么位置上，你到底是怎么看待我郝慧思的。在你的眼里，我到底是个什么样的女人。考虑清楚再回答我。不准敷衍我，也不准骗我，你也骗不了我！"

郝立京果真认认真真地考虑了一会儿，然后老老实实回答：

"我把郝慧思这个人放在了父母之上、儿子之上、我最亲的人的位置上；郝慧思是我在这个世界上唯一爱着的女人，郝慧思是一个美丽、聪慧、独立、坚强的女人。这样的回答你还满意吗？"

郝慧思冷笑了一声：

"你错了，我一点都不坚强。我不是你唯一爱的女人。我也不需要摆在你那么重要的位置上。"

飒飒的心愿

在郝设华家，也正进行着一场夫妻间的讨论。

吴飒飒看儿子已经睡熟，便快快地洗刷完毕，回到卧室，偎进了郝设华的怀里。

郝设华也很自然地将妻子搂住，温柔地摩挲着她的头发。

"设子，我今天发现了一个问题。"

"什么问题？"

吴飒飒抬起头来，娇憨地冲郝设华笑了一下："你没发现吗？咱妈好像不太高兴。"

"哦，是吗？我还真没看出来。"

"因为咱妈有心事哩！"吴飒飒的手指在郝设华胸前画着圈圈，说道。

"咱妈有什么心事？"

"设子，我先问你，你怎么看咱妈和骆子叔的事儿？"

"咱妈和骆子叔经历了太多苦难了，他们彼此相爱，却有缘无分。我从小就看在眼里，骆子叔对妈的感情非常深，妈也一样，所以他们现在能够在一起，我也替他们感到欣慰。"

"这么说，你是支持的了？"

"支持什么？"

"唉，本来我只是郝家的媳妇，不应该管那么多，但是就像你说的，我也为两位老人不离不弃的那份执着所感动，希望他们有情人能够终成眷属。"

"我们都是这样希望的呀。之前立京不是已经提过这件事了吗，除了大哥，其他人都没意见。"

"可是，这事不是又搁下了吗？虽然没说，但在老人心里一定会有芥蒂。他们现在虽然在一起了，但毕竟没有名分。身为女人，我能够理解那种失落。我想妈会觉得很遗憾吧，女人都希望能够和她爱的人结合在一起，也希望能够为所爱的人披上嫁衣，共同走上那张红地毯。你明白我的意思吗？"吴飒飒仰着脸，望着自己的丈夫，充满了期待。

"我明白你的意思，你是说让妈和骆子叔举行一个正式的婚礼，公开他们的关系。"

"嗯，我就是这个意思。那你的意思呢？"吴飒飒有些担忧地问。

"你真是我们郝家的好儿媳，我郝设华的好妻子，我真幸运娶到你这么好的女人，这些年我不知道在犯什么浑，竟然没有觉出你的好来，还……"

吴飒飒伸手捂住了郝设华的嘴：

"过去了的事不准再提了。我们不是说好了吗？"

看到妻子眼中泛起的泪光，郝设华连忙摇头：

"我不说了。我发誓，再也不提了！"

吴飒飒扑哧一声笑了：

"傻瓜……"

"飒飒，你说的事其实我也一直在考虑，就是不知道该怎么提出来。你也知道，上次立京提，结果闹得很不愉快，我不想又让妈和骆子叔受伤害……"

"是啊，大哥他……所以我们要想个好办法，怎么把这件事顺理成章地提出来。"

"我看还是和立京两口子商量一下吧。"

"对，我也是这个意思。这事不能再拖了，老人家的年纪一点点大了，你看大伯一个好好的人说走就走了，我想在妈和骆子叔心里也会有想法。"

"你说得对，真没想到你一直在操心着这件事，飒飒，我何其幸运，能够重新得到你……"郝设华有些激动地望着自己贤惠又善良的妻子。

"设子，我也很幸运，爱上了你……"吴飒飒搂住丈夫的脖子，动情地将身子偎了过去。

藏不住的温柔

与此同时，在工业园区中国龙汽车工业园内的住宅小区里，深夜中还亮着灯的，就剩下郝立京家了。

郝立京看着郝慧思，看着自己的妻子，感觉从来不曾有过的陌生。

他好像根本就不认识她一样。或者说，他其实从来都没有真正地了解过她。

"好了，我想我们之间的问题不是一时半会儿能够解决的。"郝慧思做了这次谈话的最后结语，站起了身，"我要休息了，你也早点睡吧，明天你要上班，我虽然暂时不能工作，可我还有母亲这个职位。"

郝立京无话可说，眼睁睁看着郝慧思走进了卧室。然后，门在他眼前关上了。郝立京在客厅里坐了许久，才决定到书房。他打开电脑，在搜索引擎上打下了"产后抑郁症"这几个字。

郝立京几乎整夜没睡，研究着妻子这段时间以来发生的变化，和他与她之间存在的问题。

用路鸣的话说，他的态度是诚恳的，精神是可嘉的，但他的行动有着方向性的错误。所有夫妻间的问题都不是能用书本上的知识来解决的，他明显是动错了脑筋，用错了方法，也走错了路。

早晨，郝慧思起床，给孩子喂了奶，开始收拾屋子做家务，她发现郝立京还在书房里的电脑桌上趴着，因为什么事情太过专心而忘了时间。

她本想叫他的，结果电话响了，她接了起来，是吴飒飒打来的。今天是周末，吴飒飒告诉她下班后要过来看她，顺便有重要的事和她商量。

郝慧思说了声"谢谢二婶，我等你"后放下了电话。

她一回头，发现了顶着一头鸡窝的郝立京。

她吓了一跳，但马上明白了是怎么回事，她笑了一下，没有说什么，去厨房里热了杯牛奶，煎了两个荷包蛋，端出来放在桌上。

"快来吃吧，时间不早了。"她说。

郝立京坐到桌边，视线还在跟着郝慧思走。

他犹豫着问："刚才是谁打来的电话？"

"是二婶。"郝慧思回答着，走进了厨房。

"有什么事吗？"

"说下班后来我们这里，有事商量。"

"商量啥事？"郝立京又问。

郝慧思慢慢从厨房走出来，走到郝立京面前，定定地看着他，然后一字一顿地说道：

"郝立京同志，郝总经理，你好像忘记了一件事。需要我提醒你吗？"

"啊？我忘了啥事？"郝立京一夜没睡，脑子里全是刚从网上看过的东西，郝慧思的质问让他一时间转不过弯来，也就直愣愣地问了出来。

郝慧思很无奈地仰起头，然后抽出椅子坐下，正对着郝立京，说道："那么我有必要在这里提醒你，你在去西江赈灾之前，曾经说过什么话，给什么人许过什么诺，难道你全都忘了？我很想知道，你的心里到底都装了些什么？"

"我的心里满满的装的都是郝慧思这个女人。"郝立京狠狠地说道。然后也狠狠地瞪着郝慧思。

郝慧思耸了耸肩，显然这句话一点都没有打动她，反而让她觉得很无聊。她甩了一下头发，说：

"你再仔细想想，这件事很重要。"

郝立京拧起了眉头，习惯性地皱了一下鼻子，他在思考中，但郝慧思已经很不耐烦了。

她轻轻地嗤笑了一声，说：

"让我来告诉你吧，你在出发之前，曾经对奶奶说，要为她和骆子爷爷举行一场隆重的婚礼。但是，你回来后，大概因为被某些惊险刺激的英勇壮举给冲昏了头脑，完全把这事给忘了。"

"啊……奶奶！"郝立京这才大叫出声，他猛地拍了一下脑门："我怎么给忘了呢……"

郝慧思越发冷笑起来，讥讽道：

"你当然忘了，你郝立京是谁啊，抗震救灾劳动模范，灾区百姓的大恩人，辽海市的大英雄，你怎么可能会记得这种鸡毛蒜皮的琐事呢？"

"慧思，你说话能不能别那么戗啊？"郝立京的脸上有些发烧，被抢白得面子上有些挂不住了。

"我就这样一个人，你说怎么办吧。"郝慧思扔下这一句，起身走开了。

郝立京怔了怔，连忙追上去：

"慧思，不是正说奶奶的事吗？你怎么走了？"

"我尽到提醒你的义务了，接下来就是你自己的事了。怎么，还要我提醒你忘了什么吗？"

"我们坐下来商量一下嘛。"郝立京做出了让步，拿出极大的耐心和爱心，化解着郝慧思的冷漠与讥讽。

毕竟是涉及章小凤的事，郝慧思没有再和郝立京抬杠，她坐了下来，拿出了自己的意见：

"二婶今天找我估计也是要商量这件事。看来二伯他们那边没有一点问题了，你妈也曾经和我提起过，她也有那个意思，所以也应该没问题，现在关键人物是你爸和我爸，尤其是我爸，他反对得很强烈，还需要做工作。"

"我爸也不会有问题，他的思想很开明。"郝立京点点头，说道。

郝慧思皱了皱眉头，但终究没有说什么，尽管她心里很不舒服，但还是强忍着心头的怒火：

"我去做我爸的工作，我妈大概也没权利发表什么意见。剩下的工作就是婚礼定在什么时候，要怎么办。"

"这个就交给我吧！"郝立京目光灼灼地说，"我一定会替奶奶筹划一场最隆重而特别的婚礼，我想把婚礼定在奥运会开幕的那一天，也就是2008年8月8日，而且是开放式婚礼，我要让奶奶和骆子爷爷携手走过人群，向所有人宣告他们这段忠贞不渝的爱情。"

"日子倒是不错，你的想法也很好，就看你怎么去做了。"郝慧思说道，"我们暂时不要告诉奶奶，到时候给她一个惊喜，好不好？"

郝立京的眼睛闪闪发光，紧紧盯着郝慧思，就像一个期待着母亲赞扬的孩子一样。

郝慧思看着这似曾相识的样子，心中一动，有似水柔情在那一刻滑过心田，她点了点头，轻轻地应诺了他：

"行，就照你说的这么办。"

迷途知返

父亲郝建华的到来，让郝慧思有那么一点儿意外。

自从爷爷黑一海去世后，她就没怎么见过父亲了。之前和郝立京商量要替奶奶和骆子爷爷举办婚礼之事，由于父亲曾经持反对意见，而且态度非常坚决，所以她正在思虑着带着孩子去见父亲，并想办法劝说他接受奶奶和骆子爷爷的事。

只是在她还没有想好对策的时候，父亲就来了，这叫她有点儿慌张，好像做坏事被抓着了一样，她张罗着要给父亲做饭，但郝建华却说要出去吃，把孩子也带上。

"爸，你要请客？"郝慧思笑着问道。

"是，你在家看孩子也累了，别做饭了，太麻烦，我也有些事要跟你说。"郝建华说完又好像想到了什么，问郝慧思，"你还行吗？一个人带孩子，不行就找个保姆，你呀，也别太要强了。"

"我没事。"郝慧思笑了笑，手脚麻利地收拾着给孩子带尿布、湿巾、奶瓶等，塞了满满一大包。然后她把孩子放进了推车里，推到了父亲的面前。郝建华见了，有那么一些惊讶："这东西还真方便。"他指的是推车里用来托孩子的婴儿专用背带。

"所以说现在不仅科技发达了，人的聪明才智也充分发挥在了各个领域，科技虽然在某些方面毁灭着人类，但也不可否认它的确推动了人类的进步。"郝慧思习惯性地将车钥匙拿起，但马上又放下，"爸，你开车了吗？"

"我没开。"郝建华说道，"你也别开了，我想喝两杯，就坐出租车吧，方便。"

"好，爸，我今天陪你喝个够！"郝慧思反手将门拉上，父女俩及小宝贝一起出门，在附近找了一家环境优雅的酒店，要了个僻静的包厢。

点好菜后，郝慧思观察着父亲的神情，试探着问："爸，今天来找我，是要和我说什么事？"

郝建华并没有回答，他打开一瓶地方产的高级葡萄酒，为自己和郝慧思斟满酒杯，然后缓缓地叹了口气，说道："慧思，你最近去看你妈了没？"

"哦，在孩子满月后去过一次，最近还没抽出时间。不如哪天我们一起去吧？"郝慧思说道，"爸，你有多长时间没看我妈了？虽说你们离婚了，但毕竟……啊，我也不是说要你非去不可，只是想让妈早点出来，你去看她的话，她一定很高兴，对她的改造也有帮助。"

"我昨天才去看过她。"郝建华说道。

郝慧思略微地吃了一惊，看着她的父亲，似乎有那么一点不认识他了。

"你妈她在里面表现很好，我探视过她后，找监狱长谈了谈，他说正在争取给她减刑，如果不出意外，她应该可以提前出狱。"郝建华似乎是在说着一件很平常的事，显得很平静。

郝慧思却受到了很大的震撼，她过了好一会儿才回过神来，不由自主地深吸一口气，眼泪就流了下来，她抱着孩子站起来，坐在了父亲的旁边，然后把头靠在了父亲的肩上。

父亲动情地拍着女儿的后背，说出了一席让女儿刮目相看的话：

"我去年买了一件非常喜欢的风衣。结果今年穿的时候，发现少了一颗扣子。于是，我就让他们去给我找一颗合适的扣子，可找来找去，也换了好几颗了，可看着就是不顺眼。你看看，就是这件，样子是像了，可是，颜色还是不对……"

"爸爸，知道是为什么吗？"女儿似乎看穿了父亲的心思。

"思来想去，还是原配的好。"父亲动情了，眼睛也湿润了。

此时此刻，郝慧思不仅想起了可怜的母亲，也想起了近来与郝立京的关系。

于是，她心头一热，抽泣了起来：

"谢谢爸……谢谢爸爸去看我的妈妈……"

"傻孩子……"郝建华拍了拍女儿放在他肩上的手,"你妈犯事我也有责任,我最近才认识到这一点,是我亏欠了她,我也应该为她做一点什么了,不然……"

"爸……"郝慧思有些激动,眼泪唰唰地流了下来,"爸,你让我看到了最伟大……最好的一面……"

郝建华帮助郝慧思把睡着了的孩子放在婴儿车上:

"你爸一点都不伟大,不管是对你妈还是对你,我都是一个不称职的丈夫、不合格的父亲。"

"不,我认为你是我最好的爸爸!"郝慧思说道。

"等你妈出来,咱们一家就又可以团圆了。"

"嗯!"郝慧思使劲点了点头,"到时候,我们一起去接妈回家。"

郝建华笑了笑,也点点头。

这时候,服务员开始上菜了,都是一些滋补类的菜品。

郝慧思看了又乐了:

"爸,你真体贴,还说不是好丈夫呢,在这方面你比立京不知要强多少倍!上次我妈还跟我说,你亲自给她做手擀面吃,她每次去爷爷那里,你都会烧一桌子菜。爸,你可以为了我妈在爷爷那里学做饭,那时候我就知道,你还是爱着妈的。"

"什么爱不爱啊!"郝建华起身给郝慧思盛了一碗甲鱼汤,然后说道,"我们这一辈人啊,不讲那种虚头巴脑的东西,认真过日子就行了,我和你妈有没有爱情我不知道,但我们一起生活了二十多年,已经是一家人了,那种感情不是三言两语能说得清楚的,等你到了我们这个岁数,就明白了。"

"我知道。爸,所以我很羡慕你们。"郝慧思也起身帮父亲盛了一碗汤,"只不过,一代人有一代人的活法,一代人有一代人的命运,我们的想法和你们不一样了,也没办法强求。我虽然羡慕,却做不到像妈那样,爸,我想问你,男人是不是都只需要一个妻子而并不需要爱情?"

郝建华看了一眼女儿:

"怎么,和立京之间出什么问题了?"

"爸，我只是问问。"郝慧思笑道，"没什么大问题。你别担心。"

"我是不担心你。"郝建华敛起了笑容，神色严肃地对郝慧思说道，"我担心的是你的丈夫郝立京。他现在正处于最危险的阶段。年轻有为，又担任着公司要职，是个站在浪头峰尖上的人物，他面对的诱惑就更多，各色各样的人都想办法接近他，一不小心就会犯错误。你要小心点，不要放得太松了。"

"爸，你是要我把他紧紧地抓在手里吗？"郝慧思笑嘻嘻地问。

"你不要认为我说的话是危言耸听，我是过来人，男人的本质我很清楚。立京这孩子虽然在道德品质上没有问题，但他太过招摇了，又老是干些危险的事，我指的不仅是男女问题，还有其他很多问题。总之，他就像是一匹没缰的野马，你不能就这样放了他在外面乱跑，你得给他套上辔头，让他悠着点来。男人是犁，女人是地，好男人都是好女人滋润出来的。"

"爸，我明白你的意思。虽然你说的这些话我并不太赞同，但你的这个比喻我很喜欢。"郝慧思笑道，"男人是犁，女人是地，我是要做地还是做犁呢？"

"那还用说！"郝建华没好气地说道。

"爸，我也认为女人是田，男人是农夫，不好好浇灌，田里是长不出庄稼的，还有可能荒废。"郝慧思说道。

"当然是这个理。"郝建华摇了摇头，"你也是过了而立之年的人了，我也管不着你了，只是你有的时候也要放下身段，不要太争强好胜，夫妻之间没有什么好争斗的。立京在这方面可能粗心了点，但是你要跟他说，你不说他是不会知道的。你前面问我男人是个是个需要爱情，我说啊，不管男人女人都会有那么点儿梦想，不是不需要，而是要不要得起。你们年轻人整天都把爱情挂在嘴边，什么是爱情？你们谁能说真的就懂？"

"爸，姑姑是不是就在你的梦想里？"

郝建华愣了一下，然后摇头：

"应该反过来说，是我在你姑姑的梦想里。我也许曾经也梦想过，但是，我没办法和她一起做这个梦。"

"为什么？"

"你姑姑她首先是我的妹妹，这一点永远都不会变。"郝建华神色有些黯淡地说道，"你姑姑所爱的是她梦想中的我，她还停留在二十多年以前的时候，她希望一点都没有改变，可事实上，我却已经老了。她还在飞，我已经飞不动了。现在的她，离我太遥远了。"

"因为你们之间的距离太大，所以你最后……还是选择了我妈，对吗？"

"可以这么说。"郝建华说道，"对于我来说，你妈更接近我，也更现实。"

停了一会儿，郝建华又说：

"爱情都存在于虚幻之中。我们却还得活在现实里。现实里没有爱情，只有生活。"

父亲的话让郝慧思若有所思，她在想：

"现实里真的没有爱情，那我和郝立京的……又算什么？"

奇思妙想

郝立京是个行动派，说做就做，而且要做就力争做到最好。

他一经郝慧思提醒，立刻就在脑子里构思了一个完整的计划，他要为奶奶举办一场特别的意义非凡的婚礼。

和他以往的所有突发奇想一样，计划一旦成型，当即他就毫不迟疑地开始实施。

但是要实施这个计划的前提是，他需要取得家人的赞同和支持。于是，他最先找到了郝设华，沟通之后，郝设华完全赞同他的想法，让他放手去干：

"有什么需要我做的，你就尽管说，还有你婶子，我们都会帮你。"

"暂时还没什么需要帮助的，你们就负责去做二婶娘家人的工作吧，我怕老人家不能接受。"

"没问题，飒飒的父母都是通情达理的人，只要把事情原委告诉他们，他们一定会表示支持的。"郝设华笃定地说道。

"目前工作最难做通的应该是我的老岳父，慧思的爸爸。"

"你大伯也是一时没想通，由慧思去劝说，我想也没啥大问题。"

郝立京也这么认为，因为他深信妻子的能力。

当初就连黑一海爷爷也被她说服回国了，她也一定能够攻下她父亲这个坚固的堡垒。

郝立京在和二叔郝设华达成一致意见之后，就去找他的父亲郝祖国。对于父亲这边，他一点儿都不担心，一个管理着上千亿资产的现代企业家，一个统领了数万员工的集团董事长，相信他的胸怀也足够宽广。

由于是私事，郝立京没有在办公室里直接和郝祖国谈，而是把父亲约到家中，和母亲罗绮一起，商量这件事。

郝立京当着父母的面，没有犹豫地说出了自己的想法：

"爸、妈，我在去临江之前，曾向奶奶许诺，要为她和骆子爷爷举办一场特殊的婚礼。现在我回来了，各方面的事也都处理好了，我要为我的这个诺言负责，同时，也为奶奶实现她多年的愿望。"

"你的意思是要公开举行婚礼？"郝祖国严肃地问道。

"是的。"郝立京说道，"因为我认为奶奶和骆子爷爷之间的这段旷世之恋，不但在时间上跨越了半个世纪，在情感上也跨越了世俗的束缚，也在思想上跨越了我们的传统理念，具有非凡的意义。

虽然我们所举行的只是一个仪式，但不仅仅是要了却一对有情人的心愿，我想通过公开举行这个婚礼，传递出这样的一个思想：

我们不但要搞好经济建设，改善人们的物质生活，我们也要彻底解放人们的思想，鼓励人们争取幸福，在精神生活上获得同样的满足。"

郝祖国盯着郝立京看了半晌，忍不住回头看向妻子罗绮，而罗绮则依然一副处变不惊的态度，微微地笑着，点着头，说："我没有意见。立京，就照你的意思去办吧。"

"爸，你呢？"

"我？"郝祖国沉吟了一下，"我还能说什么，你已经把话说到这个份上了，把奶奶的婚礼都上升到国家精神文明建设的高度了，我能反对吗？"

"这么说你同意了？"郝立京惊喜地问。

"是，我同意。不过，你要把婚礼办得庄重、简洁，热闹一点没关系，但不能铺张浪费，不然你奶奶会不高兴的。"

"包在我身上！"郝立京把胸脯拍得啪啪直响，"除了奶奶的婚礼外，我还有一个第二计划呢。"

"什么第二计划？"郝祖国问。

他觉得在看待儿子所提出的问题时，得永远都做好接受意外的心理准备，因为他说不定什么时候就又会冒出新奇的念头来了。

"今天在和二伯谈这件事时，我突然想到的。"郝立京兴奋地说道，"二伯和二婶因为立升的出世，造成了他们婚姻上的麻烦，使他们分居达七年之久，这件事无论对于二伯二婶还是两边的家人来说，都是一个无法弥补的遗憾。但我却因为奶奶的事想到了一个可以补救这个遗憾的方法。既然奶奶和骆子爷爷的遗憾能够以这场婚礼来解决，那么，为什么不用同样的方法帮二伯和二婶呢？他们可以说是破镜重圆、旧梦重温，他们重新走到一起，等于是第二次的结合。抛开手续和法律上的那些问题，如果让他们再举行一次婚礼，是不是这个开始就更具有意义了呢？"

"再举行一次婚礼？"罗绮有些惊讶。

"是，让二叔和二婶与奶奶他们一起举行婚礼，这就是我的第二计划。"郝立京说完，看着父亲，充满期待地等着他的意见。

"你这个想法不错。"郝祖国的态度保守，但内心却颇不平静，"你征询过你二叔的意见了吗？"

"还没有，因为这只是我临时起意，等我有了更完整的计划后，我会去征求二叔和二婶同意的。"

"其实这样也挺好的，我想你二叔听了会很高兴的。"罗绮说完笑了笑，"这样一来就成了集体婚礼了。"

"那你和你奶奶说好了吗？她也同意你的这个计划？"

"这件事，我暂时想对奶奶保密。"郝立京说完搓了搓手，"昨天我和慧思这么商量的，先把所有难题都解决好了，再跟奶奶和骆子爷爷说，这样让他们两位老人完全心无芥蒂地举行婚礼，效果更好。不然，无论来自哪一个儿女和亲人的反对之声，都会造成对他们的伤害。上一次我擅自提出来的时候，就出现了大伯极力反对的后果，让两位老人很难过，我也很后悔。都是我做事欠考虑。所以这一次，我不想再出现任何问题了。"

"你考虑得很周详，这样做很正确。"郝祖国说道，"会反对的大概就是你大伯了。有时间我也会劝劝他，不过我想，慧思应该已经去做工作了。"

"是，她今天就已经开始进行第一步说服了，我相信慧思一定能够顺利完成任务。"郝立京颇自得地说道。

"慧思是带着孩子去找她爸爸的吗？"罗绮突然这样问了一句。

郝立京愣了愣，这个问题他倒是没考虑过。

"大概吧。"他有些不确定地说道。

"她今天没有给我打电话，应该是带着孩子一起出去了。唉，这孩子也是，她把小震暂时放在我这里也行啊，她一个人带孩子出去，多不方便呀。"罗绮喃喃地说着，有些着急地起身，去给郝慧思打电话去了。

"你跟我过来一下。"郝祖国也从沙发上站起来，对郝立京说完这句话，就往书房走去。

郝立京意识到了什么，连忙跟在父亲身后，忐忑不安地随郝祖国进了书房。

爱的灵感

对郝设华来说，郝立京的第二计划正中下怀。在郝立京走后，他也突然想到了自己和妻子。他一直以来都感觉对妻子有所亏欠，所以，也一直在想着要怎么偿还。听了立京的计划，他生起了一个念头。他要把以前的自己给彻底否定掉，他要以全新的面貌重新站在妻子身边，他想和妻子再一次踏上红地毯，再一次向她许下诺言。这个念头一旦冒出，就在他的心里开始发芽生根，枝繁叶茂地生长起来，最后撑满了他的整个心思，搅扰得他一刻也不安宁，他再也坐不住了，想要马上飞奔到妻子身边去，告诉她自己的这个想法。

到下班时间后，吴飒飒给郝设华来电话，说要一起去父母家。他们接了放学的郝立升，在路上的时候，吴飒飒问立升："立升，妈妈有件事想征求一下你的意见。"

郝立升刚上小学一年级，听到妈妈的这句话后，马上表现得像个小大人，非常郑重其事地望着妈妈，说："好，妈妈你说吧。"

"立升喜欢奶奶吗？"

"喜欢。"

"那立升喜欢骆子爷爷吗？"

"喜欢。"

"哥哥说，要帮奶奶和骆子爷爷举行婚礼，你高兴吗？"

"高兴！"立升说完，又歪着头，问，"哥哥为什么要帮奶奶和骆子爷爷举行婚礼？"

"因为奶奶和骆子爷爷还没有举行过婚礼呀。"吴飒飒对儿子说道。

"为什么奶奶和骆子爷爷都没举行婚礼呢？"郝立升更加奇怪了，眨巴着那双明亮的大眼睛。

"因为那时候条件不允许啊。"吴飒飒耐心地回答着儿子的问题，她的教育方式向来都是给孩子充分的自主权，不强加大人的意见给他，让他自己去独立思考。吴飒飒接着说："比如奶奶身体不好啊，还比如骆子爷爷生病了啊，就这样拖着拖着到了现在。"

"我知道了，现在条件允许了，所以哥哥就要帮奶奶和骆子爷爷举行婚礼。嗯，哥哥真厉害！"郝立升一直都把郝立京当作他的偶像，只要是哥哥做的事情他绝对举双手赞成，哥哥做的任何事都是伟大的，在他的眼中，哥哥比超人和奥特曼还要厉害一百倍。

"对，那你支持不支持啊？"

"支持！"郝立升高兴地跳了起来。

吴飒飒和郝设华对视了一下，彼此会心一笑。由于有过没有父亲的那段经历，郝立升要比一般的孩子懂事，加上他的智力本身也要比一般的孩子高，所以他理解起事物来非常快，而且也很有他"个人的主张"。郝设华对于吴飒飒的这种教育方式很赞同，所以从来不干涉，也不过多地对孩子说教。他们看着小立升在前面蹦蹦跳跳地走着，都感到了这样的幸福来之不易。郝设华轻轻地牵起妻子的手，吴飒飒也偎依在他身边，两人紧紧地靠在一起，享受着彼此的气息与温度。

郝立升走着走着突然停了下来，他回头看着自己的父母，眨巴了一下眼睛，问："爸爸和妈妈什么时候举行婚礼啊？"

郝设华一愣，吴飒飒比他反应快，笑着回答："爸爸和妈妈已经举行过婚礼啦。"

"什么时候？我怎么不知道呢？"郝立升有些不乐意了，爸爸和妈妈举行婚礼竟然都不通知他，他们不是一家人吗？尽管对于婚礼这个词的含义，他还只是一知半解，曾经跟着妈妈去参加过别人的婚礼，妈妈告诉他是相爱的人想要在一起生活就会举行婚礼，所以在他看来，举行婚礼就是成为一家人的意思。

"立升，你妈妈说错了，爸爸和妈妈也要举行婚礼，就和奶奶他们一起。"郝设华蹲下身，捉住儿子的肩膀，认真地说道。

这回轮到吴飒飒愣了，她看着丈夫，不知道他这么说是什么意思。

"真的吗？那我可以参加吗？"郝立升高兴地问。

"可以啊，我们非常欢迎你来参加！"郝设华说道。

"太好了！我要去告诉姥姥和姥爷！"郝立升撒丫子就往姥姥姥爷家跑。看着他小小的身影消失在小区的大门口，郝设华回头笑眯眯地看着妻子。

"设子……"面对丈夫情意绵绵的视线，吴飒飒突然觉得有些不好意思，面颊上泛起了红晕，她垂下眼帘，轻声说道，"你在说什么呀？"

"飒飒，我是说真的，我要和你重新举行婚礼。"郝设华说道，"所以我要再一次向你求婚，飒飒，你愿意嫁给我吗？"吴飒飒怪嗔地看了丈夫一眼："我不早就嫁给你了吗？"

"飒飒，我误会你，离开你，这么多年来让你承受了那么多委屈，虽然你原谅了我，可是我却没办法原谅自己。我想把这一次婚礼当作我们重新开始的仪式，然后今生今世我郝设华再不会辜负你，我要对着全天下的人发誓。"

吴飒飒看着郝设华，他认真、诚挚，也动情。她明白了。

"我怎么可能不愿意，就算再一次，三次四次，我都会嫁给你。因为我吴飒飒这辈子就只认你郝设华一个人了。"

"谢谢你，飒飒！"

"我也要谢谢你。"吴飒飒说道，"如果没有遇到你，我可能会孤老终身。"

信服的理由

郝慧思看父亲的酒喝得差不多了，就下意识地将酒瓶拿开，然后将在心里酝酿了一阵子的话说了出来："爸，我和立京决定，帮奶奶和骆子爷爷举行一场婚礼，当作是送给奶奶的礼物。我们想要征求你们的意见，二伯和二婶很赞同，立京的爸爸妈妈也都表示支持。我知道你不认可这件事，但我还是要跟你说，并要取得你的同意。"

郝建华本来已经有些醉了，但听到这话，马上就清醒了。

他瞪着郝慧思，就像在瞪着陌生人，他简直无法相信，女儿会当面对他说这番话。

他的脸色沉了下来："你什么都不要说了，我不会同意的。"

"爸，我能理解你为什么不同意。"郝慧思说道，"因为你认为这件事很丢脸。但我却一点儿都不觉得有什么地方丢脸的。奶奶和骆子爷爷是真心相爱的，他们虽然已经到了耄耋之年，但爱情是不分年龄的，他们依然有追求幸福的权利，法律上也没有规定老人不能结婚。而且现在黄昏恋已经被大众所接受，并且受到鼓励与支持。人说少年夫妻老来伴，他们不过是为自己找了一个伴侣而已，我们做儿女的能为老人做什么？给钱给东西并不能温暖老人的心，而我们又各自有各自的生活，根本自顾不暇，哪还能顾得上陪伴老人。现在不是过去的大家庭时代，老人都独自生活，承受着孤独和病痛，儿女无法给予他们安慰，只有陪伴在他们身边的人才能成为他们真正的灵魂依托。爸，我们都会老，我们都会有这样一天的。"

"我并不是反对他们在一起。"郝建华皱着眉头说道，"也用不着这么大张旗鼓地宣扬吧，还搞什么婚礼，有必要吗？"

"爸，你觉得没必要吗？可是我觉得很有必要。"郝慧思将醒来哭闹的孩子从婴儿车中抱起来，调整了一个姿势，小婴儿又安稳地在母亲怀中睡着了。

"爸爸，你听我说。"郝慧思认真地说，"第一，奶奶和骆子爷爷经过了这么多岁月，遭受了这么多磨难，终于能够在一起了，他们和一般的黄昏恋不同，他们不仅是为彼此找一个伴儿，在他们心中都有一个很大的缺憾，那就是他们曾经错过了彼此，我们暂且不说原因了，也不提从前了，现在他们在一起，是凭着他们的意志，我深深地为这份执着的感情而感动。将心比心，我们都想要和自己最爱的人在一起，都想向彼此许下一生的诺言，都想向全世界宣告这份感情，所以，婚礼就成了两个人在一起的一种必要了。第二，奶奶有过婚姻不假，而且还是时间很长的很稳固的婚姻，还养育了你们几个孩子，按传统理念来说，奶奶她不仅是章小凤，而且还是郝家的媳妇。所以，爸爸才不同意他们堂而皇之地结婚。但是爸爸，不管是爷爷还是你们，虽然都默许着骆子爷爷的存在，可是，你们却一直对骆子爷爷和奶奶的关系避而不谈。就像你所说的，能够容许他们在一起，已经是最大的限度了。我想奶奶并不仅仅是想和骆子爷爷在一起，她的半生遗憾就是没有嫁给骆子爷爷，没能成为骆子爷爷的妻子。尽管骆子爷爷什么都没说，他肯定也是抱恨的。奶奶想要给骆子爷爷一个补偿，那就是做骆子爷爷的新娘，成为他名正言顺的妻子，而不是一个同居人、老来伴。所以，这个婚礼是必要的。"

郝建华听着，冷笑了一下："我怎么觉得你和你姑姑说话口气一样，连说的话都很像？"

"那没什么奇怪的，因为我们都是女人。"郝慧思说着将头靠在郝建华胳膊上，"还因为，我们都真心爱着你。"

郝建华的眉头抖了一抖，神色有些缓和："说了半天不就是要给他们个正当名分嘛！可以呀，那就去民政局登记一下，不就行了？"

"登记肯定是要的，但是婚礼还是要举行。"

"你今天是领了军令状，要来说服我吗？"

"爸，你别担心，我并没有想要今天就说服你。今天不行，我明天继续说，明天不行，后天再继续，直到你同意为止。"

"要是我还是不同意呢？"郝建华被郝慧思的执着弄得哭笑不得。

"那我就拉上妈妈一起来说服你。对，还有姑姑。"

"得，你们三个女人一起上，那还不把我给闹死啊！"

"嗯，我就是打算要把你烦到没力气反对为止。"郝慧思笑道。

"大不了你们搞你们的，别管我不就得了。"

"那可不行，怎么说，爸，你也是这个家的长子，你不同意的话，婚礼怎么能举行？"郝慧思说道，"而且，我们现在并没有告诉奶奶这个计划。我们怕一旦办不好会伤害到两位老人。人心是很脆弱的，尤其是来自至亲的人的轻视与否定。爸，你并不是奶奶亲生的孩子，可奶奶比谁都疼爱你，如果你继续这样反对下去，奶奶恐怕到九泉之下都要抱憾了。"

听到这话，郝建华沉默了。

"奶奶的脾气相信爸你最了解。她要举行这个婚礼的念头也是很强烈的，也许你反对，她依然会照样进行，但是，在她的心里一定留下了补不好的洞。爸，奶奶今年多大岁数了？"郝慧思停顿了一下，看着父亲。

郝建华茫然地朝对面张望了一下："快八十了。"

"奶奶还能和我们在一起多久呢？"

郝建华的神情一凝："慧思，别乱说话，你奶奶还长寿得很呢。"

"爸，你希望奶奶能够长寿，能够安享晚年，是不是？那她一直抱着这个遗憾活着，你不觉得她很痛苦吗？每当她看到你或想到你的时候，是不是就会像被刀子在心上割了一下？爸爸，你上一次反对，已经在她心上捅了一刀子，现在她心里还流着血呢。爸，你看不见，就当真的什么也不知道吗？奶奶是怎么累倒的，她为什么要那么拼命地工作，她在骆子爷爷昏迷的时间里是多么悲伤，你都装作没看见吗？"

"你别说了。"郝建华又一次把孙子从女儿怀里抱起，放在了婴儿车上，"我真的不爱听！"

"爸，你不爱听我也要说。我没看到奶奶的痛苦，但我看到了妈妈的痛苦，还有你的痛苦。"郝慧思说道，"你现在就很痛苦，你思念妈妈，但你却放不下架子，觉得走回头路很丢脸。可是，比起幸福来，面子算个什么？爸，你也和妈复婚吧。不如，你们也和奶奶一起重新举行一次婚礼吧。我会第一个给你们献上鲜花和祝福，我会向全世界宣告，这两个举行婚礼的人是我的爸爸和妈妈，他们重新找到了彼此，重新牵起了手。"

"你越说越没谱了！我和你妈……我们的事，不用你瞎操心。"郝建华虽然嘴上这么说着，但实际上心里已经被触动，甚至说他还因为女儿的这番话心跳加快起来。他极力掩饰着自己的情绪，但是知父莫若女，父亲的心理变化，郝慧思全都看在眼里，了然于心，只是她什么都没再说。

她抱起孩子，轻松地说道："爸，立京快下班了，我得回去了。"

"你还要给他做饭？"

"是啊，我现在可是真正的贤妻良母喽！"郝慧思自嘲地笑道。

"你可劲地给别人当说客，对你奶奶的事这么重视，可你对自己的事就不当回事，你这样能行吗？听说你连工作都辞了。"

"是暂时辞职。等郝震上了幼儿园，我就恢复工作。毕竟，我还是现代女性嘛，怎么可能真的当全职太太呢？爸爸，你放心，我当家庭妇女是暂时的。一切为了孩子。"郝慧思说完伸了个懒腰，她用额头摩挲着怀中的小婴儿，爱怜地说道："我的小宝贝，妈妈为了你牺牲了这么多，你可要给我快快长大哦！"

"你这样做值得吗？"郝建华看了女儿一眼问。以他对自己的女儿的了解，她绝对不是那种安于家庭生活的女性，虽然她说为了孩子可以牺牲一切，但家庭妇女和职业妇女的心理落差不是一个母亲的身份就能够填平的，她真的甘心吗？而且，这样的生活，她能够适应吗？

"当然值得！"郝慧思举起小婴儿自豪地说道，"我虽然设计了那么多汽车，那些作品也像是我的孩子一样，倾注了我全部的心血。但是，我最成功的产品就是他。"

"你也别光顾了你这个产品，不管你的丈夫，要知道，没有他，你这个产品也出不来。"郝建华开女儿的玩笑。

郝慧思嘻嘻一笑：

"爸，我知道，立京他又不是小孩子，用不着我照顾。况且，他也有他的事业，我尽量做到不牵累他就好了。"

"你这话有问题哦，什么牵累不牵累的，既然是夫妻，有什么困难就共同面对。我说这个孩子是你们两个共同的，意思也就是说，养育孩子也是你们两个人的事，而不是你一个人的责任。慧思，我发现，有的时候你的思想会很偏激，你到底是怎么长大的呀？"

"爸，我是在你和妈妈的爱中长大的，所以我也要我的孩子一样被爱着成长。"

"你啊，我是没你那么好的口才，说不过你。看来立京也够呛。"

"爸，你该向着女儿说话吧。立京他哪里够呛了啊？难道我做得还不够好？到底要我怎么做才满意？我让他全心全意去干事业，我从来不阻挡他做任何事，哪怕他是去堵枪眼炸碉堡！我也不让家里和孩子干扰他，我无条件支持他，我站在他后面做那个成功男人背后的女人，我这样还不够吗？我已经把自己的翅膀收起来了，乖乖待在地上，乖乖待在家里，难道还要让我把翅膀折断，让我再也飞不了才够？"

郝建华惊讶万分地看着女儿，看着女儿眼中被压抑着的愤怒，就如岩浆般地在眸子里翻滚。

沉默的火山就要爆发了，这是危险的前兆。

爱情危机

5月1日早晨，风和日丽。这一天，是一个特殊的日子。故郝慧思收拾好东西，带着孩子就出门了。

因为郝立京今天休息，所以他想开车送郝慧思，但被拒绝了："不用了，你去接奶奶他们吧。"

今天全家人约好到中国龙宾馆聚餐。当然，家庭聚会是其次的，宣布郝立京的计划才是重点。

郝立京帮郝慧思把包拎到外面，想再次努力争取送她，但她说："我要和我爸去接我妈，我爸会开车，所以你不用送我了。"

郝立京几乎呆住了。他第一次听到，自己的岳母要出狱了，而妻子要去的地方是辽海市监狱，并不是她的娘家……昨天晚上，郝慧思都没有说这样一件大事情。她只说了一句话，早晨她要去见她的父亲。他以为她是要继续巩固她的胜利成果，所以并没有在意，万没想到，其实她是要去接她的母亲出狱！

"咱妈要出狱，你为什么不早告诉我？"郝立京感到有些恼火。

为什么这么大的事，妻子竟然连一个声儿都没给他吭，他难道和她是没有关系的人吗？她认为那只是她们家的事，与他无关吗？

"咦？我没告诉你吗？"郝慧思一边往路上张望，一边整理手中的包，孩子在她推的婴儿车里扭动，让她不能专心，她开始有些烦躁，对郝立京的情绪也就没察觉。

"你什么都没说！我是刚才才知道的。"郝立京大声说道，"你到底是什么意思？你觉得没有必要告诉我吗？我不是你的丈夫而是一个陌生人吗？"

听到这通咆哮，郝慧思这才发现郝立京在发火，她抬眼看了他一下，淡淡地说道："是，你是我丈夫。我没有故意要瞒你啊，是你忙得顾不上知道嘛。"

"你不告诉我，我当然不知道啊！"

郝立京觉得女人真是不可理喻，明明是她的错，好像反而是他的错似的，她看他那是什么眼神？昨天还好好的，怎么今天就不对劲了？她到底是哪根神经又出毛病了？

"是啊，抱歉，我没告诉你，所以你被蒙在了鼓里。你生的什么气啊，又不是多大的事儿，我爸也说不要声张，你知道的，我爸总是顾脸面嘛，去监狱接人这种事，总不能敲锣打鼓到处宣扬吧？"

郝立京就算是白痴，也听明白了话里的讥讽，他的脸白一阵红一阵，由于太过愤怒，反而说不出话来。

他再次想起父亲对他说过的话。那天在家里和父母商量奶奶的事，父亲后来把他叫进书房，跟他说了两件事：一是他有可能会出任辽海市市长一职，要他有个心理准备；二是他至今没有把郝慧思辞职的事拿到董事会上讨论，他希望郝立京能够从郝慧思那里得到更好的一个解释，否则他就不接受辞呈。最后父亲跟他说，不管他是否要走仕途，家里都会支持他。当市长也好，继续在集团公司工作也罢，父亲都希望他能够处理好家庭问题，不要只顾一个劲往前冲，而忘了后院的安定。自古以来，后院失火是大忌。慧思已经对你的所作所为有意见了，所以，现在亡羊补牢还不晚，趁着没发生更糟糕的事之前赶快补救。

父亲的话可以说是老生常谈，郝立京回到家后，看见的是妻子微笑着的美丽脸庞，儿子乖乖地睡着，每天都吃得好睡得好，长得又白又胖。

他的家庭如此温馨和谐，怎么会出问题？

可是，他不知道这是表面上的现象。而实际上，在他们的内心，已经出现了些许的缝隙。而这些缝隙都隐藏在最深处，不到关键时候是发现不了的。

现在，问题果然出来了，郝慧思明显地在无视他的存在。

他发现，眼前的这个妻子已经不是他过去的那个妻子了，他那个既美丽又温柔，既聪明又贤惠的可爱妻子不见了，取而代之的是一个眼睛长在头顶，看都不看他一眼的可怕女人。他在她眼里，似乎已经渺小到可以踩在脚底下的程度了。

"我们是一家人，你的父母也就是我的父母，不管事情大小，我都希望我们能够共同分担。何况，这并不是一件小事。"郝立京努力让自己的情绪平稳，他不想在大马路边解决自己的家庭纠纷。相信比他更注重个人形象的郝慧思也不会。

"不是小事哦。的确。"郝慧思说着点了点头，依然优雅地微笑着，"我好像曾经说过，我妈因为表现好，会提前出狱。只是，我怕你连我妈在哪个监狱都不知道，所以，就没敢烦劳日理万机的郝总经理。抱歉，是我不好，以后我会尽量和你同甘共苦，如果你要上刀山，我也跟你上刀山，如果你要去救人，我也跟你去救人，OK？"

郝立京张了张嘴，终究没能说出话来。

他抬起头，仰天长出了一口气，然后又瞪着郝慧思，他在原地转了一个圈，重新回到郝慧思面前，和她眼对眼，面对面。

"是我的错吗？"郝立京问。

"不，你郝立京哪能有什么错？"郝慧思眼中充满了难以言状的东西，"这不是谁对谁错的问题。你这么说好像是我在怪你。不，我一点儿都没怪你，真的。你在工作中从来不会做出错误决策，在生活中也是个只做好事的好人，而你的这些正确行为也得到了公认，我又不是造反派，干吗指鹿为马，非要说你错了。你没错。相信你自己。"

郝建华的车开进了小区路口，在夫妻两人旁边停了下来，郝慧思提起大包上了车。郝建华问："立京也要去？"

"不，他不去。今天要宣布奶奶的事，他要去奶奶那边。"

"哦。"郝建华透过窗户看了郝立京一眼，然后把车开走了。

郝立京留在了原地，呆呆地站了半个小时，也没把前因后果想清楚。

之后，郝立京就去了奶奶家。因为去饭店的时间还早，所以他就和奶奶、骆子叔聊了一会儿天。

到了 10 点钟的时候，郝立京把奶奶和骆子爷爷拉到了饭店。

这时候，郝设华一家就在门口等着，章小凤一下车，郝立升就扑了上来喊："奶奶、奶奶！"

抱着孙子，章小凤乐得合不拢嘴，她连连地答应着："哎、哎，我的乖孙子！"

"立升，快下来，别把奶奶压着了。"吴飒飒过来扶住轮椅，然后给儿子使了个眼色。

郝立升给奶奶也撒完娇了，他起身站好，把胸前的红领巾正了正，然后向章小凤行了个标准的少先队队礼："报告奶奶，郝立升期中考试语文考了 100 分，数学考了 100 分，体育考了 100 分，音乐考了 100 分，品德操行 100 分，一共是 500 分。"

"好！好！我的孙子咋这么厉害呢，全都考了 100 分，奶奶要给你个奖励，说，你想要什么呀？"

"到奥运会开幕那一天，你和骆子爷爷站在主席台上……就是对我的最好的奖赏。"郝立升大声说道。

章小凤愣住了："这孩子，我和你骆子爷爷站在主席台上干什么呀？"章小凤说着看向郝设华夫妻。

"奶奶，因为那一天是我们中国人的大喜日子，所以，我立京哥哥要请你们参加他和嫂子举行的庆祝会呢！所以……"郝立升一口气把话说完，口齿伶俐，吐字清晰，而且条理清晰，逻辑明确，听得当场的人都一愣一愣的。

郝立升非常聪明，他答应过立京哥哥和爸爸妈妈，故没有把给奶奶和骆子爷爷举行婚礼的事情说出来。

"这是真的吗？"章小凤问郝设华。

"是真的。妈。"郝设华握着吴飒飒的手，对母亲说。

"奶奶，这是千真万确的，今天就是为了庆祝这件事，我们大家才聚在这里。"郝立京过来抱住章小凤的肩，肯定了郝设华的回答。

章小凤望着儿女们，然后转向了骆子，嘴唇颤抖了几下，泪水几乎是不受控制地涌了出来："骆子哥……"

　　而骆子则早已经是泪流满面了。

减刑出狱

魏轶力从高墙下的铁门走出来后，被外面过于强烈的阳光刺痛了眼睛，她用手遮在了额头上，低下头，向送她出来的监狱长及两位狱警道谢，然后接过自己的提包，离开了这个她待了整整三年的地方。

她有些茫然地站在路中央，向四处张望。而这时，两个人向她走了过来，她愣怔地看着他们，什么表情都没有，直到郝慧思投入她怀中，带着哽咽喊了她一声："妈！"

"慧思……"魏轶力喃喃地叫着女儿的名字，手摸索着停在了她的脸上，"我的闺女……"

"妈，我们来接你回家了！"郝慧思一个劲地流眼泪，她抱着魏轶力又是哭又是笑的，"妈，让你受苦了。妈，我都想死你了，妈……"

郝建华抱着外孙站在一边，默默地打量着已经是他前妻的魏轶力。大概是因为要出狱了，她的头发是刚修剪过的，整齐的齐耳短发看上去十分利落，只是发丝有些枯黄，就像原野上那些刚割完还没有返青的蒿草。没有丝毫修饰的脸上染着风霜的影子，她早已经不再是当年的那个女知青了，但是，曾经她的确是他的妻子，是他所熟悉的那个女人。

"你……怎么也来了？"魏轶力看到郝建华时，有些惊讶。

"我怎么就不能来？"郝建华淡淡地问。

"我们……没关系了吧。"

"就算是朋友，也可以来的吧？"

"朋友……"

"何况你是我老婆。"郝建华说道。

魏轶力浑身一震，呆呆地看着郝建华，不知是不是受到郝慧思的影响，她一边扯着嘴角笑，一边大滴大滴地流着泪。

"好了，你们娘俩也别杵在大马路上哭了，快上车走吧。"

"对，妈，咱们快离开这里。回家去喽！"郝慧思接过魏轶力手中的提包，往车后备厢里一扔，就推拉着魏轶力上了车。

魏轶力轻轻地抱起睡着了的外孙子后，车子启动了。她看着自己的女儿，感觉时光又回到了过去，仿佛她什么地方都没有去过，什么事也没有发生过，他们一家三口还是原来的那一家。和过去不同的是，眼前是能干又体贴的女儿，还有已经离了婚的、冷漠但又温柔的前夫和在自己怀里的外孙子……

这时候，孩子哭起来了。

魏轶力马上举起了哭闹的孩子：

"啊哦，我的小孙子哟……是姥姥在抱着你哩，你哭什么呀？"可是，孩子还是哭闹不止。

郝慧思接过了孩子：

"妈妈，他饿了，我来给他喂奶。"

在回市里的路上，郝慧思不停地说着笑着，这是她在生完孩子后第一次尽情地放开感情，或哭或笑，没有一点掩饰。

在母亲面前，女儿永远是女儿，无论她有多坚强。

郝建华在心里颇感叹，家终究还是要完整才好。否则，女儿没有母亲，丈夫没有妻子，谁都无法真的获得安宁和幸福。

车刚进市，郝慧思的电话就响了，她拿起一看，是郝立京打来的，就接上了：

"哦……我们已经接回妈了，正在路上……嗯，好的，我们这就过去。"

收线后，郝慧思对郝建华和魏轶力说：

"爸，妈，奶奶知道我们接上妈妈了，叫我们马上过去呢。"

"你告诉你奶奶，我们马上就到。"郝建华一脚油门，车子立刻提高了速度，驶向了宽宽的市区大道。

"妈，正好今天全家人都在中国龙宾馆，奶奶说，今天是大喜的日子，要为你接风洗尘呢。"

"我……我还是不去了吧？"魏轶力有些为难地说，她实在是没有脸面再去面对郝家人了。

"妈，别怕，大家不会吃了你。"郝慧思开玩笑地说，"而且今天是个特别的日子。还有天大的好消息要告诉你呢。我奶奶啊，就要和骆子爷爷举行婚礼了，他们这对有情人也终成眷侣了。妈，你说，你是不是应该去祝贺一下呀？"

"啊？真的？"魏轶力虽然吃惊，却也了然，她神色马上又黯淡下来，"我不是怕，可是我……"

破镜重圆

"妈，过去已经彻底地离你而去了，现在，什么都没变，你还是我最亲爱的妈妈，也还是我爸最亲爱的老婆。爸，对不对？"

郝建华从后视镜里看了魏轶力一眼，轻轻地嗯了一声。

"妈，我爸在害羞呢。"郝慧思凑在魏轶力耳边悄悄地说道。

魏轶力却有些发怔地看着郝建华："我……我不能破坏你爸和……我本来就是多余的……"

郝慧思把电话重新拿起，拨了个号码，等接通后，她对着那边的人欢快地叫了一声："姑姑，你好！我是慧思，好久没听到你的声音了。"

魏轶力有些惶恐地抬起头，看着女儿，不明白她要做什么。

"姑姑，对，是，我们在一起，好的。"郝慧思把电话突然按到了魏轶力耳边，"妈，姑姑要和你说话。"

魏轶力一手抓着电话，一手从侧面搂住了自己的女儿，接上了电话，电话那头的崔银姬清脆的笑声传了过来……

魏轶力听着听着就哭了起来："银姬……对不起……谢谢你……"

"谢我干什么？谢我不是你担心的第三者是吗？哈哈！轶力嫂子，从今往后就和我哥好好过日子吧，我哥永远是我哥，我也永远是你们的妹子，以后别再把我当仇人啦，不然我可怎么回家来呀？哈哈，轶力嫂子，我有几句话要送给你，人要懂得感恩，还要知道惜福，更要认命。我啊，已经认命了。所以，你就放心地和我哥过日子吧……"

"是……"魏轶力激动地说，"谢谢银姬！"

到饭店后，魏轶力跟在郝建华身后，郝慧思推着熟睡的孩子，走进了包厢。

当他们一家三口出现在包厢门口时，里边所有的人都站了起来，并在章小凤的带领下鼓起了掌……

"欢迎、欢迎、热烈欢迎！"郝立升还喊起了口号。

"妈……骆子叔……你们……大家……"魏轶力见到这场面，越发说不出一句完整的话来。

吴飒飒和罗绮将她带到座位上，吴飒飒还让儿子郝立升过来叫大伯母。

"大伯母好！"

"这是立升……"

"是的，是你的侄子郝立升。"郝设华摸着儿子的头，自豪地说道。

"哈哈，你还不知道吧，立升是他们两个人的亲儿子。查了两遍都没问题！说就是那什么隔代遗传啊，咱们先人有外国人的血统，都遗传到立升身上了。这可是咱们郝家的福分呀，你看看，你看看，我这乖孙子长得多俊，比那洋娃娃还要漂亮！"章小凤哈哈大笑着给魏轶力解释了原因。

魏轶力还是没有听明白，郝立京就把二叔带着孩子在北京、上海进行DNA鉴定的结果告诉了母亲。

魏轶力一听，高兴地抱起了立升："哦，好！我说见了你就亲嘛……来，让大伯母亲一下！"

郝立升懂事地把腮帮子伸了过去，让魏轶力亲了一口："嗯，好侄子！"

大家重新落座，举杯庆贺，一为魏轶力归来，二为全家人再次团圆。

"谢谢……你们还能接受我……"魏轶力站起来给大家鞠躬，但话却说到一半又哽住了。

郝慧思见状，就说妈妈是太激动了，所以，话也说不连贯了。她便端起酒杯代她妈妈给大家敬了一杯感谢酒。然后她又举起第二杯，来到父母中间："爸、妈，祝贺你们，又重新走到了一起。"

魏轶力迟疑地端起了酒杯，见郝建华二话没说把酒一口喝完了，她便也跟着喝了。

郝慧思又举起第三杯酒，对众人说道："奶奶、骆子爷爷，二叔、二婶、爸、妈，我们有一个重要的决定要宣布。"她转向郝立京，"立京，你来宣布吧。"

郝立京笑着说："慧思，还是由你来宣布吧。"

"什么决定啊？"章小凤乐呵呵地问。

郝慧思点点头说："那好吧，那我就宣布了。第一个决定是，经我们提议，我们全家人同意。我们将在8月8日奥运会开幕的那一天，为奶奶和骆子爷爷举行隆重的婚礼！"

在大家的掌声中，章小凤先是吃惊地看着鼓掌的郝建华，紧接着，他的眼圈红了。她拉了一把骆子："骆子哥，你看到了吧？"

骆子感激地望着郝建华和大家，也是泪流满面："小凤，我……我看到了……"

郝立京又提议大家给奶奶、骆子爷爷敬酒，两位老人高兴地把酒喝下去了。

郝慧思继续说："奶奶、骆子爷爷，我们还有第二个决定呢！"

章小凤擦了一把老泪："慧思，快说，你们的第二个决定是什么？"

郝慧思望了一眼郝立京，又看向激动不已的二叔和二婶：

"我们的第二个决定是，在奶奶和骆子爷爷的婚礼那一天，为二叔和二婶补办一次婚礼，让我们以实际行动向受尽了委屈的二婶表示深深的歉意！"

"好！"章小凤马上拍手表示同意，"我们郝家欠飒飒的情，也欠吴家的情。我们应该这样做，把这份情意还给飒飒，还给飒飒的父母！"

雷鸣般的掌声……

"奶奶，你就继续高兴吧！"郝立京接着说，"你的孙子媳妇还有第三个决定呢！"

"还有第三个决定？"大家狐疑地看着郝慧思，"快说说，第三个决定是什么？"

郝慧思庄严地宣布：

"我们的第三个决定是，也就在同一天，我们还要为我的爸爸和妈妈举办婚礼！这也是我和立京献给我爸爸妈妈的一份礼物，感谢他们给了我生命，把我养育成人！"

"啊……"魏轶力一下子站了起来，吃惊地望着郝慧思，"孩子，你不能自作主张，这件事情必须得你爸爸同意……"

全家人都把注意力集中到了郝建华的脸上，仿佛在他脸上能够找出答案来……

郝建华望着大家，郑重其事地说：

"妈、骆子叔，还有兄弟们、弟妹们、孩子们，我同意和魏轶力复婚。"

"建华……"魏轶力在大家的掌声中望着郝建华，既茫然又惊讶，"你说的是真的？"

魏轶力见郝建华使劲地点了点头，一下子扑进了郝建华的怀里。她哭着说：

"建华，谢谢！谢谢……我……我，从现在起，我一定好好地做一个贤妻良母……"

郝建华抚着她的背，柔声说道：

"谢谢你愿意再一次嫁给我，从今往后，我们再也不会分开了……"

走马上任

路鸣升任北方省委书记后,辽海市市长王立接任市委书记。

然后,路鸣和王立协同组织部长戴叔轮把郝立京找了去,告诉他经辽海市委市政府提名,市人大常委会将任命他为辽海市人民政府的代市长。

由于郝祖国已经提示过他,所以郝立京听到这个消息后并没有太多的吃惊。只是,他表示不愿意离开中国龙汽车集团公司。

路鸣见郝立京这样说,在表示理解的同时,陷入了沉思。

如果郝立京不离开中国龙汽车集团公司,那么,他就不可能当好这个代市长。

于是,他紧急召集了临时省委常委会,通过研究后,做出了一个新的决定:直接提拔郝立京任北方省人民政府省长助理,兼任辽海市的副市长。

会后,路鸣直接找郝立京谈话。

"立京同志,鉴于你不离开中国龙集团的要求,我们重新调整了你的职务,省委决定任命你为北方省省长助理兼任辽海市副市长。这样一来,你可以继续担任中国龙汽车集团公司的职务。立京同志,我们辽海工业园因为中国龙汽车集团公司工业园快速发展的因素,已经和大海连接在了一起。但是,我们辽海还有3000多公里的海岸线,我们未来的主要任务就是如何把沿海3000多平方公里的废弃盐碱地和荒滩开发利用起来。郝立京同志,我想把这个艰巨的任务交给你。"

"路书记,你认为我能胜任这么高级别的职务吗?"

路鸣认真地说:"郝立京同志,你以为这是我一个人的轻率决定吗?提拔你当代市长,是经过辽海市委的推荐,省委组织部对你的工作和表现进行了必要的考察之后决定的。当然,这一切都是在你不知情的情况下进行的。你的能力和表现有目共睹,我相信,你完全能够胜任辽海市代市长一职。现在，省委常委会根据你的要求，又决定让你出任北方省省长助理兼辽海市副市长。我希望你能拿出回购国宝和抗震救灾的干劲，使我们北方省的经济工作迈向一个新的台阶。"

"路书记，你说，我出任后，需要我具体做些什么？"郝立京充满自信地问道。

路鸣亲自给郝立京打开了一瓶矿泉水，递到了郝立京的手里："立京同志，过去，我们北方人的感觉是我们离大海很远很远……我们除了拥有国家的大型、特大型企业外，就什么也没有了。可是，自从我们辽海市实施工业园区建设以来，我们的这个观念变了。我们北方省不但是工业时代的共和国长子，而且拥有近3000公里的海岸线，这3000公里的海岸线就是我们得天独厚的条件。可是，到现在为止，在世人的眼里，我们北方省过去只有一个沿海城市，那就是大梁市。现在，又多了一个沿海城市辽海市。现在，我们要很好地利用我们北方省沿海的条件，我们要很好地重视充满活力的海洋，在这一点上，珠三角、长三角的迅速崛起，快速发展的胶东半岛沿海经济区，给了我们许多启示。同时，环渤海经济圈在全球产业转移的大背景下，正在继珠三角、长三角之后，成为中国经济的第三极。所以，我们北方省沿海经济带的开发，具有沿海、区域、产业、人才、交通五大优势，是我国唯一没有总体开发的重要沿海区域，也是大东北经济开发最好的区域。立京同志，如果我们现在开始抓这项工作，不但有利于我们北方省的快速发展，而且有利于提升整个环渤海地区的竞争力，从而形成我们国家沿海地区全面开发的崭新局面。"

"路书记，我明白了，你是让我们以辽海市连接大海的工业园区为模式，在未来全省实施'五点一线'开发战略的工作中，起一个全面推动的作用，对吗？"

路鸣喝了一口茶水，说："你说对了一个方面。立京同志，我们让你出任北方省省长助理，就是让你牵头实施我们全省这个'五点一线'的开发战略啊！"

郝立京提出了疑问："我怎样才能够牵好这个头呢？"

"这就是问题的关键。省政府马上成立一个实施'五点一线'开发战略的机构，叫'大北方开发研究院'，你就职北方省省长助理的同时，也是这个研究院的院长。"

"书记，我明白了。我得先学习你的思想，然后上任。"

"不对！是先上任，然后边学习边实践。"

就在郝立京准备走马上任，成为北方省省长助理的同时，郝慧思来到了中国龙汽车集团公司董事长办公室。

郝祖国一点儿也不意外，他看到儿媳妇走进门来后，就将放在抽屉里的辞呈拿了出来，放在了桌上。然后他问："你是准备来拿回这封信，还是要我给你批复？"

"董事长，我是来拿回这封辞职信的。"郝慧思说道。

"好。"郝祖国笑了，将辞职信撕成两半，放进了碎纸机里，"我早就知道，你会回来上班的。所以，你的职位还在那里放着呢。孩子，好好地干吧。"

"谢谢董事长，郝慧思从今天起复职。"

郝祖国却将另一个早已放好的信封递给了郝慧思："从现在起，任命原销售公司新产品部主任郝慧思为中国龙汽车集团销售公司总经理。"

"咦？升官啦？"郝慧思接过了任命书，笑道，"那原来的销售公司总经理呢，到哪里去了？"

"他将出任中国龙汽车集团公司副总裁一职，主要负责拓展公司国际国内新市场这一块。"

"这么说，中国龙汽车要向世界进发了？"

"对！新上任的销售公司总经理，你对此有什么看法？"

"嗯，董事长，明天的上班时间我会交给你一个方案，到时候我会阐述我的具体想法。"郝慧思说道。

"好，我就在明天的董事会议上等着你的这个新方案。"

公事谈完了，郝祖国放下董事长的那张脸，走到沙发旁，给郝慧思泡了一杯茶。两人面对面坐着，开始了属于公公和儿媳妇之间的谈话。

"你回来上班，是你爸的功劳？"

"对，我的两个爸爸合力把我拉回来了。"郝慧思笑道。

她想到昨天和父亲的那场谈话。父亲说她不适合当一个全职太太，她也当不好。他问她："是真心的不想工作了吗？"

郝慧思在父亲面前不再隐瞒，她说她已经想工作想疯了。她不知道，现在的这种状况，她还能忍耐到什么时候。

郝建华笑着说："现在你妈回来了，孩子就交给我们帮你看，你回公司上班去吧。不要说这个样子你自己不好过，让你这样一个人才白白地流失，实在是太浪费了。这对中国龙汽车集团公司来说，是一个损失。"

"爸，你太夸张了啦。"郝慧思也笑了起来。

"一点儿也不夸张，你就应该让你的才能充分发挥。别忘了，你可是我们的才女呀！"郝建华骄傲地说道。

郝慧思最后对父亲说："爸，还是你理解我，知道我需要什么。"

"那不是废话吗，我可当你爸当了 31 年了！"

"爸，你的言下之意是说别人不理解我是应该的？"

"你希望谁能够理解你的话，就好好地告诉他。"郝建华语重心长地说道，"你能够知道一扇向你紧闭着的门后有什么东西吗？理解是双方面的。"

郝慧思何等聪明，怎能不知道父亲所指为何。

现在坐在她面前的是另一位父亲，似乎也在担忧着相同的问题。

他有些忧心忡忡地看着她："慧思，你是我看着长大的，你和立京都是我的孩子，所以我不会偏袒你们中的任何一个。立京没有你细致，他太粗心，也容易冲动，有你在他身边我才放心。从小他就很依赖你，现在也一样，他如果没有你的话，一定会犯错误。"

"爸，立京长大了，再也不是那个整天跟在我身后的小尾巴了。我想我这个姐姐的职务早就该卸下来了。他现在没有我一样也能做好事情。你放心吧，爸，立京已经不需要我了。"

郝祖国抿起了唇，他不再说什么。

谈话结束了，郝慧思起身准备离开，郝祖国突然说道："这个周末回家来吃饭吧，和立京一起。我让你妈给你做你最爱吃的乱炖。"

"好的。我是没问题，就看立京了。"郝慧思爽快地答应道。

天才思维

在中国龙汽车集团董事会议上，郝慧思就销售公司的工作目标，提出了以下要点：

"省委省政府出台了关于开发北方省沿海城市的'五点一线'战略。北方省有辽海市、基准市、雅克市、芭蕉市、海陵岛市五个沿海城市。目前，辽海市已经和大海连接到一起了，接下来就是像辽海市工业园区一样，把基准市、雅克市、芭蕉市、海陵岛市的沿海开发工作搞起来，把这五个点连成一线。我认为，这是我们中国龙汽车集团公司进一步发展的契机，也是一个绝佳的机会。我们也在这五个沿海城市建立起中国龙汽车工业园，跟随省上对沿海的开发项目，将中国龙集团的窗口推向大海，面向整个世界。这样对我们拓展海外市场有极大的帮助。"

听了郝慧思拟定的销售公司的未来工作要点，有的董事发出了惊愕之声，认为郝慧思的想法简直就是天方夜谭。

但是郝慧思丝毫不犹豫，摆出了有力的证据，证明这个计划可行，让那些反对的董事们最后也无话可说了，甚至还无可奈何地感叹道：

"换了一个郝慧思，和郝立京还是一个样，不鸣则已一鸣惊人，你们怎么老是冒出这种怪念头啊？该说是大胆呢还是天真，动不动就来一个惊心动魄，一鸣惊人，如果搞砸了，我们整个集团就完蛋了！"

"哦，你认为我和以前的郝总一样都是天真、大胆？那么，请问，这种天真和大胆何以每一次都会取得成功？而且每次都给公司创下了极大的经济效益和社会效益。如果没有这种天真和大胆，中国龙汽车何以得到长足的发展，又怎么能够迈出国门走向世界？我想，有的时候，我们还是需要一些天真和大胆的。"郝慧思笑眯眯地说道。

郝祖国在心里不由得佩服，虽然郝慧思不像郝立京那么咄咄逼人，常以他的自信和魄力取得董事们的认可，但郝慧思却非常善于运用她的口才，以敏捷的才思和犀利的语言让那些董事哑口无言。

所以，郝慧思是个运筹帷幄的谋臣，而郝立京则是善于冲锋陷阵的将领。他们两人的配合可说是完美无憾、天衣无缝，真可称为是天作之合。

散会后，郝祖国让郝慧思到他的办公室去一趟。

一进门，郝慧思就问他：

"董事长，是不是你对我的提议有什么看法？"

"不，我既然在会上同意了你的提议，那就表示我也赞同你的提议。"郝祖国说道，"只是，我想知道你的这个提议是怎么形成的。我想不可能是你在一夜之间想到的吧？"

"爸，你说对了，这个提议当然不可能是我一夜之间想到的。说实话，我昨天晚上只是做了一个资料的整理而已。因为，这套方案早就已经形成了。"

"早就形成了？"

"是的，在中国龙汽车集团开始往大海边延伸的时候，这个方案就诞生了。"郝慧思说道，"而且，这个被董事们称为天方夜谭、仿佛是不可能实现的梦话的方案，是你的儿子郝立京想出来的。我只是帮他完善了一下。当初这个方案的雏形是在沿海的几个城市建立我们的工业园区，然后将价格高昂的重型汽车及高档小汽车的生产线放到海边，这样我们就完全做好了迈向世界的准备。"

"真是了不起！"郝祖国叹道，"你们大概那时候并没有想到北方省政府也会有这样的开发计划，所以这个'五点一线'战略的提出可以说是正好吻合了你们的期望。"

"不，爸，其实立京在形成这个方案的时候，也是受了路鸣书记的启发。因为路书记曾提出过'面向大海求发展'的理念，他是被这个理念激发出了这样的奇思妙想。应该说，是英雄所见略同。"

"这么说，并不是巧合？"

"爸，你要相信你的儿子，他不是靠巧合或好运气成就他之前的那些功绩的。他的思路开阔，眼光准确，可以说他是个对政治相当敏锐的人，说实话，他过去没去走仕途真是一个遗憾。否则，他一定能够成为杰出的政治家。"

郝祖国是第一次从一个妻子的口中听到她如此夸奖自己的丈夫。

不，与其说是夸奖，不如说是评价，只不过这个评价给得非常之高，也非常准确，而且她还敏锐地发觉了他的政治才干。这也说明她十分了解他。

然而，这样的评价方式却不应该属于一个妻子。郝祖国的心里感觉有些复杂，不知是该喜还是该忧。

"那当初为什么没有把这个方案提出来呢？"

"因为要等待合适的时机。也就是立京所说的天时地利人和。一件事能否成功，时机是重要因素，所以把握好时机对企业的发展非常关键。董事长，现在就是中国龙汽车飞跃的一个绝佳时机。我们绝对不能放过。"

"慧思啊，你爷爷当初怎么没向我推荐，让你当副总裁呢？"郝祖国叹息道。

"爸，总有一天我会坐到那个位置的。"郝慧思淡淡一笑，"至于爷爷为什么不推荐我，那是因为他了解我。我想是我的时机还没到吧。在举贤不避亲方面，我爷爷还做得不够。也有可能是因为我是他的孙女的原因，所以才没有推荐我。不过，实事求是地说，我比起立京来说，的确是差了一段距离呢。"

"你们各有千秋，你并不比他差。"

"谢谢爸。你这样说我的心里就好受多了。"郝慧思笑道，"说实在的，我都有些嫉妒立京了。他的成长速度太快了，看得我眼花缭乱，也措手不及。我感到我已经追不上他了，他把我远远地抛在了后面，我无法再与他并肩行走。这对我来说，是个不小的打击。"

郝祖国有些愕然，看着郝慧思。

"觉得奇怪吗？妻子竟然会嫉妒丈夫？"郝慧思说完哈哈大笑，"爸，你别那么惊讶啊。我这么说，并不是以一个妻子的身份，而是以一个同事、一个女人的身份。这也是男人与女人之间的战斗吧。"

郝祖国已经无法理解这些话了，但他从郝慧思的这些话背后，看到了一些问题。

他想，他真该和儿子好好地谈谈了。今天是周末，约好的小两口到家里去，他要找机会告诉自己的儿子，不该以看待一般女人的方式去看待他的妻子，郝慧思不是一般的女人。

可惜的是，罗绮炖了一大锅菜，郝立京却因为在省里开会而没有回来。

"这孩子，最近怎么这么忙，连周末都不消停，他爸，你到底给他派了多少工作呀？怎么你们两个都下班回家了，他还在开会？"

郝祖国被这么一问，才想起有一件大事没跟家人说。

他在餐桌旁坐下：

"不好意思，是我给忘了。今天对于立京来说算是个特殊的日子。立京啊，现在正在省政府开会呢。"

"省政府？"郝慧思怔了怔，"他去省政府开什么会？"

"省政府经济工作会议啊！"郝祖国故意扔下烟幕弹，却迟迟不说出关键词。

以郝慧思的敏感，她应该有所察觉了，所以她突然抿住了唇，神色复杂地对着咕噜咕噜冒热气的暖锅子发呆。

"给立京打个电话，叫他早点回来。"罗绮对郝祖国说，"难得回家一趟，慧思也在，他不能这样，工作什么的就放一下吧。什么重要什么不重要，他该分得清楚了。"

郝祖国微笑着摇摇头：

"不行，现在不能打电话，我想立京大概正在做他的就职演说呢。"

"什么就职演说？就什么职？"罗绮觉得蹊跷。

"北方省省长助理的就职演说。"

"什么！"罗绮差点跳了起来，难得像她这么沉着安静的人，也被这样一句话给吓坏了。

她的脸色变了变。

"他爸，你别开玩笑了。"

"我没有开玩笑，这是千真万确的事实。对我们家来说，也是一个爆炸性的新闻。立京从今天起就是咱们北方省的省长助理了。而且，他是我们国家目前最年轻的正厅级干部。"

"不可能，立京连党员都不是，怎么能当省长助理？"

"现在不讲那种老皇历了。立京算是有特殊贡献的特别新人，对他也算是破格提任。在这之前，路书记就跟我谈起过，我只是没想到他们会这么快就让立京上任。还有，路书记现在也不再是北方省委副书记兼辽海市委书记了，而是北方省的省委书记。"

"天哪……"罗绮喃喃地说道。

郝慧思的脸色却开始变得苍白，她紧紧地咬住唇，好像在忍耐着什么，长长的睫毛在微微颤抖，眼中竟然冒出了莫名其妙的火光……

六十年的风云变幻

骆子茶馆已经是辽海市的"老字号"了。虽然骆子有段时间没去过茶馆了，但茶馆的生意依然红火。

以骆子的快板开了头，而后这里就成了一些民间艺人表演的专业舞台了，同时也成了辽海市民间娱乐的一块金字招牌。

偶尔，骆子会兴致大发地到茶馆里来过一过"嘴瘾"，但凡他去表演的那一天，茶馆必是来客爆满，而且大多是那些慕名而来的老客。

婚礼之事敲定，骆子可谓心花怒放，高兴之余，就创作出了新的快板，想要练练舌头，章小凤便陪着他来到骆子茶馆。

茶馆老板之前得到了通知，早把消息写在了门外的看板上，所以，今天的茶馆又是热闹非凡。

好戏还没开始，台上台下就人声鼎沸，好比那东关的闹市，好些个没座位的看客，挤在过道处，靠着墙，就等骆子出场。

骆子换上了崭新的深灰长袍，花白的头发梳理得一丝不苟，八十多岁的他，看上去依然目光敏锐，精神矍铄。他微笑着登上台来，全场响起了一片雷鸣般的掌声，人们大声吆喝着骆子的名号，给予了他极大的热情与鼓舞。

骆子先给场内人鞠躬行礼，然后清了清嗓子，说道："各位听众，各位朋友，感谢你们多年来对骆子的支持，骆子深感惶恐。今天，咱不说别的，就先把最近编成的一个新段子说给大家听听。新中国即将成立六十周年，骆子把这一段书就当作对祖国和人民的一份献礼。我这段快板起名就叫《看看咱这六十年》——"

六十年的风，六十年的雨，
六十年的成就了不起。

六十年的我，六十年的你，
听我把六十年的前后来对比。
……
有些个事，
更可笑，
那时候买啥都要票，
有布票、粮票、棉花票，
糖票、油票、副食票……
娃娃饿得嗷嗷叫，
当爹的到处找奶票，
你要有张豆腐票，
做梦都会偷着笑。
有张肉票就乱了套，
馋得半夜睡不着觉。
那时候要把媳妇娶，
没票心里就没有底。
缝纫机，
半导体，
有票还要排队挤。
自行车手表是聘礼，
没票真能急死你。
结了婚，
领了证，
没有住房更要命。
出去转转心更乱，
坐车能挤一身汗。
马路边边上不敢站，
尘土能有一尺半。
刮风对面看不见，

下雨泥点子到处溅，

提上包包像逃难。

想过去，

看现在，

今非昔比变化快。

改革开放让咱走进了新时代，

脱贫致富、满怀信心往前迈。

……

骆子茶馆掌声不息，笑声不断。

与此同时，辽海中国龙汽车宾馆一号会议室内，也不断地响起热烈的掌声。

新上任的北方省省长助理郝立京正在此主持中国龙汽车集团公司实施"五点一线"开发战略汇报会。

与会的有省委书记路鸣，省委常委、辽海市委书记王立，中国龙汽车集团公司董事长郝祖国，中国龙汽车集团公司各单位的负责人及基准市、雅克市、芭蕉市、海陵岛市的几位市长。

"尊敬的省委路鸣书记，省委常委、市委王立书记，中国龙汽车集团公司郝祖国董事长；尊敬的基准市金在元市长、雅克市杨凯生市长、芭蕉市白金龙市长、海陵岛市黄丽娟市长；女士们、先生们，上午好！我受北方省人民政府委托，就中国龙汽车集团公司实施省委省政府'五点一线'的开发战略情况，做一简要的通报。"

"为了全面贯彻落实省委省政府'五点一线'沿海开发战略，中国龙汽车集团公司、辽海市人民政府根据国情、省情，以及整个东北的实际情况，在充分征求基准市、雅克市、芭蕉市、海陵岛市意见和调查研究的基础上，制定了中国龙汽车集团公司实施'五点一线'的开发战略的方案。"

"中国龙集团公司的开发战略，为落实省委省政府'五点一线'的发展战略，做出了生动的诠释。从现在起，中国龙汽车集团公司和辽海市人民政府共同投资在基准市、雅克市、芭蕉市、海陵岛市四个地区的沿海区域进行开发。基准市、雅克市、芭蕉市、海陵岛市为了配合中国龙集团公司的开发工作，他们将沿海区域的荒地、荒滩折价投入到这个项目中。"

"与此同时，我们将在北方省投资建设一条1000公里的滨海公路，将我们这五个地区连接起来，为'五点一线'开发战略服务。这样，我们这五个地区的距离就一下子缩短了，我们这五个城市就成了真正意义上的邻居了！"

掌声响了起来……

"为了'五点一线'开发战略的实施，省委省政府已经出台了23项政策支持沿海经济的发展，到今年下半年，形成'以点带面、一线促带、以带兴面'的发展格局。同时，省上还规划出了2000多平方公里的沿海经济带，以中国龙汽车为龙头，逐步开发临海临港产业集聚区，辐射和带动我们北方省海岸经济带的全面发展。"

"各位领导，我们'五点一线'经济带位于东北亚地区的中心，处于东北亚经济合作中的节点地位，我们与日本、韩国、朝鲜隔海相望，与俄罗斯、蒙古陆路相通。我们占尽了天时地利人和，真是近水楼台、得天独厚啊！我们将积极地对接东北亚各国的资本、资源、加工优势，更多地吸引日本、韩国、俄罗斯等国家的资金、技术。相信，到了明年的这个时候，我们'五点一线'的经济带将初具规模，东北亚地区制造中心和商贸中心的雏形将基本形成！"

郝立京的发言再次赢得了全场热烈的掌声，路鸣满意地点着头。

这之后，"五点一线"战略前沿的另外几个城市的市长也相继发言，同时表示将与中国龙汽车集团公司全力合作，打造现代化的汽车工业园。

最后，由省委书记路鸣做了会议总结：

"同志们，让我们放开视野看一看，深圳的开发带动了'珠三角'率先崛起，上海浦东的开放带动了'长三角'的跨越式发展。我们北方省的沿海经济带，是东北开放开发的门户，是振兴东北工业的引擎！"

掌声再次响起……

"从背对海洋到面向海洋，这不仅仅是观念的转变，也是我们北方省发展战略的重大调整。从老工业基地走向沿海经济，是我们北方省经济格局的新变化，是振兴老工业基地的新出路。东北地区由于历史的原因，形成了偏向内陆的经济布局。纵观世界著名的工业经济带，一般都是临近沿海，港口与工业区融合发展。这就给我们提供了一个参照物，我们应该向人家学习。我们一定要很快地形成沿海的发展模式，这样才能全面提升我们北方省优势产业的国际竞争力。在这一点上，辽海市人民政府和中国龙汽车集团公司给我们做出了榜样！"

雷鸣般的掌声响了起来……

"同志们，通过一年的努力，我们北方省将以优越的地理位置、基础设施和优惠条件，成为国内外大集团、大公司投资的热土，将出现腹地企业奔向沿海、海外资金纷纷涌入的喜人景象。未来一年内，我们的主要任务是，在'五点一线'区域内利用内资和外资，投资9000亿元，把我们的五个城市的海岸线连接起来。在未来的几年内，我们北方省几千公里海岸线的旁边，将出现一座世界级的、大规模的汽车生产基地！"

又响起了雷鸣般的掌声……

天降大任

骆子茶馆里的快板在欢笑声中继续着。

骆子的声音依然清亮而充满着磁性，他那特有的口技快板也依然打得明快有力。

《看看咱六十年》已经从过去三十年说到了现在的三十年，从骆子口中吐出的内容逐渐变得轻快而惬意，笑容从他的脸上溢出，然后向四面八方蔓延开去，每一个听众都沉浸在了这有声的快乐与满足之中。

> 邻居家儿子叫石头，
>
> 前些年买了辆"中国龙"，
>
> 跑出租来把家发。
>
> 几年过去一算账，
>
> 乐得石头开了花。
>
> 创收纳税人人夸，
>
> 好赖也是企业家。
>
> 如今他有了十辆"中国龙"，
>
> 成立了出租车公司把大钱赚。
>
> 花个钱不用再冒汗，
>
> 学管理全是新概念。
>
> 既节能又环保，
>
> 烧的还是天然气，
>
> 张口现代企业管理，
>
> 闭口又是公司法。
>
> 电脑旁边坐一阵，
>
> 有事网上摆平很轻松。

这个房子小套换大套，

装修讲究有格调。

客厅大，

卧室宽，

他和媳妇是一人一个卫生间。

出门嘴里哼着歌，

逢年过节还旅游高消费，

什么南海边上游过泳，

布达拉宫留过影。

名山大川看风景，

每天睡到自然醒。

……

路鸣非常满意郝立京立竿见影的工作效率。他自己的行事准则就是"不做则已，要做就做到最好"，所以他也欣赏着同样雷厉风行、说干就大张旗鼓干起来的人。

当初提拔郝立京虽然不是他一手之力，但他可算是一位伯乐。所以，他对自己选中的这匹千里马能否真的日行千里，促进北方省的经济腾飞，完成他的未竟事业，给予了深切的关注。

虽然郝立京才刚上任，但路鸣已经看出了他的无穷潜力。

听完郝立京的工作通报之后，路鸣可说是已经有些喜不自禁了。

他对自己的老战友王立说："你看我过去给你选的这位接班人怎么样，他很能干吧？"

"路书记，这小子身上有你的影子啊。自从他兼任北方省省长助理以来，我这个市委书记的工作都轻松了许多，我和他的配合简直就是天衣无缝，相当的默契。只不过，他比你还要有冲劲啊，我都感觉有点是被他带着往前跑了。还有，他和你一样也是个不管不顾自己身体的工作狂，这一点最要命了！"

"哈哈……"路鸣哈哈大笑，说郝立京像他，他并不否认，而且，他很高兴。

他笑着拍了拍王立的肩，说道："老王啊，你现在有了一员猛将，你可以高枕无忧了，可我却还要继续当工作狂，那也是无可奈何的事啊！如果我说，把郝立京让给我，你答应不答应？"

"那可不行！"王立立刻说道，"郝立京虽然是北方省的省长助理，但也是我们辽海市的副市长。现在，他实际上主要干的就是我辽海市的工作嘛！不过话说到这里，还有一个让我头疼的问题。"

"什么问题？"

王立苦起了一张皱纹密布的脸。他实际上比路鸣要小两岁，但是，看上去他明显比路鸣要老相得多，都是他这张脸害的。

王立最苦恼的就是郝立京的党籍问题。从原则上来讲，郝立京兼任辽海市的副市长，这本身没有什么问题。可是如果进市委常委会就有问题了，因为先决条件是他必须是共产党员。

虽然郝立京迟一点入党也没什么问题，但就如他的期望，他也希望不久的将来，能够将自己这个市委书记的位置尽快卸任给这位新人。市委常委和副市长不同，党员身份是必须的。

王立派组织部长戴叔伦去找郝立京谈话，一谈才知道郝立京不但是民革党员，而且还是省民革的主要成员，现在还担任着民革北方省委员会的副主委职务呢！

"有这么一回事？"路鸣也颇为吃惊，"当初的调查材料里怎么没有这一项？"

"我也很纳闷啊，这么大的事，省委统战部竟然没有向你报告。"王立比路鸣更惊讶。

路鸣叫来自己的秘书钱韦杉，询问最近有没有来自省委统战部的文件。

"路书记，有一份。是前天下午送过来的。"钱韦杉立刻从自己的公事包里将那份文件取了出来，"我正好带着，还没来得及给你看。"

"这么重要的文件，你怎么给忘了？"路鸣有些生气，语气也有些不好。

钱韦杉推了推眼镜，有些委屈地说："书记，前天下午，文件送来的时候，你正在接待德国代表团，没有回办公室。我把文件放在了你的办公桌上。昨天早上，你刚到办公室，还没有顾上看桌上的文件，中纪委的领导就到了。你陪着中纪委的领导到中国龙汽车集团公司调研，一直到了昨天晚上 12 点钟。今天早上，你是 6 点 40 分到的中国龙汽车宾馆，接待完民政部的领导后，就直接到这里来开会了。所以我才一直把文件装在包里，想找时间给你呢。"

"哦，是我错怪你了。"路鸣向秘书道歉，然后快速地翻阅文件。

路鸣看完省委统战部报来的郝立京的材料后，沉思了片刻，又将秘书叫来："小钱，你去通知一下，晚上 8 点钟，召集在家的省委常委开会，专题研究郝立京同志的问题。"

当天晚上紧急召开的这个省委常委会议，一致表决通过了路鸣提出任命郝立京为北方省人民政府副省长的提议。

紧接着，路鸣就打电话把省委常委会的决议和郝立京的表现，汇报给了中央组织部主管干部的副部长。副部长答应尽快向部长和中央领导同志汇报北方省的这一提议。同时，副部长希望北方省马上把报告报到北京来。

几天后，中央组织部就派人前来考察郝立京的情况。一周后，省人大常委会任命郝立京为北方省副省长的红头文件就下发到了有关单位。

接到这个通知时，郝立京还在基准市和该市市长商讨工业园开发的问题。

他给路鸣打电话，询问这是怎么回事。

路鸣简单地给他解释了事情的缘由和经过，然后对他说："立京，不管把你放在什么位置上，你当前的任务就是给我把'五点一线'工程做好。之后我们再来讨论关于你的具体职责问题。所以，你不用有任何顾虑，放心大胆地干吧。我认为，以副省长的身份去落实全省的'五点一线'发展战略，对你来说会更加有利。从现在起，我把北方省'五点一线'工程的重担交给你了，你可不要辜负了省委和中央的期望啊！"

"路书记，你就放心吧！我保证完成任务！"郝立京满怀信心地说道。

爱的奉献

章小凤和骆子回到家后，骆子还在口中哼着小曲。章小凤乐呵呵地看着他："怎么样，今天过瘾了吧？"

"是啊，好久没这么高兴了！"骆子满面红光，仿佛年轻了十几岁，脚步也变得很轻盈。

他推着章小凤的轮椅在家里转了几圈，又踩着轻快的舞步围着章小凤绕了一大圈。

"看你一头的汗。"章小凤哈哈笑着，也是一直合不拢嘴。

自从立京向全家宣布了他的那个计划，两位老人得到了儿孙们的真心祝福，他们可以说已经是相当满足了，他们感觉幸福得不得了了。

郝立京说婚礼准备在 8 月 8 日奥运会开幕那天举行，屈指算算，也就只有一个多月的时间了。

但是，几乎所有的事都被儿孙们包办了，新郎新娘的礼服啦，酒宴的准备啦，请什么宾客啦，完全都不让他们插手，都说现在他们两位就好好休息，到时候以最饱满的精神状态参加婚礼就行了。

为了迎接这一天，郝慧思还特意为他们请了美容师、按摩师，每个星期来定期为他们做脸、按摩，弄得章小凤忍不住呵呵大笑，还自嘲地说："这张脸老了老了倒还折腾起来了，看你们还能折腾出个啥来，难道还能在脸上折腾出一朵花来不成？如果真的开出一朵花来，那也只能是老菊花了！"

"奶奶，你就别管那么多了，您只管享受就好了。"郝慧思说道，"就当作是舒缓心情吧。"

章小凤笑道："有啥好舒缓的，又不是小姑娘出嫁，我都 81 岁了，你骆子爷爷也 86 岁了。"

"可骆子爷爷会紧张啊！"郝慧思笑道。

为了让骆子也舒缓一下心情，章小凤主动提出要听他的快板，于是这才有了骆子重回茶馆说书这一出。

这不，骆子才去说了这么两回，效果就相当的明显，他好像重新焕发了青春，整个人都飞扬了起来。

今天尤其如此，被他那些老听众热烈拥戴，要求多说一段快板，他顾不得自己的老身板，又给大伙表演了半个小时。

直到茶馆老板出面制止，听众们才意兴阑珊地不再喊"再来一个"了。

这回家来的一路上，骆子都在哼着小曲儿，而且还是那首他们两个的保留曲目《明月几时有》，只是曲调没有过去那么沉重了。看到骆子这么开心，章小凤也深感欣慰。

"哎，咱们真是有福气啊！"章小凤忍不住感叹，"有这帮儿孙，我知足了。"

"是啊，你的福气也让我分享到了。"骆子心满意足地笑道。

"我最大的福气是你啊！"章小凤嗔道。

"是吗？"骆子走到章小凤身前，轻声问。

"你还问我，你难道不清楚？"章小凤笑着，两靥上也有些泛红了，她就如一个娇羞的小女孩低垂下了头。

"我到现在都还以为自己是在做梦……小凤、小凤，我终于能够和你名正言顺地在一起了，我的心……"

"别说了，这不是梦，这是真的！"章小凤动情地说道，"我章小凤要披上红嫁衣做你的老婆了。"

"哈哈，老婆哦，那我以后可以叫你老婆了吗？"骆子笑道，泪水在他的眼角湿润着。

"当然了，老公！"章小凤说道。

两位老人哈哈大笑，直笑得泪流满面，他们轻轻地拥抱着，千言万语化为了无声的幸福一刻。

"骆子哥，我有一个想法。"章小凤说。

"什么想法？"

"立京为咱们办了这么大的一件事，我们也该替他做点事，你说是不是？"

"是啊，立京这孩子太出息了，你看，这不，他都当上我们北方省的副省长了！"骆子咂着唇，摇头直叹息，"无论是在家里还是在外面，他都那么出色，将来他一定能够做更大的事！"

"所以啊，我们也帮不了他什么，我这两天就在琢磨，前些时候他不是去赈灾吗？还做了不少事……"

"骆子哥，我想去灾区中学看看那些孩子们。"章小凤望着骆子，"我想给他们捐个图书馆……我们就捐书，给孩子们看。你说怎么样？"

"这可是百年大计的善举呀，我举双手赞同，不，我连脚也举起来赞同！"骆子幽默地说道。

"哈哈，我就知道你会赞同！"章小凤大笑道，"我算了一下，这些年我这身体都是国家养着，退休工资都存了下来，大概也有个二三十万元，反正我们都到这岁数了，也没什么地方可花钱的，孩子们又都出息，更用不着我们操心，我想把这笔钱全都拿出来，购买图书，捐给灾区中学。"

"好，我虽然没多少钱，也全都捐了吧。"

"这样好吗？"

"有什么不好的，我原本就是孤单单一个人，现在我有了你，我还需要钱干什么？"骆子说到动情处，眼睛又开始湿润了。

章小凤使劲地点点头：

"好，就以我们两人的名义来捐这笔钱，以郝立京的爷爷奶奶的身份去捐。就这么着，说定了的话，我就找立京来合计合计。"

郝立京是从郝慧思口中知道章小凤要给灾区中学捐图书这件事的，因为他自从上任北方省副省长后，全力抓"五点一线"的建设工程，每天都在沿海的几个城市之间奔波，基本上连回家的时间都没有了。

章小凤打到家里去的电话是郝慧思接的，因为这件事对两位老人来说算是大事了，所以郝慧思高兴地告诉郝立京，让他无论如何抽时间到奶奶那里去一趟。

郝立京一听妻子这样说，就抽时间回了一次家。

到家吃着郝慧思做的鸡蛋挂面时，郝慧思把两位老人的意思告诉了郝立京。并对他说，老人这么做，一半是出于对灾区孩子的关怀，另一半则是想以这种方式来感谢我们。

"不需要奶奶感谢我们，我也没做什么，但奶奶他们这个行动却为灾区的孩子做了件大好事，是我要感谢他们才对！"郝立京有些激动地说道。

"这是老人的心意。"郝慧思说，"我只是希望你能够明白。"

"是的，我明白。"

郝慧思看了郝立京一眼，没再说什么。

最后商量的结果是，郝立京也从他刚拿到的公司奖金中抽出50万元来支持这项捐书行动，郝慧思则负责购买图书和联系当地负责人。

章小凤不愿意再让郝立京出钱：

"立京，你自己的钱就自己留着用吧。你们年轻人花钱的地方多着呢。"

"奶奶，这一次公司发给我100万元的奖金呢，我到哪里去用啊！"郝立京笑道。

"你要拿钱给我们，也不经过慧思同意啊？"章小凤又问。

"奶奶，你别担心，我们俩的钱各是各的。"郝立京笑着说。

郝慧思听了章小凤这话忍不住失笑了："虽然我的钱没有立京那么多，但我也能支持你们20万元。"

"啊！你也要出啊？"章小凤张大了嘴，不相信地看着郝慧思和郝立京，"慧思，你别跟奶奶我开玩笑哦。"

"奶奶，这种事怎么可能开玩笑呢？"郝慧思解释道，"奶奶，你知道我现在的年薪是多少吗？"

"多少？"

"我以前每月工资大概在一万元左右，这还不算奖金。现在我的年薪已经是50万元了。"郝慧思给章小凤比了一下手指。"什么？50万元？"章小凤的嘴巴张得更大了，甚至眼睛也瞪得跟铜铃似的。

"祖国给你们发这么多工资？"骆子也有些震惊，忧心忡忡地问，"他有那么大的权力吗？你们公司的效益这么好？"

"爷爷，这还是少的呢。我们公司的外聘人员年薪都是以美元结算的，一个高级工程师一年的薪水能拿到 100 万美元，折合人民币就是 700 多万元。"

"乖乖……"两位老人大眼瞪小眼，都忍不住咂舌头，"时代真是大变了……人家一个月的工资就顶我们几辈子呢！"

"是啊，的确是这样。"郝慧思说道，"不过目前在我国能拿到这个数目的还是少数，我想再过十年，变化就更大了。国家富裕了，具体的表现就是个人的腰包鼓起来了。"

"我的快板得改点内容了。"骆子喃喃地说道。

"对，把这点加上去，不仅仅是做生意的人富了，拿工资的也一样。"章小凤指着骆子说道，"你得好好说说这六十年的变化，真是天翻地覆啊！"

不辞而别

郝建华及郝设华听说这一消息时，也表示要给钱，但章小凤死活不同意，最后在郝慧思的协调下，郝建华以公司名义给灾区中学捐建一所图书馆，图书馆建造方面则由郝设华公司的建筑队负责。这样一来，他们全家给学校捐赠图书的费用，包括建造费用就突破了 300 万元。

当得知两位捐赠人就是郝立京的爷爷、奶奶后，不止那些学生家长们高兴，而且当地政府也非常重视。他们极力邀请两位老人亲自去给图书馆剪彩。章小凤爽快地接受了邀请，她原本就打算要去一趟的，这下正好是顺风顺水了。

章小凤坚持不让任何人陪送，她只和骆子两人一起去。

尽管郝建华兄弟几个都不放心，想要阻拦，但郝慧思却说："就当是爷爷、奶奶的婚前旅行吧。"这才让众人不再啰唆了。

既然是"婚前旅行"，当然不能让别人打搅了，就算是亲生儿子也不行。

郝慧思负责一切联系工作，所以连两位老人来去的行程也都是她安排的。以前这样的事一般都是由郝立京来做，但是现在的他已经抽不出这样的时间了。

郝慧思开车将章小凤他们送到火车站，并拜托了乘务员照顾他们，看着火车开动后她才离开。

"咱们家还是得数慧思心思最细腻，做事最周详，口才也最好。"章小凤在上了火车后乐滋滋地对骆子说，"从她小时候起就是这样，只要她出声，没人能开得了口。"

"是啊，这要放在过去，那就是舌战群儒的才能哩！"

"哈哈，你说的这个我知道，舌战群儒对不对？那不就是诸葛亮嘛！你把我的孙女比成诸葛亮，真有你的啊，骆子哥！"

"慧思就是咱家的女诸葛。"骆子笑道,"我没说错吧。"

"没错,一点也没错!可惜她是个女孩子,不然一定也不比立京差!"

"慧思本来就不比立京差,只不过他们两个的性格不同,走的路也就不一样。"骆子说道,"立京敢闯敢为,慧思则善于谋略,他们各有所长。你的这两个孙子啊,都是天才!"

"哈哈,这是郝家祖上积德啊!"

郝慧思在回公司的途中,接到了郝立京打来的电话,询问章小凤他们的出行情况。郝慧思告诉他一切顺利:"你不用担心,我都安排好了。怎么,你还不放心我的安排?"

"我怎么可能不放心你?"郝立京说道,"全世界的人我都可以怀疑,唯独你我不会。"

郝慧思淡淡一笑:"你能抽出一点时间吗?"

"什么事?"

"的确有点事想和你谈谈。"郝慧思说道。

"我想我今天可以早点回家。"

"不,就在外面找个地方吧。"郝慧思说。

"也好。"

郝慧思要和郝立京谈的是刘雪华的事。

自从郝立京当了副省长后,刘雪华就从公司里消失了踪影。应该由她负责的中国龙汽车奥运会开幕式表演车队,也被她丢在了那里,她的去向她跟谁都没有说,只是在董事长的桌上丢了一封辞职信。由于她不是本地人,家不在这里,一直都住公司的员工宿舍,也没有什么朋友,所以一时间根本不知道去哪里找她。

郝慧思有些担心她会想不开,而且也想知道她突然离开公司的原因。郝慧思知道刘雪华对郝立京的感情,所以她判断很大一部分原因是出在郝立京身上。

而郝立京却以为郝慧思是要和他谈他们两人之间的事。他有些紧张又有些兴奋地赶来赴约,似乎是回到了当年他还在追求着郝慧思的阶段,怀里揣着欢跳个不停的心情,甜蜜中夹杂着苦涩。他那时候总是被郝慧思拒之于千里之外，他想不到还能用什么方法取悦她，而她只要一个招呼，他又会充满期望地来到她的身边。

远远地在咖啡厅门口，就从昏黄的灯影里看到了静坐着的郝慧思，大概这段时间他的确太忙了，都没能好好地停留下来仔细地看过她了。在僻静角落里坐着的郝慧思，看上去有些黯淡。当然，那只是指她的神情而已。无论从外貌上，还是从气质上，她都是超群出众的，就算是在这样一个客人稀少极为冷清的咖啡茶座里，她的光彩依然遮掩不住，周围总是会有或羡慕或嫉妒或倾慕的视线不时地投过去。她真的很美，而且是极具古典韵味的那种美，美得幽雅而神秘。独坐一隅的她就像是一支古琴曲，在悠悠地流淌着动人的旋律，而你被深深吸引着，被琴弦拨动着，却不敢轻易接近，怕因此亵渎了那份洁净。

郝立京在门口愣了足有两分钟，这才慢慢走过去，轻轻地在郝慧思对面的座位上坐下来。他此刻的心情是膨胀着的，因为他相当自豪。在场的所有男人或女人，都想走近这位神秘的女郎，但他们不敢，他们只能偷偷观望，暗暗叹息。可是他却轻易地就来到了她身边，还得到了她最妩媚的微笑。

"累了吗？"郝慧思抬头看了郝立京一眼。

"不累。"郝立京说道，"看到你，我就一点都不累了。"

郝慧思依然是淡淡一笑："要不要先吃点东西？"

"你饿了吗？"郝立京体贴地问。

"哦，我已经吃过饭了。"郝慧思说完，又补充了一句，"我是在问你。"

"我不饿。"郝立京说道。

"那就先来杯咖啡吧。"郝慧思对吧台招了招手，服务生过来，郝慧思对他说："给这位先生来一杯拿铁，双份的。"

郝立京其实并不怎么喜欢喝咖啡，但因为郝慧思喜欢，所以他爱屋及乌，也习惯了这种外来饮品。他尝着拿铁的那份既生硬又柔软的甘苦，不时地抬起眼皮看着郝慧思，等着她开口。因为今天是她提出的邀约，说有事要和他谈，那谈话的起头就应该由她来。

"你知道我找你来是为什么事吗？"郝慧思一边慢慢地搅动着咖啡，一边问。

"什么事？"郝立京说完，用手指在他和郝慧思两人之间指了一下，以为是他们之间的事。

"刘雪华辞职了。"郝慧思说道。

"啊？"

"而且，她也失踪了。"

"那奥运会的表演车队怎么办？"郝立京第一个想起的是这件事。他是真的担心，所以他的表情也很焦急。

郝慧思很用心地看了郝立京一眼，郝立京的表现和她的预料几乎吻合，她为自己太了解他而感到有些不舒服。

果然他只会想到公司的事情，而没有想到具体人的感受。

这个具体的人就是刘雪华，她失踪了，他则完全不关心。她倒希望他是在装作不知道，很可惜，他太单纯了，一眼就能看穿。他就是这样的人。

"车队总监一职我已经让刘副总去补缺了，所以你不用担心，车队的排练依然正常进行，不会影响参加奥运会的开幕式。"

"那就好。"郝立京松了一口气，有些抱怨地说道，"这个刘雪华怎么回事，一点都不负责任，她知不知道车队有多重要？她这样根本就是玩忽职守嘛！"

"要给她定罪也得先找到她的人吧。"郝慧思说道，"现在她人在哪里都不知道，你要她负什么责任？"

"她到哪里去了？"郝立京问，"也没打声招呼？"

"关键就在这里。这也是我今天找你的原因。我想，你应该知道她在哪里。"郝慧思说完，定定地看着郝立京，她的眼神是严厉的，甚至可以说是冰冷的。

郝立京一怔："我？我怎么会知道？"

"我分析了一下刘雪华突然辞职的原因，大概是因为你当上了副省长……她感觉高不可攀了。"

"和我当副省长有什么关系？"郝立京急切地打断了郝慧思的话，他以为她误会了他和刘雪华之间的关系，他又开始紧张了起来。

刘雪华的确对他有那么点儿意思，但他一直都在拒绝她，他就是怕被郝慧思误会，所以才尽量地和刘雪华保持距离，好几次想要把她从身边调开。

"你先听我把话说完。"郝慧思根本就没有把郝立京的焦虑和慌张看在眼里，她垂下眼帘，搅动着咖啡，继续说道，"刘雪华会到我们公司上班，最大的原因是你。她大概因为被你救过，所以爱上了你，她为了能够留在你身边，一直都只愿意担任你的秘书一职。现在，你去当副省长了，虽然还在公司挂名，但实际上已经不在公司上班了。她感觉待在集团公司对她来说已经没有意义了，所以她在心灰意懒之下就一走了之了。"

"她……我……"郝慧思的分析可以说是百分之九十九正确，郝立京无可辩驳。

"而她在辽海几乎没有什么朋友，也没有亲人，所以，她的去向只有两个，一是回家了，二是去找你。"

"找我？"

"我已经查过了，她并没有回家，所以，她最大的可能是去找你了。"郝慧思说完又看着郝立京，她的目光冰冷中透着锐利，就像两把尖刀，直直地扎进了郝立京的胸膛。他感到自己正在被她的视线剖开，他的五脏六腑都呈现在了她眼前。

实地考察

沉寂了上千年的渤海湾，被机器的轰鸣声唤醒了。终于，海边那些被历史遗弃许久的荒滩，也响起了现代文明的声音，被拉入了时代的洪流。从今后，这里将不再孤独、寂寞，这里将被改造一新，筑起一道坚固但却是开放的城池，以全新的面貌迎接来自大海另一边的风浪。

郝立京是第二次来到沿海四城考察，但这一次他是以副省长的身份来考察"五点一线"工程的进展情况的。当他看到这几个城市的"五点一线"工程都已经破土动工了，喜悦与兴奋之情涌满了他的肺腑。可以说，"五点一线"工程对他来说就像是路鸣交给他的试验田，让他放开手脚在这块试验田里播种、耕作，他也把自己的理想撒播在了这块试验田中，寄托在了这片土地上。所以，他急切地想要看到自己的成果，想要知道自己当初的大胆设想是否能够得以实现，并取得预期的效果。

基准市的金在元市长将郝立京带到他们正在开发的海边荒滩上，这里正在紧张而繁忙地进行着最初期的拓建工程，各种建筑机械或挖掘或奠基，忙碌地奔走着，几台推土机已经推出了一大块平地。当初金在元在汇报会上承诺，将在这里成立中国龙汽车集团公司专门生产汽车零部件的一个开发区，看来，雏形已经大致出来了。

"金市长，基准市的工作比我想象的要好得多，你就大胆地干吧，有什么问题需要我协调的，你尽管告诉我。"郝立京看着这块开拓出来的将近 20 平方公里的平地，非常满意。

"郝副省长，我们的资金缺口太大，你能不能在你父亲郝董事长那里说一声，先给我们……"

"金市长，我会向我父亲说的，但不是现在。同时，我要告诉你，你找我父亲也没有用。因为，中国龙集团公司是企业，不是银行。"郝立京快速地打断了金在元的话，"还有，首先，你们得把开发公司的总经理选好；其次，你们的自有资金必须到位。金市长，这也是我们的合同上所规定的内容，你们的总经理人选必须要经过大东北开发研究院的考核认可。你们 30% 的自有资金到位了，中国龙汽车集团才会给你们提供贷款担保手续。"

郝立京不给金在元一点回旋的余地，可以说，他当场就给了这位市长一个下马威。让金在元切身体会到了这位企业家出身的年轻副省长的硬派作风。

郝立京之后又去了雅克市与芭蕉市，这两个城市的工程进展比基准市还要快，这是郝立京未曾预料到的。

他欣喜地看着雅克市正在开发的海边荒滩，工地上红旗飘扬，机声隆隆，人声鼎沸。不但整个基地已经平整了出来，而且几十台重型挖掘机已经开始挖掘地基了。

"杨市长，我上午还说基准市的进度快呢，没有想到，你们的进度比他们的还要快！"郝立京对雅克市市长杨凯生说道。

"郝副省长，你看到的一定是最真实的！我今天就陪着您转一转，我什么话都不说。"杨凯生也是一位年轻的新生代市长，不到四十岁的他，却有着相当沉稳的气质。

"不，该说的时候还是要说的。"郝立京明白杨凯生话里的意思，笑着说道。

"郝副省长，您放心吧，我们一定严格按照和中国龙集团公司以及辽海市政府签订的合作协议书办事，如果有哪些不合格，请郝副省长一定指出来！"

"好，杨市长，有你这句话，我就不客气了。"

随后，杨凯生又带郝立京去参观了一个正在建设的工地，这里的混凝土地基已经浇好，钢筋就像茂密的森林，各种车辆在工地四周进进出出，还不时听到建筑工人打地基时的豪迈的号子声。

"杨市长，实在太令我惊喜了！我今天就不走了，我要和工人师傅们一块儿吃午饭，顺便和工人们聊一聊。"

"郝副省长，这怎么行，我们已经在市里定下了饭店，想要好好地招待一下你呢。"

"不！我就要在这里吃，现在要吃，今后来我还要吃。"郝立京拿出了他那股拧劲儿，拔腿就往工地食堂方向走去。

杨凯生在他后面只能无奈地摇摇头："也好，郝副省长就顺便检查一下我们工人们的伙食情况吧。"

"这就对了嘛！"郝立京愉快地在杨凯生略显单薄的肩膀上大力地拍了一下，让这位南方籍的市长也充分地体会到了新任副省长、东北男人的豪气和孩子般的单纯。

在吃饭时间，郝立京问杨凯生，基准市的市长一见他就嚷嚷资金问题，他也确实知道这是目前几个城市面临的最大的问题。

他很想知道，为什么杨凯生却什么也没提："杨市长，你们的那部分自有资金是怎么解决的？还是说，你是因为知道我会像在基准市那样一口拒绝，所以你干脆不提？"

"郝副省长，我们的自有资金已经解决了。"

"真的？那你能不能告诉我是怎么解决的？"郝立京惊讶地问。

"郝副省长，当初我们与中国龙签订的合同中，不是规定了两项我们必须完成的要件吗？这自有资金部分我之后再向你解释，我想请你先考核一下我们开发公司的总经理人选。"

"好，没问题！"

吃过饭后，杨凯生将郝立京带到了雅克市人民政府一号会议室，早有一位年轻干练的女性在此等候。她一见郝立京，就热情地迎了上来。

"郝副省长，这位就是我们雅克市金海岸建设集团公司的总经理吴丽。也是我们开发公司的总经理人选之一。"

"郝省长，上午……"

"吴丽同志，纠正一下，不是省长，是副省长！"郝立京说。

"哈哈，不好意思，口误了。不过也没关系，我相信不久的将来，我就将如此称呼您……郝副省长！抱歉，我上午和风险投资公司的几位老总们开会，没有到工地去见您，请您原谅。"吴丽调皮地笑了一下，说道。

听了吴丽的话，郝立京的眼睛顿时一亮，也就顾不得她前面那句半真半假的玩笑话了："风险投资公司？好，你说下去！"

"郝副省长，我们决定先通过风险投资公司融资，帮我们启动初期建设工程。若干时间后，等我们自己的资金充足了，再让风险投资公司退出去，到时候，这个集团公司就真正变成我们雅克人自己的公司了！"

"好，和风险投资公司合作，是你们的一个创新。你给我详细说说具体的操作模式。"郝立京对吴丽的话相当感兴趣，这是他目前正在寻找的一个途径，没想到竟然有人先他而行了。

"人家风险投资公司什么都可以不要，但是，我们的项目必须是安全的，是可靠的！"

"然后还要保证风险投资公司的投资在赚到足够的利润后，安全地退出去，再支持另外一家公司的成长。是这样吗？"郝立京问。

"郝副省长，您在这方面是专家，您说得太对了！"

"杨市长，你们通过风险投资公司把投资商的资金拿过来搞金海岸建设，然后再让投资商安全地退出去，这个想法非常好！我要把你们的经验向全省推广！"郝立京握着杨凯生的手大力地摇晃，让这位体型瘦弱的市长几乎招架不住。而在一旁的吴丽则为这个有趣的画面而笑得直不起腰来。

"真是一位相当有魄力的副省长啊！"送郝立京走后，吴丽看着他的背影说道。

"你可别爱上他哦。"杨凯生甩了甩被郝立京握得有些痛的手，半开玩笑地对她说。

"不可以吗？像他那么又帅气又可爱的男人如今可不多了。"吴丽说完看着杨凯生那张垮下去的脸，哈哈地大笑起来，"你别吃醋啦，在我的眼里，到目前为止还没人能比你可爱！"

下午，郝立京沿海北上，到了芭蕉市。他在考察了工地建设情况后，向芭蕉市市长传递在雅克市获得的经验："白市长，你们可以像雅克市一样，通过与风险投资公司合作，来解决自有资金的问题。"

芭蕉市市长白金龙与雅克市市长杨凯生年龄相仿，只不过他要比那位南方来的文秀男子粗犷，也爽朗得多，他听了郝立京的话后，哈哈一笑，说道："郝副省长，我们已经把风险投资公司的老总们请来了。他们上午在雅克市，现在在我们这里。"

"怎么回事？你们早就有了这种打算了，还是……"

"哈哈，你不知道，郝副省长，我和雅克市的杨凯生，还有海陵岛市的黄丽娟市长，我们是要好的朋友。我们做什么工作，历来都是互相通气的。"

"这么说，海陵岛市的黄市长也把风险投资公司请好了？"

"哈哈，是的，郝副省长！"白金龙一句话、一声哈哈，挺有奶奶章小凤的作风。所以，郝立京马上想起了自己的奶奶。

"谢谢！谢谢你们！"

"哈哈，郝副省长，你谢我们啥呀？"白金龙的身体比杨凯生要强壮得多，所以他完全能够承受得住郝立京的热情与力量，他反握住郝立京的手，朗声说道，"该道谢的是我们才对。"

"不，是我该感谢你们，因为你们替我解决了一个大问题啊！"

失踪的秘书

离开芭蕉市后，本应该还要去海陵岛市，但郝立京却让司机直接返回辽海。秘书不解地问："我们不去海陵岛了？"

"不去了，已经没那个必要了。"郝立京说道，"我要回去向组织汇报这一次考察的结果。"当车驶出芭蕉市市区经过一个街心花园时，郝立京看着窗外，正领略海边城市那独特的城市风貌时，突然，一个熟悉的身影闯进了他的视线，他愣怔了一下，马上反应了过来："停车！"

车在花园边停了下来，郝立京迅速下了车。就在他奔向那个身影时，原本还在漫无目的地走着的那个人因为看到了他而怔住了，呆呆地望着他出神。直到他来到她的身边，大叫她的名字："刘雪华，你怎么会在这里？"

刘雪华半天才回过神来："郝总……"

"我已经不是销售公司总经理了。"郝立京说道。

"哦，对。"刘雪华瞟了一眼停在前面的车，"是啊，现在你可是副省长大人了！"

"我问你呢，你怎么会在这里？"

"我怎么就不能在这里？"刘雪华反问道。

"你……跟我回去再说！"郝立京二话不说，拉起刘雪华就走。刘雪华挣不开他，被他拖到车旁，一把塞进车里。把坐在里面的秘书给吓了一跳。

"开车！"郝立京之前就像是夏日晴空的脸现在完全变了天气，阴云密布，就像随时会下暴雨。

一路上谁都没说话，沉默让所有人都感到窒息，尤其是什么也不知道的秘书。他一会儿看看郝立京，一会儿又看看刘雪华。刘雪华上车后就一直在小声哭泣，而郝立京只是烦躁地把纸巾盒扔给她，就继续沉着个脸一声不吭。

回到辽海市后，郝立京让车先开到中国龙汽车集团的饭店。

"你在这里等着我，知道吗？不准乱跑。我去省委汇报完工作就来找你。"郝立京把刘雪华带到饭店大厅，并让秘书给她开了房间，然后带着威胁的口吻对她说："我必须得跟你好好谈谈了，你要是敢乱来，我就把你关起来！"

刘雪华这时候倒听话了，乖乖地拿了郝立京秘书递过来的房卡，低着头上楼去了。

在去省委的路上，秘书一脸好奇地问郝立京："刚才那位女士，是郝副省长的朋友吗？"

"不是，她是我以前的秘书。"郝立京说道。

"哦！"秘书一副恍然大悟的神情，点点头，"我明白了。"

郝立京也懒得跟他解释，用手机给郝慧思打了个电话，告诉她，刘雪华已经找到了，就在公司饭店的306房间。

"人我已经给你找到了，之后的事就交给你了。"郝立京说道。

"我知道了。"郝慧思应道。

郝立京挂上电话后，心情依然难以平静。

他没想到还真让郝慧思说中了。郝慧思说刘雪华一定会去找他，当时他忍不住对郝慧思吼了起来："她为什么要去找我，难道你以为是我把她藏起来了吗？这么多年过去了，你竟然这么不信任我！"

"我不是不信任你。你冷静点。我只是说她会去找你，至于她是以什么方式找你，这我就不知道了，也许她只是跟在你的后面。"

"她有病才会跟着我！"

"不，你不知道一个女人的爱会有多执着。"郝慧思目光深邃地看着郝立京，"同时又是多么可怕。"

"我不相信！这绝对不可能，你不要再胡说了！"

"不是我胡说，而是因为你太不了解女人了。"

"你的意思是说，我也不了解你？"

"也有这个意思在内。"郝慧思没有否定，依然直直地看着郝立京。

"那你现在了解我了吗？"郝立京愤然地问。

结果，谈话在相当不愉快的情况下被迫结束。郝立京要不是临时接到王立的电话，他不知道会和妻子争执到什么程度。

之后他再次因为工作原因而找不到时机继续那次谈话。所以，这个问题一直悬在他们之间未曾解决。

他临走时，郝慧思对他说："你留意一下你的周围，要是发现刘雪华就赶快通知我。"

郝立京当然没有答应，他不相信刘雪华会跟踪他。

如果刘雪华出现在芭蕉市不是偶然，那么，就被郝慧思言中了。郝立京其实已经承认了这个结果，但是，他却依然感觉内心有如被火烧着似的焦灼，他真的不明白，为什么刘雪华要跟着他，而为什么这么古怪的行径，郝慧思却以为很平常呢？他真的太不了解女人了吗？

向路鸣汇报完工作后，他看时间已经不早了，犹豫了一下，还是给郝慧思打了个电话。

"哦，我还没有下班，今天有个紧急会议，不如你继续陪着她，以防她再跑掉。"而郝慧思却希望他能够去陪刘雪华。

"你、你是说，让我去……去陪她？"由于太过惊愕，郝立京口吃起来。

"是啊，如果不拦着她的话，她肯定还会再跑。算我拜托你，好吗？"郝慧思在电话那头的声音变得轻柔起来。

郝立京怎么可能拒绝得了这样的请求，他只好答应了："我可以去看着她，你等我回来。"

"你不是也有话要和她说吗？不如你们也谈一谈，说不定她的心病就可以解除了。"郝慧思说道。

"她的什么心病？"

"对你的相思啊！"郝慧思说完，轻声地笑了起来。

郝立京越发郁闷，世上有这样的女人吗？竟然把自己的丈夫往别的女人怀里推，而且还是在知道那个女人对她的丈夫有意思的情况下，她的葫芦里到底卖的什么药啊？这难道是对他的惩罚？

"你再胡说，我就不去了。"郝立京赌气地说道。

"生气啦？这没什么吧，有人喜欢你，你还不高兴？"

"高兴什么？我是有家有老婆的人了，她的这份感情只会给我造成麻烦，而且，传出去影响也不好。"

"你是怕影响到你的仕途啊，立京，原来你是这样的人哦，看来我还真是不了解你啊。"郝慧思的声音又恢复了之前的冰冷，郝立京知道自己没有说错什么，但是，他又无可辩驳。

"好了，我要去开会了，大概得两个半小时，你先帮我稳住她，别忘了让她去吃点东西。我会尽快赶过来的。"

"是……"

不能没有你

郝立京的会议刚结束，郝慧思的电话就打来了。在这之前，他已经传了好几通短信给郝立京，向他求援："你什么时候来啊？"

"你能不能快点过来？"

"会开完了吗？"

"你怎么还不过来？"

所有的短信都是催他快去，郝立京却慢条斯理地在办公室里整理东西，故意磨时间。

正像郝立京想到的一样，郝慧思确实刚刚陪着刘雪华吃完了饭。回到房间后，刘雪华告诉郝慧思，她陪郝立京一起去北京出差时，为了和他聊一聊，就说有事情要说，自己呢身体不太舒服，她希望郝立京能够到她房间来一下。她因为高兴，看上去就像没事人一样，结果郝立京却落荒而逃。

"当时他的那个样子要多狼狈有多狼狈。好像我是只老虎，会吃了他一样。"刘雪华哀怨地说道。

郝慧思当然是笑得前仰后合，她一点也不在意别的女人勾引她的丈夫，因为她并没有把郝立京当成她的私有财产，也从来没有那种自己的东西不容许别人染指的概念。

"难道我那么没有魅力吗？"刘雪华委屈地问郝慧思。

"不，你非常漂亮，也非常有魅力，如果是别的男人，早就飞扑上来了。只不过你遇上了一个不懂风情的木头。"郝慧思安慰刘雪华，"他能够那么害怕地逃走，正是你太有魅力的证明。"

安慰了刘雪华，一个疑问也在郝慧思的心中盘桓了下来：郝立京究竟是不敢面对诱惑，还是真的面对诱惑不为所动？

今天这个问题又再次摆在了面前，她想到的就更多了：男人在拒绝诱惑时，想到的是对爱人的忠贞，还是仅仅怕引火上身，或者是男性主义在作怪，不愿意被别人逼迫呢？这里面，郝立京是属于哪一种呢？

这天晚上，她们没有等来郝立京……

郝慧思陪着刘雪华说了一整夜的话，听她倾诉她的委屈和悲伤。

快到天明时，刘雪华才因为身体和精神的双重疲累睡着了。

第二天早上，她在郝慧思的劝说下答应回公司，继续担任总经理秘书一职。

这大概就叫作"无法靠近那个人的时候，就只好靠近那个人身边的人"。刘雪华不愿意担任销售公司行政部主任一职，却愿意继续留任郝慧思的秘书。她大概是想在郝慧思身边吸取一些来自郝立京那里的气息吧。她无法靠近郝立京，他太排斥她了，从今天的这一系列举动就已经看得清清楚楚，她只好绝望了，是郝慧思告诉她可以走这个迂回路线。否则她的相思之苦无处排解，只会愈加痛苦。

郝慧思理解刘雪华的选择，也同情她的苦楚。她在去上班的路上，翻阅着手机信息，发现后面又有郝立京发来的短信。

"慧思，请相信我，我爱你。"

我没有不相信你啊！郝慧思自言自语着笑了笑，继续翻看后面的内容。

"慧思，我不能没有你，请你回到我身边好吗？我需要你，别离开我。"

这句话，是最后的短信内容，郝慧思的心却为之战栗了。她马上掉转车头，往家的方向开去。

郝立京还在家里，正准备出门，郝慧思突然冲进来，吓了他一大跳。

"慧思……"

郝慧思扔开手中的钥匙，扑进了郝立京的怀中。郝立京怔怔地还没有反应过来，只是习惯性地回抱住了怀中的身体。

"你需要我吗？你真的还需要我吗？"郝慧思抽泣着问道。

"我当然需要你……"郝立京的话还没说出口，就被郝慧思用手指堵住了，她抬起泪水盈盈的双眼，看着他，"你跟我说老实话，而不是骗我，你不是在哄我，你是真的需要我。"

"是真的，我没有骗你，也没有哄你。"郝立京认真地点头回答。

"那你告诉我，你在哪方面需要我？"郝慧思的目光里充满了疑虑，郝立京不明白她在害怕什么。

"无论是工作上，还是生活、感情上，我都需要你。"郝立京说道，"从小到大，我就习惯依赖你了，原本以为我可以成为你的依靠，而不是总是依赖你，但是我发现，无论怎么努力，我还是离不开你。我很害怕你离我而去，是真的，一点儿没骗你……我昨天晚上做噩梦了，梦到你离开了我……"

"所以你才发了那通短信给我？"

"是……"郝立京有些不好意思地将脸埋进郝慧思浓密的长发中。

"你怎么会想到我会离你而去？"郝慧思问道，"你是从哪里冒出这种念头的？"

"因为我们最近……我感觉你离我越来越远，我也越来越不了解你。你在生气，可我不知道你为什么生气。你对我有意见，可你却什么都不说，你不说，我就什么都不知道。我很害怕，不知道该怎么办，我又说不过你。在你面前也控制不了情绪，没办法好好谈话，让我更加焦虑，我真的怕你会离开我，不要我了……"

眼前的这个男人不是什么副省长或副总裁，也不是什么义薄云天的虎胆英雄和寄托了共和国梦想的时代宠儿，他只是一个胆怯的、害怕被抛弃的孩子。他还是她的那个小男孩，总是跟在她身后一声声唤着她的害怕寂寞的小男孩。

"我怎么会不要你？"郝慧思破涕为笑，揉着郝立京的头发，"傻瓜，我还以为你不要我了呢。"

"怎么会！"郝立京瞪大眼睛，似乎郝慧思说了一句多么不可思议的话，"你从哪根错乱了的神经里得出这样的结论？我怎么可能不要你？"

"我还能从哪里得出这样的结论？"郝慧思笑道，"当然是从你身上啊。你没有一点自觉吗？"

郝立京摇摇头，委屈地噘起嘴。

"你啊……竟然一点自觉都没有！我再问你一次，你是怎么看待我的？"

"怎么看待你？你当然是我最亲最爱的老婆。"郝立京说完，眨了眨眼，"你还是我的良师益友，是我的制动器，我的合作伙伴，我终身追逐的目标。"

"谁让你说这个了，你给我正经点！"郝慧思虽然嘴里这么责怪着，脸上却已经洋溢出了喜悦的笑容，发自内心的欢喜让她的笑容更加明媚，光芒四射。

"好，我重新申明，郝慧思是一个美丽得有些过分、聪明得有些可怕、能干得有些恐怖、好强得有些过头的女人。"

炙人的热情

"喂、喂，你是在形容恐怖分子吗？我怎么听了瘆得慌啊？"

"我可全都是实话实说。"郝立京认真地说道，"你真的太好强了，我想要你脆弱一些。"

"居心不良！"郝慧思在郝立京的鼻子上弹了一下，"我也有脆弱的时候，只不过没让你看见罢了。"

"为什么不让我看见？"

"我不让你看见，你就不会自己去发现吗？"

一语道破机关。郝立京到现在才终于明白了，他所犯的错误在哪里。不是郝慧思太坚强，而是她的脆弱他没有发现，也不是郝慧思太好强，不愿意在他面前服软，只是他不够体贴细致，没有去和她感同身受。

"对不起，我以后会注意……"

"不用跟我道歉，而且我以后会瞒得更紧，更不能让你看见我脆弱的一面。"郝慧思笑道。

"这又是为什么？"郝立京又不明白了。

"因为，我不想输给你！"

郝立京惊讶得连声音都发不出来了，他呆呆地看着郝慧思，百思不得其解，她怎么会有这种想法？

特殊的客人

章小凤和骆子在泰康市受到了热烈的欢迎，当他们从火车上下来时，发现早有一大群人等候在站台上，一看到他们就蜂拥而来。

最前面的是泰康市委书记王勇峰，他把一束鲜花送到章小凤的手中："章委员，我是泰康市委书记王勇峰，我代表泰康市委市政府热烈欢迎你们二老的到来！"

顷刻间，大大小小的话筒全都像炮筒子一样，对准了章小凤。

"王书记，你和泰康市一样热情啊。谢谢泰康市市委市政府，谢谢你，也谢谢你的花，呃，还有这些对准我们的炮筒子，太热情了！哈哈哈哈……"章小凤一连串响亮的笑声掩盖过了周围的人声。

章小凤和骆子被人群簇拥着往车站外走，到站台门口，她这才看到了一个巨大的横幅，挂在站台高高的门楣上，横幅上写着："热烈欢迎英雄郝立京的奶奶——全国劳动模范、北方省政协委员章小凤夫妇莅临泰康市！"

刚一出站台，迎面就是热烈的锣鼓声，在人群的夹道欢迎中，章小凤、骆子上了一辆中国龙汽车集团生产的豪华面包车。

他们的车刚一开出车站，前面的警车就拉起了警笛，一路叫着为他们开道。

"王书记，你们今天的阵仗也搞得有点儿过火了吧！"章小凤有些不太高兴地对王勇峰说，"我们两个都是普通人，你怎么叫来了那么多记者，还让警车开道咧！"

"一点也不过火。章委员，我们是按照您的身份接待您的，您不要有什么顾虑。您看，您不但是著名的全国劳动模范，而且是省政协委员。同时，您的儿子、孙子都来我们泰康市抗震救灾。章委员，您说说，我们该不该隆重地接待你们？"

"王书记，你现在就把我们送到学校去，你们这个接待我们受不了！"章小凤一点也不买王勇峰的账。

"章委员，您是我们英雄的奶奶，我们接待一下您，真的是应该的！"

"不用了，我只是来看那些孩子的，请王书记体谅我们吧。"章小凤说道。

"小凤，你看王书记他也是……"骆子想要劝说章小凤，很明显的，她的态度让王勇峰的面子很挂不住，况且旁边还有他的下属在。

"我哪里都不去，我就去学校！"

"老婆，你……"

"章委员，您这样我们没有办法给方方面面交代啊！"

"王书记，你不需要给谁交代，如果你们的心中真把我的孙子立京当英雄看的话，你们现在就把我送到学校去。因为我和我孙子是一个脾气，说一不二！"

"好吧，我们就听您的。章委员，我们就去学校。"王勇峰无奈地说道。

这时候，在桥口县人民政府大院里，新建的政府大楼上，也悬挂着巨型的横幅："桥口县委县政府热烈欢迎英雄的奶奶爷爷莅临桥口指导工作！"政府机关的全体人员在县委书记、县长的带领下，齐齐站在门口，鼓掌欢迎章小凤一行的到来。

"王书记，你看看，你们还真的把我们当成什么大领导了。"章小凤看到这场景，已经没脾气了，也懒得发脾气了。

"章委员，在我们灾区人民的心目中，您孙子就是大英雄。大家也是真心地在欢迎着你们的到来。"王勇峰极力解释。

"小凤，入乡随俗，你就别再说什么了。"骆子好言相劝，怕章小凤再发飙。

"好吧，我们就沾一回孙子的光吧。"章小凤摆了摆手，"人家都这样了，我再说啥呀？我也不是来这里给人家摆态度的，算了算了，你们想怎么着，就怎么着吧！"

"章委员以您的身份接受这样的待遇一点也不为过啊！"

王勇峰带着章小凤和骆子向大家做了介绍："这位是郝立京同志的奶奶章委员，这位老先生是郝立京同志的爷爷……。"

"章委员，您有一个好孙子啊！"大家纷纷上前和章小凤、骆子握手。

"我们还会继续支持你们的灾后重建工作。"章小凤爽朗地说道。

"谢谢！欢迎你们！你们今天来我们灾区，是我们灾区人民生活中的一件大喜事！"

"章委员，您能来我们灾区，我们大家都很高兴。"

"我们一直都在盼着你们的到来……"

"我们也很高兴。"章小凤的笑声一直不断，使得其他人也深受感染，大家都跟着哈哈地笑着。

在这其乐融融的时刻，突然间，从政府大楼的后面拥出来了一大帮人，他们全都向章小凤和骆子拥来，这些人就像潮水一样地扑了过来，不仅章小凤愣了，王勇峰及其他干部们都被吓了一跳，一下子慌了神。

王勇峰大惊失色，连忙问："这是怎么回事？"

结果是虚惊一场，原来是灾区群众。他们来这里没有别的意思，就是想看一看英雄的奶奶，把他心中的感激之情传递给英雄的亲人……

但那个场面却把章小凤他们给吓住了。他们见到章小凤、骆子后，就齐刷刷地跪了下来，怎么叫都不起来。最后还是章小凤发脾气了，说你们再不起来，我们就走了，乡亲们见章小凤转过轮椅准备走时，才极不情愿地起来了。

感恩的心

  章小凤和骆子是在三天之后回到辽海的。他们一回来，全家人自然就都围了过来，询问灾区的情况，也想知道他们两位老人这一路都有些什么经历。

  章小凤就大致说了一下。

  骆子的情绪没有章小凤那么高涨，但他也是满脸的愉快与从心底溢出来的感慨："我们一到泰康市，他们就像是接待哪里来的外宾一样，敲锣打鼓，挂横幅，还送鲜花，小凤受不了那阵仗，还向市委书记发脾气。"

  "不说那个，不说那个，你说说后面的。"章小凤连连摆手。

  "我们后来就直接去了桥口县，当地县委书记和县长也都出来迎接我们。反正就是相当隆重，搞得我们也不知道该说什么。就在这时候，突然大院里头冲出来上百号人，把我们给围住了。"

  章小凤整个人的情绪还没有从当时的那个场景里出来。可以说，这一次去灾区，真的是她这辈子最开心的一次旅途。

  "是啊，我也看那些人全都是普普通通的老百姓。"骆子微笑着说道："结果那些人都是灾区的乡亲，都是来感谢立京的学生家长。"

  "是，他们太热情了，他们一直陪着我们给学校的图书馆剪完彩才离开。结果，我们走的时候，他们又来送我们……你们是没有见过那个阵势呀……"骆子也兴致勃勃地说。

  章小凤接着骆子的话说道："都是些大好人哩，他们记着立京的恩情，是来还恩义的。"

  "他们还说，原本是想要到辽海来看立京的。"骆子笑道，"立京，你真是做了一件大善事呀。"

"他们是打心眼里感谢着立京，后来每个人都在现场哭了，跟我们说当初立京是怎么帮了他们的，他们永远都不会忘记。他们带了好多山货送给我们，说当初就答应要请立京尝尝他们的当地菜，可是立京没能去，就让我们替他们把那些土产都带回来。他们每个人都要送，可那么多东西我们怎么拿得下呀，最后就只好把东西都留在办公室里了。"章小凤说道。

"奶奶、爷爷，他们把东西都给邮来了。"郝慧思说道，"我今天早上收到的，全都寄到了我们公司，在我们的会议室里堆了一大堆呢，都是真正的绿色食品，那花椒的香味飘满了整个楼道和每一个办公室呢。"

"我说过不要了，你看、你看，可他们最后还是给寄来了！"章小凤摊着手，说道。

"那奶奶你看那些东西要怎么办？"

"嗯，既然寄到了你们公司，就你们留着吧，给职工食堂，让大伙儿都尝尝鲜。"

"奶奶，不如我让他们留着，在您老婚礼的那一天做成菜？"郝慧思建议。

"好，这个主意好！就这么办！慧思，都交给你！还是我的乖孙女，你最能干了，哈哈哈……"章小凤拍着郝慧思的手，欢喜地说道。

"说起婚礼啊，这时间立马就到了，妈、骆子叔，你们可不能再到处乱跑了，乖乖待在家里，好好休息，养足精神，等着那一时刻的到来吧。"郝建华说道。

"大哥，你也该改口了吧？"郝祖国说道，"都成一家人了，你还叫骆子叔呀？"

郝建华有些愣怔："那叫什么？"

"叫爸呀！"几乎所有的人都这样对郝建华说道。

"……"郝建华努力了半天，也没有叫出声来。

"不用、不用，你们还是照以前那样叫我骆子叔。"骆子连忙摇手，有些慌乱。

章小凤却呵呵一笑，拦住他："嘿！我说你这个人哪，孩子们要怎么叫，就让他们怎么叫吧。"

"骆子叔，我一直都把你当作我的另一个父亲。所以，叫你一声爸是应该的。"郝祖国真诚地说道。

"祖国……"

"可以说，我们兄弟几个都是你带大的，论情论理都该这么叫你。"郝设华也动情地说。

"可是我……"骆子的唇颤抖着，说不出话来。

章小凤握住他的手，朗声说道："他们都是你的孩子，我不是早说过了吗？我们是一家人。"

"小凤……"

"大哥你要是叫不出来，就跟我们先一起叫一声吧。"郝祖国给面有难色的郝建华提议。

"对，大家一起叫。"

郝建华看看身边的众人，又看看热泪盈眶的骆子，点了点头。

"那我喊口号，来，一、二、三——爸！"

"你快答应呀！"章小凤催促着泪流满面的骆子。

"哎……"骆子的声音沙哑着，应了这么一声。

郝祖国率先上前来给了他一个热烈的拥抱："这么多年来，谢谢你，爸，请你以后继续陪伴我们的妈妈，也请你一定要幸福、长寿！"

郝设华和郝建华跟随其后，与骆子以父子的方式拥抱。

女眷们在一边看着，都忍不住偷偷擦眼泪。

郝慧思激动地搂着章小凤的肩膀："奶奶，你看呀，你快看呀……奶奶，你现在幸福吗？"

"幸福,有你们这帮儿孙,我章小凤死而无憾了……"

"奶奶,快别这么说,你要和骆子爷爷一起长命百岁。"

"哈哈哈哈!好,我就努力地给他活个百岁老人!"

迟来的婚礼

8月8日这天，从早晨起，天空不是那么晴朗，一层厚厚的云像一床笨重的棉被一样，铺满了整个天空。

阳光无法穿透这样的云层照射下来，整个天色都阴沉沉的，淡淡的青色烟雾笼罩在辽海市的上空，就像戴了一层薄薄的面纱。

到10点钟左右的时候，云层开始变薄。

一缕缕阳光从云后露了出来，然后，在某一时刻，天地之间突然就豁然开朗了，棉被不知道被谁的手撕成了碎片，棉絮的丝还长长地拖在蓝天的幕布上。

金灿灿的太阳完整无缺地挂在如洗的碧空里，喜洋洋地将它的万丈光芒洒在每一片大地上。

这是一个难得的大晴天，不仅如此，还带一点小风呢。

这一天虽然不是法定假日，但对于每一个中国人甚至世界华人来说，都是一个值得欢庆的节日。

举世瞩目的北京奥运会将在这一天拉开序幕，全世界60亿人的眼光将从这一天起投向这个古老的东方大国。

而对于中国龙汽车集团公司的人来说，这一天也是一个非同一般的大喜日子，因为他们将迎来一个特别的奥运庆典。

中国龙汽车集团饭店前宽阔的停车场，被高高飞扬的气球和彩旗包围着，盛况空前。

饭店的门前铺着大红地毯，鲜花和彩球交缠而成的拱门在这里形成了一个开放式的观礼台。

大红地毯从这里一直延伸到了大路口，那里将是新人下车的地方。

红地毯的两边，是数十张大圆桌，圆桌上铺着素净的桌布，桌上整齐地摆好了精致的杯盘餐具，系着红绸缎的香槟静静地在花丛中等待着被开启的那一刻。

从十点半开始，穿着制服的男女服务生们就开始在场地中穿梭，而一身粉色旗袍、一派喜气装扮的礼仪小姐则分别站在观礼台两边，她们将负责为新人引路。

十一点一刻，喜庆的音乐响起，客人陆续到来。

不一会儿，所有的座位都坐满了人，观礼台旁的第一张圆桌上，坐着路鸣夫妇、王立夫妇、孟金川夫妇等人，郝祖国夫妻带着孙子也坐在他们中间。

十一点半，三声礼炮在空中响起，然后就听到人们的欢呼声。

郝慧思穿着洁白的西装礼服，胸前别着一朵鲜红的玫瑰花，走上观礼台，今天这场婚礼将由她来主持。

与此同时，在饭店楼体正面的电视墙上，正在直播北京奥运会开幕式前首都人民欢庆的盛况。

"尊敬的各位领导，各位来宾，女士们、先生们，亲朋好友们，大家好！首先，我在这里感谢大家的到来！感谢你们参加这场特殊的婚礼！"郝慧思清朗而柔美的声音清晰地传递到了会场的各个角落，人们渐渐安静下来，开始全神贯注地倾听。

"在这个风和日丽、举国欢庆的日子，我们将在这里为一对特殊的新人举行婚礼，这是一个值得纪念的时刻。我们将要见证一段人世间最真挚的爱情，这段爱情跨越了整整半个世纪，这段爱情经历了无数的风雨洗刷，但它依然像钻石一样熠熠发光。我相信，这段爱情也将伴随他们今后的人生，继续感动着我们。就让我们在这里为他们深深地祝福吧！"

郝慧思动情的话语赢得了满场的喝彩和掌声。

"那么，仪式现在开始，让我们有请新人入场！"

这时，全场开始响起《明月几时有》的悠扬旋律。一辆红色专用轿车缓缓停在了红地毯的一头，身穿大红传统旗袍的章小凤坐在轮椅上，雪白的头发映照着那身明亮的红色，将她的脸庞染成了最美的晚霞；一身白色中式礼服的骆子就站在她身后，那套洁白的绸缎礼服被他清瘦而挺拔的身躯撑得甚为利落，完全没有一点苍老的样子，尽管他也是一头银发，系在他胸前的大红丝绢花微微颤抖着，他扶在轮椅上的双手也攥得紧紧的。

章小凤回头望了一下骆子，他们相视一笑。

然后，在礼仪小姐的簇拥下，两位新人由四个可爱的花童引领着，走上了红地毯。

人们都开始鼓掌，掌声经久不息，一直伴随着这对白发新人来到观礼台上。

"请容许我为大家介绍这对特殊的新人，尽管你们中的大部分人都认识他们。我们这位最美丽也最坚强的新娘，就是共和国工业的第一代全国劳动模范章小凤女士，而站在她身边的这位温文尔雅的绅士，就是我们辽海著名的民间快书艺人骆子老先生，也是我们最英俊最潇洒的新郎！"

掌声中，郝慧思的声音又响了起来：

"接下来，有请我们今天的第二对新人入场！"

听到这里，来宾们都很吃惊，会场中顿时响起了嗡嗡声，人们开始交头接耳，议论纷纷。

红地毯的那一头，停下了一辆加长的黑色中国龙轿车。礼仪小姐打开车门，郝建华和魏轶力先后走下车来。

郝建华在前面，他先整理了一下身上的黑色西装礼服，然后回身让魏轶力挽起了他的胳膊。

魏轶力也是一身鲜红色的旗袍，略施淡妆，看上去高贵而典雅。

高高盘起的头发上别着一朵玫瑰，她有些羞涩地拉着肩上的红纱披肩，紧随郝建华身后，向观礼台走去。

人们同样给予了他们热烈的掌声。

"这是一对患难与共的忠实伴侣，他们一起经历了三十年的风风雨雨，他们相扶相持，共同创业，他们不但是最好的朋友，也是最佳合作伙伴，他们彼此支撑和依靠，在经过了种种考验之后，又重新走在了一起，让我们为他们送上诚挚的祝福吧！"

郝建华和魏轶力走上观礼台后，分别和章小凤、骆子拥抱，然后站在了一旁。

"同样，这一对新人也是大家所熟知的。新郎郝建华先生，我省著名乡镇企业家、全国劳动模范，章小凤女士的儿子，同时也是黑一海先生的儿子，而且，我还要在此骄傲地宣告，他也是我的爸爸！"

雷鸣般的掌声响了起来……

"新娘，魏轶力女士，同样是一位乡镇企业家、女强人，郝建华先生的得力助手，也是世界上最好的、我最伟大的妈妈！"

郝慧思和郝建华、魏轶力紧紧拥抱在一起：

"祝贺你们，爸爸妈妈！"

永恒的吻

北京饭店里，郝立京在助手的帮助下，穿戴整齐，对着镜子照了一下，十分满意。然后他阔步走出饭店，他所带领的队伍已经在饭店门外整齐等候了。

"都准备好了吗？"

"准备好了！"

"好，我们出发！"

300辆中国龙牌轿车整齐地从停车场内缓缓开出，然后向目的地进发。

郝立京坐在最前面的领队车中，和车队指挥刘永行交换了一下眼神，便目光炯炯地直视前方。

这是一个意义非凡的时刻，这也是一个激动人心的时刻。

郝立京努力压抑着内心的激动，让整个身心都沉浸在那奔涌而来的巨大喜悦之中。

2008北京奥运会，将在数小时之后拉开序幕，在开幕式之前，首都人民已经以各种方式来庆贺这一伟大时刻的到来。

在郝立京心里虽然有那么一点点的遗憾，因为他没能参加奶奶他们的婚礼，但是，他相信所有的牺牲和舍去都是有意义的，都是值得的。

在临出饭店的时候，郝立京和妻子郝慧思通了电话，最后确认了婚礼在顺利进行，这才放心地把全部精力投入到中国龙车队的游行之中了。

北京的街道非常干净整洁，除了游行的车队外，没有别的车辆。

从车窗外经过的每一个人脸上都带着喜不自禁的神情，笑容在每一张脸上洋溢，同时也在郝立京的脸上绽放。

他想到在他出发来北京前的那一晚，全家人聚在章小凤家中，既为他的此行饯行，又为第二天的婚礼庆贺。

他很诚挚地向章小凤道歉，说不能参加奶奶的婚礼了。

章小凤哈哈大笑着，早已经乐得合不拢嘴了，她说：

"傻孩子，说啥呢，奶奶高兴都高兴不过来了，哪会怪你！要不是奶奶要举行婚礼，奶奶也跟你上北京去！"

"那哪行啊，你去北京了，我们的新娘子找谁来替？"郝慧思开玩笑地说道。

"谁敢替？"章小凤眼睛一瞪，然后又哈哈大笑，"我们的婚礼能在北京奥运会这一天举行，其意义重大。我当然哪儿也不会去，你们也别想找人来替我。就算我答应，我骆子哥也不答应，骆子哥你说是不是？"

骆子有些赧然，笑着肯定地点了点头。

"奶奶，你说得对，明天的这场婚礼却是千古难遇，过这村就没这店了。就让那些参加不上的人可劲后悔去吧！"

郝慧思说完，调皮地给郝立京挤了挤眼。

郝立京无可奈何地耸耸肩：

"得，你就气我吧。"

"谁让你肩负重任，是我们家的大人物、大英雄呢。"郝慧思说完，咯咯地笑倒在章小凤怀里。

目前可以说小夫妻的心结已经完全解开，两人又恢复了以往的亲密无间，嬉戏打闹一如往常，长辈看在眼里，也都感到欣慰。

郝立京自然更加满足了，通过这一次的教训，让他更加了解了自己的妻子，也更加了解了婚姻是怎么回事。

在与郝慧思和解之后，他又和父亲有过一次长谈。他跟父亲说他依然不了解女人的心思。

因为此次事件自始至终都是由郝慧思引发的，也是她结束的，而他到最后依然是稀里糊涂。

郝祖国就告诉他，别企图去真正了解女人，那是所有男人永远都完成不了的任务。

所以，他能够做的，就是好好地去爱自己的女人，做她自由翱翔的天空，包容她，呵护她，支持她，并赞美她。

"你要明白一点，无论她是什么样的女人，首先，她都是一个女人。"郝祖国给儿子忠告。

"我明白你的意思了，爸。"郝立京也很受教，马上心领神会。

经过一场小风波，郝立京和郝慧思的感情似乎又更深了一层。

小小的离别倒让郝立京有些依依不舍起来，在临出门时，他的心底突然涌起一股强烈的依恋，他痴痴地看着妻子正在低头为他整理行李的脸，有一种想把她揉进身体里去的冲动。

他一点都不想和她分开，他只想时时刻刻都和她在一起。

似乎他将再也看不到她，再也感受不到她的温暖和气息。他突然之间莫名其妙地开始害怕起来。

被那种不安所驱使，郝立京来到了妻子身后，一把将她紧紧抱住。

"慧思……"

"怎么了？"郝慧思略微有些吃惊，回头问道。

她柔软的身体被拥入郝立京宽阔的怀抱中，她再没有一丝抗拒。

她安静又柔顺地任由着他热烈拥抱。

很快，她已经感受到了他的情绪，她什么都没说，只用手心轻轻地摩挲着他的脸，无声地询问着他为何会如此不安。

"慧思……跟我一起去……"

"你啊……"郝慧思看着这个已经迈进三十岁门槛的副省长，却仍然在她面前像个孩子一样的男人，有些欣慰地笑了，"我跟你去，那谁来主持婚礼啊？"

"谁都可以吧……"郝立京闷声说道。

"那可不行，奶奶会生气的，无论如何我们两个中间都得留下一个。好啦，我答应你，下次无论你去哪里我都陪你去，好不好？快别磨蹭了，该出门啦。你再不走，就要误机了。"

"呜……你竟然赶我……"郝立京赖在郝慧思身上假哭。

"唉……"郝慧思合上行李箱，转过身来，伸臂搂住了郝立京的脖子，"来，HONEY，乖乖的，姐姐给你一个奖励。"

郝慧思在郝立京的额头亲了一下。

"我不要姐姐的……"郝立京嘟着嘴,"我要老婆的……"

"好,就给你老婆的……"郝慧思妩媚地笑着,将柔软的唇贴在了郝立京的唇上……

爱可不可以重来

"那么，我再来为大家请出今天的第三对新人！"

人们再次惊讶，只不过他们不再议论，全都带着好奇和期待的神色看向入口处。

一辆中国龙轿车开过来，最先跳下车的是一个身穿白色燕尾服戴红色小领结的男孩，他几乎是蹦着下来的，然后他就一手拉一人，将新郎和新娘从车中带领了出来。

金发碧眼的男孩，加上那身合体的西式礼服，让他看上去就像婚车前的洋娃娃。小男孩的出现，迎来了雷鸣般的掌声……

尽管今天的男女花童都是经过精挑细选的，但是当这个男孩一出现后，他们全都黯然失色了。

几乎所有的人都在惊讶着这个孩子的容颜，也几乎在每个人心中都发出了同样的感叹，天使！这不就是画中的天使吗？

郝立升从没有这么开心过，他左手牵着爸爸，右手牵着妈妈，左看看，右看看，觉得爸爸真是帅极了，妈妈更是无与伦比的美丽。

他充满着自豪，昂着头，挺着胸，迈着正步将爸爸妈妈带到了主席台上。

"奶奶！爷爷！"郝立升看到章小凤后就立刻飞奔上去，"奶奶，你好漂亮哦！"

"你真会说话，我的乖孙子。"

"大伯、大妈，恭喜你们白头到老！大妈你今天也好漂亮哦！"郝立升好像嘴上抹了蜜一样，笑眯眯地为郝建华夫妇送上了祝福，也为他们送上了恭维。

"谢谢你，立升。"郝建华和魏轶力都拿出了红包给郝立升。

郝立升回头看看爸爸和妈妈，得到了允许，便高高兴兴地收下了红包，然后他很有礼貌地给大伯大妈鞠了一躬："谢谢大伯大妈！"

"给，立升，爷爷奶奶也有红包给你哦！"

郝立升开心极了，他把四个红包捏在手中，小脸因为兴奋而红彤彤的。章小凤心疼地摸了摸他的头："我的立升今天真漂亮！"

"谢谢奶奶，我妈妈才是最漂亮的！"

"哈哈哈，你说得对，你妈妈最漂亮！"章小凤大笑。

吴飒飒穿的是白色婚纱，她清秀的面容被洁白的婚纱衬着，由于羞涩而增添的绯红，看上去妩媚动人。郝立升说得没错，他的妈妈是今天最美丽的新娘。

"这一对新人大家都认识他们对吗？"郝慧思问着全场的宾客。

"认识！"大家都热烈地回应。

"在介绍他们之前我想要解释一下他们为什么在今天也会站在这里。我们都知道，这对新人他们原本就是恩爱的夫妻，为什么他们还要再次走上红地毯呢？当然是为了要向我们宣告他们坚贞不屈的爱情。他们的故事可以写一本书了，所谓上天注定，说的就是他们。曾经，在长时间的等待后，他们在茫茫人海中找到了彼此，然后相爱、结合，却因为一个天大的误会而分开了一段时间。然而真爱是阻挡不了的，所以，他们再次找到了彼此，确认了彼此就是此生的唯一伴侣。这是一段忧伤而美丽的爱情，也让我们明白了一个道理，幸福得来不易，当幸福来临之时一定要紧紧抓住它，让我们珍惜我们身边的人，爱我们所爱的人吧！也让我们同样为这对新人送上满满的祝福！"

掌声再次热烈地响起。

那么，接下来就来介绍我们的新郎新娘。

我们的新郎可了不得，他是我们辽海著名的工程师、全国劳动模范郝设华先生。

他用自己的上千项技术革新、几十项具有世界级水平的技术专利挽救了辽海制造厂。又因为在工业创新的领域里做出了突出的贡献，于两年前参加了全国科学技术大会，他的科技成果获得了国家科技进步一等奖。

最后补充一下，他也是章小凤的儿子，我的二叔。

"我们的新娘也毫不逊色。她同样是我们北方省国有企业的优秀工程师，当然这并没什么大不了的，但是，一个理工学的工程师竟然还拥有如此惊为天人的美丽，是不是令人羡慕呀？"

人们大笑。郝慧思回头对着郝设华说道：

"二叔，你真是有福气呀，这里所有的男人一定都在嫉妒你！"

"没关系，她只会爱我一个人。"郝设华自信地说道。

众人再次大笑。

在欢笑声中，路鸣作为证婚人上台为三对新人宣读了婚书，新人们向来宾道谢。

仪式举行到一半的时候，一辆中国龙小轿车疾速驶到了宾馆门口。在众人惊愕的目光中，崔银姬行色匆匆地从车上下来。

她在红地毯上一路小跑，来到了观礼台，看到三对新人后，长舒了一口气："啊，总算赶上了。"

"亭花？"对于突然出现的崔银姬，章小凤意外得不得了。

"妈，对不起，我知道你们今天举行婚礼，我紧赶慢赶还是来晚了一步，都怪飞机晚点了。仪式还没有结束吧？我还算是赶上了吧？"

章小凤怪嗔地瞪了她一眼：

"来得及，还没完呢。可你这样子突然出现，吓人一跳，你怎么不早说你要来？知道你也会来的话，就让慧思安排人去接你呀。"

"妈，我不是想要给你们一个惊喜吗？"崔银姬笑道，"妈，你和骆子叔有情人终成眷属，我无论如何都要当面跟你道声喜。这下，你的心愿可算是了了，恭喜你，妈，还有骆子叔！"

"姐，你该叫骆子叔爸了。"郝设华提醒她。

"哦，对，恭喜你们，爸、妈！"崔银姬分别给了章小凤、骆子一个实实在在的拥抱。

"谢谢、谢谢！"

"也恭喜你们，设子、飒飒！"崔银姬拥抱过郝设华、吴飒飒后，来到了郝建华和魏轶力面前，"恭喜你们，大哥、大嫂！"

"谢谢你，亭花……"

"大嫂，是不是以为我是来抢婚的？" 崔银姬开玩笑地问。

"亭花……"

"哈哈，怎么会呢！我是专程来祝贺你们的！我真心祝愿你们白首到老，牵手一生。"

崔银姬上前和魏轶力拥抱了一下：

"你们一定要幸福哦！你们要是再不珍惜彼此，珍惜这个婚姻，珍惜你们的缘分，我就再也不会回来了！"

"姑姑，你放心吧！" 郝慧思替父母做了保证，"我保证他们会珍惜这个缘分，珍惜这个家的。"

中国龙车队成功拉开奥运序幕

婚礼进入了第二个阶段，在欢快的音乐声中，香槟被乒乒乓乓地打开，酒杯斟满了，蛋糕也在三对新人的合力下切开，分给了来宾。大家向新人举杯祝贺，然后新人们回敬来宾。

中午 12 点 30 分，背景音乐突然换了，由《喜洋洋》变成了《运动员进行曲》，饭店主体楼上的电视墙的画面也突然锁定在了某一场景。

然后，人们就听到中央电视台的解说人员响亮的声音："各位观众，这里是中央电视台现场直播的奥运特别节目！大家请看，由全国抗震救灾劳动模范、北方省人民政府副省长郝立京同志亲自带队的北京奥运'中国龙人文风采'车队方队开过来了！这个车队展示的是中华民族 5000 年悠久历史和灿烂文化……'中国龙人文风采'车队由北方省人民政府、中国龙汽车集团公司组建，他们曾经派员抗震救灾、抗冰救灾，体现的正是一种人文关怀、人文奥运、奥林匹克的精神。'中国龙人文风采'车队倡导人们陶冶情操，实现人的身心和谐发展，展示精彩纷呈的多元文化，展现中华儿女和谐之美的优良传统。"

随着解说词的展开，画面上出现的是浩浩荡荡的车队，第一个方队的字牌上写着"中国龙人文风采"七个字，全部由小轿车组成的大型方队整齐地缓缓前行，从背景的建筑物可以看出，车队是在长安街上行进。

在座的宾客中大多是中国龙汽车集团的员工，他们看到这样的画面，都激动地站了起来，所有人都把目光聚焦在电视墙上，全神贯注地注视着那一排排开过来的中国龙车队。

"这是北方省人民政府、中国龙汽车集团公司组建的第二个汽车方队。'中国龙时代风貌'车队，表达的是我们中国人自强不息、奋发有为的精神风貌和我们中华儿女积极进取、昂扬向上的朝气和活力，还表达了世界人民共同追求和平、友谊、进步的强烈愿望！"

"中国龙时代风貌"车队是由中国龙牌豪华型轿车组成，气势比之前的"中国龙人文风采"要更加宏伟，也更气派。人们开始热烈地讨论起来，现场变得更加热闹。

解说员继续介绍着后面的车队："'中国龙大众参与'车队要展现的是占世界人口五分之一的13亿中国人民和广大港澳台同胞以及海外侨胞积极参与奥林匹克运动的风采。这次北京奥运会既是在世界人口最多的国家举办的一届奥运会，也会成为群众参与程度最广泛的一届奥运会。"

"中国龙大众参与"车队则全部是中国龙集团出产的各类专用车，白色的救护车、银色的警车和蓝色的学生专用车，三种色彩拼合在一起，就像是一条硕大的彩带，在北京长安街上飘过。

直到最后一辆中国龙车开过长安街，画面才切转到其他地方，婚礼现场的人们由于情绪激动而不断地开启香槟，举杯庆贺。在众人的欢呼声中，骆子重新登上观礼台，将他已经重新整编过的快板《看看我们这六十年》表演给大家。

　　……
　　连衣裙，
　　羊绒衫，
　　旗袍上镶的是金丝边。
　　短袖衬衣把领翻，
　　还有世界名牌皮尔卡丹。
　　冬穿绒，
　　夏穿裙，
　　早穿绿，
　　晚穿红，
　　各种式样换得勤，
　　辽海城里头出了名。

哎我把衣服换得勤，

不是为了我个人，

主要意思有一层。

我要为这个时代长精神，

我要穿出社会主义优越性，

把改革开放来歌颂。

来歌颂，

来赞扬，

一年更比一年强。

我们努力了六十年，

今天旧貌换新颜。

我们拼搏了六十年，

明天还要再向前。

再向前，

不怕难，

永远记住这六十年。

六十年的水，

六十年的山，

六十年的日月换新天。

六十年的冬，

六十年的夏，

六十年的春秋美如画。

六十年的天，

六十年的地，

六十年的奋斗创奇迹。

六十年的苦，

六十年的甜，

六十年的精神代代传。

六十年的精神代代传……

雷鸣般的掌声……

意　外

与此同时，一辆中国龙轿车从北京东三环大道上驶出，向京津高速方向驶去。就在一个转弯口，突然从对面车道里冲过来一辆康明斯。那辆康明斯就像是一个喝醉的大汉，摇摇晃晃地斜插过马路，直奔中国龙轿车而来。

中国龙轿车想要躲开那辆直冲过来的康明斯，向右边打方向盘，但是，那辆康明斯的速度实在太快了，中国龙轿车只躲过了车头，车身还是被康明斯重重地撞上了。

就见中国龙轿车尖厉地呻吟着，从马路上飞了出去，在路基外翻了几个跟头，最后重重地落在了路基下的一个水泥斜坡上……

康明斯也摔下了路基……

10分钟后，警车和救护车鸣着警笛来到了车祸现场，医护人员从那辆残破不堪的中国龙轿车里抬出了两个人，一个当场死亡，一个已经奄奄一息。

救护车在开道警车的后面，拉着那个尚有呼吸的幸存着，呼啸而去……

与此同时，远在辽海市中国龙饭店的婚礼现场，骆子表演完节目，在掌声中刚从台上下来，章小凤拿出手帕为他擦额头的汗时，郝祖国的电话响了。

章小凤见接电话的郝祖国的脸色一点一点地沉下去，额头也一滴一滴地渗出汗来。

"祖国，怎么了？"章小凤发觉儿子不对劲，问道。

"没什么，妈，这里太吵了，我去里面听电话。"郝祖国慌忙地站起来，几乎是小跑着离开了婚礼现场，进入一个房间。

章小凤和骆子对视了一下，骆子明白章小凤眼中的担忧，推着她跟了过去。

他们刚进房间的门口，就听到了郝祖国接电话的声音："这怎么可能！我不相信……立京他才三十岁……他不能死……不……请你们一定要救活他……求求你们……"

"祖国，立京发生什么事了？"章小凤推着轮椅，仓皇地来到郝祖国身后，急切地询问。

郝祖国吃了一惊，连忙捂住电话，但却来不及擦掉眼角的泪水："妈，你怎么……立京没什么……什么事都没有……"

"你别瞒我，跟我说老实话！"章小凤严厉地吼道。

"妈……对不起……立京他，他在北京遇到了车祸……刚才他们打电话来，说……说立京已经……"

"已经怎么了？"

"抢救无效，已经、已经……"郝祖国说不出那个字来，他一拧身，将头抵在墙上，双拳砸着冰冷的大理石墙壁，伤心的泪水奔涌而出……

"我的孙子……啊……"章小凤愣愣地看了郝祖国一会儿，总算是明白过来了，她倒抽了一口气，两眼向上一翻，整个人就倒下了……

"小凤！"骆子大叫，连忙去抱住章小凤，"祖国，快来，你妈昏过去了！"

随着救护车的警笛远去，刚才还热闹非凡的婚礼现场，突然之间鸦雀无声了。新人全都跟着去医院了，宾客也逐渐散去。

这样的一个结局，是每个人都无法接受的。

本来放晴的天空这时候也风云突变，黑沉沉的云突然就从西边卷了过来，一会儿工夫就盖住了大半个天空，骄阳似乎是无法忍受它所看到的悲伤，飞快地躲进云层后哭泣去了。

紧接着，风大了起来，吹得会场外那些气球不断来回晃荡，互相碰撞。红地毯上的彩纸碎片被风卷起，扬在空中，忽起忽落。饭店的服务人员担心会下暴雨，都赶紧把东西往里收……很快，婚礼现场就只剩下孤零零的几只氢气球，还在半空晃荡……

郝慧思在听到这个噩耗时，也是当即就昏了过去。

罗绮抱着孙子一脸苍白，浑身颤抖得几乎站立不住。

医院对章小凤实施了紧急抢救，骆子不顾医护人员的阻拦，冲进了急救室，扑到章小凤身边："小凤，你不能丢下我啊！小凤，你答应了我的，你要是走了，我可怎么办啊……"

郝建华和郝设华兄弟两个共同把骆子带出了急救室，将他按在了椅子上："爸，你别急，妈不会有事的。"

"小凤啊……"骆子捧着脸，哀哀哭泣。

半个小时后，章小凤被推了出来。

"暂时是抢救过来了，但还需要住院观察。"医生说。

跟着来到医院的路鸣问："老人家还有危险吗？"

"是的，先让老人住在重症监护室，观察一段时间再说吧。"

路鸣坚定地对走过来的医院院长说："一定要全力以赴救治章小凤同志。"

院长点点头："请路书记放心，章小凤同志已经脱离危险了。治疗一下，就会好起来的。"

路鸣又对郝祖国夫妇说，你们准备一下，马上飞北京去看郝副省长。省委省政府会马上派员去处理郝副省长的后事。

郝祖国沉重地点点头，带着妻子和郝慧思马上去了机场……

留下来的郝建华和郝设华夫妇以及崔银姬都守候在医院里，这突如其来的变故对于他们来说，根本无法接受。

崔银姬在医院走廊的尽头不住地吸烟，魏轶力和她站在一起，抱着胳膊看着墙角愣神。

郝建华和郝设华坐在长椅上，都沉默着，谁都不想说话。

晚上，吴飒飒把郝立升送回父母家后，就又赶了回来，还顺便给大家带了吃的。但是她拿来的饭盒谁都没动，此时此刻，没有人有心思吃饭。

住院部那边的电视里正在播放奥运会开幕式，为了让那里的病人都能够感受身为中国人在那一刻的自豪，电视的音量比平时放大了许多，主持人激情澎湃的声音远远地传到了这边。

在这个举国欢庆的夜晚，原本应该是最该感到自豪和喜悦的人们。而郝家人却因为一场意外的灾祸而陷入了深深的悲伤之中，无法像其他人那样去感受那份快乐。

晚上十点多的时候，医生从重症监护室里出来，告诉郝建华他们可以进去探视了。他们进去时看到骆子跪在病床边，拉着章小凤的手，不住地流泪。

章小凤已经醒了，但很虚弱，从插在她鼻孔里的吸氧管里发出了很重的呼吸声。

"妈……"崔银姬扑到病床的另一边，将头埋进了章小凤的胳膊里。

郝建华看到这个情景，神情有那么一点恍惚，在他眼前突然出现了许多年前的一幕。也是这样的场景，母亲躺在病床上，无声无息，骆子守在她旁边哀哀而泣，妹妹亭花则像株被风吹折了的草，脆弱地靠在母亲身上。

魏轶力轻轻地抽泣着，靠在丈夫身边。郝建华伸出胳膊，搂住了她。在一旁，郝设华夫妇也依靠在一起，悲伤地望着母亲。他们谁都没有过去，把章小凤身边的位置留给了骆子。

"小凤……小凤……你看看我呀！"

章小凤一点点地睁开眼，用了很长一段时间才转过脸来，看着骆子："骆子哥……"

"小凤……老婆……你总算醒了……你总算看着我了……"

"骆子哥……不……骆子哥……我还活着吗？"

"老婆，你难道想丢下我一个人走吗？我绝对不答应……要走我们也得一起走……我们、我们今天才结婚啊……"

"骆子哥，对不起……可是我的孙子……我的立京……我的好孙子没了……"

"老婆，你还有我呀！你想跟着立京走，我理解，可是，你走了，我怎么办？你要把我一个人孤零零地留下来吗？你好狠心啊……你这样，立京一定不会答应，立京不会让你跟他去……"

"对……立京不让我去……他让我回来……"

"你看是不是，你要好好活下去，立京才会高兴……"

"你说得对……我要好好活下去……立京说……要我长命百岁……"

"老婆，你一定要长命百岁。还有，我有一个一直埋藏在心里的秘密，都还没来得及告诉你，这么多年了，这么多年……我一直都想告诉你啊！"

"你的秘密……我知道……"

"你知道？"

"嗯……我知道……黑一海大哥……告诉过我……你其实是……日本人……"

"那你怎么还……还愿意……嫁给我……"

"不管……你是什么人……你都是……我的骆子哥……"两滴泪水从章小凤的两边眼角滑落下来，"你是日本人还是中国人……我都不管……我就是要嫁你……"

"小凤，我的父亲是日本人，可我的母亲是中国人，所以我也是中国人，我永远都是中国人……"骆子抓着章小凤的手，几乎是用尽了全身的力气，大声喊出了他藏了一辈子也折磨了他一辈子的秘密，然后就号啕大哭。这样尽情地放开情绪大哭，对骆子来说，可以说是毕生第一次。

甜蜜的回忆

郝立京的遗体被运回辽海安葬。北京方面派出了专机负责这次运送。在飞机上，郝慧思一直陪在丈夫身边。她看着自己的丈夫就像是睡着了一样，安安静静地躺在床上。她贪婪地看着他，就像是要把他的每一个细微之处都刻在记忆里。

她想起了他们还只有十来岁的时候，那时候他们都才刚上中学。

那是一个炎热的夏天，正值学校放暑假。

郝立京跟着她到李家村去玩耍，原本男孩子一到农村去就野了，可立京没有。他不去跟村里的同龄男生们玩，他还是只跟着郝慧思。

郝慧思作息很规律，夏天中午必睡午觉。可郝立京精力旺盛，没有这个习惯。所以，每次她在睡午觉时，他都会守在她身边，哪怕无聊到追着苍蝇跑，他也不会自己出去玩。

慧思每次醒来，都会看到他凑在跟前的脸，而且，好多次都是红红的，非常可疑。

那个时候的她还没有那么敏感，也不知道自己已经被这个小男孩喜欢上了。后来长大了，她才明白了郝立京脸红的原因。

那年，他们去了少年大学。还是夏天，他们参加了海边夏令营，虽然去的都是少年天才，但也玩得很开心。

郝慧思依然保持着睡午觉的习惯，可是集体活动没有这项内容，于是她利用她的聪明才智为自己寻找睡午觉的机会。

有几次，她都是假借有事情而偷偷地跑出去，然后在无人的沙滩上美美地睡一觉。当然，她不会让任何人跟着她，以防破坏她的计划，被她防备的人也包括郝立京。

可是，郝立京的脑袋就像是一根天线，无论郝慧思去哪里，他总能找到她。他在沙滩上找到她后，往往都不会叫醒她，而是安静地守在一旁，顺便为她把风。

有一次，她其实已经醒了，但发觉郝立京在旁边，就继续装睡。突然，郝立京俯下身来，将火烫的嘴唇贴在了她的唇上，只是轻轻一下，也很匆忙，但是，她却被他吓坏了。

而后，她就明白了郝立京的心思。

少年羞涩的偷吻，带着一点海水的咸涩，却非常柔软、甜美。

从那以后，那个吻常常搅扰着郝慧思的梦，随着梦的长大，她发觉自己也喜欢上了郝立京。

以后，这个长大了的梦，被他们各自珍藏着，直到他们成长为谦谦君子和窈窕淑女。

郝慧思俯下身，在郝立京的唇上印下了一个吻。然后，泪水顺着她的鼻翼落下，掉在了郝立京的眼窝里。

曾经炙热的双唇，现在却已经冰冷。

郝慧思哭泣，是为她没有好好珍惜这一个人。

明明知道他的心思，她却装作什么也不知道。在日本留学期间，有个日本富家子弟非常迷恋郝慧思，整天跑来缠她，她都是淡淡地应付着，因为她那时候还在找爷爷，所以有用得着他的地方。但是郝立京却反应非常强烈，每次见到那个男生，都会冷眉冷眼，过后也会跟郝慧思赌气。

郝慧思因为觉得他的反应很可爱，恶作剧般地故意装作与那个男生很亲密的样子，故意惹郝立京生气。

这之后，立京渐渐地消沉了下去，开始不再跑来妨碍他们见面，见到郝慧思和那个男生在一起的时候，也会静静地走开。

慧思问他为什么不搞破坏了，他却说："如果你真的喜欢他，是日本人也没关系，我会支持你。"

不管那时候她有没有真的爱上郝立京，她的眼里从来没有放进去过别的男生。她告诉郝立京她并不喜欢那个男生，只是因为爷爷的事才和他做朋友的。

郝立京就讥讽她："因为他是日本人！所以……"

郝慧思拉住了郝立京："傻瓜，跟是不是日本人没有关系。我也有四分之一的日本血统，难道你也会讨厌我吗？"

"我怎么会讨厌你！"郝立京大声地说道，"就算你完全是日本人，我也不会讨厌你！"

"你真的很傻……"郝慧思轻轻地抚摩着郝立京冰冷的脸庞，他英俊的脸上还带着一点点忧郁，这是别人看不到的，在别人的眼里，他是充满阳光的热血男儿，很难想象他被什么困扰而忧愁的样子。但是，他不论是阳光的还是阴郁的模样，都会毫不保留地呈现给她，而她，却不愿意让他看到她的脆弱。

不知道从什么时候起，大概是看多了身边的女性的生存状态，郝慧思开始有了女权主义思想，她的性别争斗意识也逐渐地强烈起来。

在德国期间尤其突出。郝慧思不太愿意和德国的男人交往，却也不愿意落在他们之后。也是因为如此，她在学习必要的课业之后，翻阅了大量的西方哲学著作，由此她掌握了拉丁语系的好几门语言。她和郝立京不同，她所抗争的是这个世界的所有男性及服从于男权的女性，而郝立京却是一个民族主义者，他强烈地热爱着自己的国家和民族，绝对不容许别人对他的国家和民族有丝毫诋毁。所以，他才会在那次留学生辩论会上慷慨激昂，以他的气势将那些外国的留学生击倒。

郝慧思理解他的这份感情，但是，郝立京似乎并不理解她的真实内心。

在这一点上，她多少是有些失落的。

"是我太傻了……"郝慧思对着静静地犹如一尊雕像的郝立京喃喃地说着，"我怎么能强求你理解我呢，那本来就是我个人的极端主义……"

是的，要求一个土生土长的哪怕他的智商超出一般人的中国男子理解女权主义，实在是太难了。何况，她也从来没有去努力让他理解。他鼓起极大的勇气向她表白感情，她却告诉他，她想独身。他问她为什么不接受他的感情。

她就告诉他，除非他能够接受与她以柏拉图的方式恋爱："不结婚，不要孩子，不约束彼此，不干涉对方。"

郝慧思提出了四个"不"。

"我做不到。"郝立京说，"我想要和你一起生活，并和你一起养育儿女。"

横亘在郝慧思心上的那块坚冰被郝立京一点一点地挖掘开，她的坚持也一点一点地被他软化，直到屈服。因为，她可以战胜一切，却战胜不了爱。

"我爱你……就像你爱我一样……立京……为什么你却要离我而去……你说你爱我，会永远陪着我，难道都是在骗我吗？"

郝祖国和罗绮就坐在郝立京的脚边，他们看着儿子，也看着在儿子身边哭泣的郝慧思。他们没有哭。白发人送黑发人，世间最悲哀的事莫过于此，不是他们不伤心，而是他们已经难过得哭不出来了。

小郝震躺在摇篮里甜甜地睡着，不时发出可爱的咕哝声。

罗绮不忍听到儿媳的恸哭，她扭开脸去，看摇篮里的婴儿。

小小的生命正在通过充足的睡眠迅速成长，在他的脸上已经能够看到他爸爸的影子。虽然他更像他的妈妈，但是，眉目间依然还是有着郝立京小时候的神态。

大概是处于同样的心态，郝祖国的视线也落在了摇篮上。失去了儿子，至少还有孙子给他们安慰。这就是生命的轮回。

子孙后代，生生不息，生命如此强大，死亡并不会带来毁灭。

郝祖国悄悄地握住了罗绮的手，罗绮稍微有点惊讶，但她也回握住了丈夫的手。

两只经过半世沧桑的手终于紧紧地握在了一起，他们投向摇篮中小生命的视线也逐渐坚强起来。

神奇的牙牙之语

郝立京的追悼会是在省政府的礼堂举行的。北方省委省政府、辽海市委市政府的领导及中国龙汽车集团公司的领导都参加了追悼会，郝立京被追认为烈士，省委书记路鸣亲自致悼词。

当天下午，郝立京的骨灰被安葬在了烈士陵园。

天空湛蓝如洗，阳光明净而透彻。远处的群山苍翠欲滴，烈士陵园里的松柏高耸入云。郝立京的墓碑前，只剩下郝家的人了，由于章小凤还在医院被监护着，所以骆子也没有来参加葬礼。

原本章小凤坚持要来，但被郝祖国等人拦住了，他们不让她去的原因有二：一是她的身体不容许，二是她的辈分也不应该去。郝立京虽然被政府追认为烈士，但在民间以他的死亡年龄应该算是少亡，按风俗，少亡者是不能入祖坟的。现在破除了封建迷信，已经不讲那一套，但让父母送葬已经是不孝，怎么还能让祖父母去送孙儿呢？

墓碑上的遗像是郝立京不久前才照的，他平时照相都喜欢笑，唯独这张照片因为要做证件照用，所以他难得严肃起来。浓黑的剑眉在宽阔的额头下像是书法家一挥而就的两笔撇捺，笔锋犀利而刚毅。挺直的鼻子下薄薄的嘴唇抿出一条柔和的曲线，俊朗的脸庞稍显有些紧绷，他笑起来有魅力，也是能感染人的。看过这张照片的人几乎都会这样想。所以，他们都深深地怀念着他那有如夏日晴空般明朗的笑容。

路鸣在离开陵园的时候，仰头看着蓝天，他突然很想跟身边的王立说："你看，今天的天空好像是立京对着我们微笑的脸。"

但他终究没有把这句突然从脑海里蹦出来的话说出来。毕竟，他并不是那么诗情画意的人。

其实，不只是今天的天空，就连今天的风，今天的阳光，都像郝立京，都有他的风格。仿佛郝立京这个人就存在于这天地之间，他并没有离开，而是化成了这天地间的一部分。

路鸣在下山时，最后看了一眼烈士陵园的方向，他微眯起眼睛，出了一会儿神，这才上了车。

"路书记，我们是去……"司机问。

"去基准市，立京同志上次向我汇报，那边的工程进展速度很快，我要亲自去看一下。"

在路上，王立问路鸣："路书记，立京同志走了，那郝副省长留下的工作……"

"嗯，会有人接替的。"路鸣沉默了片刻，又说道："立京同志虽然离开了，给我们留下了深深的遗憾，但是他还会继续带着我们往前走。辽海也会继续往前走，而且是大踏步地往前走！"

郝立京的墓碑前，抱在郝慧思怀中的郝震看不懂人们的神情，也不明白眼前发生的一切，但是他第一次来到这个陌生的地方，对一切都感到新奇，圆圆的像是玻璃球般的眼睛骨碌碌地不停转动着，头也一左一右地摇晃着，口中不断发出"呀、呀"之声。

当郝慧思将他抱着正对墓碑时，他向前伸出了稚嫩的双手，像是想要人抱抱，然后"巴、巴"地喃喃出声。郝慧思有些惊讶地看着他，这个不到三个月的婴儿，他竟然会叫爸爸了！

"爸、妈，你们刚才听到了吗？郝震他在叫爸爸！"

"我听到了！"郝立升举起手响亮地说道："我听到小震震叫爸爸了！"

"真的吗？"其他人便都围了上来，"小震会叫爸爸了吗？"

"是个偶然吧。"郝祖国说道。

"小震，再叫一声给奶奶听听。"罗绮伸出手去逗郝震的小下巴，这时候，大家就都真真切切地听到了小婴儿发出"巴、巴——"的声音。

"他真的叫了！"

郝建华瞪大了眼睛，目不转睛地盯着小婴儿，喃喃地说道："或许他是个天才……"

郝立升打断了郝建华的话："再叫啊，再叫一声，小震震……"

所有人的心思和注意力都转移到了这个神奇的小生命身上，每个人都施展着各自的手段，想让小婴儿再叫一声"爸爸"。

郝祖国甚至还勉为其难地想要让三个月大的孙子叫他一声"爷爷"！

郝家人的悲伤情绪已经被小婴儿的"呀呀"之声一扫而光，至少，悲痛已经不再压着他们的所有感情。

郝慧思回头看了一会儿墓碑，轻轻地对郝立京说："你放心，我会把我们的儿子养育成一个不输于你的人。"

风轻轻吹过，墓碑前的鲜花在风中轻颤，似乎在回应着郝慧思的话。

当郝家人离开陵园时，一个清瘦的身影悄悄地来到了墓碑前。她一到墓碑前，就哭倒在地。她一直哀哀恸哭，直到天色昏黄。她抱着墓碑不知道哭了多久，似乎天地都因为她的哭泣而黯淡了一般。

夜，带着凄迷的风声，将她苍白的身影掩埋在了黑暗中。

追爱到天堂

郝慧思接到刘雪华的电话时，已经是凌晨三点多钟。刘雪华在电话里轻轻地抽泣着，郝慧思默默地听着她哭，没有出声。

"慧思姐，对不起……"

"傻丫头，干吗跟我说对不起？"郝慧思说道，"立京已经走了，你就尽情地哭一回吧，哭够了，就好好休息一下。现在就剩我们自己了，生活还得继续下去。"

"慧思姐，我做不到。"刘雪华说道，"所以我要跟你说声抱歉。谢谢你一直以来对我的照顾，慧思姐，我不会忘了你的恩情，请原谅我……"

"你不要干傻事啊！"郝慧思感觉到刘雪华口气不对，紧张地从床上翻身坐起来，"你现在在哪里？我去找你！"

"我这个地方你找不到，慧思姐，我要跟他一起走了，对不起，我只跟你道别，再见……"

"萌萌！"郝慧思大叫，但是电话已经挂断了。

郝慧思已经好长时间没有叫刘雪华以前的名字了。尽管她本人以整容为代价完全否定了她以前的人生，但郝慧思在心里依然保持着这个叫法。

她曾经对刘雪华说："正因为有之前的你，才成就了现在的你。你没有必要否定你自己。"

但是，刘雪华不但否定了在遇到郝立京之前的自己，现在也彻底地否定了没有郝立京后所在的世界。当郝慧思无论用什么方法都找不到刘雪华时，她只能求助于警方。

次日凌晨，当笼罩在大地上的那层薄雾被初升的朝阳冲散得四分五裂的时候，长白山雪光熠熠的影子清晰地映照在蓝天下。经过警方的周密搜寻，终于在烈士陵园后山的悬崖下找到了刘雪华残缺的尸体。她的手机就放在她跳下去的那个山崖上，最后一个电话是拨给郝立京的，显然，那是一个永远都拨不通的电话。

　　刘雪华临死前穿着白色婚纱，当郝慧思看到她时，她被一片白色与红色包裹着，白色纯净如长白山的积雪，红色就像雪地里洒落的梅子。一位警员指给郝慧思看，山腰上一棵老松的枝干上挂着一段从婚纱上扯下的白绫，那段白绫在风中飘呀飘……

2013 年 9 月 11 日下午于北京东寓所

2013 年 12 月 2 日下午二稿于北京东郊工作室